Meinen Eltern,

die es mir vor vielen Jahren ermöglichten,
mich auf die Suche zu begeben,
die schließlich zu diesem Buch führte,
in Damkbarkeit und Verbundenheit.

Michael Hesemann

GEHEIMSACHE U.F.O.

Die wahre Geschichte der unbekannten Flugobjekte

Mit einem Vorwort von Johannes von Buttlar

Bechtermünz Verlag

VORWORT

Für eingefleischte Skeptiker sind UFO-Sichtungen kein Problem. Ihrer Meinung nach kann es sich in allen Fällen nur um Verwechslungen handeln, um Hubschrauber, Wetterballons, Meteoriten, Raketen, Satelliten, Planeten, wenn nicht gar um Lügengeschichten, aus purer Geltungssucht in die Welt gesetzt. Ihnen gegenüber steht eine Front unkritischer UFO-Gläubiger, die oft ihrem eigenen Wunschdenken zum Opfer fallen und in allem und jedem eine Manifestation von Gesandten einer „kosmischen Bruderschaft“ sehen, die zur Erde gekommen sind, um die Menschheit vor dem Untergang zu retten.

Und dann gibt es noch einige wenige, die dem Phänomen sachlich und unvoreingenommen gegenüberstehen und eben deshalb von den selbsternannten Päpsten wider den Aberglauben mit den UFO-Sektierern in einen Topf geworfen werden. Dabei deutet längst eine ganze Reihe gut dokumentierter Fälle, bezeugt von seriösen Zeugen, darauf hin, daß tatsächlich etwas am Himmel vorgeht, das sich auf herkömmliche Weise nicht erklären läßt, und hinter dem immer mehr anerkannte Experten das Wirken einer außerirdischen Intelligenz erkennen.

Fachleute definieren UFO als unbekanntes Flugobjekt, dessen Aussehen, Flugbahn, allgemeine Dynamik und Lumineszenseigenschaft sich nicht konventionell erklären lassen. Der inzwischen verstorbene Astrophysiker J. Allen Hynek, langjähriger Berater der US-Luftwaffe auf dem Gebiet der UFOs, arbeitete ein Klassifikationssystem für UFO-Sichtungen aus, das das ganze Spektrum des Phänomens berücksichtigt.

1. NL – Nocturnal Light: Eine nächtliche Lichterscheinung;
2. DD – Daylight Disc: Am Tage beobachtetes Flugobjekt, meist scheibenförmig, obwohl auch Kugeln, Zigarren und Dreiecke beschrieben wurden;
3. RV – Radar/Visual: Die gesichteten Objekte wurden auch auf Radar geortet;
4. CE-1 – Close Encounter of the First Kind: Nahbegegnung der 1. Art, aus bis zu 150 Meter Entfernung wird das UFO deutlich beobachtet;
5. CE-2 – Close Encounter of the Second Kind: Nahbegegnung der 2. Art – es kam zu einer physischen Wechselwirkung mit seiner Umgebung;
6. CE-3 – Close Encounter of the Third Kind: Nahbegegnung der 3. Art – Insassen wurden beobachtet.

Als Raumschiffe außerirdischer Herkunft müssen die UFOs für uns unvorstellbar große Entfernungen zurücklegen, die nur durch Fähigkeiten auf den Gebieten der Physik, der Technologie und wahrscheinlich auch hinsichtlich psychischer Möglichkeiten denkbar sind, die für unser Verständnis noch im Bereich des Magischen liegen.

Doch Unbekannte Flugobjekte sind nicht nur eine Herausforderung für Astronomen, Physiker und Ingenieure, sondern auch für Psychologen, Soziologen und Anthropologen. So wird die Reaktion auf die Sichtung eines UFOs nach Ansicht des Psychologen entscheidend durch die psychische Konstitution des Beobachters bestimmt. Der Soziologe dagegen sieht die Reaktion auf eine Sichtung weitgehend im gesellschaftlichen und kulturellen Hintergrund des Beobachters verankert. Für den Anthropologen wiederum ergeben sich Parallelen zu Mythen und traditionsgebundenen Glaubenslehren. Und schließlich wollen sie den „modus operandi", die Vorgehensweise der Außerirdischen, ergründen – und die öffentliche Reaktion auf ihr Erscheinen untersuchen. So mag es ein Grund für das „zurückhaltende Auftreten" der fremden Besucher sein, daß sie nur aus Gründen wissenschaftlicher Neugier hier sind; ein offener Kontakt würde eine Störung in unserer Verhaltensdynamik bedeuten, eine unnötige Beeinflussung, die nur die Ergebnisse der Untersuchung verfälschen würden. So gilt auch bei irdischen Anthropologen die Regel, die Beeinträchtigung des zu beobachtenden Systems auf ein Minimum zu reduzieren. Wahrscheinlich werden sich außerirdische Intelligenzen deshalb bei einer potentiellen stattfindenden Kontaktaufnahme vorzugsweise auf Einzelindividuen beschränken, um ihre Erkundungen besser tarnen zu können. Möglicherweise inszenieren sie sogar bewußt die oft unsinnigen Szenarien, von denen uns die sogenannten „Kontaktler" berichten, um sicherzugehen, daß ihnen jegliche Akzeptanz durch die Wissenschaft und die Gesellschaft versagt bleibt, sie weitgehend als Spinner oder Sektierer betrachtet werden. Eine weitere Schutzmaßnahme der Außerirdischen wäre neben dieser suggerierten Desinformation eine bei den Augenzeugen herbeigeführte Amnesie, wie sie von den Opfern angeblicher „UFO-Entführungen" geschildert wird.

Obwohl sie ganz offensichtlich eine der größten Herausforderungen für die Wissenschaft sind, werden die „Unbekannten Flugobjekte" noch zu oft verlacht oder einfach ignoriert. Ein Grund dafür ist, daß die ganze Bandbreite des Phänomens zu selten seriös dargestellt wird, UFO-Sichtungsfälle oft nur aus dem Gesamtzusammenhang gerissen in der einschlägigen Presse veröffentlicht werden. Schon deshalb ist es begrüßenswert, daß sich der Düsseldorfer Kulturanthropologe und Historiker Michael Hesemann mit dem vorliegenden Buch die Mühe gemacht hat, eben diese Zusammenhänge darzustellen. Das ist um so lohnenswerter, seit in den letzten zwanzig Jahren ganze Stapel einstmals strenggeheimer UFO-Akten freigegeben wurden, die tatsächlich „die wahre Geschichte der Unbekannten Flugobjekte" darstellen. Sie sind eindrucksvolle Dokumente, aus denen auch ersichtbar wird, mit welcher Beunruhigung die Regierungen speziell der Großmächte auf das Auftreten dieser unbekannten Eindringlinge reagiert haben. Hesemanns ebenso gründliche wie fesselnde Darstellung legt davon Zeugnis ab.

Johannes Frh. v. Buttlar-Brandenfels

EINLEITUNG

In jedem Augenblick werden wir aus dem Weltraum überwacht. Ständig, unaufhaltsam, kreisen sieben Satelliten um die Erde, die zumindest theoretisch in der Lage sind, jeden unserer Schritte zu verfolgen. In 38.000 Kilometer Höhe sind sie „geosynchron“ stationiert, das heißt, daß sie zusammen 100 % der Erdoberfläche rund um die Uhr unter Kontrolle haben. *„Defense Support Programme“*, Verteidigungs-Unterstützungsprogramm oder DSP ist der Deckname dieser supergeheimen Operation, deren Hauptaufgabe es ist, militärische Bewegungen auf der Erde zu beobachten und so frühzeitig wie möglich feindliche Abfangjäger oder Raketen im Anflug auf die USA zu orten. Doch im Insiderjargon hat DSP noch eine andere Bedeutung: „Deep Space Platform“, Plattform in den Tiefen des Weltraums.

Die DSPs sind Nachfolger des MIDAS-Satellitensystems, das seit Ende der 50er Jahre die USA vor einem Überraschungsangriff atomarer Interkontinentalraketen schützen sollte. Doch es dauerte bis 1991, bis zum Golfkrieg, daß erstmals eine breitere Öffentlichkeit von dem DSP-Überwachungssystem erfuhr, als es hieß, daß die „Deep Space"-Satelliten irakische „Scud"-Raketen gleich nach dem Start geortet haben. Daß die Raumplattformen auch andere Objekte aufspüren können, vermeldete schon 1974 das astronomische Fachblatt „Sky and Teleskop“. Darin hieß es, daß die DSP-Satelliten mit über 6144 Sensoren ausgestattet sind, die neben dem sichtbaren Licht auch Einflüsse im Infrarot-, Röntgen- und Mikrowellenspektrum messen können und regelmäßig einfliegende Meteoriten registrieren.

Und nicht nur das. So erklärten Lee Graham und Ron Regehr, zwei Ingenieure der Flugzeugbaufirma Aerojet, die für das US-Verteidigungsministerium das DSP-Programm entwickelte, daß die Raumplattformen regelmäßig auch eine ganz andere Gattung von Eindringlingen aus dem Weltraum aufspüren. Nämlich „Fastwalker“, Flugkörper, die mit unglaublichen Geschwindigkeiten aus dem All angerast kommen, in die Erdatmosphäre eintauchen und nach einiger Zeit in ihre kosmische Heimat zurückkehren. Durchschnittlich zwei bis drei Mal im Monat, so die Ingenieure, orten die Satelliten solche „Schnellgänger“. Was diese Vorfälle um so interessanter macht, ist die Tatsache, daß es kurz nach dem Eindringen eines „Fastwalkers“ in die Erdatmosphäre im irdischen Luftraum regelmäßig zu Sichtungen mysteriöser Flugkörper kommt - von UFOs, Unbekannten Flugobjekten. So geschehen am 19. September 1976, als kurz darauf auf dem Luftwaffenstützpunkt Sharokhi nahe der iranischen Hauptstadt Teheran die Alarmsirenen heulten. Ein UFO, ein riesiges, scheibenförmiges Flugobjekt, war auf den Radarschirmen geortet und von den Piloten ziviler Verkehrsmaschinen gesichtet worden. Sofort stiegen zwei Abfangjäger vom Typ F-4 auf, nahmen Kurs auf das geheimnisvolle UFO. Bald entdeckten sie die hellleuchtende Scheibe, die von blauen, grünen, roten und orangen Lichtern umgeben war. In diesem Augenblick fielen bei dem ersten Piloten sämtliche Bordinstrumente und die Funkverbindung aus, er mußte zur Basis zurückkehren. Der zweite Flieger dagegen beobachtete, wie sich ein kleineres Objekt aus dem großen löste und auf ihn zuflog. Als er eine Rakete abfeuern wollte, versagten sein Feuerleitpult und die Funkverbindung. Sofort leitete der Pilot ein Wendemanöver ein und kehrte im Sturzflug auf die Erde zurück. Wenige Stunden später wurde das UFO über Marokko gesichtet. Am nächsten Tag gingen ausführliche Berichte der amerikanischen Botschaften in Teheran und Rabat an das US-Außenministerium in Washington, und Henry Kissinger persönlich gab die Anweisung zu weiteren Recherchen. Offenbar hatte auch er von den Generälen im Pentagon von der DSP-Ortung gehört.

Während Sie den Teheran-Vorfall ausführlich im 17. Kapitel dieses Buches nachlesen können, kam die Lokalisierung des UFOs durch die Weltraumplattformen des Pentagon erst in den letzten Monaten ans Licht. Denn nachdem Graham/Regehr bestätigt bekamen, daß die DSP tatsächlich einige hundert „Fastwalker" gemeldet hatten, stellten sie im Rahmen des US-„Gesetzes zur Informationsfreiheit" eine Anfrage, ob eben zum Zeitpunkt dieses „klassischen" UFO-Falles das DSP-System einen unbekannten Eindringling orten konnte; das Pentagon bejahte.

Zusätzlich erhielt der UFO-Forscher Joseph Stefula am 19. September 1993 aus offizieller Quelle die Information, daß einer der DSP-Satelliten am 5. Mai 1984 ein Objekt registrierte, das in nur 3 km Entfernung quasi „über seine Schulter" den Satelliten passierte. Die Ortung dauerte neun Minuten. Da Stefula gleichzeitig einen Computerausdruck dieser Ortung durch das Nordamerikanische Luftverteidigungskommando NORAD erhielt, ist damit unbestreitbar bewiesen, daß tatsächlich unbekannte Flugobjekte unter offenbar intelligenter Steuerung aus dem Weltraum zur Erde kommen. Bereits vor einigen Jahren hatte NORAD zugegeben, daß die komplizierten Infrarot-Sensoren seines weltweiten Radarnetzes täglich um die 800 bis 900 „Objekte" registrieren, deren Flugcharakteristiken weder denen irdischer Satelliten noch den gewöhnlichen ballistischen Flugbahnen entsprechen. Selbst wenn 99 % davon auf meteorologische Phänomene, elektromagnetische Impulse, eintretenden Weltraummüll und andere Anomalien zurückgehen sollten, würde das noch immer bedeuten, daß alle drei Stunden ein UFO in unserem irdischen Luftraum manövriert.

Wir können nur ahnen, welche Besorgnis diese Situation bei jenen auslöste, deren Verantwortung die Sicherung ihres nationalen Luftraumes ist. Sie waren hilflos mit einer Situation konfrontiert, die sie nicht mehr unter Kontrolle hatten. Unbekannte mit unbekannter Intention flogen regelmäßig in die Erdatmosphäre ein, und den Spitzen im Pentagon und anderen Verteidigungsministerien blieb nichts anderes übrig, als ratlos diese Situation zur Kenntnis zu nehmen. Nur eines stand fest: Man durfte sich keine Blöße geben, das Vertrauen der Öffentlichkeit nicht durch das Eingeständnis der eigenen Hilflosigkeit aufs Spiel setzen. Aus diesem Grunde wurden die UFOs zur Geheimsache erklärt - zum größten militärischen Geheimnis unseres Jahrhunderts.

Doch seit Beginn dieses Jahrzehnts, der Neunziger, lüftet sich der Schweigevorhang, mehren sich die Anzeichen, daß man sich in Militär- und Regierungskreisen entschieden hat, Schritt für Schritt im Rahmen eines „Erziehungsprogrammes" die Öffentlichkeit mit der erschreckenden Wahrheit vertraut zu machen, daß wir nicht allein im Universum sind. Während ich diese Zeilen schreibe, bereitet ein Abgeordneter des Europaparlaments die Einrichtung einer europäischen UFO-Meldestelle vor. Zeitgleich findet in Washington eine Kongreßuntersuchung statt, die klären soll, ob die US-Regierung und das Pentagon tatsächlich 1947 den Absturz und die Bergung eines UFOs und seiner vier Insassen bei Roswell, New Mexico vertuschten.

Vom 13.–15. September 1993 fand auf der Ranch von Laurence Rockefeller in Wyoming ein Treffen von führenden UFO-Forschern statt, in denen es – wie ich aus erster Hand von einem der Teilnehmer erfuhr – um die Vorbereitung einer Reaktion auf Pläne der Clinton-Regierung ging, in den nächsten drei Jahren strategisch vereinzelte UFO-Informationen freizugeben. Gleichzeitig bereitete die „Stiftung für UFO-Forschung" ein umfangreiches „Einweisungspapier" in die UFO-Thematik für Kongreßabgeordnete vor. Ein führendes und auch in die Aufdeckung des Watergate-Skandals involviertes Washingtoner Anwaltsbüro befragte eine Reihe von Augenzeugen des angeblichen UFO-Absturzes von Roswell und bereitet einen Prozeß gegen die US-Regierung vor, sobald die ersten Ergebnisse der Kongreßuntersuchung vorliegen.

Zwischenzeitlich forderte Dr. John Gibbons, Präsident Clintons Chefberater in Wissenschaftsfragen und Direktor des Büros des Weißen Hauses für Wissenschafts- und Technologiepolitik, beim CIA einen Hintergrundbericht über das UFO-Phänomen an, um sich auf ein Zusammentreffen mit Laurence Rockefeller in Sachen UFOs vorzubereiten. Da Gibbons keine „Top Secret"-Befugnis und damit keinen Zugang zu den supergeheimen Einweisungspapieren des Präsidenten in Angelegenheiten der Nationalen Sicherheit hat, zog sich der Geheimdienst sehr elegant aus der Affäre: Er beauftragte Dr. Bruce Maccabee, UFO-Forscher und Ex-Mitarbeiter des US-Marinegeheimdienstes, mit der Abfassung eines 10-Seiten-Berichtes. Das Dokument trug den Titel: *„Einweisung der US-Regierung in einen Weg, das UFO-Problem zu lösen, wie er von zivilen Forschern in den letzten 20 Jahren determiniert wurde"*.

Das vorliegende Buch verfolgt eine ähnliche Intention. Es geht ihm darum, die wahre, die geheime Geschichte des UFO-Phänomens und unseres Umganges mit dieser völlig neuen Situation so gründlich und realistisch wie aus heutiger Warte möglich zu rekonstruieren.
Denn das Auftreten Außerirdischer im irdischen Luftraum signalisierte für uns alle den Beginn eines neuen Zeitalters, das Ende unserer planetaren Isolation – und war vielleicht das wichtigste Ereignis in den letzten zwei Jahrtausenden Menschheitsgeschichte. Wir sind möglicherweise in derselben Lage wie vor nicht einmal 500 Jahren die Azteken, als die ersten Schiffe der Spanier vor ihren Küsten gesichtet wurden. Ob wir die selbe kulturelle Paralyse, den selben Kulturschock erleiden, wie diese machtvolle Indianerkultur, ob die Konfrontation mit einer außerirdischen Intelligenz zum Fluch oder Segen für die Menschheit wird, hängt in erster Linie davon ab, wie gut wir auf ein solches Ereignis vorbereitet sind.

Ein solches Unternehmen wie dieses Buch wäre nie realisierbar gewesen, wenn mir nicht UFO-Forscher und Experten aus aller Welt bei diesem Unternehmen zur Seite gestanden, mir Dokumente, Geheimakten, Forschungsberichte und Bildmaterial zugänglich gemacht hätten. Umfangreiche persönliche Recherchen in drei Kontinenten verhalfen mir dazu, das Bild abzurunden. Insbesondere aber danke ich Johannes von Buttlar für die vielen, anregenden Gespräche und sein Vorwort zu diesem Buch, meinen „alten Freunden" Colman VonKeviczky, Wendelle Stevens und – in memoriam – Anny Baguhn für das ausgezeichnete Bildmaterial, Erich von Däniken für die Überlassung von Fotos aus seinem Archiv, Robert O. Dean, Anthony Dodd, Timothy Good, Antonio Huneeus, Howard & Connie Menger, Detlev Menningmann, Sean Morton, Hans Petersen, Roberto Pinotti, Marina Popovich, Fred – in memoriam – und Glenn Steckling, Valerii Uvarov, Karl und Anny Veit von der „Deutschen UFO-Studiengesellschaft“ sowie Mohammed Ramadan und Michael Geoghegan von den Vereinten Nationen, die erkannt haben, daß wir nur als eine Menschheit die Herausforderungen des UFO-Phänomens annehmen können. GEHEIMSACHE UFO war auch für mich nicht nur ein faszinierendes, sondern auch ein äußerst arbeitsintensives Projekt. Ich glaube und hoffe, die Mühe hat sich gelohnt und das Buch geht seinen Weg um die Welt und erfüllt seine Aufgabe.

Denn die Begegnung mit den Außerirdischen beinhaltet die größte Chance, die sich der Menschheit an der Schwelle zum Dritten Jahrtausend bietet. Sie trägt in sich das Potential einer neuen kopernikanischen Revolution, einer Redefinition unserer Stellung im Universum. Vielleicht müssen wir erst begreifen, daß die Erde tatsächlich nur einer unter Millionen bewohnten Planeten in den Weiten des Universums ist, um zu erkennen, daß wir eine Menschheit sind, Kinder der Erde, und nur gemeinsam die globalen Probleme lösen können. Erst wenn wir unser Stammesdenken abgelegt haben und als Gesamtmenschheit denken und handeln, sind wir in der Lage, uns der größten Herausforderung unserer Geschichte, dem Dialog mit dem Universum, zu stellen.

Michael Hesemann

1. DAS JAHR, DAS DEN DURCHBRUCH BRACHTE

Erst sind es vier, dann sechs, schließlich sieben orange-rote Kugeln am Abendhimmel über Rostock in Mecklenburg-Vorpommern. Dann blitzen sie eine nach der anderen kurz auf, sind verschwunden: UFOs, unbekannte Flugobjekte. Über 100 Menschen haben sie gesehen, darunter sowjetische Atomphysiker, die am Kernkraftwerk Greifswald tätig waren. Und das ist nicht alles: Vier Zeugen, zwei Russen, ein westdeutsches Urlauberehepaar und eine fünfköpfige Familie aus Berlin, haben das seltsame Geschwader mit ihren Videokameras aus drei Perspektiven filmen können. Und genau das macht den Vorfall einzigartig...

Er ereignete sich am 24. August 1990, nur fünf Wochen vor der Wiedervereinigung, gegen 20.40 Uhr. Einer der Zeugen, der Russe Valerii Winogradow (45), erzählt:

„Ich saß vor dem Fernseher, als mir meine Frau, die in der Küche beschäftigt war, zurief: ‚Valerii, da draußen ist was los! Die Leute auf dem Hof reden etwas über UFOs!‘

Es war ein warmer Abend, und das Fenster stand offen. Man hörte, wie aufgeregte Stimmen draußen lebhaft etwas diskutierten. Ich sah aus dem Küchenfenster und sah eine kleine Gruppe von Leuten auf dem Rasen vor unserem Haus. Einige unserer Nachbarn lehnten sich aus den Fenstern und schauten in Richtung Eldena. Vor dem Jugendclub am Mendolojowwog hatto sich oino Gruppe von Jugendlichen versammelt. Alle sahen nach oben.

Dort in der Abenddämmerung, am klaren Himmel, sah ich ein merkwürdiges Bild. Eine Gruppe aus sieben leuchtenden Kugeln hing anscheinend regungslos am Himmel, etwa mittelhoch am Horizont. Die Gruppe hatte eine lose Anordnung, etwa vier Kugeln standen getrennt voneinander, drei waren zusammengeschlossen. (...) die Kugeln flimmerten leicht... Ich lief ins Wohnzimmer und holte meine Videokamera (...) Im Sucher sah ich deutlich, daß es Kugeln waren (...) sie schimmerten und bewegten sich ganz langsam. Erst allmählich ließ das Schimmern nach. Und plötzlich verschwanden sie. Es sah so aus, als ob sie sich im Himmel aufgelöst hätten. “

Auf Winogradows Film erkennt man gleich zwei Gruppen dieser geheimnisvollen Objekte: Eine linke Gruppe von fünf Kugeln, die schließlich mit hoher Geschwindigkeit Richtung Norden verschwinden, und eine rechte Gruppe, zunächst undeutlich erkennbar, von zuvor vier und schließlich sieben Leuchtobjekten.

In derselben Hochhaussiedlung der russischen Kernkraftwerks-Mitarbeiter lebte das Ehepaar Ludmilla und Nikolai Iwanow, die die Objekte von der zweiten Etage aus filmten.

Die Videoaufnahme des 42jährigen Projekt-Ingenieurs am KKW Greifswald und seiner 37jährigen Frau, Ärztin an der Klinik Greifswald, ist sieben Minuten lang und zeigt die Erscheinung - die insgesamt 12 Minuten dauerte - in allen Phasen.

Nikolai Iwanow: *„Die Obiekte standen über der Ostsee*

in Richtung Nordosten. Sie stellten zwei Gruppen von unbeweglichen, nebeneinander stehenden Lichtern dar, die sich im Uhrzeigersinn um die eigene Achse zu drehen schienen. Zuerst war die linke Gruppe klar sichtbar gewesen, dann war sie völlig verschwunden, und die rechte Gruppe wurde scharf und deutlich. Einige Sekunden später war am Standort der linken Gruppe ein kurzer Lichtblitz zu sehen. Die Lichter der linken Gruppe wurden immer schärfer, und man konnte sieben einzelne, ballförmige Lichter erkennen.“
Leider endet hier der Iwanow-Film - der Akku der Kamera war leer, bevor diese den raschen Abflug des UFO-Pulks festhalten konnte.

Die interessanteste Sequenz im Iwanonow-Film ist jene, in der der erwähnte „Lichtblitz“ erkennbar ist. Eine gründliche Analyse der Aufnahmen durch Foto-Experten der internationalen UFO-Forschungsgruppe MUFON unter Leitung des Astrophysikers und DASA-Forschungsingenieurs Illobrand von Ludwiger ergab: Es handelt sich dabei um die Explosion eines Geschosses, das offenbar von russischem oder DDR-Militär auf die UFO-Formation abgefeuert wurde!

Eine außerirdische Inspektion über dem berühmtberüchtigten Kernkraftwerk Greifswald? Wie die „Bild“-Zeitung behauptet, war der Vorfall vom 24.8. kein Einzelfall. *„Seit Wochen geistern UFOs über der Ostseeküste. Davon sind mehr als 50 Passanten überzeugt, die aufgeregt bei Polizei und Nationaler Volksarmee anriefen.“* Die UFOs schwebten über Rostock und Usedom. Gerald Schaub, ein Urlauber aus Berlin: *„Drei Minuten standen sie da, bewegten sich dann schnell vorwärts.“* Franz Kliem aus Greifswald fotografierte sogar *„Schiffe wie Teller, oben mit einem kegelförmigen Gebilde versehen.“* Fast in Panik gerieten 15 Urlauber des Ferienheimes „Solidarität“ bei Rostock. Eine von ihnen, Renate Grundmann, berichtete: *„Das Ding stand eine Minute lang über dem Wasser. Dann blinkte es auf und verschwand.“* Von einem Schullandheim in Murkau auf Rügen aus beobachteten 40 Schulkinder und ihre Lehrer die Objekte. Einer der Jungen: *„Wir erkannten, daß kleinere Obiekte auf die Gruppe zuschossen oder von ihr wegflogen.“* Die NVA erklärte zwar unserem Kollegen, dem Hamburger UFO-Forscher Detlef Menningmann, daß die Objekte nicht auf Radar geortet wurden - und dementierte natürlich, je auf sie gefeuert zu haben, schloß aber auch definitiv die Möglichkeit militärischer Übungen durch die NVA oder die sowjetischen Streitkräfte aus.

Die interessanteste Bestätigung erhielt der Vorfall vom 24.8. jedoch erst zwei Jahre später, nachdem ich den Film der Iwanows in Rainer Holbes SAT 1-Reihe *„Unglaubliche Geschichten“* erstmals im deutschen Fernsehen zeigte. Kurz nach der Sendung rief das Ehepaar Irmgard und Ingo Kaiser aus dem Sauerland an und erklärte: *„Wir haben dasselbe Phänomen gefilmt, während eines Aufenthaltes auf Rügen.“* Bei den Aufnahmearbeiten im Kölner SAT 1-Studio lernte ich die Kaisers kennen, später schilderte mir Frau Kaiser ihr Erlebnis am Telefon: *„Wir hatten unseren Urlaub mit dem Wohnmobil in Schweden verbracht und befanden uns auf der Rückreise. Wir übernachteten in einem kleinen Hotel in Lauterbach bei Putbus an der Ostküste von Rügen, das wir noch von einer anderen Reise in guter Erinnerung hatten. Am Abend standen wir am Meer, wollten die Fähre von der STASI-Insel Vilm beobachten und mit unserer neuen Videokamera filmen. Mein Mann bemerkte, daß viele Menschen in den Himmel schauten: Da war etwas, das schaute aus wie das Sternbild Orion, es war nur sehr viel kleiner und heller! Eine Gruppe leuchtender Obiekte stand lautlos am Himmel. Sofort richtete ich die Kamera auf sie und filmte. Die Formation veränderte sich, schließlich schossen die Kugeln ganz schnell nach hinten weg und verschwanden.“*

Das interessante an dem Kaiser-Film: Lauterbach liegt rund 30 Kilometer nördlich von Greifswald - jetzt hatte man also drei Videos aus zwei völlig verschiedenen

Perspektiven. Eine weitere Befragung der Zeugen ergab: Während die russischen Zeugen die Formationen in nördlicher Richtung beobachtet hatten, standen sie für Frau Kaiser „in Richtung der Ostsee", d.h. im Südosten.
Dadurch aber war es dem Computerfachmann der Gruppe MUFON-CES, Rolf-Dieter Klein, möglich, durch Triangulation - Bestimmung des Winkels - den exakten Standort und damit die Größe der Objekte nach den Berechnungen der Gruppe MUFON-CES festzustellen. Das Ergebnis seiner Analyse:

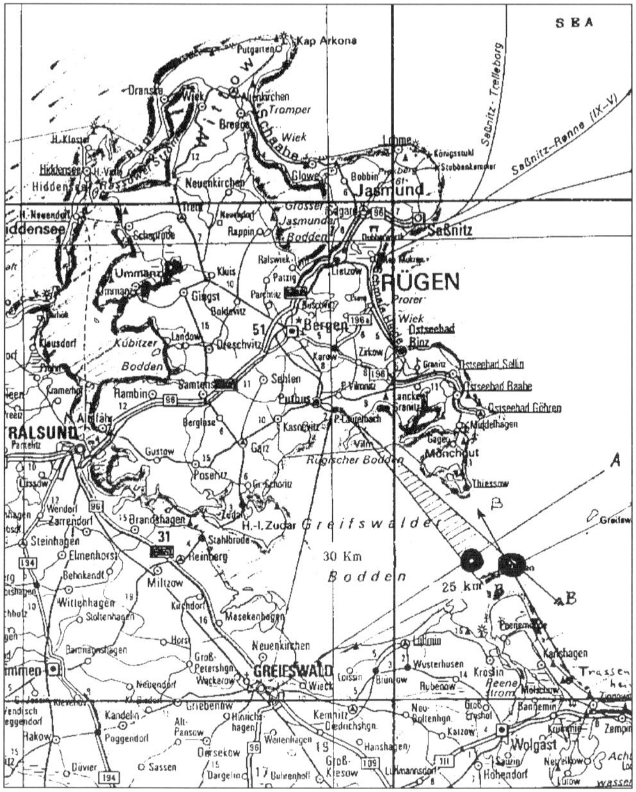

Karte von Greifswald und Umgebung mit eingezeichneter Position der beiden UFO-Formationen

Die UFOs standen über einer kleinen Insel 5-8 Kilometer nördlich von Peenemünde, einem sowjetischen Militärstützpunkt, dort, wo im 2. Weltkrieg das Team um Wernher von Braun seine Versuche mit der V-2 Rakete durchführte. Die erste UFO-Gruppe befand sich in ca. 5000 Metern Höhe, 24 km nordöstlich von Greifswald, die zweite Gruppe ca. 5600 Meter hoch und 25 km entfernt, beide Entfernungen +/- 600 Meter. Diese Berechnungen ermöglichten es, die Größe jeder einzelnen Leuchtkugel festzustellen: Sie muß bei 17-19 Metern gelegen haben.

Auf der UFO-Weltkonferenz in Budapest im November 1993 informierte ich auch deutsche Journalisten über den Stand unserer Recherchen. Auf die darauffolgenden Presseberichte meldete sich ein vierter Zeuge, der Videoaufnahmen hatte. Am 19. Dezember 1993 lernte ich im Rahmen der ORB-Sendung „Live aus Babelsberg" den Berliner Ingenieur Jürgen Luchterhand (45) kennen. Luchterhand befand sich am 24. August auf einem Familienausflug an der Ostsee, *„ca. 5 Kilometer vom Kernkraftwerk südlich am Greifswalder Bodden (der Bucht von Greifswald)"*. Er saß am Steuer seines Wagens, mit von der Partie seine Frau Ema, sein Sohn Marc (13) sowie seine Mutter Elisabeth Narat (72) und sein Stiefvater Veno Narat (60). *„Mein Sohn entdeckte die Lichtpunkte"*, erklärte mir Herr Luchterhand, *„dann sahen wir sie alle. Ich dachte: ‚Mensch, was ist das denn!' Wir fuhren an den Straßenrand, von wo aus auch andere sie beobachteten: Eine Gruppe, die auf einem Ackerwagen fuhr, ein Mopedfahrer. Zuerst haben wir gar nicht an UFOs gedacht, doch je länger wir sie beobachteten, desto klarer wurde uns, daß es etwas Außerirdisches sein mußte. Denn so schnell wie da einzelne Lichtpunkte hin- und herflitzten, so schnell kann hier auf der Erde keiner fliegen. Einmal erkannten wir etwas wie ein Blitzen direkt auf einem der UFOs. Jedes der Objekte war vielleicht 20-30 Meter groß. Schließlich verglühten*

sie gruppenweise." Glücklicherweise hat Luchterhand die ganze Szenerie mit seinem Canon-Camcorder mit achtfachem Zoom von 20.43 Uhr bis 21.03 Uhr gefilmt - die qualitativ beste Aufnahme der Greifswald Formation!
Und auch damit war Greifswald längst nicht erledigt... 17 weitere Augenzeugen, die die UFOs von den Inseln Usedom und Rügen, ja sogar von Neubrandenburg aus beobachtet hatten, meldeten sich auf einen Aufruf der UFO-Gruppe CENAP in den „Neuesten Nordsee Nachrichten". Mit vier Videofilmen und zwei (wenn auch qualitativ schlechteren) Fotos sowie womöglich einigen hundert Augenzeugen aber sind die Ostsee UFOs der bestdokumentierte UFO-Vorfall in der 47jährigen neueren Geschichte des Phänomens.
Da trotz verzweifelter Versuche hauptberuflicher UFO-Gegner und „Entlarver", eine „konventionelle" Erklärung für die Greifswald-Formation zu finden, ihre wahre Natur noch immer „unidentifiziert" ist, steht soviel fest: Unbekannte Flugobjekte, offenbar unter intelligenter Kontrolle und groß genug, um bemannt zu sein, führten über der Ostsee Manöver durch, zu denen kein bekannter Flieger in der Lage wäre: Rasante An- und Abflüge und ein fast viertelstündiges Schweben in derart enger Formation gehörten nun einmal nicht zu den Flugcharakteristiken von Flugzeugen oder Helikoptern, Wetterballons oder Leuchtraketen. Doch trotz der relativ großen Publicity - verglichen mit anderen UFO-Beobachtungen in Deutschland -, die der Fall in „Bild" und „Super-Illu", im MDR, ORB, in der Hans-Meiser Show auf RTL und auf SAT 1 erhielt, versäumte man es von offizieller Stelle her, die notwendigen Rückschlüsse zu ziehen und zumindest eine Untersuchung einzuleiten. Zu sehr war man mit der bevorstehenden Wiedervereinigung beschäftigt, als daß man den „unbekannten Besuchern" von Greifswald die verdiente Aufmerksamkeit hätte schenken können, so spektakulär ihre Demonstration auch war. Dabei war die Sichtung nur der Höhepunkt einer ganzen Welle von UFO-Demonstrationen über dem europäischen Kontinent während des großen politischen Umbruchs zwischen November 1989 und November 1990.

Ihren Anfang nahm die „große europäische UFO-Welle von 1989/1990" am 7. November 1989 in Esneux bei Belgien, ausgerechnet zehn Tage, nachdem in Frankfurt der bisher weltgrößte UFO-Kongreß „Dialog mit dem Universum" mit 1830 Teilnehmern zu Ende gegangen war. Als „Vorbereitung auf den Kontakt mit Außerirdischen im nächsten Jahrzehnt" verstand sich der vom 26.-29 Oktober abgehaltene Weltkongreß und erklärte das Jahr 1990 - geradezu prophetisch - zum „Jahr der UFOs", nachdem er eine *„globale Einladung"* an die UFOnauten ausgesprochen hatte.
Zwei belgische Gendarmen waren an jenem 7.11.89 Zeugen dieser Erscheinung eines *„großen, lautlosen Objektes, dessen zwei extrem starke Lichter auf den Boden gerichtet waren"* und das *„von grünen und roten Lichtern umgeben war."* Aber sie war nur ein schüchternes Vorspiel - Vorspiel zu einer der eindrucksvollsten und bestdokumentierten UFO-Sichtungswellen in der 47jährigen Geschichte des Phänomens. Einer Sichtungswelle, die erst weltweit Schlagzeilen machte, als 141 Zeugen, darunter acht Gendarmen, ein *„riesiges Dreieck"* mit *„drei grellen Scheinwerfern an jeder Ecke"* und *„einem pulsierenden Licht in der Mitte, einer Kuppel mit leuchtenden Fenstern auf der Oberseite"* nahe Eupen an der belgisch-deutschen Grenze beobachteten. Der Tag des Vorfalls: der 29. November 1989, auf den Tag genau ein Monat nach Ende des Frankfurter UFO Kongresses, ein schöner, sonniger Spätherbsttag.
Nachdem die Sonne um 16.45 Uhr untergegangen ist, breitet sich ein herrlicher, mondloser Sternenhimmel über das Land, der nur im Westen durch das letzte Sonnenlicht überstrahlt wird. Die Temperaturen liegen um den Nullpunkt, es ist windstill, ruhig. Wie jeden Tag

verrichtet der Grenzbeamte J. seinen Dienst auf der Grenzstation an der Autobahn E40 in Lichtenbusch, sitzt in seinem Häuschen, kontrolliert die Pässe. Kurz nach 17.00 Uhr beobachtet er etwas Seltsames:

Ein *„niedrig fliegendes Objekt mit zwei oder drei übermäßig hellen Scheinwerfern"* gleitet lautlos im Tiefflug in nur 500 Metern Entfernung über die Grenze. Ein Hubschrauber? Dafür fliegt es zu tief, zu still - und für ein Flugzeug erst recht. Fest steht nur: Es scheint der E40 zu folgen, irgendwo Richtung Eupen... Es ist schon dunkel, als die beiden Gendarmen Hubert von Montigny und Heinrich Nicoll von der Brigade Eupen in ihrem Mannschaftswagen die N68 Richtung Eynatten entlangfahren. Von Montigny schaut auf die Uhr: 17.20 Uhr. 20 Minuten erst sind sie im Dienst, Nachtschicht. Sie ahnen noch nicht, daß es die aufregendste Nachtschicht ihrer gewiß nicht langweiligen Polizeidienstzeit werden sollte.

„Was ist das?", hört von Montigny sich fragen. Sein Blick wird fast magnetisch angezogen von einem hellen Lichtfleck neben der Straße. Das Licht ist grell wie das Flutlicht eines Fußballstadions. Doch in dieser Richtung befindet sich keine Sportstätte. Genauer gesagt, gibt es nur Weideland in dieser Richtung. Und außerdem kommt das Licht immer näher. Als es in nur 50 Metern Entfernung neben der Straße schwebt, ist es so hell, daß *„man hätte Zeitung lesen können"*, wie von Montigny später erklärt. Er kurbelt die Seitenscheibe herunter, erkennt *„eine unbeweglich am Himmel schwebende, große, dunkle Plattform"*, deren Unterseite mit *„drei riesigen Scheinwerfern"* versehen ist, deren weiße Lichtkegel nach unten weisen. *„Es fliegt in nur 120 Metern Höhe"*, schätzt von Montigny. *„Und es ist völlig lautlos."* Langsam und mit heruntergekurbelter Fensterscheibe fahrend, setzen die beiden Beamten ihre Beobachtung fort. Sie erkennen, daß das Objekt, die *„Plattform"*, die Form eines gleichschenkligen Dreiecks mit breiter Basis hat, daß die sich an der Basis anschließenden Ecken *„wie abgeschnitten"* sind und daß sich im Zentrum der Unterseite *„eine Art rotes Umlauflicht"* befindet, das ein- bis zweimal in der Sekunde aufblitzt. Seine Größe schätzen die beiden Beamten auf 25 x 30-35 Meter bei einer Stärke von zwei Metern.

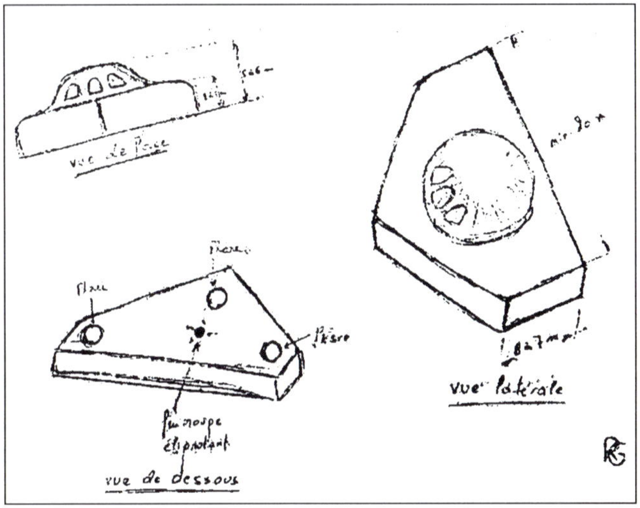

So zeichnete der Gendarm Hubert von Montigny das UFO

Langsam, mit nur 50 Stundenkilometern, fliegt das schwarze Dreieck neben ihnen her, während sie der Zentrale ihre Beobachtung schildern und fragen: *„Werden zur Zeit mit neuartigen Fluggeräten Manöver durchgeführt?"* Antwort, vom Tower Eupen: negativ. *„Aber wir haben einen eigenartigen Flecken auf dem Radarschirm."* Das Objekt bleibt unidentifiziert. *„Das wird wohl der Nikolaus sein"*, feixen die Kollegen von der Eupener Gendarmeriestation. Die beiden Polizisten biegen in eine Seitenstraße ein, um das unheimliche UFO aus einer anderen Perspektive beobachten zu können, als es plötzlich stehenbleibt, auf der Stelle wendet und in Gegenrichtung - auf Eupen zu - davonfliegt. Erstaunt über diese Reaktion auf ihr Verhalten biegen Nicoll und von Montigny auf die „Hochstraße", die Ringstraße von Eupen, ein, beobachten, wie das Objekt jetzt die N68 entlang Richtung Eupen fliegt, von wo aus es von einer Reihe von Zeugen beobachtet wird, darunter ein Lkw-Fahrer, ein Ingenieur der Stadt Eupen, ein Schulleiter, ein Hausmeister, ein Ehepaar und ein Brigadier der Forstverwaltung. Von Montigny und Nicoll wissen jetzt, was zu tun ist. Sie funken wieder das Gendarmeriehauptquartier an, dessen diensthabender Kollege sie noch vor 20 Minuten mit dem „Nikolaus" aufgezogen hatte. *„Der wird uns schon glauben, wenn er das sieht"*, sind sie sicher, fordern ihn auf: *„Schauen Sie mal aus dem Fenster, Herr Kollege."* Tatsächlich erkennt der Gendarm C. am Nachthimmel das bewegungslose, leuchtende Objekt, das schließlich schräg in den Himmel aufsteigt und buchstäblich davonschießt.

Das UFO über der Gileppe Talsperre

Hubert von Montigny und Hermann Nicoll beschließen, die Verfolgung aufzunehmen und fahren in die Richtung, in der das UFO verschwunden ist. Kurz vor Membach sehen sie es wieder, wie es in Richtung der Gileppe-Talsperre fliegt und schließlich links von einem erleuchteten Turm oberhalb des Stausees Stellung bezieht. Es ist jetzt etwa 4 km entfernt, aber klar zu erkennen. Die beiden Polizisten parken ihren Wagen, steigen aus und beziehen Posten. Nach wenigen Minuten beobachten sie ein mysteriöses Schauspiel .

Das geheimnisvolle UFO sendet Strahlen aus, zwei dünne, rötliche Lichtbündel, die rasend schnell gleichzeitig in entgegengesetzte Richtungen aus dem Objekt schießen und an ihren Enden je eine rote Kugel hinterlassen. Doch schon kurze Zeit darauf kehren die „Feuerkugeln" zum „Mutterschiff" zurück und umkreisen es minutenlang, bevor sich der Vorgang wiederholt.

„Die Strahlen sind extrem lang", meldet von Montigny der Zentrale, *„vielleicht einen Kilometer. Sie sind wie Harpunen, die einen Pfeil abschießen, der aber, da er an einer Fangleine befestigt ist, schließlich vom Taucher zurückgeholt wird."* Nicoll dagegen denkt eher an Bälle, die, an einem elastischen Band befestigt, von einem Schläger in die Luft geschleudert werden.

Dann taucht wie aus dem Nichts gegen 18.45 Uhr ein zweites Dreiecks-UFO hinter einem Tannenwäldchen auf, um plötzlich, wie in die Höhe katapultiert, am Nachthimmel zu verschwinden. Es hat, das können von Montigny und Nicoll deutlich erkennen, eine Kuppel mit rechteckigen, *„von innen beleuchteten Fenstern"* auf einer *„nicht besonders dicken Platte."* Das andere Objekt verharrt bis 19.23 Uhr über der Talsperre, bevor es sich langsam in Richtung Spa in Bewegung setzt. Damit ist das Schauspiel beendet, das zwei Stunden lang gedauert hat. Fasziniert und noch sprachlos vor Staunen kehren die beiden Polizisten zu ihrem Wagen zurück und fahren weiter, um ihren Dienst fortzusetzen.

Was sie zu diesem Zeitpunkt noch nicht ahnen: Während sie fasziniert das unheimliche Schauspiel an der

Gileppe-Talsperre verfolgten, beobachteten noch sechs weitere Kollegen von anderen Standpunkten aus die UFO-Demonstration. So erkannten die Gendarmen N. und P., beide in einem Mannschaftswagen auf der Route de Charlemagne Richtung Henri-Chapelle und Maison Blanche unterwegs, wie sich eine rote Kugel vom Zentrum der drei weißen Lichter löste und vertikal nach unten schoß, um dann in horizontaler Richtung davonzuhuschen.

Als die Zeitungen in den nächsten Tagen über den Vorfall von Eupen berichteten, meldeten sich 140 weitere Zeugen. Mehr noch, die Sichtungswelle setzte sich fort. Fast jeden Tag wurden irgendwo im Lande, meist aber im Nordosten Belgiens, die geheimnisvollen, dreieckigen Flugkörper beobachtet, am 5.12. schließlich sogar wieder auf Radar geortet. Zwei von der belgischen Luftwaffe gestartete F-16 Abfangjäger jedoch kehrten zurück, ohne im angegebenen Luftraum etwas beobachtet zu haben. In der Nacht vom 11. auf den 12. Dezember schließlich kam es in 24 Orten des Landes zwischen 17.35 Uhr und 3.00 Uhr zu UFO-Begegnungen.

Im Februar 1990 mußte der Schiedsrichter ein Fußballspiel in Spa unterbrechen, als ein riesiges Raumschiff in geringer Höhe den Platz überflog. Ein Ehepaar in Charleroi erlebte sogar, daß die leuchtende Scheibe, die ihren Garten in ein bläuliches Licht tauchte, schließlich das Stromkabel der Oberleitung durchschmorte, wie die Presse meldete. Und während skeptische Stimmen laut wurden, bei dem Dreiecks-UFO könne es sich womöglich um den Radar-Frühwarner AWACS oder gar den amerikanischen Stealth-Bomber oder eine andere, noch geheime Wunderwaffe des „großen Bruders“ von jenseits des Atlantiks handeln, nahm auch Belgiens Verteidigungsminister Guy Come zu den Sichtungen Stellung: *„Jede Möglichkeit, daß es sich um ein militärisches Flugzeug gehandelt haben könnte, ist von uns gründlich überprüft worden und definitiv auszuschließen.“*

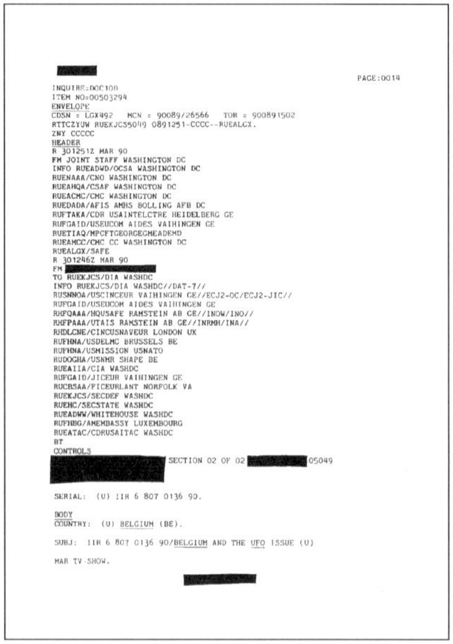

[redacted]

PAGE:0014

INQUIRE=DOC10D
ITEM NO=00503294
ENVELOPE
CDSN = LGX492 MCN = 90089/26566 TOR = 900891502
RTTCZYUW RUEKJCS5049 0891251-CCCC--RUEALGX.
ZNY CCCCC
HEADER
R 301251Z MAR 90
FM JOINT STAFF WASHINGTON DC
INFO RUEADWD/OCSA WASHINGTON DC
RUENAAA/CNO WASHINGTON DC
RUEAHQA/CSAF WASHINGTON DC
RUEACMC/CMC WASHINGTON DC
RUEDADA/AFIS AMHS BOLLING AFB DC
RUFTAKA/CDR USAINTELCTRE HEIDELBERG GE
RUFGAID/USEUCOM AIDES VAIHINGEN GE
RUETIAQ/MPCFTGEORGEGMEADEMD
RUEAMCC/CMC CC WASHINGTON DC
RUEALGX/SAFE
R 301246Z MAR 90
FM [redacted]
TO RUEKJCS/DIA WASHDC
INFO RUEKJCS/DIA WASHDC//DAT-7//
RUSNNOA/USCINCEUR VAIHINGEN GE//ECJ2-OC/ECJ2-JIC//
RUFGAID/USEUCOM AIDES VAIHINGEN GE
RHFQAAA/HQUSAFE RAMSTEIN AB GE//INOW/INO//
RHFPAAA/UTAIS RAMSTEIN AB GE//INRMH/INA//
RHDLCNE/CINCUSNAVEUR LONDON UK
RUFHNA/USDELMC BRUSSELS BE
RUFHNA/USMISSION USNATO
RUDOGHA/USNMR SHAPE BE
RUEAIIA/CIA WASHDC
RUFGAID/JICEUR VAIHINGEN GE
RUCBSAA/FICEURLANT NORFOLK VA
RUEKJCS/SECDEF WASHDC
RUEHC/SECSTATE WASHDC
RUEADWW/WHITEHOUSE WASHDC
RUFHBG/AMEMBASSY LUXEMBOURG
RUEATAC/CDRUSAITAC WASHDC
BT
CONTROLS
[redacted] SECTION 02 OF 02 [redacted] 05049

SERIAL: (U) IIR 6 807 0136 90.

BODY
COUNTRY: (U) BELGIUM (BE).

SUBJ: IIR 6 807 0136 90/BELGIUM AND THE UFO ISSUE (U)

MAR TV SHOW.

[redacted]

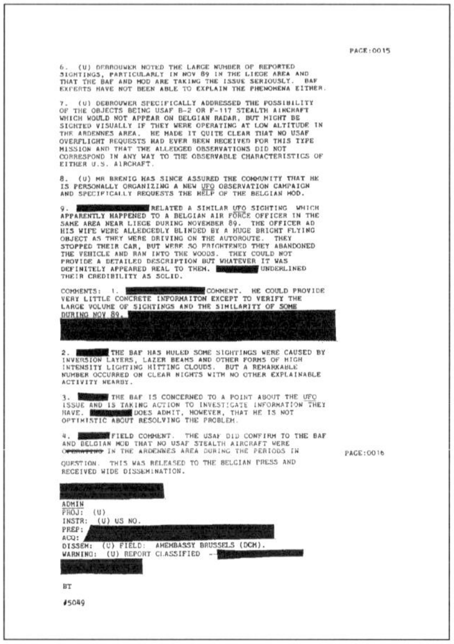

PAGE:0015

6. (U) DEBROUWER NOTED THE LARGE NUMBER OF REPORTED SIGHTINGS, PARTICULARLY IN NOV 89 IN THE LIEGE AREA AND THAT THE BAF AND MOD ARE TAKING THE ISSUE SERIOUSLY. BAF EXPERTS HAVE NOT BEEN ABLE TO EXPLAIN THE PHENOMENA EITHER.

7. (U) DEBROUWER SPECIFICALLY ADDRESSED THE POSSIBILITY OF THE OBJECTS BEING USAF B-2 OR F-117 STEALTH AIRCRAFT WHICH WOULD NOT APPEAR ON BELGIAN RADAR, BUT MIGHT BE SIGHTED VISUALLY IF THEY WERE OPERATING AT LOW ALTITUDE IN THE ARDENNES AREA. HE MADE IT QUITE CLEAR THAT NO USAF OVERFLIGHT REQUESTS HAD EVER BEEN RECEIVED FOR THIS TYPE MISSION AND THAT THE ALLEDGED OBSERVATIONS DID NOT CORRESPOND IN ANY WAY TO THE OBSERVABLE CHARACTERISTICS OF EITHER U.S. AIRCRAFT.

8. (U) MR BRENIG HAS SINCE ASSURED THE COMMUNITY THAT HE IS PERSONALLY ORGANIZING A NEW UFO OBSERVATION CAMPAIGN AND SPECIFICALLY REQUESTS THE HELP OF THE BELGIAN MOD.

9. [redacted] RELATED A SIMILAR UFO SIGHTING WHICH APPARENTLY HAPPENED TO A BELGIAN AIR FORCE OFFICER IN THE SAME AREA NEAR LIEGE DURING NOVEMBER 89. THE OFFICER AD HIS WIFE WERE ALLEDGEDLY BLINDED BY A HUGE BRIGHT FLYING OBJECT AS THEY WERE DRIVING ON THE AUTOROUTE. THEY STOPPED THEIR CAR, BUT WERE SO FRIGHTENED THEY ABANDONED THE VEHICLE AND RAN INTO THE WOODS. THEY COULD NOT PROVIDE A DETAILED DESCRIPTION BUT WHATEVER IT WAS DEFINITELY APPEARED REAL TO THEM. [redacted] UNDERLINED THEIR CREDIBILITY AS SOLID.

COMMENTS: 1. [redacted] COMMENT. HE COULD PROVIDE VERY LITTLE CONCRETE INFORMAITON EXCEPT TO VERIFY THE LARGE VOLUME OF SIGHTINGS AND THE SIMILARITY OF SOME DURING NOV 89. [redacted]

2. [redacted] THE BAF HAS RULED SOME SIGHTINGS WERE CAUSED BY INVERSION LAYERS, LAZER BEAMS AND OTHER FORMS OF HIGH INTENSITY LIGHTING HITTING CLOUDS. BUT A REMARKABLE NUMBER OCCURRED ON CLEAR NIGHTS WITH NO OTHER EXPLAINABLE ACTIVITY NEARBY.

3. [redacted] THE BAF IS CONCERNED TO A POINT ABOUT THE UFO ISSUE AND IS TAKING ACTION TO INVESTIGATE INFORMATION THEY HAVE. [redacted] DOES ADMIT, HOWEVER, THAT HE IS NOT OPTIMISTIC ABOUT RESOLVING THE PROBLEM.

4. [redacted] FIELD COMMENT. THE USAF DID CONFIRM TO THE BAF AND BELGIAN MOD THAT NO USAF STEALTH AIRCRAFT WERE OPERATING IN THE ARDENNES AREA DURING THE PERIODS IN

PAGE:0016

QUESTION. THIS WAS RELEASED TO THE BELGIAN PRESS AND RECEIVED WIDE DISSEMINATION.

[redacted]
ADMIN
PROJ: (U)
INSTR: (U) US NO.
PREP: [redacted]
ACQ: [redacted]
DISSEM: (U) FIELD: AMEMBASSY BRUSSELS (DCM).
WARNING: (U) REPORT CLASSIFIED -- [redacted]

BT

#5049

US-Geheimbericht vom März 1990 über die Vorfälle von Belgien: „Keine Stealth-Bomber über den Ardennen“

Tatsächlich wird diese Aussage bestätigt durch einen internen Lagebericht der DIA, dem Nachrichtendienstes des US-Verteidigungsministeriums, der am 1. Mai 1991 offiziell an unseren Freund Sgt. Clifford Stone freigegeben wurde. Interessanterweise ging dieser Geheimreport vom März 1990 seinem Verteiler zufolge u.a. dem Weißen Haus, dem US-Verteidigungsministerium, dem US-Außenministerium, dem Generalstab in Washington, dem Kommandanten der US-Luftwaffe, dem CIA, dem NATO-Headquarter SHAPE in Brüssel, den diensthabenden Kommandanten der US-Marine und US-Luftwaffe in Europa, aber auch dem „Nachrichtendienstlichen Zentrum der US-Streitkräfte“ in Heidelberg und dem „Gemeinsamen Nachrichtendienst-Zentrum“ in Vaihingen bei Stuttgart zu.

In dem Bericht heißt es wörtlich:
„Die belgische Luftwaffe ist bis zu einem gewissen Grad beunruhigt über die UFO-Angelegenheit und bemüht sich um eine Untersuchung der ihr vorliegenden Informationen... während sie ein paar Sichtungen auf Inversionslagen, Laser und andere Formen hochintensiver Beleuchtungen, die von Wolken reflektiert werden, zurückführen konnte, ereignete sich eine bemerkenswerte Anzahl von Vorfällen in klaren Nächten und ohne eine andere Erklärung... die US-Luftwaffe bestätigte der belgischen Luftwaffe und dem belgischen Verteidigungsministerium, daß keine Stealth-Bomber der US-Luftwaffe im fraglichen Zeitraum über den Ardennen operierten. Diese Information wurde an die belgische Presse weitergeleitet und erlangte weite Verbreitung.“

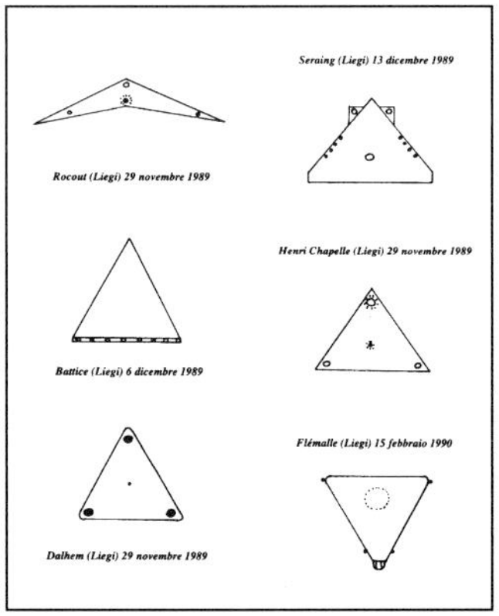

Die Formen der UFOs von Belgien

Und auch die These eines deutschen UFO-Skeptikers, die riesigen Dreiecke seien nichts anderes als „Ultra- -Leichtflieger“, also motorisierte Drachenflieger gewesen, stieß nicht auf die Gegenliebe der belgischen Luftwaffe. So erklärte Major Lambrecht in einem offiziellen Untersuchungsbericht, daß nach gründlicher Überprüfung nicht nur *„die Anwesenheit oder Testflüge von B2 oder F1 1 7 (Stealth-Bomber)“*, sondern auch die von *„RPV (ferngelenkten Flugzeugen), ULM (Ultraleicht-Fliegern) und AWACS (Radar-Frühwarn-Flugzeugen) zum Zeitpunkt der Sichtungen im belgischen Luftraum ausgeschlossen werden kann.“*
Das freilich hielt den wackeren UFO-Henker nicht davon ab, auch weiterhin - so in der RTL-Sendung „Explosiv“ vom 25.2.90 - seine „ULM-These“ zu vertreten, ganz unter dem Motto: Warum um ein paar dummer Fakten willen eine schöne Theorie aufgeben! Natürlich hatte er es nicht nötig, vor Ort eigene Recherchen anzustellen oder auch nur den Fuß über die belgische Grenze zu setzen, und auch in RTL-Explosiv geriet er, konfrontiert mit kritischen Fragen (und meinen Entgegnungen, denn ich war mit ihm in die Sendung eingeladen worden), ganz schön ins Schwitzen. Trotzdem frage ich mich noch immer, warum die „Trottel von der NATO“ sich den UFO-Henke (er heißt Rudolf Henke) nicht längst nach Brüssel geholt haben, wo er doch offensichtlich so viel fähiger ist als sie (und wir) alle zusammen. Dabei war es immer das Militär gewesen, das - zumindest nach außen hin - UFO-Vorfälle abstritt und nur zu gerne auf „Debunker-“ (Verneiner-) „Erklärungen“ zurückgriff, da es so viel beruhigender ist zu glauben, daß ein paar Zivilisten einen Ultraleicht-Flieger für ein UFO halten, als die Öffentlichkeit mit der Präsenz einer unbekannten Macht mit unbekannter Intention im eigenen Luftraum zu konfrontieren.

Tatsächlich aber geschah etwas völlig Unerwartetes: Das Militär wandte sich an UFO-Forscher und suchte ihre Zusammenarbeit, um dem Rätsel auf die Spur zu kommen. Was man wenige Jahre zuvor in der Sowjetunion „Glasnost“ nannte, wurde jetzt auch in einem NATO-Land und zudem noch in der UFO-Frage praktiziert: eine neue Offenheit, ein gemeinsames, ehrliches Bemühen um die Wahrheit.

Und die UFO-Forscher, die dazu ausgewählt wurden, waren gerade nicht die radikalen UFO-Gegner, die von Militärs und Geheimdienstlern in den Zeiten der UFO-Geheimhaltung immer als „nützliche Idioten“ an die Front geschickt wurden, um die Öffentlichkeit glauben zu machen, daß man die Situation am Nachthimmel nach wie vor völlig unter Kontrolle hätte. Nein, diesmal waren es wirklich die seriösen Forscher, an die man sich wandte, nämlich die UFO-Experten der 1971 gegründeten privaten „Belgischen Gesellschaft zur Erforschung von Weltraumphänomenen“ (SOBEPS) mit Sitz in Brüssel. Und SOBEPS gehören so notable Persönlichkeiten an wie Professor Leon Brenig, ein Nonlineardynamik-Physiker der Freien Universität Brüssel, oder Professor August Meesen, Physiker der Katholischen Universität Löwen.

So erteilte die belgische Gendarmerie mit Order vom 12.12.89 allen Polizeidienststellen Befehl, bei Eingang von UFO-Meldungen sofort SOBEPS zu informieren. Dann, am 18.12., fand eine erste Begegnung zwischen SOBEPS-Mitarbeitern und Major Stas und Oberst De Brouwer vom Verteidigungsministerium statt, der am 10.1.90 einer Einladung zu einem Besuch der NATO-Radaranlagen in Glons durch den Generalstab der Luftwaffe folgte. Am 31. Januar schließlich war es offiziell: *„Ich freue mich, Ihnen mitteilen zu können, daß die Luffwaffe nach besten Kräften zur Zusammenarbeit im Rahmen Ihrer Forschungsarbeiten bereit ist“*, gab André Bastien, persönlicher Referent des belgischen Verteidigungsministers Guy Come, SOBEPS-Präsident Michel Bougard schriftlich bekannt. *„Zur Vervollständigung Ihrer Untersuchungen sind Sie daher autorisiert, mit der operativen Sektion des Luftwaffenstabes Kontakt aufzunehmen.“* Damit war das Eis gebrochen. Den UFO-Forschern ergaben sich Möglichkeiten, von denen sie zuvor nicht einmal zu träumen gewagt hatten. Und es sollten nur zwei Monate vergehen, bis sie die ersten Früchte dieser neuen Politik der Offenheit ernten konnten...

2. „KEINE IRDISCHE MASCHINE...“

Freitag, 30. März 1990, 22.55 Uhr in Ramilies bei Wavre, Belgien.
Nach Dienstschluß haben sich der Gendarm Renkin und seine Frau mit dem Ehepaar I. zu einem gemütlichen Beisammensein getroffen. Frau Renkin steht in der Küche, um noch ein paar Häppchen zuzubereiten, als sie durch das Küchenfenster etwas Merkwürdiges bemerkt. Am Nachthimmel über Ramilies schwebt ein greller Lichtpunkt, dreimal größer als der größte Stern, dessen Farbe kontinuierlich zwischen Weiß, Gelb, Grün, Blau und Rot wechselt. Natürlich hat sie von der UFO-Sichtungswelle über Belgien in den Zeitungen gelesen, ihr Mann hat ihr von den Beobachtungen seiner Kollegen berichtet. Steht jetzt ein solches UFO vor ihr am Nachthimmel? Sie geht zu ihrem Mann ins Wohnzimmer. *„Liebling, schau mal bitte. Da steht etwas Seltsames am Himmel. Ich glaube, das ist eines dieser UFOs.“* Renkin kommt ans Wohnzimmerfenster, schiebt die Gardine beiseite und sieht es auch. *„Das muß ich mir genau anschauen.“* Gemeinsam gehen die beiden Ehepaare nach draußen, um das unheimliche UFO zu beobachten, das sich jetzt ruckweise zur Seite bewegt und dabei von Zeit zu Zeit Kreise beschreibt. *„Seht ihr, wie schnell es sich hin und her bewegt, von links nach rechts?“*. Renkin ist sich sicher: *„Das ist kein Flugzeug. Hundertprozent.“* Langsam bewegt sich das Licht im Westen, schwebt offenbar über den Ortschaften Perwez und Aische-en-Refail. Dann verändert es seine Farbe hin zu einem leuchtenden Rot und setzt sich in Richtung Gembloux in Bewegung. Renkin läuft in die Wohnung, zum Telefon. Er muß den Luftwaffenstützpunkt Beauvechain informieren. *„Könnt ihr es auf dem Radarschirm sehen?“* Beauvechain kann nicht, die Radaranlage ist übers Wochenende nicht in Betrieb, aber man will sich bei der militärischen Luftraumüberwachung Glons erkundigen. *„Rufen Sie in ein paar Minuten wieder an.“* Renkin geht wieder nach draußen, um das Schauspiel weiter zu verfolgen, dann ruft er erneut Beauvechain an, von wo aus man ihn direkt mit Glons verbindet. *„Wir werden zwei Flugzeuge hochschicken“*, erklärt der diensthabende Offizier, Lt. Van Hauwermeiren. Es ist 23.05 Uhr.
Doch vorher ruft Lt. Van Hauwermeiren die Einsatzleitung der Gendarmerie Wavre an: *„Schickt mal jemanden zu ihm, überprüfen Sie seine Angaben.“* Um 23.08 Uhr beordert Gendarmerie-Chef Vossem, der den Einsatz der Streifenwagen an diesem Abend koordiniert, die beiden Gendarmen Hauptmann Pinson und MDL (Dienstgrad) Jamotte zum Ort des Geschehens. Zusammen mit Renkin beobachten sie jetzt zwei weitere, weniger helle Lichtpunkte, die zusammen mit dem ersten ein gleichschenkliges Dreieck bilden und ebenfalls ihre Farbe kontinuierlich verändern. Als eine Linienmaschine über das Dreieck hinwegfliegt, nehmen die Lichter einen intensiven Rotton an und „hüpfen“ zur Seite. Um 23.25 Uhr beschließt Hauptmann Pinson, die diensttuenden Streifen auf das Phänomen aufmerksam zu machen. Jetzt sehen es auch

Wachtmeister Baijot und zwei seiner Kollegen von der Gendarmerie Perwez, außerdem MDL Chavagne und MDL Heyne bei Jauchelette und zwei weitere Gendarmen aus Orp-Jauche. Zur selben Zeit ortet die militärische Luftraumüberwachung Glons ein unidentifiziertes Flugobjekt, das sich im fraglichen Gebiet nahe Beauvechain mit der extrem langsamen Geschwindigkeit von 25 km/h in westliche Richtung bewegt. Außerdem treffen Dutzende UFO-Meldungen von Gendarmen und Zivilisten bei der Gendarmerie ein, die allesamt das geheimnisvolle Dreiecks-UFO über Wallonisch-Brabant - unter anderem in Brüssel, Cauchelette, Judoigne und Throrembaisles-Beguines - beobachten konnten.

Etwa eine Viertelstunde später sehen die mittlerweile zehn Gendarmen, wie eine zweite Dreiergruppe seltsamer Lichter auftaucht, auf das erste Objekt zufliegt und in seiner unmittelbaren Nähe anhält. Den Augenzeugen fällt auf, daß die UFOs von Zeit zu Zeit kurze, helle Lichtblitze aussenden. Gegen 23.45 Uhr schließlich erscheinen ein siebter und ein achter Lichtpunkt am Nachthimmel. Auch das zweite Objekt ortet Glons auf dem Radarschirm. Eine Rückfrage ergibt, daß auch das Radar des TCC/RP Semmerzake die geheimnisvollen UFOs auf dem Schirm hat. Damit sind die Bedingungen für einen militärischen Einsatz erfüllt. Exakt um 23.56 Uhr erteilt die militärische Luftraumüberwachung Glons dem 1. Jagdgeschwader Startbefehl.

Um 00.05 Uhr donnern zwei F-16 Abfangjäger - die schnellsten Jäger der NATO - in den belgischen Nachthimmel. Was die Piloten beobachten, entnehmen wir einem offiziellen Bericht über den Vorfall, verfaßt von Luftwaffenmajor P. Lambrecht vom Generalstab der belgischen Luftwaffe in Brüssel, der an die SOBEPS weitergeleitet wurde. Dieser Bericht über die Beobachtung von UFOs in der Nacht vom 30. auf den 31. März 1990 umfaßt eine detaillierte Chronologie der Ereignisse sowie zahlreiche Anlagen, darunter die Augenzeugenberichte der genannten Gendarmen und Karten der Sichtungsstandorte.

Dem Bericht zufolge haben die Flieger verschiedene Male kurzen Radarkontakt mit den vom CRC (Glons) zugewiesenen Zielen. In drei Fällen gelang es den Piloten, die automatische Zielverfolgungseinrichtung für einige Sekunden zu aktivieren; dies führte jedesmal zu einer drastischen Veränderung im Verhalten der UFOs. Um 00.13 Uhr steht das erste UFO in 10 km Entfernung direkt vor dem Flieger in 9000 Fuß Höhe, seine Geschwindigkeit liegt bei 150 Knoten (1 Knoten = 1 Seemeile = 1852 m/h) oder 278 km/h. Doch im selben Moment, in dem sich die Zielautomatik des Abfangjägers einschaltet, beschleunigt das unheimliche Flugobjekt innerhalb von Sekunden auf über 970 Knoten (1800 km/h) und rast den F-16 davon. Gleichzeitig sinkt es auf 5000 Fuß Höhe, schießt hoch auf 11.000 Fuß, um plötzlich auf Bodenhöhe abzusinken. Damit hat es die Abfangjäger ausmanövriert, der Radarkontakt ist - aufgrund der niedrigen Flughöhe - unterbrochen. Erst um 0.30 Uhr wird das UFO auf 5000 Fuß Höhe wieder geortet, jetzt mit 740 Knoten (1370 km/h) Geschwindigkeit. Die automatische Zielverfolgungseinrichtung kann für sechs Sekunden aktiviert werden, dann bricht der Radarkontakt durch einen Störeinfluß wieder ab. Ein solches Katz- und Mausspiel wiederholt sich mehrere Male, bis die UFOs um 1.00 Uhr am Nachthimmel verschwinden. Resigniert kehren die Abfangjäger zu ihrer Basis zurück.

Gibt es eine konventionelle Erklärung für die unglaublichen Flugmanöver des UFOs? Nein, heißt es in dem offiziellen Luftwaffenbericht. *„Die ... gemessenen Geschwindigkeiten und die festgestellten Höhenveränderungen schließen die Hypothese aus, wonach es sich um eine Verwechslung mit Flugzeugen handeln könnte. Auch die in anderen Phasen gezeigten, langsamen Bewegungen sind nicht flugzeugtypisch...*

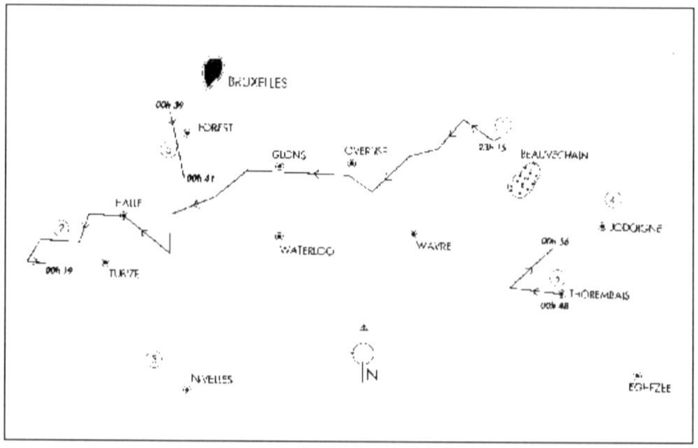

Flugbahn des UFOs in der Nacht vom 30. auf den 31. März 1990, wie sie von der belgischen Luftwaffe rekonstruiert wurde.

Die Hypothese, wonach es sich um eine optische Täuschung, eine Verwechslung mit Planeten oder um irgendein meteorologisches Phänomen handeln könnte, steht im Widerspruch zu den Radarbeobachtungen; dies gilt speziell für die Flughöhe von 10.000 Fuß und die Gesamtformation der UFOs. Die geometrische Anordnung läßt die Annahme zu, daß ihr ein Plan zugrunde liegt... Ebenfalls auszuschließen ist die Hypothese von Himmelsphänomenen, die aus einer Projektion von Hologrammen herrühren... Hologramme können nicht auf Radar geortet werden, und eine Laser-Projektion ist nur dann sichtbar, wenn es dafür einen ‚Schirm‘ gibt, beispielsweise Wolken. Im vorliegenden Fall war der Himmel indessen unbewölkt...“ Und auch die Möglichkeit von *„Radarengeln“*, also Phantomen auf dem Radarschirm, wie sie gelegentlich bei Temperaturinversionen vorkommen, schließt der Bericht ultimativ aus: *„In Belgien herrschte zum Zeitpunkt der Radarbeobachtungen keine meteorologisch relevante Inversionswetterlage.“*
Tatsächlich haben auch Augenzeugen vom Boden aus die Verfolgungsjagd beobachtet. So sahen fünf Gendarmen auf der N29 Richtung Namur gegen 0.30 Uhr erst ein „flackerndes Licht“, dann zwei Flugzeuge, die es zu verfolgen schienen. Dabei wich das „Licht“ offenbar ständig den Abfangjägern aus. Auch der Gendarmeriehauptmann Pinson aus Ramillies sah zur gleichen Zeit die beiden Flugzeuge, die „dreimal an dem Phänomen vorbeiflogen“, bevor sie *„beim dritten Passieren das große gleichschenklige Dreieck“* zu umkreisen begannen, das sich schließlich mit großer Geschwindigkeit aus dem Staub machte. Erst um 1.18 Uhr, so Hauptmann Pinson - die F-16 waren längst gelandet - kehrten vier Objekte im Formationsflug zurück. Gegen 2.00 Uhr schließlich filmte ein weiterer Zeuge, Marcel Alfarano, über Brüssel drei Lichter in Dreiecksformation, ein viertes, pulsierendes Licht in der Mitte und, in zwei Sequenzen, hell aufblitzende Lichter außerhalb des *„Dreiecks.“* Auch diese Aufnahmen schließen eindeutig jede „konventionelle“ Erklärung aus.

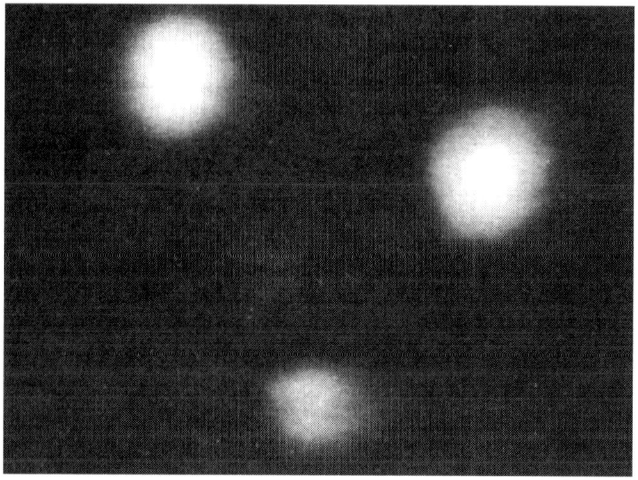

Einzelbild aus dem Alfarano-Videofilm

Am meisten erstaunt aber zeigte sich Major Lambrecht in seinem Bericht über den Umstand, daß *„trotz mehr-*

facher Durchbrechung der Schallmauer nie eine Schockwelle gespürt oder ein Knall gehört wurde. Dafür gibt es keine Erklärung.“ Doch während er es „nur“ dabei beließ, die georteten Flugobjekte als „unidentifiziert“ zu klassifizieren, ging Generalmajor Charles De Brouwer noch einen Schritt weiter...

Am 22. Juni 1990 bestellte er die französische Journalistin Marie-Therese de Brosses vom angesehenen *„Paris Match“* in sein Büro, stellte den Fernseher an und legte ein Band in den Videorecorder: Die Blackbox-Aufzeichnungen vom Bordradar einer der beiden F-16, die deutlich das Ausweich- und Beschleunigungsmanöver des UFOs zeigten. *„Es gibt eine Logik hinter den Bewegungen des UFOs“*, erklärte De Brouwer, *„die Höchstgeschwindigkeit der F-16 in dieser geringen Höhe liegt aufgrund der Luftdichte bei 1300 km/h, wird sie überschritten, besteht die Gefahr einer Explosion der Turbinen. Es hat also unsere F-16 ganz einfach abgehängt. Und als es seine Flughöhe wechselte, schließlich abtauchte, wich es unserem Radar aus.“* Dieses Manöver aber liegt weit über den Kapazitäten irdischer Flugzeuge: *„Keine Maschine ist in der Lage, in so geringer Höhe mit 1800 km/h zu fliegen und das auch noch ohne jeden Überschallknall.“* Doch es gibt noch einen wichtigeren Faktor, der Generalmajor De Brouwer davon überzeugte, daß das unheimliche Flugobjekt, das seine Flieger in der Nacht vom 30. auf den 31. März verfolgten, nicht von dieser Erde stammen konnte: *„Es beschleunigte in einer Sekunde von 280 km/h auf 1800 km/h und fiel von 3000 Metern Höhe auf 1700 Meter. Das entspricht einer Steigleistung von 40 Gs.“* G steht für die Gravitation der Erde. Ein G liegt bei 9,81 m/sec. *„40 Gs würden den sofortigen Tod für jeden Menschen an Bord bedeuten. Die Höchstgrenze, die ein Kampfflieger aushalten kann, liegt bei 8 Gs. Es existiert derzeit keine vom Menschen gefertigte Maschine, sei es ein Flugzeug oder ein Flugkörper, die zu derartigen Leistungen fähig wäre.“*

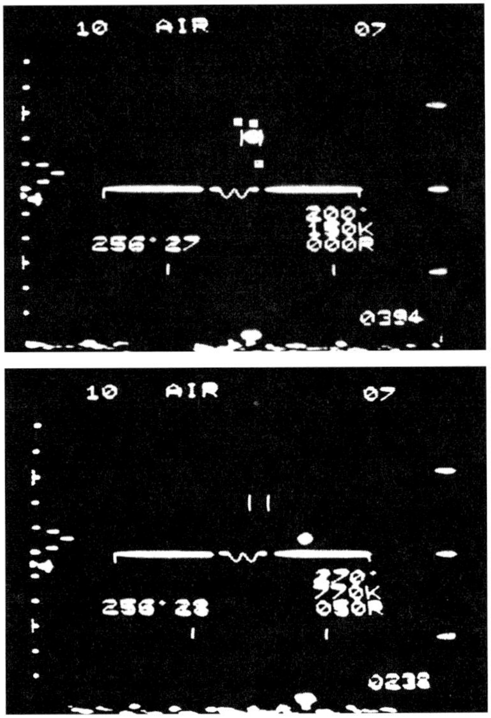

Offiziell von der Belgischen Luftwaffe freigegebenes Radarbild des UFOs (rautenförmiger Punkt) auf dem Schirm der F-16 (—w— zeigt die Positition des Abfangjägers an)

Die erste Konsequenz aus diesen unglaublichen Vorgängen am belgischen Nachthimmel war eine Krisensitzung des Verkehrs-, Innen- und Verteidigungsministeriums. Man kam zu dem Schluß, daß die Öffentlichkeit über die Vorkommnisse informiert und zur Mitarbeit beim Aufspüren der UFOs aufgerufen werden müßte. In Zusammenarbeit mit SOBEPS wurde an den Osterfeiertagen eine „nationale UFO-Jagd“ veranstaltet. Zwischen Karfreitag (13.4.) und Osterdienstag, (17.4.1990) lagen Tausende von Belgiern auf der Lauer: Wissenschaftler mit modernsten Meßgeräten, Magnetfelddetektoren, Teleskopen, Theodoliten, Infrarot- und Videokameras, Laien mit Fernrohren und Camcordern. 20 Beobachtungsstationen richtete SOBEPS zwischen Brüssel und der deutschen Grenze ein, Polizei und Gendarmerie hatten ein spezielles UFO-Telefon in Betrieb, die königlich-belgische Luftwaffe stellte rund um die Uhr zwei F-16 Abfangjäger zur Verfügung, überließ den UFO-Jägern gar ihre militärische Radaranlage in Glons. Doch die offensichtlich intelligenten UFO-Insassen zeigten sich von dem Rummel abgeschreckt und begegneten ihm mit vornehmer Zurückhaltung. Erst Anfang Oktober ließen sie sich wieder häufiger blicken.

Ein Jahr später veröffentlichte SOBEPS seinen 700seitigen Bericht „UFO-Welle über Belgien“, das Ergebnis der Auswertung von über 2000 Berichten, die SOBEPS neben Dutzenden von Fotos und Filmen zugingen, und die keinen Zweifel daran lassen, daß tatsächlich unbekannte und offenbar nichtirdische Flugobjekte über dem NATO-Land manövrierten. Im Nachwort gesteht Generalmajor Charles De Brouwer dann auch ein: *„Die Luftwaffe jedenfalls ist zu dem Schluß gekommen, daß im belgischen Luftraum eine gewisse Anzahl anomaler Phänomene... (und) nicht genehmigter Flugaktivitäten stattgefunden hat.“* Ihre militärische Auswertung ergab jedoch *„bislang keine Hinweise, die auf ein aggressives Verhalten hindeuten... man kann folglich annehmen, daß von den mutmaßlichen Aktivitäten keine konkrete Bedrohung ausging... Der Tag wird gewiß kommen, da man den Phänomenen mit Hilfe hochentwickelter Ortungs- und Aufzeichnungsgeräte wird begegnen können, die keinen Zweifel an seinem Ursprung mehr lassen. Damit dürfte der Schleier, der das Mysterium umgibt, zum Teil gelüftet werden können. Ein Geheimnis ist es nach wie vor geblieben. Aber es existiert, es ist real. Allein das ist schon eine wichtige Schlußfolgerung.“*

Ist der Durchbruch von Belgien ein Einzelfall? Offenbar nicht. Denn zeitgleich mit den Aktivitäten über Belgien kam es auch in Rußland zu einer amtlichen Bestätigung der Existenz unbekannter, nichtirdischer Flugobjekte - und das durch keinen geringeren als den Oberkommandeur der sowjetischen Luftstreitkräfte, Generaloberst Igor Maltsev.

Der Vorfall, der zur ersten offiziellen Anerkennung der UFOs durch eine Großmacht führen sollte, ereignete sich nur wenige Tage vor den Ereignissen in Belgien, am 21. März 1990, im Gebiet um Sagorsk, 47 km nordöstlich von Moskau, kurz nach 21.00 Uhr.

Eigentlich ist es eine ruhige Nacht, und Major Stroynetsky, der diensthabende Offizier des Armee-Stützpunktes Sagorsk, richtet sich auf eine ereignislose Dienstzeit ein. Doch die scheinbar so friedvolle Stille der einbrechenden Nacht wird jäh durch das schrille Läuten des Telefons unterbrochen.

Widerwillig und eher träge greift Stroynetsky nach dem Hörer, meldet sich mit einem grimmigen *„Ja!“*. Am anderen Ende der Leitung ist eine aufgeregte Stimme. *„Über der Autobahn nach Jaroslawl schwebt eine riesige Scheibe, umgeben von farbigen Lichtern.“* *„Schon wieder eines dieser UFOs“*, denkt Major Stroynetsky. Schon seit Tagen rufen Dutzende von Bürgern, Militärs und Zivilisten den Sagorsker Stützpunkt an, um ein geradezu unheimliches Geschehen am Nachthimmel zu melden, das ihnen meist auf ihrem Heimweg vom Dienst begegnet.

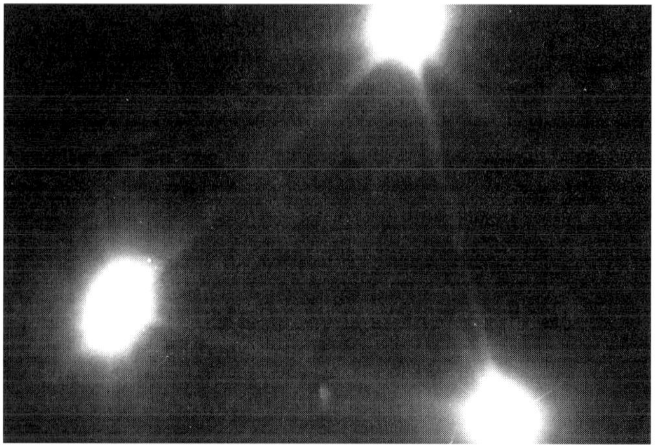

Dreiecks UFO über Jaroslawl, Rußland, im März 1990 von Y. Kapustin aufgenommen

Mal sind es „ananasartige“ Objekte mit schwach glühenden „Schuppen“ auf der Außenseite und einer Art dreifüßigem Landegestell, mal scheibenförmige Körper mit einer deutlich erkennbaren Erhöhung in der Mitte und einem Durchmesser von 12-15 Metern. Die Kuppel ist stets rot und hat zwei dunkle „Fenster“, während kleine Lichter den Rand der Scheibe umgeben. Andere Objekte schließlich gleichen den UFOs von Belgien: Riesige Dreiecke mit weißen Lichtern an jeder Seite und einem pulsierenden roten Licht im Zentrum.

Und da sich die Sichtungen fast täglich an der Jarolslawl-Autobahn wiederholen, sind schon seit Tagen jeden Abend Hunderte Schaulustige auf den Beinen, um den UFOs mit Ferngläsern und billigen Amateurkameras aufzulauern.

Ein so nüchterner Mann wie Major Stroynetsky würde den ganzen UFO-Rummel für eine simple Massenhysterie halten, wenn nicht auch einige der besten seiner Kameraden die unheimlichen Flugobjekte beobachtet hätten. Und jetzt sind sie wieder da, ausgerechnet zu seinem Nachtdienst. Ein zweiter Zeuge ruft an, ein dritter, schließlich ein Offizier vom Stützpunkt Sagorsk. Sie alle beschreiben das Objekt auf die gleiche Weise. Stroynetsky muß handeln. Er ruft den Kontrollturm der Luftwaffe an. *„Hier melden die Leute wieder eines dieser UFOs. Habt Ihr das Ding auf Radar?“* Sie haben, es ist real. *„Schicken Sie sofort zwei Abfangjäger hoch. Den Burschen schnappen wir uns!“*

Exakt um 21.58 Uhr erhalten die Piloten zweier MiG-29 Abfangjäger vom Kontrollturm Startbefehl. Es dauert nur wenige Minuten, bis die riesigen, olivgrünen Vögel in den Nachthimmel donnern, den Sternen entgegen, Mission unbekannt. Erst um 22.03 Uhr erhalten die beiden Piloten Anweisungen zu ihrem Auftrag. *„Da befindet sich ein Unbekannter in 6000 Fuß Höhe. Spürt ihn auf und stellt seine Herkunft fest. Roger, Ende.“* Dann, um 22.05 Uhr, der erste Sichtkontakt vom Flugzeug aus. *„Habe zwei blitzende Lichter auf 1.30 Uhr vor mir. Erwarte weitere Befehle“*, funkt einer der Piloten, Oberstleutnant A. A. Semenchenko, die Basis an. *„Fordern Sie ihn auf, zu landen“*, antwortet der Tower. Im selben Augenblick verringert das Dreieck seine Flughöhe um 3000 Fuß und verändert seine Flugrichtung. Vergeblich versucht Semenchenko, das UFO anzufunken. Ungläubig beobachtet er dessen erstaunliches Flugmanöver auf seinem Bordradar: In etwa 20 Kilometer Entfernung von der MiG 29 „springt“ das UFO in weniger als einer Minute über eine Entfernung von rund 100 Kilometern. Das bedeutet, daß es eine Geschwindigkeit von über 6000 Stundenkilometern erreicht haben muß. Für einen Augenblick bleibt Oberstleutnant Semenchenko das Herz stehen. So etwas hat er noch nie erlebt. Ganz offensichtlich verfügt der fremde Flugkörper über eine Technologie, die der irdischen weit überlegen ist. Er muß das unheimliche UFO aufspüren. *„Steuern Sie es in einem steilen Kurvenflug an“*, befiehlt ihm der Kommandoposten im Kontrollturm, als Semenchenko im Steilflug immer näher an das mittlerweile fast schwebende Objekt heranschießt, bis es nur noch 1500 Fuß entfernt ist. Jetzt erkennt er erstmals Details, zwei blinkende Lichter, eine dunkle Silhouette vor dem Hintergrund einer erleuchteten Stadt. Das ist auch für den Tower genug. *„Kehren Sie sofort zurück zur Basis“*, funkt ihn der Fluglotse zurück. Nur wenige Minuten später landet die MiG 29 wieder auf ihrem Stützpunkt.

Natürlich wurde der Vorfall von der (damaligen) sowjetischen Luftwaffe gründlich untersucht, und über hundert Militärangehörige, die die UFOs beobachtet hatten, wurden interviewt. Auf einer Karte wurde die Flugroute des UFOs rekonstruiert: eine S-Kurve über den Städten Pereslavl - Zalesky - Novoselya - Sagorsk - Yakovlevo - Ploshevo - Dubki - Kablukovo - Fruzino und Kirsatch. Der vollständige Untersuchungsbericht, erweitert durch Skizzen und Fotos, ging direkt an den

Oberkommandeur und Stabschef der sowjetischen Luftstreitkräfte, Generaloberst Igor Maltsev. Das war der - bei einem Vorfall dieses Ausmaßes - übliche Dienstweg, und wahrscheinlich hätten wir nie die Details zu diesem Fall erfahren, wenn sich Maltsev nicht - von sich aus oder auf „höhere“ Anweisung hin - zu einem ganz außergewöhnlichen Schritt entschlossen hätte. Er informierte die Presse. Am 18. April bestellte der Vier-Sterne-General einen Reporter der Gewerkschaftszeitung „Rabochaya Tribuna“, Vladimir Lagorsky, in sein Dienstzimmer im sowjetischen Verteidigungsministerium in Moskau, legte ihm das umfangreiche Dokument vor und gab eine Erklärung ab.

„Wir beobachteten ein scheibenförmiges Objekt mit einem Durchmesser von 100 bis 200 Metern. Es hatte zwei pulsierende Lichter an den Seiten, als es horizontal flog. Bei vertikalen Bewegungen rotierte das Objekt, um seine Achse und war zu ‚S-Kurven‘ in horizontaler und vertikaler Richtung fähig. Es schwebte über dem Boden und schoß wieder davon mit einer Geschwindigkeit, die die eines modernen Abfangjägers um ein Zwei- oder Dreifaches überschritt. Alle Beobachter stimmten darin überein, daß das Blinken der Lichter an den Seiten des Objektes bei zunehmender Geschwindigkeit immer schneller wurde. Das Objekt manövrierte in einer Höhe zwischen 1000 und 7000 Metern. Seine Bewegungen waren lautlos und von unglaublicher Manövrierfähigkeit gekennzeichnet. Es scheint, als hätte das Gesetz der Massenträgheit für das Objekt keine Gültigkeit gehabt. Mit anderen Worten: Sie müssen die Schwerkraft überwunden haben. Derzeit gibt es keine irdischen Maschinen, die über solche Fähigkeiten verfügen. Skeptiker und Gläubige können diese Information gleichermaßen als eine offizielle Bestätigung der Existenz der UFOs verstehen. Wir können nur hoffen, daß diese offene Anerkennung den enormen Spekulationen um dieses Phänomen ein Ende setzt und jenseits aller Zweifel ihre Existenz beweist. Wir haben jetzt gute Gründe dafür festzustellen, daß es sich bei den UFOs keineswegs um optische Halluzinationen oder eine globale Psychose handelt. Sie wurden auf Radar geortet, Fotos wurden von Experten analysiert“, stellte Generaloberst Maltsev fest.

„Lesen Sie diese Zeilen sorgfältig“, empfahl *„Rabochaya Tribuna“* in ihrer Ausgabe vom 19. April 1990 ihren Lesern in der Einleitung zu Generaloberst Maltsevs Kommentar. *„Wir hoffen, daß sich jetzt die Wissenschaft der Angelegenheit annimmt und die Tatsachen systematisch auswertet. Es könnte der erste Schritt zur Lösung des Rätsels sein...“*

Daß General Maltsev mit seiner Meinung nicht alleine dastand, erwies sich einige Monate später, als der stellvertretende sowjetische Verteidigungsminister und Oberkommandant der sowjetischen Luftverteidigung, General Maltsevs direkter Vorgesetzer General Ivan Tretyak, von der Zeitschrift „Literaturnaja Gazeta“ interviewt wurde. In dem Interview, das in der November Ausgabe 1990 des Magazins veröffentlicht wurde, bestätigte Tretyak nicht nur die Aussagen Maltsevs, er enthüllte noch weitere Details: *„In einem ziemlich langen Zeitraum - von 20.00 bis 23.30 Uhr - wurden zwei pulsierende Lichter am Himmel beobachtet, die sich in fester Beziehung zueinander bewegten, als seien sie zwei Lichter eines Flugzeuges. Aber das war kein Flugzeug. Uns liegen Augenzeugenberichte und Fotos vor. Einige Beobachter waren sogar überzeugt, daß die Geschwindigkeit des Objektes den Rhythmus der Frequenz bestimmten, in der die Lichter pulsierten.“* Obwohl das Objekt fotografiert und auf Radar geortet wurde, tauchte es nicht auf dem Bordradar des Abfangjägers auf. Normalerweise, so erklärte er, mißt das Bordradar drei Signale: ein optisches und ein thermisches Signal und das Radarecho. Aber nur letzteres erscheint auf dem Schirm des Bordradars. Während das UFO vom 21.

März 1990 ein optisches und ein thermisches Signal abgab, reflektierte es nicht die Radarstrahlen. *„Offensichtlich wies es Charakteristiken wie der amerikanische Tarnkappenbomber ‚Stealth‘ auf“*, glaubt Tretjak, *„und bedient sich einer Form und eines Materials, das ein extrem geringes Radarprofil aufweist. Eben das erreichte das amerikanische Stealth-Programm...“* Und dann macht er eine Bemerkung, die uns nachdenken läßt: *„Ich gebe zu, daß die Maßnahmen, die wir als Reaktion auf dieses Programm entwickeln, uns gleichzeitig bei der Lösung des UFO-Rätsels einen Schritt weiterbringen wird.“* Wollte er damit andeuten, daß die Amerikaner die Stealth-Technologie nur durch ein gründliches Studium der UFOs entwickeln konnten?
Auf die Frage, weshalb er nicht Befehl zum Abschuß des UFOs erteilte - mußte doch sein Amtsvorgänger sein Amt räumen, weil er die Landung von Mathias Rust auf dem Roten Platz nicht verhindern konnte- antwortete General Tretjak: *„Es wäre dumm, einen unprovozierten Angriff gegen ein Objekt zu starten, das möglicherweise über ausgezeichnete Mittel zum Gegenschlag verfügt.“* Und sollte sich herausstellen, *„daß zumindest einige UFOs das Produkt einer hochorganisierten Intelligenz von einer viel weiter entwickelten Zivilisation als der unsrigen sind... könnte jede Kampfmaßnahme gegen diese Objekte und ihre Besatzungen -bevor wir sicher über ihre Intentionen sind- verheerende Folgen haben.“*

Einen ähnlichen Standpunkt vertrat General Yevgeniy Tarosev, Vorsitzender des Wissenschaftlichen- und Technischen Rates der Gemeinschaft Unabhängiger Staaten (GUS), in einem ganzseitigen Artikel in der Gewerkschaftszeitung „Trud“ vom 22.8.1992. Auch Tarosev bestätigte, daß *„die Luftwaffe UFOs ortete und ihnen Abfangjäger nachschickte“* und es *„noch unter Geheimhaltung stehende Informationen über die Interaktionen zwischen den Piloten und den UFOs“* gäbe. Dabei stehe *„die Realität der UFOs außer Zweifel“*, wenngleich ihre *„physische Beschaffenheit“* noch ein Rätsel sei. Es wäre kein Fall einer *„eindeutigen Feindseligkeit“* seitens der UFOs bekannt, und so hätten die Luftwaffenpiloten Befehl, *„die UFOs auf friedliche Weise“* zu behandeln.

Wir wissen nicht, welche Signalwirkung das sowjetische „UFO-Glasnost“ auf die Oberbefehlshaber der westlichen Streitkräfte hatte. Fest steht nur: Irgendetwas muß 1990 geschehen sein, das die Wende brachte. Plötzlich war das UFO-Thema gesellschaftsfähig geworden. *„Wir leben in einer Zeit, die den Beginn einer Zeit der Offenheit signalisiert“*, erklärte der französische Physik-Professor Jean-Pierre Petit in der angesehenen Zeitung „Paris Match“, *„erst fiel die Berliner Mauer, nun scheint die Mauer des Schweigens um die UFOs zu fallen. Was die UFOs betrifft, so treten wir jetzt offenbar in eine neue Phase ein. Es ist das Ende der Vermarktung und des Schwindels. Jetzt treten endlich die echten Wissenschaftler auf das Parkett.“* Prof. Petit ist Direktor des nationalen Forschungszentrums CNRS und gehört zu den führenden Wissenschaftlern seines Landes. Sein Wort hat also Geltung.
Daß es tatsächlich an der Zeit war, den „Fall UFO“ neu aufzurollen, davon war auch der belgische Europa-Abgeordnete Elio di Rupo überzeugt, als er am 26.11.1990 vor dem Europäischen Parlament die *„Schaffung eines Europäischen Beobachtungszentrums für UFOs“* beantragte. Di Rupo, zugleich Kultusminister der belgischen Provinz Wallonien, stand bereits während der belgischen UFO-Sichtungswelle mit SOBEPS in Kontakt und ließ sich regelmäßig über den jüngsten Stand der Forschung unterrichten. Er unterstützte die belgischen UFO-Forscher, als sie in einer Anfrage das Europaparlament um die Finanzierung eines High-Tech-Lieferwagens baten, der, mit hochkarätigen Wissenschaftlern als Besatzung, an

Orte in Europa geschickt werden sollte, aus denen verstärkte UFO-Aktivitäten gemeldet werden. Details dieses Projektes waren von Professor Brenig von der Universität Brüssel ausgearbeitet worden, der es dann auch im März der Presse vorstellte. Die Kosten des „Überwachungswagens“ wurden auf ca. DM 500.000 kalkuliert. Zu seiner Ausrüstung sollten Hochauflösungskameras, Radiospektrometer, Lichtverstärker und Infrarotdetektoren gehören. Doch noch bevor dieser Antrag vorgebracht und entschieden wurde, geschah etwas, das den UFO-Sichtungen tatsächlich europäische Bedeutung gab. Denn plötzlich war der gesamte Kontinent in die Sichtungswelle mit einbezogen.

Am 5. November 1990 beobachten genau von 19.03 bis 19.05 Uhr Tausende von Menschen von England bis Deutschland, von Spanien bis Dänemark ein ganzes Geschwader leuchtender Objekte - den Wiedereintritt der 3. Stufe einer sowjetischen „Proton SL12“ - Trägerrakete in die Erdatmosphäre, wie sich später herausstellte, die Anfang September den Fernmeldesatelliten Gorizont - 21 ins All gebracht hatte. Aber nicht alle Zeugenberichte lassen sich durch dieses Re-Entry erklären. So tauchten gleichzeitig in ganz Europa ähnliche Dreiecks-UFOs auf wie zuvor in Belgien.

So berichtete die Presse über die europäische UFO-Welle vom 5. November 1990

Daß es sich dabei nicht um Verwechslungen mit den verglühenden Raketenteilen handeln konnte, bewies nicht nur die zeitliche Länge der Sichtungen - bis zu fünf Minuten, während der Wiedereintritt nur zwei Minuten dauerte - sondern auch die Richtungen, in die sie flogen: Nicht etwa von Südwest nach Nordost, wie der Re-Entry, sondern oft in entgegengesetzter Richtung, von Ost nach West. Zu den Zeugen zählten zahlreiche Airline-Piloten, so ein britischer Flugkapitän, der vier Dreiecks-UFOs in Formation über den Ardennen beobachtete. In Frankreich, so meldeten die Agenturen, soll eine *„große, leuchtende, metallische Struktur“* in Rautenform mit *„orangefarbenen, gelben und grünen Lichtern in Dreiecksform“* das Land vom Elsaß bis nach Nantes an der Loiremündung von Ost nach West überquert haben. Piloten berichteten, die Objekte hätten sich parallel zum Boden bewegt, der Pariser Flughafen Orly registrierte die *„leuchtende Erscheinung“* und auch Militärflieger sahen nach Angaben des französischen Verteidigungsministeriums ein *„unbestimmtes Leuchtobjekt“*. Nach einer gründlichen Untersuchung der Vorfälle kamen Experten der französischen Raumfahrtbehörde CNES in Toulouse zu dem Schluß, daß es sich um *„selbstgetriebene Objekte“* handelte, die parallel zu dem Re-Entry, aber in entgegengesetzte Richtung, am Himmel über Frankreich flogen. In Nordbayern liefen zur selben Zeit bei der Polizei die Telefone heiß, ebenso bei der Flugsicherung am Flughafen Nürnberg, die sofort Polizei und Bundeswehr informierte. In England stieg nach der UFO-Meldung eines Flugkapitäns der British Airways ein Tornado der Royal Airforce auf, dessen Pilot erlebte, wie sich neun Lichter auf ihn zu bewegten, formierten, ihn zu attackieren schienen und dann doch *„fast mit Überschallgeschwindigkeit“* über ihn hinwegschossen. Auch noch drei Stunden nach dem Re-Entry, um 22.00 Uhr, meldete ein Phantom-Pilot der RAF über Rheindalen/Deutschland UFOs in einer „Finger“-Formation, während zur gleichen Zeit zwei Tornados über der Nordsee zwei *„großen runden Objekten, jedes mit fünf blauen und zahlreichen roten Lichtern ausgestattet“*, begegneten, die erst auf sie zuschossen, um dann kurz vor ihnen auszuweichen und in Richtung Norden zu verschwinden.

Die Ereignisse des 5. Novembers 1990 überzeugten di Rupo, daß es jetzt endlich an der Zeit war, zu handeln. Am 26. November 1990 reichte er beim Präsidenten des Europäischen Parlamentes gemäß Artikel 63 der Geschäftsordnung des EPs seinen Entschließungsantrag mit dem nachfolgenden Entwurf einer Antragsformulierung ein:

<u>Anlage</u>

Entschließungsantrag (B3-1990/90)
eingereicht gemäß Artikel 63 der Geschäftsordnung
von Herrn DI RUPO
zur Schaffung eines europäischen Beobachtungszentrums für "UFOS"

<u>Das Europäische Parlament</u>,

A. in der Erwägung, daß Bürger seit mehreren Jahren behaupten, unerklärliche Phänomene am Himmel über mehreren europäischen Staaten beobachtet zu haben,

B. in der Erwägung, daß in den letzten Monaten glaubwürdige Personen, Wissenschaftler und Militärangehörige ebenfalls Zeugen unerklärlicher Phänomene wurden, die mit "UFOS" (unbekannten fliegenden Objekten) in Verbindung gebracht werden,

C. in Erwägung der großen Zahl von Zeugenaussagen aus mehreren Ländern der Europäischen Gemeinschaft, die sich auf die Nacht vom 5. auf den 6. November 1990 beziehen,

D. in der Erwägung, daß ein Teil der Bevölkerung über die Häufigkeit dieser Phänomene beunruhigt ist,

1. fordert die Kommission auf, innerhalb kurzer Zeit ein "Europäisches Zentrum für die Beobachtung von "UFOS" einzurichten;

2. schlägt vor, daß dieses Europäische Zentrum für die Beobachtung von "UFOS" alle einzelnen von den europäischen Bürgern und den (militärischen und wissenschaftlichen) Instituten gemeldeten Beobachtungen sammelt und wissenschaftliche Beobachtungskampagnen veranstaltet;

3. schlägt vor, daß dieses Zentrum von der Kommission sowie von einem ständigen Ausschuß aus Sachverständigen der zwölf Mitgliedstaaten verwaltet wird;

DOC-DE\PR\233233 - 13 - PE 202.202/rev./Anl.

Der di Rupo-Antrag

„Das Europäische Parlament - A. In der Erwägung, daß Bürger seit mehreren Jahren behaupten, unerklärliche Phänomene am Himmel über mehreren europäischen Staaten beobachtet zu haben; B. In der Erwägung, daß in den letzten Monaten glaubwürdige Personen, Wissenschaftler und Militärangehörige ebenfalls Zeugen unerklärlicher Phänomene wurden, die mit ‚UFOs‘ (Unbekannten Flugobjekten) in Verbindung gebracht wurden; C. In der Erwägung der großen Zahl von Zeugenaussagen aus mehreren Ländern der Europäischen Gemeinschaft, die sich auf die Nacht vom 5. auf den 6. November 1990 beziehen; D. In der Erwägung, daß ein Teil der Bevölkerung über die Häufigkeit dieser Phänomene beunruhigt ist; 1. Fordert zur Gründung einer Kommission auf, um innerhalb kurzer Zeit ein „Europäisches Zentrum für die Beobachtung von ‚UFOs‘“ einzurichten; 2. Schlägt vor, daß dieses Europäische Zentrum für die Beobachtung von ‚UFOs‘ alle einzelnen von den europäischen Bürgern und den (militärischen und wissenschaftlichen) Instituten angezeigten Beobachtungen sammelt und wissenschaftliche Beobachtungskampagnen veranstaltet; 3. Schlägt vor, daß dieses Zentrum von der Kommission sowie von einem ständigen Ausschuß aus Sachverständigen der zwölf Mitgliedstaaten verwaltet wird.“ Am 25. Januar 1991 überwies der Präsident des Europäischen Parlaments den Antrag an den „Ausschuß für Energie, Forschung und Technologie“ (CERT) der Europäischen Gemeinschaft. Dieser beschloß auf einer Sitzung am 29.1.91, einen Bericht auszuarbeiten, und benannte Professor Tullio Regge, Mitglied der italienischen Sozialistischen Partei Europas, zum Berichterstatter. Auf fünf Sitzungen zwischen dem 20.1.1992 und dem 15.2.1993 gab Prof. Regge bislang Zwischenberichte, zur Zeit (Winter 1993/94) arbeitet er dem Vernehmen nach an seinem Abschlußbericht. Doch aus einer Stellungnahme Prof. Regges im Interview mit dem italienischen Magazin „Phenomena“ und der Wahl seiner Mitarbeiter können wir uns jetzt schon ein Bild machen, zu welchen Schlußfolgerungen er dabei gekommen ist.

„39 % aller UFO-Fälle können nicht zufriedenstellend wissenschaftlich erklärt werden“, erklärte der Italiener

„Phenomena.“ Deshalb fordere er das Europaparlament auf, *„seine politische Verantwortung wahrzunehmen und die Bevölkerung über dieses wichtige Thema zu informieren.“*

Einer, den von Prof. Regge um Mitwirkung an der Erstellung seines „UFO-Abschlußberichtes“ für das Europaparlament um Mitwirkung bat, ist Jean-Jacques Velasco, ein Ingenieur der SEPRA, des „Auswertungsdienstes für Atmosphärische Wiedereintrittsphänomene“, die dem Französischen Nationalen Zentrum für Weltraumstudien (CNES) in Toulouse untersteht. Velasco sprach auf einem UFO-Kongreß in San Marino im April 1993. *„Ich wurde gebeten“,* erklärte Velasco, *„daß SEPRA der Europäischen Gemeinschaft ein Dossier präsentieren sollte, das einen ungeklärten und einen aufgeklärten Fall beinhaltet, um unsere Methodik zu verdeutlichen.“* SEPRA ersetzte 1988 GEPAN das 1977 gegründete CNES-Büro, das sich ausschließlich der UFO-Forschung widmete. Obwohl es SEPRAs Hauptaufgabe ist, Satelliten-Wiedereintritte in die Erdatmosphäre zu verfolgen, soll es daneben „die Aktivitäten von GEPAN fortsetzen.“ Das wird schon dadurch garantiert, daß Velasco auch GEPANs letzter Direktor war. Der bekannteste und verblüffendste „ungeklärte Fall“ von GEPAN ereignete sich am 8. Januar 1981 in Trans-en-Provence, Südfrankreich, und ist wahrscheinlich der bestdokumentierte und am gründlichsten wissenschaftlich untersuchte UFO-Landungsfall der Welt. Die Landespuren, die ein kleines, scheibenförmiges UFO im Garten des Bauern Renato Nicolai hinterließ, wurden innerhalb von 48 Stunden von der Gendarmerie und GEPAN untersucht. Eine biochemische Analyse von Boden- und Pflanzenproben führte Prof. Bounias vom Nationalen Institut für Agrarforschung durch. Die Studie ergab, daß *„offensichtlich ein ungewöhnliches und großflächiges Ereignis stattgefunden hat, das eine Bodenerhitzung auf 300-600 Grad C bewirkte und wahrscheinlich Spuren von Materialien wie Phosphaten und Zink hinterließ“*, schrieb Velasco in seinem Abschlußbericht über den Fall. Prof. Bounias entdeckte bedeutsame biologische und biochemische Mutationen in den Proben der betroffenen Luzerne-Pflanzen, so ein bedeutender Chlorophyll-Verlust, wie es in GEPANs vielbeachtetem „Technischen Bericht Nr.16: Analyse einer Spur“ heißt. So blieb der Trans-en-Provence-Fall ungeklärt, ebenso ein zweiter Fall einer Landung einer kleinen metallischen Scheibe bei Tageslicht in Amarante am 21. Oktober 1982. Ist SEPRA in der Lage, dem Anspruch des di Ripo-Antrages gerecht zu werden?

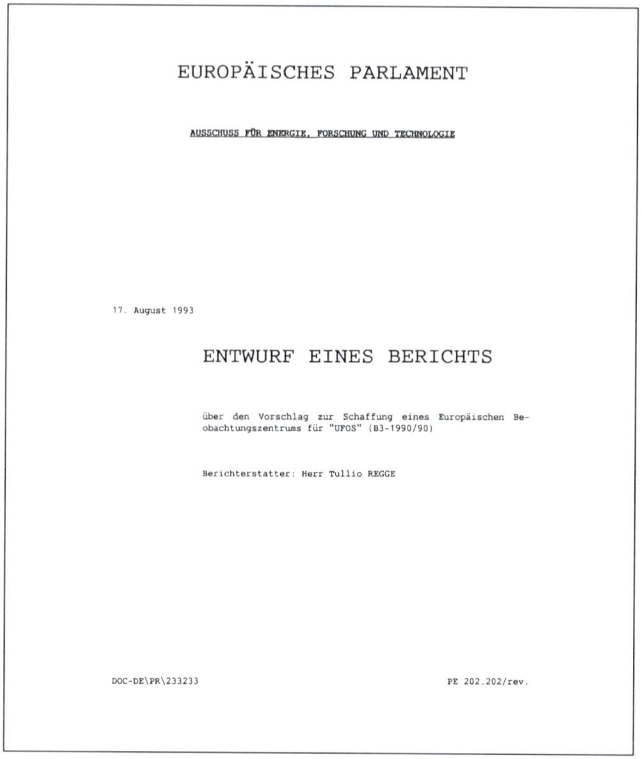
EUROPÄISCHES PARLAMENT

AUSSCHUSS FÜR ENERGIE, FORSCHUNG UND TECHNOLOGIE

17. August 1993

ENTWURF EINES BERICHTS

über den Vorschlag zur Schaffung eines Europäischen Beobachtungszentrums für "UFOS" (B3-1990/90)

Berichterstatter: Herr Tullio REGGE

DOC-DE\PR\233233 PE 202.202/rev.

Entschließungsantrag und Bericht von Prof. Tullio Regge vom 17.8.93

„Ich glaube, es ist sinnvoller, wenn die Europäische Raumfahrtbehörde ESA selbst die Verantwortung für die Gründung eines UFO-Forschungszentrums übernimmt“, erklärte Velasco auf dem San Marino-Kongress, *„SEPRA fehlen die strukturalen Möglichkeiten, und es ist schwierig, das französische Modell auf die restlichen europäischen Staaten zu übertragen.“* Am 20. Oktober 1993 legte Regge dem CERT-Ausschuß seinen vorläufigen *„Entwurf eines Berichtes über den Vorschlag zur Schaffung eines Europäischen Beobachtungszentrums für ‘UFOs’“* vor. Es war ein fünfseitiges Grundsatzpapier, eher eine Zusammenfassung dessen, was in den vorherigen Sitzungen besprochen wurde. Jedenfalls empfahl Prof. Tullio Regge darin:

„Es könnte ... nützlich sein,ein zentrales Büro einzurichten, das die Informationen über UFOs sammelt und koordiniert. In erster Linie könnte es dem Strom unkontrollierter Legenden entgegentreten,welche die Öffentlichkeit verunsichern, und Anlaufstelle für die zahlreichen Meldungen dieser Art werden... Das Zentrum könnte sich auf bereits vorhandene Organisationen stützen und nicht nur auf rein technisch-wissenschaftliche Experten, sondern auch auf psychologisch geschultes Personal zurückgreifen, um die zahlreichen Augenzeugenberichte, die zu diesem Thema vorliegen, realistisch und angemessen zu bewerten.“

Doch zur Vorlage seines Abschlußberichtes, die für den 19. Januar 1994 angesetzt war, kam es vorerst dann doch nicht; Regges Genossen von der sozialistischen Fraktion des Europaparlamentes hatten es ihm kurz zuvor nahegelegt, seine Empfehlung zurückzuziehen, nachdem sie speziell von der britischen Presse heftigst attackiert worden waren. Jetzt sucht er nach anderen Wegen oder zumindest einem besseren Zeitpunkt, um dennoch seinen Bericht dem Plenum des Europaparlamentes vorlegen zu können. Fest steht: Sollte es doch noch zur *„Schaffung eines europäischen Beobachtungszentrums für UFOs“* kommen, so wird sie mit Gewißheit dazu beitragen, daß das UFO-Thema endlich mit jener Ernsthaftigkeit diskutiert wird, die es eigentlich schon immer verdient hat.

Zumindest aber ist diese Entwicklung Grund genug, uns noch einmal und mit neuer Perspektive mit der Geschichte des UFO-Phänomens zu befassen. Kehren wir also zu seinen Anfängen zurück.

3. WIE ALLES BEGANN

Kenneth Arnold war ein erfahrener Pilot und guter Geschäftsmann. Geboren wurde er am 29. März 1915 in Subeka im US-Staat Minnesota. Sein Vater war ein recht prominenter Politiker und enger Mitarbeiter des bekannten Senators Burton K. Wheeler. Und auch der Sohn hatte eine typisch amerikanische Karriere hinter sich. Er besuchte die High School, war in seiner Freizeit bei den Pfadfindern aktiv, kam in der Leichtathletik in die Endausscheidung des Staates Minnesota für die Teilnahme an den Olympischen Spielen, wurde später Rettungsschwimmer und war - ganz wichtig in den USA - auf dem College ein erfolgreicher Football-Spieler. Mit 23 Jahren wurde Kenneth Arnold Vertreter für Feuerlöscher der Firma Red Comet, machte sich zwei Jahre später selbständig und gründete seine eigene Feuerlöscherfirma. Schon früh hatte er Fliegen gelernt, und seit 1943 belieferte Arnold seine Kunden per Flugzeug, was im gebirgigen Nordwesten der Vereinigten Staaten das schnellste und bequemste Verkehrsmittel ist. So kam er bald auf 40-100 Flugstunden im Monat. Als Mitglied der „Idaho Such- und Rettungsflieger" schließlich verdiente sich der Geschäftsmann aus Boise/Idaho dann und wann ein paar hundert Dollar an Prämien, die auf vermißte Flugzeuge ausgesetzt waren.

Es war am Dienstag, dem 24. Juni 1947. Kenneth Arnold hatte an diesem Tag Feuerlöscher in den Flugzeugen des Central Air Service in Chehalis/Washington installiert und plauderte danach noch ein wenig mit Herb Critzer, dem Chefpiloten der Firma. Dabei kam die Rede auch auf eine kürzlich vemißte C-46, eine Transportmaschine der Luftwaffe, auf deren Auffindung 5000 Dollar Belohnung ausgesetzt waren. Das Geld reizte Arnold, und da er ohnehin auf seiner Rücktour in die Nähe des gewaltigen Mount Rainier kam, wo die Maschine verschollen war, beschloß er, sich mindestens eine Stunde Zeit für die Suche zu nehmen. Arnold hatte langjährige Erfahrung im Gebirge und flog eine neue Maschine, die besonders für diese Gegend geeignet war. So fühlte er sich sicher genug, auf seinem Weg nach Yakima/Washington diese mit Gefahren verbundene Suche zu unternehmen. Gegen 14.00 Uhr startete er in Chehalis und erreichte etwa eine Stunde später das Gebiet des Mount Rainier.

Das Wetter war schön und sonnig, am stahlblauen Himmel war kein Wölkchen zu sehen. Ideales Flugwetter. Während Arnold die Hänge und das Hochplateau nach dem abgestürzten Flugzeug absuchte, bemerkte er auf einmal, wie ein Lichtstrahl an der Seite seines Flugzeuges reflektierte. Für einen Moment erschrak er. Dies könnte bedeuten, daß er sich auf Kollisionskurs mit einem anderen Flugzeug befand, das er nicht bemerkt hatte. Aber es war kein Flugzeug in seiner Nähe. Nur am Horizont zog eine einsame DC-1 auf der Fluglinie von San Francisco nach Seattle langsam ihre Bahn. Etwas verwirrt überlegte Arnold,

Kenneth Arnold vor seinem Flugzeug

Der Mount Rainier im US-Staat Washington: Hier sah Arnold die „fliegenden Untertassen“

was den Lichtblitz verursacht haben könnte, als ihn ein zweiter traf. Sofort schaute er in die Richtung, aus der der Blitz kam. Und dann erkannte er die Ursache. Von Norden her näherte sich aus Richtung des Mount Baker eine Formation heller Objekte mit einer unglaublichen Geschwindigkeit. Einige von ihnen schossen kurz aus der Linie heraus und blitzten dabei in der Sonne hell auf. Noch befanden sie sich in etwa 200 Kilometer Entfernung, zu weit, als daß Arnold ihre Form hätte ausmachen können, aber sie flogen genau auf den Mount Rainier zu. Nach seinem Bericht waren es neun Objekte, die in einer Kiellinie flogen, das größte in der Mitte.

Arnold versuchte, Einzelheiten auszumachen; es verwunderte ihn, daß er keine Auswüchse, Flügel oder

Künstlerische Impression eines der UFOs, die Arnold beobachtete

Schwänze erkennen konnte. Zuerst hatte er sie für ein Geschwader von Düsenflugzeugen gehalten, doch nun begann er zu zweifeln. Ein neuer Flugzeugtyp der Luftwaffe? Lange beobachtete er, wie sie dahinflitzten, und vor dem Schnee an den Hängen des Berges konnte er ihre Form gut erkennen. Nie zuvor hatte er Flugzeuge mit diesen Fähigkeiten gesehen, Flugzeuge, die so nah an Berggipfeln vorbeischießen konnten. Er schaute auf seine Uhr. Es war 14.59 Uhr.

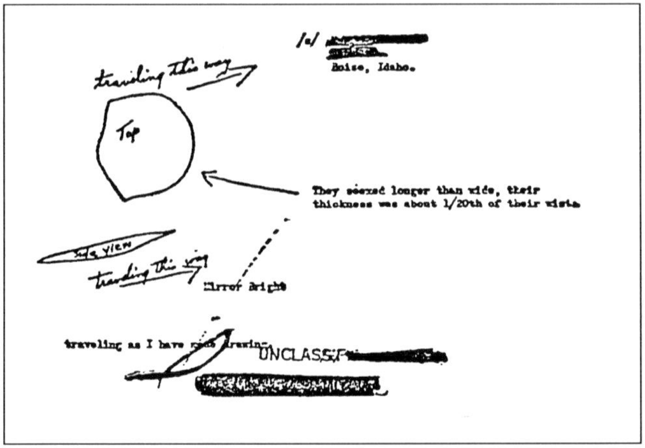

So zeichnete Arnold die Objekte, die er am 24.6.1947 beobachtete, für die Luftwaffe

Um die Flugobjekte besser beobachten zu können, klappte der Pilot jetzt sein Fenster hoch und schaute hinaus. Bald passierten sie den schneebedeckten Rücken zwischen dem Mount Rainier und dem Mount Adams. Arnold bemerkte, daß das erste der Objekte gerade am südlichen Ende des Gebirgsrückens erschien, als das letzte das nördliche erreichte. Dies bedeutete, daß die Kette mindestens acht Kilometer lang sein mußte. Die Objekte strahlten ein helles blauweißes Licht aus. Sie waren flach, nicht ganz rund und leuchteten an ihrer Oberseite. Noch einmal schaute Arnold auf seine Uhr. In einer Minute und 42 Sekunden hatte die Kette eine Strecke von 80 Kilometern zurückgelegt. Später errechnete er daraus eine Geschwindigkeit von 3300 Stundenkilometern. Das war unglaublich.

Arnold verfolgte noch immer fasziniert das seltsame Geschwader, als er bereits den Mount Adams passiert hatte. Bald verschwand es endgültig am Horizont. Das Schauspiel war beendet. Es hatte nur ganze drei Minuten gedauert. Doch Arnold hatte keine Ruhe mehr, um seine Suche nach der C-46 fortzusetzen, und auch die 5000 Dollar waren ihm auf einmal völlig gleichgültig. Er mußte nach Yakima und erzählen, was er gesehen hatte. Er überlegte, was es gewesen sein könnte. Ein neuer Flugzeugtyp der US-Luftwaffe? Eine Geheimwaffe? Oder etwa Raketen der Russen? Jedenfalls hielt er es für seine „vaterländische Pflicht", den Vorfall auch den Behörden zu melden.

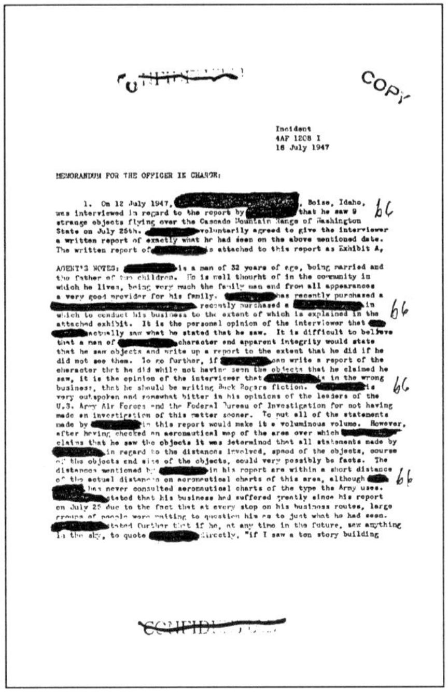

COPY

Incident
4AF 1208 I
16 July 1947

MEMORANDUM FOR THE OFFICER IN CHARGE:

1. On 12 July 1947, [redacted], Boise, Idaho, was interviewed in regard to the report by [redacted] that he saw 9 strange objects flying over the Cascade Mountain Range of Washington State on July 25th. [redacted] voluntarily agreed to give the interviewer a written report of exactly what he had seen on the above mentioned date. The written report of [redacted] is attached to this report as Exhibit A, b6

AGENT'S NOTES: [redacted] is a man of 32 years of age, being married and the father of two children. He is well thought of in the community in which he lives, being very much the family man and from all appearances a very good provider for his family. [redacted] has recently purchased a [redacted] recently purchased a [redacted] in which to conduct his business to the extent of which is explained in the attached exhibit. It is the personal opinion of the interviewer that [redacted] actually saw what he stated that he saw. It is difficult to believe that a man of [redacted] character and apparent integrity would state that he saw objects and write up a report to the extent that he did if he did not see them. To go further, if [redacted] can write a report of the character that he did while not having seen the objects that he claimed he saw, it is the opinion of the interviewer that [redacted] is in the wrong business, that he should be writing Buck Rogers fiction. [redacted] is very outspoken and somewhat bitter in his opinions of the leaders of the U.S. Army Air Forces and the Federal Bureau of Investigation for not having made an investigation of this matter sooner. To put all of the statements made by [redacted] in this report would make it a voluminous volume. However, after having checked an aeronautical map of the area over which [redacted] claims that he saw the objects it was determined that all statements made by [redacted] in regard to the distances involved, speed of the objects, course of the objects and size of the objects, could very possibly be facts. The distances mentioned by [redacted] in his report are within a short distance of the actual distances on aeronautical charts of this area, although [redacted] has never consulted aeronautical charts of the type the Army uses. [redacted] stated that his business had suffered greatly since his report on July 25 due to the fact that at every stop on his business routes, large groups of people were waiting to question him as to just what he had seen. [redacted] stated further that if he, at any time in the future, saw anything in the sky, to quote [redacted] directly, "if I saw a ten story building

b6 b6 b6

US-Regierungsdokument zur Arnold-Sichtung: „Es ist schwer zu glauben, daß ein Mann von (Arnolds) Charakter und offensichtlicher Integrität behaupten würde, Objekte gesehen zu haben und einen Bericht von dem Umfang zu schreiben, wie er es tat, wenn er sie nicht tatsächlich gesehen hätte."

Noch am selben Tag erfuhren die ersten Reporter von seinem Erlebnis. Was immer diese Objekte auch waren, mit dem Gespür eines guten Journalisten wußten sie, das war eine Schlagzeile wert. Und der Zeuge wirkte glaubwürdig. *„Sie waren etwa 40 Kilometer von mir entfernt"*, erzählte Arnold auf einer Pressekonferenz, *„sie waren flach wie eine Pfanne und so glatt, daß sie die Sonne wie ein Spiegel reflektierten. Sie können mich einen Einstein, einen Flash Gordon oder einfach einen Spinner nennen. Aber ich weiß, was ich gesehen habe. Die Dinger flogen wie Untertassen, wenn man sie über's Wasser springen läßt."*

Und damit hatte die Presse ihren Aufhänger und das passende Stichwort - die „Fliegenden Untertassen" gingen in den nächsten Monaten um die Welt. Ein moderner Mythos war geboren, eine Legende für das gerade angebrochene Atomzeitalter. Sie waren überall, und fortan verging kaum ein Tag, an dem sie nicht irgendwo Schlagzeilen machten. Hunderttausende wollen sie gesehen haben, darunter Zivil- und Militärpiloten, hohe Offiziere und Polizeibeamte. Und das machte die Sache offiziell. Außerdem: Sooft auch versucht wurde, den Untertassenrummel als Sinnestäuschung und Humbug abzutun, Arnolds Sichtung konnte nie zufriedenstellend erklärt werden.

Schon nach einigen Tagen meldete sich der erste Zeuge für Arnolds unheimliche Begegnung. Ein alter Goldsucher aus Oregon hatte in der Zeitung von dem Erlebnis gelesen und erklärte, einige Minuten danach hätte er die neun Scheiben über den Cascade-Bergen kreisen gesehen. Während die „Untertassen" über ihm herumkurvten, schlug seine Kompaßnadel wie wild aus. Und es sollte gar nicht mehr lange dauern, bis es den ersten Beweis für die Existenz dieser Objekte gab - das erste UFO-Foto.

William A. Rhodes aus Phoenix/Arizona war gerade auf dem Weg in seine Werkstatt, die hinter dem Haus lag, als er auf ein seltsames Geräusch aufmerksam wurde. Dieses Geräusch, er beschrieb es später als ein „Whoosh", hörte sich an, als käme es von einem niedrig fliegenden Düsenjäger. Auf diese Gelegenheit hatte er lange gewartet. Schnell rannte er ins Haus zurück, holte seine Kamera, wollte das Flugzeug fotografieren. Doch als er zurückkam, zog stattdessen ein ganz seltsames Objekt ohne erkennbare Ausladungen am Himmel seine Kreise. Daß dies kein Düsenjäger war, war nur zu offensichtlich. Es flog in etwa 700 Meter Höhe auf ihn zu, und schließlich konnte Rhodes seine Form immer deutlicher erkennen.

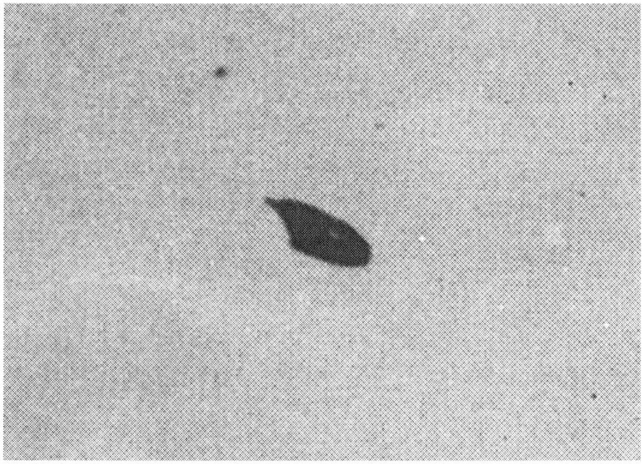

Das erste UFO-Foto der „modernen Ära", aufgenommen von Wiliam Rhodes vom 7. Juli 1947 in Phoenix/Arizona.

Es war nicht ganz kreisförmig, hinten ein wenig abgeflacht, mit einem Licht mitten auf dem Rücken. Schnell schoß er ein Foto, hoffte, das Objekt würde näherkommen. Da er in den letzten Wochen aufmerksam die Zeitungen gelesen hatte, ahnte er, was er da vor der Linse hatte. Es mußte eine dieser „Fliegenden Untertassen" sein, die fast täglich irgendwo im Land gemeldet wurden. Aber es kam nicht näher, im Gegenteil. Nach wenigen Minuten bog das Objekt ab, um sich wieder zu entfernen. Als es seine letzte Kurve flog, hatte Rhodes noch einmal Gelegenheit, es zu fotografieren. Dann schoß es lautlos und mit unglaublicher Geschwindigkeit Richtung Westen, wo es schließlich hinter der dichten Wolkendecke verschwand.

In seinem eigenen Fotolabor entwickelte Rhodes noch am selben Tag den Film und bot die gelungenen Aufnahmen der Lokalzeitung „THE ARIZONA REPUBLIC“ an. Zwei Tage später wurden sie unter der Schlagzeile *„Untertasse jagt mit unglaublicher Geschwindigkeit am Himmel“* veröffentlicht. Als Kenneth Arnold die Fotos sah, äußerte er die Überzeugung, daß sie echt sein mußten. Es war exakt der „Untertassen“-Typ, den er beobachtet hatte, obwohl er nie eine so detaillierte Beschreibung an die Medien gegeben hatte. Tatsächlich konnte 30 Jahre später die Echtheit der Fotos mit modernsten Methoden von der UFO-Gruppe Ground Saucer Watch in Arizona bestätigt werden. Mit Hilfe des Computers ermittelte GSW, daß *„sie ein Objekt von 10 bis 12 Metern Durchmesser zeigen, das ca. 1400 Meter weit von der Kamera entfernt gewesen ist.“*

Kein Wunder also, daß sich bald auch der Nachrichtendienst der Luftwaffe (AMC) und die Bundespolizei FBI für den Fall interessierten. *„Das FBI erschien innerhalb von 48 Stunden nach der Veröffentlichung des Zeitungsartikels bei mir“*, erzählte William A. Rhodes später, *„ein Zivilbeamter namens Mr. Ledding und Oberstleutnant Beam waren die Untersucher. Sie beschlagnahmten die Negative und sagten, ich würde sie bald zurückbekommen. Aber das war nie der Fall. Jahre später, als ich noch einmal beim FBI anrief, verneinten sie, von dem Fall überhaupt zu wissen.“*

In Wirklichkeit hatte man die Negative längst zur Untersuchung an den Luftfahrtechnischen Nachrichtendienst der Luftwaffe geleitet. Bis heute sind sie immer noch im Besitz der Luftwaffe. Mit diesem Fall wurde erstmals das Interesse der Behörden an den „Fliegenden Untertassen“ offenbar.

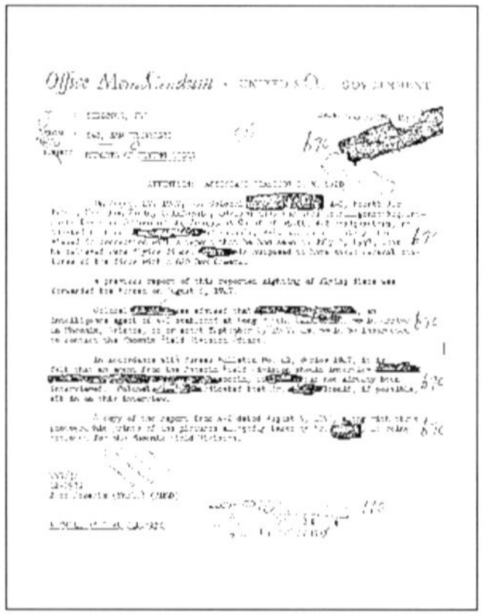

Dieses FBI-Memorandum vom 28.8.47 bestätigt die Weiterleitung der Rhodes-Originalfotos an die US-Luftwaffe

AMC-Kommandant General Nathan F. Twining

Bis September hatte man beim AMC 156 Sichtungsberichte gesammelt, wovon drei Viertel trotz aller Versuche, sie aufzuklären, als „unidentifiziert“ eingestuft werden mußten. Das heißt, daß es keinerlei rationale Erklärung für ihre Natur oder Herkunft gab - genug für das Verteidigungsministerium in Washington für eine erste Analyse. Am 23. September 1947 schickte kein Geringerer als Generalleutnant Nathan F. Twining, der legendäre Stabschef aus dem 2. Weltkrieg und kommandierende General des AMC, einen Geheimbericht über „AMC's Meinung über ‚Fliegende Scheiben'“ an Brigadegeneral George Schulgen im Pentagon. Es dauerte 31 Jahre, bis Präsident Jimmy Carter dieses Dokument endlich freigab.

„1. Auf Ihre Anfrage hin legt AMC im folgenden seine Ansichten über die sogenannten ‚Fliegenden Scheiben' dar. Sie basieren auf den Untersuchungsberichten, die wir durch das AC/AS-2 erhielten, wie den vorläufigen Untersuchungen durch das Personal der T-2 und der Ingenieurdivision der Luftfahrtlaboratorien T-3. Sie sind das

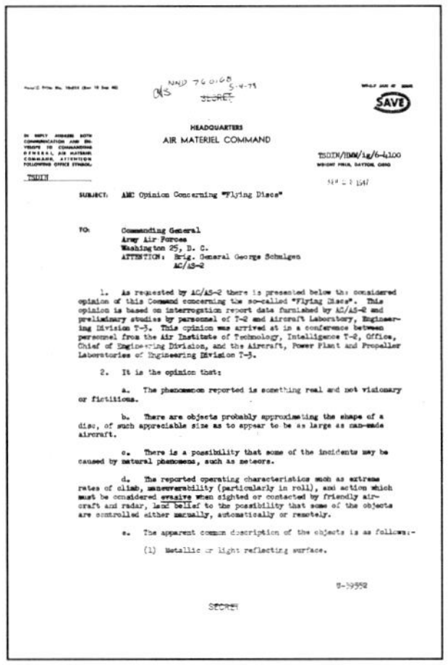

SECRET

HEADQUARTERS
AIR MATERIEL COMMAND

TSDIN/HMM/ig/6-4100
WRIGHT FIELD, DAYTON, OHIO

TSDIN

SUBJECT: AMC Opinion Concerning "Flying Discs"

TO: Commanding General
Army Air Forces
Washington 25, D. C.
ATTENTION: Brig. General George Schulgen
AC/AS-2

1. As requested by AC/AS-2 there is presented below the considered opinion of this Command concerning the so-called "Flying Discs". This opinion is based on interrogation report data furnished by AC/AS-2 and preliminary studies by personnel of T-2 and Aircraft Laboratory, Engineering Division T-3. This opinion was arrived at in a conference between personnel from the Air Institute of Technology, Intelligence T-2, Office, Chief of Engineering Division, and the Aircraft, Power Plant and Propeller Laboratories of Engineering Division T-3.

2. It is the opinion that:

a. The phenomenon reported is something real and not visionary or fictitious.

b. There are objects probably approximating the shape of a disc, of such appreciable size as to appear to be as large as man-made aircraft.

c. There is a possibility that some of the incidents may be caused by natural phenomena, such as meteors.

d. The reported operating characteristics such as extreme rates of climb, maneuverability (particularly in roll), and action which must be considered evasive when sighted or contacted by friendly aircraft and radar, lend belief to the possibility that some of the objects are controlled either manually, automatically or remotely.

e. The apparent common description of the objects is as follows:-

(1) Metallic or light reflecting surface.

U-39552

SECRET

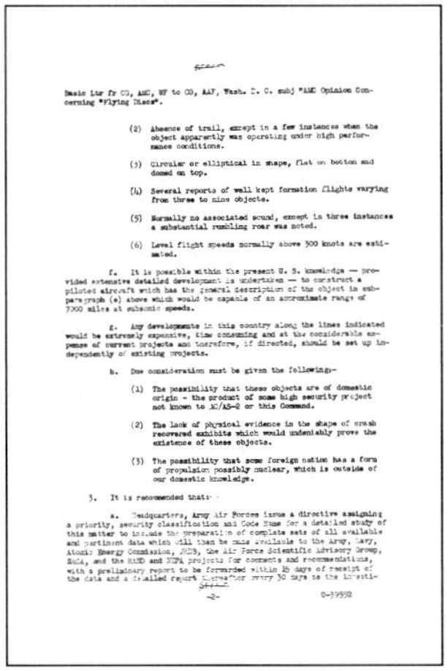

Basic Ltr fr CG, AMC, WF to CG, AAF, Wash. D. C. subj "AMC Opinion Concerning "Flying Discs".

(2) Absence of trail, except in a few instances when the object apparently was operating under high performance conditions.

(3) Circular or elliptical in shape, flat on bottom and domed on top.

(4) Several reports of well kept formation flights varying from three to nine objects.

(5) Normally no associated sound, except in three instances a substantial rumbling roar was noted.

(6) Level flight speeds normally above 300 knots are estimated.

f. It is possible within the present U. S. knowledge — provided extensive detailed development is undertaken — to construct a piloted aircraft which has the general description of the object in subparagraph (e) above which would be capable of an approximate range of 7000 miles at subsonic speeds.

g. Any developments in this country along the lines indicated would be extremely expensive, time consuming and at the considerable expense of current projects and therefore, if directed, should be set up independently of existing projects.

h. Due consideration must be given the following:-

(1) The possibility that these objects are of domestic origin - the product of some high security project not known to AC/AS-2 or this Command.

(2) The lack of physical evidence in the shape of crash recovered exhibits which would undeniably prove the existence of these objects.

(3) The possibility that some foreign nation has a form of propulsion possibly nuclear, which is outside of our domestic knowledge.

3. It is recommended that:-

a. Headquarters, Army Air Forces issue a directive assigning a priority, security classification and Code Name for a detailed study of this matter to include the preparation of complete sets of all available and pertinent data which will then be made available to the Army, Navy, Atomic Energy Commission, JRDB, the Air Force Scientific Advisory Group, NACA, and the RAND and NEPA projects for comments and recommendations, with a preliminary report to be forwarded within 15 days of receipt of the data and a detailed report thereafter every 30 days as the investi-

-2-

U-39552

Das Twining-Memolandum

Ergebnis einer Konferenz mit Mitgliedern des Technologischen Institutes der Luftwaffe, der Büros des T-2-Nachrichtendienstes, der Leiter der Ingenieursdivision und der Luftfahrtlaboratorien der Ingenieursdivision T-3.
2. Es besteht die Ansicht, daß
a. das Phänomen, von dem berichtet wird, real ist und nicht auf Einbildung oder Fiktion beruht;
b. es Objekte gibt, die ungefähr Scheibenform haben und so groß wie gewöhnliche Flugzeuge zu sein scheinen;
c. die Möglichkeit besteht, daß einige der Fälle auf natürliche Ursachen wie Meteore zurückzuführen sind;
d. die beschriebenen Flugcharakteristiken wie die extreme Steigleistung, Manövrierfähigkeit (besonders bei der Drehung) auch bei Kontakten oder Ortungen durch freundlich gesinnte Flugzeuge oder auf Radar als Ausweichmanöver, auf eine manuelle, automatische oder Fernsteuerung schließen lassen;
e. die auffallend übereinstimmende Beschreibung dieser Objekte ist:
(1) Metallische oder reflektierende Oberfläche.
(2) Keine erkennbaren Ausstöße, abgesehen von einigen Fällen, wo die Objekte anscheinend unter Höchstleistung operierten.
(3) Eine runde oder elliptische Form, an der Unterseite abgeflacht, oben mit einer Kuppel versehen.
(4) Einige Berichte sprechen von gut ausgeführten Formationsflügen mit drei bis neun Objekten.
(5) Gewöhnlich lautlos, drei Fälle ausgenommen, wo ein donnerndes Grollen bemerkt wurde.
(6) Die durchschnittliche Fluggeschwindigkeit wurde gewöhnlich auf über 550 Stundenkilometer geschätzt.
3. Es wird empfohlen, daß:
der Generalstab Richtlinien zu einer gründlichen Untersuchung dieser Angelegenheit herausgibt und ihr eine Prioritätsstufe und Geheimhaltungsstufe zuweist sowie eine umfassende Aufstellung aller erhältlichen und sachdienlichen Daten anordnete, die ihr vom Heer, der Marine, Atomenergiekommmission, JRDB, der wissenschaftlichen Beratergruppe der Luftwaffe, NACA und der RAND- und NEPA-Projekte zur Begutachtung und Auswertung mit einem einleitenden Bericht innerhalb von 15 Tagen nach Erhalt und einem ausführlichen Bericht nach 30 Tagen zur Verfügung gestellt werden sollten. Ein kompletter Austausch aller Daten soll angeregt werden.
4. In Erwartung weiterer Anweisungen wird AMC die Untersuchungen fortsetzen.
gez. N. F. TWINING
Lt. General USA
Kommandant"

„Die Spezialisten des luftfahrttechnischen Nachrichtendienstes (ATIC) waren sich sicher, daß sie innerhalb eines Jahres die Antwort auf die Frage hätten, was UFOs sind", schrieb neun Jahre später Captain Ruppelt vom ATIC (Air Technical Intelligence Center, wie der AMC später umbenannt wurde) in seinem Buch *„Bericht über unidentifizierte Flugobjekte."* Geheimdienstoffizier Ruppelt war jemand, der wußte, wovon er sprach. Er selbst war jahrelang Leiter der

wovon er sprach. Er selbst war jahrelang Leiter der ATIC-Untersuchungen in Sachen UFOs. *„Die Frage, ob UFOs existieren, gab es damals gar nicht mehr. Das einzige Problem, mit dem der ATIC zu tun hatte, war die Frage, ob die UFOs russischen oder interplanetarischen Ursprungs sind."*

Der erste Versuch, diese Frage zu klären, nahm im Herbst 1947 seinen Anfang und ging wohl auf die Empfehlungen des General Twining-Berichtes zurück. Als Ausgangspunkt für dieses Projekt diente die Annahme, daß sowohl russische Geheimflieger wie auch außerirdische Flugobjekte die USA über den Polarkreis ansteuern würden. Für die Russen war das der kürzeste Weg. Für die Außerirdischen, so glaubte man, seien die Polargebiete aufgrund der irdischen Magnetfelder und Strahlengürtel der günstigste Eintrittspunkt in die Erdatmosphäre. Als die ersten Sichtungsberichte von Arktis- und Antarktisstationen und amerikanischen Stützpunkten in Grönland und Alaska eintrafen, schienen die Indizien für diese Annahme zu sprechen. Die Amerikaner jedenfalls entschlossen sich, die UFOs am Polarkreis aufzuspüren.

Capt. Wendelle C. Stevens leitete 1947-48 das erste UFO-Aufspürprojekt in Alaska

Das Kommando über dieses Projekt wurde Capt. Wendelle C. Stevens (Captain war sein damaliger Rang, er trat als Lt. Col. 1963 in den Ruhestand) übertragen, einem jungen Hauptmann, der 1942 nach dem Besuch der Militärakademie zunächst eine Laufbahn als Testpilot beim Air Corps, dem Vorläufer der Luftwaffe, eingeschlagen hatte, bevor er 1945 auf der Wright Field-Luftwaffenbasis (später Wright Patterson AFB) in Dayton/Ohio, dem Hauptquartier des AMC, in Luftfahrttechnologie ausgebildet und der Division für Fremde Technologien (Foreign Technology Division) des luftwaffentechnischen Nachrichtendienstes zugewiesen wurde.

Für seine neue Aufgabe, zu der er nach Fort Richardson, Alaska, versetzt wurde, wurde Stevens eine Gruppe speziell ausgebildeter Techniker und Piloten zugewiesen, die mit modernster Spezialausrüstung ausgestattet war - angeblich zum Zwecke meteorologischer Messungen und Beobachtungen. Doch schon nach wenigen Tagen in Alaska war Stevens klar, daß es sich hier nicht um ein simples Wetterprojekt handelte. Der Auftrag lautete, auf alles Ungewöhnliche zu achten, es zu filmen und zu fotografieren, und dann die Filme und Berichte an das AMC zu schicken. Zu diesem Zwecke waren die B-29 Maschinen des Teams für Aufklärungsflüge von 12-16 Stunden ausgerüstet.

Spezialkameras wurden in den Flugzeugen installiert, außerdem Meßinstrumente, die Spannungsveränderungen in allen elektrischen Systemen und Magnetfeldveränderungen im Umfeld der Maschine registrierten. Erst benutzte man 16 mm-Filmkameras, dann 25 mm-Kameras, schließlich lieferte Wright Field eine 70 mm-Kamera. Für Fotos wurde eine Fairchild K 20-Kamera benutzt, die 20 x 20 cm große Negative anfertigte, die beste Kamera, die es damals gab. Spezielle Emissions-Scanner sollten Radiofrequenz-Felder orten, sie isolieren, für 30 Sekunden kopieren und erneut scannen, um festzustellen, ob sie ihre Form verändert oder neue Felder gebildet hatten. Stevens hatte die Piloten und ihre Crew in ihre Aufgabe einzuweisen, bevor sie ihre Mission flogen, und sie nach ihrer Rückkehr zu befragen, sie auf strengste Geheimhaltung einzuschwören und einen Bericht zu verfassen. Ihre Kanister, Filme, Kassetten und Meßdaten aus den Instrumenten übernahm Stevens Bodencrew, verstaute sie in Boxen und flog sie nach Wright Field.

„Ganz offensichtlich ging es in dem Projekt um etwas ganz anderes als meteorologische Messungen“, erklärte mir Lt. Cd. Wendelle C. Stevens in einem 1990 geführten Interview, *„es war etwas Brandheißes, etwas, das unter strengster Geheimhaltung stand. Ich hörte einige ganz phantastische Stories von den Besatzungen über metallische, scheibenförmige Objekte, die sich mit hohen Geschwindigkeiten bewegten, schneller als alles Fliegende, das sie kannten. Das waren Objekte, die mitten im Flug stehenbleiben und steil nach oben und unten schießen konnten. Sie konnten auf einen zuschießen und dann ganz plötzlich wenden. Andere Piloten berichteten, daß sie diese Scheiben auf dem Meer oder auf einer Eisscholle hatten landen oder in das Meer eintauchen sehen. Wieder andere erlebten, wie diese Objekte aus dem Wasser auftauchten und in die Höhe schossen. Einmal wurde ein Objekt dicht unter der Oberfläche der arktischen See beobachtet.*

Es tauchte auf, schwebte zuerst über den Wellen und schwirrte dann mit hoher Geschwindigkeit davon. Die Piloten erzählten mir, daß einige dieser Scheiben ziemlich nah an ihre Flugzeuge heranflogen und daß es dabei zu Veränderungen im Magnetfeld und zu anomalen Reaktionen der elektronischen Bordsysteme kam. Alle diese Berichte wurden, so sehr sie bis ins Detail übereinstimmten, völlig unabhängig voneinander gemacht, da keine Crew Kontakt mit der vorherigen oder nachfolgenden haben durfte. So bekam ich damals einen ziemlich guten Eindruck von den Flugleistungen und der Manövrierfähigkeit dieser seltamen Flugkörper von kompetenten Beobachtern. Einige

UFO über Anchorage, Alaska, 1948

meiner Vorgesetzten hatten vorher mit dem Gedanken gespielt, daß es sich dabei um die neueste Geheimwaffe der Russen handelte. Aber das, was hier beobachtet wurde, ging weit über alles hinaus, was je auf der Erde hergestellt wurde.“

Die Ergebnisse des Alaska-Projektes sorgten beim AMC in Wright Field und im Pentagon in Washington für Aufsehen. Nur wenige Monate nach ihrem ersten landesweiten Auftreten lagen jetzt ausführliche Berichte und Filmmaterial über das Flugverhalten der „fliegenden Scheiben“ vor, die jetzt von AMC- und Pentagon-Experten gründlichst ausgewertet wurden. Zum Jahresende gab es zwei Fraktionen im Verteidigungsministerium. Die eine verdächtigte noch immer die Russen oder irgendeine andere irdische Macht, die andere war sich sicher, daß keine irdische Technologie die „Untertassen“ entwickelt haben konnte. Für sie blieb nur noch die Frage nach der Intention und Strategie der unheimlichen Eindringlinge offen. Und schließlich war da noch die Versuchung, selbst in den Besitz dieser phantastischen fremden Technologie zu kommen. Der zweite Weltkrieg war erst drei Jahre

zuvor zu Ende gegangen, der einstige Alliierte Sowjetunion hatte halb Europa besetzt, die ersten Spannungen zwischen West und Ost signalisierten den Beginn des Kalten Krieges. Es galt also herauszufinden, weshalb die „Fremden" gekommen waren und was sie über den USA suchten. Sollten es tatsächlich Außerirdische sein, so bestünde immerhin die Möglichkeit, durch eine Kommunikation, einen Austausch von Informationen oder Gütern, in den Besitz von technischen Informationen zu gelangen, die die USA augenblicklich an die Spitze der Weltmächte katapultieren würden. Sollten ihre Absichten dagegen feindlich sein, müßte man entsprechende Gegenmaßnahmen einleiten, ehe es zu spät war. Fest stand nur eines: Es mußte gehandelt werden, und das so schnell wie möglich. So entwarfen Pentagon-Büros geheime Pläne für landesweite UFO-Aufspür- und Untersuchungsprojekte. Doch es bedurfte erst eines tragischen Zwischenfalls, bevor das erste öffentliche Projekt aus der Taufe gehoben wurde.
Wir schreiben den 7. Januar 1948, es ist 14.45 Uhr. In der Befehlszentrale des Militärflughafens von Godman Field, Kentucky, hatten Polizei und Hunderte Bürger von Madisonville und Fort Knox eine „gigantische fliegende Untertasse" gemeldet. Auch die Militärverwaltung von Lexington bestätigte das Phänomen, und Colonel Hix, Kommandant der Godman AFB, verfolgte es durch sein Fernglas. Godman Field schickte drei Düsenjäger hoch, um es abzufangen. Geschwaderführer war Capt. Thomas Mantell, ein erfahrener Luftwaffenpilot.

Capt. Thomas Mantell

Während Tausende von Menschen das Objekt beobachteten, während die Telefone heiß liefen, versuchten die drei mutigen Flieger, das UFO abzufangen. Die beiden Flügelpiloten mußten bald landen, da der Sprit nicht reichte. Mantell setzte die Jagd schließlich alleine fort, während die Funker gebannt seine Beschreibungen verfolgten. Gleichzeitig wurde die riesige Scheibe auf Radar geortet. Über Funk beschrieb der Pilot das Objekt als *„scheibenförmig, enorm groß, schwer zu schätzen, könnte 70 Meter im Durchmesser sein. Oberfläche hat Ring und Kuppel. Dreht sich enorm schnell um die eigene Vertikalachse."* Nach den offiziellen Berichten meldete er dann noch einmal: *„Ich komm näher dran, will es besser sehen können. Es ist direkt über mir ... das Ding ist metallisch und von ungeheurer Größe ... es schießt in die Höhe und hat fast dieselbe Geschwindigkeit wie ich. Das sind 600 km/h. Ich werde auf 7000 Meter steigen, und wenn ich nicht näher rankomme, gebe ich auf."* Das war um 15.15 Uhr. Dann explodierte Mantells Flugzeug in der Luft. Die Überreste, die auf ein Feld fielen, wurden von der Luftwaffe sorgfältig eingesammelt. Alles andere ist ein Rätsel. Gerüchten zufolge waren sie von feinen Löchern durchbohrt. Tatsache bleibt nur, daß die unbekannten Flugobjekte ihr erstes Todesopfer gefordert hatten.
Die Scheibe aber flog weiter. Beobachter vom Lockburne-Airport beschrieben das Objekt zwei Stunden später als *„rund oder oval, größer als eine C-47 und gleichmäßig hoch, doch schneller als 800 km/h fliegend."* Zwanzig Minuten lang konnte es vom Kontrollturm aus verfolgt werden. Den Berichten zufolge glühte es und veränderte seine Farbe von Weiß zu Gelb. Kein Geräusch wurde gehört.
Das Pentagon reagierte schnell. Generalmajor L.C. Craigie gab Befehl, ein Luftwaffenuntersuchungsprojekt ins Leben zu rufen, dessen Aufgabe es sein sollte festzustellen, ob die unbekannten Flugobjekte eine Bedrohung für die Vereinigten Staaten darstellten. Am 22. Januar 1948 nahm das PROJECT SIGN (Zeichen)

Die Überreste von Mantells Flugzeug. Als seine Leiche gefunden wurde, fiel der Bergungsmannschaft auf, daß seine Uhr um exakt 15.10 Uhr stehengeblieben war.

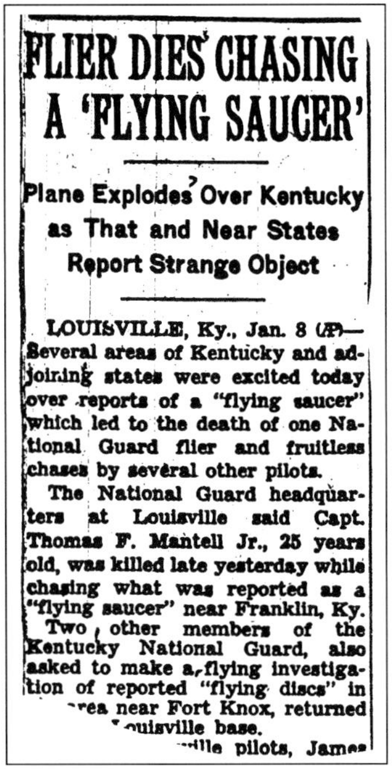

FLIER DIES CHASING A 'FLYING SAUCER'

Plane Explodes Over Kentucky as That and Near States Report Strange Object

LOUISVILLE, Ky., Jan. 8 (AP)— Several areas of Kentucky and adjoining states were excited today over reports of a "flying saucer" which led to the death of one National Guard flier and fruitless chases by several other pilots.

The National Guard headquarters at Louisville said Capt. Thomas F. Mantell Jr., 25 years old, was killed late yesterday while chasing what was reported as a "flying saucer" near Franklin, Ky.

Two other members of the Kentucky National Guard, also asked to make a flying investigation of reported "flying discs" in ...rea near Fort Knox, returned ...ouisville base.

...ville pilots, James

an der Wright Patterson Luftwaffenbasis seine Arbeit auf. Es sollte eine gründliche und seriöse Untersuchung werden, für die man nur die besten Leute einsetzte. Der Ort war gut gewählt: Wright Patterson war Sitz des Air Material Command (AMC) und des Luftfahrttechnischen Nachrichtendienstes (ATIC), des Geheimdienstes der Luftwaffe. Unter der zweithöchsten möglichen Prioritätsstufe - 2 A - stand es unter der Schirmherrschaft der Technischen Nachrichtendivision des AMC. In seiner dreizehnmonatigen Arbeit untersuchte PROJECT SIGN 240 in- und 30 ausländische Fälle, wovon 30 % als Sinnestäuschung, Verwechslung mit konventionellen Flugzeugen, Naturphänomen oder Schwindel identifiziert werden konnten - aber der Großteil, 70 %, blieb unidentifiziert. Da der populäre Ausdruck „fliegende Untertasse" immer den Beigeschmack des Lächerlichen hatte, benutzte man bald einen militärischen Fachterminus für die geheimnisvollen Flugkörper: U.F.O. - Unidentified Flying Object, „Unidentifizertes Flugobjekt" - ganz sachlich, ohne jede Sensationshascherei.

Unter den zahllosen Sichtungsfällen, darunter auch einige von hohen Militärs, Astronomen, Wissenschaftlern und Piloten, gab es einen Fall, der das Team von PROJECT SIGN ganz besonders in Erstaunen versetzte. Es war sich immer noch nicht einig darüber, ob die UFOs nun russischen oder außerirdischen Ursprungs waren, doch die Vertreter der „interplanetarischen These" fühlten sich jetzt in ihrer Vermutung bestätigt.

Am Abend des 24. Juli 1948 startete eine DC-3 der Eastern Airlines von Houston/Texas mit dem Zielflughafen Atlanta/Georgia. Die Piloten waren Clarence S. Chiles und John B. Whitted, beide erfahrene Linienflieger. Gegen 2.45 Uhr hatten sie bereits die Hälfte der Strecke zurückgelegt und befanden sich etwa 35 Kilometer südwestlich von Montgomery/Alabama, als Captain Chiles ein Licht auf sie zukommen sah. Zuerst dachte er, es handelte sich um eine Düsenmaschine der Luftwaffe, doch dafür war es zu schnell. Mit rasanter Geschwindigkeit kam es immer näher. Chiles tippte Whitted an und zeigte in Richtung des geheimnisvollen Lichtes. Es flog jetzt bereits höher als die DC-3, und auch Whitted konnte es sehen. Chiles steuerte die DC-3 ein wenig nach links, um das Objekt besser zu erkennen, und schließlich gelang es ihm, Details auszumachen. Nach ein paar Minuten war das Objekt nur noch 250 Meter von der Passagiermaschine entfernt, als es nach rechts auswich. Die DC-3 geriet in eine Turbulenz, während das UFO steil in die Höhe schoß. *„Es war ein flügelloses Flugzeug, 30 Meter lang, zigarrenförmig, und doppelt so groß wie eine B-29"*, gaben die Piloten später dem ATIC zu Protokoll.

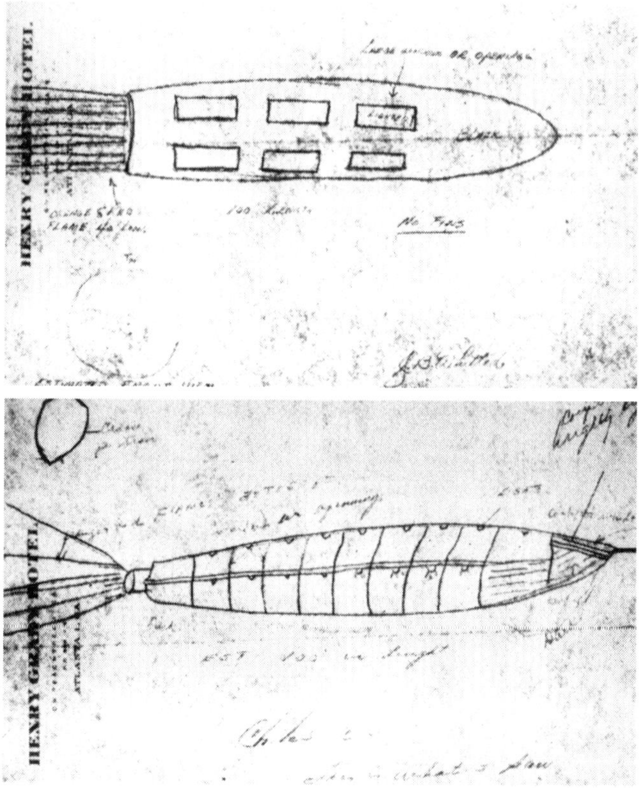

So zeichneten die beiden Piloten Chiles und Whitted das zigarrenförmige UFO, das sie am 24. Juli 1948 sichteten

„Wir sahen es und fragten einander, ‚Was in aller Welt ist das?'. Aber was immer das auch war, es schoß zu uns herunter, drehte sich ein wenig und passierte uns in 250 Metern Entfernung. Zuerst flog es nach rechts, danach stieg es auf. Dann, als hätte der Pilot uns gesehen und wollte eine Kollision vermeiden, stoppte es plötzlich, flammte auf und stieg steil in die Wolken. Die Unterseite glühte bläulich. Wir sahen zwei Reihen von Luken, aus denen es hell wie Magnesium leuchtete. Aber es waren keine Insassen auszumachen."

Nur einer der Passagiere schaute zu dieser Zeit aus dem Fenster - alle anderen schliefen oder hatten die Klappen heruntergezogen - und auch er berichtete dem ATIC von dem länglichen Leuchtobjekt. Minuten später hatte ein Mannschaftskapitän der Robins Air Force Base in Macon/Georgia ein extrem helles Licht gemeldet, das mit hoher Geschwindigkeit über dem Stützpunkt am Nachthimmel flog. Und schließlich erhielt ATIC noch einen weiteren Sichtungsbericht aus dieser Nacht. Ein Pilot, der nahe der Grenze zwischen den Staaten West Virginia und North Carolina flog, hatte einige Minuten vor der Begegnung mit der DC-3 *„einen hellen Stern, der am Himmel in Richtung Montgomery schoß, gesehen."*

„Dieser Bericht erschütterte den ATIC noch mehr, als der Mantell-Fall", berichtete Captain Ruppelt, *„das war das erste Mal, daß zwei glaubwürdige Zeugen nah genug an ein UFO herankamen, um Details zu erkennen. Die Beschreibung von Fenstern ließ nur den einen Schluß zu, daß das geheimnisvolle Flugobjekt bemannt war. Ein Blick auf die Karte zeigte, daß das UFO auf der von den Piloten beschriebenen Route Macon/Georgia kreuzen mußte - wo es tatsächlich Minuten später gesehen wurde. Der Bericht des Mannschaftskapitäns der Robins AFB schien den Vorfall zu bestätigen - ganz zu schweigen von der Begegnung an der Staatengrenze. Die Presse sprach von einem ‚riesigen Weltraumschiff', und auch für den ATIC schien die ‚interplanetarische Hypothese' durch diesen Vorfall bestätigt."*

Am 5. September ging ein Geheimbericht des ATIC direkt an das Pentagon in Washington. Sein Titel:

„PROJECT SIGN - LAGEBERICHT." Es war ein recht umfangreiches Dokument mit einem schwarzen Umschlag. Auf dem Deckblatt der Stempel TOP SECRET - Streng Geheim. Sein Fazit: Die UFOs sind interplanetarischer Herkunft. *„Der Bericht enthielt die Luftwaffen-Analysen zahlreicher Sichtungsfälle"*, erinnerte sich Captain Ruppelt, der Einblick in eine Kopie der UFO-AKTE hatte, *„sie alle stammten von Wissenschaftlern, Piloten und anderen absolut glaubwürdigen und zuverlässigen Beobachtern."* Der Lagebericht wanderte im Pentagon von Büro zu Büro und landete schließlich auf dem Schreibtisch von Stabschef General Hoyt S. Vandenberg. Der General wollte seine Schlußfolgerung nicht annehmen. Auch als PROJECT SIGN-Mitarbeiter zu einer Lagebesprechung nach Washington kamen, blieb der alte General stur.

Wenn die These stimmen würde, was wären die Folgen? Niemand wußte, ob die „Außerirdischen" uns freundlich oder feindlich gesinnt waren. Nur zu gut erinnerte sich Vandenberg noch an das Jahr 1938, als Orson Welles´ Hörspiel von der Invasion der Marsmenschen zu einer Panik führte.

Freilich, es war ein ziemlich realistisches Hörspiel gewesen, H.G.Wells „Der Krieg der Welten" inszeniert als normales Musik-Unterhaltungsprogramm mit Nachrichten, zahlreichen Programmunterbrechungen „aus aktuellem Anlaß" und scheinbaren Live-Schaltungen mit Vor-Ort-Reportagen. Der Zeitpunkt hatte das seinige dazu getan, nicht nur, daß jener 30. Oktober 1938 der Vorabend des gruseligen „Halloween"-Festes war, es war auch, wenngleich nur metaphorisch, der Vorabend des Zweiten Weltkrieges; Angst und Unsicherheit lagen damals jedenfalls bereits in der Luft. Da in dieser Nacht ein anderer Sender eine Show des populären Bauchredners Edgar Bergen gebracht hatte, schalteten viele Hörer erst später zu, als die korrekt als Hörspiel angesagte CBS-Sendung längst lief. Was sie dann im Radio hörten, was

Orson Welles bei der Produktion des „Krieg der Welten"-Hörspiels

angeblich ein CBS-Reporter von der „Landestelle der Marsmenschen in New Jersey" berichtete, klang in der Tat nicht allzu beruhigend: *„Ich sehe zwei leuchtende Scheiben, die aus einem Loch herausspähen... könnten es Augen sein? Ob das ein Gesicht ist? Es könnte... gütiger Himmel, da windet sich etwas aus dem Schatten, wie eine graue Schlange. Jetzt noch eine zweite... und noch eine... und noch eine... sehen wie Tentakel aus. Jetzt kann ich den Körper des Dinges sehen... Es... meine Damen und Herren... ist unbeschreiblich. Ich kann kaum hinschauen, so furchtbar ist es!"* Stellungnahmen von „Astronomen", „General Montgomery Smith", der den Ausnahmezustand verhängte, dem „Vizepräsidenten des Roten Kreuzes" und eines fiktiven „Innenministers" verliehen der Marskrise offiziellen Charakter. Jedenfalls glaubte ein Fünftel der 6 Millionen Zuhörer, so ergaben spätere Untersuchungen, an das, was sie gerade live im Radio hörten. Lange bevor die Sendung zu Ende war, begannen über eine Million Menschen zu beten, versuchten, außer sich vor Angst, der Invasion der Marsmenschen zu entkommen. Hunderte verbarrikadierten sich in ihren Häusern, das Gewehr im Anschlag. Tausende telefonierten, um ihre Angehörigen zu warnen, bis die Leitungen zusammenbrachen. Zigtausende schließlich stürzten sich in ihre Autos, um zusammen mit den anderen Gutgläubigen ins Landesinnere zu fliehen, so weit weg von New Jersey wie möglich. Chaos und

Panik sind der Alptraum jedes verantwortlichen Krisenmanagers, sagte sich General Vandenberg. Würde man jetzt der Öffentlichkeit erklären, daß es sich bei den „fliegenden Untertassen“ möglicherweise um eine reale „marsianische Invasion“ handeln könnte, wären die Folgen unabsehbar. Jede einzelne von buchstäblich Tausenden UFO-Sichtungen jedes Jahr könnte erneut eine Panik auslösen wie damals das Hörspiel von der Landung der Marsmenschen. Zudem wußte man ja nicht einmal, weshalb sie hier waren. Sollte die Luftwaffe etwa der Öffentlichkeit verkünden: *„Meine Damen und Herren, wir sind Zeugen einer außerirdischen Invasion. Wir wissen noch nicht, was die Fremden hier wollen, aber was immer es auch ist, wir sind ihnen gegenüber völlig machtlos“?* Das wäre eine totale Kapitulationserklärung der US-Streitkräfte, und die Folgen, die Reaktion der Bevölkerung, wären unabsehbar. Das mußte um jeden Preis verhindert werden, und deshalb blieb nur ein Ausweg:

Vandenberg ordnete eine neue Politik in Sachen UFOs an. Er befahl dem SIGN-Team, Abstand von der „interplanetarischen Theorie“ zu nehmen und seine Arbeit fortzusetzen. Ihr Lagebericht aber wurde einige Monate später deklassifiziert und verbrannt.

Die Begeisterung der PROJECT-SIGN-Mitarbeiter war ganz schön abgekühlt, als sie Ende des Jahres 1948 einige hundert neue UFO-Berichte zugeleitet bekamen. Einer davon kam aus Deutschland. In der Nacht des 23. Novembers flog ein Düsenpilot mit seiner Maschine vom Typ F-80 in der Nähe des amerikanischen Stützpunktes Fürstenfeldbruck bei München, als er ein hellrot leuchtendes Objekt am östlichen Himmel bemerkte. Das UFO kreiste am Nachthimmel und schien sich schnell der bayerischen Landeshauptstadt zu nähern. Auf Anfrage des Piloten hin überprüfte die Luftüberwachung ihre Radarschirme und konnte feststellen, daß sich tatsächlich auf der Höhe der F-80 ein Flugkörper befand, der mit 1600 km/h Richtung München flog. Bald meinte der Kontrollturm, es müsse sich jetzt etwa 50 Kilometer südlich von München befinden, was vom Flugkapitän bestätigt wurde. Als sich die Luftwaffenmaschine näherte, schoß das rotleuchtende UFO blitzschnell nach oben und verschwand am Nachthimmel aus der Sicht. Auf Radar ortete man, daß es jetzt eine Höhe von 18000 Metern erreicht hatte. Ein weiterer Kampfflieger bestätigte die Beobachtung seines Kameraden.

Doch trotz dieser und vieler anderer interessanter Berichte dämpfte die Niederlage in Washington den Enthusiasmus des Ausschusses. Der Kurs der UFOs war gefallen.

4. UND SIE FLIEGEN DOCH

Im Februar 1949 war die einjährige Arbeit von PROJECT SIGN beendet, der Vertrag war abgelaufen. Unter der Codenummer F-TR-2274-IA wurde der Schlußbericht unter der Klassifizierung SECRET (Geheim) herausgegeben. Dieser Bericht enttäuschte den Insider, wurden doch nur Möglichkeiten angeboten, was diese Objekte sein könnten. Vor endgültigen Schlußfolgerungen freilich nahm man sich nach den negativen Erfahrungen in Washington in acht.

Der Schlussbericht des Projektes „SIGN" vom Februar 1949 hielt es für möglich, daß UFOs außerirdische Raumschiffe sind und die Erde aufgrund der Atombombenversuche besuchen.

Natürlich war da immer noch die Möglichkeit der *„RAUMSCHIFFE. Die nachfolgenden Überlegungen betreffend:*
a. Wenn es eine außerirdische Zivilisation gibt, die Objekte wie jene, von denen berichtet wurde, bauen kann, ist anzunehmen, daß sie uns in ihrer Entwicklung weit voraus ist. Diese Annahme kann bereits durch die Wahrscheinlichkeit unterstützt werden, ohne Zuhilfenahme astronomischer Hypothesen.
b. Solch eine Zivilisation könnte beobachten, daß wir jetzt auf der Erde Atombomben haben und mit großen Fortschritten Raketen entwickeln. Angesichts der bisherigen Geschichte der Menschheit müßten sie alarmiert sein. Aus diesem Grunde sollten wir jetzt auf außerirdische Besuche vorbereitet sein.
Da die Aktionen der Menschheit, die am leichtesten aus der Entfernung beobachtet werden können, die Atombombenexplosionen sind, sollten wir einen direkten Zusammenhang zwischen dem Zeitpunkt der Atombombenexplosionen, der Zeit, in der die Raumschiffe gesehen werden, und dem Zeitraum, den sie benötigen, um mit ihren Schiffen die Erde und wieder ihren Heimatplaneten zu erreichen, annehmen."
Tatsache zumindest war, daß allem Anschein nach ein Großteil der militärischen Entwicklungen und Versuche unter UFO-Beobachtung stand. Jedenfalls gab es zu denken, daß jahrelang das Raketenversuchsgelände von White Sands im Staate New Mexico Zentrum von UFO-Aktivitäten war. 1950 interviewte das US-Ma-

gazin „True“ Commander Dr. R. B. McLaughin, der die meteorologischen Versuche in White Sands leitete. Der Commander war nicht nur überzeugt, daß er und sein Team die Existenz der UFOs bewiesen hätten, er wußte auch eine Antwort auf die Frage, woher sie kämen. *„Ich bin überzeugt“,* gab er „True“ zu Protokoll, *„daß die fliegenden Scheiben von einem anderen Planeten stammen und von intelligenten Lebewesen gesteuert werden.“*
1948 und 1949 konnten McLaughin und sein Team verschiedene Male ‚Fliegende Untertassen’ über dem Versuchsgelände beobachten. Eine der eindrucksvollsten Sichtungen ereignete sich am 24. April 1949, als die aus Ingenieuren, Wissenschaftlern und Technikern bestehende Mannschaft dabei war, einen SKYHOOK-Wetterballon von 30 Metern Durchmesser steigen zu lassen. Es war 10.30 Uhr an einem schönen und klaren Sonntagmorgen. Vor dem Start ließ das Team zuerst einen kleineren Wetterballon aufsteigen, der die Winde messen sollte. Einer der Männer beobachtete den Ballon durch den Theodoliten, ein anderer hielt die Stoppuhr, ein dritter hatte eine Tafel in der Hand, um die gemessenen Daten festzuhalten. Der Ballon wurde bis in eine Höhe von 3000 Metern verfolgt, als plötzlich einer der Männer aufschrie, mit den Armen fuchtelte und heftig nach links zeigte. Das ganze Team schaute jetzt in diese Richtung - und sah ein UFO. *„Es schien nicht sonderlich groß zu sein“,* meinte später einer der Wissenschaftler, *„aber es war klar auszumachen. Man konnte leicht seine elliptische Form und seine silberweiße Farbe erkennen.“* Nur den Bruchteil einer Sekunde brauchten die Männer, um sich darüber klar zu werden, was sie da am Himmel sahen. Sofort riß einer von ihnen den Theodoliten herum und richtete ihn auf das UFO, während der Mann mit der Stoppuhr die Zeit maß. Sechzig Sekunden lang verfolgten sie das Objekt, das Richtung Osten flog. Innerhalb von 55 Sekunden war es von einem Winkel von 45 Grad auf 25 Grad heruntergekommen, dann schoß es in die Höhe und war in wenigen Sekunden außer Sichtweite. Die Wissenschaftler konnten kein Geräusch hören, obwohl es an diesem Tage in der Wüste so still war, daß man *„ein Flüstern eine Meile weit hören konnte.“*
Als sie die Daten auswerteten, errechneten sie, daß das UFO vier Grad in einer Sekunde zurücklegte. Während seiner Manöver hatte der Flugkörper einen Bergrücken passiert, der als Anhaltspunkt diente. Mit diesen Angaben schätzten sie die Höhe des Objektes auf 12 Meter, seinen Durchmesser auf 30 Meter. Es mußte sich in über 100.000 Meter Höhe befunden haben, als sie es zuerst sahen, und bewegte sich über 7 Meilen in der Sekunde, d.h. mit 43.000 Stundenkilometern. Das übertraf alles, was auf der Erde bekannt war.
Doch dabei blieb es nicht. Am 5. Mai 1948 beobachtete ein anderes Meteorologen-Team ein UFO, das am Nachthimmel kreuzte und tollkühne Manöver vollführte. Das scheibenförmige Objekt hatte ein Fünftel der scheinbaren Größe des Vollmondes. Ein anderes Mal verfolgte die Besatzung einer C-47 einen Skyhook-Ballon, als zwei identische Scheiben auftauchten, herumkurvten und den Ballon umflogen. Wenige Minuten später stürzte der Ballon ab. Als man ihn fand, war er aufgeschlitzt. Andere Wissenschaftler berichteten, daß Raketen des Typs V 2 bei Versuchsflügen von UFOs verfolgt und umkreist wurden.
Das Raketenversuchszentrum von White Sands war mit allen notwendigen Geräten zur Verfolgung der dort stationierten Raketen ausgerüstet. Auf mehreren Quadratkilometern waren Kamerastationen eingerichtet worden, die mit cinetheodolitischen Kameras ausgestattet waren und deren Operateure untereinander telefonisch in Verbindung standen.
Am 27. April 1950 wurde wieder eine Fernlenkrakete gestartet, die von den Kameramannschaften gefilmt wurde, als sie hoch in die Stratosphäre donnerte und danach wieder zurück zur Erde fiel. Gerade als die Ka-

meras entladen wurden, bemerkte einer der Kameramänner ein Objekt, das am Himmel entlangjagte. *„Im April 1950 war sich jedermann in White Sands der UFOs bewußt“*, schrieb Captain Ruppelt dazu, durch den wir von dem Vorfall erfuhren, *„und so griff er zum Telefon und alarmierte die anderen Filmstationen.“* Glücklicherweise hatte eine Station ihre Kamera noch nicht entladen und filmte. Ehe die anderen ihre Filme wieder eingelegt hatten, war das UFO verschwunden. Aber dieser eine Film genügte, um das unheimliche, dunkle Objekt in der Luft festzuhalten, und was immer es auch war, es bewegte sich gleichmäßig und mit großer Geschwindigkeit. Einige Tage später wurden alle Kamerastationen beauftragt, auf UFOs zu achten und sie sofort zu filmen, wenn sie auftauchen sollten.
Fast genau einen Monat später erschien ein weiteres UFO, und dieses Mal waren sämtliche Kameras bereit. Als sie über das Telefonnetz davon benachrichtigt wurden, suchten alle Kameramannschaften den Himmel ab. Zwei Stationen sichteten dann tatsächlich auch das helleuchtende Objekt, das am Himmel entlangjagte, und bannten es auf mehrere Meter Film. Sobald die Raketenversuche an diesem Tag beendet waren, brachten die Kameramannschaften ihre Filme in das Labor und legten sie nach der Entwicklung der Datenauswertungsgruppe vor. Ihr Schlußbericht zu dem Fall besagte, daß das UFO *„sich in über 14.000 Metern Höhe befand, sich mit über 3500 km/h fortbewegte und einen Durchmesser von über 100 Metern hatte.“* Diese recht konkreten Schätzungen waren nur dem Umstand zu verdanken, daß das UFO aus zwei verschiedenen, weit voneinander entfernt liegenden Blickwinkeln gefilmt worden war, seine Größe und Entfernung also durch Triangulation bestimmt werden konnte.

Durch diese Vorfälle im Umfeld der Versuchs - und Forschungsgelände der Atomenergiekommission alarmiert, übersandte Colonel Poland vom Nachrichtendienst des Heeres (G-2) im Januar 1949 ein Memorandum an den Kommandierenden General der 4. Armee und den Direktor des Heeres-Nachrichtendienstes im Pentagon:
„Die Dienststellen in New Mexico sind äußerst beunruhigt über diese Phänomene. Sie glauben, daß eine fremde Macht ‚Testaufnahmen‘ mit sich selbst zerstörenden Superstratosphären-Sonden macht... Man ist der Ansicht, daß diese Ereignisse von größter Bedeutung sind, zumal sie sich im Umfeld hochsensibler Installationen zutragen, und daß ein Wissenschaftlerteam hierher kommen sollte, um die Situation vor Ort zu untersuchen und zumindest nach einer Antwort auf dieses außergewöhnliche Phänomen zu forschen.“
Daß sofort danach gehandelt wurde, belegt ein Bericht an den Direktor der US-Bundespolizei FBI, J. Edgar Hoover, vom 31. Januar 1949:
„Auf einer der letzten wöchentlichen Zusammenkünfte der Nachrichtendienste G-2 (Army Intel.), OSI (Luftwaffenbüro für Besondere Nachrichtendienstaufgaben) und des FBI in den Räumen der Vierten Armee mit Offizieren des G-2 und der Vierten Armee wurde das Thema der ‚Unidentifizierten Flugobjekte‘ oder ‚Unbekannten Luftphänomene‘, auch bekannt als ‚fliegende Scheiben‘, ‚fliegende Untertassen‘ und ‚Feuerbälle‘ behandelt. Nach Angaben der Geheimdienstoffiziere des Heeres und der Luftwaffe ist dieses Thema als ‚STRENG GEHEIM‘ klassifiziert worden.“
Am 16. Februar 1949 fand in Los Alamos, im Forschungszentrum der Atomenergiekommission, eine streng geheime Konferenz über das UFO-Phänomen und die sogenannten „Grünen Feuerbälle“ statt, die in dieser Region gemeldet wurden. Zu den Top-Wissenschaftlern und Militärs, die an dieser Tagung teilnahmen, zählten der Atomphysiker Prof.Dr. Edward Teller, der zu dieser Zeit an einem supergeheimen Projekt zur Entwicklung der Wasserstoffbombe beteiligt war, und der Astronom Prof. Lincoln LaPaz von

der University of New Mexico, der bestätigte, daß es sich bei den „Feuerbällen" keinesfalls um Meteoriten, sondern vielmehr um *„intelligent gesteuerte Beobachtungssonden einer fremden Macht"* handeln würde.

Ebenfalls an der Untersuchung beteiligt waren Mitglieder der IPU, der „Interplanetary Phenomen Unit" des wissenschaftlich-Technischen Zweiges des Direktorats für Gegenspionage, eine Experteneinheit, die nach dem 2. Weltkrieg von den beiden legendären Weltkriegsgenerälen George Marshall und Douglas MacArthur ins Leben gerufen wurde und bis 1954 bestand, als eine neugegründete Luftwaffeneinheit ihre Aufgaben übernahm. Während die Existenz der IPU längst offiziell bestätigt wurde, stehen ihre Akten noch immer unter strengster Geheimhaltung. Erst 1993 enthüllte ein Mitglied dieser Einheit, Colonel Philip J. Corso, erste Details. Danach war es eine persönliche UFO-Begegnung General MacArthurs im April 1945 (!) auf der Clark Field Air Base auf den Philippinen, die zur Gründung des Teams führte, das fortan Material über UFO-Sichtungen erst im Pazifikraum, dann auch in den USA sammelte und auswertete. Schließlich, so Corso, umfaßte das Archiv der IPU Akten und Berichte zu über 20.000 UFO-Vorfällen. Corso leitete unter MacArthur die „Division für Sonderprojekte" des Nachrichtendienstlichen Zweiges des Fernost-Kommandos. Von 1953-1957 gehörte er dem Nationalen Sicherheitsrat, dem höchsten militärischen Entscheidungsgremium der Vereinigten Staaten, unter Präsident Dwight D. Eisenhower an. Heute ist er überzeugt: *„Die Öffentlichkeit hat ein Recht darauf, die Wahrheit über General MacArthurs Interesse an den UFOs zu erfahren".*

Es ist unbekannt, zu welchen Ergebnissen die IPU-Ermittlungen kamen, kein Zweifel jedoch besteht daran, daß sie General MacArthur ernsthaft beunruhigt haben müssen. *„Ich glaube, daß sich die Länder der Erde aufgrund der Entwicklungen in der Wissenschaft vereinigen müssen, um zu überleben und eine gemeinsame Front gegen Angriffe durch Menschen von anderen Planeten zu bilden"*, erklärte der 4-Sterne-General am 6. Oktober 1955 bei einem Besuch in Neapel. Und zu Kadetten der renommiertesten amerikanischen Militärakademie West Point sprach er am 12. Mai 1962 über *„den ultimativen Konflikt zwischen einer Vereinten Menschheit und den finsteren Mächten von einer anderen planetaren Galaxie".* Doch die offizielle UFO-Politik der US-Luftwaffe sah ganz anders aus.

Am 11. Februar 1949 wurde PROJECT SIGN in PROJECT GRUDGE umbenannt. Das war kein Zufall. GRUDGE bedeutet „Groll" und - nomen est omen - kennzeichnete nur zu treffend die Stimmung. Aber: Die Arbeit der Top-Geheimdienstler, der Spezialisten, war beendet, sie wurden durch neue Mitarbeiter ersetzt. *„Mit dem neuen Namen und dem neuen Personal kam eine neue Aufgabe: Das UFO-Rätsel zu beseitigen"*, schrieb Geheimdienstoffizier Ruppelt. *„Sie wurde nie schriftlich fixiert, aber es gehörte nicht allzu viel dazu um zu erkennen, daß dies das Ziel von PROJECT GRUDGE war ... alles wurde nur unter dem Vorsatz ausgewertet, daß UFOs nicht existieren dürfen: Egal, was Sie sehen oder hören, glauben Sie es nicht."* Der Grund für diesen „New look" (Ruppelt) lag immer noch in der zurückgewiesenen Lageeinschätzung von PROJECT SIGN. *„Der Geheimdienst hatte eine Antwort angeboten, und die wurde zurückgewiesen"*, erklärte Ruppelt, *„so versuchten sie es mit einer neuen Hypothese: UFOs existieren nicht. Wenn ein interessanter Fall kam und das Pentagon eine Antwort wollte, war alles, was sie bisher sagen konnten, ‚es könnte den Tatsachen entsprechen, aber wir können es nicht beweisen'. Jetzt wurde auf eine solche Nachfrage mit einem schnellen ‚es war ein Ballon' geantwortet, und jeder fühlte sich dabei wohl."*

Im Pentagon dagegen hatte man mittlerweile einen ganz neuen Plan entwickelt. Man hatte erfahren, daß die Sowjets alles daransetzten, ein UFO zur Landung zu zwingen. Man wußte, was es bedeuten würde, wenn den Russen das gelänge - sie würden die UFOs nachbauen und mit dieser neuen „Superwaffe“ zur mächtigsten Nation der Erde werden; dem mußten die Amerikaner zuvorkommen. Auf einer Pressekonferenz am 30. Dezember 1949 gab Major Jeremian Boggs, Sprecher des Luftwaffengeheimdienstes, mit Zustimmung und unter Beisein von General Sory Smith, dem Chef der Presseabteilung der Luftwaffe, bekannt, daß *„die Luftwaffe darauf erpicht ist, ein UFO zum Studium in die Hände zu bekommen, und so ihre Flieger anwiesen hat, mit allen zur Verfügung stehenden Mitteln eines herbeizuschaffen, auch wenn sie es am Schwanz packen müßten.“* Erst sehr viel später sollte bekannt werden, daß die US-Luftwaffe zu diesem Zeitpunkt bereits zwei UFO-Wracks in ihrem Besitz hatte.

Freilich stand dies im Widerspruch zum Schlußbericht von PROJECT GRUDGE, der drei Tage zuvor freigegeben wurde. Dort war man zu der zweifelhaften Erkenntnis gekommen, daß *„Berichte über unidentifizierte Flugobjekte zurückzuführen sind auf*

a. Eine milde Form von Massenhysterie;

b. Schwindel;

c. Psychosen;

d. Verwechslung mit konventionellen Objekten.“

Und so ließ Luftwaffenoberst Harold E. Watson verlautbaren, daß *„hinter beinahe jedem analysierten Bericht ein Knallkopf, ein religiöser Sonderling, Sensationshascherei oder ein schlechter Witz stekken.“* Damit war scheinbar das UFO-Rätsel gelöst. Doch die Tatsachen sprachen gegen PROJECT GRUDGE.

Es gab zu viele neue, glaubwürdige Fälle. Einer davon ereignete sich in Oregon, im äußersten Nordwesten der Vereinigten Staaten; und die Zeugen waren angesehene, ehrenwerte Bürger einer kleinen Landgemeinde.

Wie jeden Tag ging Frau Trent auch am 11. Mai 1950 gegen 19.30 Uhr zu einem Holzverschlag am anderen Ende ihres Hofes, um ihre Kaninchen zu füttern. Sie und ihr Mann, Paul Trent, bewirtschafteten eine kleine Farm in der Nähe von McMinnville/Oregon. Es war noch hell, und trotzdem fiel Frau Trent auf, daß plötzlich etwas am Himmel silbrig aufblitzte. Sie schaute auf und sah ein großes, rundes Objekt, das von Nordwesten her auf die Farm zuflog. *„Ich war nicht ängstlich“*, erklärte sie später, *„ich fand es schön. Das Ding war silbrig mit einer Nuance Bronze. Es sah aus, als hätte es ein schwarzes Oberteil, ähnlich einem großen Fallschirm ohne Halteseile. Das Unterteil war dunkler, bronzefarben und nicht so glänzend.“* Eine Sinnestäuschung? Frau Trent lief zum Haus und rief ihren Mann: *„Komm schnell, Paul, und bring den Fotoapparat mit.“* Paul Trent war gerade in der Küche, als er seine Frau hörte. Er schnappte sich die geladene Kamera und rannte raus auf den Hof. *„Da kam das Objekt schon auf uns zu“*, erinnerte sich Mr. Trent, *„es flog ein wenig gekippt eine Kurve. Es war sehr hell, leuchtete silbrig, und machte weder Geräusche noch Rauch. Es flog schön langsam. Dann schoß ich mein erstes Bild. Es flog weiter nach links, ich ging ein Stück nach rechts und machte noch ein Foto. Es glitt förmlich. Dann verschwand es langsam im Westen.“* Etwas Merkwürdiges fiel beiden noch auf: *„Als das UFO an uns vorbeiflog, verspürten wir eine leichte Windbö. Ich weiß nicht, ob das etwas damit zu tun hatte.“*

Als die Fotos nach einigen Wochen endlich entwickelt waren, war Paul Trent begeistert. Ganz klar zeigten sie das seltsame Flugobjekt, wie es an der Farm vorbeikurvte. Das Oberteil war hell schimmernd, die Basis metallisch dunkel. Zuerst machten die Bilder nur unter Familienangehörigen und Freunden die Runde, dann schlug ein Freund vor, sie dem Bankier von McMinnville zu zeigen und ihn zu fragen, was das Objekt sein könne. Zu diesem Zeitpunkt hatten die Trents von dem ganzen UFO-Rummel so gut wie nichts mitbe-

Die UFO-Fotos des Farmerehepaars Trent aus McMinnville, Oregon vom 11.5.1950

kommen und waren sicher, einen neuen Flugzeugtyp der Luftwaffe gesehen zu haben. Aber der Bankier wußte gleich, daß es sich hier um eines der vieldiskutierten UFOs handeln mußte. Er telefonierte mit einem befreundeten Journalisten, William Powell, der sofort kam, um die Trents zu interviewen. Powell ließ die Fotos in den Labors seiner Zeitung untersuchen und kam zu der Überzeugung, daß sie echt sein mußten.

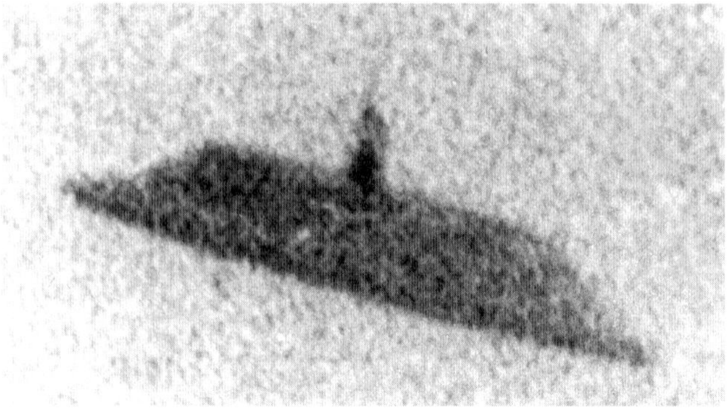

Ein ähnliches Objekt fotografierte ein Französischer Luftmarschall im März 1954 über Rouen, Frankreich. Das Foto erschien erstmals in der „RAF Flying Review" der Britischen Luftwaffe, die es als „eines der wenigen authentischen UFO-Fotos" bezeichnete.

Am 8. Juni 1950 wurden die Bilder veröffentlicht, und noch am selben Tag meldeten sich mehrere Zeugen, die ebenfalls die Scheibe gesehen hatten. Einige Tage später erhielten die Trents Besuch von zwei FBI-Beamten, die um nähere Informationen baten. Das Büro der Zeitung wurde währenddessen von zwei Luftwaffenoffizieren besucht, die die Abzüge der Fotos konfiszierten. Die Luftwaffe kam nach gründlicher Untersuchung ebenso wie 28 Jahre später eine Studie der Universität von Colorado zu dem Schluß, daß die Aufnahmen tatsächlich ein unbekanntes Flugobjekt zeigten.

Am Morgen des 15. August 1950 fuhr Nick Mariana mit seiner 19jährigen Sekretärin Virginia Raunig zum Legion Ball Park, einem Spielfeld in Great Falls Montana. Mariana war Generalmanager der „Selectrics"-Baseballmannschaft aus Great Falls und wollte das Feld vor dem Spiel am Wochenende noch einmal prüfen. Gegen 11.25 Uhr sah Mariana am Himmel etwas aufblitzen. Gemeinsam mit seiner Sekretärin konnte er zwei silbrige Objekte beobachten, die zu rotieren schienen und mit etwa 400 km/h die Stadt überflogen. *„Virginia, lauf schnell zum Wagen und hol' die Kamera"*, rief er seiner Sekretärin zu, und es dauerte nur wenige Sekunden, bis er die beiden leuchtenden Scheiben filmen konnte. Auf dem 18 Meter langen 16 mm-Film überflogen sie noch gerade einen Wasserturm, blitzten auf und verschwanden kurz darauf am Horizont. Wenige Sekunden später sah Mariana noch, wie zwei Düsenjäger der lokalen Luftwaffenbasis in den Himmel schossen. Mariana war so aufgeregt, daß er sofort die Lokalzeitung anrief und sein Erlebnis schilderte. Eine Woche später lag ihm der entwickelte Film vor.

Mariana führte den Streifen unter anderem seiner Mannschaft vor, und einer der Spieler informierte die Luftwaffe. Nick war damit einverstanden, den Film zur Analyse dem ATIC zu überlassen. Doch als er ihn nach einigen Monaten zurückerhielt, fehlte der erste Teil, wo deutlich die Rotation der leuchtenden Scheiben erkennbar gewesen war. Marianas Hinweis auf die beiden gestarteten Düsenjäger konnte später bestätigt werden. Eine 1979 durchgeführte Computeranalyse ergab, daß es sich bei den gefilmten Objekten um elliptische Körper in beträchtlicher Entfernung handelte.

Wenn vier Universitätsprofessoren dieselbe UFO-Formation betrachten und es ganz nebenbei noch Hunderte anderer Zeugen und sogar Fotos gibt, dann haben wir es zumindest mit einem bemerkenswerten Fall zu tun. Am Abend des 25. August 1951 trafen sich

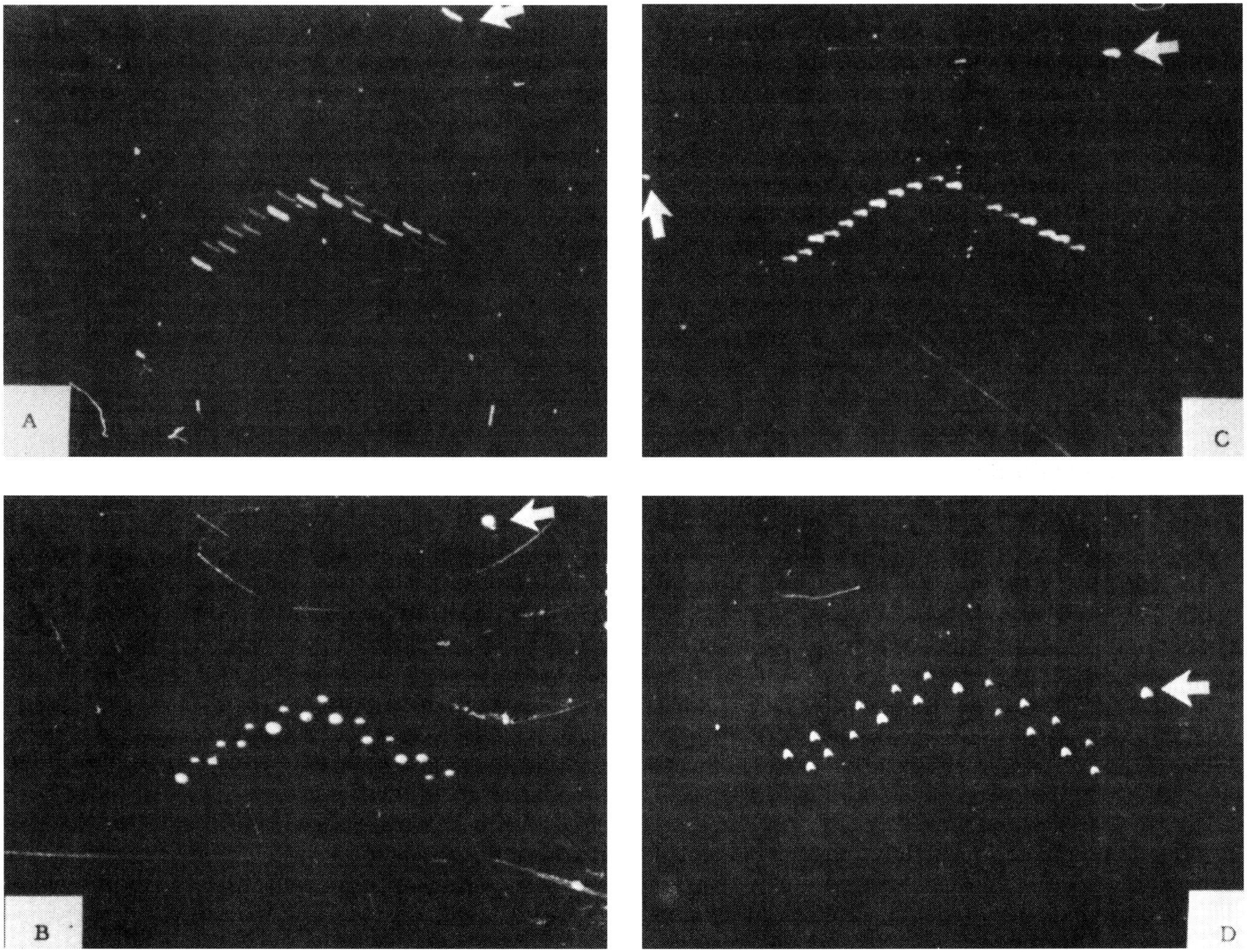

Carl Hart jr.s Aufnahmen der UFO-Formationen von Lubbock vom 31. August 1951

vier Professoren des Texas Technological College in Lubbock/Texas zu einem freundschaftlichen Gespräch im Hause des Geologieprofessors Dr. W.I. Robinson. Die anderen Herren waren: Dr. A. G. Oberg, Professor für technische Chemie; Professor W.L. Ducker, Leiter der Abteilung für Ölgewinnung; Dr. George, Professor der Physik.

Die vier Professoren saßen im Garten, tranken Tee und diskutierten über Mikro-Meteoriten, als einer von ihnen gegen 21.10 Uhr ein Licht am Himmel bemerkte, das immer näher kam. Bald konnten die Wissenschaftler erkennen, daß es sich um eine ganze Lichterformation handelte, um etwa 30 Objekte, die in Halbmondformation angeordnet waren. In wenigen Sekunden überflog das Geschwader die Stadt. Die Lichtintensität der Flugkörper war ungefähr die eines Sternes, aber sie waren viel größer und rundlich in der Form. Die Professoren, die zu aufgeregt waren, um die Lichter genauer zu observieren, diskutierten lange über das Phänomen und überlegten, wie sie vorgehen würden, wenn sich der Vorfall wiederholte. Daß dies jedoch schon eine Stunde später der Fall sein sollte, damit hatte keiner von ihnen gerechnet. Diesmal konnten die Professoren deutlich erkennen, daß die Objekte bläulich glühten und strukturiert waren.

Durch diese zweite Sichtung wurden die Wissenschaftler in ihrer Vermutung bestärkt, daß sich diese Vorfälle erneut wiederholen könnten. Sie beschlossen, daß jeder von ihnen, der sie wieder sehen sollte, sofort die Kollegen anrufen sollte. Nur so wäre es möglich, mit Hilfe einer Triangulation ihre Höhe, Geschwindigkeit und Größe zu bestimmen. Professor Ducker konnte sie in den folgenden Monaten noch zwölfmal beobachten - aber sie flogen immer so schnell, daß es unmöglich war, die Kollegen zu verständigen.

„Wir verspürten keine Schockwellen", erklärte Professor Ducker, *„wie sie jedes Objekt mit so großer Geschwindigkeit in geringer Höhe abgeben müßte. Daraus kann man nur folgern, daß die Formationen in der Stratosphäre flogen, 16.000 Meter über der Erde oder noch höher. Das hieße, daß ihre Geschwindigkeit bei 30.000 Stundenkilometern liegen müßte."*

An jenem Abend wie in der Woche nach dem 25. August konnten Hunderte von Bewohnern von Lubbock und Umgebung die Objekte am Himmel beobachten. Einem von ihnen, dem 25jährigen Studenten Carl Hart jr., gelangen sogar fünf Fotos. Wegen der Hitze hatte Hart sein Bett ans Fenster gestellt und schlief bei offenem Fenster. Am Abend des 30. August war er gerade zu Bett gegangen und schaute noch ein wenig hinaus auf den klaren Nachthimmel, als plötzlich die Lichter wieder aufblitzten. Von seinen Professoren hatte er schon von den Sichtungen gehört und sprang aus dem Bett. In Windeseile hatte er sich seine Kamera geschnappt und war im Bademantel ins Freie gelaufen. Wenige Minuten später tauchte eine zweite Formation am Horizont auf. Hart hatte seine 35 mm-Kodak-Kamera auf Blende 3,5 und eine Belichtungszeit von einer viertel Sekunde eingestellt. Dem Studenten gelangen zwei Aufnahmen. Als eine halbe Stunde später eine weitere Gruppe leuchtender Objekte die Stadt überflog, machte er noch drei Bilder. Als die Presse mit dieser Fülle von neuem Beweismaterial die Ergebnisse von PROJECT GRUDGE heftig angriff, konnte die Luftwaffe nicht mehr länger schweigen und warten. Der Generalstab wurde zu einem geheimen Treffen im Pentagon einberufen, wo man die weitere Vorgehensweise diskutierte.

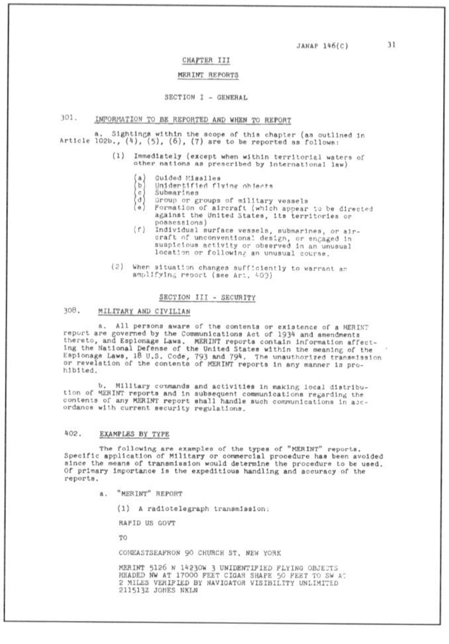

JANAP 146(C) 31

CHAPTER III

MERINT REPORTS

SECTION I - GENERAL

301. INFORMATION TO BE REPORTED AND WHEN TO REPORT

a. Sightings within the scope of this chapter (as outlined in Article 102b., (4), (5), (6), (7) are to be reported as follows:

(1) Immediately (except when within territorial waters of other nations as prescribed by international law)

(a) Guided Missiles
(b) Unidentified flying objects
(c) Submarines
(d) Group or groups of military vessels
(e) Formation of aircraft (which appear to be directed against the United States, its territories or possessions)
(f) Individual surface vessels, submarines, or aircraft of unconventional design, or engaged in suspicious activity or observed in an unusual location or following an unusual course.

(2) When situation changes sufficiently to warrant an amplifying report (see Art. 409)

SECTION III - SECURITY

308. MILITARY AND CIVILIAN

a. All persons aware of the contents or existence of a MERINT report are governed by the Communications Act of 1934 and amendments thereto, and Espionage Laws. MERINT reports contain information affecting the National Defense of the United States within the meaning of the Espionage Laws, 18 U.S. Code, 793 and 794. The unauthorized transmission or revelation of the contents of MERINT reports in any manner is prohibited.

b. Military commands and activities in making local distribution of MERINT reports and in subsequent communications regarding the contents of any MERINT report shall handle such communications in accordance with current security regulations.

402. EXAMPLES BY TYPE

The following are examples of the types of "MERINT" reports. Specific application of Military or commercial procedure has been avoided since the means of transmission would determine the procedure to be used. Of primary importance is the expeditious handling and accuracy of the reports.

a. "MERINT" REPORT

(1) A radiotelegraph transmission:

RAPID US GOVT

TO

COMEASTSEAFRON 90 CHURCH ST. NEW YORK

MERINT 5126 N 14230W 3 UNIDENTIFIED FLYING OBJECTS HEADED NW AT 17000 FEET CIGAR SHAPE 50 FEET TO SW AT 2 MILES VERIFIED BY NAVIGATOR VISIBILITY UNLIMITED 211513Z JONES NKLN

Die Generalstabs-Anweisung JANAP 146 läßt UFO-Meldungen unter die Spionagegesetze fallen

Das war die Geburtsstunde von CIRVIS, der *„Mitteilungsinstruktion für die Meldung wichtiger Beobachtungen der Aufklärung“*, einer Instruktion, die als *„Gemeinsame Publikation von Heer, Marine und Luftwaffe“* (JANAP) Nr. 146 allen drei Waffengattungen zugeleitet wurde. Unter die Anweisung fallen „Unidentifizierte Flugobjekte“, deren Meldung als *„von lebenswichtiger Bedeutung für die Sicherheit der Vereinigten Staaten von Amerika, ihrer Territorien und Besitztümer“* bezeichnet wird *„und sofortige Verteidigungs- und/oder Aufklärungsaktionen durch die US-Streitkräfte verlangt.“* UFO-Berichte werden hier zu MERINT-Meldungen erklärt, die unter strikter Geheimhaltung stehen:

„Alle Personen, die vom Inhalt oder der Existenz eines MERINT-Berichtes wissen, stehen unter dem Communication Act von 1934 wie den Spionagegesetzen. MERINT-Berichte enthalten Informationen von Interesse für die Landesverteidigung der Vereinigten Staaten im Sinne der Spionagegesetze, 18 U.S. Code, 793 und 794. Die nicht bevollmächtigte Verbreitung oder Bekanntgabe des Inhaltes von MERINT-Berichten jeder Art ist verboten.“

Den Spionagegesetzen zufolge drohen bei Verstoß Geld- und Freiheitsstrafen zwischen 10.000 Dollar und 10 Jahren Gefängnis.

Damit glaubte man, die Lage zumindest teilweise wieder in den Griff zu bekommen. Gleichzeitig lief ein landesweites Programm an mit dem Ziel, mehr Details über die UFOs zu erhalten. In Flugzeuge der Luftwaffe wurden Kameras eingebaut. Die Piloten erhielten Befehl, UFOs zu filmen und jedem Luftwaffenflieger wurde ein Briefumschlag mit geheimen Instruktionen ausgehändigt, der die Aufschrift trug: *„Nur bei UFO-Sichtungen öffnen!“*

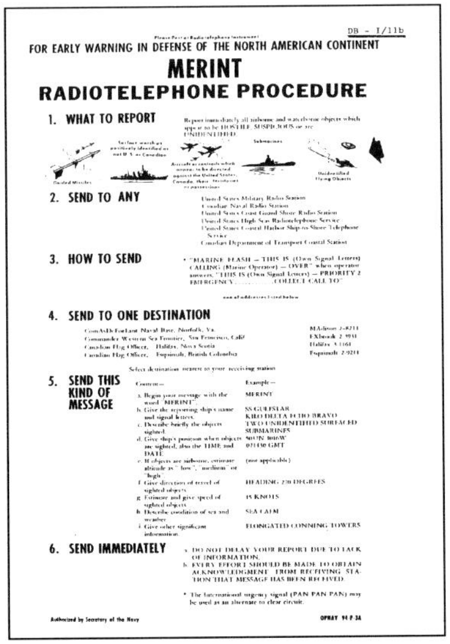
DB - I/11b

FOR EARLY WARNING IN DEFENSE OF THE NORTH AMERICAN CONTINENT

MERINT

RADIOTELEPHONE PROCEDURE

1. WHAT TO REPORT

Report immediately all airborne and waterborne objects which appear to be HOSTILE, SUSPICIOUS or are UNIDENTIFIED.

2. SEND TO ANY

United States Military Radio Station
Canadian Naval Radio Station
United States Coast Guard Shore Radio Station
United States High Seas Radiotelephone Service
United States Coastal Harbor Ship-to-Shore Telephone Service
Canadian Department of Transport Coastal Station

3. HOW TO SEND

* "MARINE FLASH — THIS IS (Own Signal Letters) CALLING (Marine Operator) — OVER" when operator answers, "THIS IS (Own Signal Letters) — PRIORITY 2 EMERGENCY .... COLLECT CALL TO"

4. SEND TO ONE DESTINATION

ComAsDefLant Naval Base, Norfolk, Va.	MAdison 2-8211
Commander Western Sea Frontier, San Francisco, Calif	EXbrook 2-9931
Canadian Flag Officer, Halifax, Nova Scotia	Halifax 3-1161
Canadian Flag Officer, Esquimalt, British Columbia	Esquimalt 2-9211

Select destination nearest to your receiving station

5. SEND THIS KIND OF MESSAGE

Content —	Example —
a. Begin your message with the word "MERINT".	MERINT
b. Give the reporting ship's name and signal letters.	SS GULFSTAR KILO DELTA ECHO BRAVO
c. Describe briefly the objects sighted.	TWO UNIDENTIFIED SURFACED SUBMARINES
d. Give ship's position when objects are sighted, also the TIME and DATE	
e. If objects are airborne, estimate altitude as "low", "medium" or "high".	(not applicable)
f. Give direction of travel of sighted objects.	HEADING 230 DEGREES
g. Estimate and give speed of sighted objects.	15 KNOTS
h. Describe condition of sea and weather.	SEA CALM
i. Give other significant information.	ELONGATED CONNING TOWERS

6. SEND IMMEDIATELY

a. DO NOT DELAY YOUR REPORT DUE TO LACK OF INFORMATION.
b. EVERY EFFORT SHOULD BE MADE TO OBTAIN ACKNOWLEDGMENT FROM RECEIVING STATION THAT MESSAGE HAS BEEN RECEIVED.

* The International urgency signal (PAN PAN PAN) may be used as an alternate to clear circuit.

Authorized by Secretary of the Navy

OPNAV 94-P-3A

Diese MERINT-Meldeanweisung hing in allen US-Luftwaffenbasen und auf allen Schiffen der US-Marine

Am 27.10.1951 nahm PROJECT GRUDGE seine Arbeit wieder auf. Da der Name jedoch noch immer ein starkes Negativ-Image hatte, wurde es am 16.3.1952 in PROJECT BLUE BOOK umbenannt und der Leitung des erfahrenen Geheimdienstoffiziers Edward J. Ruppelt übergeben. Ruppelt war ein Veteran aus dem 2. Weltkrieg, der während des Koreakrieges wieder in den aktiven Dienst zurückgekehrt war. Als graduierter Luftfahrtingenieur setzte ihn der Luftwaffengeheimdienst bald zur Analyse neuer sowjetischer Abfangjägertypen ein. Während der streng geheimen Lagebesprechung im Pentagon wurde er als der geeignete Mann für die Fortsetzung des Luftwaffen-UFO-Projektes benannt. Die Zeit zeigte, daß man mit dieser Besetzung gut gewählt hatte. Im Laufe der Untersuchungen zeichnete sich Ruppelt immer wieder als kompetenter und objektiver Untersucher aus, der die Glaubwürdigkeit der Luftwaffe in der UFO-Frage während seiner Dienstzeit wieder herstellte. Und das war in diesem Jahr auch notwendig.

5. DER CIA SCHALTET SICH EIN

„Sie glauben wirklich, daß sie interplanetarischen Ursprungs sind?“
„Mir fällt keine andere plausible Erklärung ein.“
„Dies ist kein rein privates Gespräch. Sie brauchen nicht zu schweigen. Nicht mehr. Don, ich habe Anweisungen erhalten, Ihnen zu helfen, und Sie baten um ATIC-Berichte über UFO-Erscheinungen. Was im einzelnen wollen Sie haben?“
Dieses Gespräch fand im August 1952 in einem kleinen Zimmer im Pentagon statt, dem amerikanischen Verteidigungsministerium. Die beiden Gesprächspartner waren Luftwaffen-Pressesekretär Albert M. Chop und Marine-Major Donald E. Keyhoe. Albert Chop war der zivile Luftwaffensachverständige für UFOs. Er war vom Geheimdienst-Offizierausschuß für „Fliegende Untertassen“-Fragen in das geheimnisvolle Gebiet eingeweiht worden, bevor er ins Pentagon versetzt wurde. Major Keyhoe hatte an der US-Marineakademie und der Offiziersschule des Marinecorps studiert. Nach seiner Dienstzeit im US-Marine-Corps wurde er Pressesprecher der Abteilung für zivile Luftfahrt des Wirtschaftsministeriums. Als Repräsentant der Regierung organisierte er landesweite Propagandakampagnen für den Südpolflieger Admiral Byrd und Charles Lindbergh. Seine Erfahrungen faßte er in seinem ersten Buch „Flug mit Lindbergh“ zusammen, womit seine journalistische Karriere ihren Anfang nahm. Als Luftfahrtexperte beauftragte ihn 1949 das Magazin „TRUE“ mit den Recherchen für einen Artikel, der Ende des Jahres unter dem Titel „Die Fliegenden Untertassen sind eine Realität“ erschien. Nach achtmonatiger gründlicher Recherche war Keyhoe zu dem Schluß gekommen, daß die Erde von Wesen anderer Planeten besucht wird. 1950 erschien unter dem selben Titel „Flying Saucers are real“ - sein zweites Buch. Da er in Erfahrung gebracht hatte, daß die US-Luftwaffe über die umfangreichsten Informationen über die UFOs verfügen mußte, setzte er seine Arbeit in Washington fort. Sehr erstaunt war er jedoch, als ihm Albert Chop im August 1952 die Freigabe von ATIC-Berichten anbot.
„Was steht Ihrer Meinung nach hinter der ganzen Untersuchung?“, fragte Keyhoe. *„Das kann ich Ihnen nicht beantworten“*, antwortete Chop, *„über dieses Thema darf ich keine persönliche Meinung äußern.“* Er zündete sich eine Zigarette an, zögerte einen Augenblick und fuhr dann, vorsichtig seine Worte wählend, fort. *„Die Luftwaffe bestreitet nicht, daß die UFOs interplanetarischen Ursprungs sein können. Aber wir haben keine konkreten Beweise für eine solche Annahme.“ „Und wie steht es mit den Bildern, die sie analysiert hat?“ „Bis jetzt hat keines der Bilder Einzelheiten enthüllt. Keine ATIC-Analyse hat bisher einwandfreie Beweise geliefert. ... Okay, ich werde sehen, was ich für Sie tun kann. Es kann natürlich eine Weile dauern.“*
Eine Woche später rief er Keyhoe an. *„Kommen Sie, ich habe drei oder vier Fälle für Sie. Sie werden stau-*

nen." Keyhoe erhielt genug verblüffendes Material, darunter 41 Fälle aus den ATIC-Archiven, die er für sein drittes Buch verwendete, „Flying Saucers From Outer Space", in Deutschland unter dem Titel „Der Weltraum rückt uns näher" im Blanvalet-Verlag erschienen. In einem offiziellen Schreiben vom 26. Januar 1953 bestätigte Albert M. Chop vom Air Force Press Desk Keyhoes Verleger, dem renommierten New Yorker HENRY HOLT & Co.-Verlag, folgendes:

„Wir von der Luftwaffe kennen Major Keyhoe als einen verantwortungsvollen und präzisen Berichterstatter. Seine langjährige Verbindung und Zusammenarbeit mit der Luftwaffe in der Erforschung unbekannter Flugobjekte geben ihm die Qualifikation als führende Kapazität auf diesem Forschungsgebiet. ... Die Luftwaffe und der ihr unterstehende Untersuchungsausschuß PROJECT BLUE BOOK kennen Major Keyhoes Schlußfolgerung, daß die ‚fliegenden Untertassen' von einem anderen Planeten stammen. Die Luftwaffe hat diese Möglichkeit nie ausgeschlossen. Einige Ausschußmitglieder glauben, daß sie ein natürliches Phänomen sind, das uns noch völlig unbekannt ist. Wenn aber die offensichtlich gesteuerten Flugmanöver, die von vielen kompetenten Beobachtern gemeldet wurden, wirklich zutreffen, dann ist die einzige zutreffende Erklärung nur die interplanetarische Theorie."

Nach den Schlußfolgerungen von PROJECT GRUDGE und offiziellen Stellungnahmen der Luftwaffe verwunderte diese Erklärung auch Major Keyhoe. Was war geschehen?

In der Nacht vom 9. auf den 10. Februar 1951 hatte Graham Bethune, ein junger Leutnant von 29 Jahren, eine viermotorige C-54-Transportmaschine der US-Marine von England nach Amerika mit Zwischenlandung auf Island und Neufundland geflogen. Bethune hatte zu diesem Zeitpunkt über 200 Transatlantikflüge hinter sich, war auf der Naval Air Station in Brooklyn, New York, bei einer Fliegerschwadron in Norfolk, Virginia, und schlißslich auf dem Marine-Flugtest-Zentrum in Maryland stationiert gewesen, wo er sich für 38 verschiedene Flugzeugtypen qualifizierte.

U.S. Navy Commander Graham Bethune

Es war eine ruhige Nacht mit ausgezeichnetem Flug-Flugwetter. Obwohl der Mond längst am westlichen Horizont verschwunden war, blieb die Sicht gut. Der Himmel war klar, einzig ein paar dünne Wolkenfetzen hingen über dem Meer.

Eine viermotorige C-54 wie diese flog Bethune während seiner UFO-Begegnung am 10.Februar 1951

Der Horizont war deutlich auszumachen, und von Zeit zu Zeit erkannte man noch den weißen Schaum, der die Wellen des Ozeans 10.000 Fuß unter dem Marineflieger bekrönte. Auf dem linken, dem Pilotensitz, saß Lt. Graham Bethune und überprüfte die schwach grünlich erleuchtete Instrumententafel. Die Geschwindigkeit lag konstant bei 200 Knoten oder 370 km/h. Es war 0.55 Uhr. Außer Bethune befanden sich sein Co-Pilot Lt. Fred Kingdon und hinter ihnen ihr Navigator Lt. J.P. Koger im Cockpit. Hinten in der Maschine schlief eine weitere Crew als Ablösung für Bethune und Kingdon, zudem rund zwanzig Passagiere, meist junge Offiziere und Flugingenieure, die in die USA zurückkehrten.

Etwa dreieinhalb Stunden nach ihrem Start in Kevlavik, Island, mit Kurs auf Argentia, Neufundland, passierte die Maschine ein Wetterschiff, das vor der Küste von Grönland vor Anker lag. Ein Funkkontakt wurde hergestellt, der Wetterbericht eingeholt: Das Wetter sollte auch weiterhin klar bleiben, und so schaltete Lt. Bethune den Autopiloten ein.

Während er nach anderen Flugzeugen Ausschau hielt, fiel Bethune ein leichtes gelbes Glühen in Ein-Uhr-Position auf, vielleicht 70 Kilometer entfernt und eindeutig unterhalb des Horizontes. Eine kleine Stadt, dachte er sich. Da er die Südspitze Grönlands passieren würde, könnte das bedeuten, daß er sich verspätet hatte und vom Kurs abgekommen war. Dagegen aber sprach, daß er gerade das Wetterschiff überflogen hatte, das vor Grönland lag, er die Küste also längst hinter sich gelassen haben mußte. *„Sehen Sie die Lichter auf halb-eins-Position?"*, fragte er Lt. Kingdon. *„Schaut aus wie eine kleine Stadt"*, meinte dieser. *„Koger, überprüfen Sie unsere Position"*, wies Bethune den Navigator an. *„Bestätige: Position liegt bei 49,50 Nord, 50,03 West. Wir fliegen planmäßig und auf Kurs, 230 Grad. Argentia, Neufundland, ist 200 Meilen (320 km) entfernt. Kein Land weit und breit."*

Erst fünf Minuten später war die C-54-Crew nahe genug herangekommen, um zu erkennen, daß die Lichter ein Muster bildeten, ein kreisförmiges Muster. Noch waren sie rund 25 Kilometer entfernt. *„Vielleicht zwei Schiffe? Überprüfen Sie die Schiffahrtspläne."* *„Unser Kurs kreuzt keine Schiffahrtsroute"*, erwiderte der Navigator. Das wurde bestätigt, als der Bordfunker das Wetterschiff um Auskunft bat. Auch dort war man sich sicher, daß keine Schiffe die fragliche Gegend befuhren. *„Wecken Sie Jones und Meyer"*, befahl Bethune Lt. Koger.

Als die Reservecrew das Cockpit betrat, zeigte Bethune ihnen den Lichterring, der jetzt in nur noch zehn Kilometer Entfernung auf 1-Uhr-Position vor ihnen lag. *„Das sind Schiffe"*, meinten die Marinepiloten, während sie sich, noch schläfrig, die Augen rieben. *„Haben wir schon überprüft, ist ausgeschlossen"*, erwiderte Bethune. *„Kein Schiff weit und breit."* Dann wurde aus dem Ring aus weißen Lichtern ein gelber Lichtkranz, dessen Farbe sich bald in orange, bald in rot veränderte, während er allmählich abhob und sich schließlich mit stetig zunehmender Geschwindigkeit auf die Marine-Maschine zubewegte. Bald hatte er eine violette Färbung angenommen und kam bedrohlich nahe. *„Teufel noch mal, was ist das?"*, staunte Jones. *„Es rast auf uns zu!"*, rief Koger, *„es wird mit uns kollidieren."* Geistesgegenwärtig schaltete Lt. Bethune den Autopiloten ab, nahm das Steuer in die Hand, bereit, jeden Moment die Nase seiner Maschine nach oben zu reißen, um notfalls dem Objekt auszuweichen. Die Ersatzcrew ging in die Hocke, stützte sich an die Wände des Cockpits. Bethunes Hände zitterten. Er hatte Angst, so nahe war er dem Tod noch nie gekommen. Jeden Augenblick konnte er kollidieren. Er mußte blitzschnell handeln.

Doch im selben Augenblick erkannte er, daß jedes Ausweichmanöver zwecklos war. Der leuchtende Ring konnte sie in jeder Position erreichen. Das Glühen, so sah er jetzt, kam vom Rande einer riesigen, kreisrunden Scheibe, die die Super-Constellation als Winzling erscheinen ließ. Für einen Augenblick hielt er den Atem an, wartete auf den Zusammenstoß, den Tod.

Doch plötzlich kippte das Objekt, wich dem Flieger aus, verlangsamte sein Tempo. In weniger als zweihundert Meter Entfernung, 35 Meter unter ihnen, blieb es auf 1.30-Position (45 Grad) stehen. Eine Minute lang hatten die noch immer atemlosen Navy-

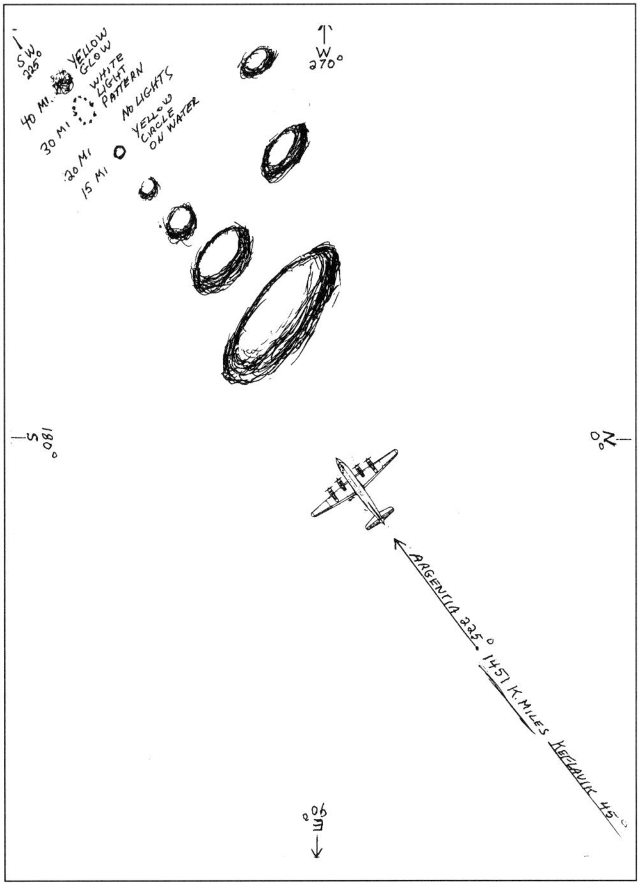

Commander Bethunes Skizze seiner UFO-Begegnung

Piloten Zeit, es genauer zu betrachten. Es war eine mächtige metallische Scheibe, geformt wie eine Untertasse, umgeben von einem purpurroten, feurigen Ring, selbst in ein kaltes weißes Glühen gehüllt. Auf ihrer Oberseite war eine leichte Wölbung wie eine Kuppel erkennbar. Ihren Durchmesser schätzte die Navy-Mannschaft auf rund 80-100 Meter - mehr als das Doppelte der Flügelspannweite der Super-Constellation, die bei 39 Metern lag. Das Objekt mußte mit der unglaublichen Geschwindigkeit von über 1600 Stundenkilometern auf die Marine-Maschine zugerast sein. Und nachdem es kurz neben ihr verharrt hatte, kippte es leicht nach oben und schoß in einem Winkel von 170 Grad davon, bis es in wenigen Sekunden in der Schwärze der Nacht verschwunden war. *„Das Ding war unglaublich"*, meinte sichtlich erleichtert Lt. Bethune, *„es muß mit über 2000 Stundenkilometern davongejagt sein." „Was, zum Teufel, war das?"*, fragte Lt. Koger. *„Mit Sicherheit keine von unseren Maschinen"*, war sich der noch immer kreidebleiche Lt. Jones sicher. *„Es stand einwandfrei unter intelligenter Kontrolle"*, glaubte auch Lt. Bethune, *„es hat uns entdeckt und wollte uns überprüfen. Aber jetzt brauchen wir erst einmal eine Ablösung."* Lt. Jones und Lt. Meyer übernahmen das Steuer, während Lt. Bethune und Lt. Kingdon nach hinten in die Kabine gingen, um sich ein wenig auszuruhen. Dort diskutierte man heftig über den Vorfall. Die meisten hatten ihn durch die Kabinenluken beobachtet und selbst das unheimliche UFO gesehen. *„Was glauben Sie, was es war?"*, fragte Bethune den ranghöchsten Offizier an Bord, Commander Dr. M.. *„Ich habe nicht hingeschaut"*, erwiderte dieser, *„das war eine dieser fliegenden Untertassen, und an solche Dinge glaube ich nicht."*

Bethune ging zurück ins Cockpit. *„Commander M. meint, es sei eine fliegende Untertasse gewesen. Wir sollten die Sache für uns behalten, sonst hält man uns noch für einen Haufen Verrückter." „Zu spät"*, erwiderte Lt. Jones. *„Habe schon den nächsten Flughafen, Gander, angefunkt, gefragt, ob die was auf dem Schirm hatten."*

„Und, hatten sie??"

„Ja, sie hatten etwas in unserer Nähe auf Radar", erklärte Jones, *„aber sie konnten es nicht identifizieren. Ich sagte ihnen, daß wir es gesehen haben - und es mit Sicherheit kein Flugzeug war."*

Nach der Landung in Argentia, Neufundland, wurde die Crew der Super-Constellation bereits von Offizieren des Luftwaffen-Geheimdienstes erwartet. Jeder der Augenzeugen wurde separat bis zu zwei Stunden lang befragt, und die Fragen ließen keinen Zweifel daran, daß man sich ziemlich sicher war, daß die Piloten tatsächlich ein reales unbekanntes Flugobjekt beobachtet hatten: Wie nah kam es an Sie heran? Wie groß war es? Welche Steigungsrate hatte es? Bemerkten Sie irgendwelche elektronischen Interferenzen? Wie verhielten sich die leuchtenden Ringe? Hatten Sie den Eindruck, daß es bemannt war? *„Mit Sicherheit stand es unter intelligenter Kontrolle“*, antwortete Bethune, *„und für eine ferngesteuerte Sonde war es doch ein wenig zu groß, nicht wahr?“*

„Ich kann dazu nichts sagen“, erwiderte der Luftwaffen-Mann. *„Aber was hat das alles zu bedeuten?“*, wollte Bethune wissen, *„bis jetzt hat uns die Luftwaffe doch immer erklärt, daß es keine fliegenden Untertassen gibt?“*

„Es tut mir leid, ich darf keine Fragen beantworten“, antwortete der Nachrichtendienst-Offizier lakonisch.

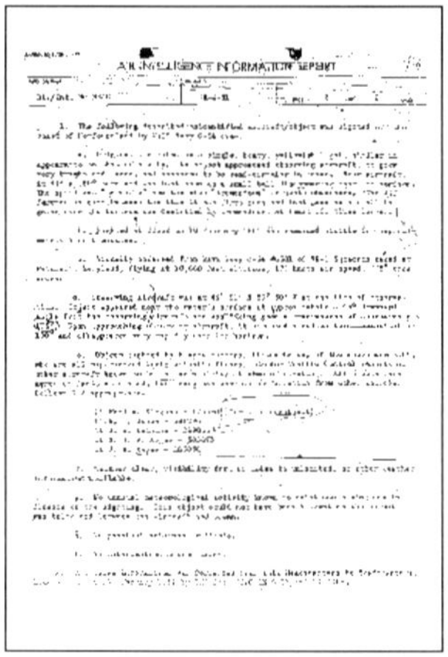

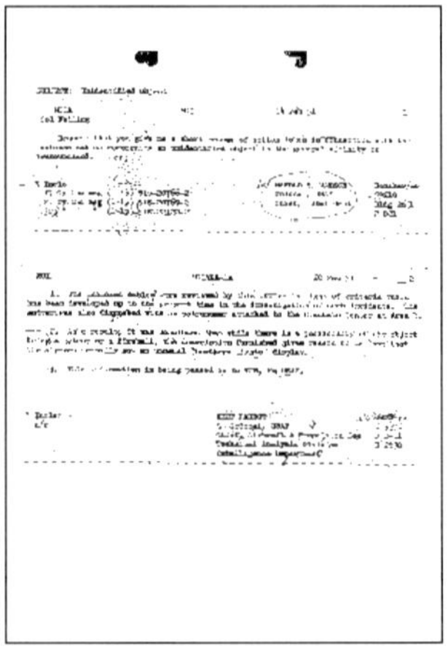

ATIC-Bericht über den Vorfall vom 10.2.51 - „Project Twinkle“ deutete ihn als die Beinahe-Kollision als „ungewöhnliches Spiel des Nordlichtes“, obwohl das UFO im Südwesten und unter dem Horizont erschien.

Die Berichte, die nach den Aussagen der Offiziere verfaßt wurden, gingen an das ATIC zur Project Grudge-Tochter „Project Twinkle“. Als die Akte 1990 freigegeben wurde, glaubte Bethune, mittlerweile US-Navy-Commander im Ruhestand, seinen Augen nicht zu trauen. Denn im Abschlußbericht zu dem Vorfall hieß es, daß das riesige Objekt, mit dem seine Maschine beinahe kollidiert war, ein gewöhnliches Nordlicht gewesen sei. Zu dieser Schlußfolgerung jedenfalls war ein Astronomiestudent des ATIC gekommen.

Nun ist zu bezweifeln, daß dieser arme Studiosus je seine Abschlußprüfung schaffte. Jedenfalls scheint ihm nicht bekannt gewesen zu sein, daß das Nordlicht seinen Namen daher hat, daß es im Norden erscheint - und nicht im Südwesten, auf 225 Grad wie das UFO. Außerdem erscheinen Nordlichter als atmosphärische Phänomene über dem Horizont und nicht unterhalb des Horizontes, wie das kreisrunde Lichtmuster. Und natürlich werden sie nicht auf Radar geortet. *„Außerdem wurden Nordlichter immer im Wetterbericht für den Nordatlantik erwähnt“*, erklärte mir Com. Bethune, als ich ihn im Sommer 1992 interviewte, *„in unserem Wetterbericht aber war keine Rede von einer aurora borealis.“*

Heute ist sich Bethune sicher, daß das, was er gesehen hatte, ein Raumschiff von einem anderen Planeten war. Bei einem späteren Besuch in Gander, Neufundland, hatte ihm ein militärischer Fluglotse erzählt, daß die zuständigen Radaroperateure die Geschwindigkeit des Objektes auf bis zu 3000 km/h geschätzt hätten. Als Lt. Al Jones ein paar Tage später wieder in Argentia landete, erklärte ihm der Skipper einer VP-8 der Marine, daß er und seine Crew ein identisches Objekt auf einer nächtlichen Patrouille beobachtet hätten. Lockheed-Übersee-Personal, das den Tower in Keflavik, Island, betreute, berichtete Bethune von einer ganzen Reihe von Sichtungen großer, scheibenförmiger Flugobjekte über dem

Nordatlantik, die man für eine russische Geheimwaffe hielt. Das ging so weit, daß befürchtet wurde, die Sowjets würden einen Angriff auf Island vorbereiten.

Als Bethunes Mannschaft noch am selben Tag schließlich auf der US-Naval Air Station Patuxent River, Maryland, landete, wurden sie noch einmal vom Marine-Geheimdienst interviewt. Dann bat man jeden von ihnen, einen schriftlichen Bericht über den Vorfall abzufassen.

Fünf Tage später klingelte bei Lt. Bethune das Telefon. Am Apparat war ein Mann, der sich als Wissenschaftler einer hohen Regierungsbehörde zu erkennen gab. *„Ich wurde über ihre UFO-Nahbegegnung informiert und möchte ihnen gerne ein paar Fragen stellen.“*

Bethune holte die Genehmigung seiner Vorgesetzten ein, die die Identität des Mannes überprüften. Am nächsten Tag fand das Treffen statt. Nachdem ihm Bethune ausführlich seine Sichtung geschildert hatte, öffnete der Wissenschaftler seinen Diplomatenkoffer und holte ein paar Fotos heraus. *„Sah es so aus?“*

Beim dritten Bild hielt Bethune inne. *„Das ist es. Genau so sah es aus! Aber woher stammen diese Fotos? Da muß doch jemand ganz genau Bescheid wissen?“*

Der andere griff nach der Aufnahme, die der faszinierte Bethune noch immer in den Händen hielt.

„Bedaure, Leutnant. Ich darf keine Fragen beantworten.“

Er legte das Bild wieder in seinen Aktenkoffer, schloß ihn und verabschiedete sich.

Resigniert lehnte sich Bethune in seinen Sessel zurück. Er wußte, was er gesehen hatte. Er wußte, daß „sie“ da waren. Aber er sah sich mit einer Mauer des Schweigens konfrontiert, und es fehlte ihm die Macht, diese Mauer zu durchbrechen.

Doch ein anderer war politisch einflußreich genug, um sich nicht so einfach abfertigen zu lassen...

Im April 1952 wurde der höchste Navy-Mann, Marineminister Kimball, auf seinem Flug nach Honolulu, Hawaii, Zeuge einer UFO-Begegnung. Zwei scheibenförmige Objekte waren auf sein Flugzeug zugerast und wurden von den Piloten, Marineoffizieren und Reportern an Bord beobachtet. *„Ihre Geschwindigkeit war unglaublich“*, erklärte der Minister später Major Keyhoe, *„meine Piloten schätzten sie auf 3000 bis 3500 Stundenkilometer.*

The Boston Traveler, May 5, 1952, p. 22.

Big Story in the Sky

HAVE YOU HEARD

By Bill Schofield

This is bargain day in the flying saucer department, and you're getting two stories for the price of one—the first from a resident of western Massachusetts and the second from Navy Secretary Dan Kimball.

Personally I don't care how many people believe stories like these, or how many snicker at them. But as far as I'm concerned, I'll continue to collect them and catalogue them and puzzle over them with an open mind until somebody comes up with a hard-fact explanation of all the weird things that have been going on in the skies during the past five years. So far, nobody has been able to do this.

When and if they do, I'm convinced it will be one of the biggest news stories of all time.

For the first of today's incidents, then, let's go westward to the town of Greenfield, where Dr. Albert Baller sighted three big flying spheres traveling at fantastic speed one day last February.

This time the story is told by Charles T. Earley, a 35-year-old tap and die worker, who was startled half out of his wits on the afternoon of March 30 by a visit from a pair of flying rings.

It was a sunny afternoon, cloudless and windless, and Earley was in his backyard burning leaves at about 3 P. M., when he heard a sound overhead like the rushing of a heavy breeze.

"I looked up and saw this thing coming down from the top of the sky," he says. "It was coming at terrific speed. At first it looked a little smaller than the moon. It was so bright I thought it might be a falling star. It was shining like chrome.

"IT CAME DOWN FAST and stopped about 1500 feet overhead. It was like a big whirling ring 30 feet across and I could see the blue sky through its middle. It hovered overhead for a second or two and then turned up on edge and I could see there were two rings instead of one. They looked to be about five feet apart and were not joined."

The rings, Earley says, then raced across the sky about one mile to the southwest. There they dropped back to the flat position again and then took off toward Sugarloaf Mountain, following the contour of the earth. Nearing Sugarloaf, they banked and hesitated for a moment—then shot skyward and vanished at unbelievable speed.

"They shot straight up so fast they just blurred out of sight," Earley says.

So much for Greenfield. Now listen to Secretary Kimball.

THE CABINET MEMBER told his story to an audience of Navy officers and air cadets a couple of weeks ago at the Naval Air Station in Pensacola. He may have expected it would stop there, but since he made no such request, and since nothing was said about his remarks being off the record, I'll take the liberty of repeating his report.

On a recent flight across the Pacific, he said, he was flying at night from Pearl Harbor to Guam. Another plane, with additional members of his party, was trailing several miles behind on the same course.

Kimball stressed the fact that he has the utmost faith and confidence in the pilot who was with him that night—a pilot who has flown him for thousands of miles over a period of years.

Somewhere out over the dark Pacific, he said, the pilot came back to the cabin visibly excited and reported that a flying saucer had appeared out of nowhere, had flown abeam the secretary's plane for some distance, and had just raced ahead and shot up into the sky and out of sight. He and the co-pilot had both watched the phenomenon, he said. He asked if he should radio a report of the incident to Pearl Harbor.

Kimball advised him not to, pointing out that Pearl Harbor probably wouldn't believe the story. Instead, the secretary suggested sending a message to the plane astern and ordering them to keep a sharp lookout for any unusual sights.

IN A MATTER OF MINUTES, the second plane radioed excitedly that a flying saucer had just come down and flown alongside the wing tip, then had shot ahead and vanished into the sky.

Shakespeare had it right: "There are stranger things in heaven and earth, Horatio, than are dreamt of in your philosophy."

Pressebericht über die UFO-Sichtung von Marineminister Kimball

Die beiden Objekte umkreisten uns zweimal, bevor sie Richtung Osten in die Höhe schossen. Hinter uns flog eine weitere Navy-Maschine mit Admiral Arthur Redford an Bord. Die Entfernung betrug etwa 80 Kilometer. Ich sagte zu meinem Piloten, er solle sie über die Sichtung informieren. Wenige Sekunden später rief Redfords Chefpilot zurück, die UFOs würden nun sein Flugzeug umkreisen. Sie mußten die 80 Kilometer in weniger als zwei Sekunden zurückgelegt haben. Nach ein paar Sekunden meldete uns der Pilot, die Objekte hätten sich nun aus der Sicht entfernt."

Nach der Landung funkte Minister Kimball einen Bericht an die Luftwaffe, der die Auswertung von UFO-Berichten übertragen war, und fragte, was man unternehmen würde. Man erklärte ihm kurz, es sei gegen die Befehle, Fallanalysen mit Sichtungszeugen zu diskutieren. Kimball war kein Mann, der sich auf solche Weise abfertigen ließ. Er beorderte Konteradmiral Calvin Bolster zu sich, den Leiter des „Office of Naval Research", des Forschungsbüros der Marine. *„Ich ordnete dem ONR an, eine vollständige Untersuchung aller Berichte aus den Reihen der Marine in die Wege zu leiten, die von jetzt an gemeldet wurden. Dies sollte unabhängig vom Projekt der Luftwaffe geschehen."*

Bald hatte der Marine-Geheimdienst einen ersten interessanten Fall in den Händen, der auch fotografisch dokumentiert war. Am 2. Juli 1952 fuhr der Marine-Deckoffizier Delbert C. Newhouse mit seiner Frau und seinen zwei Kindern von Washington D.C. nach Portland/Oregon. Newhouse war von der Nevy nach Portland versetzt worden, wo man ihn dem Fliegerversorgungsdepot als Marine-Bildberichterstatter zugeteilt hatte. Die Familie fuhr durch die zerklüftete Felslandschaft von Utah auf dem Highway 30 durch die Rocky Mountains nach Westen. Es war gegen 11.00 Uhr, als sie an dem Städtchen Tremonton vorbeikamen. Zehn Minuten später, sie waren nun 11 Kilometer von dem Ort entfernt, bemerkte Frau Newhouse am Himmel eine seltsame Gruppe hell leuchtender Objekte. Sie bat ihren Mann, anzuhalten, und da auch ihm die Flugkörper merkwürdig erschienen, fuhr er an den Straßenrand. Als Newhouse die Gruppe von zehn Objekten Richtung Westen fliegen sah, ging er zum Kofferraum und holte seine 16 mm-Kamera der Marke Bell und Howell aus dem Wagen. *„Sie waren rotgußfarben und hatten die Form von zwei Untertassen, die man aufeinander stülpt"*, erklärte er später, *„sie reflektierten das Sonnenlicht. Die Objekte schienen so lang wie hoch zu sein. Sie bewegten sich ganz gleichmäßig."*

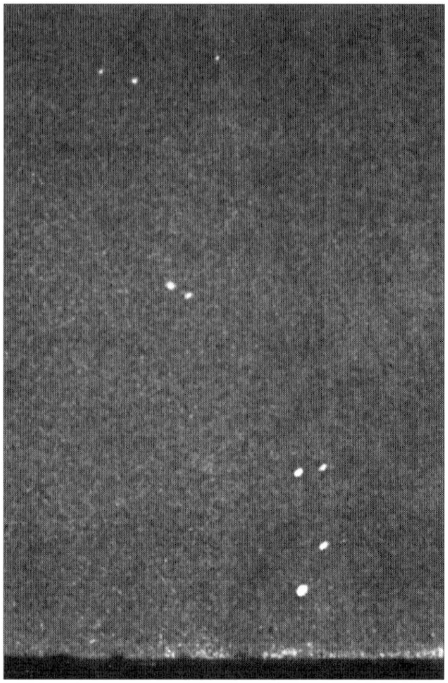

Einzelbild aus dem Film des Deckoffiziers Delbert C. Newhouse vom 2. Juli 1952

Newhouse kannte sich im Flugwesen aus, und so wußte er gleich, daß diese Dinger keine Flugzeuge waren. Er filmte das Geschwader, bevor es am westlichen Horizont verschwand. Newhouse war ein erfahrener Marinefotograf und wollte, wie er später erklärte, den Auswertern die Arbeit erleichtern. Als eines der Objekte aus der Formation ausbrach, konzentrierte er sich darauf, es zu verfolgen. Er ließ es durch das Blickfeld fliegen und bewegte seine Kamera nicht, in der Hoffnung, daß dies die Bestimmung der Geschwindigkeit erleichtern würde. Dies machte er dreimal, und als das Objekt wieder zu den anderen zurückkehrte, waren sie schon fast wieder am Horizont verschwunden. Als der Film schließlich entwickelt war, übersandte Newhouse ihn dem Marine-Fotolaboratorium in Anacostia mit einem ausführlichen Bericht zur Analyse.

Das Marinelabor verbrachte drei Monate - über 600 Arbeitsstunden - damit, den 64 Meter langen Farbfilm Bild für Bild auszuwerten. Im Schlußbericht wurden sämtliche Identifizierungsmöglichkeiten ausgeschaltet: *Flugzeuge („Mit der verwendeten Linse würden Flugzeuge bis 8 km Entfernung klar identifizierbar sein. Bei dieser Entfernung läge ihre Geschwindigkeit bei 1000 Stundenkilometern ... es ist kein Geschwader von Flugzeugen in der Lage, mit dieser Geschwindigkeit zu fliegen und ganz gewiß nicht fähig, diese Manöver in solcher Geschwindigkeit zu vollführen."), Ballons („Bis auf 8 km wären Ballons bei der verwendeten Linse erkennbar gewesen. Doch schon in nur 4 km Entfernung läge ihre Geschwindigkeit bei 500 km/h, was für Ballons unmöglich ist.") und Vögel („Kein Vogel könnte Licht so stark reflektieren, daß es in dieser Deutlichkeit auf dem Film erscheint. Die ungeheure Geschwindigkeit der Objekte schließt auch diese These aus.")*

Die Schlußfolgerung der Marine-Fotoexperten lautete einfach: *„Unbekannte Objekte unter intelligenter Kontrolle."* Eine zweite Analyse führte PROJECT BLUE BOOK durch und kam zu einem ähnlichen Ergebnis: *„Wir wissen nicht, was sie sind, aber sie sind mit Sicherheit keine Flugzeuge, Ballons oder Vögel."* Der Film wirbelte im Pentagon viel Staub auf. Man wußte, daß er runde Scheiben zeigte, die in einem Höllentempo manövrierten. Die Marine-Analyse hatte ergeben, daß sie sich in 10 Kilometern Entfernung befunden haben mußten, da bei der verwendeten Linse bei bis zu 8 km Entfernung mehr Details erkennbar gewesen wären. Damit würde ihre Geschwindigkeit bei fast 1400 km/h liegen.

Als im Oktober die Analysen der Marine und Luftwaffe vorlagen, plante Minister Kimball eine Pressekonferenz, bei der die Filmaufnahmen mitsamt der Analyse den Reportern präsentiert werden sollten. Der Zeitpunkt dafür wäre ideal gewesen, nachdem im Sommer eine der größten Sichtungswellen das Land erschüttert hatte.

Am Abend des 14. Juli flog eine Linienmaschine vom Typ DC-4 der Pan American Airways von New York nach Miami/Florida. Im Cockpit saßen Flugkapitän William B. Nash und sein Copilot William Fortenberry. Die Nacht war klar und die Sicht unbegrenzt. Unter sich sahen die Piloten die Lichter der großen Städte an der Ostküste. Gerade zeigte Fortenberry sie seinem Captain Newport, als beide etwas östlich davon ein rotglänzendes Licht in der Luft ausmachten.

„Was zum Teufel ist das ?" fragte der Copilot, doch Nash wußte es auch nicht. Unmittelbar darauf mußten die beiden feststellen, daß es sich um sechs Objekte handelte, die mit großer Geschwindigkeit, aber in geringerer Flughöhe auf die Linienmaschine zuflogen. *„Sie sahen aus wie glühende Kohlen"*, erklärte Nash, *„ihre Ränder waren deutlich umrissen und rund."* Bald erkannte er, daß es sich um einen schmalen Staffelflug handelte.

„Wir schätzten den Durchmesser der Objekte auf etwas größer als eine DC-3 Flügelspannweite, etwa 30 Meter. Sie waren etwa 1000 Meter unter uns. Als die Gruppe direkt unter uns bzw. ein wenig vor uns war, stand mein Copilot rasch aus seinem linken Sitz auf, um sie zu beobachten. Alle zusammen kippten sie in Seitenlage, die links von uns befindliche Seite aufwärts, die leuchtende Oberfläche nach rechts. Nur die

Oberflächen schienen beleuchtet. In Form und Proportionen glichen sie Münzen. Nachdem sie sich alle in Seitenlage befanden, glitten die hinteren fünf an der Führermaschine vorbei, so daß ihre Formation nunmehr sozusagen wie mit dem Schwanz nach vorne wirkte. Plötzlich schossen zwei weitere Objekte auf die Formation zu und schlossen sich ihr an. Es schien eine Beziehung zwischen der Helligkeit und der Geschwindigkeit der UFOs zu geben. Nach ihrer scharfen Wende war die Staffel erheblich heller. Wir schauten ihr verblüfft und wahrscheinlich mit weit geöffnetem Mund nach. Halb in der Erwartung, daß noch mehr solcher Objekte erscheinen würden, suchten wir den Himmel ab, aber es tat sich nichts mehr. Es waren fliegende Untertassen, und wir hatten sie gesehen. Das ganze geschah um 20.12 Uhr und dauerte nur 12 Sekunden. Die Geschwindigkeit der Objekte schätzten wir auf 20.000 km/h.“

Sofort nach ihrem Verschwinden meldeten die Piloten der Bodenkontrollstelle Norfolk die Objekte. Am Morgen nach der Landung in Miami riefen schon die Ermittlungsbeamten der Luftwaffe an und vereinbarten einen Termin für den Vormittag. Beide Piloten wurden getrennt voneinander lange und gründlich ausgefragt.

Kaum hatte die Presse von diesem Vorfall erfahren, sollte schon eine andere Sensation Schlagzeilen machen. In der Nacht vom 19. auf den 20. Juli wurde die Hauptstadt der Vereinigten Staaten, Washington D.C., von einem Geschwader unbekannter Flugobjekte überflogen.

Es war Samstagnacht, der 19. Juli 1952, 23.40 Uhr, eine erholsame kühle Nacht, nachdem Washington wieder einmal unter einer seiner berüchtigten Sommer-Hitzewellen gelitten hatte. Der Ort der Handlung war ein langer, fensterloser Raum, die Zentrale der Luftverkehrskontrolle auf dem Nationalflughafen der US-Hauptstadt, in dessen Halbdunkel die Radarschirme gut ablesbar waren. Es war eine normale Nacht mit gutem Wetter und einem wolkenlosen Himmel. Gewöhnlich war zu dieser Zeit der Flugverkehr eher schwach, und so hatte sich die aus acht Mann bestehende Nachtschicht auf einen nicht übermäßig anstrengenden Achtstunden-Dienst eingerichtet. Doch diese Arbeit verlangte Präzision, und jeder Fehler konnte Menschenleben kosten. Die Kontrolleure der Zentrale müssen die Flugwege schnell und genau berechnen und die einzelnen Blips (Bläschen) auf dem Radarschirm exakt deuten können. Irrtümer darf es in diesem Job nicht geben.

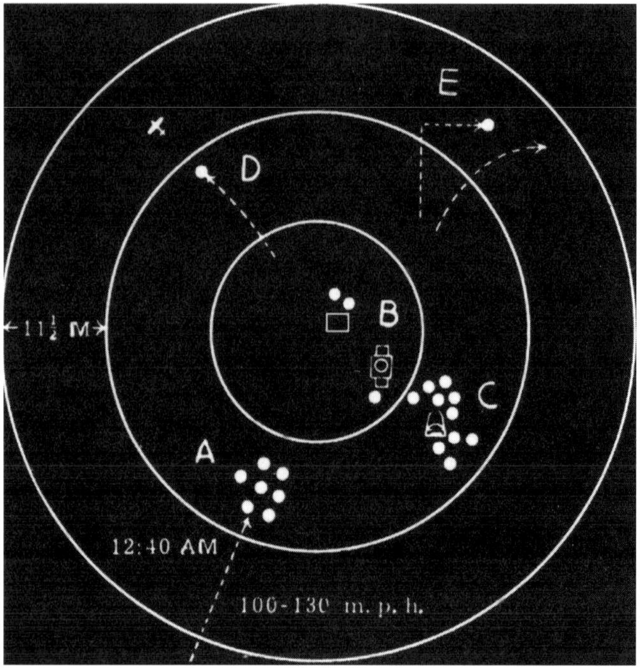

Radarbild der Washingtoner UFO-Demonstration aus den Akten der US-Luftwaffe. Das Geschwader B fliegt innerhalb der Sicherheitszone über dem Kapitol, C über dem Weißen Haus.

Am Hauptradarschirm saß in dieser Nacht der Controller Edward Nugent, als plötzlich sieben scharfe

Blips auf dem Schirm erschienen. Nugent starrte verblüfft auf den Schirm. Die Objekte mußten eine unglaubliche Geschwindigkeit haben, so schnell, daß sie ihre Positionen in kurzer Zeit radikal veränderten.
Da es ihm unmöglich war, die Objekte zu identifizieren, ließ er Harry G. Barnes rufen, den Chef der Flugkontrolle. Auch Barnes sah nun die sieben Blips, die unregelmäßig verteilt in einer Ecke des Schirms leuchteten. Dies würde bedeuten, daß sie sich 25 Kilometer südwestlich von Washington befanden - aber sie kamen unaufhaltsam auf die Hauptstadt zu. Barnes erkannte sofort, daß dies eine ganz außergewöhnliche Situation war. Fünf Minuten lang verfolgte er, wie die Punkte mit schätzungsweise 200 Stundenkilometern manövrierten, dabei jedoch keinem planmäßigen Kurs zu folgen schienen. Er fragte zwei andere erfahrene Radaroperateure, Jim Copeland und Jim Ritchie, um Rat, doch auch sie wußten keine Antwort. Als er einen Techniker bat, das Radargerät auf mögliche Fehler hin zu untersuchen, aber erfahren mußte, daß es einwandfrei arbeitete, rief er den Kontrollturm an. Auch hier hatte man das Geschwader geortet und war genauso ratlos. Das Bodenpersonal meldete die Beobachtung *„gleißender, orangefarbener Lichter."*
Dann sah Jim Ritchie, wie sich eines der Objekte an ein Flugzeug der Capitol Airlines hängte, das gerade gestartet war. Er schaltete sein Mikrofon ein und fragte den Kapitän, einen alten Piloten namens Casey Pierman mit 17jähriger Flugerfahrung, ob er irgendetwas Außergewöhnliches in seiner Nähe beobachten könnte. Wenige Sekunden später meldete Pierman ein *„glänzendes Licht"* ganz in der Nähe seiner Maschine, das dann in Sekundenschnelle in die Höhe schoß. Auch dieses Manöver hatte der Radaroperateur auf dem Schirm verfolgt. Nach einigen Minuten funkte Captain Pierman an die Bodenkontrollstation, jetzt könne er sechs „glänzende Lichter" sehen. Das stimmte mit der Radarortung überein. Ein anderer Pilot, der im Anflug war, sichtete ein Licht neben seiner linken Tragfläche, was ebenfalls vom Radarpersonal bestätigt wurde.
Einige Minuten später gab es für Barnes und seine Kollegen eine neue Überraschung. Eine Bläschenspur wendete um 90 Grad - ein Manöver, das kein Flugzeug vollführen kann. Ein anderes Blip verrichtete eine vollständige Kehrtwende innerhalb von fünf Sekunden aus einer Geschwindigkeit von 150 km/h heraus. Gesteigert wurde die Erregung der Radartechniker, als sich Beobachter Joe Zacko aus dem Tower meldete. Zacko hatte die Objekte auf einem AST-Schirm (Army Service Radar) verfolgt, der für Objekte mit extrem hoher Geschwindigkeit konstruiert war. Er hatte ein Objekt geortet, das in einer Sekunde drei Kilometer über Andrew Field in Richtung Riverdale zurücklegte. Zacko errechnete darauseine Geschwindigkeit von 10.800 Stundenkilometern! Zur selben Zeit hatte auch der Andrews-Flugplatz die Objekte auf dem Radarschirm. Banres entschied sich, die Luftwaffe zu benachrichtigen, wo es hieß, man wolle so schnell wie möglich Abfangjäger herbeiordern. Sie kamen mit dreistündiger Verspätung. Im Staate New York hatte es in dieser Nacht bereits einen UFO-Alarm gegeben, für den alle verfügbaren Düsenjäger eingesetzt worden waren.
Glücklicherweise waren die Untertassen bereits verschwunden, als die Mehrzahl der Einwohner aufwachte. Trotzdem verbreitete sich bald eine Welle von Hysterie, als die Geschichte bekannt wurde. Der Rundfunkingenieur E. W. Chambers vom Sender WRC hatte in dieser Nacht deutlich fünf riesige Scheiben ausmachen können, die in losem Formationsflug über der Stadt kreisten. Während er ihnen verblüfft nachsah, kippten die Scheiben nach oben und stiegen steil in den Himmel. Am Montag machte die *„Geisterdemonstration über Washington D.C."* - so eine Schlagzeile des Magazins „LIFE" - landesweit und von Küste zu Küste Schlagzeilen.
Die Air-Force hatte Captain Ruppelt nach Washington

geschickt, und seine Nachforschungen führten zu dem Ergebnis, daß es in der Tat unbekannte Flugobjekte gewesen sein mußten, die die Stadt überflogen hatten. Die Dringlichkeit, sie endlich zu identifizieren, hatte ihren Höhepunkt erreicht - waren sie doch in den Mittelpunkt des Weltgeschehens gelangt.

Am 24. Juni 1952 erklärten US-Präsident Harry S. Truman und Generalstabschef Omar N. Bradley den UFOs offiziell den Krieg. General Bradley: *„Auf Anweisung des Präsidenten gibt das Verteidigungsministerium Befehl, UFOs abzuschießen, die eine Landung verweigern, nachdem sie dazu aufgefordert wurden.“* Die Journalisten hatten kaum Zeit, diesen spektakulären Befehl zu diskutieren, als es zu einer zweiten UFO-Demonstration über Washington kam.

Etwa um 21.00 Uhr am Samstag, dem 26. Juli, bemerkten die Radarbeobachter des National Airport wieder Blips auf ihren Schirmen. Diesmal waren es fünf oder sechs Objekte, die sich nach Süden bewegten. Und wieder rief man Barnes. Der Kontrollturm des Andrews-Flughafens wurde angerufen und bestätigte die Beobachtungen. Während der folgenden zwei Stunden wurden zahlreiche Berichte entgegengenommen, einige stammten vom eigenen Personal, andere von startenden oder landenden Flugzeugen. Der United Airlines-Flug 640 meldete: *„Wir sehen schwache Lichter.“* Die Antwort des Kontrollturms: *„Drei Blips kommen auf Sie zu.“ „Ja, jetzt kommen sie näher - jetzt sehen wir sie ganz nah vor uns - sie sind wirklich prächtig.“*

Im selben Augenblick berichteten Beamte auf dem Andrews-Flughafen, daß sie drei fremdartige Lichter in der Nähe der Passagiermaschine über den Himmel streichen sahen. Sofort informierte Barnes die Luftwaffe, und diesmal waren keine zwei Minuten vergangen, als schon zwei F-94 Düsenjäger über der Hauptstadt kreisten. Als der Radarschirm UFOs in ihrer Nähe ortete, funkte einer der Flieger zur Bodenstation, er könne jetzt vier Leuchtobjekte sehen.

Flying Objects Near Washington Spotted by Both Pilots and Radar

Air Force Reveals Reports of Something, Perhaps 'Saucers,' Traveling Slowly But Jumping Up and Down

WASHINGTON, July 21 (AP)—The Air Force disclosed tonight it had received reports of an eerie visitation by unidentified aerial objects—perhaps a new type of "flying saucer"—over the vicinity of the nation's Capital.

For the first time, so far as has been reported, the objects were picked up by radar—indicating actual substance rather than mere light.

In addition, they were described as traveling at a slow 100 to 130 miles per hour, instead of with the incredible swiftness attributed to earlier saucers, although at times they shot up and down. They were also described as hovering in one position.

The Air Force said no planes were sent out to intercept the objects, and no sightings were reported by "Operation Skywatch," the round-the-clock ground-observer operation now underway around the northern arc of the United States.

The Air Force said it had received only a preliminary report and therefore did not know why no attempt at interception had been made.

The air traffic control center at Washington National Airport, just across the Potomac River from the Capital, reported that its radar operators had picked up eight of the slow-moving objects around midnight last Saturday. They were flying in the vicinity of near-by Andrews Air Force Base.

The center said Capital Airlines Flight 807, southbound from National Airport, had reported seeing seven objects between Washington and Martinsburg, W. Va., at 3:15 A. M. (E. D. T.) the same night.

Officials of Capital Airlines said the pilot of Flight 807, Capt. "Casey" Pierman of Detroit, a veteran of seventeen years' service with the company, had spotted the objects and described them in these words:

"They were like falling stars without tails."

Captain Pierman, flying at normal cruising speed of 180 to 200 miles per hour, reported that three of the objects, which had the appearance of bright lights, were seen traveling with tremendous speed. No especial attention was paid to those, he reported to company officials, because these three could have been taken for falling stars.

Later three bright lights were observed, he reported, flying horizontally, and fast, at a tremendous height. They were watched from three to five seconds.

The pilot said he hadn't the slightest idea what the things were.

The eight objects picked up by Air Force radar were said to have been traveling at slightly more than 100 m. p. h.

The airport traffic control center said another air liner, Capital-National Airlines Flight 610, had reported observing a light following it from Herndon, Ca., to within four miles of National Airport.

The Air Force spokesman said that neither the center nor headquarters here had yet received reports on sightings said to have been made last Friday in the areas of Burlington, Vt.; South Portland, Me., and Staten Island, N. Y.

Two persons on Staten Island reported seeing saucers at about 10:15 P. M. (E. D. T.), Friday night. The objects, described as silvery in color tinged with red on the rims, were reported flying in a "V" formation of five. Said Mrs. Josephine Hetzel:

"I almost fainted when I looked up at the sky and saw what looked to me like five large dinner plates flying through the sky."

Frank Gondar said he saw them, too, "flying like geese." "They gave off a glow and didn't make a sound," he said.

At about the same hour, three New York residents reported sighting similar objects circling rapidly over Central Park.

So berichteten die Washingtoner Zeitungen über die Sichtungswelle über der US-Hauptstadt in der Nacht vom 19. auf den 20. Juli 1952.

Doch als er versuchte, die Verfolgung aufzunehmen, wurde er von den Flugkörpern ausmanövriert.
„Es kam mir fast so vor, als würden sie unsere Funksprüche abhören", erklärte Barnes später, *„immer wenn ich den Kampffliegern Anweisungen gab, schossen die Blips in entgegengesetzte Richtung."* Schließlich verschwanden sie mit unglaublicher Geschwindigkeit am Nachthimmel. Wenige Minuten später wurden noch *„rotierende Lichter, die in wechselnden Farben pulsierten"*, über der Langley Luftwaffenbasis bei Newport/Virginia gesichtet, in der Richtung also, in der die Washingtoner UFOs verschwunden waren. Dann war der Spuk beendet.
An diesem Montag gehörten wieder alle Schlagzeilen den UFOs. Einer der beiden Luftwaffenflieger, Leutnant William Patterson, hatte am Sonntagmorgen auf einer Pressekonferenz erklärt: *„In 300 Metern Höhe hatte ich den ersten Sichtkontakt mit den Objekten. Ich sah mehrere helle Lichter. Obwohl ich mit Höchstgeschwindigkeit flog, konnte ich sie nicht einholen. Wir erhielten von den Radarkontrolleuren unsere Fluganweisungen, und so wurde ich auf ein anderes Objekt in meiner Nähe hingewiesen. Es war wohl 15 Kilometer entfernt. Nach zwei Kilometern verlor ich den Sichtkontakt."*
„Kein Ereignis in der UFO-Geschichte genoß mehr Aufmerksamkeit als ihr Auftreten über Washington", meinte Captain Ruppelt. Dazu kamen noch Hunderte Protesttelegramme aus allen Teilen des Landes, die sich auf den Befehl von Truman bezogen. Man war kurz vor einer Panik, und als General Samford, Leiter des ATIC, am 29. Juli eine Pressekonferenz abhalten sollte, mußte er sich lange überlegen, was zu sagen war. *„General Samford saß hinter seinem breiten Walnußschreibtisch im Raum 3A138 und kämpfte mit seinem Gewissen"*, schreibt Ruppelt, *„sollte er der Öffentlichkeit die Wahrheit sagen? Nein, die Amerikaner würden in Panik geraten. Die einzige Möglichkeit war, die UFOs zu banalisieren."*

General Samford (Mitte, sitzend) und Captain Ruppelt stehend, Mitte) bei der Washingtoner Pressekonferenz am 29.7.1952

Die Pressekonferenz war die größte seit Ende des 2. Weltkrieges. General Samford erklärte hunderten Reportern, die UFOs über Washington seien nichts weiter als Radarstörungen gewesen, hervorgerufen durch eine Temperaturinversion. Die visuellen Beobachtungen wurden dabei ebenso ignoriert wie der Umstand, daß die Inversion in dieser Nacht bei einem Grad lag - viel zu gering also, um Radarstörungen hervorzurufen.
Samfords Erklärung stand zudem in krassem Widerspruch zu den Beteuerungen der Radarexperten. *„Ich kann mit Sicherheit folgern, daß sie Kreisbewegungen ausgeführt haben"*, erklärte Radaroperateur Barnes, *„die kein uns bekanntes Luftfahrzeug ausführen könnte. Meiner Meinung nach könnte auch kein natürliches Phänomen diese Flecken auf unserem Radar erklären."* Die Blips stammten eindeutig von

festen Körpern, sie waren nicht verwischt, wie man es von Wetterphänomenen her kannte. Die Größe der UFOs hatten die Radarkontrolleure nach den Bläschen auf 35-70 Meter Durchmesser geschätzt. *„Jeden Tag bedienen diese Leute - gute Radartechniker - ihr Radar, um Tausende von Menschen sicher auf dem Washingtoner Flughafen landen und starten zu lassen, und mit einer solchen Verantwortung sollten sie ein echtes Ziel von wetterbedingten Flecken unterscheiden können“*, meinte Captain Ruppelt dazu, *„und so stuften wir die National Airport-Sichtungen als ‚Unbekannte‘ ein.“*

Nicht alle Luftwaffenangehörigen waren mit der offiziellen Stellungnahme von General Samford einverstanden. *„Eine Gruppe meinte, wir hätten jetzt genug Beweise, um eine damit offizielle Stellungnahme zu untermauern, die besagt, daß die UFOs real sind und, um genau zu sein, nicht von dieser Erde stammen“*, schreibt Ruppelt in seinem Buch, *„die These: ‚möglicherweise sind sie außerirdisch‘ - mit einem ‚möglicherweise‘, das sehr an ‚sie sind‘ grenzt, war die persönliche Meinung vieler hochdekorierter Offiziere im Pentagon - Männer, deren persönliche Meinung fast schon Politik ist.“* Diese Gruppe wollte die Arbeitsweise von PROJECT BLUE BOOK ändern.

„Sie meinten, wir sollten nicht mehr so viel Zeit damit verschwenden, zu untersuchen, ob Zeugen etwas Außergewöhnliches gesehen hätten. Sie wollten, daß wir stattdessen versuchten, mehr über die UFOs herauszufinden. Zuerst sollte unsere Arbeit streng geheim durchgeführt werden, bis wir alle Antworten hätten, und dann sollten alle Informationen für die Öffentlichkeit freigegeben werden. Die Untersuchung der UFOs auf dieser Ebene wäre eine große Aufgabe, und man wollte Wissenschaftler dafür verpflichten ... aber die Befehle gab immer noch General Samford, und er meinte, wir sollten wie bisher weiterarbeiten.“

Hohe Luftwaffenoffiziere entschieden, man müsse einige gute Berichte freigeben, um die Öffentlichkeit mit den Tatsachen vertraut zu machen. Niemand wußte nach der Washington-Demonstration, was der nächste Schritt im Operationsplan der UFOs wäre - und sicher ist sicher. Vor diesem Hintergrund sollte es zu Major Keyhoes Gespräch im Pentagon kommen, das ein langdurchdachter Schachzug der Luftwaffe war. Aber diese Politik sollte sich schnell ändern.

Die Zahl der Sichtungen stieg beharrlich, und es schien so, als wollte die UFO-Invasion kein Ende nehmen. Allein im Juni waren bei der Luftwaffe 250 Sichtungen offiziell gemeldet worden, womit man jetzt bei BLUE BOOK über 2000 offizielle Sichtungsberichte verfügte, von denen 25 % als „UNBEKANNT“ eingestuft waren. Damit hatte das Phänomen freilich eine andere Dimension bekommen und wurde auch für die Nachrichtendienste interessant.

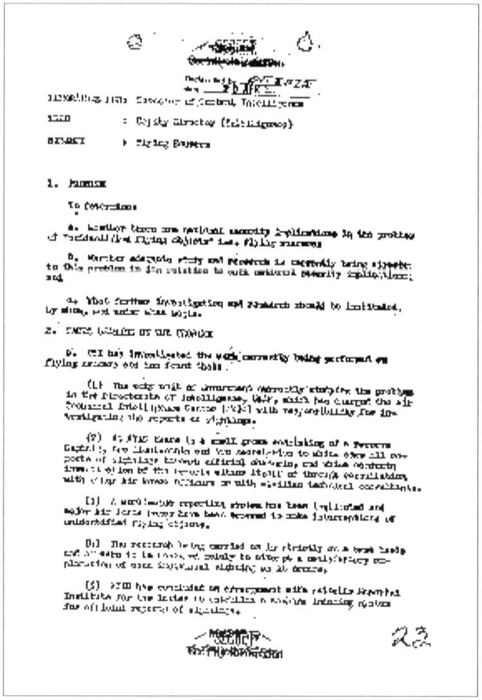

Geheimmemorandum von Marshall Chadwell an den Direktor des CIA vom 11. September 1952: „Ein weltweites Meldesystem ist eingerichtet worden und alle führenden Luftwaffenbasen erhielten Befehl, unidentifizierte Flugobjekte abzufangen.“

Bereits im September schaltete sich Amerikas allmächtiger und berüchtigter Geheimdienst CIA („Central Intelligence Agency", Zentraler Nachrichtendienst) in die offiziellen Untersuchungen ein. Ziel war:
„Zu prüfen, ob das Problem der ‚Unidentifizierten Flugobjekte‘ oder ‚fliegenden Untertassen‘ die nationale Sicherheit bedroht und auf diese Frage hin angemessene Untersuchungen und Nachforschungen betrieben werden sollen."
Erst 1978 wurden einige wichtige Dokumente des CIA zu diesem Thema freigegeben, die uns in die Lage versetzen, sein Vorgehen zu rekonstruieren. So erfahren wir aus einem Memorandum des Assistant Directors der wissenschaftlichen Abteilung, Marshall Chadwell, vom 11. September 1952 an den Direktor des CIA, daß *„ein weltweites Meldesystem eingerichtet worden ist, und alle führenden Luftwaffenbasen Befehl erhielten, unidentifizierte Flugobjekte abzufangen....*
‚Fliegende Untertassen‘ bringen zwei Gefahrenmomente für die nationale Sicherheit mit sich. Das erste ist die psychologische Wirkung auf die Masse und das zweite die Verwundbarkeit des Luftraums der Vereinigten Staaten....
Vom praktischen Gesichtspunkt aus empfehlen wir ... eine landesweite Politik ins Leben zu rufen, die entscheidet, was der Öffentlichkeit über dieses Phänomen gesagt werden kann.
Basierend auf unseren Forschungsprogrammen soll der CIA eine Politik der öffentlichen Information entwickeln und vor dem nationalen Sicherheitsrat empfehlen, wobei diese Politik das Risiko einer Panik auf ein Minimum beschränken muß."
Dieser Politik der Zensur standen zwei entgegengesetzte Bestrebungen gegenüber. Minister Kimball hatte im Oktober die vollständige Analyse des Tremonton-Filmes erhalten, wollte aber auf die Ergebnisse der Luftwaffenuntersuchung warten, um dann in einer Pressekonferenz der Weltöffentlichkeit zu erklären und zu beweisen, daß die UFOs außerirdische Raumschiffe sind. Doch im November fanden Präsidentschaftswahlen statt, und der neugewählte Präsident Eisenhower war ein Republikaner. Dies bedeutete, daß der Demokrat Kimball bald seinen Platz für einen Republikaner räumen mußte - sein Plan nahm ein jähes Ende.
Die zweite Bewegung kam vom ATIC, von Major Dewey Fournet und Dutzenden von Luftwaffenoffizieren. Fournet war während der UFO-Welle 1952 als „Zentraler Überwacher des UFO-Projektes" eine der Hauptfiguren bei der Auswertung von UFO-Berichten gewesen. Der Geheimdienstoffizier war ein überzeugter Gegner der Geheimhaltungspolitik und hatte gemeinsam mit Minister Kimball eine große Pressekonferenz geplant, bei der alle Karten offen auf den Tisch gelegt werden sollten, mit dem Fazit: Die UFOs werden eindeutig von intelligenten Wesen gesteuert. Da eine irdische Herkunft aufgrund des Standes der Technik nicht in Frage kam, gab es nur eine Antwort - fremde Raumschiffe beobachten unsere Erde.
Für den CIA war die einzige Antwort darauf *„volle Kontrolle der Luftwaffenuntersuchungen und eine gerissene und rücksichtslose Zensur, um den Glauben der Öffentlichkeit an die UFOs endgültig auszurotten"*, wie Major Keyhoe es formulierte.
Dort riet man zu schnellem Handeln. Marshall Chadwell vom OSI, der wissenschaftlichen Abteilung des CIA, erklärte in einem Memorandum vom 2. Dezember:
„Zu diesem Zeitpunkt überzeugen uns die Berichte über Vorfälle davon, daß dort irgendetwas vorgeht, was unsere sofortige Beachtung erfordert ... Sichtungen von unerklärbaren Objekten, die in großen Höhen und mit hohen Geschwindigkeiten im Gebiet wichtiger US-Verteidigungseinrichtungen auftraten, sind so geartet, daß sie auf keine Naturphänomene oder bekannte Flugzeugtypen zurückgeführt werden können.

OSI antwortet mit der Gründung einer Beratergruppe ..., um die zuständigen Behörden davon zu überzeugen, daß sofortige Forschungen und Entwicklungen auf diesem Gebiet unternommen werden müssen."
„Zu diesem Zweck arrangierte der CIA ein Treffen von Luftwaffenvertretern und Wissenschaftlern im Pentagon zu einer geheimen Analyse des UFO-Beweismaterials ... übrigens waren die vom CIA ausgesuchten Wissenschaftler bekannte Skeptiker", schreibt Major Keyhoe, *„die meisten von ihnen wußten so gut wie gar nichts von UFOs und hielten das Thema für Unsinn. Da der CIA mit allen Vollmachten ausgestattet war, konnte er Beweismaterial zurückhalten oder zurechtbiegen, wie es ihm gefiel. Über den Erfolg einer solchen Vorgehensweise hatte die CIA-Führung keine Zweifel."*

Das besagte Treffen fand vom 14. bis 18. Januar 1953 unter der Leitung von Dr. H.P. Robertson von der University of California statt, nach dem es auch „Robertson Panel" genannt wurde - dabei waren der Physiker Prof. Luis Alvarez, der Geophysiker Prof. Lloyd Berkner, der Nuklearphysiker Prof. Samuel Goudsmith, der Astrophysiker Prof. Thornton Page und der Astronom Prof. Allen Hynek. Neben den fünf Wissenschaftlern waren ständig auch fünf CIA-Agenten anwesend. Einer der ATIC-Offiziere erzählte später Major Keyhoe:
„Wir wurden alle hereingelegt. Der CIA wollte die Öffentlichkeit nicht auf die Fakten vorbereiten - er versuchte, das Thema zu begraben. Die Agenten leiteten die ganze Show und die Wissenschaftler folgten ihrer Führung. Wir hatten über hundert der besten Berichte. Die Agenten übergingen die besten. Die Wissenschaftler sahen nur 15 Fälle und die CIA-Männer versuchten, sie zu durchlöchern. Fournet hatte Sichtungen von hohen Militärs und Piloten - sogar von Wissenschaftlern. Die Agenten stellten sie so dar, als seien sie drogensüchtig, und so machten sie Fournets ganzen Report herunter - mit der Begründung, er würde nicht den geringsten Beweis für die Existenz interplanetarischer Raumschiffe enthalten. Ed Ruppelt hatte Pläne für ein spezielles Aufspürsystem, und auch das wurde abgelehnt. Natürlich weiß ich, daß diese CIA-Agenten nur ihren Befehlen gehorchten, aber manchmal explodierte ich fast."

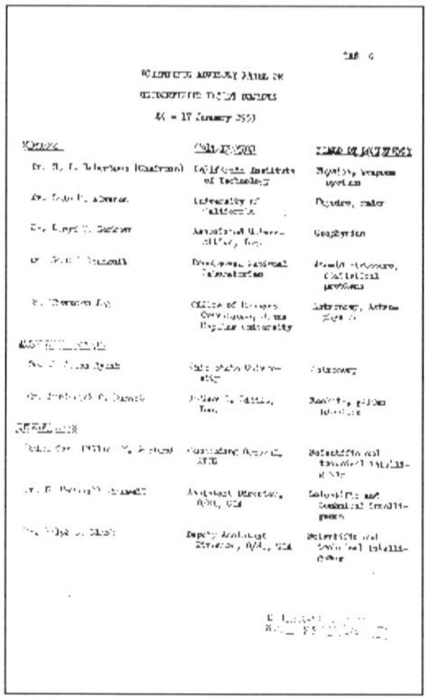

Teilnehmerliste des CIA-„Robertson-Panels" vom 14.-17.Januar 1953

Im offiziellen Protokoll des CIA-Agenten F.C. Durant liest sich das so:
„Freitagmorgen: Um 10.00 Uhr gab Mr. Fournet eine Zusammenfassung seiner 15monatigen Erfahrungen in Washington als Projektoffizier für UFOs und brachte seine persönliche Auffassung zum Ausdruck: In seiner Darstellung zeigte Mr. Fournet, wie er sämtliche bekannten und wahrscheinlichen Ursachen aussonderte und ihm in vielen Fällen als einzige Erklärung ‚außerirdisch' blieb. Fournets Ausbildung als Luftfahrtingenieur und Aufklärungsoffizier im technischen Bereich (Projektüberwacher von BLUE BOOK 15 Monate lang) darf nicht vergessen werden. Trotzdem konnte der Ausschuß die von ihm angeführten Fälle nicht in Betracht ziehen, da es sich um neue, noch nicht ausgewertete Berichte handelte."
Man beachte hier den Widerspruch, daß einerseits der sehr erfahrene Mr. Fournet sämtliche Möglichkeiten einer Identifizierung ausschalten konnte, andererseits aber seine Fälle *„neu und noch nicht ausgewertet"* sein sollten...

Am letzten Tag verabschiedete der Robertson-Ausschuß ein „ERZIEHUNGSPROGRAMM“ für die Öffentlichkeit, das *„unter Beteiligung aller betroffenen Regierungsstellen zwei Hauptziele verfolgen sollte: Schulen und Banalisieren.*

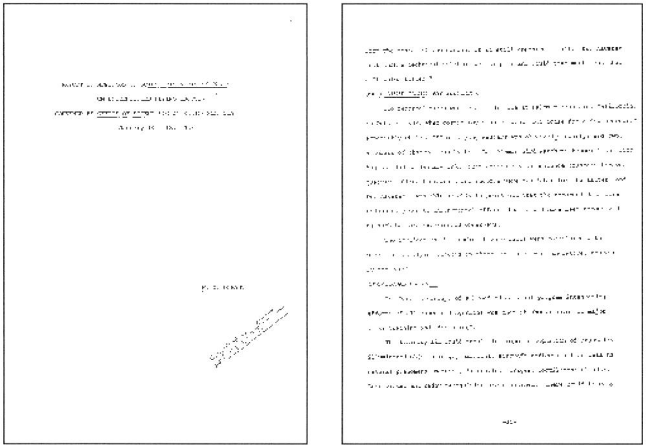

Ausschnitt aus dem Protokoll des Robertson-Panels, das ein „Erziehungsprogramm“ mit den Zielen „Schulen und Banalisieren“ verabschiedete.

Das Ziel der Banalisierung wäre eine Reduzierung des öffentlichen Interesses an den ‚fliegenden Untertassen‘ ... und könnte durch die Massenmedien wie durch Fernsehen, Filme und Artikel erreicht werden. Die Basis dafür wären tatsächliche Fälle, die Verwirrung stifteten, dann aber geklärt würden. Wie bei Zauberkunststücken ist weniger Interesse vorhanden, wenn das ‚Rätsel‘ bereits gelöst wurde....
Die nationalen Sicherheitsbehörden sollten sofort Schritte unternehmen, um den unidentifizierten Flugobjekten den Sonderstatus, die Aura des Geheimnisvollen, zu nehmen, den sie erlangt haben.“
„Wir wurden angewiesen, bei der landesweiten Wegerklärungskampagne mitzuarbeiten“, erklärte Pressesprecher Albert Chop dazu, *„Artikel in Zeitungen zu bringen und Interviews zu geben, um UFO-Berichte lächerlich zu machen.“* Captain Ruppelt ergänzte, daß *„dies nicht einmal das Schlimmste war. Uns wurde befohlen, Sichtungen wenn irgend möglich geheimzuhalten oder, wenn ein Bericht vorschnell an die Öffentlichkeit käme, ihn wegzuerklären - auf jeden Fall alles zu tun, um ihn so schnell wie möglich aus der Welt zu schaffen. Wenn uns keine plausible Erklärung einfiele, sollten wir einfach die Zeugen lächerlich machen.“*
In den nächsten Monaten kündigten Chop und Ruppelt ihren Dienst bei der Luftwaffe.
„Wir hatten von nun an eine neue Politik“, schrieb Ruppelt in seinem Buch, *„sie lautete: ‚Sage nichts mehr‘!“* Offiziell lag nun die UFO-Arbeit nur noch in den Händen der Luftwaffe, die, so wörtlich im *„Memorandum des Robertson-Ausschusses“, „mit augenscheinlich abnehmendem Nachdruck ihr Interesse an UFOs beibehält.“*
Im August beendete Ruppelt seine Arbeit als Leiter von PROJECT BLUE BOOK. Der letzte Schlußbericht wurde verfaßt, in dem die Ergebnisse der Untersuchungen festgehalten wurden. Von 1593 Berichten, die das Blue Book-Team analysieren konnte, identifizierte man als
Ballons: 18,51 %
Flugzeuge: 11,76 %
Himmelskörper (Planeten, Meteoriten etc.): 14,20 %
Anderes (Scheinwerferspiegelungen, Vögel, hochgewirbelter Abfall, Inversionen etc.): 4,21 %
Schwindel: 1,66 %.
22,72 % waren Berichte mit unzureichenden Daten, aber ganze 26,94 % mußten als „unbekannte Flugobjekte“ klassifiziert werden ... das waren 429 Sichtungsfälle!
Am 26. August 1953 traten neue Anweisungen über die offizielle Behandlung von UFO-Berichten in Kraft, die AFR (Air Force Regulations) 200-2, die
„die Handhabung von Informationen und Beweisen

über Unidentifizierte Flugobjekte wie die Freigabe angemessener Informationen für die Öffentlichkeit regelt."

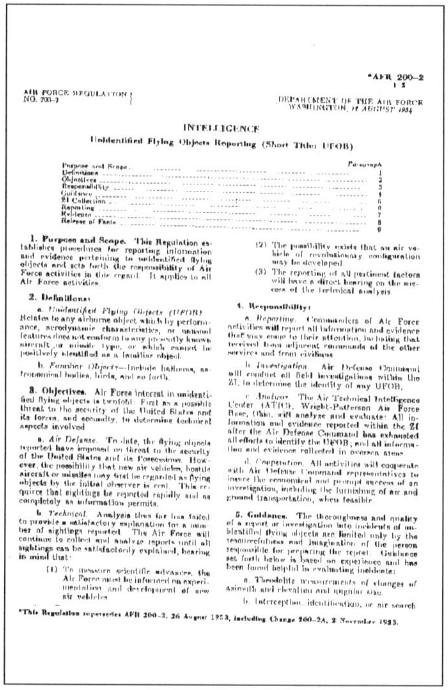

*AFR 200-2
1-5

AIR FORCE REGULATION
NO. 200-2

DEPARTMENT OF THE AIR FORCE
WASHINGTON, 12 AUGUST 1954

INTELLIGENCE

Unidentified Flying Objects Reporting (Short Title: UFOB)

	Paragraph
Purpose and Scope	1
Definitions	2
Objectives	3
Responsibility	4
Guidance	5
ZI Collection	6
Reporting	7
Evidence	8
Release of Facts	9

1. Purpose and Scope. This Regulation establishes procedures for reporting information and evidence pertaining to unidentified flying objects and sets forth the responsibility of Air Force activities in this regard. It applies to all Air Force activities.

2. Definitions:

a. *Unidentified Flying Objects (UFOB)*. Relates to any airborne object which by performance, aerodynamic characteristics, or unusual features does not conform to any presently known aircraft or missile type, or which cannot be positively identified as a familiar object.

b. *Familiar Objects*—Include balloons, astronomical bodies, birds, and so forth.

3. Objectives. Air Force interest in unidentified flying objects is twofold: First as a possible threat to the security of the United States and its forces, and secondly, to determine technical aspects involved.

a. *Air Defense*. To date, the flying objects reported have imposed no threat to the security of the United States and its Possessions. However, the possibility that new air vehicles, hostile aircraft or missiles may first be regarded as flying objects by the initial observer is real. This requires that sightings be reported rapidly and as completely as information permits.

b. *Technical*. Analysis thus far has failed to provide a satisfactory explanation for a number of sightings reported. The Air Force will continue to collect and analyze reports until all sightings can be satisfactorily explained, bearing in mind that:

(1) To measure scientific advances, the Air Force must be informed on experimentation and development of new air vehicles.

(2) The possibility exists that an air vehicle of revolutionary configuration may be developed.

(3) The reporting of all pertinent factors will have a direct bearing on the success of the technical analysis.

4. Responsibility:

a. *Reporting*. Commanders of Air Force activities will report all information and evidence that may come to their attention, including that received from adjacent commands of the other services and from civilians.

b. *Investigation*. Air Defense Command will conduct all field investigations within the ZI, to determine the identity of any UFOB.

c. *Analysis*. The Air Technical Intelligence Center (ATIC), Wright-Patterson Air Force Base, Ohio, will analyze and evaluate: All information and evidence reported within the ZI after the Air Defense Command has exhausted all efforts to identify the UFOB; and all information and evidence collected in oversea areas.

d. *Cooperation*. All activities will cooperate with Air Defense Command representatives to insure the economical and prompt success of an investigation, including the furnishing of air and ground transportation, when feasible.

5. Guidance. The thoroughness and quality of a report or investigation into incidents of unidentified flying objects are limited only by the resourcefulness and imagination of the person responsible for preparing the report. Guidance set forth below is based on experience and has been found helpful in evaluating incidents:

a. Theodolite measurements of changes of azimuth and elevation and angular size.

b. Interception, identification, or air search

*This Regulation supersedes AFR 200-2, 26 August 1953, including Change 200-2A, 2 November 1953.

Die „Luftwaffenanweisung 200-2" regelte den weiteren Umgang mit UFO-Fällen

Darin heißt es, daß UFO-Berichte
„von doppeltem Interesse für die Luftwaffe sind. Erstens als eine mögliche Gefährdung der Sicherheit der Vereinigten Staaten und ihrer Streitkräfte und zweitens zur Ergründung der damit verbundenen technischen Aspekte."

Die Informationspolitik ist unter § 9 geregelt, der ironischerweise mit „FREIGABE DER TATSACHEN" betitelt wurde, obwohl hier nur erlaubt wird:

„Vertreter der Nachrichtenmedien über UFOs zu informieren, wenn das Objekt positiv als ein bekanntes Objekt (siehe § 2b) identifiziert werden konnte... Aufgrund der vielen unbekannten Fälle soll bei jenen Objekten, die nicht erklärt werden können, nur der Umstand, daß ATIC die Daten analysiert, bekanntgegeben werden."

Im Klartext bedeutet dies, daß nur Schwindelfälle, Scherze oder Fehlinterpretationen an die Presse gegeben werden dürfen. Unter § 7 - „BERICHTERSTATTUNG" - heißt es, daß alle UFO-Berichte über Fernschreiber oder Funk an die nächste ATIC-Dienststelle geleitet werden sollen. Auch das Vorhandensein von Beweisstücken soll sofort gemeldet werden, worunter laut § 9 Fotos, Filme, Radarbilder und *„angebliche oder tatsächliche"* materielle Beweisstücke fallen - also auch Teile von „fliegenden Untertassen", die auf dem schnellsten Wege ins Wright Patterson Airforce Center geschafft werden sollten.

Dabei diente PROJECT BLUE BOOK nur noch als Schaufensterprojekt für die Öffentlichkeit, mit einem Team aus drei rangniederen Offizieren und zwei Sekretärinnen. Die Schlampigkeit, mit der dort vorgegangen wurde -, identifizieren um jeden Preis' war hier das Motto - soll ein Beispiel zeigen, das der astronomische Berater von BLUE BOOK, Professor J. Allen Hynek, in seinem Buch „Der UFO-Report" (1977) zitiert:

„17. Oktober 1958, Grand Rapids, Michigan: Vierundzwanzig runde, bernsteinfarbene Objekte, in sehr großer Höhe fliegend. Zwei Schwärme von je zwölf Objekten. Dauer: 25 Sekunden. Bewertung durch die Luftwaffe: Meteore".

Hynek dazu: *„Das müßte eigentlich im Guiness-Buch der Rekorde stehen, Rubrik Astronomie."* So war es kein Wunder, daß bei Abschluß des Projektes im Jahre 1969 der Prozentsatz der „Unidentifizierten" auf 5,5 Prozent der 12.618 ausgewerteten Fälle gesunken war - in einigen Jahren waren sie sogar auf obligatorische 0,8 % reduziert worden.

Die Verfolgungsjagd auf UFOs ging trotz allem weiter. Damit zumindest die Kadetten der Luftwaffe im Bilde waren, erwähnte man das Thema auch im Textbuch

UFO über der Fort Knox-Luftwaffenbasis, Kentucky.

„Einführung in die Raumfahrtwissenschaft“ der US-Luftwaffenakademie. *„Wir haben auch schon auf UFOs gefeuert“*, heißt es hier, und zitiert wird ein Fall, den Captain Ruppelt auf Sommer 1952 datierte. Eines Morgens, gegen 10.00 Uhr, konnte die Radarüberwachung eines Kampffliegerhorstes ein UFO orten, das mit 1200 km/h auf die Basis zuraste. Zwei F-86 Düsenjäger wurden beauftragt, das UFO abzufangen. In 1000 Meter Höhe kam einer der Flieger nach kurzer Zeit bis auf 400 Meter an das Ziel heran und beschrieb es über Funk als *„ganz deutlich untertassenförmig.“* Doch während der Pilot mit Höchstgeschwindigkeit auf die Scheibe zuflog, schoß sie plötzlich in die Höhe. Als das Objekt schon wieder 900 Meter entfernt war, eröffnete der Flieger das Feuer. Aber er konnte es nicht abschießen. Nach wenigen Sekunden verschwand das UFO unbeschadet am Horizont.

In der Nacht vom 4. Dezember 1952 landete ein verängstigter Luftwaffenpilot auf seinem Stützpunkt in Laredo/Texas. Auch er hatte den Befehl erhalten, ein UFO abzufangen - doch plötzlich hatte es ihn angegriffen. Nachdem der mutige Flieger die Verfolgung aufgenommen hatte, war es auf einmal auf ihn zugeschossen und hätte beinahe seinen F-51 Düsenjäger gerammt, wäre er nicht im selben Augenblick zur Seite ausgewichen. So raste das seltsame, blau leuchtende Objekt mit ungeheurer Geschwindigkeit an ihm vorbei. Doch während der Pilot noch zitternd in seinem Cockpit saß und gerade umkehren wollte, beobachtete er, wie die Scheibe zuerst kerzengerade nach oben stieg, nach einer Weile kehrtmachte und im Kreis herunterkam, als ob sie wieder angreifen wolle. Sofort schaltete der Luftwaffenleutnant seine Lichter aus und drehte in einer steilen Spirale nach unten. Die unbekannte Maschine verfehlte ihn wieder und zog schließlich weite Kreise in Richtung des Luftwaffenstützpunktes Laredo. Dann drehte sie ab und verschwand senkrecht aufsteigend am Firmament.

Weniger glimpflich verlief eine UFO-Begegnung über dem Michigan-See, elf Monate später. Zum Einsatz kam diesmal Leutnant Felix Moncla, einer der besten Piloten, die auf dem Stützpunkt Kinross Field am Michigan-See stationiert waren. Er war mutig, verantwortungsvoll und reaktionsschnell. Seine Nerven glichen Drahtseilen, und mit seiner Maschine, einem F-89 Abfangjäger, war er voll vertraut. *„Wenn ich wollte“*, so hatte er einmal geprahlt, *„könnte ich diese Kiste mit dem Hintern fliegen.“* Diese Eigenschaften waren es auch, die seine Vorgesetzten veranlaßten, ihn stets für besonders gefährliche Einsätze auszuwählen. Daß es allerdings auch diesmal einer werden würde, konnte niemand ahnen, als der Radaroffizier am Abend des 23. November 1953 ein unidentifiziertes Flugobjekt über dem Sperrgebiet der Luftwaffenbasis auf seinem Schirm ortete. Jeder Versuch, Kontakt mit dem fremden Flieger aufzunehmen, war gescheitert. Umso mehr wunderte man sich über die seltsamen Flugmanöver, die der Unbekannte vollführte. *„Das ist ein Verrückter“*, meldete der Radaroffizier dem Kommandanten, *„aber*

UFO verfolgt B-57 Abfangjäger nahe der Edwards-Luftwaffenbasis, Kalifornien, 1954

er muß eine tolle Maschine haben." Der Kommandant starrte auf den Radarschirm. Dann setzte er sich mit seiner vorgesetzten Dienststelle in Verbindung und fragte, ob über dem Gebiet von Soo Locks irgendwelche Flugzeuge operierten. Die Antwort war negativ. Um 21.18 Uhr starteten Felix Moncla und sein Radaroffizier Leutnant R.R.Wilson mit ihrem F-89 Abfangjäger in einen trüben, wolkenverhangenen Himmel. Sein Befehl lautete, die fremden Eindringlinge zu stellen und zu identifizieren. Von weißen, dichten Wolken umgeben, konnte er nichts sehen, aber das machte dem erfahrenen Piloten nichts aus. Er flog ohnehin blind, und mit Bodenradar wies man ihn in Richtung des Zieles. Der Radarkontrolleur hatte jetzt beide Maschinen auf seinem Schirm. Als der Abfangjäger auf das unbekannte Objekt zuflog, änderte es seinen Kurs. Es flog jetzt in Richtung des Lake Superior, und Moncla nahm mit 800 Stundenkilometern die Verfolgung auf. Neun Minuten lang beobachteten die Männer der Bodenstation atemlos dieses Katz- und Maus-Spiel auf ihrem Radarschirm. Dann hatte Moncla das Objekt eingeholt. Aber während die Beobachter auf den jetzt einsetzenden Luftkampf warteten und der Kommandant gerade seine Befehle geben wollte, geschah das Unglaubliche: Beide Radarblips verschmolzen plötzlich zu einem einzigen. *„Hallo, Moncla, melden Sie sich!"*, schrie der Kommandant ins Mikrofon, *„was ist los? F-89, so antworten Sie doch..."* Doch niemand antwortete mehr. Der Blip glitt mit wahnsinniger Geschwindigkeit davon und verschwand vom Bildschirm.

Die Männer der Bodenstation hatten die letzte Position der F-89 notiert. Man dachte an einen Zusammenprall und Absturz der F-89, so unwahrscheinlich es auch war, daß danach die unbekannte Maschine unbeschadet weiterfliegen konnte. Sofort begann eine fieberhaft durchgeführte Such- und Rettungsaktion. Hubschrauber und Abfängjäger stiegen auf, amerikanische und kanadische Küstenwachboote suchten den See ab. Doch ohne Erfolg - nicht die geringste Spur wurde gefunden, kein Wrackteil, kein Rettungsring, nicht einmal ein Ölfleck. Die F-89 blieb spurlos verschwunden - und mit ihr die beiden Piloten.

Offiziell wurde der Vorfall zuerst geleugnet. Dann hieß es, die F-89 sei aus unbekannten Gründen abgestürzt, als sie ein Flugzeug der kanadischen Luftwaffe verfolgt hätte. Sofort wurde diese Erklärung von Kanada dementiert, da sich zu dieser Zeit kein RCAF-Flieger über den Großen Seen befunden hatte.

Es war gegen Mittag, als die Griffin AFB im Staate New York am 1. Juli 1954 ein unbekanntes Flugobjekt auf Radar ortete. Ein F-94 Starfire-Düsenjäger wurde mit der Verfolgung beauftragt, und von den Radarüberwachern geführt, nahm er Kurs auf das unidentifizierte Ziel. Nach wenigen Minuten konnte der Flieger am Himmel eine glühende, scheibenförmige Maschine ausmachen, auf die er jetzt zuflog. In den nächsten Minuten beschrieb der Pilot, wie er immer näher an das UFO herankam, bis er Details erkennen konnte. Dann: *„Es wird ganz hell. Meine Augen... ich bin wie gelähmt... ich bin erfaßt von einer... unglaublichen Hitze..."* Das waren seine letzten Worte. Das brennende Flugzeug stürzte auf ein Haus am Rande der Stadt Walesville/New York. Vier Menschen starben im Flammenmeer - ein Mann, seine Frau und zwei kleine Kinder -, fünf Nachbarn wurden schwer verletzt. Wie der Radarüberwacher später erklärte, war das unbekannte Flugobjekt mit gewaltiger Geschwindigkeit davongeschossen. Die Luftwaffe konnte diesen Vorfall nicht ableugnen, wollte aber nichts über die Ursache des Absturzes sagen. In einer offiziellen Erklärung einigte man sich schließlich auf einen simplen Maschinenschaden.

„Wir haben Stapel von Berichten über unbekannte Flugobjekte", gestand schon 1953 der Luftwaffengeneral Benjamin Chidlaw, *„wir nehmen sie sehr ernst, denn wir haben schon viele Männer und Flugzeuge verloren, die versuchten, sie abzufangen."* Und mehr als einmal hätten sie fast einen Dritten Weltkrieg ausgelöst...

6. COSMIC TOP SECRET

Das graue Telefon auf dem Kiefernholztisch klingelte. *„Petersen“*, meldete sich der schlanke junge Hauptmann, der hinter dem Schreibtisch saß. *„Hauptmann, hier Leutnant Jörgensen vom Tower. Wir haben da etwas auf dem Schirm, das sich mit 18.000 Stundenkilometern fortbewegt“*, erklärte eine aufgeregte junge Stimme am anderen Ende der Leitung. *„Das ist unmöglich“*, entgegnete Petersen, *„nichts auf der Welt kann so schnell fliegen. Checken Sie das Gerät!“ „Schon getan. Radarfehler ausgeschlossen“*, versicherte Jörgensen. *„Gut, ich komme ´rüber.“*
Fünf Minuten später stand Hauptmann Hans C. Petersen persönlich am Radarschirm. *„Leutnant, sie haben recht. Das ist außergewöhnlich!“* Ein ganzes Geschwader unbekannter Flieger sprang förmlich über den Schirm, blieb plötzlich stehen, um auf einmal zu verschwinden, als der „Wischer“ wieder über den kreisrunden Radarschirm streifte. Plötzlich waren sie da, plötzlich waren sie wieder weg, für Hauptmann Petersen ein klares Indiz für vertikale Flugbewegungen. Er griff zum Telefon, wählte erst die Nummer des diensthabenden Offiziers, dann die des Basiskommandanten und informierte seine Vorgesetzten über die Situation. *„Das kann nicht sein“*, meinten beide und kamen sofort in denTower, wo sie das Schauspiel mit eigenen Augen verfolgen konnten. Beide waren gleichermaßen ratlos. *„Geben Sie mir vier Flugzeuge, und ich werde der Sache auf den Grund gehen“*, versprach Hauptmann Petersen. Er bekam die Flugzeuge.

Um 11.00 Uhr, der Frühnebel hatte sich allmählich gelichtet, konnten die vier Abfangjäger starten. Zu diesem Zeitpunkt befanden sich zwölf Objekte im näheren Umkreis der Luftwaffenbasis. Doch im selben Augenblick, in dem Petersen den vier Fliegern den Startbefehl erteilte, schossen zehn von ihnen davon, waren beim nächsten „Wischer“ verschwunden. Eines der beiden verbliebenen unbekannten Flugobjekte stand 16 km nördlich des Stützpunktes, das andere 24 km weit im Süden. So wies Hauptmann Petersen zwei Abfangjäger an, nach Norden zu fliegen, während er die anderen beiden in den Süden schickte. Zuerst erreichten die beiden nordwärts fliegenden Jäger ihr Ziel. *„Es muß jetzt auf zwölf Uhr Position vor ihnen liegen“*, dirigierte Petersen sie vom Kontrollturm aus über Funk, *„können Sie sie sehen?“* Doch noch bevor er eine Antwort erhielt, zeigte der Wischer des Radargerätes an, daß das Objekt urplötzlich verschwunden war. Dasselbe geschah mit den beiden anderen Fliegern. *„Es liegt auf zwölf Uhr vor ihnen, etwa 8 km entfernt, Höhe unbekannt.“* Doch im selben Augenblick, in dem Petersen seine Instruktionen ins Mikrophon sprach, war auch dieses UFO verschwunden. Es war fast so, als hätte es die Funksprüche abgehört.

Der Mann, der mir diesen Vorfall aus dem Jahre 1954 schilderte, war Dänemarks erster militärischer Fluglotse, mehr noch, derjenige, der die gesamte militärische Luftraumüberwachung Dänemarks aufgebaut hatte: Major i.R. Hans C. Petersen, heute wohnhaft in Balling, Dänemark. Und es war ein interessanter Weg, der ihn 1954, gerade 30-jährig, in jenes kleine Büro mit dem Kiefernholzschreibtisch auf der erwähnten Luftwaffenbasis geführt hatte.

Hauptmann Hans C. Petersen

1924 geboren, trat Petersen 1943 dem Widerstand gegen die Nazi-Besatzungsmacht bei. Nach dem Kriege war es für ihn klar, daß er auch in Zukunft sein Land vor jeder fremden Invasion verteidigen wollte, und da ihn das Fliegen faszinierte, bewarb er sich 1948 bei der Königlich-Dänischen Luftwaffe. Weil damals das Eintrittsalter für die Luftwaffe bei 25 lag, setzte man ihn auf die Warteliste für das nächste Jahr. Zwischenzeitlich aber war das Eintrittsalter bereits auf 24 gesenkt - und der junge Petersen übergangen worden. Doch sein Ehrgeiz, bei den Luftstreitkräften dienen zu wollen, beeindruckte ältere Offiziere, und schließlich wählte ihn der Generalinspekteur der Luftwaffe aus, den militärischen Luftverkehrsdienst für Dänemark aufzubauen. Zur Ausbildung wurde Petersen als NATO-Austauschoffizier für drei Jahre nach Amerika geschickt, wo er unter anderem an der Wright Patterson-Luftwaffenbasis als Pilot und militärischer Fluglotse ausgebildet wurde. Bis 1976 diente Petersen - mittlerweile zum Major befördert - als Führungsoffizier der Luftraumüberwachung. Seitdem widmet er sich einer anderen Aufgabe: Der UFO-Forschung, die ihn seit seinem Erlebnis aus dem Jahre 1954 in ihren Bann gezogen hat.

Der Fall war kein Einzelfall, jedoch ein harmloser. Sieben Jahre später hätten Radarortungen unbekannter Flugobjekte über Europa beinahe zu einem Dritten Weltkrieg geführt. Das war 1961, kurz vor der „heißesten" Phase des kalten Krieges, die jetzt schon ihre Schatten vorauswarf - eine Umbruchphase, deren Gipfelpunkte Kubakrise, Berlinkrise und Mauerbau die Menschheit so nahe an den Rand des Abgrundes führte wie nie zuvor oder danach in diesem gewiß nicht ereignislosen Jahrhundert. Ein tiefes Mißtrauen zwischen den Großmächten und ihren Verbündeten beherrschte die politische Stimmung, Provokationen, Säbelrasseln und Machtdemonstrationen waren an der Tagesordnung und machten den diplomatischen Austausch fast unmöglich. Beide Großmächte standen einander bis auf die Zähne nuklear bewaffnet und in ständiger Alarmbereitschaft gegenüber, und es bedurfte nur noch eines Funkens, um das Pulverfaß Erde zum Explodieren zu bringen.

Siegel des SHAPE-Headquarters

Inmitten dieser angespannten Lage, am 14. Februar 1961, meldete das SHOC-Supreme Headquarters Operation Centre - (Operationszentrum des Obersten Hauptquartiers) des Obersten Hauptquartiers der Alliierten Streitkräfte in Europa (SHAPE - Supreme Headquarter of Allied Powers in Europe), das europäische Oberkommando des westlichen Verteidigungsbündnisses NATO in Roquencourt bei Paris, Alarmstufe Rot. Gegen 1.50 Uhr waren auf den Radarschirmen der NATO-Luftraumüberwachung 50 gewaltige Objekte geortet worden, die sich, von Osten kommend, auf NATO-Territorium zubewegten.

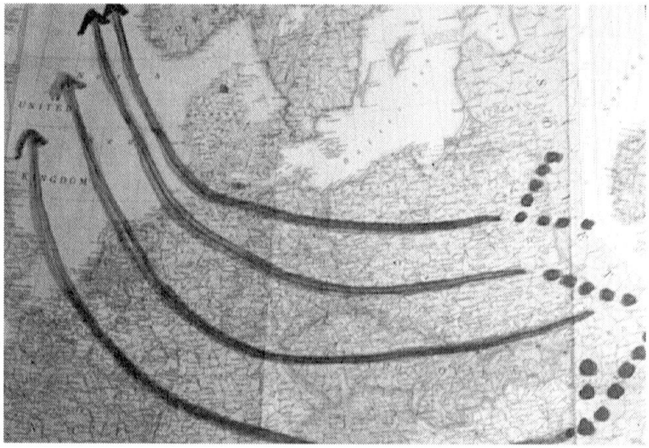

Die UFO-Manöver über Europa nach Robert O. Dean

Zuerst war die Formation, die in 35.000 Meter Flughöhe mit über 5000 Stundenkilometer Geschwindigkeit flog, im Luftraum der Sowjetunion aufgetaucht, um erst Polen, dann die DDR zu überqueren. Als sie exakt um 1.57 die deutsch-deutsche Grenze überflog, heulten auf allen NATO-Basen von Stuttgart-Vaihingen bis Mönchengladbach die Alarmsirenen auf. Fliegerstaffeln wurden in sofortige Alarmbereitschaft versetzt, erwarteten jede Minute den Befehl, die Verfolgung aufzunehmen, während auf anderen Stützpunkten angespannt die Vorbereitungen für den Gegenschlag in Angriff genommen wurden. Der Befehl dazu mußte aus Roquencourt kommen, wo in dichtem Zigarren- und Zigarettenrauch der NATO-Generalstab eine Krisensitzung abhielt, in der geklärt werden mußte, ob der jüngste Tag bereits gekommen war. Doch ehe man sich einig wurde, daß die Russen nie und nimmer über die technischen Möglichkeiten zu einer solch „ungeheuren Provokation" verfügen könnten - selbst die schnellste MiG erreichte nicht annähernd diese Geschwindigkeit - kam ein beruhigender Anruf aus Mönchengladbach: Die unbekannte Fliegerstaffel war über der Bundesrepublik Deutschland nach Norden abgedreht, hatte Dänemark und Schweden überquert und befand sich nun über Norwegen offenbar auf dem Wege in Richtung Nordpol. Ein Aufatmen ging durch die Runde. Was immer das gewesen sein mag, die Gefahr war gebannt. *„Alarm abgeblasen"*, lautete jetzt der Befehl für die westeuropäischen NATO-Basen. Die Kampfflieger, die startbereit in ihren Maschinen gesessen hatten, konnten nach Hause gehen und sich schlafen legen. Der Spuk war vorbei, der jüngste Tag offenbar verschoben worden.

Als er am nächsten Morgen in sein Büro kam, erwartete den SACEUR, den „Supreme Allied Commander in Europe" (Alliierter Oberkommandant in Europa), General Lauris Norstrad, bereits ein umfangreicher Bericht über die Vorgänge der vergangenen Nacht. Nicht nur auf NATO-Gebiet hätte in der letzten Nacht Alarmzustand geherrscht, hieß es darin, sondern offenbar auch in den Warschauer-Pakt-Staaten. Jedenfalls waren um Punkt 2.00 für zwei Stunden alle Grenzübergänge nach Berlin gesperrt, Luftwaffenstützpunkte in der Sowjetunion, Polen, der CSSR und der DDR in Alarmzustand versetzt worden. Zudem gäbe es tatsächlich nicht die geringsten Hinweise darauf, daß die Sowjets auch nur annähernd die Technologie hätten, um in dieser Höhe und mit solcher Geschwindigkeit Manöver durchzuführen. Vielmehr müßten die nächtlichen Eindringlinge als *„unbekannte Flugobjekte unbekannter Herkunft"* eingestuft werden.

„Und, was heißt das?", fragte Norstrad seine Offiziere bei der mittäglichen Lagebesprechung im SHAPE-Hauptquartier. Keiner wußte eine Antwort. *„Es gibt Gerüchte darüber, daß sie eventuell außerirdischer Herkunft sein könnten..."*, meinte schließlich ein Stabsmitglied. *„Das ist doch unsinnig"*, erwiderte ein amerikanischer Kollege, *„unsere Luftwaffe hat Hunderte Sichtungen dieser sogenannten UFOs untersucht. In 97 % handelte es sich dabei um Verwechslungen mit bekannten Himmelsphänomenen wie den Planeten Venus oder Jupiter, Meteoriten,*

Sternschnuppen, Wetterballons, Flugzeuge oder Helikopter, nicht zu vergessen die Halluzinationen hysterischer Zeitgenossen und die aus Geltungsbedürfnis in die Welt gesetzten Lügengeschichten. Die restlichen drei Prozent boten nicht den geringsten Anhaltspunkt für die Existenz kleiner grüner Männer".

„Aber hier geht es nicht um Berichte aufgeregter Zivilisten, wie sie Ihre Luftwaffe untersucht hat", warf Norstrads Stellvertreter, der britische Luftmarschall Sir Thomas Pike, ein, *„sondern um eine äußerst ernste Angelegenheit, die sehr schnell außer Kontrolle geraten kann. Immerhin war die Situation gestern kurz davor, zu eskalieren."*

„Ich glaube auch nicht an kleine grüne Männer", beendete Norstrad die Diskussion, *„aber was auch immer da am Himmel vorgeht, ich bin sicher, Washington und London wissen längst Bescheid. Aber bitte, richten wir eine offizielle Anfrage an das Pentagon und Whitehall: Erbitten ausführliche Aufklärung über Herkunft und Intention unbekannter Flugobjekte... Pike"*, wandte er sich an seinen Stellvertreter, *„sie übernehmen die Sache".*

Noch am selben Tag erbat Sir Thomas Pike in diplomatischen Noten an London und Washington Auskunft über die geheimnisvollen Eindringlinge. Doch eine Antwort blieb aus. Zwei, drei Wochen wartete der Luftmarschall, dann beschloß er, der Angelegenheit selbst auf den Grund zu gehen.

Das war die Geburtsstunde einer NATO-Studie zum UFO-Phänomen, mit dem Ziel, *„zu sehen, was wir durch unsere eigenen Kanäle über diese geheimnisvollen Flugobjekte in Erfahrung bringen können"*, wie es Sir Thomas Pike in einem Memorandum an den SACEUR formulierte. Das Territorium der NATO reichte von Spitzbergen bis Sizilien, von Irland bis zum Berg Ararat in der Osttürkei. Der NATO-Geheimdienst hatte sich in der heißesten Phase des Kalten Krieges bewährt, und zudem bestanden beste Kontakte zu den führenden Wissenschaftlern der NATO-Mitgliedstaaten - alles zusammen exzellente Voraussetzungen für ein solches Projekt. In den nächsten Monaten wurde nicht nur in ganz West- und Südeuropa nach militärischen UFO-Sichtungszeugen und Geheimberichten gefahndet, es wurden auch der berühmte britische Astronom Sir Fred Hoyle, Physiker, Meteorologen und Atmosphären-Physiker, Historiker und Theologen, Soziologen und Psychologen der Universitäten Oxford und Cambridge, Tübingen und der Sorbonne, streng vertraulich im Rahmen der Studie interviewt.

SACEUR General Lyman L. Lemnitzer

Als im Juli 1962 das Oberkommando der NATO wechselte, wurde der amerikanische Fünf-Sterne-General Lyman L. Lemnitzer zum SACEUR berufen, und mit ihm zog in den Folgemonaten ein neuer Stab junger Amerikaner in das NATO-Hauptquartier in Roquencourt ein.Einer der Männer, die Lemnitzer für seinen neuen Dienst unterstellt wurden, war der junge Oberstabsfeldwebel (Command Sergeant Major) Robert O. Dean. Dean hatte zu diesem Zeitpunkt allerhand Erfahrung in militärischen und nachrichtendienstlichen Aufgaben gesammelt.

Er war den Streitkräften 1950 beigetreten, als die Vereinigten Staaten gerade in den Korea-Krieg eintraten, und war der Infanterie zugeteilt worden. Doch schon bald verbrachte er die meiste Zeit mit „Sonderaufträgen", arbeitete gemeinsam mit Mitarbeitern des CIA in der Aufklärung auf Feindgebiet und erhielt bald ein „Top Secret-Clearance", d.h. Zugang zu Informationen der höchsten Geheimhaltungsstufe. Als er 1963 nach Roquencourt versetzt wurde, erweiterte man seine Befugnisstufe auf „Cosmic Top Secret", die

Command Sergeant Major Robert O. Dean 1964

höchste Klassifikation für NATO-Angelegenheiten: Der „Cosmos“ ist natürlich das westliche Verteidigungsbündnis. Das heißt: Oberstabsfeldwebel Dean hatte Zugang zu den geheimsten NATO-Akten. Und während er dem Stab eines deutschen Generalmajors im „Operation Centre“ zugeteilt wurde, erfuhr er das erste Mal von der damals noch nicht abgeschlossenen NATO-UFO-Studie. Da er sich schon als Junge für Science Fiction begeistert hatte - nach dem 2. Weltkrieg war die Heftchenreihe „Amazing Stories“ seine Lieblingslektüre gewesen - war er um so interessierter an den Ergebnissen des Projektes, als 1964 endlich der Abschlußbericht fertiggestellt wurde.

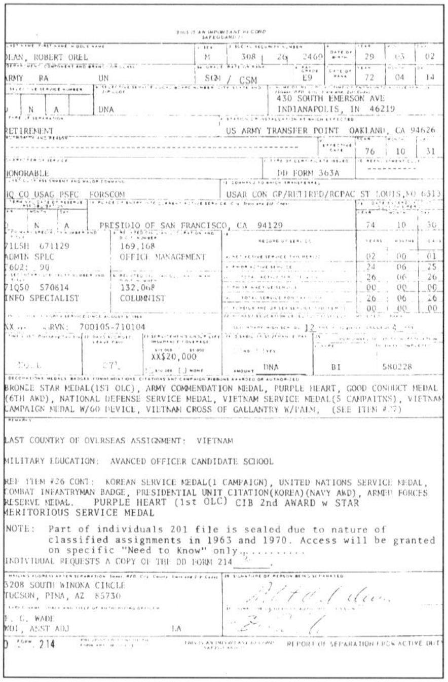

THIS IS AN IMPORTANT RECORD SAFEGUARD IT

DEAN, ROBERT OREL | M | 308 26 2469 | DATE OF BIRTH 29 03 02

ARMY RA UN | SGM / CSM | E9 | DATE OF RANK 72 04 14

N A | DNA | 430 SOUTH EMERSON AVE INDIANAPOLIS, IN 46219

RETIREMENT | US ARMY TRANSFER POINT OAKLAND, CA 94626

EFFECTIVE DATE 76 10 31

HONORABLE | DD FORM 363A

HQ CO USAG PSFC FORSCOM | USAR CON GP/RETIRED/RCPAC ST LOUIS, MO 6313

N A | PRESIDIO OF SAN FRANCISCO, CA 94129 | 74 10 30

71L5H 671129 ADMIN SPLC T602: 90 | 169,168 OFFICE MANAGEMENT

71Q50 570814 INFO SPECIALIST | 132,068 COLUMNIST

RECORD OF SERVICE: 02 00 01 / 24 06 25 / 26 06 26 / 00 00 00 / 26 06 26 / 00 00 00

XX ... SRVN: 700105-710104

12 ... 4

XX$20,000 | DNA | BI | 580228

BRONZE STAR MEDAL(1ST OLC), ARMY COMMENDATION MEDAL, PURPLE HEART, GOOD CONDUCT MEDAL (6TH AWD), NATIONAL DEFENSE SERVICE MEDAL, VIETNAM SERVICE MEDAL(5 CAMPAITNS), VIETNAM CAMPAIGN MEDAL W/60 DEVICE, VIETNAM CROSS OF GALLANTRY W/PALM, (SEE ITEM #27)

LAST COUNTRY OF OVERSEAS ASSIGNMENT: VIETNAM

MILITARY EDUCATION: AVANCED OFFICER CANDIDATE SCHOOL

REF ITEM #26 CONT: KOREAN SERVICE MEDAL(1 CAMPAIGN), UNITED NATIONS SERVICE MEDAL, COMBAT INFANTRYMAN BADGE, PRESIDENTIAL UNIT CITATION(KOREA)(NAVY AWD), ARMED FORCES RESERVE MEDAL. PURPLE HEART (1st OLC) CIB 2nd AWARD w STAR MERITORIOUS SERVICE MEDAL

NOTE: Part of individuals 201 file is sealed due to nature of classified assignments in 1963 and 1970. Access will be granted on specific "Need to Know" only.

INDIVIDUAL REQUESTS A COPY OF THE DD FORM 214

5208 SOUTH WINONA CIRCLE TUCSON, PIMA, AZ 85730

F. G. WADE CW01, ASST ADJ

DD FORM 214 — THIS IS AN IMPORTANT RECORD SAFEGUARD IT — REPORT OF SEPARATION FROM ACTIVE DUTY

Command Sgt. Major Robert O. Deans Dienstakte

Robert O. Deans Rekonstruktion der Assessment-Akte

Es war eine vier Zentimeter dicke Akte, deutlich mit „TOP SECRET/COSMIC“ klassifiziert, die den Titel „AN ASSESSMENT“ - Eine Lageeinschätzung - trug. Auch der Untertitel verriet nicht weiter, worum es dabei bloß ging - von *„einer Auswertung einer möglichen militärischen Bedrohung für die alliierten Streitkräfte in Europa“* war die Rede. Doch so nüchtern der Titel, so sensationell das Fazit der NATO-Studie: Dutzende Interviews, Augenzeugenberichte, Fotografien und Analysen würden beweisen, daß

a. Die Erde und Menschheit Subjekt einer intensiven, massiven und äußerst gründlichen Untersuchung durch mindestens vier VERSCHIEDENE hochtechnisierte außerirdische Zivilisationen sei;

b. „Sie“ offensichtlich keine militärische Bedrohung darstellen, denn sie demonstrierten eine derart fortgeschrittene Technologie, der unsrigen um Jahrhunderte, vielleicht Jahrtausende voraus und so weit über-

legen, daß sie uns schon lange hätten erobern können, wenn das ihre Absicht wäre. Wenn sie uns feindlich gesinnt wären, gäbe es nichts, das wir ihnen entgegensetzen könnten;
c. „Sie" einer bestimmten Vorgehensweise oder einem „PLAN" zu folgen scheinen. Die Untersuchung zeigte, daß offenbar eine Entwicklung in ihrer Vorgehensweise stattzufinden scheint, zuerst Einzelflüge, dann vereinzelte Kontakte, dann Massendemonstrationen...;
d. Es Beweise dafür gibt, daß sie die Erde bereits seit Jahrtausenden besuchen.

Es gab nur 15 Kopien des „Assessments". Die komplette Akte, zusammen mit umfangreichen Anlagen und Originalfotos, war 20 cm dick. Je ein Exemplar ging an das Verteidigungsministerium eines jeden NATO-Mitgliedstaates. Eine Kopie ging an den Generalsekretär der NATO, eine Kopie blieb persönliches Eigentum des SACEUR, eine dritte wanderte in das Archiv des Operation Centre des SHAPE-Headquarters.
Diese Kopie sah Dean ein, der mit seiner „Cosmic Top Secret"-Befugnis Zugang zum SHOC-Archiv hatte, und war fasziniert. Alles, wovon er in seiner Jugend geträumt hatte, war Wahrheit geworden, mehr noch, es wurde von der Realität übertroffen. Das „Assessment" wurde zu Deans Bibel. Wann immer sein Dienst es zuließ, ging er ins Archiv und las, Seite für Seite, in dem atemberaubenden Dokument. Am meisten Zeit und Ruhe hatte er dazu, wenn er für die Nachtschicht eingeteilt war - die SHOC-Mitarbeiter arbeiteten in 12-Stunden-Schichten; dann, oft um 2.00 oder 3.00 Uhr früh, holte er die Akte aus dem Geheimarchiv des Operation-Centre und las, bis der Morgen dämmerte und seine Ablösung bevorstand.
Es war ein sehr heterogenes Dokument. Mitarbeiter aus fast jedem NATO-Mitgliedsstaat hatten mitgewirkt, hatten ihre Beiträge in dem für seine Streitkräfte festgelegten Standard abgeliefert, zudem war alles in drei Sprachen verfaßt, in Englisch, Französisch und Deutsch. Und auch da gab es feine Unterschiede. Einige Berichte stammten eindeutig von englischen Offizieren, wiesen britische Formulierungen und Schreibweisen auf, in anderen wimmelte es von Amerikanismen. Mal war „Programm" englisch („programme") geschrieben, mal amerikanisch („program").

Robert O. Dean heute

Es begann mit einer Festlegung des Problems und der Frage, warum diese Studie durchgeführt wurde, es folgten eine Inhaltsangabe und eine Analyse der vorliegenden Informationen, die auf Fallberichte und Protokolle verwies, die im Anhang zu finden waren. Und dann waren da die Fotos, die Dean in Erstaunen versetzten: klare Aufnahmen scheibenförmiger Flugkörper, aber auch ihrer humanoiden Insassen.
„Es war so faszinierend", erklärte er mir, *„gleichermaßen erschütternd wie atemberaubend. Natürlich durfte ich es nicht kopieren, mir nicht einmal Notizen machen. So las ich es Wort für Wort, prägte mir alles so gut ein, wie ich konnte. Es veränderte mein Leben. Zuvor war ich ein neugieriger Skeptiker, was UFOs betrifft. Jetzt wußte ich, daß sie real waren, daß sie schon immer die Erde besuchten und daß wir nicht allein im Weltall sind. Von da an begann ich, die Welt mit anderen Augen zu sehen."* Aber er erlebte auch, wie der Bericht und seine Schlußfolgerungen den Generälen des SHAPE-Headquarters schlaflose Nächte bereiteten.
Einer davon war General Robert Lee, ein Vier-Sterne-General der U.S.-Luftwaffe. Er war ein hochdekorierter Offizier, trug die Brust voller Auszeichnungen, rauchte

dicke Zigarren, war ein guter Freund des legendären II.-Weltkriegs-Generals Curtis LeMay, und er wohnte in derselben Straße wie Dean. Zwar besaß der General eine Villa, während Dean in einem kleinen Haus zur Miete wohnte, aber ihre Kinder gingen gemeinsam zur Schule, und trotz der Rangunterschiede wurden die beiden Männer gute Freunde.

So war es Dean, dem sich Lee anvertraute, als er das unglaubliche Dokument gelesen hatte. Und Dean spürte: Der rauhbeinige General war zutiefst erschüttert, und fast schien es so, als sei mit einem Schlag alles zusammengefallen, an das er sein Leben lang geglaubt, wofür er gekämpft und seinen Kopf riskiert hatte. *„Bob, weißt Du überhaupt, was das heißt?"*, beichtete er Dean seine innersten Gefühle, *„alles, was wir geworden sind, alles, was wir je getan haben, ist jetzt völlig bedeutungslos."*

Tatsächlich war der Inhalt des Dokumentes unglaublich. *„Es enthielt zum Beispiel die Zeugenaussage eines deutschen Luftwaffenpiloten, eines typischen Jet-Jockeys, wie wir diese Spezies nannten, der in 13.000 Meter Höhe mit einer Geschwindigkeit von 1700 Stundenkilometern aus dem Cockpit-Fenster seiner F-104 blickte und ein silbernes, scheibenförmiges Objekt mit einer leuchtenden Kuppel sah"*, erklärte mir Dean, als ich ihn für unser Dokumentarvideo „UFOs: Die Beweise" interviewte. *„Als er genauer hinsah, erkannte er hinter der Kuppel einen Kopf und ein Gesicht, das ihn anschaute. Und bevor er sich auch nur nähere Gedanken über diese Situation machen konnte, schoß das Objekt mit unglaublicher Geschwindigkeit in die Höhe und verschwand."*

Zwei andere NATO-Piloten kamen im Frühjahr 1963 über der Türkei unweit von Izmir weniger glimpflich davon. Ein riesiges UFO war auf Radar geortet worden, die Piloten, zwei junge Hauptmänner der türkischen Luftwaffe, erhielten den Befehl, den unbekannten Eindringling zu stellen und notfalls abzuschießen. Nach einigen Minuten beschrieb einer der Piloten die scheibenförmige Maschine, dann setzte der Funk aus. Während aus dem Lautsprecher nur noch ein Rauschen kam, beobachtete die Bodencrew der Luftwaffenbasis Izmir, wie der Flieger immer näher an das UFO herankam. Doch dann trauten sie ihren Augen nicht: Bei der nächsten Umdrehung des „Wischers" waren Flugzeug und UFO zu einem Punkt verschmolzen, der sich jetzt mit großer Geschwindigkeit vom „Tatort" entfernte. Umfangreiche Suchmaßnahmen im fraglichen Gebiet verliefen ergebnislos: Weder vom Abfangjäger noch von seinen Piloten fand sich die geringste Spur.

An anderer Stelle erwähnte das Dokument, daß vom 13.-24. September 1952 eine NATO-Marineübung über der Nordsee, die „Operation Mainbrace", nach einer Reihe von UFO-Vorfällen abgebrochen werden mußte. Die Ereignisse, die den UFO-Alarm auslösten, begannen am 20. September, als ein Zeitungsfotograf an Bord des US-Flugzeugträgers USS Franklin D. Roosevelt mitten in der Nordsee den Start zweier Marine-Kampfflieger fotografierte. Als er sich kurz umdrehte, bemerkte er auf dem Flugdeck eine Gruppe von Piloten, die alle zum Himmel schauten.

Er sah genauer hin und erkannte eine silberne Kugel, die offenbar nur wenige Meilen von der Flotte entfernt in ziemlicher Geschwindigkeit den Horizont entlangflog. Das Objekt schien groß zu sein, groß genug, um ein paar gute Aufnahmen zu machen, und so schoß der Fotograf mehrere Bilder. Sie wurden noch an Bord entwickelt und erwiesen sich als Fotos von bester Qualität. Auf jedem einzelnen Bild war ein Teil des Flugzeugträgers als Referenzpunkt zu sehen, sodaß es möglich war, Entfernung und Geschwindigkeit des Flugkörpers zumindest zu schätzen. Die Nachrichtendienstoffiziere an Bord studierten die Aufnahmen gründlich. Konnte es ein Wetterballon gewesen sein? Ausgeschlossen, dafür war es zu schnell - und außerdem war kein Wetterballon an diesem Tage gestartet worden.

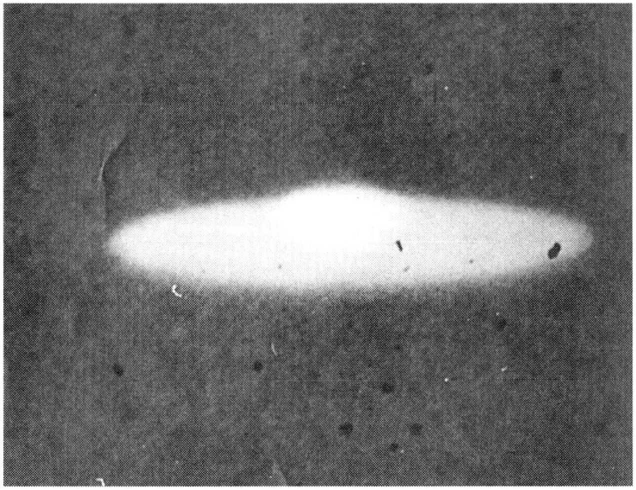

UFO über NATO-Flotte (SHAPE-Foto)

Am nächsten Tage beobachteten die Piloten einer Formation von sechs Abfangjägern der Royal Airforce eine leuchtende Kugel, die aus der Richtung der Mainbrace-Flotte auf sie zuschoß. *„Was geht dort unten bei Euch vor?“*, funkten sie die Flugzeugträger an, *„habt Ihr einen Wetterballon gestartet?“*. Wieder ein klares *„Nein“* von der Operation Mainbrace. *„Roger, Verstanden. Wir nehmen die Verfolgung auf!“*, antwortete der Formationskommandant. Doch nach ein, zwei Minuten war das silbrige Objekt aus ihrem Blickfeld verschwunden. Erst als sie zu ihrem Stützpunkt zurückkehrten, schaute sich einer der Piloten um und sah, wie das UFO ihnen jetzt folgte. Sofort wendete die Schwadron, doch schon Sekunden später jagte die Kugel davon.

Am dritten Tage zeigte sich erneut ein UFO in der Nähe der Mainbrace-Flotte, diesmal über dem Topcliffe-Aerodrom in Yorkshire an der britischen Nordseeküste. Ein Meteor-Abfangjäger wurde gestartet und näherte sich dem UFO so weit, daß der Pilot Details erkennen konnte. *„Es ist rund, silbrig und weiß“*, funkte er zur Erde, *„es scheint sich in schwankenden, ‘wobbelnden’ Bewegungen um seine Vertikalachse zu drehen.“* Doch noch ehe er noch näher an das Objekt herankam, schoß es davon und verschwand.

Der Bericht des Piloten wurde auf einer Krisensitzung des Generalstabes der britischen Luftwaffe diskutiert, und er führte dazu, daß britische Militärs begannen, das UFO-Phänomen ernst zu nehmen. Das britische Verteidigungsministerium beschloß, fortan Berichte über UFO-Beobachtungen im Luftraum des Vereinigten Königreiches zu sammeln und auf „Hinweise auf eine Bedrohung der nationalen Sicherheit“ zu untersuchen. Gleichzeitig wurde das Oberkommando der NATO informiert, das sich schließlich entschied, die „Operation Mainbrace“ vorzeitig abzubrechen, da die Teilnahme der „Fremden“ an den Herbstmanövern als unkalkulierbares Sicherheitsrisiko eingestuft wurde.

Andere Fälle gingen zurück bis in die Zeit des Zweiten Weltkrieges. Das Assessment zitierte Berichte aus den Archiven der Deutschen Luftwaffe, verfaßt von deutschen Bomberpiloten des Dritten Reiches, die geheimnisvollen Flugkörpern begegnet waren, die sie als „Geisterflieger" bezeichneten.

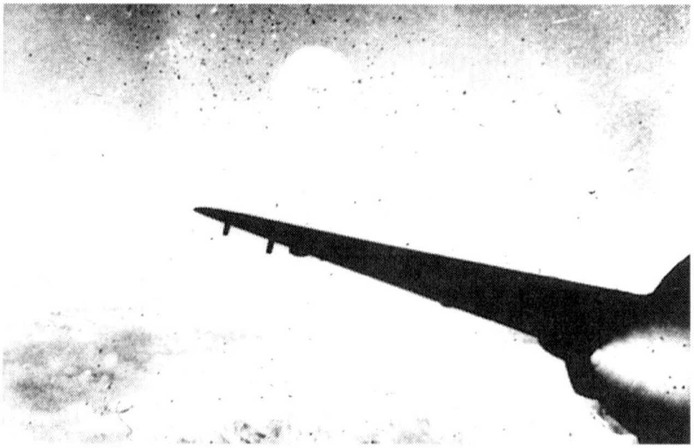

Originalfoto eines „Foo-Fighters" über Österreich 1944

Interessanterweise wurden dieselben in unglaublichen Geschwindigkeiten manövrierenden Objekte auch von alliierten Piloten gesichtet, die sie als „Foo-Fighters" (Geisterkämpfer) oder „Kraut-Meteorites" bezeichneten und für Hitlers neueste Geheimwaffe hielten. Wie später bekannt wurde, hatten die Deutschen - wahrscheinlich inspiriert durch diese Beobachtungen und die Konstruktionen des österreichischen Erfinders Viktor Schauberger - tatsächlich Ende des Zweiten Weltkrieges mit scheibenförmigen Flugkörpern experimentiert. Der erste Testflug im Februar 1944 auf einem Versuchsgelände bei Prag verlief vielversprechend, doch für eine Weiterentwicklung - von einer Serienproduktion ganz zu schweigen - fehlte die Zeit. Nur 14 Monate später war das Deutsche Reich geschlagen.
Die fremdartigen Flieger dagegen setzten ihr Erscheinen unverändert fort. 1946 meldeten die Alliierten Streitkräfte „Geisterraketen" über Schweden. Und seit 1947 wurden regelmäßig ganze Formationen scheibenförmiger Flugobjekte, geformt wie zwei mit den Rändern aufeinanderliegende Teller, von den Alliierten Stützpunkten in Europa aus beobachtet. Die Situation erschien 1954, als ganz Europa, speziell England, Frankreich und Spanien, von einer UFO-Sichtungswelle erfaßt wurde. Jetzt mußten die Regierungen handeln, und in einigen Ländern wurden offizielle UFO-Meldebüros an jeweilige Verteidigungsministerien eingerichtet. Insgesamt beinhaltete das „Assessment" einige hundert Sichtungsfälle, *„durchschnittlich 30-50 pro Monat"*, wie mir Dean versicherte, *„und das sind nur jene zahlenmäßig begrenzten Fälle, die unsere Leute zusammentragen konnten. Die tatsächliche Zahl muß also weit darüber gelegen haben. Tatsächlich gingen wir davon aus, daß nur 1 % aller UFO-Sichtungsfälle überhaupt gemeldet werden."*

Einer der spektakulärsten Fälle, den das Dokument erwähnte, ereignete sich Mitte Juni 1952 auf Spitzbergen am Polarkreis, nördlich von Norwegen. Norwegische Düsenjäger hatten gerade mit ihren Sommermanövern begonnen; eine Staffel mit sechs Maschinen näherte sich mit Höchstgeschwindigkeit dem Nordost-Land, wo Einheiten des angenommenen Gegners gemeldet worden waren. Kaum hatten die dahinjagenden Flugzeuge die Hinlopenstraße überquert, als ein Prasseln und Knistern in sämtlichen Kopfhörern und Sprechfunkgeräten ertönte. Selbst eine Funkverbindung untereinander war nicht mehr möglich, sämtliche Verständigungseinrichtungen der Düsenjäger schienen gestört zu sein. Die während des ganzen Fluges seit Narvik „weiß" anzeigende Radarmarke stand plötzlich auf „rot". Das bedeutete Alarm: Ein fremder Flugkörper mit einer fremdartigen, nicht dem Jägertyp entsprechenden Peilungsschwingungszahl schien sich zu nähern.
Nachdem sich die routinierten Düsenjägerpiloten durch Kurven und Sturzflüge wieder verständigt hatten, daß jeder von ihnen offenbar dieselben Schwierigkeiten hatte, suchte man mit erhöhter Aufmerk-

samkeit den Horizont ab. Die sechs Düsenjäger kreisten einige Zeit, ohne etwas Ungewöhnliches auszumachen. Ganz zufällig richtete dann Fliegerhauptmann Olaf Larsen seinen Blick einmal nach unten. Und schon setzte er zum Tiefflug an, gefolgt von seinen Kameraden. Auf der weißen Schneelandschaft, deren harsche Oberseite eisig glitzerte, lag eine noch grellere, metallisch blitzende Scheibe von etwa 40-50 Meter Durchmesser. Zwischen Draht und Verstrebungsgewirr in der Mitte ragten die offenbar teilweise zerstörten Reste einer Kuppel hervor. Während eines 60minütigen Kreisens konnten die Abfangjäger keinerlei Anzeichen auf irgendwelche Überlebende oder auf die Herkunft und Art dieses Flugkörpers entdecken. Schließlich kehrten sie um und nahmen Kurs auf Narvik, um dort ihren sonderbaren Fund zu melden.

Schon wenige Stunden später starteten fünf große, mit Schlittenkufen ausgerüstete Flugboote, die den Entdeckungsort anflogen und sicher neben der über einen Meter in Schnee und Eis eingebetteten metallischen Scheibe landeten. *„Das muß eine dieser fliegenden Untertassen sein"*, bemerkte fasziniert der wissenschaftliche Leiter der Expedition, der norwegische Raketenspezialist Dr. Norsel. Erste Untersuchungen ergaben: Der exakt 48,88 Meter breite, runde und nach allen Seiten hin abflachende Diskus bestand aus einer unbekannten Metallzusammensetzung und sandte Wellen auf einer in allen Ländern unbekannten Frequenz von 934 Hertz aus. *„Die neueste Geheimwaffe der Sowjets"*, folgerte Norsel, *„vielleicht haben sie die Technologie von den Deutschen. Sie waren uns damit haushoch überlegen... bis heute"*. Der Wissenschaftler lächelte zufrieden. Noch heute abend würde die Scheibe in Narvik sein, und nächste Woche könnten die Untersuchungen beginnen. Höchstens ein, zwei Jahre, und der Westen hätte seine eigenen „fliegenden Untertassen". Damit war die kommunistische Gefahr, die sich hier so eindrucksvoll manifestierte, wohl gebannt...

Doch die Scheibe war keineswegs russischen Ursprungs, das war bereis jedem klar, als drei Tage später die ersten Spezialisten aus den USA und Großbritannien eingeflogen wurden, die Norwegen unverzüglich über den Fund benachrichtigt hatte. Es dauerte ganze zwei Jahre, bis der Abschlußbericht zu dem Vorfall vorlag, der sogar im Sommer 1954 veröffentlicht worden wäre, hätten nicht die USA unverzüglich interveniert. So blieb es nur ranghohen norwegischen Offizieren vorbehalten, im Juli 1954 von Oberst Gernod Darnhyl, Leiter der Untersuchungskommission des norwegischen Armeeoberkommandos, über die Ergebnisse informiert zu werden:

„Der Spitzbergenabsturz war sehr aufschlußreich. Zwar geben sich unserer Wissenschaft zahlreiche noch ungeklärte Rätsel auf. Aber ich bin gewiß, daß auch diese durch die Überreste von Spitzbergen bald gelöst werden können. Vor allem ist seinerzeit ein Mißverständnis entstanden, als es hieß, der Scheibenflugkörper sei wahrscheinlich sowjetischer Herkunft. Er ist - wir müssen das betonen - nicht in einem Lande der Erde gebaut worden. Seine Materialien sind allen prüfenden Fachleuten völlig unbekannt, entweder auf der Erde nicht anzutreffen oder aber erst nach physikalischen und chemischen Prozessen zu gewinnen, die wir nicht kennen."

Weiter betonte Oberst Darnhyl, daß die norwegische Regierung die Absicht gehabt hätte, die Öffentlichkeit zu informieren, da *„eine falsche Geheimhaltungspolitik nur eines Tages eine Panik auslösen könnte"*. Allerdings müßten zuvor, so wörtlich, noch *„einige ungeheure Tatsachen mit Spezialisten der USA und Großbritannien besprochen werden"*, denen man die Bekanntgabe des Fundes *„auf einer UFO-Konferenz in Washington oder London"* überlassen wolle.

Seit dem Vorfall von Spitzbergen, so Darnhyl weiter, hätte die norwegische Luftwaffe eine Jagdstaffel unter dem Kommando von Leutnant Brobs und Leutnant Tyllensen im Polarraum stationiert, die bereits mehrfach fliegende Scheiben in der Arktis landen sah - ähnlich wie 1947/48 das Beobachtungsprojekt der USAF unter Leitung von Lt. Wendelle C. Stevens. *„Ich glaube, daß das Nordpolargebiet eine Flugbasis für Unbekannte ist“*, erklärte Lt. Tyllensen auf demselben Briefing, *„besonders in Schnee- und Eisstürmen, wenn wir uns mit unseren Maschinen auf die Ausgangsbasen zurückziehen müssen, benutzen die Flugkörper meines Erachtens die Gelegenheit, um niederzugehen. Ich habe sie kurz nach solchen Unwettern dreimal landen und starten gesehen. Dabei habe ich erkannt, daß sie noch auf dem Erdboden, also nach der Landung, eine blitzartige Drehung um die eigene Achse ausführen. Ein sich je nach Geschwindigkeit und Aufstieg oder Landung ändernder gleißender Lichtschein verhindert jeden Einblick in das Geschehen hinter dieser Lichtwand und am Flugkörper selbst.“*

„Fliegende Untertassen“ sind keine Fabel

Norwegischer Militärbericht über „Unbekannte Flugobjekte“ auf Spitzbergen

Erst jetzt bereitet eine Untersuchungskommission des norwegischen Armeeoberkommandos eine Veröffentlichung des Berichtes über die Materialprüfungen der Reste einer angeblich vor einiger Zeit auf Spitzbergen abgestürzten „Fliegenden Untertasse“ vor. Der Leiter der Kommission, Oberst Gernod Darnhyl, erklärte in einer Unterrichtsstunde für Luftwaffenoffiziere: „Der Spitzbergenabsturz war sehr aufschlußreich. Zwar geben sich unserer Wissenschaft zahlreiche, noch nicht spruchreife Rätsel auf. Aber ich bin gewiß, daß sie durch die Ueberreste von Spitzbergen bald gelöst werden können. Vor allem ist seinerzeit ein Mißverständnis entstanden, als es hieß, der Scheibenflugkörper sei wahrscheinlich sowjetischer Herkunft. Er ist — wir müssen das aussprechen — nicht in einem Lande der Erde gebaut worden. Seine Materialien sind allen prüfenden Fachleuten völlig unbekannt, entweder auf der Erde nicht anzutreffen oder aber erst nach physikalischen und chemischen Prozessen zu gewinnen, die wir nicht kennen.“

Die Untersuchungskommission will sich nach den Worten Oberst Darnhyls mit einem umfangreichen Bericht erst dann an die Oeffentlichkeit wenden, wenn „einige ungeheuerliche Tatsachen“ mit Spezialisten der USA und Groß-Britanniens besprochen worden sind. „Wir müssen der Oeffentlichkeit sagen, was wir über die unbekannten Flugkörper wissen. Eine falsche Geheimnistuerei könnte sonst eines Tages eine Panik auslösen!

Nordpol Flugbasis für Unbekannte?

Die norwegischen Jagdflieger Leutnant Jobs und Leutnant Tyllensen, die seit dem Ereignis von Spitzbergen als Sonderbeobachter des Polraumes eingesetzt sind, behaupten im Gegensatz zu amerikanischen und anderen Darstellungen, daß fliegende Scheiben bereits mehrfach in nordpolaren Gegenden gelandet seien. „Ich glaube, daß das N o r d p o l g e b i e t e i n e F l u g b a s i s f ü r U n b e k a n n t e ist. Besonders in Schnee- und Eisstürmen, wenn wir uns mit unseren Maschinen auf die Ausgangsbasen zurückziehen müssen, benutzen die Flugkörper meines Erachtens die Gelegenheit, um niederzugehen. Ich habe sie kurz nach solchen Unwettern dreimal landen und starten sehen“, sagt Leutnant Tyllensen. „Dabei habe ich erkannt, daß sie noch auf dem Erdboden, also nach der Landung eine blitzartige Drehung um die eigene Achse ausführen. Ein sich je nach Geschwindigkeit und Aufstieg oder Landung ändernder gleißender Lichtschein verhindert jeden Einblick auf das Geschehen hinter dieser Lichtwand und am oder im Flugkörper selber.“

Genug Prüfungsmaterial

Oberst Darnhyl glaubt, daß innerhalb der nächsten zwölf Monate eine Lösung für all diese rätselhaften technischen Vorgänge gefunden werden kann oder die Wissenschaft wenigstens auf dem richtigen Wege zur Lösung des UFO-Problems ist. „Wir haben jetzt Material in der Hand, mit dem wir etwas anfangen können. Das bedeutet, daß Prüflabors sofort mit der Arbeit beginnen und uns vielleicht schon in aller Kürze von dem Ergebnis unterrichten werden.

Norwegische Wissenschaftler glauben, daß das Material von Spitzbergen nur auf dem Wege der Atomzertrümmerung sein Geheimnis preisgibt; denn es verändert sich weder am absoluten Nullpunkt, wo Luft flüssig wird, noch in der höchsten mit unseren technischen Mitteln herstellbaren Glut. Auch jede chemische Behandlung versagt. Besonders wissenschaftliche Einzelheiten sollen jedoch erst freigegeben werden, wenn die Entscheidung über eine UFO-K o n f e r e n z i n L o n d o n o d e r W a s h i n g t o n gefallen ist und sie eventuell stattgefunden hat.“

Besonderes Aufsehen in Kreisen der norwegischen Untersuchungskommission hat die jüngste Mitteilung schwedischer Fernsehteilnehmer, daß ihr Empfang neuerdings immer zu der Zeit gestört war, wenn das Auftauchen „fliegender Untertassen“ über Nordschweden gemeldet wurde. Dadurch hofft Oberst Darnhyl, früher oder später dem Nachrichten-Uebermittlungssystem der unbekannten Flugkörper auf die Spur zu kommen.

Sven Thygesen

Bericht der HN vom 26.7.1954 über den norwegischen Militärbericht zum Spitzbergen-Absturz

Tatsächlich berichtete auch die deutsche Presse Anfang der fünfziger Jahre ziemlich frei über den Spitzbergen-Vorfall, was uns erst ermöglichte, ihn so ausführlich zu dokumentieren (während das „Assessment“ sich nur knapp auf den *„Bericht über die Bergung eines unbekannten Flugobjektes auf Spitzbergen“* bezog). Der erste Bericht erschien in der „Saarbrücker Zeitung“ vom 28. Juni 1952, im „Berliner Volksblatt“ vom 9. Juli 1952, weitere Artikel folgten, z.B. in der Fachzeitschrift „Der Flieger“ vom August 1952, in den „Hessischen Nachrichten“ vom 26. Juli 1954 oder im „Stuttgarter Tageblatt“ (das mittlerweile sein Erscheinen eingestellt hat) vom 5. September 1955, wo es heißt: *„Ein Untersuchungsausschuß des norwegischen Generalstabes erhielt einen Bericht über die Untersuchung eines UFOs, welches im Jahre 1952 nahe Spitzbergen abstürzte.“* Sämtliche Berichte stammen von den regulären Norwegen-Korrespondenten der Blätter, denen offenbar die Informationen von Militärs zugeleitet wurden, die mit der von den Amerikanern aufgezwungenen Politik der Geheimhaltung nicht einverstanden waren. Da sich einige in den Berichten genannte Namen nicht verifizieren ließen, ist anzunehmen, daß diese geändert wurden - ein journalistisch völlig einwandfreies Vorgehen, um Informanten zu schützen.

Interessanterweise heißt es in einigen Berichten, daß an Bord der Scheibe sieben stark verbrannte Körper kleiner, „menschenähnlicher“ Wesen gefunden wurden, alle zwischen 1,20 und 1,30 m groß. Die angesehene US-Journalistin Dorothy Kilgallen vom „International News Service“ erfuhr von den Ergebnissen der Untersuchung des Spitzbergen-Wracks durch einen britischen Regierungsbeamten, der es auch vorzog, anonym zu bleiben. *„Britische Wissenschaftler und Flieger haben das Wrack eines mysteriösen Flugobjektes untersucht und sind davon überzeugt, daß diese seltsamen Flugobjekte weder optische Illusionen noch Erfindungen der Sowjets sind, sondern fliegende Untertassen, die ihren Ursprung auf einem anderen Planeten haben“*, schrieb sie in ihrer in diversen renommierten amerikanischen Zeitungen am 23. Mai 1955 veröffentlichten Kolumne. *„Mein Gewährsmann erklärte: 'Aufgrund bisheriger Untersuchungen glauben wir, daß die Untertassen mit kleinen Wesen bemannt sind, die kleiner als 1,20 Meter sind.' ... Ich erfuhr, daß die britische Regierung einen Untersuchungsbericht über die fliegenden Untertassen unterschlägt, möglicherweise, weil man die Öffentlichkeit nicht beunruhigen möchte."*

Doch Spitzbergen war nicht einmal der einzige Fall eines UFO-Absturzes, von dem Dean im „Assessment" las. Dem Dokument zufolge wurde Anfang Februar 1962 (eine andere militärische Quelle, die mir den Vorfall bestätigte, datierte ihn auf Februar 1961) ein 33 m breites und fünf Meter hohes UFO-Wrack nahe Timmendorfer Strand unweit Lübeck an der schleswig-holsteinischen Ostsee-Küste entdeckt, dessen Absturz auf Radar geortet worden war. Sofort war ein englisches Ingenieursbataillion - Schleswig-Holstein liegt im ehemaligen britischen Sektor - zur Stelle, riegelte das Gebiet ab, erklärte, es führte eine Übung durch und barg - zusammen mit unverzüglich eingeflogenen amerikanischen Experten - das scheibenförmige Flugobjekt. Die Absturzstelle lag nicht einmal einen Kilometer von der damaligen Zonengrenze entfernt, und auf der anderen Seite des „eisernen Vorhangs" waren die Russen aktiv geworden, die das Objekt offensichtlich auch auf ihren Radarschirmen geortet hatten, und es selber geborgen hätten, wenn die Briten ihnen nicht zuvorgekommen wären. So bemühten sich die Engländer, die Operation so gut wie möglich vor dem „Feind" abzuschirmen, der jenseits der Zonengrenze stand und das Geschehen aufmerksam verfolgte.
Als die Bergungsmannschaft in das Innere des UFOs eindrang, stieß sie auf die ums Leben gekommene Besatzung: 12 tote Körper, jeder 1,20 bis 1,30 Meter groß, mit großen Köpfen und schmalen Körpern und gigantischen, mandelförmigen Augen. Man hatte Wesen aus einer anderen Welt entdeckt. Fasziniert starrte Dean wieder und wieder auf die Fotos. Da lag die riesige Scheibe, eingekeilt in eine Düne, im Hintergrund, weniger als einen Kilometer entfernt, der Strand, das Meer. Und schließlich die Wesen: Großformatfotos in Farbe und Schwarzweiß von Kreaturen von einem anderen Planeten. Andere Bilder zeigten, wie sie auf Tragen in britische Ambulanzfahrzeuge gebracht, in diesen abtransportiert wurden. Dann gab es Autopsieberichte, Detailaufnahmen der Hände - sie hatten nur vier klauenartige Finger, keine Daumen -, und Mikroskopaufnahmen ihrer Haut.
Und schließlich der Bergungsbericht. Einer der eingeflogenen Amerikaner kannte offenbar einen Mechanismus im Scheibeninneren, um das Objekt - wie eine Torte - in sechs Segmente zu teilen, die von schweren Armeetransportern abtransportiert wurden. Woher kannte der Amerikaner diese doch offenbar außerirdische Technologie, fragte sich Dean, hatte die US-Luftwaffe etwa bereits ähnliche Flugkörper geborgen? Schließlich, im Anhang, umfangreiche metallurgische Gutachten des Metalls, aus dem die Scheibe bestand, angefertigt von Experten des Air Technical Intelligence Centers auf der Wright Patterson-Luftwaffenbasis in Dayton, Ohio: Es war gleichermaßen unglaublich flexibel und doch extrem strapazierfähig, eine Art Kombination aus Metall und Plastik, deren Moleküle offenbar miteinander verbunden waren. Aber was genau es war, woraus es bestand und wie es angefertigt worden war, verstanden die Wissenschaftler nicht.
Und dann war da noch etwas merkwürdig: Das Dokument erwähnte, daß *„in allen Fällen von Bergungen abgestürtzter fremder Flugkörper"* - es mußte also tatsächlich noch weitere Fälle gegeben haben, das „Assessment" erwähnte jedoch nur noch einen weiteren Absturz in der Sahara, während Dean Gerüchte über einen Crash Anfang der 50er Jahre unweit von Fürstenfeldbruck in Bayern hörte - immer nur dieselbe

außerirdische Rasse, die kleinen Humanoiden, geborgen wurden. Dabei gab es noch eine zweite Gruppe, die offenbar niemals abstürzte: menschenähnliche Außerirdische, Wesen, die uns gleichen, als seien sie unsere Brüder. Von denen gab es sogar Fotos, Berichte von Menschen, die mit ihnen Kontakt gehabt haben wollen, Bauern, Fischer und ein italienischer Luftwaffensergeant. Und das war etwas, das die Offiziere am SHAPE-Headquarter noch mehr beunruhigte als die Erkenntnis, daß Außerirdische die Erde besuchen.

„Allein der Gedanke, daß sie bereits unter uns leben könnten, ohne daß es jemand bemerken würde, war schreckend“, erklärte mir Dean, *„wir stellten uns vor, daß sie überall sein könnten, in hohen Regierungsämtern, ja selbst im SHAPE-Headquarter. Zeitweise breitete sich eine richtige Paranoia aus. Vielleicht hatten sie längst die Erde übernommen, ohne daß wir es überhaupt bemerkt haben.“*

Ein Bericht, an den sich Oberstabsfeldwebel Dean noch besonders gut erinnert, schilderte ein Ereignis in der Nähe von Alborg, Dänemark, im Sommer 1963. Ein Farmerehepaar saß gerade beim Abendessen, als es beobachtete, wie eine Scheibe auf einem ihrer Felder niederging. *„Quasi mit der Gabel in der Hand lief der alte Mann aus dem Haus“*, erinnert sich Dean, während seine ängstliche Frau im Hause blieb. Als er sich dem UFO näherte, das auf drei Landebeinen stand, wurde eine Rampe hinausgefahren und es öffnete sich eine Art Schiebetür, hinter der große, menschenähnliche Wesen mit langen, blonden Haaren standen, die den Bauern aufforderten, an Bord zu kommen. Er folgte der Einladung, und seine jetzt völlig verängstigte Frau konnte nur noch beobachten, wie das seltsame Raumschiff abhob - mit ihrem Mann an Bord. Sofort rief sie die Polizei an. Als das UFO vier Stunden später zurückkehrte, wimmelte es auf dem Hof nur so von Polizei und Miltär. Das Raumschiff landete, fuhr die Rampe heraus, die Einstiegsluke öffnete sich, und heraus stieg ein nur zu augenscheinlich begeisterter Farmer, der offensichtlich gerade das größte Abenteuer seines Lebens hinter sich hatte. Das anschließende Verhör dauerte zwei Tage lang. Über jedes Detail mußte der Däne Auskunft geben. Er erzählte, wie man ihm nicht nur das Innere des Raumschiffes gezeigt hatte, sondern auch, wie er plötzlich - ohne eine Flugbewegung gespürt zu haben - die Erde von oben sah. Das hatte ihn zweifellos erschüttert, da er gedacht hatte, daß das UFO noch immer auf seinem Feld stand, und ihm plötzlich klar wurde, wie weit er von Zuhause entfernt war. Anschließend, so heißt es im „Assessment“, wurde er gründlich „instruiert“ und unter Androhung schwerster Strafen wurde ihm untersagt, mit irgendjemandem über sein Erlebnis zu sprechen. Auch die Polizisten erhielten ihre Anweisungen, und der ausführliche Bericht über den Vorfall wanderte ins NATO-Archiv.

In einem anderen Fall, so das Dokument, wurde ein junger Sergeant auf einer italienischen NATO-Luftwaffenbasis bei Livorno nur wenige Tage vor Weihnachten 1963 Zeuge einer UFO-Landung in den frühen Morgenstunden. Wieder wurde eine Rampe herausgefahren, öffnete sich eine Luke, luden „die Fremden“ in perfektem Italienisch den Soldaten ein, an Bord zu kommen. Der aber, 18 Jahre jung, stand so unter Schock, daß seine Blase versagte, was ihn zutiefst beschämte. Auf einen näheren Kontakt wurde daher von beiden Seiten verzichtet. Die Extraterrestrier verabschiedeten sich freundlich und ließen den frierenden und vor Angst erstarrten Sergeanten in der Einsamkeit des noch dunklen frühen Wintermorgens zurück.

Diese Berichte waren keine Einzelfälle. Und zumindest der Regierung der Vereinigten Staaten war zu diesem Zeitpunkt längst bekannt, daß menschenähnliche Außerirdische die Erde besuchen. Mehr noch, sie hatten uns längst wissen lassen, daß sie nicht in feindlicher Mission zu uns kommen...

7. DER ERSTE KONTAKT

Es war am späten Vormittag, gegen 10.50 Uhr, als die beiden Wagen Desert Center in der kalifornischen Wüste erreicht hatten, ein Wüstennest am Highway 10, der von Los Angeles über Blythe nach Phoenix im US-Staat Arizona führt, an der Ausfahrt auf die Landstraße 177 Richtung Parker, Arizona. *„Und, Professor, bleibt es dabei?"*, fragte der junge Fahrer des zweiten Wagens den älteren Herrn auf der Beifahrerseite des ersten Wagens, als beide nebeneinander standen. *„Ja, ja. Fahren Sie uns nach in die 177"* antwortete der Professor mit einem leichten polnischen Akzent, *„ich spüre, es ist nicht mehr weit..."*

Er sah müde aus, nur in seinen Augen funkelte ein Feuer der Erwartung. In seinem Innersten spürte er, daß dies der Tag war, an dem „es" geschehen würde. Und mit jeder Minute wuchs seine Überzeugung. Er wußte es seit zwei Tagen. Da hatte er seine Freunde in Phoenix angerufen, sich verabredet für den 20. November 1952, 8.00 Uhr früh in Blythe an der Grenze zwischen Kalifornien und Arizona im einzigen Coffeeshop des Wüstennestes. Um 1.00 Uhr früh war er aufgebrochen, von Palomar Gardens in den Bergen Südkaliforniens, zu Füßen des Riesenteleskopes von Mount Palomar, begleitet von seiner Sekretärin Lucy McGinnis und Alice K. Wells, die das Palomar Gardens Cafe bewirtschaftete, in dem der Professor häufig verkehrte.
Da er selbst nur selten fuhr, wechselten sich die beiden Frauen am Steuer ab, während er die meiste Zeit darüber sprach, wie sich seiner Meinung der Kontakt mit „ihnen" abspielen würde und was er damals über „sie" während seiner Zeit in Tibet gelernt hatte. Die erste Hälfte der Fahrt ging über gewundene Bergstraßen, durch die Indianerreservate von Pala, Cahuilla und Santa Rosa, vorbei an verschreckten Rehen, Hirschen und Hasen, die das laute Brummen des Automobils aus der friedlichen Ruhe der Nacht gerissen hatte. Gegen 5.00 Uhr früh waren sie in Indio, Kalifornien, auf den Highway 10 gefahren, Richtung Osten, nach Blythe, wo sie schließlich, nach einer Reifenpanne verspätet, gegen 8.30 ihre Freunde aus Arizona trafen: den jungen Anthropologen Dr. George Hunt Williamson und seine Frau sowie das Ehepaar Bailey.
Im August hatten die Baileys das erste Mal den Professor in Palomar Gardens besucht, nachdem im „Fate"-Magazin sein Bericht über seine Sichtungen unbekannter Flugobjekte erschienen war, von denen er Dutzende hatte fotografieren können, die meisten durch sein 6-Zoll-Teleskop.
Eigentlich war er Philosoph. 61 Jahre alt, 1891 in Polen geboren, aber schon 1892 mit seinen Eltern nach Amerika gekommen, hatte er sich seit frühester Jugend mit Metaphysik befaßt. Obwohl ihm seine Eltern als arme Emigranten keine gute Schulausbildung finanzieren konnten - den polnischen Akzent seines Elternhauses legte er nie ganz ab - hatte er in

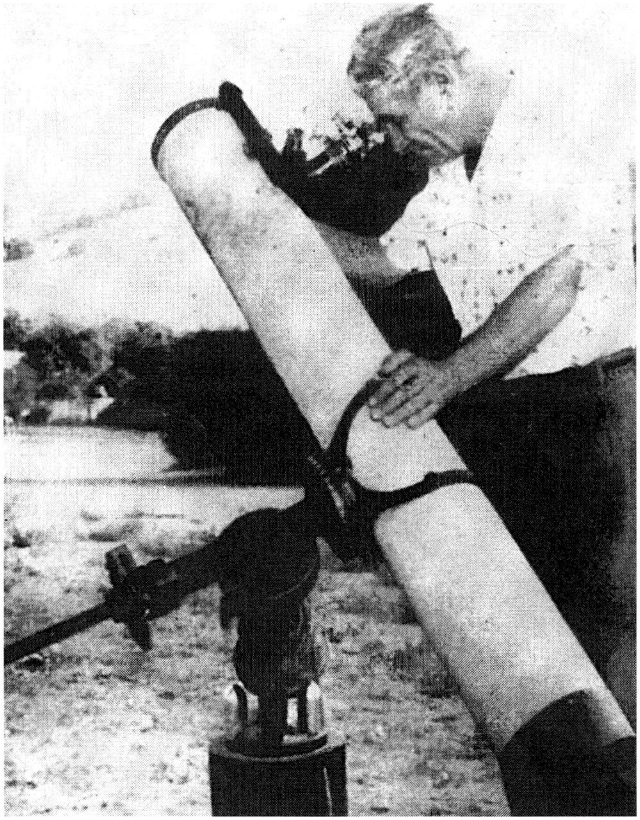

„Professor" George Adamski mit seinem 15 - Zoll -Teleskop

New York einen Freund und Mentor kennengelernt, der ihm eine Reise nach Tibet ermöglichte. Jahre später, nach seinem Militärdienst im Ersten Weltkrieg und diversen Jobs, war er nach Kalifornien gezogen, wo er den „Royal Order of Tibet" gründete, eine mystische Schule, in der er den „Königsweg" eines Lebens im Einklang mit den Naturgesetzen lehrte. Obwohl er nie einen akademischen Grad, geschweige denn einen offiziellen Lehrstuhl an einer Universität sein eigen nennen konnte, nannten ihn seine Schüler und Freunde aufgrund seines weitreichenden Wissens, das er in hunderten - kostenlosen - Vorlesungen weitergab, einfach nur den „Professor". Seit er sein Fernrohr besaß - und später schenkte ihm ein Freund noch ein 15-Zoll-Teleskop - verbrachte er Stunden damit, den sternklaren Nachthimmel zu beobachten, um durch eigene Anschauung ein Gefühl für die Weiten und die Schönheit des Universums zu bekommen. Um das seinen Schülern zu vermitteln, montierte er eine kleine Kamera an das Teleskop, und machte Aufnahmen der Planeten, Sternhaufen und Galaxien.

Dabei war er fest davon überzeugt, daß die Menschheit nicht allein im Weltall ist. In den alten Sanskrit-Texten, die er in Tibet studiert hatte, hatte es geheißen, daß alle Planeten im Universum Leben tragen und daß Besucher dieser „himmlischen Planeten" schon in Urzeiten zur Erde gekommen waren, um die Menschheit zu belehren. Als die ersten Berichte über die mysteriösen „fliegenden Untertassen" durch die Presse gingen, sah er sich in seiner Überzeugung bestätigt. Fortan verbrachte er jede sternklare Nacht damit, nach den UFOs, den außerirdischen Besuchern, Ausschau zu halten. Dabei lenkte er sein Hauptaugenmerk auf den Mond. Zuerst einmal erschien es ihm sinnvoller, sein Teleskop auf einen astronomisch interessanten Himmelskörper zu richten, als auf irgendeinen „zufälligen" Ausschnitt des Nachthimmels. Zudem erschien es ihm angesichts der riesigen Entfernungen im Weltall logisch, daß außerirdische Besucher den Erdtrabanten als Basis oder Zwischenstation benutzen. Und offenbar gaben seine Beobachtungen ihm recht. Jedenfalls war das Resultat, Dutzende erstklassige UFO-Aufnahmen, so bemerkenswert, daß sich bald Regierungsmitarbeiter an ihn wandten und ihn baten, seine Fotos künftig an die US-Luftwaffe zu schicken. *„Er überschüttete uns förmlich mit Bildern"*, schrieb später Captain Ruppelt, Leiter des US-Luftwaffenprojektes Blue Book, *„unsere Experten untersuchten sie und fanden keinen Hinweis auf einen Schwindel"*.

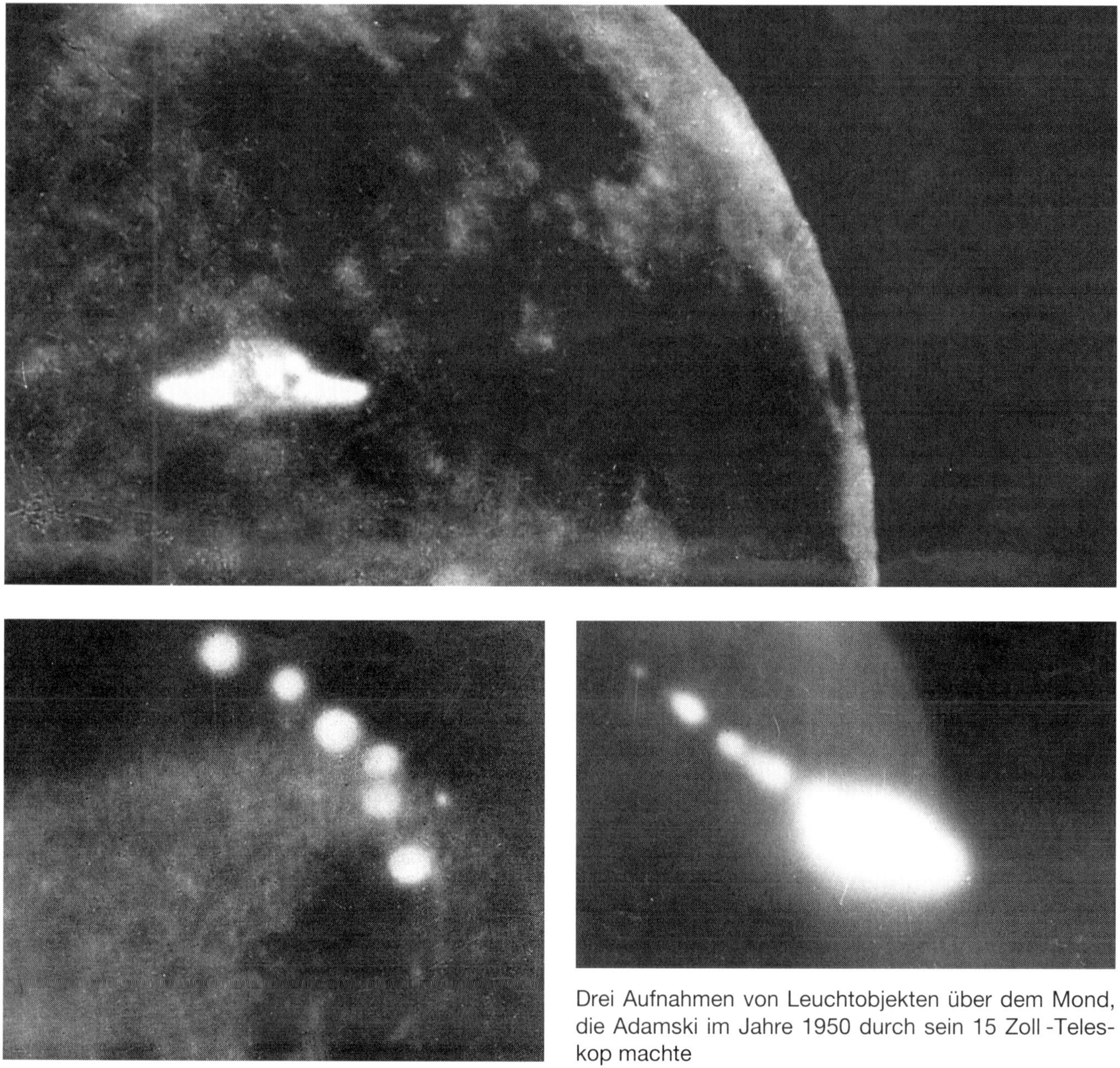

Drei Aufnahmen von Leuchtobjekten über dem Mond, die Adamski im Jahre 1950 durch sein 15 Zoll -Teleskop machte

„Seit dieser Zeit, ob Winter oder Sommer, bei Tag und bei Nacht, bei Kälte und Hitze, bei Wind und Wetter jeder Art, habe ich jede freie Minute damit verbracht, das Firmament nach Raumfahrzeugen abzusuchen“, schrieb der Professor später, *„ich gab die Hoffnung nicht auf, daß aus irgendwelchen Gründen ein solches Fahrzeug sich eines Tages nähern, ja sogar landen würde...“* Das Jahr 1951 gab ihm Grund zur Hoffnung, denn es war *„hinsichtlich der Zahl gelungener Aufnahmen ergiebiger“* als die Vorjahre. *„Raumschiffe schienen der Erde näherzukommen und in größerer Zahl aufzutreten.“* Zum ersten Mal gelangen ihm Aufnahmen, die mehr zeigten, als nur Lichter und dunkle Schatten, und er entschloß sich, die „Ergebnisse“ in einem Bericht für die Zeitschrift „Fate“ zu veröffentlichen, um auf diesem Wege mit Gleichgesinnten in Kontakt zu kommen. Tatsächlich erhielt er Hunderte Briefe, und einige seiner neuen Korrespondenzpartner meldeten sich im Laufe des nächsten Jahres sogar bei ihm zu Besuch an - darunter die Baileys.

Sie erzählten ihm von Dr. Williamson, der an den Universitäten von New Mexico und Arizona Anthropologie und Archäologie studiert hatte. Dr. Williamson war ein Experte auf dem Gebiet der indianischen Kulturen und betrieb Feldforschung in den USA, Mexiko, Kanada und in Peru. Er war auf die UFOs aufmerksam geworden, als ihm befreundete Indianer von ihren Sichtungen in den Reservaten berichteten und davon, wie sehr diese mit ihren uralten Legenden von „Himmelsschiffen des Sternenvolkes“ übereinstimmten, das ihnen in Urzeiten versprochen hatte, eines Tages zur Erde zurückzukehren. Selber Funkamateur, hatte er den ganzen Sommer 1952 über versucht, über Radiotelegraphie und Morsezeichen mit ihnen in Kontakt zu treten, mit positivem Ergebnis, wie Williamson zumindest glaubte, als die ersten „Ticker“ als Antwort eintrafen.

Der Professor war begierig, Dr. Williamson kennenzulernen, und als vier Wochen später das nächste Treffen in Palomar Gardens stattfand, war er sicher, einen Gleichgesinnten gefunden zu haben. Williamson erzählte ihm, Signale empfangen zu haben, die auf eine bevorstehende Landung in der kalifornischen Wüste hindeuteten, und auch die Baileys hatten schon von UFO-Nahbegegnungen in der Mojave-Wüste gehört. *„Ich weiß, ich bin mir sicher, es wird noch in diesem Jahr stattfinden“,* hatte der Professor geantwortet, *„die UFO-Manöver über Washington waren ein Zeichen, daß jetzt eine neue Phase in ihrer Annäherung bevorsteht und daß sie demnächst landen werden. Und wenn das geschieht, möchte ich dabeisein. In den Tagen und Nächten, die ich ihnen auf der Spur lag, habe ich vielleicht mehr über sie gelernt als irgendein anderer Mensch hier auf der Erde.“*

Und dann offenbarte er ihnen, daß er in Tibet die Kunst der Telepathie gelernt hatte. *„Selbst wenn sie unsere Sprache nicht sprechen: Telepathie ist die universale Sprache. Kommunikation durch Gedankenbilder, ohne Worte. Ich werde in der Lage sein, mit ihnen zu kommunizieren. Und, lacht bitte nicht, aber ich spüre, daß es bald so weit sein wird.“ „Wenn es so weit ist, rufen Sie uns bitte an“,* antwortete die faszinierte Frau Bailey, *„wir würden um alles in der Welt gerne dabei sein“. „Mach ich“*, versprach der Professor.

Er spürte, er konnte den beiden Ehepaaren vertrauen, und etwas in ihm bestätigte dieses Gefühl, als er mit den vier ebenfalls übernächtigten Freunden in Blythe erst einmal eine Tasse Kaffee trank und ausgiebig frühstückte. *„Professor, sagen Sie nur, wo Sie hinwollen, wir vertrauen da ganz Ihrer Intuition“*, meinte Mrs. Williamson, selbst eine renommierte Anthropologin. *„Am besten zurück auf dem Highway 10. Als wir vorhin Desert Center passierten, ging von dort nach links die Landstraße nach Parker ab. Ich hatte das starke Gefühl, dort irgendwo könnte es sein...“*

Kurz nach 11.00 Uhr signalisierte ein Hupen und Blinken den beiden Ehepaaren, daß sie ihr Ziel erreicht

Das kleine, kuppelförmige Raumschiff taucht zwischen den Hügeln auf. (Foto G. Adamski)

Drei Originalfotos, die George Hunt Williamson an jenem denkwürdigen 20. Nov. 1952 aufnahm: Das Picknick, die Untersuchung der Fußabdrücke, G.A. an der Stelle, an der der „Raummensch“ stand.

hatten - jedenfalls nach Ansicht des Professors. Williamson schaute sich um. Es war ein altes Flußbett, das hier die Straße kreuzte, doch alles, was von dem einst beachtlichen Strom übriggeblieben schien, war der ausgewaschene Lauf eines Baches, der offenbar vom Fuß des Gebirges kam, das die Landschaft überragte. Der Boden war hier nicht so sandig wie sonst in Wüstengebieten, stattdessen war die Gegend übersät mit Steingeröll, meist kantig und gezackt, das offensichtlich vulkanischen Ursprungs war. Einiges Gebüsch und Gestrüpp, darunter weiß-silberne Stechpalmen mit winzigen, blutroten Beeren, ließen die Gegend vor der beeindruckenden Kulisse der Coxcomb-Gebirgskette nicht ganz so trostlos erscheinen. Doch es war Winter und es wehte ein kalter Wind.
Nach einer ersten Exkursion des Professors und Mr. Baileys beschloß man, erst einmal etwas zu essen und setzte sich zu einem Picknick auf die mitgebrachten Wolldecken. Kurz nach 12.00 Uhr nahm die Gruppe ein Motorengeräusch wahr: Ein Flugzeug, eine zweimotorige Cessna, tauchte hinter den Bergen auf und zog langsam ihre Bahn über die Köpfe der UFO-Jäger hinweg. Dann blickten sich alle ruckartig um: Über demselben Berggipfel, über den soeben die beobachtete Maschine gekommen war, schwebte jetzt in großer Höhe und völlig geräuschlos ein offenbar riesiges zigarrenförmiges Schiff, dessen silbrig glänzende Oberfläche die Sonnenstrahlen reflektierte.
„Ist das ein Raumschiff?“ fragte erregt George Hunt Williamson. *„Nein, George, das glaube ich nicht“*, erwiderte eine völlig irritiert Lucy McGinnis. *„Aber das Ding fliegt hoch! Und sieh mal, wie groß es ist!“*, rief Mr. Bailey aus. *„Du hast recht, George, schau doch, oben ist es orangefarbig - ja, die ganze Länge ist orange!“*, bestätigte Alice Wells. Jeder war aufgeregt, zu aufgeregt, um die Kameras zu holen; stattdessen griff einer nach dem anderen zu den beiden Ferngläsern und versuchte, Einzelheiten zu erkennen. Nur der Professor schwieg, ging in sich.
„Kann mich bitte jemand die Straße herunterfahren“, meinte er dann mit gefaßter, sicherer Stimme. *„Ihr anderen bleibt bitte hier und beobachtet genau, was geschieht.“* Lucy und Alice sprangen beide in den Wagen, brachten ihn an die Stelle, an die er wollte, etwa 800 Meter vom Lager der anderen entfernt, dann bat er die enttäuschten Frauen, zu den anderen zurückzukehren und ihn erst nach einer Stunde wieder abzuholen. Er dagegen setzte, nur mit seiner Kamera und ein paar Filmkassetten „bewaffnet“, seinen Weg fort bis an den Fuß eines kleinen Hügels, von wo aus er die weiteren Manöver des Raumschiffes beobachtete. Tausende von Gedanken schossen ihm jetzt durch den Kopf. Würde sich sein großer Wunsch einer Landung erfüllen? Würde er die Möglichkeit haben, mit einem Besucher einer anderen Welt zu kommunizieren? Würde man ihn an Bord eines Raumschiffes einladen, vielleicht sogar zu einem Flug in eine fremde Welt? Noch in Gedanken versunken, bemerkte er einen Lichtblitz am Himmel. Über einem Sattel zwischen zwei Hügeln war ein wunderschönes kleines, kuppelförmiges Raumschiff aufgetaucht, das die Sonne reflektierte. Schnell schoß er drei Fotos. Sie waren da! Wenn es doch nur etwas näherkommen könnte, dachte er bei sich. Wie diejenigen wohl aussehen, die es steuern? Und würde es ihm je vergönnt sein, einen Blick in dieses herrliche Fahrzeug zu werfen?

Wieder wurden die Träume des Professors unterbrochen, als er einen Mann bemerkte, der am Eingang zu einer Schlucht zwischen zwei niedrigen Hügeln in vielleicht 400 Metern Entfernung stand und ihm zuwinkte. Ein Minensucher? Ein Bergsteiger, der seiner Hilfe bedurfte? Etwas irritiert ging er ihm entgegen, als ihn ein seltsames Gefühl überkam. Allmählich konnte er den Mann, der dort offenbar auf ihn wartete, besser erkennen. Er trug einen braunen Anzug, der eher wie ein Skianzug aussah, war kleiner als er und hatte schulterlange blonde Haare, die im Wind wehten. Er lächelte, und es war ein Lächeln, das den Professor in der Tiefe seines Herzens berührte, alle Bedenken zerstreute und ihn Vertrauen fassen ließ. Als er nur noch zwei Meter von ihm entfernt war, stand für ihn fest: Der Fremde war ein Besucher aus einer anderen Welt.

„Wie einem kleinen Kind war mir zumute, das sich in der Gesellschaft eines sehr weisen und gütigen Menschen geborgen weiß“, schrieb er später nieder, was er damals empfand, *„ich wurde innerlich ganz bescheiden, denn von diesem Wesen strahlte unendlich viel Wohlwollen und Freundlichkeit aus, gepaart mit einem hohen Maß an Demut.“*

Er war ungefähr 1,65 m groß, schien etwa 28 Jahre alt zu sein, hatte ein rundliches Gesicht, eine ungewöhnlich hohe Stirn und große, grün-graue, leicht schräge Augen. Seine Wangenknochen waren betont, die Nase fein geschnitten, das Kinn glatt und ohne jede Spur eines Bartwuchses, seine Haut leicht gebräunt. Das lange Haar war sandfarbe und glänzte in der Sonne. Seine schokoladenbraune Uniform schien aus einem Stück zu bestehen: Oben weit mit enganliegendem, hochsitzendem Rollkragen und langen, weiten Ärmeln, die das Handgelenk mit einem engen Bund umschlossen, die Taille umgeben von einem 20 cm breiten Gürtel, die Hose weit und an den Knöcheln eng zusammengebunden. Der gesamte Overall wies einen gewissen Glanz auf und hatte weder Knöpfe noch Nähte, keine Reißverschlüsse und keine Taschen. Die burgunderroten Schuhe schienen aus einem sehr feinen und nachgiebigen Material zu bestehen und waren nach hinten hin geöffnet.

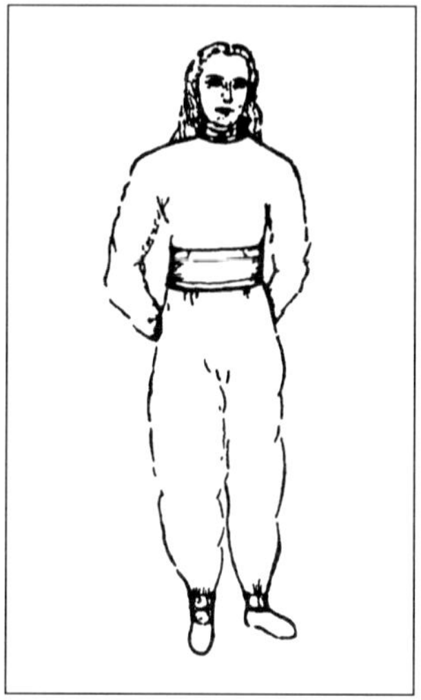

Zeichnung des „Besuchers“, wie ihn Lucy McGinnis durch das Fernrohr sah

„Woher kommen sie?“, sprach ihn der Professor an, doch der Fremde bewegte nur mit einer entschuldigenden Miene seinen Kopf. Er schien nicht zu verstehen. Also doch Telepathie. Der Professor stellte sich einen Planeten vor, zeigte auf die Sonne, die hoch am Himmel stand, sagte „Sonne“. Dann machte er einen Kreis um die Sonne, „Merkur“, einen zweiten, „Venus“, einen dritten, „Erde“ und zeigte auf den Boden. Der Fremde schien zu verstehen. Er zeigte auf die Sonne, machte einen Kreis, einen zweiten, zeigte dann auf sich. Der Professor war sich sicher, daß er damit sagen wollte, daß er von der Venus komme.

Seine zweite Frage, *„warum kommen Sie auf die Erde?“*, war ebenso von einer Reihe geistiger Bilder und der entsprechenden Zeichensprache begleitet. Der Fremde übermittelte den Eindruck, daß er in freundschaftlicher Absicht hier sei und an den Strahlungen oder Strahlungsgürteln der Erde interessiert sei. Ob das etwas mit den Atomexplosionen zu tun hätte, fragte der Professor, indem er ihm das Bild einer Atomexplosion übermittelte. Der Fremde bejahte. Sind diese gefährlich? Ja, antwortete er durch ein Kopfnicken, während sein Gesicht tiefes Mitleid auszudrücken schien. Er wies auf den Professor, eine Unkrautpflanze am Boden und die Erde selbst und deutete an, daß dies alles zerstört werden könnte.

Auf die Frage des Professors, ob er mit dem fotografierten kleinen Schiff gekommen sei, wies der Fremde auf einen nahegelegenen Hügel, über dem jetzt das glockenförmige Raumschiff schwebte. Der Professor, der das Objekt längst aus den Augen verloren hatte, war überwältigt. Der Fremde deutete ihm an, daß diese kleineren „Untertassen“ von größeren Mutterschiffen in die Erdatmosphären gebracht würden, daß sie durch Magnetismus auf der Grundlage des Gesetzes von Attraktion und Repulsion - Anziehung und Abstoßung - betrieben würden, daß es noch kleinere, unbemannte Scheiben gäbe und daß einige ihrer „Untertassen“ bereits abgestürzt seien, wofür allerdings die Erdenmenschen verantwortlich seien.

Auf die Frage, ob er an einen Gott glaube, antwortete der Fremde, es gäbe einen *„Schöpfer des Universums“*, aber unser Wissen um ihn sei sehr seicht. Es würden Außerirdische von verschiedenen Planeten zur Erde kommen, Raumreisen seien prinzipiell einfach und bei den Bewohnern anderer Planeten eine regelmäßige Erscheinung. Auch die Bewohner anderer Planeten seien prinzipiell menschenähnlich, denn die Grundform des Menschen ist universell, Unterschiede gäbe es nur in Statur, Größe und Hautfarbe. Auch ihre Körper wären sterblich, antwortete er auf eine weitere Frage des Professors, doch ihre Seelen, ihr Geist - wie der aller Lebewesen - sei unsterblich und würde sich ewig und durch zahlreiche Reinkarnationen hindurch weiterentwickeln - so habe er selbst einst auf der Erde gelebt.

Weiter erklärte er, es werde zu weiteren Landungen und Kontakten kommen, allerdings in näherer Zukunft nicht in bevölkerten Regionen, da zu viele Menschen in Panik geraten und einige möglicherweise die fremden Besucher „in Stücke reißen“ könnten. Und schließlich deutete er dem Professor an, daß es an der Zeit sei, zu seinem Schiff zurückzukehren. Als er ein paar Meter gegangen war, zeigte er immer wieder auf seine Fußabdrücke, betonte, daß diese wichtig wären.

Dann standen beide vor dem *„wunderschönen kleinen Fahrzeug, in der Form eigentlich mehr einer schweren Glasglocke als einer Untertasse ähnlich“*, deren Material eher kristallin und lichtdurchlässig als wie solides Metall erschien. Es schwebte über der Erde, drei Kugeln an der Unterseite, umgeben von einer Reihe kreisrunder Luken, bekrönt von einer Kuppel, aus der eine glühende weiße Kugel herausragte. Eine Windböe kam auf, das Objekt geriet ins Schwanken, und die sich an seiner Oberfläche spiegelnden Sonnenstrahlen verwandelten sich in bizarre Lichtsignale. Der Professor erschauderte vor Freude und innerer Erregung. Sein Blick streifte über jedes Detail des herrlichen kleinen Raumschiffes. In der Gewißheit, daß dies der wunderbarste und wichtigste Augenblick seines bewegten Lebens sei, versuchte er, so viel in sich aufzunehmen, wie er erfassen konnte.

Der Fremde warnte ihn noch, der Scheibe nicht zu nahe zu kommen, da war es geschehen: Seine rechte Schulter war unter die äußere Kante der Flansch geraten, sein Arm schnellte jäh empor, um sofort wieder gegen seinen Körper zurückgeworfen zu werden; er war jetzt völlig gefühllos. Es dauerte drei Monate, bis er wieder geheilt war. Doch seine größte Sorge betraf die Negativkassetten, die er in seiner rechten Jackentasche trug und die er sofort in seine linke Tasche umpackte. Darauf aufmerksam geworden, bat der Fremde um eine solche Kassette, deutete aber an, sie eines Tages wieder zurückzugeben. Alle Bitten des Professors, ihn oder das Schiff fotografieren zu dürfen, wies er ab, ebenfalls dessen Wunsch, die Scheibe betreten zu dürfen. Stattdessen verabschiedete er sich, ging um die „Untertasse“ - und war verschwunden.

Zurück ließ er einen einsamen Professor, der wehmütig dem glitzernden Raumschiff nachschaute, das über den Berggipfel hinwegglitt und schließlich am Horizont verschwand. *„Ich hatte das Gefühl, als sei ein Teil von mir selbst mit davongeflogen“*, schrieb er später, *„In mir war eine Leere wie nach dem Abschied von einem geliebten Menschen...“* Doch er mußte zurück, zu seinen Freunden, die die gesamte Begegnung und den Abflug des Objektes durch ihre Ferngläser beobachtet hatten und ihm bereits entgegenkamen. Dann hörte er ein lautes Dröhnen in der Luft: Eine große B-36 der US-Luftwaffe kam angedonnert, zog ihre Kreise über der Gegend und ver-

schwand in der Richtung, in die auch die Scheibe geflogen war. *„Welch ein Unterschied!“*, dachte sich der Professor. *„Das Dröhnen dieser Maschine stand in so krassem Gesensatz zu der Geräuschlosigkeit der beiden Raumfahrzeuge.“*
Er schaute auf seine Armbanduhr, es war 1.30 Uhr. Seine Begegnung mit dem Fremden aus einer anderen Welt mußte fast eine Stunde gedauert haben. Doch während er noch sinnierte, hatte Dr. Williamson bereits die Schuhabdrücke entdeckt und seine Frau gebeten, den Gips aus dem Wagen zu holen, den er als Anthropologe und Archäologe immer dabei hatte. Jetzt verstand auch der Professor, weshalb der Fremde immer wieder auf seine Schuhe gezeigt und ihre Wichtigkeit betont hatte:

Nahaufnahme eines Fußabdruckes des „Besuchers“

Die Abdrücke trugen seltsame Zeichen, die Dr. Williamson später als uralte heilige Symbole der Menschheit deuten konnte.

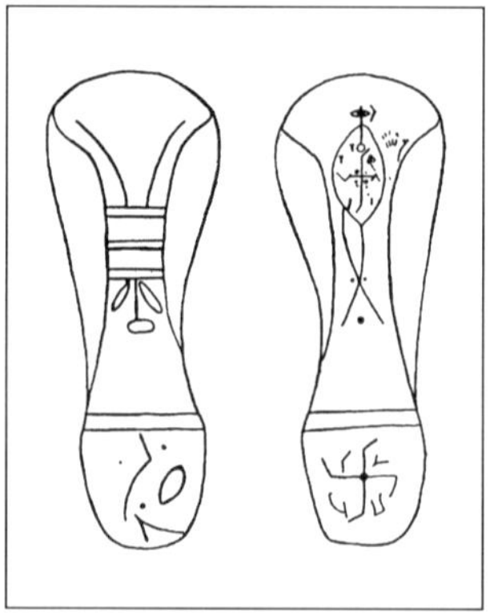

Zeichnung der Fußabdrücke

Im Desert Cafe von Desert Center erzählte ihnen der Professor eine halbe Stunde später die ganze Geschichte. *„Wir müssen die Presse informieren. Das ist ein historischer Augenblick“*, war Dr. Williamson überzeugt. Und da der Professor in der Einsamkeit der Berge lebte, war man sich einig, daß Williamsom die Sache in die Hand nehmen sollte.
Dem Professor waren derart „weltliche Angelegenheiten“ jetzt ohnehin ziemlich gleichgültig; seine Gedanken kreisten noch immer um den Besucher aus einer fremden Welt. Er hatte angekündigt, daß er ihm die Filmkassette zurückgeben wollte. Das hieße, er würde zurückkommen. Wenn er nur wüßte, wann...

Am 24. November 1952 berichtete die „Phoenix Gazette“ unter der Schlagzeile „Fliegender Untertassen-Passagier nennt Atombombe Grund für Besuch“ über die Begegnung in der Wüste. Eine Kopie des Artikels schickte ein Korrespondent dem britischen UFO-Forscher Sir Desmond Leslie, einem Großneffen Winston Churchills aus einer alten irischen Adelsfamilie. Leslie arbeitete zu diesem Zeitpunkt gerade an einem Manuskript über UFOs; und der Bericht des Professors erschien ihm so interessant, daß er ihn mit in dieses Buch aufnehmen wollte. Er schrieb nach Palomar Gardens und der Professor stimmte zu, für Leslie eine ausführliche Beschreibung der Ereignisse jenes denkwürdigen 20. Novembers 1952 zu verfassen.
Anfang 1953 erschien das Buch unter dem Titel *„Fliegende Untertassen sind gelandet!“*. Es wurde in wenigen Monaten zum Bestseller, allein in den USA

„Professor“ George Adamski vor einer idealisierten Darstellung des außerirdischen Besuchers, dem er am 20.11.52 begegnete

TO WHOM IT MAY CONCERN

We, the undersigned, do solemnly state that we have read the account herein of the personal contact between George Adamski and a man from another world, brought here in his Flying Saucer "Scout" ship. And that we were a party to, and witnesses to the event as herein recounted.

Alfred C. Bailey
Betty M. Bailey
George H. Williamson
Betty J. Williamson

State of Arizona,)
)- ss
County of Navajo.)

On this 6th day of March 1953, before me, C.D. McCauley, a Notary Public, in and for the County of Navajo, State of Arizona, personally appeared Alfred C. Bailey, and Betty M. Bailey, his wife, and Geroge H. Williamsen, known to me to be the persons whose names are subscribed hereto and acknowledged to me that they signed same for the purpose therein stated.

Given under my hand and official seal at Winslow, Arizona the day and year first above written.

My Com. Exp. 10-25-56

C.D. McCauley
Notary Public

Notariell bestätigte eidesstattliche Erklärung der Ehepaare Williamson und Bailey, dem „persönlichen Kontakt zwischen George Adamski und einem Mann von einer anderen Welt, hierhergebracht in seiner Fliegenden Untertasse," beigewohnt zu haben.

gingen über 100.000 Exemplare über den Ladentisch. Von nun an war der Name des Professors in aller Munde. Immerhin war „Professor" George Adamski der erste Zeitgenosse, der behauptete, einem Außerirdischen begegnet zu sein. Er wurde als Betrüger beschimpft, von Zeitgenossen lächerlich gemacht, von anderen bedroht und gilt bis heute als umstritten. Dabei gibt es eine Reihe von Indizien, die seine unglaubliche Geschichte gar nicht so unglaubwürdig erscheinen lassen. So gaben alle seine sechs Zeugen am 6.März 1953 vor einem Notar eine Eidesstattliche Erklärung ab, in der sie *„feierlich schwören, den Bericht über den persönlichen Kontakt George Adamskis mit einem Mann von einer anderen Welt, hierhergekommen in seiner ‚Fliegenden Untertasse', gelesen zu haben und daß wir dabeigewesen sind und Zeugen des Ereignisses waren, wie es im Bericht steht."*

AIR TECHNICAL INTELLIGENCE CENTER
WRIGHT-PATTERSON AIR FORCE BASE
OHIO

8 AUG [illegible]6

Mr. Richard Ogden
1233 Ninth Avenue West
Seattle 99, Washington

Dear Mr. Ogden:

In response to your letter of 18 July 1956 we are inclosing a summary of Project Bluebook Special Report #14, which was released [illegible] October 1955. The full report statistically covers all reports up to that date, including a report by an Air Force pilot on 20 November 1952 from the general vicinity of Desert Center, California. Special Report #14 is available for you to examine at USAF Information Serv[illegible] Office, Federal Building, Los Angeles, California.

An annual report, supplemental to Report #14, will be released [illegible] the near future. This report will contain a resume of analyses ma[illegible] since Report #14 was released.

There is no record that Mr. Adamski ever reported aerial phen[illegible] at any time or of any kind to this Center.

We appreciate your interest in aerial phenomena and in the US [illegible] Force.

Sincerely,

WALLACE W. ELWOOD
1st Lt., USAF
Assistant Adjutant

2 Incl
1. Summary of UFO info
2. DOD News Rel 1053-55

Bestätigung des ATIC, daß die Blue Book-Akten „den Bericht eines Luftwaffenpiloten vom 20. November 1952 aus der Gegend um Desert Center, Kalifornien" enthalten.

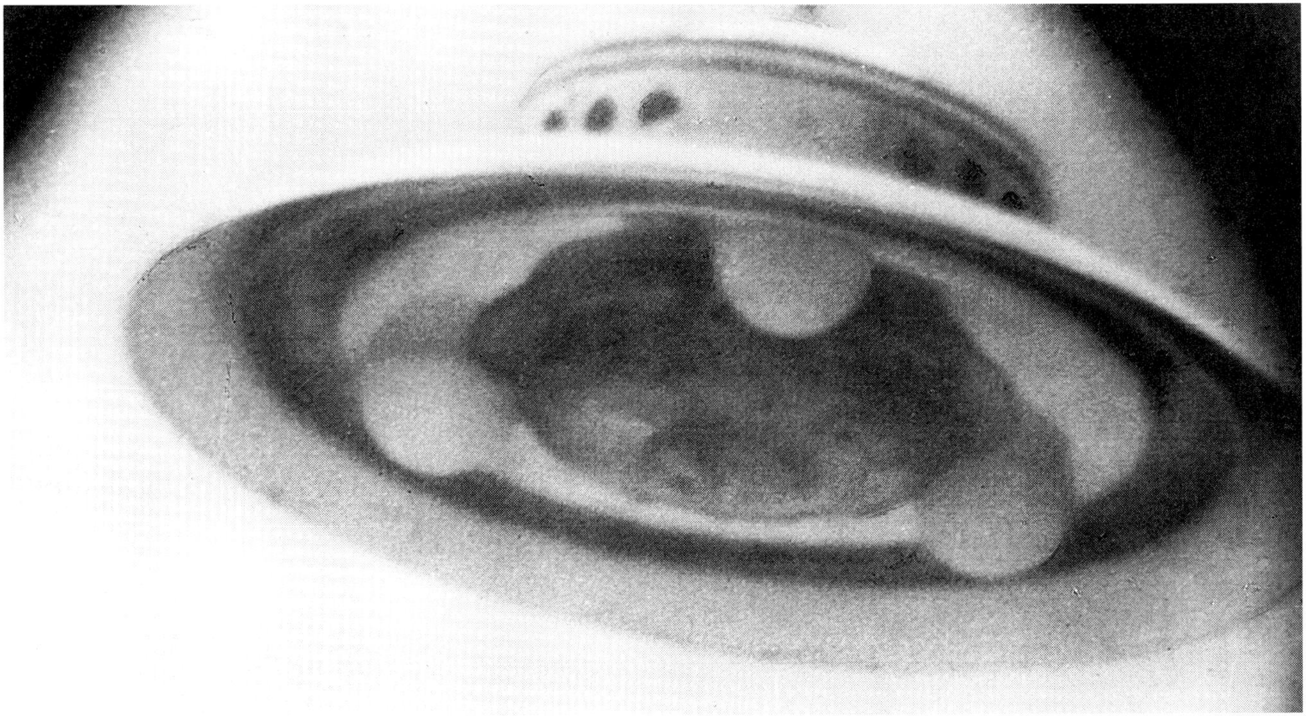

Drei Teleskopfotos, die George Adamski am 13. Dezember 1952 aufnahm, als das „Scoutschiff“ Palomar Gardens überflog

1956 schließlich fragte Richard Ogden aus Seattle/Washington bei der US-Luftwaffe an, wie es um Adamskis Behauptung stünde, eine B-56 der US-Luftwaffe sei dem UFO gefolgt, als es nach dem Kontakt davonflog. Die Antwort des „Lufttechnischen Nachrichtendienstes“ ATIC vom 3.8.1956 war eindeutig. Die Akten von „Project Bluebook“ enthielten *„den Bericht eines Airforce-Piloten vom 20. November 1952 aus dem Gebiet von Desert Center, Kalifornien“.* Damit hatte die US-Luftwaffe, hochoffiziell, zumindest diesen Teil von Adamskis Geschichte bestätigt.

Doch damit war sie noch nicht beendet. Am 13. Dezember 1952 flog die „Untertasse“ - Adamski nannte sie „Scoutship“, „Erkundungsschiff“ -, in die der Fremde am 20. November gestiegen war, im Tiefflug über Palomar Gardens. Ein lautes Aufheulen wie von einem Düsenjäger hatte ihn frühmorgens darauf aufmerksam gemacht, daß am Himmel etwas vorzugehen schien. Gegen 9.00 Uhr bemerkte er einen grellen Strahl am Himmel, dann erkannte er *„ein irisierendes, glasähnliches Gebilde von Fahrzeug, dessen helle Farbenpracht in der Morgensonne strahlte!“* Und es kam immer näher, bis auf 600 Meter Entfernung in nur 100 Metern Höhe. Sofort schoß Adamski vier Fotos durch sein Teleskop, bevor sich das Schiff wieder in Bewegung setzte. Dann glitt es über die Häuser von Palomar Gardens und warf über Adamskis Grundstück

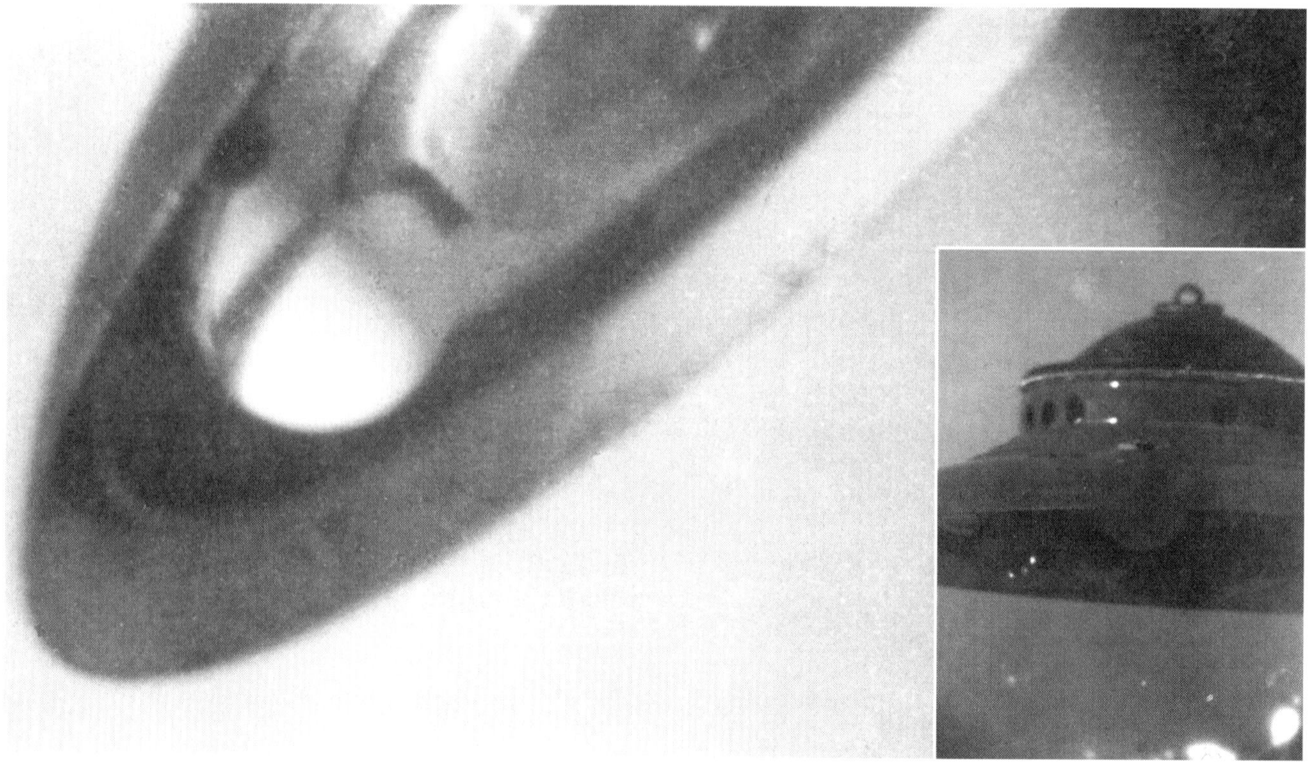

eine Filmkassette ab, bevor es eine kleine Schlucht überquerte und über den Wipfeln der Bäume im Morgendunst verschwand. Nur einem von Adamskis Nachbarn, dem Luftwaffen-Feldwebel Jerrold Baker, war noch eine Aufnahme der vorbeiflitzenden Scheibe gelungen.
Als Adamski seine Negative vom Fotohändler zurückbekam, war er mit den Ergebnissen recht zufrieden. Die Aufnahmen waren gestochen scharf, jedes Detail war erkennbar, besser als alles, was ihm bisher gelungen war. Auf der Kassette, die der Fremde abgeworfen hatte, waren mysteriöse Symbole aufgenommen, Hieroglyphen ähnlich.
In den folgenden Jahren sollte es die verschiedensten Versuche geben, sie zu entschlüsseln, doch erst 1958 wurde bekannt, daß der französische Archäologe Prof. Marcel Homet nahezu identische Zeichen im brasilianischen Dschungel entdeckt hatte.

Am 1. Juni 1953 fand im Veterans Administration Building in Washington D.C. eine Unterweisung amerikanischer Luftwaffen-Reserveoffiziere über „Fliegende Untertassen" statt. Den Vorsitz führte Luftwaffen-Presseoffizier Albert M. Chop, weitere Sprecher waren die Physiker Harold Sherman und Dr. Silas Newton und der Luftwaffen-Fotoexperte Pev Marley, der als Kameramann bereits für Hollywood-Projekte wie Cecil de Milles „Greatest Show on Earth" gearbeitet hatte. *„Sollten diese Aufnahmen gefälscht sein, so sind es die geschicktesten Trickaufnahmen, die ich je gesehen habe“*, kommentierte Marley die Adamski-Bilder, *„Die Schatten auf der Untertasse korrespondieren völlig mit den Schatten auf dem Boden, eine Doppelbelichtung ist also ausgeschlossen. Zur Anfertigung solch raffinierter Fälschungen wäre eine kostspielige Ausrüstung erforderlich, wie Adamski sie offensichtlich nicht besaß. Ich persönlich halte die Bilder deshalb für echt.“*

Grund genug für die US-Luftwaffe, den Behauptungen des Professors auf den Grund zu gehen. Wenn die „Scoutschiffe“, die fliegenden Untertassen, tatsächlich in jenen riesigen „Mutterschiffen“ zur Erde kamen, wie sie Adamski gesichtet und mehrfach fotografiert haben wollte, dann müßte es möglich sein, diese im Erdorbit zu lokalisieren. Und tatsächlich sorgte damals ein neuer UFO-Sichtungsbericht, der Adamski zu bestätigen schien, auch in höchsten militärischen Kreisen für Aufsehen.

Kurz vor der Morgendämmerung des 6. Dezembers 1952 war ein B-29 Bomber der amerikanischen Luftwaffe von einem Flug über dem Golf von Mexiko zu seinem Stützpunkt in Texas zurückgekehrt.
Die Besatzung hatte einen anstrengenden Nachtüberflug nach Florida hinter sich und dachte nur noch an die Heimkehr. Man flog bei hellem Mondlicht in 6000 Metern Höhe. Um 5.23 Uhr befand sich der große Bomber etwa 150 Kilometer südlich der Küste von Louisiana, als Hauptmann John Harter seinem Radaroffizier Leutnant Sid Coleman über Bordfunk die Anweisung gab, den Bordradar einzustellen. Zwei Minuten später beobachtete Coleman im Heck der Maschine den Hauptschirm und wartete auf das Erscheinen der Küstenlinie. Doch dann tauchte auf einer Seite des Schirms ein Objekt auf. Zuerst dachte sich der Radaroffizier nicht viel dabei, es konnte ein Flugzeug sein, bis der Wischer die nächste Umdrehung machte. Und jetzt sprang Coleman vor Erstaunen auf. In etwa einer Sekunde hatte das Flugobjekt 20 Kilometer zurückgelegt. Kurz darauf erschien noch ein zweites Bläschen auf dem Schirm, das sich in Richtung des ersten Objektes bewegte, das wiederum auf die B-29 zuraste. Es war gespenstisch. Einen kurzen Augenblick lang sah es so aus, als müßten beide unweigerlich zusammenstoßen, bis Colemen sah, daß die Kurse etwas voneinander abwichen. Er schnappte sich die Stoppuhr und rief nach Feldwebel Bailey, dem Flugingenieur. Ehe die Bläschen wieder verschwanden, errechnete er ihre Geschwindigkeit. Sie betrug exakt 7860 Stundenkilometer. Die beiden sahen sich sprachlos an, dann packte Coleman das Bordmikrophon und informierte Harter:
„Hauptmann - schauen Sie sich ihren Schirm an! Wir haben soeben einen Unbekannten mit über 7500 gestoppt.“
„Ausgeschlossen“, fuhr Harter ihn an, *„Gerät neu eichen!“*

Während Coleman sich an die Arbeit machte, blieb Bailey fasziniert vor dem Schirm sitzen. *„Da ist noch einer“*, rief er, *„Zwei!“*. Es dauerte nur noch den Bruchteil einer Sekunde, bis sich auch Leutnant Cassidy, der Navigationsoffizier, über Bordfunk meldete. *„Auf meinem Schirm sind sie auch!“* Als Coleman das Gerät geeicht hatte, vergingen nur noch wenige Momente, bis vier Bläschen über den Schirm rasten. Und dann ertönte auch Harters Stimme über den Funk: *„Ich habe vier Unbekannte in 12 Uhr-Position. Was haben Sie?“* *„Sie sind auf allen drei Schirmen“*, antwortete Coleman, *„Ich habe neu geeicht. Gerät ist in Ordnung“*. Jetzt verfolgte Hauptmann Harter ungläubig die Spur der über den Schirm springenden Bläschen. Eines näherte sich gefährlich der Steuerbordseite des Flugzeugs, und Harter funkte die Warnung durch: *„Unbekannter auf 3 Uhr-Position“*.

Im Heck sprang Bailey an das Steuerbordfenster und blickte hinaus in die Nacht. Überrascht nahm er ein blauleuchtendes Objekt wahr, das von vorne nach hinten an ihm vorbeiraste - in Sekundenschnelle. Kaum waren die Objekte verschwunden, erschien ein neues Geschwader auf allen drei Schirmen - Objekte, die mit 7500 km/h auf die Maschinen zuschossen. Den Fliegern blieb fast das Herz stehen. Zuerst dachten sie, es sei ein Angriff, doch dann beobachteten sie aufatmend, daß die Objekte blitzschnell in einiger Entfernung abbogen und am Nachthimmel verschwanden. Als die dritte Formation erschien, sah Bailey durch seine Luke zwei blauweiße Lichtkleckse vorbeijagen.
Plötzlich drehten die Untertassen ab und nahmen direkten Kollisionskurs auf die B-29. Harter stockte der Atem. Bei diesem unglaublichen Tempo konnten sie den Bomber in drei Sekunden eingeholt haben. Doch noch ehe er das Steuer herumreißen konnte, sah er, wie die heranjagenden UFOs ihr Tempo in Sekundenschnelle drosselten und langsam dem Flugzeug folgten, bevor sie abdrehten und rasch seitwärts abkurvten. Als Harter wieder auf den Schirm blickte, sah er etwas, das vorher noch nicht dagewesen war. Eine riesige Blase - etwa 2 Zentimeter im Durchmesser - war erschienen, die am Himmel schweben mußte. Die kleineren Maschinen rasten mit 7500 Stundenkilometern auf das gewaltige Raumschiff zu und vereinigten sich mit der Maschine. Dann beschleunigte das Mutterschiff und war im nächsten Augenblick vom Radarschirm verschwunden.

Nach wenigen Minuten erklang über Bordfunk die erschrockene, aber deutlich erleichterte Stimme Colemans: *„Hauptmann, haben sie das gesehen?“ „Ja, ich habe es gesehen“*, war die Antwort. *„Wir haben die Zeit gestoppt“*, erklärte ihm Coleman, *„Sie werden es nicht glauben - es machte über 13500 Kilometer in der Stunde“. „Doch, doch, ich glaube es schon“*, antwortete Harter grimmig, *„So was habe ich mir gerade gedacht“.*
Der Hauptmann informierte seinen Stützpunkt durch eine Funkmeldung. Bei der Landung warteten schon zwei Geheimdienstoffiziere auf die Besatzung der B-29, um ihre Beobachtung zu erfassen: Bald stand fest, was die Männer offensichtlich beobachtet hatten: Ein riesiges Mutterschiff mußte sich in die Erdatmosphäre begeben haben und hatte ein ganzes Geschwader von „Untertassen“ entlassen, die nach Erledigung ihrer Mission wieder zurückkehrten. Radarexperten der Luftwaffe kamen zu dem Schluß, daß das Mutterschiff eine Länge von mindestens 4000 Metern gehabt haben mußte.

Es schien sie also wirklich zu geben, diese riesigen „Mutterschiffe“. Es ging nur noch darum, ihre Positionen aufzuspüren.
Anfang 1953 experimentierten die Amerikaner erstmals mit den neuentwickelten Fernradarausrüstungen, mit denen Objekte bis in die Stratosphäre geortet werden konnten. Gleich bei den ersten Versuchen mußten die Luftwaffentechniker erstaunt feststellen, daß ein riesiges Objekt mit 25000 km/h Geschwindigkeit den Äquator zu umkreisen schien. Nachdem man die Geräte überprüft hatte, war klar, daß die Ortung korrekt sein mußte. Ein riesiges, unbekanntes Objekt umkreiste in 11000 Kilometern Höhe die Erde. Wenige Minuten später bemerkte man noch ein zweites Objekt, das in 700 Kilometern Höhe flog. Das Verteidigungsministerium wurde alarmiert.

Projekt „SKYSWEEP“ war geboren. Das Pentagon ordnete eine systematische Untersuchung des Himmels mit Teleskop und Kamera an, die unter der Tarnbezeichnung PROJECT SKYSWEEP (Himmelsjagd) vom Versuchsgelände White Sands/New Mexico aus durchgeführt wurde. Die Leitung wurde keinem Geringeren übertragen als dem damaligen Berater der

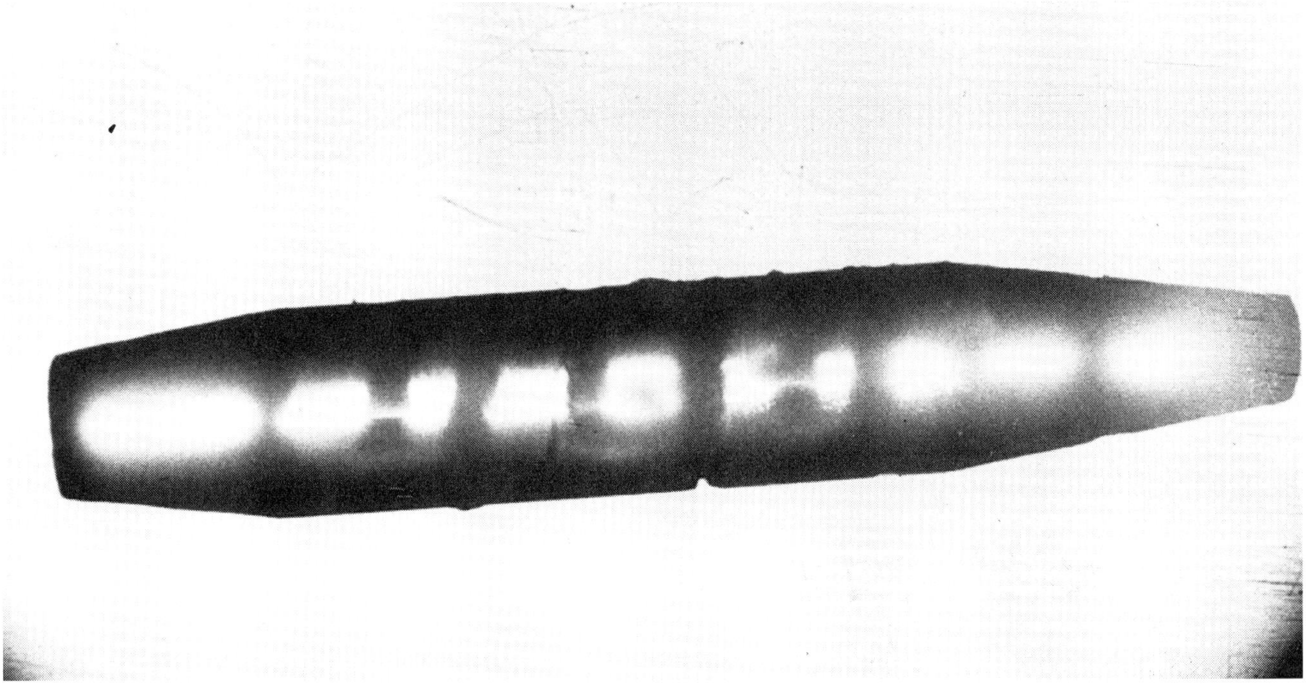

Teleskopaufnahme eines zigarrenförmigen „Mutterschiffes“ von G.Adamski vom 1.5.1952.

amerikanischen Regierung für Weltraumfragen, Professor Clyde Tombaugh, Amerikas Star-Astronom und Entdecker des Planeten Pluto.

Offiziell sollten die Astronomen nach natürlichen kleinen Erdsatelliten suchen, die man eventuell eines Tages als Plattform für spätere Raumfahrtunternehmen verwenden könnte. Das klang wenig glaubhaft, da sich das Verteidigungsministerium ansonsten wenig um derartige wissenschaftliche Forschungsprojekte kümmerte und auch ein so abgeriegeltes Gelände wie White Sands in der Regel nur militärischen Projekten zur Verfügung stand. Zudem wurden die genauen Ergebnisse des Projektes als „STRENG GEHEIM“ erklärt, man gab nur bekannt, daß zwei bisher unbekannte Himmelskörper entdeckt wurden, die die Erde umkreisen. Offiziell bezeichnete man sie als „Möndchen“, doch schon bald weigerten sich andere Astronomen, die beiden Körper als jahrhundertealte, permanente kleine Erdmonde zu akzeptieren. Sie wußten, daß diese Objekte noch nicht lange da waren.

Im August 1954 berichtete die Fachzeitschrift „AVIATION WEEK“ darüber, daß Professor Lincoln LaPaz, ein von der Regierung angestellter Experte für Meteorphänomene, die Sichtung zweier mysteriöser Satelliten bekanntgegeben hatte. Sie umkreisten die Erde in 640 und 960 Kilometer Entfernung. Kurz darauf wurde Dr. LaPaz vom Pentagon gezwungen, die Beobachtung zu leugnen. Auch von Tombaughs Entdeckung sollte man nie wieder hören, zumal die Satelliten Ende 1954 für einige Zeit spurlos verschwanden.

Erst in den nächsten Jahren tauchten sie periodisch wieder auf, wobei ihr Erscheinen von UFO-Sichtungswellen begleitet wurde.

Als der britische Luft- und Raumfahrtingenieur Thomas Roy Dutton, ein Mitarbeiter von „British Aerospace" im Ruhestand, Hunderte von UFO-Sichtungsdaten auf die Frage hin untersuchte, ob sie im Zusammenhang mit einem besonderen Planetenstand stattfanden, stieß er auf ein interessantes Muster: Sie traten in besonderen Zyklen auf, und das mit überraschender Regelmäßigkeit. Duttons Schlußfolgerung: Im Erdorbit sind 10 Mutterschiffe stationiert, von denen aus „Scoutschiffe" zu kurzfristigen Missionen starten, immer dann, wenn das Mutterschiff - entsprechend der 24-stündigen Drehung der Erde um ihre Achse - sich gerade über dem jeweiligen geographischen Raum befindet, in dem die Mission stattfinden soll.
Da Dutton auf diese Weise in der Lage war, gleich mehrfach die „Zeitfenster" von UFO-Beobachtungen über einer bestimmten Region korrekt vorauszusagen, ist sein Modell zumindest empirisch bestätigt.

Doch während diese Entdeckungen Adamski nur indirekt bestätigten, ist das stärkste Argument zu seinen Gunsten ein anderes. Zigarrenförmige „Mutterschiffe" und glockenförmige „Scouts", wie sie auf Adamskis Fotos von 1951 und 52 zu sehen sind, wurden seitdem immer wieder und in allen Ländern der Erde beobachtet, gefilmt und fotografiert.
Zwei dieser Aufnahmen stammten von einem dreizehnjährigen Jungen aus Coniston, Lancashire/ England, dem Arztsohn Stephen Darbishire. Darbishire hatte von seinem Vater zum Geburtstag eine kleine Kodak-Kamera geschenkt bekommen, die er an jenem 15. Februar 1954 mit sich nahm, als er, zusammen mit seinem 9-jährigen Cousin Adrian Meyer, auf den Hügel hinter dem Haus seiner Familie kletterte, zu dessen Füßen - auf der anderen Seite - der malerische Coniston-See lag, den er fotografieren wollte. Ein leichtes Summen hatte die beiden Jungen auf die glockenförmige Scheibe aufmerksam gemacht, die, *„als wolle sie landen"*, im Tiefflug und nur hundert Meter von ihnen entfernt über den Park jagte. Geistesgegenwärtig schoß Stephen zwei Fotos, bevor das Objekt hinter einem Hügel verschwand.

Foto von Stephen Darbishire, Coniston, England, 15.2.1954

„Es war ein festes, metallisches Ding", beschrieb er es später, *„es hatte eine Kuppel, Luken und drei Kugeln auf der Unterseite. Und irgendwie erschien es fast wie durchsichtig."* Die zwei Fotos sind zwar unscharf - in der Aufregung hatte Stephen vergessen, die Entfernung einzustellen - zeigen aber deutlich die leuchtende Struktur des Objektes, das dem Adamski-"Scout" gleicht wie ein Ei dem anderen. Das veranlaßte den britischen Ingenieur Leonard Cramp, den „Darbishire-Fall" gründlicher zu untersuchen. Er verglich beide Fotos - ein Bild des Jungen und eine der vier Adamski-

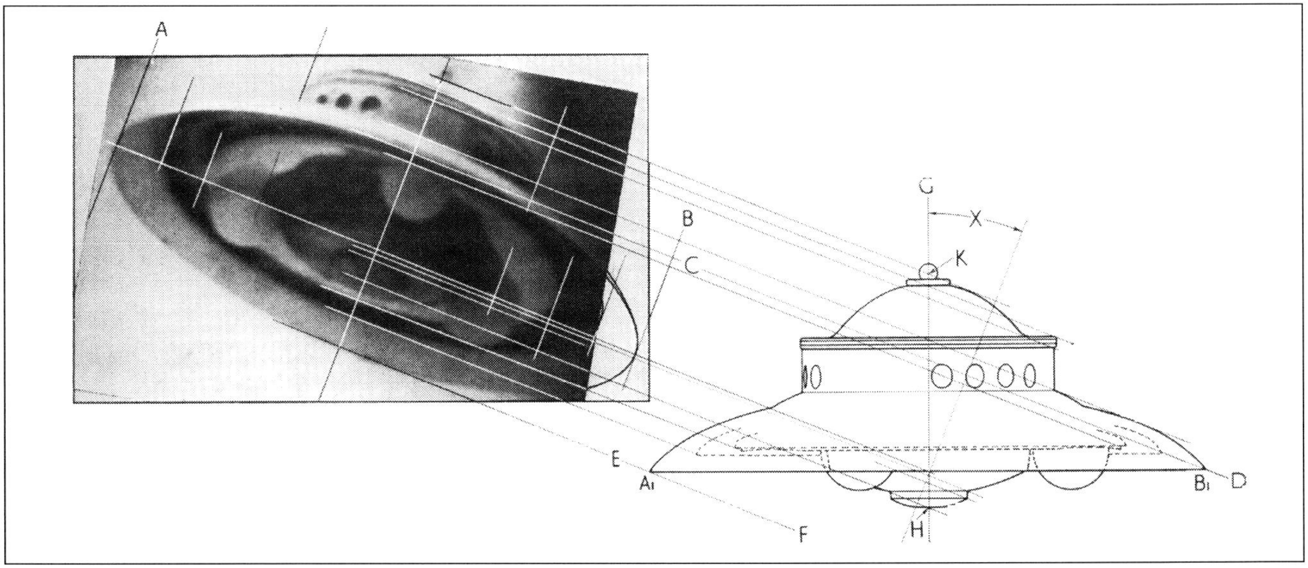

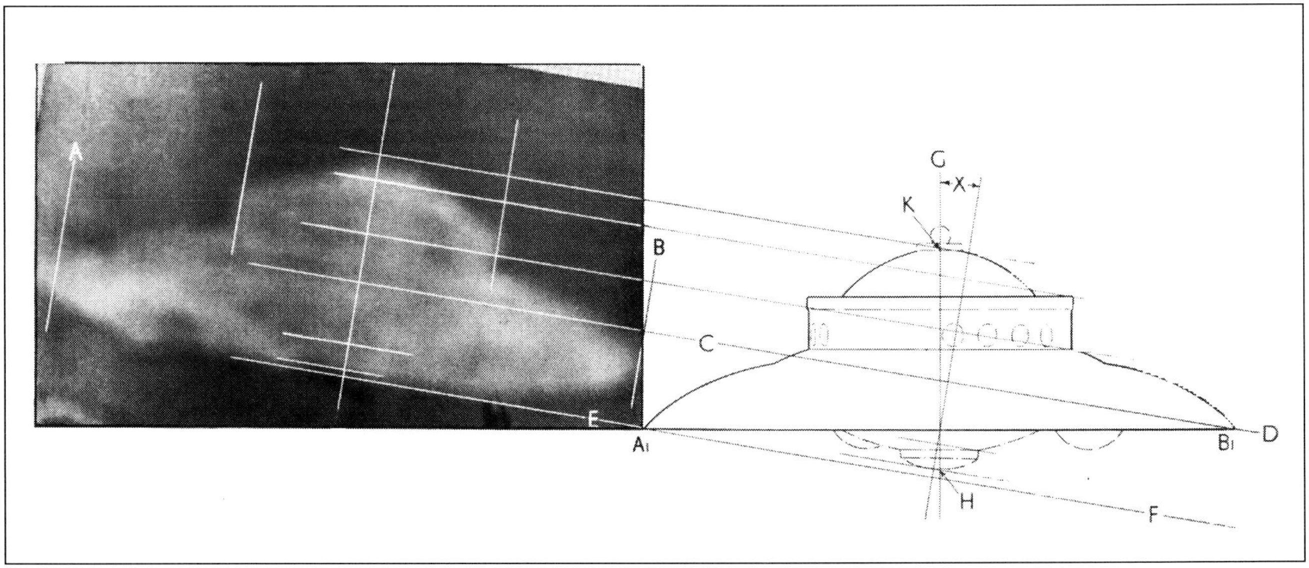

Der Ingenieur Leonard Cramp wies durch eine orthographische Projektion nach, daß die Proportionen der von Adamski und Darbishire fotographierten Objekte identisch sind.

Aufnahmen -, und untersuchte die Relationen der fotografierten Objekte durch eine orthographische Projektion. Die Übereinstimmungen waren so exakt und so verblüffend, daß nur eine Erklärung möglich war: Dasselbe Objekt wurde am 13.12.52 über Palomar Gardens, USA, und am 15.2.54 über Coniston, England, fotografiert. Und da auszuschließen ist, daß Adamski sein Modell über den Atlantik schickte, zu zwei Schuljungen, die von ihm nie zuvor etwas gehört oder gelesen hatten, ließ sich daraus nur folgern, daß beide Fotoserien authentisch sind.
Dieser Umstand wiederum faszinierte einen ganz besonderen „UFO-Fan", den Queen-Gemahl Prince Philip, Herzog von Edinburgh. Dieser ließ den jungen Stephen Darbishire bereits einen Monat nach dem Vorfall in den Buckingham-Palast laden, damit er seinem Adjutanten seine Sichtung ausführlich schildern konnte. Eine vollständige Aufzeichnung des Interviews ging dann direkt nach Australien, wo sich Prinz Philip zu diesem Zeitpunkt gerade aufhielt. *„Es gibt viele gute Gründe, aus denen man an die Existenz (der UFOs) glauben kann, es gibt so viele Beweise aus zuverlässigen Quellen"*, erklärte der Herzog von Edinburgh 1962 auf einem Dinner -und bestätigte dieses Zitat später schriftlich dem britischen UFO-Forscher Timothy Good- *„Das Buch ‚Fliegende Untertassen sind gelandet' (von Leslie und Adamski) bietet sehr viel interessantes Material."*

Tatsächlich gibt es aus dem Vereinigten Königreich sogar einen Polizeibericht von der Sichtung eines „Adamski-UFOs". Der Vorfall ereignete sich in den frühen Morgenstunden des 12. Dezembers 1978, eines frostig-kalten Wintertages, unweit von Skipton in der englischen Grafschaft North Yorkshire. Es war gegen 4.30 Uhr, als eine Polizeipatrouille einsam auf einer entlegenen Landstraße das Cononley-Moor passierte. Die Straße war dunkel, einzig erleuchtet von den Scheinwerfern des Polizeiwagens, in dem sich zwei Streifenbeamte befanden, am Steuer Police Sergeant Anthony Dodd, als Beifahrer Constable Alan Dale, der das Funkgerät bediente. Alles war still an diesem Morgen, eine Ruhe, die nur durch das monotone Brummen des Motors und gelegentliche Mitteilungen aus dem Funkgerät gestört wurde. Sergeant Dodd liebte diese fast mystische Stille, die Einsamkeit inmitten der kargen Natur einer ursprünglichen Landschaft, die Schatten der grauen Häuser, die sich vor kalten Winden schützend an die sanften Hügel Yorkshires drängten, die Steinwälle zwischen den Weiden, die seit Urzeiten das Land aufteilten. Es ist ein Land der Sagen und Legenden von Hexen und Erdgeistern und Irrlichtern, die den Wanderer in den Mooren in den sicheren Tod führten.

Polizeisergeant Anthony Dodd

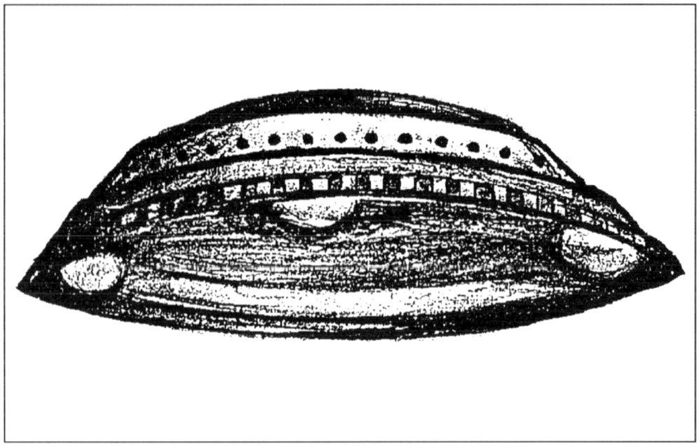

Detailzeichnung des Objektes,das Dodd während einer Streifenfahrt beobachtete.

Über ihm lag ein Zauber, den schon vor tausenden von Jahren die Vorgänger der Kelten gespürt haben mußten, wovon noch heute mächtige Opfersteine im Zentrum der Moore zeugen. Diese Faszination war es, die die Bewohner Yorkshires zu herben, wortkargen, verschlossenen und tiefsinnigen Menschen machte und die Sergeant Dodd immer wieder erlaubte, seine Gedanken schweifen zu lassen. Doch dann riß ein lautes, statisches Zischen und Knistern Sergeant Dodd jäh aus seiner Kontemplation, wurde so laut, daß es alle anderen Geräusche übertönte. Als er in eine Kurve einbog, entdeckte er zu seiner rechten ein helles, weißes Licht, das im Tiefflug auf sie zuzugleiten schien. Sofort dachten die beiden Polizisten an ein brennendes Flugzeug, Dodd fuhr den Wagen an den Straßenrand und beide stiegen aus, um zu sehen, wo es niederging und ob sie Hilfe leisten oder anfordern konnten. Doch es war kein Flugzeug. Vielmehr entpuppte sich das Licht als große, glühende Scheibe, die mit vielleicht 60 km/h über ihre Köpfe hinwegflog. Das Objekt war keine 30 Meter von ihnen entfernt, und so konnten die beiden Polizisten Details ausmachen. *„Es hatte eine Kuppel, die von Luken umgeben war. Seine Unterseite war umgeben von farbige Lichter, wie Neonlichter in blau, rot, grün und weiß, die in einer Sequenz blinkten, als würden sie rotieren. Und mittendrin hatte es drei große Kugeln oder Halbkugeln“*, erklärte mir Sgt. Anthony Dodd, als ich ihn im August 1991 für meinen Dokumentarfilm „UFOs: Die Beweise“ interviewte, *„es war ein riesiges Ding, fast 30 Meter im Durchmesser, und es flog völlig geräuschlos. Doch noch mehr waren wir davon fasziniert, daß das gesamte Objekt von einem hellen, weißen Glühen umgeben war, daß seine ganze metallische Struktur weiß zu glühen schien. Es flog langsam über uns hinweg und schien hinter einer Baumgruppe in einiger Entfernung zu landen, aber wir konnten das nicht mehr nachprüfen, denn das war zu weit von der Straße entfernt und mitten in den Mooren.“* Schweigend standen die beiden Männer noch minutenlang am Straßenrand. Ihre Blicke folgten noch immer dem UFO. *„Was, zum Teufel, war das?“*, beendete Constable Dale die Stille, als er langsam die feuchte Kälte spürte, die selbst durch seine wetterfeste Kleidung gekrochen kam. *„Ich weiß es nicht“*, antwortete Sergeant Dodd Minuten später, *„aber es war wunderschön.“* Er sollte diesen Moment in seinem Leben nie mehr vergessen. Fortan besorgte er sich alles an Literatur über UFOs, das er in die Finger bekommen konnte. Mehr noch, als er 1988 in den Ruhestand trat, beschloß er, sich fortan völlig seinem „kosmischen Hobby“, den UFOs zu widmen. Wie so viele Militärs und Polizisten, die einmal in ihrem Leben dem Unbekannten begegneten, ließ es ihn nie mehr los. Heute gehört Anthony Dodd zu den führenden britischen UFO-Forschern und hat mittlerweile auch Desmond Leslies/George Adamskis *„Fliegende Untertassen sind gelandet“* gelesen. Seine persönliche Begegnung mit einem UFO, das der „Adamski-Untertasse“ wie ein Zwilling glich, hat ihn davon überzeugt, daß Adamski echte UFO-Erlebnisse gehabt haben mußte.

Und noch etwas spricht für George Adamski: Er war der erste, der über seine Kontakte mit menschenähnlichen Außerirdischen sprach. Nach ihm behaupteten immer wieder Zeitgenossen, ähnliches erlebt zu haben. Das Zeitalter der „Kontaktler“ hatte begonnen...

8. DAS GEHEIMNIS DER „UNTERTASSEN“

Es dauerte nicht lange, bis ein zweites Buch von George Adamski auf den Markt kam. Es trug den Titel „Im Innern der Raumschiffe“, und sein Inhalt war noch weitaus phantastischer als „Fliegende Untertassen sind gelandet“. Denn jetzt behauptete der Professor nicht nur, Besuchern von einer fremden Welt begegnet zu sein; er will auch in „Scout-“ und „Mutterschiffen“ in den Weltraum geflogen sein, mit „Meistern“, spirituellen Lehrern außerirdischer Kulturen, gesprochen und einmal den Mond umkreist haben. Alles hätte begonnen, als er am 18.2.1953 den *„heftigen inneren Drang“* spürte, nach Los Angeles zu fahren.

In der Halle seines Hotels sprachen ihn zwei Männer in fließendem Englisch an, die sich als Außerirdische ausgaben, die unerkannt auf der Erde lebten, um die menschliche Zivilisation zu studieren. Er fuhr mit ihnen in die kalifornische Wüste, bis sie schließlich an eine Stelle kamen, an der das bekannte „Scoutschiff“ über dem Boden schwebte. Heraus trat jener Fremde, dem er am 20.11.52 begegnet war und der jetzt plötzlich englisch sprach. Er lud Adamski ein, an Bord zu kommen, und flog ihn in ein großes Mutterschiff, wo der Professor einen ersten Blick in den Weltraum warf. Dann führte man ihn zu einem „Meister“, der ihm erklärte, daß alle Welten im Universum bewohnt seien und daß es Planeten gäbe, die höher und die niedriger entwickelt seien als die Erde: *„Auf unserem Planeten und auch auf anderen Planeten unseres Sonnensystems ist die Lebensform, die ihr ‚Mensch‘ nennt, gewachsen und geistig und sozial über verschiedene Entwicklungsstufen fortgeschritten bis zu einem Punkt, der für euch Erdenmenschen unfaßbar ist. Diese Entwicklung wurde nur möglich durch die Beachtung der Naturgesetze, wie ihr sagt. In unseren Welten drücken wir das so aus: Dieses Wachsen ist geschehen durch Befolgen der Gesetze der Allerhöchsten Intelligenz, die Zeit und Raum regiert.“*

Für den, der diese Gesetze kennt, sei interplanetare Raumfahrt keine Schwierigkeit mehr. Statt wie unsere Flugzeuge gegen die Naturkräfte zu kämpfen, nutze sein Volk diese. Jedes Schiff habe sein eigenes Gravitationsfeld, das durch elektrische Energie gespeist würde, die *„überall im Universum vorhanden“* sei. Die drei Kugeln auf der Unterseite des Schiffes dienten dabei als *„Kondensatoren für die statische Elektrizität, die ihnen von dem magnetischen Pol im Zentrum der Scheibe zugeleitet wird.“*

Und wie schon der Fremde in der Wüste, so warnte auch der Meister vor der Anwendung der Kernspaltung. Denn die bei Versuchsexplosionen freigesetzte Strahlung könne *„eine Zersetzung bewirken, wodurch die Atmosphäre allmählich mit den tödlichen Elementen angefüllt wird. Die aus jenen Bomben freigewordenen Strahlungen reichen jetzt bis dorthin, weil sie leichter sind als eure Luft und schwerer als der eigentliche Weltraumäther“*. Die Folge einer Zersetzung der Schutzgürtel der Erdatmosphäre sei, daß *„ein großer Teil der Bevölkerung vernichtet, euer Ackerboden steril*

gemacht, eure Gewässer vergiftet und jegliches Leben für eine lange Zeit unmöglich gemacht“ werde. Erst heute, 20 Jahre nach der Entdeckung der Verdünnung des Ozongürtels über den Polen, sind wir in der Lage, diese 1955 veröffentlichte Warnung zu verstehen.
Auch Adamskis Beschreibung des Weltraums als *„völlig dunkel. Es zeigten sich jedoch um uns herum Erscheinungen, als ob Billionen und aber Billionen Leuchtkäfer um uns herumflögen nach allen Richtungen, so wie Glühwürmchen es tun“*, wurde erst bestätigt, als Astronaut John Glenn 1962 die „Glühwürmchen“ beschrieb, die seine Mercury-Kapsel umgaben: *„Ich bin in einer Menge sehr kleiner Teilchen, die strahlend leuchten, sie schwirren um die Kapsel, in allen Richtungen.“* (Weitere Bestätigungen siehe: Michael Hesemann, UFOs: Die Kontakte, München 1990).

Der Straßenbauarbeiter Truman Bethurum behauptete, im Juli 1952 in der Wüste von Nevada einer außerirdischen Besatzung begegnet zu sein.

Adamski war nicht der einzige, der behauptete, menschenähnlichen Außerirdischen begegnet zu sein. 1954 erschienen gleich zwei weitere Bücher sogenannter Kontaktler. Truman Bethurum, ein einfacher Straßenbau-Arbeiter, will bereits im Juli 1952 auf der Mormon Mesa in der Wüste von Nevada die Besatzung eines gelandeten UFOs getroffen haben. Acht oder zehn „kleine Männer“ in Uniform, so Bethurum in seinem Buch „An Bord einer Fliegenden Untertasse“, hätten ihn nachts aus dem Lastwagen geholt, in dem er schlief,

Zeichnung des UFOs nach Truman Bethurum

und zu ihrem gelandeten Raumschiff gebracht, einer hundert Meter breiten Scheibe *„wie aus Stahl“*. Dort begrüßte ihn ihre Kommandantin, eine schöne, kleine, schwarzhaarige Frau, die sich als „Aura Rhanes“ vom Planeten Clarion *„auf der anderen Seite des Mondes“* vorstellte. In weiteren Begegnungen faszinierte sie ihn durch Erzählungen von ihrer idyllischen Welt ohne Kriege und der Sorge ihres Volkes um die Zukunft der Menschheit, die gerade begonnen hätte, mit Atombomben zu experimentieren, ohne sich der damit verbundenen Gefahren bewußt zu sein.
Die Zusammenkünfte mit der Außerirdischen veränderte sein Leben. Nach Erscheinen seines Buches wurde Bethurum zumindest in UFO-Kreisen zur Berühmtheit, reiste durch das Land, sprach auf Kongressen und warb für Mitglieder einer Kommune, des „Heiligtums der Gedanken“, angeblich auf Weisung von Aura Rhanes. Er ging so sehr in seinem neuen Leben auf, daß seine Frau die Scheidung einreichte - und, gewiß ein Präzedenzfall in der Rechtsgeschichte, die Dame vom Planeten Clarion als Scheidungsgrund angab.

Der zweite „Kontaktler“, der 1954 an die Öffentlichkeit ging, war von ganz anderem Kaliber. Dr. Daniel W. Fry war ein hochkarätiger Wissenschaftler, ein Raketeningenieur, der als Vizepräsident der „Crescent Engineering Company“ und Leiter der Forschungsabteilung diverse Geräte für das Leitsystem der Atlas-Trägerrakete entwickelte. Zuvor war er bei der „Aerojet General Corporation“ tätig gewesen, einer Vertragsfirma der US-Regierung, für die er Instrumente für die Leit- und Kontrollsysteme von Versuchsraketen auf dem Hochsicherheits-Raketentestgelände von White Sands, New Mexico, installierte. Von dort aus wollte er am Abend jenes 4. Juli 1950 mit dem Bus zu den Feiern zum amerikanischen Unabhängigkeitstag nach Las Cruces fahren, doch er hatte den letzten Bus verpaßt und wanderte, den Sternenhimmel betrachtend, durch die Wüste.

Der Raketentechniker Dr. Daniel Fry will am 4. Juli 1950 in einer „Fliegenden Untertasse“ geflogen sein.

Nach einiger Zeit bemerkte er, wie etwas immer mehr Sterne verdeckte: Ein großer, dunkler, ovaler Flugkörper stieg langsam vom Himmel und landete schließlich nur zwanzig Meter von Fry entfernt. Während er dieses Wunderwerk einer ihm unbekannten Technologie bestaunte, lud ihn eine Stimme ein, an Bord zu kommen. Eine Schiebetür öffnete sich, er trat ein und setzte sich in eine Art Pilotensessel, während die Stimme ihm erklärte, daß das Schiff unbemannt sei, ein ferngelenkter Träger, von einem starken Gravitationsfeld angetrieben, das durch den verstärkten Fluß von Elektronen durch zwei Kraftringe erzeugt wird. Und während das Raumschiff seine Leistungsfähigkeit demonstrierte, indem es mit 13000 Stundenkilometern

Drei Einzelbilder aus einem UFO-Film, den Fry 1964 in Merlin, Oregon aufnahm

Geschwindigkeit in 30 Minuten nach New York und zurück flog, stellte sich der anonyme Sprecher Fry vor. Sein Name sei A-lan, sein Volk würde in riesigen Raumschiffen *„unabhängig von irgendwelchen Planeten“* durch das All gleiten, stamme aber ursprünglich von der Erde. Dort, so A-lan, hätte es schon einmal eine technische Zivilisation gegeben, zu Zeiten von Atlantis und Lemuria, von der seine Vorfahren rechtzeitig flüchten konnten, bevor sie sich schließlich selbst vernichteten. Um ähnliches zu verhindern, seien sie jetzt hier, führte A-Lan beim nächsten Kontakt aus, einer *„elektronischen Funkübertragung“*, die am 28.4.1954 in Frys Ferienhaus in den Bergen von Oregon stattfand, denn *„die Zukunft eurer Kinder hängt größtenteils vom Erfolg oder Mißerfolg eurer eigenen Anstrengungen ab“*. Die *„materielle Wissenschaft“* auf der Erde sei überentwickelt, wie ein *„riesiger, massiver und überragender Bau“*, die Geistes- und Sozialwissenschaften dagegen völlig vernachlässigt. Würden sie nicht in Zukunft verstärkt gefördert, würden nicht Philosophie und gegenseitiges Verstehen den Platz einnehmen, den bislang Naturwissenschaft und Technik innehaben, drohe der *„Zusammenbruch eurer Zivilisation“.*

Seine Bücher „Erlebnis von White Sands“ und „A-lans Botschaft an die Menschheit“ machten Fry zu einer Kultfigur in der amerikanischen UFO-Bewegung, und als er 1954 auf der „Ersten jährlichen Fliegende Untertassen-Tagung“ in Los Angeles sprach, waren selbst Kritiker von seiner *„soliden Erscheinung und ... dem hohen philosophischen Niveau seiner Botschaft“* beeindruckt, wie der Reporter der „Los Angeles Daily News“, Paul Weeks, einräumen mußte.

Auf dieser Konferenz sprach auch George Van Tassel, ein Flugzeugbauingenieur, der einen kleinen Wüstenflughafen am Giant Rock bei Yucca Valley in der kalifornischen Mojave-Wüste unterhielt. Eines Nachts im August 1953, die Van Tassel wie immer im Sommer im Freien verbrachte, war er von einem Außerirdischen namens Solganda geweckt und in ein 12-Meter breites Raumschiff gebracht worden, das dem glich, das George Adamski fotografiert hatte. Durch das Erlebnis und eine Reihe medial empfangener Botschaften war auch Van Tassel zu einer Berühmtheit in der frühen UFO- und Kontaktlerszene geworden. Seit er 1955 jeden Sommer zur „Flying Saucer Convention“ am Giant Rock einlud, hatten die UFO-Enthusiasten ihr neues Mekka und strömten fortan zu Hunderten in die kalifornische Wüste, um die neuesten Geschichten der Kontaktler zu hören.

Da war Dick Miller, der sich mit Dr. George Hunt Williamson zusammengetan hatte und zuerst Funkbotschaften, dann telepathische Durchgaben der „Weltraumbrüder“ empfing. Oder der Bauer Buck Nelson, der behauptete, auf seiner Farm würden sich Venusbewohner nur so tummeln, und als Beweis die Haare eines außerirdischen Hundes verkaufte. Es war ein bunter Zirkus aus UFO-Gläubigen, Okkultisten, Medien, Scharlatanen, Opportunisten, Suchern, Wundersüchtigen und echten Zeugen phantastischer Erfahrungen der außerirdischen Art, der sich da jährlich inmitten der kalifornischen Wüste traf.

Howard Menger 1957

Erst im Sommer 1957 trat ein junger Mann in Giant Rock auf, der eine Geschichte präsentierte, die auch die Skeptiker unter den 600 Zuhörern hellhörig machte. Er war von der Ostküste, aus New Jersey, wo Van Tassel ihn in einer Radio-Talkshow zum UFO-Thema kennengelernt hatte. Seine erste Begegnung will der junge Mann, Howard Menger, mit zehn Jahren auf der

Farm seiner Eltern bei High Bridge, New Jersey, gehabt haben, als ihm eine *„schöne Frau mit goldenen Haaren“* erschien, ihm erklärte, daß sie *„von sehr weit gekommen“* sei und daß sie und ihre Leute *„immer in deiner Nähe sein und dich führen“* würden. Nach dem Krieg wieder in High Bridge, erlebte der gelernte Schildermaler 1946, wie ein pulsierender Feuerball am Himmel erschien, langsam näherkam und schließlich über einem Feld schwebte. Das Pulsieren ließ nach, erkennbar wurde ein metallisches, glockenförmiges Fahrzeug, das ringsherum Luken hatte. Wie die Irisblende einer Kamera öffnete sich eine Tür, zwei Männer stiegen heraus, bekleidet mit blaugrünen, skianzugähnlichen Uniformen. Ihr langes, blondes Haar wehte im Wind. Dann trat eine schöne Frau heraus, ähnlich gekleidet und ebenfalls blond. Es war dieselbe Frau, der Menger in seiner Kindheit begegnet war.

Sie hatte sich nicht verändert in den letzten 14 Jahren. *„Wenn wir nach den Gesetzen unseres Schöpfers leben, werden wir mit Langlebigkeit gesegnet“*, erklärte sie ihm in perfektem Englisch, doch auch der Tod sei nur eine Illusion oder besser: ein Wechsel von einem Daseinszustand zum anderen. Menger war fasziniert von der Schönheit, Weisheit und Ausstrahlung der Frau aus einer anderen Welt.

„Du wirst fortan noch häufiger Kontakte mit uns haben“, versprach sie ihm, *„die dich belehren und in den richtigen Zustand bringen und immer geeigneter machen. Jeder Kontakt wird ein Schritt vorwärts in deiner Entwicklung sein. Ein Kontakt wird sich zum Beispiel mit Ernährungsfragen befassen, andere wiederum mit sozialen Problemen. Du wirst vieles über unsere Technologie und Wissenschaft von bestimmten Leuten unseres Volkes erfahren. Du wirst lernen, deine eigenen mentalen Kräfte zu entwickeln und zu gebrauchen, und du wirst selbst viele Menschen in den Universalgesetzen unterweisen. Aber das wird erst in zehn Jahren soweit sein. Erst dann darfst du an die Öffentlichkeit gehen...“*

Ob er diese Aufgabe übernehmen wolle, fragte sie Howard, und als der junge Mann zustimmte, verabschiedete sie sich. Sie machte kehrt, ging zum Schiff und stieg, gefolgt von den beiden Männern, ein. Die Öffnung schloß sich, das Fahrzeug stieg senkrecht in die Höhe. Als es sich etwa hundert Meter über dem Boden befand, verschwand es mit einem Lichtblitz in westlicher Richtung.

Es dauerte ein paar Wochen, bis Menger sein Erlebnis verarbeitet hatte. Dann, im Herbst 1947, betrat ein junger Mann in geschmackvoller Kleidung seinen Schilderladen, gab sich als Grundstücksmakler aus, begann ein längeres Gespräch und unterbrach es schließlich: *„Howard, wir wissen, daß du die Kontakte mit unseren Brüdern geheim hältst, wie du instruiert wurdest.“* Er, gab er sich zu erkennen, sei einer von „ihnen“ und würde schon seit einiger Zeit unerkannt auf der Erde leben. Er wolle Menger einen Platz zeigen, ein abgelegenes und von Wäldern umgebenes Feld, nicht allzu weit von High Bridge entfernt, *„wo keinem durch die elektromagnetische Kraft, die unsere Fahrzeuge ausstrahlen, ein Schaden zugefügt wird.“* Was für eine Gefahr er meinte, fragte Menger. *„Sogar ein kleines unserer Fahrzeuge wird alles Elektrische außer Betrieb setzen, das elektrische System eines Autos ebenso wie Radioapparate... die Ursache dessen ist ein elektromagnetisches Fließen oder ein elektromagnetisches Feld, das um das Fahrzeug kreist.“*

Auf diesem Feld - Menger nannte es fortan „Feldplatz Nr. 2“, weil hier die zweite UFO-Landung stattfinden sollte - traf er fortan seine Freunde aus dem Weltraum. Oft war er dabei, als Außerirdische, die auf der Erde leben, für ihre Mission ausgestattet oder wieder abgeholt wurden. *„Du weißt, Howard“*, hatte einer von ihnen erklärt, *„eine Menge unserer Leute leben unter euch, sie beobachten und helfen, wo immer sie können. Sie sind in allen Lebensbereichen, arbeiten in Fabriken, Büros oder Banken. Manche von ihnen sind*

Silhouette eines Außerirdischen vor dem glühenden Raumschiff. Foto von Howard Menger, 1956

in leitenden Stellungen, in den Gemeinden, in der Regierung. Andere mögen Putzfrauen sein oder Müllmänner...“ Der Alptraum der Generäle am SHAPE-Headquarter war zumindest für Howard Menger Realität.

Die Außerirdischen kommen zur Erde, so Menger, weil sie uns helfen wollen, eine neue Stufe in unserer Evolution zu erreichen, ein kosmisches Bewußtsein. Wir müßten als Gesamtmenschheit erwachsen werden, lernen, daß wir alle eins sind, Kinder der Erde - nur so ließe sich die Zerstörung unseres Planeten verhindern. Sie fühlen sich mit uns verbunden, weil sie zur selben Spezies gehören, sich damit als unsere „älteren Verwandten“ definieren. Längst haben sie hohe Politiker und bekannte Persönlichkeiten kontaktiert, die sich aber weigerten, darüber zu sprechen, weil das das irdische Wirtschaftssystem in Unordnung bringen würde.

„Die Kenntnisse, die sie dadurch gewinnen könnten, schildern ihnen eine ganz andere und von der eurigen verschiedene Lebensart... die meisten eurer mechanischen Energiequellen wären dann veraltet.“ Massenlandungen und große Schaustellungen würden nur zu Verwirrung, Hysterie und Panik führen, erklärten sie Menger, stattdessen bevorzugten sie eine Politik der sanften Annäherung: *„So ist es im Interesse der Menschheit besser, wenn wir uns in aller Vorsicht nähern. Wir kommen direkt zu den Menschen, die dazu reif sind, und die Menschheit wird sie so nach und nach kennenlernen, ohne Furcht, Panik und Zensur. Jede große Bewegung hat bisher beim Volk begonnen. “*

Tatsächlich gibt es Hinweise darauf, daß Mengers unglaubliche Behauptung, Außerirdische hätten Regierungsoberhäupter kontaktiert, wahr sein könnte. Jahrelang kursierte in der UFO-Literatur das Gerücht, daß US-Präsident Dwight D. Eisenhower 1954 Zeuge eines UFO-Kontaktes auf der Edwards-Luftwaffenbasis (damals Muroc AFB) in Kalifornien geworden sei. Dieses Gerücht fand Nahrung in der Tatsache, daß Eisenhower am 20. Februar 1954 während eines Besuches in Palm Springs, Kalifornien, nicht weit von Muroc, tatsächlich für einige Stunden aus dem Rampenlicht der Öffentlichkeit verschwunden war.
Offiziell war der Präsident damals nach Kalifornien gekommen, um Golf zu spielen, und dazu wohnte er auf der Ranch seines Freundes Paul R. Helms. Schon das war merkwürdig, war er doch erst fünf Tage zuvor von einem längeren Jagdausflug in Georgia zurückgekehrt. Was an diesem 20. Februar geschah, liegt offiziell weiterhin im Dunkel der Geschichte. Der Präsident jedenfalls war an diesem Tag weggefahren, ohne seine Leibwächter mitzunehmen. Am Abend breitete sich Unruhe unter den anwesenden Journalisten aus, die ersten Spekulationen entstanden, daß dem Präsidenten womöglich etwas zugestoßen sei. Als dann noch sein Pressesprecher James Haggerty mitten aus einer privaten Grillparty nach Smoke Tree abberufen wurde, um ein Statement abzugeben, steigerte sich die Spannung der Journalisten bis zum Zerbersten.
Im Presseraum des Mirador-Hotels enstand, was die „TIMES“ später als *„Demonstration journalistischer Massenhysterie“* bezeichnete. Der Vertreter der UNITED PRESS meldete, Eisenhower sei offenbar ernsthaft erkrankt, sein Kollege von der ASSOCIATED PRESS stach ihn aus mit der Nachricht, der Präsident sei tot. Er mußte dementieren, als Haggerty schlecht gelaunt aber in feierlichem Ton verkündete, Eisenhower hätte sich eine Zahnkrone an einem Hühnerbein ausgebissen, sein Gastgeber hätte ihn kurzerhand zum nächsten Zahnarzt, Dr. F. A. Purcell, gebracht. Die Presse gab sich mit dieser Erklärung schnell zufrieden, und niemand fragte, warum dieser Zahnarztbesuch einen ganzen Tag gedauert hat und warum er „bei Nacht und Nebel“, ohne Leibwächter, stattfinden mußte. Während Dr. Purcell dann am nächsten Abend auf einer eilig organisierten „Grillparty des Präsidenten“ als *„der Zahnarzt, der den Präsidenten behandelte“*, vorgestellt wurde, verweigerte 1979 seine Frau - Dr. Purcell war mittlerweile verstorben - dem Schriftsteller William L. Moore gegenüber jeden Kommentar. Das freilich war ein ziemlich seltsames Verhalten für die Frau eines Provinzzahnarztes, der eigentlich stolz gewesen sein mußte, *„den Präsidenten behandelt zu haben“.*
Aber es gab noch andere Indizien, die die offizielle Erklärung als ziemlich dubios erscheinen ließen. Sämtliche Akten und Dokumente aus der Amtszeit Eisenhowers befinden sich heute in der „Eisenhower Library“, darunter umfangreiche medizinische Berichte. Obwohl jeder Arztbesuch des Präsidenten peinlich genau vermerkt wurde, fand die ausgebissene Krone in der Akte „Zahnbehandlungen“ keine Erwähnung. Ein weiterer Ordner umfaßt all die zahlreichen Dankes-

briefe, die Eisenhower nach seinem Besuch in Palm Springs verschickt hat: Briefe an Menschen, die Blumen geschickt haben, Menschen, die mit dem Präsidenten Golf spielen wollten, ja selbst an den Priester, der die von „Ike“ besuchte Sonntagsmesse las. Was fehlte, war das kleinste Wort des Dankes an *„den Zahnarzt, der den Präsidenten behandelte“*. Die ganze Sache roch förmlich nach einer Deckgeschichte - doch wofür?

Am 16. April 1954 erhielt der Metaphysiker Meade Layne aus San Diego/Kalifornien einen Brief von seinem Freund Gerald Light vom US-Medienkonzern CBS. Was Light in diesem Schreiben schilderte, läßt die „Hühnerbein-Affäre“ tatsächlich als politisches Tarnmanöver erscheinen:

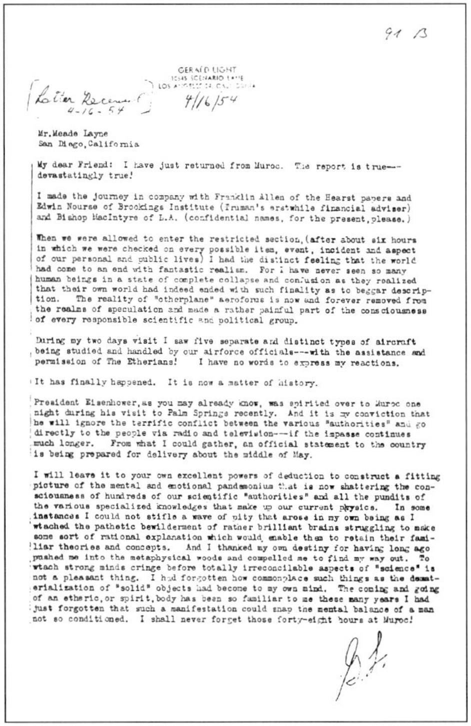

91 B

GERALD LIGHT
10545 SCENARIO LANE
LOS ANGELES [illegible] CALIFORNIA

[Letter Received 4-16-54]
4/16/54

Mr. Meade Layne
San Diego, California

My dear Friend: I have just returned from Muroc. The report is true---devastatingly true!

I made the journey in company with Franklin Allen of the Hearst papers and Edwin Nourse of Brookings Institute (Truman's erstwhile financial adviser) and Bishop MacIntyre of L.A. (confidential names, for the present, please.)

When we were allowed to enter the restricted section, (after about six hours in which we were checked on every possible item, event, incident and aspect of our personal and public lives) I had the distinct feeling that the world had come to an end with fantastic realism. For I have never seen so many human beings in a state of complete collapse and confusion as they realized that their own world had indeed ended with such finality as to beggar description. The reality of "otherplane" aeroforms is now and forever removed from the realms of speculation and made a rather painful part of the consciousness of every responsible scientific and political group.

During my two days visit I saw five separate and distinct types of aircraft being studied and handled by our airforce officials---with the assistance and permission of The Etherians! I have no words to express my reactions.

It has finally happened. It is now a matter of history.

President Eisenhower, as you may already know, was spirited over to Muroc one night during his visit to Palm Springs recently. And it is my conviction that he will ignore the terrific conflict between the various "authorities" and go directly to the people via radio and television---if the impasse continues much longer. From what I could gather, an official statement to the country is being prepared for delivery about the middle of May.

I will leave it to your own excellent powers of deduction to construct a fitting picture of the mental and emotional pandemonium that is now shattering the consciousness of hundreds of our scientific "authorities" and all the pundits of the various specialized knowledges that make up our current physics. In some instances I could not stifle a wave of pity that arose in my own being as I wtached the pathetic bewilderment of rather brilliant brains struggling to make some sort of rational explanation which would enable them to retain their familiar theories and concepts. And I thanked my own destiny for having long ago pushed me into the metaphysical woods and compelled me to find my way out. To wtach strong minds cringe before totally irreconcilable aspects of "science" is not a pleasant thing. I had forgotten how commonplace such things as the dematerialization of "solid" objects had become to my own mind. The coming and going of an etheric, or spirit, body has been so familiar to me these many years I had just forgotten that such a manifestation could snap the mental balance of a man not so conditioned. I shall never forget those forty-eight hours at Muroc!

G. L.

Der unglaubliche Brief von Gerald Light an seinen Freund Meade Layne

„Ich komme soeben von Muroc zurück. Dieser Bericht ist wahr - niederschmetternd wahr.

Ich unternahm die Reise in Gesellschaft von Franklin Allen von der Hearst-Presse, Edwin Nourse vom Brookings-Institut (Präsident Trumans ehemaligem Finanzberater) und Bischof McIntyre aus Los Angeles. Diese Namen sind vorläufig vertraulich zu behandeln, bitte.

Als wir das Sperrgebiet betreten durften (nachdem wir ungefähr sechs Stunden lang überprüft und nach jeder kleinsten Einzelheit, jedem Aspekt unseres privaten und öffentlichen Lebens befragt worden waren), hatte ich das deutliche Gefühl, das Ende der Welt sei gekommen, auf eine phantastische und realistische Weise. Denn ich habe niemals zuvor so viele Menschen in einem solchen Zustand kompletten Zusammenbruchs und absoluter Verwirrung gesehen; es scheint ihnen klargeworden zu sein, daß ihre eigene Welt tatsächlich mit einer solchen Endgültigkeit zu existieren aufgehört hat, daß es jeder Beschreibung trotzt. Die Realität von Flugkörpern einer ‚anderen Dimension‘ ist ein für alle Male aus dem Bereich der Spekulation verschwunden und auf schmerzliche Weise in das Bewußtsein jeder verantwortlichen wissenschaftlichen und politischen Gruppe eingedrungen.

Während meines zweitägigen Aufenthaltes habe ich fünf einzelne und deutlich verschiedene Typen von Flugkörpern gesehen, die von unseren Luftwaffenexperten studiert wurden - dank der Erlaubnis und Mithilfe der Außerirdischen! Ich finde einfach keine Worte, um meine Reaktion zu beschreiben. Aber es ist schließlich geschehen. Es ist eine historische Tatsache.

Präsident Eisenhower hat, wie Du vielleicht schon weißt, während eines kürzlichen Urlaubs in Palm Springs eines Nachts heimlich Muroc besucht. Und ich bin überzeugt, daß er sich über den fürchterlichen Kampf zwischen den verschiedensten ‚Autoritäten‘

hinwegsetzt und sich direkt über Radio und Fernsehen an die Menschen wenden wird, falls diese ausweglose Situation noch lange anhält. Soviel ich erfahren konnte, ist eine offizielle Stellungnahme in Vorbereitung, sie soll etwa Mitte Mai abgegeben werden.
Ich überlasse es Deiner eigenen ausgezeichneten Kombinationsgabe, Dir das rechte Bild von dem geistigen und emotionellen Inferno zu machen, das jetzt in den Köpfen von Hunderten unserer wissenschaftlichen ‚Autoritäten‘ und all der weisen Männer der verschiedensten Fachrichtungen unserer zeitgenössischen Physik herrscht. In manchen Fällen konnte ich eine Welle des Mitleids nicht unterdrücken, die mein Innerstes überflutete, als ich die sonst so brillianten Geistesriesen in pathetischer Verwirrung um eine rationale Erklärung ringen sah, die es ihnen erlauben würde, sich ihre vertrauten Theorien und Konzepte zu bewahren... Diese achtundvierzig Stunden in Muroc werde ich niemals vergessen! G.L.“
Während es zu der öffentlichen Bekanntgabe, auf die Light gehofft hatte, leider nie kam, sollte es in den folgenden Jahren immer wieder Hinweise geben, daß Präsident Eisenhower tatsächlich Zeuge einer Kontaktaufnahme durch Außerirdische geworden war. Als Sir Desmond Leslie den Vorfall im Sommer 1954 recherchierte, stieß er auf einen Luftwaffenangehörigen, der ihm bestätigte, daß *„Präsident Eisenhower während seines Urlaubs in Palm Springs auf Muroc war, um gelandete außerirdische Flugkörper zu besichtigen“.*
Der Schriftsteller Frank Scully, der sich 1954 ein Blockhaus oberhalb von Edwards gekauft hatte, erfuhr von einem seiner Zimmerleute, daß der Präsident tatsächlich „vor einigen Monaten“ die Luftwaffenbasis besucht hätte. Er sei nur verwundert gewesen, so der Schreiner, der ansonsten als Zivilangestellter auf der Muroc AFB tätig war, daß am nächsten Tage davon nichts in der Zeitung stand. Was der Anlaß des Besuches war, wußte er allerdings nicht.
Ende 1982 veröffentlichte dann ein Mitglied des britischen Oberhauses, der Earl of Clancarty, den ihm zugegangenen *„vertraulichen Bericht eines im Ruhestand befindlichen US-Spitzen-Testpiloten. Der Pilot“*, so der Lord, *„war einer von sechs Leuten, die bei Eisenhowers Zusammenkunft mit den Außerirdischen dabei waren. Er wurde als technischer Berater hinzugezogen... Fünf verschiedene fremde Raumschiffe landeten auf der Basis. Drei waren untertassenförmig, zwei zigarrenförmig... Während Eisenhower und seine Gruppe zuschauten, stiegen die Extraterrestrier aus und näherten sich ihnen. Die Fremden sahen ähnlich wie Menschen aus. Sie hatten etwa die gleiche Größe und waren gebaut wie ein durchschnittlicher Mensch und konnten die Luft atmen ohne Helm. Die Außerirdischen sprachen Englisch und sagten Eisenhower, sie wollten ein Erziehungsprogramm für die Menschen der Erde beginnen, um die Menschen über ihre Gegenwart zu informieren. Eisenhower sagte ihnen, er glaube nicht, daß die Welt darauf vorbereitet sei und habe Sorge, daß eine Bekanntgabe eine Panik auslösen würde. Die Fremden schienen zu verstehen und erklärten dann, sie würden weiterhin mit Einzelmenschen isolierten Kontakt aufnehmen, bis die Erdenmenschen an sie gewöhnt seien. Dann führten die Fremden dem wie gelähmt dastehenden Präsidenten ihre ehrfurchtgebietenden technischen Möglichkeiten vor... Der Pilot hat niemals zu irgendeinem Menschen darüber gesprochen, aber jetzt sind alle, die dabei waren, tot, außer ihm selbst.“*
Sieben Jahre später bezeugte Tarna Halsey, Frau von Commander Frank Halsey, dem Neffen des amerikanischen Kriegshelden und Fünf-Sterne-Admirals „Bull“ Halsey, daß Präsident Eisenhower ihr gegenüber in einem privaten Gespräch den Edwards-Kontakt bestätigt hätte. Nur wenige Monate zuvor, so Tarna Halsey, hätten Admiral Halsey und ihr Mann gemeinsam selbst ein UFO-Kontakterlebnis gehabt und dieses vorschriftsgemäß gemeldet. Bei einer späteren

UFO-Begegnung war auch Mrs. Halsey dabei. Nach der Landung auf der Muroc-Luftwaffenbasis ließ sich Eisenhower vom Stabschef der Streitkräfte eine Liste all jener ranghohen Militärs geben, die selbst UFO-Erlebnisse gehabt hatten, und dazu gehörten die drei Halseys. So lud der Präsident sie eines Tages zu einer persönlichen Unterredung ins Weiße Haus ein. Dabei ließ er sie wissen, daß auch er *„vor kurzem“* - er nannte weder den genauen Zeitpunkt noch den Ort - einen Kontakt mit *„diesen Fremden“* gehabt hätte und daß er jetzt von ihnen hören wolle, was sie erlebt hätten. Er hörte ihnen aufmerksam zu, als schließlich Tarna Halsey das Wort ergriff.

„Mr. President“, wandte sie sich an Eisenhower, *„Sie wissen, daß diese Dinge geschehen, wir wissen es, warum sagen Sie es nicht endlich der amerikanischen Öffentlichkeit? “ „ Meine Liebe “,* erwiderte „ Ike “, *„auch ein Präsident kann nicht immer, wie er will.“ „Aber Sie könnten doch einfach zum Abschluß Ihrer nächsten Kaminrede zum amerikanischen Volk sagen, ‚meine Damen und Herren, ich habe Ihnen eine Mitteilung zu machen‘, und sie all das wissen lassen, worüber wir in der letzten halben Stunde gesprochen haben.“ „Es tut mir leid, meine Liebe, aber das ist leider unmöglich“,* beendete Präsident Eisenhower das Gespräch.

Stattdessen arbeiteten der FBI und das Pentagon mit Kontaktlern zusammen, einerseits, um über sie indirekt an weitere Informationen über die Außerirdischen zu gelangen - aber auch, um zu kontrollieren, welche UFO-Beweise an die Offentlichkeit kommen und wie man auf sie reagiert. Einer der ersten, der mit der Regierung zusammenarbeiten sollte, war Howard Menger, auf den man schon 1951 aufmerksam geworden war.

Damals hatte Menger versucht, das, was er von den Fremden über den Antriebsmechanismus ihrer Raumschiffe lernen konnte, in die Praxis umzusetzen. Er glaubte, daß Gravitation ein Druck, erzeugt von auf die Erde„niederprasselnden“ kosmischen Partikeln, und keine Anziehungskraft sei. Wie können 60 Tonnen schwere Wolken scheinbar schwerelos durch die Atmosphäre gleiten? *„Nur durch eine Veränderung der Stärke des elektrischen Feldes“*, theoretisierte Menger. Ebbe und Flut, so glaubte er, entstünden nicht durch die Anziehungskraft des Mondes, sondern dadurch, daß er die Erde zeitweise bis zu einem gewissen Grad von kosmischen Partikeln abschirmt. Schwerelosigkeit im Weltraum käme daher, daß diese Partikel ein magnetisches Resonanzfeld brauchen, während sie von diesem entfernt richtungs- und daher wirkungslos umherschießen. Körper im Raum, gleich welcher Größe und Geschwindigkeit, bilden variable magnetische Felder. Der Magnetfluß ist eine Wirkung, die vom Strom energetisierter kosmischer Partikel bestimmt wird. Er erinnerte sich, wie einer der Besucher gesagt hatte: *„Wir benutzen die Energie des Atoms, indem wir das Elektron entziehen und es seinen Weg gehen lassen, bis die Natur es wieder an seinen Platz bringt, ohne daß etwas zerstört wird. Es ist ganz einfach nur ein Austausch.“* Er entdeckte, daß Starkstrom, der in extremer Geschwindigkeit in einen Kreis geleitet wird, ein Objekt in den Schwebezustand versetzen kann. Das elektrische Feld schirmt es vor den kosmischen Partikeln, d.h. vor der Schwerkraft, ab und erzeugt einen Ionisationseffekt, ein leichtes Glühen. Mit Hilfe von Isolatoren und Konduktoren konnte er die Elektrizität kontrollieren, die durch ferngesteuerte Batterien freigesetzt wurde. Das führte zur Entwicklung des „Elektroschiffes X-1“, einer 1,20 Meter großen, ferngesteuerten Versuchsscheibe.

Als das Modell fertiggestellt war, startete Menger es an einem Wochenende im Frühjahr 1951 zu einem Versuchsflug. Er wollte sehen, wie weit er gehen konnte, ließ es 200 Meter in die Höhe steigen, nach Osten schießen, nach Westen, als es plötzlich außer Kontrolle geriet. Es reagierte nicht mehr auf die Fernsteuerung. Das Modell, das zu bauen Menger über 10.000 DM gekostet hatte, war verloren.

Modell des "Elektroschiffes X-1", mit dem Howard Menger 1951 experimentierte

Zwei Wochen später kamen zwei Männer in seinen Schilderladen, in den Händen Metallstücke, die Howard sofort als Teile seines „Elektroschiffes" erkannte. Die Männer zückten ihre Kennkarte, erklärten, sie kämen vom FBI, der amerikanischen Bundespolizei. Das hier - sie zeigten auf die Trümmer - sei an der Grenze von Ohio und Pennsylvania abgestürzt, 1000 Kilometer westlich von High Bridge. Bauern hätten es für eine „fliegende Untertasse" gehalten und den FBI gerufen, doch eine gründliche Untersuchung ergab nicht nur, daß es aus auf der Erde hergestellten Elementen bestand, sie konnten auch über die Hersteller der Starkstrombatterie herausfinden, wer sie gekauft hatte - ein Mr. Howard Menger aus High Bridge, New Jersey. Sie verwarnten ihn, so etwas nie wieder ohne Genehmigung zu versuchen. Doch sie hatten auch Interesse an seiner Arbeit. Sie ließen sich sein Konzept gründlich erklären und fragten ihn, ob er bereit sei, mit der Regierung zusammenzuarbeiten - was Menger als Patriot stolz bejahte, und versprachen, auf ihn zurückzukommen. Doch es sollte neun Jahre dauern, bis es soweit war.

Zwischenzeitlich dauerten Mengers Kontakte, aber auch seine Verbindung zum FBI an. Seit 1956 erlaubten ihm die Fremden, Zeugen zu seinen Kontaktterminen mitzubringen. Anfangs waren es Nachbarn, dann UFO-Freunde aus New York und New Jersey, später kritische UFO-Forscher und schließlich ein FBI-Mann. Und was diese Zeugen erlebten, überzeugte selbst Skeptiker wie den Cambridge-Biologen Ivan T. Sanderson, der zu dieser Zeit die New Yorker UFO-Forschungsgruppe CSI (Civilian Saucer Intelligence) leitete. So beschrieben Nachbarn, daß oft *„seltsame Lichter"* über dem Menger-Grundstück erschienen. Eine Nachbarin schwor, im Beisein der Mengers *„drei fliegende Untertassen"* gesehen zu haben, von denen *„eine landete. Ein Mann stieg heraus, bekleidet mit einer Art Skianzug. Er kam bis auf 7 Meter auf uns zu, und Mr. Menger sprach mit ihm."* Einige Nachbarn und Besucher, die Menger zum „Feldplatz Nr. 2" mitnahm, wollen große„Raummänner" in leuchtenden „Ski-Pijamas" gesehen haben, andere sprachen von fluoreszierenden„Gedanken-Scheiben", zwischen 45 cm und 1,80 m im Durchmesser, die zwischen den Bäumen auf dem Waldboden lagen und laut Menger *„die Gedankenschwingungen der Besucher registrieren"* sollten.

Der Psychiater Berthold Schwarz, dessen Interesse an allen Bereichen der Parapsychologie ihn auch den Fall Menger untersuchen ließ, interviewte rund 30 dieser Augenzeugen. Der Vorfall, der ihn am meisten beeindruckte, ereignete sich, als Mengers 12-jähriger Sohn Robert 1957 mit einem Gehirntumor im Sterben lag. Verschiedene Zeugen, darunter Mengers erste Frau, ein Ehepaar, ein Ingenieur und ein Betriebswirt, die mit den Mengers öfter zusammenkamen, sahen eines Nachts *„einen mysteriösen blauweißen Lichtbalken"*, der über Roberts Bett erschien, *„pulsierte und immer heller wurde"*. Wenig später verabschiedeten sich die beiden Männer und das Ehepaar und gingen zu ihren Wagen, als sie *„vier Männer in leuchtenden*

Uniformen“ in nur hundert Metern Entfernung auf einem Hügel inmitten einer Weide stehen sahen. Es war eine Vollmondnacht, und so konnten sie die Männer genau beobachten, wie sie sich vor einer Gruppe von Bäumen bewegten, schließlich über einen Zaun *„hüpften“*, *„fast wie in Zeitlupe“*. Howard Menger saß zu diesem Zeitpunkt am Bett seines sterbenskranken Sohnes, seine Frau hatte die vier Besucher noch hinausbegleitet.

Als Dr. Schwarz die Zeugen 1971 interviewte, verglichen sie die Bewegungen der vier leuchtenden Personen mit den *„Känguruhsprüngen“* der Astronauten bei ihren Mondspaziergängen. *„Es steht völlig außer Frage, daß der Vorfall kein Schwindel war“,* rekapitulierte Dr. Schwarz, als ich ihn im November 1993 in Vero Beach, Florida, interviewte, *„alle Zeugen versicherten glaubwürdig, daß Menger gewiß nicht in der Stimmung zu einem so schlechten Scherz war. Zudem brachte man erst zehn Jahre später Hüpfbewegungen mit Astronauten in Verbindung. “*

Foto eines der Zeugen: Menger am ”Feldplatz 2“, im Südwesten erscheint ein Raumschiff

Ein weiterer von Dr. Schwarz interviewter Zeuge war ein promovierter Physiker, heute Professor der Physik und Leiter einer Abteilung der Physikalischen Fakultät der angesehenen Princeton-Universität. Menger hatte ihn zum „Feldplatz Nr. 2“ gefahren, als er eine fast einen Meter breite Scheibe am Boden sah, die ständig ihre Farbe veränderte. Bis auf zwei Meter Entfernung durfte er sich der Sonde nähern - Menger warnte ihn, sie aufgrund ihres elektromagnetischen Kraftfeldes nicht zu berühren. 20 Minuten lang beobachtete er ihr Verhalten, als plötzlich ein kleines Licht aus ihr aufstieg und sie minutenlang umkreiste. *“Ich war zutiefst beeindruckt“,* gestand der Physiker Dr. Schwarz, *„Ich werde es nie vergessen. Dieses Erlebnis erweckte meine Neugierde. Es hatte einen beachtlichen Einfluß auf mein weiteres Leben.“*

Als sich ein anderer Zeuge mit ein paar Freunden nachts einmal heimlich auf den „Feldplatz Nr. 2“ wagte, erlebte er, wie erst eine menschliche Stimme zu ihm sprach (*„Wer ist bei Dir, Rob? Hab keine Angst!“*), dann ein vier Meter hohes Leuchtobjekt in die Höhe schoß und eine kleine weiße Lichtkugel abwarf. In Panik liefen die Männer davon. Am nächsten Morgen kamen sie zurück und fanden gebrochene Äste, wo das Leuchtobjekt aufgestiegen war.

Andere Zeugen meldeten sich bei der populären Radioshow von „Long“ John Nebel, einer Art Larry King der späten 50er Jahre, auf dem Sender WOR in New York City. Nebel liebte es, kontroverse Persönlichkeiten einzuladen und mit ihnen die Nacht durchzudiskutieren, und Howard Menger war einer seiner beliebtesten Gäste. Am 10. Januar 1957 interviewte „Long John“ einen New Yorker Physiker, der mit den Mengers sowie einer jungen Dame und ihrer Mutter zu einer Waldlichtung gegangen war. Zuerst, so erzählte er, hätte er ein *„Licht“* gesehen, das *„zwischen den Bäumen glühte..., heller und heller wurde und ganz langsam pulsierte. Howard Menger sagte plötzlich, ‚Wartet hier‘ und ging auf das Licht zu. Er ging nicht sehr weit, es müssen etwa zwölf Meter gewesen sein, dann hielt er an, und wir hörten zwei männliche Stimmen miteinander sprechen.“* Die fremde Stimme klang eintöniger als Howard, die Unterhaltung dauerte viel-

leicht eine halbe Stunde, während der er die dunklen Schatten zweier Gestalten beobachtete.
Ein anderes Mal, im Sommer 1957, hatte sich Menger eine Filmkamera besorgt und war mit einer Gruppe von Zeugen, darunter einem FBI-Mitarbeiter, zum „Feldplatz Nr. 2“ gefahren. Es war gegen 21.30 Uhr, es dämmerte, und aus der Dämmerung erschien ein scheibenförmiges Objekt mit einer von leuchtenden Luken umgebenen Kuppel und drei Kugeln auf der Unterseite. Es näherte sich und landete schließlich in vielleicht 80 Metern Entfernung von den Zeugen vor einer Gruppe von Bäumen. Eine Luke öffnete sich, helles Licht strahlte aus dem Schiffsinneren, aus dem zwei Männer stiegen und den Eingang flankierten. Dann kletterte eine dritte Person aus dem Raumschiff, bekleidet mit einem dunklen Overall, kam auf Howard zu, der, die Filmkamera in der Hand, bereits vielleicht zehn, fünfzehn Meter auf das UFO zugegangen war. Als die Person nur noch sieben Meter von ihm entfernt war, erkannte Menger, daß es eine Frau war. Am Gürtel ihres steifen Raumanzuges trug sie ein Licht. Sie blieb stehen, berührte das Licht, das sich ausbreitete und schließlich ihren ganzen Körper umhüllte, dann war sie verschwunden. Menger war verwirrt. *„Wohin ist sie gegangen?“*, rief er zu den Männern hinüber, die noch immer vor dem Raumschiff standen. *„Sie ist wieder hier“*, antworteten sie. Dann kletterten auch sie wieder in das Schiff, dessen Luke sich schloß und das aufstieg, um in einem blendenden Lichtblitz am Himmel zu verschwinden.
Menger hatte schon viel mit den Fremden erlebt, aber das war einmalig. Noch immer raste sein Herz vor Aufregung, als er zu seiner Gruppe zurückkehrte. *„Habt Ihr das gesehen?“* Sie hatten. *„Howard, hast Du alles auf Film?“ „Das meiste!“. „Dieser Film wird jeden Zweifel an deiner Geschichte zerstreuen“. „Ja, ja“*, grummelte nachdenklich der FBI-Mann. Er wußte: Er mußte diesen Vorfall seinen Vorgesetzten melden. Und er ahnte, wie deren Anweisung lauten würde.
Eine Woche später kam die Gruppe erneut zusammen, um den Film zu sehen. Mit seiner Polaroidkamera nahm Menger ein paar Einzelszenen auf, um sie weitergeben zu können. Doch dann, als noch alle in andächtiger Stille darüber sinnierten, wie die Öffentlichkeit auf diesen neuen UFO-Beweis reagieren würde - eine Siegesstimmung, ein *„Ich habe es ja immer schon gewußt* - Stolz“ machte sich in ihren Köpfen breit -, erhob der FBI-Mann seine Stimme. *„Howard, ich habe eine schlechte Nachricht für Sie. Ich habe die ausdrückliche Anweisung, diesen Film zur Analyse nach Washington zu schicken.“* Während für die anderen fast eine Welt, zumindest aber die Illusion einer baldigen Bestätigung ihres Glaubenssystems unterging, nahm Howard es gefaßt auf. Er war ein eingefleischter Patriot, hatte im Krieg im Nachrichtendienst der US-Army gedient und wußte, was seine „vaterländische Pflicht“ war. Und irgendwie war er stolz, seinem Land dienen zu können.
Wenig später nahm ein Regierungsbeamter mit Menger Kontakt auf. Er fragte ihn, ob er bereit sei, *„seine Erfahrungen zum Nutzen unseres Landes und der Menschheit“* einzusetzen. Er solle über seine Erlebnisse ein Buch schreiben, das einen Teil seiner realen Erfahrungen beinhaltete, aber gleichzeitig ein Szenario, eine Vision von *„zukünftigen Ereignissen“* sei. Die Außerirdischen und die Kontakte sollten auf eine bestimmte Weise dargestellt werden, die den Menschen die Angst vor den Fremden nimmt und sie doch in eine ferne, geistige Welt projiziert. Alles, was mit Mengers „Elektroschiffen“ zu tun habe, sollte tunlichst verschwiegen werden. Ziel des ganzen Projektes sei es, *„die Reaktion der Menschen auf einen außerirdischen Kontakt zu testen“* - und sie in eine ganz bestimmte Richtung zu konditionieren. Das hieß: Viele Visionen, viele Botschaften, wenig Beweise, keine Hardware, keine Technologie. Menger willigte ein. Für ihn stand fest, daß die Regierung ihre „guten Gründe“ für ein solches Vorgehen haben mußte.

Sommer 1957: Ein UFO im Landeanflug ca. 15 Minuten vor Sonnenuntergang über einem ca. 30 m hohen Laubbaum am „Feldplatz#1“. Das Objekt landet, eine Eingangsluke öffnet sich, eine Rampe fährt heraus, helles Licht strahlt aus dem Inneren des Objektes. Eine Frau kommt aus dem UFO, geht auf Menger zu. Am Gürtel ihres Raumanzuges trägt sie ein Licht. Sie berührt es - und verschwindet. Vier Szenen aus einem 8mm-Film, den Menger in Gegenwart mehrerer Zeugen, darunter ein FBI-Beamter, aufnahm. Der Film wurde später vom FBI beschlagnahmt.

Und er ahnte sowieso, daß er nur ein Instrument war, benutzt wurde, ob nun von der Regierung oder den Fremden, wer oder was immer sie auch waren.

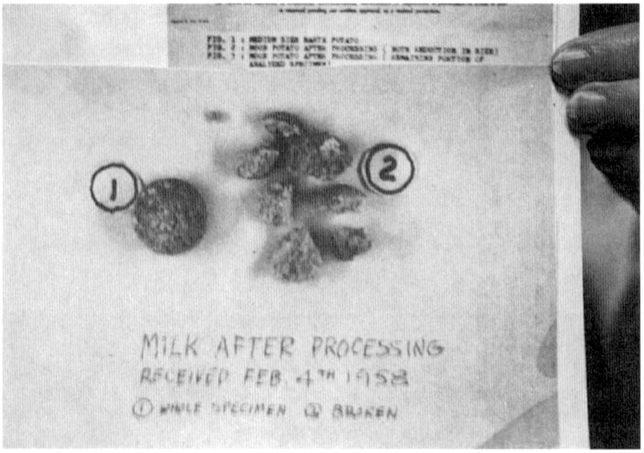

„Trockenmilchprobe“, die Menger von den Außerirdischen am 4.2.1958 erhielt

Als 1959 sein Buch „From Outer Space to You“ (Aus dem Weltraum zu euch) erschien, hatte Howard Menger weitaus mehr Beweise vorzuweisen als jeder andere Kontaktler vor ihm. Er hatte Dutzende Zeugen, Fotos und Filme, dehydrierte Pflanzen- und Milchproben (obwohl es auf der Erde 1959 die Technologie dazu noch nicht gab), darunter eine „außerirdische Kartoffel“, die fünf- bis sechsmal mehr Protein enthielt als jede irdische Kartoffel (nämlich 15,12 % statt 2-3 %) und Nahaufnahmen von der Mondrückseite, der Erde und dem Mars, die Menger auf einem Raumflug aufgenommen haben will, zu dem er im August 1956 eingeladen worden war. Die Mondfotos zeigen zahlreiche kleine Krater, die erst Jahre später von den sowjetischen Mondsonden fotografiert wurden, auf den Marsbildern ist ein riesiger Krater zu erkennen, wahrscheinlich der Krater Schiaparelli am Marsäquator, der offiziell 1976 von der Viking I-Sonde entdeckt wurde. Aufnahmen, die Menger auf seinen „Raumflügen“ 1956 gemacht haben will:

Die Erde durch die Luke des Raumschiffes

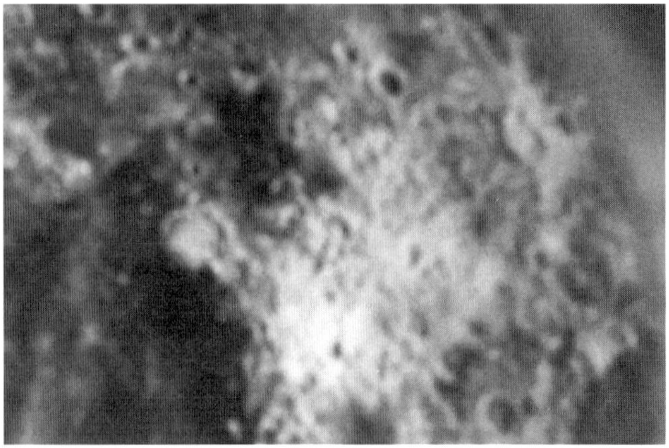

Kraterlandschaft auf der Mondrückseite

Doch all das brachte Menger kein Glück, im Gegenteil. Der Tod seines Sohnes hatte seine Ehe schwer belastet, der UFO-Rummel schadete seinem Schildergeschäft, er war zum Außenseiter geworden, und von den Tantiemen für sein mit 3000 Exemplaren Startauf-

Der Krater Schiaparelli am Marsäquator, von Menger fotografiert

lage (und letztendlich, in 2. Auflage, 5000 verkauften Exemplaren) bei einem kleinen UFO-Fachverlag erschienenen Buch konnte er nicht leben. Auch seine Vorträge, zu denen er im ganzen Land eingeladen wurde, waren nicht gerade professionell. Zwar konnte Howard stundenlang über seine kosmische Philosophie sprechen, doch da er nie ein guter Redner war, verzettelte er sich leicht - zur Frustration seiner Zuhörer. Einerseits hatten die Kontakte sein Leben auf vielerlei Weise bereichert, er entdeckte nie gekannte musische Fähigkeiten, begann Klavier zu spielen und komponierte Lieder, zu denen er von seinen Raumfreunden inspiriert worden war. Doch - und das war es, was seine Frau ihm vorwarf - davon konnte er keine Familie ernähren.
Als er nach einem Vortrag die hübsche Connie Baxter kennenlernte - die der „Frau auf dem Felsen“ seiner Kindheit wie eine Schwester ähnelte -, war er überzeugt, die richtige Frau für sein weiteres Leben gefunden zu haben. Er ließ sich scheiden und heiratete Connie 1958. Ein Jahr später endeten die Kontakte. Eine 12-Jahres-Phase war zu Ende gegangen, der Rummel nach der Veröffentlichung des Buches hätte ohnehin eine ungestörte Landung unmöglich gemacht. Das enttäuschte wiederum die Schaulustigen, die sich jetzt gegen ihn wandten, und wenn doch noch „etwas“ geschah, warfen sie Menger vor, getrickst zu haben.

Als im April 1960 ein Col. Amos T. Simpson vom U.S.-Verteidigungsministerium Howard Menger anbot, an einem „Projekt für die Regierung“ zu arbeiten, war dieser mehr als interessiert. Es ging um sein „Elektroschiff X-1“ von 1951. Zusammen mit ausgewählten Ingenieuren und Wissenschaftlern wolle man im Frühjahr 1961 ein solches Elektroschiff bauen, diesmal groß genug, um bemannt fliegen zu können. Howard war begeistert. Dann erhielt er genaue Anweisungen. Das Projekt sei streng geheim. Um den Rummel um seine Person zu beenden, sollte er öffentlich seine Kontaktbehauptungen widerrufen. Das Schiff würde in Colorado Springs gebaut - man garantierte ihm ein ansehnliches Monatshonorar und einen 1960er Mercedes als Dienstwagen.
Nach einem Jahr - Menger pendelte in dieser Zeit zwischen New Jersey und Colorado Springs - konnte das diskusförmige „Elektroschiff“ aus dem Hangar gerollt werden. Für Howard war es der schönste Anblick seines Lebens: *„Eine wunderbare Maschine, die Energie aus dem Meer von Energie um uns herum gewinnt und sie unter der Kontrolle eines einzigen Piloten in Starkstrom umwandelt.“* Der Testflug verlief erfolgreich, das Projekt war beendet. Sein Honorar nutzte Menger, um ein neues Leben zu beginnen.
1963 zog er mit seiner jetzt vierköpfigen Familie nach San Sebastian, Florida, um und eröffnete einen neuen Schilderladen. Noch ein Jahr lang erhielt er seinen monatlichen Scheck von der Regierung - dann blieb er plötzlich aus. Nachfragen ergaben, daß das Projekt eingestellt worden sei. Heute lebt Howard Menger in Vero Beach, Florida. Er hat sich längst zur Ruhe gesetzt, ist ein angesehener Bürger seiner Gemeinde,

Howard und Connie Menger heute

stolzer Vater zweier erwachsener Kinder und dreifacher Großvater. Seit er 1990 eine Einladung erhielt, auf einer UFO-Konferenz in Phoenix, Arizona, zu sprechen - und ihm sein Kontaktmann im Pentagon sein „okay“ dazu gab, spricht er wieder öffentlich. In seiner Werkstatt, einer ausgebauten Garage, experimentiert er mit Starkstrommodellen- und sucht Investoren für ein neues „Elektroschiff“. Kontakte mit Außerirdischen hat er seit 1959 nicht mehr gehabt.

Und George Adamski? Er war 1959 durch Europa gereist, war von der niederländischen Königin Juliana offiziell - und von Papst Johannes XXIII. - inoffiziell - zu Privataudienzen geladen worden, während organisierte Krawallmacher ihn dazu zwangen, seinen Vortrag in der Bankiersmetropole Zürich vorzeitig abzubrechen. Er hatte Dutzende Filme aufnehmen können, von „Untertassen“ bei ihren Manövern, riesigen zigarrenförmigen „Mutterschiffen“, kleinen „Telemeterscheiben“ - unbemannte Sonden, 40 cm bis 1,50 m im Durchmesser - und einmal sogar einem gelandeten „Scoutschiff“, vor dem eine „Telemeterscheibe“ hin- und herpendelt. Er hatte gut drei Dutzend Zeugen für seine UFO-Sichtungen und Begegnungen mit „Raumbrüdern“, die unter uns leben. Doch erst zwei Monate vor seinem Tod am 23. April 1965 gelang ihm der endgültige Beweis: Im Beisein einer Zeugin, der US-Regierungsbeamtin Madeleine Rodeffer, entstand der erstaunlichste Film der frühen UFO-Ära.

Frau Rodeffer hatte den „Professor“ im März 1964 kennengelernt, als sie ihn - fasziniert von seinen Büchern - zu einem Vortrag nach Rockville, Maryland, einem Vorort von Washington D.C., einlud. Eine enge Freundschaft entstand, und fortan nutzte Adamski die Gastfreundschaft der Rodeffers, wann immer er in der US-Hauptstadt zu tun hatte. Und das war nicht selten. Er hatte Einladungen zu vertraulichen Zusammenkünften mit Mitgliedern der NASA und der Atomenergiekommission, während ein Vortrag vor Luftwaffen-Reservisten sogar in Madeleines Haus stattfand.

Als er Ende Februar wieder im Hause der Rodeffers in Silver Springs, Maryland, weilte - Madeleine hatte eine Pressekonferenz für ihn organisiert, begrüßte er sie am Morgen des 26.2. mit der Nachricht, er hätte gerade mit einem „Raumbruder“ gesprochen, der einen „Vorbeiflug“ ankündigte. Frau Rodeffer lud ihre 8-mm-Filmkamera, beide hielten sich bereit und warteten den ganzen Nachmittag. Gegen 16.00 Uhr bemerkten sie bei einem Blick durch das Eßzimmerfenster eine kleine Telemeterscheibe über den mächtigen Bäumen, die das Grundstück der Rodeffers begrenzten. Madeleine griff nach ihrer Kamera, lief zusammen mit Adamski auf die Veranda ihres Hauses und konnte die Kamera nicht mehr bedienen. Sie war zu aufgeregt, hatte die Kamera, ein Weihnachtsgeschenk ihres Mannes, erst seit zwei Monaten und drückte sie jetzt George in die Hände, der wußte, wie man damit umging. Dann erschien ein anderes, ein größeres Objekt. Zuerst flog es noch in einiger Entfernung, dann näherte es sich, schwebte schließlich über der Straße, hinter den mächtigen Bäumen im Vorgarten der Rodeffers und vor dem die Straße begrenzenden Wald, nicht mehr als 30 Meter von den Zeugen entfernt. Die Demonstration dauerte vielleicht zehn Minuten. Das „Untergestell“ mit den drei „Kondensatorenkugeln“ (wie sie Adamski nannte), wurde aus und wieder eingezogen, das Kraftfeld, das die vielleicht neun Meter breite Scheibe umgab, wurde mal verstärkt -

leicht neun Meter breite Scheibe umgab, wurde mal verstärkt - was ihr die Erscheinung einer Fata Morgana verlieh - mal reduziert.

Szene aus dem Rodeffer-Film

„Mal war sie grünlich-blau, mal schwarz-braun oder grau-braun, mal wie reinstes Aluminium“, erklärte mir Madeleine Rodeffer, als ich sie am 5. Juli 1993 vor ihrem damaligen Haus interviewte. *„Sie machte keinen Lärm, summte und zischte nur leise“.* Dabei glitt sie wie schwerelos zwischen den Bäumen hin und her, ihr Kraftfeld schien zu vibrieren und verzerrte die Form des Objektes. Als sie wieder verschwunden war, fühlte sich George Adamski *„wie ein Kind zu Weihnachten, wenn es alle Spielsachen bekommt, die es sich gewünscht hat“,* wie es Madeleine formulierte, *„Er war noch aufgeregter als ich, was allerhand heißt. Immer wieder sagte er: ‚Kann man noch mehr Beweise verlangen? Madeleine, sage mir ehrlich: Was kann man noch mehr verlangen?‘“*
Der Katzenjammer kam, als der Film entwickelt war. Die Rodeffers hatten einen billigen Film gekauft, der noch dazu nur für Innenaufnahmen mit dem Scheinwerfer empfohlen wurde, sodaß das vom abendlichen Sonnenlicht überstrahlte UFO beim ersten Durchlauf wie eine einzige schwarze Masse erschien. Erst überbelichtete Einzelaufnahmen (siehe Bildteil) enthüllten Oberflächendetails.
William Sherwood, ein optischer Ingenieur und Filmexperte der Firma Kodak Eastman, analysierte den Film Bild für Bild und kam zu dem Schluß, daß das Objekt tatsächlich einen Durchmesser von neun Metern hat: *„Bemerkenswert ist, so glaube ich, das leichte Glühen der Unterseite“*, das er auf das Kraftfeld des Objektes zurückführt. Bei einem Modell wäre gerade diese dunkel. Den „Verzerrungs-Effekt“ erklärte der britische Ingenieur Leonard Cramp bereits beim zweiten Foto von Stephen Darbishire aus Coniston, England, wie folgt:
„Bei der Untersuchung der Wirkung des G- (Gravitations-) Feldes auf Licht können wir wohl erwarten, daß solch ein Feld eine atmosphärische Linse bildet, was zu optischen Effekten führt, die auch durch andere Feldeffekte wie die gravitative Biegung des Lichtes verstärkt werden können...“
Als der britische UFO-Forscher Timothy Good ihm den Rodeffer-Film zur Analyse überließ, war Cramp beeindruckt. *„Er bestätigt vollkommen meine Theorie des atmosphärischen Feldeffektes... wir haben hier eine echte optische Verzerrung, bei der Lichtstrahlen die Kamera erreichen, die von der Unterseite des Objektes kommen und andere von seiner Kuppel, was eigentlich eine optische und perspektivische Unmöglichkeit ist. Nur ein starkes Gravitationsfeld erklärt diesen Effekt.“*
Damit aber war der Adamski/Rodeffer-Film von besonderem Interesse für jene, die dem „Geheimnis der Untertassen“ auf der Spur waren. Denn er gab offensichtlich Aufschluß darüber, auf welche Art und Weise die UFOs angetrieben werden. Und er bestätigte Theorien, die von einem elektromagnetischen Antrieb ausgingen, ein Konzept, das - zumindest theoretisch - auf der Erde bereits in den zwanziger Jahren entwickelt worden war.

9. PROJEKT MAGNET

Am 21. November 1950 ging ein als „Streng Geheim" klassifiziertes Memorandum an den kanadischen Verkehrsminister, das die Untersuchung des UFO-Phänomens unter einem völlig neuen Gesichtspunkt forderte. Denn nach *„gründlichen und diskreten Nachforschungen durch die kanadische Botschaft in Washington"* war dem Verfasser von hochrangigen Quellen versichert worden:

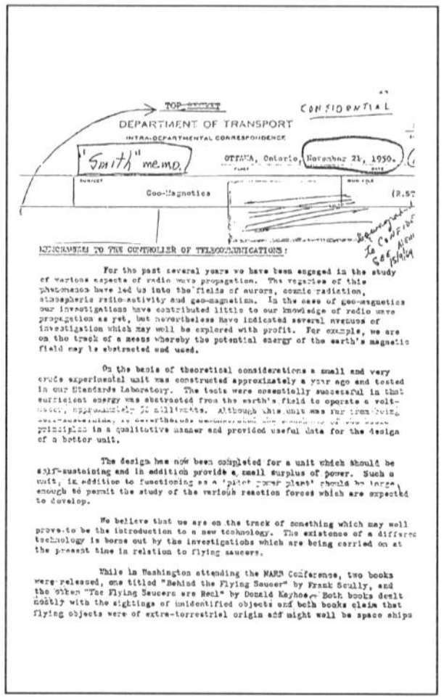

TOP SECRET CONFIDENTIAL

DEPARTMENT OF TRANSPORT

INTRA-DEPARTMENTAL CORRESPONDENCE

"Smith" memo.

OTTAWA, Ontario, November 21, 1950.

SUBJECT: Geo-Magnetics

MEMORANDUM TO THE CONTROLLER OF TELECOMMUNICATIONS:

For the past several years we have been engaged in the study of various aspects of radio wave propagation. The vagaries of this phenomenon have led us into the fields of aurora, cosmic radiation, atmospheric radio-activity and geo-magnetism. In the case of geo-magnetics our investigations have contributed little to our knowledge of radio wave propagation as yet, but nevertheless have indicated several avenues of investigation which may well be explored with profit. For example, we are on the track of a means whereby the potential energy of the earth's magnetic field may be abstracted and used.

On the basis of theoretical considerations a small and very crude experimental unit was constructed approximately a year ago and tested in our Standards Laboratory. The tests were essentially successful in that sufficient energy was abstracted from the earth's field to operate a voltmeter, approximately 50 milliwatts. Although this unit was far from being [illegible] principles in a qualitative manner and provided useful data for the design of a better unit.

The design has now been completed for a unit which should be self-sustaining and in addition provide a small surplus of power. Such a unit, in addition to functioning as a 'pilot power plant' should be large enough to permit the study of the various reaction forces which are expected to develop.

We believe that we are on the track of something which may well prove to be the introduction to a new technology. The existence of a different technology is borne out by the investigations which are being carried on at the present time in relation to flying saucers.

While in Washington attending the NARB Conference, two books were released, one titled "Behind the Flying Saucer" by Frank Scully, and the other "The Flying Saucers are Real" by Donald Keyhoe. Both books dealt mostly with the sightings of unidentified objects and both books claim that flying objects were of extra-terrestrial origin and might well be space ships

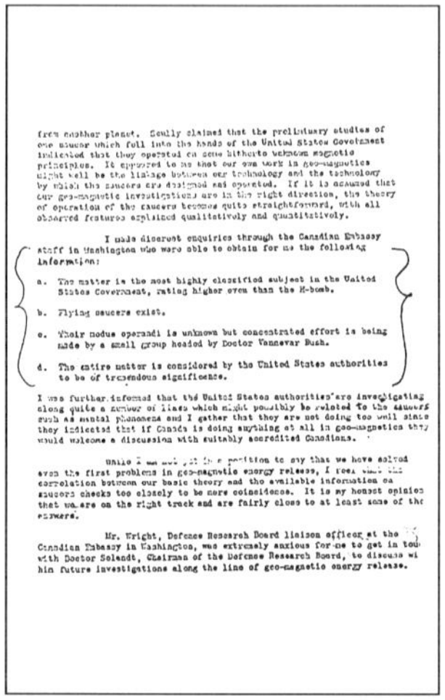

from another planet. Scully claimed that the preliminary studies of one saucer which fell into the hands of the United States Government indicated that they operated on some hitherto unknown magnetic principles. It appeared to me that our own work in geo-magnetics might well be the linkage between our technology and the technology by which the saucers are designed and operated. If it is assumed that our geo-magnetic investigations are in the right direction, the theory of operation of the saucers becomes quite straightforward, with all observed features explained qualitatively and quantitatively.

I made discreet enquiries through the Canadian Embassy staff in Washington who were able to obtain for me the following information:

a. The matter is the most highly classified subject in the United States Government, rating higher even than the H-bomb.

b. Flying saucers exist.

c. Their modus operandi is unknown but concentrated effort is being made by a small group headed by Doctor Vannevar Bush.

d. The entire matter is considered by the United States authorities to be of tremendous significance.

I was further informed that the United States authorities are investigating along quite a number of lines which might possibly be related to the saucers such as mental phenomena and I gather that they are not doing too well since they indicated that if Canada is doing anything at all in geo-magnetics they would welcome a discussion with suitably accredited Canadians.

While I am not yet in a position to say that we have solved even the first problems in geo-magnetic energy release, I feel that [illegible] correlation between our basic theory and the available information on saucers checks too closely to be mere coincidence. It is my honest opinion that we are on the right track and are fairly close to at least some of the answers.

Mr. Wright, Defence Research Board liaison officer at the [illegible] Canadian Embassy in Washington, was extremely anxious for me to get in touch with Doctor Solandt, Chairman of the Defence Research Board, to discuss with him future investigations along the line of geo-magnetic energy release.

Geheimmemorandum des Kanadischen Verkehrsministeriums: „Fliegende Untertassen existieren... haben für die US-Behörden eine ungeheure Bedeutung... und stehen unter der höchsten Geheimhaltungsstufe der US-Regierung, noch weit höher als die der Wasserstoffbombe".

„a. Das Thema hat die höchste Geheimhaltungsstufe der Regierung der Vereinigten Staaten, noch weit höher als die der Wasserstoffbombe.

b. Fliegende Untertassen existieren.

c. Ihr modus operandi (Vorgehensweise) ist unbekannt, wird aber von einer kleinen Gruppe unter Leitung von Doktor Vannevar Bush konzentriert untersucht.

d. Die ganze Angelegenheit hat für die Behörden der Vereinigten Staaten eine ungeheure Bedeutung.

Mir wurde weiter mitgeteilt, daß die Behörden der Vereinigten Staaten eine Reihe von Bereichen untersuchen, die möglicherweise mit den Untertassen in Verbindung stehen, wie mentale Phänomene, aber ich hatte den Eindruck, daß sie darin nicht allzu weit gekommen sind, denn sie ließen mich wissen, daß ihnen eine Diskussion mit kanadischen Experten willkommen sei, wenn Kanada etwas in Sachen Geo-Magnetismus unternehmen würde."

Und genau das war jetzt das Anliegen des Verfassers: Ein „Projekt Magnet" ins Leben zu rufen, das die UFOs auf die Frage nach ihrem Antrieb hin untersucht. Er hätte Indizien dafür, daß dieser etwas mit den Phänomenen des Geomagnetismus zu tun hat, der, so hätten seine Studien ergeben, *„eine potentielle Energie-*

Wilbert Smith

quelle für die Zukunft unseres Planeten" sei.
Verfasser dieses Memorandums war ein hoher Beamter des Ministeriums, der Radioingenieur Wilbert M. Smith. Smith hatte an der renommierten University of British Columbia Ingenieurswissenschaften studiert und war für die Rundfunkstation Vancouver tätig gewesen, bevor er 1939 in den Dienst des Verkehrsministeriums trat, das in Kanada auch für das Fernmeldewesen zuständig ist. 1947 wurde er mit der Einrichtung eines Netzes ionosphärischer Meßstationen beauftragt, die die Verbreitung von Radiowellen untersuchen sollten. Als leitender Ingenieur dieses Projektes mußte er sich jetzt mit all jenen Phänomenen auseinandersetzen, die auf Radiowellen einwirken: Nordlicht, kosmische Strahlung, atmosphärische Radioaktivität, allen Erscheinungsformen des Geomagnetismus. Und bald kam er zu der Überzeugung, daß der Geo-Magnetismus auch als Energiequelle genutzt werden könnte. 1949 entwickelte er eine „Experimentaleinheit" und testete sie in den Standardlaboratorien des Ministeriums. Das Ergebnis war vielversprechend: Es wurde genug Energie aus dem irdischen Magnetfeld gezogen, um ein Voltmeter - ca. 50 Milliwatt - in Gang zu setzen. *„Wir glauben, daß wir auf der Spur von etwas sind, das sich als der Weg zu einer neuen Technologie erweisen könnte"*, schrieb Smith in seinem Memorandum, *„die Existenz dieser anderen Technologie wird bestätigt durch die Untersuchungen, die derzeit an den Fliegenden Untertassen durchgeführt werden"*.
Von denen hatte Smith auf einer Konferenz in Washington im August 1950 erfahren. Zu diesem Zeitpunkt war das Buch „Behind the Flying Saucers" (Hinter den Fliegenden Untertassen) des US-Journalisten Frank Scully auf allen Bestsellerlisten. Scully behauptete darin, daß die Regierung der Vereinigten Staaten im Besitz von drei UFO-Wracks sei, die in Arizona und New Mexico geborgen wurden. Die erste „Untertasse", so Scully, stürzte am 25. März 1948 östlich von Aztek, New Mexico, ab. Als ein Bergungstrupp der US-Luftwaffe und Regierungswissenschaftler an der Absturzstelle eintrafen, fanden sie auf einem Felsplateau oberhalb des Hart Canyon ein nahezu saturnförmiges Objekt, 33 Meter im Durchmesser, mit einer sechs Meter breiten, ovalen Kabine im Zentrum. Durch eine zerbrochene Luke gelang es ihnen, in das Schiffsinnere einzudringen. Dort stießen sie auf die Leichen von 16 Besatzungsmitgliedern, kleinen, menschenähnlichen Wesen in seltsamen Uniformen, ihre Haut schokoladenbraun verkohlt. Wie der an der Bergung beteiligte Geophysiker Dr. Silas Newton Scully anvertraute, ergaben erste Untersuchungen, daß die *„Untertassen... wahrscheinlich auf den magnetischen Kraftlinien der Erde"* fliegen und durch „unbekannte magnetische Prinzipien" angetrieben werden.
Für Smith war dieses Buch wie eine Offenbarung.

„Es erscheint mir so, als könnte unsere eigene Arbeit auf dem Gebiet des Geo-Magnetismus sehr wohl zum Bindeglied zwischen unserer Technologie und der Technologie werden, auf deren Grundlage die Untertassen gebaut und betrieben werden. Und wenn wir davon ausgehen, daß unsere geomagnetischen Forschungen in die richtige Richtung gehen, erscheint mir die Theorie vom Antrieb der Untertassen als zutreffend, da sie alle beobachteten Erscheinungen qualitativ und quantitativ erklärt... Obwohl ich nicht sagen kann, daß wir auch nur die ersten Probleme in der Frage der geomagnetischen Energiegewinnung gelöst haben, bin ich überzeugt, daß die Übereinstimmung mit unserer

Ausgangstheorie und den bekannten Informationen über Untertassen zu groß ist, um ein Zufall sein zu können. Es ist meine aufrichtige Überzeugung, daß wir auf der richtigen Spur sind und zumindest kurz vor einigen der ersten Antworten stehen."

Aber zuerst einmal galt es zu überprüfen, wie korrekt die Behauptungen in Scullys Buch waren und durch wen er an weitere, detaillierte Informationen kommen könnte.

Mit der Hilfe des Militärattachés der Kanadischen Botschaft in Washington, Lt. Col. Bremner, wurde ein Termin mit einem der wichtigsten US-Regierungswissenschaftler, dem Physiker Professor Dr. Robert I. Sarbacher, in seinem Büro im Pentagon vereinbart. Sarbacher war nicht nur Professor der Harvard-Universität, Dekan der Technischen Hochschule von Georgia und Forschungsdirektor der Wedd-Laboratorien, sondern auch wissenschaftlicher Berater des Forschungs- und Entwicklungsausschusses des US-Verteidigungsministeriums. Wenn jemand etwas über die angeblich geborgenen „Untertassen" wußte, so versicherte Lt. Col. Bremner Wilbert Smith, dann Prof. Sarbacher.

Das Treffen kam am 15. September 1950 zustande. Und nur weil Smith seine Notizen von diesem Gespräch sein Leben lang sorgfältig aufbewahrte, sind wir heute in der Lage, seinen Verlauf wörtlich zu zitieren:

Smith: „Ich arbeite an der Nutzung des Magnetfeldes der Erde als Energiequelle, und ich denke, unsere Arbeit könnte eine Verbindung zu den fliegenden Untertassen haben."

Sarbacher: „Was möchten Sie wissen?"

Smith: „Ich habe Scullys Buch über die Untertassen gelesen und wüßte gerne, wieviel davon wahr ist."

Sarbacher: „Der Inhalt des Buches ist in der Substanz wahr."

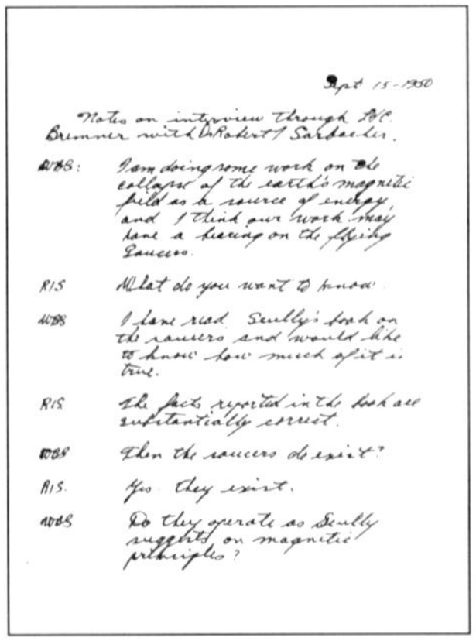

Sept 15-1950

Notes on interview through L/C Bremner with Dr Robert I Sarbacher.

WBS: I am doing some work on the collapse of the earth's magnetic field as a source of energy, and I think our work may have a bearing on the flying saucers.

RIS: What do you want to know.

WBS: I have read Scully's book on the saucers and would like to know how much of it is true.

RIS: The facts reported in the book are substantially correct.

WBS: Then the saucers do exist?

RIS: Yes they exist.

WBS: Do they operate as Scully suggests on magnetic principles?

Smiths handschriftliche Notizen seines Gespräches mit dem US-Regierungswissenschaftler Prof. Robert I. Sarbacher am 15.9.1950

Smith: „Dann existieren die Untertassen?"

Sarbacher: „Ja, es gibt sie."

Smith: „Operieren sie, wie Scully schreibt, auf der Grundlage magnetischer Prinzipien?"

Sarbacher: „Wir waren bisher noch nicht in der Lage, ihren Antriebsmechanismus nachzubauen."

Smith: „So kommen sie also von einem anderen Planeten?"

Sarbacher: „Alles, was ich weiß, ist, daß wir sie nicht gebaut haben und es ziemlich sicher ist, daß sie nicht von der Erde stammen."

Smith: „Wenn ich es richtig verstanden habe, steht das ganze Thema der Untertassen unter Geheimhaltung."

Sarbacher: „Ja, es ist zwei Stufen höher klassifiziert als die Wasserstoffbombe. Tatsächlich ist es derzeit die am höchsten klassifizierte Angelegenheit der U.S.-Regierung."

Tatsächlich beeindruckten Smiths Erkenntnisse auch die kanadische Regierung, und so wurde sein „Projekt Magnet" schon am 2. Dezember 1950 von Staatssekretär Commander C.P.Edwards mit den Worten *„O.K., machen Sie weiter und informieren Sie mich von Zeit zu Zeit"* bewilligt.

Von Anfang an war „Projekt Magnet" ein offizielles Projekt des Verkehrsministeriums mit Unterstützung durch den Forschungsausschuß des Verteidigungsministeriums und den Nationalen Forschungsrat. Sein Aufgabenfeld umfaßte zwei Bereiche: *„(1) Die Sammlung exakter Daten, ihre Analyse und Auswer-*

tung und (2) eine systematische und experimentelle Hinterfragung all unserer bisherigen Konzepte in der Hoffnung, Diskrepanzen zu finden, die zum Schlüssel für die neue Technologie werden können.“

Zu den am „Projekt Magnet“ beteiligten Wissenschaftlern gehörten anerkannte Kapazitäten wie Prof. J.T. Wilson von der Universität von Toronto, Dr. James Wait, Physiker aus dem Verteidigungs-Forschungsausschuß und Dr. G. D. Garland, Gravitationsexperte des Forschungsministeriums. Der erste Zwischenbericht konnte 1952 fertiggestellt werden. Er kam zu der Schlußfolgerung, daß *„es so scheint, als ob Fliegende Untertassen extraterrestrische Vehikel sind und auf der Grundlage magnetischer Prinzipien operieren.“*

Da trotzdem „Projekt Magnet“ in seinen Möglichkeiten begrenzt war, rief der Forschungsausschuß des kanadischen Verteidigungsministeriums im April 1952 eine „UFO-Studiengruppe“ ins Leben, der Smith als Repräsentant des Verkehrsministeriums angehören sollte. Die Gruppe, die unter dem Codenamen „Project Second Storey“ operierte, stand unter Leitung des Astrophysikers Peter M. Millman vom Dominion-Observatorium, bestand aus hochrangigen Militärs und Geheimdienstlern und hatte unter anderem die Aufgabe, für „Projekt Magnet“ verwertbare Daten zu sammeln.

Während nur wenig über den Verlauf des Projektes bekannt wurde, gab das kanadische Verkehrsministerium am 9. Mai 1968 einen Zwischenbericht Smiths aus dem Jahre 1953 frei. Darin kommt der Ingenieur zu den Schlußfolgerungen:

„Es kann gesagt werden, daß diese Vehikel die folgenden signifikanten Charakteristiken aufweisen: Sie haben einen Durchmesser von 30 Metern und mehr; sie können Geschwindigkeiten von mehreren tausend Stundenkilometern erreichen; sie können Höhen erreichen, die weit über jenen liegen, in denen konventionelle Flugzeuge oder Ballons fliegen; für alle Manöver und Aktionen scheint reichlich Energie vorhanden zu sein. Beachten wir diese Faktoren, so ist es schwierig, diese Leistung mit den Möglichkeiten unserer Technologie in Einklang zu bringen, und obwohl die Technologie einiger Länder sehr viel weiter fortgeschritten ist als allgemein bekannt, sind wir trotz aller existierenden Vorurteile zu der Schlußfolgerung gezwungen, daß diese Fluggeräte aller Wahrscheinlichkeit nach außerirdischen Ursprungs sind... Solche Vehikel bedienen sich logischerweise einer Technologie, die der unsrigen weit voraus ist. Es wird daher vorgeschlagen, daß der nächste Schritt in unserer Untersuchung die Suche nach der Erlangung so vieler Daten wie möglich über diese Technologie sein sollte, die zweifellos von großem Wert für uns wären.“

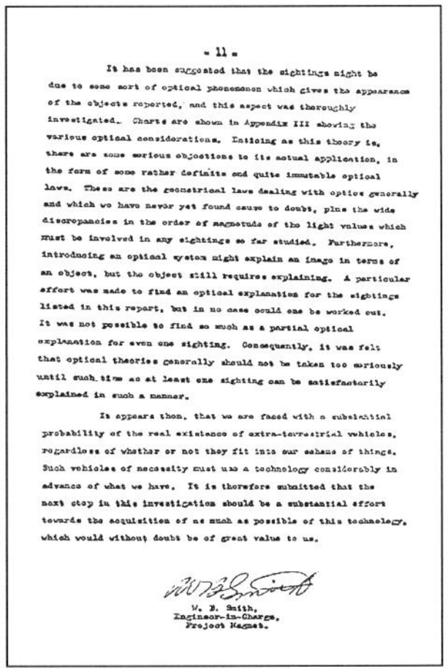

- 11 -

It has been suggested that the sightings might be due to some sort of optical phenomenon which gives the appearance of the objects reported, and this aspect was thoroughly investigated. Charts are shown in Appendix III showing the various optical considerations. Enticing as this theory is, there are some serious objections to its actual application, in the form of some rather definite and quite immutable optical laws. These are the geometrical laws dealing with optics generally and which we have never yet found cause to doubt, plus the wide discrepancies in the order of magnitude of the light values which must be involved in any sightings so far studied. Furthermore, introducing an optical system might explain an image in terms of an object, but the object still requires explaining. A particular effort was made to find an optical explanation for the sightings listed in this report, but in no case could one be worked out. It was not possible to find so much as a partial optical explanation for even one sighting. Consequently, it was felt that optical theories generally should not be taken too seriously until such time as at least one sighting can be satisfactorily explained in such a manner.

It appears then, that we are faced with a substantial probability of the real existence of extra-terrestrial vehicles, regardless of whether or not they fit into our scheme of things. Such vehicles of necessity must use a technology considerably in advance of what we have. It is therefore submitted that the next step in this investigation should be a substantial effort towards the acquisition of as much as possible of this technology, which would without doubt be of great value to us.

W. B. Smith,
Engineer-in-Charge,
Project Magnet.

Seite aus dem PROJECT MAGNET-Zwischenbericht von 1953

Gleichzeitig schlug er die Einrichtung einer „UFO-Beobachtungsstation“ vor, die *„24 Stunden am Tag nach UFOs Ausschau halten“* sollte, mit dem Ziel, durch eine „kontrollierte Sichtung“ an Daten zu gelangen, die Aufschluß über ihre Technologie geben. Auch dieser Plan fand die Zustimmung seiner Vorgesetzten vom Verkehrsministerium: Im November 1953 wurde die Station eingerichtet, eine eingezäunte Hütte des Verkehrsministeriums in Shirleys Bay, einer einsamen Bucht am Ottawa River, 16 Kilometer westlich der Stadt Ottawa, Ontario. Sie war ausgerüstet mit dem modernsten Equipment, darunter Ionosphären-Reaktoren, elektronische Ton-Meßinstrumente, ein Gammastrahlen-Detektor, ein Gravimeter, ein Magnetometer und eine Funkausrüstung, deren Messungen ständig von einem graphischen Rekorder festgehalten wurden. Wann immer diese Instrumente eine Störung meldeten, die möglicherweise den Vorbeiflug eines UFOs anzeigen könnte, schlug ein Alarmsystem an. Geleitet wurde die Station von der bewährten „Projekt Magnet"-Crew, Smith, Wait, Wilson und Garland sowie John Hector Thompson von der Telecommunications Division des Verkehrsministeriums.

Und schließlich, am 8. August 1954, war das Projekt erfolgreich. Um 15.01 Uhr schlug plötzlich der Gravimeter heftig aus. Alles deutete darauf hin, daß sich ein magnetisch angetriebenes Flugobjekt - ein UFO also - der Station näherte. Smith und die beiden Kollegen, die an diesem Nachmittag anwesend waren, liefen aufgeregt ins Freie. Doch dort lag nur dichter Nebel über der Landschaft am Ottawa-Ufer. Was immer über Shirleys Bay flog, so nah es auch sein mochte, es war vor ihren Blicken verborgen.

Trotz dieses Wermutstropfens glaubte Smith, daß damit endlich seine große Stunde gekommen war. Er informierte die Presse, erklärte, daß er, *„wenn kein Fehler der Instrumente vorlag"*, gerade eine „fliegende Untertasse" über der kanadischen Hauptstadt geortet hätte. Die Instrumente arbeiteten einwandfrei, ergab eine spätere Prüfung. Zumindest muß etwas sehr Seltsames über die Station geflogen sein.

Doch die Schlagzeilen der Presse am nächsten Morgen verursachten Smiths Vorgesetzten im Transportministerium ein ziemliches Unbehagen. Man sah sich plötzlich in der Situation, daß ein Mitarbeiter der Kanadischen Regierung offiziell die Existenz der UFOs bestätigt hatte. Das konnte zu diplomatischen Komplikationen mit der benachbarten Großmacht USA führen, und es ist nicht auszuschließen, daß Washington tatsächlich ziemlich befremdet auf das Verhalten der Kanadier reagierte. Doch in Ottawa handelte man schnell. Es dauerte nur zwei Tage, bis das Verkehrsministerium offiziell die „UFO-Beobachtungsstation" an der Shirley Bay schließen ließ und das „Projekt Magnet" für beendet erklärte. Smith wurde ausdrücklich das Recht entzogen, zukünftig irgendwelche offiziellen Kommentare im Namen des Verkehrsministeriums abzugeben. Als kleine Geste des guten Willens erlaubte man ihm jedoch, auch weiterhin Einrichtungen des Ministeriums für seine privaten Forschungen zu benutzen, die er bis zu seinem Tod im Mai 1962 fortsetzte.

Seit 1955 widmete sich Smith - jetzt wieder ein „konventioneller" Telekommunikationsingenieur des Verkehrsministeriums - einem anderen Bereich der UFO-Forschung, den Kontaktlern. Fasziniert las er die Bücher George Adamskis und George Hunt Williamsons und versuchte, über Medien an Informationen über die Technologie der Außerirdischen zu kommen. *„Adamskis Buch... ist wissenschaftlich ziemlich korrekt und geht mit unserer Arbeit konform"*, kommentierte er dessen Beschreibung des UFO-Antriebes. Tatsächlich hatte auch Adamski behauptet, daß die „Untertassen" auf der Grundlage elektromagnetischer Prinzipien angetrieben werden:

„Das aus drei Kugeln bestehende Untergestell, das bei den meisten Untertassen beobachtet wurde, dient gleichermaßen als einziehbares Landegestell wie als ‚Dreipunkt-elektrostatisches Antriebs-Kontroll-System'... um das Schiff durch Regulation der Entladung zu steuern. Im horizontalen Flug in der Ionosphäre des Planeten reisen die Untertassen auf den geomagnetischen Kraftlinien des Planeten..." schrieb Adamski, *„die wichtigste Funktion der drei Kugeln ist die von Kondensatoren für die statische Elektrizität, die durch den Magnetpol aus der Atmosphäre gezogen und weitergeleitet wird."*

Und bald hatte Wilbert Smith seine eigene, persönliche Bestätigung, daß George Adamski die Wahrheit sagte. Seit 1956 führte er mit einer privaten Gruppe, der auch zwei Luftwaffenoffiziere angehörten, nächtliche „UFO-Wachen" nach dem Vorbild von Projekt Magnet durch. Nach einiger Zeit hatte man einen überraschenden Erfolg: Eines Nachts um 0.30 Uhr beobachtete die Gruppe ganze fünf Minuten lang eine *„glockenförmige Untertasse, identisch mit jener, die George Adamski beschrieb".*

Dabei wußten weder Smith noch Adamski, daß die Technologie, die sie beschrieben, schon seit Jahrzehnten auf der Erde bekannt war.

T. Townsend Brown

1921 experimentierte der junge Physiker Thomas Townsend Brown mit der „Coolidge-Röhre", die Röntgenstrahlen erzeugt, und bemerkte ein seltsames Phänomen. Wann immer er die Röhre einschaltete, bewegte diese sich leicht. Bald hatte Brown die Ursache entdeckt: Der Starkstrom, der eingeschaltet wurde, um die Röhre zu betreiben, bewirkte einen bestimmten gegen die Schwerkraft wirkenden Druck. Weitere Experimente am „Gravitator", einer von Brown entwickelten Versuchskonstruktion, bestätigten diese Beobachtungen: Wurde eine 100 Kilovolt-Starkstromquelle eingeschaltet, verlor ein Versuchsgegenstand bis zu 1 % seines Gewichtes. Brown war sich sicher, ein neues elektrisches Prinzip entdeckt zu haben: Die Wirkung von Elektrizität auf die Gravitation. Doch als er sein Studium 1922 am California Institute of Technology (Caltech) fortsetzte, schien sich keiner seiner Professoren - darunter der Nobelpreisträger Dr. Robert A. Millikan - für seine Entdeckung zu interessieren.
Erst als er 1923 auf die Denison Universität in Granville/Ohio überwechselte, fand er kompetente Unterstützung. Der Physiker Prof. Paul Alfred Biefeld, ein gebürtiger Schweizer und Kommilitone Albert Einsteins, war fasziniert von Browns Entdeckung und sollte sein Mentor werden. Gemeinsam wiesen der Professor und sein Student experimentell nach, daß ein an einem Faden hängender Kondensator eine Eigenbewegungstendenz in Richtung seines positiven Pols zu zeigen begann, wenn er unter eine sehr hohe elektrische Spannung gesetzt wurde, ein Phänomen, das fortan unter dem Namen "Biefeld-Brown-Effekt" bekannt wurde. In einem weiteren Versuch wurde der Kondensator mit vertikal ausgerichteten Polen im Gleichgewicht mit einem Gewicht - wie bei einer Waage - aufgehängt. Wurde der Kondensator unter starke Spannung gesetzt, und der positive Pol befand sich am unteren Ende, so fand eine Bewegung in diese Richtung statt. Befand er sich jedoch oben, so bewegte sich der Kondensator in diese Richtung - und arbeitete gegen die Schwerkraft. Der „Antigravitationseffekt", wie Brown ihn taufte, wird durch folgende Faktoren verstärkt:
1. Wenn die Kondensatorenplatten einander näher sind;
2. Je höher der „K-Faktor" ist, d.h. die Fähigkeit des Materials, elektrische Energie in Form starker Spannungen aufzunehmen;
3. Je größer die Fläche der Kondensatorenplatten ist;
4. Je stärker die differenzierende Spannung ist;
5. Wenn die Masse des Materials zwischen den Platten (dielektrisch) vergrößert wird.
Auf der Grundlage dieser Experimente konstruierte T. Townsend Brown 1926 etwas, das er ein „Raumfahrzeug" nannte: Ein auf elektrogravitativen Prinzipien

basierendes Fluggerät, das selbst die Flugzeuge unserer Zeit als primitiv erscheinen läßt. Das Raumfahrzeug besaß keine beweglichen Teile, sein Antrieb und Steuermechanismus beruhten lediglich auf der Veränderung und Verstärkung der elektrischen Polarisation. Entsprechend dem „Biefeld-Brown-Effekt" bewegte es sich immer in Richtung des positiven Poles - bei einer Richtungsveränderung mußte dieser also bloß verlagert werden. Die Bewegungsrichtung ist danach die Vektorensumme von Ausrichtung und Stärke der negativen und positiven Spannungen:

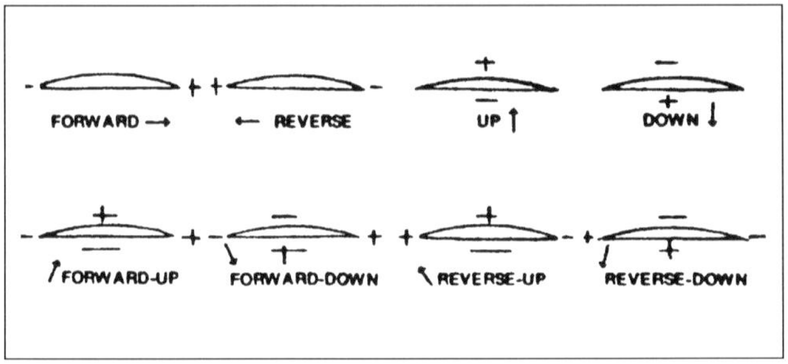

Um die ideale Form für dieses „Raumfahrzeug" zu bestimmen, experimentierte Brown schließlich mit den verschiedensten Körpern und Figuren. Als ideal erwies sich dabei die Scheibenform:

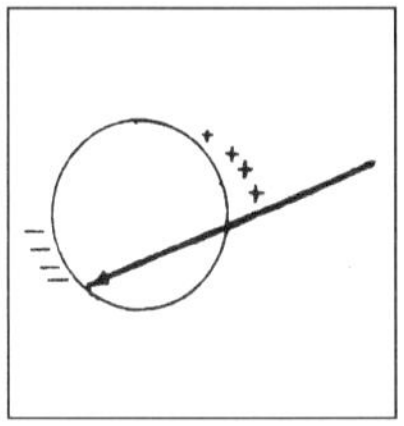
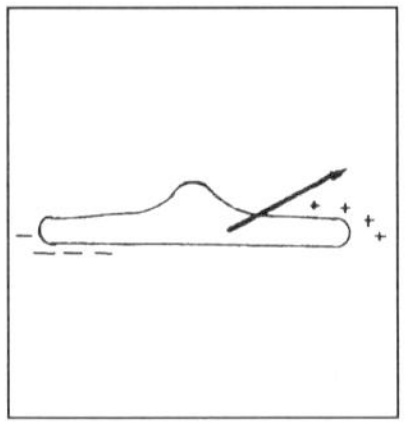
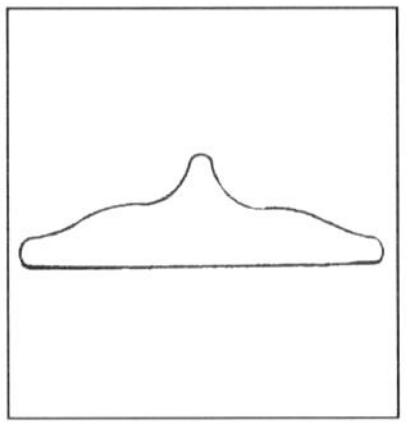

Diese „fliegende Scheibe" kam völlig ohne bewegliche Teile, Gleitflächen, Propeller oder ein aerodynamisches Design aus. T. Townsend Brown hatte das Geheimnis des UFO-Antriebs entdeckt, lange bevor die ersten Berichte über „fliegende Untertassen" in den Zeitungen erschienen. Browns „Raumfahrzeug" konnte sein eigenes elektrogravitatives Feld erzeugen, mit dem es unabhängig von der Schwerkraft der Erde funktionieren und den Weltraum durchqueren konnte. Das heißt, daß es in der Lage war, zu beschleunigen und abzubremsen, zu starten und zu landen, aufzusteigen, Winkel zu schlagen und sich im schwerelosen Raum zu bewegen, ohne daß die Besatzung davon etwas spürt, weil sie sich dabei im eigenen Schwerkraftfeld der Scheibe aufhält. Brown: *„Das Feld verhält sich wie eine Welle mit dem negativen Pol an der Oberseite und dem positiven Pol an der Unterseite. Die Scheibe bewegt sich wie ein Surfbrett auf der aufsteigenden Welle, die ständig durch ihren elektrogravitativen Generator in Bewegung gehalten wird. Da die Orientierung des Feldes gesteuert werden kann, kann die Scheibe auf ihrer eigenen ständig erzeugten Welle in jedem gewünschten Winkel und in jeder Flugrichtung fliegen."* Aufgrund der Starkstrom-Entladungen wäre die Scheibe von einem leichten Glühen umgeben, erklärte T.T.Brown 1938, zudem hätte das Feld Auswirkungen auf Pflanzen und Tiere.

T.Townsend Brown war überzeugt, die theoretische Grundlage für ein ganzes Spektrum neuer Technologien gefunden zu haben. Das neue Zauberwort hieß „Elektrogravitation". Elektrogravitations-Effekte waren nicht den Prinzipien des Elektromagnetismus unterworfen und ereigneten sich völlig unabhängig von diesen. Mehr noch, er glaubte, daß es zu jedem elektromagnetischen Phänomen ein elektrogravitatives Gegenstück gibt. Und da unsere gesamte Elektronik - Telefon, Telegraf, Radio, Fernsehen, Generatoren und Motoren - auf elektromagnetischen Prinzipien beruht, eröffnete dieses neu entdeckte Phänomen ungeahnte Perspektiven. Doch es sollte noch gut zwei Jahrzehnte dauern, bis Thomas Townsend Brown die Aufmerksamkeit geschenkt wurde, die seine Entdeckung verdient hatte.

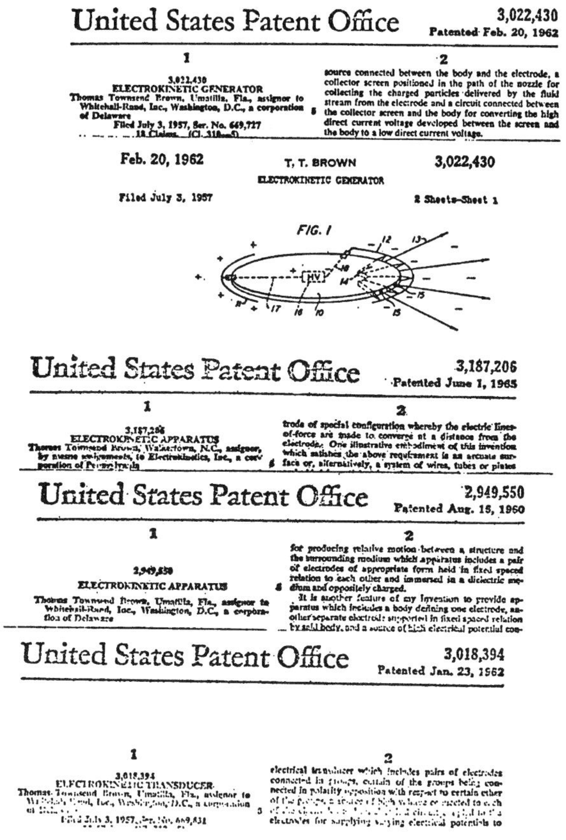
United States Patent Office 3,022,430 Patented Feb. 20, 1962

1 2

3,022,430
ELECTROKINETIC GENERATOR
Thomas Townsend Brown, Umatilla, Fla., assignor to Whitehall-Rand, Inc., Washington, D.C., a corporation of Delaware
Filed July 3, 1957, Ser. No. 669,727
18 Claims. (Cl. 310—5)

source connected between the body and the electrode, a collector screen positioned in the path of the nozzle for collecting the charged particles delivered by the fluid stream from the electrode and a circuit connected between the collector screen and the body for converting the high direct current voltage developed between the screen and the body to a low direct current voltage.

Feb. 20, 1962 T. T. BROWN 3,022,430
ELECTROKINETIC GENERATOR
Filed July 3, 1957 2 Sheets-Sheet 1

FIG. I

United States Patent Office 3,187,206 Patented June 1, 1965

1 2

3,187,206
ELECTROKINETIC APPARATUS
Thomas Townsend Brown, Walnut Cove, N.C., assignor, by mesne assignments, to Electrokinetics, Inc., a corporation of Pennsylvania

trode of special configuration whereby the electric lines-of-force are made to converge at a distance from the electrode. One illustrative embodiment of this invention which satisfies the above requirement is an arcuate surface or, alternatively, a system of wires, tubes or plates

United States Patent Office 2,949,550 Patented Aug. 16, 1960

1 2

2,949,550
ELECTROKINETIC APPARATUS
Thomas Townsend Brown, Umatilla, Fla., assignor to Whitehall-Rand, Inc., Washington, D.C., a corporation of Delaware

for producing relative motion between a structure and the surrounding medium which apparatus includes a pair of electrodes of appropriate form held in fixed spaced relation to each other and immersed in a dielectric medium and oppositely charged.
It is another feature of my invention to provide apparatus which includes a body defining one electrode, another separate electrode supported in fixed spaced relation by said body, and a source of high electrical potential con-

United States Patent Office 3,018,394 Patented Jan. 23, 1962

1 2

3,018,394
ELECTROKINETIC TRANSDUCER
Thomas Townsend Brown, Umatilla, Fla., assignor to Whitehall-Rand, Inc., Washington, D.C., a corporation of Delaware
Filed July 3, 1957, Ser. No. 669,831

electrical transducer which includes pairs of electrodes connected in groups, certain of the groups being connected in polarity opposition with respect to certain other of the groups ... electrodes for supplying varying electrical potentials to

19 US-Patent Office (Patentschrift: 3 022 430)

US-Patente von T.T.Brown

Vorher führte seine weitere Karriere Brown in die Forschungslaboratorien der U.S.-Navy, bei der er 1939 für einen Etat von 50 Millionen Dollar und ein Team von 50 promovierten Wissenschaftlern verantwortlich war und sogar mit Albert Einstein zusammenarbeitete. Während des 2. Weltkrieges leitete er Projekte des „Nationalen Verteidigungs-Forschungskomitees" (NDRC), das nach Kriegsende in „Büro für Wissenschaftliche Forschung und Entwicklung" (OSRD) umbenannt wurde und der Leitung von Prof. Vannevar Bush, dem Wissenschaftlichen Berater des Präsidenten, unterstand; später war er für die Flugzeugbaufirma Lockheed tätig. Er war Mitglied verschiedener renommierter Fachverbände wie der American Association for the Advancement of Science (AAAS), der Amerikanischen Geophysischen Union der Nationalen Akademie der Wissenschafen, der Amerikanischen Gesellschaft der Marine-Ingenieure, dem American Intitute of Aeronautics and Astronautics (AIAA) und der Amerikanischen Physikalischen Gesellschaft. Seine Studien in Sachen Elektrogravitation führte er in dieser Zeit nur im privaten Rahmen weiter.

Erst 1947, die „fliegenden Untertassen" hatten gerade erste Schlagzeilen gemacht, wurde kein Geringerer als Admiral Arthur W. Radford, Oberkommandant der Pazifischen Flotte der U.S.-Marine, auf Browns Forschungen aufmerksam. Er glaubte, daß nur der Physiker in der Lage war, die Frage nach dem Antrieb der geheimnisvollen UFOs zu lösen. Das war die Geburtsstunde von „Project Winterhaven", das Brown 1952 in Cleveland leitete und in dessen Rahmen es ihm gelang, ein Gerät zu entwickeln, das 100 % seines Eigengewichtes in den Schwebezustand versetzen konnte.

Bei einem anderen Experiment hängte er zwei scheibenförmige Körper, 60 cm im Durchmesser und mit einer Variante des Zwei-Platten-Kondensators ausgestattet, an einem Drehgestell auf. Bei einer Elektrodenspannung von 50 kV und einer konstanten Energiezufuhr von 5o Watt erzielten die Körper auf einer kreisförmigen, waagerechten Bahn von 6 Meter Durchmesser immerhin eine Geschwindigkeit von 19 Stundenkilometern. Dann benutzte er Scheiben mit

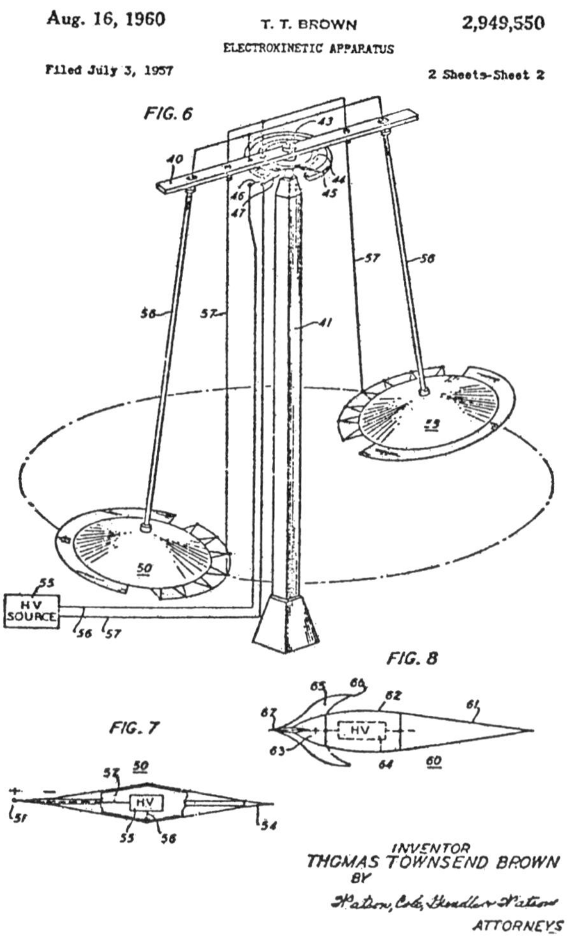

20 Elektrokinetischer Apparat von T. T. Brown

Elektrokinetischer Apparat, von T.T.Brown 1960 patentiert

einem Durchmesser von 90 Zentimetern bei einem Drehkreis von 17 Metern mit einer Aufladung von 150 kV.

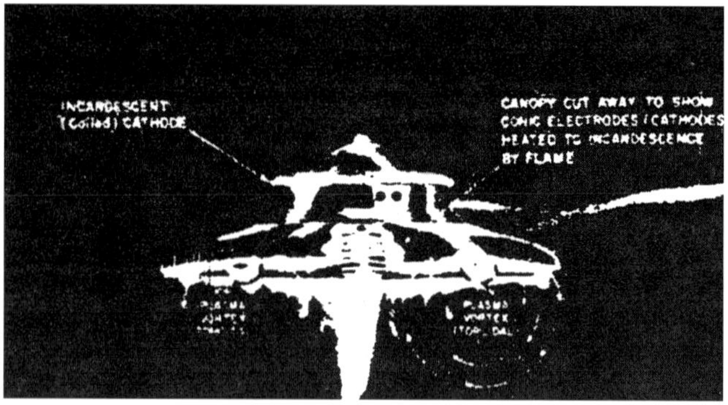

1952 veröffentlichter „Prototyp für eine Antigravitationsscheibe" aus dem Arbeitspapier von Dr. Mason Rose

Die Ergebnisse waren *„so eindrucksvoll, daß man sie sofort unter Geheimhaltung stellte"*, wie die Fachzeitschrift „Interavia" später unter der Überschrift *„Dem schwerelosen Flug entgegen"* berichtete. Mit einer ausreichend starken Energiequelle, so versicherte Brown, könnte er auch einen flugfähigen, bemannten Elektrogravitations-Flugkörper konstruieren. Wie dieser aussehen würde, zeigte Dr. Mason Rose von der University of Social Research in einem 1952 veröffentlichten Arbeitspapier: Seine Konstruktionszeichnung gleicht den „fliegenden Untertassen", die George Adamski und später auch Howard Menger fotografierten. Das aber läßt die Vorstellung, daß die ersten Kontakte von „jemandem" inszeniert wurden, der schon damals über eben diese Fluggeräte verfügte, zumindest als denkbar erscheinen. Vielleicht geschah dies tatsächlich, wie Menger von einem Mitarbeiter des Pentagon mitgeteilt wurde, um die Öffentlichkeit mit der Idee eines außerirdischen Kontaktes vertraut zu machen.

Doch es gibt noch eine andere Möglichkeit, so phantastisch sie klingen mag: T. Townsen Brown wurde selbst zum Kontaktler, auch wenn er sich dessen nicht bewußt war. „Jemand" sah, daß er auf dem richtigen Weg war, „jemand" gab ihm die entscheidende

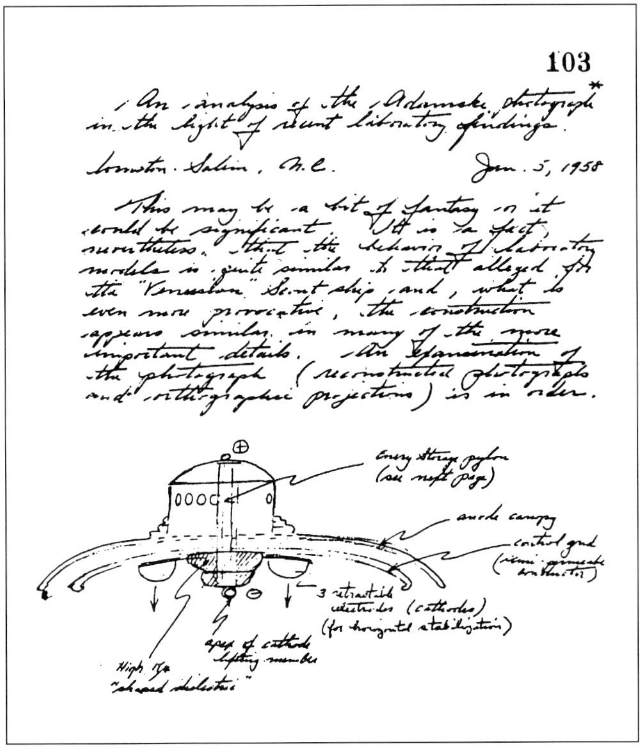

103

An analysis of the Adamski photograph* in the light of recent laboratory findings.

Winston-Salem, N.C. Jan. 5, 1958

This may be a bit of fantasy or it could be significant. It is a fact, nevertheless, that the behavior of laboratory models is quite similar to that alleged for the "Venusian" Scout ship and, what is even more provocative, the construction appears similar in many of the more important details. An examination of the photograph (reconstructed photographs and orthographic projections) is in order.

T.Townsend Browns handschriftliche Analyse der Adamski-Fotos „im Lichte jüngster Entdeckungen im Labor“ vom 5. Januar 1958 dokumentiert das große Interesse des Erfinder-Genies an dem Kontaktler: „Es ist eine Tatsache, daß das Verhalten der Labormodelle dem der angeblichen ‚venusischen‘ Erkundungsschiffe ziemlich ähnlich ist, und, was noch provokativer ist, seine Konstruktion ist in vielen der wichtigeren Details ähnlich.“

Inspiration, denn „jemand“ wollte, daß wir in den Besitz dieser Technologie kommen, weil wir mit der alten, der herkömmlichen Technologie unsere Erde zerstören. Tatsache ist: T. Townsend Brown fühlte sich gerade „magisch“ vom UFO-Phänomen angezogen. Er studierte die Fotos und Beschreibungen der Augenzeugen und Kontaktler, insbesondere George Adamskis, wie seine Aufzeichnungen beweisen. Denn er ahnte, daß jemand „draußen“ längst verwirklicht hatte, was er sich nur in seinen kühnsten Träumen vorstellen konnte.

Am 18. November 1955 fand in New York eine Konferenz zum Thema „Gravitation“ statt, an der Amerikas führende Physiker teilnahmen: Prof. Edward Teller, der Erfinder der Wasserstoffbombe, Prof. Dr. J. Robert Oppenheimer, Leiter des „Manhattan-Projektes“, das die erste Atombombe entwickelte, der Physiker Dr. Freeman J. Dyson und Prof. John A. Wheeler, der als erster bewies, daß Atomfusion möglich ist. Was auf dieser Konferenz diskutiert wurde, faßte Ansel E. Talbert, Wissenschaftsredakteur des „New York Herald Tribune“, wie folgt zusammen:

„Viele amerikanische Luftfahrt- und Elektronik-Unternehmen sind heute von der Möglichkeit begeistert, magnetische und gravitative Felder als Mittel zum Antrieb fliegender Geräte anzuwenden, die unabhängig vom Luftwiderstand fliegen können. Diese Raumschiffe wären in der Lage, in wenigen Sekunden auf mehrere tausend Stundenkilometer zu beschleunigen, ohne daß dank der gravitativen Kräfte die Passagiere etwas davon spüren würden. William P. Lear, Vorstandsvorsitzender der Lear Inc., einem der größten auf Luftfahrt spezialisierten Elektronikhersteller unseres Landes, hat sich seit Monaten mit seinen Chefwissenschaftlern und Ingenieuren mit den neuen Entwicklungen und Theorien befaßt. Er ist davon überzeugt, daß es möglich sein wird, künstliche elektrogravitative Felder zu erzeugen, ‚deren Polarität gesteuert werden kann, um die Schwerkraft der Erde aufzuheben‘... Eugene M. Gluhareff, Präsident der Gluhareff Helikopter- und Luftfahrtgesellschaft in Manhattan Beach, Cal., hatte verschiedene theoretische Formstudien an runden, untertassenförmigen Fluggeräten durchgeführt und ihre mögliche Anwendung für die Raumfahrt untersucht.“

Daß auf dieser Konferenz ausdrücklich auch das UFO-Thema zur Sprache kam, beweist ein weiteres Zitat von William P. Lear. *„Ich bin davon überzeugt, daß diese UFOs Realität sind“*, hatte der Erfinder des Lear-Jets erklärt, *„da sie sehr wahrscheinlich mit der Theorie der Gravitationsfelder eng in Verbindung stehen. Wir sind dicht davor, die Existenz dieser antigravitativen Kräfte zu beweisen.“*

Major Donald Keyhoe zitiert in seinem Buch „The Flying Saucer Conspiracy“ die Theorie des deutschen Raketenforschers Prof. Hermann Oberth, des Lehrers Wernher von Brauns, der in Fachkreisen als der „Vater der Weltraumfahrt“ gilt. Oberth erklärte, daß das gesamte Flugverhalten der UFOs auf das Vorhandensein eigener Gravitationsfelder - Oberth nannte sie „G-Felder“ - hindeutet. *„Selbst bei den schnellsten Richtungs- und Geschwindigkeitsveränderungen würden die Passagiere keinen Effekt spüren“*, schrieb der Professor, *„weiter würde das G-Feld es den Raumschiffen ermöglichen, extrem hohe Geschwindigkeiten zu erreichen - auch die Lichtgeschwindigkeit. Drittens erklärt ein G-Feld den lautlosen Flug der Untertassen. Die sie umgebende Luft würde mitgezogen werden, und als Resultat gäbe es keine Luftwirbel, keine Turbulenzen und keine Geräusche. Viertens könnten die beobachteten Veränderungen im Glühen der Untertassen auf die Transformation von obstruktiven Strahlen in Strahlen mit höherer Wellenlänge zurückzuführen sein, die Licht und Elektrizität erzeugen würden.“* Zu ähnlichen Schlußfolgerungen war bereits 1953 eine von Leutnant Plantier geleitete Studie der französischen Luftwaffe gekommen.

Eine Möglichkeit zur Erzeugung eines künstlichen Gravitationsfeldes scheint der japanische Physiker Prof. Shinichi Seiki gefunden zu haben. In seinem Buch „The Principles of Ultra-Relativity“ (1972) beschreibt er eine Möglichkeit, Schwereenergie in elektromagnetische Energie umzuwandeln. Dabei ging er von der seit 1934 bekannten Kramer-Gleichung aus, die die vierdimensionale Gyrations-Bewegung der Atome in ihrer Abhängigkeit von äußeren elektrischen und magnetischen Feldern beschreibt. Ausgenutzt wird bei Seikis Modell die Änderung des räumlichen Elektronenspins im Spektrum der magnetischen Kernresonanz.

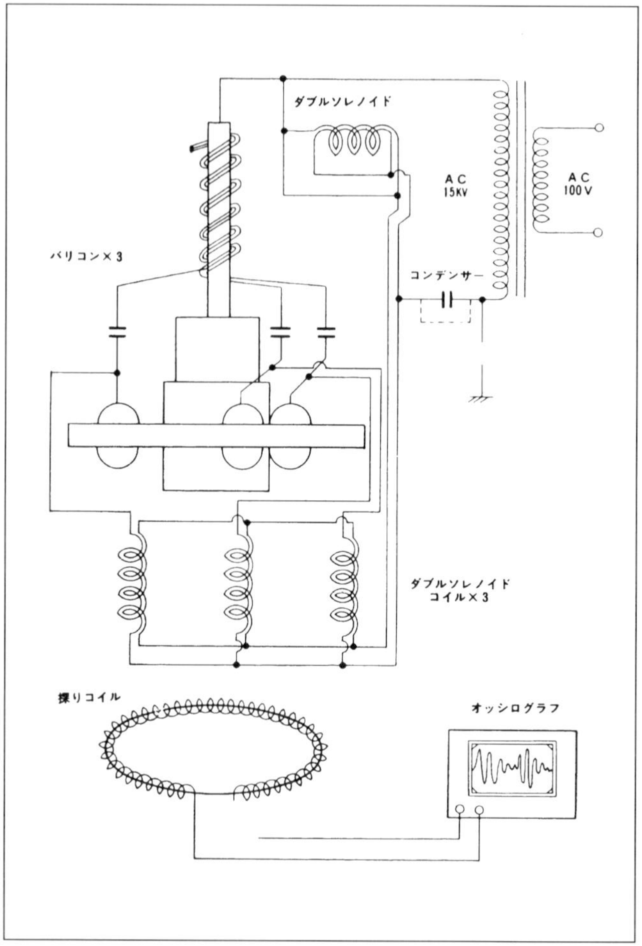

Prof. Seikis Modell

Dabei wird der zu untersuchende Stoff in ein hochfrequentes Wechselfeld gebracht. Bei bestimmten für die jeweiligen Moleküle typischen Frequenzen kommt es zu Absorptionseffekten - dem äußeren Feld wird Energie entzogen.
Wie Seiki nachwies, wird der polare Drehimpuls bei einer elektrischen Kernresonanz ebenso beeinflußt wie bei der magnetischen Kernresonanz das Spin-Wirbelfeld, der axiale Drehimpuls. Der polare Drehimpuls bildet nun im Raum ein Quellenfeld, das über eine Divergenzgleichung direkt mit dem Energieoperator und damit auch mit dem Gravitationsfeld verknüpft ist. Seiki entwickelte eine Lösung der Bewegungsgleichungen in einem rotierenden elektrischen Wechselfeld, dem ein magnetisches Gleichgewicht überlagert ist. Von einer bestimmten Resonanzfrequenz ab können negative Entropiezustände auftreten - Energie aus dem Gravitationsfeld der Erde fließt in das System ein. Die „negativen Energien" erzeugen damit ein künstliches Gravitationsfeld, das das irdische aufheben kann.
Professor Seiki erzeugte das rotierende elektrische Feld mit Hilfe dreier kugelförmiger Kondensatoren, die alternativ über drei Magnetspulen geladen und entladen werden - ganz wie sie George Adamski beschrieb. Zum Starten des Motors ist eine externe Energiequelle nötig. Die Gesamtleistung von Seikis Motor wurde auf 3 x 10 hoch 9 kW berechnet, was weit über der Leistung der „Saturn"-Rakete liegt. Nähert sich ein Fluggerät mit eigenem Gravitationsfeld der Erde, treten bestimmte Effekte auf, folgerte Seiki: Elektromagnetische Geräte würden gestört, Pflanzen beschädigt - alles Effekte, die seit Jahren in Verbindung mit den UFOs beobachtet wurden.
Die theoretischen Modelle von Brown und Seiki erklären zumindest, wie die UFOs angetrieben werden und weshalb sie die beschriebenen Flugcharakteristiken und Wirkungen auf ihr Umfeld aufweisen. Doch nach der von hochkarätigen Wissenschaftlern besuchten New York-Konferenz 1955 verschwand das Thema „Elektrogravitation" urplötzlich von der Bildfläche, und wir können nur annehmen, daß weitere Forschungen unter dem Schutz militärischer Geheimhaltung durchgeführt wurden. Daß zu diesem Zeitpunkt nahezu alle großen Rüstungsunternehmen und Flugzeugbaufirmen an dieser Technik arbeiteten, beweist eine Studie über „Elektrogravitative Systeme" von Februar 1956, die sinnigerweise in der „Technischen Bibliothek" der Wright Patterson-Luftwaffenbasis, dem Sitz des Lufttechnischen Nachrichtendienstes (ATIC) der US-Luftwaffe, entdeckt wurde.
Darin heißt es, daß mittlerweile *„die meisten großen Firmen in den Vereinigten Staaten Arbeitsgruppen ins Leben gerufen haben, um elektrostatische und elektrogravitative Phänomene zu studieren"*, darunter Douglas, Glenn Martin *(„die sagten, Gravitationskontrolle könne in den nächsten sechs Jahren erreicht werden")*, Clark Electronics *(„die hinzufügten, der Ursprung der Schwerkraft könne wohl schneller verstanden werden als manche Leute denken")*, General Electric, Bell *(„ist überzeugt, daß aus den gegenwärtigen Programmen praktische Hardware hervorgehen wird")*, Lear *(„hat eine eigene Abteilung für Gravitationsforschung")*, Lockheed und Boeing. Auch die führenden Universitäten forschten jetzt in dieser Richtung, darunter namhafte Institute wie das Massachusetts Institute of Technology (MIT), das Institute for Advanced Study in Princeton, an dem Einstein tätig war, das CalTech-Strahlenlabor, kurz gesagt die gesamte Physiker-Elite der USA.
„Wichtige theoretische Durchbrüche in der Entdekkung der Ursachen der Gravitation werden von den führenden Köpfen erwartet, die mit modernsten Forschungsmitteln daran arbeiten", heißt es weiter, *„die Rolle der Flugzeugindustrie ist dabei, die Mittel zur Verfügung zu stellen und die Physiker von der Dringlichkeit dieser Sache zu überzeugen"*. Als positives Beispiel wird Vonvair angeführt, die *„Berater aus*

Rekonstruktion der Adamski-Scheibe durch Ing. Leonard G. Cramp

den Atomprojekten wie Dr. Edward Teller" - den Vater der Wasserstoffbombe - in ihr Expertengremium aufnahmen.

Zu welchen Ergebnissen diese hochkarätigen Forschungsvorhaben führten, ist noch unbekannt. Die Einladung an Howard Menger von 1960, an einem solchen Geheimprojekt mitzuwirken, deutet zumindest auf ein längerfristiges Programm unter höchster Geheimhaltung hin, das offenbar schließlich erfolgreich war.

In welchem Rahmen auch immer ein solches Projekt durchgeführt wurde, es fand ohne die Mitwirkung von Thomas Townsend Brown statt. Doch auch er hatte Anfang der 50er Jahre begonnen, sich für die UFOs zu interessieren, als er erkannte, wie deutlich ihr Flugverhalten seine Theorien zu bestätigen schienen.

Um, ähnlich wie Wilbert Smith in Kanada, an weitere Daten zu kommen, gründete er 1956 das „Nationale Untersuchungskomitee für Luftphänomene" (NICAP), eine private Organisation mit Sitz in Washington D.C., die - später unter der Leitung von Major Donald Keyhoe - bald zur renommiertesten UFO-Forschungsorganisation der Vereinigten Staaten avancierte. Zu seinen Mitgliedern zählten verschiedene ranghohe

Militärs, darunter Admiral Roscoe Hillenkoetter, der ehemalige Direktor des CIA. Offensichtlich war Brown nicht der einzige, der die Sammlung von UFO-Informationen für wichtig hielt, auch wenn die Mitglieder von NICAP ihm bald vorwarfen, UFO-Forschung zu einseitig in Hinblick auf Phänomene der Elektrogravitation zu betreiben. In den folgenden Jahren war Brown immer fester davon überzeugt, daß „jemand", höchstwahrscheinlich Regierungsbeamte, seine Arbeit überwachte und auf verwertbare Aufschlüsse hoffte. Und auch das UFO-Phänomen wurde von amtlicher Seite her immer häufiger auf Hinweise auf das Antriebssystem der „fliegenden Untertassen" untersucht, was das starke Interesse bestimmter Dienststellen speziell an den Kontaktlern Adamski und Menger erklärt. Da kam der Rodeffer-Film, der wie kein anderer zuvor ziemlich deutliche Aufschlüsse auf den UFO-Antrieb ermöglichte, gerade recht.

Am 27. Februar 1967 zeigte Madeleine Rodeffer ihren Film in Beisein des Ehepaares Fred und Ingrid Steckling einer Gruppe von 22 NASA-Mitarbeitern im Goddard Space Flight Center in Green Belt, Maryland (Gebäude A-1). Und auch die Stecklings hatten etwas vorzuzeigen, das posthum die Kontakte von George Adamski bestätigte.
Fred Steckling, ein junger Deutscher, war 1962 nach Washington gekommen, wo er gleich Zeuge einer UFO-Sichtung wurde. Das veranlaßte ihn, in die Kongreßbibliothek zu gehen und sich Literatur zu besorgen. Und der erste Autor, der in der Kategorie „UFOs" aufgelistet war, war George Adamski. Fasziniert von dessen unglaublicher Geschichte wollte er den Mann kennenlernen, der behauptete, mit Außerirdischen in Kontakt zu stehen. Steckling schrieb Adamski, erfuhr von dessen nächstem Washington-Besuch und lernte den „großen alten Weltraummann" kennen und schätzen. Die Männer wurden Freunde, Adamski zog den jungen Einwanderer, der jetzt Pilot einer US-Fluggesellschaft war, ins Vertrauen. Dann, eines Tages, war es so weit: Er stellte Steckling seinen „Raumbrüdern" vor, Außerirdischen - so Adamski - die in Washington lebten und tätig waren.

Fred Steckling

Ein Jahr nach Adamskis Tod begegnete Steckling in Washington D.C. wieder einem der „Raumbrüder". Zum Abschluß einer längeren Unterredung erzählte der junge Deutsche, daß er im Herbst nach Deutschland fliegen wolle, um dort ein paar Gleichgesinnte und Verwandte zu treffen. *„Wir werden auch dort immer bei Dir sein"*, versprach ihm der Fremde, *„halte Deine Filmkamera bereit"*. Steckling tat wie befohlen.
Nach einem Besuch bei Freunden in Schifferstadt bestieg er am 7. September 1966 gegen 11.00 Uhr den Zug von Manheim nach Frankfurt. Natürlich war wie immer seine Super-8-Filmkamera dabei. Als Steckling gegen 11.15 Uhr aus dem Fenster schaute, fiel ihm eine Gruppe von zwölf länglichen, leuchtenden Flugobjekten auf, die in drei Viererreihen flogen. Drei weitere Formationen gleicher Stärke folgten und schienen den Zug zu begleiten. Für Steckling war sicher: Das mußte die Demonstration sein, die ihm der „Raumbruder" versprochen hatte - eine ganze Armada fliegender „Zigarren", die am stahlblauen Himmel weißlich glühten. Sein Sohn Glenn riß das Fenster auf, Steckling griff sich die Filmkamera, lehnte sich aus dem fahrenden Zug heraus und filmte. Jetzt bemerkten auch andere Fahrgäste die UFO-Formation, liefen zum Fenster, verfolgten wie gebannt das Manöver, bis es nach zwei Minuten beendet war.

Fred Steckling filmte diese UFO-Formation am 7.September 1966 zwischen Mannheim und Frankfurt

„Sie haben da wirklich etwas Besonderes“, bemerkte staunend einer der Wissenschaftler bei der NASA-Vorführung, nachdem er die Filme Madeleine Rodeffers und Fred Stecklings gesehen hatte. Zwei Wochen später wurden beide ins Pentagon eingeladen, wo am 20. März 1967 eine Vorführung vor einer Gruppe von Experten unter Vorsitz von Lt. Col. George P. Freeman jr. stattfand. Auch dort zeigte man sich beeindruckt, und Madeleine Rodeffer und die Stecklings schöpften neuen Mut. Der Kurs der UFOs stand damals ziemlich hoch, und die Ereignisse in den beiden Jahren nach Adamskis Tod hätten beinahe zu einem Durchbruch geführt...

10. WEIL NICHT SEIN KANN, WAS NICHT SEIN DARF

In der Nacht vom 2. auf den 3. August 1965 beobachteten einige tausend Bewohner des mittleren Westens der USA, wie das Land von North Dakota bis Texas von ganzen Formationen farbiger, scheibenförmiger Objekte überflogen wurde. Autofahrer ließen ihre Wagen mitten auf den Straßen stehen und gingen ins Freie, um das großartige Schauspiel am Himmel zu verfolgen. Familien verließen ihre Häuser. Radio- und Fernsehsender unterbrachen ihre Programme mit der Meldung, daß jetzt auch über ihren Funkstationen leuchtende Scheiben aufgetaucht seien. Die Tinker Luftwaffenbasis in der Nähe von Oklahoma City meldete, daß sie die UFOs auf Radar hätte und daß sie in 7000 Meter Höhe fliegen würden. Ein Zeuge aus El Reno beschrieb eines der UFOs so: *„Es sah aus wie eine helle Lichtquelle, überwiegend weiß. Es schien so, als wäre es von einem grünen Glühen umgeben. Das UFO blitzte und leuchtete rot, weiß und blau, als es in westlicher Richtung weiterflog."*

Einige Tage später kam die offizielle Erklärung der US-Luftwaffe zu der Massensichtung: *„Die beobachteten Objekte könnten der Planet Jupiter oder die Sterne Rigel, Capella, Beteigeuze oder Aldeberan gewesen sein."* So weit, so gut. Unangenehm wurde die Situation für die Urheber dieser Erklärung erst, als Astronomen erklärten, sie könne einfach nicht stimmen. Die genannten Sterne waren zur Zeit der Sichtungen noch nicht am Horizont aufgetaucht.

Und es gibt noch einen fotografischen Beweis dafür, daß diese Erklärung falsch sein muß. In dieser Nacht nämlich gelang dem 14jährigen Alan Smith aus Tulsa, Oklahoma, ein Farbfoto, das eines dieser Objekte zeigt. Was er damals mit eigenen Augen sah, beschrieb Alan als *„ein Objekt von der Form eines Baseballs. Es veränderte seine Farbe von Weiß zu Rot und Blaugrün. Seine Lichter pulsierten.Und es gab einen hohen, schrillen Pfeifton von sich. Als der Ton lauter wurde, wurde das Objekt auch heller."* Als das UFO über ihm war, schoß Alan ein Foto mit seiner Pfadfinder-Kamera, geladen mit einem 620 Kodacolor-Film. Zeugen waren Alans Vater (43), seine Schwester (18) und Daryl Swimmer, ein Nachbar. Die Höhe des Flugobjektes schätzte Alans Vater auf 2000 Meter, seinen Durchmesser auf 14 Meter. *„Das Objekt tauchte zuerst als ein heller Stern mit grell weißem Licht auf, wurde rötlicher, als es näherkam, dann blau, dann grün, dann cremeweiß. Alle Hunde der Nachbarschaft begannen zu bellen und zu heulen, als es über uns war."*

Auf dem Fotoabzug erschien das UFO als ein kleiner heller Punkt in der Ecke des Bildes - aber stark vergrößert konnten Details enthüllt werden, die nicht einmal mit bloßem Auge erkennbar waren. Eine 1975 durchgeführte Computeranalyse der GSW ergab, daß wir es hier mit *„einem dreidimensionalen, massiven, diskusförmigen Objekt mittlerer Größe zu tun haben, dessen Durchmesser bei etwa 10 bis 14 Metern liegt"*.

In den folgenden Monaten machten die UFOs auf eine

ganz andere, neue Art auf sich aufmerksam. In der Nacht des 23.Septembers 1965 beobachteten Hunderte von Zeugen, unter ihnen General Rafael Vega, Kommandeur eines Militärbezirkes, Bürgermeister Valentin Gonzales und Gouverneur Emilio Riva Palacie ein glühendes, scheibenförmiges UFO, das niedrig über der mexikanischen Stadt Cuernavaca schwebte. Zur selben Zeit setzte in der Stadt die gesamte Stromversorgung aus, und erst als das UFO davongeflogen war, gingen die Lichter wieder an.

Als Renato Pacini, Dirigent des Symphonieorchesters von Indianapolis, am 9. November 1965 seine Brüder in Rochester im Staate New York besuchen wollte, holten sie ihm am Flugplatz von Syracuse mit dem Wagen ab. Es war gegen 17.20 Uhr, man hatte schon die halbe Strecke zurückgelegt, als Renato ein sonderbares helles Licht am westlichen Himmel bemerkte. Er zeigte es den anderen, die es ebenfalls für ungewöhnlich hielten. Als sie weiter die Landstraße entlangfuhren, senkte es sich blitzschnell herab und flog in Richtung Syracuse. Sie konnten das Licht noch einige Minuten beobachten, bis es so niedrig war, daß es hinter Anhöhen und Häusern in der Dämmerung verschwand. Einige Sekunden später meldete ein Sprecher im Autoradio, daß die große Verdunklung begonnen hatte - im gesamten Nordosten der Vereinigten Staaten, von New York bis über die kanadische Grenze hinweg war der Strom ausgefallen.

Betroffen war ein Gebiet von 140.000 Quadratkilometern, mehr als halb so groß wie die alte Bundesrepublik. *„Ich hatte das Gefühl, gerade den Weltuntergang miterlebt zu haben“*, schilderte es ein Pilot, der sich gerade im Landeanflug auf New York befand, als die Lichter der Stadt plötzlich verloschen. Während der ganzen Nacht konnten überall in diesem Gebiet - und besonders über den Kraftwerken - Feuerkugeln und leuchtende Scheiben gesehen werden. Und auch Pacinis Bericht erhielt seine Bestätigung. Zur selben Zeit, als die drei Ehepaare das helle Licht am westlichen Himmel beobachteten, befand sich der städtische Beauftragte für Luftfahrt, Robert C. Walsh aus Syracuse, gerade im Flugzeug, 500 Meter über der Stadt. Und dann wurde es dunkel.

„Es war ein unheimliches Gefühl“, schilderte Walsh sein Erlebnis, *„ich dachte schon, daß ich mein Sehvermögen verloren hätte, und eine Minute lang überlegte ich. Was tun? Dann sah ich die Wagen, die sich auf den Straßen bewegten, und mir wurde wenigstens klar, daß ich sehen konnte. Ich dachte zuerst an Sabotage und dann an eine Menge anderer Ursachen. Ich nahm Kontakt mit dem Kontrollturm des Flughafens auf. Ich wußte, er hatte ein Notaggregat. Ich fragte, was los sei, aber niemand hatte eine Ahnung, was geschehen war. Ich entschloß mich zu landen.“* Kurz nach der Landung diskutierte Walsh das Ereignis mit Freunden vom Flughafenpersonal, als alle plötzlich am Himmel einen großen Feuerball sahen, der in der Luft rotierte. Nach Schätzungen des Piloten befand er sich in nur etwa 30 Metern Höhe und hatte einen Durchmesser von 15 Metern. Doch die glühende Kugel stieg schnell, bis sie schließlich am Himmel verschwand.

In den nächsten Wochen wiederholten sich die Vorfälle in den Staaten Minnesota, Texas, Kalifornien und New Mexico.

Zur nächsten UFO-Welle kam es im März 1966 im Staate Michigan. Hunderte von Zeugen beschrieben, wie sie Objekte *„von der Größe eines Automobils“*, *„geformt wie ein plattgedrückter Baseball“* sahen, die oft in nur geringer Höhe über ihren Dörfern hinwegschwebten. Unter den Zeugen befanden sich auch 12 Polizisten, 80 Studentinnen eines Colleges und ihre Professorin. Wieder einmal urteilte die Luftwaffe unbedacht und vorschnell. Die Objekte, so ließ sie erklären, seien nichts weiter als Sumpfgas, das sich entzündet hätte. Es gab einen Sturm der Entrüstung, nicht nur unter den Zeugen.

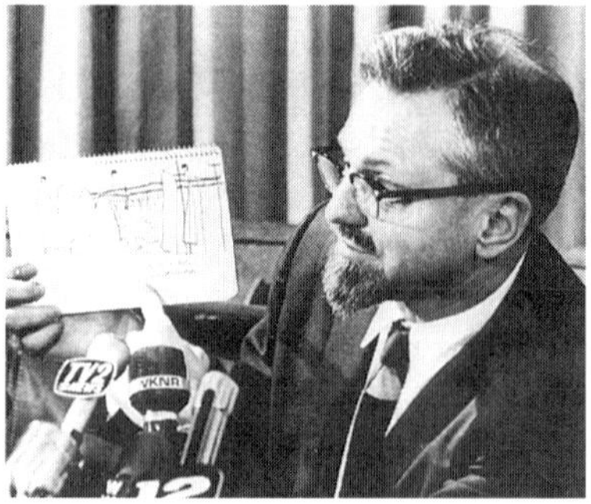

Zwei Zeichnungen von Augenzeugen in Michigan, die die UFOs als „solide, metallische Objekte“ beschrieben; für Prof. Hynek von Projekt Bluebook waren sie „Sumpfgas“.

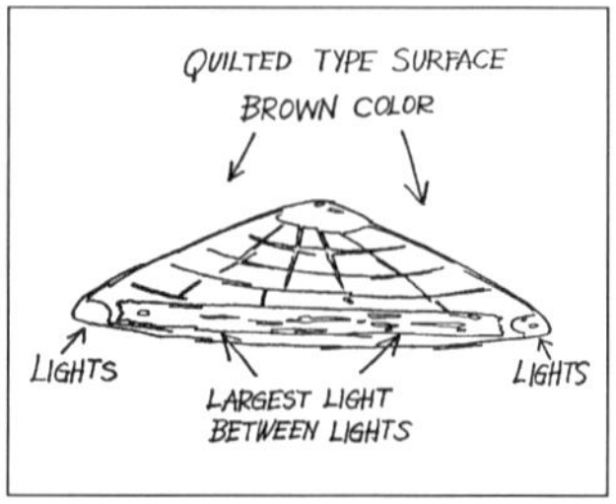

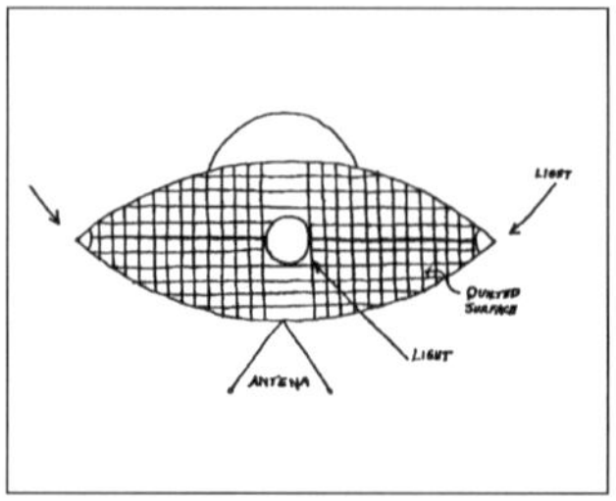

Der Kongreßabgeordnete Gerald Ford forderte „eine Wiederherstellung unserer Glaubwürdigkeit bezüglich der UFOs“.

Die Presse hatte jetzt endgültig ihr Vertrauen in PROJECT BLUE BOOK verloren, Hunderte empörter Briefe trafen in Wright Patterson ein, während sich andere Bürger an ihre Kongreßabgeordneten wandten. Und auch der damalige Sprecher der Republikanischen Partei im Kongreß, der Abgeordnete und spätere Präsident Gerald R. Ford, forderte in seinem Brief an den Vorsitzenden des Ausschusses für die Streitkräfte, L. Mendel Rivers, am 28. März 1966 *„bessere Erklärungen, als sie uns bisher von der Luftwaffe gegeben wurden. Ich denke, wir sind es dem amerikanischen Volk schuldig, unsere Glaubwürdigkeit bezüglich der UFOs wiederherzustellen und die Angelegenheit so gut wie möglich aufzuklären. “*
Zum ersten Mal seit 1953 schien das durch das CIA-Erziehungsprogramm verhängte Schweigen gebrochen zu sein. Im Zorn über die Augenwischerei der Luftwaffe wagten jetzt einige bekannte Militärs, öffentlich ihre Meinung zum Thema zu äußern. *„Ich bin seit langem überzeugt, daß die ‚Untertassen‘ interplanetarische Fahrzeuge sind“*, erklärte der frühere Luftwaffen-Pressesprecher Albert Chop, der jetzt stellvertretender Direktor der NASA-Abteilung für öffentliche Angelegenheiten war, *„außerirdische Wesen besuchen uns.“* Und auch Konteradmiral Delmar Fahrney von der Marine stimmte darin überein, daß *„glaubwürdige Berichte besagen, daß nichtidentifizierte Objekte mit großer Geschwindigkeit in unsere Atmosphäre kommen und daß sie intelligent gesteuert werden.“* Oberstleutnant Howard Strand, Kommandeur der Flugbasis Michigan, war überzeugt, daß *„UFOs Realitäten sind und nur von einem anderen Planeten kommen können, dessen Zivilisation älter als die Unsrige ist“*, und Admiral Roscoe A. Hillenkötter, der bis 1952 Direktor des CIA war, erklärte, daß *„die Luffwaffe die Öffentlichkeit ununterbrochen über UFOs belogen hat. Die unbekannten Obiekte arbeiten unter intelligenter Kontrolle. Es ist dringend notwendig, daß die Öffentlichkeit nun erfährt, woher sie kommen.“*
Hohe Militärs und Kongreßabgeordnete schlossen sich der NICAP, dem Nationalen Untersuchungskomitee für Luftphänomene, damals Amerikas renommierteste Forschungsorganisation, an, um gemeinsam mit den UFO-Forschern eine Freigabe der Informationen zu erreichen. Tatsächlich machte die Luftwaffe damals die zwölf Schlußberichte von PROJECT BLUE BOOK aus der Ruppelt-Ära der Öffentlichkeit zugänglich, die

zuvor als GEHEIM klassifiziert waren. Die Johnson-Administration gestand dem „Komitee für Informationsfreiheit“ noch weitere Schritte zu. Doch sollte es erst einmal dabei bleiben.

Die neue Zauberformel, mit der man stattdessen die „UFO-Lobby“ vertröstete, lautete, die Luftwaffe wolle eine wissenschaftliche UFO-Studie durch eine bekannte Universität durchführen lassen. Theoretisch war dieser Plan gar nicht einmal so schlecht.

Prof. Edward Condon

Doch keine der großen Universitäten wollte dieses „heiße Eisen“ anpacken, da sie fürchtete, ihren guten Ruf dadurch zu schaden. Schließlich willigte die Universität von Colorado ein, und am 6. Oktober 1966 wurde der mit 313000 Dollar dotierte Forschungsvertrag von je einem Vertreter der Universität und der Luftwaffe unterschrieben.
Die Leitung der Untersuchung wurde dem bekannten Physiker Dr. Edward U. Condon übertragen, einem dunklen, kleinen, bulligen Mann. Condon war von vornherein Erzskeptiker. *„Ich werde so lange nicht an außerirdische Untertassen glauben“,* hatte er zu Beginn der Untersuchungen einem Reporter erklärt, *„bis ich eine gesehen und berührt habe, ins Innere gelangt bin, sie ins Laboratorium gebracht und gemeinsam mit einigen kompetenten Leuten untersucht habe. Ich würde liebend gerne eine ergattern.“*
Bald kam es zu einem Skandal in Colorado. Zwei Wissenschaftlern des UFO-Projektes, Dr. David R. Saunders und Dr. Norman Levine, wurde fristlos wegen „Insubordination“ gekündigt. Sie hatten in den Akten ein Memorandum gefunden, daß sie nicht akzeptieren wollten. Darin hatte am 9. August 1966 Projektkoordinator Robert J. Low „Einige Gedanken zum UFO-Projekt“ zum Ausdruck gebracht. Man müsse
„um ein derartiges Projekt zu unternehmen, mit einer objektiven Einstellung beginnen. Das heißt, man muß die Möglichkeit zugeben, daß solche Dinge wie die UFOs existieren. Es ist aber nicht respektabel, eine derartige Möglichkeit ernsthaft in Erwägung zu ziehen. Mit anderen Worten, Leute, die daran glauben, sind Außenseiter... die bloße Tatsache, diese Möglichkeit zu akzeptieren, würde uns an Gesicht verlieren lassen, und wir würden in der wissenschaftlichen Gemeinschaft mehr an Prestige verlieren, als wir möglicherweise durch eine derartige Untersuchung gewinnen könnten ... Unsere Untersuchung wird fast ausschließlich von Leuten unternommen, die nicht daran glauben. Obwohl sie kaum in der Lage wären, ein negatives Resultat zu beweisen, so würden und könnten sie doch eine eindrucksvolle Menge von Beweismaterial erbringen, das zeigt, daß es sich bei diesen Beobachtungen nicht um eine Realität handelt. Ich denke, daß der Trick darin bestehen würde, das Projekt so zu beschreiben, daß es der Öffentlichkeit gegenüber als eine völlig objektive Studie erscheinen, aber der wissenschaftlichen Gemeinde gegenüber den Eindruck einer Gruppe von Nichtgläubigen darstellen würde, die zwar ihr Bestes tun, um objektiv zu sein, jedoch bei der Suche nach Untertassen die Erwartung von praktisch Null haben. Eine Möglichkeit wäre, nicht die Untersuchung des physikalischen Phänomens zu betonen, sondern den Tenor auf die Leute zu legen, die Beobachtungen machen - die Psychologie und Soziologie jener Personen und Gruppen, die über Sichtungen von UFOs berichten ... Ich glaube, wenn wir zu diesem frühen Zeitpunkt die Sache richtig anfassen und die richtigen Leute einsetzen, werden wir

diese Aufgabe nicht zu unserem Schaden erfüllen... "
Als Professor Saunders das Dokument veröffentlichte, gab es einen landesweiten Skandal um das Colorado-Projekt. Der Professor wurde von Condon angebrüllt, *„dafür haben Sie verdient, beruflich ruiniert zu werden"* und entlassen.
Doch Condon hat keinen Augenblick gezögert, sich nach dieser Direktive zu richten - und hatte seinen Erfolg damit. Bekanntlich gibt es keine so vernichtende Kritik wie jene, die eine Sache ins Lächerliche zieht. Und genau das war Dr. Condons Methode - jedem Spinner, jedem Wichtigtuer wurde größte Beachtung geschenkt, was dann mit Befriedigung und Sarkasmus im Schlußbericht vermerkt wurde. In einem Brief aus Kalifornien, dessen anonymer Verfasser sich durch eine starke Exzentrik in der Rechtschreibung auszeichnete, wurde eine UFO-Landung für den 15.4.1967 um 11.00 Uhr auf den Salt Flats im Staate Utah angekündigt. Condon hatte nichts Eiligeres zu tun, als den Gouverneur von Utah anzurufen und ein Empfangskomitee mitsamt einer Blaskapelle zu bestellen. Was natürlich nicht erschien, war das Raumschiff. Der Briefschreiber in Kalifornien hatte seinen Spaß, in Colorado schlug sich Condon vor Vergnügen auf die Schenkel, und in den Augen von Presse und Öffentlichkeit hatte das UFO-Problem eine weitere Schlappe erlitten.
Große Aufmerksamkeit schenkte Dr. Condon auch einem ehemaligen Irrenhausinsassen, der sich mit dem Namen „Sir Salvador" als „Vertreter des 3. Universums" vorstellte und für die geringe Summe von 3 Millionen Dollar in Gold eine UFO-Landung versprach. Auch die sexuellen Verbindungen einer rauschgiftsüchtigen Studentin mit „UFO-Insassen" wurden Thema dieser „wissenschaftlichen Untersuchung".
Dr. Edward U. Condon war eben *„der Mann, der Anekdoten liebt"*, was ganz seinem kauzigen Humor entsprach, und das galt auch für die *„damn UFOs"* (verdammten UFOs), wie er sie stets zu nennen pflegte.
Aber, wie Professor James McDonald von der Universität von Arizona erklärte, *„sind es doch nicht die Schwachsinnigen, sondern die Flugzeugführer, Polizeibeamten und andere glaubwürdige Zeugen, deren UFO-Berichte die Sache in Gang gehalten haben. Im Prinzip hat Dr. Condon keinerlei Anstalten gemacht, auf die ernste Seite dieses Problems einzugehen. "*
Im Dezember 1968 war dann die *„Wissenschaftliche Untersuchung Unidentifizierter Flugobiekte"* endlich beendet. Der Etat war mittlerweile auf 500.000 Dollar erhöht worden. Am 8. Januar 1969 erschien der 965 Seiten starke Schlußbericht als Taschenbuch, anscheinend subventioniert, zum erstaunlich günstigen Preis von 1,95 Dollar bei Bantam Books, New York. Der Report war ein Widerspruch in sich. Auf 236 Seiten wurden die einzelnen Falluntersuchungen des Colorado-Wissenschaftlerteams in 59 UFO-Sichtungsfällen ausführlich geschildert.
Das Ergebnis war erstaunlich: Ein Drittel der Fälle konnte nicht identifiziert werden, wobei man alles tat, um die Beziehung *„unidentifiziert"* zu vermeiden: „Man fand keine definitive Erklärung", *„interessant, aber unerklärlich"* (sic!), *„schwer zu beurteilen"* und schließlich *„es gab wenig überzeugende Beweise, daß die gesichteten Objekte auch physikalisch real waren" (Fall 38)* oder *„der Fall lieferte offensichtlich keine beweiskräftigen Informationen über UFOs"*, womit unbequeme Fälle ad acta gelegt wären. Und trotz allem, dieser Bericht war für alle, die ihn kritisch und gründlich gelesen haben, der Beweis, daß es unidentifizierte Flugobjekte gibt - was immer sie auch sind. *„Ich interessiere mich sehr für das UFO-Phänomen, seitdem ich den Condon-Report gelesen habe"*, gab der französische Raumfahrtexperte Dr. Claude Poher von der staatlichen französischen Gesellschaft für Weltraumforschung (CEFS) zu, denn *„wenn man den Condon-Report wirklich liest, und sich nicht mit Condons Zusammenfassung begnügt, stellt man fest, daß es sich hier um ein echtes Problem handelt."*

Tatsächlich wird bei den besten Fällen deutlich, daß das UFO-Phänomen existiert. Der Montana-Film (*„Der Fall bleibt unaufgeklärt“)* beweist das ebenso wie ein Bericht von 1957, als ein B-47-Luftwaffenflieger ein UFO beobachtet, das gleichzeitig auf Radar geortet wurde. (*„Das Phänomen bleibt unidentifiziert“*). Im Lakenheath-Fall, als auf einer NATO-Luftwaffenbasis in England UFOs auf dem Radarschirm erschienen und Abfangjäger gestartet wurden, während das gesamte Bodenpersonal die *„helleuchtenden festen Flugkörper“* beobachtete, heißt es: *„die Wahrscheinlichkeit, daß zumindest ein echtes UFO in diesen Fall verwickelt war, scheint sehr groß zu sein“*. Den McMinnville-Fall von 1950 bezeichnet der Condon-Report als *„einen der wenigen UFO-Berichte, in dem alle untersuchten Faktoren, ob geometrisch, psychologisch oder physikalisch, mit der Erklärung übereinstimmen, daß ein außergewöhnliches Flugobjekt, silbern, metallisch, scheibenförmig, -zig Meter im Durchmesser und offensichtlich künstlich geschaffen, in Sichtweite der beiden Zeugen vorbeigeflogen ist“*.

Und trotzdem kam Condon in seinem Fazit zu der Schlußfolgerung, daß *„UFO-Phänomene kein ergiebiges Thema darstellen, das beachtliche wissenschaftliche Entdeckungen erwarten läßt.“* Anhand einer Wahrscheinlichkeits-Berechnung wird ‚bewiesen', daß ein außerirdischer Besuch innerhalb der nächsten 10.000 Jahre unwahrscheinlich sei. Auch konnten *„keine Beweise gefunden werden, die einen Glauben an außerirdische Besucher rechtfertigen, die in unseren Luffraum eingedrungen sind. Es gibt nicht genügend Indizien, die weitere wissenschaftliche Untersuchungen rechtfertigen.“*

Doch mit diesem Fazit stieß Condon nicht nur von Seiten der UFO-Anhänger auf Ablehnung, auch Wissenschaftlerkollegen waren ganz und gar nicht damit einverstanden. Zitiert sei von den vielen negativen Stellungnahmen amerikanischer Wissenschaftler - es gab sogar einen von 19 Universitätsprofessoren unterzeichneten Protest an den Kongreß - nur ein Beitrag des Atomphysikers Stanton T. Friedmann, der in Nr. 1/71 der Fachzeitschrift PHYSICS TODAY erschien:

„Nachdem ich elf Jahre lang die UFO-Frage studiert habe, bin ich zu der Überzeugung gekommen, daß einige dieser UFOs außerirdische Fahrzeuge sind. Das Problem ihrer Anerkennung ist jedoch ebenso ein psychologisches Problem, wie seinerzeit vor 300 Jahren die Anerkennung des kopernikanischen Weltbildes...

Jede Generation von bedeutenden Wissenschaftlern scheint den gleichen, selbstüberheblichen Fehler zu machen, nämlich anzunehmen, daß der Mensch in dieser Zeitperiode nunmehr den Gipfel in Wissenschaft und Technologie erreicht hat...

Wenn es wirklich eine Geistesstörung in Zusammenhang mit den UFOs gibt, dann bin ich überzeugt, daß diese unter jenen Wissenschaftlern und Journalisten zu suchen ist, die Personen lächerlich machen, die UFOs gesehen haben; die autoritäre, drastische Urteile abgeben, ohne die Unterlagen geprüft zu haben; die zu wissen glauben, wie die Wissenschaft und Technik der Zukunft aussehen wird; die vorgeben zu wissen, wie sich die Besucher aus dem Weltraum verhalten werden; und die ohne jegliche Informationsunterlagen behaupten, daß Wissenschaftler noch nie UFOs gesehen haben, und für die lediglich ungebildete Narren an UFOs glauben...

Das Problem für den Psychiater besteht darin zu untersuchen, warum ein derart ausgeprägtes ‚Verlangen, nicht an UFOs zu glauben‘ besteht, anstatt festzustellen, ‚warum die Leute UFOs sehen‘. “

Dabei hatte die US-Luftwaffe bereits einen Bericht einer UFO-Landung mitsamt ausgestiegenen Insassen offiziell für „unidentifiziert“ erklärt. Wobei ihr, zugegeben, auch keine andere Wahl blieb. Denn der Bericht war ein Polizeireport, der Hauptzeuge ein New Mexico-Staatspolizist auf Streife, der das Objekt bei hellem Tageslicht beobachtet hatte.

Der Vorfall ereignete sich am späten Nachmittag des 24. April 1964 am Rande des ruhigen Wüstenstädtchens Socorro in New Mexico. Police Officer Lonnie Zamora versah seinen Dienst wie jeden Tag in den fünf Jahren seit seiner letzten Beförderung.

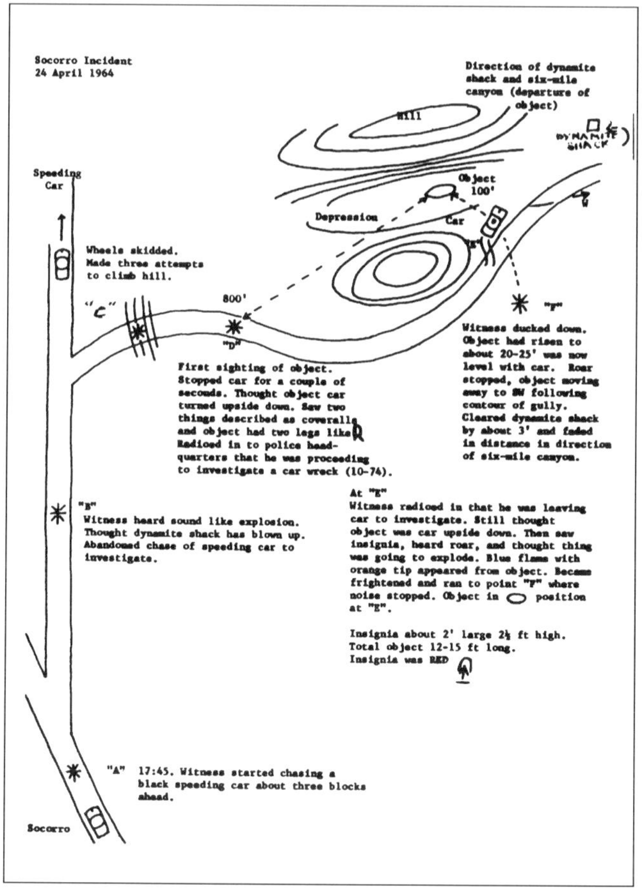

Karte zur Schilderung der Socorro-Landung durch Lonnie Zamora aus dem Untersuchungsbericht des Luftwaffenprojektes „Bluebook“

Highway Patrol Officer Lonnie Zamora

Es war gegen 17.30 Uhr, er passierte gerade das Gerichtsgebäude, als ihm ein schwarzer Cadillac mit überhöhter Geschwindigkeit entgegenkam. *„Den schnapp ich mir“*, dachte Zamora bei sich, wendete mit quietschenden Reifen und nahm die Verfolgung auf. Er befand sich auf der U.S. 85, der Cadillac noch immer im Vorsprung, als ein Donnergrollen seine Aufmerksamkeit erregte: Vor ihm, in südwestlicher Richtung und etwa einen Kilometer entfernt, schoß eine bläulich-orangefarbene Flamme quer über den Himmel. In dieser Gegend, hinter einer Gruppe von Hügeln, gab es ein Dynamitlager, wußte Zamora. Hatte es eine Katastrophe gegeben, eine Explosion?

Zamora beschloß, den Verkehrssünder ziehen zu lassen und stattdessen dort nach dem Rechten zu sehen. Er fuhr ab von der Hauptstraße, schaffte es nach drei Anläufen, über den Hügel zu kommen, schaute in Richtung des Sprengstofflagers - und sah ein leuchtendweißes Objekt inmitten der rostbraunen Wüstenlandschaft auf dem Boden einer Schlucht, vielleicht 150 Meter von ihm entfernt. *„Oh, mein Gott“*, entfuhr es Officer Zamora, der glaubte, hier hätte sich ein Unfall ereignet.

Sofort griff er sich sein Funkgerät, meldete im Polizeicode: *„Socorro Zwei an Socorro, wahrscheinlich 10-44 (Unfall). Ich werde 10-6 (beschäftigt sein, verlasse den Wagen, überprüfe den Wagen dort unten im Arroyo.“* Das war exakt um 17.51 Uhr. Als er wieder in die Talsohle zwischen den Hügeln blickte, in der das vermeintliche Autowrack stand, wurde ihm klar, daß es

kein solches war: Da unten befand sich eindeutig ein weißes, leuchtendes, metallisches Objekt, geformt wie ein amerikanischer Football (also oval) und offenbar auf dünnen, schwarzen Landebeinen stehend. Dann bemerkte er unmittelbar daneben zwei Personen in weißen Overalls. Eine von ihnen drehte sich um, schaute in Richtung von Zamoras Polizeiwagen - und war offenbar erschreckt, schien sich jetzt zu beeilen.
Der Police Officer stieg wieder in seinen Wagen, wollte helfen und fuhr in Richtung der „Unfallstelle". Doch als er gerade dort angekommen war, hörte er ein lautes Donnergrollen und sah wieder eine Flamme.

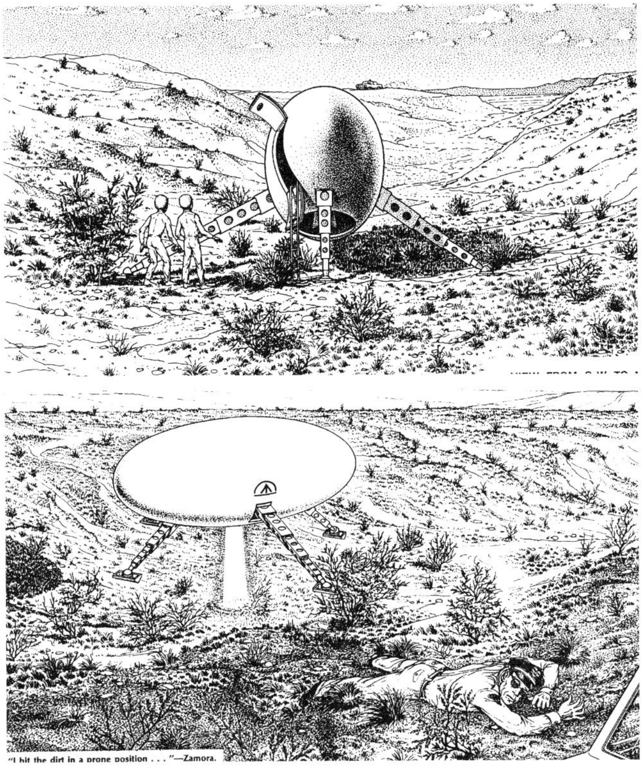

Zeichnung der Socorro-Landung nach den Angaben Zamoras

Diesmal befand sie sich unter dem Objekt. Sie war hellblau und die Objektunterseite orangefarben, als der leuchtendweiße „Football" vertikal in die Höhe schoß, während der Ton immer lauter und höher wurde. Jetzt erkannte er ein Zeichen, ein Symbol, das in roter Farbe an die weiße Seite des Ovals gemalt war, in 75 cm Höhe und 60 cm Breite: eine horizontale Linie, umschlossen von einem Halbkreis, im Zentrum etwas, das wie ein Pfeil aussah. Da bekam es der gestandene Polizist mit der Angst zu tun. Er dachte, das unheimliche Flugobjekt müsse jeden Moment explodieren, und so rannte er davon, seine Unterarme schützend vor sein Gesicht gehalten, an seinem Wagen vorbei und den Hügel hinauf. Noch während er lief, schaute er sich immer wieder um und sah, wie das Objekt in 6 Sekunden von der Talsohle aufstieg und die Höhe der Straße erreichte. Erst als er auf der anderen Seite des Hügels ankam, fühlte er sich sicher, kauerte sich zwischen Steine und Büsche und atmete erst auf, als er sah, wie das „Ei" im Tiefflug - in nur 5 Metern Höhe - in entgegengesetzter Richtung davonflog, das Dynamitlager nur um einen Meter verfehlend. Erst langsam beschleunigte es, um schließlich in den Himmel zu gleiten. Zamora lief zum Wagen, griff sich das Funkgerät, bat seinen Kollegen Nep Lopez am Funk: *„Schau aus dem Fenster, ob du ein Obiekt siehst. Es sieht aus wie ein Ballon."* Doch im selben Moment wurde ihm klar, daß Nep es garnicht sehen konnte. Das Fenster seines Büros zeigte in Richtung Norden, das UFO war in südwestliche Richtung, in Richtung des Six Miles Canyon Mountain, verschwunden.
Nachdem er dem Funker seinen Standort durchgegeben hatte, traf sein Vorgesetzter, Sergeant M.S. Chavez, an der fraglichen Stelle ein. Er fand Lonnie Zamora in einem geradezu erbärmlichen Zustand vor: Bleich, schwitzend, zitternd zeigte er auf eine Gruppe schwelender Büsche in der Talmulde und wiederholte immer wieder: *„Dort hat es gestanden, Sergeant, dort stand es."* Als beide den Hang hinunterkletterten,

bemerkten sie dort, wo das Objekt gestanden hatte, vier Mulden, 25x45 cm groß, die zusammen die Form eines Rhombus bildeten - offenbar Abdrücke der vier Landebeine des UFOs. Jetzt erinnerte sich Zamora, bei Ankunft an der Landestelle und vor der Explosion zwei- oder dreimal eine Art metallisches „Scheppern" gehört zu haben; wahrscheinlich kam es daher, daß die Landebeine gerade eingezogen wurden. Zwischen den Mulden entdeckten die Männer zwei kleinere Abdrücke, wie von einer Leiter. *„Ich wußte, Lonnie hatte etwas gesehen, und der Beweis lag hier, vor unseren Augen"*, erklärte Sergeant Chavez später. Er wußte, was er zu tun hatte: Erst ließ er seinen Patrolman T. V. Jordan die Landestelle fotografieren, dann informierte er die Luftwaffe und den FBI, die Bundespolizei.

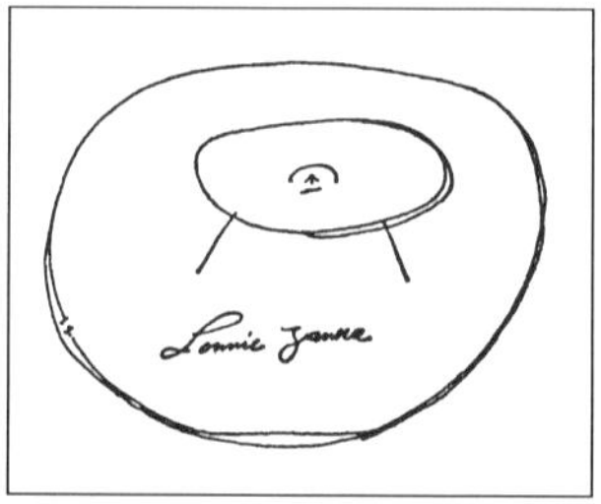

Zamoras Skizze des Objektes und des mysteriösen Symbols

Noch am selben Abend trafen die ersten Untersucher ein. Spezialagent D. Arthur Byrnes jr. vom FBI und Capt. R. T. Holder von der Luftwaffe sicherten Spuren, entnahmen Proben, interviewten Zamora und Chavez und beschlagnahmten Jordans noch unentwickelten Film. Am nächsten Tag ging ein erster Bericht, verfaßt von Col. Eric T. de Jonckhekre, an das „Project Bluebook"-Headquarter in der Wright-Patterson-Luftwaffenbasis in Dayton, Ohio. Als einen Tag später, am 26.4., das „Blue-Book"-Untersucherteam - Major Hector Quintanilla und der Astronom J. Allen Hynek - in Socorro eintrafen, war die Mulde, in der das UFO gelandet war, längst zum Tummelplatz für Dutzende Journalisten, UFO-Enthusiasten und Schaulustige geworden. Ein Blitzlichtgewitter war das erste, was sie von der Landestelle sahen, und erst nachdem sie selbst Dutzende Interviews gegeben hatten, konnten sie endlich Zamora und Chavez befragen. Und Hynek glaubte dem Polizisten:

US-Luftwaffenfoto eines der vier Abdrücke der Landefüße des UFOs. Die Steine wurden von einem FBI-Beamten zur Markierung und zum Schutz um die Stelle plaziert.

„Zamora hatte einen tiefen Schock erlitten. Chavez betonte mir gegenüber immer wieder, daß er in all den Jahren, die er Zamora beruflich kannte, ihn nie in einem solchen Zustand erlebt hatte wie damals, als er ihn an der fraglichen Stelle antraf. Zamora war schwere Unfälle, Blutvergießen, Straßenkämpfe, ja sogar Morde gewohnt. Wir sind uns alle darin einig, daß er hier etwas erlebte, das ihn durch und durch erschreckte." Ihm hatte der Vorfall nur einen Rummel eingebracht, den der wortkarge Polizist verabscheute. Schrieb er jetzt Jugendlichen einen Strafzettel aus, mußte er sich anhören: *„Was geben Sie mir jetzt ein Ticket? Wissen*

Sie nicht, daß jede Minute wieder eine Fliegende Untertasse runterkommen kann?“ Als gläubiger Katholik fragte er seinen Priester um Rat. Und als pflichtbewußter Polizist bereute er von ganzem Herzen, den Raser stattdessen „laufengelassen“ zu haben.

Dann gab es Zeugen. So erklärte der Tankwart Opel Grinder, der eine Tankstelle an der U.S. 85 unterhielt, kurz nach dem Vorfall hätte ihn ein Touristenehepaar angesprochen, *„was für komische Hubschrauber ihr hier habt“*. Und dann erzählten die Fremden, ein eiförmiger „Helikopter“ hätte im Tiefflug die Straße überflogen und sei dann in einer Talmulde gelandet. *„Offenbar war es eine Notlandung. Die Polizei war jedenfalls gleich da.“* Erst 1968, als der Fall längst publiziert worden war, meldete sich ein weiterer Zeuge, ein Larry Kratzer aus Dubuque, Iowa. Der hatte damals mit seinem Geschäftsfreund Paul Kies New Mexico besucht und war jetzt in der Lage, Zamoras Bericht zu bestätigen.

Aber es gab noch einen besseren Beweis für den erstaunlichen Vorfall von Socorro: die Landespuren und die Gesteinsproben, die verschiedene Untersucher aus den Abdrücken der „Landefüße“ entnahmen. Eine erste Untersuchung der Abdrücke ergab, daß sie nur durch ein viele Tonnen schweres Objekt verursacht worden sein konnten, heißt es in dem Socorro-Bericht von „Project Bluebook“. Zwei Bodenproben wurden von Sergeant David Moody der Materials Physics Division der Luftwaffen-Laboratorien zur Analyse übergeben. Das am 19. Mai 1964 verfaßte Gutachten besagt, daß *„spektrographische Analysen das Hauptelement als Silikon identifizierten. Weitere Elemente sind Magnesium, Aluminium, Eisen, Sodium, Potassium und Calcium, außerdem Spuren von Mangan und Titan.“* Ein prozentualer Anteil ist nicht angegeben.

Ray Stanford vom „Nationalen Untersuchungskomitee für Luftphänomene“ (NICAP), der ebenfalls am 26.4. angereist war, entdeckte Metallspuren an einem Stein, den offenbar eines der Landebeine gestreift hatte. Er nahm ihn mit nach Washington D.C., wo er ihn von Dr. Henry Frankel, Leiter der Metallurgischen Abteilung des Goddard Space Flight Center der NASA in Maryland analysieren ließ. Am 5. August 1964 um 11.15 Uhr teilte Dr. Frankel Ray Stanford telefonisch das Ergebnis seiner Untersuchung mit:

„Wir haben die Partikel an der Oberfläche des Steins analysiert. Sie bestehen aus einem Material, das in dieser Verbindung nicht in der Natur vorkommt. Genauer gesagt besteht es in der Hauptsache aus zwei Elementen, Zink und Eisen, mit geringen Spuren anderer Elemente. Etwas ist besonders aufregend an der Zink-Eisen-Legierung, aus der diese Partikel bestehen: Unsere Datei aller uns bekannten Legierungen, die auf der Erde hergestellt werden, jene der Sowjetunion eingeschlossen, beinhaltet keine Legierung dieser

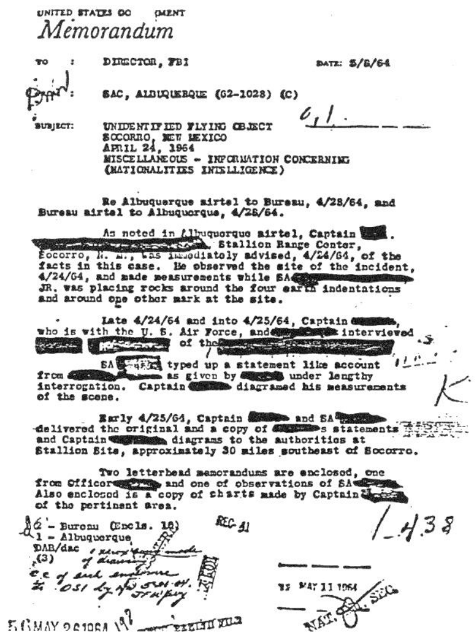

UNITED STATES GO[...]MENT
Memorandum

TO : DIRECTOR, FBI DATE: 5/8/64

FROM : SAC, ALBUQUERQUE (62-1028) (C)

SUBJECT: UNIDENTIFIED FLYING OBJECT
SOCORRO, NEW MEXICO
APRIL 24, 1964
MISCELLANEOUS - INFORMATION CONCERNING
(NATIONALITIES INTELLIGENCE)

Re Albuquerque airtel to Bureau, 4/28/64, and Bureau airtel to Albuquerque, 4/28/64.

As noted in Albuquerque airtel, Captain [redacted]. [redacted], Stallion Range Center, Socorro, N. M., was immediately advised, 4/24/64, of the facts in this case. He observed the site of the incident, 4/24/64, and made measurements while SA [redacted] JR. was placing rocks around the four earth indentations and around one other mark at the site.

Late 4/24/64 and into 4/25/64, Captain [redacted], who is with the U. S. Air Force, and [redacted] interviewed [redacted] of the [redacted]

SA [redacted] typed up a statement like account from [redacted] as given by [redacted] under lengthy interrogation. Captain [redacted] diagramed his measurements of the scene.

Early 4/25/64, Captain [redacted] and SA [redacted] delivered the original and a copy of [redacted]s statements and Captain [redacted] diagrams to the authorities at Stallion Site, approximately 30 miles southeast of Socorro.

Two letterhead memorandums are enclosed, one from Officer [redacted] and one of observations of SA [redacted]. Also enclosed is a copy of charts made by Captain [redacted] of the pertinent area.

2 - Bureau (Encls. 18)
1 - Albuquerque
DAB/dac
(3)

REC-41

MAY 11 1964

NAT. SEC.

56 MAY 26 1964

Bericht an FBI-Direktor J. Edgar Hoover über die Untersuchungsaktivitäten der FBI-Agenten im Socorro-Fall.

speziellen Zusammensetzung in diesem Verhältnis der beiden Elemente, wie wir es hier finden. Das bestätigt die Annahme, daß das Socorro-Objekt außerirdischen Ursprungs sein könnte... ich bin mir absolut sicher, daß diese Legierung nirgendwo auf der Erde hergestellt worden ist."

Doch statt die zugesagte schriftliche Bestätigung dieses Ergebnisses zu schicken, ließ Dr. Frankel plötzlich nichts mehr von sich hören. Zwei Wochen lang versuchte Stanford vergeblich, ihn telefonisch zu erreichen, dann meldete sich das Goddard Space Flight Center bei ihm. Doch am anderen Ende der Leitung war nicht Frankel, sondern ein Thomas P. Sciacca jr., der Stanford erklärte, Dr. Frankel sei nicht mehr länger für die Angelegenheit zuständig, zudem sei seine Analyse ein Irrtum gewesen. Das Metall an dem Stein, so Sciacca, sei Silizium, simpler Staub. Natürlich konnte Stanford nicht glauben, daß ein Top-Experte wie Dr. Frankel in einer spektroskopischen Analyse Silizium, das ein atomares Gewicht von 28 hat, für eine Legierung von Eisen (56) und Zink (65) halten konnte, ein Fehler, den kein Chemie-Student im ersten Semester mehr machen würde.
Professor James E. McDonald, ein Atmosphärenphysiker der University of Arizona, erfuhr von einer Strahlenchemikerin, daß an der Landestelle auch *„unter der Einwirkung großer Hitze verschmolzener Sand"* gefunden wurde. Und dem Polizisten T. V. Jordan gab die US-Luftwaffe seinen beschlagnahmten Film mit den ersten Aufnahmen der Landestelle nie zurück, weil, so die offizielle Erklärung, *„er durch radioaktive Strahlung geschwärzt" worden sei.*

Major Quintanilla vom „Project Bluebook" bereitete der Socorro-Fall noch einiges Kopfzerbrechen. *„Zuerst dachte ich, es sei ein Test mit dem neuesten Mond-Landevehikel der NASA, das erschien mir die einzig logische Erklärung"*, gestand er später. *„Das war der vielleicht bestdokumentierte Fall in den Archiven der Luftwaffe, und ich überprüfte jede Möglichkeit, bis ganz nach oben. Ich fragte sogar beim Weißen Haus an. Nichts, nichts. Und trotzdem bin ich bis heute nicht überzeugt, daß es etwas Außerirdisches war. Ich kann das einfach nicht glauben."* Der Fall landete schließlich mit dem Vermerk „Unidentifiziert" in den Akten.
Auch Professor Hynek war mehr als beeindruckt, speziell von Zamoras Schilderung der Humanoiden. *„Ich erinnere mich an keine Besonderheiten, keine Kopfbedeckungen oder Helme. Diese Personen schienen von normaler Gestalt zu sein, waren nur recht klein. Vielleicht waren es kleine Erwachsene oder große Kinder",* schrieb Zamora in seinem Polizeibericht.

Und auch in den Akten der Colorado-Studie gab es einen Fall, in dem wieder ein Polizeibeamter - wie in Socorro - *„kleinen Erwachsenen oder großen Kindern"* begegnet sein will, die in einem ovalen Raumschiff kamen. Doch daran konnte er sich erst unter Hypnose erinnern.
Der Polizist Herbert Schirmer aus Ashland, Nebraska, befand sich in der klaren, kalten Winternacht des 3. Dezember 1967 im Dienst. Seine Schicht begann um Mitternacht. Gegen 1.30 Uhr hatte er den Stall des lokalen Viehmarktes inspiziert, in dem die Rinder wie in Panik brüllten und mit den Hufen stampften, ohne daß es eine erkennbare Ursache dafür gab. Wenig später, gegen 2.30 Uhr, erreichte er die Kreuzung der Highways (Autobahnen) 6 und 63 am Stadtrand von Ashland, als er in vielleicht 400 Metern Entfernung rote blinkende Lichter am Straßenrand bemerkte. *„Ein liegengebliebener Lastwagen"*, dachte er sich und fuhr hin, um zu sehen, ob er helfen konnte. Er hielt am Straßenrand und stellte seine Scheinwerfer auf Fernlicht, um besser sehen zu können, als er erschrak: Das Blinken kam nicht etwa von einem Truck, sondern von einem scheibenförmigen Objekt, geformt wie ein amerikanischer Football, das in nur 2 Metern Höhe

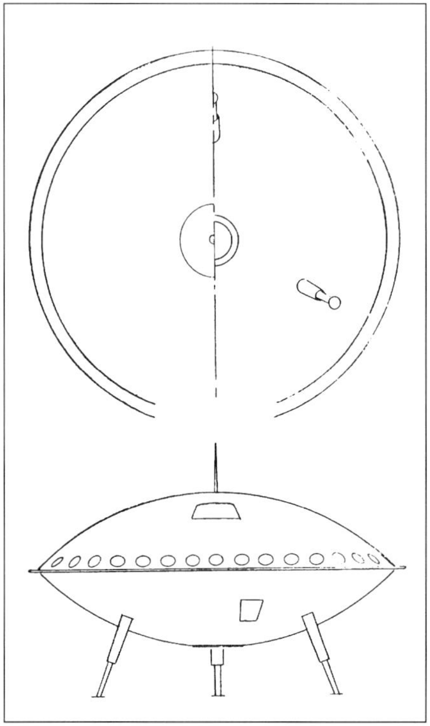

Zeichnung des UFOs, das Streifenpolizist Herbert Schirmer am 3.Dezember 1967 landen sah

leicht schräg über dem Boden schwebte. Es schien aus einer Art poliertem Aluminium zu bestehen, sein Zentrum war von einer Reihe runder Luken umgeben, jede vielleicht 60 cm hoch, aus denen das rote Licht blinkte. Darunter verlief eine Leiste, aus seiner Unterseite ragten drei Landebeine. Noch während Schirmer versuchte, weitere Details auszumachen, ertönte ein schrilles Geräusch, wie eine Sirene, aus der Unterseite schoß eine orangerote Flamme, und die Scheibe hob ab. Atemlos beobachtete Schirmer durch die geöffnete Türe seines Wagens, wie sie leicht schaukelnd vertikal aufstieg, um dann die Straße zu überfliegen, schließlich beschleunigte und am Nachthimmel verschwand.
Noch irritiert von dem, was er gerade erlebt hatte, griff Schirmer zu seinem Tagesberichtsbuch und schrieb: *„Um 2.30 Uhr Fliegende Untertasse an der Kreuzung der Highways 6 und 63 gesehen - glaubt es oder glaubt es nicht.“* Dann kehrte er auf seine Polizeistation zurück und war verwundert, daß die Uhr dort schon 3.00 Uhr anzeigte. Er hatte routinemäßig - für den Polizeibericht - auf die Uhr geschaut, als er den „Lastwagen“ ansteuerte, da war es noch 2.30 Uhr. Der ganze Vorfall hatte keine fünf Minuten gedauert, plus höchstens 5 Minuten Fahrtzeit zur Wache. Zudem fühlte er sich komisch, schwindlig, schwach, nervös, krank. Frühmorgens um 5.00 Uhr kehrte er vom Dienst zurück. Als er sich auszog, um ins Bett zu gehen, bemerkte er einen roten Kratzer am Bein, ohne daß er sich erinnern konnte, wo er sich den zugefügt hatte.
Am nächsten Morgen informierte Schirmers Vorgesetzter die Luftwaffe über den Vorfall, die ihn an die Colorado-Studie verwies. Ein paar Tage später trafen die Untersucher, der Physiker Prof. Roy Craig, der Psychologe Prof. Leo Sprinkle von der University of Wyoming und ihr Assistent John Ahrens in Ashland ein, befragten Schirmer, aber auch seine Kollegen, seine Familie, seine Nachbarn. Alle waren sich einig, Herbert Schirmer sei *„ehrlich und zuverlässig“*, ein Mann, der *„mit beiden Beinen auf dem Boden steht“* und gewiß nicht zu Halluzinationen und Tagträumen neigt. Sein Vorgesetzter hatte ihn bereits einem polizeilichen Lügendetektortest unterzogen - Schirmer hatte darum gebeten, als die Geschichte an die Öffentlichkeit kam - den der Streifenpolizist mühelos bestand. Auch alle psychologischen Tests, die das Untersucherteam aus Colorado mit ihm durchführte, bestätigten den Eindruck von einem aufrichtigen jungen Beamten, *„der davon überzeugt war, daß das, was er erlebt hatte, real war“*, wie es Prof. Sprinkle formulierte. Andererseits fanden sich - anders als in Socorro - weder Spuren noch Strahlungsrückstände an der Landestelle.
Und dann waren da diese „verlorenen“ 20 Minuten, von denen niemand genau wußte, was er damit anfan-

gen sollte, bis Prof. Sprinkle die Idee hatte, Schirmer in Hypnose in den fraglichen Zeitraum zurückzuführen und ihn schildern zu lassen. Was dabei zutage kam, war schier phantastisch und stand den Schilderungen George Adamskis oder Howard Mengers in nichts nach.

„Das Schiff zog mich und den Wagen buchstäblich den Hügel hoch, in seine Richtung; und als ich dort angekommen war, kam eine Form unten aus dem Schiff und bewegte sich auf den Wagen zu! Und als sie vor der Tür stand, kam noch eine heraus, und die, die vor dem Streifenwagen stand, hatte ein kastenartiges Ding in der Hand und richtete eine Art grünes Licht auf und um den Wagen. Ich wollte meinen Revolver ziehen, aber ich konnte nicht, war wie gelähmt. Und dann kam einer auf den Wagen zu und griff rein und berührte mich am Nacken, als ich einen stechenden Schmerz fühlte. Dann trat er zurück und bewegte seine Hand, und ich stieg langsam aus dem Wagen, stand vor ihm, und er fragte mich: ‚Bist du der Wachmann dieser Stadt?' und ich antwortete: ‚Ja, das bin ich. '
Ihr Anführer hatte eine sehr hohe Stirn, eine sehr lange Nase, seine Augen waren gewissermaßen eingesenkt, und er hatte runde Augen wie wir, bis auf seine Pupillen - die waren, würde ich sagen, wie Katzenaugen. Und seine Hautfarbe war eine Art graurosa. Ich sah keine Haare oder Ohren, da sie von einer Art Kapuze bedeckt waren, die ein Teil seiner Uniform war; und an ihr war eine Art kleine Box auf der anderen Seite befestigt, aus der eine sehr kleine Antenne ragte. Sein Mund war wie ein Schlitz, und als er zu mir sprach, war es wie eine sehr tiefe Stimme, als käme sie tief aus dem Inneren, und dabei bewegte er seinen Mund nicht einmal.
Er sagte: ‚Wachmann, komm mit mir...' und wir stiegen über eine Leiter ins Schiff, und als wir im Schiff waren, brachte er mich in das Untergeschoß ... und wir standen da und schauten uns diese Dinger an, wie Ölfässer in einem Kreis, jedes durch schwarze Kabel miteinander verbunden. Und dann, in der Mitte, etwas, das wie ein halber Kokon aussah, das sich drehte und helles Licht in allen Regenbogenfarben abgab. Und er sagte: ‚Wachmann, das ist unsere Energiequellereversibler elektrischer Magnetismus.'

Schirmer an Bord des UFOs: Zeichnung von W. Crom nach den Angaben des Zeugen unter Hypnose

Wir gingen zurück zum Eingang, und dann glitten wir gewissermaßen hoch in den ersten Stock - einfach ssss! als wenn man in einen Fahrstuhl steigt. Dort war eine Art rotes Licht, und dieser große sich drehende Kegel und alle Arten von Armaturenbrettern und Com-

putern und so etwas, und da war eine Karte an der Wand, und dann war da dieser große Bildschirm, wie ein Sichtschirm. Dort ging er hin, drückte ein paar Knöpfe, zeigte auf einige Sterne und sagte: ‚Dort kommen wir her...‘ Da war Schrift auf der Karte, aber ich konnte sie nicht lesen, und sie zeigte eine Sonne und sechs Planeten. Sie stammen aus einer Nachbargalaxie, das war alles, was er mir sagte, er nannte keine Namen, zeigte nur auf die Karte. Sie beobachten uns und haben uns seit langer Zeit beobachtet.
Er sagte: ‚Wachmann, wir sind hierhergekommen, um Elektrizität zu bekommen‘, sie bezögen ihre Elektrizität von einem der Hochspannungsmasten hier, dessen Leitungen direkt zum Kraftwerk Ashland führen. Und diese Art Antenne am Rande des Schiffes bewegte sich, als er einige Knöpfe drückte, und ein Strahl kam heraus und traf den großen Transformator und zog sich zurück. Und der Hochspannungsmast brannte eine ganze Minute lang, bis sie das Feuer irgendwie löschten.
Ihr Obergeschoß war eine Art Beobachtungsdeck mit Schaltpulten und Stühlen und einem großen Sichtfenster, und er sagte mir: ‚Wachmann, (und dabei zeigte er zu den Sternen), du wirst das Universum sehen, wie ich es gesehen habe.‘
Er sagte:, Wachmann, komm mit mir... ‘ und wir gingen zurück und direkt herunter und raus und gingen zu meinem Streifenwagen. Als wir am Wagen ankamen, sagte er mir: ‚Wachmann, du wirst dich nicht daran erinnern, was du gesehen und gehört hast. du wirst dich nur daran erinnern, daß du etwas landen und starten sahst. Und das war es.“

Doch trotz dieses überraschenden Ergebnisses kam die Colorado-Studie zu dem Schluß, daß *„sich der Projektstab nicht sicher war, ob das UFO-Erlebnis des Streifenpolizisten physisch real war.“* Wohlgemerkt, es sprach auch nichts dagegen, außer dem Fehlen von Landespuren, die es gar nicht hätte geben können, da das Objekt ja nie wirklich gelandet war - es schwebte immerhin zwei Meter hoch über dem Boden. Vielmehr war es Schirmers Geschichte, die ihnen zu phantastisch erschien, um wahr zu sein. Und was nicht sein kann, darf nicht sein...

Die Insider in Washington ignorierten die Ergebnisse der Colorado-Studie, wissend, daß sie ohnehin nur ein Ablenkungsmanöver für die Öffentlichkeit war. Ihre Studien befaßten sich längst nicht mehr mit der Frage, ob es genügend Beweise gäbe, die *„einen Glauben an außerirdische Besucher rechtfertigen“*, bei ihnen ging es um die Implikationen ihrer Präsenz.

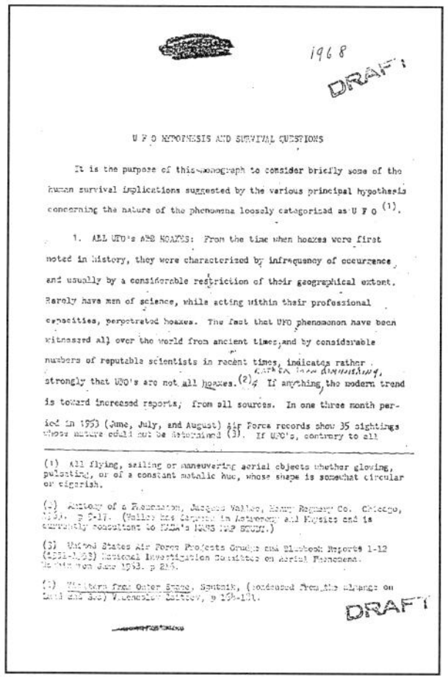
1968

DRAFT

U F O HYPOTHESIS AND SURVIVAL QUESTIONS

It is the purpose of this monograph to consider briefly some of the human survival implications suggested by the various principal hypothesis concerning the nature of the phenomena loosely categorized as U F O (1).

1. ALL UFO's ARE HOAXES: From the time when hoaxes were first noted in history, they were characterized by infrequency of occurrence and usually by a considerable restriction of their geographical extent. Rarely have men of science, while acting within their professional capacities, perpetrated hoaxes. The fact that UFO phenomenon have been witnessed all over the world from ancient times, and by considerable numbers of reputable scientists in recent times, indicates rather strongly that UFO's are not all hoaxes. (2) If anything, the modern trend is toward increased reports, from all sources. In one three month period in 1953 (June, July, and August) Air Force records show 35 sightings whose nature could not be determined (3). If UFO's, contrary to all

(1) All flying, sailing or maneuvering aerial objects whether glowing, pulsating, or of a constant metalic hue, whose shape is somewhat circular or cigarish.

DRAFT

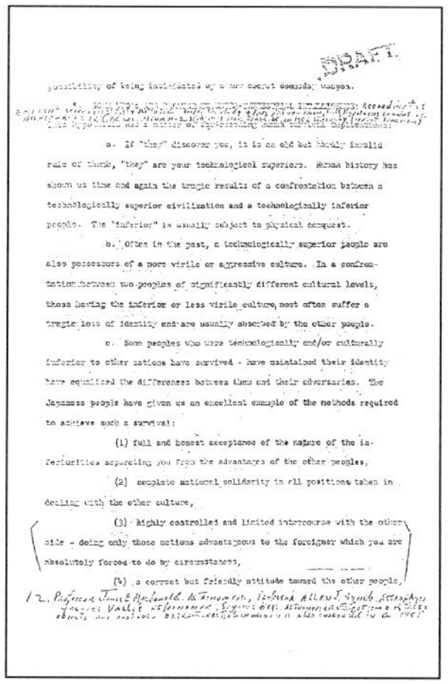
DRAFT.

possibility of being intimidated by a new secret doomsday weapon.

a. If "they" discover you, it is an old but hardly invalid rule of thumb, "they" are your technological superiors. Human history has shown us time and again the tragic results of a confrontation between a technologically superior civilization and a technologically inferior people. The "inferior" is usually subject to physical conquest.

b. Often in the past, a technologically superior people are also possessors of a more virile or aggressive culture. In a confrontation between two peoples of significantly different cultural levels, those having the inferior or less virile culture, most often suffer a tragic loss of identity and are usually absorbed by the other people.

c. Some peoples who were technologically and/or culturally inferior to other nations have survived - have maintained their identity have equalized the differences between them and their adversaries. The Japanese people have given us an excellent example of the methods required to achieve such a survival:

(1) full and honest acceptance of the nature of the inferiorities separating you from the advantages of the other peoples,

(2) complete national solidarity in all positions taken in dealing with the other culture,

(3) highly controlled and limited intercourse with the other side - doing only those actions advantageous to the foreigner which you are absolutely forced to do by circumstances,

(4) a correct but friendly attitude toward the other people,

NSA-Studie über „UFO-Hypothesen und die Überlebensfrage“ aus dem Jahre 1968. Resultat: *„Die Hypothese, daß UFOs außerirdische Raumschiffe sind, kann nicht zurückgewiesen werden. Sie beinhaltet einige weitreichende Implikationen in der Frage nach dem Überleben der Menschheit. “*

„UFO-Hypothesen und die Überlebensfrage“ ist der Titel eines 7-seitigen Kurzberichtes, den 1968 Prof. Lambros Collimabos, Leiter einer Gruppe von Elitewissenschaftlern des supergeheimen „Nationalen

Sicherheitsdienstes“ NSA verfaßte, und der erst elf Jahre später unter Präsident Jimmy Carter offiziell freigegeben wurde. Das Papier, ursprünglich als „Top Secret“ klassifiziert, diskutiert die fünf wichtigsten Hypothesen zum UFO-Phänomen und schließt alle bis auf zwei gleich wieder aus:

„(Hypothese) 1: Alle UFOs sind Schwindel: (...) Die Tatsache, daß UFOs in der ganzen Welt und seit uralten Zeiten beobachtet wurden, darunter in letzter Zeit durch eine ganze Reihe namhafter Wissenschaffler, deutet ziemlich eindeutig darauf hin, daß UFOs nicht alle ein Schwindel sind. Wenn es eine Tendenz gibt, dann die einer Zunahme der Berichte aus allen Kanälen...
(Hypothese) 2: Alle UFOs sind Halluzinationen: (...) Es gibt eine beachtliche Anzahl von Fällen, in denen eine große Anzahl von Personen etwas beobachtet, das zur selben Zeit auf Radar geortet wurde; manchmal bestätigte eine Gunkamera die Zeugenaussage einer Person (offensichtlich eines Luftwaffenpiloten, d.Verf.). In anderen Fällen unterstützten physikalische Beweise, die gefunden wurden, die Sichtung eines Zeugen... All diese Beweise sprechen deutlich dagegen, daß alle UFOs Halluzinationen sind...
(Hypothese) 3: Alle UFOs sind natürliche Phänomene: Wenn diese Hypothese richtig wäre, dann müßte die Fähigkeit der Frühwarnsysteme, eine Angriffssituation richtig zu diagnostizieren, ernsthaft in Frage gestellt werden.
(...) Viele UFO-Meldungen stammen von gut ausgebildeten militärischen Beobachtern, die von Hochgeschwindigkeitsmanövern in großen Höhen sprechen. Ihre offensichtliche Solidität und flugobjektähnliche Form wurde oft genug durch Radar bestätigt... wenn solche Objekte über dem Polarkreis aus Richtung der Sowjetunion in die Vereinigten Staaten einflögen, könnten sie als ‚Raketenangriffe‘ fehlinterpretiert werden.
(Hypothese) 4: Einige UFOs sind geheime irdische Projekte: Das ... Wiedereintritts-Vehikel der Vereinigten Staaten und die häufig zitierten kanadischen Experimente mit ‚Untertassen‘ lassen wenig Zweifel an der Plausibilität dieser Hypothese. Schon darum sollten alle UFO-Berichte gründlich überprüft werden, um feindliche (oder eigene) Projekte definitiv ausschließen zu können...
(Hypothese) 5: Einige UFOs gehen auf außerirdische Intelligenzen zurück. Nach Ansicht einiger führender Wissenschaftler, der an die Untersuchung des Vorgenannten beteiligt waren, kann diese Hypothese nicht zurückgewiesen werden. Sie beinhaltet einige weitreichende Implikationen in der Frage nach dem Überleben der Menschheit... “

Ganz offensichtlich hatte der Verfasser dieses Papiers ein ziemlich weitreichendes Insider-Wissen über das UFO-Phänomen, auf dem seine Analyse basiert. Wer hier „zwischen den Zeilen“ liest, erfährt von hochbrisanten Vorfällen, offenbar aus den Archiven des Pentagon:

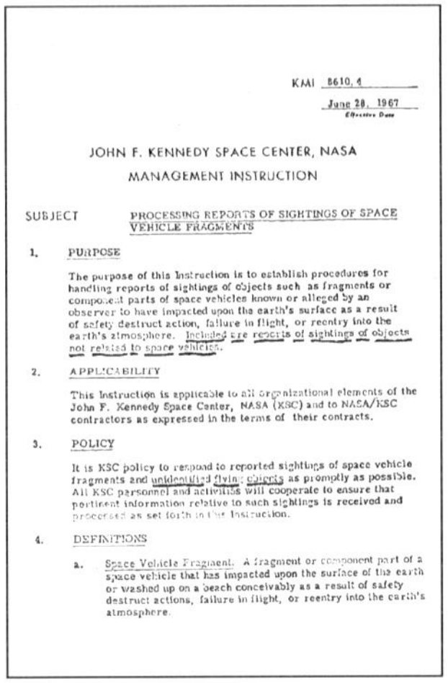

KMI 8610.4
June 28, 1967
Effective Date

JOHN F. KENNEDY SPACE CENTER, NASA
MANAGEMENT INSTRUCTION

SUBJECT PROCESSING REPORTS OF SIGHTINGS OF SPACE VEHICLE FRAGMENTS

1. PURPOSE

The purpose of this Instruction is to establish procedures for handling reports of sightings of objects such as fragments or component parts of space vehicles known or alleged by an observer to have impacted upon the earth's surface as a result of safety destruct action, failure in flight, or reentry into the earth's atmosphere. Included are reports of sightings of objects not related to space vehicles.

2. APPLICABILITY

This Instruction is applicable to all organizational elements of the John F. Kennedy Space Center, NASA (KSC) and to NASA/KSC contractors as expressed in the terms of their contracts.

3. POLICY

It is KSC policy to respond to reported sightings of space vehicle fragments and unidentified flying objects as promptly as possible. All KSC personnel and activities will cooperate to ensure that pertinent information relative to such sightings is received and processed as set forth in this Instruction.

4. DEFINITIONS

a. Space Vehicle Fragment. A fragment or component part of a space vehicle that has impacted upon the surface of the earth or washed up on a beach conceivably as a result of safety destruct actions, failure in flight, or reentry into the earth's atmosphere.

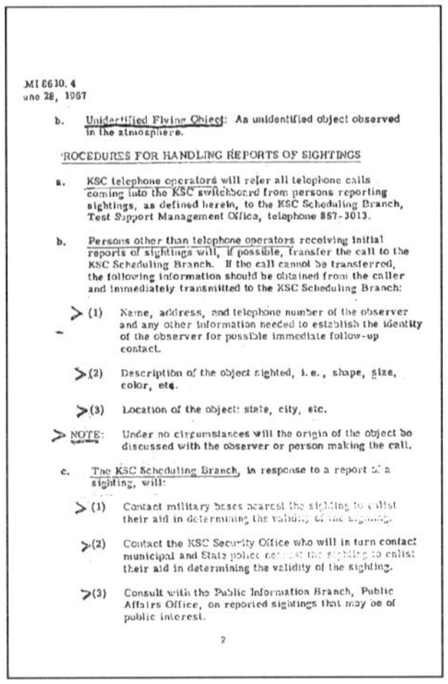

MI 8610.4
une 28, 1967

b. Unidentified Flying Object: An unidentified object observed in the atmosphere.

ROCEDURES FOR HANDLING REPORTS OF SIGHTINGS

a. KSC telephone operators will refer all telephone calls coming into the KSC switchboard from persons reporting sightings, as defined herein, to the KSC Scheduling Branch, Test Support Management Office, telephone 867-3013.

b. Persons other than telephone operators receiving initial reports of sightings will, if possible, transfer the call to the KSC Scheduling Branch. If the call cannot be transferred, the following information should be obtained from the caller and immediately transmitted to the KSC Scheduling Branch:

(1) Name, address, and telephone number of the observer and any other information needed to establish the identity of the observer for possible immediate follow-up contact.

(2) Description of the object sighted, i.e., shape, size, color, etc.

(3) Location of the object: state, city, etc.

NOTE: Under no circumstances will the origin of the object be discussed with the observer or person making the call.

c. The KSC Scheduling Branch, in response to a report of a sighting, will:

(1) Contact military bases nearest the sighting to enlist their aid in determining the validity of the sighting.

(2) Contact the KSC Security Office who will in turn contact municipal and State police nearest the sighting to enlist their aid in determining the validity of the sighting.

(3) Consult with the Public Information Branch, Public Affairs Office, on reported sightings that may be of public interest.

2

NASA-Dienstanweisungen des John F. Kennedy Space-Centers für den Umgang mit UFO-Meldungen

So wurden - indirekt, durch Referenz - UFO-Ortungen durch das US-Frühwarnsystem, Pilotensichtungen mit gleichzeitiger Dokumentation durch die „Gunkamera" offiziell als Tatsache bestätigt - Dinge, die wir bislang nur durch die Aussagen ehemaliger Luftwaffenoffiziere wußten. Umso interessanter seine Analyse der Implikationen einer außerirdischen Präsenz - oder besser, eines offenen Kontaktes mit Außerirdischen -, die uns ahnen läßt, weshalb man sich 1969 für eine Fortsetzung der Politik des Schweigens entschied:

a. „Wenn ‚sie' uns entdeckt haben, so besagt eine alte aber noch immer gültige Daumenregel, sind ‚sie' die technologisch Überlegenen. Die Geschichte der Menschheit hat uns immer wieder die tragischen Resultate der Konfrontation zwischen einer technologisch überlegenen und einer technologisch unterlegenen Zivilisation gezeigt. Die ‚unterlegene' Kultur ist gewöhnlich Opfer einer Eroberung.

b. (...) Bei der Konfrontation zweier Völker mit deutlich unterschiedlichem Kulturniveau erleidet meist jenes mit der unterlegenen oder schwächeren Kultur einen tragischen Verlust seiner Identität und wird schließlich von dem anderen Volk absorbiert.

c. Einige technologisch und/oder kulturell unterlegene Völker haben überlebt - haben ihre Identität bewahrt, indem sie die Unterschiede zur Gegenseite ausglichen. Das japanische Volk gibt uns ein exzellentes Beispiel dafür, welche Methoden angewandt werden müssen, um ein Überleben zu sichern:
(1) Volle und ehrliche Akzeptanz der Natur der Unterlegenheit, die sie von den Vorzügen des anderen Volkes trennt,
(2) komplette nationale Solidarität in allen Positionen im Umgang mit der anderen Kultur,
(3) strengstens kontrollierte und begrenzte Beziehung zu der anderen Seite - Bereitschaft zu Handlungen, die zum Vorteil des Fremden sind, nur wenn die Umstände es absolut erfordern,
(4) ein korrekter, aber freundlicher Umgang mit dem anderen Volk,
(5) ein allgemeines Bestreben, soviel wie möglich über die andere Kultur in Erfahrung zu bringen - ihre technologischen und kulturellen Stärken und Schwächen. Dazu gehört, ausgewählte Gruppen von Individuen in das Land des anderen zu schicken, wo sie sich völlig anpassen und ihm sogar in Kriegen gegen andere Feinde helfen,
(6) so viele Vorteile der anderen Seite wie möglich so schnell wie möglich annehmen - und dennoch die eigene Identität wahren, indem alles neue Wissen in die eigene kulturelle Form eingepaßt wird."

Während, wie das NSA-Papier empfahl, weiterhin nur *„strengstens kontrollierte und begrenzte Beziehungen"* zu den Fremden unterhalten wurden, sah man es als Frage des *„kulturellen Überlebens"* an, um jeden Preis diese von der Öffentlichkeit zu isolieren. Mehr noch, es galt, die außerirdischen Besuche unter Kontrolle zu halten - durch deutliche Demonstration des eigenen Unwillens über ein zu häufiges und zu öffentliches Auftreten. Oder, wie es der NSA-Bericht empfahl:

„Unsere Untersuchungen könnten zu einer verstärkten Notstandsmaßnahme werden, um die Gefahr zu isolieren und ihre präzise Natur zu bestimmen. Es wäre notwendig, in einem kurzen Zeitraum angemessene Verteidigungsmaßnahmen zu entwickeln. Es scheint so, als erforderten diese Überlebensfragen in bezug auf das UFO-Problem ein wenig mehr Beachtung".

Dazu gehörte in erster Linie, die Streitkräfte und Mitarbeiter der US-Raumfahrtbehörde NASA davon in Kenntnis zu setzen, daß sie die Ergebnisse der Colorado-Studie geflissentlich zu ignorieren hatten. Bereits am 28. Juni 1968 war unter dem Aktenzeichen KMI

8610.4 eine Dienstanweisung des John F. Kennedy Space Centers (KSC) der NASA in Kraft getreten, in der es eigentlich um die *„Auswertung von Beobachtungen von Raumfahrzeugs-Fragmenten"* ging. Doch schon in Punkt 1 heißt es deutlich genug, daß unter diese Anweisung auch *„Berichte von Sichtungen von Objekten, die nicht zu Raumfahrzeugen gehören"* fallen. Paragraph 4 definiert genauer, was damit gemeint ist, nämlich *„Unidentifizierte Flugobjekte: Unidentifizierte Obiekte, die in der Atmosphäre beobachtet werden."* Sollten beim KSC solche Berichte von Zivilisten eingehen, so waren nicht nur Name, Adresse und Telefonnummer des Zeugen aufzunehmen, sondern auch eine detaillierte *„Beschreibung des gesichteten Objektes, d.h. Form, Größe, Farbe etc."* Und dann heißt es *„ACHTUNG: Unter keinen Umständen darf der Ursprung des Objektes mit dem Beobachter oder Anrufer diskutiert werden"*. Stattdessen hatten die Herrschaften am Telefon sofort *„die dem Sichtungsort nächstgelegene Militärbasis"* und das „Sicherheitsbüro des KSC" zu informieren. Für UFO-Berichte gab es sogar eine besondere Telefonnummer: Den *„Kommandoposten der Patrick-Luftwaffenbasis, Tel.: 494-7001"*. Denn obgleich Projekt Bluebook offiziell mit der Colorado-Studie beendet war und man offiziell *„keine weiteren Nachforschungen über unbekannte Flugobiekte mehr durchführte"*, war man inoffiziell noch sehr wohl an UFOs interessiert. So antwortete Luftwaffen-Staatssekretär Harold Brown 1966 auf eine Anfrage des Kongreßabgeordneten L. Mendel Rivers, daß die US-Airforce sich, *„um diese Sichtungen auszuwerten, sorgfältig ausgewählter und hochqualifizierter Wissenschaftler, Ingenieure und Berater bedient. Diesem Personal stehen die besten Luftwaffenlaboratorien, Versuchsgelände, wissenschaftlichen und technischen Instrumente für diese Aufgabe zur Verfügung."* Dafür war eine ganz spezielle Sondereinheit ins Leben gerufen worden, die unter dem Decknamen „Projekt Moon Dust" (Mondstaub) wahrscheinlich noch heute aktiv ist....

11. MONDSTAUB

Am 20. Oktober 1969 verfaßte Brigadegeneral Carroll H. Bolender, Vizedirektor der Abteilung Forschung & Entwicklung der US-Luftwaffe, ein Memorandum zur Einstellung des Projektes Bluebook, in dem er erklärte: *„Berichte von Unidentifizierten Flugobjekten, die die nationale Sicherheit betreffen, werden weiterhin nach dem Befehl JANAP 146 und dem Luftwaffen-Handbuch 55-11 behandelt und sind nicht Teil des Bluebook-Systems. Die Luftwaffe stimmt darin mit dem Eindruck der Universität von Colorado überein, daß ,die Verteidigungsfunktionen im Rahmen der nachrichtendienstlichen und Luftraum-Überwachungs-Aktivitäten durchgeführt werden können, ohne daß eine Spezialeinheit wie Projekt Bluebook weiterhin benötigt wird.'"* Damit aber gestand General Bolender ein, was Insider schon lange ahnten: Projekt Bluebook war nur eine öffentliche Meldestelle, ein Public-Relation-Projekt ohne jede militärische Bedeutung. Die wirklich relevanten Fälle gingen in ganz andere Kanäle...

Tatsächlich fiel die Handhabe jener UFO-Berichte, „die die nationale Sicherheit betreffen", nie unter die Zuständigkeit von Bluebook. Diese Aufgabe wurde mit der „Air Force Regulation 200-2" vom 12. August 1954 offiziell einer ganz anderen „Spezialeinheit" übertragen: Der ein Jahr zuvor gegründeten 4602ten Luft-Nachrichtendienst-Schwadron (AISS) des Luftverteidigungs-Kommandos mit Sitz in Fort Belvoir, Virginia, die, so der Befehl, für alle *„Feldforschungen zur Bestimmung der Identität möglicher UFOs innerhalb des Hoheitsgebietes (der US-Luftwaffe)"* zuständig war. Als Begründung wurde angegeben, daß sie *„alle Möglichkeiten hat, diese Berichte zu untersuchen.*

Die 4602te AISS besteht aus Spezialisten, die in der Felduntersuchung von Angelegenheiten im Interesse der Luftaufklärung ausgebildet sind... Die Schwadron ist äußerst mobil und überall innerhalb des Hoheitsgebietes (der USA) kurzfristig einsetzbar." Dabei hatte das Team alle Vollmachten und das volle Kommando über die Untersuchungen: *„Alle Luftwaffeneinrichtungen sind autorisiert, erste Untersuchungen durchzuführen, soweit diese für einen ersten Bericht nötig sind; jenseits dieses Punktes sollten diese Aktionen nur in Absprache mit der 4602ten AISS durchgeführt werden."* Mehr noch, sie entschied, was schließlich an den ATIC und Projekt Bluebook weitergegeben wurde.

In den folgenden Jahrzehnten sollte die 4602te Air Intelligence Service Squadron mehrfach ihren Namen wechseln - im Juli 1957 wurde sie zur 1006ten AISS, im April 1960 zur 1127ten USAF-Feldaktivitäten-Gruppe, später die 7602te Field Activities Group, das USAF-Zentrum für Sonderaufgaben (Special Activities Center - AFSAC) und schließlich die 696te (seit 1989 die 512te) Luft-Nachrichtendienst-Gruppe, die noch heute auf Fort Belvoir, Virginia, stationiert ist. Was die Jahre über erhalten blieb, war ihr Aufgabenfeld. Das umfaßte ein Memorandum des Luftwaffenministeriums

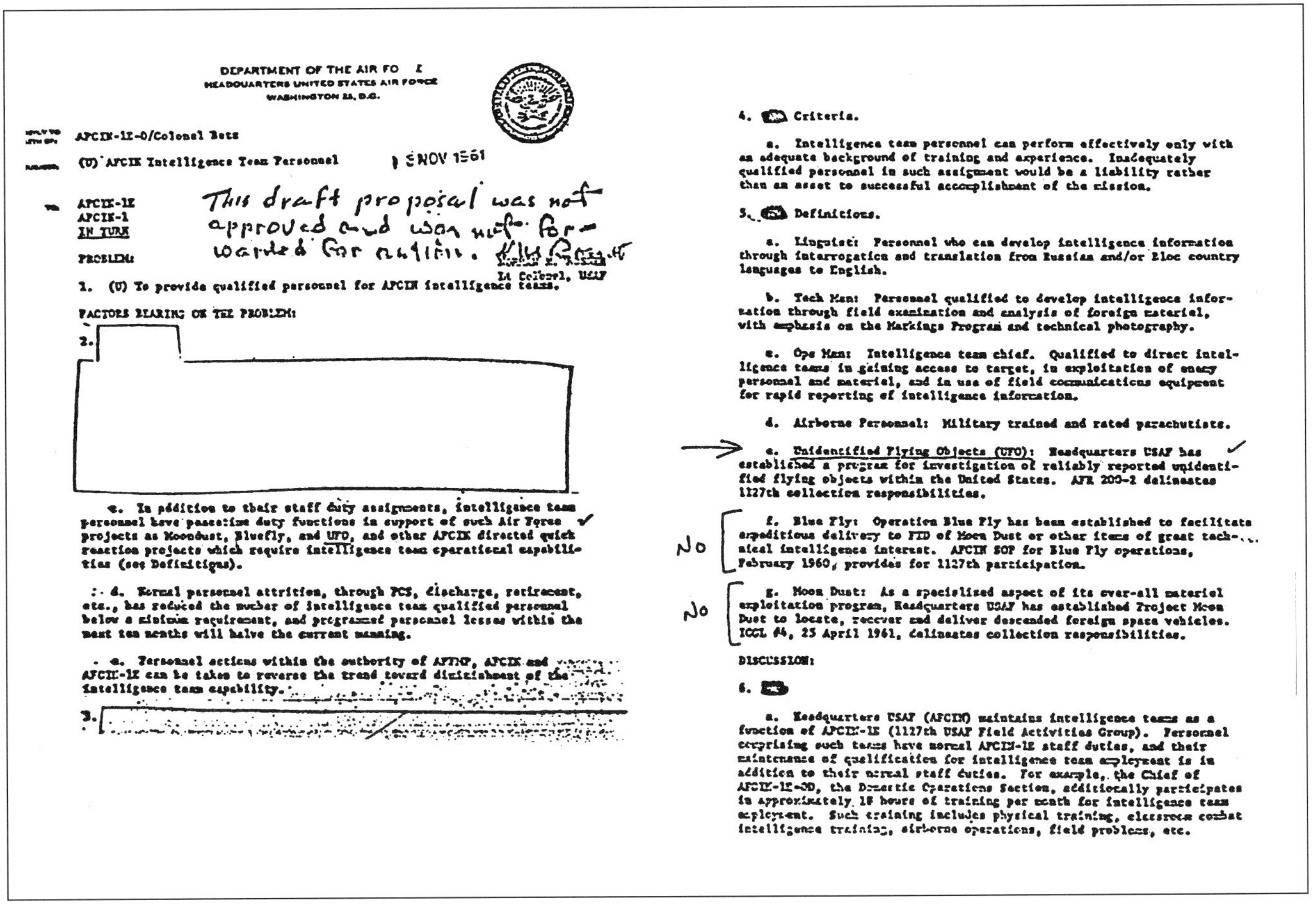

DEPARTMENT OF THE AIR FO E
HEADQUARTERS UNITED STATES AIR FORCE
WASHINGTON 25, D.C.

APCIN-1E-0/Colonel Betz

(U) APCIN Intelligence Team Personnel 3 NOV 1961

APCIN-1E
APCIN-1
IN TURN

This draft proposal was not approved and was not forwarded for action.

Lt Colonel, USAF

PROBLEM:

1. (U) To provide qualified personnel for APCIN intelligence teams.

FACTORS BEARING ON THE PROBLEM:

2.

c. In addition to their staff duty assignments, intelligence team personnel have peacetime duty functions in support of such Air Force projects as Moondust, Bluefly, and UFO, and other AFCIN directed quick reaction projects which require intelligence team operational capabilities (see Definitions).

d. Normal personnel attrition, through PCS, discharge, retirement, etc., has reduced the number of intelligence team qualified personnel below a minimum requirement, and programmed personnel losses within the next ten months will halve the current manning.

e. Personnel actions within the authority of AFTHP, AFCIN and AFCIN-1E can be taken to reverse the trend toward diminishment of the intelligence team capability.

3.

4. [redacted] Criteria.

a. Intelligence team personnel can perform effectively only with an adequate background of training and experience. Inadequately qualified personnel in such assignment would be a liability rather than an asset to successful accomplishment of the mission.

5. [redacted] Definitions.

a. Linguist: Personnel who can develop intelligence information through interrogation and translation from Russian and/or Bloc country languages to English.

b. Tech Man: Personnel qualified to develop intelligence information through field examination and analysis of foreign material, with emphasis on the Markings Program and technical photography.

c. Ops Man: Intelligence team chief. Qualified to direct intelligence teams in gaining access to target, in exploitation of enemy personnel and material, and in use of field communications equipment for rapid reporting of intelligence information.

d. Airborne Personnel: Military trained and rated parachutists.

e. Unidentified Flying Objects (UFO): Headquarters USAF has established a program for investigation of reliably reported unidentified flying objects within the United States. AFR 200-2 delineates 1127th collection responsibilities.

No — f. Blue Fly: Operation Blue Fly has been established to facilitate expeditious delivery to FTD of Moon Dust or other items of great technical intelligence interest. AFCIN SOP for Blue Fly operations, February 1960, provides for 1127th participation.

No — g. Moon Dust: As a specialized aspect of its over-all materiel exploitation program, Headquarters USAF has established Project Moon Dust to locate, recover and deliver descended foreign space vehicles. ICGL #4, 25 April 1961, delineates collection responsibilities.

DISCUSSION:

6. [redacted]

a. Headquarters USAF (AFCIN) maintains intelligence teams as a function of AFCIN-1E (1127th USAF Field Activities Group). Personnel comprising such teams have normal AFCIN-1E staff duties, and their maintenance of qualification for intelligence team employment is in addition to their normal staff duties. For example, the Chief of AFCIN-1E-OD, the Domestic Operations Section, additionally participates in approximately 18 hours of training per month for intelligence team employment. Such training includes physical training, classroom combat intelligence training, airborne operations, field problems, etc.

Dieses Memorandum des Luftwaffenministeriums definiert die Aufgabenbereiche der AFCIN-Nachrichtendienst-Teams: „Die Unterstützung der Luftwaffenprojekte Moondust, Bluefly und UFO..“

vom 3.11.1961, in Friedenszeiten die Luftwaffenprojekte:

1. Unidentifizierte Flugobjekte (UFOs): Das geheime Programm der USAF *„zur Untersuchung zuverlässiger Berichte von unidentifizierten Flugobjekten innerhalb“* - und später auch außerhalb - *„der Vereinigten Staaten. Der Aufgabenbereich der 1127ten wurde in AFR 200-2 festgelegt.“*

2. Projekt Moon Dust: *„Als ein spezialisierter Aspekt seines Programmes zur vollständigen Auswertung von Gerätschaften richtete das Hauptquartier der US-Luftwaffe Project Moon Dust zur Lokalisierung, Bergung und zum Abtransport fremder Weltraumvehikel ein“*, die auf die Erde stürzten, ob es nun irdische Satelliten oder abgestürzte UFOs waren.

3. Operation Blue Fly: *„Wurde eingerichtet, um so-*

fortige Bergungseinsätze zur Beschaffung fremder Technologien im Rahmen von Projekt Moon Dust und anderem Material von großem Interesse für den technischen Nachrichtendienst durchzuführen" - ein mobiles Einsatzteam, das in kürzester Zeit überall auf der Welt zur Stelle sein konnte.
Zu diesen drei Projekten gehörte, so ein Luftwaffendokument vom 3.11.1961:
„die Anstellung qualifizierter Feld-Kundschafter, die auf einer schnellen Einsatz-Basis Bergungen und Felduntersuchungen von Unidentifizierten Flugobjekten, sowjetischen Raumfahrzeugen, Waffensystemen oder Überresten solcher Ausrüstungen durchführen können. Dazu wurden hochqualifizierte Einsatzteams aus je drei Männern zusammengestellt, meist einem Sprachwissenschaftler, einem Techniker und einem erfahrenen Nachrichtendienstler als Teamchef... Jeder von ihnen sollte Flugerfahrungen haben. Ein breitgefächertes Ausbildungsprogramm sollte jedes Teammitglied mit den Arbeitsgebieten des anderen vertraut machen, damit sie sich gegenseitig ergänzen und das Team zu einer optimal funktionierenden Einheit wird."
Wie weit der Arbeitsbereich von „Projekt Moon Dust" immer wieder ausgeweitet wurde, zeigt ein Fernschreiben, das der Nachrichtendienst der Landesverteidigung (DIA) 1973 über das US-Außenministerium an alle amerikanischen Botschaften und Konsulate in der ganzen Welt schicken ließ: Es wies die US-Diplomaten an, *„Vorfälle, die die Untersuchung von nichtamerikanischen Weltraumobjekten oder Objekten unbekannter Herkunft betreffen"* sofort unter dem Codewort „Moon Dust" zu melden. Erst als die ersten Dokumente, die „Moon Dust" und „Blue Fly" erwähnen, 1980 eher durch einen Zufall an die Öffentlichkeit kamen, änderte die Luftwaffe den Codenamen.
Wie geheim die Projekte noch immer sind, zeigte sich, als der amerikanische UFO-Forscher Sgt. Clifford Stone 1992 versuchte, über den US-Senator Jeff Bingaman an weitere Informationen über „Moon Dust" und „Blue Fly" zu kommen. *„Es gibt in Fort Belvoir, Virginia, keine Dienststelle, die sich mit UFOs beschäftigt, und es hat auch nie eine gegeben"*, antwortete Lt.Col. John E. Madison jr. von der *„Abteilung für Anfragen des Kongresses"* des US-Luftwaffenministeriums dem Senator im November 1992, *„außerdem gibt es kein Projekt Moon Dust oder eine Operation Blue Fly."* Erst als Senator Bingaman die ihm von Stone zugeleiteten Dokumente nachreichte, „korrigierte" die Luftwaffe am 14.4.1993 ihre Stellungnahme, gestand ihre Existenz ein, behauptete aber, sie seien zwischenzeitlich *„mangels Aktivitäten"* eingestellt worden.
Stones Dokumente beweisen aber, daß die Projekte zumindest noch im Dezember 1989 bestanden haben. Als Stone das Luftwaffenministerium zuvor angeschrieben hatte, um nach dem US-„Gesetz für Informationsfreiheit" Akten über Projekt Moon Dust/Operation Blue Fly anzufordern, wurden ihm diese mit der Begründung verweigert, daß eine *„Freigabe der nationalen Sicherheit beachtlichen Schaden zufügen würde"*, wie es Col. William A. Davidson in seinem Schreiben vom 25.7.1990 formulierte. Um zu verhindern, daß noch einmal „versehentlich" ein Dokument freigegeben wurde, stufte man gleichzeitig sämtliche „Moon Dust/Blue Fly"-Akten eine Geheimhaltungsstufe höher ein, als sie ohnehin schon klassifiziert waren. Dabei ging es auch darum, einen ganz besonderen Fall zu vertuschen, an dem das Einsatzteam von Projekt Moon Dust und Operation Blue Fly beteiligt war, und der schon viel zu viel Publicity bekommen hatte. Denn dieser Vorfall war nichts Geringeres als die Bergung eines abgestürzten unbekannten Flugobjektes auf dem Territorium der Vereinigten Staaten - genauer gesagt: bei Kecksburg in Pennsylvania - die um jeden Preis vertuscht werden sollte.

Newspaper articles, courtesy of Pennsylvania Ass'n. for the Study of the Unexplained (PASU) 6 Oakhill Avenue, Greensburg, PA 15601

Blaze Probed Near Keckshurg

Brilliant Fireball Seen Over Pennsylvania

CLEVELAND, Dec. 9 (AP) — A brilliant fireball flashed across the sky over Lake Erie near dusk, and particles of the unidentified object apparently were the cause of fires at scattered points in Ohio and Pennsylvania.

The bright flash was seen in Indiana, Michigan, Ohio and Pennsylvania.

Some small grass fires broke out in a wooded area at the west edge of Elyria, about 20 miles west of Cleveland. A small fire in woods just outside Kecksburg, near Mt. Pleasant, in southwest Pennsylvania, also was under investigation.

10 Fires Reported

At Elyria, the fire department said there were about 10 fires in an area of about 1,000 square feet. Lt. Jack Trumbull said the pattern led him to believe they could have been touched off by a fireball or meteorite which shattered as it hit the ground.

The fires were extinguished quickly and there was no major damage.

Mrs. Ralph Richards, who lives nearby, said she saw a fiery object fall among the trees shortly before the fires erupted. She said it was of volleyball size.

In Pennsylvania, where state police had been swamped with calls about the "burst of light" seen late in the day, Air Force investigators headed for the fire.

Maj. Hector Quintinella, in charge of the Air Force's office at Wright-Patterson AFB, Dayton, Ohio, for investigating unidentified flying objects, said a team had been dispatched from the Pittsburgh area.

Erie, Pa., residents, far to the north of Kecksburg, reported seeing a flash of light followed by a bright trail of smoke. Federal Aviation Agency spokesmen there said it was probably a meteor.

'Fireball' Lands Near Pittsburgh; Seen in 7 States

Philadelphia Inquirer

Special to The Inquirer

PITSBURGH, Dec. 9.—A brilliant ball of fire which was seen streaking across seven states and Canada Thursday night crashed into woods 20 miles south of here. Flaming objects falling from it touched off fires in Pennsylavnia and Ohio.

The Army and State Police sealed off the wooded area with the explanation:

"There is an unidentified flying object in the woods."

The fireball was seen by airplane pilots and residents of Canada, Michigan, Illinois, Indiana, Ohio, Virginia New York and Pennsylvania.

FIRES NEAR CLEVELAND

The object apparently landed in woods near Keeksburg. Other early reports indicated it touched off a series of small grass fires in woods 20 miles south of Cleveland and deposited two "small stacks of shredded foil" in a swamp near Lapeer, Mich.

Coast Guard officials reported from Windsor, Ont., that a flying object "exploded" over the Windsor-Detroit area. Pilots in the area saw a flash and felt shock waves on the fuselage of their planes.

In Washington, the Pentagon announced that whatever it was, it was not a millary aircraft. It could have been a meteorite, the Pentagon said.

In Pennsylvania, State Police

Army, Police Seal Off Woods In UFO Probe

Boston Record American 12-10-65

PITTSBURGH (UPI)—U.S. Army officials and the Pennsylvania State Police last night sealed off an area in southwestern Pennsylvania explaining there "is an unidentified flying object in the woods."

A spokesman for a team of radar experts from the Army's 662 Radar Squadron here said, "We don't know what we have yet."

After sealing off a wooded, isolated area at Kecksburg, Pa., about 20 miles south of here, officers said Army Engineers were being called to the scene.

The object was found after a flash of orange fire streaking across the sky was reported by airplane pilots and residents in seven states.

Pentagon sources indicated the flash could have been a meteorite.

State Police went to the Kecksburg, Pa., area after a woman reported seeing a "round, smoldering object crash to the earth."

Earlier reports said the flash could have been a high altitude test rocket fired over Lake Erie but National Guard and Air Force officials denied any rockets had been fired.

Eric Johnson, a reporter for an Erie, Pa., television station said, "It flashed across the lake, north northwest of the Erie Airport leaving a kind of cloud of smoke behind it."

Raymond Wallings, a private airplane pilot from Painesville, Ohio, said he was flying over the lake when he saw the "fireball" and kept his eye on it until it plummeted into the lake.

Presseberichte über den Absturz eines unidentifizierten Objektes in Kecksburg bei Pittsburgh, Pennsylvania

Am 9. Dezember 1965 um 16.44 Uhr beobachteten Tausende von Menschen von Nordkanada bis Pennsylvania eine orangefarbene Feuerkugel am Abendhimmel, die in südöstlicher Richtung über den Himmel raste, von einer Rauchspur gefolgt. Piloten, die über Michigan, Ohio oder Ontario flogen, meldeten Sichtungen des Objektes, das sie für ein brennendes Flugzeug hielten, das in den Erie-See stürzen müßte. Doch es überquerte die Großen Seen und Minnesota. Als es Ohio erreicht hatte, sahen Zeugen, wie es sekundenlang am Himmel stehen blieb, um dann seinen Kurs zu ändern - Richtung Osten, nach Pennsylvania. Exakt um 16.47 rief eine Mrs. Jones aus dem Städtchen Kecksburg bei der Radiostation WHJB in Greensburg an und erklärte dem Reporter John Murphy: *„Eine riesige Feuerkugel ist in ein Waldgebiet gestürzt, vielleicht zwei Kilommeter von uns entfernt."*

Die Kinder von Mrs. Jones hatten im Garten gespielt, als sie am Himmel entdeckten, was sie später als einen *„brennenden Stern"* beschrieben, der Sekunden später in den Wäldern niederging. Sie selbst besuchte gerade eine Nachbarin und sah von der Veranda aus, wie ein bläulicher Rauch aus dem Wald aufstieg, dann ein grelles Licht *„wie ein vierzackiger Stern"* über den Bäumen schwebte. Der Radiosender informierte die Polizei, die sich mit Frau Jones in Verbindung setzte und sie bat, sie zu der Absturzstelle zu führen.

Auch Murphy setzte sich in Bewegung, stieg in seinen Wagen und fuhr in die fragliche Gegend. Als er dort ankam, fand er bereits eine rege Aktivität vor. Zwei Polizeiwagen parkten am Waldrand, daneben die Feuerwehr. Der Feuer-Marschall befragte gerade die Zeugen, Mrs. Jones und ihre Kinder, dann ging er mit einem der Polizisten in die Wälder. 16 Minuten später kamen die beiden Männer zurück. Von Murphy befragt, was sie gesehen hätten, antworte der Marschall: *„Fragen Sie meinen Anwalt."*

Was folgte, war eine großangelegte Bergungsaktion. Was immer in den Wäldern abgestürzt war, alle drei Waffengattungen marschierten auf, Armee und Staatspolizei sperrten das Waldstück, positionierten bewaffnete Wachen an den Waldwegen und brachten technisches Gerät zur Absturzstelle. Dann übernahm die Luftwaffe die nahegelegene Brandwache der Freiwilligen Feuerwehr, um dort einen Kommandoposten

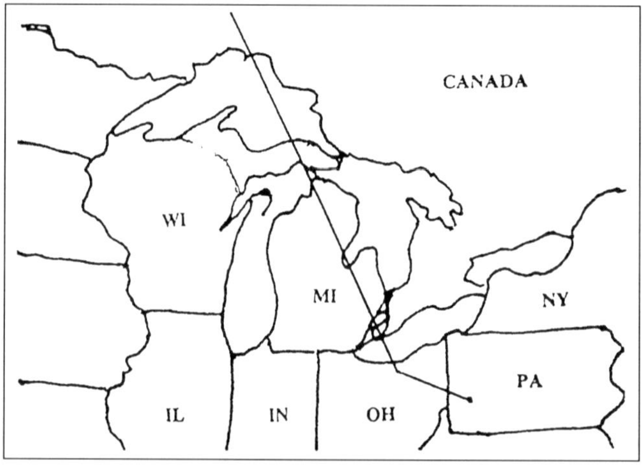

Die Flugbahn des Objektes

zu errichten. Während es den Feuerwehrleuten ab sofort untersagt war, ihre Station zu betreten, verfolgten sie, wie Uniformierte ihre Ausrüstung hineintrugen, darunter eine große Funkeinheit. Wenig später wurden zwei große Transportfahrzeuge gesehen, eines davon mit militärischem Kennzeichen, die in den Wald fuhren. Etwa zur gleichen Zeit beobachteten Anwohner des nahegelegenen Latrobe-Flughafens die Landung einer Düsenmaschine der Luftwaffe, obwohl der Flughafen zu diesem Zeitpunkt längst geschlossen war. Bald trafen Dutzende Reporter aus dem nahegelegenen Pittsburgh in Kecksburg ein und stießen auf eine Mauer des Schweigens. Das einzige, was ein Polizeisprecher die Journalisten wissen ließ, sagte genug aus: *„Dort in den Wäldern liegt ein unidentifiziertes Flugobjekt“*. Als sie daraufhin Projekt Bluebook auf der Wright Patterson-Luftwaffenbasis anriefen, erklärte Major Hector Quintanilla, daß ein Untersucherteam der Luftwaffe bereits in Kecksburg sei. Später beschrieben Augenzeugen das Airforce-Team, gekleidet in blaue Arbeitsanzüge und mit blauen Baretten auf dem Kopf: Die „Blue Berets“, wie die Mitarbeiter der „Operation Blue Fly“ auch genannt wurden, leiteten den Einsatz. Die Bergung selbst wurde vorgenommen von der 662ten Radarschwadron, die in Oakdale bei Pittsburg stationiert war und wie Moon Dust dem „Aerospace Defense Command“ (Luftraum-Verteidigungskommando) unterstand, wie später offiziell bestätigt wurde. Was folgte, war eine strikte Zensur: Gleich am nächsten Tage erklärte die Luftwaffe der Presse, daß es bloß ein Meteorit gewesen sei, den sie in den Wäldern von Kecksburg entdeckt und geborgen haben will, versäumte es aber, den Fund Wissenschaftlern oder der Presse zu präsentieren.

Doch bevor die Militärs das Gebiet abriegelten, war es einem Zivilisten gelungen, zur Absturzstelle vorzudringen. Bill Bulebush hatte im Radio von der Havarie erfahren, und da er als passionierter Jäger mit dem Gebiet vertraut war, machte er sich selbst auf die Suche. Er fuhr auf einen Hügel, schaute, von wo Rauch aufstieg, fuhr hin, lief das letzte Stück. Und dann verschlug es ihm den Atem. Am Ende einer Schneise, eines Grabens, den es offenbar in die Erde gerissen hatte, steckte ein metallisches Objekt, geformt wie eine Revolverkugel. *„Es sah aus wie eine große, verbrannte Orange. Es glitzerte und funkelte, war vielleicht drei Meter breit und vier Meter lang. Irgendwie war es mir unheimlich, und bald machte ich mich wieder aus dem Staub.“* Als er am nächsten Tag die offizielle Erklärung in der Zeitung las, wußte er, daß die Luftwaffe gelogen hatte. So wahr er Bill Bulebush hieß: Ein Meteorit war das nicht.

Bulebushs Aussage überzeugte den lokalen UFO-Forscher Stan Gordon, daß etwas ganz anderes in den Wäldern von Kecksburg abgestürzt sein mußte. Allein schon die Geschwindigkeit, mit der die Feuerkugel den Nordosten der USA überquert hatte, sprach gegen die Meteoritenhypothese: Sie konnte auf zwischen 1700 und 8000 Stundenkilometer kalkuliert werden, während Meteoriten eine Geschwindigkeit von 45.000 bis 200.000 Stundenkilometern haben. Zudem verlief seine Flugbahn nicht gerade, wie man es bei einem Meteoriten erwarten könnte, sondern schlug einem deutlichen Haken über Ohio.

„Was landete in Pennsylvania?“ fragte der Biologe und UFO-Forscher Ivan T. Sanderson bereits in der März 1966-Ausgabe der Zeitschrift „Fate“ und stellte die Meteoriten-Hypothese auf der Grundlage dieser Fakten in Frage. Doch es dauerte 22 Jahre, bis ein weiterer Zeuge bereit war, auszusagen, was wirklich in der fraglichen Nacht geborgen wurde.

James „Jim“ Romansky war damals 19 Jahre alt und gehörte einer der lokalen Feuerwehreinheiten an. Der junge Mann hatte wie Tausende andere am Nachmittag den Feuerball beobachtet, der die Stadt überflog, doch als kurze Zeit später die Feuersirenen heulten, wäre er nie auf die Idee gekommen, daß der Alarm etwas damit zu tun haben könnte. Für ihn war es ein Einsatz wie jeder andere, als seine Einheit angewiesen wurde, Suchmannschaften zu bilden und die Wälder von Kecksburg nach dem Wrack eines Flugzeugs zu durchsuchen, das am Himmel explodiert und wahrscheinlich in das Waldgebiet gestürzt sei.

Zusammen mit Dutzenden anderer Einheiten, die aus dem ganzen Landkreis herbeigeordert worden waren, machten sich die 3-4 Mann starken Teams, ausgerüstet mit Taschenlampen und Walkie-Talkies, daran, jeden Quadratmeter des Waldes zu durchkämmen. Nach etwa einer halben Stunde hörte Romanskys Mannschaft über Funk, daß das Team zu ihrer Rechten etwas gefunden hatte und jetzt Unterstützung anforderte. Als sie schließlich an der angegebenen Stelle ankamen, sahen auch sie das Objekt, das am Ende eines Grabens oder einer Schleifspur mit der Spitze in der Erde steckte. Offenbar war es in einem Winkel von 20-30 Grad eingeschlagen, hatte Äste und ganze Bäume in einer Schneise mit sich gerissen. Der Graben selbst war vielleicht acht Meter lang, zwei

Das Objekt an der Absturzstelle, Zeichnung nach Augenzeugenberichten

Meter breit und an seiner tiefsten Stelle zwei Meter tief. Nirgendwo brannte oder schwelte es, was James verwunderte. Wenn das tatsächlich der Feuerball vom Nachmittag war, hätte das ganze Waldstück brennen müssen, aber es gab nicht einmal größere Brandspuren.

Das Objekt selbst wirkte fremdartig. Es hatte die Form einer riesigen Eichel aus glänzend-silbrigem Metall mit einem Schimmer von Gold, die mit der Spitze in der Erde steckte. Seine Unterseite war umgeben von einem metallischen Ring oder, wie es Jim formulierte, „einer Art Stoßstange“, auf der er seltsame Schriftzeichen erkannte. *„Sie ähnelten altägyptischen Hieroglyphen“*, beschrieb Romansky sie später, *„aber ohne Tiersymbole. Es waren gebrochene und gerade Linien, Punkte, Rechtecke, Kreise“*. Was ihn aber am meisten verwunderte, war der gute Zustand des Objektes: Es schien völlig intakt zu sein, war nur leicht verbeult. Er hatte als Feuerwehrmann oft genug Flugzeugwracks gesehen, doch was er hier vor sich hatte, war etwas völlig anderes: Kein Glas, keine Propeller oder Düsen, kein ausgelaufener Tank, nicht einmal die Spur einer Luke oder eines Einstiegs. Die Männer standen am Rande des Grabens und betrachteten es respektvoll aus sicherer Entfernung, als ein Polizist und ein älterer Herr in Zivilkleidung - der Feuer-Marschall - sich ihnen zugesellten. Kurz darauf trafen die ersten Militärs an der Absturzstelle ein und wiesen die Feuerwehrleute an, unverzüglich den Wald zu verlassen.

Als er und seine Kameraden wieder ihre Feuerwache erreicht hatten, kamen sie sich vor wie in einem Bienenschwarm. Die Luftwaffe hatte die Kontrolle übernommen und hier einen Kommandoposten errichtet. Überall schwärmte bewaffnetes Militär herum, wurde Gerät hereingetragen. Als sie die Wache betreten wollten, wurden sie ganz schnell wieder herausbefördert: *„Sie haben hier heute keinen Zutritt“*. Aber sie schnappten Bruchstücke eines Telefonates auf, das ein Offizier offensichtlich mit der amerikanischen Luftraumüberwachung NORAD in Colorado führte.

Ein paar Tage später erhielt die Löscheinheit ein Dankesschreiben der Luftwaffe. Obwohl sich herausgestellt hat, daß es sich bei dem irrtümlich für ein abgestürztes Flugzeug gehaltenen Objekt um einen Meteoriten gehandelt hätte, danke man der Feuerwehr von Kecksburg für ihre gute Zusammenarbeit.

Doch James Romansky wußte, daß das, was er gesehen hatte, kein Meteorit war. Er war gelernter Mechaniker, kannte Metalle und hatte ein solches Metall wie das, aus dem das Objekt bestand, noch nie gesehen. Für ihn war das Wrack von Kecksburg *„etwas, das nicht von dieser Erde war“* - und damit meinte er keinen Meteoriten.

Später erkrankte er an Hautkrebs. Und er wurde den Verdacht nicht los, daß das etwas mit dem seltsamen Objekt zu tun hatte, daß es radioaktiv gewesen war. Tatsächlich wollen Zeugen Container mit dem Radioaktivitäts-Symbol gesehen haben, die in den Wald hineingetragen wurden.

Als der Fernsehsender NBC auf der Grundlage von Romanskys Bericht und Gordons Recherchen ein TV-Special im Rahmen der Serie „Ungelöste Geheimnisse“ machte, meldeten sich rund hundert weitere Augenzeugen des Kecksburg-Zwischenfalls, die seine Schilderung bestätigten.

So erklärte ein halbes Dutzend Schaulustiger, spät in der Nacht einen großen Armee-Flachbetttransporter gesehen zu haben, der aus dem Wald kam, auf der Ladefläche ein großes, glockenförmiges Objekt, mit Planen abgedeckt. Auf dem dreiachsigen Lastwagen blinkten rote Warnlichter, vorweg und hinter ihm fuhr eine Eskorte von Jeeps, in denen bewaffnete Soldaten saßen. Sobald die Landstraße erreicht war, beschleunigten der Transporter und seine Begleitfahrzeuge und rasten ungeachtet des amerikanischen Tempolimits davon. Dann hieß es, die Suchaktion sei beendet, und langsam löste sich der Rummel auf. Das bestätigte James Mayes, Vize-Feuerwehrhauptmann von Kecksburg, dem NASA-Mitarbeiter Clark McClelland vom Kennedy Space Flight Center im Januar 1980.

„Mr. Mayes erklärte, daß ein großer Militär-Lastwagen in das abgesperrte Gebiet fuhr und es Stunden später mit einem großen Objekt unter einer Abdeckplane verließ. Eine Reihe von Einwohnern hörte das Brummen des Trucks spät in der Nacht. Auch sein Vorgesetzer, Feuerwehrhauptmann Robert Bitner, der später den Schauplatz aufsuchte, bestätigte diesen Umstand. Bitner war anwesend, als spät in der Nacht ein 10-Tonnen-Militärtransporter aus dem Wald kam. Auf seiner Ladefläche befand sich ein großes Objekt von vielleicht zwei Metern Höhe, drei Metern Breite und 6 Metern Länge. Herr Bitner stand nur 8 Meter von dem Truck entfernt, um den herum Militärpersonal als Wache positioniert war. Schließlich erhielt er eine Eskorte von mehreren Armeejeeps und setzte sich in Bewegung“, schrieb McClelland.

Ziel des Armeetransporters war zuerst einmal die Lockborne Luftwaffenbasis bei Columbus, Ohio, wo nach Aussagen eines Zeugen, der sich bei Stan Gordon meldete, in dieser Nacht höchste Alarmstufe herrschte. Dieser Zeuge, Robert Adams (Pseudonym), gehörte der Militärpolizei an und erklärte, seine Einheit hätte in den frühen Morgenstunden des 10. Dezember Befehl erhalten, einen Hangar zu umstellen *„und jeden zu erschießen, der versuchte, ohne Top Secret-Befugnis dort reinzukommen“*. Wenig später fuhr ein eskortierter Armeetransporter, der durch das Hintertor der Basis gekommen war, in den Hangar. Auf seiner Ladefläche befand sich ein Objekt, *„doppelt so groß wie ein Volkswagen“*, das von einer Plane überdeckt war. Um 6.00 Uhr früh wurde Adams Einheit abgelöst, doch seine Kameraden erzählten ihm, der Truck hätte die Basis um 7.30 Uhr verlassen und sei jetzt auf dem Weg zur Wright Patterson-Luftwaffenbasis, 170 km weiter westlich. Und genau dort sah es ein weiterer Zeuge, der sich bei Stan Gordon meldete.

„Myron“ - er bat darum, daß sein Nachname nicht veröffentlicht wird - arbeitete als Transportfahrer für die Ziegelfabrik seiner Familie in Dayton, Ohio. Zwei Tage nach dem Vorfall von Kecksburg erhielt die Firma eine Großbestellung spezialglasierter Ziegel von der Wright Patterson-Luftwaffenbasis. Ein Repräsentant der Basis hatte sich die vorrätigen Ziegel in der Fabrik angesehen und schließlich 6500 „doppelglasierte bearbeitete Ziegel“ bestellt, um, wie er sagte, *„eine doppelte Struktur als Strahlenschutz um ein geborgenes, radioaktives Objekt zu bauen“*. Wer immer es liefere, solle zuverlässig und verschwiegen sein und, *„was immer er auch sehen würde“*, seine Arbeit tun und keine Fragen stellen.

Noch am selben Tag, gegen 1.30 Uhr, lieferten Myron und sein Cousin die zwei Ladungen Ziegel auf zwei Lieferwagen. Am Basiseingang war man informiert, ein hoher Offizier erwartete sie in einem Jeep und lotste sie zu einem Lagerhaus aus Ziegelsteinen. Das Gebäude war vielleicht 18 x 28 Meter groß, umgeben von Holz-Bürozellen und nicht weit von einem Kraftwerk entfernt. Der Fahrer des Jeeps wies sie in eine Parkbucht gegenüber, neben einen dreiachsigen Transporter der Army, auf dessen Ladefläche eine Plane lag. Hiermit muß wohl das fragliche Objekt transportiert worden sein, kombinierte Myron. Vier oder fünf Männer in weißen Overalls mit Gummistiefeln, Gummihandschuhen und Visieren *„rannten herum wie aufgescheuchte Hühner“, wie Myron es formulierte, „aber das hatte nichts mit uns zu tun. Der Grund war das verdammte Ding in dem Gebäude.“* Dann machten sich die beiden jungen Männer daran, die Ziegel zu entladen.

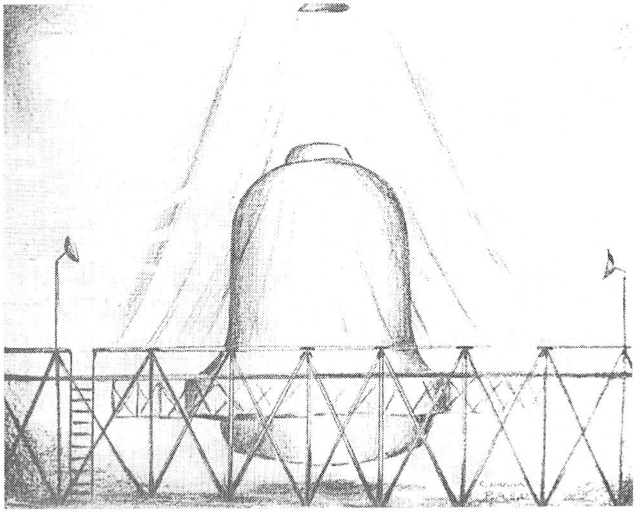

Das Objekt in einem Hangar auf der Wright Patterson-Luftwaffenbasis, Zeichnung nach den Angaben von “Myron”.

Doch Myron hatte die Neugierde gepackt. Er mußte wissen, was darin vor sich ging. Er täuschte eine Verschnaufpause vor, schlich sich unbeachtet an den Eingang des Gebäudes und warf einen Blick in sein Inneres. Da stand ein Metallgerüst, eine Ballustrade mit einem Rundgang in drei Meter Höhe, auf den zwei Leitern führten, die eine so hoch wie die Brüstung, die andere diese um anderthalb Meter überragend. Sie umschloß eine Art halbgeöffnetes Zelt aus Fallschirmseide, das von der Decke herunterhing, und durch das man, vom Flutlicht angestrahlt, die schattenhaften Umrisse eines großen, glockenförmigen Objektes erkannte, vielleicht vier Meter hoch und drei Meter breit. Durch die leichte Öffnung des „Zeltes" sah Myron, daß es aus einer Art heller Bronze zu bestehen schien. Er konnte sich nicht verkneifen, den nächsten Arbeiter, der an ihm vorbeihuschte, zu fragen, was das alles zu bedeuten habe. Offenbar dachte der Arbeiter, daß auch Myron zum Projekt gehörte, jedenfalls antwortete er ohne jede Umschweife: *„Wir versuchen, in sein Inneres einzudringen. Doch selbst mit Diamantbohrern und Säure konnten wir das verdammte Ding nicht knacken."*

Sekunden später fuhr eine schroffe Stimme Myron an. *„Was haben Sie hier zu suchen?"*, kläffte eine Wache, *„gehen Sie sofort wieder an Ihre Arbeit und vergessen Sie alles, was Sie hier gesehen haben. Ist das klar? Wenn Sie das Maul aufmachen, sperren wir Sie ein und schmeißen den Schlüssel weg."* Erst als Myron hoch und heilig versprach, kein Sterbenswörtchen zu sagen, beruhigte sich der Wachmann wieder: *„In 20 Jahren wissen Sie die Wahrheit sowieso."*

Das Wrack von Kecksburg war nicht das einzige „fremde Weltraumvehikel", das „Operation Moon Dust" entdeckte. Im August 1967 barg ein „Blue Fly"-Team ein Objekt unbekannten Ursprungs, das als ein „Satellit" beschrieben wurde, im Sudan. Im Juli 1968 fand man ein Objekt unbekannten Ursprungs, das aus vier Teilen bestand, in Nepal. Im Mai 1978 untersuchte man ein Objekt unbekannten Ursprungs in Bolivien...

Am 6. Mai 1978 um 16.30 Uhr stürzte „etwas" in einen Berg bei El Talre am Bermejo-Fluß, der Grenze zwischen Boliviens entlegener Provinz Tarija und Argentinien. Der Absturz wurde von Tausenden beob-

Der UFO-Absturz in Bolivien, Zeichnung nach Augenzeugenberichten

achtet, die ein „zylindrisches Flugobjekt mit einem feurigen Schweif" beschrieben, das einen Überschall-Knall verursachte, der noch in 200 Kilometer Entfernung gehört wurde und in einem Umkreis von 50 Kilometern Fensterscheiben zerplatzen ließ. Am nächsten Tage spekulierten die Zeitungen, was dort, buchstäblich am Ende der Welt, heruntergekommen war: Die Erklärungen reichten von einem *„Meteoriten"* bis zu *„einem metallischen OVNI"* (UFO) oder einer Raumkapsel, die vom Apollo-Programm der NASA hätte stammen können, doch das war schon 1973 beendet; und alle beriefen sich auf Augenzeugen.

Dann hieß es, die argentinischen Behörden hätten die 20.Einheit der Grenzpolizei in das fragliche Gebiet beordert, um nach einem Wrack oder einer Absturzstelle auf ihrer Seite der Grenze zu suchen. Die Suche konnte in dem gebirgigen und unwegsamen Grenzland Wochen dauern, und so machten sich ganze Legionen

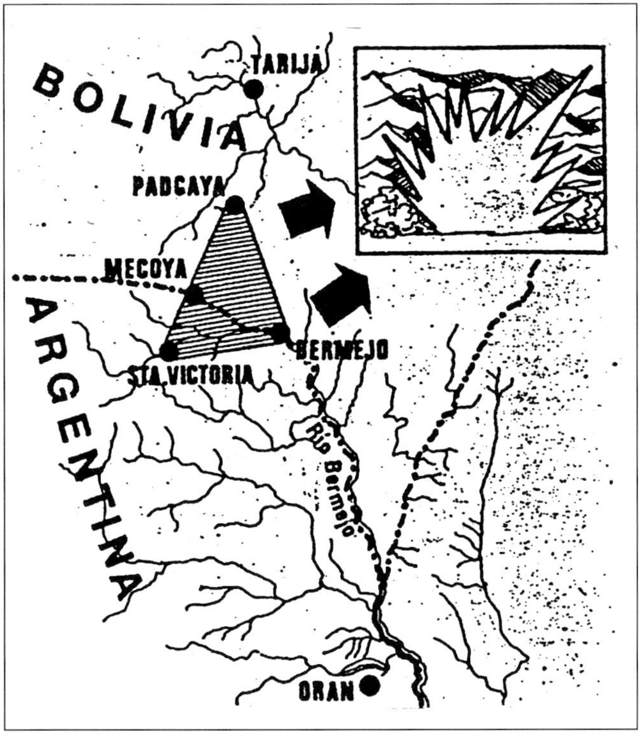

Das Gebiet, in dem das UFO abstürzte

von Reportern auf in die nächste größere Stadt, nach Aguas Blancas, um das Ergebnis abzuwarten und Augenzeugen ausfindig zu machen. Tatsächlich berichteten ihnen Einheimische, ein Objekt gesehen zu haben; die meisten beschrieben es als oval oder zylindrisch und metallisch. Und auch das Militär schien überzeugt zu sein, daß man es hier mit einem UFO zu tun hatte. „Stellen Sie sich vor, was geschehen wäre, wenn das UFO auf Häuser gefallen wäre?“, erklärte Corporal Natalio Farfan Ruiz, der Kommandant einer kleinen Grenzpolizei-Einheit in dem 800-Seelen-Dörfchen La Mamora, argentinischen Reportern und bestätigte: *„Es war gegen 16.30, als ein zylindrisches Objekt die Erde erschütterte.“* Auch Juan Hurtado vom

Foto des El Taire-Berges. Die Absturzstelle ist mit einem Pfeil gekennzeichnet.

Grenzschutz hatte es gesehen: *„Es sah aus wie ein riesiger Weincontainer, aus dem eine Spur weißen Rauches kam. Ich sah es ganz deutlich, es flog direkt über meinen Kopf. Ich war im Dienst, sprach gerade mit drei Ingenieuren der Bergbaubank in La Paz, als wir sahen, wie das Objekt in den El-Taire-Berg stürzte. Der Aufprall war so stark, daß er mich zu Boden warf. Die Erde erzitterte in diesem Augenblick.“*

Schließlich schickte die Bolivianische Luftwaffe drei einmotorige AT-6-Flugzeuge - ein Modell aus dem 2. Weltkrieg - in das Gebiet und entdeckte eine Aufprallstelle am Südhang des El Taire-Berges. Doch während es den Fliegern unmöglich war, auch nur in ihrer Nähe zu landen, berichtete die Zeitung „Clarin“ aus Buenos Aires am 14. Mai, daß das Objekt jetzt gefunden sei. Zum Beweis zitierte sie den Polizeichef von Tarija: *„Unsere Männer haben das Objekt entdeckt und inspiziert, jedoch noch keine Anweisungen für unser weiteres Vorgehen erhalten. Es ist ein stumpf-metallischer Zylinder, vier Meter lang, mit ein paar Einbeulungen. Niemand weiß, was innen ist, und wir erwarten noch das Eintreffen verschiedener Technikerkommissionen. Auch ein NASA-Experte soll morgen eintreffen.“*

Die beiden mysteriösen „NASA-Experten" erwiesen sich als Mitarbeiter des Militärattaches der US-Botschaft in La Paz in einem "Bluefly"-Einsatz

Tatsächlich erschienen keine „NASA-Experten" in Tarija, stattdessen aber zwei US-Luftwaffenoffiziere, Col. Robert Simmons und Major John Heise. Obwohl sie sich offiziell „im Urlaub" befanden, so hieß es in einer Zeitung, hatten sie den Auftrag, das Objekt in einer Hercules C-130-Frachtmaschine, die in La Paz wartete, in die Vereinigten Staaten zu bringen. Von anderen Zeitungen befragt, dementierte die US-Botschaft in La Paz die *„geheime Mission"* von Simmons und Heise. Erst als zwei Jahre später fünf Dokumente des US-Außenministeriums freigegeben wurden, konnte man nachlesen, daß die beiden tatsächlich Mitarbeiter des Büros des Militärattaches der US-Botschaft in La Paz waren, und daß sie wirklich mit einem Offizier der bolivianischen Luftwaffe nach Tarija flogen - im Rahmen von „Project Moon Dust".

Das erste dieser Dokumente war ein Fernschreiben des US-Botschafters in Bolivien, Paul H. Boeker, an das Außenministerium. Darin zitierte der Botschafter die Zeitungsberichte und bat das Ministerium, *„bei den entsprechenden Dienststellen anzufragen, ob sie aufklären können, was dieses Objekt sein könnte"*, nicht ohne zu ergänzen, daß *„es in der letzten Woche zu vermehrten UFO-Berichten aus dieser Region gekommen ist."* Die Antwort war ein als „Geheim" klassifiziertes Telex vom 18. Mai, in dem US-Außenminister Cyrus Vance persönlich erklärte: *„Haben die Sache bei den entsprechenden Regierungsstellen überprüft. Keine direkte Beziehung zu bekannten Raumobjekten, die um den 6. Mai in die Erdatmosphäre eingetreten sind. Deshalb untersuchen wir jetzt andere Möglichkeiten."*

Dann verwies er die Botschaft an das *„Aerogramm des Außenministeriums A-6343 vom 26.7.1973, das Hintergrundinformationen und Anleitungen zum Vorgehen bei der Auffindung von Raumobjekten beinhaltet... speziell alle Informationen über Beobachtungen vor dem Einschlag, die Flugrichtung, Anzahl der beobachteten Objekte und eine detaillierte Beschreibung einschließlich aller Markierungen wären hilfreich."*

Das nächste Dokument war eine - so wörtlich - *„Moondust-Message"* des *„Büros des US-Militärattaches"* vom 24. Mai an die „Division für Fremde Technologien" auf der Wright Patterson-Luftwaffenbasis und das Headquarter der US-Luftwaffe im Pentagon, klassifiziert als „CONFIDENTIAL NOFORN", *„Vertraulich - Keine Weitergabe an ausländische Staatsangehörige"*. Unter *„betr.: Moondust"* berichtete der Militärattachee der US-Botschaft in La Paz, daß man *„sich bemüht hat, die Presseberichte zu veri-*

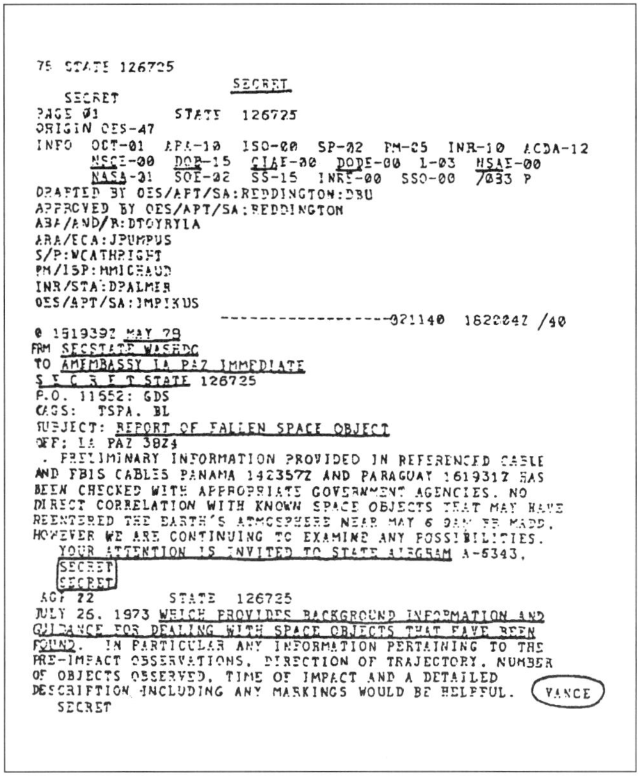

75 STATE 126725
SECRET
SECRET
PAGE 01 STATE 126725
ORIGIN OES-47
INFO OCT-01 ARA-10 ISO-00 SP-02 PM-05 INR-10 ACDA-12
NSCE-00 DOD-15 CIAE-00 DODE-00 L-03 NSAE-00
NASA-01 SOE-02 SS-15 INRE-00 SSO-00 /033 P
DRAFTED BY OES/APT/SA:REDDINGTON:DBU
APPROVED BY OES/APT/SA:REDDINGTON
ARA/AND/R:DTOYRYLA
ARA/ECA:JPUMPUS
S/P:WCATHRIGHT
PM/ISP:MMICHAUD
INR/STA:DPALMER
OES/APT/SA:JMPIKUS
------------------021140 182004Z /40
O 151939Z MAY 79
FM SECSTATE WASHDC
TO AMEMBASSY LA PAZ IMMEDIATE
S E C R E T STATE 126725
E.O. 11652: GDS
TAGS: TSPA, BL
SUBJECT: REPORT OF FALLEN SPACE OBJECT
REF: LA PAZ 3824
. PRELIMINARY INFORMATION PROVIDED IN REFERENCED CABLE AND FBIS CABLES PANAMA 142357Z AND PARAGUAY 161931Z HAS BEEN CHECKED WITH APPROPRIATE GOVERNMENT AGENCIES. NO DIRECT CORRELATION WITH KNOWN SPACE OBJECTS THAT MAY HAVE REENTERED THE EARTH'S ATMOSPHERE NEAR MAY 6 CAN BE MADE. HOWEVER WE ARE CONTINUING TO EXAMINE ANY POSSIBILITIES.
YOUR ATTENTION IS INVITED TO STATE AIRGRAM A-6343,
SECRET
SECRET
AGE 02 STATE 126725
JULY 26, 1973 WHICH PROVIDES BACKGROUND INFORMATION AND GUIDANCE FOR DEALING WITH SPACE OBJECTS THAT HAVE BEEN FOUND. IN PARTICULAR ANY INFORMATION PERTAINING TO THE PRE-IMPACT OBSERVATIONS, DIRECTION OF TRAJECTORY, NUMBER OF OBJECTS OBSERVED, TIME OF IMPACT AND A DETAILED DESCRIPTION INCLUDING ANY MARKINGS WOULD BE HELPFUL. VANCE
SECRET

Telex des US-Außenministeriums zum UFO-Absturz in Bolivien mit persönlicher Anweisung des Außenministers Cyrus Vance.

fizieren“. Dazu hätte man beim Generalstab der Bolivianischen Luftwaffe und dem Kommandanten des Bolivianischen Heeres angefragt, die erklärt hätten - offensichtlich nach der ersten, vergeblichen Suche - *„Wir haben Suchmannschaften in das fragliche Gebiet geschickt, aber nichts gefunden. Das Heer kam zu der Schlußfolgerung, daß es dort ein Objekt geben könnte oder auch nicht, aber man bisher noch nichts gefunden habe.“* Man wollte jetzt selbst zwei Beamte nach Terija schicken und versprach: *„Wir halten Sie auf dem laufenden, wenn weiteres bekannt wird“.*

Bedauerlicherweise sind keine weiteren Berichte freigegeben worden, die von den Ergebnissen der Simmons/Heise-Expedition berichten, und so können wir uns, was seine Beschreibung betrifft, nur auf die diversen Berichte der argentinischen Presse stützen. Offenbar kam man jedoch nicht zu der Schlußfolgerung, es sei ein Meteorit abgestürzt, denn die Datenbank des *„Alarm-Netzes für Wissenschaftliche Ereignisse“* des renommierten amerikanischen Smithonian-Institutes, das über jeden Vulkanausbruch, jedes Erdbeben, jeden Meteoritenabsturz und Feuerball seit 1973 peinlichst genau Buch führt, weiß von keinem Meteoriteneinschlag im Mai 1978 an der bolivianisch/argentinischen Grenze.

Doch wie aus Luftwaffen-Dokumenten hervorgeht, hatte die 1127te Field Activities Group, die „Project Moon Dust“ koordinierte, neben der Bergung von UFO-Wracks und anderen Weltraumobjekten noch eine weitere Aufgabe: HUMINT. Dieses Codewort bezeichnet *„Nachrichtenbeschaffung von menschlichen Quellen durch verdeckte Methoden“* im Gegensatz zu Abhöraktionen oder der Einsicht in Akten oder Briefverkehr, oder, mit anderen Worten: Die Beschaffung von UFO-Informationen von kompetenten Quellen durch gezielte Täuschungsmanöver. Die Methode, die man dazu wählte, war die Schaffung eines neuen Mythos, der so bizarr war, daß ihn außerhalb der UFO-Kreise ohnehin niemand glaubte: Die „Men in Black“, die „Männer in Schwarz“.

Seinen Anfang nahm er, als der UFO-Forscher Albert K. Bender vom „International Flying Saucer Bureau“ im September 1953 behauptete, von *„drei Männern in schwarzen Anzügen“* in seinem Haus in Bridgeport, Connecticut, aufgesucht worden zu sein. Diese hätten sich als *„Agenten der Regierung“* vorgestellt und ihm, so Bender, *„die erschreckende Wahrheit über das UFO-Mysterium“* enthüllt, das auch sie erst seit zwei Jahren kennen würden. Wenn er mit ihnen zusammenarbeiten würde, versprachen ihm die drei Männer, würden sie ihm stückchenweise weitere Informationen offenbaren, die er allerdings für sich behalten müßte. Bender hielt sich mehr oder weniger an die Spielregeln, versäumte es aber nie, darauf zu verweisen, daß er etwas wußte, was niemand anderer weiß.

Es dauerte bis 1962, bis Bender endlich sein Schweigen brach, gedrängt von Gray Barker, einem anderen UFO-Enthusiasten, der wenige Jahre zuvor den ersten UFO-Spezialverlag der Vereinigten Staaten gegründet hatte. Das Ergebnis, Benders Buch „Fliegende Untertassen und die drei Männer", war derart obskur, daß es offensichtlich selbst dem Autor bald peinlich war; er zog jedenfalls um nach Kalifornien und verschwand völlig aus der UFO-Szene. Die drei Männer, so behauptete Bender, seien Außerirdische, die sich als Menschen tarnen müßten, weil ihr wahres Aussehen die Erdenbewohner erschrecken würde. Und dann war da noch die Geschichte seiner „Entführung" durch monströse Raumwesen, die ihn zum Südpol gebracht hätten. Entweder war Bender die Phantasie durchgegangen oder, so mutmaßten Insider, er war zum Opfer einer Übung in Sachen Desinformation geworden.

Doch was blieb, war der Mythos von den drei Männern in Schwarz, der Benders Abgang überlebte. Wann immer irgendwo ein spektakulärer Fall gemeldet wurde, tauchten sie auf mysteriöse Weise auf, schüchterten Zeugen ein, zeigten Dienstausweise von Regierungsbehörden, die es gar nicht gab, und beschlagnahmten Originalfotos, -filme und negative. Ihr Ziel hatten sie damit erreicht: Sie hatten das Material - und die Glaubwürdigkeit des Zeugen war ruiniert durch das „ominöse Verschwinden" seines Beweises, speziell wenn findige Reporter herausfanden, daß die Dienststelle, die die drei „Agenten" geschickt haben sollte, gar nicht existierte.

Forscher haben über 50 solcher Fälle untersucht. Manchmal waren die „schwarzen Männer" kreidebleich und bewegten sich nahezu mechanisch, dann wieder dunkelhäutig mit fremdländischem Akzent. Fast immer versuchten sie, den Eindruck zu hinterlassen, sie seien in Wirklichkeit Außerirdische. Sie sprachen davon, gehen zu müssen, *„weil unsere Energie nachläßt"* oder betrachteten verdutzt einen Kugelschreiber, als sei es eine Strahlenwaffe. Oft versuchten sie, den Klischees alter Filme von Hollywoods „schwarzer Serie" gerecht zu werden, sprachen entweder übertrieben förmlich oder schnoddrig wie Zelluloid-Mafiosi. Mehr noch, sie fuhren zu allem Überfluß noch in schwarzen Cadillacs oder Lincolns wie aus dem Gangsterfilm vor. *„Paß mal auf, Junge, wenn dir dein Leben und das deiner Familie lieb ist, dann sprich lieber nicht mehr über deine Beobachtung"*, das schien ihr Tenor zu sein. Und da kein echter Geheimdienstler sich so albern benehmen würde, ernteten die eingeschüchterten UFO-Zeugen doch nur den Spott ihrer Umwelt.

Und genau das war das Ziel der Aktion, die der 1127ten Field Activity Group nur allzu ähnlich sah. Dort war der Einsatz von Drei-Mann-Einheiten nicht nur Standard - neben hochkarätigen Experten gehörten ihr auf dem Gebiet HUMINT auch ganz andere Charaktere an. So schreibt J.R.Richelson in seinem Standardwerk „The U.S.-Intelligence Community": *„Zu ihren Aufgaben gehörte die zentrale Koordination aller Luftwaffenaktivitäten, in denen es um die Sammlung von Informationen aus menschlichen Quellen ging. Diese Aktivitäten beinhalteten die heimliche Sammlung ebenso wie das Verhör von Verrätern."* Diese Aufgabe erledigte *„eine Einheit von Sonderlingen, rekrutiert aus verschiedenen Nachrichtendienst-Sondergruppen... Diese Männer waren ausgezeichnete Hochstapler und Täuscher. Ihr Job war es, Leute zum Reden zu bringen."* Das war noch untertrieben.

Tatsächlich rekrutierte man verurteilte Safeknacker und Einbrecher, Heiratsschwindler, Autoknacker und Schnellsprecher, Imitatoren und Verkleidungskünstler,

Das Lehrbuch „Einführung in die Weltraumwissenschaften“ der US-Luftwaffenakademie enthält ein Kapitel über UFOs.

exzentrische Genies und Taschenspieler für diese Einheit, notfalls sogar direkt aus dem Gefängnis. Militärische Disziplin war hier sekundär, wichtig war, daß man Leute hatte, die wußten, wie man an eine Information herankommt, wie man jemanden effektiv zum Schweigen bringt, oder wie man ihn das glauben macht, was man ihn glauben lassen will. Letzteres war die klassische „Desinformation“, ein Begriff, den Lenin erfand. Desinformation heißt, den Gegner durch gezielte Falschinformationen in die Irre zu führen. Und um diese Falschinformation glaubwürdig zu machen, mußte immer etwas Wahres, etwas Überprüfbares daruntergemischt werden.

Bald war die „Hochstapler-Einheit“ der 1127ten Field Activities Group in all diesen besonderen Fähigkeiten Experte und wurde in vielerlei Bereichen eingesetzt, nicht nur in „Sachen UFO“. Doch gerade auf diesem Gebiet leistete sie „vorbildliche Arbeit“ und trug maßgeblich dazu bei, daß die UFO-Thematik der Öffentlichkeit als immer obskurer und lächerlicher erschien. Erst dadurch waren die Medien bereit, die oberflächlichen „Wegerklärungen“ des Bluebook-Abschlußberichtes und der Condon-Studie zu akzeptieren. Der Luftwaffe konnte das nur recht sein, denn es garantierte ihr, daß sie auch weiterhin die Situation unter Kontrolle behielt.

Währenddessen liefen ihre Geheimprojekte weiter, und Stück für Stück gelang es ihr, dem Mysterium der UFOs auf die Spur zu kommen. Eine Idee davon, zu welchen Schlußfolgerungen sie dabei tatsächlich kam, vermittelt uns das Lehrbuch „Einführung in die Weltraumwissenschaften“ (Introductory Space Science), Band 2 für das Lehrfach Physik der US-Luftwaffenakademie. Die Kadetten der U.S. Air Force Academy waren die zukünftige Führungselite der Luftwaffe, die Offiziere von morgen, und man konnte sich nicht leisten, ihnen etwas Falsches beizubringen.

So enthält das Luftwaffen-Physikbuch auch ein Kapitel - Kapitel XXXIII - über „Unidentifizierte Flugobjekte“, das auf 14 Seiten die Charakteristiken der UFOs beschreibt, die Geschichte des Phänomens darstellt und Hypothesen diskutiert. Obwohl es im selben Jahr erschien wie der Condon-Report - 1969 - kommt es zu völlig anderen Schlußfolgerungen über die wahre Natur und Bedeutung der UFOs. Wie das NSA-Papier weist auch der Autor des Lehrbuches die Hypothesen *„Schwindel“*, *„Geheimwaffen“* und *„Natürliche Phäno-*

mene" als *„offensichtlich nicht sehr plausibel"* zurück und erklärt stattdessen: *„Die für uns interessanteste Theorie ist die, daß UFOs materielle Objekte sind, die entweder von Wesen, die diesem Planeten fremd sind, bemannt sind oder von ihnen ferngesteuert werden. Es gibt einige Beweise, die diese Ansicht bestärken."* Es gäbe verschiedene Gruppen oder Typen von *„Besuchern"*, heißt es weiter:

„Der am häufigsten beschriebene Außerirdische ist etwa 1,10 m groß, hat einen runden Kopf (Helm?), Arme, die bis zu oder bis unter seine Knie reichen, und trägt einen silbernen Raumanzug oder einen Overall. Andere Außerirdische scheinen genauso wie Erdenmenschen auszusehen, während wieder eine andere Gruppe extrem große Augen und einen Mund mit sehr dünnen Lippen hat. Und dann gibt es eine seltene Gruppe, die als 1,20 m groß, etwa 35 Pfund schwer und mit dickem Haar oder Pelz (Kleidung?) bedeckt beschrieben wird."

„Warum kein Kontakt?", fragt das Lehrbuch weiter, und beantwortet die Frage mit vier Alternativen:

„1) Wir könnten Objekt einer intensiven soziologischen und psychologischen Studie sein. In solchen Studien wird es allgemein vermieden, das Umfeld des beobachteten Subjektes zu stören;

2) Man nimmt keinen ‚Kontakt' zu einer Ameisenkolonie auf, und als solche könnte die Menschheit überlegenen Außerirdischen erscheinen (Variation: Es macht Spaß, einen Zoo zu besuchen, aber man stellt sich den Eidechsen nicht vor);

3) Solche Kontakte können vielleicht schon im Geheimen stattgefunden haben;

4) Solche Kontakte könnten bereits auf einer anderen Bewußtseinsebene stattgefunden haben, und wir sind uns der Kommunikation auf dieser Ebene nur noch nicht bewußt."

Und schließlich kommt es zu der Schlußfolgerung:

„Das UFO-Phänomen scheint globaler Natur zu sein und seit nahezu 50.000 Jahren aufzutreten... Das führt uns zu der unbequemen Möglichkeit, daß Außerirdische , oder zumindest von Außerirdischen kontrollierte UFOs, unseren Planeten besuchen. Zwar sind die Daten noch nicht gründlich genug ausgewertet worden, aber die fraglichen Fakten lassen auf die Existenz von drei und vielleicht sogar vier verschiedenen Gruppen von Außerirdischen schließen (wahrscheinlich in verschiedenen Stadien der Entwicklung). Das ist natürlich schwer zu akzeptieren. Es deutet auf ein... überraschend starkes Interesse an der Erde durch Bewohner anderer Sonnensysteme hin."

Zu diesem Fazit waren auch die Streitkräfte anderer Staaten längst gekommen. Der hohe Anteil kompetenter Augenzeugen ließ gar keinen anderen Schluß zu.

12. WER UFOS SAH

Zum Aufbruch bereit lag die ALMIRANTE SALDANHA, ein Schulschiff der brasilianischen Marine, vor der Felseninsel Trindade im Südatlantik. Das Schiff hatte seine Aufgabe, hydrographische und ozeanographische Messungen im Gebiet der Insel durchzuführen, erledigt. An Bord waren Wissenschaftler, hohe Militärs, Berufsfotographen, Reporter und führende Köpfe der hydrographischen und navigatorischen Division der brasilianischen Marine, die diese Untersuchungen als Projekt im Rahmen des internationalen geophysikalischen Jahres durchführte. Das hydrographische Institut der Marine hatte bereits im Oktober 1957 eine Station für ozeanographische und meteorologische Studien auf dem geologisch interessanten Felseneiland eingerichtet, die seitdem unter dem Kommando des Korvettenkapitäns Carlos Alberto Bacellar stand. Damit verbunden war auch die Mission der ALMIRANTE SALDANHA, die mit einer Besatzung von 300 Mann zum Forschungsschiff umfunktioniert worden war.

An jenem 16. Januar 1958 beobachtete der Marinefotograf Almiro Barauna an Deck die Abreisevorbereitungen und machte dabei auch ein paar Aufnahmen mit seiner Rolleiflex 2,8-Modell E-Kamera. Barauna war nicht nur ein ehemaliger Pressefotograf, bevor er von der Marine angestellt wurde, er galt auch als Experte für Unterwasserfotografie. Gerade stand er, an die Rehling gelehnt, auf dem Vorderdeck und starrte auf das Meer, als zwei Offiziere auf ihn zugestürzt kamen und aufgeregt auf ein helleuchtendes Objekt am Himmel zeigten, das sich mit großer Geschwindigkeit der Insel näherte. Jetzt kam auch noch der Schiffszahnarzt Dr. Homera aufgeregt angestolpert, und fasziniert starrten die vier Männer auf den bedeckten, wolkigen Himmel. Es war 12.15 Uhr.

Nach 30 Sekunden war das Objekt nah genug für eine Aufnahme. Barauna stellte seine Kamera ein und machte das erste Foto. Das UFO kam immer näher, bald konnte man erkennen, daß sein ovaler Körper von einem Ring umgeben war, während eine grünlich phosphoreszierende Strahlung den dunkelgrau-metallischen Körper einhüllte. Auffallend war das Flugverhalten der Scheibe. Sie bewegte sich in Wellen, ähnlich wie eine Fledermaus, und konnte sprungartig beschleunigen. Bald hatte sie die Insel erreicht und flog an der steil aufragenden Felsenkette der Calo-Crast-Spitze entlang, da machte der Fotograf die zweite Aufnahme. Foto Nummer drei entstand, als das Objekt den höchsten Berg der Insel, die 600 Meter hohe Desejado-Spitze, umrundete, um erneut mit großer Geschwindigkeit auf das Meer hinauszufliegen. Mittlerweile drängelte sich schon ein Teil der Besatzung auf dem Vorderdeck, fasziniert das Schauspiel beobachtend, und Barauna wurde in der Enge hin- und hergestoßen. So mißlangen seine vierte und fünfte Aufnahme, während das sechste Foto wieder deutlich das UFO zeigt, wie es in derselben Richtung, aus der es gekommen war, wieder am Horizont verschwand.

Barauna (5) mit sechs Augenzeugen, dem Fotografen Faria de Arevedo (1), Admiral Jose Saldanha da Gama (2), Amilar Vieira, Direktor der Banco do Brasil (3), Commandante Paulo Moreira da Silva, Direktor des hydrographischen Institutes der Marine (4), dem Inselkommandanten Carlos Alberto Bacellar (6) und Alvizio Bancario (7)

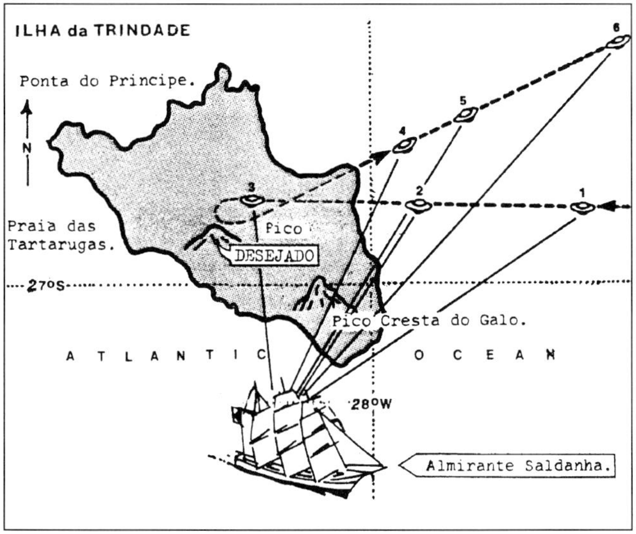

Rekonstruktion des Sichtungsverlaufes durch die brasilianische Marine

Gleich an Bord entwickelte der Fotograf den Film eigenhändig im Labor im Beisein einiger Offiziere.

Nach Ankunft in Rio de Janeiro wurde die Untersuchung des Falles durch die Marine eingeleitet. Sämtliche Zeugen - es waren 48 Personen - bestätigten, daß die Fotos genau das zeigten, was sie mit eigenen Augen gesehen hatten. Die Untersuchung der Negative unabhängig voneinander im Hydrographischen Institut, dem Fotolabor der Marine und der Luftbild-Auswertungsstelle in Rio, ergab, daß die Aufnahmen authentisch waren. Man errechnete den Durchmesser des Objektes auf 40 Meter, seine Höhe auf 8 Meter und eine Fluggeschwindigkeit von 900-1000 Stundenkilometern. Barauna erhielt die Erlaubnis, die Fotos zu veröffentlichen, und so erschienen sie am 15. Februar erstmals in der Zeitung ULTIMA HORA. Als andere Blätter die Marine um eine Stellungnahme baten, antwortete man zwar, daß *„Senor Almiro Barauna die erwähnten Fotos im Beisein eines großen Teiles der Besatzung der ALMIRANTE SALDANHA machte“,* man wolle aber *„keine Stellungnahme zu dem gesichteten Objekt abgeben.“* Am selben Tag noch wurde Marineminister Admiral Antonio Alves Camara in die Sommerresidenz des brasilianischen Präsidenten Juscelino Kubitschek bei Petropolis eingeflogen, in seinem Koffer vier Originalabzüge und Vergrößerungen der UFO-Aufnahmen. Presseberichten zufolge war der Präsident von den Fotos wie der Analyse stark beeindruckt, jedenfalls gestattete er dem Minister, auf der für den nächsten Tag angesetzten Pressekonferenz offiziell die Echtheit der Fotoserie zu bestätigen. *„Ich habe vorher nie an die ‚fliegenden Untertassen‘ geglaubt“,* konnte Minister Camara vor den Reportern erklären, *„aber die fotogra-*

Offizielle Fotoserie der brasilianischen Marine: Diese vier Aufnahmen eines saturnförmigen UFOs nahm der Marinefotograf Almiro Barauna am 16. Januar 1958 von Bord des Schulschiffes Almirante Saldanha im Rahmen einer geophysikalischen Expedition vor der Insel Trindade im Südatlantik im Beisein zahlreicher Zeugen auf.

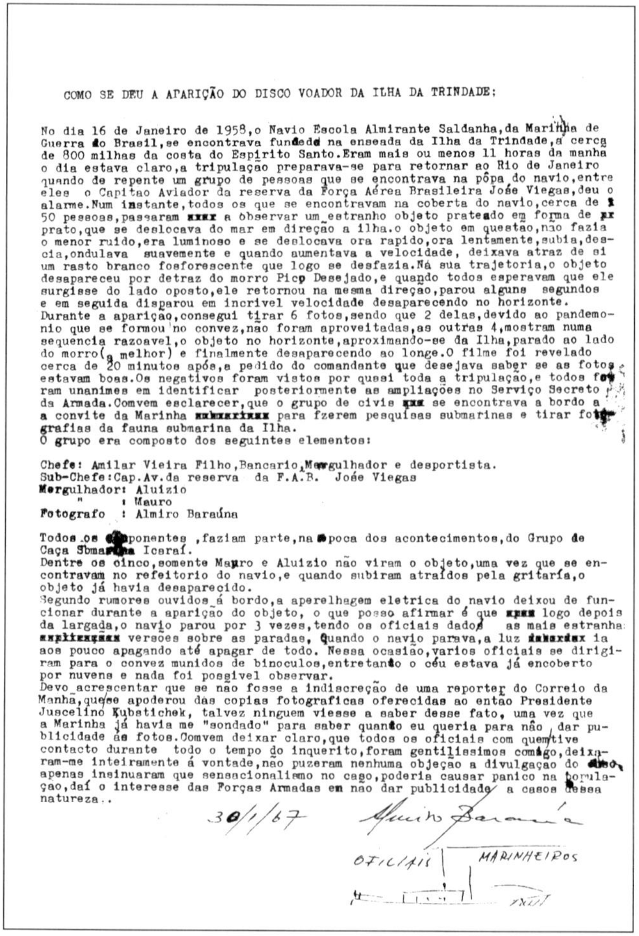

COMO SE DEU A APARIÇÃO DO DISCO VOADOR DA ILHA DA TRINDADE;

No dia 16 de Janeiro de 1958, o Navio Escola Almirante Saldanha, da Marinha de Guerra do Brasil, se encontrava fundeado na enseada da Ilha da Trindade, a cerca de 800 milhas da costa do Espirito Santo. Eram mais ou menos 11 horas da manha o dia estava claro, a tripulação preparava-se para retornar ao Rio de Janeiro quando de repente um grupo de pessoas que se encontrava na pôpa do navio, entre eles o Capitao Aviador da reserva da Força Aérea Brasileira Jośe Viegas, deu o alarme. Num instante, todos os que se encontravam na coberta do navio, cerca de 50 pessoas, passaram a observar um estranho objeto prateado em forma de prato, que se deslocava do mar em direção a ilha. o objeto em questão, não fazia o menor ruido, era luminoso e se deslocava ora rapido, ora lentamente, subia, descia, ondulava suavemente e quando aumentava a velocidade, deixava atraz de si um rasto branco fosforescente que logo se desfazia. Ná sua trajetoria, o objeto desapareceu por detraz do morro Pico Desejado, e quando todos esperavam que ele surgisse do lado oposto, ele retornou na mesma direção, parou alguns segundos e em seguida disparou em incrivel velocidade desaparecendo no horizonte.
Durante a aparição, consegui tirar 6 fotos, sendo que 2 delas, devido ao pandemonio que se formou no convez, não foram aproveitadas, as outras 4, mostram numa sequencia razoavel, o objeto no horizonte, aproximando-se da Ilha, parado ao lado do morro (a melhor) e finalmente desaparecendo ao longe. O filme foi revelado cerca de 20 minutos após, a pedido do comandante que desejava saber se as fotos estavam boas. Os negativos foram vistos por quasi toda a tripulação, e todos foram unanimes em identificar posteriormente as ampliações no Serviço Secreto da Armada. Comvem esclarecer, que o grupo de civis se encontrava a bordo a a convite da Marinha para fzerem pesquisas submarinas e tirar fotografias da fauna submarina da Ilha.
O grupo era composto dos seguintes elementos:

Chefe: Amilar Vieira Filho, Bancario, Mergulhador e desportista.
Sub-Chefe: Cap.Av. da reserva da F.A.B. Jośe Viegas
Mergulhador: Aluizio
" : Mauro
Fotografo : Almiro Baraúna

Todos os componentes, faziam parte, na época dos acontecimentos, do Grupo de Caça Submarina Icaraí.
Dentre os cinco, somente Mauro e Aluizio não viram o objeto, uma vez que se encontravam no refeitorio do navio, e quando subiram atraídos pela gritaría, o objeto já havia desaparecido.
Segundo rumores ouvidos á bordo, a aperelhagem eletrica do navio deixou de funcionar durante a aparição do objeto, o que posso afirmar é que logo depois da largada, o navio parou por 3 vezes, tendo os oficiais dado as mais estranha versões sobre as paradas, Quando o navio parava, a luz ia aos pouco apagando até apagar de todo. Nessa ocasião, varios oficiais se dirigiram para o convez munidos de binoculos, entretanto o céu estava já encoberto por nuvens e nada foi possivel observar.
Devo acrescentar que se não fosse a indiscreção de uma reporter do Correio da Manhã, que se apoderou das copias fotograficas oferecidas ao então Presidente Juscelino Kubstichek, talvez ninguem viesse a saber desse fato, uma vez que a Marinha já havia me "sondado" para saber quanto eu queria para não dar publicidade as fotos. Comvem deixar claro, que todos os oficiais com quem tive contacto durante todo o tempo do inquerito, foram gentilissimos comigo, deixaram-me inteiramente á vontade, não puzeram nenhuma objeção a divulgação do caso, apenas insinuaram que sensacionalismo no caso, poderia causar panico na população, daí o interesse das Forças Armadas em não dar publicidade a casos dessa natureza..

30/1/67

OFICIAIS | MARINHEIROS

Baraunas Bericht über den Vorfall

ischen Beweise von Herrn Barauna haben mich überzeugt". Admiral Gerson de Macedo Soares, Generalsekretär der Marine, bestätigte: *„Ich sehe keinen Grund, diesen Bericht zuverlässiger und wissenschaftlich ausgebildeter Zeugen anzuzweifeln. Ich persönlich glaube jetzt an die Realität der UFOs, auch wenn sie von einem anderen Planeten stammen sollten."*

Anders freilich war die Reakion auf die Fotos in den Vereinigten Staaten. Die Zeitungen brachten nur eines der Fotos, die Luftwaffe erklärte es abwechselnd zu einem „Wetterballon" oder einer „Fälschung", obgleich ihr keine Abzüge vorlagen. Die brasilianische Regierung reagierte gekränkt auf dieses „Beispiel amerikanischer Arroganz", und fast hätten die „fliegenden Untertassen" das amerikanisch-brasilianische Verhältnis ernsthaft gestört. Übrigens zeigte sich Dr. Edward U. Condon nicht interessiert, den Fall in seiner Studie mit einzubeziehen, obwohl ihm die Fotoserie von Major a.D. Colman VonKeviczky von der UFO-Gruppe ICUFON vorgelegt wurde.
Tatsächlich versäumte das Condon-Komitee, wohl um den Eindruck zu wahren, UFOs würden nur von ‚ungebildeten Narren' gesichtet, auch nur einen der zahlreichen Fälle aufzuführen, in denen bedeutende Wissenschaftler, darunter auch Astronomen, Prominente und Politiker UFOs gesichtet hatten. Selbst ein damals hochaktuelles Dokument der argentinischen Marine vom Juli 1965 wurde ignoriert, in dem offiziell die Sichtung eines *„soliden, linsenförmigen Flugobjektes, das abwechselnd rot, grün und gelb leuchtete und im Zick-Zack flog"* durch drei Stützpunkte der argentinischen Marine in der Antarktis bestätigt wurde. Zu den Zeugen gehörten auch Wissenschaftler, die im Auftrag der Regierung an Forschungsprojekten beteiligt waren. Man hatte damals auch einige Fotos der Scheibe gemacht, die jedoch unter Geheimhaltung gestellt wurden.

1976 fand eine Meinungsumfrage bei der internationalen Organisation MENSA statt, der allein in den USA 20000 Menschen angehören, deren Intelligenzquotient höher als 130 ist. Die Befragung ergab, daß 67 % der MENSA-Mitglieder davon überzeugt sind, daß es sich bei den UFOs um außerirdische Raumschiffe handelt, während 16 % bereits mit eigenen Augen ein UFO gesehen haben wollen.

Vier reflektierende UFOs, die in einem plasmaartigen Nebel gehüllt mit großer Geschwindigkeit über den stahlblauen Himmen schossen, beobachtete einer der bekanntesten deutsch-österreichischen Raketenforscher, Ing. Franz A. Ulinski, am 5. Juni 1971 von seiner Wohnung in Wels/Oberösterreich aus. Ulinski erstattete sofort Meldung an das oberösterreichische Militärkommando Hörschung und erkundigte sich am Flughafen: Zur Beobachtungszeit befanden sich keine Flugzeuge der Luftwaffe in der Gegend. *„Es muß sich um verhältnismäßig kleine Körper mit etwa zehn Metern Durchmesser gehandelt haben"*, meinte der Ingenieur. Ulinski, im zweiten Weltkrieg in Peenemünde beschäftigt und erfahren in der Beobachtung militärischer Flugkörper, stand nach Kriegsende mit Männern wie Albert Einstein, Balier und Wernher von Braun in Kontakt. Die Zuverlässigkeit dieses Mannes, den von Braun in einem mir vorliegenden Brief als *„einen der Frühpioniere der Raketensache"* bezeichnet, steht außer Zweifel.

Ein bekannter deutscher Naturwissenschaftler - er soll hier als Dr. W. abgekürzt werden - fuhr am 23.10.1962 auf der Autobahn von Norddeutschland kommend an der Raststätte Ahrensburg vorbei, als ihm ein länglicher Gegenstand am wolkenfreien Himmel auffiel. Während der Fahrt beobachtete er 15 Minuten lang den *„schwebenden, metallisch glänzenden Flugkörper in Form einer vorne und hinten zugespitzten Zigarre"*, zunächst rötlich, dann bläulich-grünlich leuchtend.

Dr. Walter A. Frank lehrte am Institut für Zentralasiatische Ethnologie an der Universität Bonn. Als er sich im Januar/Februar 1990 wieder einmal auf einer völkerkundlichen Studienreise durch Indien befand, sichtete er in Jodhpur, Rajasthan, ein kugelförmiges Flugobjekt. *„Ich verbrachte die Nacht des 8. Februar im Hotel Ajit Bhavan. Vor dem Schlafengehen ging ich noch einmal auf die Straße, um frische Luft zu schnappen. Der Himmel war gleichmäßig von einer dünnen Wolkendecke verhangen, durch die der Vollmond und die Venus - sie stand direkt neben dem Mond - unscharf schimmerten. Neben dem Mond stand aber auch ein helles, scharf abgegrenztes, ‚kugelförmig' wirkendes Licht, das sich weder bewegte noch ein Geräusch von sich gab. Ich dachte zuerst, es handle sich um den Landescheinwerfer eines landenden Flugzeugs oder Helikopters. Nachdem ich es zehn Minuten lang beobachtet hatte, ohne daß es sich veränderte, kam es mir doch seltsam vor und ich holte meine Kamera (Canon A1 mit Vivitar-Zoom 28-200 mm). Das Licht stand noch immer unverändert und ich machte zwei Aufnahmen. Als ich nach der letzten Aufnahme die Kamera wieder vom Auge nahm, war das Licht plötzlich verschwunden, ‚wie ausgeknipst', und nirgendwo war ein Licht zu entdecken, außer eben dem Mond und der Venus"*, schilderte mir Dr. Frank sein Erlebnis.

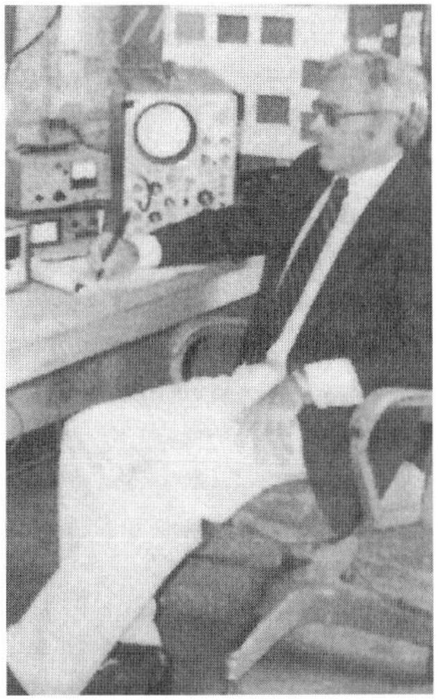

Prof. Harley Rutledge

Was geschieht, wenn sich ein Wissenschaftler einmal ernsthaft mit der UFO-Thematik auseinandersetzt, zeigt das Beispiel von Prof. Harley Rutledge, der den Fachbereich Physik an der Southeast Missouri State University in Cape Girardeau/Miss. leitet. Dabei war Prof. Rutledge eigentlich ein Erzskeptiker, als er 1973 von einer UFO-Sichtungswelle in Piedmont, 120 km westlich von Cape Girardeau, erfuhr. Jetzt war seine wissenschaftliche Neugierde geweckt, er fuhr hin, den Wagen vollgeladen mit physikalischen Meßinstrumenten - und sah selbst sein erstes UFO. *„Die Menschen waren so in Panik, daß sich die Frauen nachts nur noch mit Gewehr auf die Straße trauten"*, erklärte Rutledge später Reportern einer Lokalzeitung, *„und dann sah ich es mit eigenen Augen: Ein leuchtendes Objekt schwebte über dem Parkplatz eines Kindergartens - glauben Sie mir; Sie kamen in die Stadt, verfolgten Menschen und strahlten sie an. Dabei blieben Autos auf der Straße stehen, war der Fernsehempfang gestört."* Durch den Ausflug nach Piedmont war Rutledge vom UFO - Saulus zum Paulus geworden. Jetzt galt es, den mysteriösen Leuchtobjekten mit wissenschaftlicher Methodik auf den Grund zu gehen, beschloß der Physiker.

Das war die Geburtsstunde von „Project Identification", der ersten echten wissenschaftlichen Untersuchung des UFO-Phänomens. Denn statt - wie die Condon-Studie - UFO-Sichtungen zu untersuchen und in der Dunkelzone zwischen den drei Möglichkeiten Schwindel, Fehldeutung oder echtes UFO den Blick für das Wesentliche zu verlieren, ging es Rutledge darum, UFOs *„am Objekt selbst"* zu studieren, sich sein Datenmaterial selber zu verschaffen. Sieben Jahre dauerte das Projekt, über 620 freiwillige Helfer - meist Rutledges Physikstudenten - waren mit 158 mobilen Beobachtungsstationen daran beteiligt, unbekannte Flugobjekte dort aufzuspüren, wo sie wiederholt beobachtet worden waren. Es war eine Art „Projekt Magnet" der Superlative. Jede Art von Foto- und Filmkameras mit Teleobjektiven und Nacht- oder Infrarotfilmen kam zum Einsatz, außerdem Questar-Teleskope, elektromagnetische Frequenzanalysatoren, empfindliche Schalldetektoren und mobile Radargeräte. Insgesamt wurde der Himmel 427 Stunden lang beobachtet, Rutledge selber leitete das Projekt in 137 Nächten. Der Erfolg: 178 Sichtungen durch die Projektmitarbeiter, davon 158 Fälle, an denen der Physiker persönlich beteiligt war, mit über 700 Fotos. Das räumte auch die letzten Zweifel beiseite. *„Ich glaube nicht an UFOs"*, erklärte Rutledge Reportern, *„man glaubt an Gott. Aber UFOs, die sind keine Glaubenssache, die sind eine Tatsache."*

Prof. Rutledge teilt diese Objekte in zwei Kategorien ein: Jene, die nicht die Naturgesetze verletzen und solche, die *„als nicht von Menschenhand geschaffen erscheinen und zu unglaublichen Manövern in der Lage sind, aus dem Stand beschleunigen und aus ungeheuren Geschwindigkeiten abrupt stoppen können"*. Von seinen 158 Sichtungen gehören 28 dieser zweiten Kategorie an, von der Gesamtzahl von 178 waren es 34. Dazu gehören Fälle, *„in denen augenscheinlich massive Objekte in einem Fünftel einer Sekunde so extrem beschleunigten, daß sie kaum noch mit bloßem Auge wahrzunehmen waren. Eines, das wir verfolgten, beschleunigte aus dem Stand auf über 12.000 Stundenkilometer."*

Ein ähnlicher Vorfall ereignete sich, als Rutledge mit dem Piloten Drake Kambitch in dessen Cessna 150 in 6000 Meter Höhe den Clark Mountain bei Piedmont überflog. *„Wir beobachteten ein seltsames Objekt mit orangenfarbenen, roten und grünen Lichtern"*, erklärte der Professor, *„als wir auf das Licht zuflogen, schoß es vertikal in die Höhe. Es war nur noch ein Lichtblitz. Es muß mindestens 10.000 Stundenkilometer geflogen sein. Doch trotzdem war kein Überschallknall zu hören."*

Als Physiker wußte Rutledge: Kein irdisches Flugzeug wäre dazu in der Lage, kein menschlicher Pilot würde diese Schubkraft überleben - es wäre für ihn, als würde er von 16,5 Tonnen zerdrückt werden.

Aber was den Wissenschaftler noch mehr faszinierte, war die offensichtliche Interaktion, das „Spiel" der Objekte mit ihren Beobachtern. Oft „spürten" die Beobachter die Präsenz der UFOs, bevor sie dann wirklich erschienen, hatten das Gefühl, eigentlich selbst die Beobachteten zu sein. Manchmal schien es geradezu zu seiner Art telepathischer Kommunikation gekommen zu sein: War man sich nicht sicher, ob am Himmel ein UFO oder ein konventionelles Objekt flog, beantwortete dieses die Frage selbst, indem es plötzlich zu beeindruckenden Manövern überwechselte. Und wenn einer der Beobachter sich eine ganz bestimmte Flugbahn oder ein besonderes Manöver vorstellte, konnte er sichergehen, daß das UFO am Himmel jetzt dieses Muster flog. Auch Rutledge selber machte die Erfahrung, plötzlich observiert zu werden. *„Einmal erschien eine Lichtspur vor meinem Bürofenster in der Universität. Ich hatte dabei das sichere Gefühl, daß es meinetwegen dort war“.* Ein anderes Mal bemerkte er von seinem Haus aus ein *„graues, geschoßförmiges Objekt, das eine olivgrüne Farbe annahm. Doch als ich zu meinem Fernglas griff, verschwand es plötzlich. Es ist unwissenschaftlich, aber ich konnte mir den Gedanken nicht verwehren, daß es mir eine kleine Demonstration geben wollte.“* Und noch etwas fiel ihm auf: Die UFOs waren fotoscheu. Wann immer er seine Kamera auf sie richtete, verschwanden sie urplötzlich. Wenn er per Funkgerät eine seiner Beobachtungsstationen informierte, in deren Richtung sich ein Objekt gerade zu bewegen schien, bog das UFO oft genug ab und verschwand in eine andere Richtung oder verbarg sich vor einem Stern. *„Manchmal war es ein richtiges Versteckspiel“,* meinte der Physiker, *„sie liebten es, mit uns zu spielen. Mal störten sie unseren Funkverkehr, mal fiel der Strom ganz aus, mal „spinnten“ die Instrumente.“* Und auch die UFO-Sichtungen ließen nach, je professioneller Prof. Rutledge ihnen auf die Schliche kommen wollte. So endete „Project Identification“ nach den großen anfänglichen Erfolgen 1980 auch deshalb, weil die Beobachtungsobjekte plötzlich einen großen Bogen um Cape Girardeau, Missouri, zu machen schienen.

„Fest steht, daß hinter dem UFO-Phänomen eine Intelligenz steht, die der des Menschen zumindest gleich, wahrscheinlich aber überlegen ist“, weiß Prof. Harley Rutledge heute. *„Sie lassen sich in drei Grundtypen aufteilen: Die vertraute Scheibe, geschoß- oder raketenförmige Objekte und Leuchtkugeln oder ‚Pseudo-Sterne‘.“* Dabei hält er sich zurück, was Theorien über ihre Herkunft betrifft. *„Ich habe keine Beweise dafür, woher sie kommen. Und wenn ich einmal als einer bekannt bin, der an Außerirdische glaubt, werde ich mich den Rest meines Lebens lang verteidigen müssen.“* Und auch über ihr Antriebssystem kann er nur spekulieren: *„Eine Möglichkeit ist elektromagnetische Strahlung in Form von Mikrowellen. Viele der physischen und physiologischen Effekte, von denen Zeugen seit Ende des 2. Weltkrieges berichten, deuten auf Mikrowellen im Spektrum von 300-3000 Megahertz oder höher hin. Eine andere Möglichkeit sind gravitative Kraftfelder, vielleicht benutzen sie die Magnetfelder der Erde.“*

Überrascht war Prof. Rutledge über die Reaktion seiner Kollegen, als 1981 sein Buch „Project Identification“ im Verlag Prentice-Hall erschien. *„Ich hatte damit gerechnet, bestenfalls belächelt und von meinen Kollegen fortan gemieden zu werden“,* gab er zu, *„statt dessen werde ich immer wieder darauf angesprochen, beglückwünscht, mit Fragen bestürmt. Viele sagen, ich hätte ihnen regelrecht die Augen geöffnet, und einige diskutieren mein Buch sogar mit ihren Studenten in den Seminaren.“*

Doch kommen wir zu den „zufälligen“ UFO-Erlebnissen einer ganz anderen Kategorie *„kompetenter und geschulter Beobachter“,* der Zivilpiloten...

PILOTEN

Flugkapitän Werner Utter, bis vor kurzem Mitglied des fünfköpfigen Vorstandes der LUFTHANSA, ist ganz gewiß ein nüchterner Mann, der sich als Chef von 5700 weltweit tätigen Angestellten mit den Ressorts Flugverkehr und Bodenabfertigung befaßte. Der gestandene Schwabe war ein Mann der ersten Stunde bei der deutschen Fluggesellschaft und ist seit dem 2.

Weltkrieg bestimmt an die 100 Flugzeugtypen geflogen. Die Zahl seiner damit erreichten Flugstunden schätzt Utter auf über 29000 - dazu zählen die etwa 1200 Atlantiküberquerungen, mit Transport- und Passagiermaschinen bis zum Jumbo-Jet. Seit 1971 war Utter Chefpilot der Lufthansa und pilotierte Ex-Bundespräsident Heinrich Lübke auf acht Staatsvisiten nach Afrika, Südamerika, in den nahen und fernen Osten. Daß er da auch seine „unheimlichen Begegnungen" hatte, scheint kaum verwunderlich. Der jüngste Fall ereignete sich 1980, ausgerechnet am Himmelfahrtstag. *„Sie mögen darüber lachen"*, erzählte Utter Journalisten der NEUEN RUHR ZEITUNG, *„aber ich hab's auf Tonband. Ich kam abends von New York zurück mit dem Frachter, es war noch taghell. Da kommt mir plötzlich so ein Riesending entgegen. Der Flugingenieur, der hinter mir stand und sich mit dem Copiloten unterhielt, der ruft sehr schnell, das hört man auf Tonband, ‚Achtung!', und dann ich ‚Was ist das?'. Das war eine Riesenzigarre, die uns entgegenkam in 35000 Fuß (12000 m) und ich gebe gleich runter und sag: ‚Das ist ein UFO'. Da sagt der Fluglotse unten, er hoffe, daß es keine ‚fliegende Untertasse' gewesen sei... ich dachte, es geht mir in den Einser-Motor rein (das linke äußere Triebwerk). Wenn ich das allein gesehen hätte ... aber der Ingenieur hat es auch gesehen und diesen Notschrei ausgestoßen."*

Das war drei Meilen hinter Dover. Das Tonband war nur zufällig eingeschaltet, weil die Flugverkehrskontrolle in diesem Augenblick von London nach Maastricht übergegangen war. Dieses Erlebnis war nicht die erste UFO-Sichtung des Flugkapitäns.

„Es war in den 50er Jahren auf einem Flug von Beirut nach Bagdad, als wir in etwa 3000 m Höhe gerade den Libanon überflogen hatten", schilderte er sein erstes Erlebnis mit den Unbekannten Flugobjekten im Oktober 1992 vor Millionen von Zuschauern in der SAT 1-Sendung „Phantastische Phänomene", *„als ich am Sternenhimmel eine Lichterscheinung bemerkte, ähnlich einer Leuchtbombe. Dieses Licht kam näher und näher, so daß ich ganz aufgeregt die Bordscheinwerfer einschaltete, weil ich dachte, da kommt uns ein anderes Flugzeug entgegen. Und plötzlich stand ein riesiger Feuerball zwischen dem Cockpit und dem Innenmotor, etwa im Durchmesser von 5 Metern. Es war ein warmes, ein rötliches Licht. Der ganze Feuerball bewegte sich. Ich hatte keinerlei Angst, war ganz eingenommen von dieser Erscheinung. Das ganze Cockpit war taghell erleuchtet. Ich schaute zu meinem Copiloten, er nickte, sah es auch. Als ich wieder hinblickte, schoß das Objekt mit einer ungeheuren Geschwindigkeit in den Nachthimmel."*

Am 21. November 1978 flog Utter eine Boeing 747 der Lufthansa von Frankfurt nach New York. Er befand sich über Labrador in einer Höhe von etwa 12000 Metern, als er den Funkspruch einer Maschine der TWA empfing: *„Wir haben gerade ein Licht beobachtet, möglicherweise ein UFO. Es müßte jetzt euren Kurs kreuzen."* Nur wenige Minuten später, es war mittlerweile 9.55 Uhr GMT, sahen es auch Utter und seine Crew. *„Es scheint, wir haben eine fliegende Untertasse in Sicht"*, sprach er damals in sein Diktiergerät, das er auf Flügen immer bei sich trug, *„sie ist sehr hell und sendet Strahlen aus, mal rot, mal weiß, mal violett, wie eine riesige Spinne."*

Utter ist nur einer von vielen tausend Zivilpiloten, die in ihrer Laufbahn UFO-Erlebnisse hatten. So schilderte der Düsseldorfer LTU-Flugkapitän I. Heldmeier dem TV-Journalisten Rainer Holbe seine unheimliche Begegnung während eines Fluges über dem jugoslawisch-österreichischem Grenzgebiet: *„Es war im Januar 1986, wir flogen mit unserer Tri-Star 345 deutsche Touristen von den Malediven über München nach Düsseldorf. Etwa 30 Meilen vor Zagreb kamen dem Großraum-Flugzeug sechs scheibenförmige Objekte entgegen. Wir flogen zu diesem Zeitpunkt auf einer Höhe von 10.500 Metern. Als wir über den Karawan-*

ken in Richtung der Steiner Alpen flogen, sahen wir diese dunklen Scheiben vor uns. Sie waren von einem grünlichen Schimmer umgeben, der auf der Vorderseite stärker zu glühen schien als hinten. Die Objekte waren auf Gegenkurs zu uns, allerdings höher als wir, und flogen in Richtung 60 Grad. Wir schätzten sie auf zwei- bis dreifache Schallgeschwindigkeit." Auch Heldmeiers Co-Pilot und sein Flugingenieur hatten die UFO-Flotte beobachtet.

Solche Berichte sind keine Einzelfälle, wie der NASA-Mitarbeiter Dr. Richard F. Haines, der bis 1988 das Space Human Factors Office des Ames Research Center der US-Raumfahrtbehörde leitete, nachwies. Haines konnte über 3000 Fälle von UFO-Begegnungen von Zivilpiloten aus aller Welt sammeln, darunter von Flugkapitänen der Air France, American Airlines, British Airways, PanAm, TWA, United Airlines, Varig, Allitalia, Aeroflot, Japanese Airlines (JAL), Lufthansa und Swissair. Dabei ist Haines überzeugt, daß auch diese Berichte nur die Spitze eines Eisberges sind.

Ein Pilot der venezuelanischen Fluglinie AVENSA nahm dieses Foto 1963 über dem Dschungel Amazoniens auf.

„Allgemein werden diese Fälle eher verschwiegen, da UFO-Begegnungen noch immer als etwas Dubioses, Lächerliches dargestellt werden", erklärte der Wissenschaftler in einem Interview in der US-TV-Sendung „UFO Cover-Up: Live", die am 15. Oktober 1988 landesweit auf CBS ausgestrahlt wurde, *„Viele Piloten fürchten berufliche Repressalien, den Spott der Kollegen, Druck von den Vorgesetzten, Zweifel an ihrer psychischen Gesundheit. Andere scheuen sich nur vor dem Papierkram, der auf sie zukommt, wenn sie eine Anomalie melden. Und die Fluglinien wollen nicht, daß diese Berichte an die Öffentlichkeit kommen, da sie ihrem Image schaden könnten. Wer wirbt schon gerne mit dem Slogan: ‚Fliegen sie uns, denn unsere Piloten sehen UFOs.'"*

Daß gerade die vielleicht renommierteste Fluglinie der Welt, SWISSAIR, eine Ausnahme bildet, zeugt von Mut oder zumindest von dem ufologischen Engagement einiger ihrer Mitarbeiter. Jedenfalls liegen uns ein gutes Dutzend SWISSAIR-„Pilots Voyage Reports" (Piloten-Reiseberichte) vor, in denen ausführlich -manchmal auf bis zu drei Seiten - UFO-Begegnungen von schweizer Aircrews geschildert werden. Dabei gibt es gesonderte „Flight Crew Member Reports" (Flug-Crew-Mitglieder-Berichte) für „Satellite Re-Entry, Bright Fireball or other Atmospheric Phenomena" (Satelliten- Wiedereintritte, helle Feuerbälle oder andere atmosphärische Phänomene) und natürlich UFO-Begegnungen, die an den Sachbearbeiter E. Gächter von der „Verwaltung Cockpit-Crews" weitergeleitet werden. Falls die Objekte auf Radar erschienen, wurden noch gesonderte Berichte von den zuständigen Fluglotsen eingeholt. So bei einem Vorfall, der sich am 14. April 1977 ereignete, und zu dem es unter dem Stichwort „UFO" heißt: *„Kurz vor 1.00 Uhr sah ich vor uns ein blitzartiges Licht, doch als weder Capt. Scherrer noch die nun anwesende Stewardess etwas sagte, dachte ich, ich hätte mich geirrt. Gegen 1.00 Uhr fragte Maastricht nach unseren Flugbedingungen... der Fluglotse informierte uns gegen 1.02 Uhr über ein seltsames Radarecho auf 1-Uhr-Position in 15*

Nautischen Meilen (27,75 km) Entfernung. Wir hatten negativen Kontakt, sahen aber für kurze Zeit zwei Echos auf unserem Schirm, ungefähr 15 NM entfernt in 1-Uhr-Position. Kurz darauf sahen wir alle drei vor uns ein blitzartiges Objekt. Maastricht informierte uns in den folgenden Minuten über die Position des Zieles... Das Ziel (laut Maastricht), blieb eine Zeitlang in seiner Position, um sich dann mit sehr hoher Geschwindigkeit wieder auf eine 1- oder 2-Uhr-Position in 3 Meilen Entfernung zu bewegen... immer noch kein Sichtkontakt. Um 1.10 Uhr sagen wir alle ein sehr intensives Licht nur kurz vor uns... (blitzartig), Entfernung nicht feststellbar und völlig lautlos. Laut Maastricht bewegte sich das Ziel schließlich in südlicher Richtung und schien, wie der Fluglotse meinte, am Schwanzende und östlich von uns seine Spiele mit uns zu treiben. Maastricht kontaktiere eine militärische Radarstation, die die Geschwindigkeit auf Mach 4-5 (!) (vier-fünffache Schallgeschwindigkeit!) schätzte. Dann sah ich ein viertes und letztes blitzartiges Licht in einer gewissen Distanz hinter unserem rechten Flügel, unfähig zu sagen, was immer es tatsächlich war... Maastrich informierte uns noch, daß sie einen ähnlichen Zwischenfall mit einer LTU-Maschine vor einigen Wochen in derselben Gegend hatten, ohne daß sie eine logische Erklärung dafür gefunden haben. gez. Capt. F. Schmid."

Von SWISSAIR um einen Kommentar gebeten, erklärte der Fluglotse des Towers Maastricht ergänzend:

„Die Geschehnisse wurden von der Crew in ihrem Bericht ziemlich korrekt beschrieben. Von meinem Platz am Boden erinnere ich mich daran, ein fixiertes Primärsignal gesehen zu haben... Das Echo schien sich plötzlich (innerhalb der nächsten fünf Sekunden) um das Flugzeug herum zu bewegen, als sich dieses annäherte. Anschließend bewegte es sich in drei oder vier ‚Sprüngen' (auf dem Radarschirm, d.h. beim nächsten „Wischer" des Schirms war es schon wieder so weit entfernt) Richtung England."

In einem anderen Report vom 12.9.1968 meldet Capt. Ottiger von der SWISSAIR:

„UFO Sichtung! Um ca. 15.33 in Position 30 Meilen östlich von Toulouse Objekt vertikal über SR 651 (Unser Flug 280) gesichtet, sehr hoch. Objekt schien stationär zu sein oder sich mit geringerer Geschwindigkeit in dieselbe Richtung zu bewegen.

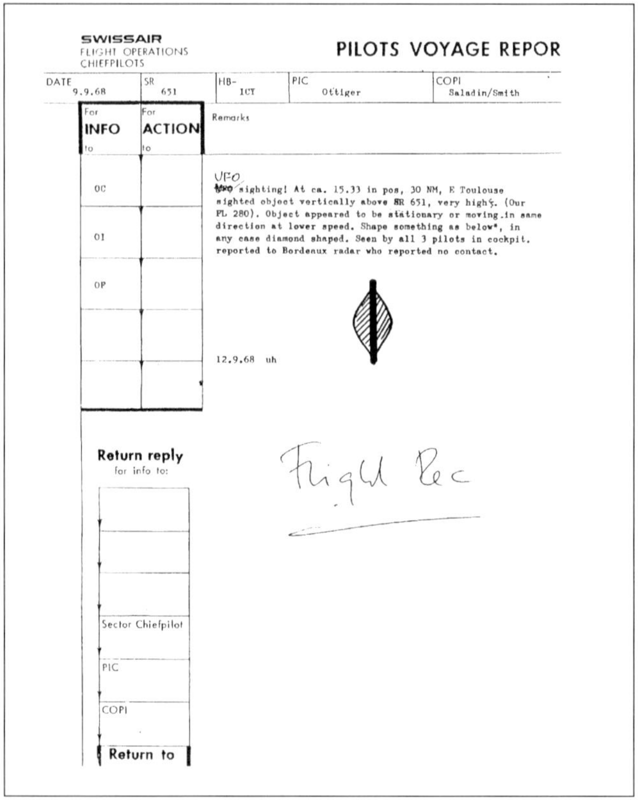

SWISSAIR
FLIGHT OPERATIONS
CHIEFPILOTS

PILOTS VOYAGE REPOR

DATE	SR	HB-	PIC	COPI
9.9.68	651	ICY	Ottiger	Saladin/Smith

For INFO to | For ACTION to | Remarks

OC

OI

OP

UFO sighting! At ca. 15.33 in pos, 30 NM, E Toulouse sighted object vertically above SR 651, very high. (Our FL 280). Object appeared to be stationary or moving in same direction at lower speed. Shape something as below*, in any case diamond shaped. Seen by all 3 pilots in cockpit. reported to Bordeaux radar who reported no contact.

12.9.68 uh

Return reply for info to:

Sector Chiefpilot

PIC

COPI

Return to

Offizieller SWISSAIR-Pilotenbericht

Form wie unten gezeichnet, auf jeden Fall diamantförmig. Von allen drei Piloten im Cockpit gesehen. Dem Tower Bordeaux gemeldet, aber dort nicht auf Radar geortet."

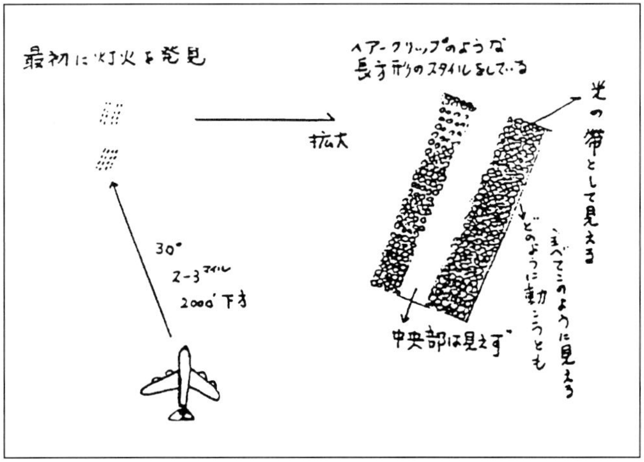

Skizzen des JAL-Flugkapitäns Jenju Terauchi: Die beiden „Späherschiffe“ im Anflug

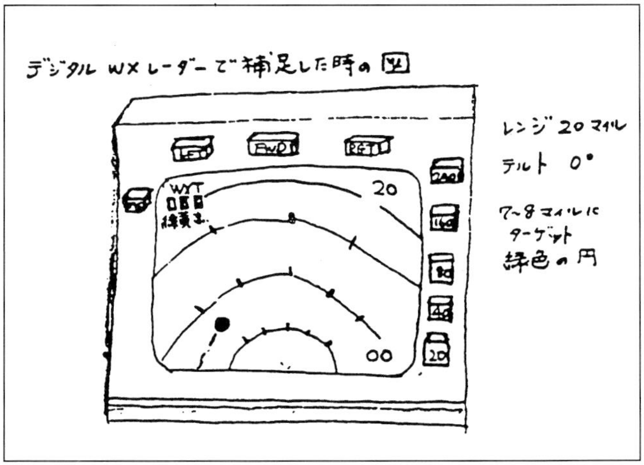

Die UFOs auf dem Bordradar

Darunter Capt. Ottigers Zeichnung des UFOs: Sie zeigt ein saturnförmiges Objekt, ganz wie es von der Crew des brasilianischen Schulschiffes „Almirante Saldanha“ über Trindade gesichtet wurde. Doch der faszinierendste Bericht über eine UFO-Begegnung von Zivilpiloten stammt nicht aus der Schweiz, sondern aus Japan. Der Vorfall ereignete sich am 17. November 1986.

Der JAL (Japanese Airlines)-Flug 1628 startete am 16. November 1986 von Paris mit Zwischenstop in Reykjavik nach Tokio. An Bord des Boeing 747-Frachters befanden sich zwei Crews, die sich während des Fluges abwechseln sollten, und im Laderaum rund 200 Kisten besten französischen Rotweins. Das schlechte Wetter verlängerte den Aufenthalt auf Island, doch schließlich konnte die Maschine am 17. starten, geflogen von Flugkapitän Jenju Terauchi, einem Piloten mit 19-jähriger Flugerfahrung, und seiner Crew. Geplant war die „Polarroute“ über Grönland, den Norden Kanadas und Alaska nach Japan. Ein heller Mond tauchte die Gletscherlandschaft Grönlands in ein gespenstisches, weiß-blaues Licht, doch er verschwand hinter ihnen, nachdem sie den Norden Kanadas hinter sich gelassen haben. Als sie eine Siedlung namens Shingle Point an der Grenze zwischen Kanada und Alaska erreicht hatten, war es längst pechschwarze Nacht. Nur vereinzelt flimmerten menschliche Vorposten in der endlosen Eiswüste des Polarkreises. Im Osten glimmte das Nachglühen des Sonnenuntergangs, ansonsten lag das schneebedeckte Land unter ihnen wie schwarzer Samt. Einzig die Lichter der Schalter und Kontrollvorrichtungen im Cockpit leuchteten lautlos und farbenfroh. Alles war ruhig, allzu ruhig. Und Captain Terauchi sehnte sich schon nach dem heimischen Japan, seiner Familie, dem Lichtermeer der Großstadt Tokio.

Doch dann, um 17.11 Uhr, bemerkte Terauchi zwei Lichter, wo eigentlich keine sein durften, links und unterhalb seiner Maschine. Eigentlich hatte er sie schon eine Minute zuvor wahrgenommen und im gleichen Atemzug wieder ignoriert, für Militärflieger gehalten. Doch jetzt, 60 Sekunden später, befanden sie sich noch immer an derselben Stelle. Mehr noch, sie schie-

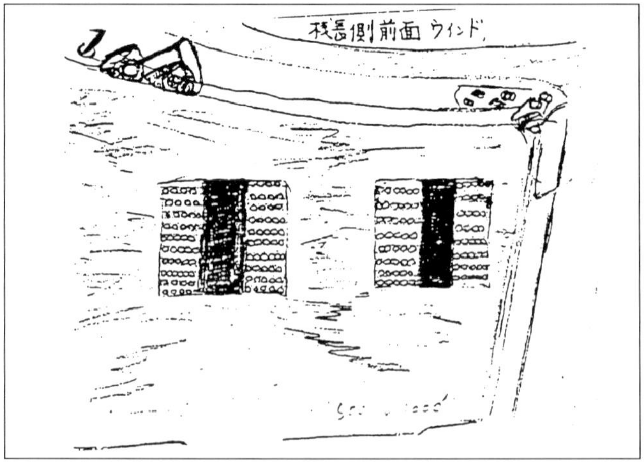

Die UFOs frontal vor dem Flugzeug

nen in Formation mit seiner Maschine zu fliegen. Kapitän Terauchi überprüfte seine Instrumente. Er hatte den Autopilot eingeschaltet, flog mit 525 Knoten (NM/h oder 972 km/h) in südwestliche Richtung in 35.000 Fuß (11.700 Meter) Höhe und mußte sich jetzt etwa 90 nautische Meilen (166.5 km) nordöstlich von Fort Yukon, Alaska, befinden. Die beiden Lichter schienen etwa 700 Meter tiefer zu fliegen als seine Boeing und standen auf 10-Uhr-Position unterhalb des Horizontes. Dann, nach vielleicht sechs Minuten, „sprangen“ sie im Bruchteil einer Sekunde plötzlich auf eine andere Position.

Denn jetzt erschienen sie frontal vor der Maschine: Zwei rechteckige Anordnungen von Lichtern, ein Paar über dem anderen, die Capt. Terauchi später als *„zwei Raumschiffe, aus denen weiße und bernsteinfarbene Lichter schossen“*, beschrieb, mit *„Düsen, die in Richtung eines dunklen, vertikalen Feldes in der Mitte jedes der beiden Objekte pulsierten“.* Dabei waren sie so nahe, daß sie „das Cockpit hell erleuchteten“ und Terauchi *„ihre Wärme in seinem Gesicht“* zu spüren glaubte. Nach einigen Sekunden hörten die Leuchtobjekte auf, Strahlen auszusenden, und bildeten stattdessen „kleine Lichtkreise“ wie *„Dutzende kleiner Düsen“,* die mal heller, mal schwächer in einem matten Rot, einem schwachen Grün, Weiß, Orange und Rot leuchteten. Jetzt konnte Terauchi sie besser erkennen. Die beiden Flugkörper standen in nur 200-300 Meter Entfernung und *„in etwas höherer Position“* vor der Boeing 747 und *„hatten etwa die Größe einer DC-8“.* Nach weiteren fünf Minuten veränderten sie ihre Anordnung, standen jetzt nebeneinander, funkelnd und blitzend, und *„irgendwie erinnerten sie an eine Weihnachtsdekoration“,* wie der Copilot Takanori Tamefuji meinte, der das Schauspiel zusammen mit dem Bordingenieur Yoshio Tsukuba fasziniert verfolgte. Für Flugkapitän Terauchi war klar: Das waren keine irdischen Flieger. *„Ich fühlte mich auch durch ihre plötzlichen Manöver nicht bedroht“,* erklärte er später, *„irgendwie ging von ihnen etwas Beruhigendes aus.“*

Um 17.19 Uhr funkte Co-Pilot Tamefuji den Tower in Anchorage an:

JAL: „Anchorage Center, hier Japan Air 1628, haben Sie irgendwelchen Verkehr auf dem Schirm, in 11-Uhr-Position vor uns?“

AC: „JAL 1628, Roger, haben Sie, äh, können Sie das Flugzeug identifizieren?“

JAL: „Äh, wir sind uns nicht sicher, aber wir haben Verkehr in Sicht.“

17.20 Uhr - AC: „JAL1628, Sie sind schwer zu verstehen, Roger, behalten Sie Blickkontakt mit dem Verkehr und, äh, können Sie seine Höhe bestimmen?“

JAL: „Ja, etwa dieselbe Höhe.“

17.21 Uhr - AC: „1628, Sie sind immer noch schwer zu verstehen, können Sie den Flugzeugtyp identifizieren, ist es eine militärische oder zivile Maschine?“

JAL: „Wir können den Typ nicht identifizieren, aber wir können Navigationslichter und, äh, Scheinwerferlichter sehen.“

AC: „Roger, Sir, nennen Sie Farbe der Scheinwerferlichter.“

JAL: „Die Farbe ist, äh, weiß und gelb, denke ich.“

17.22 Uhr - AC: „Weiß und Gelb. Danke.“
Die Funkverbindung war schlecht, ungewöhnlich schlecht, wie Tamefuji bemerkte. Um 17.22 Uhr setzte er für eine ganze Minute völlig aus, um 17.23 Uhr forderte ihn der Tower in Anchorage auf, die Frequenzen zu wechseln, da sie *„kaum noch zu verstehen seien“.* Doch auch auf veränderter Frequenz gab es nur Störungen, ein ständiges lautes Zischen. Langsam wurde dem Copiloten die Sache unheimlich. Und während der Tower in Anchorage beim Elmendorf Regional Operational Control Center (EROCC) nachfragte, ob sie etwas in der Nähe der JAL-Maschine auf dem Schirm hatten, spitzten sich die Ereignisse in der Luft zu.
Denn zwischenzeitlich hatten sich die beiden Objekte in 11-Uhr-Richtung von der Boeing 747 entfernt, erschienen schließlich nur noch wie zwei Lichter in der Ferne vor einer riesigen Silhouette - *„den Umrissen eines gigantischen Raumschiffes“,* wie es Terauchi beschrieb. *„Ich hatte auf einmal den sicheren Eindruck, als seien die beiden kleineren Schiffe zu ihrem Mutterschiff zurückgekehrt, das da, selbst dunkel und von der Schwärze der Nacht verborgen, am Himmel hing“.* Während die übrige Crew Schwierigkeiten hatte, von dem eben weiter links positionierten „Raumschiff“ viel mehr als die Lichter der beiden „Erkundungsschiffe“ zu erkennen, konnte der Flugkapitän seine saturnförmige Grundstruktur ausmachen. Da noch immer keine

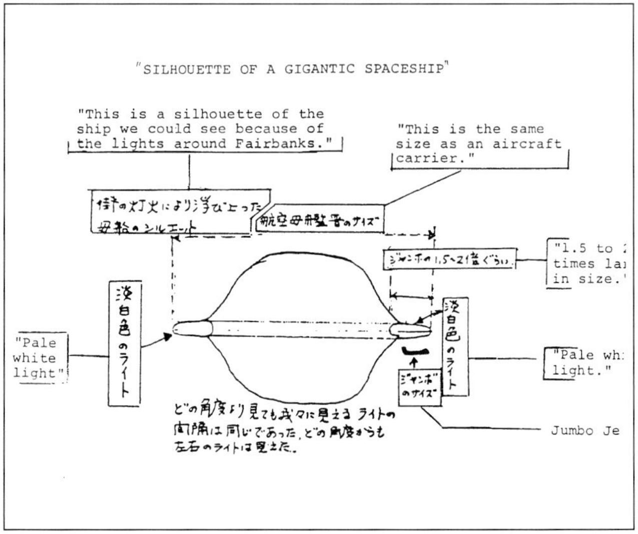

Das „riesige Raumschiff“, „doppelt so groß wie ein Flugzeugträger“; im Vergleich: Der Jumbo-Jet der JAL-Piloten

Auskunft aus Anchorage gekommen war, schaltete Captain Teruchi jetzt das Bordradar ein. Mit Erfolg: Auf dem Schirm erschien in 7-8 NM (13-15 km) Entfernung in 11.00 Uhr-Position das deutliche Echo eines riesigen Objektes. Doch es war nicht rot wie das Echo eines konventionellen Flugzeuges, sondern grün wie normalerweise nur nichtmetallische Ziele. Entweder bestand das „riesige Raumschiff“ nicht aus Metall, oder es benutzte eine Radarabschirmungs-Technik wie der amerikanische „Tarnkappenbomber“ Stealth. Das würde erklären, weshalb der Tower Anchorage zuerst nichts Eindeutiges auf dem Schirm hatte, das sehr viel differenziertere EROCC-Radar jedoch „etwas“ ortete, das mit Sicherheit kein Flugzeug war. Erst jetzt konnte auch Anchorage das Ziel *„8 Meilen vor der JAL-Maschine... etwa in 10-Uhr-Position“* auf dem Schirm ausmachen. Mittlerweile war es 17.26 Uhr, und die beiden Schiffe waren für die Besatzung der JAL1628 zu zwei hellen Punkten links von der Ma-

schine am klaren Sternenhimmel geworden, der sich jetzt über ihnen ausbreitete.
Gegen 17.30 Uhr erschienen die Lichter einer Stadt am Horizont, man war nur noch 30 Meilen (50 km) von Fairbanks, Alaska, entfernt, und Minuten später hatte man sie erreicht. Fast hätte man aufgeatmet und die „unheimliche Begegnung" für überstanden geglaubt. Doch irgendwo da draußen, vielleicht schon hinter ihnen, mußte es noch hängen, dieses riesige Mutterschiff... *„Da ist es wieder!"*, unterbrach Terauchis Stimme das fast schon andächtige Schweigen im Cockpit. Er hatte links aus dem Fenster geschaut, nach hinten, dorthin, wo er noch immer das UFO vermutete, als er deutlich vor den Lichtern der Stadt die Silhouette des Raumschiffes erkannte, klarer als je zuvor.

JAL-Pilot Jenju Terauchi

Der Mond, der hinter ihnen stand, erhellte das saturnförmige UFO, *„so groß wie zwei Flugzeugträger"*, die Lichter von Fairbanks spiegelten sich auf seinem breiten metallischen Rumpf, es war ein majestätischer Anblick. Ein Schauer lief Terauchi über den Rücken, er mußte weg. *„Erbitten, äh, auszuweichen, äh, äh, äh, von Objekt, äh, erbitten Kursänderung um 240 Grad"*, stotterte Copilot Tamefuji ins Mikrofon. Er mußte seine Anfrage viermal wiederholen, so schlecht war die Verbindung. Dann, nach einer weiteren Minute, erhielt die JAL1628 endlich die Erlaubnis vom Tower.
Doch auch nach dem „Ausweichmanöver" stand das Riesen-UFO unverändert und an derselben Stelle schräg hinter dem Flugzeug. Zum ersten Mal bekam es Flugkapitän Terauchi wirklich mit der Angst zu tun. Selbst als er - mit Einverständnis des Towers - einen Kreis flog, hatte es sich nicht „ablenken" lassen. Es war zwar nicht mehr mit bloßem Auge zu sehen, konnte aber noch immer auf dem Radarschirm geortet werden. Um 17.38 Uhr bestätigte EROCC noch einmal, daß *„definitiv keine militärischen Flugzeuge im fraglichen Luftraum"* seien, das „unidentifizierte Radarecho" sich aber noch immer in der Nähe des Flugzeuges befände. *„JAL1628, sollen wir einen Abfangjäger hochschicken?"*, fragte Anchorage. Terauchi verneinte, dachte sich: *„Was immer es ist, wir sollten es nicht provozieren"*. Erst zehn Minuten später, als sich eine Maschine der United Airlines auf Gegenkurs näherte, war der Spuk plötzlich beendet. Um 18.20 Uhr landete die JAL-Maschine in Anchorage.
Noch am selben Abend startete die Federal Aviation Authority (FAA-Bundes-Luftfahrtbehörde) der USA in Anchorage eine offizielle Untersuchung des Vorfalls. Drei FAA-Beamte interviewten die drei Zeugen der JAL-Crew sowie den Fluglotsen in Anchorage und den Radaroperateur der EROCC. Vier Monate später, im März 1988, veröffentlichte die Behörde ihren Abschlußbericht. *„Die FAA ist nicht zuständig für UFO-Untersuchungen"*, schloß er, *„und da es keinen Beweis für eine Verletzung des Luftraums gibt, beenden wir unsere Untersuchung mit dieser Feststellung."*

PRÄSIDENTEN

Interessanterweise war zu dieser Zeit ein Mann Präsident der Vereinigten Staaten, der selbst vom Flugzeug aus ein UFO beobachtet hatte: Ronald Reagan...

Der Vorfall ereignete sich 1974, als Reagan noch Gouverneur von Kalifornien war. *„Ich befand mich an Bord meines Flugzeugs, ich schaute aus dem Fenster und sah dieses weiße Licht“,* erzählte er während seiner Präsidentschaft dem Journalisten Norman Miller, Chef des Washingtoner Büros des „Wall Street Journals“, *„es zog im Zickzack umher. Ich ging zum Piloten vor und fragte ihn: ‚Haben Sie schon mal so etwas gesehen?‘ Er war schockiert und verneinte, Ich erwiderte: ‚Dann verfolgen wir es!‘ Es war ein helles, weißes Licht. Wir folgten ihm bis nach Bakersfield, doch zu unser aller Verblüffung schoß es plötzlich hoch in den Himmel. Nach unserer Landung erzählte ich Nancy davon. Und wir lasen alles über die lange Geschichte der UFOs...“*

Von Journalisten auf den Vorfall angesprochen, erinnerte sich auch Reagans Pilot, Bill Paynter: *„An Bord waren Gouverneur Reagan und ein paar seiner Sicherheitsleute. Wir flogen eine Cessna Citation. Es war so ungefähr neun oder zehn Uhr abends. Wir waren nahe Bakersfield, als Gouverneur Reagan und die anderen mich auf ein großes Licht aufmerksam machten, das uns zu begleiten schien. Es schien einige hundert Meter entfernt zu sein. Es war ein ziemlich beständiges Licht, bevor es begann, zu beschleunigen und dabei verlängert erschien. Dann schoß es davon, in einem 45-Grad-Winkel... von einem Augenblick zum anderen wechselte es von normaler Fluggeschwindigkeit zu einer wahrhaft phantastischen Geschwindigkeit.“*

Miller fragte Reagan, ob er an UFOs glaube. *„Als ich ihm diese Frage stellte, schaute er mich nahezu verschreckt an. Plötzlich war ihm bewußt geworden, was er gerade gesagt hatte - welche Folgen es haben könnte, und daß er mit einem Reporter sprach“.* Doch er hatte sich schnell wieder gefaßt und antwortete kühl: *„Lassen wir uns einfach sagen, daß ich, was die UFOs betrifft, ein Skeptiker bin.“* Sein Amtsvorgänger Jimmy Carter, der 1969 bei Leary im US-Staat Georgia in Beisein zahlreicher Zeugen ein UFO „größer und heller als der Mond“ beobachtete, war da schon offener: doch dazu später.

PROMINENTE

Eine Liste prominenter UFO-Zeugen würde viele weltbekannte Namen umfassen. Der amerikanische Autor Timothy Green Beckley zitiert in seinem Buch „UFOs Among the Stars - Close Encounters of the Famous“ („UFOs, Stars und Sternchen - Nahbegegnungen der Berühmten“) die Augenzeugenberichte von Schauspielern wie Anthony Hopkins, William Shatner, Charles Bronson, Glenn Ford, Stuart Whitman und Sammy Davis Jr., von Rockstars wie Jimi Hendrix, David Bowie, Elvis Presley, John Lennon und Neal Sedaka, von Sportlern wie Muhammad Ali und dem Starregisseur Steven Spielberg. Aus dem deutschsprachigen Bereich ließen sich Maria Schell, Elke Sommer und Nina Hagen nennen, aus England Redge Presley von den Troggs („Wild Thing“), Doane Perry (Jethro Tull), aber auch Prince Charles. Zu den prominentesten UFO-Zeugen zählt der bekannte norwegische Völkerkundler und Archäologe Thor Heyerdahl, der im Juni 1970 während seiner „RA“-Expedition mehrere UFO-Sichtungen im Beisein seiner Besatzung hatte. Die „RA“ war der naturgetreue Nachbau eines ägyptischen Papyrusbootes, mit dem Heyerdahl nachweisen wollte, daß es zumindest praktisch den alten Ägyptern möglich gewesen ist, nach Amerika zu reisen. Diese Hypothese, so war er überzeugt, würde nicht nur die Existenz von Pyramiden, sondern auch von riesigen negroiden Steinköpfen und Statuetten „im ägyptischen Stil“ in Mittelamerika erklären. Die „RA II“ war bereits 45 Tage auf See und noch 12 Tagesreisen vom Ziel, der Karibikinsel Barbados, entfernt, als der Bordfunker Norman Baker als erster das *„flache, kreisförmige, leuchtende Objekt“* bemerkte, Heyerdahl und der mexikanische Anthropologe Santiago Genoves folgten. Das war gegen 0.30 Uhr am 30. Juni 1970. In seinem Buch „Expedition RA“ beschreibt Heyerdahl das UFO als eine *„runde, bleiche Scheibe“*, einen *„gespenstischen, aluminiumfarbenen Riesenmond“*, der im Nordwesten stand und *„direkt auf uns zuzukommen“* schien. Es dauerte zehn Minuten, bis er schließlich *„etwa 30 Grad des Himmels bedeckte“*. Am nächsten Morgen erfuhr die RA II-Crew von einer Funkstation auf Barbados, daß die „Lichtscheibe“ zur selben Zeit von Hunderten Bewohnern der westindischen Inseln beobachtet wurde, wo sie im Nordosten stand. Heyerdahl brachte das Phänomen mit zwei anderen Beobachtungen von *„aufflackernden, orangefarbenen Lichtern“* in Verbindung, die seine Besatzung zwei Nächte hintereinander weiter draußen auf dem Meer gemacht hatte. Jedenfalls gewann bei ihm *„das Gefühl die Oberhand“*, daß sie *„aus dem Universum zu uns gekommen sind“*.

Auch der prominente Südtiroler Bergsteiger Reinhold Messner will ein UFO *„so groß wie der Vollmond“* gesehen haben, als er nach dem erfolglosen Versuch, den 8082 Meter hohen Mount Champlang zu besteigen, auf dem Weg zurück nach Katmandu war. *„Es kam von Tibet her und flog Richtung Süden über die schneebedeckten Kuppen der mächtigen Berggiganten des Himalaya ins Innere Nepals“*, schilderte Messner seine „unheimliche Begegnung“ auf einer Pressekonferenz am 2. Oktober 1981, *„es bewegte sich sehr langsam. Zuerst bog es nach Osten ab, dann setzte es seinen Kurs nach Südwesten fort, und schließlich kehrte es in den Norden, nach Tibet, zurück.“* Auch sein Begleiter, der britische Schullehrer Doug Scott, sah es, ebenso eine sich in der Nähe befindliche britisch-polnische Expedition. *„Es kann kein Satellit gewesen sein“*, ist Messner sicher, *„da es sich in elliptischen Bahnen bewegte. Die Bewegungen des Objektes waren unregelmäßig.“*

Messners Bericht erinnert an das Erlebnis des berühmten russischen Malers, Schriftstellers und Philosophen Nicholas Roerich (1874-1947). Roerich gehört zu den ganz großen Künstlern dieses Jahrhunderts, seine rund 7000 Gemälde hängen in zahlreichen Museen in New York, St.Petersburg, Moskau und Naggar/Indien. Rußland ehrte seinen großen Sohn, indem es die St.Petersburger Kunstakademie „Roerich-Akademie“ benannte, und als Juri Gagarin als erster Mensch unseren Planeten aus dem All sah, vermeldete der Kosmonaut: *„Die ganze Erde strahlt in Roerich-Farben“*. Roerichs Vision vom „Frieden durch Kultur“ und die von ihm inspirierte „Banner des Friedens“-Bewegung führten zur Verabschiedung des „Roerich-Paktes“ zum Schutze wichtiger Kulturgüter der Menschheit auch in Kriegszeiten, des Vorläufers der 1955 von 39 Staaten unterzeichneten „Haager Konvention“. Im Sommer 1924 brach Roerich zu einer zweijährigen Expedition ins „Herz Asiens“ auf, in die geheimnisumwitterten Länder des Himalaya, um auf den alten Pilgerpfaden buddhistischer Mönche zu den mächtigen Bergriesen und Stätten uralter Legenden zu gelangen und diese zu malen. Am 5. August 1926 hatte die Expedition auf dem Rückweg von der Mongolei durch den Himalaya nach Darjeeling ihr Lager im Kukunor-Distrikt unweit der Humboldt-Kette aufgeschlagen. *„An diesem Morgen gegen halb zehn bemerkten einige unserer Treiber einen beachtlich großen schwarzen Adler, der über uns kreiste“*, schrieb Roerich in seinem Reisetagebuch „Altai-Himalaya“, *„sieben von uns verfolgten den Flug dieses ungewöhnlichen Vogels. In diesem Augenblick bemerkte ein anderer Treiber: ‚Da ist etwas hoch über dem Vogel‘. Und er rief es in völligem Erstaunen. Wir alle sahen etwas Großes und Leuchtendes, das die Sonne reflektierte, wie ein gro-*

ßes Oval, das sich mit hoher Geschwindigkeit von Norden nach Süden fortbewegte. Als es unser Camp überquerte, veränderte es seine Richtung von Süd nach Südwest. Und wir sahen, wie es im intensiv-blauen Himmel verschwand. Wir hatten sogar noch Zeit, zu unseren Feldstechern zu greifen und erkannten ziemlich deutlich seine ovale Form mit einer glänzenden Oberfläche, auf deren einer Seite sich die hellen Strahlen der Sonne spiegelten."

Am 1. Dezember 1990 startete die „Russlan" des genialen sowjetischen Flugzeugkonstrukteurs Oleg Antonov zu einem Weltrekordsflug. Die Maschine sollte den Nord- und Südpol überfliegen und damit einen neuen Rekord im Nonstop-Langstreckenflug aufstellen. Die Maschine startete in Melbourne, ihre Flugroute führte über den Südpol, Rio de Janeiro, Casablanca, den Nordpol, Ussurijsk und den Äquator zurück nach Melbourne. Der größte Teil des 50.000 Kilometer-Fluges der fast 400 Tonnen schweren Maschine, der schließlich sieben Weltrekorde brach, fand über den Ozeanen statt. Die vier Piloten waren allesamt erfahrene Testflieger: Leonid Koslow und Juri Ressnizki, Oleg Pripuskov und Anatoli Andropov, und so verlief alles reibungslos. Es gab nur einen kleinen Zwischenfall. Mitten in der schwierigsten Phase des Fluges erschien schräg vor dem Flieger eine leuchtende Kugel, die sich für die Antonov-Maschine zu interessieren schien. *„Da, ein UFO! Was für ein Prachtexemplar"* vermerkte die Crew auf dem Flugschreiber.

ASTRONAUTEN

Und was ist mit den Astronauten und Kosmonauten, die an den Rand des kosmischen Ozeans vorgedrungen sind, haben auch sie die fremden Besucher gesehen? Sie haben. Auch wenn NASA diese Tatsache offiziell noch immer verneint: Rund zwei dutzend Astronauten, fast jede zweite Weltraummission hat sie gesehen, gefilmt, fotografiert. Die Fotos liegen vor, sind in NASA-Archiven gelagert, auch wenn ihre Existenz noch immer abgestritten wird. Unter NASA-Insidern ist das ein „offenes Geheimnis": *„Viele Astronauten haben bestätigt, UFOs beobachtet zu haben"*, erklärte der deutsche Ingenieur Martin Rebensburg, ein Mitarbeiter Wernher von Brauns, *„und nicht nur die amerikanischen Raumfahrer, sondern auch die sowjetischen bestätigen, von UFOs verfolgt worden zu sein."* Beginnen wir mit den Amerikanern. Das folgende ist amtlich, denn es stammt aus dem Condon-Report, der UFO-Studie, die von der US-Luftwaffe in Auftrag gegeben wurde: *„Es gibt drei visuelle Beobachtungen, die durch die Astronauten im Erdorbit gemacht wurden, und die nach Ansicht des Verfassers nicht ausreichend erklärt werden konnten:*
1) GEMINI 4, Astronaut McDivitt, Beobachtung eines zylindrischen Objektes mit Protuperanzen.
2) GEMINI 4, Astronaut McDivitt, Beobachtung eines hellen, sich bewegenden Lichtes, das höher war als die Raumkapsel.
3) GEMINI 7, Astronaut Borman sah etwas, das er als ein ‚Bogey' bezeichnete, und das in Formation mit seinem Raumschiff flog."

Leider versäumte der Condon-Report, noch zwei weitere Fotos der GEMINI-Astronauten zu erwähnen, die sehr aufschlußreiche Details enthalten. Während der GEMINI XI-Mission, am 12. September 1966, fotografierten die Astronauten Richard Gordon und Charles Conrad ein Geschwader von vier gelblich-orangeleuchtenden, ovalen Flugkörpern. Auf dem Foto sind die vier Kugeln erst durch ein leuchtendes Energiefeld miteinander verbunden, bevor sie auseinanderschießen. NASAs ursprüngliche Erklärung, es handle sich dabei um den PROTON 3-Satelliten, wurde bald von Bruce Maccabee, einem Physiker und Fotoexperten der U.S.-Marine, widerlegt; PROTON 3 war zum fraglichen Zeitpunkt viel zu weit von GEMINI IV entfernt, um überhaupt gesehen zu werden. Am 13. November 1966 wurde GEMINI XII einige Minuten lang von einer Flotte gelblich-weißer UFOs begleitet, die in V-Formation flogen. Auch dieses erstaunliche Manöver konnte von den Astronauten Edwin Aldrin und James Lovell fotografiert werden. Zu einer Reihe mysteriöser Zwischenfälle kam es während der Mondmissionen -aber dazu später mehr. Auch von der Raumstation Skylab III wurden am 20. September 1973 um 16.45 vier rotleuchtende Objekte - drei ovale Scheiben und eine kleine Kugel - fotografiert, die - ähnlich wie die GEMINI-XI-UFOs - durch eine Art Kraftfeld miteinander verbunden wahren. Dann, 1978, gab NASA eine Sammlung von Filmclips der Gemini- und Apollo-Missionen frei, mit *„Photographische Anomalien, Weltraummüll und UFOs“* betitelt. Während die Raumfahrtbehörde bis dahin UFO-Sichtungen ihrer Astronauten offiziell noch bestritten hat, erstaunten diese Aufnahmen selbst Skeptiker. Da sieht man nicht nur McDivitts erstaunlichen Film, sondern auch einen Apollo-Film von einem Leuchtobjekt, das in gerader Linie in rasantem Tempo über die Mondoberfläche flitzt, oder zwei saturnförmige Riesenobjekte, die auf der Mondoberfläche geparkt sind. (Die Filme sind Teil unserer Videodokumentation „UFOs: Die Beweise“). Und auch das moderne „SPACE SHUTTLE“-Zeitalter ist voller UFOs.

In den frühen Morgenstunden des 14. März 1989 hörte der Amateurfunker Donald Ratsch wie jeden Tag während einer NASA-Raummission den Funkverkehr zwischen der STS-29-Mission der US-Raumfähre Discovery und der Bodenkontrollstation in Houston/Texas ab. Ratsch gehörte dem „Goddard Amateur Radio Club“ an, einem Verein von Funkamateuren, die die NASA-Missionen verfolgen und auf Band aufnehmen. Doch was Ratsch an diesem Morgen genau um 6.42 Uhr EST hörte, verschlug ihm den Atem: *„HOUSTON, THIS IS DISCOVERY. WE STILL HAVE THE ALIEN SPACECRAFT UNDER OBSERVANCE“,* funkte da eine Stimme offensichtlich von der Raumfähre zur Erde, *„Houston, hier Discovery. Wir haben das fremde Raumschiff noch immer unter Beobachtung.“* Danach herrschte Funkstille für die nächsten zehn Minuten. Offenbar, so schlußfolgerte Ratsch, hatte jemand auf eine andere Frequenz umgeschaltet, wahrscheinlich auf einen geheimen Sicherheitskanal. Ein schlechter Scherz? Wahrscheinlich nicht. Stimmanalysen ergaben, daß nicht etwa DISCOVERY-Commander Lt.Col. John E. Blaha - ein gestandener Luftwaffenoffizier - das UFO meldete, sondern ein Zivilist an Bord, der Crew-Mediziner James F. Buchli. Das würde auch erklären, weshalb so freimütig von einem „fremden Raumschiff“ die Rede war: Möglicherweise kannte Buchli die strikten Sicherheitsvorschriften in Sachen UFOs nicht oder hatte sich in der Aufregung einfach „verplappert“. So mußte jedenfalls auch NASA-Sprecher James Hatsfield einräumen: *„Das Band ist echt.“*

Als in der Bush-Ära das NASA-Budget immer wieder gekürzt wurde, entschied sich die Raumfahrtbehörde, im regierungseigenen Fernsehsender PBS/DCC Channel 6 (Public Broadcasting Station) Space Shuttle-Flüge live auszustrahlen, um die amerikanische Öffentlichkeit wieder für die Raumfahrt zu begeistern. Glücklicherweise machte sich Don Ratsch die Mühe, diese Live-Übertragungen vollständig auf Video aufzunehmen - und nachher gründlich auf „Ungewöhnliches“ hin zu untersuchen. Das erste Mal „fündig“ wurde er am 15. September 1991, während der STS-48-Mission der Raumfähre „Discovery“. Gegen 19.00 Uhr GMT tauchte ein Licht aus dem Dunkel des Weltraums auf, ein zweites wendete sogar vor der Kamera. Weltraummüll? Ein Meteorit? Ausgeschlossen, wegen der Kehrtwende. Übrig bleibt nur ein Objekt unter intelligenter Kontrolle. Doch nur anderthalb Stunden später hielt Ratsch eine echte Sensation fest.

Die Discovery befand sich zu diesem Zeitpunkt in 600 Kilometer Höhe über Südostasien, hatte mit 28.000 Stundenkilometer Geschwindigkeit gerade Burma überflogen, Java lag vor ihr, am Horizont waren die Lichter Nordaustraliens zu erkennen. In diesem Augenblick tauchte ein Licht hinter der Erde auf, das den Horizont entlang zu fliegen schien. Plötzlich wendete es, raste in einem rechten Winkel hinaus ins All. Im selben Augenblick schoß etwas wie ein Strahl in den Nachthimmel, dorthin, wo das Objekt jetzt gewesen wäre, hätte es nicht sein rasantes Ausweichmanöver gewagt. Die ganze Szene dauerte nur wenige Sekunden. Und trotzdem sollte sie sich als einer der vielleicht interessantesten UFO-Beweise erweisen.

Denn Ratsch schickte Kopien seines sensationellen Videobandes an UFO-Forscher und NASA-Wissenschaftler und bat sie um einen Kommentar. Und während NASA das Objekt offiziell zu *„Eis an der Sichtscheibe der Discovery"* erklärte, bewiesen gründliche Untersuchungen, daß dem nicht so ist. So wiesen der Physiker Prof. Jack Kasher von der Universität von Omaha, Nebraska, und der Boston-Professor Dr. Mark J. Carlotto, Computer-Bildauswerter der „Analytic Sciences Corporation" (TASC), einer NASA-Vertragsfirma, nach: Es ist ein rund 2900 km entferntes Objekt, das zuerst mit 24 km/sec. oder unglaublichen 92.000 Stundenkilometern flog, um dann mit über 300.000 km/h die Erdatmosphäre zu verlassen. Das heißt, es beschleunigte auf 14.000 G's, das 14.000-fache der Anziehungskraft der Erde oder 272 Mach, d.h. 272-fache Schallgeschwindigkeit - eine Fliehkraft, die kein Mensch überleben würde. *„Es kann nicht der geringste Zweifel daran bestehen, daß sich das Objekt tatsächlich in dieser Entfernung befindet"*, erklärte Prof. Carlotto, *„es ist kein optischer Effekt, es taucht wirklich von jenseits des Horizontes auf. Und es verläßt die Erdatmosphäre, wobei sich seine Leuchtkraft extrem verringert. Offenbar ist es von einer Art Kraftfeld umgeben, das die Atmosphäre durch einen Ionisationseffekt heller leuchten läßt. All das schließt völlig aus, daß es sich um einen Eispartikel handeln könnte, der sich gelöst und quer über die Scheibe bewegt hat. Abgesehen davon: Damit ein Eispartikel einen Haken schlägt, hätte schon die Discovery abrupt wenden müssen, doch zu solchen Manövern ist sie rein technisch gar nicht in der Lage. Und außerdem bleibt die Position der Sterne, die wir über dem Horizont erkennen können, unverändert. Das beweist: Die Fluglage der Raumfähre blieb stabil."* Und der Strahl, der auf das UFO zu schießen scheint? Eine SDI-Waffe des Pentagon, wie Prof. Kasher vermutet, genannt „Brilliant Pebbles" („Leuchtende Kieselsteine"). Dieses „High Tech-Schrotgewehr" feuert mit Hilfe eines elektromagnetischen Beschleunigers (Accelerators) Tausende kleiner „Granatsplitter" mit einer Schubleistung von 1700 km/sec. oder 6 Millionen km/h ins All. *„Was wir auf dem Film sehen ist kein Strahl, sondern nur ein Kameraeffekt"*, meint Kasher, *„hervorgerufen durch den elektromagnetischen Impuls, der den Schub bewirkt. Das ist Star Wars-Technik in action."* Verfolgt man die Leuchtspur, so scheint sie aus Nordaustralien zu kommen. Dort aber, 20 km von Alice Springs entfernt, befindet sich Pine Gap, ein supergeheimer US-Stützpunkt, auf dem bereits SDI-Technologie getestet wurde.

Doch auch bei anderen Space-Shuttle-UFO-Filmen, die Ratsch aufnahm, stießen Carlotto und Kasher auf verblüffende Details. Auf einer weiteren Discovery-Aufnahme vom 16.9.91 ist deutlich ein kuppelförmiges Objekt zu sehen, das unterhalb des Shuttles fliegt und plötzlich beschleunigt. Auf einer Aufnahme der nächsten Shuttle-Mission im November 1991, der STS 44, in der die Fähre „Atlantis" zum Einsatz kam, huscht ein kuppelförmiges UFO erst nach rechts ins Bild, um dann nach links wieder zu verschwinden. Bei der Vergrößerung entdeckte Carlotto dunkle Linien auf seiner Oberfläche, die sich als Fenster oder Luken deuten lassen. In einem anderen Film gleitet ein UFO, die

Kuppel auf der Unterseite, quer durch das Bild. Natürlich sorgte die Veröffentlichung dieser Aufnahmen in Nachrichtensendungen wie „Hard Copy" und auf CNN in „Larry King Live" für einiges Aufsehen in den USA. Die US-Raumfahrtbehörde reagierte schnell: Fortan verzichtete NASA darauf, Aufnahmen der „Shuttle"-Missionen live über den Bildschirm zu schicken.

Die Geschichte der UFO-Begegnungen sowjetischer Kosmonauten begann mit dem ersten Menschen im Weltraum, Yuri Gagarin. *„UFOs sind eine Realität, sie fliegen mit unglaublichen Geschwindigkeiten, und wenn man mir die Erlaubnis dazu erteilt, erzähle ich Ihnen gerne, was ich im Erdorbit gesehen habe"*, zitierten russische Zeitungen den *„Helden der Sowjetunion"*.
Ob noch andere Kosmonauten UFO-Begegnungen gehabt hätten, fragte ich Dr. Mark Milkhiker, 17 Jahre lang Vize-Direktor des sowjetischen Institutes für Kosmonautik und heute Co-Direktor des Museums für Kosmonautik in Moskau. Milkhiker, dessen Mephisto-Bart und buschige Augenbrauen ihn ein wenig wie eine Mischung aus Luzifer und Lenin erscheinen lassen, gehört zu den großen Pionieren der sowjetischen Raumfahrt. Schon als Student hatte er eine Rakete konstruiert, war Schüler des legendären Raumfahrtpioniers Aari Abrom Sternfelder und des Begründers der Astrobiologie, Gabriel A. Tichow, und war an der Entwicklung der Raumanzüge der Kosmonauten beteiligt. Kurz, er war ein Insider des sowjetischen Raumfahrtprogrammes, der mit einer Reihe von Kosmonauten zusammengearbeitet hatte. Wenn jemand über ihre UFO-Erlebnisse Bescheid wußte, dann Milkhiker. *„Ja, eine ganze Reihe von ihnen vertrauten mir ihre Erlebnisse im Erdorbit an"*, beantwortete er meine Frage, als ich ihn am Rande einer Konferenz in Tblissi/Georgien interviewte, *„zum Beispiel erzählte mir General Pavel Popovich, der an drei Weltraummissionen teilnahm, er habe im Orbit ein dreieckiges Objekt beobachtet. Auch (die Kosmonauten) Ivantschenko und Kovalyonok hatten UFO-Begegnungen, die sogar in der Monographie ‚Untersuchungen und Beobachtungen der Erdatmosphäre durch Saljut 6' erwähnt wurden. Ich habe selbst mit dem (ost-) deutschen Kosmonauten General Siegmund Jenn gesprochen, der einige Tage an Bord unserer sowjetischen Raumstation Saljut 6 verbrachte, deren Stammbesatzung Kovalyonok und Ivantschenko waren, und der mir die Beobachtung ausführlich schilderte. Auch die Zeitschrift ‚Sputnik' Br.10/1989, zitierte den Vorfall in einem Bericht über das UFO-Phänomen. Das kugelförmige Objekt umkreiste Saljut 6, wurde 47 Minuten lang beobachtet, von den Kosmonauten über Funk beschrieben, im Logbuch vermerkt, fotografiert und gefilmt. Das Objekt begleitete die Station wie eine Patrouille in einer Entfernung von weniger als 1000 Metern."* Weitere Details zu diesem Vorfall kannte Oberst Dr. Marina Popovich, die berühmteste Testpilotin der Sowjetunion. In ihrer Heimat ist Marina Popovich eine lebende Legende. Nachdem sie 101 Flieger-Weltrekorde - darunter im Stratosphärenflug - aufgestellt hat, wird sie in Rußland liebevoll „Gosposa MiG", „Lady MiG" genannt, in Anspielung auf den legendären sowjetischen Abfangjäger, dessen neueste Modelle immer wieder von Marina testgeflogen wurden. Bis zu ihrer Scheidung war sie mit dem Kosmonauten General Pavel Popovich verheiratet - dessen UFO-Sichtung sie mir bestätigte -, wurde selber zur Kosmonautin ausgebildet, ist aber nie ins All geflogen. Noch heute wohnt sie im „Sternenstädtchen", der Kosmonautensiedlung außerhalb Moskaus, zu der Ausländer keinen Zutritt haben, weil dort zu viele Geheimnisträger leben. *„Am 12. März 1981 waren Kovalyonok und Ivantschenko zu ihrer 75-Tage-Mission an Bord der Raumstation Saljut 6 gestartet"*, erklärte mir Oberst Popovich, als ich sie in Moskau besuchte. *„Am 14. Mai 1981 beobachtete er zwei kugelförmige Objekte, die sich durch eine Art Verbindungsrohr oder Korridor zusammenschlossen. Dann schien eine der beiden Kugeln lautlos zu ‚explo-*

dieren', während sich die zweite Kugel langsam der Raumstation näherte. Für Kovalyonok war das Grund genug, sich auf den Versuch einer Kontaktaufnahme zu konzentrieren. Es gelang ihm sogar, die bis auf 200 Meter herangekommene Kugel zu filmen. Der Film befindet sich heute wahrscheinlich in den Archiven unserer Raumfahrtbehörde. Er stand damals unter strengster Geheimhaltung. Denn vor ,Glasnost', vor der Gorbatschow-Ära, war es unseren Kosmonauten strengstens verboten, über ihre UFO-Erlebnisse und Sichtungen zu berichten."

Doch die Zeiten änderten sich. Am 28. September 1990 interviewte die Gewerkschaftszeitung „Rabochaya Tribuna" über Funk die beiden Astronauten G.M. Manakov und G.M.Strekalov, die sich zu diesem Zeitpunkt an Bord der Raumstation „Mir" im Erdorbit befanden. Bei dieser Gelegenheit schilderte erstmals ein Kosmonaut war einem Millionenpublikum seine UFO-Sichtung:

„Rabochaya Tribuna: Was war das interessanteste Naturphänomen, das Sie auf der Erde beobachteten?

G. Manakov: Gestern sahen wir zum Beispiel - wie man es nennen könnte - ein unidentifiziertes Flugobjekt. Ich nannte es so.

RT: Was war das?

GM: Ich weiß es nicht. Es war eine große, silbrige Kugel, irisierend. Das war um 22.50 Uhr.

RT: War das über dem Gebiet von Neufundland?

GM: Nein, wir hatten Neufundland bereits passiert. Wir hatten einen völlig klaren Himmel. Es ist schwer zu sagen, aber das Objekt befand sich in großer Höhe über der Erde - vielleicht 20-30 Kilometer. Es war sehr viel größer als ein großes Schiff.

RT: Könnte es ein Eisberg gewesen sein?

GM: Nein. Es hatte eine völlig regelmäßige Form, aber ich weiß nicht, was es war. Vielleicht ein enormes Versuchsobjekt, oder etwas anderes. Ich beobachtete es vielleicht sechs oder sieben Sekunden lang, dann verschwand es.

RT: Konnten Sie seine Geschwindigkeit feststellen?

GM: Nein, es schwebte einfach über der Erde."

ASTRONOMEN

UFO-Gegner, und zu ihnen gehören auch die notorischen „Fernsehprofessoren" wie der amerikanische Astronom Carl Sagan oder der deutsche Professor Heinz Kaminski von der Sternwarte Bochum, argumentieren oft, es könne keine UFOs geben, *„weil noch kein Astronom sie gesehen hat".* Doch wie so viele „Argumente" der Anti-UFOlogen läßt sich auch dieses leicht widerlegen. Nicht nur, daß *„viele Berufsastronomen davon überzeugt sind, daß die UFOs von anderen Planeten kommen",* wie es Dr. Frank Halstead, Astronom und Leiter des Darling-Observatoriums in den USA am 7.7.1954 in einem Beitrag in „The Tribune" formulierte - viele haben sie auch mit eigenen Augen gesehen. So konnte der Schweizer Diplom-Ingenieur Adolf Schneider für den Zeitraum von 1947-1982 114 UFO-Sichtungen durch Astronomen katalogisieren. Daß sie nicht viel häufiger durch die großen Spiegelteleskope gesehen werden, liegt auf der Hand: Die nämlich sind gar nicht dazu konstruiert, Dinge im erdnahen Raum wahrzunehmen, sondern auf winzige Himmelsausschnitte, auf Sternnebel und ferne Galaxien ausgerichtet. Andererseits haben Astronomen oft genug UFOs auf oder vor dem Mond oder im Umfeld der Sonne beobachten können.

Professor Clyde W. Tombaugh war der einzige Astronom dieses Jahrhunderts, der einen Planeten entdeckt hat - nämlich 1933 den Pluto - und war schon deshalb in seinem Fach eine lebende Legende. Jahrelang diente er seinem Land als Berater der US-Regierung in Weltraumfragen. Professor Tombaugh hat 1949 mit eigenen Augen ein UFO gesehen. Es war am Abend des 10. August, und er saß mit seiner Frau und seiner Schwiegermutter auf der Terrasse seines Hauses in Las Cruces/New Mexico. Die drei starrten in den klaren Nachthimmel, als ihre Aufmerksamkeit gegen 22.45 Uhr auf eine Lichterformation gelenkt wurde, die am Himmel entlangglitt. Als die Lichter völlig geräuschlos näherkamen, glaubte Tombaugh, die Form eines dunklen, zigarrenförmigen Objektes zu erkennen, dessen erleuchtete Luken die Lichter seien.

Ein anderer prominenter Astronom und UFO-Zeuge war der inzwischen verstorbene Engländer Professor H. Percy Wilkins, ein international anerkannter Mondforscher. Anläßlich einer Vortragsreihe in den USA flog der Astronomieprofessor am 11. Juni 1954 von Charleston/West Virginia nach Atlanta/Georgia. Während er zum Fenster seines Sitzes am Ende einer zweimotorigen CONVAIR-Passagiermaschine herausschaute, bemerkte er zu seiner Überraschung zwei Objekte, die in etwa 4 Kilometer Entfernung immer wieder in die Wolken eintauchten und aus ihnen herausschossen. Sie waren oval, hatten einen geschätzten Durchmesser von 16 Metern und sahen aus wie aus glänzend poliertem Metall. Sie waren *„haargenau wie Teller aus poliertem Metall, die das Sonnenlicht reflektierten, wenn sie in den Wolken hin- und herflogen. Dann kam ein drittes Objekt langsam aus einer riesigen Wolke, blieb bewegungslos in ihrem Schatten und erschien deshalb dunkler als die ersten. Plötzlich schwirrte es davon und tauchte in einen anderen Wolkenberg. Nach zwei Minuten vollführten die ersten beiden das gleiche Manöver, und ich sah sie nicht wieder. Eines ist sicher: Wenn die UFOs aus festem Metall sind und fähig, sich nach eigenem Willen zu bewegen, und zwar mit jeder Geschwindigkeit und nach jeder Richtung, dann müssen sie konstruiert, geleitet und kontrolliert sein - von Intelligenzen, die den menschlichen überlegen sind.“*

Auch einer der bekanntesten amerikanischen Astronomen, Professor Dr. Lincoln LaPaz von der Universität Las Cruces/New Mexico, sichtete gemeinsam mit seiner Familie am 10. Juli 1947 in der Nähe von Port Sumner/New Mexiko ein elliptisches Leuchtobjekt, das hinter den Wolken hin und her schwankte. Der oben erwähnte Astronom Dr. Halstead erwähnt in seinem Artikel in „The Tribune“ die Sichtungen zweier hochangesehener Kollegen, die durch ihre Teleskope scheibenförmige Flugobjekte beobachten konnten.
Professor Hall, Leiter des weltbekannten LOWELL-Observatoriums in Massachusetts, verfolgte am 20.5.1950 um 13.00 Uhr durch sein Okular ein fremdartiges Flugobjekt, dessen Geschwindigkeit, Distanz und Durchmesser er zu schätzen versuchte. Zwei Tage später sichtete Professor Seymour L. Hess von der Universität Florida ein ähnliches Objekt durch das Teleskop des Observatoriums von Flagstaff/Arizona.

Nicht anders ist es jenseits des eisernen Vorhanges. Am 26. Juli 1965 sahen die lettischen Astronomen Robert und Esmeralda Vitolniek sowie Jan Melsers durch das Teleskop ihres Observatoriums bei Orga ein „linsenförmiges UFO von über 100 Metern Durchmesser“, um das drei kleinere, kugelartige Objekte kreisten. Nach etwa einer Viertelstunde flogen zunächst die kleineren Objekte davon, dann folgte das große „Mutterschiff“. Einige Tage später war die Vermessungsastronomin Ludmila Tschechanowitsch bei Sukhumi im Kaukasus mit ihrer Arbeit beschäftigt, als eine Scheibe erschien, *„die schnelle Manöver über dem Meer ausführte und dann ins Gebirge flog“.* Ludmila konnte kreisrunde Luken in der Kuppel des Objektes aus-

machen, aus denen helles Licht strahlte. Von der astrophysikalischen Bergstation der sowjetischen Akademie der Wissenschaften bei Kislowodsk im Kaukasus aus konnte der Astronom Anatoli Sazanow am 8.8. 1967 gegen 20.40 Uhr ein riesiges UFO *„von etwa 180 Metern Durchmesser“* beobachten. Mehrere wissenschaftliche Mitarbeiter der Station waren Zeugen.
Den 24. September 1965 verbrachte die Astronomin Dr. Larissa Zechanowitsch vom Moskauer Planetarium während ihres Urlaubs in Novi Afon am Schwarzen Meer. Die Sonne war kurz zuvor untergegangen, Larissa schwamm gerade im Meer, als sie am Himmel einen „schwarzen Gegenstand“ bemerkte, der sich als *„Scheibe mit einem großen, gelblich leuchtenden Sichtfenster“* entpuppte, die bis auf 100 Meter herunterkam und 300 oder 400 Meter von Dr. Zechanowitsch entfernt den Strand überflog.

Der argentinische Astronom Pater Reyna nahm 1966 drei dunkle Scheiben vor dem Mond auf.

Einer der wenigen Astronomen, die ganz offen über ihre zahlreichen UFO-Beobachtungen durch das Teleskop sprechen, ist der argentinische Jesuitenpater Dr. Benito Reyna, Direktor des Adhara-Observatoriums in San Miguel bei Buenos Aires. *„Ich bin sehr oft mit dem Auge oder durch das Prismenglas den Bewegungen der UFOs gefolgt“,* erklärte Pater Reyna, S.J., *„fast immer verfolgten sie Satelliten oder Raketen auf ihren Bahnen.“* Dr. Reyna ist ein bekannter Wissenschaftler, der in Naturwissenschaften und Philosophie promoviert hat. Außerdem ist er Biologe und Professor für Pysik und Mathematik an der angesehenen El Salvador-Universität von Buenos Aires, der größten des Landes. 1959 ging sein Name weltweit durch die Fachzeitschriften, da er der einzige Astronom war, der die Staub- und Gaswolke fotografieren konnte, die nach der Landung der sowjetischen LUNIK 2-Sonde auf dem Mond entstand. Am 1. Dezember 1965 hatten sich Dr. Reyna und seine Mitarbeiter wieder einmal auf den Erdtrabanten konzentriert und nahmen in vierminütigen Intervallen mit einer an das Teleskop gekoppelten Kamera Bilder von der Mondoberfläche auf. Bei der Entwicklung der Fotos waren auf einem der Bilder drei dunkle Scheiben zu erkennen, die zwischen Erde und Mond schwebten. Am selben Abend, an dem man die Fotos gemacht hatte, konnten Hunderte von Zeugen drei leuchtende Scheiben beobachten, die sehr niedrig über der Stadt La Plata flogen. Es war das erste Mal, daß Reyna die geheimnisvollen Flugobjekte auf Zelluloid bannen konnte.
Bereits ein Jahr zuvor hatte das Team des Observatoriums Adhara eine seltsame Beobachtung machen können: *„Wir verfolgten in der klaren Nacht vom 14. November 1964 mit dem Fernrohr den vom Nord- zum Südpol ziehenden Satelliten Echo II“,* heißt es in dem Bericht von Pater Reyna, S.J., *„er läuft um 20.37 Uhr fast auf dem gleichen Meridian, auf dem das Observatorium liegt. Um 20.45 Uhr erscheint im Westen beim Sternbild Pegasus ein UFO senkrecht zu Echo II. In der*

Nähe des Satelliten angekommen, weicht es von seiner Bahn ab und beschreibt einen Halbkreis (um vielleicht mit seinem Magnetfeld den Satelliten nicht zu beeinflussen). Daraufhin fliegt es nach Osten und geht in drei Minuten in der Nachbarschaft des Orions bis zum Horizont herunter. Um 20.52 Uhr, als Echo II sich im Zenit befand, taucht das UFO aus Südwesten, im Sternbild Zentaur wieder auf und fliegt zu Echo II. Als es sich dem Satelliten nähert, beschreibt es einen Umweg, wendet sich darauf nach Nordwesten und verschwindet am Horizont beim Andromedanebel. Beim dritten Mal, um 21.00 Uhr, erscheint es beim Altair in Zigarrenform und wird dann rund. Als es bei Echo II ankommt, macht es denselben Umweg wie vorher, wendet sich nach Süden, setzt sich in Richtung Kanopus fest und verschwindet schließlich am südlichen Horizont, zur selben Zeit wie Echo II. Mehrere Personen innerhalb und außerhalb der Beobachtungskuppel konnten es auf seinen verschiedenen Bahnen verfolgen und beobachten. Nahe am Horizont haben wir es deutlich gesehen. Man stellte in vollkommener Klarheit seinen oberen Turm fest, von grüner Farbe, wie Quecksilberlampen. Sein Zentrum war gelb und seine Ränder blau. Manchmal füllte es das ganze Feld des Fernrohrs aus und erschien größer als der Vollmond. Die Geschwindigkeit von Echo II liegt bei 25000 km/h, das UFO könnte mehr als 100000 Stundenkilometer gehabt haben, entsprechend der in derselben Höhe zurückgelegten Strecke. Wir waren alle durch die genaue und herrliche Erscheinung fasziniert und entzückt. Das durch das UFO dargebotene Schauspiel war wundervoll und einzigartig.“ Und in einem Brief ergänzte der Jesuitenpater: *„Man muß sich darüber im klaren sein, daß der Durchmesser des UFOs dreimal größer als der des Satelliten war. Erinnern wir uns, daß Echo II bei seinem Abschluß einen Durchmesser von 41 Metern hatte!“* 1966 beobachtete dasselbe Team eine Flotte von fünf UFOs in V-Formation, die horizontal den Himmel überquerte.

Ein Jahr später gelang es Professor Reyes Febles, dem Leiter des Observatoriums ANTARES in Montevideo/Uruguay, 19 Bilder eines untertassenförmigen Raumschiffes aufzunehmen, das kleinere Scheiben entließ. Professor Febles hatte die Absicht gehabt, die Sonne zu fotografieren, um danach ihre Photosphäre periodisch auszuwerten und um so Anhaltspunkte für seine sich auf einen längeren Zeitraum erstreckenden Forschungen zu bekommen. Als er sein Instrumentarium vorbereitete, erschien im Blickfeld des Teleskopes plötzlich ein fremdartiges Flugobjekt. Es schien sehr groß zu sein. Bald konnte der Astronom Einzelheiten erkennen. Das Raumschiff war oval, stahlfarben, mit zwei Einbuchtungen an beiden Enden, und stieß in Richtung Sonne Gase aus. Es näherte sich langsam immer mehr der Erde, und Professor Febles hatte schon mehrere Aufnahmen gemacht, als aus der linken Seite verschiebenfarbene Objekte nach allen Seiten hin herausschossen. Es dauerte etwa 17 Minuten, bis sie wieder erschienen und mit der gleichen Geschwindigkeit in das Mutterschiff zurückkehrten, doch diesmal auf der rechten Seite. Immer noch schwebte das riesige Objekt 1200 Meter hoch in den Wolken, stand erst oberhalb eines Wolkenschleiers und flog schließlich in ihn hinein. Das letzte Foto entstand, als eine der Wolken ihren Schatten auf das Raumschiff warf. Im selben Moment, so der Astronom, konnte man durch eine geöffnete Luke ins Innere des UFOs blicken. Die Erscheinung hatte eine Stunde und fünfzig Minuten gedauert, bis das Objekt schließlich mit hoher Geschwindigkeit in den Raum schoß und verschwand.

Das EL INFERNILLO-Observatorium liegt 4343 Meter über dem Meeresspiegel, hoch in der chilenischen Andenkordillere, und ist eine Abteilung der physikalisch-mathematischen Fakultät der Universität von Chile mit Sitz in Santiago de Chile. Sein Leiter ist Professor Gabriel Alvial Caceres, dessen Fachgebiet die Messung kosmischer Strahlen ist. Der Professor glaubt an UFOs. *„Seit Oktober des vergangenen Jahres“,* so hatte er im Mai 1968 erklärt, *„hat unser Logbuch allein 15 UFOs registriert, unerklärliche sternenähnliche Objekte, die sich im Weltraum bewegen und im Flug stehenbleiben können. Nun ist es uns endlich gelungen, eines davon zu fotografieren“.* Das war am 17. Mai 1968, 1.35 Uhr. Nach Caceres' Angaben hatte das UFO, eine riesige, leuchtende Scheibe, etwa eine Stunde lang in 2200 Meter Höhe gestanden und geblinkt. Auf der Aufnahme erkennt man ein kuppelförmiges Flugobjekt, hoch über den Bergen und den Lichtern des benachbarten El-Roblo-Observatoriums.

Mit Sicherheit haben auch deutsche Observatorien derartige Phänomene beobachten können und wollen nur nicht wahrhaben, daß es sich dabei um UFOs handelt. Der deutsche Astrophysiker Illobrand von Ludwiger berichtet, daß die Universitätssternwarte Bamberg Ende der fünfziger Jahre Nacht für Nacht „Astrokameras“ aufstellte, mit denen zu Forschungszwecken bestimmte Bereiche des Sternhimmels eine Stunde lang fotografiert wurden. Wie von Ludwiger betont, kamen in einigen Nächten neben Feuerkugeln, Meteoriten und Flugzeugen auch helle Objekte auf die Platten, die nicht identifiziert werden konnten. Eine Platte, an die er sich noch gut erinnert, zeigte einen bohnenförmigen Lichtfleck. Der Kommentar des damaligen Projektleiters hatte schlicht „Plattenfehler“ gelautet, aber ein Assistent ergänzte *„kein Plattenfehler, da auf Platte XY ebenfalls registriert“.* Dem Schweizer Diplom-Ingenieur Adolf Schneider gegenüber gab auch der Leiter der Münchner Volkssternwarte, Hans Oberndorfer, zu, daß er gelegentlich gewisse Merkwürdigkeiten beobachtet hätte, darunter sternartige Lichtpunkte, die plötzlich anfingen, *„verrückt zu spielen und in tollen Kapriolen über den Himmel sausten“.*

In einer sternklaren Nacht, es war der 13.4.1980, wollte der Münchner Amateurastronom und Ingenieur Mauro Venturini das Sternbild Coma Berenices fotografieren. Venturini war Mitglied der Volkssternwarte und befaßte sich seit 8 Jahren mit Astronomie. Er hatte in dieser Nacht noch einmal nachgeprüft, ob sein Motiv, der Stern Gamma Coma Berenices, auch präzise im angepeilten Fadenkreuz angeführt wurde. Danach, es war etwa 22.55 Uhr, schaute er noch einmal nach oben, um den Himmel zu betrachten. Und dann traute er seinen Augen kaum: Acht weißgelb leuchtende Scheiben mit verschwommenen Rändern tauchten in Höhe des Sternbildes Bootes auf und zogen langsam und ruhig von Nordost nach Südwest über den Himmel. Sieben der Scheiben flogen in der Anordnung einer liegenden, spiegelverkehrten Eins, die Achte begleitete die Formation. *„Da die UFOs in einer so eigenwilligen Formation flogen, ist eine Verwechslung ausgeschlossen“*, erklärte der Amateurastronom Reportern. Dem UFO-Forscher Herbert Mohren gegenüber ergänzte er: *„Ich habe vor meiner Beobachtung nicht an UFOs geglaubt, muß Ihnen aber ehrlich sagen, daß ich vom Saulus zum Paulus geworden bin und nach meiner Beobachtung von der Existenz der UFOs überzeugt bin“.* Die scheinbare Größe der einzelnen Objekte war etwa die eines Zehn-Pfennig-Stückes auf ausgestrecktem Arm - die der ganzen Flotte etwa zwanzig Zentimeter. Ingenieur Adolf Geigenthaler, der als Leiter der UFO-Studiengruppe München den Fall vor Ort untersuchte, ist überzeugt: *„Venturini sah, wie unnatürlich bizarr und genau die UFO-Flotte dahinschwebte - ein Irrtum ist ausgeschlossen“.*

Eine ganze Reihe hochinteressanter Teleskopaufnahmen von UFOs auf dem Mond und im Umkreis der Sonne verdanken wir Yasumo Mizushima, einem jungen japanischen Amateurastronomen.
Es war eine kühle Oktobernacht im Jahre 1985, als Mizushima wieder einmal seine Videokamera an seine

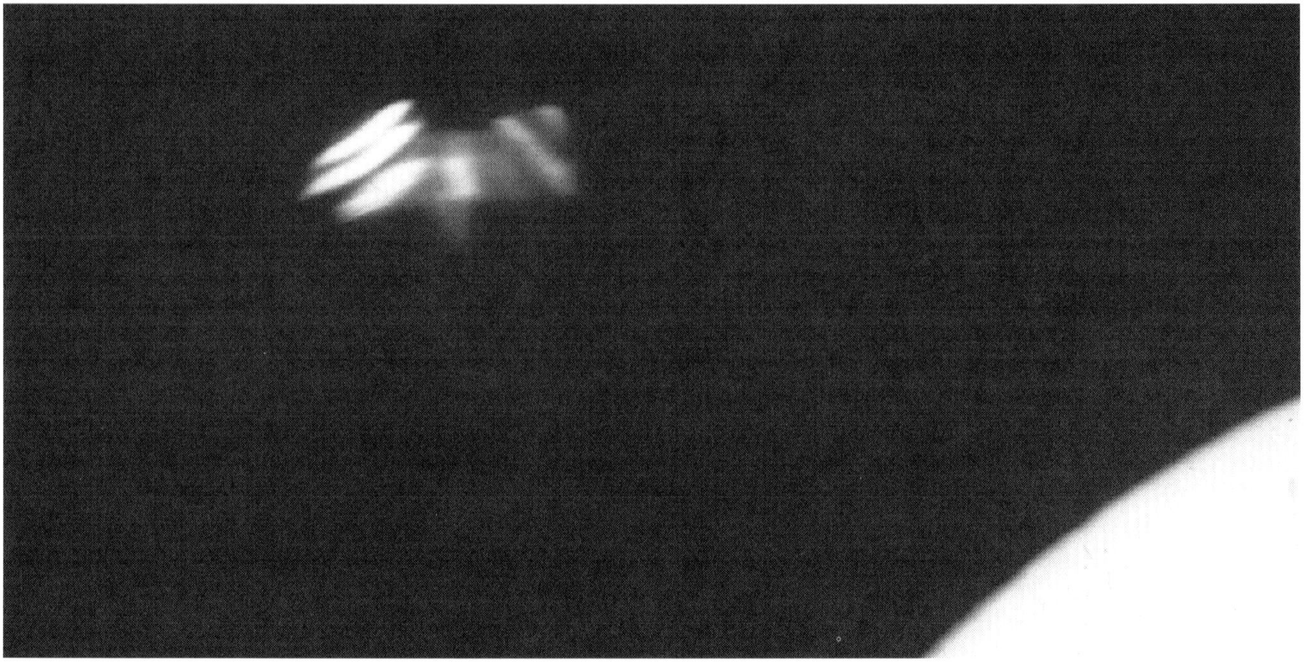

„Eine riesige Raumstation“ neben der Sonnenscheibe, durch die 660 mm-Fokallinse seines Teleskopes von Amateurastronom Akira Ishiguro fotografiert.

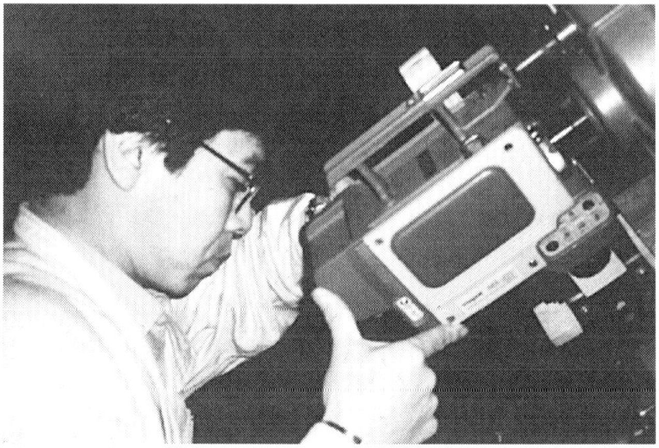

Amateurastronom Yasumo Mizushima

beiden Celestron C-14- und C-8-Teleskope anschloß, die auf einem speziell dazu gebauten Beobachtungstürmchen in seinem Garten standen. Sein Ziel war heute der Mond, dessen Oberfläche er aufnehmen wollte. Mit Erfolg! Ihm gelangen wunderbare Videoaufnahmen der Krater und Mare, der Mondtäler und Bergketten des Erdtrabanten. Doch dann, gegen 0.30 Uhr, hatte er etwas ganz besonderes vor der Linse: Zwei Objekte schienen über der südöstlichen Mondoberfläche zu manövrieren. Deutlich waren ihre Schatten zu erkennen; das schloß aus, daß sie sich irgendwo im Raum zwischen Erde und Mond befanden, sie flogen dicht über dem Kratermeer. Später errechnete Mizushima, daß sie 400-500 Meter groß gewesen sein mußten. Das machte die Sache eindeutig: Es waren

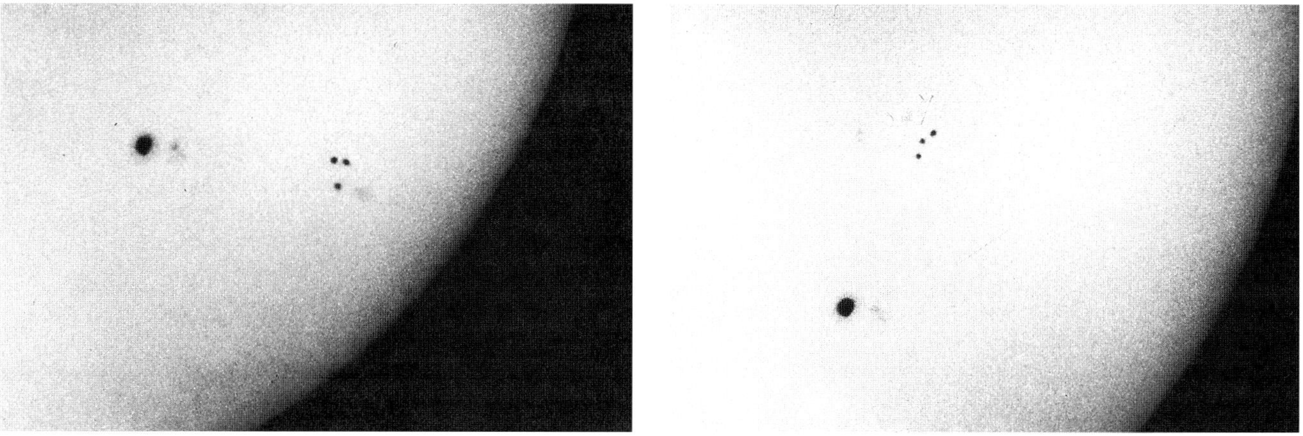

Ishiguros Aufnahmen dreier Objekte in Formation vor dem Hintergrund der Sonnenscheibe

große, offenbar intelligente Flugobjekte, die möglicherweise den Mond als Basis benutzten.

Mizushima war zu diesem Zeitpunkt längst davon überzeugt, daß es UFOs gibt und sie aus dem Weltraum kommen. Er hatte schon mehrfach anomale Lichter auf der Mondoberfläche beobachten können und einmal, am 4. Mai 1985, ein einzelnes Objekt sogar gefilmt. Und er hatte mit anderen japanischen Amateurastronomen gesprochen, die ebenfalls ungewöhnliche Objekte im Weltraum fotografiert haben.

Die erstaunlichste Aufnahme machte Akira Ishiguro aus Yokohama im April 1991. Durch einen Filter schaute er durch die 60 mm-Diametrallinse seines Teleskopes, an dessen 660 mm-Fokallinse er eine Polaroid-Kamera gekoppelt hatte, und machte Testaufnahmen. Auf einer davon erschien *„etwas wie eine riesige Raumstation“* oberhalb der Sonnenscheibe, eine Raumplattform, an der offenbar fünf zigarrenförmige Objekte angedockt hatten. Auch für Ishiguro war das nicht seine erste UFO-Aufnahme. Bereits im Mai 1989 hatte er eine Gruppe von drei schwarzen, ovalen Objekten fotografiert, die die Sonnenscheibe durchkreuzten.

Solche ungewöhnlichen Beobachtungen gibt es seit den Anfängen der Astronomie. Schon 1762 konnte der Basler Astronom de Rostan durch sein Teleskop *„eine gigantische fliegende Zigarre, von einem Lichtkreis umgeben“* beobachten, die langsam vor der Sonnenscheibe vorbeiglitt. Am 17. Juni 1777 bemerkte Charles Messier, der bekannte französische Astronom, eine große Anzahl runder dunkler Scheiben am Himmel. Sein Kollege Glaisher berichtete 1844 von leuchtenden Scheiben, *„die schnell-flimmernde Lichtwellen aussenden“.* Im April 1860 beobachteten gleich vier führende Astronomen, die Briten Herrick, Buys-Barlott und de Cuppis, gemeinsam mit ihrem Schweizer Kollegen Dr. Wolf im Observatorium Zürich den Vorbeiflug eines *„starken Verbandes kleiner schwarzer Scheiben, die vom Osten kamen“.* Monsieur Marcel Trecul, Mitglied der Académie Francaise, bemerkte am 20. August 1880 einen „kleinen Gegenstand“, der sich von einer *„riesigen Luftzigarre mit zugespitzten Enden“* löste, die selbst „weiß-golden funkelte“. Das bekannteste britische Observatorium in Greenwich meldete am 17.11. 1882 eine *„riesige grüne Scheibe in einer Höhe von schätzungsweise 60.000 bis 300.000 Metern“.*

L'ASTRONOMIE

REVUE
D'ASTRONOMIE
POPULAIRE,
DE MÉTÉOROLOGIE ET DE PHYSIQUE DU GLOBE,
CAMILLE FLAMMARION,
QUATRIÈME ANNÉE, 1885.
PARIS,
GAUTHIER-VILLARS, IMPRIMEUR-LIBRAIRE

Das erste UFO-Foto veröffentlichte 1885 die Fachzeitschrift „L´Astronomie“. Aufgenommen hat es der Astronom Prof. Bonilla am 12. August 1883 während einer Sonnenbeobachtung im Zacatecas-Observatorium in Mexico

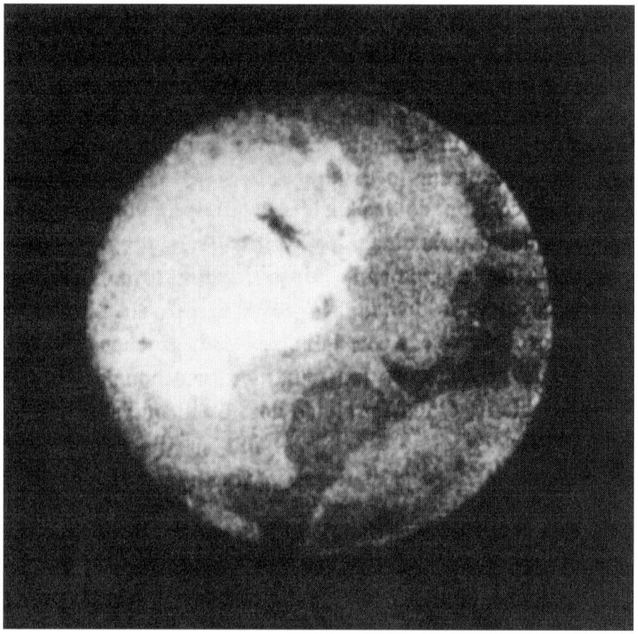

Das erste UFO-Foto der Weltgeschichte erschien in der Ausgabe vom Oktober 1885 der Pariser Zeitschrift „L'ASTRONOMIE“. Der Fotograf war der mexikanische Astronom José A y Bonilla, Leiter des Observatoriums von Zacatecas, das 2502 Meter über dem Meeresspiegel lag und das zweitgrößte des Landes war.

Es war gegen 8.00 Uhr morgens, als Professor Bonilla am 12. August 1883 mit seiner teleskopischen Beobachtung der Sonne durch einen Filter begann. Gerade war er dabei, die Sonnenflecke zu zeichnen, als seine Aufmerksamkeit auf *„ein kleines glänzendes Objekt“* gelenkt wurde, das plötzlich *„in das Blickfeld des Teleskopes eindrang“* und die Sonnenscheibe kreuzte, wobei es einem ovalen Schatten glich.

Es dauerte nur wenige Sekunden, bis sich der Vorfall wiederholte, und schließlich tauchten noch weitere geheimnisvolle Flugkörper auf. Es war ein ganzes Geschwader. Innerhalb von zwei Stunden konnte Professor Bonilla ganze 283 Objekte zählen, die jeweils etwa 3-4 Sekunden brauchten, um die Sonnenscheibe zu passieren. Danach mußte der Astronom seine Beobachtungen beenden, da eine Wolkenbank die Sonne verdeckte. Er rätselte nun, was das gewesen sein konnte. Für Vögel und Insekten hatten sich die Flugkörper zu gleichmäßig bewegt, ja sie waren förmlich vorbeigeglitten. Nach einiger Zeit, die Sonne stand nun hoch am Himmel, setzte er die Beobachtungen fort und zählte noch einmal 48 Flugkörper.

Bonilla bemerkte jetzt, daß manche Objekte rund, andere wiederum länglich oder spindelförmig waren, und daß sie alle im freien Raum, in der Dunkelheit, phosphoreszierend leuchteten. Die Zeitdauer beim Pas-

sieren der Sonnenscheibe schwankte diesmal zwischen einer Drittelsekunde und 2 Minuten. Schließlich entschloß sich Bonilla, ein Foto der rätselhaften Objekte zu versuchen. Mit einer Belichtungszeit von 1/100 Sekunde machte er mehrere Aufnahmen.
Am folgenden Tage, dem 13. August, waren sie wieder da, und ab 8.00 Uhr konnte Bonilla 116 Objekte zählen. Damit waren es 447 Flugobjekte in 2 Tagen! Ihre Entfernung schätzte der Astronom auf 240.000 Kilometer, auf jeden Fall aber *„geringer als die des Mondes“,* die bei 384.000 Kilometern liegt. Er telegrafierte an die Sternwarten von Mexico City und Pueblo. Auch seine Kollegen sollten das Phänomen beobachten, sollten versuchen, gemeinsam mehr über sie zu erfahren. Schon nach einer Stunde ging über Bonillas Fernschreiber die Bestätigung ein. Auch sie sahen die Objekte, *„genau so, wie Sie es beschrieben haben“,* und auch sie waren überzeugt, *„daß sie sich in relativer Erdnähe befunden haben mußten“.*
Sie kamen noch einmal. Am 30. November 1888 beobachtete Signor Ricci vom Observatorium in Palermo/Italien eine „Reihe spindelförmiger Flugkörper“, die in sehr großer Höhe die Sonnenscheibe passierten“.

Das interessante an den Fotos aber ist, daß sie einwandfrei beweisen, daß die UFOs nicht nur ein Phänomen unseres Jahrhunderts sind.

13. SEIT JAHRTAUSENDEN GESICHTET

Seine Mitarbeiter nannten ihn den „Höhlenmenschen", denn die prähistorischen Höhlen Südfrankreichs und Nordspaniens waren seine Welt. Tagelang hielt er in ihren feuchtkühlen Gängen aus, stundenlang hockte er in Felsnischen, zeichnete kauernd ab, was vor Jahrtausenden die Menschen der Vorzeit an ihre kalten Wände gemalt hatten. Heute, Jahre nach seinem Tod, gilt Professor Andre Leroi-Gourhan in Fachkreisen als eine der größten Kapazitäten auf dem Gebiet der prähistorischen Kunst des Abendlandes, seine Verzeichnisse und Reproduktionen der Höhlenmalereien des Pyrenäenvorlandes finden Verwendung und Bewunderung an allen großen Universitäten.

Die faszinierende Welt, die Leroi-Gourhan in seinen Arbeiten festhielt, war bis dahin nur wenig bekannt. Und selbst heute noch ist nur wenigen Europäern bewußt, daß von etwa 30.000 v.Chr. bis 10.000 v.Chr., in der sogenannten Altsteinzeit, rund um die Pyrenäen eine blühende Kultur existierte. Während dieser Zeit, etwa 700 bis 800 Generationen hindurch, schuf ein Volk, dessen direkte Nachfolger die heutigen Basken sind, Meisterwerke der Malerei und Skulptur, die noch heute in den Höhlen von Lascaux, Altamira und Les Eyzies zu bewundern sind.

Als der französische Ethnologe Aime Michel die Reproduktionen von Professor Leroi-Gourhan zu Gesicht bekam, traute er seinen Augen kaum. Über den Szenen aus dem Alltag der Vorzeitmenschen, über Bildern von Jagden und Tierherden, von mächtigen Mammuts, kräftigen Bisons, zotteligen Pferden und zierlichem Rotwild, schwebten scheibenförmige Objekte. Auf jahrzehntausende alten Felsmalereien war ein Phänomen dargestellt, das auch in unseren Tagen wieder die Gemüter erhitzt: Unbekannte Flugobjekte. Würde das bedeuten, so überlegte Michel, daß die fliegenden Scheiben damals schon existiert und sogar zum Alltag der frühen Menschen gehört haben?

„Die exakte, naturgetreue Darstellung von Menschen und Tieren läßt unweigerlich darauf schließen, daß auch mit den zunächst unerklärlichen, merkwürdigen Formen etwas Bestimmtes, Reales wiedergegeben werden sollte", schlußfolgerte Michel 1969, *„in den Höhlen gibt es bis zu vierzig verschiedene Typen merkwürdiger Objekte, deren Formen in frappanter Weise jenen Erscheinungen an unserem Himmel ähneln, die in den letzten zwanzig Jahren als UFOs deklariert worden sind, und die dem Condon-Report zufolge nicht existieren."*

„Die Künstler des Paläolithikums", so war sich der Franzose sicher, *„gaben naturgetreu wieder, was sie wiedergeben wollten. Sie sind von absoluter Glaubwürdigkeit... die Realitäten prähistorischer Zeiten sind von denen unserer Epoche so weit entfernt, daß lediglich Kenner der UFO-Literatur die Bedeutung der Ähnlichkeit gewisser Höhlenmalereien mit den Erscheinungen unserer Tage erkennen können."*

Tatsächlich verblüfft es, was die Wände dieser Steinzeithöhlen zeigen. Da fliegen spindelförmige Objekte

Höhlenmalerei von Naux im Dept. Ariege, Südfrankreich, ca. 12000 v.Chr., nach Prof. Leroi-Gourhan

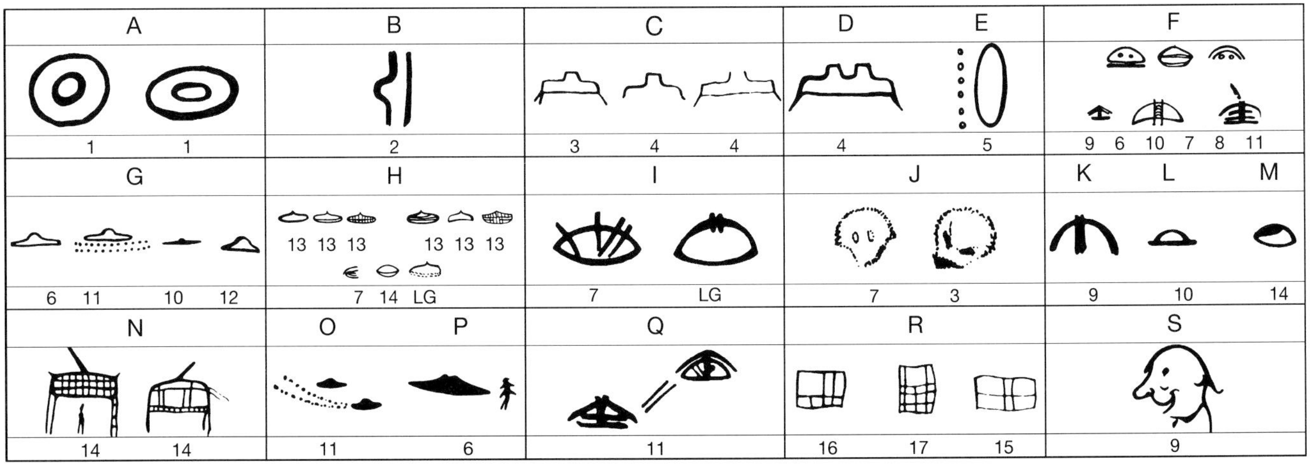

Aime Michels Zusammenstellung von „UFO-Formen“ aus der Sammlung von Reproduktionen südfranzösischer und nordspanischer eiszeitlicher Höhlenmalereien von Prof. Leroi-Gourhan

mit langem Schweif über der Landschaft, landen tellerförmige Körper, aus denen Menschen herauszusteigen scheinen. Andere haben lange Landebeine, Kuppeln, kreisrunde Luken. In 17 prähistorischen Höhlen sind solche Darstellungen zu finden, darunter in Altamira, Lascaux, Pech Merle und Les Trois Freres, Namen, die für jeden Archäologen Begriffe sind. Stellen diese Felsbilder Dinge dar, die die Vorzeitmenschen mit eigenen Augen gesehen haben?
Oder *„ist all dies nur purer Zufall"*, wie Aime Michel fragt, *„denn solange moderne UFOs nichts anderes sind als Phantasien, von Dummköpfen erfunden, die zu viele utopische Romane gelesen haben ... müssen wir annehmen, daß der Urmensch damals zuviel schlechte Literatur gelesen hat, denn wie wäre er sonst auf den Gedanken gekommen, fliegende Untertassen mit einer unerhörten Genauigkeit in seinen Höhlen zu verewigen? Wenn er sie erfunden hat, und ein Condon-Bericht beweisen will, daß die gleichen Erscheinungen im Jahre 1969 nur Wetterballons, Temperaturinversionen, Halluzinationen und ähnliches sind, dann dürfen wir auch glauben, daß die UFOs aus der Zeit der Magdalenienkultur Flugzeuge und Wetterballons waren."*

Dabei findet man ähnliche Motive auch außerhalb des Pyrenäenraumes. Eine Felszeichnung aus dem Jabbaren-Tal im nordafrikanischen Tassili-Massiv zeigt eine Frau, die mit ausgestrecktem Arm drei kuppelförmige Objekte begrüßt, die über einer Rinderherde schweben. Eines der Gebilde auf dieser mindestens 10.000 Jahre alten Darstellung sendet Strahlen zur Erde. Noch erstaunlicher ist ein Felsbild, das der sowjetische Archäologe Dr. Wjatscheslaw Saizew in der Nähe von Fergana/Usbekistan entdeckt haben will. Tatsächlich wirkt es wie die Illustration eines Science-Fiction-Romans, doch laut Saizew ist es über 7000 Jahre alt.
Es zeigt einen Mann, den Kopf umgeben von einem eigenartigen Helm mit Schläuchen und einer Art Atemschutzgerät, die Hände in klobigen Handschuhen, in den Händen etwas wie eine Schallplatte oder CD. Im Hintergrund, vor seltsam geformten Bergen, schwebt eine Scheibe, von einem Ring umgeben, darunter ein Mann mit einem kugelförmigen Helm, aus dem zwei Antennen ragen.
Im Oktober 1959 stieß Professor Tschi Pen-Lao, Dozent für Altertumsforschung an der Universität von Peking, mit seinen beiden Assistenten Hui Tschu-ting und Dr. Wu To-wai bei der Untersuchung einer vor 3000 Jahren mit Teilen der Insel Jutuo im Tungfing-hu-See im Herzen Chinas versunkenen Ruine auf unbekannte Höhlen unter der Insel. Zwei Taucher fanden in 30 Meter Tiefe den Zugang zu dem unterirdischen Labyrinth, das tief in die Granitfelsen der Ausläufer des Hunan-Gebirges führte, die einst in einem gewaltigen Erdbeben in diesem See versanken. Tief unter der Wasseroberfläche fanden die Archäologen auf glattgeschliffenen Granitwänden Ritzzeichnungen in seltener Vollkommenheit, deren Alter Prof. Tschi Pen-Lao auf 45.000 Jahre schätzte. Ganz offensichtlich sind sie durch Anwendung harter, möglicherweise metallischer Gerätschaften entstanden. Aber noch merkwürdiger ist, daß auf den Darstellungen offensichtlich fliehende Tiere von Menschen mit seltsamen Rohren gejagt werden, die auf tellerförmigen, von Kuppeln überragten Objekten über der Herde fliegen. Besucher aus dem Kosmos? Alte chinesische Legenden berichten von „feurigen Drachen", auf denen die „Söhne des Himmels" ritten, „himmlischen Wagen" und „fliegenden Rädern", und in der Yüeh-Provinz erzählt man sich seit alter Zeit von „fliegenden Glocken", die auf geheimnisvolle Weise auftauchen, lautlose Flugmanöver vollziehen und wieder verschwinden.

Am Rande der Stadt Yamaga bei Kumamoto in der japanischen Provinz Kyushu befindet sich ein viertausendjähriges Fürstengrab. Die Wände der Grabkammer, riesige Findlinge, sind bemalt. Und eines der

Felsbilder zeigt, wie ein König oder Fürst mit dreizackiger Krone mit erhobenen Händen sieben weißleuchtende Scheiben begrüßt, die am Himmel erscheinen. „Chip-San“ nennen die Japaner das Grab seit uralten Zeiten, was im Dialekt der Ainu, der Ureinwohner Japans, soviel bedeutet wie „der Ort, an dem die Sonne niedersteigt“. Dazu meinte der japanische Archäologe Dr. Yoshiyuki Tange: *„Wir konnten herausfinden, daß diese ‚Sonnen‘ in den alten Gräbern des Kyushu-Distriktes vor Jahrtausenden Symbole für ‚fliegende Untertassen‘ waren. Eine Legende des Ainu-Stammes in Hokkaido erzählt sogar von solchen leuchtenden Gebilden, die als ‚Shinta‘ bezeichnet wurden.“*

„Shinta“ heißt wörtlich „Wiege“; und in einer solchen „Wiege“, so glaubten die Ainu von Hokkaido, stieg einst der Gott Okikurumi-kamui vom Himmel herab. Tange entdeckte eine weitere prähistorische Wandmalerei in Isumisaki auf Hokkaido, auf der eine Gruppe von Menschen, einander an den Händen fassend, die Herabkunft eines linsenförmigen (oder müssen wir sagen: wiegenförmigen) Objektes in Spiralbahnen beobachtet. Auch dieses Grabbild ist mindestens 4000 Jahre alt. Japans alte Chroniken berichten von „feurigen Sonnen“, „flammenden Objekten“ und Objekten „von einer Farbe wie Feuer“. Eine japanische Tuschezeichnung aus dem 9. Jahrhundert zeigt ein feuriges Rad am Himmel, das von vier Priestern beobachtet wird, am Boden ein „geflügelter Mensch“, der offenbar vor ihrer Aufmerksamkeit flieht.

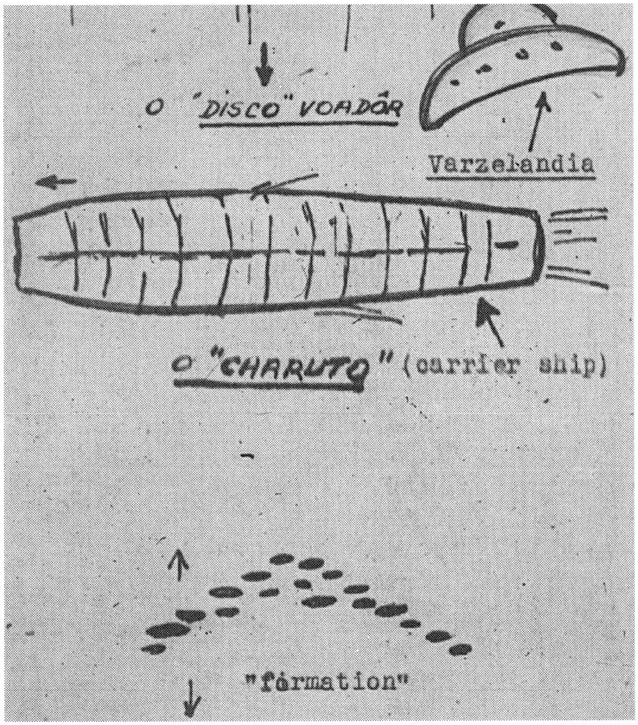

Ähnliche Motive und Legenden finden wir auch auf der anderen Seite des pazifischen Ozeans. Sechs Autostunden von Montes Claros entfernt, in der brasilianischen Provinz Minas Gerais, liegen die Höhlen von Varzelandia. Eine archäologische Expedition unter Leitung von Prof. Hernan Ebecken stieß 1963 tief in das Innere der Höhlen vor und entdeckte neben prähistorischen Grabstätten der Indianer eine Reihe

Die Felsmalereien von Varzelandia, Brasilien (ca. 11.500 v.Chr.), 1963 entdeckt von Prof. Ebecken, zeigen scheiben- und zigarrenförmige UFOs und ganze Formationen.

von Felszeichnungen. Eine davon zeigt ein kuppelförmiges Objekt, das hoch am Himmel schwebt, zwischen Sonne und Mond, daneben ein zigarrenförmiger Flugkörper.

Auf anderen Höhlenbildern sieht man Scheiben, die hochkant über der Landschaft fliegen, und eine Formation, die auf seltsame Weise den UFO-Flotten von Lubbock, Texas (siehe Kapitel 5) gleicht. Ein geschickter Schwindel eines Spaßvogels, dachte Professor Ebecken. Doch er wollte auf „Nummer Sicher" gehen, nahm Proben von den Farben, mit denen die Objekte gemalt worden waren und schickte sie in ein Labor der Universität von Rio de Janeiro. Das Ergebnis: Es sind organische Farbstoffe, deren Alter sich mit der Kohlenstoff-14 (C-14)-Methode ziemlich genau bestimmen ließ. Und das liegt nach Ansicht der Wissenschaftler bei rund 11.500 Jahren.

Tatsächlich haben die Manacricas, ein brasilianischer Indiostamm, Erinnerungen an „Zauberer", die in *„leuchtenden, runden Maschinen"* flogen und von Zeit zu Zeit ihr Volk besuchten. Die Kayapo, ein Indiostamm vom Rio Fresco, südlich von Para/Brasilien, erzählen von dem „himmlischen Lehrmeister" Bep Kororoti (wörtlich: *„Der aus dem Weltraum kommt"*), der in Urzeiten zur Erde kam und die Kayapo allerlei Dinge lehrte. Sie feierten seine Herabkunft noch bis vor wenigen Jahren in einem jährlichen Stammesfest, in dem einer von ihnen einen Anzug aus weißem Bast trug, der Legende nach eine Nachahmung des Anzuges, mit dem Bep Kororoti bei seinem Erdenbesuch bekleidet war: Wie ein Astronautenanzug bedeckte das klobige Konstrukt den ganzen Körper, auf dem Kopf einen korbförmigen Helm, in der Hand einen Stab, Symbol für Bep Kororotis „Donnerwaffe", das „Kop". Nachdem Bep Kororoti aufgetaucht war, so das Stammesritual, umkreisten ihn die tanzenden Kayapo, kamen mal neugierig näher, flohen dann wieder in weiteren Zirkeln. Erinnerung an eine uralte *„Begegnung der Dritten Art"?*

Ähnliche Legenden finden wir bei den Indianern Nord- und Mittelamerikas. Die Huichol im Norden Mexikos erzählen sich, lange vor der Ankunft der Spanier sei ein „freundlicher Stamm" von den Sternen gekommen. *„Sie kamen vom Himmel herunter in Fahrzeugen wie flache, polierte Edelsteine. Diese Sternen-Freunde erzählten vieles von ihrem Heimatstern, das wir nicht verstehen konnten."* Eine 7000 Jahre alte Felszeichnung, die 1966 in der mexikanischen Provinz Querataro entdeckt wurde, zeigt offenbar ein solches „Himmelsschiff": Ein großes, rundes Objekt mit einer Kuppel und kreisrunden Luken, das zur Erde strahlt, wird von Menschen mit erhobenen Händen offenbar euphorisch begrüßt. *„Wesen, die auf fliegenden Schiffen vom Himmel herabgekommen sind... weiße Götter, die auf Kreisen fliegen, die bis an die Sterne reichen"*, haben den Vorfahren der Maya ihre Kultur gebracht, heißt es im Buch des Chilam Balam, einer Sammlung altmexikanischer Mythen und Prophezeiungen, zusammengetragen zur Zeit der Conquista, der Eroberung durch die Spanier.

Präkolumbianische Statuette aus Ecuador, ca. 500 v.Chr.

Stele aus Yucatan, Mexiko: Wie schwerelos schweben sechs „Astronauten" im „Cockpit", alle mit „Atemgeräten" ausgestattet. Die beiden Piloten, mit komplizierten Helmen, sitzen in bequemen Sesseln.

Auch die Hopi, deren Reservat im Norden des US-Staates Arizona liegt, erinnern sich an ihre himmlischen Lehrmeister, die Kachinas, deren Name wörtlich „hohe, geachtete Wissende" bedeutet. Sie kamen aus dem Weltraum, von einem entfernten Sonnensystem mit zwölf Planeten namens „Toonaotakha", erklärte der Hopi-Häuptling White Bear Fredericks dem Forscher Josef Blumrich, *„sie legen diese Entfernungen in ihren fliegenden Schiffen zurück. Die Kachinas sind körperliche Wesen, und deshalb brauchen sie Flugkörper für ihre Reisen... Flugkörper von verschiedenen Größen und Namen. Einer davon ist Paatoowa, ‚das Objekt, das über dem Wasser fliegen kann'. ‚Pahu' heißt in unserer Sprache ‚Wasser' und ‚Toowata' ist ein*

Gegenstand mit gekrümmter Oberfläche. Wegen dieser Form nennen wir sie auch ‚fliegende Schilde'". Lange, so White Bear, hätten die Kachinas unter den Hopi gelebt. Dann, eines Tages, flogen sie davon, versprachen aber, eines Tages ins Hopiland zurückzukehren. *„Aus diesem Grunde fertigen wir noch heute Kachina-Puppen für unsere Kinder an, lassen Männer in Kachina-Masken auf unseren Festen tanzen. Denn wir wollen, daß unsere Kinder mit ihrem Anblick vertraut sind, damit sie nicht erschrecken, wenn die Kachinas zurückkehren."*

Aztekische Darstellung des Gottes Quetzalcoatl, der der Legende nach in einer „gefiederten Schlange" zur Erde kam und den Azteken und Tolteken ihre Kultur brachte.

Auch der Nachbarstamm der Hopi, die Navaho, wissen von Wesen, *„die vom Himmel kamen, lange auf der Erde blieben und schließlich in ihre Welt zurückkehrten"*, nicht ohne einige Mitglieder ihres Stammes auf deren eigenen Wunsch mitzunehmen. *„Eine Petroglyphe nahe Mishongnovi auf der zweiten Mesa zeigt fliegende Untertassen auf Reisen durch das Weltall"*, erklärte der Hopi-Älteste Dan Katchongva, der selbst bereits UFOs beobachtet hat, dem österreichischen Indianerrechtler Alexander Buschenreiter, *„der Bogen, auf dem das kuppelförmige Objekt ruht, steht für Reisen durch das Weltall. Das Hopi-Mädchen auf der Kuppel steht für Reinheit. Die Hopi, die den Reinigungstag überleben"*, vergleichbar mit dem Jüngsten Tag der Christen, *„werden auf andere Planeten gebracht werden. Wir, die gläubigen Hopi, haben die Schiffe gesehen und wissen, daß es sie gibt."*

Auf ähnliche Legenden stieß der amerikanische Anthropologe Dr. George Hunt Williamson bei den Stämmen, die rund um die Großen Seen leben. *„Vor Ankunft der Europäer verkehrten hier runde und geräuschlose Flugzeuge, die auf den Seen landen konnten. Bei Ankunft der Weißen verschwanden die Flieger mit ihren Flugkörpern, versicherten jedoch, wiederzukommen."* Bei den Haida-Indianern, die auf den Königin-Charlotte-Inseln in British Columbia, Kanada, leben, erzählt man sich von *„großen Weisen, die auf Feuertellern von den Sternen herabkamen"*.

Die Chippewa schließlich haben eine Legende, nach der einst ein großer „Stern mit Flügeln" über den Baumwipfeln erschien. Einige der Ältesten des Stammes hielten ihn für ein Zeichen des Großen Geistes, andere bekamen Angst und flohen. Der Stern schwebte einen Monat lang über dem Dorf, als eines Tages ein Sternenmädchen einem jungen Krieger erschien und ihm erzählte, daß sie von dem geflügelten Stern stamme. Ihr Volk sei von einem weit entfernten Land zu diesem Ort gekommen, und ihnen würde das glückliche Leben der Menschen in dem Dorf gefallen. Sie, das „Sternenvolk", wollten für einige Zeit unter den Indianern leben. Der Krieger trug dem Rat der Ältesten dieses seltsame Gesuch vor, und Abgesandte hießen die Fremden mit wohlriechenden Kräutern und der Friedenspfeife willkommen. Für einige Jahre lebten die Fremden unter den Chippewa und lehrten sie viele Dinge, dann verabschiedeten sie sich und verschwanden in ihrem Stern Richtung Süden.

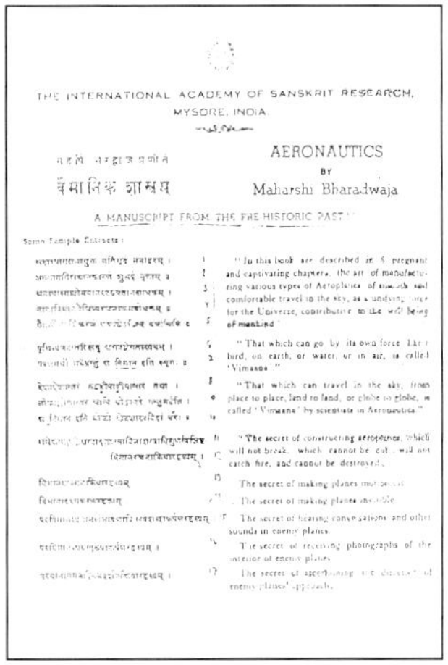
THE INTERNATIONAL ACADEMY OF SANSKRIT RESEARCH,
MYSORE, INDIA.

AERONAUTICS
BY
Maharshi Bharadwaja

A MANUSCRIPT FROM THE PRE-HISTORIC PAST

Some Sample Extracts:

"In this book are described in 8 pregnant and captivating chapters, the art of manufacturing various types of Aeroplanes of smooth and comfortable travel in the sky, as a undying force for the Universe, contributive to the well being of mankind."

"That which can go by its own force like a bird, on earth, or water, or in air, is called 'Vimaana'."

"That which can travel in the sky, from place to place, land to land, or globe to globe, is called 'Vimaana' by scientists in Aeronautics."

"The secret of constructing aeroplanes, which will not break, which cannot be cut, will not catch fire, and cannot be destroyed."

The secret of making planes motionless.

The secret of making planes invisible.

The secret of hearing conversations and other sounds in enemy planes.

The secret of receiving photographs of the interior of enemy planes.

The secret of ascertaining the direction of enemy planes' approach.

Veröffentlichung der internationalen Akademie für Sanskrit-Forschung: Der lang verschollen geglaubte Text „Vimaanika Shastra“ von Maharishi Baradwaja.

Die detailliertesten Beschreibungen dieser „himmlischen Wagen“ finden wir in den uralten Schriften Indiens, wo sie „Vimana“ genannt wurden. Einen dieser Texte, das „Vimaanika Shastra“ („Buch über die Luftfahrt“) veröffentlichte Prof. G.R.Josyer, Direktor der angesehenen „Akademie für Sanskrit-Forschung“ mit Sitz in Mysore, Indien. Das *„Manuskript aus prähistorischer Zeit“* wird dem altindischen Weisen Maharshi Baradwaja zugeschrieben, der nach traditioneller Ansicht gegen 3000 v.Chr., nach Meinung moderner Indologen um 700 v.Chr. gelebt hat. Zwar stammt die einzige erhaltene Niederschrift erst aus dem Jahr 1918, als es der Pandit (Schriftgelehrte) Subraya Sastri durch einen Weisen diktiert bekam, es wird aber schon in Veröffentlichungen aus dem Jahr 1875 zitiert, und der Sanskritforscher Prof. Dileep Kumar Kanjilal hält es aufgrund seiner archaischen Wortwahl und Grammatik für *„ein Werk aus der Frühzeit Indiens“*. Auch Prof. Josyer hält es für echt und *„von unschätzbarem Wert“* und glaubt, *„seine Publikation könnte dem modernen Flugzeugbau neue Erkenntnisse eröffnen“*.

Tatsächlich definiert das „Vimaanika Shastra“ das „Vimana“ als einen *„Apparat, der sich mit eigener Kraft bewegt wie ein Vogel, ganz gleich, ob auf der Erde, im Wasser oder in der Luft. Das, was in der Luft fliegen kann, von Ort zu Ort, Land zu Land oder Planet zu Planet, wird von den Weisen der Luftfahrt ‘Vimana‘ genannt“*. Es verfügt über *„das Geheimnis, Flugapparate bewegungslos“* oder *„unsichtbar zu machen“*, *„Gespräche und andere Geräusche in feindlichen Flugapparaten zu hören“*, *„Bilder aus dem Innern feindlicher Flugzeuge zu bekommen“*, ihre Richtung festzustellen und *„Personen in feindlichen Flugzeugen bewußtlos zu machen“*. Es kann sich unsichtbar machen und leuchtet in der Nacht, weil *„elektrische Kraft mit dem Wind kollidiert“* (also durch Ionisation), ist auch bei Tag von einem leichten Glühen umgeben und kann im Zick-Zack fliegen.

Ähnlich detailliert werden die „Flugapparate“ in dem 220 Stanzen umfassenden „Samarangana Sutradhara“ beschrieben, dessen älteste Version aus dem 12. Jahrhundert n.Chr. stammt und das sich fast wie eine Konstruktionsanleitung für Flugzeuge liest: *„Stark und dauerhaft muß der Rumpf sein, wie ein großer fliegender Vogel und aus leichtem Metall. Im Innern muß eine Quecksilbermaschine mit ihrem eigenen Erhitzerapparat angebracht werden. Durch die latente Kraft im Quecksilber, die den treibenden Wirbelwind hervorruft, kann ein im Fahrzeug sitzender Mensch eine weite Strecke am Himmel zurücklegen. Nach dem selben Verfahren läßt sich auch eine Vimana von der Größe eines Tempels bauen... die Bewegungsarten der Vimanas lassen sich folgendermaßen einteilen: vertikaler Auf- und Abstieg, vorwärts, rückwärts, normaler Auf- und Abstieg, zunehmende Geschwindigkeit bei weiten Strecken... Mit Hilfe dieser Maschinen können menschliche Wesen in die Lüfte fliegen und himmlische Wesen können sich auf die Erde begeben.“*

Wie diese Objekte manövrieren, können wir in den Epen Indiens nachlesen. Das „Ramayana“, das heilige Lied vom Leben und Wirken des Avataras (Inkarnation des Gottes Vishnu) Rama aus dem 7. Jh. v.Chr. - nach Ansicht traditioneller Hindus ist es sehr viel älter - beschreibt wahre Verfolgungsjagden mit Vimanas. Ramas Vimana *„hatte eine eigene Antriebskraft. Es war groß... hatte zwei Stockwerke, mehrere Kammern mit Fenstern“* und *„stieg auf Ramas Befehl mit gewaltigem*

Getöse zu einem Wolkenberg empor... hoch über die Hügel und das bewaldete Tal... Wie ein Pfeil vom Bogen abgeschossen wird, saust er über den Himmelsraum; er läßt die Wälder und Bäume und Wasser hinter sich und überquert den Ozean, erreicht die Insel (Sri) Lanka". Dort erwartet ihn die *„mächtige Vimana"* seines Gegenspielers Ravan, *„glühte grimmig ... glänzte lichtvoll... mit einem ungeheuren Strahl auflodernd wie eine Flamme in einer Sommernacht, ein Komet am Himmel, von einer mächtigen Wolke umringt".*

Im Drona Parva, einem Kapitel aus dem indischen Nationalepos Mahabharata aus dem 8. Jh. v. Chr. heißt es, *„Vimanas, die fliegenden Maschinen, hatten Kugelgestalt"* und konnten schweben: *„Yudhishthivas Vimana war vier Finger hoch über der Erde im Haltezustand geblieben".* Im Flug hatten die Vimanas *„die Form großer Erdhügel, die am Himmel befestigt sind... wie eine Masse hellblauer Wolken am Himmel... setzten sie sich in Bewegung, glichen sie einem in schönster Weise geordneten Vogelschwarm".*

Im Ghatotrachapadma ist die Rede von einer goldfarbenen Vimana, die, als sie gelandet war, *„wie ein wunderschön geordneter Hügel aus Antimon auf der Erdoberfläche"* aussah. Und in der Bhagavata Purana, auch Srimad Bhagavatam genannt, einer der ältesten heiligen Schriften des vedischen Indien, ist die Rede von einem Luftschiff, das für den König Salva von Maya Danava, einem *„Bewohner des niederen Planetensystems"* konstruiert worden war:

„Dieses Vimana in Salvas Besitz war sehr mysteriös. Es war so außergewöhnlich, daß es manchmal aussah, als wären mehrere Flugzeuge am Himmel. Und manchmal schien es, als wäre gar nichts da. Manchmal war es unmittelbar hintereinander wieder sichtbar und unsichtbar. Und die Krieger der Yadus wurden sehr verwirrt über den Standort dieses seltsamen Flugobjektes. Manchmal sahen sie es auf dem Boden und plötzlich wieder flog es am Himmel. Manchmal schien es auf der Spitze eines Berges gelandet zu sein und plötzlich wiederum schwamm es auf dem Wasser. Dieses wunderbare Flugzeug flog in der Luft wie ein Glühwürmchen im Wind, es stand nie still, nicht einmal für einen Augenblick."

Tatsächlich sind die Vimanas - von den wenigen Exemplaren abgesehen, die Erdenmenschen überlassen wurden - für die alten Inder Fahrzeuge der Götter, in denen sie von den „himmlischen Planeten" zur Erde kommen. Interplanetare Kontakte sind keine Seltenheit in den vedischen Schriften, denn *„ebenso wie gewöhnliche Menschen auf der Oberfläche der Erde reisen, reisen die Halbgötter am Himmel."*

So schildert das Srimad Bhagavatam ein pompöses Opferfest des Königs Yudhisthira, an dem auch *„Halbgötter... und die Herrscher der verschiedenen Planeten"* teilnahmen, und im vierten Kanto (Lied) heißt es: *„Große Weise, Patriarchen und Persönlichkeiten von den himmlischen Planeten kamen alle von verschiedenen Planetensystemen auf die Erde".* Bei einer solchen Gelegenheit *„glänzten die Kuppeln der Stadtpaläste ebenso wie die Kuppeln der schönen Flugzeuge, die über der Stadt schwebten (...) Die Flugzeuge der Himmelsbewohner ... werden mit Wolken am Himmel verglichen, die mit gelegentlich aufzuckenden Blitzen geschmückt sind."*

An anderer Stelle schildert das vierte Kanto des Srimad Bhagavatam die Raumreise eines Maharadschas: *„Während Dhruva Maharaja durch das All flog, konnte er nach und nach alle Planeten des Sonnensystems, sehen und auf dem Weg sah er alle Halbgötter in ihren Flugzeugen."* Die Puranen behaupten, es gäbe 400.000 Menschheiten im Universum und jeder Planet sei - auf materieller oder ätherischer Ebene - bewohnt. *„Das spirituelle Wissen Indiens selbst, so heißt es in den Puranen, wurde von Besuchern von diesen höheren Planeten zuerst gelehrt",* erklärte mir der amerikanische Sanskrit-Forscher Richard L. Thompson. In seinem Standardwerk „Alien Identities" zeigt er auf über 480 Seiten Parallelen zwischen Erscheinungen des modernen UFO-Phänomens und altindischer „Götterbegegnungen" auf.

Die ältesten Beschreibungen kosmischer Besuche finden wir bereits in den frühesten Schriften der Menschheit, den sumerischen Keilschrifttexten. Die Stadtstaaten Sumers, der ersten Hochkultur der Menschheit, erlebten ihre Blütezeit zwischen 3800 und 2000 v.Chr. im Süden des heutigen Irak. Die ersten Tempel, die ersten Universitäten, Krankenhäuser und Zweikammerparlamente standen im Land zwischen den Flüssen Euphrat und Tigris, dessen Bewohner als erste über umfangreiche Kenntnisse der Schrift und der Mathematik, der Literatur und der Medizin, der Rechtswissenschaften und der Astronomie verfügten. Das Merkwürdige: Die sumerische Kultur entstand wie „aus dem Nichts", kannte keine Vorstufen.
Woher hatten die Sumerer ihr Wissen? Von den Anunnaki, ihren Göttern, heißt es in den sumerischen Keilschrifttexten. „Anunnaki" aber bedeutet, wörtlich übersetzt: *„Jene, die vom Himmel auf die Erde kamen"*. Tatsächlich beschreiben die Mythen der Sumerer - die uns meist in Abschriften aus den Bibliotheken der Babylonier und Assyrer bekannt sind, die ihr Kulturerbe übernahmen - Raumreisen und Fahrzeuge der Anunnaki.
Das „Etana-Epos" erzählt die Geschichte von Etana, König von Kisch in der Zeit nach der Sintflut, der mit einem „Adler" in den Himmel reist und die Erde aus der Vogelperspektive beschreibt:
„Die Erde war wie ein Garten, und das Meer furchte sich ins Land wie Gräben, die der Gärtner zieht." Dann sahen Land und Meer nur noch aus wie *„ein Kuchen in einem Brotkorb"*, schließlich war die Erde ganz verschwunden, und Etana bekam es mit der Angst zu tun: *„Mein Freund, ich will nicht in den Himmel aufsteigen,*

Himmelsschiff auf einem Rollsiegel der Sumerer (Z. Sitchin, Der 12. Planet)

mache Halt, daß ich zur Erde zurückkehre." Die sumerischen Götter flogen in ihren *„Himmelsschiffen" - „MU" oder „DIN-GIR"* genannt - vom Himmel zur Erde, zu jener Stadt, in der sie ihren Tempel, ihre „Wohnstatt" hatten. So heißt es in einer Hymne an die Göttin Ishtar (Inanna):
„Herrin, die Du in Deinem MU
Fröhlich Dich schwingst in Himmelshöhen.
Über alle die ruhenden Orte
fliegst Du in deinem MU."
Ihr „Tempel" war ein „Penthouse" auf der Spitze einer Ziqqurat, einer Tempelpyramide. Dort sorgten die Priester stets für ein gemachtes Bett, kostbare Gewänder, frisches Gemüse, Bier (eine sumerische „Erfindung"!) oder Wein, ein köstliches Mahl und - ein junges Mädchen oder, für die Göttin Ishtar (Inanna), einen Jüngling. Hier empfing der Gott (oder die Göttin) den König und die Priester, gab ihnen Instruktionen und lehrte sie die Wissenschaften. Und die Sumerer wußten auch, weshalb sich die „Götter" für sie verantwortlich fühlten. Ihrem Schöpfungsbericht, den „Atrahasis-Tafeln", zufolge, schufen die Anunnaki den Menschen vor 280.000 Jahren als *„primitiven Arbeiter"*, indem sie *„das Geschöpf... das existiert"* - die Hominiden, die Vorläufer des Menschen - *„mit dem Bild der Götter verbanden"*, ein Mischwesen schufen, halb „Tier", halb „Gott".

Die sumerische Schöpfungsgeschichte gilt als die Urschrift der biblischen Genesis, und auch im 1. Buch Mose ist die Rede von den „Nefilim“ (wörtlich: „Die Hinabgestiegenen“), den *„Gottessöhnen“*, die in der Zeit vor und nach der Sintflut die Erde besuchten. Längst haben UFO-Forscher wie der Brite Sir Desmond Leslie, Brinsley Le Poer Trench, Earl of Clancarty, oder der amerikanische Orientalist Zecharia Sitchin zentrale Ereignisse des Alten Testamentes mit modernen UFO-Berichten verglichen und verblüffende Parallelen festgestellt. So wird das Volk Israel bei seinem Auszug aus Ägypten von einer „Wolkensäule“ angeführt, die bei Nacht zur „Feuersäule“ wird. Als *„der Herr im Feuer auf den Berg Sinai herabgekommen war“*, um Moses zu treffen und ihm die zehn Gebote und eine ganze Reihe von Anweisungen für das neue Volk zu übergeben, *„brachen Donner los und Blitze zuckten, schweres Gewölk hing über dem Berg und überaus stark schmetternder Posaunenschall war zu hören“*, heißt es im Buch Exodus (19, 16), *„der Rauch stieg wie der Rauch eines Schmelzofens auf“*.

Der Prophet Elias wurde von einem *„feurigen Wagen“* abgeholt und *„stieg in einem Wirbelwind zum Himmel empor“* (2. Könige, 2,11), ähnlich wie sein vorsintflutlicher Vorgänger Henoch, von dem es in der Bibel nur heißt *„Henoch wandelte mit Gott, und dann war er nicht mehr, denn Gott hatte ihn entrückt“* (Gen.5,24). Ein „Buch Henoch“ überlieferte jedoch das slavische und äthiopische Judentum, und mittlerweile beweisen Fragmente dieses Buches aus dem 2. Jahrhundert v. Chr., die bei Qumran am Toten Meer gefunden wurden, das hohe Alter dieser Schrift. Einer jüdischen Legende zufolge soll Noah, Henochs Urenkel, das Buch seines weisen Ahnen in der Arche vor der Sintflut gerettet haben.

In dem 108 Kapitel umfassenden Werk beschreibt Henoch in der Ich-Form, wie er eines Nachts von *„zwei sehr großen Männern, wie ich sie nie hab auf Erden gesehen“*, besucht wurde, die ihn einluden, mit ihnen *„in den Himmel zu gehen“*. Dann brachten sie ihn zu einem *„Haus aus Kristallsteinen, von feurigen Zungen umgeben“*, das ihn zu *„einem anderen Haus, größer als jenes“* brachte, umgeben von *„Blitzen und kreisenden Sternen“*. Von dort aus sah er - vielleicht als erster Erdenmensch - den Blauen Planeten aus der Ferne. Er macht ungewöhnlich exakte Angaben über Mond- und Sonnenumlaufbahnen, über Schalttage, Sterne und die Himmelsmechanik, *„die Örter der Lichter“*, die *„Mündung aller Ströme der Erde“*, die *„Winde der Himmel“* - heute würde man sie „Solarwinde“ nennen -, Sterne und die Sonne. Schließlich beschreibt er seine Reise zu zehn verschiedenen „Himmeln“ - Planeten? -, auf denen Menschen und Tiere lebten. Dann führte man ihn zu *„der großen Majestät“*, die ihm eine Botschaft für die Menschen der Erde übergab und vor der nahenden Sintflut warnte.

Aber auch in der Bibel finden wir einen Bericht, der uns nur zu sehr an die Schilderungen moderner UFO-Kontaktler erinnert. Er stammt von dem Propheten Ezechiel, der sich in babylonischer Gefangenschaft befand, als ihm 586 v.Chr. das folgende widerfuhr:

„Am fünften Tag des vierten Monats im 30. Jahr begab es sich, daß ich mich bei der Gemeinde der Verbannten am Flusse Chebar aufhielt. Da tat sich der Himmel auf... ich schaute, und siehe, ein Wirbelwind kam von Norden her, eine gewaltige Wolke voll Feuer und Glanz rings um sie her; aus ihrem Innern glänzte es wie blinkendes Glanzerz inmitten des Feuers. Aus ihm heraus erschien etwas, das vier lebenden Wesen glich. Sie hatten Menschengestalt.“ (Ez.1, 1-5)

Ezechiel erzählt, wie er ein leuchtendes Raumschiff sah, geht ins Detail und erwähnt konzentrische Ringe *(„es stand wie ein Rad auf der Erde“)*, den Rumpf des Schiffes *(„Was man über den Köpfen der Lebewesen sehen konnte, war wie ein Himmelsgewölbe wie das Blitzen von Bergkristall, nach oben hin ausgebreitet über ihren Häuptern“)* und eine Kuppel *(„über der*

Plattform war es gestaltet wie ein Thron").
NASA-Ingenieur Josef Blumrich hat die Beschreibungen des Propheten auf technische Hinweise hin untersucht. Sein Fazit: Es ist der völlig logische und sinnvolle Bauplan eines Raumschiffes. In seinem Buch *„Da tat sich der Himmel auf - Die Raumschiffe des Propheten Hesekiel und ihre Bestätigung durch moderne Technik"* veröffentlichte der Ingenieur technische Konstruktionszeichnungen, die er nach den präzisen Angaben des vor 2600 Jahren lebenden Berichterstatters anfertigen konnte. Ganze vier Mal *„überwältigte* (Ezechiel) *die Hand des Herren"* und *„entrückte"* ihn an die verschiedensten Orte, darunter nach Tel-Abib, nach Jerusalem und zu einem geheimnisvollen Tempel, und immer wieder erhielt er auf diesen Flugreisen Belehrungen und Botschaften für sein Volk.
Ezechiel:
„Da hob mich ein Geisteswehen in die Höhe, und ich hörte hinter mir das Getöse eines gewaltigen Erdbebens, als die Herrlichkeit des Herrn von ihrer Stätte aufstieg. Es war... das gleichzeitige Rollen der Räder... so gelangte ich nach Tel Abib..."
Die alten Ägypter glaubten, daß ihre Götter in „Himmelsbarken" den „himmlischen Nil", die Milchstraße, bereisten und regelmäßig zur Erde kamen. Da für sie alles „himmlische Geschehen" sein irdisches Gegenstück hatte, ließen sie Statuen der Götter in irdischen Barken auf dem irdischen Nil entlangtreiben und glaubten, daß ihre Pharaonen - Abkömmlinge der Götter - in Booten in ihre himmlische Heimat zurückkehrten. Interessanterweise stammt das erste UFO-Regierungsdokument aus Ägypten.
Der Bericht, ein Papyrusfragment, wurde von einem der Hofschreiber des Pharaos Thutmosis III. (1483-1450 v.Chr.) verfaßt und im 19. Jahrhundert bei Ausgrabungen in Theben entdeckt. Jahrelang befand es sich im Vatikan, in der Privatsammlung von Prof. Alberto Tulli, dem Direktor der ägyptischen Abteilung der vatikanischen Museen. Erst nach seinem Tode

Biblisch-symbolische Darstellung der Vision des Ezechiel

erlaubte Tullis Bruder, Monsignore Gustavo von der Vatikanischen Bibliothek, dem Ägyptologen Boris Fürst de Rachewiltz die Übersetzung. Er identifizierte das

Fragment eindeutig als Teil der Königlichen Annalen: *„Im dritten Monat des Winters im Jahre 22 (der Regierungszeit von Thutmosis III., also im Jahre 1462 v. Chr.) zur sechsten Tagesstunde bemerkten die Schreiber im Hauses des Lebens, daß ein Feuerkreis aus dem Himmel kam. (Obwohl) er keinen Kopf hatte, hatte der Atem aus seinem Munde einen widerwärtigen Geruch. Eine Rute (45 Meter) lang war sein Körper und eine Rute breit, und er hatte keine Stimme. Und die Herzen der Schreiber erfüllten sich mit Angst und Verwirrung, und sie fielen auf ihren Bau nieder ... die berichteten dem Pharao. Seine Majestät befahl ... (zerstört) ... wurde untersucht ... und er meditierte über das, was geschehen war und welches auf den Papyri im Hause des Lebens niedergeschrieben worden ist. Nun, nachdem einige Tage vergangen sind, siehe, da sind diese Dinge zahlreicher am Himmel geworden als jemals zuvor. Sie erschienen mehr als die Helligkeit der Sonne und erstreckten sich bis an die Grenze der vier Weltecken ... kraftvoll standen diese Feuerkreise am Himmel. Die Armee des Pharao schaute danach aus, ihn selbst in ihrer Mitte. Es war nach dem Abendmahl. Da stiegen jene Feuerkreise höher hinauf in den Himmel nach Süden zu. Ein Wunder, das unbekannt war seit der Gründung dieses Landes! Und der Pharao ordnete an, daß Weihrauch dargebracht werde, um Friede auf Erde werden zu lassen ... und was geschehen war, sollte auf Befehl des Pharaos in den Annalen des Hauses des Lebens niedergeschrieben werden ... so daß es für immer erinnerlich bliebe."*

Wir schreiben das Jahr 332 vor Christi Geburt. Seit 7 Monaten belagerten die Truppen des siegreichen makedonischen Königs Alexander, dem später die Geschichtsschreibung den Beinamen „der Große" geben wird, erfolglos die phönizische Festung von Tyros. Tyros, eine reiche Hafenstadt, war auf einer der Küste vorgelagerten Insel erbaut und nur durch einen Damm mit dem Festland verbunden. Die Stadtmauer hatte eine Höhe von 17 Metern und war so solide gebaut, daß keine Kriegsmaschine ihr etwas anhaben konnte. Die Tyrer hatten beim Bau ihrer Festung die größten Techniker und Baumeister ihrer Zeit angeheuert und verfügten zudem über modernste Verteidigungswaffen. Fast hätten die Makedonen aufgegeben, als ein Wunder geschah. Unbekannte hatten in die Geschichte eingegriffen. Der Chronist erzählt:

„Eines Tages erschienen plötzlich diese ‚fliegenden Schilde', wie sie genannt wurden, über dem Lager der Makedonen. Sie flogen in Dreiecksformation, an der Spitze geführt von einem überaus großen, die anderen waren nur halb so groß. Zusammen waren es fünf Stück. Langsam kreisten sie über Tyros, während Tausende Krieger auf beiden Seiten den Kampf unterbrachen und sie voller Erstaunen beobachteten. Plötzlich kam von dem größten Schiff ein Lichtblitz, der in die Mauern einschlug und sie zum Einsturz brachte, andere Blitze folgten und zerstörten Mauern und Türme, als seien sie aus Ton gebaut, und machten den Weg für die Angreifer frei, die wie eine Lawine in die Stadt einfielen. Die fliegenden Schilde kreisten noch einmal über der Stadt, bis sie vollständig gestürmt war, dann verschwanden sie schnell nach oben, bis sie alsbald am blauen Himmel verschwanden."

Als der große Makedone drei Jahre später den Fluß Jaxartes an der Grenze zu Indien überschreiten wollte, hielten ihn die „fliegenden Schilde" auf. Ein Historiker beschreibt, wie zwei seltsame Flugapparate mehrmals auf die Armee des Königs herunterstießen und Soldaten, Kriegselefanten und Pferde so in Panik versetzten, daß sie sich weigerten, den Fluß zu überqueren. Die Apparate wurden als *„große, glänzende Schilde"* beschrieben, aus denen Feuer sprühte, und *„die vom Himmel kamen und zu ihm zurückkehrten"*.

Seltsame Himmelserscheinungen sind aus der ganzen Antike bekannt und wurden auch von den Römern beobachtet. Bei Plinius lesen wir, daß um 100 v. Chr.

„ein brennender Schild, der Funken sprühte, bei Sonnenuntergang von West nach Ost über den Himmel flog“. 91 v. Chr., so die Historiker Julius Obsequenz und L. Orosius, jagte *„bei Sonnenuntergang eine Feuerkugel über den Himmel und gab dabei einen schrecklichen Ton von sich. In Spoletium kam ein goldfarbener Feuerball hernieder, bevor er sich wieder weiter von der Erde nach Osten hin entfernte und groß genug war, um die Sonne zu bedecken.“* Nach dem Tode Cäsars, 44 v. Chr., sah man *„Dinge in der Gestalt von Schildern und Geschossen von der Erde zum Himmel fliegen.“*

Palmyra war zur Zeit des römischen Kaiserreiches eine reiche Handelsstadt in Syrien. Sie wird als Stadt aus weißem Marmor beschrieben, mit einem prächtigen Tempel des Gottes Baal. Wie eine Oase lag Palmyra an den alten Handelswegen nach Nordafrika, Arabien, Europa und in das Zweistromland, hier wurden die kostbaren Waren aus Indien umgeschlagen, und täglich trafen neue, reichbeladene Karawanen ein. An einem nicht überlieferten Tag im Jahre 268 nach Christi Geburt, so schreibt der italienische Historiker Alberto Fenoglio, erschienen am Himmel über dieser Stadt *„zwei große, feurige Kugeln, die eng nebeneinander rotierten und sich plötzlich trennten, während sie kreuz und quer lange Lichtblitze verschossen. Eine der Kugeln, als würde sie selber spüren, daß sie in Gefahr war, kam hernieder und überflog in Blitzgeschwindigkeit die Stadt, so daß die Temperatur plötzlich anstieg und viele Palmen verdorrten. Der Zweikampf setzte sich für einige Zeit mit Verfolgungsjagden und Blitzbeschuß fort, bis sich eine der Kugeln in eine gewaltige Wolke verwandelte, aus der Steine und Stücke des zerstörten Objektes in den Sand fielen, während die andere Kugel hoch am Himmel verschwand.“*

Im achten Jahrhundert wurde das heutige Deutschland von Kriegen erschüttert. Die christlichen Franken unter Führung ihres Königs Karl, der 800 zum Kaiser gekrönt wurde und später „der Große“ genannt werden sollte, kämpften im Gebiet des heutigen Westfalens gegen die heidnischen Sachsen. Die Franken siegten, 772 konnte das Hauptheiligtum der Sachsen, die Eresburg mit der Weltesche Irminsul, zerstört werden. König Karl konnte sich jetzt auf neue militärische Abenteuer wie den Italien-Feldzug vorbereiten. Doch die Sachsen hatten noch nicht aufgegeben. Während Karl in Italien kämpfte, gelang es ihnen 776, die Eresburg zurückzuerobern und anschließend auch die Sigiburg (Hohensyburg bei Dortmund) zu belagern. In den „Annales regni Francorum“ fand der Dortmunder Schriftsteller Hans-Werner Sachmann folgende Stelle über die Erstürmung der Syburg:
„Doch Gottes Kraft überwand sie gerechtermaßen, und an einem Tage, als sie sich zum Kampf gegen die Christen in der Burg gerüstet hatten, zeigte sich deutlich Gottes Herrlichkeit über dem Dach der Kirche innerhalb der Burg, was viele von außen wie auch innen sahen, die heute größtenteils noch am Leben sind. Man habe, sagten sie, etwas wie zwei Schilde rötlich flammend sich über dieser Kirche bewegen sehen. Und als die Heiden draußen dieses Zeichen sahen, gerieten sie sogleich in Verwirrung und begannen in großem Entsetzen zu ihrem Lager zu fliehen.“
In Panik flohen sie bis an die Lippe, wo herbeigerufene fränkische Truppen die versprengten Häufchen des Sachsenheeres aufrieben. Ähnlich wie bei Alexander dem Großen hatten wieder „fliegende Schilde“ in die abendländische Geschichte eingegriffen. Aber wer steuerte sie?
Einhard, Sekretär und Biograph Karls des Großen, schildert im 32. Kapitel seiner Biographie „Vita Caroli magni“ eine unheimliche Begegnung des Kaisers im Jahre 810. Auf dem Wege nach Aachen sah Karl, wie plötzlich eine große Kugel blitzschnell vom Himmel

herunterschoß und Richtung Osten flog. Die Pferde scheuten, als der grelle Feuerball auf sie zugerast kam, der Kaiser stürzte und verletzte sich schwer.

Im ersten Abschnitt von Karls „Kapitularien“ sind schwere Strafen für die „Sylphen“, die „Luftgeister“ angeordnet, die in ihren „Luftschiffen“ die Länder bereisen sollten, und beschuldigt wurden, die Ernten der Bauern zu vernichten. Wie es dazu kam, schildert uns der Abt Montfaucon de Villars in seinem Buch „Le compte de Gabalis“.

Zedekias, ein Mann, der mit den Sylphen in Kontakt stand und als Kabbalist und Hexenmeister beschrieben wird, wollte die Menschen von deren Existenz überzeugen. So riet er den *„Luftgeistern, sie mögen sich allem Volk in der Luft zeigen. Sie taten es mit Pracht; man sah diese Geschöpfe in menschlicher Gestalt in der Luft, bald in Schlachtordnung fortrückend ... in Luftfahrzeugen von bewundernswürdiger Bauart.“* Doch Zedekias‘ Plan schlug fehl, das Volk geriet in Panik und hielt in seinem Aberglauben die Sylphen für böse Dämonen und Zauberer, die bald für alle Stürme, Hagel und Mißernten verantwortlich gemacht wurden. Unterstützt wurde es dabei noch von Kaiser und Kirche, die jene Eindringlinge ausdrücklich verdammten. Hören wir weiter den Abt de Villars:

„Als den Luftwesen klar geworden war, welche Erregung in das niedere Volk gefahren und welche Feindseligkeit aufgekommen war, gerieten sie derart aus der Fassung, daß sie mit ihrem größten Schiff landeten, einige von den besten Männern und Frauen an Bord holten, um sie zu belehren und die böse Meinung der Leute zu widerlegen ... als jedoch diese Männer und Frauen wieder auf die Erde zurückkamen, wurden sie als dämonische Wesen betrachtet, die gekommen waren, um Gift auf die Saaten zu streuen; man nahm sie daher eiligst gefangen, und nach den gräßlichsten Folterungen, die für die teuflischen Künste Ausübenden vorgesehen waren, richtete man sie hin ... andere mußten dasselbe Geschick erdulden: Die Zahl der Unglückseligen, die durch Feuer und Wasser hingerichtet wurden, war sehr hoch.

‚Unter anderem sah man einst zu Lyon drei Männer und eine Frau aus diesen Luftschiffen steigen; die ganze Stadt versammelte sich um sie und rief: ‚Es sind Zauberer, Grimoald, Herzog von Benevent, Karls Feind, schickt sie, um der Franken Staat zu verwüsten!‘ Die vier Schuldlosen rechtfertigten sich, sie wären aus dem Lande selbst, wären vor kurzem von seltsamen Leuten entführt worden, die ihnen unerhörte Wunder gezeigt und sie gebeten hätten, Nachricht davon zu erteilen.“

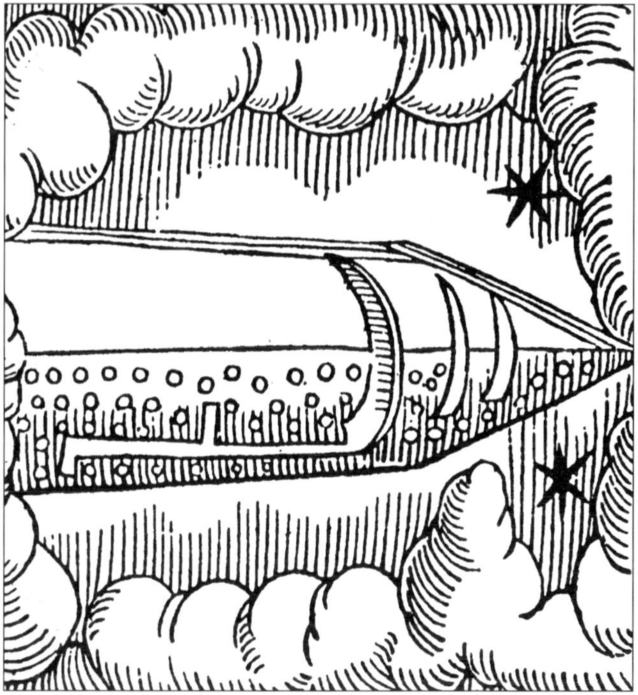

Der "Chronik des Prodigies" von Conrad Lycosthenes zufolge wurde dieses Objekt 1479 über Arabien gesehen.

Agobard, Bischof von Lyon, kam rechtzeitig hinzu, als das Volk die Kontaktpersonen lynchen wollte, und meinte kurzerhand, es sei einfach unmöglich und nicht wahr, was sie gesehen haben wollten. Das Volk beruhigte sich, die vier kamen frei. Trotz eines Verbotes erzählten sie aber weiterhin von ihrer „unheimlichen Begegnung“ mit den Fremden, die aus einer fernen Welt namens MAGONIA stammen sollten. Die Sylphen aber zogen sich nach ihren schlechten Erfahrungen mit den Menschen für's erste einmal zurück.

Trotzdem gab es UFO-Sichtungen bis in die frühe Neuzeit hinein. Am 14. April 1561, zwischen 4 und 5 Uhr früh, sahen Hunderte Nürnberger *„ein erschröcklich Gesicht an der Sonne wie sie im Aufgang gewesen“*. Ein Augenzeuge, der Buchdrucker Hanns Glaser, beschreibt es in seinem eigens darüber angefertigten Flugblatt so:

Am 7. August 1566 wurden gegen Sonnenaufgang über Basel „vil großer schwartzer kugelen im lufft gesehen worden, welche für die Sonnen mit großer schnelle vnnd geschewinde gefahren“ sind. Flugblatt von Samuel Coccius.

„Es waren Kugeln von blutroter, bläulicher und eisenschwarzer Farbe oder Ringscheiben in großer Anzahl in der Nähe der Sonne, etwa drei in der Länge, manchmal vier in einem Quatrangel, auch etliche einzeln gestanden, und zwischen solchen Kugeln sein auch etliche blutfarbende Kreutze gesehen.“
Auch waren dort *„zwei große Rohre, in welchen kleinen und großen Rohren drei oder auch vier Kugeln gewesen sind“*, wie auch ein längliches Gebilde, *„gleichförmig einem großen, schwarzen Speer“*.
Über Basel erschienen am 7. April 1566 *„viele große schwarze Kugeln in der Luft“*, die sich mit großer Geschwindigkeit auf die Sonne zu bewegten und schließlich am Himmel verschwanden.

Im 17. Jahrhundert bereiste der belgische Jesuitenpater Albert d'Orville als einer der ersten Europäer das damals noch legendenumwobene Tibet. In seinem Tagebuch finden wir folgende Aufzeichnung aus der Zeit seines Aufenthaltes in Lhasa:
„1661 - November: Meine Aufmerksamkeit wurde auf etwas gelenkt, was sich hoch am Himmel bewegte. Zuerst dachte ich, es wäre eine unbekannte Vogelart, die in diesem Land lebt, bis sich das Ding näherte und die Form eines doppelten chinesischen Hutes annahm, während es leise drehend flog, als würde es von den unsichtbaren Flügeln des Windes getragen. Es war sicher ein Wunder, Zauberei. Das Ding flog über der Stadt, und als ob es bewundert werden wollte, flog es zwei Kreise, wurde dann von Nebel umgeben und verschwand, und egal, wie sehr man seine Augen angestrengt hat, es konnte nicht mehr länger gesehen werden. Ich fragte mich, ob mir die Höhe, in der ich mich befand, nicht einen Streich gespielt hat, als ich einen Lama ganz in der Nähe bemerkte, und ihn fragte, ob er das auch gesehen hätte. Nachdem er dies mit Kopfnicken bejahte, sagte er zu mir: ‚Mein Sohn, was Du gesehen hat, war keine Zauberei. Wesen von anderen Welten befahren seit Jahrhunderten die Meere des

Raumes und brachten den ersten Menschen, die die Erde bevölkerten, geistige Erleuchtung, sie verurteilten alle Gewalt und lehrten die Menschen, einander zu lieben, obwohl diese Lehren wie ein Samenkorn sind, das auf Stein ausgesäht wurde, und nicht keimen kann. Diese Wesen,die hellhäutig sind, werden von uns stets freundlich empfangen und landen oft in der Nähe unserer Klöster, wenn sie uns lehren und Dinge enthüllen, die verlorengegangen sind in den Jahrhunderten der Kataklysmen, die das Angesicht der Erde verändert haben."

Vier Jahre später, am 8. April 1665, bemerkten sechs Stralsunder Fischer und ihre Gesellen eine ähnliche Erscheinung im heimischen Europa. Nach dem Fischfang, gegen 2.00 Uhr, sahen sie, wie
„mitten aus dem Himmel eine platte runde Form wie ein Teller/und wie ein groszer Manns-Hut umher begriffen/ihnen vor Augen gekommen/von Farben/als wann der Mond verfinstert wird/so schnurgleich über der Sankt Nicolai-Kirche stehend geblieben."
Im selben Jahr erschien in Hamburg ein Kupferstich, der am Himmel zylindrische und zigarrenförmige Flugobjekte zeigte. Betitelt war er als
„Abbildung betr. die Beobachtung der vom Autor gesehenen Himmelserscheinung hier in Hamburg vom 6. bis 16. Juli des laufenden Jahres 1665 zu dem Bericht des Hochgeborenen Herrn Josef Ernst von Raufenstein, Staatsminister und neuburgischen Gesandten beim Regensburger Reichstag. Im Jahre 1665 getreu gezeichnet von Hans Martin Winterstein. Herr, gib Frieden in unseren Tagen."
Eine gestrichelte Linie zeigt zum Haus des Beobachters am Mühlendamm, den man später in „Jungfernstieg" umbenennen sollte. 32 Jahre später, 1697, überflog *„eine hell leuchtende, kreisförmige Maschine mit einer Kugel in der Mitte"* Hamburg und andere Städte Norddeutschlands.

Am 8. April 1665 sahen sechs Fischer über Stralsund zuerst die Vision sich bekämpfender Schiffe, dann „einen Teller wie ein Hut", der „aus den Wolken fiel".

Ähnlich war es in Frankreich. Am 7. Juni 1779 sichteten Bürger *„zahlreiche glühende Scheiben"* über der Stadt Boulogne. Eine riesige Kugel stieg am 12. Juni 1790 bei Alencon mit ruckartigen Bewegungen vom Himmel herab, streifte einen Hügel im Landeanflug und riß dabei einige Pflanzen aus. Als das Objekt gelandet war, begann das trockene Gras zu brennen. Einige Dutzend Bewohner des Ortes rannten herbei, um das Feuer zu löschen, als sie die glühende Kugel bemerkten. Staunend stand das Dorfvolk um den seltsamen Körper. Einige Mutige wagten, ihn zu berühren,

Geheimnisvolle Kugel über Hamburg, Holzschnitt aus dem Jahre 1667

als sich urplötzlich eine Tür öffnete und ein fremdartig gekleideter aber ansonsten völlig normal aussehender Mann erschien. Schnell murmelte er etwas Unverständliches, bevor er fluchtartig in den nahen Wald rannte. Furchtvoll zogen sich auch die Leute von der Kugel zurück, als diese ziemlich geräuschlos „explodierte" und nichts als feines Pulver hinterließ. Auch der mysteriöse Mann konnte nicht mehr gefunden werden. Die Revolutionsregierung in Paris nahm den Vorfall so ernst, daß sie eigens dafür einen Polizeiinspektor namens Liabeuf nach Alencon schickte.

Am 18. April 1808 wurde Herr Simondo, Sekretär des Friedensrichters im Norditalienischen Torre Pellice, von einem ununterbrochenen scharfen Summen aus dem Schlaf geweckt. Als er zum Fenster hinausschaute, wollte er seinen Augen nicht trauen, als er sah, wie sich von der gegenüberliegenden Wiese eine leuchtende Scheibe erhob. Ehe er sich der Situation richtig bewußt werden konnte, war die Scheibe auch schon mit phantastischer Geschwindigkeit in den Himmel geschossen.

In *„bewunderswert geschlossener Formation"* überquerten am 7.9.1820 seltsame Flugobjekte Embrum in Südfrankreich. Erst flogen sie in gerader Linie, um dann im rechten Winkel abzudrehen, wobei sie ihre Formation genau einhielten.

In der Nähe von Sizilien (39 Grad 40‘ nördlicher Breite und 13 Grad 44‘ östlicher Länge) beobachtete die Besatzung des britischen Dampfers Victoria am 18. Juni 1845, wie in 900 Metern Entfernung drei leuchtende Scheiben aus der See stiegen und etwa zehn Minuten lang sichtbar waren. Sie waren fünfmal so groß wie der Mond, und es habe so ausgesehen, als seien sie durch Lichtstrahlen miteinander verbunden gewesen, schrieb der Kapitän ins Logbuch. Wie sich später herausstellte, ist das Phänomen von verschiedenen Schiffen aus in einem Umkreis von 1500 Kilometern beobachtet worden.

Als dann am 4. September 1851 im Londoner Hyde-

Park eine Ausstellung eröffnet wurde, überflog eine *„große Anzahl leuchtender Scheiben“* das Gelände von Ost nach West. ... und das waren nur einige wenige Beispiele aus der umfangreichen UFO-Chronik des Zeitalters der Aufklärung und Industrialisierung.

Seit Ende des 18. Jahrhunderts begannen die ersten wissenschaftlich arbeitenden Astronomen mit einer konzentrierten Beobachtung der benachbarten Himmelskörper. Auffallend in ihren Berichten sind besonders die überdurchschnittlich häufigen Beobachtungen ungewöhnlicher Erscheinungen und Flugobjekte im Bereich des Mondes. Während einer Mondfinsternis am 7.9.1820, als das reflektierte Licht des Mondes stark gedämpft wurde, beobachteten französische Astronomen *„merkwürdige Objekte, die sich in grader Linie und mit militärischer Präzision in gleichmäßigen Abständen dicht an der Mondscheibe daherbewegten“*. Ähnlich war es am 7.8.1869, als Objekte in geraden und parallelen Linien über die verdunkelte Mondscheibe wanderten. 1873 vermeldete die Königlich Britische Gesellschaft für Astronomie monatelang blitzende Lichter auf dem Erdtrabanten, die man für *„intelligente Versuche einer unbekannten Rasse auf dem Mond zur Kontaktaufnahme“* hielt. Im April des folgenden Jahres berichtete Professor Schafarik von der Prager Sternwarte von einem Objekt *„von so besonderer Art, daß ich nicht weiß, was ich daraus machen soll. Es war blendend weiß und wanderte langsam über die Mondscheibe. Ich beobachtete es sogar, als es die Mondscheibe verlassen hatte. Mit anderen Worten, das Objekt war kein Teil des Mondes, da es den Mond verließ und in den Raum hinauswanderte. Was anderes konnte es sein, als eine Flugmaschine?“*
Was ging dort auf dem Mond vor? Es dauerte fast ein Jahrhundert, bis die ersten Menschen auf dem Erdtrabanten landeten, und eine mögliche Antwort mitbrachten.

14. BASEN IM SONNENSYSTEM

In der Nacht des 29. Juli 1953 stellte John O'Neill, Wissenschaftsredakteur des HERALD TRIBUNE und Amateurastronom, wieder einmal sein Teleskop auf, um den Mond zu beobachten. Und plötzlich traute er seinen Augen nicht.

Der Rand des Mare Crisium - so schien es - war von einer riesigen Brücke überzogen. Neill konnte das einfach nicht glauben, rieb sich mehrmals die Augen, mußte jedoch immer wieder feststellen, daß er sich nicht täuschte. Die Brücke war vorher noch nicht dort gewesen, das war ihm klar, und sie mußte riesig sein - etwa 20 Kilometer lang. Auch nach mehrfachem Linsenwechsel veränderte sich das Bild nicht, und nach neunzigminütiger Beobachtung war Neill endlich davon überzeugt, ein reales Gebilde auf dem Mond zu beobachten. Doch als er in seiner Zeitung darüber schrieb, glaubte ihm niemand. Erst einige Monate später erklärten zwei führende britische Astronomen, der Mondexperte Dr. H. Percy Wilkins und Patrick Moore von der British Astronomical Society, sie hätten ebenfalls die Brücke durch ihre Teleskope beobachtet und könnten versichern, daß sie vorher noch nicht dagewesen sei. In einem Interview mit dem BBC-Radiokommentator Bernard Forbes erklärte Wilkins:

„Es ist wirklich eine Brücke. Ihre Spannweite beträgt etwa 30 Kilometer von einer Seite zur anderen, und sie erhebt sich wahrscheinlich mindestens 1700 Meter über den Grund."

Forbes: *„Dann muß sie ja gigantisch sein..."*

Wilkins: *„Das ist sie sicher auch."*

Forbes: *„Sind Sie ganz sicher, daß es sich nicht um einen Irrtum handelt?"*

Wilkins: *„Oh, es ist bestimmt kein Irrtum. Sie wurde ja auch von anderen Beobachtern bestätigt. Sie sieht künstlich aus..."*

Forbes: *„Wenn Sie sagen, sie sieht künstlich aus, was meinen Sie damit?"*

Wilkins: *„Sie sieht aus, als sei sie ein technisches Werk."*

Forbes: *„... oh ..."*

Wilkins: *„Ja, sie ist etwas sehr Außergewöhnliches..."*

Forbes: *„Und sie ist in der Form mehr oder weniger regelmäßig?"*

Wilkins: *„Absolut regelmäßig. Das macht sie ja gerade so interessant."*

Forbes: *„Und wirft sie Schatten?"*

Wilkins: *„Ja, sie wirft Schatten, und wenn die Sonne niedrig steht, sehen Sie, wie die Sonne unter ihr hindurch strahlt."*

Einige Monate lang hat auch das damals größte Observatorium der Welt, Mount Palomar in Kalifornien, die rätselhafte Brücke beobachtet und fotografiert. Eine spektrografische Analyse ergab, daß sie aus Metall bestand. Im April 1974 nahm die Crew der APOLLO 16 das Gebiet um das Mare Crisium auf: An seinem Rand überspannte ein völlig symmetrisches, brückenartiges Gebilde einen Mondgraben.

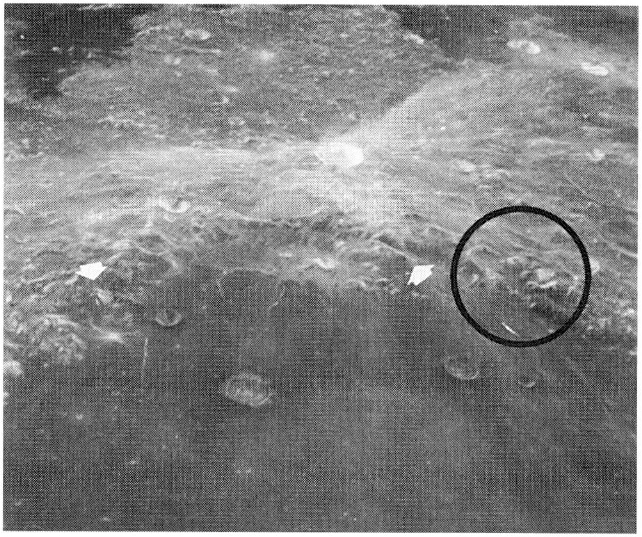

NASA-Foto des Mare Crisium. Deutlich erkennt man eine brückenartige Konstruktion, die einen Graben am Rande des „Meeres" überspannt.

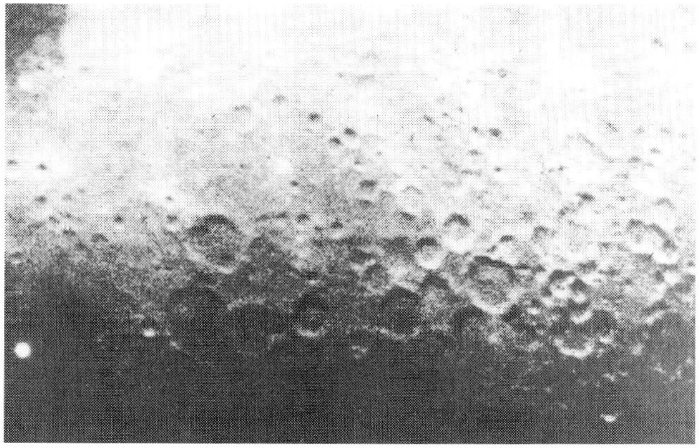

Leuchtende Kuppel auf dem Mond, Teleskopaufnahme

1968 gab die NASA einen *„Chronologischen Katalog berichteter Mondereignisse"* heraus, der 579 Fälle merkwürdiger Phänomene auf dem Erdtrabanten aufführt, die in den letzten Jahrhunderten von Astronomen beobachtet wurden. Da ist die Rede von Lichtblitzen, silbrigen „Strömen" und Verdunklungen der Mondlandschaften, von mysteriösen Objekten, die über der Mondoberfläche manövrierten und ... von Kuppeln. 200 der 579 Fälle beschreiben *„weiße Kuppeln"* auf dem Mond, die ihre Lage veränderten, mal auftauchten, dann wieder verschwanden. Oft erschienen diese Kuppeln in Gruppen, die nur einige Monate an einem Ort blieben. Der bekannte Astronom Dr. G. Kuiper betonte, daß sie vollkommen rund sind und einen Durchmesser von 200 bis 300 Metern haben. Die astronomische Fakultät der Harvard-Universität versuchte im Januar 1958 in einer wissenschaftlichen Diskussion das Rätsel der *„in wachsender Zahl beobachteten Mond-Kuppeln"* zu lösen, kam aber zu keinem nennenswerten Ergebnis. Auch auf den Fotos der amerikanischen LUNAR ORBITER-Mondsonden sind die unnatürlich regelmäßigen Gebilde erkennbar. Schauplatz mysteriöser Erscheinungen war über Jahrzehnte hinweg der Krater Aristarchus. Im Jahre 1922 erschienen im Inneren des Kraters zwei Erdwälle. Das Mount Lowell-Observatorium meldete im Dezember 1963, es habe in der Nacht vom 29. auf den 30. Oktober zwei Anhäufungen heller roter Lichter nördlich des Kraters Herodotus entdeckt, die erst am 27. November wieder verschwanden ... und einige Tage später am Südrand des Aristarchus in ovaler Form aufgereiht waren. Im Juni 1965 machte ein kalifornischer Amateurastronom seine amtlichen Kollegen darauf aufmerksam, daß vom Krater Aristarchus im Abstand von 1 1/2 Sekunden ein Lichtstrahl Blinksignale aussendet. Einen Monat später bestätigten die Observatorien diese Beobachtung.

In der Nacht des 26. November 1956 machte der Amateurastronom Robert H. Curtis mit seiner an das Teleskop gekoppelten Kamera Aufnahmen des Halbmondes. Eines der Fotos zeigte ganz deutlich in der

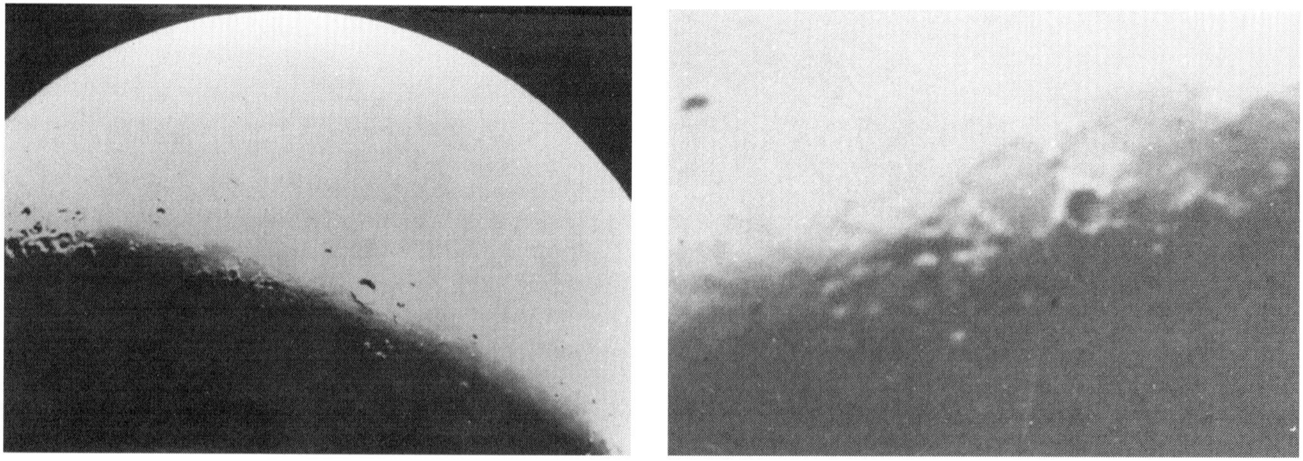

Diese Aufnahme des Amateurastronoms Robert E. Curtis zeigt eine kreuzförmige Struktur auf dem Mond

Fra-Mauro-Region ein Gebilde von der Form eines Kreuzes, umgeben von einem Dreieck aus vier Kuppeln. Curtis konnte sich das nicht erklären und veröffentlichte sein Foto in der Zeitschrift „Sky and Telescope". Freilich hatten die amtlichen Experten schnell eine Antwort parat. *„Es handelt sich lediglich um zwei sich kreuzende Berggrate"*, erklärte ein Astronom, ungeachtet der Tatsache, daß Berggrate durch Erdfaltungen entstehen, wodurch eine Kreuzung schlichtweg unmöglich ist. Nach einigen Monaten war das Gebilde auch wieder spurlos verschwunden.

Der bereits zitierte Mondexperte Professor Wilkins vom Mount Wilson-Observatorium entdeckte Anfang der fünfziger Jahre eine regelrechte Stadt auf dem Mond. Ein Foto des Astronomen, durch sein Teleskop aufgenommen, zeigt eine Ansammlung länglicher, leuchtender Gebilde, die in rechtwinkliger Anordnung zueinander auf dem Grund des Kraters Gassendi stehen. Von diesen Gebäuden gehen Linien aus, die fast immer schnurgerade verlaufen, sich treffen, kreuzen und bis zum eckig begrenzten Kraterrand gehen. Einige der Linien schlängeln sich die Hänge hinauf, andere durchbrechen den Kraterrand. Daneben erkennt man noch einige Kuppeln und zwei riesige Spitztürme auf dem Kratergrund, hohe und dünne Gebilde, die lange Schatten werfen. Eine Anlage von riesenhaften Ausmaßen: allein der Zentralbau in „E"-Form hat eine Länge von fast 10 Kilometern. Da verwundert kaum, daß bereits 1959 Major Keyhoe prophezeite: *„Die ersten Mondfahrer werden eine große Überraschung erleben. Der Mond wird bereits von Wesen einer anderen Welt als Stützpunkt benutzt."* Tatsächlich waren die ersten Menschen auf dem Mond nicht allein, glauben wir den immer wiederkehrenden Gerüchten aus NASA-Kreisen.

Millionen Menschen in aller Welt verfolgten an ihren Bildschirmen die Übertragung der ersten Mondlandung am 20. Juli 1969, hörten Neil Armstrongs historische Worte: *„Dies ist ein kleiner Schritt für mich, aber ein großer Schritt für die Menschheit".* Doch diese Übertragung war durch zahlreiche, oft minutenlange, Bild- und Tonstörungen unterbrochen. Da die Bilder vom

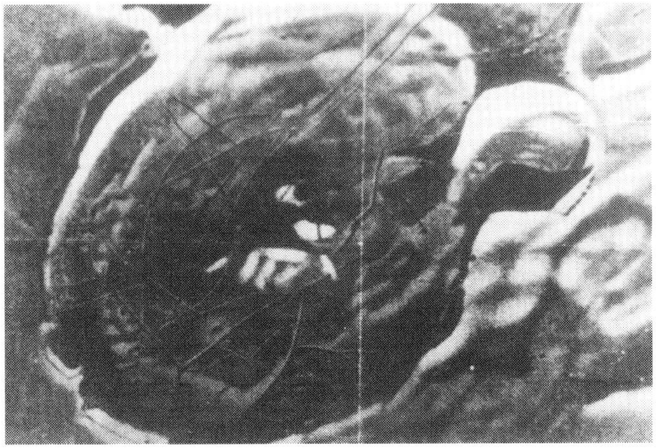

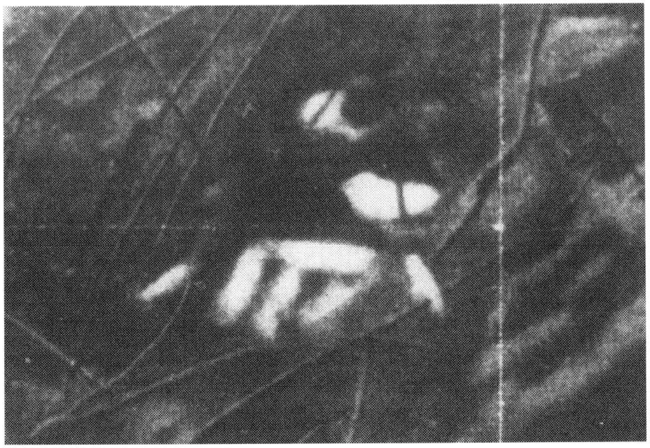

Mount Palomar-Teleskopaufnahme des Kraters Gassendi. Eine Stadt auf dem Mond?

Mond zuerst an die Missionskontrolle in Houston/Texas gingen und erst von dort in alle Welt geleitet wurden, machten bald Gerüchte die Runde, daß dort etwas unter Zensur gestellt wurde. In der Ausgabe vom 29.9.1969 der kanadischen Wochenzeitschrift NATIONAL BULLETIN zitiert der Journalist Sam Pepper Funksprüche vom Mond, die nicht offiziell übertragen wurden. Den folgenden Dialog zwischen den APOLLO 11-Astronauten und der Bodenfunkstation wollen kanadische Funkamateure kurz nach der Mondlandung mitgeschnitten haben. Sie hatten die richtige Wellenlänge erwischt, und eigentlich ist es da kein Wunder, daß sie Dinge mitbekamen, die nicht für die Öffentlichkeit bestimmt waren:

„‚Was zum Teufel ist das? Mehr will ich gar nicht wissen.‘

‚Was ... was ... was zum Donnerwetter geht dort vor? Was ist mit Euch los, Jungs?‘

‚Sie sind da...‘

‚Was ist da? Kontrolle ruft APOLLO 11.‘

‚Roger, wir sind da, alle drei, aber wir haben einige Besucher, ja, sie waren eine Weile hier, um die Geräte zu betrachten.‘

‚Auftragskontrolle ... wiederholt die letzte Meldung!!‘

‚Ich sagte, daß da andere Weltraumfahrzeuge waren. Sie stehen in einer Reihe ausgerichtet an der hinteren Reihe des Kraterrandes.‘ ...

‚Auftragskontrolle. Hier ist die Auftragskontrolle. Seid Ihr unterwegs? Was ist mit dem Lärm um die UFOs? Ende.‘

‚Sie haben sich dort abgesetzt. Sie sind auf dem Mond und beobachten uns.‘

‚Die Spiegel, die Spiegel, habt ihr sie gesetzt?‘

‚Ja, die Spiegel sind an ihrem Platz. Aber wer solche Weltraumfahrzeuge gebaut hat, kann sicherlich herunterkommen und sie morgen wieder aus dem Boden ziehen.‘“

Einige Jahre später enthüllte ein früherer Beobachter der NASA, daß dieser Vorfall tatsächlich kurz nach der historischen Mondlandung stattfand und von der Raumfahrtbehörde unter Zensur gestellt wurde. *„Als die APOLLO 11-Fähre auf dem Grund des Kraters landete, erschienen zwei fremde Raumschiffe am Kraterrand“*, erklärte der Mathematiker, Physiker und Schriftsteller Maurice Chatelain, der damals Leiter der NASA-

Abteilung Communications and Data Processing Systems war, *„die Begegnung ist bei der NASA allgemein bekannt, aber niemand hat bis jetzt darüber gesprochen."*

Schon auf dem Flug zum Mond wurden die APOLLO 11-Astronauten von den beiden UFOs begleitet. Am dritten Tag des Mondfluges hatten sie eine merkwürdige UFO-Erscheinung, und als sie sich dem Mond näherten, hörten sie seltsame Geräusche aus dem Radio. Die Töne waren schrill wie eine Feuerwehrsirene und schienen eine Art Code zu sein. Wenig später, am 19.7., sah Aldrin, wie die beiden Leuchtobjekte im Mondorbit manövrierten, und filmte sie. *„Die NASA gab die Bilder davon nicht frei"*, meinte Chatelain, *„es waren mit Sicherheit fremde Wesen da - aber offiziell schweigt man darüber."*

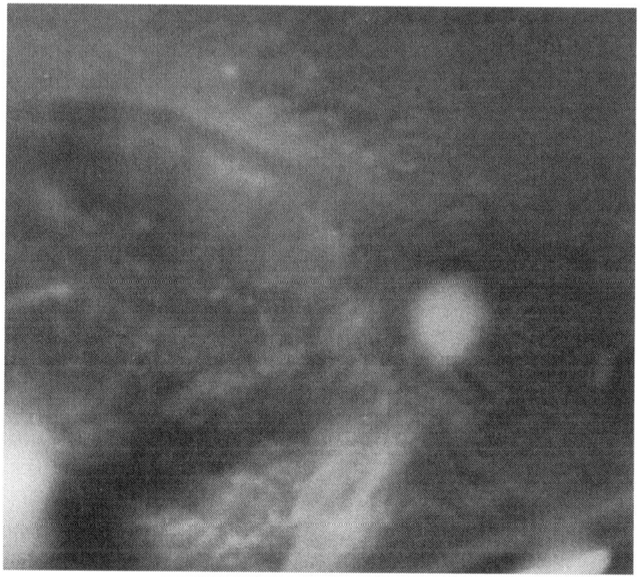

Apollo 11-Foto zweier Leuchtobjekte über einem Krater, die offenbar durch einen Lichtstrahl miteinander kommunizieren. Beachten Sie den Schatten unter dem größeren Objekt über der Kratermitte.

NASA-Sprecher John McLeaish streitet ab, daß die Weltraumbehörde Fotos, Filme oder Funksprüche unter Zensur gestellt hätte. Dabei geriet schon 1974 die japanische UFO-Gruppe CBA durch NASA-Kontakte an den Aldrin-Film. Der NASA blieb nichts anderes übrig, als seine Echtheit zu bestätigen, und gab den Film frei, natürlich nicht ohne Deutungsversuch. Von offizieller Seite her hieß es, die UFOs seien Lichtreflexe ODER Weltraummüll... ODER?

Einer der Zeugen, Astronaut Neil Armstrong, hat trotz strikter Geheimhaltung bei Besuchen in Deutschland bereits mehrmals Andeutungen über seine Erlebnisse auf dem Mond gemacht.

Apollo 12-Foto eines Leuchtobjektes über einem Astronauten

Als er 1974 Hamburg besuchte, fragte ihn der Amateurastronom Dr. A. Teichmann: *„Haben Sie erwartet, damit gerechnet oder gehofft, auf dem Mond Wesen* *anderer Planeten zu entdecken?"* Nach einigem Zögern kam die Antwort des Astronauten: *„I have not expected, but I looked for it". „Haben Sie irgendwelche unbekannten Objekte am Himmel gesehen?"* Ebenfalls zögernd: *„Yes, we have seen unknown objects...".*

Im Dezember 1980 besuchte Armstrong die amerikanische Ölfirma MARATHON, in ihrer Niederlassung im bayrischen Burghausen, wo er auch die längste Burg Deutschlands besichtigte. In den nächsten Tagen, so teilte mir eine Burghausener Korrespondentin mit, kursierten Gerüchte, nach denen Armstrong MARATHON-Mitarbeitern von einer UFO-Landung auf dem Mond erzählt hätte. Er hätte damals den ganzen Vorfall gefilmt und sei auch sehr beeindruckt gewesen, hätte aber nichts veröffentlichen dürfen.

Am 29. Mai 1988 erhielt der amerikanische UFO-Forscher und Ex-UNO-Mitarbeiter Major Colman Von Keviczky ein Schreiben von einem *„Informanten aus erster Hand, einem engen Vertrauten von Astronaut Armstrong".* VonKeviczky hat sich verpflichtet, den Namen seiner Quelle vertraulich zu behandeln, doch da ich ihn als äußerst zuverlässig kenne und er mir außerdem eine Fotokopie des Briefes überließ, besteht kein Grund, an der Glaubwürdigkeit dieser Information zu zweifeln. In dem Schreiben heißt es: *„Das ist, was Armstrong mir erzählte: Etwa auf einem Viertel des Weges zum Mond tauchten 3 UFOs hinter ihm auf... Sie fotografierten die UFOs... Sie benachrichtigten Houston. Im Mondorbit verloren sie die UFOs aus dem Blickfeld. Aber als die Landefähre hinabstieg, um in dem Krater zu landen, landeten die drei UFOs auf dem Kraterrand... Houston sagte Armstrong, er solle aus 3 Gründen nicht raus auf den Mond gehen.*

1. Weil er der Kommandant war.

2. Aus Furcht vor den Außerirdischen, nicht wissend, wie sie reagieren würden.

3. Er war kein Militär.

Armstrong widersetzte sich der Anweisung und stieg aus. Deswegen wurde er später gezwungen, das Raumfahrtprogramm zu verlassen. Damals entstanden Fotos und Filme der UFOs. Der Durchmesser der Objekte wurde auf 18-30 Meter geschätzt."

Apollo 11-Foto eines zigarrenförmigen Leuchtobjektes über der Mondoberfläche

Der britische Autor Timothy Good zitiert in seiner ausgezeichneten Dokumentation „JENSEITS VON TOP SECRET" ein vertrauliches Gespräch zwischen einem englischen Universitätsprofessor und Neil Armstrong, dem ein Mitarbeiter einer Abteilung der militärischen Abwehr beiwohnte. Demzufolge waren die Erfahrungen von Apollo 11 der Grund, weshalb NASA alle Pläne einer ständigen Basis auf dem Mond von einem Tag auf den anderen *„zu den Akten legte".* Er könne nicht in Details gehen, erklärte Armstrong, *„außer daß ihre Raumschiffe in ihrer Größe und Technologie den unseren weit überlegen waren - Mensch, waren die*

groß! ... und bedrohlich". Die weiteren Mondflüge hätte NASA nur noch durchgeführt, weil man damals *„in vieler Hinsicht gebunden war und auch keine Panik auf der Erde riskieren wollte. Aber verglichen mit dem, was ursprünglich geplant war, waren das nur noch kurze Ausflüge."*
Raumfahrtexperte John Schuessler erklärte dazu: *„Ich arbeite mit den Astronauten in der NASA zusammen, und habe von ihnen diese Geschichte gehört."* UFO-Forscher Leonhard Stringfield, einer der Direktoren des MUTUAL UFO NETWORK, hat schon im Sommer 1978 durch einen Wissenschaftler der Regierung von dem Apollo 11-Zwischenfall erfahren. Stringfield: *„Wenn die Regierung nur ein kleines bißchen von dem bekanntgeben würde, was auf dem Mond geschah, wäre das die Story des Jahrhunderts."*

Der deutsche Autor Michael Appel zitiert in seinem Buch „SIE WAREN NIE FORT" ein Interview, das er mit Ing. Martin Rebensburg, einem freien Mitarbeiter der NASA, geführt hatte. Appel: *„Sie erwähnten, daß bei der NASA Filme existieren, ‚bei denen die Leute vom Stuhl fallen würden', zeigte man sie in der Öffentlichkeit?" Rebensburg: „Diese Filme wurden überhaupt noch nicht öffentlich gezeigt. Der Chefreporter der NASA ... sagte mir, ihm seien Filme bekannt, von denen man nicht glauben würde, daß solche überhaupt existieren."* Jedenfalls hat schon am 12. Oktober 1966 NASA-Pressesprecher Julian Sheer der NEW YORK TIMES erklärt, die Raumfahrtbehörde behalte sich das Kontrollrecht über die APOLLO-Fernsehsendungen vor. Die Kontrolle wirke sich in einer gewissen Verspätung der sogenannten Direktübertragungen aus. Wie Timothy Good bei einem Besuch im Johnson Space Flight Center in Houston von einem NASA-Mitarbeiter, dem Raumfahrtingenieur Alan Holt, erfuhr, überprüfte der „Nationale Sicherheitsdienst" NSA alle Filme, die die Astronauten zur Erde funkten, bevor sie an die Öffentlichkeit weitergegeben wurden. Da sämtliche Parabolantennen der USA auch vom NSA genutzt werden, ist sein Zugriff ziemlich einfach. Gewiß kein Zufall ist es, daß ein ehemaliger Direktor des NSA und stellvertretender CIA-Direktor, Lew Allen, im Juni 1982 zum Leiter des „Jet Propulsion Laboratory" (JPL) der NASA in Pasadena/Kalifornien ernannt wurde. Das JPL koordiniert das unbemannte Raumflugprogramm der NASA und wertet die Aufnahmen unserer Nachbarplaneten aus, die NASA-Sonden wie Viking, Voyager oder Magellan zur Erde funken. In einem Interview gestand Allen 1986 ein, daß ein Drittel des Finanzetats von JPL vom Verteidigungsministerium zur Verfügung gestellt würde. Trotzdem gilt NASA offiziell noch immer als ZIVILE Raumfahrtbehörde.

Am 14.November 1969 um 17.22 Uhr MEZ nahm das zweite Mondabenteuer seinen Anfang, als das APOLLO 12-Raumschiff mit den drei Astronauten Charles Conrad, Richard Gordon und Alan Bean an Bord in Richtung des Erdtrabanten startete. Es begann dramatisch. Schon wenige Minuten nach dem Start funkte Kommandant Conrad zur Bodenstation, daß das Raumschiff in Licht gehüllt sei. *„Ich sehe plötzlich sehr viel Licht vor dem Fenster"*, meldete der Astronaut, *„im elektrischen Bordnetz gab es mehrere Kurzschlüsse"*. Am frühen Abend dieses Tages mußte die Bodenkontrolle bald gemerkt haben, daß etwas im Gange war. In ganz Europa beobachteten zu dieser Zeit Observatorien und Amateurastronomen zwei hellleuchtende Objekte in der Nähe der Raumschiffbahn. Eines der Objekte schien der Rakete zu folgen, während das andere voranflog und in rascher Folge blinkte. Am 15. November um 14.18 Uhr meldete dann auch die Besatzung des APOLLO-Raumschiffes an die Bodenstation in Houston:
„Seit gestern werden wir von einem anderen Flugobjekt verfolgt, das wir durch unser Fenster sehen können... Was kann das denn sein?"
„Okay, wir gehen zurück zu unserer Kontrolltafel."

„Das Objekt ist sehr hell und rollt ganz offensichtlich. Es rotiert mit 1-2 Umdrehungen pro Sekunde, oder zumindest blinkt es in dieser Zeitspanne auf. Dick wird euch sagen, welchen Stern es anpeilt."
„So wie wir diese Dinge von hier unten sehen, erhielten eure SLA-Verschalungstafeln nicht genügend Delta V - ungefähr 1 Fuß pro Sekunde - als SLA-Verschalungen müssen sie jetzt ungefähr 500 Kilometer von euch weg sein."
„Eines der Objekte - was immer sie auch sind - bricht eben aus der Bahn und verläßt uns mit großer Geschwindigkeit..."
„Es ist verdammt schwierig für uns zu sagen, was zum Teufel das gewesen sein könnte..."
„Okay, wir wollen annehmen, daß es friedlich gesinnt ist - was es auch ist..."

Als sich die Astronauten neun Tage später auf ihrem Rückweg zur Erde befanden, meldeten sie überrascht ein weiteres brilliantes, rot aufblitzendes Objekt vor dem Hintergrund der Erde. APOLLO 12: *„Jetzt ist es direkt über dem Zentrum der Erdkugel. Es leuchtet wirklich sehr hell. Dick sieht es sich durch den Feldstecher an. Es strahlt ganz schön hell. Ich kann mir nicht vorstellen, was es sein könnte."* Nach zehn Minuten verschwand das „Geisterlicht". Was sich weiter während der APOLLO 12-Mission ereignete, schildert Diplom-Ingenieur Adolf Schneider in seinem Buch „BESUCHER AUS DEM ALL":
„Auf dem Mond angekommen, hörte man Seltsames im Radio, sowohl auf dem Mond als auch in Houston. Piepende und pfeifende Geräusche und unverständliche Worte in einer unbekannten Sprache. Die einzige Erklärung dafür war, daß sie ‚aus dem anderen Raumschiff' kommen mußten. Nach der Entwicklung der Filme, die auf dem Mond aufgenommen worden waren, erkannte man einen silberglänzenden Halo, der sich scheinbar dem Astronauten Conrad angeschlossen hatte."

Es ist erstaunlich, daß diese Berichte an die Öffentlichkeit kamen. Dr. G. Henderson, ein früherer NASA-Mitarbeiter, erklärte bei einer Diskussion im Planetarium von Calgary in Kanada, daß allen Astronauten streng untersagt sei, über ihre UFO-Begegnungen zu sprechen. Einer der APOLLO 12-Astronauten hätte ihm erzählt, daß NASA im Besitz zahlreicher Fotos und Filmaufnahmen der UFOs sei, die die Crew auf dem Mond beobachtet hätte. Ein Team im Goddard Space Center sei extra damit beauftragt worden, alle Durchgaben und Bilder, die mit UFOs in Verbindung stünden, unter Zensur zu stellen. Dies entspricht dem, was der amerikanische Wissenschaftler und Nobelpreisträger Dr. Glenn Seaborg in seinem Artikel „Die Unbekannten des Mondes" schrieb:
„Verschiedene Wahrnehmungen der Astronauten von APOLLO 11 und 12 deuten darauf hin, daß ... auf dem Mond schon andere, nicht irdische Besucher gelandet sind. Einige bis heute nicht veröffentlichte Fotos, die von APOLLO 11 gemacht worden sind, zeigen an verschiedenen Stellen des Mondes deutliche Spuren, deren Begrenzungslinien außerordentlich scharf verlaufen. Möglicherweise haben sich dort schon früher einmal andere Fahrzeuge niedergelassen und den Mond als Relaisstation benutzt."

Die Erforschung eines sehr wahrscheinlich von Menschenhand geschaffenen Gebildes auf dem Mond war ein Teil der Mission von APOLLO 15. *„Unser Landeplatz wurde so ausgewählt, daß es uns möglich sein sollte, eine 140 Meter hohe, dünne Pyramide zu untersuchen, die aus einem Material bestand, das eine andere Farbe als die Umgebung hatte"*, erklärte der US-Zeitschrift „SAGA" zufolge APOLLO 15-Astronaut James Irwin, *„aber wir hatten Schwierigkeiten mit der Landung und glitten einige Kilometer über die Mondoberfläche, ehe wir einen geeigneten und kraterfreien Platz fanden. Als wir dann endlich gelandet waren, merkten wir, daß wir uns viel zu weit von dem fragli-*

chen Gebiet entfernt hatten. Außerdem mußte das ‚Ding' genau hinter dem Mount Hadley sein, so daß wir es nicht sehen konnten." Der ursprüngliche Plan, dennoch mit dem Mondrover in Richtung der Pyramide zu fahren, schlug letztendlich auch fehl, da nach den durchgeführten Versuchen der Vorrat an Sauerstoff so gut wie verbraucht war. *„Es war die größte Enttäuschung, die wir während der ganzen Fahrt hatten"*, meinte Irwin. Trotzdem stießen die APOLLO 15-Astronauten laut „SAGA" auf rätselhafte Spuren.
1. August 1971:
Irwin: *„Hey, schau Dir diesen weißgefärbten Berg an. Es sieht aus wie eine weiße Maserung an der Spitze des anderen Berges."*
Scott: *„Ja, schau Dir das an. Es ist ein dunkelgrauer Berg, aber er sieht tatsächlich wie ein Pentagramm aus - mit einer kleinen grauen und weißen Änderung an der Spitze. Das Pentagramm mißt 15 Zentimeter im Durchmesser und ist 10 oder 12 Zentimeter hoch. An der Spitze befindet sich ein weiteres, winkelförmiges, 5 oder 7 Zentimeter ... mit einem Licht zum mittleren Graugestein. Es steht wirklich heraus. Es ist erstaunlich." ...*
Scott: *„... die Pfeilspitze verläuft wirklich von Ost nach West."*
Bodenkontrolle: *„Roger, wir notieren das."*
Irwin: *„Spuren hier auf dem Abhang, den wir herunterlaufen."*
Bodenkontrolle: *„Verfolgt die Spuren, hey."*
Irwin: *„Wir sind dabei ... wir wissen, daß das ein ganz schöner Marsch ist. Wir führen 320, treffen 350 im Gebiet gegen 413 ... Ich komme nicht über diese Hügelketten, die sich schichtweise am Mount Hadley überlagern."*
Scott: *„Ich schaff's auch nicht. Aber das ist wirklich eindrucksvoll."*
Irwin: *„Sie sehen wirklich bewundernswert aus."*
Scott: *„Man kann schon direkt von Organisation sprechen."*
Irwin: *„Dies Gefüge besitzt den schematischsten Aufbau, den ich je gesehen habe."*
Scott: *„Es ist so einheitlich in der Breite."*
Irwin: *„So etwas haben wir vorher noch nie gesehen. Man erkennt die gleichförmigen Schichten vom obersten Ende dieser Spuren bis zum Boden."*
Wieder an Bord, berichteten sie: *„Okay, Gordy, jetzt will ich Dir erzählen, was wir um unsere Landefähre herum sahen: Als wir 10 Meter nach draußen gegangen waren, sahen wir, daß dort einige Objekte, weiße Dinger, herumflogen. Sie schienen heranzukommen."*

Als die APOLLO 16-Astronauten Duke, Mattingly und Young auf dem Landeanflug über den Mond glitten, bemerkten sie ein blitzendes Licht. Als Mattingly dies der Auftragskontrolle meldete, benutzte er erstmals ein merkwürdiges Codewort - „Annbell" - das vielleicht für „künstliches Objekt" steht: *„... noch ein anderer merkwürdiger Anblick dort drüben. Es sieht aus - ein blitzendes Licht - ich glaube, es ist ein Annbell."*
Am 22. April 1972, während einer Expedition, erreichte die folgende Beschreibung der Astronauten die Bodenstation in Houston/Texas: *Duke: „... die Szenerie auf der Spitze der Stone Mountains - du müßtest hier sein und es sehen, um es glauben zu können - diese Kuppeln sind unglaublich."*
Bodenkontrolle: „Okay, kannst Du mal einen Blick zu dem dunstigen Gebiet dort herüberwerfen und sagen, was Du auf der Oberfläche erkennen kannst?"
Duke: *„Jenseits der Kuppeln geht die Struktur fast in die Schlucht herein ... im Nordwesten sind Tunnel ..."*
Über 200 solcher kuppelförmigen Gebilde konnten in den letzten hundert Jahren von Astronomen auf der Mondoberfläche ausgemacht werden. Sind sie fremden Ursprungs?
Als acht Monate später APOLLO 17 den Mond erreichte, konnten die Astronauten noch vor ihrer Landung wieder das merkwürdige Licht auf dem Mond sehen - an derselben Stelle wie ihre Vorgänger. *„Hey"*,

1. Apollo 16-Foto einer leuchtenden Scheibe vor einem Kratereingang. Daneben zehn seltsame Strukturen.

2. Apollo 14-Foto von sieben Leuchtobjekten über der Mondoberfläche

3. Leuchtkugel mit Schweif gleitet über die Mondoberfläche, Apollo 16-Foto

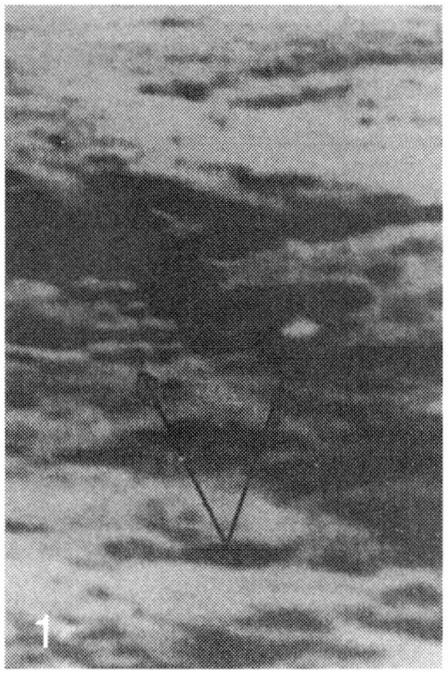

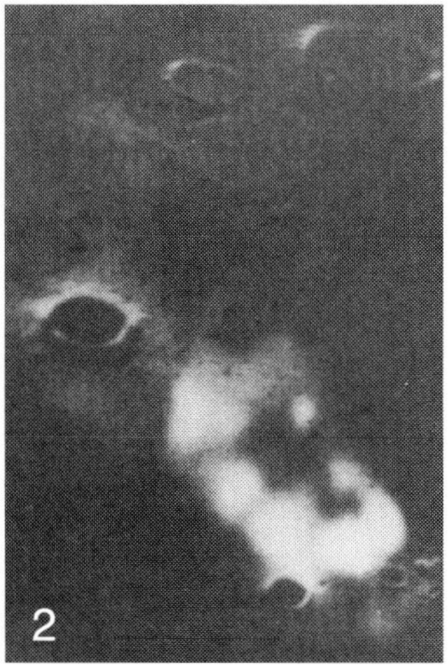

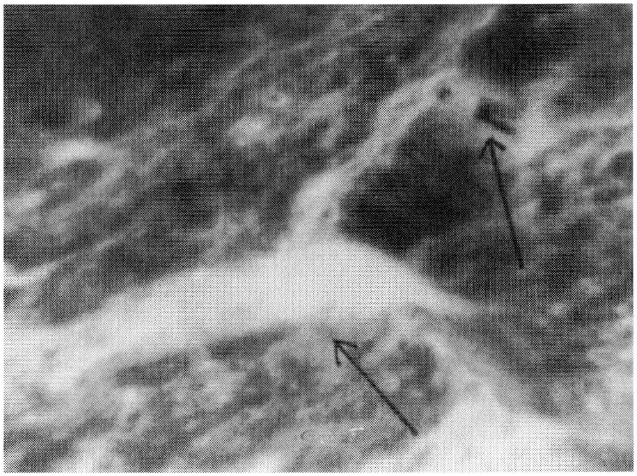

Kugelförmiges Gerät auf dem Grund des Kraters Lobachavsky produziert eine riesige Staubwolke. Oberhalb eine Kuppel oder Kugel. (Apollo 16-Foto)

rief Harrison H. Schmitt, der Pilot der Mondfähre, laut „SAGA“ damals in sein Mikrophon, *„ich sah gerade einen Lichtblitz auf der Mondoberfläche. Es war etwas nördlich vom Krater Grimaldi.“*
Am nächsten Tag, bei der 14. Umkreisung des Mondes, bemerkte sein Kollege Ronald E. Evans wieder den Lichtblitz am Ostrand des Mare Orientale:
Bodenkontrolle: *„Was beobachtet Ihr jetzt?“*
Evans: *„Heiße Stellen auf dem Mond, Jack.“*
Bodenkontrolle: *„Wo sind eure großen Anomalien?“*
Evans: *„Hey, ich kann ein großes Licht dort unten auf der Landestelle sehen.“*
Bodenkontrolle: *„Roger, sehr interessant.“*
Evans: *„Hey, jetzt ist es grau, und das eine dehnt sich aus ... wißt Ihr, Ihr würdet es nie glauben. Ich bin gerade über dem Auge des Orientale, schaue herunter, und sehe das Licht von neuem aufblitzen.“*
Nach der Landung funkte Harrison Schmitt einmal aufgeregt nach Houston:
„Ich sehe irgendwelche Fahrspuren, die rechts zum Kraterrand heraufführen.“

Am nächsten Tag kam es zu folgendem Dialog:
„Seltsam. Da ist noch so ein Block - gerade im Norden dieses Überhangs. Es ist eine Pyramide, angeordnet im Kreuz-Querschnitt. Nein, eine Dreiecksformation im Kreuz-Querschnitt, es sieht so aus, als ob es ganz schön ... es blitzt ... was sind das für Dinger, die über

uns hinwegfliegen? Was ist das? Was ist hier zersprungen? Was ist das?"
„Auf der Landefähre? Etwas durchgebrannt an...?"
„Nein, die eine, die Du verteilt hast, die Rover-Hochantenne."
„Mein Gott, sie ist zersprungen!"
„Ja, explodiert, etwas flog über uns, gerade bevor ... es ist noch ...."
„Mein Gott, ich glaube, wir sind getroffen worden von einem ... von einem ... schau Dir das Ding an! Es fliegt immer noch über unseren Köpfen!"

John Goodavage, ein amerikanischer Journalist, erklärte im US-Magazin SAGA, er habe aus geheimen NASA-Akten direkt erfahren, daß fremde Raumschiffe regelmäßig von den APOLLO-Astronauten beobachtet wurden. *„Es steht außer Frage, daß da oben etwas vorgeht." „Die Astronauten schweigen über ihre UFO-Beobachtungen, weil ihnen eingeimpft wurde, daß dies eine Angelegenheit der nationalen Sicherheit sei"*, meinte Bob Oechsler, Wissenschaftler und ehemaliger „Missionsspezialist" der NASA. *„Ich habe Fotos von UFOs gesehen, die die Astronauten gemacht haben, aber wenn sie danach gefragt wurden, weigerten sie sich stets, darüber zu sprechen."*
Die US-Illustrierte SAGA interviewte über die Mondflüge Dr. Farouk El Baz, den Chefgeologen der NASA. In diesem Gespräch, das im April 1974 erschien, kam die Rede auch auf Gerüchte um UFO-Begegnungen der Astronauten:
SAGA: *„Nun, seither schien jeder zu wissen, daß keine außerirdischen Landungen auf dem Mond stattgefunden haben..."*
El Baz: *„... oh, aber wir wissen eben nicht, ob es keine außerirdischen Landungen auf dem Mond gegeben hat. Er ist eben noch nicht so gründlich kartografiert, wie manche glauben ... wir können nicht mit Sicherheit ausschließen, daß außerirdische Objekte auf oder unter der lunaren Oberfläche operieren."*
SAGA: *„Können Sie uns etwas über die seltsamen, sogenannten geologischen Objekte oder Formationen auf oder unter der Oberfläche sagen?"*
El Baz: *„Sie meinen extraterrestrische? Nun gut, es waren nur wenige unerklärliche Objekte, aber höchst interessant sind jene ungeheuer langen Schatten, die von gewaltigen Spitztürmen geworfen und überall auf dem Mond gesehen werden. Diese Objekte sind für uns zu erregenden Anomalien geworden - riesige Schatten, die sich über Meilen erstrecken, und deren Durchmesser sich wie Nadelspitzen verringern. Einige dieser Spitztürme sind nur 25 Meter hoch, andere sind höher als die höchsten Gebäude auf der Erde - oft sogar zwei- bis dreimal höher. Sie sind in der Farbe viel heller, als das umgebende Mare- oder Lavafeld, was ihnen eine zusätzliche Aura des Geheimnisvollen verleiht. Es scheint, als ob sie aus unterschiedlichem Material konstruiert worden seien."*

Turmartige Strukturen im Gebiet des Kraters Triesnecker (NASA-Foto)

Damit spielte El Baz auf eine Aufnahme an, die von der amerikanischen Mondsonde LUNAR ORBITER II am

Lunar Orbiter-Foto von sieben konischen Strukturen auf der Mondoberfläche.

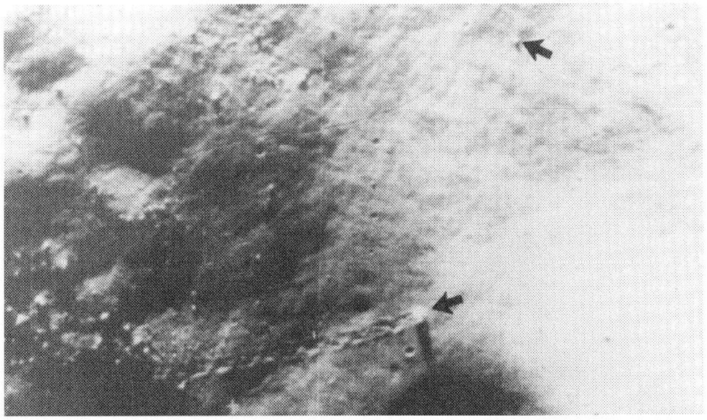

„Rolling Stones", rollende Steine nannten NASA-Experten diese beiden Objekte, die den Kraterrand heraufrollen und dabei tiefe Spuren hinterlassen. (Lunar Orbiter-Foto)

21. November 1966 gemacht wurde. Das Foto entstand aus einer Höhe von 46 Kilometern, als die Sonde über dem zentralen Hochland südlich der Arideus-Rille am Rande des Mare Tranquilitatis stand. Es zeigt acht „Obeliske" oder „Spitztürme", längliche Gebilde, die in einer rechtwinklig aufgereihten Formation stehen. Während die Amerikaner sie ratlos mit *„sehr großen Tannenbäumen"* verglichen, brachte die sowjetische Zeitung „Technik und Jugend" eine Rekonstruktion der Anlage auf ihrer Titelseite. Schätzungen ergaben, daß der größte Turm etwa die Höhe eines 15-stöckigen Hauses haben müßte.

„Wir mögen nach Gegenständen außerirdischer Besucher Ausschau halten, ohne sie zu erkennen", meinte Dr. El Baz, und so zeigen auch einige andere Aufnahmen der LUNAR ORBITER-Mondsonden rätselhafte Gebilde, die sehr gut auf fremde Besucher hindeuten könnten. Erhebliches Aufsehen erregte ein Foto der Sonde LUNAR ORBITER V vom August 1967, das bald als weiterer Beweis für die Präsenz außerirdischer Besucher auf dem Mond gewertet wurde. Im Krater Vitello entdeckte man zwei Maschinen, die den Kraterrand hinauf rollen und dabei lange Spuren hinterlassen. Die Spur der kleineren Maschine ist 400 Meter lang, die der größeren 300 Meter, und beide erinnern an Raupenspuren. Das Bild wurde kurz nach seiner ersten Publikation 1968 gleich unter Zensur gestellt, bis man die Sinnlosigkeit eines nachfolgenden Dementis einsah. Anfang der 70er Jahre gab NASA das Bild erneut frei. Offizielle Deutung seitens der amerikanischen Raumfahrtbehörde: „Rolling stones" - „rollende Steine". Man fragt sich, ob auf dem Erdtrabanten Steine bergauf rollen.

Andere - allem Anschein nach außerirdische - Maschinen entdeckte der amerikanische Schriftsteller George Leonhard auf offiziellen Mondfotos der NASA. In seinem Buch „Es ist noch jemand auf dem Mond" meint Leonhard, Spuren von Bergbautätigkeiten auf dem Erdtrabanten gefunden zu haben. An den Rändern von Meteorkratern - den logischen Fundplätzen von Meteoreisen - erkannte er zahlreiche, in der Form identische Maschinen, die aus X-förmig angeordneten

„X-Dronen" und drei kugelförmige Objekte am Rande eines Kraters auf der Mondrückseite ,Lunar Orbiter-Foto

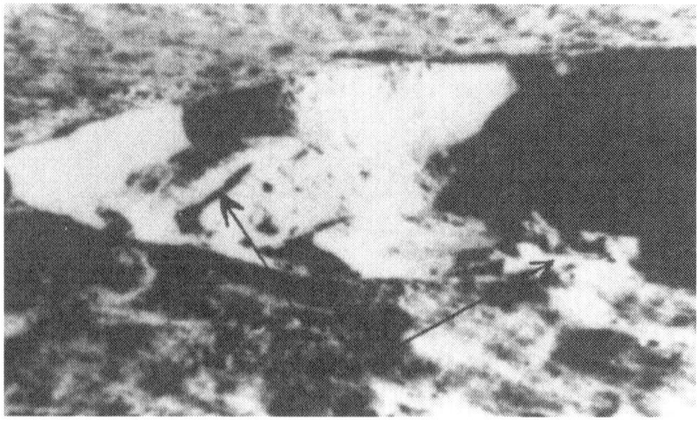

Ausschnittsvergrößerung einer Aufnahme des Kraters Kepler im Oceanus Procellarum. Fünf Kugeln stehen auf einer ovalen Plattform, aus ihrer Mitte ragt ein riesiges Teleskop diagonal in den Himmel.

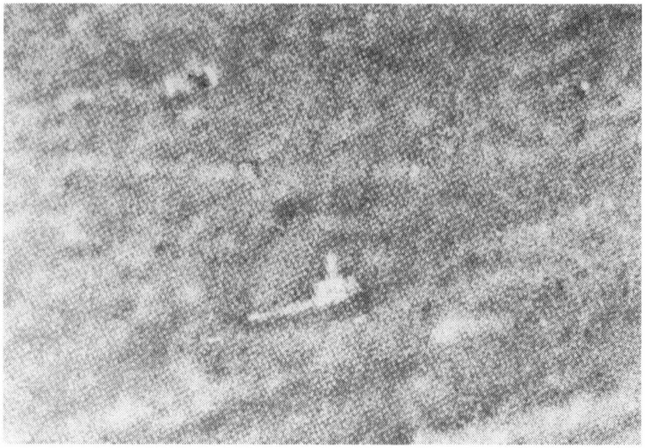

NASA-Fotos einer unnatürlichen Struktur auf der Mondrückseite

Rohren bestehen. Oft kann man an den Enden der „Rohre" Erdaufhäufungen erkennen, auf zeitlich nacheinander aufgenommenen Fotos bemerkt man Veränderungen an den Kraterrändern. Die APOLLO 8-Astronauten fotografierten einen Krater, in den mehrere Rollspuren hinunterführen, auf den Grund, auf dem einige „X-Dronen" stehen, und der zudem noch von einer Art Brücke überspannt ist. Interessant sind auch die achteckigen Krater, deren Entstehung Mondgeologen bis heute nicht erklären konnten. Bei der Reduktion von 2,5 Tonnen Eisenerz wird eine Tonne Sauerstoff (Oxygen) freigegeben, was reicht, um einen Menschen drei Jahre lang zu versorgen. Somit könnte der Mond-Bergbau nicht nur dem Ausbau der Stationen, sondern zusätzlich auch der Sauerstoffversorgung der Besatzungen dienen, glaubt Leonhard.

Die amerikanischen LUNAR ORBITERS und die APOLLO-Expeditionen haben ganz konkrete Anhaltspunkte für die Existenz solcher außerirdischer Stationen gefunden. Im Innern des Kraters Keppler wurde eine ovale Plattform fotografiert, auf der neben fünf gleichmässig angeordneten kreisrunden Bällen eine Kuppel und ein schräg emporragendes Rohr erkennbar wird. Im Mare Orientale entdeckte man auf ORBITER-Aufnahmen vier Pyramiden, eine viereckige Struktur mit zwei Ausläufern auf der Mondrückseite. In einer Ausbuch-

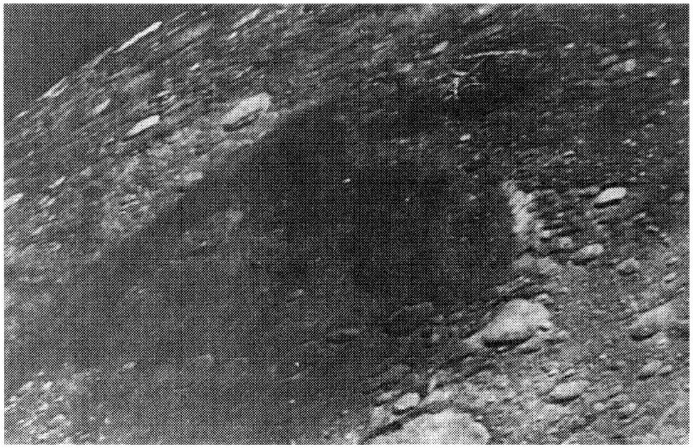

Apollo 13-Foto der „Astronauts Bay“ auf der Mondrückseite. Rechtwinklige Strukturen sind von einer doppelten, kreisrunden Mauer umgeben.

tung des Mare Moscoviense auf der verborgenen Seite des Mondes, die sinnigerweise den Namen „Astronauts bay“ trägt, sind eckige Strukturen erkennbar, umgeben von einer doppelten, kreisrunden Mauer. *„Bei genauer Betrachtung“*, so schreibt der Halveraner Schriftsteller Axel Ertelt *„läßt sich für jeden mit Verwunderung feststellen, daß hier merkwürdige, gradlinige und rechtwinklige Bodenformationen vorhanden sind, die nicht typisch für die Landschaft des Mondes sind und die mit großer Wahrscheinlichkeit auf künstlichen Ursprung zurückzuführen sind.“„Daß dort (auf dem Mond) eine Station Außerirdischer sein könnte, ist durchaus möglich“*, meinte der freie NASA-Mitarbeiter Martin Rebensburg. Und: Es gibt Theorien, nach denen die sichtbaren Spuren nur die Maulwurfshügel eines Netzes unterirdischer Mondstationen sind. Tatsache ist jedenfalls, daß seltsame Markierungen an Felsen des Mondes auf irgend etwas für uns Unbekanntes hinweisen wollen. Darunter sind Symbole wie der Dreizack und das Schlangensymbol, die auch seit Jahrtausenden auf der Erde bekannt sind. Wegmarkierungen für UFOs, die, wie Mondaufnahmen beweisen, auf dem Erdtrabanten operieren?

Auf verschiedenen Fotografien, die der Amerikaner Fred Steckling veröffentlichte, erkennt man Leuchtkugeln, die eine lange Lichtspur hinter sich lassen. Eine hochinteressante NASA-Aufnahme zeigt zwei Leuchtobjekte, die in einem achteckigen Krater mit völlig symmetrischen Rändern operieren. Während ein Flugobjekt über dem Kratergrund schwebt - deutlich erkennt man die Schatten -, ist ein kleineres auf dem Kraterrand gelandet. Beide stehen durch Lichtstrahlen miteinander in Verbindung. Ein riesiges, weiß leuchtendes Raumschiff in Zigarrenform, das über einer Kraterlandschaft hängt, ist deutlich auf einem anderen Foto zu erkennen. Das UFO wirft einen deutlichen Schatten auf den Mondboden. Anhand der Krater konnte Steckling sogar die Länge des Objektes schätzen: Etwa 2000 Meter. *„Es gibt keinen Zweifel, daß unsere Astronauten fremde Raumschiffe und deren Basen auf dem Mond entdeckt haben“*, meinte Steckling, nachdem er in der NASA-Zentrale einige tausend Mondaufnahmen durchgesehen hatte, *„aber genauso, wie auch die Wahrheit über die UFOs geheimgehalten wird, schweigt die NASA über diese Entdeckungen“.* Steckling, der diese Fotos in einer Dokumentation

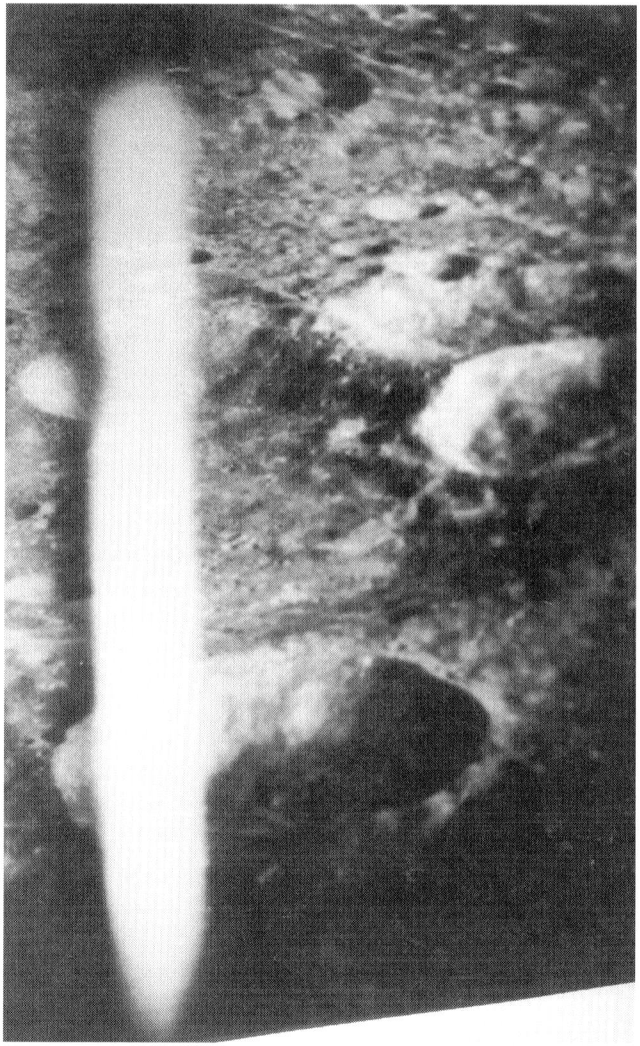

Apollo 16-Foto eines riesigen zigarrenförmigen Flugkörpers über der Mondoberfläche (Beachten Sie den Schatten!)

(„We Discovered Alien Bases on the Moon") veröffentlicht hat, ist überzeugt: *„Das APOLLO-Programm wurde nicht abgebrochen, weil die Astronauten zu wenig auf dem Mond entdeckt haben - es wurde abgebrochen, weil sie dort zu viel vorfanden."*

„Mit Sicherheit befinden sich auf der Oberfläche des Mondes und auch an verschiedenen Orten des Sonnensystems fremde Gebäude" ist der britische Weltraumwissenschaftler G.V. Förster überzeugt, *„sie warten nur darauf, von der menschlichen Rasse entdeckt zu werden"*.

Tatsächlich mutmaßte die US-Luftwaffe schon in den fünfziger Jahren, daß die Außerirdischen Basen auf dem Mond und den Planeten unseres Sonnensystems haben könnten, speziell auf unseren Nachbarplaneten Mars und Venus, aber auch auf den Monden des Jupiter und Saturn. Das würde zumindest erklären, weshalb die frühen Kontaktler - darunter auch George Adamski und Howard Menger - so vehement darauf bestanden, die Außerirdischen hätten sich als Besucher von den Planeten Venus, Mars und Saturn ausgegeben. Im Verdacht, außerirdische Raumbasen zu sein, standen jahrzehntelang die beiden Marsmonde Phobos und Daimos, von denen der Russe Prof. Kasanzew und der Amerikaner Prof. Sagan annahmen, daß sie hohl sind. Tatsächlich hat Phobos eine große, kreisrunde Kraterhöhle, die sehr gut ein Eingang sein könnte. *„Es würde mich sehr wundern, wenn Phobos nicht künstlich geschaffen wäre"*, meinte Sagan damals.

Als dann im Juli 1976 die Viking 1-Sonde der US-Raumfahrtbehörde NASA auf dem Mars landete, funkte gleichzeitig der Viking-Orbiter rund 300.000 Aufnahmen der Marsoberfläche zur Erde. Eine davon zeigt eine Struktur in der Marsregion Cydonia, die nur allzusehr an ein menschliches Gesicht erinnert. 1980 geriet das Foto in die Hände der Computerspezialisten Vincent DiPietro und Gregory Molenaar, die von dem 1500 Meter langen Gebilde so fasziniert waren, daß sie es mit Hilfe der Digital-Computertechnik und modernster Bild-Auswertungsverfahren wie Rand-

NASA-Viking-Foto der Pyramiden und des menschlichen Gesichtes in der Cydonia-Region auf dem Mars.

Hervorhebung, Verstärkung der Grauschattierungen durch Falschfarben und dem „Treppenstufeneffekt", der Abstufung der Bildelemente (Pixels), analysierten. Als sie im NASA-Bildarchiv noch eine zweite Aufnahme ausfindig machten, auf der das Marsgesicht aus einer anderen Perspektive und bei einem anderen Sonnenstand zu sehen ist, konnten sie beweisen, daß es sich hier tatsächlich um eine symmetrische, künstlich geschaffene Monumentalstruktur handelt, *„das erhabene Abbild eines menschlichen Antlitzes gegen den Hintergrund der Marslandschaft"*, wie es DiPietro formulierte. Aber dabei blieb es nicht. Denn nur 15 Kilometer von der Struktur entfernt entdeckten die beiden NASA-Wissenschaftler sechs riesige Pyramiden mit symmetrischen Außenkanten und Ecken. Ebenso wie die ägyptischen Pyramiden waren sie offenbar astronomisch ausgerichtet.

Zu diesem Zeitpunkt wurde der Wissenschaftsjournalist Richard C. Hoagland auf die Untersuchungen von DiPietro und Molenaar aufmerksam. Hoagland hatte Naturwissenschaften studiert, war Direktor des Gengras-Planetariums in West Hartford und des Hayden-Planetariums in New York City, Chefredakteur des „Star & Sky-Magazines" und Berater des Goddard Space Flight Centers der NASA gewesen. Mitte der siebziger Jahre war er wissenschaftlicher Berater für Raumfahrtsendungen der großen US-Fernsehanstalten CBS und CNN und kommentierte die Voyager-Mission der NASA vor laufender Kamera. Außerdem war er es, der zusammen mit Eric Burgess die erste interstellare Botschaft der Erde entwickelte: Die gravierte Plakette, die an der Pioneer 10-Sonde installiert wurde und mit ihr die Reise in die Bereiche jenseits unseres Sonnensystems antrat.

Für Hoagland waren die Mars-Strukturen eine architektonische „Pioneer-Plakette", eine außerirdische Botschaft an den Menschen der Erde. Und er fühlte sich berufen, sie zu entschlüsseln. In seinem Buch „THE MONUMENTS ON MARS" wies er nach, daß Pyramidenstadt und Marsgesicht nur Teile einer riesigen Anlage waren, die nach der Richtung des Sonnenaufgangs zur Sommer-Sonnenwende auf dem Mars vor 500.000 Jahren ausgerichtet ist. Weiter entdeckte er, daß die „Marsstadt" nach den Gesetzen einer harmonikalen Geometrie angelegt wurde, ähnlich wie die antiken Tempelstädte auf der Erde. Für Hoagland war diese Geometrie nicht zufällig. Vielmehr mußte sie ein Code, eine mathematische Botschaft an die Nachwelt sein, so wie er sie einst für die Pioneer-Plakette ausgeklügelt hatte. Und bald stellte sich heraus, daß nicht das Marsgesicht die wichtigste Struktur in der Cydonia-Region ist - es diente wohl eher dem Zweck, unsere Aufmerksamkeit auf die „Zeitkapsel" der Marsstrukturen zu lenken -, sondern eine fünfeckige Pyramide, dessen Spitze auf das Gesicht zeigt: Hoagland nannte sie - DiPietro und Molenaar zu Ehren - die „D&M-Pyramide".

Ihre Geometrie hatte Erol Torun von der Kartographischen Dienststelle des US-Verteidigungsministeriums entschlüsselt (der ironischerweise sein Büro im fünfeckigen Pentagon hat). Er fand nicht nur heraus,

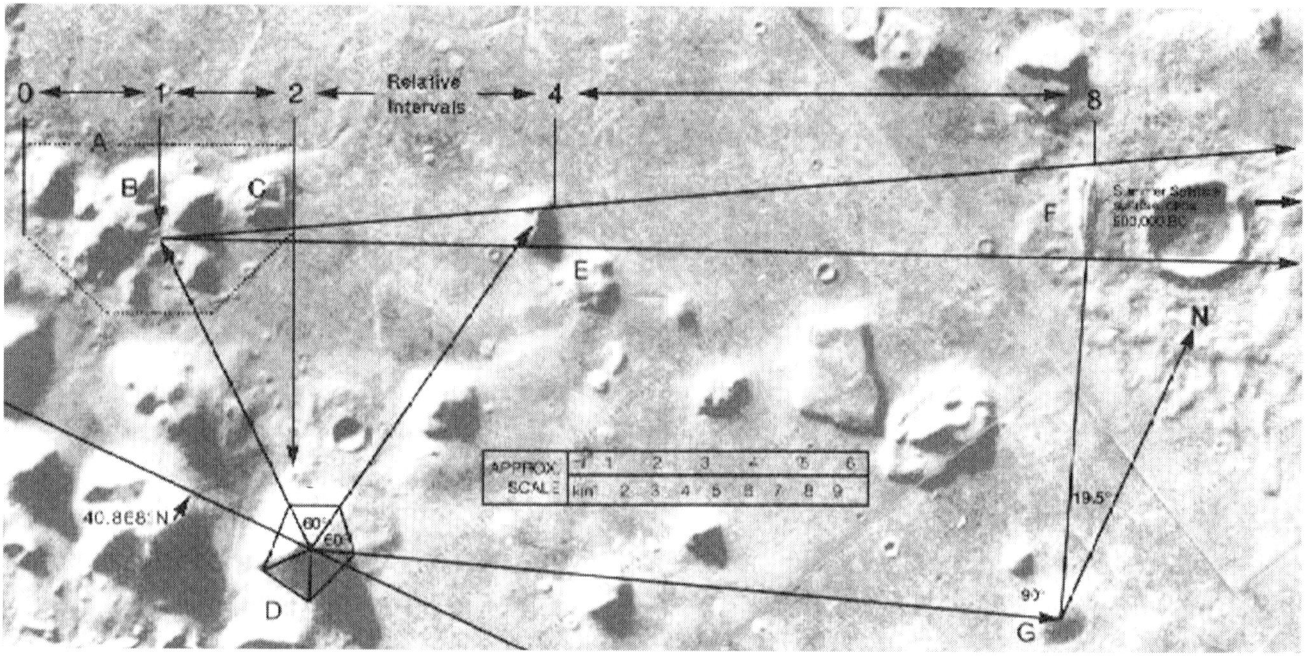

Hoaglands Modell der geometrischen Relationen der Marsstrukturen: Eine verborgene Botschaft an die Menschheit?

daß die 1.5 x 2.2 km große und fast tausend Meter hohe Struktur nach dem „Goldenen Schnitt" angelegt wurde, der in Leonardo da Vincis berühmter Figur des Menschen in einem Kreis wiedergegeben ist. Er entdeckte auch, daß die Winkel und Entfernungen und mathematischen Konstanten, die er in der D&M-Pyramide feststellte, in der ganzen Region anzutreffen sind. Diese Konstanten werden gebildet, indem zwei andere Konstanten durcheinander geteilt werden. Die eine Konstante ist e, die Basis der natürlichen Algorithmen, die andere ist pi, das Verhältnis des Umfangs durch den Durchmesser eines Kreises. E geteilt durch pi ergibt ein Verhältnis von 0.865. 0.865 ist eine trigonometrische Funktion und, unter anderem, die Bogentangente des Winkels 40.87. Nun liegt aber der Apex der D&M-Pyramide exakt auf dem Mars-Breitengrad 40.87. Das heißt: In der Pyramide ist ihre Position in ihrer internen Geometrie codiert.

Genaueren Aufschluß über die Mars-Strukturen - und eine endgültige Bestätigung ihres künstlichen Ursprungs - erhofften sich Hoagland und seine Mitstreiter durch die amerikanische „Mars Observer"-Sonde, die am 25. September 1992 - zum 500. Jahrestag der „Entdeckung" Amerikas durch Kolumbus - startete und 11 Monate später den roten Planeten erreichen sollte. Tatsächlich war der „Observer" mit einer ausgezeichneten Kamera ausgerüstet, die, entwickelt von NASA-Mitarbeiter Dr. Michael C.Malin, 50 mal schärfere Bilder als die Viking-Sonden zur Erde funken sollte. Doch dazu kam es nie. Am 21. August 1993, kurz vor dem geplanten Eintritt der Sonde in die Mars-Umlaufbahn, verstummten ihre Signale zur Erde

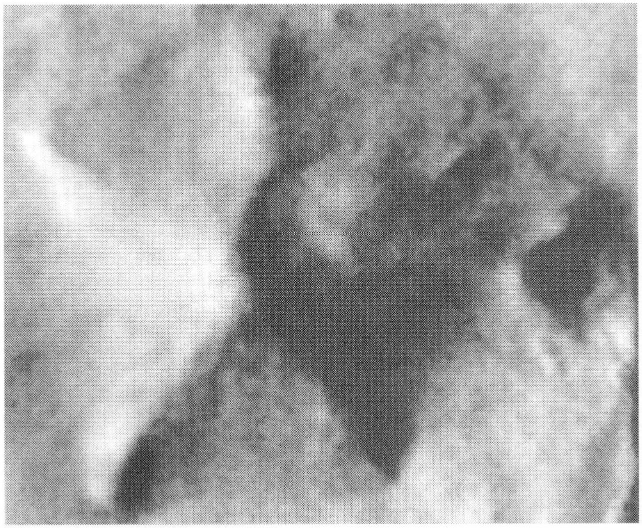

Die D&M-Pyramide, Winkel und geometrische Relationen: Schlüssel zur Weltformel?

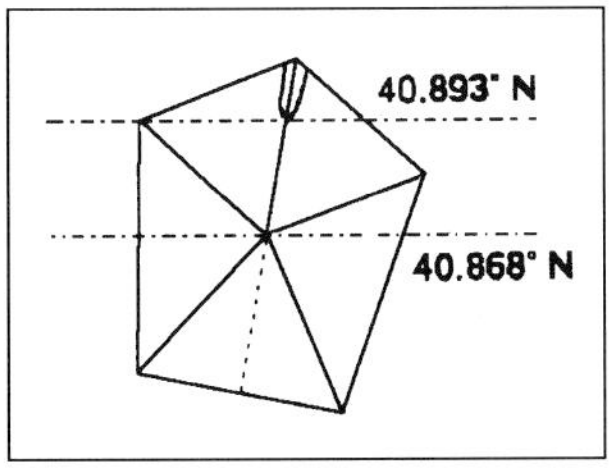

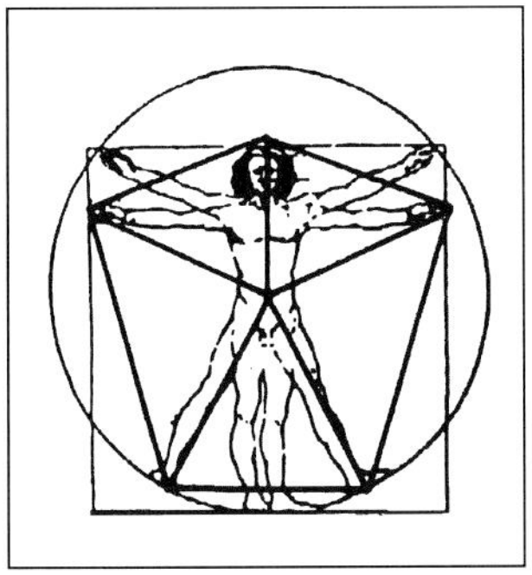

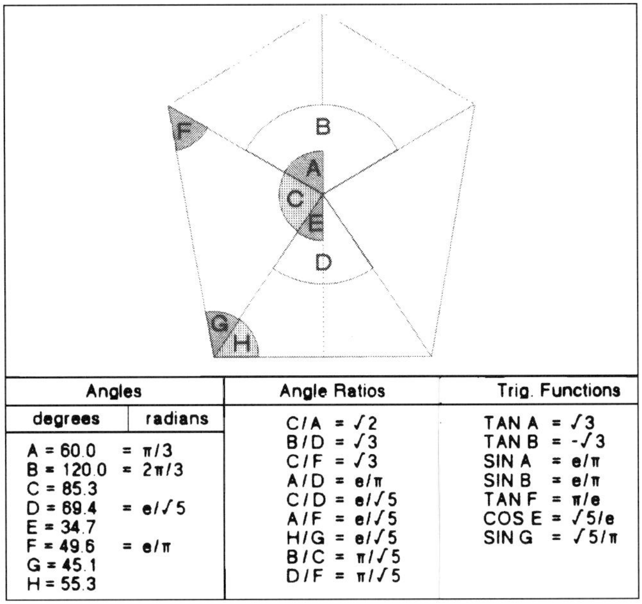

Angles (degrees)	Angles (radians)	Angle Ratios	Trig. Functions
A = 60.0	= π/3	C/A = √2	TAN A = √3
B = 120.0	= 2π/3	B/D = √3	TAN B = -√3
C = 85.3		C/F = √3	SIN A = e/π
D = 69.4	= e/√5	A/D = e/π	SIN B = e/π
E = 34.7		C/D = e/√5	TAN F = π/e
F = 49.6	= e/π	A/F = e/√5	COS E = √5/e
G = 45.1		H/G = e/√5	SIN G = √5/π
H = 55.3		B/C = π/√5	
		D/F = π/√5	

„plötzlich und unerklärlich“, wie die „New York Times“ es formulierte. NASA-Mitarbeiter sprachen sogar von einer möglichen „Explosion“, obwohl der „Observer“ keinerlei Explosivstoffe an Bord gehabt hat. Natürlich war der Vorfall sofort Nährboden für Spekulationen - bis hin zu jener, daß „jemand“, der sich bereits (wieder?) auf dem Mars befand, dort nicht „gestört“ werden wollte. So unglaublich diese These klingt, ein ähnlicher Vorfall, der sich vier Jahre zuvor ebenfalls im Marsorbit zutrug, stimmt zumindest nachdenklich...

Unter beachtlicher internationaler Beteiligung schickten die Russen 1988 zwei Sonden zum Mars, Phobos 1 und Phobos 2. Ihre Aufgabe war es, zuerst die Marsoberfläche zu fotografieren und Daten zu sammeln - um sich dann dem Marsmond Phobos zuzuwenden, der der Mission ihren Namen gab. Doch das Projekt stand unter keinem guten Stern. Phobos I schaffte es nie bis zum Mars, verschwand ebenso *„plötzlich und unerklärlich“* wie fünf Jahre später der Mars-Observer im Anflug auf den roten Planeten. Phobos 2 erreichte den Mars, trat in das Orbit um den Planeten ein und begann, Fotos seiner Oberfläche zur Erde zu funken. Auf einem Bild, das die Infrarotkamera der Sonde aufnahm - die nicht Licht und Schatten, sondern die Wärmeemissionen des Planeten fotografierte -, war ein netzartiges Muster zu sehen, als würde eine ganze Stadt unter der Planetenoberfläche liegen. Auf einem

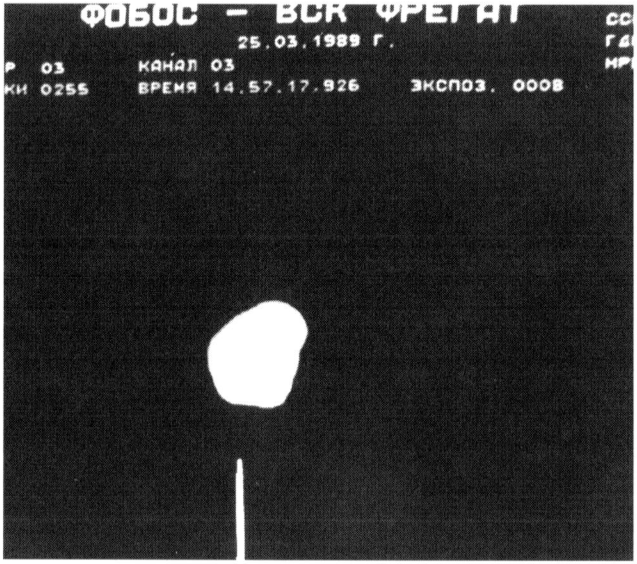

Das letzte (Infrarot-)Foto der russischen Marssonde Phobos II zeigt die Leuchtspur eines Flugobjektes.

anderen Foto erschien ein elliptischer Schatten auf der Planetenoberfläche - der Schatten von *„etwas, das nicht dort sein dürfte“*, wie die Russen damals erklärten. Zwei Tage später, am 25.3.1989, als die Sonde den Orbit verließ und den Marsmond anfliegen sollte, kam es zu einem *„plötzlichen Abbruch der Funkverbindung“*. Phobos II geriet ins Trudeln, als sei sie *„von etwas getroffen worden“* - so die Russen -, die Bildschirme wurden schwarz, die Sonde schwieg - für immer.

Lange kursierten Gerüchte darüber, was die Sonde getroffen haben könnte. Doch schließlich, im Juni 1990, besuchte die sowjetische Testpilotin und Kosmonautengattin Dr. Marina Popovich unsere „Dialog mit dem Universum“-Konferenz in München - und hatte die beiden letzten „Phobos 2“-Fotos im Handgepäck. Die beiden Infrarotbilder zeigen den Marsmond im Hintergrund - und ein längliches Objekt, das eine Leuchtspur hinterläßt und sich auf die Sonde zu bewegt.

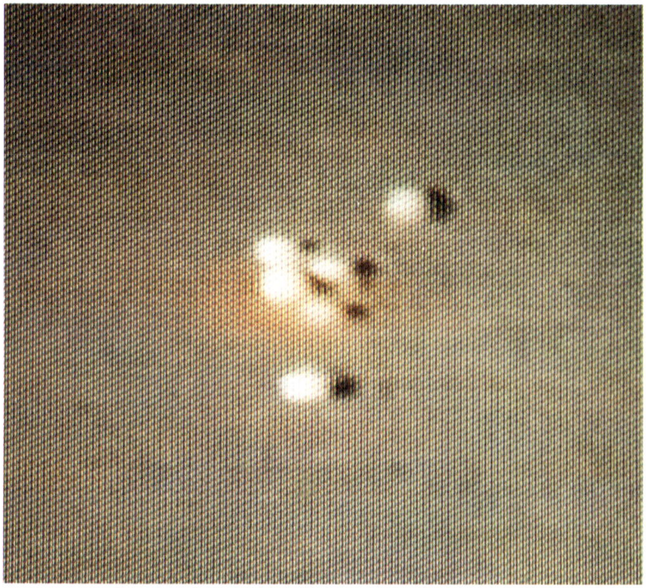

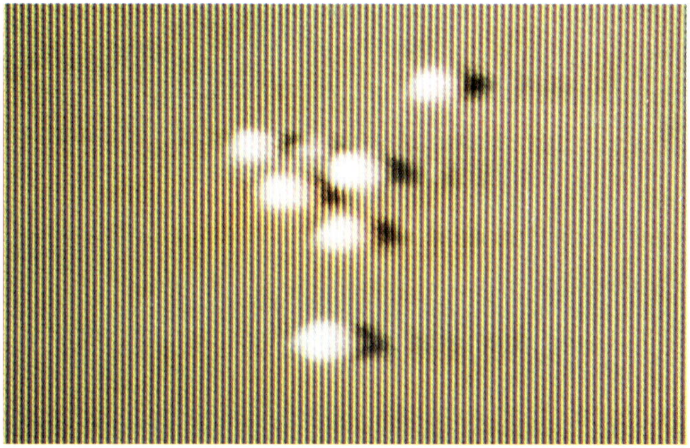

Zwei Sequenzen aus dem Videofilm der Nuklearmedizinerin Dr. Ludmilla Ivanowa, aufgenommen in Greifswald, Ex-DDR, am 24.8.1990. Deutlich erkennt man die Formation der sechs kugelförmigen Objekte. In der Mitte: Das siebte UFO erscheint.

Aus diesem Blickwinkel entstand der Film von Frau Dr. Ivanowa. Eingezeichnet: Die Positionen der beiden UFO-Pulks.

D. Menningmann mit dem Ehepaar Ivanov und weiteren Zeugen des Greifswald – Zwischenfalls.

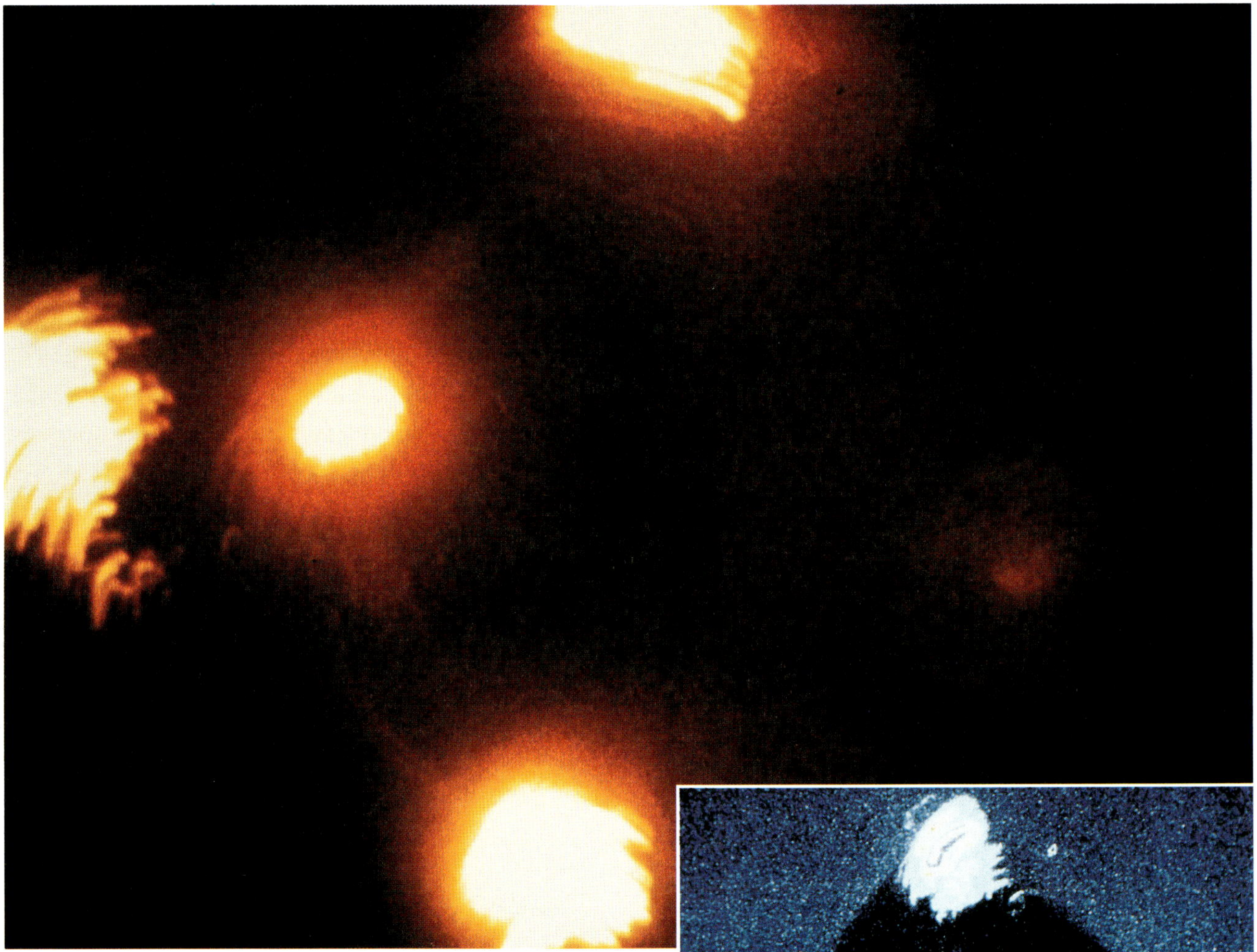

Das beste Foto des Belgien-UFOs übersandte der Zeuge „P.M." den SOBEPS-Forschern. Es entstand am 4.4.1990 in Petit Rechain, Verviers, Provinz Lüttich.

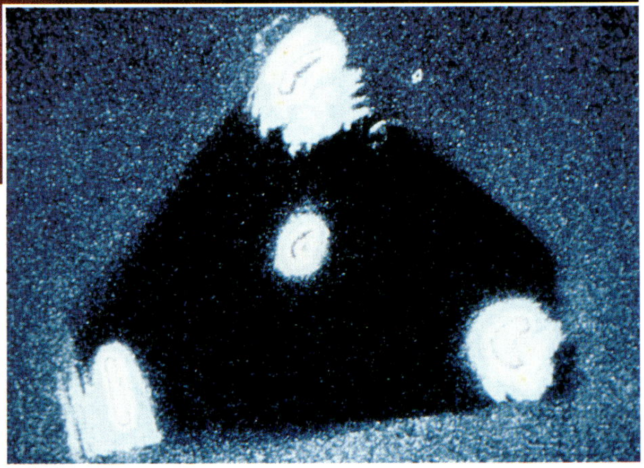

Bei der Falschfarben-Computeranalyse werden die dreieckige Grundstruktur des Objektes und die Rotation der drei Lichter erkennbar (Foto: SOBEPS)

Zeichnerische Rekonstruktion der UFO-Begegnung von Commander Graham Bethune, U.S.Navy zwischen Grönland und Neufundland, 10.2.1951

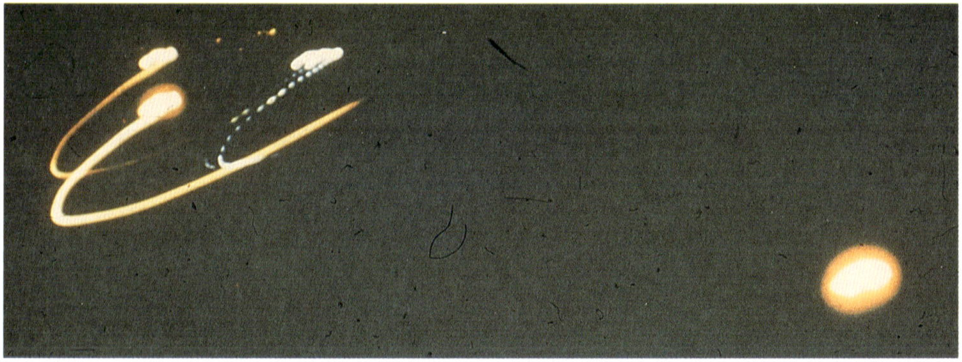

UFO-Flotte über Honolulu, Hawaii, 5.3.1956, aufgenommen von Sgt. William L. Wannall, U.S.Airforce

UFO über der Holloman-Luftwaffenbasis, 16.10.1957. Foto: Ella Fortune

UFOs über dem Kapitol in Washington D.C. - oder eine Linsenspiegelung? Diese Aufnahme ging anonym der UFO-Forschungsgruppe ICUFON zu.

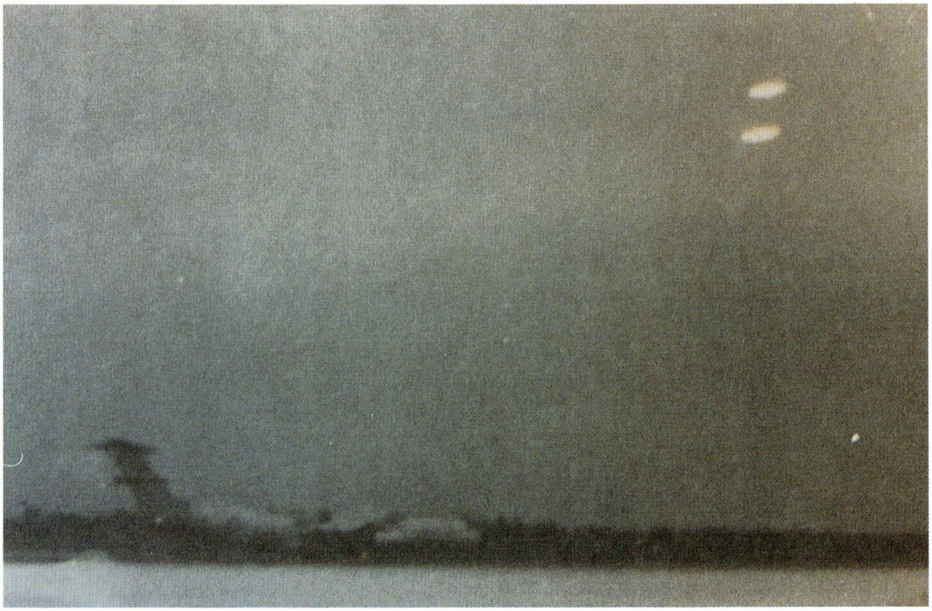

Zwei UFOs über der Westover Luftwaffenbasis, USA, 13.01.67, Foto: W. Varner, US-Luftwaffe

Offizielle UFO-Aufnahme der US-Luftwaffe, aufgenommen von H. Williams, einem C-47 Abfangjäger-Piloten im Juli 1966 über Idaho, USA

Japanischer Abfangjäger verfolgt UFO über der Hya Kuri-Luftwaffenbasis. Foto: O. Tsugaane, Jap. Luftwaffe, 10.10.1975

UFO-Flotte über einer dänischen NATO-Basis auf Grönland. Aufnahme aus dem Archiv von Major Hans C. Petersen, Dän. Luftwaffe

UFO über Viborg, Dänemark, am 17.11.1974 von H.Lauersen fotografiert. Der Vorfall wurde von Major Hans Petersen von der Dänischen Luftwaffe untersucht. Den Vaporisierungseffekt erklären Wissenschaftler dadurch, daß die Oberfläche des UFOs kühler als -180°C gewesen sein mußte. Dadurch verflüssigte sich die es umgebende Luft und floß förmlich zu Boden, was dem Objekt sein „quallenartiges“ Aussehen gab.

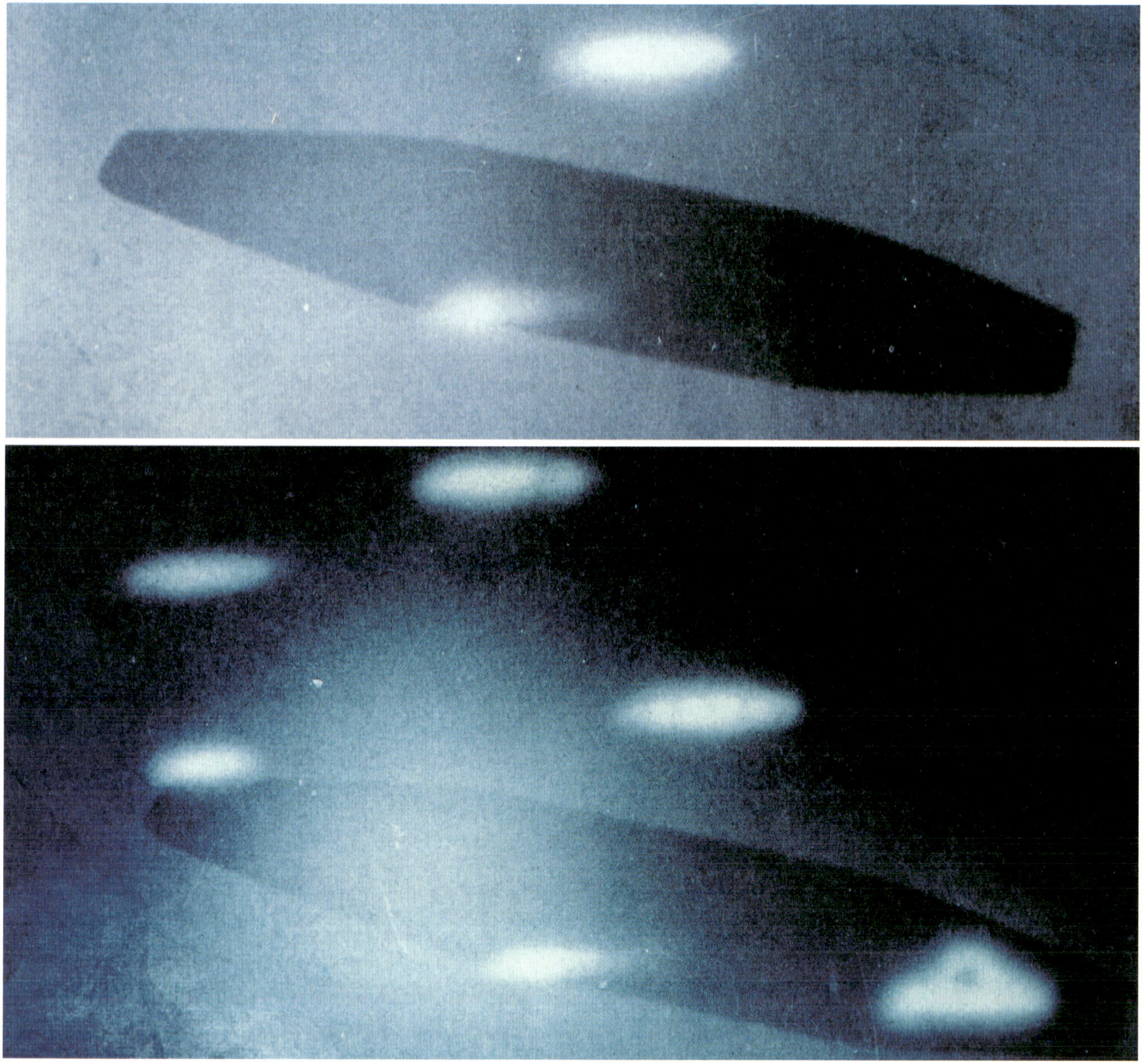

Zwei Teleskopaufnahmen eines zigarrenförmigen „Mutterschiffes“, die George Adamski am 5. März 1951 machte.

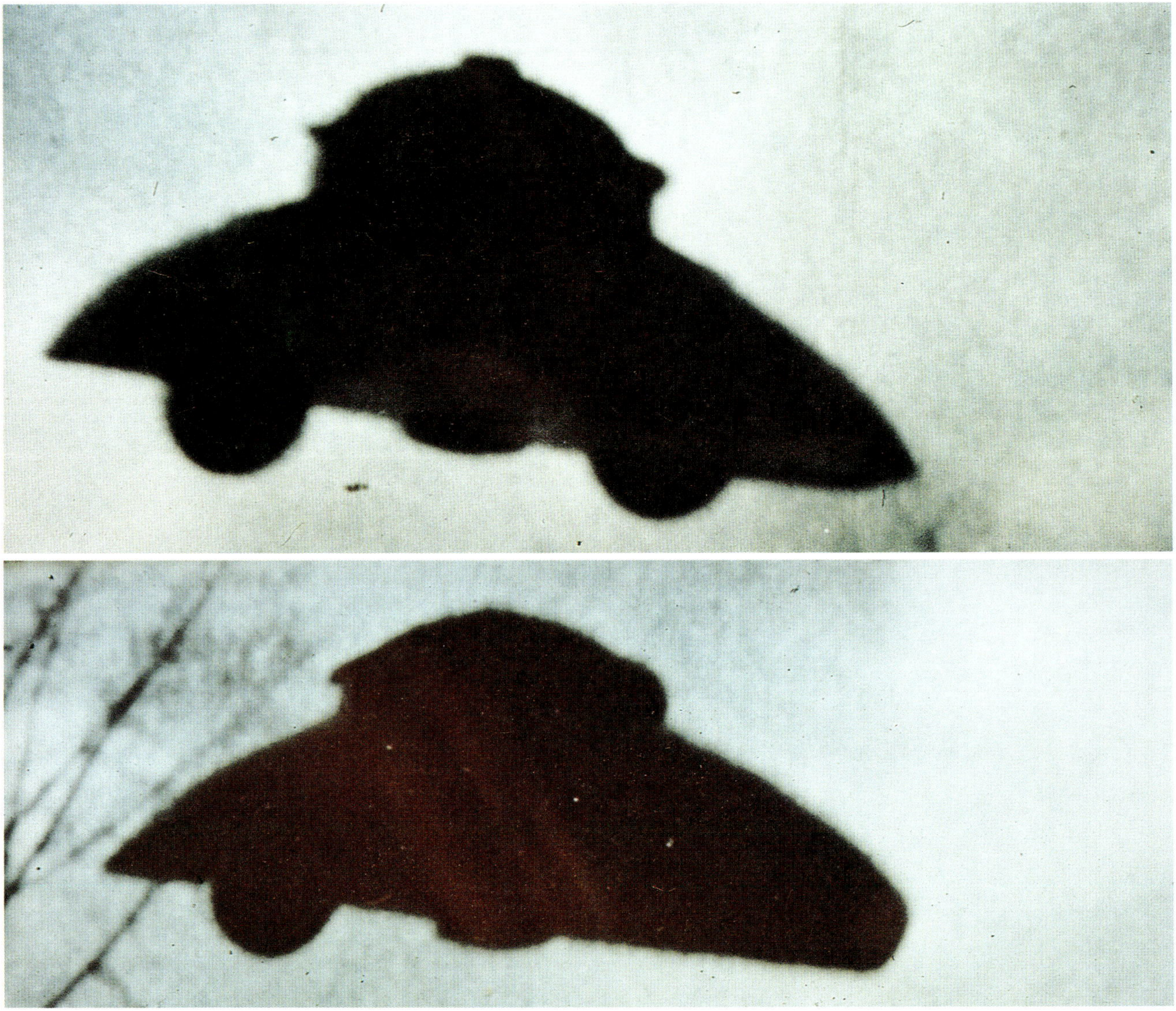

Drei Einzelbilder aus dem Film, den die US-Regierungsbeamtin Madeleine Rodeffer am 26. Februar 1965 in einem Vorort von Washington D.C. im Beisein von George Adamski aufnahm. Deutlich ekennbar verändert das UFO seine Form, ein Effeckt, der durch sein elektomagnetisches Kraftfeld verursacht wird. Bei einer Aufhellung des Bildes (rechts oben) sind deutliche Details des Objektes erkennbar.

Die Schlucht zu Füßen des Coxcomb-Gebirges nördlich von Desert Center, Kalifornien. Hier begegnete „Professor" George Adamski am 20. November 1952 einem Besucher von einer anderen Welt.

Madeleine Rodeffer im Sommer 1993 vor ihrem Haus in Silver Springs, Maryland. Von der Veranda aus entstand 1965 ihr Film.

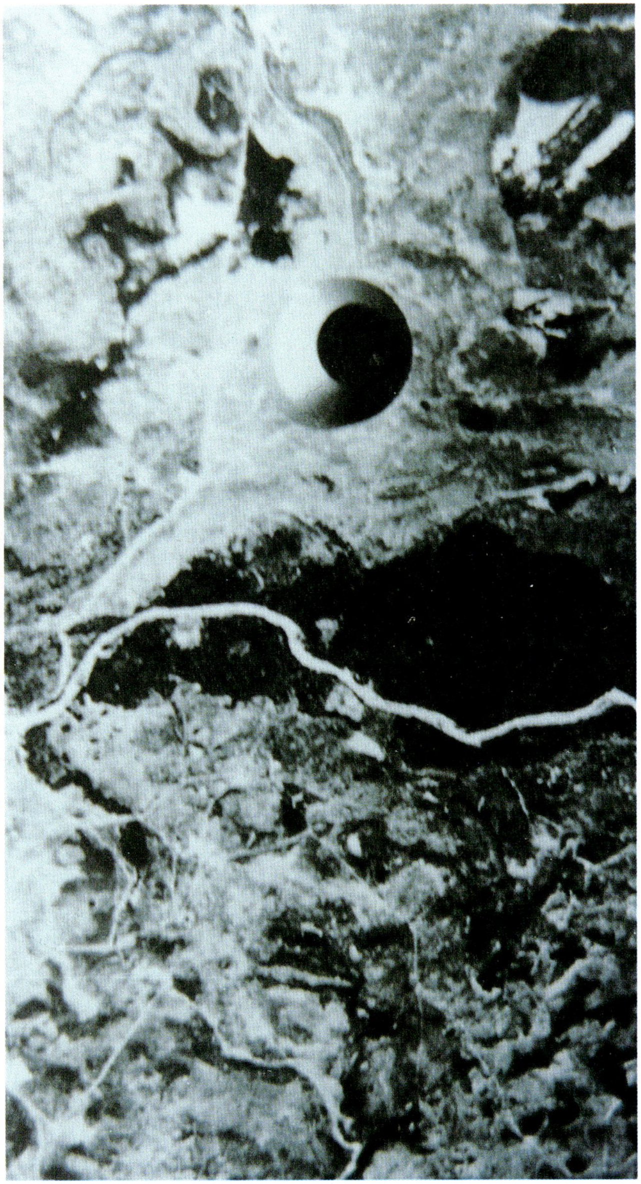

Luftbegegnung mit einem zigarrenförmigen UFO. Aufnahme des Piloten Inake Osis über Venezuela, 13.2.1968.

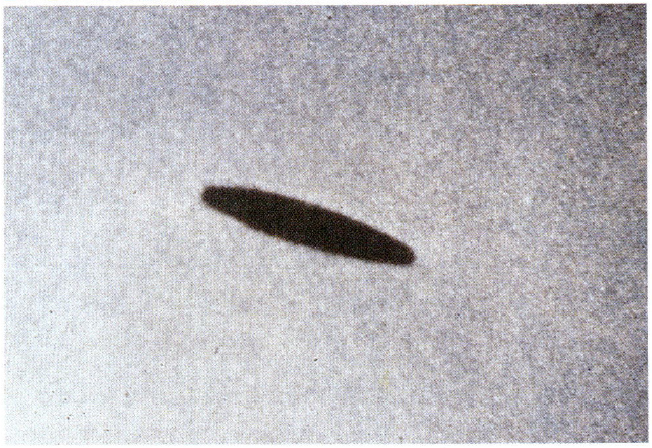

Zigarrenförmiges UFO, fotografiert am 14.09.1970 von N. Vidal über La Reia, Argentinien. Es gleicht den „Mutterschiffen“, die George Adamski aufnahm.

Sequenzen aus den 8mm-Filmen, die Howard Menger 1956/57 in Highbridge, New Jersey aufnahm

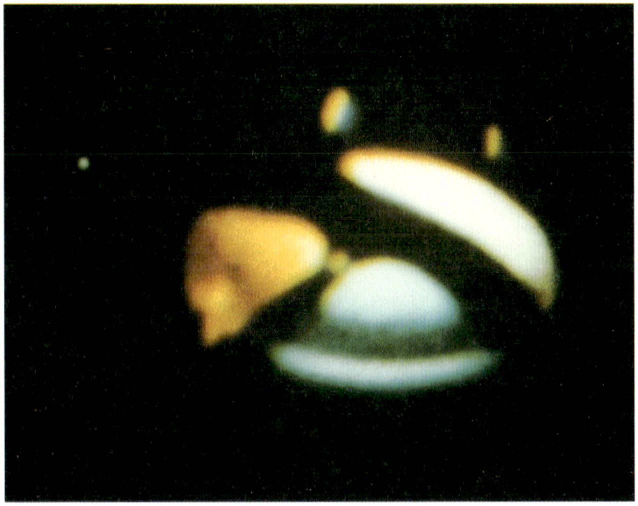

Tulsa, Oklahoma, August 1965. Während der „großen amerikanischen UFO-Welle“ nahm der 14-jährige Alan Smith dieses farbige Objekt auf. Weder eine Analyse durch die US-Luftwaffe noch ein Computergutachten von GSW fanden Hinweise auf einen Schwindel. Im Gegenteil: „Es wurde definitiv am Nachthimmel aufgenommen... ist weit von der Kamera entfernt... hinter den Lichtern verbirgt sich ein scheibenförmiger Körper von 10-13 Metern Durchmesser“, wies der GSW-Computer nach. (Ausschnittsvergrößerung)

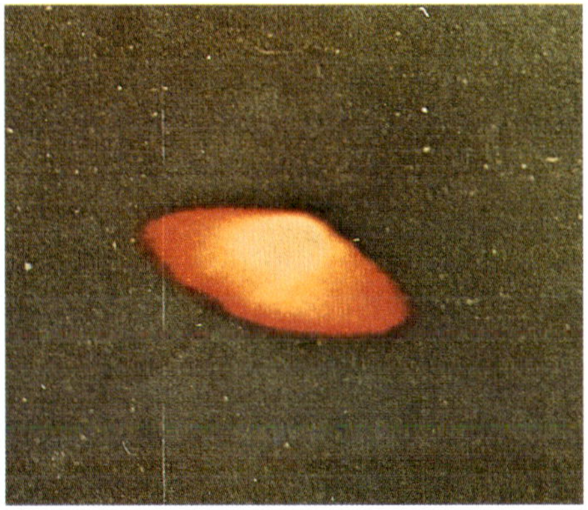

Polizeifoto eines UFOs. Im Beisein von vier Zeugen nahm Deputy Sheriff Arthur Strauch dieses Bild am 21.10.1965 bei Saint George, Minnesota auf.

Der Flugkapitän einer Maschine der VARIG-Airlines nahm Ende der 70er Jahre dieses Foto über dem Amazonasraum in Brasilien durch sein Cockpitfenster auf.

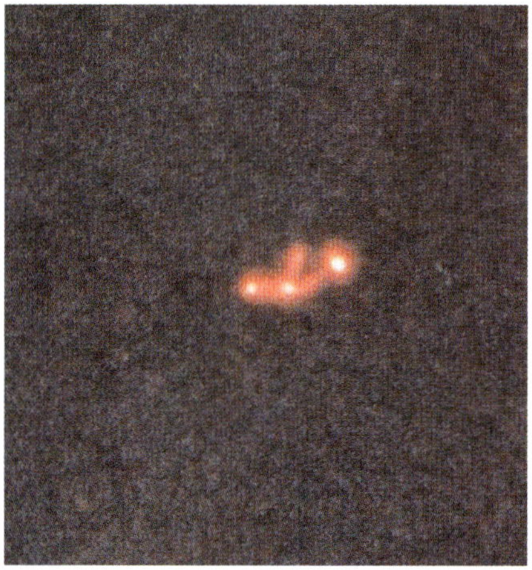

Skylab III-Foto vierer Scheiben, durch ein Kraftfeld miteinander verbunden, 1973

Einzelbild aus dem Film, den ein Australisches Channel 10-Fernsehteam 31.12.1978 über Neuseeland aufnahm.

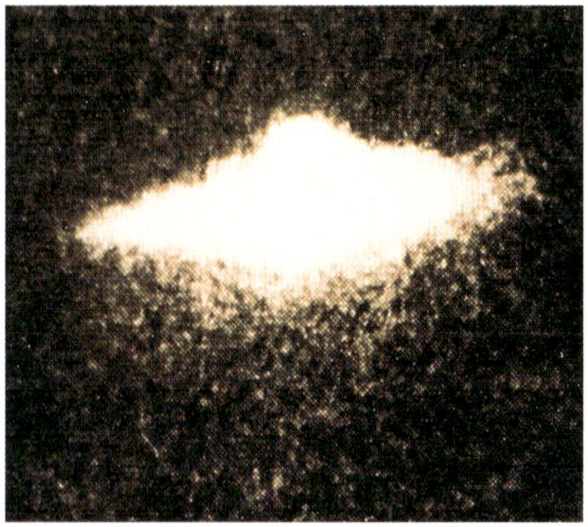

Teleskopaufnahme des argentinischen Astronomen Dr. Benito Reyna vom Observatorium San Miguel bei Buenos Aires aus dem Jahr 1966.

UFO über dem Tschad, aufgenommen von einen Wissenschaftlerteam, das am 30. Juni 1973 an Bord der Concorde aus 17.000 Metern Höhe eine Sonnenfinsternis beobachtete.

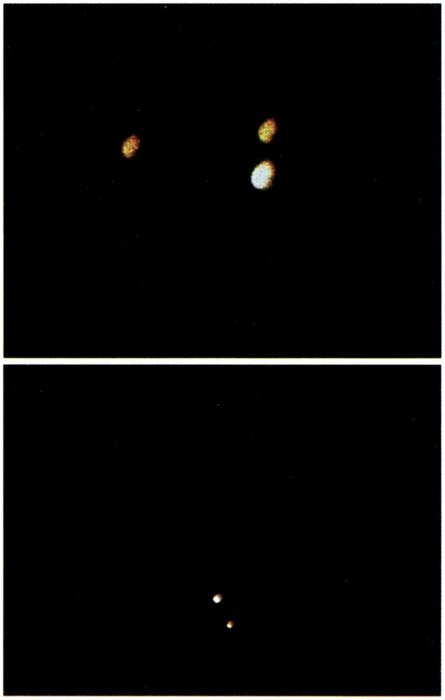

Gemini XII-Foto einer UFO-Formation, 13.11.1966

Offizielle NASA-UFO-Aufnahme: Gemini IV-Foto eines „zylindrischen Objektes“, 3. Juni 1966

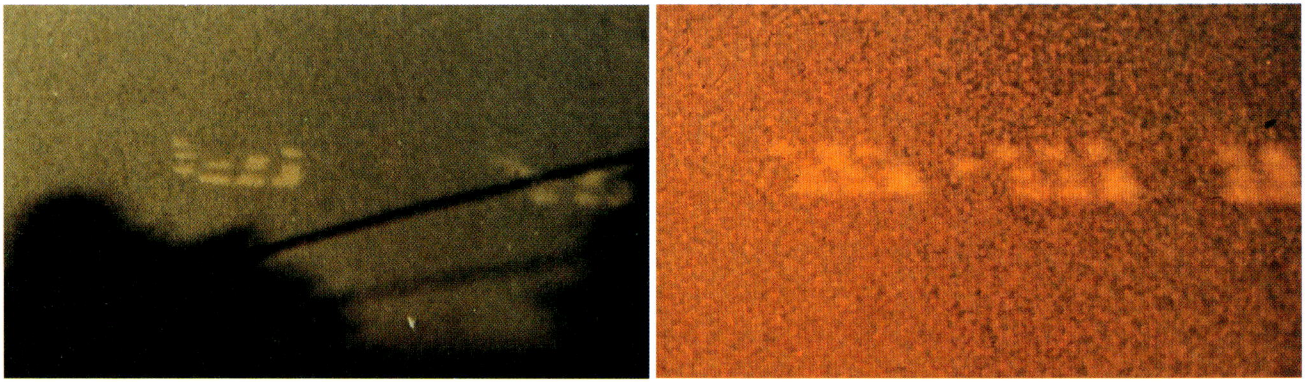

Zwei Sequenzen aus dem Film von Fred Steckling, aufgenommen aus dem fahrenden Zug am 7.9.1966 zwischen Mannheim und Darmstadt.

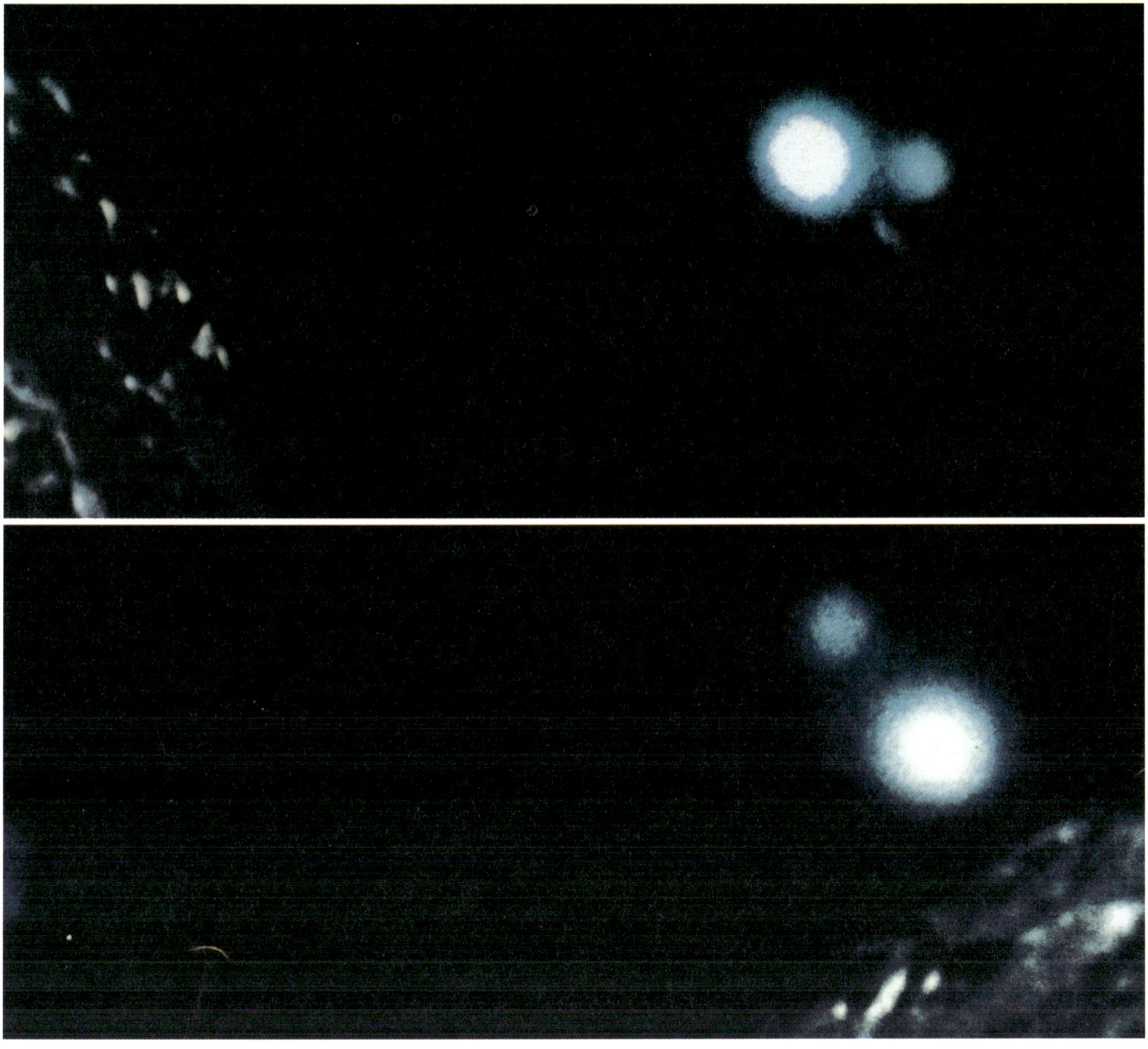

Zwei Bilder aus dem Film, den die Apollo 11-Crew am 19.7.1969, am Tag vor der historischen Mondlandung, im Mondorbit aufnahm.

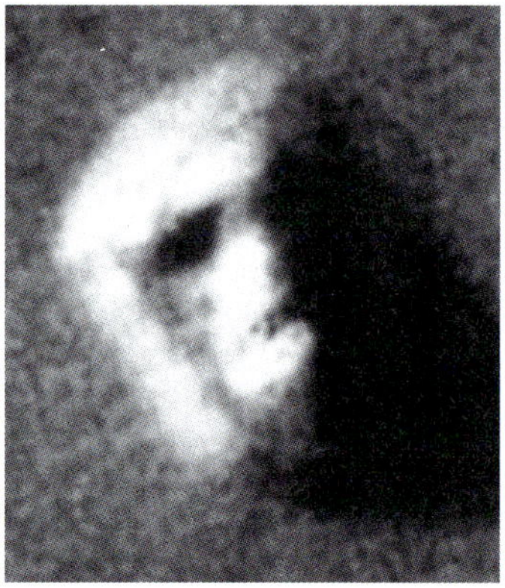

„Marsgesicht“

Haben Außerirdische Basen auf dem Mars? 1976 fotografierte die Viking-Sonde pyramidenförmige Strukturen und ein menschliches Gesicht in der Mars-Region Cydonia.

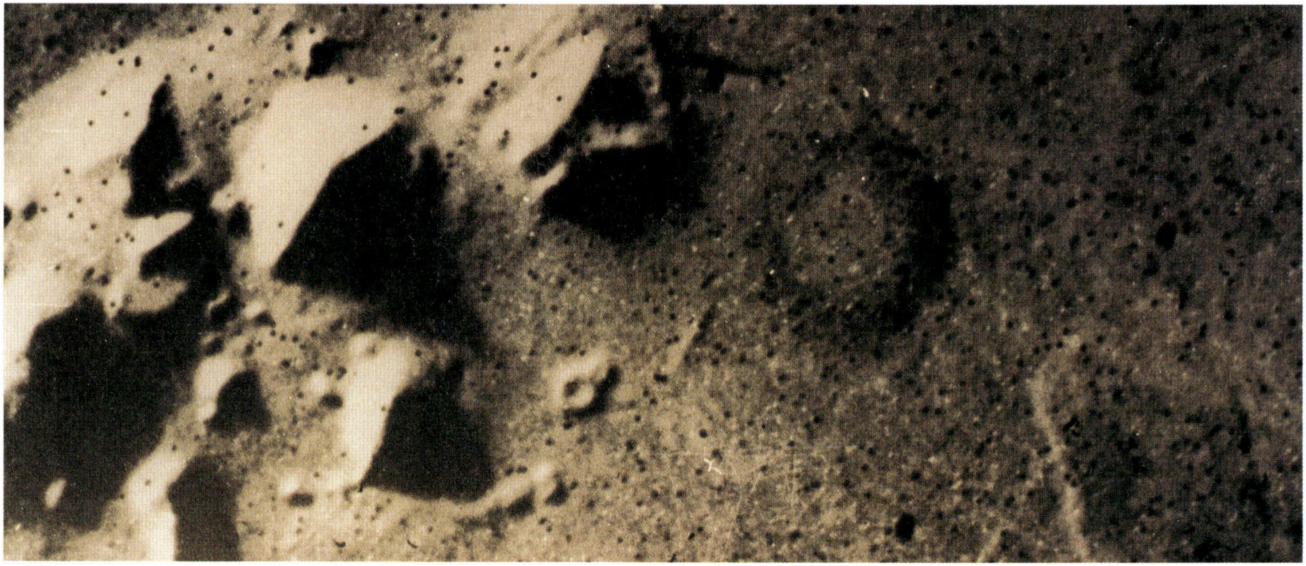

7000 Jahre alt? Felszeichnung in Fergana, Usbekistan (Foto: Archiv E.v.Däniken)

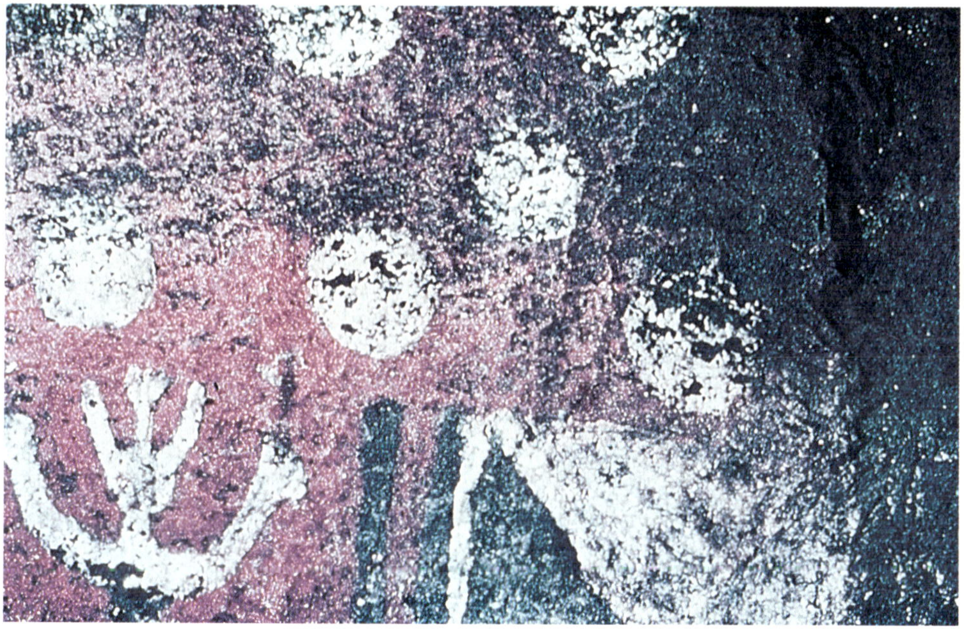

2600 Jahre alte Grabmalerei aus Yamaga bei Kumamoto in der Provinz Kyushu, Japan. In der Sprache der Eingeborenen heißt es auch „Chip San"- „Der Ort, an dem die Sonne niedersteigt".

Felsbild in Isumisaki auf Hokkaido, Japan. Es zeigt die mythische Herabkunft des Gottes Okikurumi in einer „Wiege“.

Feuriges Rad und Flügelmensch: Japanische Tuschezeichnung aus dem 9. Jahrhundert

In einem jährlichen Fest feierten die Kayapo-Indios am Rio Fresco den Besuch von „Bep Kororoti". Sein Name bedeutet, wörtlich: „Aus dem Weltraum". (Foto: Archiv E.v.Däniken)

7000 Jahre altes Felsbild, das 1966 in der Provinz Querataro in Mexiko entdeckt wurde. Deutlich erkennt man Kuppel und Luken. Zeigt es die Herabkunft eines „weißen Gottes" in seinem „Himmelsschiff"?

Gott Schamasch in seinem „Himmelsschiff“. Assyrisches Relief aus dem 9. Jh.v.Chr. aus Niniveh, heute im Britischen Museum

„Da tat sich der Himmel auf“. Alte Bibelillustration der Begegnung des Propheten Ezechiel (Archiv E.v.Däniken)

Fresko einer Klosterkirche im Kosovo aus dem 14. Jh.

Statuette von Schamasch aus Ur in Sumer, ca. 1900 v.Chr., heute im Britischen Museum. War Schamasch ein Raumfahrer?

Das älteste UFO-Regierungsdokument der Welt stammt aus dem Archiv von Pharao Thutmosis III (1483-1450). (aus der Sammlung von Prof. Alberto Tulli vom Vatikanischen Museum)

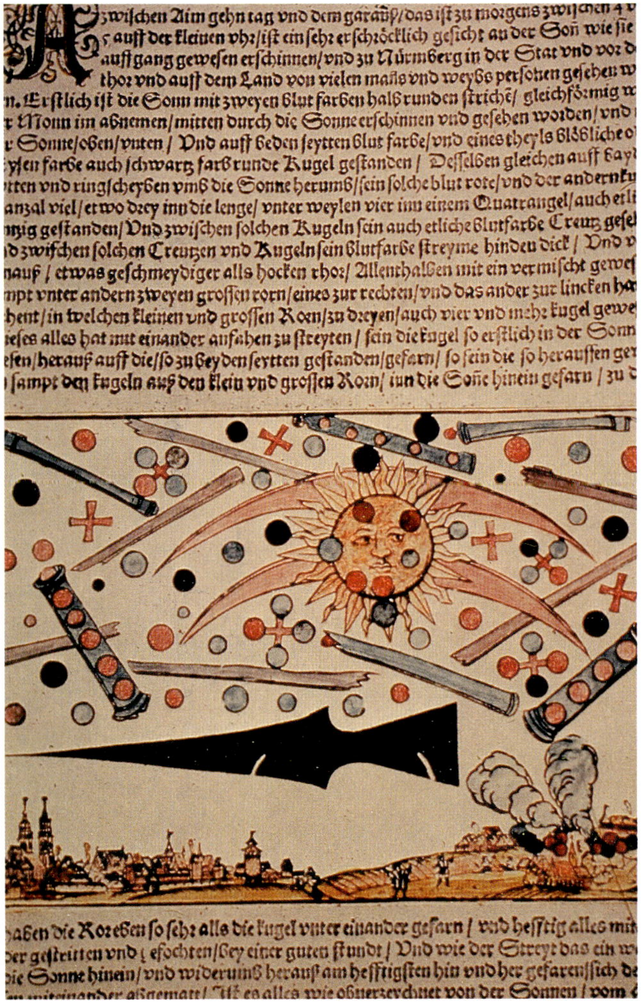

Nürnberger Flugblatt aus dem Jahre 1561 stellt dar, was Bürger der Frankenstadt beobachteten, darunter „Rohre, aus denen rote Kugeln schossen“.

Beobachten zwei UFOs die Kreuzigung Christi auf diesem Fresko einer georgischen Klosterkirche aus dem 10. Jahrhundert?

Französischer Gobelin aus dem 15. Jahrhundert stellt die Jungfrau Maria dar - und ein scheibenförmiges Objekt über einer Stadt.

UFO über der Krim, 22.9.1983

UFO über Shiraz, Iran, Juni 1978. Aufnahme des 16-jährigen lamshid Saiadipour, das am 28.6.78 von diversen iranischen Zeitungen veröffentlicht wurde und auch in die Akten des DIA (Nachrichtendienst der U.S.-Landesverteidigung) geriet.

UFO über Los Lunas, New Mexico, unweit der Manzano-Berge, einem der größten Atomwaffenarsenale der Vereinigten Staaten. Die Fotos machte Apolinar Villa am 24.9.1972.

Zeichnung des riesigen Dreieck-UFOs, das am 28.12.1988 über der Cabo Rojo im Südwesten von Puerto Rico erschien und von zwei F-14 Tomcat-Abfangjägern der US-Navy verfolgt wurde. Vor Tausenden von Zeugen „schluckte“ das Raumschiff die beiden Flugzeuge. (Zeichnung: Jim Nichols)

Testflug eines UFOs in der Wüste von Nevada. Zeichnung von Jim Nichols nach den Angaben des Nuklearphysikers Robert Lazar

Der Autor an der UFO-Absturzstelle zwischen Roswell und Corona, New Mexico. Hier entdeckte die U.S.Army Air Force am 7.Juli 1947 das Wrack eines abgestürzten Raumschiffes und seine vier Insassen - drei waren tot, einer schwer verletzt. (Insert: Zeichnung von Jim Nichols)

Lebensgroßes Modell des überlebenden „EBE" von Roswell, ausgestellt in Montreal, Kanada. Als Vorbild dienten tatsächliche Fotos aus den Geheimakten der US-Luftwaffe.

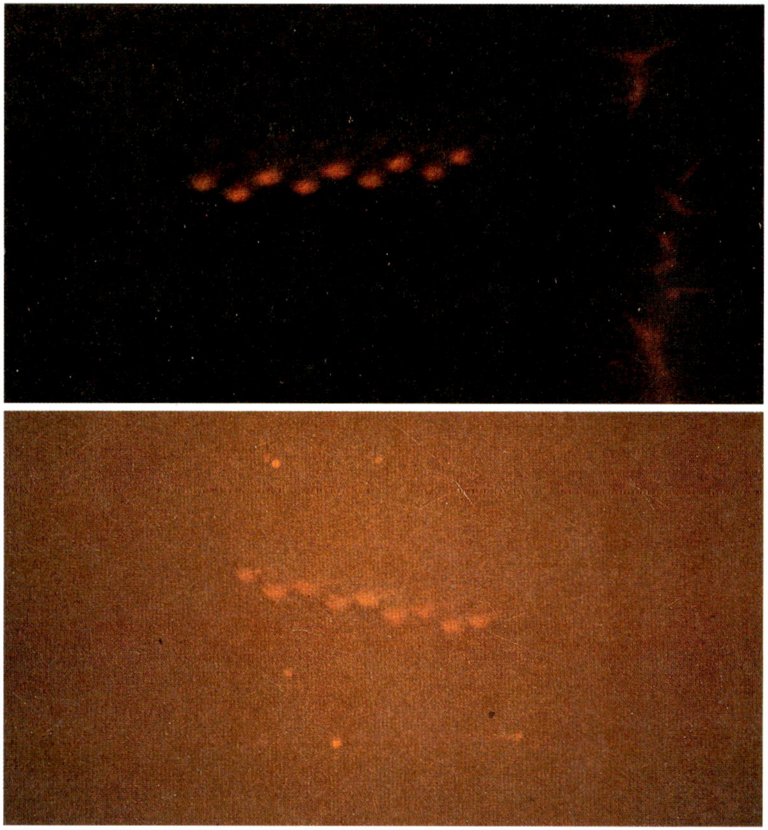

Zwei Bilder aus einem 8 mm-Film, den Martin D. am 2.8.1979 am roten Ruhrgebietshimmel über Hagen aufnahm.

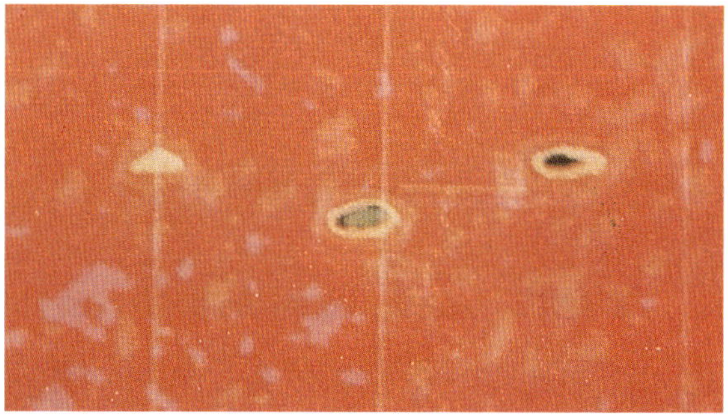

Die GSW-Computeranalyse (Color Contouring) beweist: Es sind drei Objekte in Formationsflug, mindestens 800 Meter von der Kamera entfernt.

Sequenz aus Martin D.'s 8 mm-Film vom 6.3.1980

Eines der besten deutschen UFO-Fotos: Aufgenommen am 7.3.1977 gegen 14.00 Uhr in Wedel bei Hamburg von Walter Schilling.

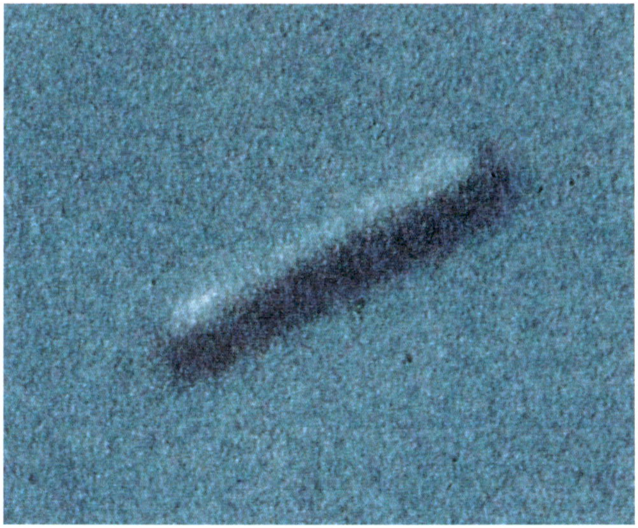

Zylindrisches UFO, am 4. Juni 1980 gegen 14.00 Uhr von Martin D. gefilmt

Martin D.'s Filmaufnahme eines phosphorisierenden zigarrenförmigen Objektes vom 19.2.1980, ca. 22.00 Uhr

Eine metallische Scheibe verfolgt Phantom-Düsenjäger über Süddeutschland. Das Foto machte Studiendirektor Dr. Karl Maier aus Keltern-Weiler am 19.9.1979 mit einer Polaroid-Kamera

Eduard Meier und ein Freund vermessen Brandspuren, die ein gelandetes „Strahlschiff" hinterließ.

Eines der besten Fotos des Kontaktlers Eduard Meier entstand am 12. Juni 1975 bei Berg-Rumlikon im Kanton Zürich. Im Vordergrund Meiers 8mm-Filmkamera, mit der er das "Strahlschiff" gleichzeitig aufnahm. Die spiegelglatte Unterseite der Scheibe reflektiert den beige-braunen Landweg zu Füßen des Hügels, auf dem sich der Fotograf befindet. Das beweist: Sie ist weit entfernt, steht tatsächlich zwischen dem Wäldchen in der unteren Bildmitte und dem Weg.

8. März 1975, Ober-Sadelegg, ZH. Fotos: Eduard Meier

3. März 1975, 17.00 Uhr, Ober-Zelg/ZH: Zwei „Strahlschiffe“ vor der untergehenden Sonne. Foto: Eduard Meier

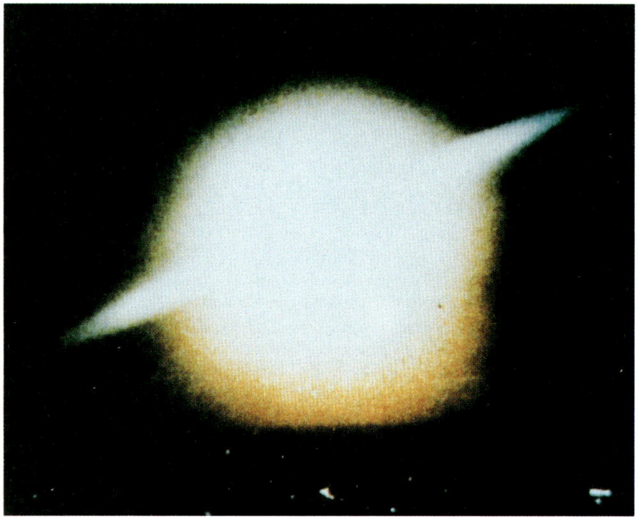

Ein Deutscher fotografierte das UFO am 22.6.76 von Maspalomas/Gran Canaria aus. Das Foto wurde von der spanischen Luftwaffe offiziell freigegeben.

Eine ähnliche Lichterscheinung wurde am 5. März 1979 von Tausenden von Teneriffa und Gran Canaria aus beobachtet und fotografiert.

Die UFO-Landung von Gran Canaria am 22.6.1976. Zeichnung nach den Angaben von Dr. Padron Leon

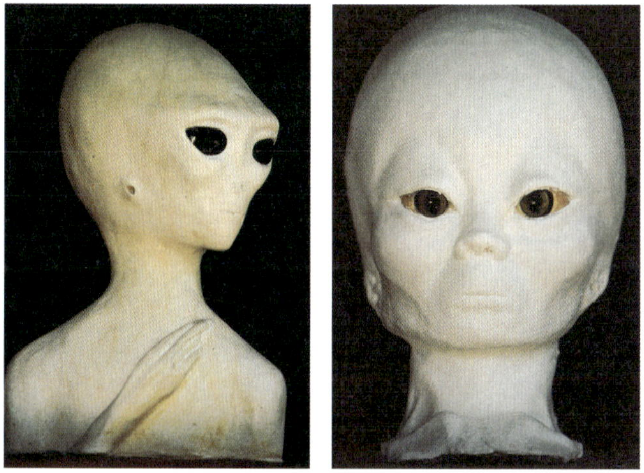

EBE-Typologie: Links „Reptiloid“ rechts „Humanoid“. Beide Köpfe wurden nach den Schilderungen von Augenzeugen angefertigt.

Blick in die unendlichen Weiten des Alls: Das Mount Palomar-Observatorium in Südkalifornien

Große Köpfe, große Augen, schmale Körper: So beschreiben Hunderte von Zeugen in aller Welt die häufigste Gruppe von Außerirdischen.

Sind wir allein im Weltall? Seit dem 12.10.1992 lauschen Dutzende elektronischer Ohren nach Signalen der Außerirdischen wie hier im National Radio Astronomy Observatory bei Magdalena, New Mexico.

15. RUSSEN LÖSEN UFO-RÄTSEL

Am 9. Oktober 1989 ging eine Meldung um die Welt, die wie so viele andere in diesem geschichtsträchtigen Jahr signalisierte, daß ein neuer Wind, ein „Wind der Veränderung", Europa und die Welt durchzog. Es war das Jahr, in dem der Eiserne Vorhang fiel, in dem Menschenmassen die starren Strukturen östlicher Diktaturen davonschwemmten, das Jahr, in dem die Dämme brachen, das Brandenburger Tor sich öffnete. Dieses Klima von „Glasnost", der neuen Offenheit, die der sowjetische Generalsekretär Michail Gorbatschow gefordert hatte, machte das Undenkbare möglich: Die amtliche sowjetische Nachrichtenagentur TASS meldete, hochoffiziell, die Landung eines UFOs:

Künstlerische Impression der Woronescher UFO-Landung von Detlev Menningmann.

„Sowjetische Wissenschaftler haben die Landung eines Unbekannten Flugobjektes in einem Park in der russischen Stadt Woronesch bestätigt. Sie haben auch die Landestelle identifiziert und Spuren von Außerirdischen gefunden, die einen kleinen Spaziergang im Park gemacht haben. Außerirdische besuchten diese Stelle mindestens dreimal, jeweils nach Einbruch der Dunkelheit, erklären Einheimische.
Woronescher Bürger sahen eine große, glänzende Kuppel über dem Park. Den Augenzeugen zufolge ist das UFO gelandet, eine Tür öffnete sich, und ein, zwei oder drei menschenähnliche Wesen und ein kleinerer Roboter kamen heraus. Die Außerirdischen waren drei oder sogar vier Meter groß, mit sehr kleinen Köpfen, sagen die Zeugen. Sie spazierten nahe der Kugel oder Scheibe und verschwanden dann darin. Die Zuschauer waren von einem Angstgefühl, das mehrere Tage angehalten hat, befallen.
‚Wir identifizierten die Landestelle mit Hilfe der Bioortung', erklärte Genrikh Silanov, Leiter des Geophysikalischen Institutes von Woronesch, in einem Interview. ‚Wir entdeckten einen Kreis von 20 Metern Durchmesser. Vier 4-5 cm tiefe Abdrücke, jeder mit einem Durchmesser von 14-16 cm, waren deutlich erkennbar und lagen an den vier Ecken eines Rhombus. Wir entdeckten zwei rätselhafte Gesteinsproben. Auf den ersten Blick sahen sie aus wie dunkler Sandstein. Aber mineralogische Analysen haben gezeigt, daß diese Substanz nirgends auf der Erde gefunden werden

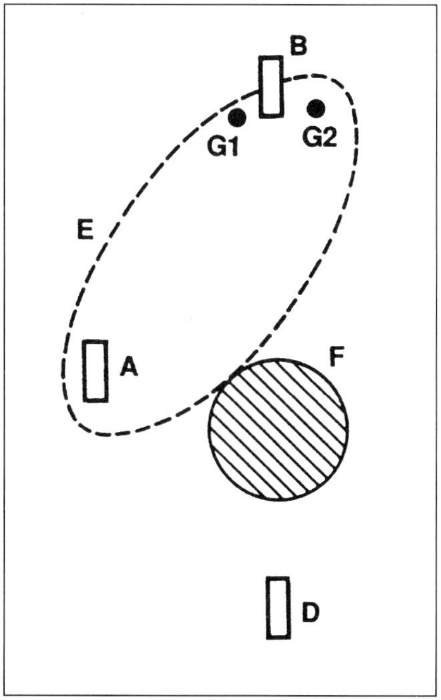

Die Landestelle von Woronesch: A-D: Rechteckige Abdrücke der Landefüße; E: Flachgelegtes Gras; F: Epizentrum, hier war die Radioaktivität doppelt so hoch wie im Umfeld; G1, G2: 40 cm tiefe, vertikale Löcher, die die Einstiegsleiter hinterließ.

kann. Allerdings sind weitere Untersuchungen erforderlich, um einen endgültigen Schluß ziehen zu können.'

Silanov bediente sich der Bioortung, um den irdischen Weg der Außerirdischen auszumachen. Die Augenzeugen wußten nichts von diesem Experiment, aber ihre Beschreibung des Weges der Außerirdischen stimmte mit den wissenschaftlichen Ergebnissen überein.

Ferner berichteten Woronescher von der Sichtung eines bananenförmigen Objektes am Himmel, das ein leuchtendes Zeichen trug", meldete TASS..

Woronesch ist eine Industriestadt mit 900.000 Einwohnern, etwa 500 km südöstlich von Moskau. Der Vorfall ereignete sich am 27. September, einem warmen Frühherbsttag, um 18.30 Uhr im Yuzhniy-Park („Südpark") an der Mendelejew-Straße im Woronescher Stadtteil Levonerezhniy. Im Park spielten zwei Schüler

Die Kinder von Woronesch: Lena Sarokina, Vasya Surin, Vova Startsev und Aliosha Nikonov

der nahegelegenen „Schule Nr.33", Vasya Surin (11) und Genya Blinov (11) Fußball, Julia Sholokhova (11) und ein paar Mädchen spielten Fangen, und an einer Haltestelle an der Straße standen etwa 20 Erwachsene, die gerade Feierabend hatten und jetzt auf den Bus warteten. Plötzlich bemerkten sie alle ein rosafarbenes Licht am Abendhimmel, aus dem eine dunkelrote Kugel hervortrat, die langsam herabstieg. Es dauerte vielleicht eine Minute, bis die zehn Meter breite Kugel in nur 15 Meter Höhe über dem Park kreiste, während ein unsichtbares Kraftfeld das Gras unter ihr niederpeitschte. Kurz darauf schoß sie davon.

Wenige Minuten später tauchte ein zweites UFO auf und stieg herab. Mittlerweile schaute jeder zum Himmel und beobachtete fasziniert und meist aus sicherer Entfernung, wie es über einer Gruppe von Pappeln schwebte, sich eine Luke öffnete, ein riesiges Wesen in einem silbernen Overall mit bronzefarbenen Stiefeln erschien und die Gegend zu begutachten schien. Das „Wesen" hatte keinen Kopf, statt dessen einen „Höcker" zwischen den Schultern, mit drei leuchtenden „Augen", von denen das mittlere hin- und herstreifte. Dann schloß sich die Luke wieder, das Objekt kam laut summend näher. Nur einen Meter über dem Boden blieb es stehen, schwebte in schwankenden Bewegungen *„wie ein fallendes Blatt"* zwischen den Bäumen und glühte hell. Schließlich fuhr es vier Landebeine aus, glitt langsam zur Erde und setzte auf. Das Objekt war oval oder eiförmig, 15 Meter lang, 5-6 Meter breit, trug an der Seite ein Zeichen, eine Art „H" mit einem Zwischenbalken wie das kyrillische „zh", und hatte Luken. Aber denen, die frontal vor seiner Spitze standen, erschien es eher als Kugel. Langsam öffnete sich eine Klappe, eine Leiter fuhr aus und heraus stiegen zwei unheimliche Gestalten.

Die eine war das 3-4 Meter große Wesen im silbernen Raumanzug, das bereits in der Luke des Objektes erschienen war, und das sich jetzt eher hölzern bewegte, wie ein Roboter. Ihm folgte ein weiterer Roboter, ein Kasten mit Armen und Beinen und leuchtenden Knöpfen auf der „Brust". Der „Riese" gab ein Geräusch von sich, woraufhin ein leuchtendes Rechteck, 70 x 120 cm groß, auf dem Boden erschien, um kurz darauf, auf ein anderes Signal hin, wieder zu verschwinden. Jetzt drückte der kleinere Roboter bei dem größeren einen Knopf, und seine Augen und drei Lichter auf seinem „Bauch" begannen zu glühen. In diesem Augenblick mußte einer der beiden Jungen, Genya, laut schreien. Der größere Roboter schaute ihn an, ohne den Kopf zu bewegen - er richtete nur sein mittleres „Auge" auf den Schüler. Licht schoß aus dem „Auge", traf den Jungen, der sich minutenlang nicht mehr bewegen konnte. Jetzt schrie die ganze Gruppe der Schaulustigen auf. Für Minuten schienen die beiden Roboter und das UFO zu verschwinden, heißt es in den Augenzeugenberichten, dann waren sie wieder da, der Riese jetzt mit einem 1,20 langen Rohr in der Hand. Das richtete er auf einen 16-jährigen Jungen, der sich am nächsten an das Raumschiff herangetraut hatte, und zum Entsetzen der Umstehenden verschwand der Teenager vor ihren Augen. Die Wesen aber drehten sich um, gingen langsam wieder die Stufen hoch in ihr Schiff zurück. Die Luke schloß sich, das Objekt erhob sich mit steigender Geschwindigkeit, kippte und schoß über ein nahegelegenes Appartementhochhaus hinweg, um schließlich am Himmel zu verschwinden. Im selben Augenblick, so besagten Berichte, tauchte der 16-jährige Junge wieder auf.

Was blieb, waren Spuren im Gras, Abdrücke der vier Landebeine an den vier Enden einer Raute, im Zentrum ein Oval flachgelegten Grases und, am „Kopfende", zwei kleinere „Löcher" dort, wo die Leiter oder Treppenrampe aufgesetzt war, ganz wie 25 Jahre zuvor im Socorro-Fall.

Der erste, der sich darum bemühte, die Landestelle von Woronesch wissenschaftlich zu untersuchen, war Professor Genrikh (Heinrich) Silanov, ein Physiker des Laboratoriums für Spektralanalyen des Geophysikalischen Institutes von Woronesch. Er vermaß die Abdrücke, von denen jeder 15 cm im Durchmesser und 4 cm tief war. *„Der Boden war hart wie Stein"*, berichtete er später, *„wir errechneten, daß das Objekt, das hier landete, mindestens 11 Tonnen gewogen haben muß."* Zudem konnte er im Zentrum der Raute eine erhöhte Radioaktivität feststellen. *„Der Durchschnittswert lag bei 10-15 Mikroröntgen/h, während wir hier um die 30-37 mr/h maßen."*

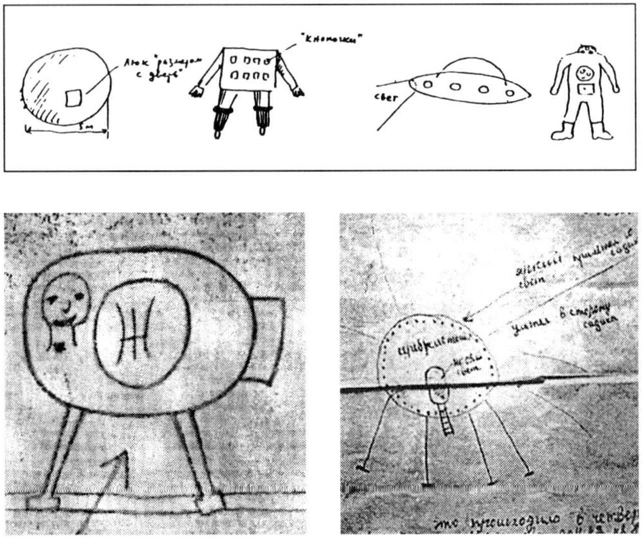

So zeichneten die Zeugen die UFOs von Woronesch

Und noch weitere Anomalien wies das Zentrum der Landestelle auf: Ein erhöhtes Magnetfeld und eine auffallender Mangel an Mikroorganismen (ein Zehntel weniger als bei Vergleichsproben aus anderen Teilen des Parks).

Währenddessen interviewte Luftfahrtingenieur Alexander Mosolov, der der Zweigstelle der lokalen „Untersuchungskommisson für anomale Phänomene“ angehörte, die Zeugen. *„Gleich am nächsten Tag begannen wir mit der Untersuchung“,* erklärte er dem französischen Astrophysiker Jacques Vallee, der ein Jahr später Woronesch besuchte, *„wir fingen mit den Schulkindern an, befragten jedes einzelne getrennt voneinander. Wir nahmen jedes Interview auf Video auf. Ihre Berichte stimmten bis ins Detail überein.“*

Auch der Bürgermeister von Woronesch interessierte sich für den Vorfall und erklärte, nachdem er mit einigen der Kinder gesprochen hatte: *„Ich habe nicht den Eindruck, daß sie sich die Geschichte ausgedacht haben. Ich glaube ihnen.“* Und Oberst Ludmilla Makarova von der lokalen Kriminalpolizei gestand ein: *„Ich weiß nicht, was hier geschehen ist und warum, aber die erhöhte Radioaktivität, die wir messen konnten, ist Beweis genug, daß sich hier etwas Ungewöhnliches zugetragen hat.“*

Tatsächlich häuften sich die Berichte von Zeugen, die das UFO bei seinem Flug über der Stadt beobachtet hatten. So wollen unbescholtene Bürger wie Valentina Agibalova, leitende Angestellte der Staatsbank, Inna Nikitina vom Kraftwerk Woronesch, Yuli Sviridov, Chefingenieur des Trans-Electro-Institutes oder Leutnant Sergei Malvryev von der Woronescher Miliz den Abflug der „rotleuchtenden Kugel“ gegen 19.00 Uhr verfolgt haben.

Ein UFO über Woronesch am 8.11.1989, Foto: A. Petrow

Doch bald kam heraus, daß der Vorfall vom 27. September 1989 nicht einmal einmalig war. Insgesamt konnten sieben verschiedene Landungen in der Zeit vom 21. September und dem 30. Oktober in Woronesch dokumentiert werden, eine davon - sie ereignete sich am 21.9. um 20.30 Uhr - war im Ablauf fast identisch mit dem Zentralereignis eine Woche später. Hier soll eine Kugel, 5 Meter im Durchmesser, vom Himmel herabgestiegen und wieder im Südpark an der Mendeleyev-Straße gelandet sein. Diesmal seien gleich zwei „Riesen" und ein Roboter ausgestiegen, erklärten die Zeugen, vier dreizehnjährige Jungen, die im Park spielten, A. Lukin, Y.Levchenko, S. Borisenko und R. Torchin. Ähnliches ereignete sich auch noch vier Wochen nach der historischen Landung. An diesem 28. Oktober schlenderten der 13-jährige Vova Startsev und seine Freunde von der Schule nach Hause, als sie eine große, pulsierende, rosafarbene Kugel sahen, die schräg über ihnen flog und auf deren Seite das „ZH"-Symbol gemalt war. *„Sie flog sehr tief, passierte die Straßenlaternen und landete"*, erkärte Vova, *„an der linken Seite hatte sie zwei Antennen. Sie fuhr vier Landebeine aus, eine Luke öffnete sich, eine Leiter fuhr aus, und zwei Wesen und ein Roboter kamen heraus. Die Außerirdischen trugen den Roboter, stellten ihn auf seine Füße und belebten ihn, wonach er gehen konnte, wie ein Mensch. Er lief auf mich zu, gefolgt von einem der Außerirdischen. Er war knapp unter 2 Meter groß und reichte mir seine Hand, als ich Angst bekam. Ich rannte davon, kletterte auf den nächsten Baum, zitterte vor Angst. Die Außerirdischen hatten große Köpfe, doppelt so groß wie unsere, und drei Augen in einer Reihe"*. Einer von Vovas Freunden, Sergei Makarov, ergänzte, daß die Wesen silberne Anzüge, silberne Westen mit silbernen Knöpfen und silberne Stiefel trugen. Ihre Hautfarbe war dunkelbraun und glatt. Aus dem Objekt schien ein blendend-helles Licht, zu grell, um Details aus seinem Inneren zu erkennen. Schließlich kehrten die Besucher in ihr Raumschiff zurück, das die Beine einzog, für einige Sekunden über der Wiese schwebte, um schließlich aufzusteigen und am Himmel zu verschwinden.

Eine weitere Landung fand auf einem Parkplatz vor dem im Bau befindlichen neuen Atomkraftwerk statt und brachte den Asphalt zum Schmelzen.

Der Zeuge einer Landung am Woronescher Flughafen, Igor Yadigin (29), behauptete sogar, die hochgewachsene Besatzung der glühenden Kugel hätte ihn durch die Projektion von Bildern vor einer drohenden Wiederholung der Tschernobyl-Katastrophe gewarnt, sollte das Kernkraftwerk Woronesch ans Netz gehen. Yagidin meldete sein Erlebnis dem lokalen KGB-Büro, das - wie ihm erklärt wurde - einen Bericht an Generalsekretär Gorbatschow schickte. Tatsächlich wurde - ob nun aufgrund der außerirdischen Warnung oder nicht - wenig später der Baustop für das Atomkraftwerk angeordnet.

Aber abgesehen davon, daß die Landungen von Woronesch zu den bestbezeugten „Begegnungen der Dritten Art" in der 47-jährigen Geschichte des Phänomens gehören, hatten sie noch aus einem anderen Grunde geradezu historischen Charakter. Vielleicht war es wirklich *„die Meldung des Jahrhunderts"*, wie die „New York Times" schrieb. Denn durch Woronesch wurde der Öffentlichkeit im Westen erstmals wirklich bewußt, daß UFOs hinter dem ehemals Eisernen Vorhang genauso häufig vorkamen wie in der westlichen Welt. Und es lenkte endlich die Aufmerksamkeit westlicher Forscher auf die sowjetische UFO-Forschung, die zu diesem Zeitpunkt alles andere als „in den Kinderschuhen" steckte.

Schon zwei Wochen nach der TASS-Meldung nahm eine fünfköpfige sowjetische Expertendelegation, darunter TASS-Vertreter Sergei Bulantsev, an der UFO-Weltkonferenz *„Dialog mit dem Universum"* in Frankfurt teil. Damit begann ein ufologischer Ost-West-Dialog, der bis heute andauert. Ihm ist es zu verdanken, daß wir heute erstmals in der Lage sind, die Geschichte der Erforschung des UFO-Phänomens in Rußland ziemlich genau zu rekonstruieren. Denn plötzlich redete man in der Ex-Sowjetunion ganz offen über Dinge, die noch wenige Jahre zuvor als strenggehütete

Staatsgeheimnisse galten. Dabei scheint es, als sei der Alptraum von Prof. J. Allen Hynek wahrgeworden, des Beraters der US-Luftwaffe in UFO-Fragen. Der nämlich hatte 1969 in einem Interview mit dem Magazin „Playboy" gestanden, daß er von einem Alptraum geplagt wurde. Er befürchtete, eines Morgens die Zeitung aufzuschlagen, und darin zu lesen: ‚Russen lösen UFO-Rätsel'. Hynek träumte nachts davon, daß die Russen eines Tages eine völlig überraschende Erklärung des UFO-Rätsels finden würden - oder, noch schlimmer, über einen ersten Kontakt mit außerirdischen Zivilisationen berichten könnten. *„Beide Nachrichten würden Amerika in seinen Grundfesten erschüttern"*, glaubte Hynek.

Alles begann im Juli 1947, in der Zeit Stalins, als der Diktator einen der führenden Wissenschaftler seines Landes in den Kreml bitten ließ. Der Wissenschaftler war Prof. Sergei Koroljew, ein Mitglied der Akademie der Wissenschaften und der „sowjetische Wernher von Braun", der Konstrukteur der Rakete, mit der der Sputnik-Satellit und später Juri Gagarin, der erste Mensch im Weltraum, ins Erdorbit gebracht wurden. Welche Bedeutung Koroljew für die sowjetische Wissenschaft hat, illustrieren nicht nur seine zahlreichen Auszeichnungen inklusive des Lenin-Ordens, sondern auch der Umstand, daß er später jahrelang Präsident der Akademie der Wissenschaften der UdSSR war. Im Kreml wurde Koroljew von einem hohen Regierungsbeamten in seine Aufgabe eingewiesen. Man habe umfangreiches Material und eine Reihe von Analysen westlicher Presseberichte vom KGB aus den USA erhalten, und Stalin würde ihn beauftragen, diese innerhalb von drei Tagen auszuwerten und dem Diktator Bericht zu erstatten. Dabei ginge es vor allem um eine Frage: Stellen die mysteriösen Objekte, um die es in den Dokumenten ging, eine Bedrohung für die Sicherheit der Sowjetunion dar? Koroljew wurde ein Büro im Kreml zugewiesen - ihm war strengstens untersagt, die Akten mit nach Hause zu nehmen - und ein Team von Übersetzern zur Seite gestellt.

Es waren Stapel von Zeitungsartikeln und seitenlange Kommentare und Berichte über Recherchen des Geheimdienstes KGB. Da ging es um die Sichtung von Kenneth Arnold, die Fotos von Rhodes und um amerikanische Spekulationen, die „fliegenden Untertassen" könnten eine sowjetische Geheimwaffe sein, was sie natürlich nicht waren. Doch der interessanteste Bericht betraf ein ganz spezielles Ereignis, den möglichen Absturz einer fliegenden Scheibe in Roswell im US-Staat New Mexico. Der war am 8. Juli 1947 erst ganz offen vom Pressesprecher der Roswell Army Air Base bekanntgegeben worden, um dann am nächsten Tag vom Kommandanten der 8. Luftwaffe in Forth Worth, Texas, Brigadegeneral Roger Ramey, wieder dementiert zu werden: Bei dem „UFO" hätte es sich bloß um einen simplen Wetterballon gehandelt.
Der KGB hielt diese Erklärung für ein Täuschungsmanöver. Die Männer der 509. Bombergruppe der 8. Luftwaffe, die das Wrack geborgen hatten, galten als die bestausgebildete Einheit der noch jungen Army Air Force und waren immer wieder zu Geheimmissionen eingesetzt worden. Sie hatten die Atombomben von Hiroshima und Nagasaki abgeworfen, flogen die neuesten Flugzeugtypen und waren gewiß in der Lage, einen simplen Wetterballon von einer „fliegenden Scheibe" zu unterscheiden.
Drei Tage später hatte sich Prof. Koroljew einen Eindruck verschafft, als er von Stalin in sein Arbeitszimmer gebeten wurde.
„Nun, zu welchen Schlußfolgerungen sind Sie gekommen", fragte der bullige Diktator. *„Ich halte es für ausgeschlossen, daß die Scheiben Geheimwaffen der USA oder irgendeines anderen Staates sind"*, antwortete der Professor, *„ich glaube nicht, daß sie eine Bedrohung für die Sowjetunion darstellen. Es gibt keinerlei Hinweise auf eine feindselige Intention. Aber ich bin*

davon überzeugt, daß sie real sind, daß ,fliegende Untertassen' existieren. Darum würde ich vorschlagen, Genosse Generalsekretär, eine wissenschaftliche Studie ins Leben zu rufen."

„Dasselbe meinten die anderen Experten, denen ich dieses Material zur Begutachtung vorlegte", erklärte Stalin und bedankte sich bei Koroljew. Später erfuhr der Professor, wer diese *„anderen Experten"* waren: Die Akademiemitglieder Prof. Mstislaw Keldysh - ein Mathematiker und Physiker- und Prof. Alexander Topchijew, zwei weitere Top-Wissenschaftler, die beide später zu Präsidenten der Akademie der Wissenschaften wurden.

Wie die USA bereits 1952 durch den Doppelagenten Juri Popov erfuhr, beauftragte Stalin den militärischen Geheimdienst GRU (Glavnoje Razvedyvatelnoje Upravlenije, Oberstes Direktorium des Nachrichtendienstes des Generalstabs), unter der geheimen Dienstanweisung UZ-11/14

„folgende dringliche Ermittlungen durchzuführen:
Handelt es sich bei den unidentifizierten Flugobjekten um
a. geheime Maschinen fremder Mächte
b. gezielte Fehlinformationen durch imperialistische Geheimdienste
c. bemannte oder unbemannte extraterrestrische Eindringlinge mit dem Ziel, die Erde zu untersuchen, oder
d. ein unbekanntes Naturphänomen?"

Zur selben Zeit wurden die ersten UFO-Berichte aus der UdSSR bekannt. Am 16. Juli 1948 befand sich der für seinen heldenhaften Einsatz im 2. Weltkrieg mehrfach ausgezeichnete Militärpilot Arkadi Apraskin auf einem Übungsflug in der Nähe des Testgeländes Kapustin Yar im Bakuntschak-Gebiet. Seine Aufgabe war es, ein neuentwickeltes Düsenflugzeug einzufliegen. Er war bereits eine halbe Stunde in der Luft und befand sich in 10.500 Meter Höhe, als er ein Objekt *„von der Form einer Gurke"* bemerkte, das Lichtkegel aussandte. Apraskin meldete seine Beobachtung dem Tower, der bestätigte, daß man es auch auf Radar geortet hätte. *„Versuchen Sie, es zu identifizieren, und fordern sie es auf, zu landen"*, lautete jetzt sein Befehl, *„Sollte es sich widersetzen, eröffnen Sie das Feuer!"*

Er war bis auf zehn Kilometer an das Objekt herangeflogen, als es einen der Lichtstrahlen direkt auf sein Cockpit richtete. Die Strahlen *„schienen sich wie ein Fächer zu öffnen"* und blendeten ihn. Im selben Moment bemerkte Apraskin einen totalen Stromausfall in seiner Kanzel, und Sekunden später setzten auch die Motoren aus. Nur seinem fliegerischen Geschick war es zu verdanken, daß der Pilot es schaffte, seine Maschine im Gleitflug sicher wieder auf dem Boden landen zu lassen. Als er sein Cockpit verließ, sah er noch, wie das Objekt in rasender Geschwindigkeit in den Wolken verschwand.

Der ausführliche Bericht, den Apraskin über den Vorfall verfaßte, ging nach Moskau. Kurz darauf traf eine Untersuchungskommission des Verteidigungsministeriums in Kapustin Yar ein, interviewte den Piloten und überprüfte sein Flugzeug. Dann schickte man ihn auf eine Basis am Polarkreis, wo man ihm den Bericht eines Kameraden zeigte, der offenbar einem identischen UFO begegnet war. Apraskins Erlebnis war tatsächlich kein Einzelfall. In den folgenden Jahren gingen Hunderte ähnlicher Berichte beim Verteidigungsministerium ein, und viele davon stammten von prominenten Piloten, Fliegerhelden der Sowjetunion. Zu ihnen zählte der berühmte Polarflieger W.I.Akkuratov, der den folgenden Bericht an den Luftfahrtsminister persönlich schickte:

„Im August 1950, als wir in Nishnije Kresti (Kolima, an der arktischen Nordküste Rußlands) die Eisschürfung durchführten, beobachteten wir, wie die Siedlung an drei Tagen und Nächten mehrfach von einer fliegenden Scheibe überflogen wurde.

Sie überquerte in südlicher Richtung den Horizont und wirkte etwas kleiner als der Vollmond. Normalerweise erschien diese Scheibe um 15.30 Uhr Ortszeit und wurde von den Einwohnern der ganzen Siedlung mit großem Interesse beobachtet. Besondere Aufmerksamkeit erregte sie bei uns Fliegern.
Nachdem wir den Vorfall nach Moskau meldeten, erhielten wir Befehl, die Scheibe bei der nächsten Gelegenheit mit unserem Flugboot „Katalin“ zu verfolgen und so gründlich wie möglich zu beobachten.
Wir stiegen bis in eine Höhe von 7000 Metern auf, die Spitzenflughöhe für die Katalin. Als wir uns der Scheibe näherten, bemerkten wir, daß sie ihre Größe nicht veränderte und ziemlich langsam von Osten nach Westen den Himmel überquerte. Sie war perlenfarben, mit blinkenden Seiten, ohne Antennen oder Auswüchse. Gegen 17.30 Uhr stieg die Scheibe weiter auf und flog nach Westen, bis sie aus unserer Sichtweite verschwand.“

Tatsächlich konnte sich die „andere Großmacht“, die Vereinigten Staaten, bald selbst davon überzeugen, daß UFO-Sichtungen in der UdSSR ebenso häufig waren wie im Westen. Im Oktober 1955 reiste der US-Senator Richard Russell (Republikaner aus Georgia) in Begleitung des Stabsoffiziers Lt.Col. Hathaway vom Verteidigungsausschuß des Senats und Ruben Efron, einem Berater des Ausschusses, auf Einladung des Kremls durch das Rote Riesenreich: Von Moskau mit der Bahn über Baku, Tblissi, Dnjeprpetrovsk in das Schwarzmeergebiet und schließlich nach Kiew, von wo aus sie ihre Fahrt Richtung Prag fortsetzten, wo sie am 12. Oktober 1955 eintrafen.
Am 4. Oktober gegen 19.10 Uhr fuhr die Senatsdelegation im Zug von Atjati nach Adzhijabul, als sie *„eine echte fliegende Untertasse“* beobachtete: Eine flache Scheibe mit zwei Lichtern am Rande einer Kuppel, die von einem im Uhrzeigersinn rotierenden Ring umgeben war, stieg langsam nahezu vertikal auf, bis sie eine

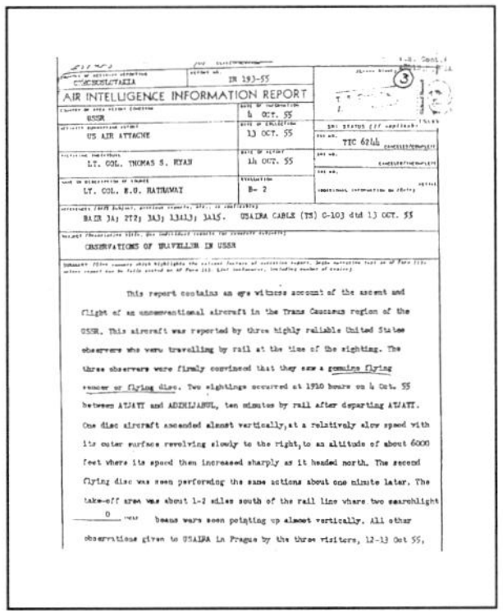
CZECHOSLOVAKIA — IR 193-55
AIR INTELLIGENCE INFORMATION REPORT
USSR — 4 OCT. 55
US AIR ATTACHE — 13 OCT. 55 — TTC 6244
LT. COL. THOMAS S. RYAN — 14 OCT. 55
LT. COL. E.U. HATHAWAY — B- 2
BAIR 3A; 2T2; 3A3; 13A13; 3A15. USAIRA CABLE (TS) C-103 dtd 13 OCT. 55
OBSERVATIONS OF TRAVELLER IN USSR

This report contains an eye witness account of the ascent and flight of an unconventional aircraft in the Trans Caucasus region of the USSR. This aircraft was reported by three highly reliable United States observers who were travelling by rail at the time of the sighting. The three observers were firmly convinced that they saw a genuine flying saucer or flying disc. Two sightings occurred at 1910 hours on 4 Oct. 55 between ATJATI and ADZHIJABUL, ten minutes by rail after departing ATJATI. One disc aircraft ascended almost vertically, at a relatively slow speed with its outer surface revolving slowly to the right, to an altitude of about 6000 feet where its speed then increased sharply as it headed north. The second flying disc was seen performing the same actions about one minute later. The take-off area was about 1-2 miles south of the rail line where two searchlight beams were seen pointing up almost vertically. All other observations given to USAIRA in Prague by the three visitors, 12-13 Oct 55,

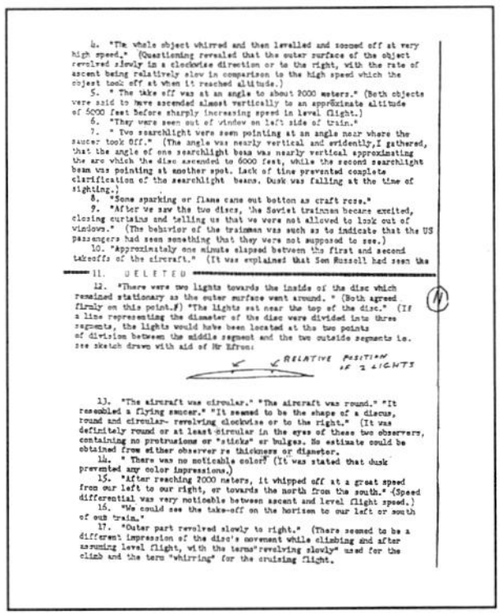
4. "The whole object whirred and then levelled and zoomed off at very high speed." (Questioning revealed that the outer surface of the object revolved slowly in a clockwise direction or to the right, with the rate of ascent being relatively slow in comparison to the high speed which the object took off at when it reached altitude.)
5. " The take off was at an angle to about 2000 meters." (Both objects were said to have ascended almost vertically to an approximate altitude of 6000 feet before sharply increasing speed in level flight.)
6. "They were seen out of window on left side of train."
7. " Two searchlight were seen pointing at an angle near where the saucer took off." (The angle was nearly vertical and evidently, I gathered, that the angle of one searchlight beam was nearly vertical approximating the arc which the disc ascended to 6000 feet, while the second searchlight beam was pointing at another spot. Lack of time prevented complete clarification of the searchlight beams. Dusk was falling at the time of sighting.)
8. "Some sparking or flame came out bottom as craft rose."
9. "After we saw the two discs, the Soviet trainmen became excited, closing curtains and telling us that we were not allowed to look out of windows." (The behavior of the trainmen was such as to indicate that the US passengers had seen something that they were not supposed to see.)
10. "Approximately one minute elapsed between the first and second takeoffs of the aircraft." (It was explained that Sen Russell had seen the
11. DELETED
12. "There were two lights towards the inside of the disc which remained stationary as the outer surface went around." (Both agreed firmly on this point.) "The lights sat near the top of the disc." (If a line representing the diameter of the disc were divided into three segments, the lights would have been located at the two points of division between the middle segment and the two outside segments i.e. see sketch drawn with aid of Mr Efron:
RELATIVE POSITION OF 2 LIGHTS
13. "The aircraft was circular." "The aircraft was round." "It resembled a flying saucer." "It seemed to be the shape of a discus, round and circular- revolving clockwise or to the right." (It was definitely round or at least circular in the eyes of these two observers, containing no protrusions or "sticks" or bulges. No estimate could be obtained from either observer re thickness or diameter.
14. " There was no noticeable color." (It was stated that dusk prevented any color impressions.)
15. "After reaching 2000 meters, it whipped off at a great speed from our left to our right, or towards the north from the south." (Speed differential was very noticeable between ascent and level flight speed.)
16. "We could see the take-off on the horizon to our left or south of our train."
17. "Outer part revolved slowly to right." (There seemed to be a different impression of the disc's movement while climbing and after assuming level flight, with the terms "revolving slowly" used for the climb and the term "whirring" for the cruising flight.

Amtlicher Bericht über die Sichtung einer „echten fliegenden Untertasse“ durch eine US-Senatsdelegation, die gerade Rußland bereiste. Der Fall bewies den US-Behörden, daß UFO-Sichtungen auch hinter dem „Eisernen Vorhang“ vorkamen.

Höhe von 2000 Metern erreicht hatte. Dann beschleunigte der Diskus immens und raste in nördliche Richtung, bevor er am Himmel verschwand. Doch damit war das Schauspiel noch nicht beendet. Es dauerte nur eine Minute, bis eine zweite „Untertasse“ auftauchte und das Manöver der ersten wiederholte. Und noch etwas verwunderte die Senatsdelegation: Von einem Ort in der Nähe des Startgebietes, aus etwa 2-3 km von der Eisenbahnlinie entfernt, waren zwei eingeschaltete Suchscheinwerfer fast senkrecht in den Himmel gerichtet. Offenbar hatte eine nahegelegene Militärbasis die Objekte ebenfalls geortet. Plötzlich kam ein aufgeregter Schaffner angerannt, schloß die Vorhänge und untersagte den Amerikanern, aus dem Fenster zu schauen. Nach ihrer Rückkehr nach Prag erzählte Senator Russel dem Luftwaffenattaché der US-Botschaft in der tschechischen Hauptstadt, Lt.Col. Thomas S.Ryan, von dem Vorfall, worauf dieser umgehend einen Bericht an das Pentagon verfaßte. *„Die Bedeutung dieses Berichtes ist beachtlich und gibt vielen ‚Untertassen‘-Be-*

richten Glaubwürdigkeit", kommentierte er ihn in dem als „Top Secret" klassifizierten Dokument.

Doch so häufig Sichtungen „fliegender Teller" in der UdSSR auch waren, konkretere Erkenntnisse über ihren möglichen Ursprung erlangte man erst gegen Ende der fünfziger Jahre, als die ersten Satelliten-Überwachungssysteme für den erdnahen Raum zur Verfolgung der Sputniks entwickelt wurden. Diese Radarsysteme waren in der Lage, nicht nur irdische Satelliten aufzuspüren, sie orteten auch Meteoriten und eine ganz andere Gattung Flugkörper. So lokalisierten sie Objekte von mehreren hundert Metern Länge, die mit Geschwindigkeiten von um die 20 km/Sek. (72.000 Stundenkilometer) in rund 300 Kilometer Höhe flogen.
Die Wissenschaftler, die für die Überwachung der Radarsysteme verantwortlich waren, erstellten einen Katalog dieser unerwarteten Flugobjekte und leiteten ihn an Prof. Koroljew, der mit einer Regierungskommission i.S. UFOs zusammenarbeitete. Sie kam - ähnlich wie wenige Jahre zuvor das „Project Skysweep" der Amerikaner - zu der Schlußfolgerung, daß offenbar riesige Mutterschiffe im Erdorbit stationiert waren, die die „Untertassen" aus den Tiefen des Alls zur Erde transportierten. Auf dem „Internationalen Telekommunikations-Kongress" 1965 in Moskau erklärte ein sowjetischer Wissenschafler seinen westlichen Kollegen, daß man mittlerweile drei „unbekannte Satelliten" im Erdorbit lokalisiert habe.
Doch offiziell herrschte Stillschweigen über diese Entdeckung.

Die sowjetische Verschweigungspolitik in Sachen UFOs nahm ihren Anfang im Jahre 1952 mit der Ansprache von M. Perwukhin, Mitglied des Präsidiums des Zentralkomitees der KPdSU. Wie es Tradition bei solchen Reden war, enthielt sie einen Rundumschlag gegen den Klassenfeind. *„Lassen Sie mich betonen"*, erklärte er mit beißender Ironie, *„daß fliegende Untertassen und grüne Kugeln zuerst den Amerikanern erschienen."* Es war ein ungeschriebenes Gesetz in der Sowjetunion, daß eine solche Rede die „Partei-Linie" festlegte, die Meinung der Partei, der jeder zu folgen hatte, denn „die Partei hat immer recht". Fortan wußten die Parteimedien - und das hieß, alle Medien der UdSSR -, wie sie mit den UFOs umzugehen hatten: *„Fliegende Untertassen sind ein Mythos, der jedesmal dann auf den Seiten der bourgeoisen Presse erscheint, wenn die herrschende Clique des einen oder anderen kapitalistischen Landes, auf Weisung aus Washington, versucht, die Akzeptanz ihrer Bevölkerung für eine erneute Erhöhung des Rüstungsetats zu gewinnen"*, erklärte Radio Moskau am 29.12.1953.

An diesem Klima des Schweigens scheiterte der erste Versuch, die UFO-Thematik öffentlich wissenschaftlich zu diskutieren. Der Vater dieses Durchbruchsversuchs war Felix Zigel, Professor am Moskauer „Institut für Luft- und Raumfahrt" und wissenschaftlicher Ausbilder der Kosmonauten, deren Physik-Lehrbücher er zusammen mit Prof. W. Burdakow verfaßt hatte. Während seiner Arbeit am Institut fiel ihm das einzige UFO-Buch, das vor „Glasnost" in der Sowjetunion offiziell publiziert wurde, in die Hände. Es war ein Anti-UFO-Buch, „Flying Saucers", verfaßt von dem amerikanischen Harvard-Astronomen Prof. Donald H. Menzel, der alle UFO-Sichtungen als Fehldeutungen von Naturphänomenen abtat. Doch es waren die Fälle, die Menzel schilderte, nicht seine Interpretationen, die Zigel faszinierten. Er fühlte, daß es seine Pflicht als Wissenschaftler war, diesem Phänomen auf den Grund zu gehen. Dieses Gefühl wurde zu einer Verpflichtung, als die Sowjetunion 1967 von einer UFO-Sichtungswelle überzogen wurde. Zuerst sammelte und analysierte er einige Dutzend russische UFO-Fälle, um an Datenmaterial zu kommen, dann bereitete er den Schritt an die Öffentlichkeit und an das akademische Establishment vor. Im „Hause der Luftfahrt und Kosmonautik" rief er

am 17. Mai 1967 die erste wissenschaftliche UFO-Studienkommission ins Leben, die von ihm und Generalmajor Portfiri Stoljarow geleitet wurde. Der Gruppe gehörte eine ganze Reihe namhafter Wissenschaftler, Militärs, Schriftsteller und Prominenter an darunter Prof. Genrikh Ludwig, Dr. Nikolai Schirow, Dr. Igor Bestutschew, Walentin Akkuratow, Chefnavigator der sowjetischen Polarflüge, der „Zweifache Held der Sowjetunion" Dr. Ing. Grigori Schiwkow, und die ‚Heldinnen der Sowjetunion' Dr. Jekaterina Rjabowa und Dr. Natalia Krawtsowa. Zusammen mit dem „Allunions-Komitee für Kosmonautik" und der DOCAAF-„Freiwilligenorganisation zur Unterstützung von Armee, Luftwaffe und Flotte" veranstaltete er am 18. Oktober einen UFO-Kongress mit über 400 Teilnehmern, darunter hochangesehene Wissenschaftler, Astronomen und Kosmonauten. Und während das Verteidigungsministerium General Stoljarow die Existenz einer umfangreichen Aktensammlung zum UFO-Thema zwar bestätigte, aber deren Herausgabe verweigerte, wurden er und Prof. Zigel am 10. November 1967 zur besten Sendezeit vom staatlichen Fernsehen eingeladen. Dort gaben der General und der Professor erstmals offiziell die Gründung der „Abteilung UFO im Allunions-Komitee für Kosmonautik" mit einem Stab von achtzehn Wissenschaftlern, Luftwaffenoffizieren und über 200 Bodenbeobachtern in allen Teilen des Landes bekannt und riefen die Bevölkerung zur Mitarbeit auf.
„Die Annahme, daß UFOs aus anderen Welten kommen, muß ernsthaft in Betracht gezogen werden", erklärte Zigel, zitierte die jüngsten Berichte von Militärpiloten und Astronomen und zeigte eine Zeichnung einer UFO-Landung im Kaukasus, *„Wichtig ist, daß wir alle früheren Vorurteile über die UFOs ablegen."* Die Sendung löste eine Lawine aus. Weltweit als Durchbruch gefeiert - sogar die New York Times berichtete ausführlich unter der Schlagzeile „Sowjet-Astronom fordert Weltstudie über Fliegende Untertassen" -, löste sie in Rußland ein wahres UFO-Fieber aus, und Tausende Briefe, darunter viele hundert Sichtungsberichte, gingen bei der Kommission ein.
Doch diese Resonanz stieß auf den Unwillen des wissenschaftlichen Establishments und der Partei. Bereits am 22.11. fand eine außerordentliche Sitzung der Akademie der Wissenschaften in Moskau statt, auf der man zu dem Schluß kam, daß die große Publicity des UFO-Projektes *„die Ehre der russischen Wissenschaftler verletzt und diese in den Augen der westlichen Kollegen lächerlich macht."* Die „Abteilung UFO" wurde dringend aufgefordert, ihre Aktivitäten unverzüglich wieder einzustellen. Am 28.11. beschloß eine Krisen-Kommission der Abteilung allgemeine Physik und Astronomie der AdW in Absprache mit dem ZK der KPdSU „Kritische Bewertungs-Richtlinien", die besagten, daß der Glaube an UFOs *„keine wissenschaftliche Basis hat. Und die beobachteten Erscheinungen sind mit Sicherheit natürlich zu erklären."* Seitdem war es der Presse erst einmal völlig untersagt, über UFOs zu schreiben.

Doch Prof. Zigel setzte nach der Auflösung der „Abteilung UFO" im März 1968 seine Forschungen auf privater Basis fort. Schließlich hatte er genügend Material gesammelt - über 20.000 Fälle -, um ein Buch damit zu füllen.

UFO über einem See im Mittelural, 1976 von S.Moskovskikh aufgenommen

1976 übergab er sein Manuskript „UFOs über der UdSSR“ der Kommission des Rektorates des Moskauer Institutes für Luft- und Raumfahrt mit der Bitte um Genehmigung zur Veröffentlichung. Das war ein mutiger Schritt, doch er brachte ihm nur die Ächtung durch seine Kollegen ein. Von einem Tag auf den anderen war er für sie eine „persona non grata“, eine Un-Person, die man nicht einmal mehr grüßte. Die Prüfungskommision kam zu dem Schluß, daß Zigels Lehrtätigkeit zwar positiv zu beurteilen sei, seine UFO-Forschungen jedoch keinerlei wissenschaftlichen Wert hätten. Wegen seiner in eigener Initiative veranstalteten UFO-Vorträge wurde er sogar offiziell verwarnt. Am 10. November 1976 wurde Zigel aus dem Wissenschaftsverband „Snabije“ (Wissen) ausgeschlossen, da er mit seinen Vorträgen „die Arbeiter beunruhigt“ hätte. Auf unbefristete Zeit verbot man ihm, Vorträge zu halten oder Bücher zu publizieren, und eine spezielle Kommission sollte sogar prüfen, ob Zigel überhaupt fähig sei, weiterhin an einer wissenschaftlichen Institution zu lehren. Statt dessen produzierte er drei „Samisdat“ (Eigenproduktions)-Manuskripte mit Durchschlagpapier - Fotokopierer waren in der Sowjetunion aus politischen Gründen Mangelware- und verteilte sie unter Freunden und Kollegen, die ihrerseits wiederum Abschriften erstellten. Diese Vorgehensweise billigten die Behörden, und wahrscheinlich war man ganz dankbar dafür, daß ihnen hier jemand eine Menge Arbeit in der Sammlung und Auswertung von Sichtungsberichten abnahm.

„Sie können im Flug stehenbleiben, wurden aber auch bei 70.000 Stundenkilometern Geschwindigkeit beobachtet“, schrieb Zigel in einem seiner Manuskripte, *„sie bewegen sich geräuschlos und erzeugen ein Vakuum, das sie davor schützt, beim Eintritt in unsere Atmosphäre verbrannt zu werden.“* Sie werden als sichelförmig und als Kugeln, als Scheiben und Zigarren beschrieben. Sie können erscheinen und verschwinden, wann und wo sie wollen. Sie haben die erstaunliche Fähigkeit, Motoren und Stromversorgung lahmzulegen. Und sie werden, davon war der Russe überzeugt, von menschenähnlichen Wesen gesteuert, Besuchern aus dem Weltraum, die er in drei Kategorien einteilte: *„Die meisten sind nur etwa einen Meter groß und ähneln uns Menschen. Sie haben ungewöhnlich große Köpfe ohne eine Spur von Haaren, herausstehende, weit auseinanderliegende Augen, tiefe Löcher anstelle von Nasen und manchmal eine runzlige Haut, die sie uralt erscheinen läßt. Eine zweite Spezies sieht uns so ähnlich, daß es schwierig wäre, sie von uns zu unterscheiden. Eine dritte Gruppe, über 2,70 Meter groß, wird selten gesehen.“* Einige Zeugen beschrieben auch Roboter oder „laufende Computer“ in allen Größen. Menschen, so war Zigel überzeugt, wurden an Bord der UFOs gebracht und medizinisch untersucht. Nur selten seien Erdenmenschen von Außerirdischen entführt worden und nie wieder zurückgekehrt, wie drei Sowjetbürger und ein Pole. Was UFO-Berichte glaubwürdig machte, so Zigel, war das hohe Bildungsniveau seiner Zeugen. 52 % waren Akademiker: Wissenschaftler, Ingenieure, Labortechniker, 7,5 % davon sogar Berufsastronomen. Die zweitstärkste Gruppe mit 23 % waren Zivil- und Militärpiloten.

Doch so beeindruckend Zigels Studie war, es bedurfte erst eines besonderen Vorfalls, um die UFOs auf dem wissenschaftlichen Parkett wieder gesellschaftsfähig zu machen. Zu diesem Durchbruch kam es am 23. September 1978, als die sowjetische Parteizeitung „Prawda“ ihren ersten UFO-Bericht veröffentlichte. Das an sich war bereits eine Sensation, hatte sie doch einige Jahre zuvor noch erklärt, daß *„niemals ein UFO über der Sowjetunion gesehen wurde“* und *„Bürger der Sowjetunion, die berichteten, sie hätten die sogenannten ‚fliegenden Untertassen gesehen‘, entweder geistesschwach sind oder lügen“.* Jetzt aber vermeldete sie, ohne auch nur den geringsten Zweifel aufkommen zu lassen:

„Über Petrosavodsk stand ein intensiv strahlender ‚Stern', der wie ein leuchtendes Ährenrad aussah und von quallenähnlicher Gestalt war. Er bewegte sich langsam auf Petrosavodsk zu, intensive Lichtstrahlen auf die Stadt niederschleudernd. Es waren Tausende Strahlen, und es sah aus wie ein starker Regen. Einige Zeit später war die Strahlung zu Ende, die Lichtquelle veränderte ihre Helligkeit und bewegte sich hin zum Onegasee. Am Horizont standen graue Wolken - und als die Erscheinung darin eintauchte, entstanden in den Gebilden etliche Halbkreise und kleine Kreise von rötlich-rosa Farbe. Die Erscheinung dauerte zehn bis zwölf Minuten."
Natürlich vermied man bewußt jede Spekulation, auch der Begriff „UFO" wurde nicht verwendet. Trotzdem gab der Bericht einen guten wenngleich knappen Eindruck von dem, was sich ziemlich genau ein Jahr zuvor in Petrosavodsk zugetragen hatte, und was zwischenzeitlich akribisch genau von einer eigens ins Leben gerufenen Expertenkommission untersucht worden war.
Das alles hatte sich am 20. September 1977 ereignet.

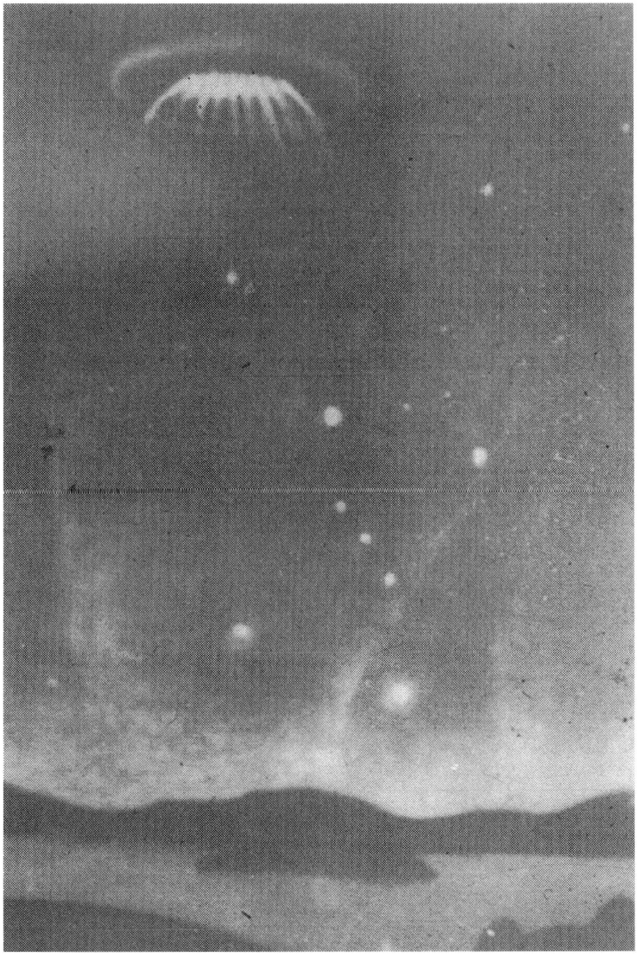

Foto des UFOs von Petrosavodsk über dem Onega-See in den frühen Morgenstunden des 20.9.1977. Dieses Foto wurde auch in der PRAWDA veröffentlicht.

Frühaufsteher in Petrosavodsk, der 185.000 Einwohner zählenden Hauptstadt der Karelischen Autonomen Sowjetrepublik, wußten nicht, wie ihnen geschah, als gegen 4.05 Uhr in den Wolken ein heller Stern aufblitzte. Es hatte gerade zu regnen aufgehört, und zwischen den vereinzelten Wolken war ein sternklarer Himmel zu sehen. Der Wind wehte aus nördlicher Richtung. Das Licht kam näher, stieg in Spiralbahnen herab und wurde bald zur feurigen Kugel. Dann verringerte es seine Geschwindigkeit und verharrte schließlich 5 bis 7 Minuten lang in schwebender Stellung. Wer es bisher noch nicht bemerkt hatte, schaute spätestens jetzt zum Himmel, als ein höllischer Lärm ertönte, ähnlich einem Sirenengeheul. Kurz darauf verstummte das Pfeifen, und das Objekt begann sich lautlos auf die Stadt zuzubewegen. Bald sah es eher wie eine orange-rote Halbkugel aus, um die sich eine helle Zone bildete, in der viele Lichtpunkte wie Sterne erschienen und wieder vergingen. Das Licht begann zu pulsieren. Aus der Unterseite des Objektes schob sich nun teleskopartig ein Lichtstrahl senkrecht nach unten, ein zweiter, schwächerer folgte. Nach einiger Zeit verschwanden beide wieder. In den nächsten Sekunden hagelten „wie goldene Pfeile" Hunderte dünner Lichtstrahlen zur Erde. Während Tausende Menschen das Spektakel am Himmel bisher noch fasziniert betrachtet hatten, brach jetzt ein panikartiger Tumult aus. Menschen rannten auf die Straßen, schrien hysterisch um Hilfe, andere warfen sich zu Boden. Einige Hafenarbeiter dachten, es handle sich um einen amerikanischen Atombombenangriff und brüllten: *„Das ist das Ende". „Es sah so aus, als seien sie plötzlich krank geworden",* meinte TASS-Korrespondent Nicolai Milow, der kurz nach dem Ereignis Hunderte von Zeugen interviewte, *„sie machten den Eindruck geistig Verwirrter".* Menschen, die zu dieser Zeit noch im Bett lagen, erzählten, sie seien zu dieser Zeit plötzlich aufgewacht und hätten sich schlecht gefühlt. Einige litten unter Alpträumen und Depressionen, die meisten aber meinten, *„innere Stromstöße"* empfunden zu haben.

Die Erscheinung sah jetzt aus wie eine in herrlichen Farben strahlende „Lichtqualle" mit goldenen Tentakeln. Die weiße Zone um die Halbkugel hatte sich mittlerweile zu einem leuchtenden Ring zusammengezogen, die Strahlen schossen leicht gekrümmt zur Erde. Wie goldene Nadeln bohrten sie Tausende Löcher in den Asphalt und in Fensterscheiben. Einige Zeugen meinten,die Größe des Objektes auf etwa 100 Meter schätzen zu können. Sie berichteten, daß es sich immer mehr der Stadt näherte, bis es schließlich langsam über dem Hafen schwebte. Zu dieser Zeit strahlte es so hell, daß ihre Augen schmerzten. Dann löste sich ein kleinerer, heller Körper von der Form einer Glühbirne von dem Objekt und flog über den Dächern und zwischen den Häusern die Straßen entlang. Einige Zeugen wollen gesehen haben, wie er schließlich wieder zu seinem „Mutterschiff" zurückgeflogen und in seinem Innern verschwunden sei. Der Motor seines Wagens versagte, während ein Arzt das Objekt aus der Nähe beobachtete, die Luft war mit einem Ozon-

Zeichnung des Petrosavodsk-UFOs nach Augenzeugenberichten.

Geruch erfüllt. Yuri Gromov, Direktor der Wetterwarte von Petrosavodsk, der das Phänomen verfolgte: *„Der Körper hatte allmählich die Form eines elliptischen Ringes angenommen. Er bewegte sich schließlich auf die Wolkenbank über dem Onega-See zu, brannte ein rotes Loch in die Wolken und verschwand darin".* Der Spuk hatte genau 12 Minuten gedauert.

Was immer es auch war - zumindest Meteorologe Gromov schloß aus, daß es sich um einen Kugelblitz oder eine Luftspiegelung gehandelt haben könnte. Auch seien zu dieser Zeit weder Flugzeuge noch Helikopter im Luftraum über Petrosavodsk gewesen. Gromov: *„Meiner Meinung nach war das, was über Petrosavodsk gesehen worden ist, entweder ein UFO, der Bote einer höheren Intelligenz mit Mannschaft und Passagieren, oder aber ein Energiefeld, das von einem UFO hervorgerufen worden ist."*

In den nächsten Wochen trafen bei den Behörden wie bei der TASS etwa 1500 besorgte Briefe ein: *„Wie sicher ist es, in Petrosavodsk zu bleiben?"* oder *„Ist eine Reise in die karelische Hauptstadt gefährlich?"* und *„Wie hoch ist die Radioaktivität?"* Sämtliche Briefe wurden - wie auch Augenzeugenberichte in den Archiven der TASS - von Regierungsbehörden beschlagnahmt. Während eine strikte Nachrichtensperre verhängt wurde, untersuchten Wissenschaftler im Auftrag der Regierung den Fall. Darunter war auch eine Sonderkommission der Moskauer Akademie der Wissenschaften. Dazu Wasil Sakharchenko, der Herausgeber des Magazins „TECHNIK UND JUGEND", der über einen besonders guten Draht zu Regierungsstellen verfügte: *„Die Kommission der Akademie hat ermittelt, daß die Löcher in den Steinen und durchbohrten Fensterscheiben den Eindruck hervorrufen, als ob sie hineingeschmolzen worden wären - Löcher von der Größe einer Münze."* Ein Fabrikfenster wurde nach Moskau geschickt und dort einem Institut zur Analyse übergeben. Die Ergebnisse gab erst Ende 1981 Dr. V.G. Azhazha auf einer Vorlesung bekannt:

„An vielen Fenstern der Häuser in der Stadt Petrosavodsk waren Löcher von 5 bis 7 cm Durchmesser in Erscheinung getreten, deren Ränder wie geschmolzen erschienen. Kreisrunde Glasstücke von den inneren Fenstern fehlten manchmal oder lagen auf dem Fußboden oder Fensterbrett ... interessante Resultate ergab die Analyse der Löcher im Glas. Unter dem Elektronen-

Fensterscheibe in Petrosavodsk, von den UFO-Strahlen durchlöchert.

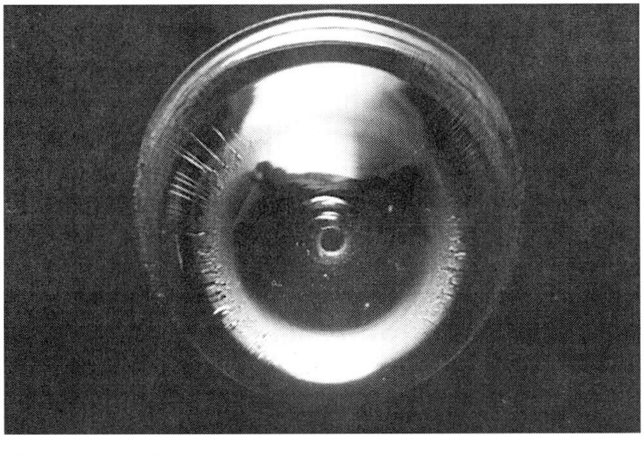

Mikroskopaufnahme eines Glasstückes, das durch den „UFO-Strahl" kreisrund aus der Scheibe gelöst wurde (Foto: IWF, Prof. Manfred Kage).

Detailaufnahme einiger Löcher (Foto: Institut für wiss. Fotografie,Prof. Manfred Kage)

mikroskop entdeckte man eine kristalline Struktur an der Oberfläche des nicht kristallinen Glases! Im Institut sagte man, das könne niemals sein. Aber diese Tatsache war da, ob wir wollten oder nicht. Alle waren interessiert ... doch das Geheimnis blieb als Geheimnis bestehen ... es bleibt nur die Vermutung, daß mysteriöse Objekte tätig waren."

Später wurden diese Glasproben auch westlichen Experten vorgelegt. 1978 konnten der Astronom Dr. Dale Cruikshank und der Soziologe David W. Swift von der Universität Hawaii an der Akademie der Wissenschaften in Moskau Glasproben aus Petrosavodsk untersuchen. Sie bestätigten die Existenz der kristallinen Schnittflächen dieser Löcher. Ein Glasstück mit gleich mehreren Löchern untersuchte der Chemiker Prof. Manfred Kage vom Institut für Wissenschaftliche Fotografie in Schloß Weißenstein bei Stuttgart, der die sowjetische Ergebnisse bestätigen konnte.

Das Aufsehen, das der Petrosavodsk-Fall erregte, zwang auch die etablierte Wissenschaft zum Handeln. So beauftragte der Präsident der Akademie der Wissenschaft das Akademiemitglied W. Migulin mit der Leitung einer speziellen Untersuchungskommission. Doch die Gruppe ging eher lustlos an ihre Arbeit. Nach mehr oberflächlicher Betrachtung kam sie zu dem Schluß, bei dem Petrosavodsk-UFO handle es sich um *„ein noch unbekanntes aber natürliches atmosphärisches Phänomen, evtl. in Zusammenwirkung mit menschlicher Technik, z.B. einem Raketenstart."* Tatsächlich war in der fraglichen Zeit, exakt um 4.03 Uhr, in Plesetsk, 300 km östlich von Petrosavodsk, eine Rakete mit dem Spionagesatelliten Cosmos-955 an Bord gestartet worden. Daß die Rakete nicht Verursacherin des Phänomens war, geht schon daraus hervor, daß die „Lichtqualle" zuerst im Westen gesehen wurde und sich unterhalb der Wolkendecke bewegte, als die Rakete schon längst die Stratosphäre erreicht hatte. Und natürlich hinterläßt ein Raketenstart nicht Tausende von Löchern in Glas und Asphalt. Um welches „unbekannte atmosphärische Phänomen" es sich dabei handeln könnte, auch darüber schwieg man sich aus. Fest stand nur, ein außerirdisches Flugobjekt konnte, ja durfte es nicht sein. Glücklicherweise bekannte Migulin seine eigenen Unzulänglichkeiten später in einem Interview mit der sowjetischen Zeitung „Die Woche": *„Ich bekenne, daß die ungenügende Untersuchung dieses Falles unsere Schuld ist. Viele ernsthafte Wissenschaftler bemühen sich, spekulative Probleme zu umgehen. Die Geschichte der Naturwissenschaften zeigt, daß es bei diesen Problemen schon darum so wenige oder gar keine wissenschaftlichen Erkenntnisse gibt, weil die Beschäftigung mit ihnen die Gefahr in sich trägt, seine Autorität und zudem eine Menge Arbeitszeit zu verlieren. Weder ich noch meine Kollegen waren deshalb sonderlich begeistert, als uns der Präsident der AdW beauftragte, diesen Ereignissen auf den Grund zu kommen."* An den Untersuchungen waren Forscher des Leningrader Arktis- und Antarktis-Institutes, des Geophysikalischen Institutes von Obrinsk sowie zahlreiche Geologen, Meteorologen und Angehörige von Luftwaffe und Marine beteiligt. Und was immer es

Zigarrenförmiges UFO über dem Onega-See 1978

auch gewesen ist, sie waren zumindest in der Lage, fast nahtlos die Flugbahn des mysteriösen Objektes zu verfolgen: Zwischen 3.06 und 3.10 Uhr hatten Polizeibeamte in der finnischen Hauptstadt Helsinki die Sichtung einer *„grell leuchtenden Feuerkugel"* gemeldet, die vier Minuten lang über dem Flughafen schwebte, um sich dann langsam ostwärts in Bewegung zu setzen. Gleichzeitig ortete man sie im Kontrollturm des Flugplatzes auf Radar, das Flughafenpersonal konnte sie beobachten. Wenig später verfolgte sie der Schriftsteller Limik aus Namojewo, 35 Kilometer nordwestlich von Petrosavodsk, durch sein Teleskop. Er beschrieb das UFO als ein linsenförmiges Leuchtobjekt, violett leuchtend und von einem strahlenden Ring umgeben. *„Wie Tentakeln einer Meduse"* hatte es helle, pulsierende Lichtstrahlen ausgestoßen. Um 3.30 Uhr beobachteten Fischer auf dem Onega-See bei Primosk ein grelles Licht am Himmel, das von einem leuchtenden Nebel umgeben war. Gegen 4.00 Uhr bemerkten Angestellte der Sternwarte Pulkowo die Feuerkugel in nördlicher Richtung, zur selben Zeit wie der Pilot einer Linienmaschine auf dem Flug von Kiew nach Leningrad. Nach der Erscheinung über Petrosavodsk sah man die Scheibe noch über Jandewar, südlich der karelischen Hauptstadt. In Polowina, 25 Kilometer östlich von Petrosavodsk, wurde um 4.40 beobachtet, wie sich die Wolken verfärbten, als würden sie von einer Lichtquelle im Innern beleuchtet.

16. UFO-GLASNOST

Der Vorfall von Petrosavodsk und die Tatsache, daß sich auch die Akademie der Wissenschaften um Aufklärung bemühte, machte die UFOs in Rußland wieder salonfähig. *„Das UFO-Problem existiert, und es ist äußerst ernst“*, erklärte der Kosmonaut E.V.Khrunow in der Ausgabe 3/1979 der Zeitschrift „Technika Molodjoschi“ („Technik und Jugend“), *„Tausende von Menschen haben UFOs gesehen, und bis jetzt ist es noch nicht klar, was sie sind. Wir müssen eine gründliche Untersuchung dieser Frage vornehmen. Und es ist gut möglich, daß sich hinter dieser Frage das Problem der Kommunikation mit extraterrestrischen Zivilisationen verbirgt.“*

UFO über Murmansk, 1978

Doch trotzdem gab es noch immer Grenzen der Offenheit. 1978 gründete der Vizedirektor der Abteilung Unterwasserforschung der Ozeanographischen Gesellschaft der Akademie der Wissenschaften, Professor Dr. Vladimir Azhazha, eine „Initiativgruppe UFO“. In ersten Vorlesungen zum Thema an der Moskauer Staatsuniversität forderte er die wissenschaftliche und gesellschaftliche Anerkennung der UFO-Forschung. 1979 war es dann soweit. Es gelang Prof. Azhazha, Persönlichkeiten wie den Kosmonauten Khrunov, Marine-Vizeadmiral Krylov, den Vizedirektor des sowjetischen Raumfahrtkontrollzentrums, Y. Nazarov, und andere namhafte Wissenschaftler für die Sektion „Suche nach außerirdischen Zivilisationen im erdnahen Raum“ der „Wissenschaftlich-Technischen A.S.Popov-Gesellschaft für Funkelektronik“ zu gewinnen, die er am 17.7.1979 ins Leben rief. Doch das vielversprechende Unternehmen war nur von kurzer Dauer. Als Azhazha und seine Mitarbeiter sich bemühten, Untergruppen in allen Teilen des Landes zu gründen, wurden ihnen immer wieder Steine in den Weg gelegt. Erst untersagte ihnen die Popov-Gesellschaft, ein Rundschrei-

Prof. Vladimir Azhazha

ben an ihre lokalen Zweigstellen zu schicken, dann fiel ein Bericht für die Zeitschrift „Radiotechnologie" kurzerhand der Zensur zum Opfer, und wenig später wurde der Name der Arbeitsgruppe auf Anweisung „von oben" in „zur Untersuchung anomaler atmosphärischer Phänomene" geändert. Dann wurden immer wieder Vorlesungen und Seminare der UFO-Forscher gezielt gestört. Ein Seminar wurde vom Vize-Dekan der Staatsuniversität nach einer halben Stunde abgebrochen, „weil der Raum bereits an eine andere Gruppe vergeben" sei. Quasi zum Beweis hatte er aus dem Nachbarsaal ein paar irritierte Studenten mitgebracht, die jetzt mit lautstarken Konversationen begannen. Doch es blieb nicht nur bei solchen Schikanen; die Tage der offenen UFO-Forschung waren vorerst gezählt. Nur fünf Monate nach ihrer Gründung, am 12. Dezember 1979, wurde die ganze Sektion vom Moskauer Stadtkomitee der KPdSU kurzerhand verboten, mit der Begründung, daß sie „antisowjetisch" sei, was immer das auch hieß.
Eine Erklärung folgte im März 1980 in der „Prawda". Die Zeitung, die noch zwei Jahre zuvor so objektiv über den UFO-Vorfall von Petrosavodsk berichtet hatte, hielt jetzt den sowjetischen UFO-Gläubigen vor, es gäbe noch keine Beweise für das angebliche Auftreten interplanetarer Besucher. Vielmehr, so zitierte sie den Präsidenten der AdW, Alexandrow, beruhe der ganze UFO-Rummel auf *„Gerüchten, die der Mystifizierung der Leichtgläubigen dienen sollen."*

Fast als wollten sie die „Prawda" Lügen strafen, kam es in den Jahren 1980/81 zu einer Reihe von UFO-Sichtungen über der sowjetischen Hauptstadt und sogar zu Landungen im Umland von Moskau. Und dann wiederholte sich der Vorfall von Petrosavodsk. Am 23. August 1981 beobachteten Hunderte Moskowiter, wie abends um 19.12 Uhr eine ganze Flotte von 17 mysteriösen Objekten den Himmel über der Metropole durchquerte. Laut Prof. Azhazha eröffneten *„zwei zigarrenförmige Raumschiffe, jedes einen Kilometer lang, die Seite an Seite in 15 Kilometern Höhe flogen und schließlich Richtung Norden verschwanden"*, das Schauspiel. Etwa eine Stunde später folgte ein rundes, glänzendweißes Objekt, scheinbar *„halb so groß wie der Mond"*, das gegen 21.20 Uhr wiederkam. Einer der Zeugen war der bekannte Astronom Dr. Nikita Schnee, der die Geschwindigkeit dieses UFOs auf 5000 Stundenkilometer schätzte. *„Als ich es vorbeifliegen sah, hatte ich das klamme Gefühl, daß wir total wehrlos gegen die UFOs sind"*, gestand Schnee. Nach 22.00 Uhr schließlich erschien ein „walfischförmiges" Raumschiff, das blaues Licht ausstrahlte und groteske Luftmanöver über der Hauptstadt veranstaltete. *„Und zwischen diesen vier Sichtungen tauchten immer wieder kleinere Objekte auf, mindestens 13 konnten wir zählen"*, erklärte Prof. Azhazha. Doch das Erstaunliche: Nachdem die UFOs verschwunden waren, hatten mindestens 60 Fensterscheiben in Moskau große, kreisrunde Löcher. Eine Untersuchung von 40 dieser beschädigten Fenster im Moskauer Staatlichen Glasinstitut ergab, daß sich die molekulare Struktur des Glases verändert hatte. Artillerie-Experten schüttelten angesichts der Frage nach dem *„Wie?"* nur den Kopf und meinten, daß sie auch gerne eine Kanone hätten, *„die so schöne Löcher schießt"*. Azhazha zitierte den Bericht eines im Ruhestand befindlichen Moskauer Arztes, Dr. Bogatyrev, der in dieser Nacht nicht schlafen konnte. Als er noch einmal aufstand, um sich ein Glas Milch zu holen, sah er in nur 30 Meter Entfernung von seinem Haus einen eigenartigen, raumlosen Flecken, dann hörte er etwas wie einen Schuß: Ein 7 cm großer *„Ring aus Feuer"* brannte ein Loch in sein Fenster. Einen Moment später fiel ein kreisrundes Stück Glas von 10 cm Durchmesser auf den Boden direkt vor ihn. *„Die Massenschau der UFOs über Moskau bereitete unseren Behörden und Wissenschaftlern große Sorgen"*, versicherte Azhazha, *„denn sie wissen nicht, was sie dagegen tun können."*

Doch erst ein weiterer dramatischer Zwischenfall sollte die endgültige Wende bringen. Dieser ereignete sich am Abend des 27.3.1983 auf dem Flughafen von Gorki, als Fluglotsen ein stahlgraues, zigarrenförmiges Flugobjekt beobachteten, das auf ihre Versuche, einen Funkkontakt aufzunehmen, nicht reagierte. Seine Flughöhe betrug nur 900 Meter, seine Geschwindigkeit 200 Stundenkilometer. Während eines Zeitraums von 40 Minuten konnte die „Zigarre" verfolgt werden. Erst flog sie 70 km weit in den Südosten der Stadt, dann kehrte sie zum Flughafen zurück, um schließlich in nördliche Richtung zu verschwinden.

Die Unruhe, die dieses Manöver auch in Militärkreisen verursachte, machte die Gründung der ersten semioffiziellen „Kommission zur Erforschung paranormaler Phänomene" - gemeint waren natürlich UFOs, aber der Begriff war noch immer verpönt - im Februar 1984 möglich. Sie war dem Komitee für Umweltschutz des Rates der Allunions-Wissenschaftlich-Technischen Gesellschaft untergeordnet und konnte stolz auf eine ganze Reihe hochrangiger Militärs und Akademiemitglieder verweisen, die zu ihren Mitgliedern zählten. Ihr Vorsitzender war V.S.Troitzky, ein korrespondierendes Mitglied der Akademie der Wissenschaften, seine Stellvertreter der Kosmonaut und zweifache „Held der Sowjetunion", General Pavel Popovich, sowie das Akademiemitglied N.A.Sheltuchin, ihr Schriftführer der Luftwaffenoberst i.R. Dr. Arvid Mordvin-Chodro aus Leningrad. Prof. Felix Zigel stand der Kommission bis zu seinem Tode 1988 als Berater zur Seite. Gleichzeitig wurde ein Netz von Lokalgruppen überall im roten Riesenreich gegründet, so in Gorky, Kiew, Leningrad, Novosibirsk, Tomsk, Dalnegorsk und Tblissi. Im Juli 1984 veröffentlichte die Zeitschrift „Sowjetskaja Rossija" einen Aufruf der Kommission an die Bürger der Sowjetunion, ihr zukünftig ihre UFO-Sichtungen an eine Moskauer Postadresse einzusenden. Ihr spektakulärster Fall ereignete sich in den frühen Morgenstunden des 7. September 1984, genau um 4.10 Uhr.

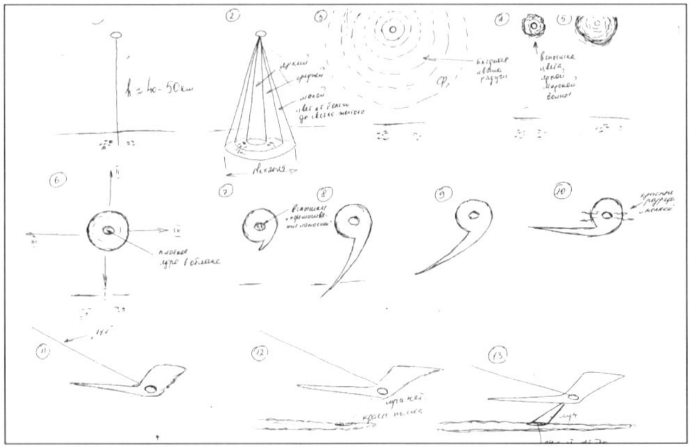

So zeichnete der Copilot des „Fluges 8352", Gennadi Lasurin, die verschiedenen Phasen der UFO-Erscheinung vom 7.9.1984

Zu diesem Zeitpunkt flog eine estnische Verkehrsmaschine vom Typ Tupolew (TU) 134 die Route von der georgischen Hauptstadt Tblissi nach Tallin in Estland mit Zwischenlandung in Rostov. Die Besatzung des „Fluges Nr. 8352" waren Flugkapitän Igor Tscherkaschin, ein erfahrener Flieger mit über 7000 Flugstunden, sein Copilot Gennadi Lasurin (4500 Flugstunden), der Navigator Jegor Michailowitsch Ognew, Träger des Leninordens und der Bordmechaniker Gennadi Koslow.

Um 4.10 Uhr waren es nur noch 120 Kilometer bis Minsk.

Es war eine stille, klare Nacht und den Piloten schien es, als glitten sie durch das Weltall. Sie fühlten sich eins mit den funkelnden Sternen, von denen sie nur durch eine Glasscheibe getrennt waren. Während sie noch so versonnen in den Nachthimmel schauten, bemerkte der Copilot etwas wie einen nichtflackernden, großen Stern, der sich langsam von rechts oben in sein Blickfeld bewegte. Doch eigentlich war es kein Stern, vielmehr ein gelbes Objekt, das sich an den Rändern ausdehnte. *„Wer weiß"*, dachte er bei sich,

„vielleicht die Lichtbrechung in der Atmosphäre?“. Doch dann mußte er diesen Gedanken gleich wieder verwerfen. Denn aus dem *„soliden Licht“* entstand ein feiner Strahl, der steil zur Erde fiel. Da stieß Lasurin den Bordmechaniker mit dem Ellbogen an. *„Du, Michailowitsch, schau mal, was...“.* Kaum hatte dieser aufgeblickt, stand für ihn fest: *„Kommandant, wir müssen die Bodenzentrale benachrichtigen.“* Plötzlich öffnete sich der Lichtblitz und verwandelte sich in einen kegelförmigen Strahl. Jetzt sah es jeder im Cockpit, beobachtete, wie ein zweiter Kegel entstand, blasser als der erste. Dann ein dritter - breit und ganz hell.
„Abwarten“, zuckte der Flugkapitän die Schultern, *„soll man das schon melden? Warten wir mal, was weiter geschieht. Und überhaupt, was ist das überhaupt?“*
Das unbekannte Objekt hing jetzt in vielleicht 40-50 Kilometer Entfernung über der Erdoberfläche. Schnell skizzierte der Copilot seine Beobachtung auf einem Block. Es war unglaublich: Alles auf der Erde, was von dem Lichtkegel angestrahlt wurde, war jetzt deutlich zu sehen: Häuser und Straßen waren taghell erleuchtet. Welche Leistung mußte dieser „Scheinwerfer“ haben!
Doch dann richtete er sich direkt auf das herannahende Flugzeug. Die Cockpitbesatzung sah nur noch in einen grellen, weißen Punkt, der von farbigen, konzentrischen Ringen umgeben war. Und während Flugkapitän Tscherkaschin noch immer unsicher war, ob er die Beobachtung wirklich melden sollte, geschah etwas, das ihm den letzten Zweifel daran nahm. Denn plötzlich flammte der weiße Punkt auf - und an seiner Stelle entstand eine grüne Wolke.
„Er schaltet die Motoren ein und haut ab“, meinte der Copilot. Doch Tscherkaschin erschien es eher so, als würde sich das Objekt jetzt mit großer Geschwindigkeit nähern, den Kurs des Flugzeugs im spitzen Winkel schneidend. *„Übermittle an Tower“*, wies er den Navigator an, doch kaum hatte er das letzte Wort ausgesprochen, blieb das Objekt stehen.
„Hier Tower Minsk. Bedaure, wir haben nichts auf dem Schirm“, antwortete der Minsker Fluglotse auf die Meldung des Navigators. *„Da haben wir es“*, ärgerte sich Lasurin. *„Sie werden noch sagen, wir wären alle verrückt.“*

Währenddessen hatte die grüne Wolke das Flugzeug erreicht, war auf seine Flughöhe heruntergestiegen und schien es jetzt auszuloten. Mal erschien sie links, dann oberhalb, dann wieder rechts von der Verkehrsmaschine. Schließlich fixierte sie sich auf der rechten Seite und begleitete das Flugzeug mit 800 Stundenkilometen in 10.000 Meter Höhe. *„Eine Eskorte“*, brummte Tscherkaschin mit leicht ironischem Unterton, *„welche Ehre für uns“.*

In diesem Augenblick meldete sich der Tower Minsk. *„Ich hab da was auf dem Schirm“*, meinte ein aufgeregter Fluglotse, *„Wo seht Ihr Eure Wolke.“* Der Navigator antwortete; *„Auf 2 Uhr, rechts von uns“. „Das stimmt überein!“*

Im Innern der Wolke „spielten“ Flammen, loderten auf und erloschen, begannen, sich im Zick-zack zu bewegen. Und auch die Wolke selbst veränderte sich. Erst wuchs ihr ein „Schwanz“, dann verwandeltete sie sich von einer Ellipse in ein Viereck, um schließlich die Form eines spitznasigen Flugzeugs anzunehmen. *„Schaut“*, meinte der Copilot, *„es ahmt uns nach“.* In diesem Augenblick betrat die Stewardess das Cockpit. *„Die Passagiere interessiert, was bei uns an der Seite fliegt.“* Tscherkaschin seufzte. *„Sag, das ist so eine Wolke. Gelb, weil sich die Lichter einer Stadt in ihr widerspiegeln. Grün... sag Polarlicht.“*

Kurz darauf meldete der Minsker Tower den Vorbeiflug eines „richtigen“ Flugzeuges, einer anderen TU-134 aus Leningrad, die auf entgegengesetztem Kurs - nach Tblissi - flog. In ihrem Cockpit saßen Flugkapitän Vladimir Gotsiridze, Copilot Juri Kabachnikov, der Navigator Josef Tomaschwili und der Bordingenieur Murman Gvenetadze.

„Hier Tower Minsk an Flug 7084. Können Sie vor sich etwas Ungewöhnliches beobachten?“, fragte der Fluglotse den Navigator. *„Negativ“*, antwortete Tomaschwili, *„nur eine entgegenkommende Maschine, eine TU-134.“ „Verstehe. Das ist Flug 8352. Behalten Sie die mal im Auge.“* Doch sie waren wie geblendet. Erst als sie nur noch 15 Kilometer von ihm entfernt waren, erkannten sie das „Wolkenflugzeug“ neben der TU-134, die zusammen ein „Tandem“ bildeten. *„Das ist ja unglaublich“*, staunte Flugkapitän Gotsiridze, *„das muß ich mir aus der Nähe ansehen“.* In Absprache mit dem Tower änderte er seinen Kurs, flog in nur 4-5 Kilometer Entfernung an der „Erscheinung“ vorbei. Ein Fehler, der ihn wenig später das Leben kosten sollte: Ein Strahl von 20 Zentimeter Durchmesser schoß aus der „Wolke“, tastete erst Gotsiridze am ganzen Körper ab, dann, teilweise, Copilot Kabachnikov, der versuchte, sich mit den Händen vor dem grellen Licht zu schützen. Beide spürten dabei eine starke Hitze.

Das UFO begleitete weiterhin die Tscherkaschin-Besatzung. Als Gespann überflogen sie Riga und Vilnius, von den Fluglotsen auf Radar geortet, bis sie den Tschudsker und Pskowsker See erreicht hatten. Als aus dem „Kern“ des „Wolkenflugzeuges“ jetzt wieder ein konusförmiger Lichtstrahl entstand, der die Erde beleuchtete, hatten sie einen Referenzpunkt. Anhand der Projektion des Objektes aus dem Beobachtungspunkt errechneten sie die Länge der Wolke mit 8-10 km, die des Objektes, das ihren Kern bildete, auf 100-300 Meter. Auch auf dem Radarschirm des Flughafens Tallin erschien die TU-134 nicht allein, als sie zur Landung ansetzte. Schließlich erlosch das Licht und das „Wolkenflugzeug“ sah nun nur noch aus wie eine Art grüner Bumerang, der sich langsam in Richtung des Finnischen Meerbusens entfernte.

Kurze Zeit später wurde die „Kommission zur Erforschung paranormaler Phänomene“ von der sowjetischen Luftfahrtbehörde eingeschaltet. Man hatte ein Problem, und das war in erster Linie medizinischer Natur. Der Pilot des Fluges 7084, V. Gotsiridze, sei nach seiner Ankunft in Tblissi schwer erkrankt, hieß es, möglicherweise durch eine unbekannte Strahlung, und in der Poliklinik der georgischen Hauptstadt wußte man nicht, wie man ihn behandeln sollte. In Moskau kümmerte sich die Frau des Vizepräsidenten der Kommission, Col. Dr. Marina Popovich, persönlich um die Einweisung des Flugkapitäns in die Botkin-Klinik. Doch auch dort konnte keine genaue Diagnose gestellt werden, und als Gotsiridze im November 1985 - wieder inTblissi - verstarb, standen nur *„begleitende Komplikationen, Knochenmarktumore, Muskelrisse, Schädigungen im Bereich der Milz, ein sich ausbreitender Gewebetod“* und ein *„myelomartiges Krankheitsbild“* als Todesursache fest.

Die legendäre Testpilotin
Col. Dr. Marina Popovich

Kurz darauf mußte auch Copilot Juri Kabachnikov in die Klinik eingewiesen werden. Er litt an punktförmigen Verbrennungen des Augenhintergrundes und einer Reihe anderer Beschwerden, darunter zunehmende Ohnmachtsanfälle. Die Klinik erklärte ihn für fluguntauglich, und bis zu seinem Tode ein paar Jahre später erhielt er Invalidenrente. In einem medizinischen Gutachten des Leiters der Abteilung für Pathophysiologie des Forschungsinstitutes für experimentelle und klinische Therapie in Tblissi vom 23.6. 1986 heißt es: *„Juri Kabachnikov war* *einer elektromagnetischen Strahlung von unbekannter physikalischer Beschaffenheit ausgesetzt. Nach den Werten des Elektrokardiogramms (EKG) und des Elektroenzephalogramms (EEG) zu urteilen, erfolgte der Einfluß durch einen relativ dünnen Strahl, der Verletzungen am Gehirn und am Herzmuskel hervorrief. Die festgestellten Abweichungen sind in der medizinischen Praxis einzigartig und in der medizinischen Literatur noch nie beschrieben worden. Gez. Prof. Dr. med. Konstantin Zindadse"* Auch die Stewardeß, die sich zur Zeit der Sichtung im Cockpit aufhielt, litt noch jahrelang an einer schweren Hautkrankheit. Die Piloten des Fluges Nr. 8352 dagegen blieben unversehrt.

Während diese Strahlenschäden bis vor kurzem verschwiegen wurden, erschien eine Schilderung des Vorfalles aus der Sicht der Tscherkaschin-Crew am 30. Januar 1985 unter der Schlagzeile *„Genau um 4.10 Uhr..."* in der Gewerkschaftszeitung „Trud", komplett mit einem Kommentar des Vizevorsitzenden der „Kommission zur Erforschung paranormaler Phänomene", des Akademiemitglieds N.A.Sheltuchin und einem Aufruf an die Bevölkerung, *„ähnliche Beobachtungen an unsere Adresse zu berichten".*
„Dieser Fall ist tatsächlich interessant", gestand Sheltuchin ein, *„und man kann einzig eine Schlußfolgerung ziehen: Die Talliner Crew hatte mit etwas zu tun, das wir ein UFO nennen."*
Das aber löste eine Lawine aus, und über 30.000 Zuschriften trafen bei der angegebenen Moskauer Postanschrift ein. Während die Verursacher, der Verfasser des Artikels, der verantwortliche Redakteur und der Chefredakteur von „Trud", gefeuert wurden, ließ sich das neuerweckte Interesse der Sowjet-Öffentlichkeit nicht mehr stoppen. Und bald war auch keiner mehr da, der ein Interesse daran hatte, es zu unterdrücken. Am 11. März 1985 wurde Michail Gorbatschow zum neuen Generalsekretär der KPdSU gewählt. Das Zeitalter von Glasnost (neue Offenheit) und Perestroika (Umgestaltung) hatte begonnen. Noch im selben Jahr erließ der Leiter des Direktorats für die Verteidigung von Staats- und Pressegeheimnissen, Vladimir Nasarov, eine Verfügung, in der es hieß: *„Von heute an werden die Beschränkungen der Publikation von Berichten über das UFO-Problem, die früher in unserem Land galten, aufgehoben."*

Und gleich kam ein neuer, aktueller Fall in die Presse. Eines Nachts im Februar 1985, ausgerechnet bei Petrosavodsk, rumpelte ein Güterzug durch die Dunkelheit. Der Zug war mehrere hundert Meter lang und 1600 Tonnen schwer, aber leer. Zugführer Sergei Orlov und sein Maschinist hatten den Auftrag erhalten, ihn zum Güterbahnhof Petrosavodsk zu fahren, wo er am nächsten Morgen beladen werden sollte. Als er gerade einen Wald durchfuhr, bemerkte Orlov vom Führerhaus seiner Diesellok aus eine leuchtende Kugel, die zwischen den Tannen aufgetaucht war und jetzt den Zug begleitete. Als er kurz darauf verlangsamte, weil die Strecke bergauf ging, leuchtete die Kugel hell auf und setzte sich vor die Lokomotive. Sofort begann die Bahn zu beschleunigen. Als es dann wieder bergab ging, versuchte der Lokomotivführer abzubremsen, was sich als unmöglich erwies. Auch die Notbremse funktionierte nicht, und der Güterzug wurde weiter mit 50 Stundenkilometer Geschwindigkeit von der Kugel durch die Nacht gezogen. Orlov bekam es mit der Angst zu tun, funkte zum nächsten Bahnhof nach Novije Peski, daß sein Zug nicht mehr gebremst werden könne. Die Bahnhofsvorsteherin, Olga Pauschukova, gab der Strecke „grünes Licht" und rannte auf den Bahnsteig. Was sie dann sah, verschlug ihr den Atem: Vor den Waggons flog eine transparente, leuchtende Kugel die Bahnstrecke entlang, in der sich ein feuerroter Diskus hin- und herbewegte (die „Kugel" war also offenbar nur ein Kraftfeld). Kurz vor der Bahnstation flog das Objekt davon, um einige Kilometer weiter wieder vor der Lok zu erscheinen. In diesem

Augenblick bremste der Zug abrupt ab, obwohl Orlov die Bremsen nicht betätigt hatte, und Lokführer und Maschinist fielen gegen die Frontscheibe. Nach etwa 50 Kilometern verschwand die Lichtkugel so lautlos in einem nahegelegenen Wald, wie sie eine Stunde zuvor gekommen war. Als die Zugmannschaft in Petrosavodsk ankam, stand sie sichtlich unter Schock. Eine Untersuchung der Diesellok ergab, daß sie rund 300 Liter Kraftstoff mehr im Tank hatte, als sie eigentlich haben dürfte. Offenbar hatte die Kugel ihr geholfen, eine beachtliche Menge Dieselkraftstoff zu sparen.

Fälle wie dieser und die „neue Offenheit" der Presse trugen dazu bei, daß Ende der Achtziger Jahre die „Nichtperiodische flüchtige Phänomene in der Umwelt". Rund 200 Vorträge standen auf der Tagesordnung, die schließlich in drei Bänden publiziert wurden. Bei der zweiten Tomsker Konferenz über „Anomale Erscheinungen" im April 1990 waren es sogar 472 Vorträge. Bedauerlicherweise kam es zugleich zu heftigen Flügelkämpfen zwischen den verschiedenen Fraktionen der UFO-Forscher. So spaltete sich das 1989 gegründete „Komitee zur Untersuchung von Problemem des Energie- und Informationsaustausches in der Natur" der Allunions Wissenschaftlich-Technischen Gesellschaft, die Nachfolgeorganisation der „Kommission zur Erforschung paranormaler Phänomene", jetzt unter Leitung des Akademiemitgliedes V. Kaznacheyev.

In der Nähe von Moskau, 1989

Rußland, 1986

UFO-Gruppen, Komitees und Kommissionen in allen größeren Städten der Sowjetunion wie die buchstäblichen Pilze aus dem russischen Boden schossen. Im April 1988 trafen sich über 400 sowjetische UFO-Forscher im Polytechnikum der sibirischen Universitätsstadt Tomsk zu einer einwöchigen Konferenz über

Prof. Vladimir Azhazha ergriff, nach dem Tod Zigels die unbestrittene Nr.1 der sowjetischen UFO-Forschung, im Herbst desselben Jahres die Initiative und gründete das „Allunions UFO-Zentrum". Zu seinem Präsidenten wählte man General Pavel Popovich, seine Vizepräsidenten waren Azhazha, Generalmajor Ni-

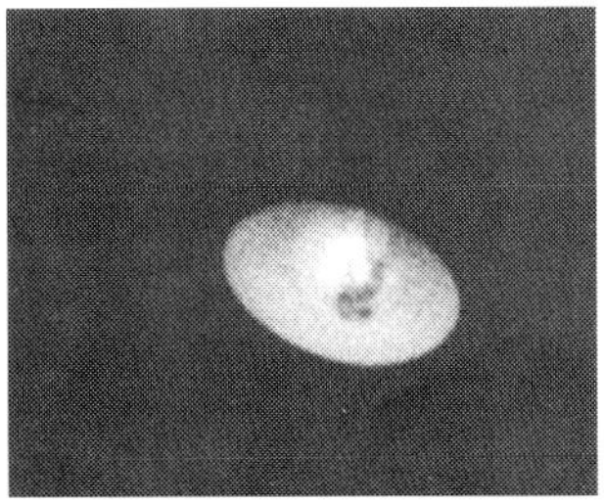

Jaroslawl, April 1990, Foto: A. Nitowschtschikow

Saratow, September 1989

Krim, Ukraine, 1988

kolai Vassiljev vom Innenministerium und der Journalist Michael Jelzin. Das „Soyusufotsentr" -1992 in „Russisches UFO-Zentrum" umbenannt - steht unter „Schirmherrschaft der Union der naturwissenschaftlichen und Ingenieurs-Gesellschaften" und hat 120 Lokalgruppen in 80 Städten. Allein in Moskau besuchten über 2500 Personen seine Seminare, auf das Angebot von Fernlehrgängen „Einführung in die UFO-Forschung" meldeten sich 25.000 Interessierte aus allen Teilen des Landes. Seit dem 1.1.1991 unterhält das Zentrum eigene Räumlichkeiten im „Institut Stahl-Projekt" in der Leningradskij Chaussee 18.

Widnoje, Russland, 4.5.1989, Foto: A. Pawlow

Diese neue Offenheit machte auch Militärs Mut, stückweise zu enthüllen, was die sowjetischen Streitkräfte schon seit Jahrzehnten über die UFOs wußten. Einer der ersten Luftwaffenpiloten, die offen über ihre UFO-Begegnungen sprachen, war der Jagdflieger Lt.Col. Lev Vyatkin. Und das ist sein Bericht:

„Am 13. August 1967 startete ich meinen Abfangjäger zu einem Übungsflug. Es war kurz nach 23.00 Uhr. Ich schaltete den Nachbrenner zur Schubverstärkung ein, um auf 10.000 Meter zu steigen. Ich manövrierte die Maschine in meine Zielrichtung, erstattete meinem Flugkommandanten Bericht und steuerte behutsam nach links.

Es war eine ruhige, mondlose Nacht. Die hellen Sternbilder taten das ihre dazu, ihr einen unwiderstehlichen Charme zu geben. Die Maschine hatte die halbe Kurve geschafft und steuerte auf das Meer zu. Die Lichter von Yalta, dem Seebad am Schwarzen Meer, glitzerten unter mir in der Halbmondform der Bucht. Ich über-

Der sowjetische Fliegerheld Lt.Col. Lev Vyatkin

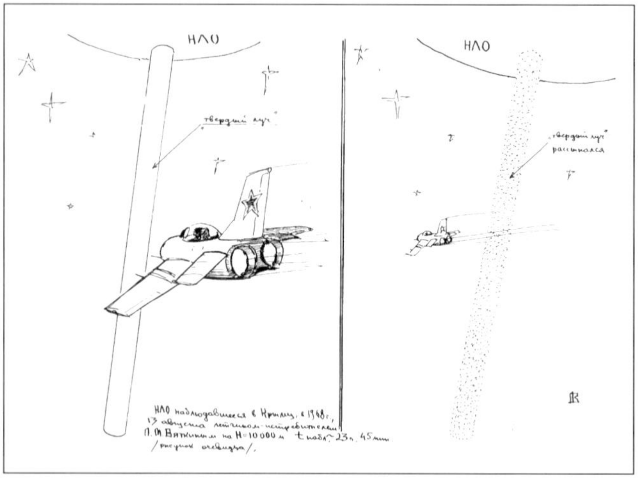

So zeichnete Vyatkin seine UFO-Begegnung

prüfte routinemäßig die Instrumente. Der Motor brummte hinter meinem Sitz. Alles war okay, ergaben die üblichen Prozeduren.
In diesem Augenblick bemerkte ich etwas, das mir später immer wieder in den Sinn kam, als ich versuchte, Erklärungen für das zu finden, was jetzt geschah. Ich sah das Objekt, als ich von den Instrumenten hochblickte: Es war ein sehr großes, ovales Objekt, das irgendwie auf die Backbordseite meines Flugzeuges fixiert war. Ein seltsames Objekt, das mir so nahe war, war Grund genug zur Sorge, und so fragte ich über Funk den Flugkommandanten Major Musatov: „Wer ist in der Zone?“ Er schaute auf den Radarschirm und antwortete zu meiner Überraschung, daß niemand in meiner Nähe sei und all die anderen Flugzeuge schon gelandet wären. Ich steuerte die Maschine nach rechts, bemühte mich aber, das seltsame Objekt, das mich jetzt noch mehr beunruhigte, nicht aus den Augen zu verlieren. Ich versuchte, ihm nicht zu nahe zu kommen und festzustellen, in welcher Richtung es sich bewegte. Doch schon einige Sekunden später verdunkelte es seine Lichter allmählich.
Zwischenzeitlich hatte mein Flugzeug eine komplette Rechtsdrehung vollzogen und war wieder an seinem Ausgangspunkt angelangt. Ich überlegte, was ich jetzt versuchen sollte und entschloß mich, die geplante Linksdrehung zu machen, allerdings so vorsichtig wie möglich. Doch kaum hatte ich meinen Düsenjäger nach links gedreht und meine Geschwindigkeit erreicht, bemerkte ich einen hellen Lichtblitz, der von oben her gerade auf dem Kurs meiner Maschine niederging. Dann erschien ein schräger, milchweißer Strahl, der langsam auf die MIG gerichtet wurde. Wäre ich nicht ausgewichen, wäre ich mit der Flugzeugspitze genau in den Strahl hineingeflogen.
Stattdessen streifte ich den Strahl mit dem linken Flügel. Ich passierte ihn mit hoher Geschwindigkeit und behielt ihn immer im Auge, so daß ich in der Lage war, etwas sehr Seltsames zu beobachten. Denn als der Flügel den Strahl traf, zerbrach letzterer in Millionen kleine Funken ähnlich einem Feuerwerk. „Was war

los?", fragte ich mich, „ist der Strahl fest?" Die Funken fielen zur Erde, und bald verschwanden das Licht und der Strahl, der aus seiner Unterseite kam.
Auf dem Rückflug zum Flughafen hielt ich die Augen offen und suchte nach weiteren Überraschungen am Sternenhimmel, doch alles war ruhig. Mein Nachtflug endete sicher. Doch noch Tage später leuchtete der Flügel, der in Kontakt mit dem seltsamen Strahl gekommen war, bei Nacht und erinnerte mich an das Phänomen."

Dieser und ähnliche Berichte sowjetischer Luftwaffenpiloten erwiesen sich als nicht mehr als die Spitze eines Eisberges. So sammelte die legendäre Testpilotin Oberst Dr. Marina Popovich, über 3000 Berichte von UFO-Begegnungen ihrer Fliegerkameraden, deren Interessanteste sie in diversen Vorträgen und ihrem Bestseller „UFO-Glasnost" einem internationalen Publikum präsentierte.
Und schließlich schrieben die Zeitungen auch über aktuelle Fälle. So vermeldete die Gewerkschaftszeitung „Rabochaya Tribuna" im Oktober 1990 sei es bei hellem Tageslicht über der georgischen Hauptstadt Tblissi zur Verfolgung zweier UFOs durch den Abfangjägerpiloten Major P.Riabishev gekommen, nachdem das Objekt zuvor auf Radar geortet worden waren. Hier der Bericht des Piloten, wie ihn die Zeitung wiedergab:
„Um 11.22 Uhr erhielt ich vom Tower die Koordinaten und den Befehl, nach ihnen Ausschau zu halten. Nach Angaben des Kommandopostens befand es sich in einer Höhe von 4,5 Kilometern. Das Wetter war klar und wolkenlos, die Sicht hervorragend...
Plötzlich veranlaßte mich etwas, mich umzudrehen. Rechts vom Heck meiner Maschine entdeckte ich zwei zigarrenförmige Objekte von beachtlicher Größe. Das erste schien zwei Kilometer lang zu sein, das andere etwa 400 Meter. Sie standen hintereinander und waren deutlich vor dem klaren Himmel auszumachen. Das kleinere leuchtete silbrig in den Strahlen der Sonne, während das größere glanzlos und matt erschien. Mehr konnte ich nicht erkennen, dazu waren sie zu weit entfernt. Schließlich flogen sie mit großer Geschwindigkeit davon... Wie mir der Kommandoposten mitteilte, waren sie laut Radar 15 Kilometer von mir entfernt."

Und noch etwas brachte das „UFO-Glasnost" mit sich: Erstmals enthüllten ranghohe Militärs die Wahrheit über die geheimen UFO-Studien der sowjetischen Streitkräfte, die, so oft sie auch bestritten wurden, unter höchster Geheimhaltung stattfanden. Auch hier war der Vorfall von Petrosavodsk 1977 der eigentliche Auslöser, auch wenn es noch weitere zwei Jahre dauerte, bis genügend Daten für eine statistische Studie gesammelt waren, die schließlich das Militär veranlaßte, ein landesweites UFO-Aufspürprojekt ins Leben zu rufen.
Verfasser der genannten Studien waren drei Wissenschaftler, L.M.Gindilis, D.A.Menkov und I.G.Petrovskaya, vom „Institut für Weltraumforschung" der Akademie der Wissenschaften, die 1979 auf Entscheidung der „Sektion Allgemeine Physik und Astronomie des Präsidiums der AdW" eine „Statistische Analyse von Beobachtungen anomaler atmosphärischer Phänomene in der UdSSR" durchführten. Ihr Abschlußbericht war so spektakulär, daß er 1980 sogar von der US-Raumfahrtbehörde NASA ins Englische übersetzt wurde. In dem Papier kamen sie nach der Auswertung von 256 Sichtungsberichten zu dem Schluß, daß *„das Phänomen einige stabile statistische Charakteristiken"* aufweist.
Von den Beobachtungen stammten 25 % von Wissenschaftlern, darunter 7,5 % von Astronomen und 11 % von Piloten. Die beschriebenen Objekte waren „sternförmig" (19 %), Kugeln (11 %), Scheiben (15,5 %), halbmondförmig (22,5 %) und längliche Flugkörper (7,5 %) von verlängerten Ovalen bis hin zu „Zigarren" und „Zylindern". Die restlichen 24,5 % umfaßten „exotische Formen" wie Dreiecke, Rechtecke, Kuppeln und

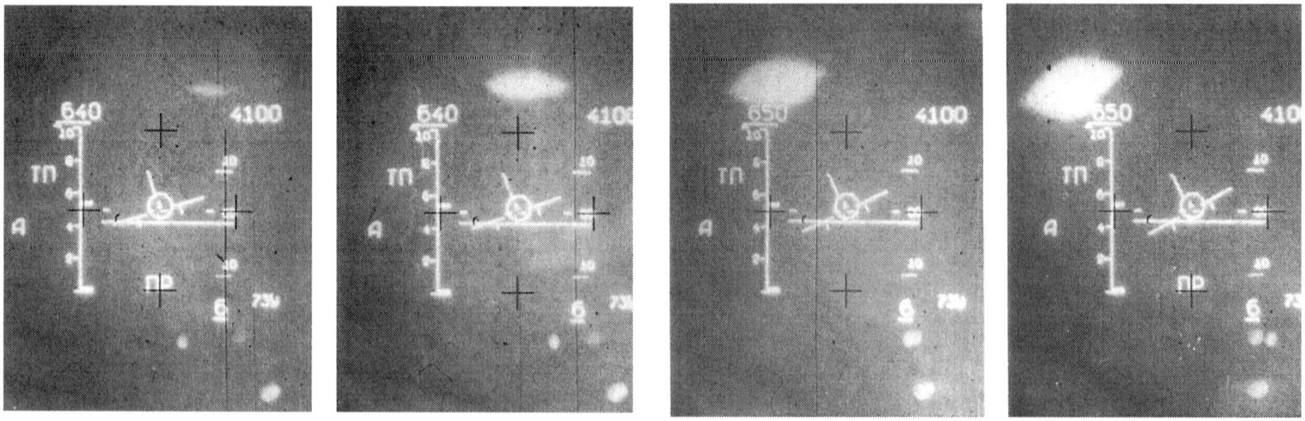

Aufnahmen vom Bordradar einer MiG-21 während einer UFO-Begegnung 1991 im Luftraum nahe Woronesch.

Hanteln. Der Bericht kam zu der Schlußfolgerung, daß *„die überwältigende Mehrheit der Fälle"*, nicht auf *„atmosphärische oder optische Effekte"* zurückgeführt werden könne, vielmehr „von völlig anderer Natur" sei. Um dieser auf den Grund zu kommen, empfahl er ein Bemühen um

„gutdokumentierte Beobachtungen: Die Erlangung solcher Berichte müßte durch das existierende Netz von meteorologischen, geophysikalischen und astronomischen Beobachtungsstationen wie durch andere offizielle Kanäle organisiert werden. Die Möglichkeit, spezielle Beobachtungsinstrumente einzusetzen, sollte sorgfältig überdacht werden."

Diese Empfehlung wurde in die Tat umgesetzt. Was folgte, war das größte UFO-Aufspürprojekt, das je durchgeführt wurde.

„Für die nächsten Jahre war die Sowjetunion ein gewaltiger UFO-Lauschposten", erklärte Oberst Boris Sokolov vom sowjetischen Verteidigungsministerium im März 1993 dem amerikanischen TV-Journalisten George Knapp. Das Projekt begann 1980, als eine Geheimorder des Verteidigungsministeriums an sämtliche Militärstützpunkte im roten Riesenreich erging: Jede Militäreinheit hatte jede UFO-Sichtung unverzüglich zu melden. Piloten, Soldaten und Seeleute wurden angewiesen, das Verhalten der Objekte genauestens zu beobachten und, wenn möglich, Fotos zu machen. Alle diese Berichte gingen den üblichen Dienstweg und landeten schließlich auf Sokolovs Schreibtisch. Es waren Tausende. *„Wir hatten 40 Fälle von UFO-Begegnungen unserer Piloten"*, erinnerte sich Oberst Sokolov, *„zuerst erhielten sie Befehl, die UFOs abzufangen und notfalls das Feuer zu eröffnen. Sie versuchten das mehrmals, die Objekte beschleunigten, sie nahmen die Verfolgung auf, verloren die Kontrolle über ihre Maschinen und stürzten ab. Das geschah dreimal. In zwei Fällen starben die Piloten. Dann wurde ein neuer Befehl erlassen: Wenn sie ein UFO sehen, sollten sie so schnell wie möglich den Kurs wechseln und verschwinden. Später wurde auch dieser Befehl modifiziert. Jetzt lautete ihre Anweisung, die Objekte aus sicherer Entfernung zu beobachten."*

Weiter erklärte Sokolov, daß über 30 Radarstationen eingerichtet wurden, um UFOs aufzuspüren und herauszufinden, von woher sie kamen. Damit folgte man nicht nur dem Rat von Gindilis, Menkov und Petrovs-

kaja, sondern auch einer Empfehlung sowjetischer Wissenschaftler aus den siebziger Jahren.
Im August 1971 fand in Bjukaran eine Konferenz über die Suche nach extraterrestrischen Intelligenzen statt. Wie die amerikanischen Teilnehmer Dr. Ch. Townes und Prof. R. Bracewell später berichteten, hatten die Russen sehr vorsichtig versucht, die Notwendigkeit und die Möglichkeiten zu diskutieren, die unidentifizierten Himmelserscheinungen weltweit zu verfolgen. Etwas konkreter wurde das 1975 von der Akademie der Wissenschaften veröffentlichte „Programm zur Erforschung möglicher Kommunikation mit außerirdischen Zivilisationen", in dem es auf Seite 19 heißt: *„Besondere Anstrengungen sollen gemacht werden, um Raumsonden zu entdecken, die von außerirdischen Zivilisationen ausgesandt worden sind und sich innerhalb unseres Sonnensystems oder sogar in einer Umlaufbahn um die Erde befinden. Um solche sich rasch bewegenden Objekte auszumachen, sollte ein ständiges Beobachtungssystem, das den ganzen Himmel erfaßt, durch das neu entwickelte Verbundsystem von Radioobservatorien ergänzt werden (dadurch werden die Objekte von verschiedenen Orten aus mit Hilfe von Radio-Radarantennen erfaßt). Es sollte in der ersten Phase auch möglich sein, zu diesem Zweck die vorhandenen Radio-Radareinrichtungen zu benutzen, die für kosmische Kommunikation und Radioortung entwickelt worden sind. "*

Natürlich bezog sich das Papier, ohne ausdrückliche Referenz, auf die Ortung von „UFO-Mutterschiffen" im Erdorbit seit Ende der fünfziger Jahre. Doch seit 1980 wurden *„Hunderte UFO-Flüge mit Hilfe modernster Computer verfolgt",* wie es der Astronom und Astrophysiker Dr. Sergei Bozhich formulierte. Diese erstaunliche Leistung war nur unter Einsatz neuester Aufspürvorrichtungen, die in verschiedenen Stationen in der Sowjetunion und der Arktis aufgestellt wurden, möglich. Russische Spionagesatelliten waren ebenfalls daran beteiligt. In den ersten drei Jahren dieses Projektes konnten Hunderte UFOs geortet werden, davon über den fünf wichtigsten Beobachtungspunkten, den Städten

Petrosavodsk: 94
Pyatogorsk: 18
Nizhni Tagil: 23
Estland: 44
Kiew: .... 36.

Dabei stellte man fest, daß alle UFO-Flüge früher oder später im Weltraum enden. Da eine ganze Reihe von UFOs vor den elektronischen Augen der Spionagesatelliten in Richtung des Planeten Saturn davonschossen, glaubte Dr. Bozhich, daß sie eine Basis auf einem der Saturn-Monde haben könnten.
Aber es gab noch einen anderen Grund als die Frage nach ihrer Herkunft, weshalb die sowjetischen Streitkräfte unter höchster Geheimhaltung die Manöver der UFOs verfolgte: Man hatte den begründeten Verdacht, daß ein Großteil der „Stealth-Technologie" des neuen Tarnkappenbombers der USA auf die Auswertung der Wracks abgestürzter UFOs zurückging. Und jetzt hoffte man, selbst einen UFO-Absturz zu orten, um das Wrack untersuchen und den Vorsprung, den die Amerikaner hatten, aufholen zu können. Doch dann ereignete sich ein ganz anderer Vorfall, der den Mächtigen des sowjetischen Verteidigungsministeriums das Blut in den Adern gefrieren ließ.

Der 5. Oktober 1983 hatte für Oberst Sokolov wie ein ganz gewöhnlicher Arbeitstag begonnen. Er war frühmorgens in seinem Lada ins Verteidigungsministerium gefahren, hatte sich an seinen Schreibtisch im „UFO-Büro" gesetzt und war die jüngsten Berichte durchgegangen, als sein altmodisches schwarzes Telefon klingelte. Am anderen Ende der Leitung war sein Kommandant, ein Vier-Sterne-General: *„Sokolov, machen Sie sich fertig. Sie werden in zehn Minuten abgeholt. Ein Flugzeug steht schon bereit. Sie fliegen auf eine*

unserer ICBM-Basen in der Ukraine. Alles andere entnehmen Sie dem Bericht, der auf dem Weg zu Ihnen ist."
Kaum hatte er aufgelegt, klopfte es schon an seiner Tür. Ein Oberstabsfeldwebel übergab dem Oberst eine mit „Streng Geheim" klassifizierte Akte, die er erst im Wagen öffnete, als er zum Flughafen gefahren wurde. Je weiter Sokolov den Geheimbericht Zeile für Zeile las, desto deutlicher wurde ihm bewußt, weshalb dies alles unter solcher Dringlichkeit geschah. Man war gerade nur ganz knapp einem Dritten Weltkrieg entgangen. Denn an diesem Morgen hatte der Kommandant der Basis, auf der interkontinentale Fernlenkraketen mit atomaren Sprengköpfen lagerten, dem Generalstabschef Bericht über einen Vorfall erstattet, der sich am Abend zuvor zwischen 16.00 und 20.00 Uhr zugetragen hatte. Ein UFO tauchte in diesem Zeitraum über der Basis auf, schwebte über den Atomwaffenarsenalen. Jeder Versuch, auf den unbekannten Eindringling zu feuern, scheiterte, da die Waffenautomatik der Geschosse plötzlich ausfiel. Während der ganzen Zeit leuchteten die Lichter der Kontrollvorrichtungen im Kommandozentrum der Basis hell auf - die Startcodes für die Fernlenkraketen waren auf mysteriöse Weise außer Kraft gesetzt worden.

„Als sie den Befehl erhielten, die Raketen zu starten", erklärte Sokolov vor laufender Fernsehkamera George Knapp, *„verschwendete der Chef des Generalstabs keine Minute, unser UFO-Büro einzuschalten."*

Trotz allem war man glücklicherweise *„mit einem Schrecken davongekommen"*, doch der Vorfall machte dem Generalstab endgültig bewußt, daß die Bedeutung des UFO-Phänomens nicht unterschätzt werden durfte. Um nicht noch einmal einen dritten Weltkrieg zu riskieren, beschlossen das Verteidigungsministerium, künftig mit den Amerikanern in der UFO-Frage zusammenzuarbeiten.

Den Auftakt dazu bildete ein Bericht *„UFOs und Sicherheit"* in der Zeitschrift „Soviet Military Review" (Juni 1989), dem offiziellen Sprachrohr des sowjetischen Verteidigungsministeriums, das in englischer Sprache erschien und in den USA vertrieben wurde. Um die *„Einladung zur Kommunikation"* so unverbindlich wie möglich zu machen, benutzte man die angebliche Anfrage eines Bürgers aus Zimbabwe, ... *„ob UFOs wirklich existieren und wenn ja, ob sie eine Bedrohung für den Weltfrieden darstellen"*, als Vorwand, um die Problematik auf zwei Seiten ausführlich darzustellen. In der Antwort wird eingestanden, daß es *„zehntausende Fälle unerklärlicher Phänomene"* gäbe, die möglicherweise auf außerirdische Besucher hindeuten. Dabei lassen die Autoren keinen Zweifel daran, worum es ihnen tatsächlich geht:

„Wir glauben, daß der Mangel an Informationen über die Charakteristiken und Einflüsse der UFOs die Gefahr einer falschen Identifikation erhöht. Denn ein massenhafter Vorbeiflug von UFOs auf Flugbahnen nahe denen von Fernlenkraketen könnte von den Frühwarncomputern als ein Angriff mißdeutet werden... SDI-Computer könnten einen Gegenangriff anordnen. Erinnern wir uns, daß solche Entscheidungen nicht von Menschen getroffen werden, sondern von ‚objektiven' Computern, die bloß ‚nichts über UFOs wissen'. Dann hätte man gar keine Zeit mehr, sich über die Ursache für den Konflikt Gedanken zu machen, und deshalb sollten jene, die jetzt SDI entwickeln, gründlich darüber nachdenken. Das UFO-Problem bleibt ungelöst. (...) 1968 erklärte Felix Zigel, der führende sowjetische Erforscher des Problems: ‚Das Thema und Ziel der UFO-Forschung ist wichtig genug, um jede Bemühung zu rechtfertigen. Verständlicherweise wird hier eine internationale Kooperation dringend benötigt.'"
Tatsächlich war die Sowjetunion 1989/90 Ziel einer UFO-Sichtungswelle, wie es sie seit 1967 nicht mehr gegeben hatte und die dem Aufruf zur Zusammenar-

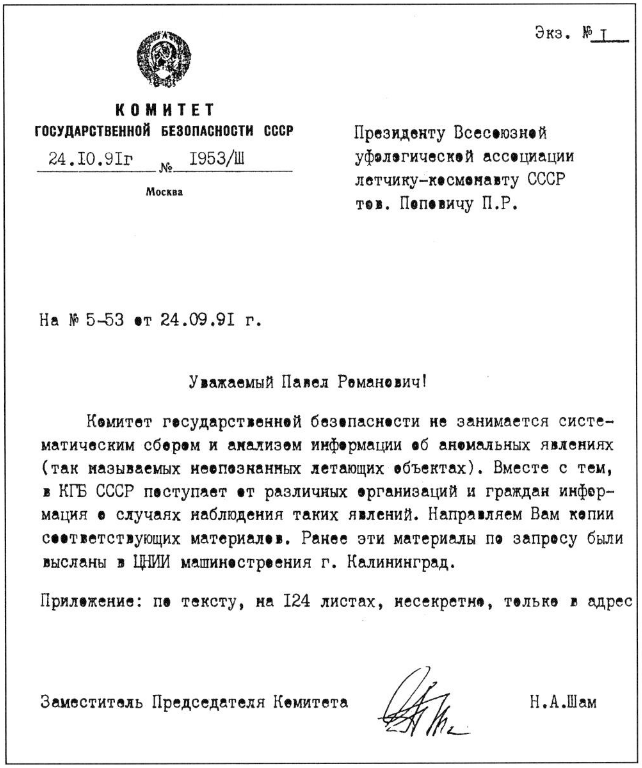

Экз. № 1

КОМИТЕТ
ГОСУДАРСТВЕННОЙ БЕЗОПАСНОСТИ СССР
24.10.91г № 1953/Ш
Москва

Президенту Всесоюзной
уфологической ассоциации
летчику-космонавту СССР
тов. Поповичу П.Р.

На № 5-53 от 24.09.91 г.

Уважаемый Павел Романович!

Комитет государственной безопасности не занимается систематическим сбором и анализом информации об аномальных явлениях (так называемых неопознанных летающих объектах). Вместе с тем, в КГБ СССР поступает от различных организаций и граждан информация о случаях наблюдения таких явлений. Направляем Вам копии соответствующих материалов. Ранее эти материалы по запросу были высланы в ЦНИИ машиностроения г. Калининград.

Приложение: по тексту, на 124 листах, несекретно, только в адрес

Заместитель Председателя Комитета Н.А.Шам

Mit diesem Schreiben gab der KGB 1991 General Pavel Popovich 124 Seiten geheimer UFO-Dokumente frei.

beit besondere Dringlichkeit verlieh. Einen der interessantesten Fälle aus diesem Zeitraum entnehmen wir einer Sammlung von 124 UFO-Akten des sowjetischen Geheimdienstes KGB, die am 24. Oktober 1991 dem Präsidenten des „All-Unions-UFO-Zentrum" zugeleitet wurde, dem Ex-Kosmonauten und Luftwaffengeneral Pavel Popovich. Die Dokumente, in deren Besitz ich 1994 kam, behandeln 17 Fälle aus den Jahren 1982-1990, darunter einen Vorfall, der sich am 28. Juni 1989 auf einem Militärstützpunkt neben dem Waffentestgelände bei Kapustin Yar in der Region Astrakhan (Kaspische Senke) zutrug.

Es war gegen Mitternacht, als Angehörige zweier Armee-Einheiten ein UFO beobachteten, das zwei Stunden lang über dem Waffenarsenal der Basis schwebte. Die KGB-Akte umfaßte handgeschriebene Sichtungsberichte, die vier der Zeugen nach ihrer Befragung durch Agenten des KGB verfaßten. Aus dem Bericht geht nicht hervor, welche Art von Raketen sich in den Arsenalen befand und ob es möglicherweise Atomwaffen waren.

„Ich bestieg den Wachtturm und beobachtete das Objekt aus sechs Meter Höhe. Ich erkannte deutlich ein heftiges Blinksignal, hell wie ein Kamerablitz. Das Objekt flog über den Lagerhof der Einheit und bewegte sich in Richtung des Raketendepots in 300 Meter Entfernung. Es schwebte in nur 20 Metern Höhe über dem Depot. Das UFO leuchtete in einem phosphoreszierenden Grün. Es war eine Scheibe, 4-5 Meter im Durchmesser, mit einer halbkugelförmigen Kuppel.

Während das Objekt über dem Depot schwebte, erschien ein heller Strahl an seiner Unterseite, dort, wo vorher das Licht blitzte, und zeichnete zwei oder drei Kreise. Dann bewegte sich das Objekt, noch immer blitzend, in Richtung des Bahnhofs. Aber bald kehrte es zu dem Raketendepot zurück und schwebte in 60-70 Metern Höhe über ihm. Zwei Stunden nach der ersten Sichtung flog das Objekt in Richtung der Stadt Akhtubinsk und verschwand aus unserer Sicht",

erklärte der Kommunikationsoffizier im Dienst, V. Voloshin.

Und der Soldat G. Kulik ergänzte:

„Neben dem Objekt am Himmel sah ich eine Feuerkugel, die von der Erde aufstieg und sich ihm näherte. Als sich das UFO in meine Richtung bewegte, spürte ich physisch seine Annäherung. Dann schoß es plötzlich in die Höhe. Ich sah ein Flugzeug, das versuchte, sich dem Objekt zu nähern, aber dieses beschleunigte so stark, daß es das Flugzeug bald hinter sich ließ."

Докладываю, что в период с 22 часов 12 минут 28 июля 1989 года до I часа 30 минут 29 июля 1989 года военнослужащие [redacted] МО СССР (войсковая часть [redacted], г.Капустин Яр Астраханской области) наблюдали неопознанные летающие объекты в районе передающего центра (войсковая часть [redacted]) и базы ликвидации [redacted] (войсковая часть [redacted]). Указанные части находятся в степи, на удалении от г.Капустин Яр к северо-востоку на 45 и 30 км соответственно.

Военнослужащие передающего центра наблюдали НЛО в период с 22 часов 12 минут до 23 часов 55 минут 28 июля 1989 года, причем, как следует из рассказов очевидцев, они наблюдали сразу три объекта на удалении 3–5 км.

Военнослужащие базы ликвидации, которая находится от ПРЦ на расстоянии около 15 км, видели НЛО с 23 часов 30 минут 28 июля до I часа 30 минут 29 июля 1989 года с расстояния от нескольких км до 300 метров.

По результатам опроса очевидцев установлено, что сообщаемые ими внешние признаки наблюдаемых НЛО совпадают и представляют собой: диск диаметром 4–5 метров с полусферой сверху, который ярко светился, двигался порой резко, но беззвучно, иногда опускаясь и зависая над землёй на высоте 20–60 метров (подробнее об этом изложено в объяснительных очевидцев).

Командованием [redacted] МО СССР поднимался из войсковой части [redacted] (полигон ВВС, г.Актюбинск) истребитель, но детально рассмотреть НЛО ему не удалось, так как тот не подпускал к себе самолет на близкое расстояние, уходя от него.

Погодные условия в указанное время были благоприятными для визуального наблюдения.

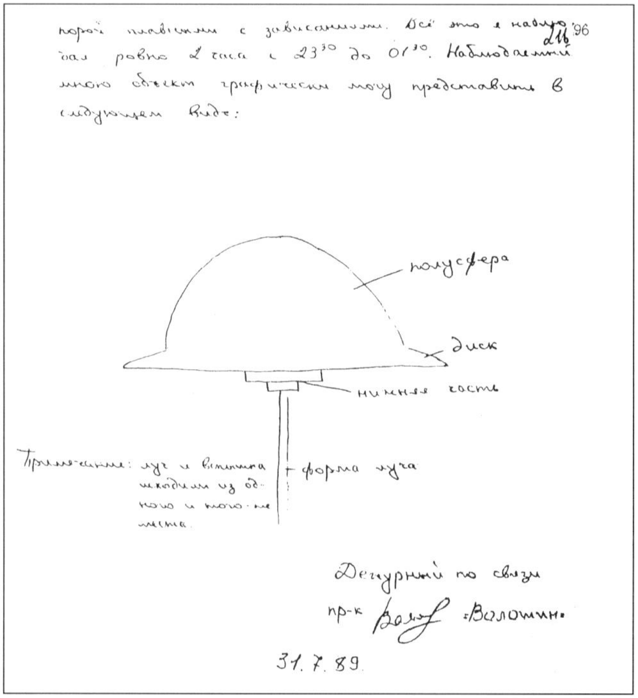

Der interessanteste Fall aus dem KGB-Material ereignete sich am 28.6.1989 über einem Militärstützpunkt auf dem Versuchsgelände bei Kapustin Yar: Zwei Stunden lang schwebte ein UFO über den Raketenarsenalen der Basis. Rechts: Skizze eines der Augenzeugen

Weniger glimpflich verlief das Manöver eines UFOs über einer Radarstation bei Kuybyshev (Samara) in der Tatarei am 13. September 1990. Major A.L. Duplin, der die Wachschicht zu dieser Zeit leitete, meldete:

„Um 0.07 Uhr wurde ein großes Flugobjekt auf dem Radarschirm geortet. Die Stärke des Blips (Radarecho) war vergleichbar mit der eines strategischen Bombers, und seine Entfernung weniger als 100 Kilometer.

Ich erteilte Befehl, das Ziel durch unser automatisches Identifikationssystem zu überprüfen, als mich Hauptfeldwebel Miketenok informierte, daß das System ausgefallen sei... In diesem Augenblick (es war jetzt 0.10 Uhr und 30 Sek.) zerstreute sich das Ziel des ‚strategi-

So schilderten die Zeugen den Vorfall von Kapustin Yar.

Künstlerische Darstellung der drei entscheidenden Phasen des UFO-Manövers über der Radarstation Kuybyshev bei Samara am 13. September 1990: Das Dreiecks-UFO im Anflug, bei der Landung, beim Abfeuern eines Lichtstrahls auf die mobile Radareinheit, die dadurch völlig zerstört wird.

schen Bombers' und wurde zu etwas, das auf dem Radarschirm wie ein Vogelschwarm erschien."

Während die Männer auf der Radarstation noch darüber diskutierten, ob sie eine explodierende Raketenstufe oder einen Vogelschwarm auf dem Schirm gehabt haben, erschien plötzlich ein neues Radarsignal: das eines riesigen Objektes, das nur noch 42 km von der Basis entfernt war. Als das Ziel noch näher kam, beauftragte der unterirdische Radarposten ein Team unter Leitung von Hauptmann Lazeiko, nach dem Verursacher Ausschau zu halten. *„Als wir aus dem unterirdischen Bunker kamen, glitt gerade ein unbekanntes Objekt über unsere Köpfe"*, schilderte Hauptmann Lazeiko seine Beobachtung, *„es flog in einer Höhe von nur zehn Metern. Wir konnten es ganz deutlich sehen, denn das Umfeld der Basis ist durch Scheinwerfer ständig taghell erleuchtet. Es war ein gleichschenkliges Dreieck mit abgerundeten Ecken. Die Unterseite des Objektes war glatt, aber nicht spiegelglatt - es war wie mit einer Rußschicht bedeckt. Es hatte keine Öffnungen, Luken oder Landevorrichtungen, aber wir sahen drei weißblaue Lichtstrahlen."*

Währenddessen, es war mittlerweile 0.20 Uhr, versuchte der Kommandant der Wache im Wachraum, Hauptfeldwebel Gorin, den Wachposten Nummer 4 zu

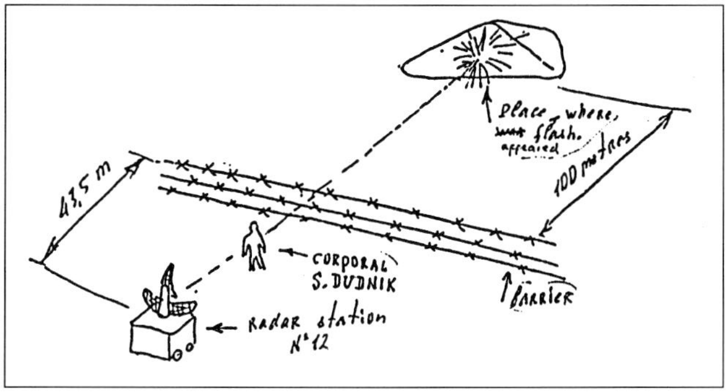

Skizze eines Augenzeugen vom Hergang des Vorfalls

erreichen, Korporal A. Blazhis, doch dieser antwortete nicht. Gorin schickte zwei Soldaten aus, nachzusehen, was geschehen war, nachdem man sich vom einwandfreien Funktionieren der Funkvorrichtungen überzeugt hatte. Doch Blazhis war verschwunden. Als er davon erfuhr, erteilte Gorin Befehl, den Wachtposten zu suchen. Eine halbe Stunde später erhielt er Meldung, daß sowohl Blazhis als auch eine andere Wache, Korporal A. Varenitsa, unauffindbar waren.

„Nachdem ich den Bericht über das Verschwinden der beiden Korporale erhalten hatte", setzte Major Duplin seinen Bericht fort, *„entschied ich, nach dem unidenti-*

fizierten Objekt schauen zu lassen, das mittlerweile bei der Umzäunung einer mobilen Kurzstrecken-Radareinheit (Nr.12) gelandet war." In diesem Moment meldete Hauptmann P. Lazeiko, daß er einen Lichtblitz gesehen habe und jetzt die Radarantennen von Einheit Nr. 12 brennen würden, *„als seien sie aus Holz"*.Ein weiterer Zeuge der Landung, Korporal S. Dudnik, beschrieb das wie folgt:

„Ich stand auf Wachtposten Nr.6 und beobachtete den Anflug eines großen, schwarzen, dreieckigen Flugobjektes, jede Seite 15 Meter lang. Es landete, indem es nicht allzu schnell vertikal herabstieg und dabei ein raschelndes Geräusch machte. Es war vielleicht drei Meter dick. Der Blitz, mit dem es die Radarantenne hinter mir zerschmetterte, kam aus der Mitte der Seite des Objektes. Es hatte dort keine Öffnung, die ich sehen konnte, aber es schien sein Ziel anzupeilen, und ich befand mich direkt in der Schußlinie. Seltsamerweise kam ich nicht zu Schaden, aber die Antenne stürzte zusammen und brannte hell."

Mannschaftsführer P.Beshmetov rannte zu Korporal Dudnik, als das Feuer entstand. *„Er stand am Stacheldrahtzaun, seine Kalashnikov auf das riesige schwarze Dreieck gerichtet, das in rund hundert Meter Entfernung hinter dem Zaun schwebte."*

Was weiter geschah, schilderte Beshmetov wie folgt:

„Das Dreieck startete nach anderthalb Stunden und der Kommandant der Wache befahl allen Soldaten, wieder auf ihre Posten zu gehen. Die Farbe der mobilen Radareinheit war vor dem Blitz olivgrün, doch danach war sie schwarz und von Blasen bedeckt. Teile des Untersatzes waren geschmolzen. Die obere Radarantenne war abgebrochen und lag auf dem Boden, drei Meter von der Einheit entfernt. Alle Stahlteile waren geschmolzen, bis auf den Aluminiumspiegel selbst. Die Offiziere erklärten Hauptmann Rudzit, daß die Stahlteile wie von einem Oxygenstrahl verbrannt waren, und sie konnten nicht verstehen, welche Energie aus einer Entfernung von 143,5 Metern Stahl zum Brennen bringen konnte.

Als ich zum Lagerhaus ging, traf ich Korporal Blazhis. Ich war sehr verwundert, als ich sah, wie er zu seinem Posten ging, als sei nichts geschehen. Ich fragte ihn, wo er so lange gesteckt habe. Er lachte und sagte, daß er zum Telefon gegangen war, um das Auftauchen des Objektes Feldwebel Romanow zu melden, als er plötzlich sein Bewußtsein verlor. Zur selben Zeit erschien V.Varenitsa, der andere fehlende Soldat, ebenfalls auf seinem Posten. Auch er erinnerte sich an nichts und war überzeugt, die ganze Zeit auf seinem Posten gestanden zu haben. Die Uhren der Korporale Blazhis und Varenitza gingen 1 Stunde 57 Minuten beziehungsweise 1 Stunde 45 Minuten nach. Zusätzlich waren die Seriennummern auf Blazhis Maschinengewehr und Bajonett völlig ausgelöscht."

Am nächsten Morgen inspizierten die Offiziere der Radarstation die Stelle, an der das UFO „gelandet" war - laut Korporal Dudnik, der es aus der Nähe sah, schwebte es tatsächlich in geringer Höhe über der Erde - und stellten fest, daß sie *„den Anschein erweckte, als hätte hier eine Explosion stattgefunden"*. Der Vorfall wurde nach Moskau gemeldet, und am 18. September traf eine Kommission ein, die ihn untersuchte. Doch als Berichte in verschiedenen Zeitungen, darunter in der Militärzeitung „Za Rodinu", erschienen, dementierte das Verteidigungsministerium. Erst als Fotos der zerstörten Radareinheit veröffentlicht wurden, konnte der Kuybyshev-Zwischenfall nicht länger abgestritten werden. Dabei verwiesen russische Zeitungen auf Parallelen zu den Dreiecks-UFOs, die im selben Zeitraum in Belgien auftauchten.

Nur eine Woche später, am 21. September 1990, beobachteten drei Mitglieder der Miliz des „Innenministeriums" bei Frunse, Kirgisien, ein UFO, das eine ganze Wiese in Brand setzte.

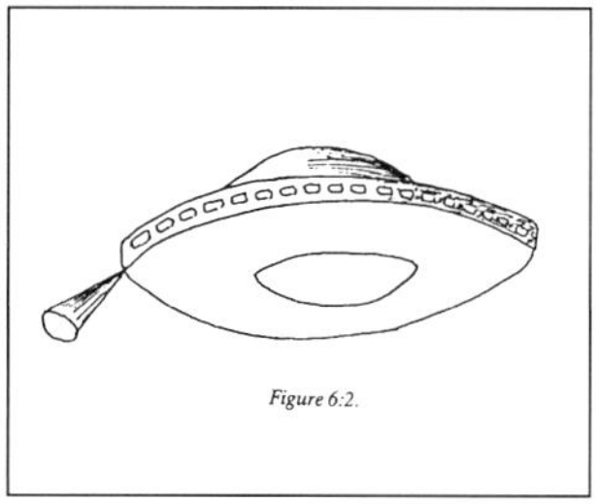

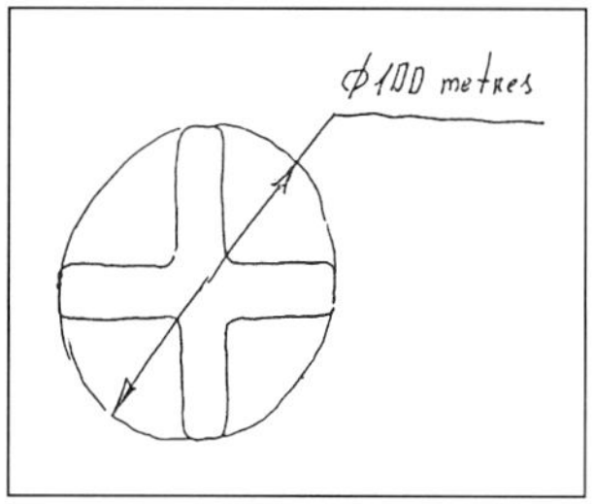

Amtliches Polizeifoto der brennenden UFO-Landestelle von Frunze, Kirgisien, Zeichnung des Objektes und der Landestelle durch Angehörige der Miliz

Angefangen hatte alles mit einem Anruf in der Milizstation: *„Kommen Sie zum Südeingang des alten Flughafens. Dort fliegt ein riesiges UFO."* Ein Streifenwagen mit drei Milizionären machte sich auf dem Weg. Kurz nachdem sie die Grenzen der Stadt verlassen hatten, sahen der Diensthabende Miliz-Offizier K.P.Kalugin, der Leiter der Miliz-Untersuchungsabteilung T.A.Isakov und der Miliz-Funkspezialist S.I.Savochin das riesige UFO - sie schätzten in ihrem Polizeibericht seinen Durchmesser auf 104 Meter -, das in vielleicht 150 Meter Höhe schwebte. Es war saturnförmig, umgeben von einem breiten Ring mit leuchtenden Luken am Rand, der von Zeit zu Zeit zu rotieren schien. Aus seiner Seite strahlte ein scharf umrissener Kegel gelben Lichts. Sobald sich der Streifenwagen näherte, begann das UFO sich südwärts in Bewegung zu setzen in Richtung der Stadt Orto-Sai. Für eine Zeit verloren die Milizionäre es aus den Augen, dann bemerkten sie ein seltsames Glühen auf einem der Hügel am Stadtrand. Sie hielten an, stiegen aus dem Wagen und sahen, daß das Objekt auf dem Hügelrücken gelandet war, jetzt langsam abhob und davonflog. Es hinterließ vier Flecken brennenden Grases, jeder etwa 45 Meter im Durchmesser, nur unterbrochen durch einen kreuzförmigen Bereich, der verschont worden war. Als Milizhauptmann A.P. Sidelnikov die Landestelle am nächsten Tag in Augenschein nahm, entdeckte er „wabenförmige" Eindrücke, wie er in einem Interview der Zeitung „Komsomolets Kirgizia" des kommunistischen Jugendverbandes berichtete.

Wenngleich die Vorfälle von Kuybzshev und Frunse den letzten Zweifel daran nahmen, daß die UFOs eine physische Realität sind, so hatte sich doch der vielleicht spektakulärste Vorfall bereits Jahre zuvor ereignet. Denn hier gab es noch handfestere Beweise: Metallische Fragmente, die zweifellos nicht auf der Erde produziert worden waren.

Sie stammten von einem kugelförmigen UFO, das am 29. Januar 1986 in Dalnegorsk nördlich von Vladivostok nahe der sibirischen Pazifikküste abgestürzt war. Hunderte Bewohner dieser fernöstlichen Industriestadt beobachteten an diesem eisigen Wintertag gegen 19.55 Uhr, wie eine vielleicht einen Meter große rotleuchtende Kugel, *„aus einer Art glühendem Edelstahl"* lautlos und parallel zur Erde mit nur 54 km/h die Stadt überflog. Ihr Ziel war offenbar der 611 Meter hohe Izvestkovaya-Berg (der Einfachheit halber auch „Erhöhung 611" genannt) oberhalb von Dalnegorsk. Kurz bevor sie den Berg erreicht hatte, veränderte sich ihre

Der „Hügel 611" oberhalb von Dalnegorsk, Sibirien. Hier stürzte das UFO ab (Pfeil)

Sowjetische Wissenschaftler bergen die UFO-Überreste

Flugbahn hin zu einem Anstieg um 60-70 Grad, offensichtlich um über ihn hinwegzufliegen. Doch das höchstwahrscheinlich ferngesteuerte Objekt verfehlte die Spitze des Izvestkovaya nur knapp und knallte gegen den Felsen. Die Zeugen sahen, wie es einen 2-3 Meter großen, vorstehenden Felsbrocken herausriß, der mit einem dumpfen Knall zur Erde fiel. Noch mehrmals, fast eine halbe Stunde lang, versuchte die Kugel vergeblich wieder aufzusteigen, stürzte jedoch immer wieder zu Boden, wobei ihre Farbe zu einem immer dunkleren Rot wechselte. Dann schien sie einen Selbstzerstörungsmechanismus auszulösen. Das Objekt flammte *„mit der Helligkeit eines Schweißbrenners"* auf, explodierte lautlos und brannte fast eine Stunde lang, bis kaum mehr etwas übrig war.

Am 3. Februar 1986 traf eine Expedition der „Fernost-Abteilung des Untersuchungskomitees für anomale Luftphänomene der Wissenschafts- und Ingenieursgesellschaften" unter Leitung von Dr. Valeri Dvuzhilny in Dalnegorsk ein und untersuchte die Absturzstelle. Dort fand sie nicht viel mehr als einige Kügelchen aus Blei und Eisen, Stahlfragmente sowie -der interessanteste Fund, wie sich später herausstellen sollte - feinste, fast gläserne „Metallgewebe". Außerdem stellte sie starke magnetische Anomalien und Spuren einer extremen Hitzeeinwirkung fest. Der Siliziumschiefer des „Berges 611" war bis zu einer Tiefe von 15 Zentimetern schwarz und rissig gebrannt, teilweise durch die starke Hitze abgesplittert oder abgeplatzt und verkohlt. Wie die Wissenschaftler errechneten, mußten hier Temperaturen von bis zu 25.000°C geherrscht haben.

Noch mysteriöser war die Entdeckung, daß der Schiefer - die Steine an der Absturzstelle - magnetisiert war, eigentlich eine physikalische Unmöglichkeit. Zudem schien eine unbekannte Strahlung eine Wirkung auf Menschen zu haben, erhöhte ihren Blutdruck und Pulsschlag und verursachte Gleichgewichtsstörungen und Schwindelgefühle. Wie spätere Untersuchungen ergaben, erhöhte sich bei den Betroffenen die Produktion von Leucozyten (weiße Blutkörper), zudem führte sie zur Vermehrung von Bakterien. Vögel vermieden es, die Absturzstelle zu überfliegen.

Die Metallproben wurden in verschiedenen Laboratorien diverser Forschungsstellen der Akademie der Wissenschaften und an elf Forschungszentren untersucht, die ihre Ergebnisse in diversen Publikationen veröffentlichten. Und die waren mehr als erstaunlich.

Die Absturzstelle auf dem Hügel 611 (Foto: ICUFON/V. Dvuzhilnyi)

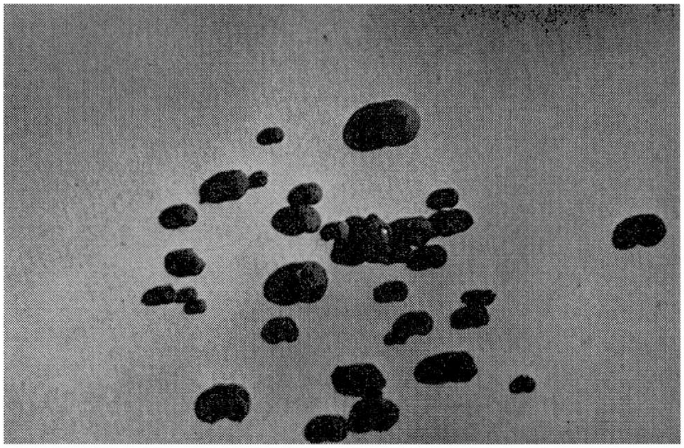

Metallkügelchen, die an der Absturzstelle gefunden wurden (Foto: ICUFON/V.Dvuzhilnyi)

Metallgewebe, an der Absturzstelle gefunden

Eindeutig künstlich bearbeitet: Mikroskopaufnahme einer der Metallkugeln von Dalnegorsk

Die Spektralanalyse ergab, daß die „Bleikügelchen" in Wirklichkeit komplizierte Legierungen waren, *„in denen man fast die gesamte Elemententafel fand",* wie es ein Metallurge in einem Interview mit der Zeitung „Sozialistische Industrie" formulierte. Wie eine Spektralanalyse ergab, enthielten sie außer Blei 20 % Silizium, 15 % Eisen, 10 % Aluminium, je 2 % Titan und Silber, 1 % Zink, 1 % Magnesium sowie Spuren von Kupfer, Calzium, Sodium, Vanadium, Chrom, Praseodym, Cerium, Nickel, Kobalt, Lantham, Molybdän und Natrium. Zudem besaßen sie Öffnungen, wie sie für eine synthetische Fertigung charakteristisch sind. Die etwas größeren Eisenkügelchen, bis zu 4 mm im Durchmesser,

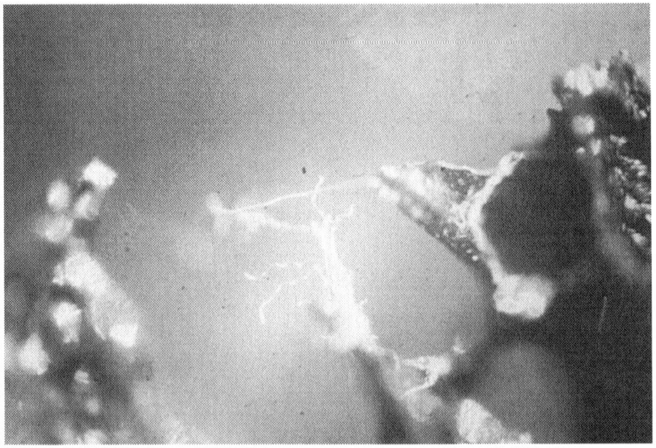

Mikroskopaufnahme des Metallgewebes, aus dem feine, 17 Mikron schmale Fäden aus Alpha-Quartz ragen, in denen noch feinere Goldfäden gefunden wurden. (Foto: ICUFON/ V.Dvuzhilnyi)

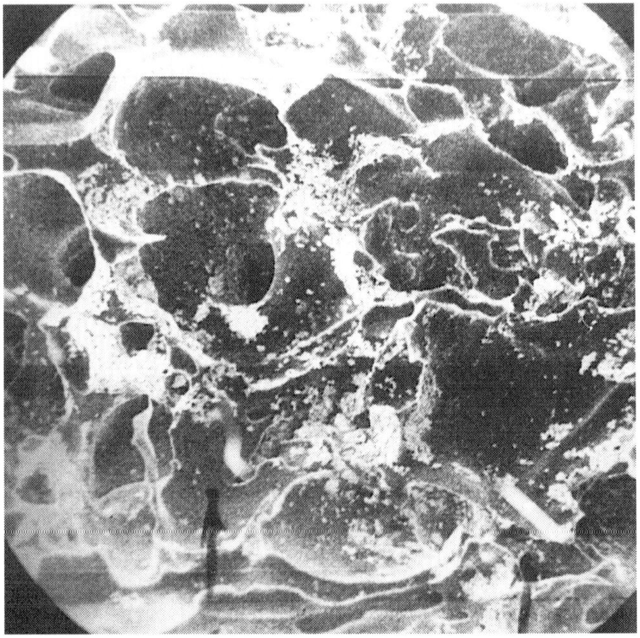

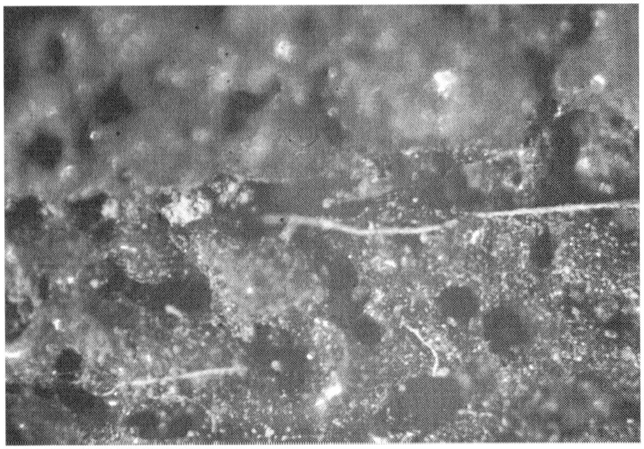

Mikroskopaufnahmen in verschiedenen Phasen der Vergrößerung der Dalnegorsk-Fragmente. Deutlich erkennt man das metallische „Netzwerk".

besaßen Anteile von Wolfram und Kobalt und ließen sich nur durch einen Diamantbohrer bearbeiten. Durch Röntgenstrukturanalysen kam zutage, daß die Eisenatome ein ungewöhnlich dichtes Kristallnetz bildeten. Versuchte man, sie in einem Vakuum zu schmelzen, erschienen seltsame glasähnliche Strukturen. Zudem waren sie, wie alle Fundstücke von der Absturzstelle, extrem magnetisiert. Am mysteriösesten aber war das feine „Metallgewebe“. Rein äußerlich eine glasartige, löchrige, spröde, schwarz verkrustete Masse, erwies es sich als Herausforderung für die Wissenschaftler. *„Es ist unmöglich, zu begreifen, was es ist“,* erklärte der Chemiker A. Kulikov von der Universität Vladivostok, *„es erinnert an Glas-Kohlenstoff. Die Bedingungen, unter denen es sich bildet, sind unbekannt. Vielleicht ist es unter extrem hohen Temperaturen entstanden.“* Sein Kollege Dr. Vladimir Vysotky, ebenfalls Chemiker der Universität Vladivistok, entdeckte unter dem Elektronenmikroskop, daß es nichts anderes als ein feines, metallisches Netzwerk war, durchzogen von Fäden aus Alpha-Quarz, die eine Stärke von nur 17 Mikron (Ein Mikron ist der tausendste Teil eines Millimeters) aufwiesen - ein Viertel der Stärke eines menschlichen Haares. Manchmal waren einige Dutzend Fäden wie ein Seil zusammengeflochten und in das Gewebe eingefügt - und in ihrem Inneren befand sich ein feiner Faden aus purem Gold. *„Da ist eine Technologie von höchster Präzision am Werke“* erklärte Dr. Vysotky und spekulierte, die Quarzfäden könnten Mikrokabel sein - Quarz ist ein guter Isolator, Gold ein exzellenter Konduktor. Andere Fäden waren Legierungen aus Gold, Silber, Zink, Lanthan, Silizium, Natrium, Kobalt und Nickel. Für Dr. Vysotky stand fest: *„Diese feinen metallischen Gewebe sind zweifellos das Werk einer hohen Technologie. Ein natürlicher oder irdisch-technischer Ursprung ist ausgeschlossen.“* Denn kein irdisches Produktionsverfahren ist in der Lage, derart feines Material herzustellen. Zudem war das „Metallgewebe“ gegen alle Arten von

UFO über Dalnegorsk , 1989

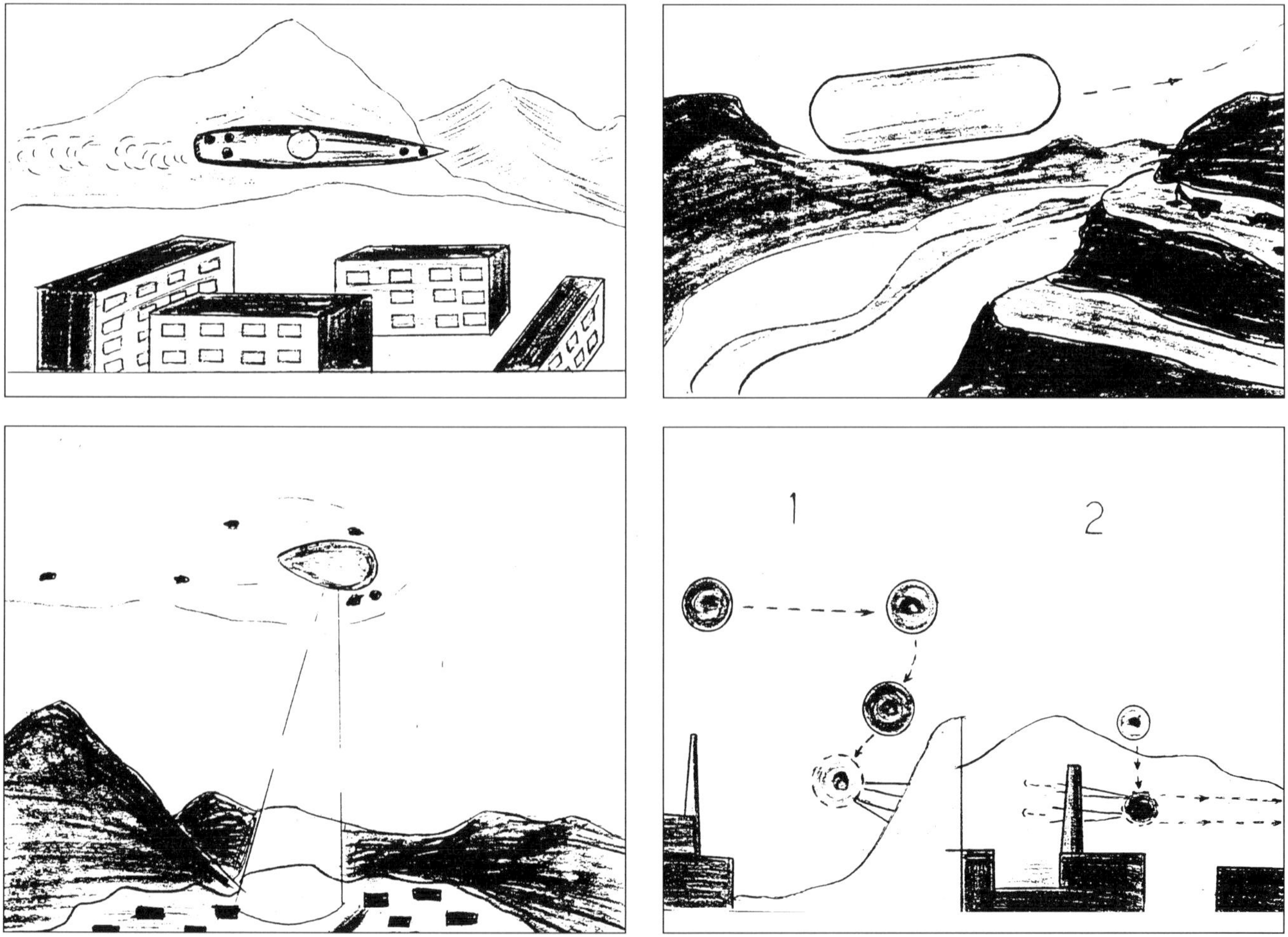

Die UFO-Manöver über Dalnegorsk am 28.11.1987: Die Flugbahnen der Objekte, Einzelskizzen

Säure widerstandsfähig. Bei einer Erhitzung auf 2800°C verschwanden Gold, Silber und Nickel und wurden ersetzt durch Molybden, Beryllium und Alpha-Titan. In einem Vakuum dagegen brannte es nicht einmal bei 2800°C. *„Das beweist, daß wir es hier mit einem künstlichen Material zu tun haben“*, ergänzte der Chemiker Dr. A. Makajew, der diesen Aspekt untersuchte, *“Interessant ist speziell der große Anteil organischen Materials. Er könnte bedeuten, daß wir es hier mit einer Art ‚künstlichen Lebens‘ zu tun haben. Vielleicht ist das Gewebe aber auch eine dielektrische Substanz, die während der Erhitzung zu einem Semikonduktor und in einem Vakuum zu einem Konduktor wird.“*

Dalnegorsk, vom Hügel 611 aus fotografiert

Was immer es war, es wurde offensichtlich vermißt. Denn in den folgenden Monaten tauchten immer wieder unbekannte Flugobjekte über Dalnegorsk auf, die das Absturzgebiet abzusuchen schienen. Am 6. Februar 1986, so berichtete Dr. V.Dvulzhiny in seinem Bericht über den Vorfall, also acht Tage nach dem UFO-Absturz, erschienen gegen 20.30 Uhr zwei gelbe Kugeln über der Stadt. Sie flogen auf den Berg 611 zu, zogen vier Kreise und verschwanden blitzartig. Nach einer Reihe weiterer Sichtungen kam es am 28. November 1987 über Dalnegorsk zu einer der größten UFO-Demonstrationen in der Geschichte der ehemaligen Sowjetunion.
33 UFOs flogen am Sonntag, dem 28. November 1986, in geringer Höhe über der Ostküste der Primorye. Ihr Flug fand statt zwischen 21.10 Uhr und Mitternacht. Sie überquerten fünf Regionen und zwölf Städte. Zeugen beschrieben Zylinder, Zigarren von 300 Meter Länge und Kugeln. Und Dalnegorsk war das Zentrum dieser Aktivität: 13 Objekte flogen in einem Umkreis von 2-3 Kilometern in niedriger Höhe um den Berg 611 und richteten Suchscheinwerfer auf den

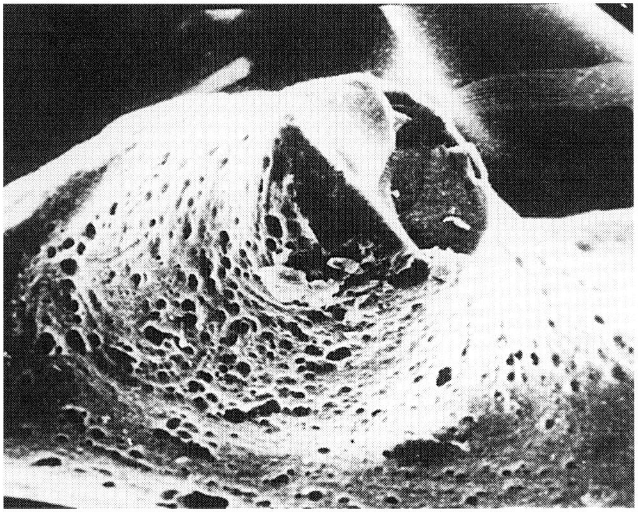

Mikroskopaufnahme eines der Dalnegorsk-Fragmente. Deutlich erkennbar ist die „wabenartige" Struktur des Metalls

Grund. *„Zu den Zeugen zählten Militärs und Miliz, Grenzsoldaten und Seeleute, Arbeiter und Akademiker"* erklärte Dvuzhilny, der an die hundert Augenzeugen interviewte. *„Die Objekte verursachten einen zweiminütigen Ausfall aller Hochfrequenz-Empfänger, Fernseher wie Telegraphen. Computer fielen aus, ihre Programme stürzten ab. Offenbar bedienten sich die UFOs extrem starker elektromagnetischer Felder von hunderttausenden von Kilowatt."*

„Was hat es mit den Berichten über Unbekannte Flugobjekte auf sich?", fragten Arbeiter einem Bericht der Zeitung „Sovietskaya Molodezh" (Sowjetische Jugend) vom 4. Mai 1990 zufolge den damaligen sowjetischen Generalsekretär Michail Gorbatschow, als dieser im April 1990 eine Fabrik im Ural besichtigte.
„Das Phänomen der UFOs ist real", lautete seine Antwort, *„und wir sollten es ernsthaft angehen und studieren."* Vielleicht dachte er dabei ein wenig an Lenin,

den Begründer der KPdSU, als deren letzter Generalsekretär er sich erweisen sollte. Der britische Autor H.G.Wells schilderte einmal ein Gespräch, das er mit Vladimir Iljitsch Lenin über sein Buch „Die Zeitmaschine" führte:

„Ich erklärte Lenin, daß die Entwicklung der menschlichen Technologie eines Tages die Weltlage völlig verändern könnte. Auch die Marxsche Idee könnte in einer solchermaßen veränderten Welt völlig bedeutungslos werden. Lenin schaute mich an und meinte: ‚Sie haben recht. Mir wurde das klar, als ich ihr Buch ‚The Time Machine" las. Alle menschlichen Ideen befinden sich auf der Skala unseres Planeten. Sie beruhen auf der Annahme, daß das technische Potential, wenngleich es sich entwickeln wird, doch nie das ‚terrestrische Limit' überschreiten wird. Sollte uns jedoch eine interplanetarische Kommunikation gelingen, müßten all unsere philosophischen, moralischen und sozialen Ansichten revidiert werden. In diesem Fall würde das technische Potential grenzenlos sein, was bedeuten würde, daß die Gewalt ihre Rolle als Mittel und Methode des Fortschrittes verliert."

17. DER KRIEG DER STERNE

Der Gouverneur war wieder einmal überpünktlich. Um 19.30 Uhr sollte seine Rede vor dem Lions-Club in Leary im US-Staat Georgia beginnen, um 19.10 Uhr aber traf die Gouverneurslimousine, begleitet von einer Sicherheitseskorte, schon ein. Sofort stürmte das Empfangskomitee von vielleicht zehn Club-Funktionären und Würdenträgern der Stadt aus dem Clubhaus, um den Gouverneur zu begrüßen. Die Sonne war bereits untergegangen, die ersten Sterne standen am azurblauen Abendhimmel, der nur im Westen von den letzten Strahlen der Sonne in ein dunkles Rot getaucht wurde, die warme Luft ließ vergessen, daß es bereits Oktober war.

„Gouverneur, wir danken Ihnen und betrachten es als eine Ehre, daß Sie heute abend zu uns gekommen sind“, empfing ihn der Clubpräsident. Der Gouverneur antwortete mit seinem berühmten Lächeln. *„Ja, es ist gut, wieder hier in Leary zu sein. Und ist es nicht ein wunderbarer Abend?“* Sein Blick schweifte über den Abendhimmel, dorthin, wo die Sonne verschwunden war. Da bemerkte er dicht über dem Horizont ein helles Licht, das auf ihn zuflog. Er hatte bei der Marine gedient, kannte die Sterne, Hubschrauber und Flugzeuge, doch dieses Licht benahm sich seltsam. Und während er, ohne etwas zu sagen, das Leuchtobjekt verfolgte, entdeckten es jetzt auch die Mitglieder des Lions-Clubs. *„Gouverneur, sehen Sie das? Was ist das?“ „Ich weiß es nicht...“*. Es kam bis auf 500 Meter an die Gruppe heran, erschien so groß wie der Mond. Es war hell, hatte drei Lichter auf seiner Oberfläche und veränderte ständig seine Farbe im ganzen Spektrum von Blau bis Rot. Für einige Minuten schwebte es auf der Stelle, dann schoß es zurück, wieder auf die Gruppe zu und wieder zurück, um schließlich am Horizont zu verschwinden. Ganze zehn Minuten dauerte die Demonstation des unheimlichen Flugobjektes. *„Ein UFO, eine fliegende Untertasse“*, meinte einer der Männer. Der Gouverneur nickte nur, in Gedanken versunken, mit dem Kopf. Auch er hatte keine bessere Erklärung für das, was er gerade mit eigenen Augen gesehen hatte.

Nur eines stand fortan für ihn fest. *„Ich werde nie wieder über Menschen lachen, die sagen, sie hätten ein UFO gesehen.“* Dazu stand er, sein Leben lang, auch als er 1976 für die Präsidentschaft kandidierte. Mehr noch, er versprach: *„Wenn ich Präsident werde, werden die UFO-Informationen zugänglich gemacht werden.“* Er wurde. Und Gouverneur Jimmy Carter hielt sein Versprechen. Während seiner Amtszeit wurden über 20.000 Seiten bisher geheimer Dokumente der US-Luftwaffe und anderer Dienststellen freigegeben. Mehr noch, durch das von Carter verabschiedete „Freedom of Information Act“ (Gesetz zur Informationsfreiheit, 5-U.S.C. § 552) hatte fortan jeder US-Bürger das Recht, bisher geheimgehaltene Informationen von der betreffenden Dienststelle anzufordern, sofern diese nicht die nationale Sicherheit gefährdeten. Damit freilich machte sich Carter mächtige

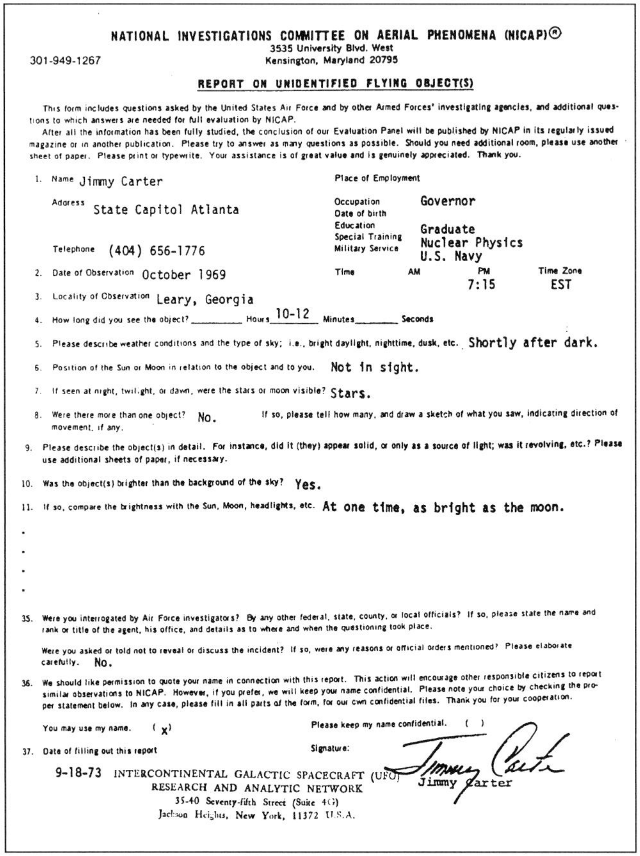

NATIONAL INVESTIGATIONS COMMITTEE ON AERIAL PHENOMENA (NICAP)®
3535 University Blvd. West
Kensington, Maryland 20795
301-949-1267

REPORT ON UNIDENTIFIED FLYING OBJECT(S)

This form includes questions asked by the United States Air Force and by other Armed Forces' investigating agencies, and additional questions to which answers are needed for full evaluation by NICAP.

After all the information has been fully studied, the conclusion of our Evaluation Panel will be published by NICAP in its regularly issued magazine or in another publication. Please try to answer as many questions as possible. Should you need additional room, please use another sheet of paper. Please print or typewrite. Your assistance is of great value and is genuinely appreciated. Thank you.

1. Name Jimmy Carter
   Place of Employment
   Address State Capitol Atlanta
   Occupation Governor
   Date of birth
   Education Graduate
   Special Training Nuclear Physics
   Military Service U.S. Navy
   Telephone (404) 656-1776
2. Date of Observation October 1969 Time AM PM 7:15 Time Zone EST
3. Locality of Observation Leary, Georgia
4. How long did you see the object? ______ Hours 10-12 Minutes ______ Seconds
5. Please describe weather conditions and the type of sky; i.e., bright daylight, nighttime, dusk, etc. Shortly after dark.
6. Position of the Sun or Moon in relation to the object and to you. Not in sight.
7. If seen at night, twilight, or dawn, were the stars or moon visible? Stars.
8. Were there more than one object? No. If so, please tell how many, and draw a sketch of what you saw, indicating direction of movement, if any.
9. Please describe the object(s) in detail. For instance, did it (they) appear solid, or only as a source of light; was it revolving, etc.? Please use additional sheets of paper, if necessary.
10. Was the object(s) brighter than the background of the sky? Yes.
11. If so, compare the brightness with the Sun, Moon, headlights, etc. At one time, as bright as the moon.

.
.
.
.

35. Were you interrogated by Air Force investigators? By any other federal, state, county, or local officials? If so, please state the name and rank or title of the agent, his office, and details as to where and when the questioning took place.

    Were you asked or told not to reveal or discuss the incident? If so, were any reasons or official orders mentioned? Please elaborate carefully. No.

36. We should like permission to quote your name in connection with this report. This action will encourage other responsible citizens to report similar observations to NICAP. However, if you prefer, we will keep your name confidential. Please note your choice by checking the proper statement below. In any case, please fill in all parts of the form, for our own confidential files. Thank you for your cooperation.

    You may use my name. (x) Please keep my name confidential. ( )

37. Date of filling out this report Signature:

9-18-73 Jimmy Carter

INTERCONTINENTAL GALACTIC SPACECRAFT (UFO)
RESEARCH AND ANALYTIC NETWORK
35-40 Seventy-fifth Street (Suite 4G)
Jackson Heights, New York, 11372 U.S.A.

Jimmy Carter meldete seine UFO-Sichtung dem Nationalen Untersuchungskomitee für Luftphänomene und füllte diesen Fragebogen aus.

Feinde, an erster Stelle CIA-Direktor George Bush. Durch dunkle, internationale Intrigen inszenierten sie die Teheraner Geiselaffäre und sabotierten alle von Carter organisierten Rettungs- oder Vermittlungsaktionen. Damit fiel sein Kurs bei der US-Bevölkerung ins Bodenlose und - welch ein Zufall - die Geiseln kamen erst frei, als Amtsnachfolger Ronald Reagan und sein Stellvertreter George Bush vereidigt wurden. Was blieb, war das von der Presse kreierte Bild vom naiven „Erdnußfarmer aus Georgia", der Carter nur insofern war, als er auf der Farm seiner Eltern aufgewachsen ist. Doch schon als junger Mann war er zur US-Navy gegangen und hatte die Militärakademie als graduierter Nuklearphysiker abgeschlossen. Obwohl er damit ganz gewiß in die Kategorie der „kompetenten Beobachter" fiel, versuchte NASA, Carter einzureden, daß das Objekt, das er gesehen hatte, wenngleich *„größer und heller als der Mond",* nichts anderes als der Planet Venus gewesen sei. Damit war für den Präsidenten zumindest klar, wie über Jahrzehnte hinweg die Öffentlichkeit mit ähnlich „intelligenten Erklärungen" verdummt und irregeführt wurde. Und auch das Bild, das die freigegebenen Geheimdokumente boten, trug dazu bei, daß bald das Wort vom „kosmischen Watergate" seiner Amtsvorgänger die Runde machte.

Denn bisher hatten Geheimdienste und Regierungsstellen nach außen hin die Existenz von UFO-Geheimakten immer abgestritten. Das galt insbesondere für den Geheimdienst CIA, der bis dahin auf Anfragen erklärte, daß *„das Interesse des CIA an den UFOs mit dem Robertson-Panel geendet"* hätte. Doch dem war nicht so, wie sich bald herausstellte. Denn ein Ex-CIA-Mann, Ted Zachary, hatte einer UFO-Forschergruppe, „Ground Saucer Watch" (GSW) mit Sitz in Phoenix/Arizona, einige „Insider-Informationen" gegeben, mit deren Hilfe und Berufung auf das „Freedom of Information Act" GSW-Direktor William H. Spaulding jetzt beim US-Geheimdienst UFO-Dokumente anforderte. Der Informationskoordinator des CIA, C.F.Wilson, bestätigte zwar die Existenz von UFO-Akten, lehnte aber eine Freigabe *„aus Gründen der nationalen Sicherheit"* ab. Mit dem bekannten New Yorker Anwalt Henry Rothblatt, der sich bereits im Watergate-Prozeß profiliert hatte, klagten die UFO-Forscher jetzt gegen den CIA. *„Der CIA weiß alles über die UFOs",* beteuerte der angriffslustige Advokat und überzeugte das Gericht

von der Anordnung einer „in camera"-Untersuchung , einer nichtöffentlichen Prüfung der Dokumente auf eine eventuelle „Gefährdung der nationalen Sicherheit" hin durch einen Bundesrichter. An die 20.000 Seiten UFO-Dokumente mußte der CIA vorlegen, das Verfahren endete mit einem Teilsieg für die Kläger. Nach 14-monatiger Prozeßdauer wurden 925 Seiten - weniger als fünf Prozent! - freigegeben, mehr oder weniger gute Fotokopien der Originale voller „schwarzer Balken" von der Zensur. *„Aufgrund dieser Dokumente müssen wir zu dem Schluß kommen, daß UFOs tatsächlich existieren",* erklärte Spaulding der Presse und bezichtigte die US-Regierungsstellen der Verheimlichung und bewußten Irreführug. *„Wir besitzen Informationen, die kategorisch beweisen, daß die Regierung die Unwahrheit sagt und daß bedeutende Erkenntnisse unterdrückt worden sind. Wir haben sie beim Lügen ertappt!"* Das galt speziell für die Behauptung, der CIA würde sich seit 1953 nicht mehr mit UFOs befassen, während ein CIA-Dokument vom April 1976 erwähnt, daß ein ausländischer Informant *„Rat von den CIA-UFO-Experten"* sucht. Ein internes Memorandum von 1976 besagt: Gegenwärtig sind Büros und Personal des CIA mit der Aufzeichnung der UFO-Phänomene beschäftigt. US-Botschaften wurden angewiesen, UFO-Meldungen an den CIA weiterzuleiten und zu ermitteln, *„ob ernsthafte Studien über UFOs durchgeführt worden sind".* Der CIA wurde informiert, daß vier Länder eine Art Aufzeichnungssystem für UFOs entwickelt hätte. Tatsächlich enthalten die Unterlagen, die Spaulding erhielt, 200 Berichte über UFO-Sichtungen aus aller Welt, auch aus der Sowjetunion. All das deutete darauf hin, daß das *„weltweite (UFO-)Meldesystem",* das Marshall Chadwell, Leiter der Wissenschaftlichen Abteilung des CIA, in einem Memorandum von 1952 an den Direktor des CIA erwähnte, seit 25 Jahren kontinuierlich im Einsatz war.
Die wichtigste Erkenntnis aus den freigegebenen Geheimakten aber war eine ganz andere. Denn durch sie wurde belegt, daß die UFOs ganz offensichtlich ein großes Interesse an irdischer Waffentechnik hatten...

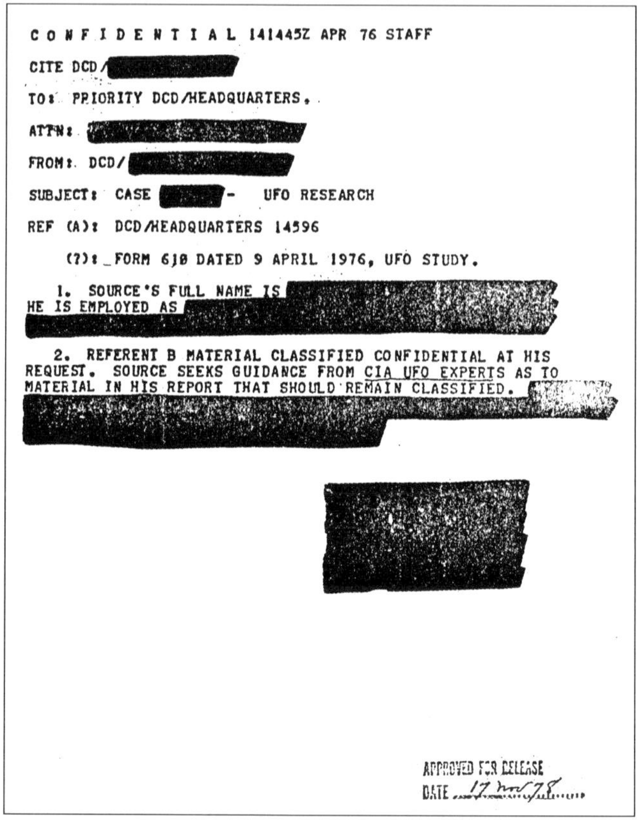
CONFIDENTIAL 141445Z APR 76 STAFF

CITE DCD/[redacted]

TO: PRIORITY DCD/HEADQUARTERS.

ATTN: [redacted]

FROM: DCD/[redacted]

SUBJECT: CASE [redacted]- UFO RESEARCH

REF (A): DCD/HEADQUARTERS 14596

(B): FORM 610 DATED 9 APRIL 1976, UFO STUDY.

1. SOURCE'S FULL NAME IS [redacted]
HE IS EMPLOYED AS [redacted]

2. REFERENT B MATERIAL CLASSIFIED CONFIDENTIAL AT HIS REQUEST. SOURCE SEEKS GUIDANCE FROM CIA UFO EXPERTS AS TO MATERIAL IN HIS REPORT THAT SHOULD REMAIN CLASSIFIED. [redacted]

[redacted]

APPROVED FOR RELEASE
DATE 17 ... 78

Dieses offiziell freigegebene CIA-Dokument beweist, daß es auch lange nach 1953 „CIA UFO-Experten" gab - der Geheimdienst sich also sehr wohl für die UFOs interessierte.

Den ersten Hinweis darauf entdeckte der UFO-Forscher Major Colman VonKeviczky von der Gruppe ICUFON, als er eine Welle von Sichtungen und „Begegnungen der Dritten Art" im Südosten der Vereinigten Staaten analysierte. Die Reihe von Ereignissen begann am 11. Oktober 1973, als zwei Hobby-Angler,

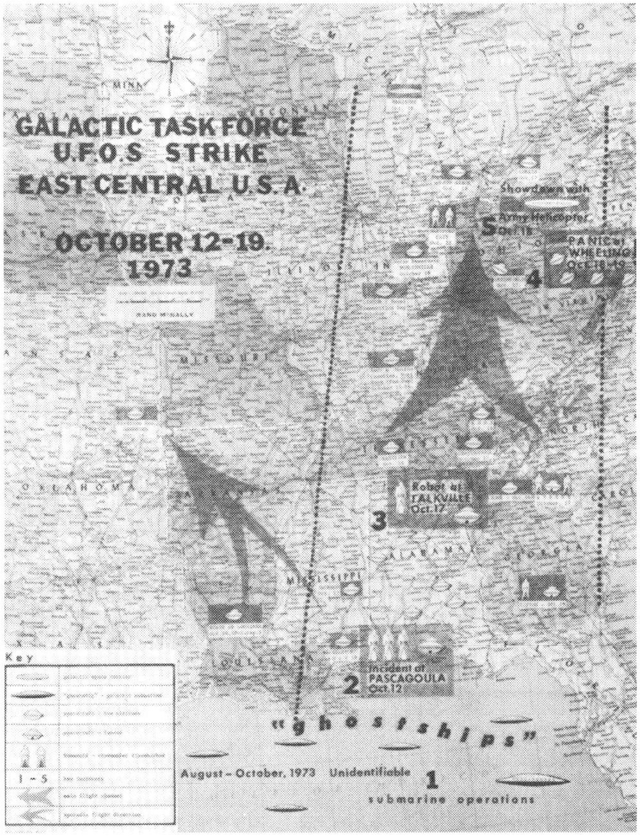

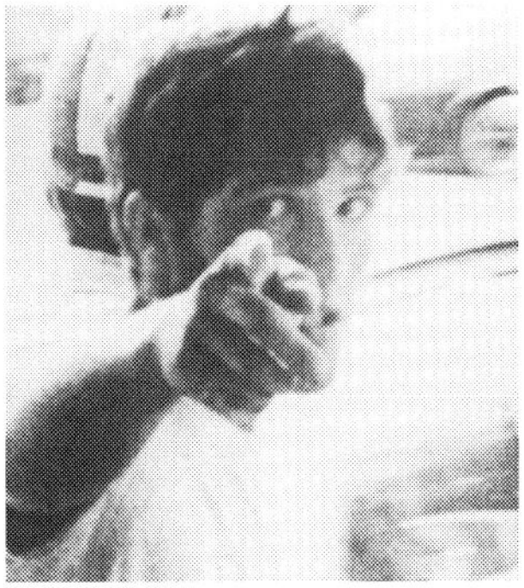

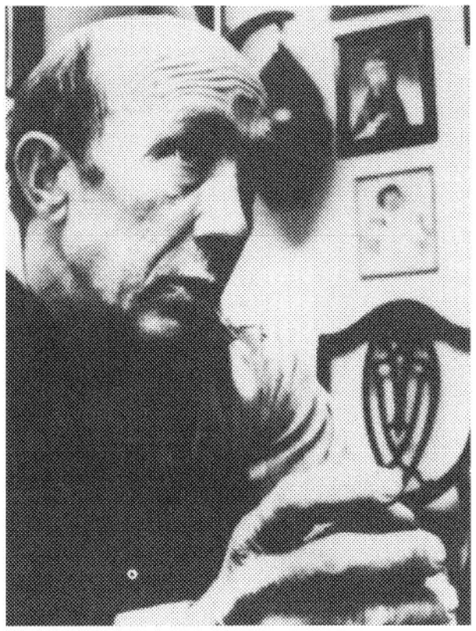

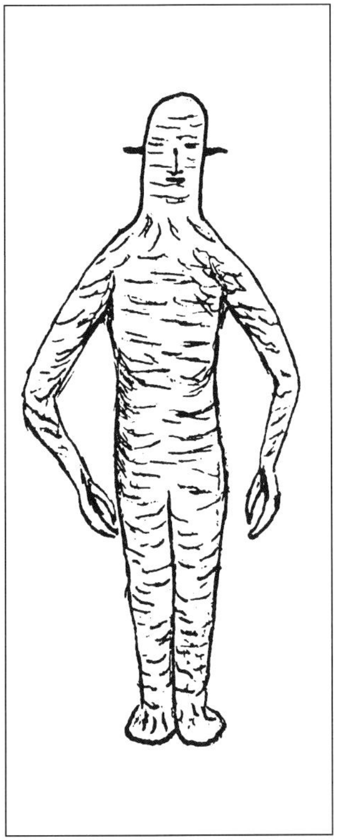

Calvin Parker, Charles Hickson und der Außerirdische, wie sie ihn beschreiben.

Strategisches Vorgehen:
So stellte Colman VonKeviczky die UFO-Welle über dem Südosten der USA im Oktober 1973 dar.

Charles Hickson (42) und Calvin Parker (19), von drei Wesen in ein UFO entführt wurden.
Die Sonne war längst am Horizont versunken, als die Männer noch immer auf einem Pier an der Pascagoula Bay, der Mündung eines der zahlreichen Nebenflüsse des Mississippi in den Golf von Mexiko, saßen, die Angel in der Hand, und auf einen Fang warteten. Beide waren leidenschaftliche Angler, Parker ein Freund von Hicksons Sohn, und hatten oft genug zu zweit oder zu dritt die stillen Feierabende am Meer genossen, das ewige Klatschen der Wellen, das Säuseln des kühlen Windes, der vom Golf her kam. Doch dieser Abend brachte sie schier zur Verzweiflung, denn nichts biß an. *„Ich gehe nicht eher nach Hause, bis ich einen einzigen verdammten Fisch gefangen haben“*, fluchte Charly. Dann zappelte etwas an seiner Angel. Er zog die Schnur ein, löste den Fisch vom Haken, warf ihn in den Eimer und griff um sich, um einen neuen Köder am Haken zu befestigen, als er vor Schreck erstarrte. Denn hinter ihm stand, nur zwanzig Meter entfernt, ein

leuchtendes, ovales Objekt, daß so leise sirrte, das er es zuvor gar nicht wahrgenommen hatte. Das UFO schwebte nur 50 cm über dem Boden, war zehn Meter lang und drei Meter hoch, geformt wie ein amerikanischer Football mit einem leichten Kuppelaufsatz auf der Oberseite und einem blauen, pulsierenden Licht an der Seite sowie, an einem Ende, zwei Fenstern. Jetzt hatte sich auch Calvin umgedreht, wurde kreidebleich. *„So schnell wie möglich weg von hier“,* dachte Charly, und schielte herüber zum Auto. Doch andererseits packte ihn die Neugier. *„Was mag wohl in dem Ding drin sein?“* Noch im selben Augenblick erschien an dem ihm zugewandten Ende eine Öffnung, aus der es hell leuchtete. Und aus dieser Öffnung kamen drei Wesen. Calvin schrie laut auf, Charly begann, am ganzen Körper zu zittern. *„Verdammt, was wollen die hier?“,* stotterte er. Sie waren etwa 1,50 groß, bewegten sich steif wie Roboter und schienen von einer runzligen, grauen Elefantenhaut bedeckt zu sein. Anstelle von Ohren und Nase ragten drei spitze „Antennen“ aus dem halslosen Kopf, und ob sie Augen hatten, war durch die Runzeln nicht genau zu erkennen. Sie glitten förmlich aus dem Schiff, schwebten auf die vor Angst erstarrten Männer zu, griffen sich Charly und Calvin, der ohnmächtig wurde, und kehrten mit ihnen zurück ins Raumschiff.

Dort war es blendend hell. Hickson hatte Todesangst. Er war wie gelähmt, konnte sich nicht bewegen, sah nur, wie etwas wie ein Auge aus einer Wand kam und ihn zu inspizieren schien. *„Warum töten sie mich nicht einfach“,* dachte er, Bilder vom Korea-Krieg schossen ihm durch den Kopf, dann faßte er sich wieder. Nach einer Weile erschienen die Wesen erneut, faßten ihn - und trugen ihn hinaus. *„Vielleicht ist das noch nicht der Tag, um zu sterben“,* atmete er auf, als er sanft auf den kalten Boden gelegt wurde, seine Beine wieder spürte, sich langsam wieder bewegen konnte. Dann sah er Calvin. Der stand dort starr, wie versteinert, auf seinen Beinen, die Arme ausgestreckt, das Gesicht vor Angst verzerrt. Charly kroch zu seinem Freund, doch bevor er ihn erreichte, nahm er das Sirren wieder wahr, drehte seinen Kopf in Richtung des Raumschiffes und sah, wie es langsam wieder aufstieg, um dann ganz plötzlich in den Himmel zu schießen. *„Wir sind friedvoll, wir sind keine Gefahr für dich“,* hörte er zum Abschied eine Stimme in seinem Kopf.

Er erreichte Calvin, schüttelte ihn. Langsam kam Parker wieder zu sich, fiel zu Boden, schrie laut. Es dauerte einige Minuten, bevor er Charly erkannte. *„Was machen wir jetzt? Wer sind sie. Was werden sie mit uns machen?“,* quoll es aus ihm hervor.

Das nächste, was Charles Hickson tat, nachdem sich die beiden Männer wieder gefaßt hatte, war, zur nächsten Telefonzelle zu fahren und die Keesler Luftwaffenbasis in Biloxi, Mississippi, anzurufen. *„Sorry, wir sind dafür nicht zuständig“,* erklärte ihm eine müde Frauenstimme, nachdem er ihr sein Erlebnis geschildert hatte, *„rufen Sie den Sheriff an.“* Da durchfuhr es den Angler: *„Mein Gott, was ist, wenn das nur Teil einer ganzen Invasion ist?“*

Prof. Jim Harder von der University of California, Berkeley, und der Harvard-Astronom Prof. J. Allen Hynek untersuchten den Pascagoula-Fall.

Der Sheriff nahm ihre Meldung auf, und obwohl die Männer darum baten, jede Publicity zu vermeiden, informierte er die Lokalpresse. Am nächsten Tag berichteten Zeitungen im ganzen Land über den Vorfall. Daraufhin trafen zwei UFO-Forscher in Pascagoula ein: Der Astronom J. Allen Hynek, ehemals Berater der US-Luftwaffe in UFO-Fragen, der jetzt ein privates „Center for UFO-Studies" in Evanston bei Chicago unterhielt, und Professor James Harder von der University of California in Berkeley, der mit der UFO-Gruppe APRO (Aerial Phenomena Research Organization, Forschungsorganisation für Luftphänomene) zusammenarbeitete. Beide waren bald davon überzeugt, daß die Männer tatsächlich ein traumatisches Erlebnis gehabt hatten und ihnen nichts vorspielten. Ein Lügendetektortest und eine hypnotische Rückführung durch Prof. Harder bestätigten diesen Eindruck ebenso wie eine offizielle Pressemitteilung der US-Küstenwache. Danach sollen schon am 6. November zwei Fischer am Golf von Mexico ein *„seltsames leuchtendes Objekt"* beobachtet haben, das in 1,20 Meter Höhe mit nur 10 km/h über das Wasser flog. Sie verständigten die Küstenwache, die ein Suchboot aussandte, das ebenfalls *„einem metallischen Objekt"* begegnete, *„das einen Strahl bernsteinfarbenen Lichtes auf das Meer richtete"* und bei jedem Versuch, ihm näherzukommen, geschickt auswich.

Sechs Tage später, am 17. Oktober 1973, erhielt Jeffrey Greenhaw, Polizeichef von Falkville/Alabama, gegen 22.15 Uhr einen Anruf einer Frau, die aufgeregt ins Telefon schrie, westlich der Stadt sei ein Raumschiff gelandet. Obwohl er nicht an UFOs glaubte, beschloß er, der Meldung nachzugehen; denn wer wußte schon, was die Frau für ein Raumschiff gehalten hatte - vielleicht war es ein brennendes Auto, ein abgestürztes Flugzeug? Er griff sich - zur Dokumentation des Vorfalls - seine Polaroidkamera, setzte sich in den Streifenwagen und fuhr los. Doch an der angeblichen Landestelle war nichts. Greenhaw beschloß, noch ein paar Feldwege abzufahren und dann umzukehren. Doch kaum bog er in den nächsten Feldweg ein, erfaßten seine Scheinwerfer eine metallische Gestalt. Der Polizist hielt an, stieg aus dem Wagen, rief: *„Hey, wer sind Sie?"*. Doch das Wesen reagierte nicht, sondern marschierte mit steifen Schritten geradewegs auf den Polizeiwagen zu. Langsam wurde Greenhaw die Sache unheimlich. Er riß seine Kamera aus dem Wagen, schoß zwei Fotos. Drei Meter vor dem Streifenwagen blieb das Wesen stehen. *„In diesem Augenblick hatte ich das Gefühl: Nichts wie weg hier!"*, erzählte Greenhaw später. *„Doch ich war wie gelähmt und hatte Angst, mich zu bewegen. Ich wollte meine Waffe ziehen, doch ich fürchtete mich vor dem, was dann passieren würde. Schließlich faßte ich mich wieder und machte zwei weitere Aufnahmen."* Danach legte er die Kamera in den Wagen zurück und schaltete das Blaulicht ein. Als er sich wieder aufrichtete, sah er, wie das Wesen in südlicher Richtung davonlief - mit steif nach unten gestreckten Armen und abwechselnden Vorwärtsbewegungen der linken und rechten Körperseite. Greenhaw: *„Ich dachte, es hat Federn unter den Füßen, denn mit jedem Schritt legte es drei Meter zurück."* Der Polizist sprang in den Wagen, gab Gas, wendete, kam ins Schleudern. Als er endlich die Verfolgung aufnehmen konnte, war das Wesen wie vom Erdboden verschluckt. Nach vergeblicher Suche kehrte Polizeichef Greenhaw zu seiner Wache zurück. Am nächsten Tage zeigte er die vier Fotos seiner Frau, seinem Bruder,

Polizeichef Jeffrey Greenhaw an der Stelle, an der er diese vier Polaroidaufnahmen eines Außerirdischen (oder Roboters) schoß.

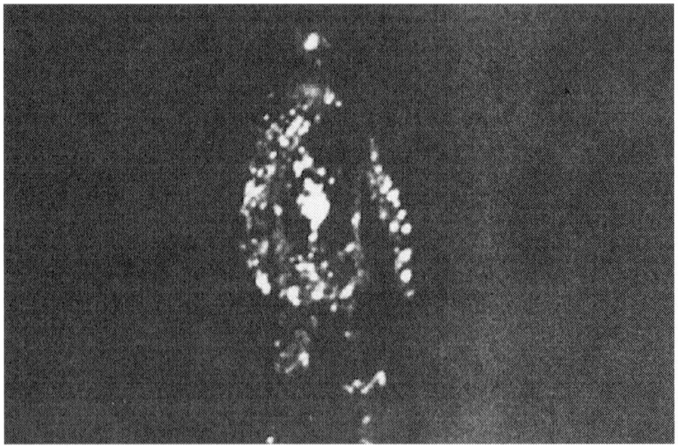

Die UFO-Begegnung von Captain Lawrence J. Coyne, wie Zeugen sie beobachteten; und das UFO, von Capt. Coyne gezeichnet.

einer Reihe von Polizisten, schließlich einem Reporter. Überall erntete er nur Skepsis, manchmal auch Spott. Er ahnte noch nicht, daß diese Bilder sein Leben ruinieren sollten. Es war, als läge fortan ein Fluch auf ihm. Unbekannte schickten ihm Drohbriefe, ramponierten seinen Wagen, brannten sein Haus ab. Dem Gespött der Mitmenschen und dem Terror von Unbekannten nicht gewachsen, verließ ihn zu allem Überfluß noch seine Frau. Greenhaw blieb nichts anderes übrig, als von seinem Polizeiposten zurückzutreten und Falkville für immer den Rücken zu kehren. Nachdem er alles verloren hatte, fing er in einer anderen Stadt ein neues Leben an - als Tischler.

Als von Keviczky den Fall untersuchte, fiel ihm auf, daß Falkville nur 25 Kilometer vom Redstone-Arsenal bei Huntsville, Alabama, entfernt lag, dem größten Zentrum für Raumfahrttechnologie in den Vereinigten Staaten. Konnte der „außerirdische Besuch" damit etwas zu tun haben? Tatsächlich entwickelte man zu dieser Zeit auf dem Redstone-Testgelände die Mobile Testeinheit eines Laser-Panzers, wie das Nachrichtenmagazin „Newsweek" am 30.9.1974 meldete...

Nur einen Tag später demonstrierte ein Raumschiff an einem Helikopter der US-Army, daß es über eine dem Laser weit überlegene Strahlentechnologie verfügte. Zeuge des Vorfalls war der Oberst des Heeres Lawrence E. Coyne, ein erfahrener Hubschrauberpilot mit über 3000 Flugstunden, der sich am 18. Oktober 1973 mit drei weiteren Crew-Mitgliedern auf einem Übungsflug befand.

An jenem Abend war der um 22.30 Uhr von Port Columbus, Ohio, gestartete UH-1H-Helikopter der US-Army-Reserve auf dem Heimweg zu seinem Stützpunkt, dem Cleveland-Hopkins-Militärflughafen. Das Kommando hatte Oberst Coyne, mit an Bord waren Leutnant Arrigo Jezzi, Sergeant John Healey und Sergeant Robert Yanacsek. Die Flughöhe lag bei 800 Metern, die Fluggeschwindigkeit bei 90 Knoten.

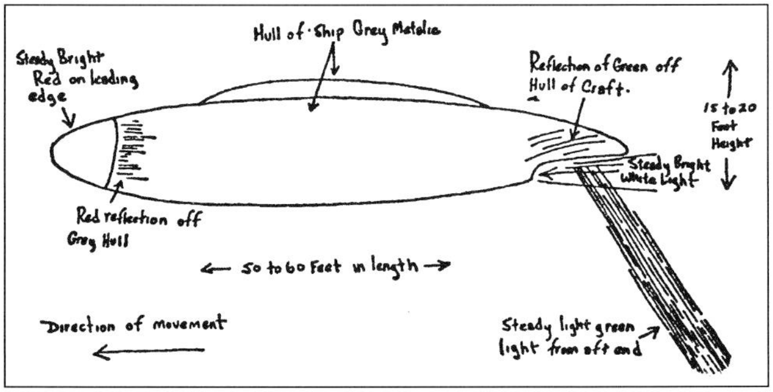

Die Nacht war klar und ruhig. Gegen 23.02 Uhr bemerkte Yanaczek am südöstlichen Horizont ein rotes Licht. Zuerst dachte er, es sei ein Flugzeug, aber es blinkte nicht. Eine Minute lang beobachtete er es noch, als er Coyne darauf aufmerksam machte. Dreißig Sekunden später änderte das Leuchtobjekt seinen Kurs, drehte, flog direkt auf den Helikopter zu. Coyne reagierte blitzschnell und ließ innerhalb einer Minute

den Hubschrauber fast 200 Meter sinken. Fast gleichzeitig nahm er Funkverbindung mit dem Kontrollturm des Flughafens Mansfield auf, in dessen Nähe er sich gerade befand. Mansfield meldete sich zwar, doch brach der Kontakt gleich danach zusammen, und jeder Versuch Coynes, ihn auf einer anderen Welle aufzunehmen, schlug fehl. Das rote Licht befand sich noch immer auf Kollisionskurs. Dann stoppte es plötzlich, blieb in der Luft schweben - in einem 45 Grad-Winkel vor dem Hubschrauber.
Erst jetzt konnten die Männer die Form des mysteriösen Flugkörpers erkennen. Er war zigarrenförmig mit einer Erhebung auf dem Rücken, 15-20 Meter lang und hob sich als ein grau-metallisches Gebilde klar vom sternklaren Nachthimmel ab. Yanasek erkannte *„eine Reihe von Fenstern“* um die kuppelartige Erhebung. Das rote Licht, das sie beobachtet hatten, befand sich an der Vorderfront, ein weiteres, weißes Licht war am Heck, ein grüner, *„pyramidenförmiger“* Strahl, einem Suchscheinwerfer ähnlich, strahlte von der Spitze des Objektes auf den Hubschrauber. Das ganze Cockpit wurde in diesem Moment in ein unheimliches grünes Licht getaucht. *„Mein Gott, was geschieht mit uns?“*, rief Oberst Coyne. Sein Kompaß spielte verrückt, begann sich langsam im Kreise zu drehen. Auch alle Versuche, über Funk eine Bodenstation zu erreichen, schlugen fehl - die Leitungen waren tot. Dann begann das Objekt zu steigen - und der Hubschrauber, wie durch unsichtbare Ketten an das UFO gebunden, stieg mit ihm. Obwohl auf dem Instrumentenbrett noch immer der Abstieg programmiert war, stieg der Helikopter jetzt etwa 300 Meter in der Minute, bis er eine Höhe von 1300 Metern erreicht hatte. Dann spürte die Besatzung des UH-1H einen Stoß und sah bald erleichtert, wie sich das unheimliche Flugobjekt wieder entfernte. Während des ganzen etwa 5-minütigen Vorfalls war nicht das leiseste Geräusch zu hören gewesen. Das grüne Licht erlosch nun, das UFO flog mit hoher Geschwindigkeit erst westwärts, drehte dann Richtung Nordwest, beschleunigte, wurde dabei noch heller, und schoß davon.
Erst jetzt gelang es der Besatzung, wieder Funkkontakt mit einer Bodenstation aufzunehmen. Ohne weitere Zwischenfälle machte man sich wieder auf den Heimweg.

Neben Coyne und seiner Crew gab es für diesen Vorfall noch weitere Zeugen. Als Mrs. C. gegen 23.00 Uhr mit ihren vier Kindern von Mansfield heimfuhr, bemerkte sie zuerst nur ein helles, rotes Licht, das südwärts flog. Bald verschwand es hinter den Bäumen am Straßenrand. Erst fünf Minuten später wurde die Zeugin erneut auf das Objekt aufmerksam, als sie zwei Lichter, grün und rot, sah, die mit großer Geschwindigkeit aufstiegen. Jetzt wurde Mrs. C. neugierig, parkte den Wagen am Straßenrand. Im Freien sah sie, wie im entgegengesetzten Kurs ein anderes Licht flog, das von Südwesten her kam und - im Gegensatz zu dem anderen, lautlosen Objekt - laut „knatterte“. Das andere Objekt konnte sie nun auch deutlicher erkennen: Es war *„so groß wie ein Schulbus“* und *„birnenförmig“.* Als es fast über dem Helikopter schwebte, strahlte das grüne Licht des UFOs steil nach unten. *„Es war, als wenn Strahlen aus dem Objekt schießen würden“*, meinte eines der Kinder, *„alles war in grünes Licht gehüllt: Der Hubschrauber, die Bäume, die Straße, der Wagen ...“* Ängstlich liefen sie zurück zum Wagen und fuhren so schnell sie konnten weiter. Ihnen war das Spektakel unheimlich geworden. Das einzige, was sie noch bemerkten, war, daß das unbekannte Flugobjekt in nordwestlicher Richtung verschwand.

Es dauerte nur zwei Jahre, bis die Außerirdischen ihre Fähigkeiten an einem noch sensibleren Bereich der amerikanischen Waffentechnik demonstrierten - an den Atomwaffenarsenalen des „Strategischen Luftkommandos“ (SAC) der USA.
Über 2000 Raketenstellungen in den USA sind dem SAC untergeordnet, und in fast allen sind Interkonti-

nentale Fernlenkraketen (ICBMs) mit atomaren Sprengköpfen stationiert. Da sie primär der Abschreckung dienen - ihr Einsatz würde das Zielgebiet auf Jahrzehnte hin unbewohnbar machen - sind sie gründlich gesichert, und nur der Präsident kann den Startbefehl erteilen. Durch einen siebenstelligen Code, der dem SAC durchgegeben wird, würden die ICBMs entsichert, könnte der Startknopf gedrückt werden. Dieser Code befindet sich in einem schwarzen Koffer, den, wo immer der Präsident sich gerade befindet, einer seiner Sicherheitsbeamten, ans Handgelenk gekettet, bei sich trägt. Zudem ist jede ICBM durch den Zielcode auf ihren Bestimmungsort programmiert. Doch was ist, wenn jemand diese Codes löscht oder verändert?

Zu dieser Situation kam es im Herbst 1975, als Unbekannte Flugobjekte gleich über einer ganzen Reihe von ICBM-Basen des SAC im Norden der Vereinigten Staaten manövrierten - und mehrfach im Bereich der

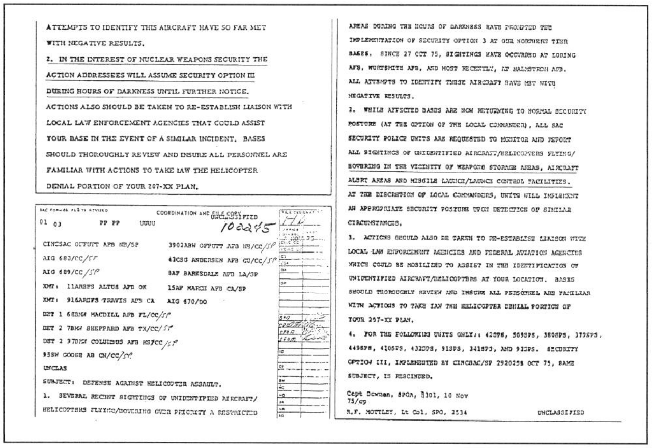
ATTEMPTS TO IDENTIFY THIS AIRCRAFT HAVE SO FAR MET WITH NEGATIVE RESULTS.
2. IN THE INTEREST OF NUCLEAR WEAPONS SECURITY THE ACTION ADDRESSEES WILL ASSUME SECURITY OPTION III DURING HOURS OF DARKNESS UNTIL FURTHER NOTICE.
ACTIONS ALSO SHOULD BE TAKEN TO RE-ESTABLISH LIAISON WITH LOCAL LAW ENFORCEMENT AGENCIES THAT COULD ASSIST YOUR BASE IN THE EVENT OF A SIMILAR INCIDENT. BASES SHOULD THOROUGHLY REVIEW AND INSURE ALL PERSONNEL ARE FAMILIAR WITH ACTIONS TO TAKE IAW THE HELICOPTER DENIAL PORTION OF YOUR 207-XX PLAN.

COORDINATION AND FILE COPY
UNCLASSIFIED
01 03 PP PP UUUU 102245
CINCSAC OFFUTT AFB NB/SP
3902ABW OFFUTT AFB NB/CC/SP
AIG 683/CC/SP
43CSG ANDERSEN AFB GU/CC/SP
AIG 689/CC/SP
8AF BARKSDALE AFB LA/SP
XMT: 11AREFS ALTUS AFB OK
15AF MARCH AFB CA/SP
XMT: 916AREFS TRAVIS AFB CA
AIG 670/DO
DET 1 68BMW MACDILL AFB FL/CC/SP
DET 2 7BMW SHEPPARD AFB TX/CC/SP
DET 2 97BMW COLUMBUS AFB MS/CC/SP
93BW GOOSE AB CN/CC/SP
UNCLAS
SUBJECT: DEFENSE AGAINST HELICOPTER ASSAULT.
1. SEVERAL RECENT SIGHTINGS OF UNIDENTIFIED AIRCRAFT/HELICOPTERS FLYING/HOVERING OVER PRIORITY A RESTRICTED AREAS DURING THE HOURS OF DARKNESS HAVE PROMPTED THE IMPLEMENTATION OF SECURITY OPTION 3 AT OUR NORTHERN TIER BASES. SINCE 27 OCT 75, SIGHTINGS HAVE OCCURRED AT LORING AFB, WURTSMITH AFB, AND MOST RECENTLY, AT MALMSTROM AFB. ALL ATTEMPTS TO IDENTIFY THESE AIRCRAFT HAVE MET WITH NEGATIVE RESULTS.
2. WHILE AFFECTED BASES ARE NOW RETURNING TO NORMAL SECURITY POSTURE (AT THE OPTION OF THE LOCAL COMMANDER), ALL SAC SECURITY POLICE UNITS ARE REQUESTED TO MONITOR AND REPORT ALL SIGHTINGS OF UNIDENTIFIED AIRCRAFT/HELICOPTERS FLYING/HOVERING IN THE VICINITY OF WEAPONS STORAGE AREAS, AIRCRAFT ALERT AREAS AND MISSILE LAUNCH/LAUNCH CONTROL FACILITIES. AT THE DISCRETION OF LOCAL COMMANDERS, UNITS WILL IMPLEMENT AN APPROPRIATE SECURITY POSTURE UPON DETECTION OF SIMILAR CIRCUMSTANCES.
3. ACTIONS SHOULD ALSO BE TAKEN TO RE-ESTABLISH LIAISON WITH LOCAL LAW ENFORCEMENT AGENCIES AND FEDERAL AVIATION AGENCIES WHICH COULD BE MOBILIZED TO ASSIST IN THE IDENTIFICATION OF UNIDENTIFIED AIRCRAFT/HELICOPTERS AT YOUR LOCATION. BASES SHOULD THOROUGHLY REVIEW AND INSURE ALL PERSONNEL ARE FAMILIAR WITH ACTIONS TO TAKE IAW THE HELICOPTER DENIAL PORTION OF YOUR 207-XX PLAN.
4. FOR THE FOLLOWING UNITS ONLY: 42SPS, 509SPS, 380SPS, 379SPS, 449SPS, 410SPS, 432SPS, 91SPS, 341SPS, AND 93SPS. SECURITY OPTION III, IMPLEMENTED BY CINCSAC/SP 292035Z OCT 75, SAME SUBJECT, IS RESCINDED.
Capt Dowman, SPOA, 3301, 10 Nov 75/cp
R.F. MOTTLEY, Lt Col, SPO, 2534
UNCLASSIFIED

Dokumente des Pentagon und des SAC über die „Beobachtung unidentifizierter Flugobjekte in der unmittelbaren Nähe der USAF Raketenstartvorrichtungen“: „Im Interesse der Sicherheit der Atomwaffen gilt bis auf weiteres Sicherheitsstufe III während der Nachtstunden“.

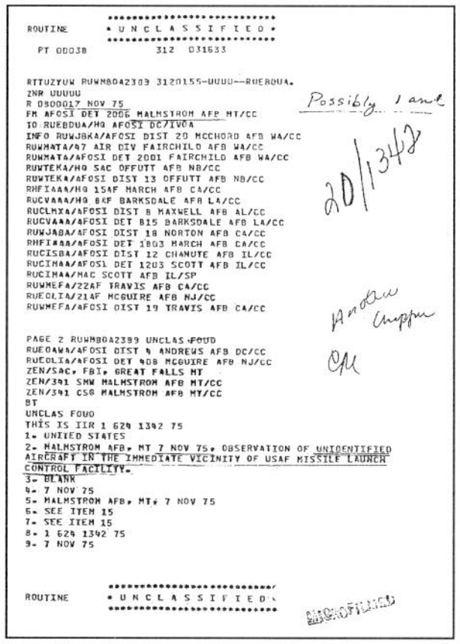
ROUTINE • U N C L A S S I F I E D •
PT 00038 312 031633
RTTUZYUW RUWMBOA2389 3120155-UUUU--RUEBDUA.
ZNR UUUUU
R 080001Z NOV 75
FM AFOSI DET 2006 MALMSTROM AFB MT/CC
TO RUEBDUA/HQ AFOSI DC/IVOA
INFO RUWJBKA/AFOSI DIST 20 MCCHORD AFB WA/CC
RUWMATA/47 AIR DIV FAIRCHILD AFB WA/CC
RUWMATA/AFOSI DET 2001 FAIRCHILD AFB WA/CC
RUWTEKA/HQ SAC OFFUTT AFB NB/CC
RUWTEKA/AFOSI DIST 13 OFFUTT AFB NB/CC
RHFIAAA/HQ 15AF MARCH AFB CA/CC
RUCVAAA/HQ 8AF BARKSDALE AFB LA/CC
RUCLMXA/AFOSI DIST 8 MAXWELL AFB AL/CC
RUCVAAA/AFOSI DET 815 BARKSDALE AFB LA/CC
RUWJABA/AFOSI DIST 18 NORTON AFB CA/CC
RHFIAAA/AFOSI DET 1803 MARCH AFB CA/CC
RUCISBA/AFOSI DIST 12 CHANUTE AFB IL/CC
RUCIMAA/AFOSI DET 1203 SCOTT AFB IL/CC
RUCIMAA/MAC SCOTT AFB IL/SP
RUWMEFA/22AF TRAVIS AFB CA/CC
RUEOLIA/21AF MCGUIRE AFB NJ/CC
RUWMEFA/AFOSI DIST 19 TRAVIS AFB CA/CC
PAGE 2 RUWMBOA2389 UNCLAS FOUO
RUEOAWA/AFOSI DIST 4 ANDREWS AFB DC/CC
RUEOLIA/AFOSI DET 408 MCGUIRE AFB NJ/CC
ZEN/SAC, FBI, GREAT FALLS MT
ZEN/341 SMW MALMSTROM AFB MT/CC
ZEN/341 CSG MALMSTROM AFB MT/CC
BT
UNCLAS FOUO
THIS IS IIR 1 624 1342 75
1. UNITED STATES
2. MALMSTROM AFB, MT 7 NOV 75, OBSERVATION OF UNIDENTIFIED AIRCRAFT IN THE IMMEDIATE VICINITY OF USAF MISSILE LAUNCH CONTROL FACILITY.
3. BLANK
4. 7 NOV 75
5. MALMSTROM AFB, MT, 7 NOV 75
6. SEE ITEM 15
7. SEE ITEM 15
8. 1 624 1342 75
9. 7 NOV 75
ROUTINE • U N C L A S S I F I E D •
Possibly 1 and
20/1342

Atomwaffensilos landeten. Diese Vorfälle sind dokumentiert - durch Geheimakten, die unter dem Freedom-of-Information-Act freigegeben wurden, und einen Bericht über die Sichtungen, den Col. Terence C. James vom US-Luftwaffenministerium am 4. Oktober 1977 für den UFO-Forscher und Ex-CIA-Mitarbeiter Todd Zechel zusammenstellte. Sie nahmen ihren Anfang am 27. Oktober 1975, als auf der Loring-Luftwaffenbasis im US-Staat Maine die Alarmsirenen ertönten: Ein unbekannter Flieger war in den Sicherheitsraum über den ICMB Raketenstellungen eingedrungen.

Um 19.45 Uhr hatte Hauptfeldwebel Danny Lewis das Objekt bemerkt, als er auf Patrouille an dem vier Meter hohen Gitterzaun mit Stacheldrahtaufsatz vorbeifuhr, der das einen Quadratkilometer große Atomwaffenarsenal umgab. Ein anderer Sergeant, Steven Eichner, Crewchef eines B-52-Bombers, konnte es aus größerer Nähe beobachten und beschrieb das UFO als *„einem langgestreckten Football ähnlich... Es schwebte bewegungs- und geräuschlos in der Luft. Es war von rotoranger Farbe und vier Wagenlängen breit. Es schien von einer Art Strahlung umgeben zu sein, denn seine Farben vermischten sich, es sah aus wie das Hitzeflimmern in der Wüste. Aber es war ein solides Objekt.“* Zur selben Zeit ortete Hauptfeldwebel James P. Sampley von der 2192ten Verbindungsschwadron im Tower auf dem Radarschirm ein Echo über dem Sperrgebiet. Er schaute zum Fenster hinaus und sah ein Objekt, das in nur 100 Meter Höhe über dem Nordbereich der Basis kreiste, um über der Raketenstellung auf 50 Meter Höhe herunterzukommen. Als er Colonel

Richard C. Chapman, den Kommandanten des 42ten Bombergeschwaders, über seine Beobachtung informierte, rief dieser Alarmstufe 3 aus. Während NORAD, das Nordamerikanische Luftverteidigungskommando, keine Abfangjäger schicken konnte, umflog der Unbekannte das Gebiet 40 Minuten lang, dann verschwand er in Richtung Kanada.

Doch exakt 24 Stunden später sollte das UFO zurückkehren. Wieder um 19.45 Uhr sichteten drei Militärpolizisten am 28. Oktober ein ovales Objekt mit blitzenden weißen, orangenfarbenen und blauen Lichtern, das, wie ihre Nachfrage ergab, ebenfalls auf Radar geortet wurde. In der nächsten Stunde kam es bis auf 50 Meter herunter, überquerte die Startbahn und schwebte minutenlang über den Raketensilos, zwischen denen es schließlich landete. Als gleich mehrere Polizeifahrzeuge mit hoher Geschwindigkeit in seine Richtung fuhren, schaltete es seine Lichter aus und startete wieder. Colonel Chapman informierte das Nationale Militär-Kommando-Zentrum (NMCC) in Washington, das SAC- Headquarter und den Stabschef. Daraufhin schickte man ihm einen UH-1 Huey Helikopter der Nationalgarde, der allerdings erst eintraf, als das UFO längst davongeflogen war.Statt dessen tauchte es jetzt über der Brunswick-Marinebasis in Maine auf. *„Es kam in geringer Höhe aus Richtung des Ozeans angeflogen, geradezu auf Baumwipfelhöhe“*, schilderte es ein Augenzeuge von der Navy, *„es war wie ein Helikopter und doch anders: Doppelt so groß wie ein Hubschrauber, mit roten und weißen Lichtern, und in der Lage, 90°-Wendungen zu fliegen. Wir schalteten alle Lichter ein, die Basis leuchtete auf wie ein Weihnachtsbaum. Das Objekt schwebte 5-10 Minuten über dem Stützpunkt, dann schoß es über den Atlantik davon.“*

Und auch andere SAC-Basen erhielten unerwarteten Besuch. Von der Malmstrom-Basis in Montana meldete man, daß der Strom ausfiel, als ein UFO in nur 70 Meter Höhe das Gelände überflog. Als es sich entfernte, gingen auch die Lichter wieder an. Mit zunehmender Geschwindigkeit schoß es danach in den Himmel, und bald hatte es nur noch die Größe eines Sterns.

Am nächsten Tag erbat der CIA, der über den UFO-Alarm unterrichtet worden war, sofortige Information über alle zukünftigen Vorfälle. Der nächste sollte sich bereits in der folgenden Nacht ereignen.

Am 31. Oktober gegen 1.55 Uhr schwebte ein „Unbekannter“ über den SAC-Waffenlagern der Wurtsmith Luftwaffenbasis bei Oscoda, Michigan. *„Er hatte ein weißes Licht, das nach unten strahlte, und zwei rote Lichter am Rand“*, beschreibt es ein Dokument, *„Ein in 900 Meter Höhe fliegendes KC-135 Tankflugzeug beobachtete es und ortete es auf Radar.“* Sofort wurde ein Abfangjäger gestartet, dessen Besatzung das Objekt ebenfalls visuell und auf Radar orten konnte. Er verfolgte es bis über den Huronen-See. *„Immer wenn wir etwas näher an das UFO herankamen, beschleunigte es und schoß davon. Schließlich verschwand es mit über 1800 Stundenkilometer Geschwindigkeit.“*

Doch das war nur das Vorspiel.

Am 7. November 1975 tauchten die UFOs wieder auf: Diesmal über der Malmstrom-Luftwaffenbasis bei Lewiston, Montana. Malmstrom war die erste Luftwaffenbasis, auf der Minuteman-Raketen stationiert wurden, die damals modernste, dreistufige Fernlenkrakete, die, einmal gestartet, mit einer Geschwindigkeit von 25.000 km/h punktgenau ein Ziel in 10.000 Kilometer Entfernung ansteuert.

Der ICBM-Komplex von Malmstrom umfaßt 60.000 Quadratkilometer und gehört zu den größten Atomwaffenarsenalen des Landes.

Es war am Abend des 7. November, zwei Offiziere hatten gerade eine andere Crew in der unterirdischen Kontrollbasis des SAC abgelöst und unterzogen die ICBM-Startsysteme einer Routineüberprüfung, als ein schrilles Klingeln Alarm meldete.

Das konnte nur bedeuten, daß sich ein Eindringling im Sperrgebiet befand. Der Kommandant der Raketenstellung rief den diensthabenden Offizier der Militärpolizei an und ein Sabotage-Alarm-Team (SAT) machte sich auf den Weg, um auf der Stellung K-7 nach dem Rechten zu sehen. Als die SAT-Einheit eine Zufahrtsstraße zu den Raketensilos erreichte, sah sie eine große, orangefarbene Scheibe, die in nur 100 Meter Höhe über dem K-7-Gebiet schwebte. Sämtliche Männer waren mit Maschinengewehren bewaffnet, doch keiner von ihnen dachte auch nur im entferntesten daran, auf das unheimliche UFO zu feuern, das mit einem Strahl die Silos taghell erleuchtete. Statt dessen beobachteten sie, wie die Scheibe langsam aufstieg - dann informierten sie über Funk den Kommandanten der Raketenstellung. Zur gleichen Zeit ortete das Radarsystem der NORAD das Objekt und startete zwei F-106 Abfangjäger von der Luftwaffenbasis Great Falls, Montana. Doch bevor sie ihr Zielgebiet erreichten, war der Unbekannte bis auf 70.000 Meter Höhe aufgeschossen und dann vom Radarschirm verschwunden. Während die Militärpolizisten sich erst einmal einem psychologischen Test im Basishospital unterziehen mußten, weil sie sichtlich unter Schock standen, hatten die Computerexperten, Techniker und Offiziere in der unterirdischen Kommandostation ein ganz anderes Problem: Die Zielcodes im Fernlenksystem der ICBMs waren geändert worden. Jede Minuteman-Rakete wurde einzeln getestet, das Ergebnis war überall dasselbe. Wenn in diesem Augenblick ein Atomkrieg ausgebrochen wäre, die USA wären hilflos gewesen - nicht eine einzige Minuteman hätte gestartet werden können. Niemand verstand, wie es dazu kommen konnte, denn normalerweise sind Code-Änderungen komplizierte Vorgänge, die mehrere Stunden in Anspruch nehmen.

Wie aus den freigegebenen Dokumenten der NORAD und der Luftwaffe hervorgeht, wurden in dieser Nacht UFOs über sechs verschiedenen Raketenstellungen in Malmstrom beobachtet. Die Berichte der Militärpolizei sprechen von *„schwarzen Objekten in Röhrenform“*, *„einem Sphäroid von 30 Meter Durchmesser, der Trichter auf der Oberfläche zu haben schien“* und *„orange-goldenen Objekten mit kleinen Lichtern“*, die über den ICBM-Silos standen. In einem amtlichen NORAD-Memorandum heißt es:

„SAC-Stellung L-5 beobachtete ein Objekt, das seine Geschwindigkeit enorm erhöhte, aufstieg und kurz darauf nicht mehr von den Sternen unterschieden werden konnte. NORAD wird diesen Vorfall als einen weiterhin unbekannten FADE einstufen.“

„FADE“ war ein Codewort. Es stand für „FADED GIANT“ („Schwindender Riese“), ein Luftwaffen-Kennwort für den unbefugten Zugriff zu den Atomwaffen. Die Konsequenzen waren mehr als beunruhigend. Das Konzept der „nuklearen Abschreckung“ beruhte darauf, daß die Raketen jederzeit abschußbereit waren. Doch irgendwie hatten unbekannte Eindringlinge das Strategische Luftkommando lahmgelegt, indem sie strenggeheime Daten änderten, als sei es die simpelste Angelegenheit der Welt.

Am nächsten Morgen stand der Malmstrom-Zwischenfall auf der Tagesordnung des Generalstabs im Pentagon. Die Generäle des Verteidigungsministeriums waren auf einmal mit der Situation konfrontiert, daß die UFOs zum Sicherheitsrisiko geworden waren. Jemand, der offenbar sehr viel mächtiger war als sie, war in der Lage, den Zentralnerv der amerikanischen Landesverteidigung entscheidend zu treffen, ohne daß ihre wissenschaftlichen Hexenmeister auch nur die geringste Erklärung dafür hatten. Sie waren völlig hilflos - die Fremden konnten in die bestgeschützten Bereiche des US-Sicherheitssystems eindringen und die Atomwaffen manipulieren, wann immer sie wollten und ohne daß sie jemand davon abhalten konnte, und das bereitete ihnen Kopfzerbrechen. *„Wir müssen ständig auf dem laufenden gehalten werden“*, verlangte Luftwaffen-Stabschef David C. Jones von NORAD, *„und wir müssen einen Weg finden, eine Wiederholung zu verhindern“*. Und dann entschlossen sie sich zu einem

schweren Schritt: *„Wir müssen den Präsidenten davon in Kenntnis setzen."* Mit dem nächsten „Daily Brief" - dem strenggeheimen Bericht zur Weltlage, der dem Präsidenten der Vereinigten Staaten täglich zum Frühstück vorgelegt wird - wurde Gerald Ford über die Vorkommnisse auf den SAC-Basen informiert.
Sie hatten sich am Vorabend, dem 8.11., fortgesetzt. Wieder um 19.45 Uhr erschienen diesmal gleich sieben unidentifizierte „Blips" (Echos) auf den Radarschirmen der 24ten NORAD-Region. Als zwei F-106 Abfangjäger starteten, beobachteten SAT-Einheiten von der Basis Malstrom aus, wie die UFOs wieder über den Minuteman-Silos standen. Dann flogen sie in südwestlicher Richtung davon und wurden über zwei anderen Hochsicherheitszonen gesehen. Um 21.53 Uhr schließlich beschleunigten sie und schossen in den Nachthimmel. Um 3.20 morgens meldeten drei ICBM-Mannschaften ein weiteres *„orange-weißes, scheibenförmiges Objekt".* Einen Tag später wurde ein anderes Fernlenkraketen-Arsenal Ziel *„unbekannter Operationen".* Wie das Logbuch der 24. NORAD-Region vermeldete, bewegte sich *„ein helles, sternartiges Objekt im Westen in Richtung Osten. Es ist etwa so groß wie ein Auto... und überquerte die Radarstation in 400 bis 700 Meter Höhe, ohne Geräusche. Drei Zeugen sahen es."*
Am 11. November tauchten die UFOs über Kanada auf, als Offiziere der Königlich-Kanadischen Luftwaffe in Falconbridge, Ontario *„das Radarecho eines unidentifizierten Objektes in ca. 40-50 km Entfernung südlich der Basis orteten, das sich in Höhen von 8000 bis 24.000 Metern bewegte."* Schließlich ging ein mit ‚Vertraulich' klassifiziertes Memorandum des Oberkommandierenden des NORAD an alle ihm unterstehenden Einheiten:
„Seit dem 28. Okt. 75 gingen beim NORAD COC (Zentralkommando) zahlreiche Berichte über verdächtige Objekte ein. Diese wurden von zuverlässigem Personal der Loring AFB, Maine, Wurtsmith AFB, Michigan, Malmstrom AFB, Minot AFB und dem Stützpunkt Falconbridge der kanadischen Streitkräfte gemeldet, die visuell diese verdächtigen Objekte beobachtet haben... alle Versuche durch Helikopter der Nationalgarde, F-106-Abfangjäger des SAC und NORAD, sie zu identifizieren, scheiterten... Seien Sie versichert, daß dieses Kommando alles versuchen wird, um sie zu identifizieren und solide Fakten über diese Sichtungen zu liefern..."

Doch all diese Versuche scheiterten, und die Flüge setzten sich fort. Am 21. Januar 1976 tauchten zwei UFOs über dem Atomwaffenkomplex der Cannon-Luftwaffenbasis in New Mexico auf.
„Die Sicherheitspolizei, die sie beobachtete, meldete, sie hätten einen Durchmesser von 24 Metern, wären von goldener oder silberner Farbe mit einem blauen Licht an der Spitze, Luken in der Mitte und einem roten Licht am Boden", heißt es in einem Memorandum des NMCC, des Nationalen Militärischen Kommando-Zentrums, verfaßt von Konteradmiral J.B.Morin, U.S.N., dem Deputy Director for Operations. Von derselben Dienststelle wurden sechs Monate später, am 30. Juli 1976 um 2.55 Uhr, neue UFO-Aktivitäten über Fort Ritchie, Maryland, gemeldet: *„Zwei verschiedene Patrouillen von Sektor R berichteten von der Sichtung dreier länglicher Objekte von rötlicher Färbung, die sich von Ost nach West bewegten."* Fünf Minuten später überprüfte ein Sergeant die Meldung und beobachtete ein UFO, das in 100-200 Meter Höhe über den Raketenarsenalen schwebte. 45 Minuten danach sah ein anderer Sergeant auf dem Weg zum Dienst ein Objekt, *„so groß wie ein 2 1/2 Tonner-Lastwagen".*

Daß tatsächlich die irdische Waffentechnik den Unbekannten gegenüber hilflos war, zeigte sich in einem Vorfall am 19. September 1976, der weltweit Beachtung fand. Wie damals die Teheraner Zeitungen unter Berufung auf die königlich iranische Luft-

OC - 1/12

پرواز بشقاب پرنده
در آسمان تهران

Iranians open fire on shining UFO

BEIRUT, Lebanon (UPI) — Anti-aircraft batteries opened fire on an unidentified flying object as it shone over northeastern Tehran, but apparently missed it, Iran's official Islamic Republic News Agency reported yesterday.

The shining object that flew from west to east at about 8:15 p.m. on Monday had not been identified, but some reports said it might be a satellite.

Tehran's anti-aircraft unit believed that the object was an Iraqi warplane and opened fire on it. There was no immediate comment from Iraq and there were no reports that the flying object had been hit or shot down.

So berichteten Nahost-Zeitungen über den Vorfall von Teheran.

waffe berichtete, wurde in dieser Nacht ein UFO auf Radar geortet, das in 1800 Meter Höhe mit mehrfacher Überschallgeschwindigkeit flog. Zwei Abfangjäger vom Typ F-4 Phantom wurden gestartet und erhielten Befehl, den unbekannten Eindringling zu stellen. Doch während sie die Verfolgung aufnahmen, schoß ein kleinerer Flugkörper aus dem UFO und jagte auf einen der Abfangjäger zu. Als der Pilot auf das Objekt feuerte, versagte erst die Waffenautomatik der Phantom, dann das gesamte elektrische System an Bord und schließlich auch die Funkverbindung. Dem Flieger blieb nichts anderes übrig, als sich im Sturzflug aus dem Staub zu machen. Während das Mini-UFO zu seinem „Mutterschiff“ zurückkehrte, entließ die Scheibe einen kreisförmigen Körper von 4,5 Meter Durchmesser, der südlich von Teheran landete. Gleich am nächsten Tag gab Schah Reza Pahlevi der Luftwaffe die Anweisung, einen ausführlichen Bericht zu verfassen, den er dem Luftwaffenattaché der US-Botschaft in Teheran zukommen ließ. Auf dessen Anweisung gingen Kopien nicht nur an das Außenministerium, sondern auch an das Weiße Haus, CIA, DIA und NSA, die Stabschefs und die Kommandeure der US-Streitkräfte in Europa und im Nahen Osten. Im September 1977 wurde dieser mit „Vertraulich“ klassifizierte Bericht unter dem Freedom-of-Information-Act freigegeben:

(Verteiler:)

„Der Geheimdienst der Landesverteidigung
Das Verteidigungsministerium/Pentagon
Das europäische Luftverteidigungskommando
Die Kommandeure der US-Streitkräfte in Europa, Luftwaffenbasen Ramstein und Vaihingen (in Deutschland)
Der Kommandeur der US-Marine im Nahen Osten
Das Außenministerium der Vereinigten Staaten
Der Zentrale Nachrichtendienst (CIA)
Der Nationale Sicherheitsdienst
Die Stabschefs der US-Luftwaffe
Die Stabschefs der US-Kriegsmarine
Die Stabschefs des US-Heeres“

„DIESER BERICHT LIEFERT INFORMATIONEN, DIE DIE SICHTUNG EINES UFO'S IM IRAN AM 19. SEPTEMBER 1976 BETREFFEN:

A. Gegen 0.30 Uhr, am 19. September 1976, erhielt x vier Telefonanrufe von Bürgern, die im Shemiran-Gebiet von Teheran leben. Sie berichteten von fremden Objekten am Himmel. Einige gaben an, ein vogelähnli-

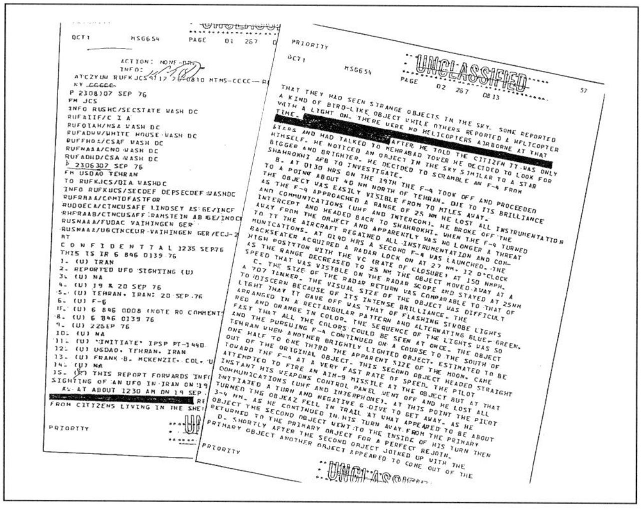

OCT1 MSG654 PAGE 01 267
ACTION: NONE
INFO:
ATCZYUW RUFKJCS9712 2650810 MTMS-CCCC
KY CCCCC
P 230807 SEP 76
FM JCS
INFO RUSHC/SECSTATE WASH DC
RUFAIIF/C I A
RUFOIAH/NSA WASH DC
RUFADWW/WHITE HOUSE WASH DC
RUFFHQA/CSAF WASH DC
RUFNAAA/CNO WASH DC
RUFADHD/CSA WASH DC
P 230630Z SEP 76
FM USDAO TEHRAN
TO RUFKJCS/DIA WASHDC
INFO RUFKUCS/SECDEF DEPSECDEF WASHDC
RUFRBAA/COMIDEASTFOR
RUDOECA/CINCUSAFE LINDSEY AS GE/INCF
RHFRAAB/CINCUSAFE RAMSTEIN AB GE/INOC
RUSNAAA/FUDAC VAIHINGEN GER
RUSNAAA/USCINCEUR VAIHINGEN GER/ECJ-2
BT
C O N F I D E N T I A L 1235 SEP76
THIS IS IR 6 846 0139 76
1. (U) IRAN
2. REPORTED UFO SIGHTING (U)
3. (U) NA
4. (U) 19 & 20 SEP 76
5. (U) TEHRAN, IRAN; 20 SEP 76
6. (U) F-6
7. (U) 6 846 0008 (NOTE RO COMMENT
8. (U) 6 846 0139 76
9. (U) 22SEP 76
10. (U) NA
11. (U) "INITIATE" IPSP PT-1440
12. (U) USDAO, TEHRAN, IRAN
13. (U) FRANK B. MCKENZIE, COL, U
14. (U) NA
15. (C) THIS REPORT FORWARDS INF
SIGHTING OF AN UFO IN IRAN ON 19
A. AT ABOUT 1230 AM ON 19 SEP
[redacted] RE
FROM CITIZENS LIVING IN THE SHE
PRIORITY

PRIORITY
OCT1 MSG654 PAGE 02 267 0813
UNCLASSIFIED
57
THAT THEY HAD SEEN STRANGE OBJECTS IN THE SKY. SOME REPORTED
A KIND OF BIRD-LIKE OBJECT WHILE OTHERS REPORTED A HELICOPTER
WITH A LIGHT ON. THERE WERE NO HELICOPTERS AIRBORNE AT THAT
TIME. [redacted] AFTER HE TOLD THE CITIZEN IT WAS ONLY
STARS AND HAD TALKED TO MEHRABAD TOWER HE DECIDED TO LOOK FOR
HIMSELF. HE NOTICED AN OBJECT IN THE SKY SIMILAR TO A STAR
BIGGER AND BRIGHTER. HE DECIDED TO SCRAMBLE AN F-4 FROM
SHAHROKHI AFB TO INVESTIGATE.
B. AT 0130 HRS ON THE 19TH THE F-4 TOOK OFF AND PROCEEDED
TO A POINT ABOUT 40 NM NORTH OF TEHRAN. DUE TO ITS BRILLIANCE
THE OBJECT WAS EASILY VISIBLE FROM 70 MILES AWAY.
AS THE F-4 APPROACHED A RANGE OF 25 NM HE LOST ALL INSTRUMENTATION
AND COMMUNICATIONS (UHF AND INTERCOM). HE BROKE OFF THE
INTERCEPT AND HEADED BACK TO SHAHROKHI. WHEN THE F-4 TURNED
AWAY FROM THE OBJECT AND APPARENTLY WAS NO LONGER A THREAT
TO IT THE AIRCRAFT REGAINED ALL INSTRUMENTATION AND COM-
MUNICATIONS. AT 0140 HRS A SECOND F-4 WAS LAUNCHED. THE
BACKSEATER ACQUIRED A RADAR LOCK ON AT 27 NM, 12 O'CLOCK
HIGH POSITION WITH THE VC (RATE OF CLOSURE) AT 150 NMPH.
AS THE RANGE DECREASED TO 25 NM THE OBJECT MOVED AWAY AT A
SPEED THAT WAS VISIBLE ON THE RADAR SCOPE AND STAYED AT 25NM
C. THE SIZE OF THE RADAR RETURN WAS COMPARABLE TO THAT OF
A 707 TANKER. THE VISUAL SIZE OF THE OBJECT WAS DIFFICULT
TO DISCERN BECAUSE OF ITS INTENSE BRILLIANCE. THE
LIGHT THAT IT GAVE OFF WAS THAT OF FLASHING STROBE LIGHTS
ARRANGED IN A RECTANGULAR PATTERN AND ALTERNATING BLUE, GREEN,
RED AND ORANGE IN COLOR. THE SEQUENCE OF THE LIGHTS WAS SO
FAST THAT ALL THE COLORS COULD BE SEEN AT ONCE. THE OBJECT
AND THE PURSUING F-4 CONTINUED ON A COURSE TO THE SOUTH OF
TEHRAN WHEN ANOTHER BRIGHTLY LIGHTED OBJECT, ESTIMATED TO BE
ONE HALF TO ONE THIRD THE APPARENT SIZE OF THE MOON, CAME
OUT OF THE ORIGINAL OBJECT. THIS SECOND OBJECT HEADED STRAIGHT
TOWARD THE F-4 AT A VERY FAST RATE OF SPEED. THE PILOT
ATTEMPTED TO FIRE AN AIM-9 MISSILE AT THE OBJECT BUT AT THAT
INSTANT HIS WEAPONS CONTROL PANEL WENT OFF AND HE LOST ALL
COMMUNICATIONS (UHF AND INTERPHONE). AT THIS POINT THE PILOT
INITIATED A TURN AND NEGATIVE G DIVE TO GET AWAY. AS HE
TURNED THE OBJECT FELL IN TRAIL AT WHAT APPEARED TO BE ABOUT
3-4 NM. AS HE CONTINUED IN HIS TURN AWAY FROM THE PRIMARY
OBJECT THE SECOND OBJECT WENT TO THE INSIDE OF HIS TURN THEN
RETURNED TO THE PRIMARY OBJECT FOR A PERFECT REJOIN.
D. SHORTLY AFTER THE SECOND OBJECT JOINED UP WITH THE
PRIMARY OBJECT ANOTHER OBJECT APPEARED TO COME OUT OF THE
UNCLASSIFIED
PRIORITY

Bericht der US-Botschaft in Teheran an das Außenministerium über den Teheran-Zwischenfall

ches Objekt gesehen zu haben, während andere von einem Helikopter mit Licht berichteten. In dieser Zeit befanden sich jedoch keine Hubschrauber in der Luft. Nachdem er den Bürgern die Auskunft erteilt hatte, daß es sich nur um Sterne handle und mit dem Tower des Mehrabad-Flughafens gesprochen hatte, entschloß er sich dazu, selbst nachzusehen. Er bemerkte ein Objekt am Himmel, das einem Stern ähnelte, aber größer und auch heller war. Er entschied sich dazu, eine F-4 von der Sharoki-Luftwaffenbasis hochzuschicken, die Nachforschungen anstellen sollte.
B. Am 19.9.1976 um 1.30 Uhr hob die F-4 ab und näherte sich einem Punkt, der 40 NM (ca. 65 km) nördlich von Teheran lag. Das Objekt war wegen seiner Helligkeit leicht bis auf 70 Meilen erkennbar. Als sich die F-4 bis auf 25 NM genähert hatte, fielen alle Instrumente und die Funkverbindung aus (UHF und Bordsprechanlage). Der Pilot brach die Abfangjagd ab und kehrte nach Sharokhi zurück. Als die F-4 abdrehte und offensichtlich für das Objekt keine Bedrohung mehr darstellte, setzten auch die Instrumente und die Funkverbindung wieder ein. Um 1.40 Uhr wurde eine zweite F-4 hochgeschickt. Der Pilot erhielt bei einer VC-Annäherungsrate von 150 NMPH (ca. 250 km/h) in einer Entfernung von 27 NM (43 km) ein Radarbild auf 12-Uhr-Position. Als sich die Entfernung auf 25 NM (40 km) verringerte, entfernte sich das Objekt mit einer auf dem Radarschirm sichtbaren Geschwindigkeit und hielt eine Distanz von 25 NM.
C. Die Größe der aufgefangenen Radarimpulse entsprach einem Objekt von der Größe einer BOEING 707. Die sichtbare Größe des Objektes war wegen seiner intensiven Helligkeit schwer feststellbar. Das Licht, das das Objekt abgab, erinnerte an Blitzlichter, die in rechteckigem Muster angeordnet waren und abwechselnd in den Farben Blau, Grün, Rot und Orange erschienen. Die Aufeinanderfolge der Lichter geschah so schnell, daß alle Farben gleichzeitig gesehen werden konnten. Das Objekt und die nachjagende F-4 verfolgten einen Kurs, der südlich von Teheran lag, als ein anderes, hell leuchtendes Objekt, das etwa die Hälfte oder ein Drittel der scheinbaren Größe des Mondes hatte, aus dem ersten Objekt herauskam. Das zweite Objekt bewegte sich mit sehr hoher Geschwindigkeit direkt auf die F-4 zu. Der Pilot versuchte, eine ATM 9-Rakete auf das Objekt abzufeuern, aber in diesem Augenblick versagten sein Feuerleitpult und die Funkverbindungen. Jetzt leitete der Pilot ein Wendemanöver ein, verbunden mit einem Sturzflug, um zu entkommen. Als er gewendet hatte, nahm das Objekt in einer Entfernung von etwa 3-4 NM (5-6 km) die Verfolgung auf. Während er dem ersten Objekt zu entkommen versuchte, flog das zweite Objekt in den Wendekurs der F-4 und kehrte dann zu einer perfekten Wiederaufnahme zum ersten Objekt zurück.
D. Kurz nachdem das zweite Objekt sich mit dem ersten vereint hatte, tauchte ein dritter Körper auf der anderen Seite des ersten Objektes auf und flog geradewärts mit großer Geschwindigkeit abwärts. Die F-4 Mannschaft, deren Feuerleitpult und Funkanlagen nun wieder funktionierten, beobachtete das Objekt, das sich dem Boden näherte, und erwartete eine große Explosion. Es schien aber, als ob das Objekt sanft auf der Erde landete. Es warf ein sehr helles Licht über ein 2-3 Kilometer weites Gebiet.
Die Mannschaft verringerte ihre Flughöhe von 26 M auf 15 M, um weiter zu beobachten und die Position des Objektes zu vermerken. Sie hatten einige Schwierigkeiten, ihre Nachtsichtweite zur Landung zu justieren. Nachdem sie Mehrabad einige Male umkreist hatten, setzten sie zur Landung an. Das UHF war durch starke Interferenzen gestört, und jedesmal, wenn sie die magnetische Peilrichtung von 150 Grad von Mehrabad kreuzten, setzte die Funkverbindung (UHF und Bordfunk) aus, und der INS schwankte zwischen 30 und 50 Grad. In einer Maschine der Zivilluftfahrt, die sich zu dieser Zeit Mehrabad näherte, wurde in der gleichen Umgebung (Kilo Zulu) Funkversagen festgestellt, aber

es wurde nichts Ungewöhnliches gesichtet. Während sich die F-4 auf ihrem letzten Anflug zur Landung befand, bemerkte die Besatzung ein weiteres, zylinderförmiges Objekt mit hellen Lichtern an jedem Ende und einem Blitzlicht in der Mitte. Eine Rückfrage an den Tower ergab, daß zur Zeit kein bekannter Flugverkehr stattfand. Als das Objekt über die F-4 dahinflog, konnte es im Tower nicht visuell wahrgenommen werden. Dies gelang erst, als der Pilot den Hinweis gab, zwischen den Bergen und der Raffinerie Ausschau zu halten.
E. Als das Tageslicht einsetzte, wurde die Mannschaft mit einem Hubschrauber in jenes Gebiet geflogen, wo das Objekt offensichtlich gelandet war. An der Stelle, die die Mannschaft als Landesstelle vermutete (ein trockenes Flußbett), wurde nichts bemerkt, aber als sie das Gebiet westlich umflogen, wurde ein äußerst bemerkenswertes Pfeifsignal empfangen. Am Punkt der lautesten Empfangsstärke befand sich ein kleines Haus mit Garten. Sie landeten und fragten die Leute, ob sie in der letzten Nacht irgend etwas Ungewöhnliches bemerkt hätten. Die Bewohner berichteten von einem lauten Geräusch und einem sehr hellen Licht, das einem Blitz geähnelt habe. Das Flugzeug als auch das vermutete Landegebiet werden nach möglichen Strahlungen untersucht. Weitere Informationen werden weitergeleitet, sobald sie verfügbar sind."

Was diesen Fall außerdem bemerkenswert macht, ist die Tatsache, daß in derselben Nacht über Marokko und Lissabon UFOs beobachtet wurden - ein Umstand, für den sich auch der damalige US-Außenminister Henry Kissinger zu interessieren schien, wie seine Fernschreiben aus dem Außenministerium mit der Bitte um weitere Informationen belegen. Zwischen 1.00 und 1.30 Uhr erhielt das Hauptquartier der marokkanischen Gendarmerie Dutzende Anrufe aus Agadir, der Gegend um Marrakesch, Casablanca, Rabat und Kenitra, die sich alle darauf bezogen, daß sich ein

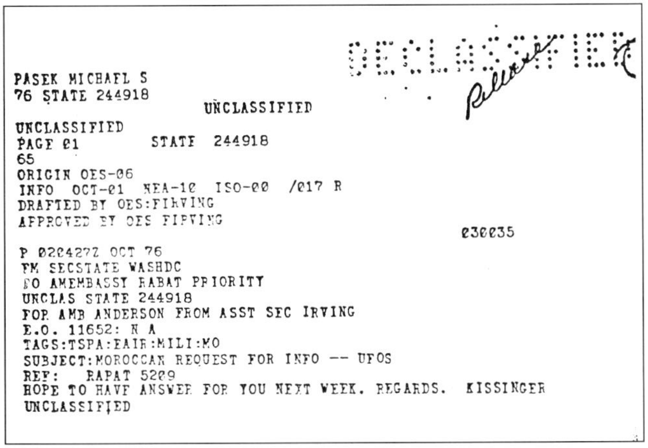
DECLASSIFIED

PASEK MICHAEL S
76 STATE 244918
UNCLASSIFIED
UNCLASSIFIED
PAGE 01 STATE 244918
65
ORIGIN OES-06
INFO OCT-01 NEA-10 ISO-00 /017 R
DRAFTED BY OES:FIRVING
APPROVED BY OES FIRVING
030035
P 020427Z OCT 76
FM SECSTATE WASHDC
TO AMEMBASSY RABAT PRIORITY
UNCLAS STATE 244918
FOR AMB ANDERSON FROM ASST SEC IRVING
E.O. 11652: N A
TAGS:TSPA:EAIR:MILI:MO
SUBJECT:MOROCCAN REQUEST FOR INFO -- UFOS
REF: RABAT 5209
HOPE TO HAVE ANSWER FOR YOU NEXT WEEK. REGARDS. KISSINGER
UNCLASSIFIED

Dieses Dokument belegt Kissingers direkte Verwicklung in die Nachforschungen über die Marokko-UFOs.

silbrig-leuchtendes, rundes Objekt auf Südwest-Nordost-Kurs über Marokko befand. Das UFO flog in etwa 1000 Meter Höhe, gab keinen Laut von sich, stieß in Abständen helle Funken aus und war, von der Seite gesehen, röhrenförmig. Das mir vorliegende Fernschreiben an das US-Außenministerium enthält neben weiteren Informationen den Bericht eines Offiziers der königlich marokkanischen Gendamerie, der gegen 1.15 Uhr auf dem Weg von Kenitra nach Rabat war. Als er das UFO sah, flog es relativ langsam und parallel zur Küstenlinie. Zuerst schien es scheibenförmig zu sein, bis es näher kam und er seine Röhrenform erkannte. Henry Kissinger schaltete sich bei der Nachfrage an die marokkanischen Regierung persönlich ein.

Am 20. Januar 1977 wurde Jimmy Carter als neuer Präsident der Vereinigten Staaten vereidigt. Einige Wochen später informierten ihn hochrangige Geheimdienstler über die jüngsten UFO-Vorfälle in den Vereinigten Staaten: *„Viele wichtige Sichtungen und Vorfälle aus militärischen Quellen ereigneten sich über Atomwaffenbasen. Das Interesse der Außerirdischen* *an unseren Nuklearwaffen muß zurückgeführt werden auf die Gefahr eines zukünftigen Atomkrieges auf der Erde. Die Luftwaffe hat bereits Untersuchungen angestellt, um die Sicherheit der Nuklearwaffen vor außerirdischem Diebstahl und Zerstörung garantieren zu können."*

Carter war nach diesem Amtseinführungs-Briefing klar, daß er sein Wahlversprechen nur bedingt halten konnte. Wenn er alles, was er an diesem Februartag

TOP SECRET

EXECUTIVE CORRESPON

TOP SECRET

Carter-Amtseinweisung von 1977: „Das Interesse der Außerirdischen an unseren Nuklearwaffen..."

erfuhr - die ganze, wahre Geschichte der Unbekannten Flugobjekten - der Öffentlichkeit mitgeteilt hätte, es wäre eine Panik ausgebrochen. Wie hätte er, der neue Präsident, vor sein Volk treten und zugeben können, daß es da eine Macht gab, von der man nicht einmal sicher wisse, ob sie wirklich so friedliebend ist wie sie sich gibt, gegen die man aber absolut gar nichts in der Hand hatte und der man hilflos ausgeliefert war. Andererseits konnte man die Öffentlichkeit auch nicht ewig belügen. Tief in seinem Herzen verabscheute Carter die Schweigepolitik, die Verdummung der Bevölkerung, die Lächerlichmachung von Augenzeugen, die nur in aller Ehrlichkeit versuchten, das zu beschreiben, was sie erlebt hatten. Das Zauberwort zur Lösung dieses Konfliktes hieß wieder einmal „Erziehungsprogramm". Aber diesmal hatte es ein anderes Ziel als 1953: Eine langsame, schrittweise Freigabe von Informationen, um die Öffentlichkeit mit dem Gedanken vertraut zu machen, daß wir nicht allein im Weltall sind und daß es UFOs und Außerirdische tatsächlich gibt. Eigentlich hatte man schon während der Nixon-Administration ähnliche Pläne verfolgt, doch war der Watergate-Skandal dazwischengekommen. Deshalb führte erst Carter diese Pläne durch. Auf seine Anweisung trug die NASA mit einem Millionenbetrag zur Finanzierung von Steven Spielbergs „Unheimliche Begegnungen der Dritten Art" bei, einem Film, der wie kein anderer das Bewußtsein der Öffentlichkeit auf die Tatsache lenken sollte, daß „wir nicht allein sind", wie es im Untertitel des Filmes hieß. So wurde auch die erste Kopie des Streifens 1978 von Hollywood nach Washington geflogen, um Präsident Carter persönlich vorgeführt zu werden.

Bestandteil von Jimmy Carters „Erziehungsprogramm" zur Vorbereitung der Öffentlichkeit auf den ET-Kontakt: Steven Spielbergs Welterfolg „Unheimliche Begegnungen der Dritten Art"

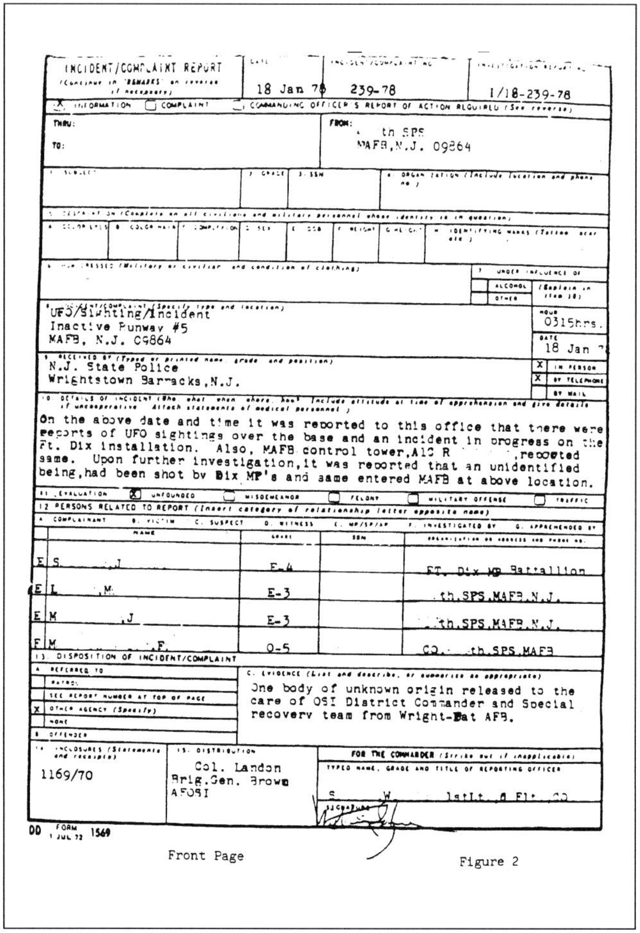

INCIDENT/COMPLAINT REPORT

(Continue in "REMARKS" on reverse if necessary)

DATE	INCIDENT/COMPLAINT NO.	INVESTIGATION REPORT NO.
18 Jan 78	239-78	1/18-239-78

X INFORMATION ☐ COMPLAINT ☐ COMMANDING OFFICER'S REPORT OF ACTION REQUIRED (See reverse)

THRU:

TO:

FROM: th SPS MAFB,N.J. 09864

8. INCIDENT/COMPLAINT (Specify type and location)
UFO/Sighting/Incident
Inactive Runway #5
MAFB, N.J. 09864

HOUR: 0315hrs.
DATE: 18 Jan 78

9. RECEIVED BY (Typed or printed name, grade and position)
N.J. State Police
Wrightstown Barracks,N.J.

X IN PERSON
X BY TELEPHONE
BY MAIL

10. DETAILS OF INCIDENT (Who, what, when, where, how? Include attitude at time of apprehension and give details if uncooperative. Attach statements of medical personnel.)

On the above date and time it was reported to this office that there were reports of UFO sightings over the base and an incident in progress on the Ft. Dix installation. Also, MAFB control tower,A1C R , reported same. Upon further investigation,it was reported that an unidentified being,had been shot by Dix MP's and same entered MAFB at above location.

11. EVALUATION X UNFOUNDED ☐ MISDEMEANOR ☐ FELONY ☐ MILITARY OFFENSE ☐ TRAFFIC

12 PERSONS RELATED TO REPORT (Insert category of relationship letter opposite name)
A. COMPLAINANT B. VICTIM C. SUSPECT D. WITNESS E. MP/SP/AP F. INVESTIGATED BY G. APPREHENDED BY

	NAME	GRADE	SSN	ORGANIZATION OR ADDRESS AND PHONE NO.
E	S ,J	E-4		FT. Dix MP Battallion
E	L ,M	E-3		th.SPS.MAFB.N.J.
E	M ,J	E-3		th.SPS.MAFB.N.J.
F	M ,F	O-5		CO. th.SPS.MAFB

13. DISPOSITION OF INCIDENT/COMPLAINT

A. REFERRED TO: X OTHER AGENCY (Specify)

C. EVIDENCE (List and describe, or summarize as appropriate)
One body of unknown origin released to the care of OSI District Commander and Special recovery team from Wright-Pat AFB.

14. INCLOSURES (Statements and receipts): 1169/70

15. DISTRIBUTION: Col. Landon, Brig.Gen. Brown, AFOSI

FOR THE COMMANDER
TYPED NAME, GRADE AND TITLE OF REPORTING OFFICER: S W 1stLt. Flt. CO

SIGNATURE

DD FORM 1 JUL 72 1569

Front Page

Figure 2

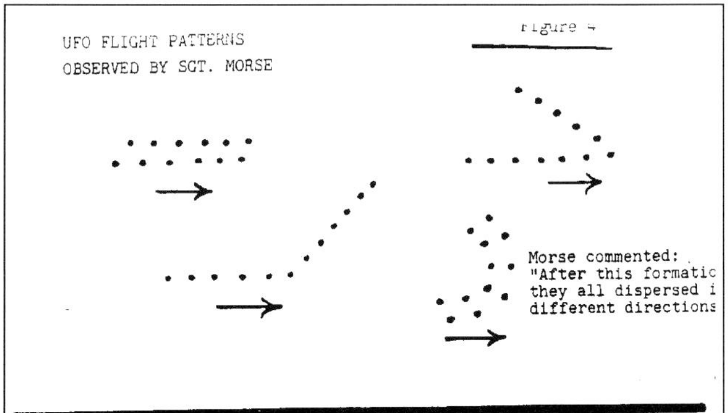

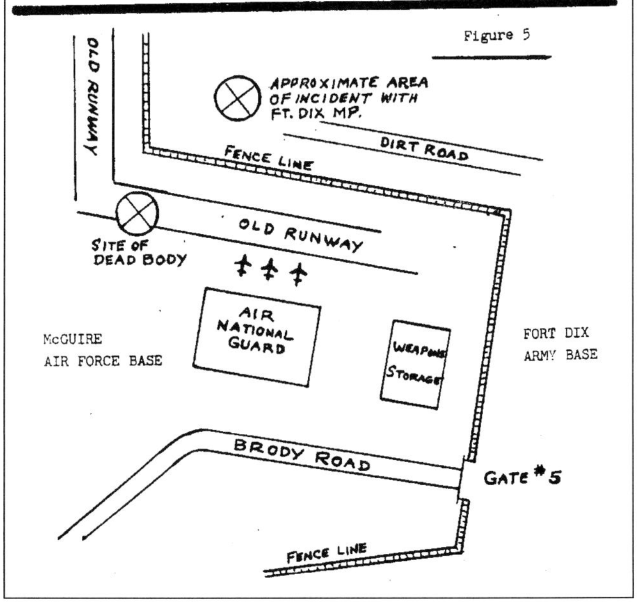

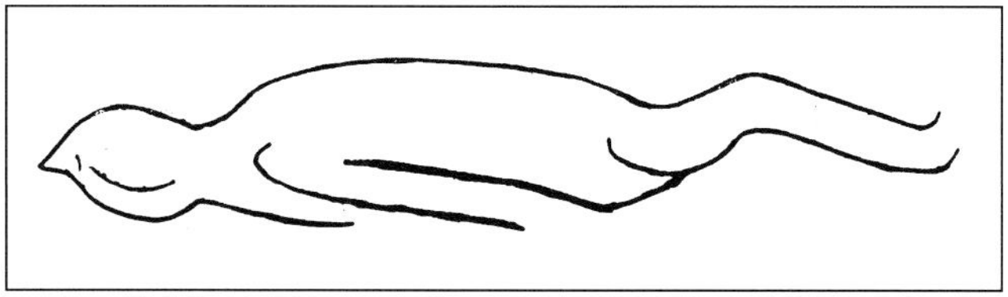

Amtliches AFOSI-Dokument zum Fort-Dix-Vorfall, Skizze des Augenzeugen von den UFO-Formationen am Nachthimmel, der Basis, dem toten Außerirdischen.

Doch vorher, am 18. Januar 1978, kam es zu einer ganz anderen „Begegnung der Dritten Art“ auf der McGuire-Luftwaffenbasis im Staate New Jersey. Was in dieser Nacht gegen 3.00 Uhr geschah, entnehmen wir dem Bericht eines Luftwaffen-Sicherheitspolizisten, der sich auf einer Routinepatrouille befand, als über der Basis UFOs gesichtet wurden: *„Die Staatspolizei von New Jersey und die Militärpolizei von Fort Dix wa-*

ren im Einsatz. Ein State Trooper stand an Gate # 5 am Ende der Basis und erbat Assistenz und Erlaubnis, die Basis zu betreten. Ich wurde beauftragt, das zu übernehmen, und verschaffte dem Trooper Zugang zum Gebiet der Landebahn am Ende des Flughafens, dort, wo ein Waldgebiet beginnt, das Teil des Übungsgeländes von Fort Dix ist. Er teilte mir mit, daß ein MP (Militärpolizist) von Fort Dix ein niedrigfliegendes Objekt verfolgt hatte, das schließlich über seinem Wagen schwebte. Er beschrieb es als oval, es glühte in bläulich-grüner Farbe. Sein Funkverkehr fiel zu diesem Zeitpunkt aus. Dann erschien etwas vor seinem Polizeiwagen, ein Wesen, vielleicht 1,20 Meter groß, gräulichbraun, dicker Kopf, lange Arme, schmaler Körper. Der MP geriet in Panik und feuerte mit seiner .45-Kaliber-Waffe fünf Kugeln auf das Wesen und eine Kugel auf das Objekt über ihm. Das Objekt flog vertikal in die Höhe und schloß sich einer Flotte von elf anderen an, die hoch am Himmel standen. Wir alle haben das aus der Ferne beobachtet, kannten aber die Umstände nicht. Wie auch immer, das Wesen lief in die Wälder in Richtung des Zaunes, und sie wollten sehen, ob es auf unsere Seite gekommen ist. Zu diesem Zeitpunkt waren mehrere Patrouillen involviert.

Rekonstruktion des Fort Dix-Zwischenfalls vom 18.1.1978.

Wir fanden den Körper des Wesens nahe der Landebahn. Es ist offenbar über den Zaun geklettert und auf der Flucht gestorben. Jetzt ging alles ganz schnell und niemand durfte in seine Nähe. Wir sperrten das Gebiet ab und das AF OSI (Luftwaffen-Büro für besondere Nachrichtendienstaufgaben) kam und übernahm. Das war das letzte, was ich gesehen haben. Ein schlimmer Gestank ging von dem Wesen aus, fast wie Ammoniak, aber nicht so beständig. An diesem Tag traf ein Team von der Wright Patterson-Luftwaffenbasis in einer C141 (Galaxy-Transportmaschine) ein und betrat das Sperrgebiet. Sie luden das Wesen in einen Holzkasten, sprayten etwas darüber und packten ihn in einen größeren Metallcontainer, den sie in das Flugzeug brachten, bevor sie starteten.“

Auch die Ereignisse von 1975 wiederholten sich zu Carters Amtszeit. Zwischen dem 8. und dem 22. August 1980 landeten mindestens dreimal UFOs in einem Hochsicherheitsbereich der Vereinigten Staaten, im Manzano-Waffenarsenalsgelände im Coyote Canyon am Südost-Ende der Kirtland-Luftwaffenbasis bei Albuquerque, New Mexico. Die Kirtland AFB mit den Sandia-Laboratorien war schon in den vierziger Jahren Sitz der Atomenergiekommission und kontrolliert eines der größten unterirdischen Atomwaffendepots der Vereinigten Staaten. Heute ist das Manzano-Gebiet, so ein Regierungsdokument *„Teil eines großen, gesperrten Testgeländes, das die Rüstungslabora-*

Master Sergeant Richard C. Doty, der den AFOSI-Bericht über UFO-Landungen in den Manzano-Atomwaffenarsenalen verfaßte, im Dezember 1993.

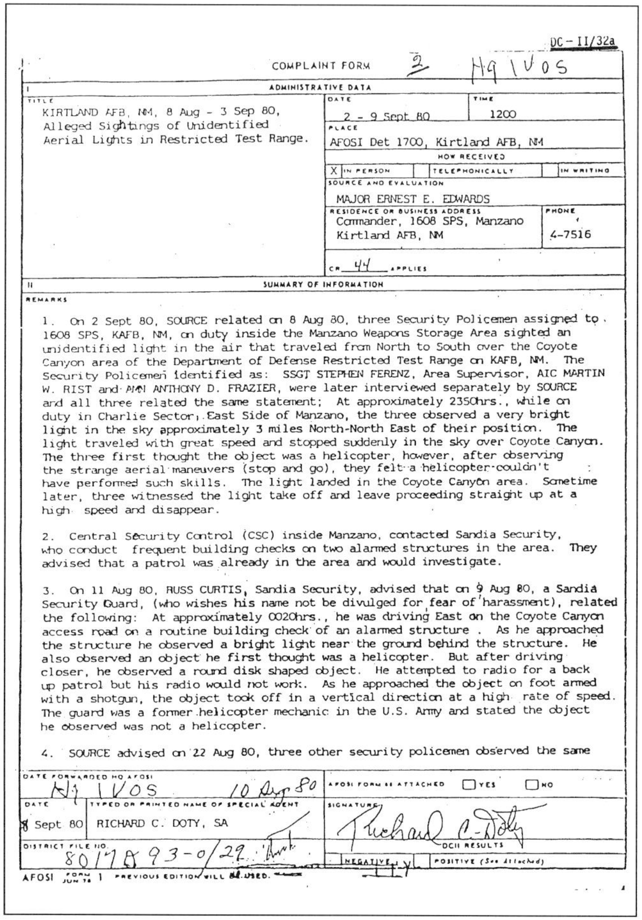

DC-II/32a

COMPLAINT FORM 2 HQ IVOS

I ADMINISTRATIVE DATA

TITLE KIRTLAND AFB, NM, 8 Aug - 3 Sep 80, Alleged Sightings of Unidentified Aerial Lights in Restricted Test Range.	DATE 2 - 9 Sept 80	TIME 1200
	PLACE AFOSI Det 1700, Kirtland AFB, NM	
	HOW RECEIVED X IN PERSON / TELEPHONICALLY / IN WRITING	
	SOURCE AND EVALUATION MAJOR ERNEST E. EDWARDS	
	RESIDENCE OR BUSINESS ADDRESS Commander, 1608 SPS, Manzano Kirtland AFB, NM	PHONE 4-7516
	CR 44 APPLIES	

II SUMMARY OF INFORMATION

REMARKS

1. On 2 Sept 80, SOURCE related on 8 Aug 80, three Security Policemen assigned to 1608 SPS, KAFB, NM, on duty inside the Manzano Weapons Storage Area sighted an unidentified light in the air that traveled from North to South over the Coyote Canyon area of the Department of Defense Restricted Test Range on KAFB, NM. The Security Policemen identified as: SSGT STEPHEN FERENZ, Area Supervisor, AIC MARTIN W. RIST and AMN ANTHONY D. FRAZIER, were later interviewed separately by SOURCE and all three related the same statement; At approximately 2350hrs., while on duty in Charlie Sector, East Side of Manzano, the three observed a very bright light in the sky approximately 3 miles North-North East of their position. The light traveled with great speed and stopped suddenly in the sky over Coyote Canyon. The three first thought the object was a helicopter, however, after observing the strange aerial maneuvers (stop and go), they felt a helicopter couldn't have performed such skills. The light landed in the Coyote Canyon area. Sometime later, three witnessed the light take off and leave proceeding straight up at a high speed and disappear.

2. Central Security Control (CSC) inside Manzano, contacted Sandia Security, who conduct frequent building checks on two alarmed structures in the area. They advised that a patrol was already in the area and would investigate.

3. On 11 Aug 80, RUSS CURTIS, Sandia Security, advised that on 9 Aug 80, a Sandia Security Guard, (who wishes his name not be divulged for fear of harassment), related the following: At approximately 0020hrs., he was driving East on the Coyote Canyon access road on a routine building check of an alarmed structure . As he approached the structure he observed a bright light near the ground behind the structure. He also observed an object he first thought was a helicopter. But after driving closer, he observed a round disk shaped object. He attempted to radio for a back up patrol but his radio would not work. As he approached the object on foot armed with a shotgun, the object took off in a vertical direction at a high rate of speed. The guard was a former helicopter mechanic in the U.S. Army and stated the object he observed was not a helicopter.

4. SOURCE advised on 22 Aug 80, three other security policemen observed the same

DATE FORWARDED HQ AFOSI HQ IVOS 10 Aug 80		AFOSI FORM 66 ATTACHED ☐ YES ☐ NO
DATE 8 Sept 80	TYPED OR PRINTED NAME OF SPECIAL AGENT RICHARD C. DOTY, SA	SIGNATURE Richard C. Doty
DISTRICT FILE NO. 8017D93-0/29		DCII RESULTS NEGATIVE / POSITIVE (See Attached)

AFOSI FORM JUN 76 1 PREVIOUS EDITION WILL BE USED.

Das amtliche AFOSI-Dokument.

torien der Luftwaffe, die Sandia-Laboratorien, die Behörde für Nuklearverteidigung und die Atomenergie-Behörde benutzen". Hier werden, wie sonst nur in Nevada, unterirdische Atombombentests durchgeführt. Das Arsenal besteht aus einer Reihe von Tunneln, die vom Coyote-Canyon in drei Berge des Manzano-Gebirges führen. Dieser Bereich ist doppelt von elektrischen Stahlgitterzäunen mit Stacheldrahtaufsatz umgeben und wird regelmäßig von Sicherheitspatrouillen kontrolliert. Auf einer solchen Kontrollfahrt befanden sich die Sicherheitspolizisten SSGT. Stephen Ferenz, AIC Martin W. Rist und AMN Anthony D. Frazier in der Nacht des 8. August 1980. Gegen 23.50 Uhr, so heißt es in ihrem Dienstbericht, bemerkten sie *„ein sehr helles Licht am Himmel, etwa fünf Kilometer nord-nordöstlich von ihrer Position"* an der Ostseite des Manzano-Arsenals. Das Licht bewegte sich *„mit großer Geschwindigkeit in südlicher Richtung und stoppte plötzlich am Himmel über dem Coyote Canyon."* Die Wachen hatten es zuerst für einen Helikopter gehalten, aber seine *„seltsamen stop-and-go-Manöver"* überzeugten sie schnell, daß es kein solcher gewesen sein konnte. Es stieg langsam herab und landete offensichtlich im Bereich des Coyote-Canyons. Sofort griff Hauptfeldwebel Ferenz zum Funkgerät, meldete ihre Beobachtung der zentralen Sicherheitskontrolle (CSC) des Manzano-Bereichs, die wiederum die Sandia-Sicherheit einschaltete. Dort hatte man bereits eine Inspektion zu *„zwei unter Alarm stehenden Gebäuden in dem Bereich"* geschickt. Das konnte nur heißen: Das Flugobjekt war im Sperrgebiet gelandet, hatte den Alarm ausgelöst.

Dieser Sicherheitsoffizier -sein Name steht nicht im Bericht- fuhr auf der Zufahrtsstraße zu den Atomwaffenarsenalen den Coyote-Canyon entlang, hin zu den Bunkern am hinteren linken Ende der Anlage, die unter Alarm standen. Als er sich diesen gegen 0.20 Uhr näherte, erkannte er aus der Entfernung *„ein helles Licht nahe dem Boden hinter der Struktur".* Zuerst dachte auch er an einen Hubschrauber, doch als er näherkam, *„sah er ein rundes, scheibenförmiges Objekt. Er wollte über Funk Unterstützung anfordern, aber sein Funkgerät war ausgefallen."* Also beschloß er, sich dem Objekt zu Fuß, mit seinem Gewehr bewaffnet, zu nähern. Doch kaum hatte er den Wagen verlassen, *„schoß es mit hoher Geschwindigkeit senkrecht in den Himmel."* Zur gleichen Zeit beobachtete auch die Sicherheitspa-

trouille von SSGT. Ferenz, *„wie es wieder startete, mit großer Geschwindigkeit in den Himmel aufstieg und schließlich am Himmel verschwand."*
Und das war kein Einzelfall. Auch in der übernächsten Nacht, am 10. August 1980, *„sah eine Patrouille des Staates New Mexico ein Flugobjekt, das im Manzano-Gelände zwischen Belen und Albuquerque landete."* Und am 22. August 1980 *„beobachteten drei weitere Sicherheitspolizisten dasselbe Luftphänomen wie die ersten drei. Wieder landete das Objekt im Coyote-Canyon. Sie sahen nicht, wie es wieder startete."* Nachdem eine nähere Untersuchung durch Major Ernst E. Edwards von der Sandia-Sicherheit erfolglos verlief, erstattete er am 2. September 1980 Sonderagent Richard C. Doty vom AFOSI (Luftwaffenbüro für besondere Nachrichtendienstaufgaben) auf der Kirtland AFB Meldung. Dotys Nachforschungen ergaben, daß in der fraglichen Nacht keinerlei Testflüge im Manzano-Gebiet durchgeführt wurden. Und dann folgt in seinem offiziellen Bericht an die „Division für Sicherheitsprojekte des Büros für Gegenspionage im Headquarter des AFOSI" der Zusatz: *„Die beiden unter Alarm stehenden Strukturen in dieser Gegend beinhalten HQ CR 44 Material."* HC CR 44 ist die *„Hauptquartiers-Zusammenstellung von Erfordernissen #44 bezüglich der Direktive 5210.41 des Verteidigungsministeriums ‚Sicherheitskriterien und Normen zum Schutze von Nuklearwaffen'."* Und tatsächlich geht es in CR 44 vorwiegend um die Sabotage der Atomwaffen durch *„Personen, die nicht dem Verteidigungsministerium unterstehen."* Hat also wieder jemand die Start- oder Zielcodes verändert? Die Verwendung des Codewortes *„CR 44"* ist ein klares Indiz dafür.

Ein halbes Jahr später hatte Amerika wieder einen neuen Präsidenten, Ronald Reagan. Auch Reagan glaubte an UFOs, hatte 1974 selber eine Sichtung gehabt, als er dem Piloten der Gouverneursmaschine befahl, das Objekt zu verfolgen. Doch Reagan hörte

Ronald Reagan und Michail Gorbatschow auf dem Gipfel von Genf 1985

auf seine Geheimdienstleute und Militärs und begann, sich zu fragen, was denn wäre, wenn die Außerirdischen doch keine so friedlichen Intentionen hätten, vielleicht sogar eine Bedrohung darstellten? Daß man ihnen mit den herkömmlichen Waffensystemen nicht entgegentreten konnte, das hatten die Vorfälle aus den siebziger Jahren bewiesen. Bereits das NSA-Memorandum aus dem Jahre 1967 hatte die Entwicklung *„geeigneter Verteidigungsmechanismen"* gefordert. 1978 hatte Michael Michaud, stellvertretender Direktor des Büros für internationale Sicherheitspolitik des US-Außenministeriums, erklärt: *„Außerirdische von anderen Sonnensystemen sind eine potentielle Bedrohung für uns, und wir sind für sie eine potentielle Bedrohung. Selbst wenn außerirdische Spezies in ihren eigenen Reihen wahren Frieden gefunden hätten,*

ENCLOSURE # 19

NATIONAL SECURITY COUNCIL
WASHINGTON, D.C. 20506
November 21, 1981

Dear General S. VonKeviczky:

Thank you very much for your kind letter which came at a difficult time. I regret the delay in responding which was occasioned by the circumstances and large volume of mail.

The President is well aware of the threat you document so clearly and is doing all in his power to restore the national defense margin of safety as quickly and prudently as possible.

Sincerely,

Robert L. Schweitzer
Major General, US Army

„Sehr wohl dieser Gefahr bewußt..." Schreiben von Generalmajor Schweitzer an den UFO-Forscher Major Colman S.VonKeviczky (hier fälschlich als General angeredet).

INTERCONTINENTAL U. F. O. RESEARCH AND ANALYTIC NETWORK

ENCLOSURE # 23

UNITED NATIONS

A

General Assembly

PROVISIONAL

A/42/PV.4
21 September 1987

ENGLISH

Forty-second session

GENERAL ASSEMBLY

PROVISIONAL VERBATIM RECORD OF THE FOURTH MEETING

Held at Headquarters, New York,
on Monday, 21 September 1987, at 10 a.m.

President: Mr. FLORIN (German Democratic Republic)

- Opening of the general debate [9]

Statement made by:

Mr. de Abreu Sodre (Brazil)

- Address by Mr. Ronald Reagan, President of the United States of America

- General debate [9] (continued)

Excerpt

from

THE UNITED NATIONS
GENERAL ASSEMBLY

forty second session

*

PROVISIONAL
VERBATIM RECORD

SK/10 A/42/PV.4
41-45

(President Reagan)

Can we and all nations not live in peace?

In our obsession with antagonisms of the moment, we often forget how much unites all the members of humanity. Perhaps we need some outside, universal threat to make us recognize this common bond. I occasionally think how quickly our differences worldwide would vanish if we were facing an alien threat from outside this world.* And yet, I ask, is not an alien force already among us? What could be more alien to the universal aspirations of our peoples than war and the threat of war?

Two centuries ago, in a hall much smaller than this one, in Philadelphia,

PRESS RELEASE...
UNITED STATES MISSION TO THE UNITED NATIONS
Press Release USUN 42-(87)
September 21, 1987
799 UNITED NATIONS PLAZA
NEW YORK, N. Y. 10017

...ON THE ADDRESS BY THE PRESIDENT OF THE UNITED STATES OF AMERICA - RONALD W. REAGAN TO THE 42ND SESSION OF THE UNITED NATIONS GENERAL ASSEMBLY, WHICH VERBALLY CONFIRMS WITH THE ABOVE.

* *Emphasis by ICUFON*

„Wie schnell unsere weltweiten Differenzen verschwinden würden, wenn wir einer außerirdischen Bedrohung gegenüberstünden..." - Reagans Rede vor der UNO, offizielles Protokoll

könnten sie trotzdem unseretwegen besorgt sein und die Maßnahmen ergreifen, die sie für notwendig erachten, um sich selbst zu schützen. Das beinhaltet die Möglichkeit militärischer Aktionen."
„Der Präsident ist sich sehr wohl dieser Gefahr bewußt, die Sie so deutlich dokumentieren, und wird alles in seiner Macht liegende tun, um den Sicherheitsfaktor der nationalen Verteidigung schnell und gründlich wiederherzustellen", antwortete Generalmajor Robert L. Schweitzer vom Nationalen Sicherheitsrat in Washington am 21.11.1981 auf ein Schreiben des UFO-Forschers Major Colman VonKeviczky an Präsident Reagan, in dem er um einen Kommentar zu Michauds Äußerungen bat. Wie ernst das gemeint war, zeigte sich in den folgenden Jahren. Am 23. März 1984 hielt Ronald Reagan seine historische „Star Wars"-Rede und kündigte den Aufbau eines *„Schutzschildes im Weltraum"* aus Raum-Kampfstationen und laserbewaffneten Satelliten an, die offiziell darauf programmiert werden sollen, fremde Atomraketen zu orten und zu zerstören. Daß es sich bei dieser *„hoffnungsvollen Zukunftsvision"* und *„neuen Hoffnung für unsere Kinder im 21. Jahrhundert"* namens SDI (Strategische Verteidigungs-Initiative) gar nicht um den Schutz vor der *„Bedrohung aus dem Osten"*, sondern

um eine Verteidigung der *„hohen Grenze“* gegen Eindringlinge von außen ging, das ließ er die Russen bei jedem internationalen Ereignis deutlich genug wissen. So, als er auf dem Gipfel von Genf am 19./20. November 1985 zu Generalsekretär Gorbatschow meinte, *„...wie leicht seine Aufgabe und meine auf diesen Treffen wäre, wie wir sie hier abhalten, wenn es plötzlich eine Bedrohung für diese Welt durch eine andere Spezies von einem anderen Planeten draußen im Universum gäbe. Wir würden all diese kleinen lokalen Differenzen vergessen, die zwischen unseren Ländern bestehen und ein für allemal erkennen, daß wir alle menschliche Wesen sind, die hier auf dieser Erde zusammenleben.“* Daß es sich dabei nicht bloß um eine rhetorische Formulierung handelte, zeigt sich daran, daß Präsident Reagan sie in insgesamt fünf Reden zu internationalen Anlässen wiederholte. So erklärte er am 21. September 1987 auf seiner Ansprache vor der Generalversammlung der Vereinten Nationen:
„Ich denke manchmal, wie schnell unsere weltweiten Differenzen verschwinden würden, wenn wir einer außerirdischen Bedrohung von einer anderen Welt gegenüberstünden.“
Das nächste Mal benutzte er diese Formulierung, als er am 15. September 1987 den sowjetischen Außenminister Schewardnadze traf. Und noch einmal, am 30. Mai 1988, vor Geschäftsleuten in Chicago: *„Ich frage mich oft, was passieren würde, wenn wir alle in der Welt entdecken würden, daß wir von einer Macht von einem anderen Planeten bedroht würden. Würden wir nicht plötzlich erkennen, daß wir keine Differenzen zwischen uns mehr hätten, daß wir alle menschliche Wesen sind, Bürger der Erde, und würden wir nicht zusammenarbeiten, um diese Bedrohung gemeinsam zu bekämpfen?“*

Daß Reagan damit tatsächlich eine ernsthafte Sorge artikulierte, enthüllte sein persönlicher Astrologe, der 1988 verstorbene Carrol Righter:
„Reagan erzählte mir, daß er ernsthaft erwägen würde, Star Wars von einem Verteidigungssystem gegen die Sowjetunion in einen Schutzschild gegen außerirdische Mächte umzuwandeln. Er meinte, er sei bereit, Star Wars-Daten an Gorbatschow weiterzugeben, wenn das hieße, die Erde vor Wesen von außen zu schützen.“
Dann, zu Ende von Reagans Amtszeit, ereignete sich ein Vorfall, der seinen Vizepräsidenten und Nachfolger, George Bush, endgültig davon überzeugte, diese Politik fortzusetzen. Denn am 28. Dezember 1988 „entführte“ ein riesiges Dreiecks-UFO zwei Abfangjäger der US-Navy, die auf der Roosevelt Roads Naval Base vor der Küste des amerikanischen Protektorats Puerto Rico stationiert waren.

Es war längst dunkel an diesem Abend, als Hunderte Bewohner der Cabo Rojo-Region im Südwesten der Karibikinsel gegen 19.45 Uhr ein blaues Licht beobachteten, das das Sierra Bermeja-Gebirge überflog. Kurz darauf veränderte das Licht seine Farbe, wurde orange-gelb, und die Zeugen erkannten, daß es nur die halbkugelförmige Unterseite eines großen, metallisch-grauen, dreieckigen Objektes von der Größe eines Fußballstadions war. Dann hörten sie ein Donnern: Zwei Abfangjäger, F-14 Tomcats der US-Navy, rasten auf das UFO zu und nahmen die Verfolgung auf. Mehrfach versuchte das Dreieck, ihnen auszuweichen und veränderte seine Flugrichtung. Es drehte eine Runde und kam zurück, flog jetzt tiefer und wirkte noch größer, noch bedrohlicher. Als es nach Westen abdrehte, unternahm eines der Jagdflugzeuge einen Abfangversuch und positionierte sich frontal vor dem Raumschiff. Das aber drehte haarscharf nach links ab und flog, trotz seiner Massivität viel flinker als die Abfangjäger, eine Kehrtwende. Insgesamt gab es drei Abfangversuche, bevor das UFO verlangsamte und schließlich mitten in der Luft stehenblieb. Jetzt drohte einer der Abfangjäger, der ihm von links ziemlich nahe gekommen war, mit dem Objekt zu kollidieren. Die

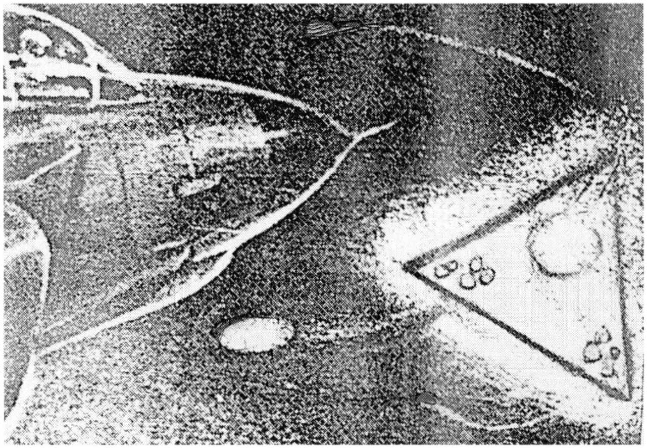

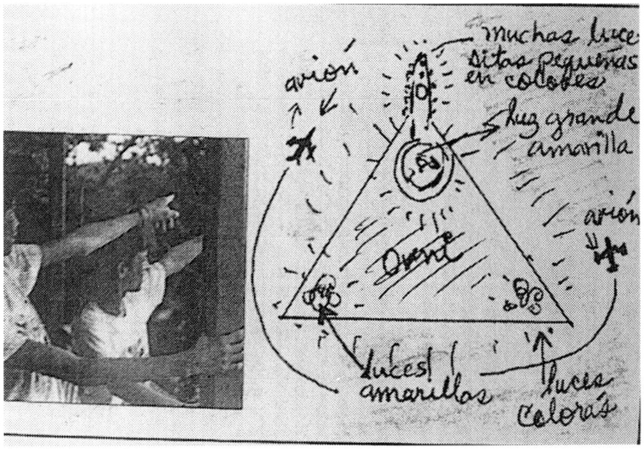

Das riesige Dreiecks-UFO von Puerto Rico und die Abfangjäger - Skizzen von Augenzeugen

Menschen, die das Schauspiel am Himmel beobachtet hatten, hielten den Atem an, andere schrien laut auf. Sie alle glaubten, es müsse jeden Augenblick zu einer Explosion kommen. Doch es gab keine Explosion. Der Abfangjäger verschwand einfach. Jetzt näherte sich die zweite F-14 von rechts, und auch sie wurde „geschluckt", ebenso plötzlich wie ihr Vorgänger. Das UFO aber drehte ab, überflog den Dissamen-See, eine von zahlreichen Palmen umgebene Lagune. Dabei kam es zu einer helleuchtenden, aber geräuschlosen Explosion: Das Dreieck teilte sich in zwei Teile. Die eine Hälfte flog Richtung Norden, die andere verschwand mit großer Geschwindigkeit am Horizont.
Wie mir der Journalist Jorge Martin, der über hundert Augenzeugen interviewen konnte, erklärte, hatte ein dritter Abfangjäger die Situation aus sicherer Entfernung verfolgt und kehrte jetzt um. Doch bevor er sich aus dem Staub machte, schossen aus einem der beiden UFOs drei Kugeln roten Lichtes und verfolgten ihn, bis beide - die Kugeln und der Jagdflieger - irgendwo im Norden verschwanden.
Der Vorfall löste auf der Roosevelt Roads Naval Station Bestürzung aus. In den folgenden Monaten führten US-Geheimdienstler gründliche Untersuchungen der UFO-Begegnungen auf der Antilleninsel durch. Das Ergebnis war der einhellige Beschluß, die Situation auf Puerto Rico - und speziell im Gebiet von Cabo Rojo, wo UFO-Forscher eine außerirdische Basis vermuten - im Auge zu behalten. Schließlich erteilte Col. Jose A.M. Nolla, Direktor der puertoricanischen „Staatsbehörde für Zivilverteidigung" und Verbindungsoffizier der amerikanischen Defense Intelligence Agency DIA, nach Rücksprache mit dem Pentagon die Weisung,

„Fälle von Sichtungen Unidentifizierter Flugobjekte auf die Frage hin zu untersuchen, ob garantiert werden kann, daß von diesen keine Bedrohung für die puertoricanische Bevölkerung ausgeht. Die Studie... fällt unter die Verantwortlichkeit eines speziellen Komitees aus dem Staatsdirektor, seinem Stellvertreter, dem Leiter des geographischen Nachrichtendienstes, dem Regierungsoberhaupt, Repräsentanten des Observatoriums von Arecibo, des Ministeriums für Natur und Bodenschätze und einem Repräsentanten der Nationalgarde von Puerto Rico..."

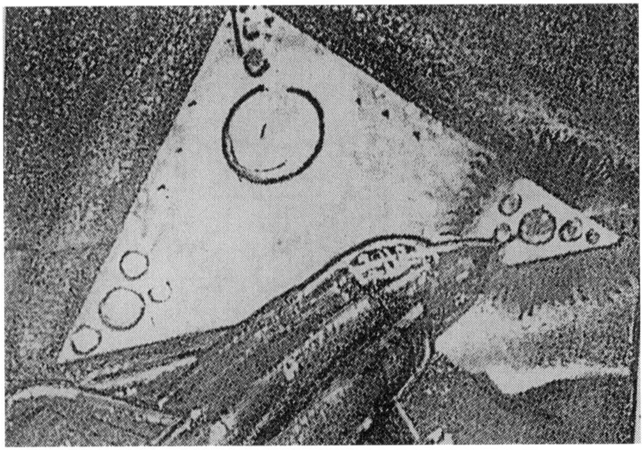

Auch in Washington nahm man Vorkommnisse wie jene in Puerto Rico sehr ernst. So bestand kein Zweifel daran, daß das SDI-Programm ohne Einschränkungen weitergeführt werden mußte, auch wenn die Ära des Kalten Krieges unter Reagans Nachfolger George Bush endlich zu Ende ging. Damit hätte es, würden wir der offiziellen Version glauben, eigentlich keinen Grund zur Fortsetzung von SDI mehr gegeben. Dennoch war die Schaffung eines globalen „Weltraumschildes" - jetzt mit den Russen, nicht mehr gegen sie - eines der Hauptthemen des Gipfels von Camp David vom 25.-27. Januar 1992. Auf der anschließenden Pressekonferenz gaben Bush und GUS-Präsident Boris Jelzin ihre Pläne zur *„Schaffung eines globalen Verteidigungsschildes für die Weltgemeinschaft"* bekannt: *„Er würde auf der Umorientierung der Strategischen Verteidigungsinitiative (SDI) der Vereinigten Staaten und der Nutzung von Hochtechnologiewaffen aus dem Verteidigungskomplex Rußlands basieren."* Ein halbes Jahr zuvor, am 3. April 1991, hatte die „New York Times" von neuen Plänen des Pentagon berichtet, künftig *„nukleare Riesenwaffen"* im Weltraum zu stationieren. Gegen welchen Feind, mochte man sich fragen, doch ein solcher - und ein guter Grund dafür, weshalb diese Waffen nach oben gerichtet werden sollten - wurde bald gefunden. Der neue Feind waren „Killerasteroiden", Felsbrocken aus dem Asteroidengürtel des Sonnensystems, die auf ihrem Kurs mit der Erde kollidieren könnten, ein Ereignis, das vor 64 Millionen Jahren zum Aussterben der Dinosaurier geführt haben mag. Während ein NASA-Panel errechnete, daß die Wahrscheinlichkeit einer solchen Katastrophe bei etwa einmal alle 100.000 Jahre liegt, legte der Wissenschaftliche Berater der US-Regierung, Professor Edward Teller, Pläne vor, „Star Wars" von einem *„Krieg der Sterne"* zu einem *„Krieg gegen Sterne"* umzuwandeln. Rund 50 Millionen Dollar soll *„Tellers Krieg"* - wie die „New York Times" das Projekt nannte - kosten, zuzüglich 10 Millionen Dollar jährlich für den Unterhalt. Aufgabe der Killersatelliten sei es, *„große Objekte aus dem Weltraum"* zu orten und mit Atom- oder Laserwaffen zu zerstören.

Wie erfolgreich die neue Waffentechnik gegen außerirdische „Eindringlinge" angewendet werden kann, bewiesen gleich drei Fälle von Abschüssen unbekannter Flugobjekte zwischen 1989 und 1992.

In der Nacht des 28. Septembers 89 gegen 24.00 Uhr

gelang es dem supergeheimen Brookhaven-Laboratorium auf Long Island, ein bumerangförmiges UFO abzuschießen, das zuvor von Dutzenden Zeugen beobachtet worden war und jetzt in die Moriches Bucht stürzte. Ein zweites UFO schoß Brookhaven am 24. November 1992 gegen 19.12 Uhr ab. Das Objekt stürzte in den South Haven-Park auf Long Island, der sofort von Polizei, Feuerwehr und Militär abgeriegelt wurde. Ein Videofilm der Feuerwehr, der brennende Wrackteile und drei tote Körper kleiner Wesen mit großen, mandelförmigen Augen zeigte, wurde dem UFO-Forscher John Ford vom „Long Island UFO Network" von einem Mitarbeiter des Brookhaven-Labors zugespielt. Doch auch das waren keine Einzelfälle.

Laut einem Geheimbericht der südafrikanischen Luftwaffe, der dem britischen UFO-Forscher und Ex-Polizeioffizier Anthony Dodd zugespielt wurde, schossen zwei Mirage FIIG der Valhalla Airforce-Base bei Pretoria am 7. Mai 1989 ein UFO ab, das in den südafrikanischen Luftraum eingedrungen war. Auch dazu benutzten sie SDI-Technologie, eine *„experimentelle flugzeuginstallierte Thor 2-Laserkanone"*, die Südafrika über Israel aus den USA erhalten hatte. Das UFO-Wrack wurde jenseits der Grenze zu Botswana in der Kalahari-Wüste von Suchhelikoptern entdeckt und auf eine Luftwaffenbasis gebracht. Das Objekt war 20 Meter lang, geformt wie ein amerikanischer Football, mit Luken an der Seite und einem herausragenden Landefuß. An seiner Seite trug es ein Zeichen, einen himmelwärts gerichteten Pfeil, umgeben von einem Halbkreis und drei Punkten, ganz ähnlich dem, das Lonnie Zamora 1964 auf dem Socorro-UFO gesehen hatte. Als ein „Blue Fly"-Einsatzteam aus den USA eintraf, wurde die Scheibe geöffnet. An Bord befanden sich zwei noch lebende Wesen: 1,30 groß, mit gräulich-blauer Haut, einem ungewöhnlich großen Schädel und großen, mandelförmigen, schwarzen Augen. Eine Galaxy C-5-Transportmaschine der US-Luftwaffe brachte die Humanoiden - in einem speziellen Habitat - und das Wrack am 23.6.89 in die USA - auf die Wright Patterson-Luftwaffenbasis. Die Sachkenntnis des amerikanischen Bergungsteams im Umgang mit dem Wrack und in der Entzifferung außer irdischer „Hieroglyphen", die an Bord des Schiffes gefunden wurden, überzeugte die Südafrikaner bald davon, daß dies nicht die erste UFO-Bergung war, die von der US-Luftwaffe vorgenommen wurde.

18. MAJESTIC 12

Als der amerikanische Filmproduzent Jaime Shandera aus North Hollywood am Morgen des 11. Dezember 1984 seine Post aus dem Briefkasten holte, fiel ihm ein hellbrauner A-4-Umschlag sofort ins Auge: Er war mit Packband verklebt, trug keinen Absender und war mit zwölf 20 Cent-Briefmarken frankiert. Laut Poststempel hatte ihen jemand in Albuquerque, New Mexico, aufgegeben. Als Shandera den Brief öffnete, fand er in seinem Inneren einen zweiten, hellbraunen Umschlag im A-5-Format, wieder mehrfach verklebt. Darin wiederum lag ein weißer Langumschlag mit dem Logo eines Marriot-Hotels, dessen einziger Inhalt eine schwarze Plastikbüchse war, in der sich ein unentwickelter Kodak-35 mm-Film befand. Doch die eigentliche Überraschung folgte, als Shandera die Negative gleich am nächsten Tag vom Fotohändler holte. Denn die einzigen acht belichteten Bilder auf dem Negativ waren Reproduktionen offenbar hochoffizieller Dokumente, die mit dem Stempelaufdruck „TOP SECRET/MAJIC - EYES ONLY" gekennzeichnet waren. Das hieße nicht weniger, als daß es sich um eine Regierungsakte der höchsten Geheimhaltungsstufe handelte, zu der nur Personen mit einer speziellen „MAJIC"-Befugnis Zugang hatten, und von der es nur ein Exemplar gab, das von diesem kleinsten Kreis eingesehen werden konnte: Kopien, ja sogar handschriftliche Notizen, waren verboten. Die acht reproduzierten Seiten enthielten, so ihr Titel, einen *„Kurzbericht vom 18. November 1952 über die Operation MAJESTIC 12, zusammengestellt für den neugewählten Präsidenten Dwight D. Eisenhower"*, und, als „Anhang A", die Kopie eines Memorandums von Präsident Harry S. Truman an Verteidigungsminister James Forrestal vom 24. September 1947, in dem die Einrichtung der „Operation Majestic 12" angeordnet wird.

Als er Wort für Wort den Text dieses Dokumentes durchging, wurde Shandera immer bewußter, daß es sich bei dem, was ihm hier zugespielt worden war, um das vielleicht brisanteste Geheimdokument der Regierung der Vereinigten Staaten überhaupt handelte - oder, das war die zweite Möglichkeit, um den ausgemachten Schwindel eines Zeitgenossen mit einem ziemlich seltsamen Humor. Denn in diesem Geheimbericht ging es um „Fliegende Untertassen". Der neugewählte Präsident Dwight D. Eisenhower sollte offenbar vor seiner Amtseinführung im Januar 1953 über den aktuellen Stand der geheimen Untersuchungen informiert werden, die die US-Regierung in Sachen UFO seit 1947 durchführte. Dabei ging es nicht um die Projekte Sign, Grudge oder Bluebook - die, wie es in dem Dokument heißt, nur die Aufgabe hatten, Sichtungsfälle zu sammeln - sondern um ein supergeheimes Projekt auf höchster Ebene, das von Präsident Truman persönlich ins Leben gerufen wurde, nachdem die Luftwaffe das erste Wrack eines abgestürzten UFOs mitsamt seiner toten Insassen entdeckt hatte. Koordinator des Projektes und Verfasser des Berichtes für Eisenhower war dabei kein Geringerer als Admiral

TOP SECRET / MAJIC
EYES ONLY
002

* TOP SECRET *

EYES ONLY

COPY ONE OF ONE.

SUBJECT: OPERATION MAJESTIC-12 PRELIMINARY BRIEFING FOR PRESIDENT-ELECT EISENHOWER.

DOCUMENT PREPARED 18 NOVEMBER, 1952.

BRIEFING OFFICER: ADM. ROSCOE H. HILLENKOETTER (MJ-1)

NOTE: This document has been prepared as a preliminary briefing only. It should be regarded as introductory to a full operations briefing intended to follow.

* * * * * *

OPERATION MAJESTIC-12 is a TOP SECRET Research and Development/ Intelligence operation responsible directly and only to the President of the United States. Operations of the project are carried out under control of the Majestic-12 (Majic-12) Group which was established by special classified executive order of President Truman on 24 September, 1947, upon recommendation by Dr. Vannevar Bush and Secretary James Forrestal. (See Attachment "A".) Members of the Majestic-12 Group were designated as follows:

Adm. Roscoe H. Hillenkoetter
Dr. Vannevar Bush
Secy. James V. Forrestal*
Gen. Nathan F. Twining
Gen. Hoyt S. Vandenberg
Dr. Detlev Bronk
Dr. Jerome Hunsaker
Mr. Sidney W. Souers
Mr. Gordon Gray
Dr. Donald Menzel
Gen. Robert M. Montague
Dr. Lloyd V. Berkner

The death of Secretary Forrestal on 22 May, 1949, created a vacancy which remained unfilled until 01 August, 1950, upon which date Gen. Walter B. Smith was designated as permanent replacement.

* TOP SECRET *

EYES ONLY TOP SECRET / MAJIC
EYES ONLY
T52-EXEMPT (E)
002

TOP SECRET / MAJIC
EYES ONLY
003

* TOP SECRET *

EYES ONLY

COPY ONE OF ONE.

On 24 June, 1947, a civilian pilot flying over the Cascade Mountains in the State of Washington observed nine flying disc-shaped aircraft traveling in formation at a high rate of speed. Although this was not the first known sighting of such objects, it was the first to gain widespread attention in the public media. Hundreds of reports of sightings of similar objects followed. Many of these came from highly credible military and civilian sources. These reports resulted in independent efforts by several different elements of the military to ascertain the nature and purpose of these objects in the interests of national defense. A number of witnesses were interviewed and there were several unsuccessful attempts to utilize aircraft in efforts to pursue reported discs in flight. Public reaction bordered on near hysteria at times.

In spite of these efforts, little of substance was learned about the objects until a local rancher reported that one had crashed in a remote region of New Mexico located approximately seventy-five miles northwest of Roswell Army Air Base (now Walker Field).

On 07 July, 1947, a secret operation was begun to assure recovery of the wreckage of this object for scientific study. During the course of this operation, aerial reconnaissance discovered that four small human-like beings had apparently ejected from the craft at some point before it exploded. These had fallen to earth about two miles east of the wreckage site. All four were dead and badly decomposed due to action by predators and exposure to the elements during the approximately one week time period which had elapsed before their discovery. A special scientific team took charge of removing these bodies for study. (See Attachment "C".) The wreckage of the craft was also removed to several different locations. (See Attachment "B".) Civilian and military witnesses in the area were debriefed, and news reporters were given the effective cover story that the object had been a misguided weather research balloon.

* TOP SECRET *

EYES ONLY TOP SECRET / MAJIC
EYES ONLY
T52-EXEMPT (E)
003

Das Briefing-Papier über die „Operation Majestic 12" für Präsident Eisenhower vom 18.11.52.

Roscoe H. Hillenkoetter, der erste Direktor des ebenfalls im September 1947 gegründeten Geheimdienstes CIA. Denn hier ging es, so das Deckblatt des Berichtes, um *„Informationen, die essentiell für die Nationale Sicherheit der Vereinigten Staaten sind."*

Was war geschehen? In der Nacht des 2. Juli 1947, nur acht Tage nach Kenneth Arnolds Sichtung, stürzte die erste „fliegende Untertasse" auf dem Territorium der Vereinigten Staaten ab. In dieser Nacht tobte ein Gewitter über dem Lincoln County auf halber Strecke

Der Rancher William W. „Mac“ Brazel entdeckte das UFO-Wrack auf seinem Land

zwischen Corona und Roswell im kargen Südosten von New Mexico, als William W. „Mac“ Brazel, Eigentümer einer Schafsranch, und seine beiden Kinder eine laute Explosion hörten, anders als Donner. Am nächsten Morgen ritt Brazel über sein Weideland, um nach den Schafen zu sehen, als er metallische Wrackteile entdeckte, die in einem Streifen von 500 x 100 Metern verstreut am Boden lagen. Noch am Nachmittag lud er einige davon auf seinen Transporter und brachte sie in einen Schuppen neben seinem Haus. Da er kein Telefon hatte und es der Tag vor einem verlängerten Nationalfeiertags-Wochenende war - der 4.Juli fiel 1947 auf einen Freitag - konnte er erst am frühen Morgen des 6. Juli mit einigen Wrackteilen nach Roswell fahren, um Sheriff Wilcox von dem Fund zu erzählen. Der aber rief kurzerhand die Roswell Army Air Base an, den Sitz der 509ten Bombergruppe, der einzigen Atombombeneinheit der Vereinigten Staaten. Wenn jemand in der Lage war, etwas zu identifizieren, das vom Himmel gefallen ist, dann die 509te, das wußte der Sheriff. Es war gerade Mittag, als der Basiskommandant Col. William H. Blanchard zusammen mit dem Nachrichtendienstoffizier Major Jesse Marcel und Sheridan Cavitt vom Gegenspionage-Corps im Sheriffsbüro eintraf, um den Fund des Ranchers zu begutachten. Tatsächlich erschien das Material so fremdartig, daß Blanchard Anweisungen zu einer sofortigen Untersuchung erteilte. Marcel und Cavitt erhielten Befehl, mit Brazel zurück auf seine Ranch zu fahren und sich die Sache aus der Nähe anzusehen, während er die mitgebrachten Wrackteile zu General Roger Ramey, dem Kommandanten der 8. Luftwaffe, nach Fort Worth, Texas, fliegen ließ, um von dort weitere Weisungen zu erwarten. Kurz vor Sonnenuntergang, nachdem sie fünf lange Stunden auf der holprigen, staubigen Wüstenstraße gefahren waren, erreichten sie die Ranch, übernachteten, suchten am nächsten Morgen die Fundstelle auf. Sie war übersät mit hauchdünnen Metallfolien, kleinen, farbigen Stäben, versehen mit merkwürdigen, hieroglyphenartigen Schriftzeichen und einer Art braunem, extrem stabilem Pergament. Marcel und Cavitt verbrachten Stunden damit, sich ein Bild von der Lage zu machen, sammelten hunderte Fragmente auf, luden davon soviel sie konnten auf ihren Kübelwagen und fuhren zurück nach Roswell. *„Bevor wir zur Basis kommen, möchte ich meinem Jungen zeigen, was wir hier gefunden haben“*, meinte Marcel, *„das ist vielleicht etwas, das er sein Leben lang nicht vergessen wird.“* Cavitt war einverstanden. Sie hielten vor Marcels Haus, er weckte seinen zwölfjährigen Sohn Jesse jr., der fast eine Stunde lang staunend den mysteriösen Fund begutachtete, den sein Vater ihm mitgebracht hatte.

Major Jesse Marcel

Am nächsten Morgen informierte Lt. Walter Haut, Presseoffizier der Basis, auf Anweisung von Col. Blanchard die Presse über die Entdeckung. Stolz vermeldete er Associated Press:

„Die vielen Gerüchte um die Fliegenden Scheiben sind gestern Realität geworden, als das Nachrichtenbüro des 509. Bombergeschwaders das Glück hatte, in den Besitz einer Scheibe zu kommen. Das fliegende Objekt

Roswell Daily Record

RAAF Captures Flying Saucer On Ranch in Roswell Region

Claims Army Is Slacking Courts Martial

House Passes Tax Slash by Large Margin

No Details of Flying Disk Are Revealed

Ex-King Carol Weds Mme. Lupescu

Some of Soviet Satellites May Attend Paris Meeting

Roswellians Have Differing Opinions On Flying Saucers

Roswell Daily Record

Ramey Empties Roswell Saucer

Sheriff Wilcox Takes Leading Role In Excitement Over Report 'Saucer' Found

Arrest 2,000 In Athens in Commie Plot

Ramey Says Excitement Is Not Justified

So berichtete die Lokalzeitung „Roswell Daily News“ über den Vorfall - und das folgende Dementi

ging irgendwann letzte Woche auf einer Ranch bei Roswell nieder... es wurden sofort Maßnahmen eingeleitet, um die Scheibe auf der Ranch zu bergen.“

Zwischenzeitlich hatte General Ramey dem Pentagon von dem Fund berichtet, und die Wrackteile nach Washington transportieren lassen, von wo aus sie nach Wright Field geflogen wurden, zur Analyse durch das AMC. Kurz darauf stand fest: Was man hier gefunden hatte, war nicht das Produkt einer irdischen Technologie. Das ließ selbst die höchsten Chargen im Pentagon aufhorchen. Der Fund bedeutete nichts Geringeres als die ungeahnte Möglichkeit, ein Raumschiff einer hochentwickelten Zivilisation untersuchen und eventuell daraus Informationen zur Verbesserung der eigenen Waffentechnik gewinnen zu können. Damit stand fest, wie man sich weiter zu verhalten hatte: Die Bergung mußte schnellstmöglich und unter höchster Geheimhaltungsstufe durchgeführt werden.

Um 10.00 Uhr morgens begann am 8. Juli 1947 die großangelegte Bergungsaktion. Alle Zufahrtswege zu Brazels Ranch wurden vom Militär abgesperrt, die Ranch selber in eine Kommandozentrale umgewandelt, jeder Quadratmeter seines Weidelandes von Hubschraubern abgesucht und von Bodenmannschaften durchkämmt. Gleichzeitig landete in Roswell eine Maschine aus Washington, an Bord ein Sonderteam von Fotografen. Gegen 15.00 Uhr meldete eine der Helikopter-Suchmannschaften die Auffindung eines scheibenförmigen Wracks neben dem vier „fremdartige Körper“ lagen, jeder nur 1,20 Meter groß. Doch bevor Col. Blanchard zur Absturzstelle geflogen wurde, hatte er noch ein ganz anderes Problem zu lösen.

Dabei ging es um die Pressemitteilung vom Vormittag. Denn kurz nachdem der Text der Meldung von PIO (Public Information Officer) Walter Haut über den AP-Ticker in Redaktionen in allen Teilen des Landes lief, erfuhr das Pentagon davon. Wir können uns nur vorstellen, wie ein brüllender General mit hochrotem Kopf verlangte, *„sofort jedes gottverdammte Sicherheitsloch zu stopfen, durch das irgendetwas über diese gottverdammte Scheibe nach draußen dringen kann“*. Jedenfalls wurde unverzüglich gehandelt.

Am Nachmittag des 8. Juli rief ein aufgeregter Johnny McBoyle, Reporter und Mitinhaber eines Rosweller Privatsenders, bei der etwas größeren Station des Schwestersenders KOAT in Albuquerque/New Mexico an. McBoyle besaß keinen eigenen Telexanschluß, und darum bat der Reporter die KOAT-Sekreätrin Lydia Sleppy, eine „brandheiße Story“ über den ABC-Draht an die Sendestationen im Lande zu übermitteln. McBoyles Stimme klang aufgeregt, als er der zuerst etwas ungläubigen Miss Sleppy seinen „Knüller“ schilderte:

„Eine fliegende Untertasse ist abgestürzt ... Nein, ich mache keinen Witz! Die ist in der Nähe von Roswell abgestürzt, ich bin dort gewesen und habe sie mit eigenen Augen gesehen. Sieht aus wie ein zerbeulter Kochtopf. Irgendein Rancher hat sie gefunden. Die Armee ist da, die wollen sie abholen. Das ganze Gebiet ist jetzt hermetisch abgeriegelt. Und nun paß gut auf - die reden von kleinen Männern an Bord ... fang schon mal an, das Telex rauszusenden und bleib am Apparat..."

Während sie den Hörer zwischen Ohr und Schulter klemmte, tippte Lydia erste Zeilen in den Fernschreiber. Doch schon nach wenigen Sätzen stoppte das Gerät. Das konnte - Lydia wußte es - verschiedene Gründe haben, darum wunderte sie sich nicht besonders. Doch dann begann das Telex wieder zu ticken und übermittelte eine Botschaft an Albuquerque und Lydia direkt, die ebenso schroff wie eindeutig war:

„Achtung, Albuquerque: Stoppt Berichterstattung. Wiederhole: Stoppt Berichterstattung. Angelegenheit der Nationalen Sicherheit. Nicht senden. Weitere Instruktionen abwarten."

Sofort las Lydia McBolyle am Telefon die Übermittlung vor, fragte, was sie jetzt tun sollte. Seine Antwort war ebenso resigniert wie unerwartet: *„Vergiß es einfach. Du hast das nie gehört. Sprich mit niemandem darüber."* Als ihr Chef Merle Tucker eine Woche später von einer Dienstreise zurückkam, erzählte ihm Lydia von dem Vorfall. Natürlich versuchte Tucker der Sache nachzugehen. Doch wohin er sich auch wandte, er stieß stets auf eine Mauer des Schweigens.

Und auch die Haut-Presseerklärung, die am 9. Juli in zahlreichen Blättern des Landes abgedruckt wurde, wurde noch am selben Tage offiziell dementiert. Auf einer hochoffiziellen Pressekonferenz in der Fort Worth Luftwaffenbasis erklärte General Roger M. Ramey, Komandant der 8. Luftwaffe, die Scheibe von Roswell, kurzweg zu einem simplen Wetterballon. Als „Beweis" hielt er einen solchen in den Händen - und ließ sich bereitwillig mit dem „Wrack" fotografieren. Die Nation konnte schmunzeln - und der „Roswell-Zwischenfall" war nie geschehen.

General Ramey und Col. Roger Duboise mit den angeblichen Wrackteilen von Roswell

Zumindest solange nicht, bis engagierte UFO-Forscher der Sache nachgingen. Nach jahrelangen Recherchen gelang es dem Schriftsteller William Moore - der zusammen mit Charles Berlitz das Buch „Der Roswell-Zwischenfall" verfaßte - dem Atomphysiker Stanton Friedman, dem Ex-Luftwaffen-Nachrichtendienstler Kevin Randle und dem Kriminologen und Soziologen Don Schmitt, Zeugen der damaligen Ereignisse ausfindig zu machen, die direkt an der Bergung beteiligt waren. Darunter sind Generäle, ehemalige Sicherheitsoffiziere, Geheimdienstler, die Kinder und damaligen Nachbarn Brazels und viele andere. Gemeinsam mit Jaime Shandera plante Moore schon in den 80er Jahren einen Dokumentarfilm über den Roswell-Zwischenfall, ein Projekt, das zwischenzeitlich mangels Finanzierung „auf Eis" gelegt wurde - was erklärt, warum gerade Jaime Shandera das sensationelle MJ-12-Material zugespielt bekam. Statt dessen brachten Randle/Schmitt eine interessante Filmdokumentation heraus, ein Fernsehfilm ist für Sommer 1994 angekündigt, ein großer Kinofilm eines weltbekannten Regisseurs für 1997.

Tatsächlich lassen schon die Zeugenberichte, die Moore, Friedman, Randle und Schmitt sammelten, keinen Zweifel daran, daß hier ein hochspektakuläres Ereignis von der Regierung vertuscht wurde. Der Rancher William W. „Mac" Brazel, auf dessen Land das Wrack niederging, ist zwar bereits 1963 verstorben, doch gelang es Moore und Friedman, seinen Sohn und seine Tochter ausfindig zu machen.

Brazels Sohn Bill war zum Zeitpunkt des Vorfalls jung verheiratet und wohnte mit seiner Frau in Albuquerque. Als er das Foto seines Vaters in der Zeitung sah, fuhr er sofort auf die Ranch, mußte aber erfahren, daß sein Vater nicht da sei, sondern noch vom Militär verhört wurde. Erst am 16. Juli kam der alte Brazel heim, wirkte frustiert, angewidert. Bill fragte, was geschehen sei. *„Lies die Zeitung, mein Sohn"*, meinte er nur, *„da steht alles drin, was du wissen darfst. So wird dich wenigstens keiner belästigen."* Eine Woche lang hätte man ihn eingesperrt, ihm befohlen, den Mund zu halten, weil das für das Land sehr wichtig und außerdem patriotisch sei, und das wolle er nun tun. Er hätte nur *„dieses Ding gefunden und in Roswell abgeliefert"*, und es hätte ihn sehr enttäuscht, wie man ihn dafür behandelt hätte. Bevor er gehen durfte, hatte er sich noch einer völligen Leibesvisitation unterziehen müssen. *„Ich habe doch nur versucht, was Gutes zu tun, und die stecken mich dafür ins Gefängnis"*, knurrte er. Später zeigte er seinem Sohn die Stelle, *„wo das Zeug heruntergekommen ist"*, meinte aber, jetzt sei davon nichts mehr zu sehen: Die Air Force wäre damals mit einer ganzen Truppe angerückt, um jedes kleinste Teilchen aufzusammeln, das sie finden konnte.

Damit wollte sich Bill Jr. nicht zufrieden geben. Immer, wenn es geregnet hatte, ritt er an diese Stelle, schaute, ob das eine oder andere Teilchen an die Oberfläche geschwemmt worden war. Bald hatte er eine beträchtliche Sammlung von Fragmenten zusammen. Die Luftwaffe beschlagnahmte sie *„im Interesse der nationalen Sicherheit"*, als Bill einmal in der Kneipe diese Kollektion erwähnte. *„Da waren zum Beispiel einige holzähnliche Partikel, so leicht wie Balsaholz, aber ein bißchen dunkler in der Farbe und viel härter... Dann waren da mehrere Teile aus einer metallartigen Substanz, nur nicht zerreißbar und federleicht. Man konnte sie regelrecht verknittern - doch wenn man wieder darüberstrich, nahm sie sofort wieder ihre ursprüngliche Form an".* Sein Vater hatte ihm erzählt, daß auf einigen der von der Luftwaffe geborgenen Fragmente seltsame Schriftzeichen gewesen seien. Die Militärs hätten ihm versichert, daß keines der Materialien in den USA hergestellt sein konnte. „Mac" Brazels Tochter Bessie Brazel-Schreiber bestätigte die Angaben ihres Bruders. *„Als die Militärs bei uns waren, sagten sie uns, daß wir überhaupt nicht darüber reden sollten"*, ergänzte sie, *„Und wenn einem in der damaligen Zeit jemand vom Militär sagte, daß man über irgend etwas nicht reden sollte, dann gab es überhaupt keine Diskussion; das wurde strikt befolgt."*

Die Beschreibungen der Fragmente des Wracks durch die Brazel-Kinder lassen keinen Zweifel daran, daß alles andere niederging, nur kein Wetterballon. Das bestätigte der Leiter der Bergungsaktion, Major - später Colonel - Jesse A. Marcel den UFO-Forschern gegenüber:

„Da war allerhand verschiedenartiges Zeug - kleine Stäbe von vielleicht anderthalb Zentimetern Durchmesser, mit Hieroglyphen darauf, die kein Mensch entziffern konnte. Die Stäbe sahen so aus, als wären sie aus Balsaholz, und sie waren auch so leicht, nur daß es überhaupt kein Holz war. Sie waren sehr hart und doch biegsam und nicht brennbar. Dann war da noch eine Menge pergamentartiges Zeug, bräunlich und sehr fest, und eine große Anzahl von hauchdünnen Metallstücken, die an Alufolie erinnerten, aber es war keine Alufolie.“

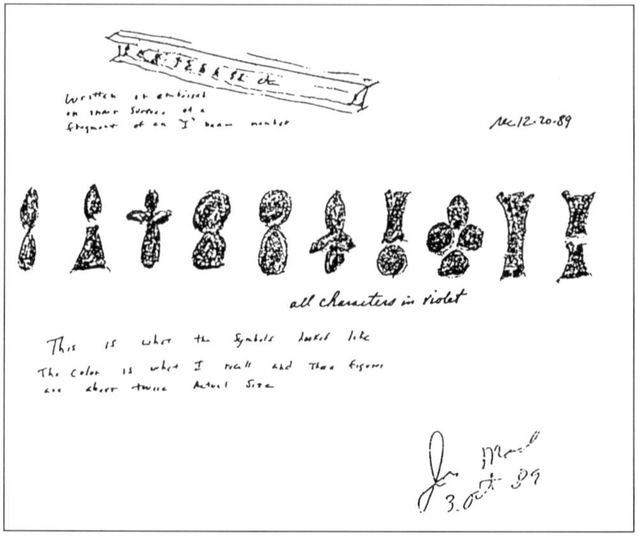

An diese Zeichen auf den Stäben konnte sich Jesse Marcel jr. erinnern.

Einer seiner Leute versuchte, eines der Metallstücke mit einem Vorschlaghammer zu zertrümmern, doch ohne Erfolg - der acht Kilo schwere Hammer hinterließ nicht einmal eine Delle. Auch Marcels Sohn, Dr. med. J.A. Marcel, damals 12 Jahre alt, erinnert sich noch heute an die Wrackteile, die sein Vater mitbrachte. In einem Brief vom 21. Oktober 1981 schreibt er:

„Die Überreste der Vorrichtung, die ich damals sehen konnte, haben auf mich einen solchen Eindruck gemacht, daß ich sie nie vergessen könnte. Ich habe die Überreste vieler konventioneller Flugzeuge untersucht. Doch was ich 1947 sah, ähnelte in keiner Weise den üblichen Flugzeugabstürzen, die ich erlebt habe (als Arzt). Dieses Objekt war in keiner Weise konventionell und glich am ehesten dem, was damals als fliegende Untertasse bekannt war. Dies schon aufgrund der Tatsache, daß viele der Überreste an den Innenseiten mit fremdartigen Hieroglyphen bedeckt waren.“

Doch auch für die *„kleinen Männer an Bord“* ließen sich bald Augenzeugen finden. Einer der ersten, der zur Absturzstelle fuhr, war Sheriff George Wilcox, der sich selber ein Bild von dem machen wollte, was Mac Brazel ihm erzählt hatte und was so unglaublich klang. Was er damals sah, wissen wir nur durch seine Enkelin, die es wiederum von ihrer Großmutter erfahren konnte:

„Meine Großmutter sagte: Erzähle es niemandem. Als sich das alles ereignete, kam die Militärpolizei ins Sheriffsbüro und erklärte George und mir, daß sie, wenn wir auch nur ein Sterbenswörtchen zu jemandem sagen würden, nicht nur uns umbringen würden, sondern unsere ganze Familie...

Da war jemand gekommen (Brazel) und hatte ihm von der Sache erzählt und er fuhr raus an die Stelle. Da war ein breites Gebiet verbrannt und er sah Wrackteile. Das war abends. Da gab es vier ‚Raumwesen‘. Ihre Köpfe waren groß. Sie trugen Anzüge wie aus Seide. Einer der ‚kleinen Männer‘ lebte noch. Und wenn Großmutter sagte, das war so, dann war es so.“

Das galt auch für die Todesdrohung, deren Barbaras Großmutter, Mrs. Wilcox, sich sicher war:

„Die meinten, was sie sagten. Die machten keine Scherze. Sie sagte, daß Großvater danach mit den Nerven fertig war. Er wollte danach nicht mehr Sheriff sein. Großmutter kandidierte für das Amt des Sheriffs

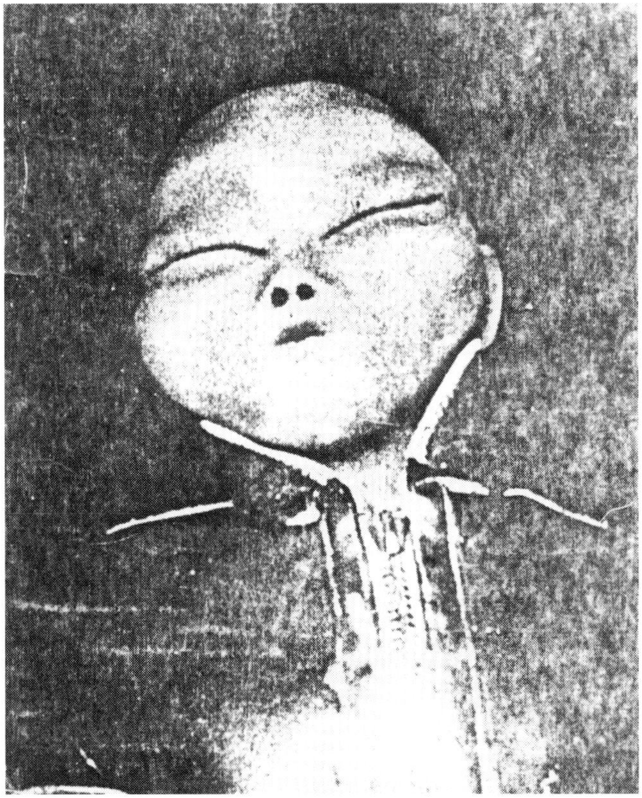

Foto eines der toten Außerirdischen von Roswell (oder ist es nur ein Modell?), das Col.Dr. Marina Popovich von Prof. Zigel vom Institut für Luft- und Raumfahrt der UdSSR erhielt.

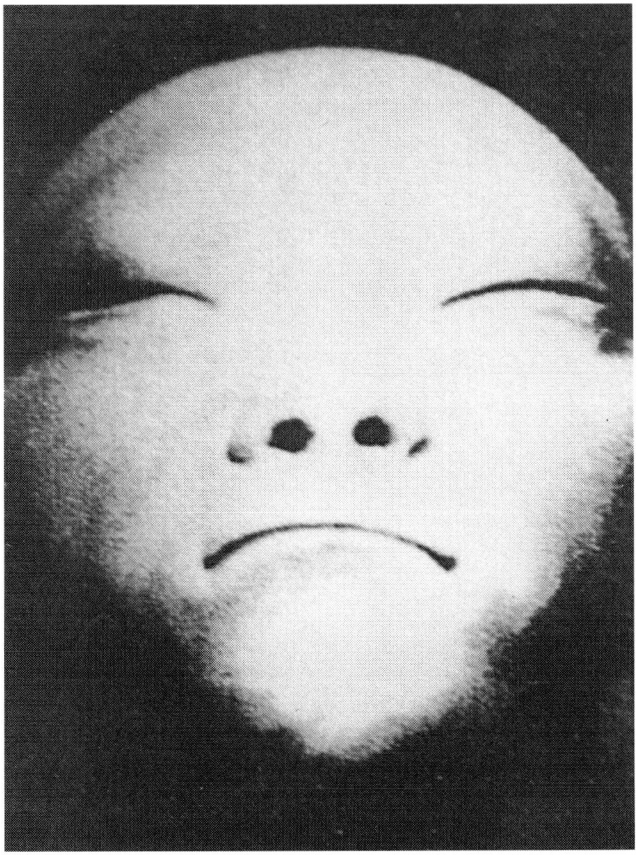

Ein weiteres angebliches Foto des toten Roswell „EBE"

und verlor die Wahl. Sie war eine sehr loyale Bürgerin der Vereinigten Staaten und dachte, es sei im besten Interesse des Landes, über die ganze Sache nicht zu sprechen."

Ein Mitglied des Bergungsteams, der Luftwaffeningenieur Grady L. „Barney" Barnett, vertraute später ein paar engen Freunden an, daß auch er am Nachmittag des 8. Juli 1947 fremdartige Leichen sah:

„Ich kam an und sah, wie sie herumstanden und auf die toten Körper starrten, die da am Boden lagen. Ich denke, es waren noch weitere in der Maschine, so einer Art metallischer Scheibe. Sie war nicht allzu groß. Sie schien aus einem Metall zu bestehen, das aussah wie Stahl. Die Maschine war durch die Explosion oder den Aufschlag aufgerissen... die Körper glichen denen von Menschen und waren doch ganz anders. Ihre Köpfe waren rund, die Augen klein, sie hatten keine Haare... sie waren nach unserem Standard ziemlich klein, nur ihre Köpfe waren überproportional groß. Ihre Kleidung war grau und schien aus einem Stück zu bestehen."

Glenn Dennis arbeitete für das größte Beerdigungsinstitut in Roswell, das einen Vertrag mit der Roswell Army Air Base hatte. Am Abend des 8. Juli erhielt er einen seltsamen Anruf von einem Offizier der Basis: *„Glenn, haben Sie luftdicht versiegelte Särge auf Lager? Was ist das kleinste Modell? Und wie kann man am besten eine Leiche konservieren, die schon ein paar Tage in der Wüste lag?“* Dennis dachte, es mußte sich eine Katastrophe ereignet haben, bei der offenbar auch Kinder ums Leben gekommen waren. War eine Passagiermaschine in der Wüste abgestürzt? Aber warum dann die Geheimnistuerei? Am nächsten Tag traf er sich mit einer Freundin, die als Krankenschwester im Basishospital arbeitete. *„Du wirst mir nicht glauben, was ich heute gesehen habe“*, erzählte sie ganz aufgeregt. *„Sie haben heute drei Leichen reingebracht, zwei ganz verstümmelt und eine in gutem Zustand.“* Und dann bat sie nervös um ein Blatt Papier und einen Bleistift. *„Laß mich Dir den Unterschied zwischen unserer Anatomie und ihrer zeigen. Wirklich, sie schauten aus wie alte Chinesen: Klein, zerbrechlich, haarlos. Ihre Nase war winzig, die Augen saßen ziemlich tief und die Ohren waren nur Einhöhlungen. Auch die Anatomie der Arme war anders, der Oberarm war länger als der Unterarm. Sie hatten keine Daumen, sie hatten vier Finger oder, besser, Fühler. Ohne Fingernägel. Statt dessen so eine Art Saugnäpfe an den Fingerspitzen. Und sie stanken grauenvoll, wie Ammoniak.“* Wie mir Glenn Dennis erzählte, als ich ihn im Dezember 1993 in Roswell interviewte, sah er seine Bekannte nach dieser Begegnung nie wieder. Gleich am nächsten Tag wurde sie auf eine Basis in Europa versetzt. Nach ihrer Rückkehr nach Amerika verloren sich ihre Spuren in einem katholischen Nonnenorden, dem sie beigetreten war.

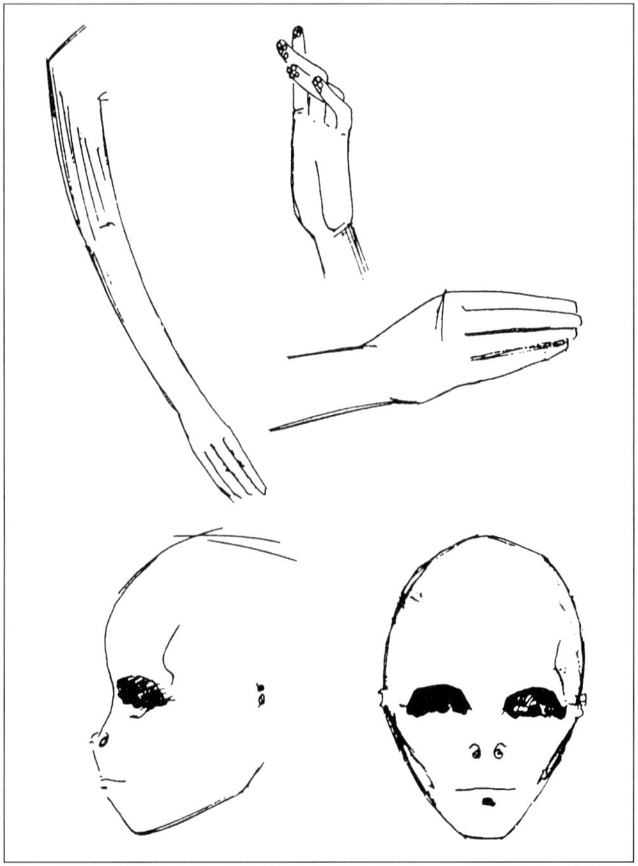

So zeichnete die Roswell-Krankenschwester für Glenn Dennis den toten Außerirdischen, an dessen Untersuchung sie beteiligt war.

Am Morgen des 9. Juli traf ein spezielles Untersucherteam aus Washington ein, am späten Nachmittag wurden die Leichen nach Los Alamos geflogen, in die biologischen Geheimlaboratorien der Atomenergiekommission. Bis zum 10. Juli hatte man das gesamte Absturzgebiet auf Wrackteile durchsucht. Am 11. Juli wurden alle an der Bergung beteiligten Männer unter Androhung schärfster Strafen angewiesen, mit niemandem über den Vorfall zu sprechen. *„Vergeßt alles, was Ihr in den letzten drei Tagen gehört oder gesehen habt. Offiziell ist es nie geschehen.“*

Was sich weiter ereignete, ist urkundlich verbürgt. Am 8. Juli vermeldete das FBI-Büro Dallas in einem Telex nach Washington, daß
„ein Objekt, das man für eine fliegende Scheibe hält, bei Roswell, New Mexico aufgefunden wurde... (Name gelöscht, wahrscheinlich General Ramey) *erklärte, daß das Objekt ein Wetterballon mit einem Radarreflektor sei, aber ein Telefonat zwischen diesem Büro und Wright Field konnte diese Annahme nicht bestätigen. Die Scheibe ... wurde zur Untersuchung mit einer Sondermaschine nach Wright Field gebracht. Dieses Büro wurde aufgrund der nationalen Bedeutung des Falles informiert.“*
Am 9. Juli bat Brigade-General George F. Schulgen vom Generalstab im Pentagon die Bundespolizei FBI um *„Zusammenarbeit zur Lösung des Problems der Fliegenden Scheiben“. „Ich würde es machen“,* antwortete der allmächtige FBI-Direktor J. Edgar Hoover am 15.7., *„doch bevor wir zustimmen, müssen wir auf vollem Zugang zu den aufgefundenen Scheiben bestehen.“*
Wie aus dem Geheimbericht der „Operation Majestic 12“ hervorgeht, wurden nach der Bergung des Schiffes die besten Wissenschaftler des Landes - von denen die meisten zwei Jahre zuvor am Manhattan-Projekt zur Entwicklung der Atombombe gearbeitet hatten - zusammengerufen, um den Fund zu analysieren. General Nathan F. Twining, Kommandant des Technischen Nachrichtendienstes der Luftwaffe (damals AMC, später ATIC), brach, als er von der Bergung erfuhr, sofort eine geplante Reise an die Westküste ab und flog nach New Mexico, um die Aktion zu beaufsichtigen. Der wissenschaftliche Teil wurde Prof. Dr. Vannevar Bush unterstellt, dem besten Mann, den es damals für eine Aufgabe dieses Kalibers gab. Denn Dr. Bush war seit dem Zweiten Weltkrieg der wissenschaftliche Berater des Präsidenten. 1941 hatte er den Forschungsrat für Nationalverteidigung geleitet, 1943 das Büro für Wissenschaftliche Forschung ins Leben gerufen, das das Manhattan-Projekt beaufsichtigte, durch das die USA zur weltweit ersten Atommacht wurden. Wenn jemand in der Lage war, Erkenntnisse aus der Untersuchung des Roswell-Wracks dazu zu nutzen, Amerika auch zur ersten Weltraummacht zu machen, dann Dr. Vannevar Bush.

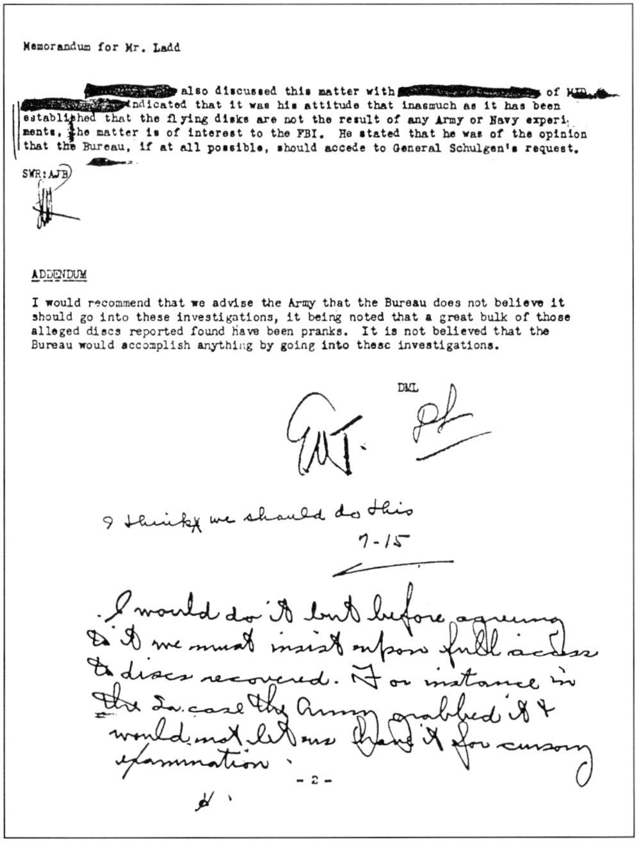

Memorandum for Mr. Ladd

[redacted] also discussed this matter with [redacted] of [redacted] indicated that it was his attitude that inasmuch as it has been established that the flying disks are not the result of any Army or Navy experiments, the matter is of interest to the FBI. He stated that he was of the opinion that the Bureau, if at all possible, should accede to General Schulgen's request.

SWR:AJB

ADDENDUM

I would recommend that we advise the Army that the Bureau does not believe it should go into these investigations, it being noted that a great bulk of those alleged discs reported found have been pranks. It is not believed that the Bureau would accomplish anything by going into these investigations.

DML

I think we should do this 7-15

I would do it but before agreeing to it we must insist upon full access to discs recovered. For instance in the La. case the Army grabbed it & would not let us have it for cursory examination. H.

- 2 -

Handschriftliche Antwort des allmächtigen FBI-Direktors J. Edgar Hoover auf Brigade-General Schulgens Einladung zur Zusammenarbeit nach dem Roswell-Zwischenfall: „Ich würde es machen, doch bevor wir zustimmen, müssen wir auf vollen Zugang zu den aufgefundenen Scheiben bestehen.“

Dr. Vannevar Bush

Am 19. September 1947 ging ein Zwischenbericht der Untersuchungskommission an den Präsidenten. Er kam zu der Schlußfolgerung, daß es sich bei dem geborgenen Wrack um einen Kurzstrecken-Aufklärer offenbar außerirdischer Herkunft handelte. Am 24. September 1947 wurden Dr. Bush und Verteidigungsminister Forrestal in das „Oval Office" im Weißen Haus geladen. Dieses Treffen, das in den MJ 12-Akten erwähnt wird, ist verbürgt: Nachzulesen im Terminprotokoll Harry S. Trumans, aufbewahrt in der „Truman Library". Bei dieser streng geheimen Besprechung wurde - auf Anraten von Bush und Forrestal - die Gründung der Majestic 12-Gruppe beschlossen. Ihre Mitgliederliste liest sich wie ein Who's Who der Top-Leute der damaligen Administration. Dazu gehörten, außer Bush, Gen. Twining und Forrestal:

Admiral Roscoe H. Hillenkoetter, Kommandeur des Nachrichtendienstes für den Kriegsschauplatz Pazifik im Zweiten Weltkrieg und seit September 1947 erster Direktor des Zentralen Nachrichtendienstes CIA.

General Hoyt S. Vandenberg, Stabschef der US-Luftwaffe.

Dr. Detlev Bronk, international bekannter Biophysiker und Physiologe, Vorsitzender des Nationalen Forschungsrates und Mitglied des medizinischen Beraterstabes der Atomenergiekommission.

Dr. Jerome Hunsaker, ein brillianter Flugzeugkonstrukteur vom renommierten Massachusetts Institute of Technology (MIT) und Vorsitzender des Nationalen Beratungskomitees für Luftfahrtangelegenheiten.

Admiral Sidney M. Souers, Exekutivsekretär des Nationalen Sicherheitsrates der Vereinigten Staaten.

Gordon Gray, Staatssekretär des Heeres.

Dr. Donald Menzel vom Observatorium der renommierten Harvard-Universität, in verschiedene streng geheime Forschungsprojekte verwickelt, später für den Nationalen Sicherheitsdienst NSA tätig mit Zugang zu Akten der höchsten Geheimhaltungsstufe. Menzel wurde bekannt als „Chef-Verneiner" der UFOs, versuchte, - offensichtlich auf höhere Weisung hin - für jede UFO-Sichtung irgendeine „natürliche" Erklärung zu finden.

General Robert M. Montague, Kommandant der Installationen der Atomenergiekommission in der Sandia-Base, Albuquerque/New Mexico, dem Testgelände für neueste Waffenentwicklungen.

Dr. Loyd V. Berkner, Bushs stellvertretender Vorsitzender des Forschungs- und Entwicklungsrates und Mitbegründer der Entwicklungsgruppe für Waffensysteme.

In einem noch am selben Tage diktierten Memorandum an Verteidigungsminister Forrestal ermächtigte Truman MJ 12, *„die Unternehmungen in angemessener Geschwindigkeit und Sorgfalt fortzusetzen".*

Die Untersuchungen des Roswell-Wracks gingen weiter. In einem Geheimbericht vom 30. November 1947 legte Dr. Bronk die Ergebnisse der von ihm geleiteten Gruppe vor, die die Leichen der vier aufgefundenen Insassen des UFOs obduzierte. Darin heißt es, daß *„obwohl diese Kreaturen von menschenähnlichem Aussehen sind, der biologische und evolutionäre Prozeß, der zu ihrer Entwicklung führte, offensichtlich anders verlief als es beim Homo Sapiens angenommen wird. Dr. Bronks Team schlug vor, diese Kreaturen als ‚Extraterrestrische Biologische Entitäten' oder ‚EBE's' zu bezeichnen, bevor ein angemessener Terminus gefunden wird."*

Ein anderer Bericht befaßte sich mit der Auswertung der Schriftzeichen, die auf den Wrackteilen und an Bord des Schiffes gefunden wurden. Jeder Versuch, sie zu entziffern, verlief erfolglos. Ebenfalls Kopfzerbrechen bereitete den Wissenschaftlern ihre Bemühung, die Antriebsmethode des Schiffes zu analysieren. *„Sie wurde erschwert durch das völlige Fehlen identifizierbarer Flügel, Propeller, Düsen oder sonstiger konventioneller Antriebs- und Steuerungsmechanismen, ebenso das völlige Fehlen von Kabeln, Vakuumröhren oder ähnlicher erkennbarer elektronischer Komponenten“,* heißt es in der Zusammenfassung.

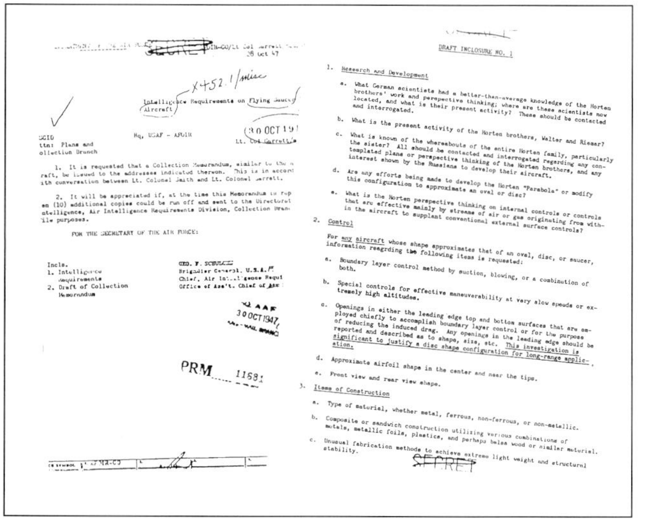

CIR-CO/Lt Col Garrett
28 Oct 47

X452.1/misc

Intelligence Requirements on Flying Saucer Aircraft

CGID
Attn: Plans and Collection Branch

Hq, USAF - AFOIR

30 OCT 19
Lt. Col Garrett's

1. It is requested that a Collection Memorandum, similar to the draft, be issued to the addresses indicated thereon. This is in accord with conversation between Lt. Colonel Smith and Lt. Colonel Garrett.

2. It will be appreciated if, at the time this Memorandum is rep... ten (10) additional copies could be run off and sent to the Directorate of Intelligence, Air Intelligence Requirements Division, Collection Branch ...ile purposes.

FOR THE SECRETARY OF THE AIR FORCE:

Incls.
1. Intelligence Requirements
2. Draft of Collection Memorandum

GEO. F. SCHULGEN
Brigadier General, U.S.A.F.
Chief, Air Intelligence Requi...
Office of Ass't. Chief of Air ...

AAF
30 OCT 1947

PRM 1168

DRAFT INCLOSURE NO. 1

1. Research and Development

a. What German scientists had a better-than-average knowledge of the Horten brothers' work and perspective thinking; where are these scientists now located, and what is their present activity? These should be contacted and interrogated.

b. What is the present activity of the Horten brothers, Walter and Riemar?

c. What is known of the whereabouts of the entire Horten family, particularly the sister? All should be contacted and interrogated regarding any contemplated plans or perspective thinking of the Horten brothers, and any interest shown by the Russians to develop their aircraft.

d. Are any efforts being made to develop the Horten "Parabola" or modify this configuration to approximate an oval or disc?

e. What is the Horten perspective thinking on internal controls or controls that are effective mainly by streams of air or gas originating from within the aircraft to supplant conventional external surface controls?

2. Control

For any aircraft whose shape approximates that of an oval, disc, or saucer, information reagrding the following items is requested:

a. Boundary layer control method by suction, blowing, or a combination of both.

b. Special controls for effective maneuverability at very slow speeds or extremely high altitudes.

c. Openings in either the leading edge top and bottom surfaces that are employed chiefly to accomplish boundary layer control or for the purpose of reducing the induced drag. Any openings in the leading edge should be reported and described as to shape, size, etc. This investigation is significant to justify a disc shape configuration for long-range application.

d. Approximate airfoil shape in the center and near the tips.

e. Front view and rear view shape.

3. Items of Construction

a. Type of material, whether metal, ferrous, non-ferrous, or non-metallic.

b. Composite or sandwich construction utilizing various combinations of metals, metallic foils, plastics, and perhaps balsa wood or similar material.

c. Unusual fabrication methods to achieve extreme light weight and structural stability.

SECRET

Dieses „Memorandum zur Datensammlung“ über „Flugzeuge vom Typ Fliegende Untertassen“, verfaßt von Brigade-General Schulgen, enthüllt ein Wissen über die Konstruktionsweise der UFOs, das die USAF nur durch den Roswell-Crash erlangt haben kann.

Um an weitere Daten über die fliegenden Scheiben zu kommen, galt es fortan, so das MJ 12-Dokument, *„so viele weiterführende Informationen wie möglich“* zu sammeln. In diesem Licht ist General Twinings Memorandum vom 23. September 1947 zu verstehen, in dem er die Grundcharakteristiken der UFOs so treffend beschreibt. Da dieses Memorandum den Begriff UFO nur definiert und darlegt, wonach künftig Ausschau gehalten werden soll, findet das Roswell-Wrack keine Erwähnung, im Gegenteil, es ist sogar vom *„Fehlen physischer Beweise in Form von nach einem Absturz geborgenen Überresten“* die Rede. Kein Wunder, die „AMC-Meinung“ ist nur mit „Geheim“ klassifiziert, eine Stufe unter der *„Streng Geheimen“* Klassifikation der Roswell-Untersuchungen, und so wurde verhindert, daß die an den weniger sicherheitsrelevanten Aufspürprojekten beteiligten rangniederen Offiziere von der höher klassifizierten *„Majestic“*-Studie erfuhren. Als daraufhin am 30. Oktober 1947 Brigade-General George F. Schulgen vom Generalstab im Pentagon in einem ebenfalls mit *„Geheim“* klassifizierten *„Memorandum zur Datensammlung“* den US-Luftwaffengeheimdienst mit der Zusammenstellung aller verfügbaren *„Informationen über ‚Flugzeuge vom Typ Fliegende Untertasse‘“* beauftragte, war er weniger vorsichtig. Denn danach war es nicht nur *„die Meinung einiger Elemente, daß die Objekte in der Tat interplanetarer Herkunft sind“,* der General war auch in der Lage, „Konstruktionsweisen“ zu beschreiben: *„Eine Sandwich-Konstruktion unter Verwendung verschiedener Metallkombinationen, Metall-Folien, Plastikarten und vielleicht Balsaholz oder ähnliches Material. Ungewöhnliche Fabrikationsweisen zur Erreichung eines extrem leichten Gewichtes bei hoher struktureller Stabilität.“* Das erinnert nur zu sehr an die Beschreibung des Farmersohnes Bill Brazel, daß in Roswell *„holzähnliche Partikel, leicht wie Balsaholz, metallartige Substanzen, nur nicht zerreißbar und federleicht“* gefunden wurden...

Der erste Außenstehende, der von der „Operation Majestic 12“ erfuhr, war der Kanadier Wilbert M. Smith, der in seinem Memorandum an den Verkehrsminister vom 21.11.1950 *„eine kleine Gruppe unter Leitung von Doktor Vannevar Bush“* erwähnte, die die Vorgehensweise der UFOs *„unter höchster Geheimhaltungsstufe, noch weit höher als die der Wasserstoffbombe“* untersuchte. Zwischenzeitlich waren die USA im Besitz von mindestens zwei weiteren UFO-Wracks, die im Hart Canyon östlich von Aztek, New Mexico und im Paradise Valley bei Phoenix, Arizona abgestürzt waren - und das ist offiziell, wie ein FBI-Memorandum vom 22. März 1950 beweist, das 1977 unter dem Freedom-of-Information Act freigegeben wurde. Darin berichtete FBI-Sonderagent Guy Hottel, Leiter des Washingtoner Büros, dem FBI-Direktor J. Edgar Hoover:

„Ein Untersucher der Luftwaffe erklärte, daß drei sogenannte fliegende Untertassen in New Mexico geborgen wurden. Sie wurden als kreisrund in der Form beschrieben, mit erhöhten Zentren, etwa 17 Meter im Durchmesser. In jeder fand man drei menschenähnliche Wesen, jedoch nur 1 Meter groß und mit einem metallischen Anzug aus sehr feinem Stoff bekleidet. Jeder Körper war in ähnlicher Weise bandagiert wie die Notanzüge unserer Hochgeschwindigkeits- und Testpiloten.

Dem Informanten von Mr. [redacted] *zufolge fand man die Untertassen in New Mexico aufgrund der Tatsache, daß die Regierung über ein sehr starkes Radarsystem in dieser Gegend verfügt, und man glaubt, daß Radar die Kontrollmechanismen der Untertassen stört.“*

Ähnliches erfuhr Wilbert Smith von Prof. Robert I. Sarbacher, einem Top-Wissenschaftler des Pentagons, der die damals kursierenden Gerüchte um abgestürzte „Untertassen“ als *„in der Substanz wahr“* bezeichnete. Smith verfaßte sein bereits zitiertes Memorandum an das Verkehrsministerium auf der Grundlage dieser Informationen, enthüllte jedoch nie seine Quelle. Erst 33 Jahre später, als lange nach seinem Tod Wilbert Smiths geheime Aufzeichnungen veröffentlicht wurden, kam der Name seines Informanten ans Licht. Der erste, der dieser Spur nachging, war der kalifornische

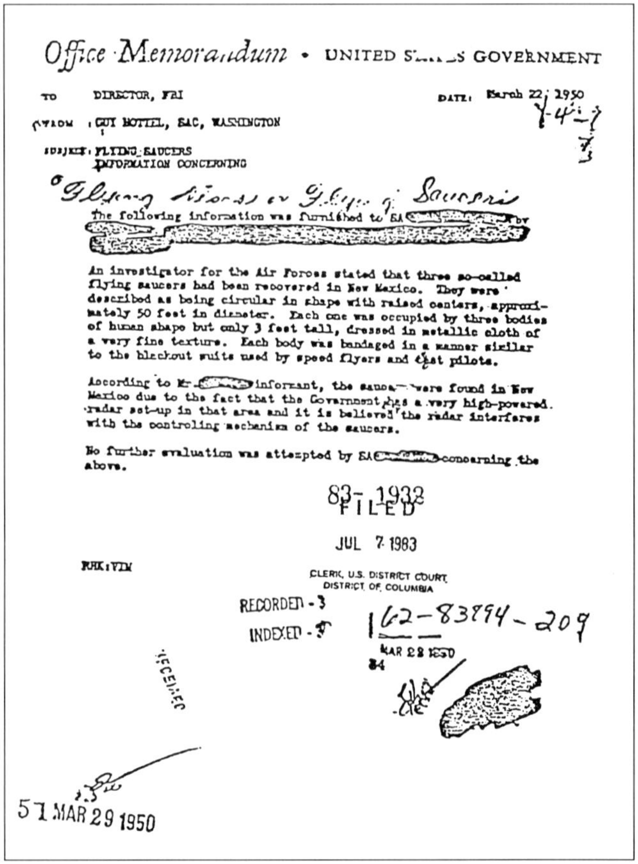

Office Memorandum • UNITED STATES GOVERNMENT

TO: DIRECTOR, FBI

DATE: March 22, 1950

FROM: GUY HOTTEL, SAC, WASHINGTON

SUBJECT: FLYING SAUCERS
INFORMATION CONCERNING

The following information was furnished to SA [redacted] by [redacted]

An investigator for the Air Forces stated that three so-called flying saucers had been recovered in New Mexico. They were described as being circular in shape with raised centers, approximately 50 feet in diameter. Each one was occupied by three bodies of human shape but only 3 feet tall, dressed in metallic cloth of a very fine texture. Each body was bandaged in a manner similar to the blackout suits used by speed flyers and test pilots.

According to Mr. [redacted] informant, the saucers were found in New Mexico due to the fact that the Government has a very high-powered radar set-up in that area and it is believed the radar interferes with the controling mechanism of the saucers.

No further evaluation was attempted by SA [redacted] concerning the above.

83-1932
FILED
JUL 7 1983
CLERK, U.S. DISTRICT COURT
DISTRICT OF COLUMBIA

RHK:VIM

RECORDED - 3
INDEXED - 5
62-83894-209
MAR 28 1950

57 MAR 29 1950

Dieses FBI-Memorandum an FBI-Direktor J. Edgar Hoover beweist: Die US-Luftwaffe war bis 1950 in Besitz dreier abgestürzter „fliegender Untertassen“. Es wurde erst am 7.7.1983 auf Gerichtsanweisung freigegeben.

UFO-Forscher William Steinman. Ahnend, daß Sarbacher mehr wußte, schrieb er an den Professor, der zu diesem Zeitpunkt das renommierte „Washington Institute of Technology“ leitete, stellte ihm eine ganze Reihe von Fragen, erst einmal, dann zweimal, schließlich ein drittes Mal. Er hatte schon aufgegeben, als die Antwort eintraf. Darin erklärte Professor Dr. Robert I.

Sarbacher, daß er tatsächlich Ende der 40er Jahre mehrfach eingeladen wurde, an Geheimkonferenzen auf der Wright Patterson-Luftwaffenbasis teilzunehmen, *„auf denen es um die Bergungen ging".* Noch heute bereut er, daß es ihm damals sein Zeitplan nicht erlaubte, der Einladung zu folgen. Trotzdem hätte er *„einige offizielle Berichte in meinem Büro im Pentagon erhalten, die ich aber dort lassen mußte, da sie nie dazu bestimmt waren, daß wir sie aus dem Büro mitnehmen."* Und er nannte Namen von Wissenschaftlern, die der Untersuchungskommission angehörten oder nahestanden:

Prof. Dr. Robert I. Sarbacher

„(Der Princeton-Physiker) John von Neumann war definitiv involviert. Dr. Vannevar Bush ebenso definitiv, und ich denke auch Dr. Robert Oppenheimer ... ich bin sicher, daß sie auch Dr. (Wernher) von Braun gefragt haben...
So etwa das einzige, woran ich mich erinnere, ist, daß verschiedene Materialien, die den Berichten zufolge aus den abgestürzten Untertassen geborgen wurden, extrem leicht und wiederstandsfähig waren. Ich bin sicher, daß unsere Laboratorien sie sehr sorgfältig untersucht haben. Dann gab es Berichte, daß die Instrumente oder Leute, die diese Maschinen bedienten, ebenfalls extrem leicht gewesen seien, und den extremen Beschleunigungen und Abbremsungen, zu denen ihre Schiffe in der Lage waren, standhalten konnten. Ich erinnere mich, mit einigen der Kollegen im (Forschungs- und Entwicklungs-) *Büro* (im Pentagon) *darüber gesprochen zu haben, und daß ich den Eindruck bekam, daß diese ‚Fremden' konstruiert waren wie gewisse Insekten, die wir hier auf der Erde beobachten."*

Wie Sarbacher später dem Atomphysiker Stanton Friedman telefonisch erklärte, waren auch seine Kollegen zu der Überzeugung gekommen, daß es sich bei den toten Körpern um „Bioroboter" handelt.

WASHINGTON INSTITUTE OF TECHNOLOGY
OCEANOGRAPHIC AND PHYSICAL SCIENCES

DR. ROBERT I. SARBACHER
PRESIDENT AND CHAIRMAN OF BOARD

November 29, 1983

Mr. William Steinman
15043 Rosalita Drive
La Mirada, California 90638

Dear Mr. Steinman:

I am sorry I have taken so long in answering your letters. However, I have moved my office and have had to make a number of extended trips.

To answer your last question in your letter of October 14, 1983, there is no particular reason I feel I shouldn't or couldn't answer any or all of your questions. I am delighted to answer all of them to the best of my ability.

You listed some of your questions in your letter of September 12th. I will attempt to answer them as you had listed them.

1. Relating to my own experience regarding recovered flying saucers, I had no association with any of the people involved in the recovery and have no knowledge regarding the dates of the recoveries. If I had I would send it to you.

2. Regarding verification that persons you list were involved, I can only say this:

John von Neuman was definitely involved. Dr. Vannever Bush was definitely involved, and I think Dr. Robert Oppenheimer also.

My association with the Research and Development Board under Doctor Compton during the Eisenhower administration was rather limited so that although I had been invited to participate in several discussions associated withthe reported recoveries, I could not personally attend the meetings. I am sure thatthey would have asked Dr. von Braun, and the others that you listed were probably asked and may or may not have attended. This is all I know for sure.

Prof. Sarbachers erstaunlicher Brief

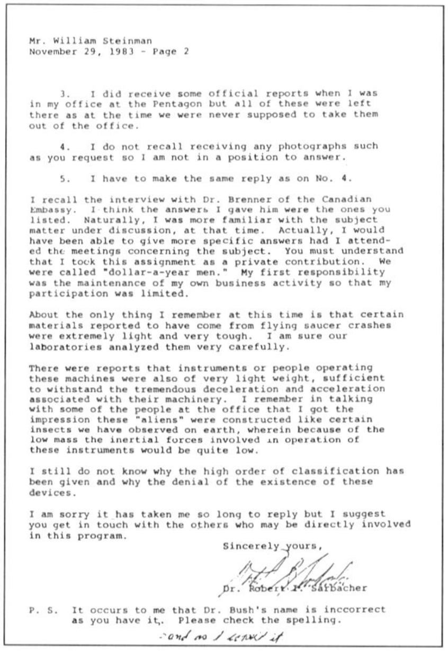

Mr. William Steinman
November 29, 1983 - Page 2

3. I did receive some official reports when I was in my office at the Pentagon but all of these were left there as at the time we were never supposed to take them out of the office.

4. I do not recall receiving any photographs such as you request so I am not in a position to answer.

5. I have to make the same reply as on No. 4.

I recall the interview with Dr. Brenner of the Canadian Embassy. I think the answers I gave him were the ones you listed. Naturally, I was more familiar with the subject matter under discussion, at that time. Actually, I would have been able to give more specific answers had I attended the meetings concerning the subject. You must understand that I took this assignment as a private contribution. We were called "dollar-a-year men." My first responsibility was the maintenance of my own business activity so that my participation was limited.

About the only thing I remember at this time is that certain materials reported to have come from flying saucer crashes were extremely light and very tough. I am sure our laboratories analyzed them very carefully.

There were reports that instruments or people operating these machines were also of very light weight, sufficient to withstand the tremendous deceleration and acceleration associated with their machinery. I remember in talking with some of the people at the office that I got the impression these "aliens" were constructed like certain insects we have observed on earth, wherein because of the low mass the inertial forces involved in operation of these instruments would be quite low.

I still do not know why the high order of classification has been given and why the denial of the existence of these devices.

I am sorry it has taken me so long to reply but I suggest you get in touch with the others who may be directly involved in this program.

Sincerely yours,

Dr. Robert I. Sarbacher

P. S. It occurs to me that Dr. Bush's name is inccorrect as you have it. Please check the spelling.

Und dann erinnerte er sich an einen weiteren Top-Wissenschaftler, der an dem Projekt beteiligt war: Den Elektroingenieur Dr. Eric A. Walker, ebenfalls ein Mitglied des RDB, des „Research and Development Board" des Pentagon, Dekan der Pennsylvania State-University und für seinen Beitrag zur Entwicklung von Torpedos im Unterwasser-Labor der Harvard-Universität mit der Ehrenmedaille des Präsidenten ausgezeichnet.

Am 30.8.1987 rief William Steinman Dr. Walker an, es ergab sich das folgende Gespräch:

„Walker: *Hallo!*

Steinman: *Hallo, mein Name ist Willliam Steinman, ich rufe aus Los Angeles an. Es geht um die Konferenzen auf der Wight Patterson-Luftwaffenbasis, die Sie 1949-50 besuchten, in denen es um die militärische Bergung fliegender Untertassen und der Körper ihrer Insassen ging. Dr. Robert I. Sarbacher verwies mich an Sie. Sie und Sarbacher waren beide Berater des Verteidigungs-Forschungsrates 1950...*

W: *Ja, ich nahm an diesen Konferenzen teil. Warum interessiert Sie das?*

S: *Ich glaube, das ist ein sehr interessantes Thema. Und immerhin sprechen wir über die tatsächliche Bergung einer fliegenden Untertasse, eines Raumschiffes, das nicht auf der Erde konstruiert wurde! Und dann geht es doch auch um die Körper der Insassen, die sich als menschliche Wesen von einer anderen Welt erwiesen!*

W: *So... und warum regen Sie sich darüber auf?* Was *ist Ihr Interesse?*

S: *Ich rege mich nicht auf, ich bin nur interessiert. Wir sprechen über ein Thema, das von der US-Regierung noch immer verneint wird (...) Haben Sie je von der „MJ 12"-Gruppe und dem Projekt „Majestic 12" gehört? Mir liegt eine Kopie des Briefingpapers an Präsident Eisenhower vom 18.11.1952 vor.*

W: *Ja, ich weiß von MJ12. Ich kenne sie seit 40 Jahren. Ich glaube, daß Sie gegen Windmühlen kämpfen.*

S: Warum meinen Sie das?

W: *Sie wagen sich in einen Bereich vor, in dem Sie absolut nichts erreichen können. Warum mischen Sie sich da ein, was interessiert Sie daran? Warum geben Sie das nicht einfach auf? Vergessen Sie's!"*

Als Steinmans Kollege T. Scott Crain Jr. am 24. April 1988 an Walker schrieb, erhielt er seinen Brief urschriftlich zurück - mit einem handschriftlichen Zusatz des Professors: *„Why say anything?"* - „Warum soll ich etwas sagen?"

Tatsächlich drangen die ersten Gerüchte um die Beteiligung von Top-Wissenschaftlern an der Untersuchung abgestürzter „Untertassen" bereits Ende der vierziger Jahre an die Öffentlichkeit. So berichtete die Geschäftsfrau Alma Lawson im November 1949 der „Los Angeles Free Press", daß sie auf einer Reise nach Mexiko eher zufällig einer ihrer besten Freunde, einen *„zuverlässigen und konservativen Wissenschaftler"*, getroffen hätte, und daß dieser ihr von einem UFO-Absturz in der Sierra Madre im Hochland von Mexiko erzählte. Da sie ihm die Geschichte nicht glauben wollte, nahm er sie mit, als er *„mit etwa 15 Wissenschaftlern der University of California"* zur Bergungsstelle gebracht wurde. Die bräunliche Scheibe, so die Geschäftsfrau, war ca. 33 Meter breit und *„geformt wie ein Schildkrötenpanzer“*. Im Inneren fand man die verkohlten Körper von sechs kleinen Wesen, der Besatzung des Schiffes. Als Steinman sie 1986 anrief, enthüllte Frau Lawsson den Namen des Wissenschaftlers. Es war Prof. Dr. Luis Alvarez, damals Physikprofessor an der UCLA. Auch Alvarez hatte eine interessante Vergangenheit. Er hatte am Manhattan-Projekt in Los Alamos mitgearbeitet und wurde 1968 für den Physik-Nobelpreis nominiert; und außerdem gehörte er - ebenso wie MJ12-Mann Prof. Berkner - 1953 dem Robertson-Panel des CIA an, das die rigorose Politik der Geheimhaltung in Sachen UFOs anordnete. Nachforschungen ergaben, daß sich Alvarez tatsächlich zum fraglichen Zeitpunkt in Mexiko City aufhielt. Als Steinman Alvarez 1986 anrief, bestätigte er, an der Bergung einer „Untertasse“ in Mexiko beteiligt gewesen zu sein, weigerte sich aber, nähere Details zu enthüllen. Im September 1988 verstarb Prof. Alvarez.

Vier Monate nach der Zeitungsmeldung über den Mexico-Crash, am 8. März 1950, hielt der amerikanische Geophysiker Dr. Silas Newton vor einer Gruppe von Studenten der Universität von Denver/Colorado eine Vorlesung, in der er erwähnte, daß bisher drei *„fliegende Scheiben“* in Arizona und New Mexico abgestürzt seien und von der Luftwaffe geborgen wurden. Newton galt als Experte für Magnetismus und hatte mit einem von ihm entwickelten Gerät ganze Ölfelder entdeckt, die ihm Millionen einbrachten. Da die Luftwaffe herausfand, daß die ‚Untertassen‘ auf elektromagnetischer Grundlage operierten, hätte man ihn in die Sache eingeweiht.
Später erzählte Newton diese Geschichte dem Journalisten Frank Scully vom Showbiz-Magazin „Variety“, der weitere Recherchen anstellte und schließlich über die UFO-Abstürze ein Buch schrieb. Monatelang war „Behind the Flying Saucers“ landesweit ein Bestseller, bis ein Reporter des „True“-Magazins versuchte, Dr. Newton als Betrüger und Hochstapler und den Inhalt des Buches als Riesenschwindel zu entlarven. Den Behörden, allen voran MJ 12, kam diese Entwicklung gerade recht. Andere Publikationen übernahmen die Angriffe gegen Scully und Newton, und für die nächsten Jahrzehnte waren „abgestürzte Untertassen“ ein Tabu-Thema - nicht nur für jeden halbwegs seriösen Journalisten, sondern auch für die UFO-Forschung.

Erst im Juni 1978, ganze 18 Jahre später, war das Eis gebrochen. Der Eisbrecher war Leonard Stringfield, Veteran der amerikanischen UFO-Forschung mit (damals) fünfundzwanzigjähriger Erfahrung. Auf der Jahrestagung der amerikanischen UFO-Organisation MUFON referierte Stringfield über *„Bergungen der 3. Art: Eine Fallstudie über angebliche UFOs und deren Insassen in militärischem Gewahrsam“.* Rund 20 Zeugenberichte aus erster und zweiter Hand hatte er untersucht und war zu dem Schluß gekommen, daß trotz des Scully-Skandals das „Absturz-/Bergungs-Syndrom“ durchaus verdiene, ernstgenommen zu werden. Stringfields Präsentation löste eine Lawine aus, und als die Presse über die Tagung berichtete, meldeten sich weitere Zeugen: Pensionierte Luftwaffenangehörige, darunter ranghohe Offiziere, Wissenschaftler und Geheimdienstler, denen der UFO-Forscher Vertraulichkeit zusicherte. Das Material, das Stringfield seitdem zusammentragen konnte, füllt mittlerweile sieben „Statusberichte“. Danach kam es zwischen 1947 und 1990 zu mindestens zwanzig UFO-Abstürzen auf dem Gebiet der Vereinigten Staaten und einem weiteren guten Dutzend in anderen Teilen der Welt. Dabei war es ein anderer UFO-Forscher, Raymond Fowler, der Stringfield mit einem exzellent dokumentierten Fall auf die Fährte der UFO-Abstürze führte...

19. DAS GEHEIMNIS VON HANGAR 18

Fritz Werner (Pseudonym) ist ein bekannter deutschstämmiger US-Wissenschaftler, hat Mathematik, Physik und Ingenieurswesen studiert, ist Mitglied verschiedener Fachverbände und Verfasser wichtiger technischer Abhandlungen. Seine Karriere in den Vereinigten Staaten hatte ihn seit Juni 1949 auch in den Dienst von Forschungsprojekten der Regierung gebracht. Seine Aufgabe war es damals, auf dem Nuklearwaffenversuchsgelände in Nevada die Wirkung und Folgen von Atombombenexplosionen zu untersuchen. Dabei unterstand er dem „Büro für besondere Studien“ der späteren „Installation Division“ der AEC, unter Leitung des aus Österreich stammenden Physikers Prof. Eric Wang.

Am 20. Mai 1953 arbeitete Werner die meiste Zeit des Tages bei Frenchman Flat auf dem Nevada-Testgelände. Am Abend bekam er einen Anruf von Versuchsleiter Dr. Ed Doll, der ihn darüber informierte, daß er am nächsten Tag zu einem Sonderauftrag eingesetzt würde. Zum vereinbarten Termin, so gegen 16.30 Uhr, meldete er sich bereit für den Sonderauftrag und wurde zur Indian Springs Luftwaffenbasis in der Nähe des Versuchsgeländes gebracht, wo bereits 15 andere Spezialisten auf weitere Anweisungen warteten. Es hieß, sie sollten alle Wertsachen der Militärpolizei übergeben. Dann wurden sie in ein Militärflugzeug verfrachtet, das sie nach Phoenix/Arizona brachte. Dort stiegen sie in einen Bus, in dem schon andere Männer warteten, und wurden von einem Offizier darauf hingewiesen, daß näherer Kontakt untereinander untersagt sei. Die Fenster des Busses waren abgedunkelt. Sie fuhren etwa vier Stunden lang, und Werner war sich sicher, daß ihr Ziel die Gegend von Kingman/Arizona sein mußte, das sechs Stunden nordwestlich von Phoenix liegt. Während der Fahrt informierte sie ein Oberst der Luftwaffe darüber, daß ein supergeheimes Luftwaffenfahrzeug abgestürzt sei, und daß sie als Spezialisten den Absturz - jeder auf seinem Fachgebiet - untersuchen sollten.

Der Bus hielt schließlich an, sie wurden aufgefordert, einzeln und unter Namensnennung auszusteigen, um von der Militärpolizei in das Gebiet gebracht zu werden, wo ihre Untersuchungen stattfinden sollten. Zwei grelle Scheinwerfer waren auf das abgestürzte Objekt gerichtet, das von Wachen umgeben war. Die Lichter waren so hell, daß es unmöglich war, die Umgebung wahrzunehmen. Das ovale Objekt glich zwei aufeinandergelegten Schüsseln, hatte einen Durchmesser von etwa 10 Metern und war 7 Meter hoch.

Es bestand aus einem mattsilbrigen Metall, Aluminium ähnlich, das um die Mitte herum dunkler wurde, wo die „Ränder“ der Schüsseln einen Ring bildeten, der kleine Schlitze hatte. Eine gekrümmte Ausstiegsrampe gab den Eingang frei, aus dem ein unheimliches Licht nach draußen drang.

Werners Aufgabe war es, aufgrund des Einschlagswinkels und der Tiefe, mit der es im Wüstensand

Das Kingman-Szenario nach den Schilderungen von „Fritz Werner"

steckte, die Geschwindigkeit des Objektes beim Aufprall zu berechnen. Das gab ihm die Möglichkeit, sich das Wrack genauer anzusehen. Es steckte 50 Zentimeter tief in der Erde, besaß offenbar keine Landevorrichtungen, keine Markierungen oder Erhebungen auf der Oberfläche und hatte nicht einmal einen Kratzer abbekommen.

Ein bewaffneter Militärpolizist bewachte ein Zelt, das in der Nähe des Wracks aufgeschlagen war, doch im Vorbeigehen gelang es Werner, einen kurzen Blick hineinzuwerfen: Da lag auf einer Bahre ein offenbar nichtmenschliches Wesen, vielleicht 1,20 Meter groß, mit dunkelbrauner Haut, bekleidet mit einem silbrig-metallischen Anzug, auf dem Kopf eine Art Kappe.

Als er seine Aufgabe erledigt hatte, mußte Werner seinen Bericht auf Tonband sprechen, dann wurde er zurück zum Bus eskortiert.

In einem unbeobachteten Augenblick sprach er einen Wissenschaftlerkollegen an, was er gesehen hätte. *„Ich war im Innern. Ich sah zwei Drehstühle und jede Menge Instrumente und Apparaturen"*, antwortete dieser kurz. Doch ein Luftwaffenoberst bemerkte das

Gespräch, trennte die beiden Männer und verwarnte sie. Im Bus wurden sie dann alle von dem Colonel vereidigt, über diesen Auftrag Stillschweigen zu wahren.

Doch zwanzig Jahre später brach Fritz Werner diesen Eid. Er kam mit dem UFO-Forscher Raymond Fowler in Kontakt, erzählte ihm,was er damals erlebt hatte - und gab eine eidesstattliche Erklärung ab:

‚Ich, Fritz Werner, schwöre feierlich, daß ich während eines Sonderauftrags mit der US-Luftwaffe am 21. Mai 1953 an der Untersuchung eines abgestürzten unbekannten Objektes in der Gegend von Kingman, Arizona, teilgenommen habe.

Das Objekt war aus einem mir nicht vertrauten Material konstruiert, das Aluminium ähnelte. Es steckte 50 Zentimeter tief im Sand, wies aber keinerlei Zeichen eines Oberflächenschadens auf. Es war oval und hatte einen Durchmesser von zehn Metern. Die Aufgangsrampe war vertikal heruntergelassen und geöffnet. Sie war etwa 1,20 hoch und 40 Zentimeter breit. Ich konnte kurz mit jemandem vom Team sprechen, der einen kurzen Blick ins Innere geworfen hatte. Er sah zwei Drehstühle, eine ovale Kabine und eine Menge Instrumente und Apparaturen.

Ein Zelt, das in der Nähe des Objektes aufgestellt war, beinhaltete den toten Körper des einzigen Insassen des Flugobjektes. Er war etwa 1,20 m groß, hatte eine mehr dunkelbraune Tönung, 2 Augen, 2 Nasenlöcher, 2 Ohren und einen kleinen, runden Mund. Bekleidet war er mit einem silbrigen, metallischen Anzug und einer Kappe aus demselben Material. Er trug keine Gesichtsmaske oder einen Helm.

Ich bescheinige, daß die oben gemachten Angaben wahr sind, indem ich dieses Dokument am 7. Juni 1973 unterschreibe.

Unterschrift: Fritz A. Werner
Datum: 7. Juni 1973
Zeuge: Raymond E. Fowler
Datum: 7. Juni 1973“.

Raymond Fowler, bekannter UFO-Forscher und Buchautor, übergab dieses Dokument zusammen mit einem 65-seitigen Bericht der *„Nationalen Untersuchungskommission für Luftphänomene“*. Die Untersuchung dieses Falles führte den UFO-Forscher in die Büros der Atomenergiekommission, des Stanford-Forschungsinstitutes und in Basen der Luftwaffe. Obwohl er keine weiteren Zeugen ausfindig machen konnte, wurden ihm alle Angaben Fritz A. Werners über Personen, Projekte und Standorte bestätigt. In Werners Tagebuch fand Fowler folgende Eintragungen:

„20. Mai: Ich habe keine Tinte mehr. Die meiste Zeit des Tages verbrachte ich in Frenchman Flat, überprüfte die Anlage von Gebäuden und die Ausbesserung der Balken einer Brücke, die während der letzten Explosion eingestürzt war. Trank ein Bier am Abend. Las. Bekam einen komischen Anruf von Dr. Doll um 22.00 Uhr. Morgen habe ich einen Spezialauftrag.

21. Mai: Aufstehen um 7.00 Uhr. Arbeite die meiste Zeit des Tages in Frenchman an den Testbauten. Brief von Bat. Sie fühlt sich jetzt besser - Gott sei Dank. Wurde um 16.30 nach Indian Springs gebracht wegen einer Arbeit, über die ich nicht schreiben oder sprechen kann.“

Len Stringfield

Als Fowler Len Stringfield gestattete, die Geschichte des Fritz Werner in sein Buch „Situation Red: The UFO-Siege“ aufzunehmen, ahnte er nicht, welchen Stein er damit ins Rollen brachte. Denn das Buch wurde ein Bestseller - und der Autor erhielt fortan dutzende Leserbriefe von Personen, die selbst an dieser oder ähnlichen Aktionen beteiligt waren oder davon Kenntnis hatten. Und auch andere UFO-Forscher, die bis dato noch nicht so recht wußten, was sie davon halten sollten, stellten Stringfield weitere Zeugenaussagen zur Verfügung. Das alles bildete die Grundlage für sein Referat 1978 auf der MUFON-Konferenz.

So meldete sich Major Daly von der US-Luftwaffe, der sich 1953 als Spezialist für Metallurgie auf der Wright Patterson-Basis befand. Ähnlich wie Werner wurde Daly im April oder Mai 1953 an einen *„unbekannten Ort gebracht, wo es heiß und sandig"* war, um dort ein abgestürztes UFO zu untersuchen. Als er auf einer Luftwaffenbasis gelandet war, verband man ihm die Augen, ein Offizier fuhr ihn etwa dreißig Minuten lang in die Wüste. Als man die Binde löste, war das Erste, was er sah, ein Zelt im Sand. Sein zweiter Blick fiel auf ein silbriges, metallisches Objekt von 8 bis 10 Metern Durchmesser. Das Metall des Flugkörpers war jedenfalls nicht beschädigt, und seine zweitägige metallurgische Analyse ergab, daß er aus einem auf der Erde unbekannten Material bestand. Obwohl er das Raumschiff nicht betreten durfte, bemerkte er einen von einer Rampe flankierten Eingang, 1,20 hoch und 60 cm breit.

Von MUFON-Direktor Richard Hall erhielt Stringfield einen Brief, der auf den 8. April 1964 datiert war, und den ein in der Ausbildung befindlicher Soldat verfaßt hatte:

„Unser Instrukteur war im Koreakrieg Adjutant eines Luftwaffengenerals, der auf einem der Versuchtsgelände in New Mexico stationiert gewesen ist. Von ihm erfuhr ich folgendes:

1953 gab es eine Bruchlandung einer fliegenden Untertasse in der Nähe des Versuchsgeländes. Sofort begab sich Luftwaffenpersonal dorthin und fand die Untertasse, unbeschädigt und unbesetzt, mit geöffneten Türen. Nachdem man das Gebiet durchsucht hatte, fand man die Körper der vier Insassen der Untertasse, alle tot. ...Sie wurden als 1,00 bis 1,20 m groß, haarlos und humanoid beschrieben. ... Für die Zuverlässigkeit meiner Quelle verbürge ich mich."

„Ich bin fast sicher, daß es 1953 war", erklärte ein weiterer Zeuge, der zu dieser Zeit eine lange Karriere als Militärpilot hinter sich hatte und heute in der Nationalen Luftüberwachung dient. Als ihn Stringfield in seiner Dienststelle am Lunken-Flughafen von Cincinatti aufsuchte, hing an der Wand eine Amerikakarte. *„In vier Metern Entfernung sah ich im Innern eines Hangars in der Wright Patterson-Luftwaffenbasis einen Aufzug mit fünf Kästen. In drei von ihnen befanden sich Leichen kleiner Humanoiden"*. Dann zeigte er auf das Gebiet von Arizona. *„Es war ungefähr dort, wo die Untertasse abgestürzt ist. Es war eine Wüstengegend, aber ich weiß den Namen nicht mehr. Ich sah die Leichen am richtigen Ort. Überall stand die Sicherheitspolizei, deshalb konnte ich sie nur kurz sehen. Von einem Mitglied der in dem Hangar beschäftigen Mannschaft erfuhr ich vertraulich, daß die Toten Außerirdische waren."* Man hätte das UFO mit speziellen Aufspürvorrichtungen von Mount Palomar aus aufgespürt. Als die Mannschaft an der Absturzstelle erschien, war eines der Wesen noch am Leben. Man versuchte, es mit Sauerstoff zu retten, doch es starb (deshalb?) sofort. Später erfuhr der Zeuge von seinem Informanten noch, daß jetzt auch das Raumschiff nach Wright Patterson gebracht werden sollte. Man hätte ihm auch Aufnahmen des geborgenen UFOs und Vergrößerungen von Gegenständen gezeigt, die mit seltsamen Schriftzeichen („wie Sanskrit") bedeckt waren.

Stringfield war auf eine neue Spur gekommen. Er wußte jetzt, wo die abgestürzten „Untertassen" und ihre Insassen untergebracht wurden. In der Tat sollen dem Airforce-Befehl AFR 200-3 zufolge *„Fotos, Radarbilder und Teile von UFOs"* zum ATIC-Hauptquartier auf die Wright Patterson Luftwaffenbasis gebracht werden. Stringfield fand auch Zeugen für den

Foto einer verkohlten Leiche, etwa 1,20 m groß, geborgen aus den Trümmern eines UFOs, das am 6.12.1950 südlich von Laredo/Texas auf mexikanischem Territorium durch US-Streitkräfte geborgen wurde.

Abtransport dorthin. Im Sommer 1953, so erklärte ein Ehepaar, waren sie gerade mit dem Wagen in der Nähe von Wright Patterson gewesen, als die Straße für einen militärischen Konvoi gesperrt wurde. An dem Wagen der beiden fuhr in den nächsten Minuten eine beeindruckende Eskorte vorbei, bestehend aus dutzenden Motorrädern der Militärpolizei und einem riesigen, ovalen und in Planen verpackten Ding auf einem Lastwagenanhänger. Eine ergänzende Zeugenaussage dazu machte der alte Nachbar von MUFON-Direktor John Schuessler, der früher als Wachmann der Abteilung innere Sicherheit auf Wright Patterson für den Empfang von Besuchern am Haupteingang der Basis zuständig war. Im selben Jahr, 1953, bemerkte er im Dienst einen großflächigen Lastenwagenanhänger, der ein mit Planen verdecktes Objekt trug. Zu dieser Zeit herrschte auf der Basis die höchste Sicherheitsstufe. Der Ex-Wachmann sah etwas später am Haupteingang die unbedeckten Leichen von „sehr kleinen Humanoiden", die, wie ihm ein Soldat erklärte, *„irgendwo im Südwesten mit dem UFO"* abgestürzt sein sollen.

Um 1959 half Stringfields Gewährsmann Charles Wilhelm in Cincinatti öfters einer alleinstehenden Dame, Mrs. Norma Gardner, bei Gartenarbeiten und Reparaturen.
Irgendwann erzählte er der Krebskranken von seinem Interesse für UFOs. Doch womit er nicht gerechnet hatte: Mrs. Gardner hatte, bevor sie wegen ihrer Erkrankung in Frührente ging, in der UFO-Abteilung der Basis gearbeitet. Eines Tages erzählte sie ihm ihre ganze Geschichte. 1955 war sie beauftragt worden, alles UFO-Material zu katalogisieren. Dazu gehörte eine Anzahl Gegenstände, die aus dem Innern abgestürzter UFOs stammten und sorgfältig fotografiert und untersucht worden waren. Dann, nach einigen Monaten, hätte man sie in einen Hochsicherheitsbereich geschickt, einen Hangar mit der Kennummer 18, um Material aus zwei untertassenförmigen Flugobjekten aufzulisten, die dort aufbewahrt wurden. Jetzt sah Norma Gardner zum ersten Mal die UFOs selbst. Sie waren scheibenförmig, das eine größer als das andere, das eine beschädigt, das andere intakt.
Kurz darauf erhielt sie die Anweisung, bei einer Autopsie Protokoll zu führen. Die Leichen, die in einer chemischen Lösung aufbewahrt wurden, waren zwischen 1,20 und 1,40 Meter groß, hatten auffallend große Köpfe und riesige, schräge Augen. Mrs. Gardner wußte, als sie Wilhelm davon erzählte, daß sie nur noch kurze Zeit zu leben hatte, und so waren ihr auf einmal alle Sicherheitsvorschriften gleichgültig: *„Onkel Sam kann mir nichts mehr anhaben, wenn ich im Grabe liege".*
In den folgenden Jahren bekam Wilhelm eine Bestätigung dieser Angaben durch einen Schulfreund, dessen Vater in Wright Patterson beschäftigt war und auf dem Sterbebett ebenfalls von zwei scheibenförmigen Flugkörpern im Hangar und vier kleinen Leichen gesprochen hatte.
Durch seine Nachforschungen kam Stringfield an zwei weitere Personen, deren Angehörige auf Wright Patterson stationiert waren und die Leichen der Fremden gesehen hatten. Die Zeugen selbst bestätigten zwar die Berichte, weigerten sich jedoch, nähere Angaben zu machen, da sie *„durch einen Eid gebunden seien"*. Ein Luftwaffenmajor jedoch versprach, seinen Bericht in einem Tresor zu hinterlegen, damit er nach seinem Tode veröffentlicht werden kann.
Am 29. Juni 1978 teilte Stringfields Schwiegersohn Dr. Jeffrey Sparks, Professor am St. Leo College in Dade City, Florida, ihm mit, daß er persönlich einen Zeugen gesprochen hätte, der die Humanoiden in Wright Patterson 1966 gesehen haben will. Der Zeuge, JK, war damals im Geheimdienst der Armee tätig und einige Zeit auf dem Luftwaffenzentrum stationiert. Dort sah er neun Körper toter Außerirdischer, die tiefgefroren in großen Glassärgen lagen. Ihre Körper

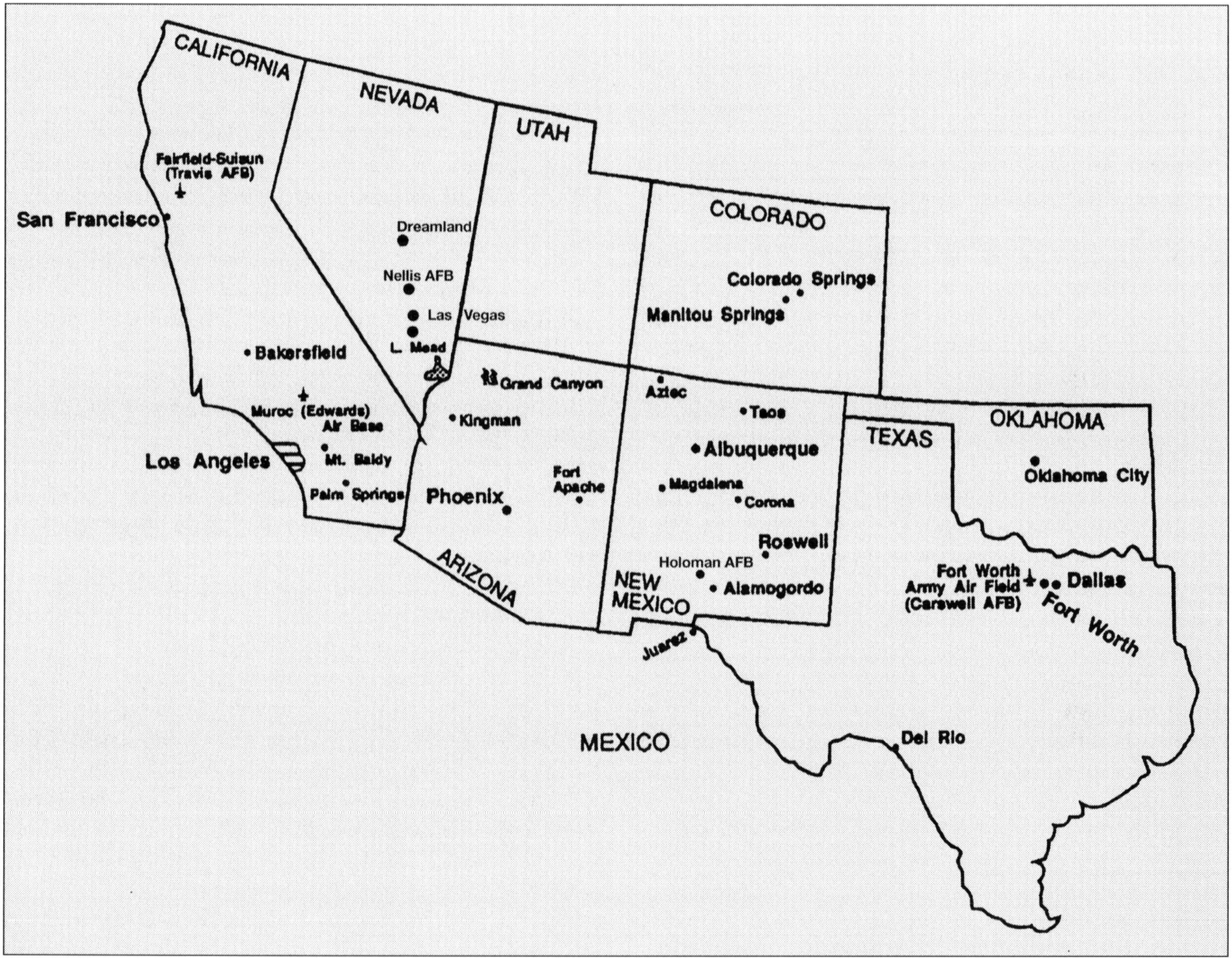

Einige der Schauplätze, die in diesem Kapitel erwähnt werden

waren schmächtig, etwa 1,20 groß und gräulich. Die Räume, in denen die Särge aufbewahrt wurden, waren streng bewacht. Wie JK erfuhr, war die Basis im Besitz von 30 Körpern und einer Reihe von UFO-Wracks. Die Luftwaffe hätte eine Spezialeinheit, die „Blue Berets" (Operation Blue Fly, siehe Kapitel 11), zur Bergung und Untersuchung abgestürzter UFOs ausgebildet und auf einigen wichtigen Stützpunkten stationiert, ihre Arbeit stehe unter höchster Geheimhaltungsstufe. Alle erreichbaren UFO-Daten, so erklärte JK, seien in einem

Computer im Datenverarbeitungszentrum von Wright Patterson gespeichert. Später spürte Stringfield mit JK's Hilfe einen Angehörigen der „Blue Berets" auf, der zwar selber noch an keiner UFO-Bergung teilgenommen hatte, von einem Kameraden aber vom Abtransport eines „Großkopfes" aus einem fremden Raumschiff erfuhr.

Im selben Zeitraum war Stringfield in Kontakt mit einem Arzt gekommen, der Anfang der 50er Jahre auf Wright Patterson als Mediziner stationiert und an der Untersuchung mehrerer UFO-Insassen beteiligt war. Die Ergebnisse der Untersuchungen faßte der Arzt in folgendem Steckbrief der „E.T.'s" zusammen:

- Die Größe der außerirdischen Humanoiden liegt bei 1,10 bis 1,40 m, in einem Fall bei 1,60 m. Sie wiegen etwa 20 kg.
- Das Gesicht besteht aus zwei großen, tiefliegenden Augen, deren Abstand voneinander größer als beim Menschen ist. Ihre Gesichtszüge sind fast „asiatisch" oder „mongoloid".
- Einhöhlungen an beiden Seiten des Kopfes sind von kleinen Ohren umgeben.
- Die Nase ist undeutlich erkennbar und besteht hauptsächlich aus zwei Löchern auf einer kleinen Erhebung.
- Der Mund ist nur ein schmaler Schlitz oder Spalt ohne Lippen, eine Öffnung zu einer kleinen Höhlung. Der Mund scheint nicht dieselbe Bedeutung für die Kommunikation und Nahrungsaufnahme wie beim Erdenmenschen zu haben.
- Der Hals ist dünn.
- Der Kopf ist meist haarlos, in seltenen Fällen mit einem dünnen Flaum bedeckt. - Der Körper ist unbehaart.
- Der Torso ist schmal und dünn. In den meisten Fällen trugen die Toten einen flexiblen, metallischen Anzug.
- Die Arme sind lang und dünn und reichen bis zu den Knien.
- Ein Typ hat Hände mit vier Fingern ohne Daumen. Zwei Finger scheinen länger als die beiden anderen zu sein. Fingernägel nur andeutungsweise vorhanden, zwischen den Fingern meist eine dünne Haut.
- Beine kurz und dünn. Die Füße eines Typs haben keine Zehen. Meist sind sie jedoch bedeckt. Ein Bericht spricht von Füßen wie die eines Orang-Utan.
- Ihre Hautfarbe ist NICHT grün, eher beige, gräulich oder bräunlich. In zwei Fällen waren die Körper zu einem dunklen Braun verkohlt. Ihre Haut ist etwas schuppig, ähnlich wie die von Reptilien, elastisch. Unter mikroskopischer Betrachtung erschien die Struktur der Haut netzartig, wie ein Spinnennetz. Sie haben keine erkennbare Muskulatur, keine Schweißdrüsen, keinen Körpergeruch.
- Keine Zähne.
- Keine erkennbaren Fortpflanzungsorgane. Vielleicht zurückentwickelt in der evolutionären Degeneration. Keine Genitalien.
- Sie sehen oft aus *„wie aus einer Gußform"* mit fast identischen Gesichtszügen.
- Gehirn und -Kapazität sind unbekannt.
- Im Körper eine farblose Flüssigkeit, ohne rote Zellen, ohne Lymphozyten, keine Sauerstoffträger. In den Körpern konnten keine Spuren einer Nahrungsaufnahme gefunden werden. An Bord des geborgenen Raumschiffes fand man keine Nahrungsmittel. Es wurden keine Verdauungsorgane gefunden.
- Es gibt verschiedene humanoide Typen. Lebensspanne unbekannt; Ursprung unbekannt.
- Die Körper wurden zu weitergehenden Untersuchungen an medizinische Institute an der Ostküste wie in die Staaten Indiana, Illinois und Texas geschickt.

Weitere Details wurden Stringfield am 2. Juli 1979 mitgeteilt:

„Der Mund führte zu einer nur 5 Zentimeter tiefen Rachenhöhle. Am Ende der Höhlung trennte eine

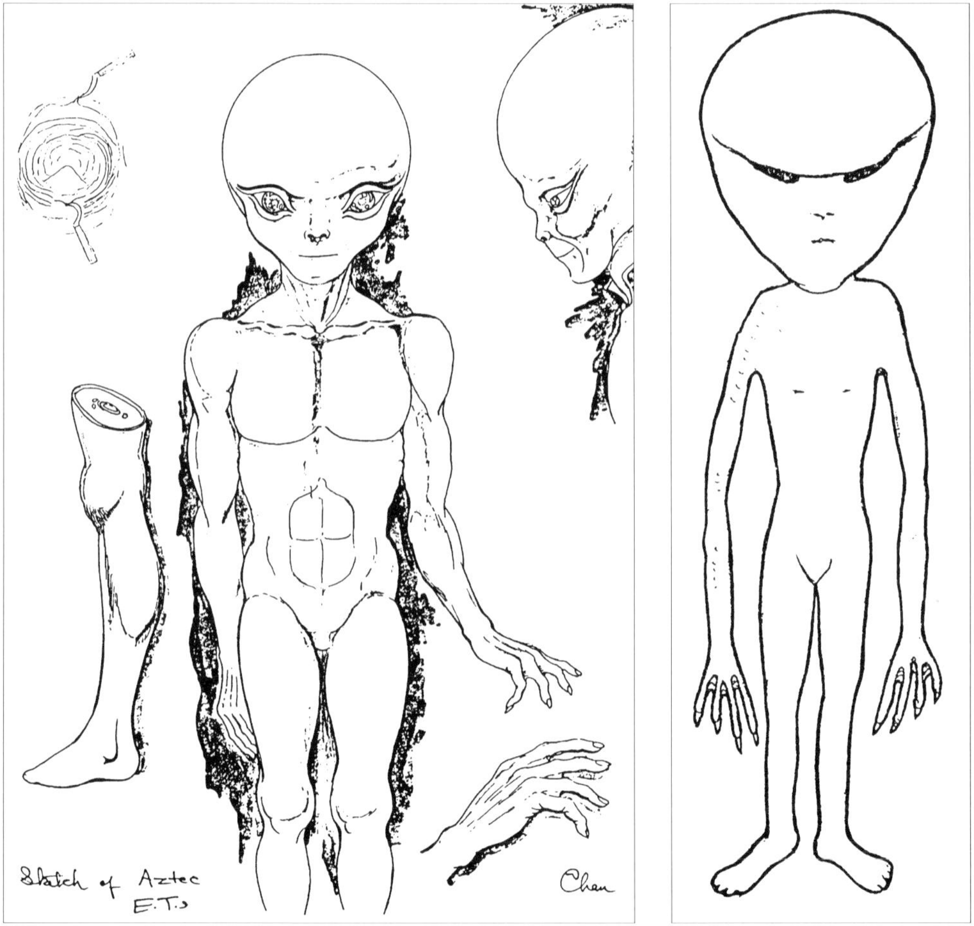

Zwei verschiedene Typen Außerirdischer,die an Bord abgestürzter UFOs entdeckt wurden, nach den Angaben und Zeichnungen von Ärzten, die an Autopsien oder Voruntersuchungen beteiligt waren.

Membran sie von dem, was der Verdauungstrakt zu sein schien. Die Zunge war zu einem weiteren Häutchen verkümmert. Das Wesen, das ich untersuchte, hatte keine Zähne. Röngtenuntersuchungen zeigten den Kiefer und die Schädelstruktur.“

Alles deutet darauf hin, daß die Luftwaffe oder die „Blue Berets“ von der Bergung in Arizona einen Dokumentarfilm gedreht hatten, der auf einigen Luftwaffenbasen ausgewählten Gruppen vorgeführt wurde. Stringfields Hauptgewährsmann in diesem Fall ist Mr. TE, der 1953 Radarspezialist der Luftwaffe mit Sicherheitsaufträgen auf Fort Monmouth, New Jersey war. Eines Tages im Frühling 1953 wurde er zusammen mit einer Gruppe ausgewählter Radaroperateure in die Filmvorführungsräume der Basis gerufen. Ohne eine Einleitung wurde der 16 mm-Filmprojektor angestellt, und der Film rollte über die Leinwand. Das erste, was man sah, war eine Wüstenszene mit einem silbrigen, scheibenförmigen Objekt, das in den Boden eingekeilt war. Eine Luke oder Tür war geöffnet, zu der eine Rampe führte. In der nächsten Szene standen 10 bis 15 Soldaten um das Objekt herum, das einen Durchmesser von vielleicht 8 Metern zu haben schien. Der Zeuge erinnerte sich, wie er bei diesen Bildern überlegte, warum man ihn den Film vorführte. Es folgten Bilder aus dem Innern des Objektes. Nach dem letzten Szenenwechsel sah man zwei Tische im Innern eines

Zeltes, auf dem zwei tote Körper lagen. Jetzt begann TE,aufmerksamer hinzuschauen. Die Wesen dort schienen klein und schmächtig zu sein, hatten auffallend große Köpfe, identische Gesichtszüge und eine ascherne Hautfarbe. Ihre Gesichtszüge waren mongoloid, sie hatten kleine Nasen, schmale, lippenlose Münder und tiefliegende, geschlossene Augen. Sie trugen hautenge, helle Anzüge. Im selben Moment war der Film auch schon abgelaufen, das Licht ging wieder an. *„Denken Sie über den Film nach“*, meinte der anwesende Offizier nur, *„aber erwähnen Sie ihn niemandem gegenüber“*. Umso überraschter war TE, als ihm zwei Wochen später von einem Offizier erklärt wurde: *„Vergessen Sie den Film, den Sie sahen. Es war nur ein Scherz.“*

Nachdem Len Stringfield TE's Bericht auf seinem Vortrag in Dayton zitierte, erhielt er am 6. Februar 1979 eine Zuschrift des MUFON-Mitglieds Joan Jeffers. Jeffers hatte einen früheren Luftwaffenoberst kennengelernt, der Mitte der 50er Jahre auf dem Maine-Luftwaffen-Radarstützpunkt stationiert war. Einmal wöchentlich hätten damals die Offiziere einen Termin beim Commander gehabt, und eines Tages im Jahre 1956 zeigte man ihnen ohne weiteren Kommentar einen *„Film von der Luftwaffe“*:

„Der Film zeigte ein rundes, metallisches Objekt, das auf dem Boden lag. Das Innere war gut ausgeleuchtet. Die Szene wechselte, man zeigte drei Körper, die auf Tischen lagen. Ihre Farbe war aschgrau.“

Die dritte Bestätigung kam von einem Major der Luftwaffe, der während seiner Dienstzeit für diverse Sonderaufgaben eingesetzt wurde. Eines Tages hatte man ihn nach Wright Patterson beordert - zu einer „streng geheimen Lagebesprechung“. Den anwesenden Offizieren wurde damals in einer unterirdischen Kammer die Leiche eines der abgestürzten Außerirdischen in einem Glassarg gezeigt. Wenig später schickte man ihn in einen unterirdischen Komplex des Archivs der US-Luftwaffe in Colorado Springs, führte ihm einen Film vor. Der Streifen zeigte ein Raumschiff, eingekeilt in den Wüstensand und die geborgenen Leichen.

Im Sommer 1980 schien es fast so, als stünde das Rätsel um den Hangar 18 in Wright Patterson und die UFO-Bergungsaktionen kurz vor seiner Lösung. Stringfield stand jetzt in Verbindung mit 20 Augenzeugen und 9 Personen, die über Informationen aus zweiter Hand verfügten. Er konnte eine lückenlose Beweiskette aus Zeugenaussagen von allen Etappen der Bergungsaktionen präsentieren, und praktisch das Einzige, was ihm noch fehlte, war ein handfester Beweis. Von einigen Zeugen hatte er sogar Abzüge angeblich offizieller Fotos der Humanoiden erhalten, die er jedoch erst nach gründlichen Analysen veröffentlichen wollte. Doch mit seinem 2. Statusreport vom Januar 1981 mußte er einen empfindlichen Nerv bei den Geheimdiensten getroffen haben. Nur drei Monate, nachdem Stringfield auf der Jahrestagung der MUFON erklärt hatte, er sei im Besitz von Fotos, hörte er von heute auf morgen nichts mehr von seinen 20 Zeugen. Genauer: Er bekam keine Briefe mehr von ihnen. *„29 weitere potentielle Informanten wollten sich ebenfalls nicht mehr äußern oder verschwanden einfach. Auch meine medizinische Quelle erklärte, sie könnte mir keine weiteren Informationen zukommen lassen. Ich kann mir nicht vorstellen, daß 49 Menschen es sich von heute auf morgen anders überlegen. Ich glaube eher, man hat ihnen dazu geraten“*, schrieb er mir am 14.7.1981, *„ebenfalls geriet ich seltsamerweise gerade in dieser Zeit unter schwere Attacken durch verschiedene Leute, die versuchten, meine Glaubwürdigkeit in Frage zu stellen“*. Andere angebliche Zeugen stellten die wildesten Behauptungen von lebenden Außerirdischen in den Kellern von Wright Patterson auf und schickten primitive Schwindelfotos.

Tatsächlich scheiterte schon ein ganz anderer an dem über das Geheimnis des Hangar 18 verhängten Schweigevorhang.

Die Wright Patterson-Luftwaffenbasis in Dayton, Ohio.

Senator Barry Goldwater´s Brief: „Das Ding ist so hoch klassifiziert, daß es, auch wenn schon eine Menge freigegeben wurde, einfach unmöglich ist, daranzukommen."

1962 legte der republikanische US-Senator und Ex-Gouverneur von Arizona, Barry Goldwater, auf einem Flug nach Kalifornien einen Zwischenstopp auf der Wright Patterson-Luftwaffenbasis ein. Goldwater interessierte sich schon lange für UFOs und hatte von den Gerüchten um „Hangar 18" und den „Blue Room" - das Archiv mit den UFO-Fragmenten - gehört, und so bat er seinen alten Freund, den Basiskommandanten General Curtis LeMay, die Wrackteile sehen zu dürfen. Die Antwort LeMays war ernüchternd. *„Teufel nochmal, nein! Ich kann nicht, du kannst nicht hin. Und frag mich nie wieder danach!"* Am 19. Oktober 1981 schrieb Goldwater dem UFO-Forscher Lee Graham. *„Mittlerweile habe ich es aufgegeben, mich um Zugang zu dem sogenannten Blauen Raum auf Wright Patterson zu bemühen, nach einer ganzen Reihe von negativen Antworten von Kommandant zu Kommandant... Um Ihnen die Wahrheit zu sagen, Mr. Graham, das Ding ist so hoch klassifiziert, daß es, auch wenn schon eine Menge freigegeben wurde, einfach unmöglich ist, daranzukommen."*

BARRY GOLDWATER
ARIZONA

United States Senate
WASHINGTON, D.C. 20510

COMMITTEES:
INTELLIGENCE, CHAIRMAN
ARMED SERVICES
TACTICAL WARFARE, CHAIRMAN
PREPAREDNESS
STRATEGIC AND THEATRE NUCLEAR FORCES
COMMERCE, SCIENCE, AND TRANSPORTATION
COMMUNICATIONS, CHAIRMAN
AVIATION
SCIENCE, TECHNOLOGY, AND SPACE
INDIAN AFFAIRS

October 19, 1981

Mr. [redacted]
[redacted]

Dear Mr. [redacted]

First, let me tell you that I have long ago given up acquiring access to the so-called blue room at Wright-Patterson, as I have had one long string of denials from chief after chief, so I have given up.

In answer to your questions, one is essentially correct. I don't know of anyone who has access to the blue room, nor am I aware of its contents and I am not aware of anything having been relocated. I can't answer your question six, in fact, I can't find anyone who would answer it.

To tell you the truth, Mr. [redacted] this thing has gotten so highly classified, even though I will admit there is a lot of it that has been released, it is just impossible to get anything on it.

I am returning your papers because I know they are of value to you.

Sincerely,

Barry Goldwater

Die Begründung für diese hohe Geheimhaltungsstufe - in einem anderen Schreiben bezeichnete sie Goldwater als „Jenseits von Top Secret" - finden wir in den Majestic 12-Dokumenten von 1952:
„Implikationen für die Nationale Sicherheit sind in erster Linie dadurch gegeben, daß die Motive und letztendlichen Intentionen dieser Besucher noch völlig unbekannt sind. Hinzu kommt ein auffälliges Ansteigen der Aufklärungsflüge (...) die zu einer ernsten Sorge führen, so daß neue Schritte bevorstehen. Aus diesen Gründen, aber auch aus offensichtlichen internationalen und technologischen Beweggründen und der dringenden Notwendigkeit, eine öffentliche Panik um jeden Preis zu verhindern, bleibt die Majestic 12-Gruppe einmütig bei der Auffassung, daß strengste Sicherheitsvorkehrungen auch und ohne Unterbrechungen von der neuen Administration durchgesetzt werden."
Die Folge war, wie wir bereits gesehen haben, das Robertson-Panel, dem gleich zwei Wissenschaftler aus dem MJ12-Umfeld angehörten.

Doch auch der Schlag gegen Stringfield konnte das Durchsickern der Wahrheit nicht stoppen. Die Freigabe des FBI-Dokumentes von 1950, das die Bergung *„dreier sogenannter fliegender Untertassen"* bestätigte, überzeugte die UFO-Forscher, daß sie keiner Fata Morgana hinterherliefen. Noch im selben Jahr erschien das Buch .„Der Roswell-Zwischenfall" von Charles Berlitz und William L. Moore und wurde zum internationalen Bestseller. Und in offiziellen Kreisen mußte man sich Gedanken darüber machen, ob die bisherige Politik noch länger haltbar war.
Zwei Jahre später, nach einem Auftritt in einer Radiosendung, erhielt Moore einen Anruf: *„Sie sind die einzige Person, die ich über dieses Thema reden hörte und die zu wissen scheint, wovon sie spricht"*, erklärte der Anrufer. Er überzeugte in den folgenden Monaten Moore davon, daß er ein Regierungsbeamter sei, der über Moore Informationen an die Öffentlichkeit schleusen wollte. Sein Deckname sollte „Falcon" lauten - der Falke.
Moore traf mit dem Filmproduzenten Jaime Shandera zusammen - und erlebte in der Zusammenarbeit mit Falcon Situationen, die an einen schlechten Spionagefilm erinnerten. Einmal reiste Moore von Flughafen zu Flughafen, um dort jeweils über Telefon neue Instruktionen zu erhalten. Er wurde in Hotels dirigiert, an Fensterplätze in Restaurants befohlen, dann in ein Hotelzimmer, in dem ihn später ein Geheimagent mit einem Stapel Akten unter dem Arm besuchte. Moore wurde erlaubt, die nächsten 17 Minuten damit zu machen, was er wollte - dann wurden die Papiere wieder abgeholt. Der UFO-Forscher fotografierte, was er konnte. Es waren sensationelle Dokumente, Kurzberichte über UFO-Abstürze, die Bergung ihrer Insassen und das Projekt Aquarius, die 1977 zur Amtseinführung von Präsident Jimmy Carter verfaßt worden waren.
Diesen Dokumenten zufolgte diente das *„Project Aquarius"* der Koordination und *„Zusammenstellung aller wissenschaftlichen, technischen, medizinischen und nachrichtendienstlichen Informationen über alle Sichtungen unidentifizierter Flugobjekte/identifizierter fremder Raumschiffe und Kontakte mit außerirdischen Lebensformen"* und ist in vier Unterprojekte gegliedert:
1. (TS/ORCON) PROJECT PANDO (PASSWORT: RISK): Ursprünglich 1949 ins Leben gerufen. Seine Aufgabe war die Sammlung und Auswertung medizinischer Informationen von den überlebenden Außerirdischen und den geborgenen außerirdischen Leichen. Dieses Projekt unterzog EBE (die aus den UFO-Wracks geborgenen toten Außerirdischen) medizinischen Untersuchungen und lieferte den Biologen der Vereinigten Staaten gewisse Antworten auf die Frage nach der Evolution. (OPR: CIA - beendet 1974)
2. (TS/ORCON) PROJECT SIGMA (PASSWORT: MIDNIGHT): Ursprünglich 1954 als Teil von Project

GLEEM eingerichtet. Wurde 1976 zum eigenständigen Projekt. Seine Aufgabe war die Kontaktaufnahme mit den Außerirdischen. Das Programm hatte Erfolg, als die Vereinigten Staaten 1959 eine primitive Kommunikation mit den Außerirdischen zustandebrachten. Am 25. April 1964 traf ein US-Nachrichtendienstoffizier zwei Außerirdische an einer vorbereiteten Stelle in der Wüste von New Mexico. Der Kontakt dauerte etwa drei Stunden. Auf der Grundlage der Informationen über die außerirdische Sprache, die uns EBE gegeben hatte, konnte der Luftwaffenoffizier grundlegende Informationen mit den beiden Außerirdischen austauschen (Anhang 7). Das Projekt wird derzeit auf einer Luftwaffenbasis in New Mexico fortgeführt. (OPR. MJ12/NSA)

3. (TS/ORCON) PROJECT SNOWBIRD (PASSWORT: CETUS): Ursprünglich 1972 eingerichtet. Seine Aufgabe war der Testflug eines geborgenen außerirdischen Flugzeuges. Dieses Projekt wird in Nevada fortgesetzt. (OPR: USAF/NASA/CIA/MJ12)

4. (TS/ORCON) PROJECT POUNCE (PASSWORT: DIXIE): Ursprünglich 1949 eingerichtet. Seine Aufgabe war die Auswertung aller UFO/IAC-Informationen über Raumfahrttechnologie. Project POUNCE wird fortgeführt. (OPR: NASA/USAF)“

Aber dieses erstaunliche Geheimdokument war nicht alles. Falcon arrangierte die Übersendung des „Majestic 12-Dokumentes“ an Shandera. Und er erklärte sich zu einem Interview mit dem Filmproduzenten bereit - vor laufender Kamera, jedoch im Schatten aufgenommen und mit verzerrter Stimme.

Die wirkliche Sensation aber war, als Falcon - zusammen mit einem weiteren Geheimdienstler unter dem Decknamen „Condor“ - seine Aussagen im Fernsehen wiederholte - vor einem Millionenpublikum. Tatsächlich war es der bis dahin größte Durchbruch in der UFO-Forschung, als am 14. Oktober 1988 im landesweiten US-Fernsehen die zweistündige Sendung „UFO Cover up: live“ (UFO-Vertuschung: Live) ausgestrahlt wurde.

Zum ersten Mal wurden hier, ohne die sonst obligatorische Skepsis, der Öffentlichkeit UFO-Sichtungszeugen, darunter hohe Militärs und Linienpiloten, authentische Fotos und Filmaufnahmen sowie eine Riege von Experten vorgestellt, die über den jüngsten Stand der UFO-Forschung berichteten. Über Direktschaltung erlebte die US-Bevölkerung das erste „UFO-Glasnost“ in der TV-Geschichte: Sergei Bulantsev von der TASS und Leonhard Nikishin von der Akademie der Wissenschaften saßen im Studio in Moskau und schilderten die interessantesten Sichtungs- und Nahbegegnungsfälle aus der Sowjetunion.

Der wohl beeindruckendste Fall der Sendung aber war die Schilderung zweier älterer Damen, die ins TV-Studio nach Washinton gekommen waren.

Am 29. Dezember 1980 befanden sich Betty Cash (51) und Vickie Landrum sowie ihr siebenjähriger Enkelsohn Colby auf dem Heimweg von Houston, Texas, wo sie an diesem Abend Bingo gespielt hatten. Die drei fuhren mit 70 km/h eine schmale Landstraße entlang und starrten auf die leere Strecke, als Betty am Himmel ein Licht bemerkte, das sich bewegte. Sie dachte sich nicht viel dabei und verlor es bald aus den Augen. Kurz darauf schien ein riesiges, feuriges Objekt von der Form eines Diamanten in einiger Entfernung über der Landstraße vor ihnen zu schweben. Die religiöse Vickie dachte im ersten Augenblick, die biblische Prophezeiung hätte sich erfüllt: *„Das ist Jesus“*, rief sie Colby zu, *„hab keine Angst. Er kommt vom Himmel und führt uns Menschen an einen besseren Ort“*. Flammen schossen aus dem sich bedrohlich nähernden Objekt auf die Fahrbahn. Das Objekt flog unsicher, schien zu torkeln. Betty war sich bald der Gefahr bewußt, daß es sie alle bei lebendigem Leibe verbrennen könnte und parkte ihren Wagen auf der Stelle. Sofort verließen die drei den Oldsmobile Cutlass, Baujahr 1980, und gingen auf die Straße, von wo aus sie das Phänomen besser beobachten konnten. Jetzt erst erkannten sie genau, um was es sich handelte: Ein riesiges Flugobjekt, wie sie es noch nie gesehen hatten, ein orangeglühender Diamant, von dem ein feuriger Schweif ausging - und der von einem Geschwader Hubschrauber in sicherem Abstand verfolgt wurde. Ihr lautes Rotorenrauschen stand im krassen Gegensatz zu der majestätischen Lautlosigkeit des Objektes.

Colby hatte Angst und kroch zurück in den Wagen, die beiden Frauen folgten ihm und setzten ihre Beobachtung aus dem Innern des Autos fort. Bald war das Objekt so hell, daß sie sich ihre Augen zuhalten mußten, gleichzeitig wurden sie von einer intensiven Hitzewelle erfaßt. *„Ich schien zu brennen“*, erklärte Vickie in „UFO Cover-up live“. Dann dauerte es nur noch wenige Minuten, bis das UFO über dem anderen Ende der Straße am Horizont verschwand. Tief beeindruckt und verängstigt setzten die drei ihre Fahrt fort. Noch einmal sollten sie von der Autobahn aus in einiger Entfernung das seltsame Geschwader aus einem hellen „Diamanten“ und den Hubschraubern sehen, dann kamen sie auch schon zu Hause an.

Vickie Landrum und Betty Cash

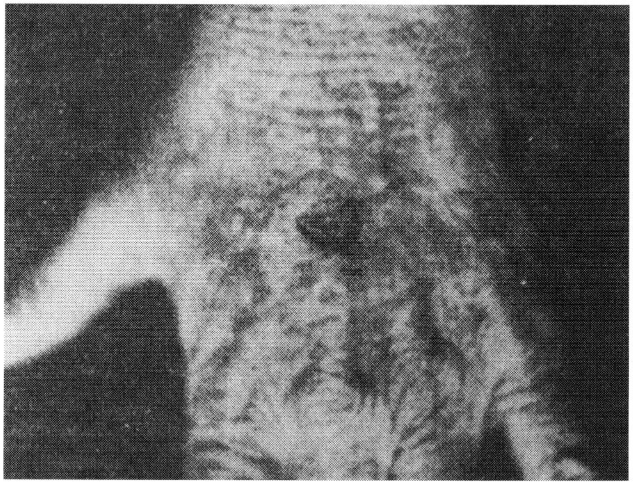

Krebsgeschwulst auf Vickies Hand, Folge der Radioaktivität des „UFOs“.

Am nächsten Morgen fühlten sich alle drei Zeugen schlecht. Vickie klagte über Kopfschmerzen, Betty war übel, ihr Hals begann anzuschwellen, rote Punkte tauchten auf ihrem Gesicht auf. Dieselben Symptome zeigten sich bei Colby.

Über Nacht waren aus den aktiven älteren Damen kranke und leidende Mitmenschen geworden. Betty, die vorher noch Pläne hatte, im neuen Jahr ein Restaurant zu eröffnen, war von heute auf morgen ein gesundheitliches Wrack. Ihre Augen schwollen an, aus den roten Flecken wurden Blasen, tagelang plagten sie Übelkeit und Diarrhoe, ihre Haare fielen büschelweise aus. Aus Sorge, Betty läge im Sterben, rief Vickie einen Arzt, die Patientin wurde für 12 Tage ins Krankenhaus eingeliefert, erblindete schließlich auf einem Auge. In diesen Wochen litten auch Vickie und Colby unter Hautrötung, Anschwellen der Augen, Magenschmerzen, Durchfall, Übelkeit, Appetitlosigkeit, Haarausfall und Geschwürbildung - die typischen Folgen von Strahlenschäden.

Betty 1988 in „UFO Cover-Up: Live“: *„Heute habe ich Krebs. Ich wurde im März 1983 operiert. Die Ärzte sind sich nicht sicher, ob sie alles wegschneiden konnten. An einigen Tagen fühle ich mich okay, andere Tage sind schrecklich.“* Auch Vickie ist heute an Krebs erkrankt.

Die amerikanische UFO-Forschungsgruppe MUFON untersuchte den Fall und bezeichnete ihn als eine der interessantesten UFO-Begegnungen in der Geschichte des Phänomens. MUFON-Forschern gelang es, 35 Zeugen für den Vorfall ausfindig zu machen. Doch als die beiden Frauen gegen die US-Regierung prozessierten - immerhin waren US-Militärhubschrauber beteiligt gewesen - und Schadensersatz forderten, lehnte diese jede Verantwortung ab. *„Ich bin deswegen sehr enttäuscht von der Regierung unserer Vereinigten Staaten“*, erklärte Vickie in der Sendung.

Dann wurde Falcon eingeblendet. Im Schatten aufgenommen und verzerrt, mit unkenntlich gemachter Stimme, erklärte er: *„Das Objekt, das im Cash/ Landrum-Fall beobachtet wurde, war ein außerirdisches Raumschiff, das von unseren Militärpiloten gesteuert wurde. Obwohl sie an diesem Schiff ausgebildet sind und sie mit ihm ziemlich vertraut waren, geriet es ihnen zeitweise außer Kontrolle. Sie funkten, daß sie glaubten, das Schiff würde abstürzen. Es ist die übliche Vorgehensweise im militärischen Luftverkehr, daß Bergungshelikopter entsandt werden, wenn ein Absturz droht. Diese Helikopter folgten dem Raumschiff. Das Schiff machte verschiedene problematische Phasen durch, stürzte aber nicht ab, weil die Piloten es wieder unter Kontrolle bekamen.“*

Ein außerirdisches Raumschiff, pilotiert von US-Militärpiloten, das klingt unglaublich. Aber die Enthüllungen des „Falken“ in „UFO Cover-up: Live“ gingen noch weiter:

„Es gibt innerhalb der MJ 12-Community ein Buch, das in Insiderkreisen ‚die Bibel‘ genannt wird. Es enthält in geschichtlicher Reihenfolge alles, was wir seit der Truman-Ära an technologischen Daten von den Außerirdischen erfuhren: Die medizinische Geschichte der außerirdischen Leichen, die Ergebnisse der an ihnen durchgeführten Autopsien und die Informationen, die wir von den Außerirdischen über ihre Sozialstruktur und ihr Wissen vom Universium erhielten.

Derzeit, im Jahre 1988, ist ein Außerirdischer hier - als Gast der Regierung der Vereinigten Staaten - und bleibt vor der Öffentlichkeit verborgen.

Es gibt das ‚Gelbe Buch‘, das ausschließlich von den Außerirdischen verfaßt wurde, die in den fünfziger Jahren bei uns waren. Es enthält zahlreiche Informationen über den Planeten der Fremden, ihr Sonnensystem, ihre beiden Heimatsonnen, ihre Kultur, Gesellschaft, die Natur ihres Planeten, ihre Sozialstruktur und ihr Leben unter uns Erdenmenschen. Was für mich aber in meiner Erfahrung mit den Fremden am faszinierendsten war, ist ein achteckiger Kristall, der, wenn er von den Außerirdischen in den Händen gehalten wird, Bilder vom Heimatplaneten der Außerirdischen und der Vergangenheit der Erde zeigt.“

So unglaublich diese Aussage klingt, es gibt genügend Gründe, Falcon ernst zunehmen. Durch „Falcon“ kam William Moore mit neun weiteren Regierungsbeamten in Kontakt. Moore und Shandera konnten ihre Identität und Stellung innerhalb der Geheimdienste überprüfen und ihre Angaben bestätigen.

1983 stellte Moore „Falcon“ einem Nachrichten-Journalisten des landesweiten US-Senders CBS, Peter Leone, vor. Leone in „UFO Cover-up: Live“: *„Es war mir möglich, Falcon's Beglaubigungen zu verifizieren. 1987 traf ich ihn ein zweites Mal und konnte seine Referenzen wieder bestätigen. Mir wurde klar, daß er wirklich der ist, der er vorgibt zu sein.“*

„Falcon“ weiter: *„Die Außerirdischen stammen aus der Sternengruppe Zeta Reticuli. Seit 1948 bis heute sind drei Außerirdische Gäste der Regierung der Vereinigten Staaten gewesen.*

Der erste Fremde wurde in der Wüste von Neu Mexico entdeckt, nachdem sein Raumschiff abgestürzt war. Der Außerirdische wurde von uns ‚EBE‘ (von Extraterrestrische biologische Entität) genannt. Er blieb bei uns bis 1952. Von ihm lernten wir viel über die Fremden, über ihre Kultur und ihre Raumschiffe.

Der zweite Außerirdische kam im Rahmen eines Austauschprogrammes. Ich erinnere mich nicht mehr genau an das Jahr seines Besuches . Der dritte Fremde kam ebenfalls im Rahmen eines Austauschprogrammes und ist seit 1982 Gast der Vereinigten Staaten."

Laut „Falcon" sind die „Fremden" zwischen 1.00 m und 1.30 m groß, haben einen überdimensional großen Kopf und einen kleinen, schmalen Körper. Sie werden bis zu 300-400 Erdenjahre alt. Ihr IQ liegt bei über 200. Ihre Religion ist eine universelle Religion, sie verehren das Universum als höchste Wesenheit.

Sie kommen in friedlicher Absicht, halten es aber nicht für richtig, zu direkt in unsere Evolution einzugreifen. Alles, was sie machen können und bereits getan haben, ist, indirekt Einfluß auf unsere moralische und kulturelle Entwicklung zu nehmen.

Das war ein erster Durchbruch mit Signalwirkung. Ermutigt durch die Enthüllungen von Falcon und Condor in „UFO Cover-up: live" begannen auch andere Ex-Geheimdienstler und Regierungswissenschaftler, den Schweigevorhang zu lüften. Einer davon war Robert Lazar, 31, ein couragierter junger Wissenschaftler, der an einem der geheimsten Projekte der Vereinigten Staaten mitgearbeitet hatte. Lazar, Physiker und Forschungsingenieur, war in „Dreamland" tätig gewesen, einem streng gesicherten Areal auf dem ohnehin schon supergeheimen Luftwaffen- und Marine-Testgelände Groom Lake in der Wüste von Nevada.

In einer Exklusivsendung des KLAS-TV in Las Vegas, Nevada, am 6. November 1989, moderiert von George Knapp, packte Lazar aus: Die US-Luftwaffe, so behauptete er, hält insgesamt neun „fliegende Untertassen" in ihren Besitz, die größtenteils in den vierziger und fünfziger Jahren im Südwesten der Vereinigten Staaten abstürzten und geborgen wurden.

„Seit 40 Jahren studieren unsere Top-Wissenschaftler ihren Antriebsmechanismus. Aber erst seit knapp einem Jahrzehnt haben wir die wissenschaftlichen Grundlagen, um zumindest das Prinzip ihres Antriebs zu verstehen."

Nach eigenen Angaben hat Lazar einen Grad in Elektroingenieurswesen vom Pierce College in Kalifornien und einen weiteren in Atomphysik vom renommierten Massachusetts Institute of Technology (MIT). Er arbeitete in den Sandia-Labors und den Los Alamos-Nationallaboratorien, bevor er 1987 seine Tätigkeit in Groom Lake begann.

Bob Lazar im Juni 1993

Lazar wurde vom technischen Nachrichtendienst der Marine angestellt, um bei der Entwicklung *„fortgeschrittener Antriebssysteme"* mitzuarbeiten. Er hatte nicht die geringste Ahnung, wie *„fortgeschritten"* sein neuer Arbeitsbereich sein würde, als er auf die Geheimhaltung eingeschworen wurde.

Am ersten Arbeitstag übergab man ihm verschiedene Geheimberichte und forderte ihn auf, sie aufmerksam zu lesen. Die Papiere handelten von einem Antimaterie-Reaktor, der als Energiequelle diente.

„Sie beschrieben Schwerkraft-Verstärker (Gravity Amplifier). Es war die Rede von einem zweiteiligen Antriebsmechanismus, einer bizarren Technologie. Es gab keinerlei physikalische Verbindungen zwischen den Systemen. Sie benutzten die Gravitation als eine Welle, benutzen Wellenführer, die wie Mikrowellen aussahen."

In einem der Diensträume hing ein Plakat, ein Poster, das ein scheibenförmiges Flugzeug zeigte, wie es in etwa einem Meter Höhe über dem Gebiet des Trokkensees schwebte. Ein neues Testflugzeug, dachte

Lazar. Das einzige, was ihn verwirrte, war die Unterschrift des Posters: *„Sie sind hier."*
Als sich Lazar in sein neues Arbeitsgebiet eingearbeitet hatte, wurde er zu eben diesem Flugkörper geführt. Er stand in einem Hangar. Seine Kollegen forderten Lazar auf, sich das geheimnisvolle Objekt auch von innen anzusehen. Lazar erschauderte, als er in die Scheibe kletterte: Sie hatte winzig kleine Pilotensitze, zu klein für gewöhnliche Menschen. Schlagartig wurde dem Physiker bewußt: Sie war nicht von dieser Welt.

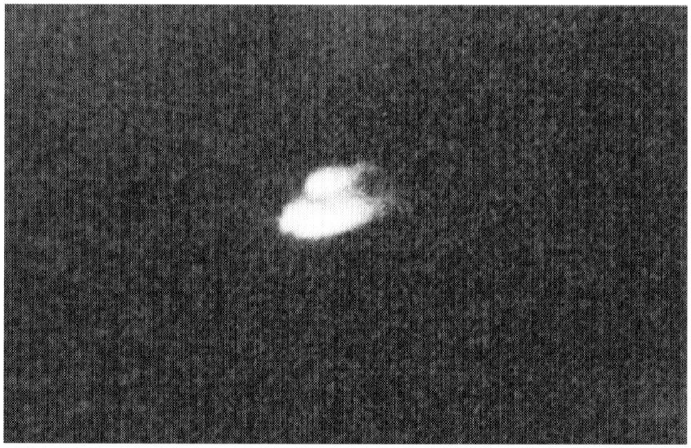

Foto einer Scheibe über der Area 51, aufgenommen am 28.2.1990 von Gary Schultz

Später zeigten die Kollegen ihm die benachbarten Hangars. *„Da standen sie alle. Die Hangars sind miteinander verbunden, und jeder beinhaltet solche Scheiben. Neun Stück waren es insgesamt. Und jede sah anders aus. Drei waren zu Analysezwecken auseinandergenommen, eine war erst im August 1981 abgestürzt, eine war beschädigt, die anderen vier intakt."*
Das beschädigte UFO sah aus, als sei es von einem Projektil getroffen worden. Es hatte ein großes Loch im Boden, ein zweites in der Kuppel. *„Um sie auseinanderzuhalten, gab ich ihnen allen einfache Namen - den ‚Hut', die ‚Kuchenform', das ‚Sportmodell', das geradezu poliert aussah. Es wirkte ganz neu oder besser: Wie ich mir einbildete, daß eine neue fliegende Untertasse auszusehen hätte."*
Das „Sportmodell" studierte er ausgiebig bei Testflügen. Als er es in der Luft sah, so erklärte Lazar später vor den Kameras des KLAS-TV, *„wußte ich, daß es eindeutig nicht von hier stammte. Sein Flugverhalten war grundverschieden von dem ‚gewöhnlicher' Flugzeuge, sein Antrieb eindeutig unkonventionell. Er beruhte nicht auf dem Prinzip von Aktion-Reaktion. Es stieß kein Gas aus, wie ein Düsenantrieb, es hatte keine Propeller, machte keinen Lärm. Es erschien mir wie Magie.*
Als das ‚Sport-Modell' startete, glühte seine Unterseite. Es begann leicht zu zischen, so wie Starkstrom auf einer Kugel zischt. Es war mein Eindruck, daß das der Grund ist, weshalb die Scheiben rund sind und keine Ecken und Kanten aufweisen - um Hochspannung zu leiten. Wenn Sie schon einmal einen Isolator eines Starkstrom-Systems gesehen haben: Der ist auch rund oder zumindest abgerundet, so daß eine coronale Entladung möglich ist. Auf jeden Fall begann es zu zischen wie unter Starkstrom und in der Luft stehenzubleiben und hob sanft und leise von der Erde ab, um dann anzuhalten, nachdem es die Höhe von vielleicht zehn Metern erreicht hatte."
Es war ein kurzer Demonstrationsflug, mit dem Ziel, Lazar und den anderen Technikern den Mechanismus der „Scheibe" im Betrieb zu demonstrieren. Dann wurde Lazar der Antrieb vorgeführt: Ein Antimateriereaktor. Er bestand aus einer etwa 45 cm breiten Platte mit einer Kugel in ihrem Zentrum. Die Kugel hatte eine entfernbare Deckplatte. Der Reaktor befand sich im Mittelteil der Scheibe. *„In dem Reaktor"*, so Lazar, *„liegt ein Chip des Elementes 115, eines superschweren Elementes, das auf der Erde weder vorkommt noch hergestellt werden kann. Wird es mit Protonen beschossen, verändert sich das ‚Element 115', indem es*

desintegriert und dabei Antimaterie und ,Gravitationswellen' freiläßt. ,Wellenleiter' und ,Schwerkraftverstärker' kanalisieren die Gravitationswellen, bauen aus ihnen ein starkes, lokalisiertes Gravitationsfeld rund um das Schiff auf."

Da es damit von fremder Schwerkraft (wie der eines Planeten) unabhängig ist, kann das Schiff gewaltige Geschwindigkeiten erreichen, seine Flugrichtung rapide ändern oder aus dem Flug stoppen - Flugcharakteristiken also, wie wir sie aus der UFO-Literatur seit Jahrzehnten kennen.

Das mysteriöse „Element 115" gibt es auf der Erde nicht. Laut Lazar verfügt die Regierung der Vereinigten Staaten jedoch durch die Wrackfunde über *„500 Pfund El. 115. Es ist ein superschweres Element, das nur in Bleikästen transportiert werden kann. Es kann nicht künstlich erzeugt werden: synthetische Elemente reichen auf der Elemententafel höchstens bis 92. Ab 103 und alles, was höher ist als Plutonium, desintegriert zu schnell"*, erklärte Lazar. *„Nehmen wir Element 106, es ist nur begrenzte Zeit verfügbar. Wissenschaftler spekulieren, daß die Elemente um 113 bis 116 wieder stabil werden. Und das ist wahr. Element 115 ist der Beweis."*

Lazar glaubt, *„daß es nur eine natürliche Fundstätte für 115 gibt: Einen superschweren Stern, kurz vor dem Stadium der Supernova oder irgendwo in einem binären Sternensystem."* Ein solches System mit zwei Sonnen - einer gelben Zwergsonne und einem „roten Riesen" - ist Zeta Reticuli, das Heimatsystem der Außerirdischen von denen Falcon sprach.

Tatsächlich konnte auch Lazar während seiner Dienstzeit verschiedene „Briefing-Dokumente" einsehen, die ihn und seine Kollegen mit den nötigen Hintergrundinformationen für ihre Tätigkeit versorgten. Diese Berichte, so Lazar, *„enthielten alle möglichen Details über die Fremden, sogar über ihre Religion. Sie enthielten Fotografien der Außerirdischen, Autopsieberichte. Sie waren voller Informationen."*

Die Außerirdischen wurden als zwischen 1,10 und 1,30 m groß beschrieben, mit einer bräunlich-grauen Haut, großen, haarlosen Köpfen, geschlitzten Augen, langen Armen, dünn. Als ihre Heimat wurde der Planet „Reticulum 4" angegeben - der vierte Planet im System Zeta Reticuli.

Die ständige Geheimhaltung und die allgegenwärtigen Sicherheitsvorkehrungen waren dann auch der Grund, weshalb Bob Lazar den Job in Groom Lake quittierte. *„Immer wieder wurde ich daran erinnert, daß ich unter einem Geheimhaltungseid stand. Mehrfach bedrohten mich die Militärs mit der Waffe, sagten, ich würde sterben, wenn ich reden würde. Sie hörten ständig mein Telefon ab. Irgendwann war ich diesem ständigen Streß nicht mehr gewachsen".*

Psychologen und Psychiater, die Lazar für KLAS-TV untersuchten, waren sogar überzeugt, daß der Physiker mental beeinflußt, vielleicht unter Drogen gesetzt wurde. Der Hypnosetherapeut Layne Keck: *„Der Mann steht unter ungeheurem Druck. Offenbar ist er über längere Zeit einem massiven Psychoterror ausgesetzt worden."*

Als die Fernsehreporter recherchierten, mußten sie feststellen, daß Lazar offenbar zur Unperson geworden war. Die Universitäten, an denen er studiert hatte, wußten plötzlich nichts mehr von ihm. Das Los Alamos Laboratorium verneinte kategorisch, daß hier *„je ein Robert Lazar beschäftigt gewesen ist"*. Selbst das Krankenhaus, in dem er zur Welt kam, dementierte plötzlich seine Geburt. War Lazar ein Betrüger?

Die Journalisten gaben nicht auf. Dann machten sie ein altes Exemplar des internen Telefonbuches der Physikalischen Abteilung der Los Alamos Laboratorien ausfindig. Dort war Lazar plötzlich aufgelistet. Ein Artikel im „Los Alamos-Monitor" von 1986 berichtete über seine Konstruktion eines düsenbetriebenen Autos - und bezeichnete ihn als *„Physiker an der Physikalischen Abteilung der Los Alamos Nationallaboratorien*

... der mit NASA-Leuten an dieser Technologie arbeitete". Er konnte sogar seine W-2 Einkommenssteuerformulare vorlegen, die ihn als Angestellten des Nachrichtendienstes der Marine kennzeichneten.
Nach seiner Kündigung, so Lazar, ging der Druck weiter. *„Sie bedrohten mich und meine Frau bei verschiedenen Überraschungs-Besuchen in unserem Haus. Ich mußte einfach reden, um den Druck loszuwerden. Jetzt haben sie zumindest keinen Grund mehr, mir zu drohen. Ich habe bereits alles gesagt, niemand kann das mehr verhindern."*
Stattdessen versuchte man, ihn zu diskreditieren. Nach seiner Kündigung in Groom Lake eröffnete Lazar eine private Beratungsfirma für Elektroingenieurswesen. Im Januar 1990 stand er vor Gericht. Er hatte ein Computersystem und eine Alarmanlage für ein illegales Bordell in der Nähe von Las Vegas entwickelt. Nach mehrmonatiger Untersuchungshaft wurde er wegen *„Unterstützung illegaler Prostitution"* zu drei Jahren auf Bewährung verurteilt. Während sein Anwalt argumentiert hatte, es sei nicht Lazars Sache, seine Kunden für legale technische Beratungen und Installationen zu überprüfen, bekannte sich der Angeklagte schließlich - in Aussicht auf Strafmilderung - schuldig. Es war seinen Gegnern gelungen, ihn zu diskreditieren.

Tatsächlich scheint es so, als sei mit den Untersuchungen in Groom Lake kurz nach der Bergung der ersten vier „Untertassen" begonnen worden. Wie ein Ex-Angehöriger des medizinischen Corps der an Groom Lake grenzenden Nellis Luftwaffenbasis dem amerikanischen UFO-Forscher und Ex-ATIC-Mitarbeiter Lt. Col. Wendelle C. Stevens mitteilte, wurde 1951 mit dem Umbau der Basis und der Errichtung riesiger unterirdischer Konstruktionen begonnen. Ende 1951, so der Zeuge, zog das „Projekt Red Light" in den neuen Hochsicherheitsbezirk ein - mit einer Crew von 800-1000 Mann, alles hochqualifizierte Techniker, einige davon aus dem Manhattan-Projekt (Entwicklung der Atombombe), andere von den Los Alamos Laboratorien nach Groom Lake versetzt.
Gerüchte auf der Basis sprachen davon, daß es bei Projekt Redlight um die Untersuchung von UFO-Technologien ging und daß tatsächlich UFO-Wracks in die Hangars des 200 Quadratkilometer großen Geländes gebracht wurden. Auch war von geheimen Testflügen der gekaperten UFOs die Rede - einige davon erfolgreich, bei einem anderen explodierte das Raumschiff im Flug, kamen zwei US-Testpiloten ums Leben.
Die unglaublichste Geschichte aber, die Stevens Zeuge zu Ohren kam, war die, daß ein lebender Außerirdischer in einem besonderen Habitat nach Groom Lake gebracht worden sei. Er soll kurz darauf verstorben sein. Das deckt sich - zumindest in der Datierung - mit den Berichten über „EBE 1", von dem wir durch Falcon erfahren haben.
Und was die angeblichen Experimente mit UFO-Technologie betrifft: Das angeblich modernste Kampfflugzeug der USA ist derzeit der „Stealth"-Bomber B-2. „Stealth" wurde in den siebziger Jahren gebaut, aber erst 1989 der Öffentlichkeit vorgestellt. Sollen wir wirklich glauben, daß in fast 20 Jahren trotz Forschungsmilliarden nichts Neues entwickelt wurde? Und: Auch „Stealth" galt so lange als Legende, bis die Luftwaffe die Presse zu einem Demonstrationsflug einlud.

„Seit Monaten häufen sich die Berichte über utopisch anmutende Fluggeräte, die von den streng abgeschirmten Testbasen in Nevada und Kalifornien aufsteigen. Beobachter nahmen bei Mondlicht leuchtende Überschalljets wahr, andere sahen, wie Dreiecke oder bauchige Surfbretter am Wüstenhimmel umherhuschten", vermeldete DER SPIEGEL (47/1990). *„Der von Salzseen zerfurchte Geröllstaat Nevada, fast so groß wie Italien und nur von 800.000 Menschen bewohnt, ist seit je das Zentrum der sogenannten*

Area 51, Satellitenaufnahme. Deutlich erkennbar: Die Landebahn, die weit in das Gebiet des Groom-Trockensees hineinführt

Black-World-Forschung, klassifizierte Waffenprogramme der Militärs, die ohne öffentliche Kontrolle aus Reptilienfonds des Pentagon finanziert werden. Meist bei Nacht oder in den frühen Morgenstunden steigen die schwarzen Vögel, geheime Prototypen, zu Testflügen auf und landen, wenn möglich unbemerkt, hinter stacheldrahtumzäunten Sperrgebieten.“

Insgesamt 45 Augenzeugenberichte mit teilweise sehr genauen Angaben hat das Fachblatt „Aviation Week and Space Technology“ ausgewertet, um *„einen Einblick in die ‚tiefschwarze' aeronautische Waffenkammer des Militärs zu bekommen.“* Eines der beobachteten Flugzeuge ist *„wie ein Dreieck gestaltet, mit abgerundeten Ecken. Es ist platt wie ein Teufelsrochen und gleitet fast lautlos durch die Luft.“*

Daten eines solchen bisher noch geheimen Flugzeugtyps gab jetzt die US-Marine frei, in deren Laboratorien in Groom Lake auch Lazar tätig gewesen ist: *„Das fliegende Dreieck“* wird der neue A-12 „Aurora“ Jagdbomber bereits in Fachkreisen genannt: *„Ein lupenreines Dreieck, auf dem das Cockpit als längliche Glaskuppel thront. Sechs dieser Navy-Flundern sind bereits in Bau, insgesamt 620 von ihnen sind vorbestellt. Ende 1995 sollen sie auf Flugzeugträgern in Startkatapulte gespannt werden.“*

Aber auch das ist nur die Spitze eines Eisberges. *„Dort draußen in Nevada sind größere und bessere Sachen in Arbeit“*, erklärte ein Insider. Zum Beispiel der „Aurora-Luftatmer“, eine Fortentwicklung der A-12, ein unbemanntes Robotflugzeug, das es auf 10.000 Stundenkilometer bringen soll. Und auch von *„exotischen Antrieben und aerodynamischen Formen, die bisher nicht richtig erklärt werden können“* und von *„einem ganzen Arsenal schwarzer Prototypen“* ist die Rede. Einige davon sind so geheim, daß, *„wann immer sie aus ihrem Hangar kommen oder wenn sie sich in den Landeflug begeben, eine Sirene ertönt und das gesamte Bodenpersonal bis auf einige wenige ‚Auserwählte“ sich auf den Boden legen muß, das Gesicht nach unten, um keine Details zu erkennen.“*

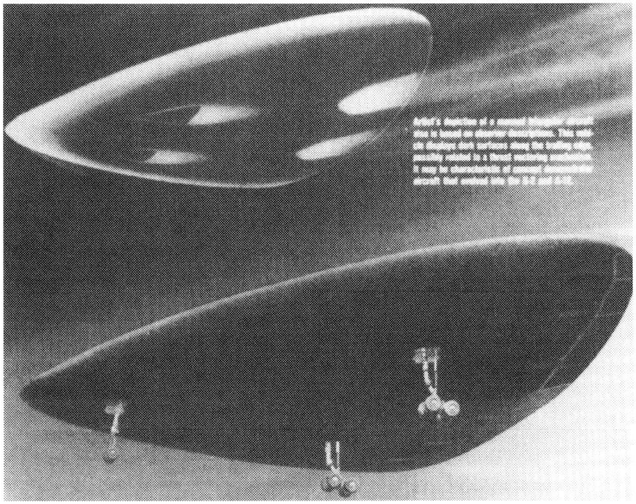

„Aviation Week and Technology“s Rekonstruktion eines bemannten dreieckigen Flugzeuges nach Angaben und Augenzeugenberichten aus der „Schwarzen Welt“.

„Bei uns fliegen Dinger rum, bei denen George Lucas (der Vater des Science-Fiction-Films „Krieg der Sterne“) vor Neid erblassen würde“, erklärte ein Lockheed-Ingenieur der amerikanischen Militärzeitung „Gung-Ho“, und ein Luftwaffen-Offizier, der am Stealth-Projekt beteiligt war, meinte: *„Wir testen hier Maschinen, die jeder Beschreibung trotzen. Sie mit Stealth zu vergleichen hieße, Leonardo da Vincis Fallschirmkonstruktion mit dem Space Shuttle zu vergleichen.“*

„Gung-Ho“ bestätigte die Existenz eines „Alien Technology-Centers“ in Groom Lake und fragt (da „alien“ „ausländisch“ oder „außerirdisch“ bedeuten kann), ob dort wirklich die Technologie der Mexikaner studiert würde.

Auch in dem vom „SPIEGEL“ zitierten Bericht der „Aviation Week“ heißt es, daß *„einige Flugzeuge mit Technologien angetrieben werden, die weit über jene hinausreichen, die heute von Ingenieuren angewendet werden, die traditionelle Flugzeuge unserer Generation bauen.“*

Tatsächlich zeigen die US-Luftwaffe, die Marine und auch die Raumfahrtbehörde NASA seit jüngerer Zeit ein erstaunlich großes Interesse an so exotischen Dingen wie „Antimaterie-Reaktoren“. So forderte ein Rundbrief an wichtige, mit Regierungsaufgaben betraute Physiker vom August 1990 diese auf, ihre Forschungen in Richtung *„fortgeschrittener Antriebstechnologien ... speziell in den Bereichen Antimaterie-Reaktoren, kalter Fusion .. und Antigravitationsantriebe“* unverzüglich mit einer NASA-Dienststelle zu koordinieren. Auch in Ausgabe Nr. 38/1990 der wöchentlichen „Aerotech News and Review“ war die Rede davon, daß die US-Luftwaffe jetzt an Antimaterie-Antriebssystemen arbeitet, wie Lazar bereits ein Jahr zuvor behauptet hatte: *„Wenn Antiprotonen gehalten und auf sichere Weise mit Protonen kombiniert werden können, hätte die Air-Force eine unglaublich starke Energiequelle.“*

In einem Bericht für die Zeitschrift „UFO UNIVERSE“ vom Juni 1991 weist der Fachautor William F. Hamilton III. nach, daß in *„verschiedene Regierungsprojekte verwickelte Firmen und Universitäten seit 1955 auf den Gebieten Gravitation und Gravitationsantriebe forschen ... ein CIA-Memorandum vom Februar 1956 fordert, alle UFO-Akten der US-Regierungsdienststellen an die Abteilung für Angewandte Naturwissenschaften zu leiten.“* Das war, so Hamilton, eine direkte Folge der Untersuchung der UFO-Wracks, die zwischen 1947 und 1953 geborgen wurden.

Tatsächlich bedeutete das Jahr 1948, ein Jahr nach Roswell, eine Wende für den amerikanischen Flugzeugbau. Damals entwickelte der amerikanische Flugzeugbaupionier Jack Northrop - seine Firma baute später „Stealth“ - im Auftrag der Luftwaffe den YB-49, ein Flugzeug mit revolutionärem Design. Es sah aus wie ein riesiger Bumerang mit einer Kuppel als Cockpit an der Spitze des Dreieckflügels. Die Versuche mit dem YB-49 - ein Vorläufer des Stealth mit der exakt gleichen Flügelspannweite - dauerten nur vier Jahre. 1952 wurden alle Prototypen zerstört. Es fehlte noch der richtige Antrieb.

Zwischen 1952 und 1958 wurde mit der AVRO-Scheibe experimentiert, einem untertassenförmigen Fluggerät, das angeblich nicht die gewünschte Flugleistung erzielte. 1972 wurde mit den Arbeiten am „Stealth-Bomber“ begonnen, im Januar 1981 erlebte der 85jährige Jack Northrop einen der ersten erfolgreichen Demonstrationsflüge. Im Oktober 1989 beobachteten Bewohner des Ortes Lancaster im Osten Kaliforniens über dem Gelände der Edwards-Luftwaffenbasis in der Mohave-Wüste, dem zweiten strenggeheimen Testgelände der US-Luftwaffe, glühende Objekte, die auf der Stelle stehenbleiben oder gleiten konnten, als seien sie von der Schwerkraft unabhängig.

Und alles begann in Roswell. Ist es möglich, daß dieser 2. Juli 1947 als der Beginn eines Neuen Zeitalters

in die Geschichte eingehen wird? Löste sich die Menschheit damals aus ihrer kosmischen Isolation? Stehen geheime Untersuchungskommissionen der US-Regierung bereits mit Außerirdischen vom Planten Reticulum 4 in Kontakt?
Alles deutet darauf hin, daß hinter dem Schweigevorgang Dinge geschehen, die weit über unsere kühnsten Vorstellungen hinausgehen. Und vielleicht ist es nur noch eine Frage der Zeit, bis wir endlich die Wahrheit erfahren...

Im Oktober 1993 beantragte der republikanische Kongressabgeordnete Steven Schiff aus New Mexico beim General Accounting Office (GAO), dem Rechenschaftsbüro des US-Kongresses - vergleichbar mit dem Bundesrechnungshof - eine Untersuchung, *„ob die Regierung die Bergung der Körper außerirdischer Raumfahrer aus einer abgestürzten Fliegenden Untertasse bei Roswell, New Mexiko im Jahre 1947 vertuschte“*. Schiff ist Mitglied des „House Government Operations Committee“ (Kongressausschuß zur Kontrolle von Regierungsaktivitäten), dem das Hauptrechenschaftsbüro untersteht.
Wie GAO-Sprecherin Laura A. Kopelson erklärte, geht die Untersuchung auf ein Treffen zwischen Schiff und GAO-Aufseher General Charles A. Bowsher im letzten Oktober zurück, in dem sich Schiff über die *„mangelnde Auskunftsbereitschaft“* des Verteidigungsministeriums beschwerte. Nach einer Korrespondenz mit dem UFO-Forscher Sergeant Clifford Stone, der in Roswell vor Ort recherchierte, hatte Schiff im März 1993 an den damaligen Verteidigungsminister Les Aspin geschrieben und diesen um eine persönliche Einweisung in diese Thematik gebeten. Doch dazu kam es nicht. Stattdessen antwortete das Pentagon-Büro für legislative Angelegenheiten und riet Schiff, sich an das Nationalarchiv zu wenden, wo die Bluebook-Akten aufbewahrt werden. Brüskiert über diese unpersönliche Behandlung schrieb Schiff am 10.5.93 noch einmal an Aspin - und erhielt eine inhaltlich ähnliche Antwort. Auf einer Routinesitzung des GAO im Oktober 93 beschwerte sich Schiff über das Verhalten des Verteidigungsministeriums, und das GAO erklärte sich bereit, eine offizielle Untersuchung einzuleiten.
Wie GAO-Sprecherin Kopelson im Januar 1994 bekanntgab - als die Presse erstmals von der GAO-Untersuchung erfuhr - befaßt sich derzeit ein erfahrener GAO-Mitarbeiter mit den Nachforschungen; stieß bisher aber nur auf eine *„Mauer des Schweigens“* beim Verteidigungsministerium. Trotzdem soll der erste Bericht bis Ende 1994 fertiggestellt sein. Warten wir ab, ob das größte Geheimnis des 20. Jahrhunderts dann endlich gelüftet wird...

20. EIN PROBLEM FÜR DIE BUNDESWEHR

Martin D.s Hobby sind die UFOs. Beinahe jeden Abend - soweit Zeit und Wetter es erlauben - sitzt er auf dem schmalen Balkon seiner Wohnung in Hagen am Rande des Ruhrgebiets und hält nach ihnen Ausschau. Mit Erfolg. Denn was er seit 1977 fast regelmäßig am Himmel beobachtet, ist so außergewöhnlich, daß sich sogar offizielle Stellen bereits dafür interessiert haben.

„Ich habe, oft im Beisein von Familienangehörigen, schon viele unbekannte, sehr merkwürdige Flugobjekte gesehen - bei Tag und Nacht“, behauptet Martin D., *„sie haben die verschiedensten Formen. Bei Tage scheinen sie eine matt-silbrige Farbe zu haben, ihre Oberfläche reflektiert oft die Sonne. In der Nacht haben sie etwas durchdringend-phosphoreszierendes, oft matt-weißgrau. Ich sah dreieckige (oft halbrunde) Scheiben, die dunkelrot leuchteten, eine gräulich leuchtende Zigarrenform, halbrunde oder ovale Diskusscheiben mit Ring und runde Leuchtkörper, die einzeln meist nach Norden, aber auch in andere Himmelsrichtungen fliegen. Dann sehe ich auch UFOs in Formationsflug geräuschlos am dunklen Nachthimmel entlanggleiten.“*

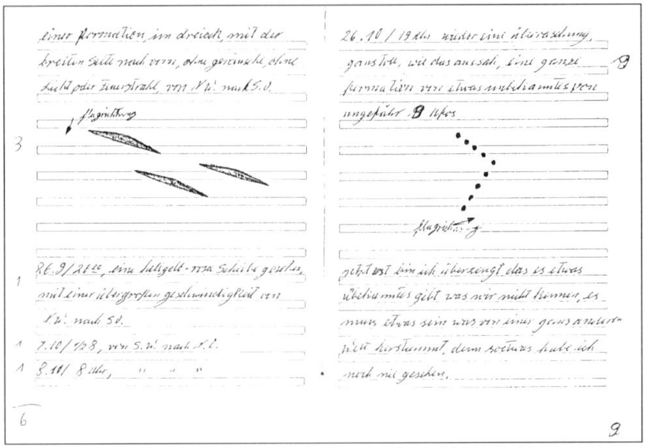

Martin D. aus Hagen, hier mit seiner Tochter, sucht regelmäßig den Nachthimmel nach UFOs ab. Über das Ergebnis führt er Buch.

Martin D. führt Buch über seine Beobachtungen. In einem Schulheft beschreibt er auf bisher 18 Seiten kurz und mit Datum versehen Formen und Flugcharakteristiken: Ein Logbuch des Unglaublichen.

Der Anlaß für diese bisher in Deutschland einmalige und mit aller Akribie betriebene Studie hingegen erscheint eher banal. *„Man liest so oft etwas von UFO-Sichtungen in den Zeitungen“*, erklärte Martin D. mir in seiner Wohnung in Hagen, und beinahe beiläufig fügte der kleine, dunkle Mittfünfziger hinzu: *„Da dachte ich mir, wenn andere diese UFOs sehen, und wenn sie sich in unserem Luftraum befinden, kann ich sie auch beobachten. Ich wollte anfangs nur wissen, was an den Berichten dran war. Für die Frage nach der Bewohntheit des Weltraums habe ich mich immer interessiert. Jetzt wollte ich Beweise dafür haben.“* Am 16. September 1978, nach einjähriger UFO-Jagd mit eher bescheidenen Erfolgen, war es dann soweit: *„Die ersten UFOs gesehen“*, schrieb er fasziniert in sein Tagebuch: *„16.9.79, so um 20.30, die ersten UFOs gesehen, es war unheimlich für mich, solche Objekte zu sehen, ich war sprachlos, aber ich hatte genügend Zeit, sie genauer zu beobachten (15-20 Sek.? - ich glaube, es war etwa 1/2 Minute). Sie flogen in einer Dreiecksformation mit der breiten Seite nach vorn, ohne Geräusche (Grafik).“* Einen Monat später: *„26.10./ 19.00 Uhr. Wieder eine Überraschung. Einfach toll, wie das aussah; eine ganze Formation unbekannter Flugobjekte - etwa 9 UFOs. (Grafik) Jetzt bin ich überzeugt, daß es etwas Unbekanntes gibt - etwas, das wir nicht kennen. Es muß aus einer ganz anderen Welt stammen, denn so etwas habe ich noch nie gesehen.“*

Seine erste Begegnung mit einem Unbekannten Flugobjekt hatte Martin D. aus Hagen bereits ein Jahr zuvor. *„Am 9.10.1977, der Himmel war sternklar, es war bereits vor Mitternacht, stand ich auf dem Balkon, schaute nach Westen, beobachtete den Himmel, als sich direkt über mir, halb von der Dachkante des Hauses verdeckt, etwas bewegte. Zuerst sah es aus wie ein Arm, dann sah ich den ganzen Körper, es war riesig groß, schwebte, drehte sich nach allen Richtungen. Es sah aus wie eine riesige Zigarre, es war heller als der Nachthimmel, hatte aber keine Lichter. Lautlos schwebte es am Himmel und machte Halbkreis-Bewegungen. Ich war fasziniert. Das Merkwürdigste aber war, daß es sich kurz darauf plötzlich auflöste. Es war weg, spurlos verschwunden, immer wieder habe ich den ganzen Himmel abgesucht, aber es war nicht mehr zu sehen.“* Diese Schilderung bedarf wohl keines Kommentares. Sie zeigt, wie beeindruckt der Zeuge war, wie ihn das, was augenscheinlich nicht mit seinem Weltbild zu vereinbaren war, verwirrte. Spätestens seit 1978 war es für ihn eine Tatsache, daß *„diese unbekannten Flugobjekte unseren Luftraum kontrollieren“*. Und er hat Beweise dafür: Einige Dutzend Fotos, darunter einige gute Farb- und Schwarzweiß-Aufnahmen, sowie 8 Filmstreifen, die wohl zu den besten UFO-Dokumenten der Welt gehören. Zwei dieser Filme sind bei hellem Tageslicht aufgenommen worden und zeigen - ich bin im Besitz einer Kopie - ein zylindrisches Flugobjekt mit dunklen, runden Flecken auf der Oberfläche, umgeben von einem leuchtenden Feld, metallisch, reflektierend. Am 4.6.1980, gegen 15.20 Uhr, hatte sich Herr D. wieder auf seinen Balkon gesetzt, da sah er schon - nach eigenen Angaben - einen Punkt am kristallklaren, azurblauen Sommerhimmel. Sofort holte er seine Filmkamera aus der Wohnung, montierte sie auf sein Stativ, schraubte das Teleobjektiv auf. Durch sein Teleskop beobachtete er, wie der zylindrische Körper am Himmel kreiste. Er rief seinen Sohn und einen Nachbarsjungen herbei und zeigte ihnen das Objekt, während die Kamera weiter lief. Nach etwa einer halben Stunde war das UFO hinter den Bäumen verschwunden. Doch es sollte zurückkehren. Am nächsten Morgen gegen 10.20 Uhr kam der Nachbarsjunge angelaufen und zeigte jetzt Herrn

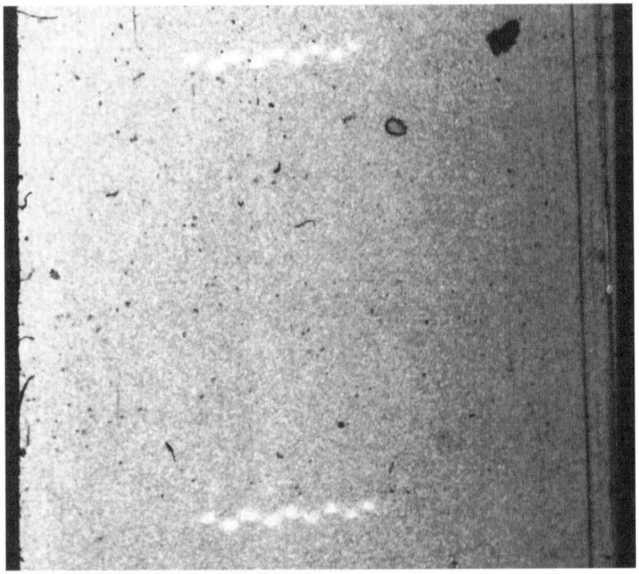

Sequenz aus Martin D´s 8 mm-Film vom 2.8.79 - die Neunerformation erinnert an die Lubbock-Lichter

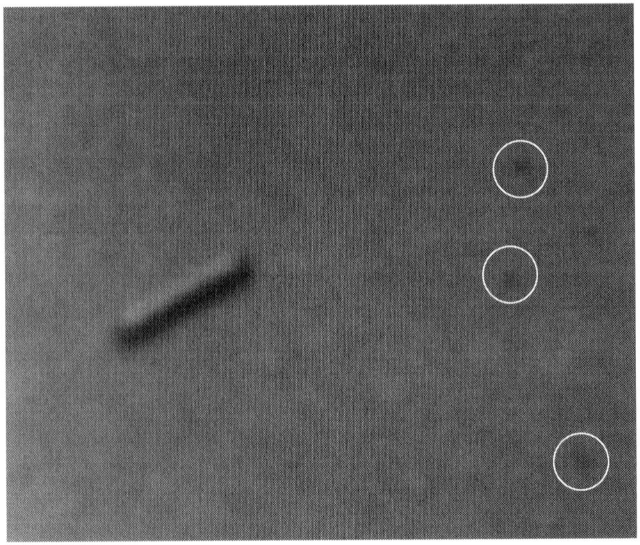

Einzelbild aus dem Film vom 4.6.1980 zeigt das zigarrenförmige Raumschiff, als es gerade drei kugelförmige Sonden entläßt.

D. das UFO, das wieder hoch am Himmel stand. Aber diesmal war es größer, näher, deutlicher. Dann rief der Zeuge seine Frau, während er die Kamera aus dem Schrank holte, auf sein Stativ schraubte und aufstellte. Gemeinsam beobachtete das Ehepaar, wie die „Zigarre" ihre Kreisbahnen zog und etwas schräg über der Landschaft schwebte. Als die Sonne direkt auf ihre Seite schien, blitzte sie metallisch auf. Zuerst flog sie Richtung Süden, dann westwärts, bis sie nur noch ein Punkt war, der schließlich am Himmel verschwand.

Die Nachtfilme zeigen eine schwach grau-bläulich schimmernde „Zigarre", Leuchtobjekte und Formation von drei und neun rötlichen Lichtern, die über den Nachthimmel huschen. Erst nach langen Experimenten mit Filmqualitäten und Kameras war es erst möglich gewesen, diese Objekte auf Zelluloid zu bannen. Bis dahin hatten seine Filme nur schwarze Bilder gezeigt.

Den mit Abstand deutlichsten Streifen, er wurde am 6.3.1980 aufgenommen und zeigt drei rotleuchtende Objekte in V-Formation, schickte ich an GSW/Arizona zur Computeranalyse. Ich zitiere aus dem zweiseitigen Gutachten, ausgestellt von GSW-Fotoberater Fred Adrian und Direktor William H. Spaulding:

„Die einzelnen Lichtquellen der Dreierformation haben eine unterschiedliche Dichte, wobei das mittlere Gebilde das hellste ist... Die digitale Dichtemessung enthüllte keine Steigerung der Dichte (Grauwerte) zwischen den einzelnen Lichtquellen, die auf eine Überstruktur hingedeutet hätte. Die Dichte zwischen den Lichtquellen ist identisch mit der des Himmels... Entfernung der Gebilde von der Kamera etwa 800 Meter... es gibt keinerlei Hinweise, die auf einen Schwindel hindeuten könnten.

FAZIT: Obwohl von Nachtaufnahmen unidentifizierter Objekte nur spärliche Daten ermittelt werden können, glauben wir, daß dieser Film wertvoll ist. Die Gebilde

sind definitiv real und beruhen nicht auf Reflektionen oder photographischen Anomalien...“
Damit hatte Martin D. erstaunliches Beweismaterial für seine Behauptung, *„daß diese unbekannten Flugobjekte unseren Luftraum beherrschen“,* in der Hand. Und er war der Ansicht, daß *„diese phänomenalen Erscheinungen jeden Menschen angehen“.* Er informierte die Öffentlichkeit.
Am 7.3.1978 schrieb er an die BILD-Zeitung in Hamburg. Als Antwort gab man ihm die Adresse der „Deutschen UFO-Studiengesellschaft“ (DUIST) e.V., in deren - zwischenzeitlich eingestellter - Zeitschrift „UFO-NACHRICHTEN“ im Oktober 1979 erstmals über seine Beobachtungen berichtet wurde.
Im April 1979 meldete er der örtlichen Polizeibehörde seine Entdeckungen und zeigte zwei Filme. Die anwesenden Beamten schienen interessiert zu sein.
Am 25.4.1979 schrieb er an den WESTDEUTSCHEN RUNDFUNK (WDR) in Köln und am 28.4. an den damaligen Bundesminister für Forschung und Technologie, Herrn Dr.Volker Hauff, Bonn.
Kein Wunder also, daß sich offizielle Stellen bald für diesen Fall zu interessieren begannen - mehr, als es Herrn D. recht war. Am 7.6.1979 klingelte es an seiner Wohnungstür. Der unerwartete Besuch war ein etwa 1,75 Meter großer Mann, etwa 45 Jahre alt, von normaler Statur, etwas korpulent. Der Mann zeigte seinen Dienstausweis und erklärte, er käme von der KRIPO Hagen, die ihn über den Fall informiert hätte. Im Zusammenhang mit seiner Person erwähnte er eine spezielle Abteilung für Luftraumüberwachung in Düsseldorf, die sich für UFOs interessiere. Der Beamte wollte alles in der Wohnung von Herrn D. sehen und zeigte sich beeindruckt von dem, was ihm vorgelegt wurde (diesen Eindruck jedenfalls hatte Herr D.), andererseits aber fragte er ihn, warum er sich solche Mühe mache, und erwähnte, daß sicherlich einige UFO-Sichtungen auf Satelliten, Vögel in der Nacht und Flugzeuge zurückzuführen seien. Nach mehreren Stunden verabschiedete sich der Fremde und erklärte dabei, er werde wiederkommen.
Es sollte ziemlich genau einen Monat dauern, bis statt dessen am 9.7. die Frau des Zeugen während seiner Abwesenheit von einer jungen Dame besucht wurde. Jene gab vor, sie sei vom Gesundheitsamt der Stadt Hagen und hätte eine recht umfangreiche Akte der Polizeibehörde bei sich. Ihre erste Frage an Frau D. war, ob sich ihr Mann noch immer so intensiv mit den UFOs befasse. Vorsichtig geworden, antwortete diese mit einem klaren Nein, worauf die ominöse Dame meinte, daß dann ja der Fall für sie erledigt sei. Sie sei Psychologin und würde ihm nur raten, sich nicht mehr damit zu beschäftigen, da man ihn sonst in eine psychiatrische Klinik einweisen müsse. Die junge Dame - etwa Anfang 20, mittlere Statur, mit glattem, blondem Haar, das bis zu den Schultern reichte - verabschiedete sich.
Man fragt sich nur, wie sich derartige Methoden, wie wir sie in der Regel nur aus Diktaturen kennen, in der Bundesrepublik legitimieren lassen. Tatsache ist jedenfalls, daß die Bundesbehörden anscheinend ein großes Interesse an den UFOs haben - auch wenn dies von offizieller Seite her immer wieder geleugnet wird.

Details über eine - von jenem mysteriösen Beamten Herrn D. gegenüber bereits angedeutete - Dienststelle für UFOs verdanken wir einem Interview, das der Schriftsteller Michael Appel aus Essen („Sie waren nie fort“) anläßlich der Essener Raumfahrtausstellung 1979 mit einem ehemaligen freien Mitarbeiter der amerikanischen Raumfahrtbehörde NASA führte. Sein Interviewpartner war Martin Rebensburg, Raketentechniker und Fachdokumentarist aus Wuppertal, der im Berliner A-Programm unter Leitung von Professor Oberth zu den Pionieren der Raketentechnik gehörte. Mit Michael Appels freundlicher Genehmigung zitiere ich aus dem hochinteressanten Interview:

Appel: *„Herr Rebensburg, Sie hatten um 1960 eine UFO-Sichtung zwischen Wuppertal und Mettmann, wenn ich mich recht erinnere?“*
Rebensburg: *„Ort des Geschehens, Datum, Uhrzeit sind mir im Moment nicht im Gedächtnis. Aber in einem Schreiben, welches ich an die Bundesregierung sandte, von dem ich keinen Durchschlag machte, sind diese Daten detailliert aufgeführt. Die Bundesregierung schickte mir eine Bestätigung, daß sie mein Schreiben erhalten habe.“*
Appel: *„Herrn Karger gegenüber erwähnten Sie, damals vor einem Offiziersgremium der Bundeswehr von ca. 60 Personen gesprochen zu haben. Sie berichteten dort von Ihrem Erlebnis?“*
Rebensburg: *„Ja, es hatten sich noch andere Zeugen, wie zum Beispiel aus Aachen, gemeldet, die dasselbe wie ich beobachtet hatten. Ich befand mich damals - um 1960 - in meiner Wohnung, in meiner damaligen Wohnung in Mettmann. Ich hatte an dem Tag Besuch bekommen, sieben Personen, die alle dieses UFO gesehen haben. Hier ist das Schreiben, die Bestätigung des Bundesministeriums:*
‚Beobachtung eines UFOs - Ihre Eingabe vom 23. Juli 1959
Sehr geehrter Herr Rebensburg!
In Bezug auf Ihr o.a. Schreiben danken wir für die Mitteilung Ihrer Beobachtung.
Bundesministerium für Verteidigigung‘.“
Appel: *„Herr Karger erwähnte etwas von einer ‚Bundeswehr-Forschungsstelle für UFOs in Düsseldorf?“!*
Rebensburg: *„‚UFO-Forschungsstelle Düsseldorf-Flughafen‘, da habe ich damals vorgesprochen, allerdings gab es diese Stelle schon 1955, seit dem 30. Juli 1955 genau.“*
Appel: *„Herr von Buttlar erwähnt in seinem Buch ‚Das UFO-Phänomen‘, eine Anfrage beim Bundeskanzler hätte ergeben, daß die Sekretärin dem Anrufer eine ausweichende bis abweisende Auskunft gab, daß zu UFOs keine Informationen vorlägen und diese noch nicht genau erforscht seien.“*
Rebensburg: *„Das ist wahr, hier in Deutschland ist noch gar nichts in dieser Hinsicht erforscht. Das ist so: Jeder, der UFOs gesehen hatte, konnte an die ‚Gesellschaft für Weltraumforschung‘ schreiben. Diese ist dann später umgewandelt worden in die ‚UFO-Forschungsstelle Düsseldorf‘, dies war eine staatliche Stelle. Sie wurde 1960/61 nach Frankfurt verlegt.“*
Appel: *„Ich selbst erfuhr vor einiger Zeit duch Recherchen einer Mannheimer UFO-Gruppe, daß am Frankfurter Flughafen eine solche Stelle bzw. ein spezielles Büro existiert.“*
Auf eine detaillierte Anfrage an das Bundesministerium für Verteidigung erhielt ich am 3. November 1981 lediglich die folgende Antwort:
„Für das Bundesverteidigungsministerium sind nicht identifizierte Flugzeuge (UFOs = unidentified objects) solche Luftfahrzeuge, die ohne Anmeldung - dies kann unterschiedliche Ursachen haben - in den Luftraum der Bundesrepublik Deutschland einfliegen.
Diese Luftfahrzeuge werden aus Sicherheitsgründen mit allen verfügbaren Mitteln identifiziert.“

Zum Beispiel, indem man ihnen nachjagt. Der Studiendirektor Dr. Karl Maier aus Keltern-Weiler (Baden-Württemberg) übersandte mir den Beweis bereits 1980: ein Foto, das seine Tochter am 19. September 1979 aufnahm. Eigentlich hatte sie nur einen Düsenjäger mit ihrer neuen Polaroidkamera fotografieren wollen. Als sich das Foto aber langsam entwickelte, erkannte Maier neben dem PHANTOM-Abfangjäger deutlich eine fast gleich große, metallisch reflektierende Scheibe. Auch Herr D. hatte beobachten können, wie Abfangjäger die UFOs verfolgten: *„Einmal sauste etwas an meinen Augen vorbei, es sah aus, wie ein riesiger Feuerstrahl“, schrieb er mir, „kurz darauf flogen 2 Düsenjäger in dieselbe Richtung“*. Und er bemerkte noch, „was für ein gewaltiger Unterschied das war.“
Akut wurde das UFO-Problem für die Bundeswehr je-

doch erst, als Unbekannte Flugobjekte über deutschen NATO-Stützpunkten erschienen.

Am 14. Januar 1980 tickte bei der Bezirksregierung Lüneburg wieder einmal der Fernschreiber. Absender war diesmal die Polizeiwache von Osterholz, einem Dorf nördlich von Bremen. Was diese Nachricht so bemerkenswert machte: Es war ein Bericht über die Sichtung eines unbekannten Flugobjektes über dem NATO-Stützpunkt in Garlstedt von *„... 5 Minuten vor Mitternacht bis 5 Uhr morgens. In dieser Zeit erhielt die Polizei zahlreiche Anrufe über ein sich langsam bewegendes Objekt, welches in der Mitte weiß und außen blau oder gelb aufleuchtete - die Farben waren am Rand sichtbar. Die Polizei schickte zwei Streifenwagen zu den Orten Garlstedt, Heilshorn, Stendorf. Die Polizisten beschrieben die Observation so: ‚es war ein hell erleuchteter Gegenstand, so groß wie ein Stern, jedoch näher an der Erde.'"*
Den Stein hatte in jener Nacht vom 13. auf den 14. Januar 1980 eine Frau aus Garlstedt ins Rollen gebracht. Sie rief gegen 23.30 Uhr bei der Polizei in Vegesack an und berichtete von einem unbekannten Flugobjekt, das über der Landschaft schwebte: *„Es war in etwa 100 Meter Höhe, eine helle Erscheinung ohne scharfe Konturen, weiß leuchtend und rund, unten blau-grün und oben rot-blinkend."* Die Beamten verwiesen die Anruferin an die Kollegen in Osterholz-Scharmbeck. Vielleicht hat in dieser Nacht der eine oder andere Beamte noch über das angebliche UFO geschmunzelt. Was jedenfalls zu diesem Zeitpunkt noch keiner von ihnen ahnte war, wie sehr es sie noch beschäftigen würde. Bald meldeten sich weitere Bürger, sprachen ebenfalls von einem merkwürdigen Leuchtobjekt über der Garlstedter Heide: *„Die helle Scheibe leuchtet blau-weiß-rot"*, heißt es in einer Meldung, *„Blitze zucken aus dem Körper. Rote und grüne Blinklichter funkeln geheimnisvoll."* Nun wurde auch die Polizei aktiv. Gegen 1.30 Uhr beobachteten zwei Funkstreifen aus Osterholz-Scharmbeck das UFO. Nach den Angaben des Niedersächsischen Innenministeriums beschrieben sie es als *„hell erleuchteten Gegenstand am Himmel, Größe eines Sterns, aber viel näher, in der Mitte weiß erleuchtet, Blitze ausstoßend, unten blaues und grünes, oben rotes Blinklicht".* Eine Streife im Bereich der Bundesstraße 6 begann, die Verfolgung des Objektes aufzunehmen, als es in Höhe Garlstedt schwebte. Die Beamten verfolgten die *„hell erleuchtete Scheibe ohne scharfe Umrisse"* bis Ihlpohl, dann verschwand sie in östlicher Richtung. Währenddessen stand auf der Wache das Telefon nicht mehr still. Rund 50 Personen im Landkreis Osterholz wollen diese *„Erscheinung ganz besonderer Art"* gesehen haben, die Beschreibungen glichen sich. Eine Nachfrage bei der Flugsicherung am Bremer Flughafen ergab, daß man dort nichts auf dem Radarschirm finden konnte, was auf ein unbekanntes Flugobjekt hindeutete. Aber, so räumte ein Sprecher der Behörde ein, *„bei niedriger Flughöhe ist unsere Radarkeule schon zu unterlaufen."*

Als nächstes informierte die Polizei den NATO-Stützpunkt Garlstedt. *„Da ist ein Objekt mit blauen und roten Lichtern über der Kaserne. Wir denken, es ist ein UFO".* Wenige Minuten später, es war mittlerweile 4.00 Uhr, kam ein verängstigter Soldat ins Garlstedter MP-Büro und meldete, er sei auf der B 6 von einem größeren und drei kleinen Flugobjekten verfolgt worden. Die UFOs hätten gefunkelt und Blitze ausgestoßen. Auf die Frage, wo sie jetzt seien, meinte der Soldat nur: *„Eines hängt über der Kaserne."* Vier Militärpolizisten gingen hinaus und beobachteten jetzt die pulsierende Scheibe, die in knapp hundert Metern Höhe direkt über dem Truppenübungsplatz schwebte. Beim Anblick des gespenstischen Objektes jaulten die Diensthunde auf oder winselten nervös. Die Amerikaner nahmen jedenfalls die Sache so ernst, daß sie sofort sämtliche US-Flugabwehreinrichtungen und NATO-Basen in der Bundesrepublik und in Dänemark in Alarmbereitschaft versetzten. Der niederländische NATO-Stützpunkt Brockszeldo schickte um 4.20 Uhr sogar eine aus zwei F-15 bestehende Alarmflotte der Amerikaner hoch, die von der deutschen Luftverteidigung in den Garlstedter Raum dirigiert wurde. Noch bis 4.45 Uhr beobachtete man das UFO über der Garlstedter Kaserne, doch als die Düsenjäger den Luftraum über Bremen erreicht hatten, war es so plötzlich verschwunden wie es gekommen war. Gegen 5.15 Uhr kehrten beide Maschinen erfolglos auf ihren Stützpunkt zurück.

Das UFO von Garlstedt - dieses Foto wurde von den Bundesbehörden beschlagnahmt.

Eine halbe Stunde später war das UFO nach Garlstedt zurückgekehrt, wie ein Funkstreifenwagen meldete, der es in Höhe der Landstraße 149 zwischen Osterholz-Scharmbeck und Schwanewede gesehen hatte. Es flog im Süden, drehte sich im Kreise und blinkte rot, grün und blau.
Danach wurde es nicht mehr gesehen. In diesem Zeitraum entstand auch das einzige Foto des Objektes, aufgenommen von einem Bauern im Garlstedter Raum. Es zeigt die Scheibe über einem Stallgebäude. Als der Landwirt der Polizei berichtete, er habe das UFO fotografiert, wurde die Farbaufnahme sofort von Beamten sichergestellt. Angeblich landete das beschlagnahmte Bild irgendwo in den unerforschlichen Kanälen staatlicher Sicherheitsorgane.

Die ersten offiziellen Stellungnahmen zu diesem Vorfall kamen einige Tage später. Am 18.1. bestätigte der Innenminister des Landes Niedersachsen durch den Pressesprecher Hans Joachim Kloss die Beobachtungen durch Polizei und Military Police wie *„die den Presseberichten zu entnehmenden Aktivitäten der NATO“*. Natürlich sollte es auch an Erklärungsversuchen nicht fehlen. Da die erste Möglichkeit, *„daß es sich um den Stern Sirius handelt, der sehr tief am Horizont steht, und dessen Licht durch klare, feuchte Luft gebrochen wird, so daß das beobachtete Farbenspiel entsteht“*, sich beim besten Willen nicht mit den beobachteten und gemeldeten Positionen des UFOs in Einklang bringen ließ, bedurfte es einer neuen Lösung des Rätsels. Für die Flugsicherung Bremen war es bald klar, wie offiziell verlautbart wurde, daß das UFO in Wirklichkeit nur eine Spiegelung des Nordlichtes gewesen sei. Dazu Dr. P. von der Osten-Sacken von der Volkssternwarte Lübeck: *„Nordlichter sind in unseren Breiten selten. Eine Beobachtung ist mir nicht mitgeteilt worden.“* Der Journalist Claus W. Hardt aus Osterholz-Scharmbeck, der damals gleich vor Ort recherchiert hatte, teilte mir am 25.2. 1982 mit: *„Identifiziert* *werden konnte das UFO weder von der US-Army noch von deutschen Behörden. Doch verursachte es auf beiden Seiten große Aufmerksamkeit. Die offizielle Darstellung, es habe sich um eine ‚Luftspiegelung' oder gar das ‚Nordlicht' gehandelt, sind nach meinen Recherchen falsch, da nach Auskunft der Wetterwarte zu diesem Zeitpunkt beides nicht zutreffen konnte."*

„Von einer Luftspiegelung aufgrund extremer Witterungsverhältnisse, wie es in der Presse hieß, kann überhaupt keine Rede sein", erklärte mir auch einer der Zeugen, der damals 29-jährige Immobilien-Kaufmann Douglas Mikkola-Spalthoff aus Achim bei Bremen. Er hatte seine eindrucksvolle Sichtung bereits zusammen mit seiner Frau Pirko der Flugsicherungsbehörde des Bremer Flughafens gemeldet. Beide versichern, daß es sich bei „ihrem UFO" auf jeden Fall um ein solides Objekt gehandelt hat und nicht etwa bloß um eine Lichterscheinung. Gegen 22.00 Uhr, nach dem „Tatort"-Krimi,waren beide in den ersten Stock in ihr Schlafzimmer gegangen. Als sie noch zum Fenster herausschauten, um einen Blick auf den klaren Nachthimmel zu werfen, bemerkte Frau Mikkola-Spalthoff einen Stern, der langsam auf sie zukam. In den folgenden zehn Minuten entpuppte sich der „Stern" als ein flacher, länglicher Flugkörper mit einem grellen Licht an der Vorderfront und vier teilweise blinkenden bunten Lichtern an den Seiten. Ihre Farben: Rot, Orange, Blau, Grün. Das Objekt näherte sich langsam von der Stadtmitte her und schien direkt auf das Haus des Ehepaares zuzukommen, entfernte sich aber dann in einem langgezogenen Linksbogen in Richtung Bremen. Der Augenzeuge: *„Das Ding muß über die Weser gekommen sein"*. Bald hatte es die Größe einer Frachtmaschine angenommen, um dann allmählich wieder zu einem Punkt am Himmel zusammenzuschrumpfen. Am meisten erstaunt waren die Beobachter über die zuckenden Blitze, die von dem gelblich leuchtenden Flugkörper ausgingen. *„Ein Flugzeug kann es auf keinen Fall gewesen sein"*, versichern sie, *„es war völlig lautlos. Uns war richtig unheimlich zumute. Wir wußten gleich, daß wir etwas Unvorstellbares erlebten."* Bis auf 500 Meter war es herangekommen, hatte längst scheinbare Faustgröße angenommen, die Flughöhe schätzte Herr Mikkola-Spalthoff auf etwa 200 Meter. Nachdem sein Bericht im „ACHIMER KREISBLATT" vom 17.1.1980 erschienen war, so erzählte mir Herr Spalthoff, meldeten sich bei ihm sechs weitere Zeugen. Ein Nachbar, von Beruf Fluglotse, der nach dem „Tatort" seinen Hund ausgeführt hatte, konnte das UFO ebenfalls beobachten. *„Es handelte sich um kein mir bekanntes Flugzeug"* das stand für ihn fest.

Wie Pressesprecher Vogel vom Bonner Verteidigungsministerium dem Mannheimer UFO-Forscher Werner Walter mitteilte, interessierte man sich auch auf der Hardthöhe für die Sichtungen. *„Schließlich sind die UFO ja über Heeresterritorium, dem Truppenübungsplatz Garlstedt, angeblich gesichtet worden. Unbekannte Flugobjekte werden wiederholt gemeldet, wobei sich in den meisten Fällen dafür eine logische Erklärung findet. Trotzdem wurden in dem von Ihnen angesprochenen Fall Untersuchungen angestellt - auch durch Aufklärungsflugzeuge - die aber nach Mitteilung der Luftwaffe zu keinem Ergebnis führten. Sie werden Verständnis dafür zeigen, daß Ihnen nähere Angaben über Einsatz und Standort elektronischer Aufklärungsmittel und Einsatz der Luftwaffe nicht gemacht werden können, da sie der Geheimhaltung unterliegen."* Was in diesem Zusammenhang nicht erwähnt wurde, gibt auch Grund für weitere Rückschlüsse. Im Zielgebiet der UFOs liegt nicht nur der NATO-Stützpunkt und Truppenübungsplatz in Garlstedt, sondern auch die Raketenstation in Oyten. Einige spekulieren, daß dort auch Atomwaffen gelagert werden.

Einen Monat später beobachteten Polizisten, Soldaten und Einwohner der Weserstadt Holzminden, wie ein UFO-Geschwader das dortige Übungsgelände der Bundeswehr überquerte. *„Mehrere Personen sahen einen leuchtend roten Flugkörper, der am Himmel dann die Form einer Zitrone angenommen haben soll“*, erklärte Major Jürgen Sapauschke, zuständig für das Pionierbataillon Holzminden. Nur kurze Zeit, nachdem der Polizei die ersten UFOs gemeldet worden waren, orteten die Besatzungen zweier Funkstreifenwagen sie am nächtlichen Himmel jenes 9. Februar 1980. Sie beschrieben sie als weiße und rote Objekte, die aus dem Militärgelände aufstiegen und nach Norden flogen, Richtung Hannover. Diesmal schwieg sich das Innenministerium zu den Vorfällen aus. Wie drei Zeugen berichteten, hatte der nahegelegene Truppenübungsplatz Hilwartshausen bereits vier Jahre zuvor UFO-Besuch erhalten. Am 16. April 1976 gegen 19.45 Uhr stand der 18-jährige Kfz-Mechaniker Ingolf B. zusammen mit seinen Freunden Hartmut G. und Annemarie T. auf einem Parkplatz an der B 80 unweit des Klostergutes Hilwartshausen bei Hannoversch-Münden. Als Ingolf zu dem nahegelegenen Truppenübungsplatz hinüberschaute, bemerkte er erstaunt ein kegelförmiges Objekt, das am Himmel stand und nach allen Seiten hin leuchtete. Im gleichen Moment verlosch der Leuchtkörper, und als er erneut aufleuchtete, war er der Erde ein Stück näher. So ging es einige Male, bis das UFO schließlich zur Landung ansetzte und hinter Gebäuden auf dem Truppenübungsplatz niederging. Nun erst konnte Ingolf die ungefähre Größe des Körpers auf 5 Meter Höhe und 2 Meter Breite schätzen. Die Entfernung lag bei etwa 1,5 Kilometern. Die faszinierten Zeugen setzten sich in ihr Auto und fuhren etwas näher an das Bundeswehrgelände heran. Sie hielten noch einmal, und schließlich erreichten sie den Eingang des Truppenübungsplatzes, wo sie den Wachposten nach dem Vorfall befragten. Der aber hatte nichts Ungewöhnliches bemerkt und durfte sich auch nicht von seinem Wachposten entfernen, geschweige denn die drei Zeugen auf das Gelände lassen. Da das Mädchen nun Angst bekam, fuhr man nach längerer Debatte schließlich nach Hause. UFO-Forscher Peter Fiebag aus Northeim, der die Zeugen persönlich kennt und sich für ihre Glaubwürdigkeit verbürgt, versuchte erfolglos, weitere Informationen über die Bundeswehr zu erhalten.

Bundeswehr- und NATO-Stützpunkte sind ein beliebtes Ziel der UFOs. Ein Zeuge, der in der Nähe des britischen NATO-Headquarters in Mönchengladbach wohnt, teilte mir mit, daß UFO-Erscheinungen dort keine Seltenheit seien. Einmal - 1974 - gelang es ihm, ein scheibenförmiges Leuchtobjekt zu fotografieren, das 8 Minuten über dem NATO-Gelände schwebte. Nicht selten käme es vor, daß nach solchen UFO-Vorfällen Düsenjäger in den Himmel donnern. Ein auch in diesem Zusammenhang hochinteressantes Dokument wurde mir vor Jahren von einer Korrespondentin übersandt. Es war eine Tonbandkassette, aufgenommen von einem Funkamateur in K. am Niederrhein, der - was offiziell verboten ist - Polizeifunk abgehört hatte. Der Schriftsteller Axel Ertelt, der ebenfalls im Besitz einer Kopie dieser Aufnahme ist, erhielt durch das Innenministerium des Landes Nordrhein-Westfalen wie durch höchste Polizeistellen die Bestätigung der Echtheit dieser Aufnahme, wenngleich man ihn mehrmals vor einer Veröffentlichung warnte. Der Vorfall ereignete sich in der Nacht vom 11. auf den 12. Mai 1974 zwischen 3.00 und 4.00 Uhr. Lediglich die Codenummern der Streifenwagen fallen hier einer freiwilligen Zensur zum Opfer.

„Ja, das Flugobjekt konnte bis jetzt noch nicht identifiziert werden, ist auch nicht auf dem Radarschirm. Es kann sich um einen Ballon handeln.“
„Verstanden“
„Ende.“

„Martha von xxx kommen"
„Von uns aus steht es auch in nördlicher Richtung."
„Alles klar, aber von hier aus gesehen in Richtung Holland. Ich hab mit der R.A.F. (Britische Luftwaffe, MH) in Larbruch telefoniert, die wissen auch nicht, was das ist."
„Die sollen Abfangjäger hochschicken."
„Ja, Kommandozentrale nicht besetzt, nicht möglich, gucken."
„Ach so, ja, hab verstanden."
„Ja, bei der Flugsicherung Düsseldorf, die können sich das nicht erklären, aber ich ruf jetzt mal an, denn die müssen das ja auch sehen, wenn Sie das von da drüben sehn."
„Ja, wir sehen es."
„Ja, er ist grün und blinkt ab und zu rot auf, ja?"
„Ja, richtig."
„Das ist auch bei uns in nördlicher Richtung."
(einige Minuten Leerlauf)
„Ja, es ist von hier aus nicht mehr wahrzunehmen."
„Aber es ist noch da, es hat sich gedreht..."
(einige Minuten Leerlauf)
„Motte von xxx kommen!"
„Moment!"
„Haben das Objekt jetzt längere Zeit beobachtet, äh, von hier aus gesehen ist das, macht der einen Höhenunterschied von mindestens 10 Metern. Es könnte sich um einen beleuchteten Luftvogel handeln."
„Ja, das ist unwahrscheinlich, beleuchteter Luftvogel, wenn er sogar bis Geldern zu sehen ist."
„... aber das ist auch schon mal gewesen."
„Ja, aber nicht, nicht in dieser Höhe, und außerdem mit diesen starken Positionslichtern. Es könnte sich, ... oh ... mir wurde eben gesagt, die rotieren sogar, wurde mit dem Fernglas beobachtet... ja, es konnte sich da eventuell um einen Ballon handeln, ich habe mit Düsseldorf gesprochen, die meinen, daß da ein nicht genehmigter Ballonstart vielleicht durchgeführt worden wäre, und daß es sich da um die Positionslichter eines Ballons handeln würde."
„Auch möglich. Aber bestimmt ein Höhenunterschied von 10 Metern. Er fällt und steigt wieder."
„Ja, das ist möglich, in welcher Richtung sehen Sie das?"
„Vom AG Rheinberg in Richtung ... in nordöstlicher Richtung."
„Ich hab verstanden. Ich sprech' mal mit Frankenheim, was die sehen."
„Ja, hier Motte xxx, wir beobachten das Objekt auch durchs Fernglas. Auch wechselfarbiges Licht, von grün-rot und bläulich."
„Ja, verstanden."
„Ist deutlich auszumachen, steht auf einer Stelle."
„Ja, richtig, von hier auch. Dann muß es sich um ein großes Objekt handeln, wenn es von Rheinhausen, Geldern und Moers zu sehen ist."
„Muß ein großes Objekt sein?"
„Ja, richtig."
„Fliegende Untertasse!"
„Schönen Dank, Herr ..."
„Motte xxx"
„xxx hier"
„Ja, xxx, Frage, haben Sie auch schon mal in nordöstlicher Richtung gepeilt, ob Sie das Flugobjekt auch sehen können?"
„Nein, noch nicht, aber wir machen uns sofort auf die Suche."
„Ja, überprüfen Sie mal, ob das von Ihnen aus auch in nordöstlicher Richtung ist."
„Ja, verstanden."
„Sieht zunächst aus, sieht aus wie ein Stern, wenn man näher hinsieht, sieht man, daß es flackert, rot-grün."
„Ja, alles klar."
„Ende."
„Martha von xxx kommen!"
„Ja, kommen."
„Ja, wir befinden uns hier Höhe Menzel. Wir sehen dieses Objekt ebenfalls."

„Ja, welche Richtung?“
„Auch nordöstlich.“
„Auch nordöstlich? Ja, verstanden.“
„Martha xxx für xxx kommen.“
„xxx hört.“
„Wir sind hier in Larbruch. In Larbruch ist nichts bekannt.“
„Haben ja alles mitgehört. Erzählen Sie denen das mal. Vielleicht können die mal ne Maschine starten lassen, Aufklärung.“
„Ja, die fliegen Samstag, Sonntag nicht.“
„Verstanden.“
(Einige Minuten Leerlauf)
„Das geht an und aus.“
„Motte von xxx kommen.“
„xxx kommen“
„Ich glaube, wir irren uns nicht. Wir beobachten gerade zweites Objekt, links neben dem ersten. Das ist aufgetaucht, das geht an und aus, blinkt ebenfalls so.“
„Ja, ich kanns von hier aus nicht feststellen, ich werde das überprüfen.“
„Wir glaubten auch, wir spinnen, aber es stimmt.“
„Ja, verstanden.“
„Kollege ist schon mit Fernglas unterwegs.“
„Ja, die Angaben stimmen, das haben wir auch schon grad gesichtet.“
„Ja, verstanden, ich kann von hier aus nicht sehen.“
„Wir befinden uns hier in Höhe 10. Also, ist ganz deutlich zu erkennen.“
„Ja, verstanden.“

Am Montagmorgen berichtete auch die „RHEINISCHE POST“ über den Vorfall. Der Vollständigkeit halber zitiere ich die Meldung vom 13.5.1974 in voller Länge:

„UFO ÜBER MOERS
Ein unbekanntes Flugobjekt (UFO) gab in der Nacht zum Sonntag, 12.5.74, Bewohnern in Moers und Rheinkamp sowie der Polizei Rätsel auf. Nordöstlich über dem Moerser Stadtgebiet hatten Bewohner gegen 2 Uhr einen Flugkörper mit zwei Positionslichtern entdeckt. Die blinkenden roten und grünen Lichter sollen mehrere Stunden lang zu sehen gewesen sein. Telefonate mit dem Düsseldorfer Flughafen brachten kein Ergebnis. Die Fluglotsen erklärten, für diesen Raum sei kein Flugzeug gemeldet. Der Militärflughafen in Weeze wurde alarmiert, die englische Luftwaffe konnte jedoch keine Maschinen aufsteigen lassen, da die Piloten Wochenendurlaub hatten. Im Morgengrauen stieg das UFO dann auf und verschwand ebenso plötzlich wie es aufgetaucht war. In Angermund sind zur selben Zeit von zahlreichen Bürgern ähnliche Beobachtungen gemacht worden.“

Weitaus größeres Aufsehen freilich sollte ein Fall erregen, der sich am 12. März 1982 im Gebiet nordöstlich von Darmstadt ereignete. Nicht nur die lokale Presse, sondern auch Magazine, Radiosender und das Zweite Deutsche Fernsehen (ZDF) interviewten in den darauffolgenden Tagen die Zeugen einer unheimlichen Begegnung.

An diesem Abend gingen kurz nach 21.00 Uhr die beiden Schülerinnen Manuela Helm (14) und Sonja Bormann (15) von einer Party bei Freunden nach Hause. Während beide durch die nächtlichen Straßen des Städtchens Messel schlenderten, bemerkten sie ein großes Licht, das vom Himmel direkt auf sie herabzustürzten schien. Als es fast auf Baumhöhe war,zog es zuerst rückwärts wieder hoch, um dann bald wieder in Richtung der beiden Mädchen zu fallen. Beide wurden von einer panischen Angst gepackt und liefen so schnell sie konnten zur nahegelegenen „kleinen Schule“, wo Manuelas Bruder Werner Helm (17) an einer Discoveranstaltung teilnahm. Atemlos und verstört schilderten die Mädchen dort ihre Beobachtung, dann ließen sie sich auf dem schnellsten Weg nach Hause bringen. Manuelas Mutter erklärte dem Griesheimer

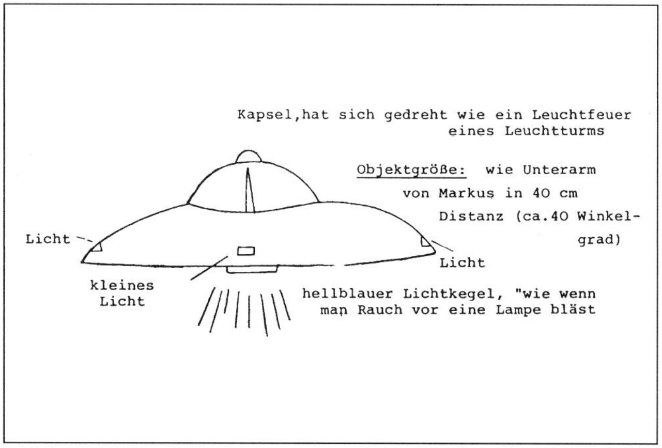

So zeichnete Markus Steffes (13) das UFO von Messel

Die Zeugen von Messel: Erste Reihe: Ilka Haller, Markus Steffes, Sonja Bormann

Journalisten Karl Knapp zwei Wochen später. *„Sie klopfte wie wahnsinnig an die Tür, erzählte aufgeregt von einem UFO, was ich nicht glauben wollte, war kreidebleich und zitterte eine Stunde lang am ganzen Körper, so daß ich den Arzt rufen wollte. Noch heute wagt sie sich abends kaum vor die Haustür.“*

Mittlerweile - es war gegen 21.15 Uhr - hatten ihr Bruder Werner und etwa zehn andere Jugendliche die Veranstaltung verlassen und bemerkten in Richtung des nahegelegenen Spielplatzes einen hellen Lichtschein. Aufmerksam geworden liefen sie hin und sahen in Baumhöhe eine leuchtende Scheibe, die über der fast taghell erleuchteten Wiese schwebte. Das unheimliche Objekt hatte einen Durchmesser von *„mehr als zwanzig Metern“,* sein Unterteil war länglich oder oval, darauf erkannten sie schemenhaft eine gläserne Kuppel, die in ein grelles Licht getaucht war. Nach unten gerichtet waren vier helle „Scheinwerfer“, deren Licht ständig von grün nach blau und wieder nach grün wechselte. Das UFO summte laut. Fasziniert beobachteten die Jugendlichen ganze zehn Minuten lang aus nur 40 Meter Entfernung das riesige Objekt. Plötzlich schoß ein greller, bläulicher Blitz aus der Scheibe, ein dumpfer Schlag folgte. Einige Sekunden lang wurde der unheimliche Flugkörper noch skeptisch wie fasziniert betrachtet, dann siegte bei den Jungen die Angst. Sie liefen zurück zur „kleinen Schule“, von wo aus sie beobachteten, wie das UFO zuerst langsam, dann immer schneller werdend hochstieg.

Einer der jugendlichen Zeugen war Martin Steffes (13), der sein Erlebnis dem Mannheimer UFO-Forscher Werner Walter gegenüber kurz umriß: *„Wir waren auf einer Disco in der ‚kleinen Schule‘, da kamen nach einiger Zeit zwei Mädchen ‘rein und waren ganz erschöpft und so, ganz fertig mit den Nerven. Als wir sie erst mal beruhigt hatten, sagten sie, daß da am Himmel UFOs ‘rumfliegen. Wir gingen dann auch ‘raus und haben einen Blitz gesehen, und danach sahen wir da hinten noch Lichter, die dann abschwirrten. Ich lief nach Hause zu meinen Eltern, als ich am HL-Supermarkt vorbeikam, wo die Jugendlichen standen. Da kam auf einmal ein Objekt angeflogen, es war riesig groß. Wir haben das Objekt gesehen, mit Kapsel und Scheinwerfern. Als es wegflog, rannte ich nach Hause* *und sagte es meinen Eltern. Mit denen bin ich dann 'rausgegangen."*

Was weiter geschah, schilderte Martins Pflegemutter, die Gemeindeschwester Margarethe Gustafson, am 16. März 1982 in der ZDF-„Drehscheibe": *„Zuerst haben mein Mann und ich nur einen furchtbar hellen Blitz gesehen und hörten ein Grollen, und ich dachte natürlich an ein Wetterleuchten. Ich habe natürlich versucht, den Bub zu beruhigen, weil er total außer sich war, und dann habe ich gesagt, ‚es gibt keine UFOs, das gibt es nicht', und wir gingen zu den anderen Jungen, um sie zu beruhigen, und die waren alle ziemlich ausgeflippt. Ich dachte zuerst, sie seien vielleicht betrunken oder so, weil sie auch in der Disco waren, und dann sind wir zurück zum Haus, nachdem sich alles zerstreut hatte, und dann sahen wir neben unserem Flachbungalow über dem Gebäude ein Licht, so groß wie, in der Dimension einens Sterns, so würde ich es einschätzen, so orangefarben-tiefrot, und das verschwand in einer Windeseile und kam dann so zehn Zentimeter unterhalb wieder auf uns zu, wurde immer größer, verschwand wieder, kam nach oben und kam wieder auf uns zu. Und nachdem mein Mann und ich dies nicht erklären konnten, sind wir echt erschrocken gewesen. Und dann habe ich die Polizei angerufen."*

Damit begann um 21.35 Uhr der Einsatz für die Funkstreife „Heiner" des 3. Darmstädter Polizeireviers: *„Eine Frau hat grelle, fliegende Lichtpunkte gesehen".* Die beiden Polizeimeister Thomas Weiland (25) und Uwe Behm-Hansen (24) dachten nur: Na, ja... Lustlos machten sie sich auf den Weg nach Messel, nahmen die Beschreibung der Familie Gustafson zu Protokoll. Doch dann, auf der Rückfahrt nach Arheiligen, rief Behm-Hansen plötzlich: *„Da, gucke mal da, da ist irgendetwas".* Über den Bäumen schwebte ein grünweißer Punkt. Die Polizisten fuhren auf den nächsten Parkplatz am Waldrand, kurz hinter der ersten Ausfahrt nach Messel und stiegen aus. Noch immer schwebte der Lichtpunkt über den Bäumen, größer und greller als jeder Stern. *„Im Abstand von 2-3 Sekunden blinkte er auf"*, erklärte Weiland, *„irgendwie war das komisch, weil er so grell war, und die Familie hatte ja auch gesagt, daß sie helle Punkte gesehen hatte. Kurze Zeit danach kamen in kurzem Abstand vier weitere Punkte hinter dem Wald hoch, alle in etwa gleicher Höhe und in gleichem Abstand. Es war nun so, als wenn einer so ein bißchen Abseits steht und die anderen vier näher beisammen, etwas verrückt. Sie waren alle von gleicher Größe und sehr grell."* Die beiden Polizisten alarmierten die Zentrale. Das Objekt, das über dem Wald schwebte, setzte jetzt anscheinend zur Landung an, jedenfalls verschwand es bald hinter den Baumwipfeln. Die Polizisten fuhren weiter, in der Hoffnung, aus größerer Entfernung einen besseren Blickwinkel zu haben. Nachdem sie einige Kilometer in Richtung Kranichstein gefahren waren, trafen sie auf einem Parkplatz zwei weitere Streifen, die ihre Funkmeldung mitgehört hatten und sich mit eigenen Augen davon überzeugen wollten. Die Reihe der vier Objekte war noch immer deutlich am Himmel zu sehen. Die Polizeikolonne fuhr weiter in Richtung Darmstadt, wo noch eine vierte Streife hinzukam, und hielt schließlich noch einmal am Straßenrand. Gemeinsam beobachteten jetzt die acht Polizeibeamten, wie das grün-gelbe Objekt wieder auftauchte und an Höhe gewann. Plötzlich begann es in den - ausgeschalteten - Außenlautsprechern ihrer Streifenwagen zu knacken. Wie später bekannt wurde, flackerte zur selben Zeit - gegen 22.00 Uhr - in der Polizeiwache Arheiligen das Licht. Exakt dasselbe Phänomen erlebten zu dieser Zeit auch Bewohner von Messel, Neu-Kranichstein und Darmstadt, die sich gemütlich zum Fernsehen niedergelassen hatten: aus unerklärlichen Gründen schwankte die Spannung im Stromnetz. In einigen Haushalten verschwammen die Fernsehbilder, die Geräte waren nicht in der Lage, die Zeilenabstände einzuhalten. Frau Schultze von der Presseabteilung der Stadtverwaltung Arheiligen: *„Einer, der ein UFO gesehen haben will, rief hier an und meldete, nachdem er das Objekt gesichtet habe, wäre der Fernsehempfang schlecht und das Licht hätte sich abgeschwächt."*

Die UFOs hatten sich währenddessen aus dem Staub gemacht. Polizeimeister Weiland: *„Zuerst stiegen die vier jetzt auch ein Stück auf, dann sanken sie ab und waren weg - als ob jemand das Licht ausgeknipst hätte."* Was zurückblieb, waren Verblüffung und Rätselraten. Der Zeuge: *„Ich habe das Gerede von UFOs immer für das Geschwätz von Spinnern gehalten. Aber was ich da am Freitagabend bei Messel gesehen habe, läßt mich doch nachdenklich werden. Denn es gibt keinerlei Erklärung für die Erscheinungen."* Aber konkrete Anhaltspunkte: *„Auf dem Radarschirm der militärischen Flugüberwachung der US-Streitkräfte in Frankfurt tauchte an jenem Freitagabend gegen 21.30 Uhr ebenfalls etwas Unerklärliches auf. Vier unbekannte Flugobjekte flackerten dort über die Mattscheiben - auf dem Weg über Messel nach Darmstadt. Nach etwa einer halben Stunde waren sie wieder spurlos verschwunden"*, meldete das DARMSTÄDTER TAGBLATT am 16. März.
Zumindest eine Erklärung meinte eine Gruppe von Mannheimer Amateurforschern gefunden zu haben: Die fünf UFOs, die in Messel und Umgebung für Aufregung gesorgt hatten, seien nichts anderes als die drei Planeten Jupiter, Mars und Saturn gewesen, die Anfang des Jahres 1982 nahezu aufgereiht am Himmel standen. Den Rest hätte die „kindliche Phantasie" der Zeugen dazugetan.

Daß dies ganz sicher nicht der Fall war, beweist eine ergänzende Beobachtung, die mir der Schüler S.P. (12) aus Obertshausen bei Darmstadt schilderte. An jenem Abend, es war gegen 22.00 Uhr, kam der Junge gerade aus dem Badezimmer im ersten Stock und wollte ins Bett gehen, als er durch das gegenüberliegende Fenster ein strahlendes Licht bemerkte. Erst dachte er, es würde sich lediglich eine Lampe in der Scheibe spiegeln, dann wurde er neugierig. Er schaltete das Licht in Flur und Treppenhaus aus und ging näher ans Fenster. Zwei Minuten lang beobachtete S.P. fasziniert, wie dort über den Bäumen des nahegelegenen Waldes in etwa 150 Meter Entfernung ein riesiges, helleuchtendes Objekt schwebte. Die metallische Scheibe hatte eine Kuppel auf ihrem flachen Unterbau, an der Seite leuchteten drei rote Lichter oder Öffnungen wie Scheinwerfer. Ihre Ränder waren leicht glühend, der ganze Körper schien in helles, flackerndes, weißes Licht getaucht, das der Zeuge als *„heller als ein Autoscheinwerfer"* beschrieb. Währenddessen raste die Katze der Familie aufgeregt durch das Haus. Dann senkte sich das UFO, bis es bald hinter den Baumwipfeln des Waldes verschwand. Erst jetzt besann S.P. sich wieder, rief Vater und Mutter. Doch es war schon zu spät. Als seine Eltern aus dem Wohnzimmer die Treppe herauf in den ersten Stock gekommen waren, war das UFO schon hinter den Bäumen verschwunden. Die Sichtung hatte etwa 5 Minuten gedauert.
S.P. war so fasziniert von dem Objekt, daß er sich noch heute plastisch an alle Details seiner Beobachtung erinnert. Zumindest hier war - wie auch bei der Sichtung der zehn Jugendlichen in Messel - das Objekt zu nah, als daß es sich um einen Stern oder ein herkömmliches Flugzeug gehandelt haben könnte. Die scheinbare Größe des Objektes gab S.P. mit *„etwa 50 Zentimeter auf ausgestrecktem Arm"* an, seinen tatsächlichen Durchmesser schätzte er auf etwa 50 Meter.

Interessanterweise tauchte elf Jahre später ein fast identisches UFO über Ostdeutschland auf.
Am 19. Januar 1992 gegen 21.00 Uhr verließ Helga F., damals 38 Jahre alt, ihre Wohnung in Ronneburg,

Sachsen, um ihren Lebensgefährten in einer Gaststätte zu treffen. Der Weg führte über die Hauptstraße des Ortes, die gleichzeitig eine Bundesstraße ist, vorbei an eng zusammengedrängten grauen Häusern und kleinen Geschäften. Gerade als sie ein Schreibwarengeschäft passierte, nahm sie ein Brummen wahr, das immer lauter wurde, schließlich donnerte *„als würde der Krieg losgehen“,* oder zumindest eine ganze Flugzeugstaffel starten. Helga F. schaute zum Himmel und sah, wie sie am Himmel vorbeijagten: Fünf gelbe Lichter, die in V-Formation aus Richtung des Ortes Raitzain kamen und in entgegengesetzter Richtung verschwanden; Abfangjäger wie Frau F. annahm. Sie schaute sich um. Alles war wieder ruhig. Auf dem Markt brannten stumme Lichter, kein Auto war zu hören, kein Mensch auf der Straße. Still lag die Dunkelheit der Nacht über dem Städtchen. Doch dann regten sich die Äste der winterkahlen Bäume. Erst raschelten sie zögernd, dann durchzog sie ein immer mächtiger werdendes Rauschen. Ein Wind war aufgekommen, ein starker Wind, der bald zu einem Sturm wurde, so stark, daß Helga F. sich an einem Laternenmast festklammern mußte, um nicht umgerissen zu werden. Doch bereits nach 20 Sekunden war der Spuk vorbei, schien die Ruhe der Nacht nach Ronneburg zurückgekehrt. Nur eines war anders: Dort, wo zuvor noch die Lichter der Straßenbeleuchtung brannten, flackerte es nur noch schwach. Statt dessen tauchte ein anderes, viel helleres Licht über der gesamten Breite der Straße auf, ein Licht, das blitzschnell vom Himmel gefallen war und jetzt die Straße erhellte. Es kam von einem vielleicht 30 Meter breiten, glockenförmigen Flugkörper, der in nur 25 Meter Entfernung leise summend über den Dächern der Häuser hing. *„Das muß eine dieser fliegenden Untertassen sein“,* dachte Helga F. bei sich. Von denen hatte sie schon seit der Öffnung der Maurer in der Zeitung gelesen. Und jetzt stand so ein Ding vor ihr am Himmel, fast zum Greifen nah! Eine Scheibe, deren Unterteil von orange pulsierenden

So rekonstruierte die GEP den Vorfall von Ronneburg

Lichtern umgeben war, mit einem größeren gelben Licht in der Mitte, das dauerhaft leuchtete. An seiner Außenkante befanden sich rote, grüne und gelbe Lampen, die den metallischen Teller umgaben. Langsam, fast zögernd, hob Frau F. ihren Arm, um dem seltsamen Flugkörper zuzuwinken. Ob da wohl Menschen drinsaßen, Wesen vielleicht von einem anderen Stern? In diesem Augenblick neigte sich das UFO zu der Zeugin hin, und Helga F. sah eine transparente Kuppel, hinter der drei riesenhafte Männer an einer Art Kontrollpult standen. Deutlich erkannte sie leuchtende kleine Punkte auf einer Art „Armaturenbrett“, in der Mitte einen Bildschirm, darüber ein Symbol, geformt wie drei Blätter. Die Besatzung trug silberne, enganliegende Anzüge und auf dem Kopf einen Helm. Einer von ihnen drehte sich um, bewegte sich in ihre Richtung, richtete einen schwarzen, runden Stab auf sie. Eine Waffe?

Helga F. bekam Angst, ging hinter dem Laternenmast in Deckung, beobachtete noch, wie sich ein zweiter Insasse hinzugesellte, und wie beide nach ihr schauten. Dann schwenkte der UFO-Pilot seinen Stab von links nach rechts. Nur einen Augenblick später war das UFO verschwunden. Im Schnellschritt lief Frau F. zur Gaststätte Adler, wo ihr Lebensgefährte sie bereits erwartete. Sie schaute auf die Uhr, es war 21.30 Uhr. Sie war irritiert. Das gesamte Erlebnis hatte höchstens 5-10 Minuten gedauert, 15-20 Minuten fehlten ihr. *„Du, das glaubst du nicht“,* erklärte sie ihrem Freund die Verspätung, *„ich habe so ein UFO gesehen, jetzt gerade.“* Schallendes Gelächter war die Antwort.
Doch als die Lüdenscheider „Gemeinschaft zur Erforschung des UFO-Phänomens“ e.V. (GEP) im Ronneburger Lokalblatt über den Fall berichtete, meldeten sich Zeugen. Ein Ehepaar will in der fraglichen Nacht *„diesen seltsamen Flugkörper“* aus Ronneburg kommen gesehen haben, zwei Ronneburger erinnerten sich an einen mysteriösen Stromausfall.

UFOs über Deutschland - eine Realität, die leider zu oft ignoriert wird. Dabei sind die ‚fliegenden Untertassen‘ hierzulande beileibe nicht seltener als anderswo in der Welt. Im Gegenteil: Das in Evanston bei Chicago beheimatete „Center for UFO-Studies“ hat im Rahmen seines von Prof. Dr. David Saunders geleiteten Projektes „UFO-CAT“ (UFO-Katalogisierung) ganze 1287 bundesdeutsche Sichtungsfälle allein bis 1978 in seinen Computer eingeben können.

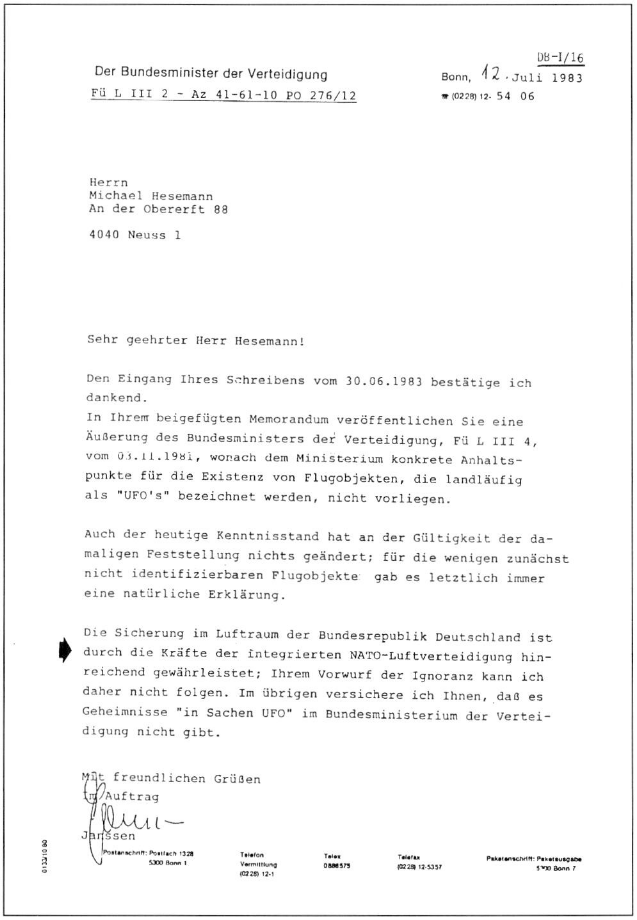

DB-I/16

Der Bundesminister der Verteidigung
Fü L III 2 - Az 41-61-10 PO 276/12

Bonn, 12. Juli 1983
(0228) 12- 54 06

Herrn
Michael Hesemann
An der Obererft 88

4040 Neuss 1

Sehr geehrter Herr Hesemann!

Den Eingang Ihres Schreibens vom 30.06.1983 bestätige ich dankend.
In Ihrem beigefügten Memorandum veröffentlichen Sie eine Äußerung des Bundesministers der Verteidigung, Fü L III 4, vom 03.11.1981, wonach dem Ministerium konkrete Anhaltspunkte für die Existenz von Flugobjekten, die landläufig als "UFO's" bezeichnet werden, nicht vorliegen.

Auch der heutige Kenntnisstand hat an der Gültigkeit der damaligen Feststellung nichts geändert; für die wenigen zunächst nicht identifizierbaren Flugobjekte gab es letztlich immer eine natürliche Erklärung.

Die Sicherung im Luftraum der Bundesrepublik Deutschland ist durch die Kräfte der integrierten NATO-Luftverteidigung hinreichend gewährleistet; Ihrem Vorwurf der Ignoranz kann ich daher nicht folgen. Im übrigen versichere ich Ihnen, daß es Geheimnisse "in Sachen UFO" im Bundesministerium der Verteidigung nicht gibt.

Mit freundlichen Grüßen
Im Auftrag

Janssen

Postanschrift: Postfach 1328 5300 Bonn 1 — Telefon Vermittlung (0228) 12-1 — Telex 0886575 — Telefax (0228) 12-5357 — Paketanschrift: Paketausgabe 5300 Bonn 7

Antwort des Bundesministers der Verteidigung auf unser Memorandum an die Bundesregierung

Daß man davon hierzulande offiziell nichts wissen will, zeigte sich, als ich mich im Sommer 1983 entschloß, der Bundesregierung „ufomäßig“ *„auf den Zahn zu fühlen“*. So schrieb ich am 30.6.1983 an Bundeskanzler Dr. Helmut Kohl:
„Verfolgt man die politische Diskussion der letzten Monate, so war auffallend, welch dominierende Rolle auch im Bundestag der Sicherheitspolitik eingeräumt wurde. (...) Was mich jedoch ein wenig befremdet, ist, wie wenig anscheinend einem Phänomen in unserem Luftraum Beachtung geschenkt wird, das sporadisch gerade über den strategischen Schlüsselpunkten der Bundesrepublik auftaucht und von Zivilisten wie Militärs beobachtet wurde. Ich frage Sie: Kann es sich unser kleines Land, das an der Grenze der beiden Macht-

blöcke liegt, überhaupt erlauben, diese offensichtlich hundertfach begangenen illegalen Einflüge unidentifizierter Flugobjekte mit unbekannter Intention stillschweigend zu ignorieren?"

Ziel dieser provokanten Kampagne war es, Bonn in der UFO-Frage dort zu packen, wo es zuständig ist, denn natürlich ist das Auftreten der UFOs über der Bundesrepublik ein Problem der Luftraumsicherung. Tatsächlich hatte der damalige bayrische Ministerpräsident und CSU-Vorsitzende Dr. Franz Josef Strauß nur wenige Monate zuvor auf eine Frage des österreichischen Journalisten Reinhard Habeck geantwortet: *„Eine staatlich beauftragte Untersuchungsstelle für UFO-Beobachtungen ist vorstellbar, sinnvoll und bestimmt zielführend. Eine solche Studie sollte am besten mit den Einrichtungen der Luftverteidigung zusammenarbeiten."*

In diesem Sinne stellte ich ein Memorandum an die Bundesregierung zusammen, das beweisen sollte, daß *„das UFO-Problem existiert"* und *„sinnvolle Schritte in Richtung einer Lösung"* forderte, an erster Stelle eine *„Aufhebung der Geheimhaltung"* und die *„Einrichtung einer offenen UFO-Studie in Zusammenarbeit mit Deutschlands führenden Universitäten, der Bundeswehr und den privaten UFO-Organisationen."* Kopien gingen nicht nur an das Bundeskanzleramt, sondern auch an die zuständigen Ministerien für Verteidigung und Verkehr. Die Antworten jedoch spiegelten nur überdeutlich die Bonner Ignoranz in Sachen UFOs wieder.

„Ihre Ausführungen ...sind mit Interesse zur Kenntnis genommen worden", antwortete das Bundeskanzleramt am 12. Juli 1983 mit den üblichen Gemeinplätzen, ohne näher auf das Thema einzugehen. Am selben Tag erklärte das Bundesministerium der Verteidigung:

„Die Sicherung des Luftraums der Bundesrepublik Deutschland ist durch die Kräfte der integrierten NATO-Luftverteidigung hinreichend gewährleistet; Ihrem Vorwurf der Ignoranz kann ich daher nicht folgen. Im übrigen versichere ich Ihnen, daß es Geheimnisse ‚in Sachen UFO' im Bundesministerium der Verteidigung nicht gibt."

Am 5. September 1983 reichte ich das Memorandum mit dem Antrag auf offene UFO-Studien dem Petitionsausschuß des Deutschen Bundestages ein. Der Petitionsausschuß bat das Verteidigungsministerium um eine Stellungnahme, die am 8. Dezember einging: *„Für die Existenz von UFOs gibt es keine stichhaltigen Anzeichen. Die zahlreichen ‚Sichtungen' finden in der Regel eine natürliche Erklärung. Wenn sich eine Sichtung nicht erklären läßt, so ist diese aber immer noch kein Beweis für die Existenz von UFOs. Angebliche UFOs haben sich bis jetzt nur dadurch manifestiert, daß sie ‚gesichtet' wurden, sonst aber offensichtlich keinen Schaden anrichten. Deshalb stellen UFOs aus ihrer vermeintlichen Existenz heraus keine Bedrohung für die Bundesrepublik Deutschland oder andere dar. Aus diesem Grund sehe ich keinen Anlaß für irgendwelche Aktivitäten zur Aufklärung der Problematik entsprechend der Forderung des Petenten."*

Das erinnert an die Reaktion des damaligen Bundesverkehrsministers Georg Leber, als dieser im September 1967 vom CDU-Abgeordneten Josten gefragt wurde, welche Tatsachen über UFOs der Bundesregierung bisher bekannt seien. Leber antwortete nur, ihm sei der Sinn der Frage nicht klar, *„wenn nämlich Tatsachen über Flugkörper bekannt sind, dann sind die Flugkörper nicht unbekannt, sondern bekannt."* Bonner Logik!

In unseren Nachbarstaaten gibt man sich da offener.

21. AUF HÖCHSTER EBENE

FRANKREICH

Die Nation hörte fasziniert zu, als sich Frankreichs damaliger Verteidigungsminister Robert Galley am 21. Februar 1974 um 20.30 Uhr im Radiosender FRANCE INTER zum UFO-Thema äußerte. Er sollte die Zuhörer nicht enttäuschen. Es war das erste Mal in der Geschichte, daß ein Minister die Öffentlichkeit in aller Offenheit über die UFOs informierte:

Robert Galley, ehemaliger französischer Verteidigungsminister, in seinem historischen, am 21. Februar 1974 gesendeten Interview mit Jean Claude Bourret, Reporter des Radiosenders „France-Inter'. Galley gab zu, daß die französische Regierung seit 20 Jahren geheime UFO-Forschung betrieben hat.

„... 1954 wurde im Verteidigungsministerium eine Abteilung mit der Aufgabe eingerichtet, Augenzeugenberichte über die unidentifizierbaren Objekte zu sammeln und zu studieren. Ich habe eine gewisse Anzahl dieser Augenzeugenberichte über einen Zeitraum bis 1970 gelesen - einige 50 oder so. Einer der frühesten davon ist der Bericht einer Beobachtung vom 20.11.1953, die Leutnant Jean Demery vom Luftwaffenstützpunkt 107 bei Villa-Coublay machte. Zusätzlich gibt es Berichte von der Gendarmerie. Es gibt auch andere Sichtungsberichte von Piloten und vom Kommando-Personal verschiedener Luftwaffenstützpunkte mit einer ganzen Menge Details, die alle in einer beunruhigenden Weise übereinstimmen - alle im Laufe des Jahres 1954. Ich meine daher, daß man eine offene Geisteshaltung diesem Phänomen gegenüber behalten sollte, d.h. unsere Einstellung ist nicht die einer a priori-Ablehnung ... ich möchte sogar so weit gehen und sagen: Es ist eine unwiderlegbare Tatsache, daß es heute Dinge gibt, die unerklärbar sind."

Am nächsten Tag sollte diese sensationelle Eröffnung in Frankreich für Schlagzeilen sorgen. Die Zeitungen „FRANCE-SOIR", „L'AURORE", „LE FIGARO" und „LE PARISIEN LIBRÈ" brachten sie auf der Titelseite. Bisher hatte man sich lediglich mit halboffiziellen Informationen zufriedengeben müssen.

Bereits im Jahre 1971 hatte „L'AURORE" unter der Schlagzeile „Jagd auf Fliegende Untertassen" davon berichtet, daß die gesamte französische Polizei beauftragt wurde, Meldungen über UFOs zu registrieren und zu untersuchen. Zitiert wurde dabei ein Beitrag des

Diese UFO-Aufnahme von M. Didier aus St.-Vallier-de-Thiey in der französischen Provinz Alpes Maritimes entstand am 7.1.1974 um 20.45 Uhr und wurde von GEPAN und der Gendarmerie als echt eingestuft.

Gendarmerie-Hauptmanns Kervendal im offiziellen Fachblatt der 61.000 französischen Gesetzeshüter, die als spezielle Waffengattung direkt dem Pariser Verteidigungsministerium unterstehen. Die Begründung: *„Durch ihre Verteilung auf das gesamte Staatsgebiet, durch ihre Orts- und Personenkenntnis, ihre Integrität und intellektuelle Aufrichtigkeit, aber auch durch ihre Schnelligkeit im Einsatz ist die Gendarmerie ein besonders gut plazierter Helfer bei der Suche nach der Wahrheit auf diesem Gebiet".* Ein spezieller Fragebogen erinnerte den Gendarm daran, nicht nur auf das Wetter, den Ort des Geschehens, Zeugen, Zeitpunkt und Form des Objektes zu achten. Er sollte auch

„1) das Weltraumschiff (sic!) scharf ins Auge fassen: Genaue Größenangaben, Farbe, Farbveränderungen, Fahrwerkkonstruktion u.a. angeben;
2) auf Geräusche achten: Verbreitete das Objekt Lärm, wenn ja,wie stark? Was fühlte der Zeuge dabei? Hitze, Prickeln, Windstöße? Litt er später an ungewöhnlicher Schlaflosigkeit oder anderen Beschwerden?
3) Nach möglichen Weltraumbesuchern Ausschau halten: Für den Fall, daß an Bord oder in der Nähe des Flugkörpers Wesen bemerkt werden, hat sich der Gendarm über Größe und Statur, das Aussehen ihres Kopfes, ihrer Arme und Beine, ihrer Frisur und Kleidung zu informieren."
Damit war es nicht genug: Er mußte mögliche Radioaktivität feststellen und die Tierwelt genau in Augenschein nehmen. Eventuelle Landestellen sollten vom Hubschrauber aus mit Infrarot-Film aus 10 Meter Höhe gefilmt werden.

Bald bot sich dann auch der Gendarmerie die Möglichkeit, die Landung eines solchen „Weltraumschiffes" und seiner Insassen zu untersuchen. Denn am 1. Juli 1965 landete gegen 5.30 Uhr früh ein UFO auf einem Lavendelfeld bei Valensole im Departement Alpes-de-Haute-Provence. Zu dieser Zeit arbeitete der Landwirt Maurice Masse (41) schon auf dem Feld, wollte gerade seinen Traktor anlassen, als er ein pfeifendes Ge-

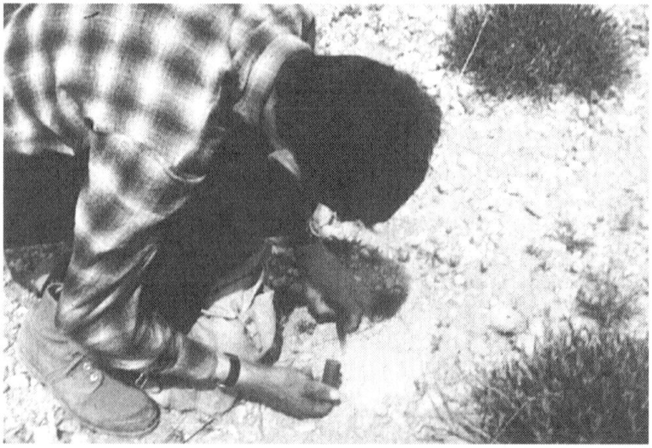

Die UFO-Landestelle auf dem Lavendelfeld bei Valensole wurde von der Gendarmerie, Wissenschaftlern und UFO-Forschern gründlich untersucht. Eine Rekonstruktion des Vorfalls finden Sie im Farb-Bildteil.

räusch hörte, das er sich nicht erklären konnte. Er schaute auf und sah in etwa 90 Meter Entfernung eine eigenartig geformte Maschine, die offenbar gerade auf seinem Feld gelandet war. Masse dachte an einen Helikopter, der in Schwierigkeiten war, und lief hin, um dem Piloten seine Hilfe anzubieten. Doch dann erkannte er, daß das, was dort stand, kein Hubschrauber war. *„Es erinnerte an einen Rugbyball, aber in der Größe eines Renault Dauphine, mit einer Kuppel wie aus Plexiglas obendrauf, und stand auf sechs Stützen"*, beschrieb der Bauer es später. War es ein Versuchsmodell der Luftwaffe? Mit ruhigen Schritten ging er über die Lavendelsetzlinge auf seinem Feld auf die Maschine zu. Erst als er auf zehn Meter herangekommen war, entdeckte er zwei kleine, menschenähnliche Wesen, die sich über einen Lavendelbusch beugten. Plötzlich schreckten diese auf, hatten den Bauern offensichtlich bemerkt, und einer streckte ihm blitzschnell ein stabförmiges Gerät entgegen. Augenblicklich war Masse wie gelähmt, am Boden festgewachsen, nicht mehr fähig, sich zu bewegen, aber in der Lage, weiterhin zu beobachten, was sich vor seinen Augen abspielte. *„Ich betrachtete in aller Ruhe die beiden ‚Männchen' mit ihren Kinderkörpern und den Riesenköpfen, die etwa dreimal so groß waren wie der eines durchschnittlichen Menschen"*, erklärte er später der Gendarmerie, *„Es fiel mir auf, daß sie völlig unbehaart waren und eine glatte, weiße Haut hatten, wie ein Baby, jedenfalls im Gesicht und am Kopf. Der übrige Körper war von einem dunklen, hautengen Anzug verhüllt. Das Gesicht ähnelte in den Zügen und den Maßen etwa dem eines Menschen. Sie hatten ein spitzes Kinn und große Schlitzaugen. Allerdings fehlten dem Mund die Lippen - er glich einem Loch."* Sie schienen sich durch gutturale Laute zu verständigen und betrachteten den Bauern ausgiebig und nahezu amüsiert. *„Ihr Gesichtsausdruck war keinesfalls unfreundlich, eher das Gegenteil. Ich spürte ein intensives Gefühl des Friedens, das von diesen Wesen ausging"*, meinte Maurice Masse.

Nach wenigen Minuten kehrten die beiden Besucher mit erstaunlicher Behendigkeit in ihre Maschine zurück, die sie durch eine Schiebetür betraten. Er sah ihre Köpfe noch einmal durch die plexiglasartige Kuppel. Dann

flog das Objekt mit einem schrillen Pfeifen in westliche Richtung davon. Erst nach einer weiteren Viertelstunde in Erstarrung konnte der Bauer sich wieder bewegen.
Als erstes bemerkte er, daß sich an der Landestelle eine leichte Mulde von 1,20 Meter Durchmesser mit einem zylindrischen Loch von 18 cm Durchmesser in der Mitte gebildet hatte. Zudem war der Boden in der Vertiefung aufgeweicht, obwohl das Wetter seit Tagen trocken war. Um die Mulde herum fand er vier Furchen von je 8 cm Breite, dort, wo die Landebeine des Objektes gestanden hatten. Noch am selben Tag informierte Masse die Gendarmerie.
Nach einer gründlichen Untersuchung kam Gendarmerie-Oberstleutnant Valnet zu dem Schluß: *„Der Zeuge hat die Wahrheit gesagt. Es handelt sich um einen vernünftigen, verantwortungsbewußten Mann, der sich nichts vormachen läßt.“*
Doch für Masse hatte der Vorfall ein Nachspiel. Vier Tage später brach er zusammen, hätte 24 Stunden durchgeschlafen, wenn ihn seine Frau nicht geweckt hätte. In den folgenden Monaten erhöhte sich sein Schlafbedarf von üblichen 5-6 auf 10-12 Stunden. Die Lavendelpflanzen an der Landestelle verdorrten. Zehn Jahre lang wuchs in einem Kreis von fünf bis sechs Meter Durchmesser kein Lavendel mehr, so oft Masse auch neue Setzlinge pflanzte. Und der Fall Valensole war kein Einzelfall. Insgesamt kam es allein in den Jahren 1973 und 74 zu achtzehn UFO-Landungsfällen, *„die Mehrheit davon ohne Erklärung“*, wie Gendarmerie-Hauptmann G. Kervendal in der September 1975-Ausgabe der Militärzeitschrift *„Armées d'aujourd'hui“* berichtete. Damit stand fest: Die Wissenschaft war gefordert.

Der nächste Schritt vollzog sich am 1. Mai 1977, als das *„Nationale Zentrum für Weltraumforschung“* CNES, Frankreichs Gegenstück zur NASA, eine Sektion für UFO-Forschung gründete. Der Name dieser Zweigstelle war GEPAN - *„Studiengruppe für unidentifizierte Luftphänomene“*. Ihre Gründung war eine direkte Folge der Anstrengungen der französischen Regierung, dem UFO-Phänomen wissenschaftlich auf den Grund zu gehen. So gehörten GEPAN auch etwa 100 Ingenieure, Techniker und Beamte des Raumfahrtzentrums in Toulouse an, die sich auf ihren Fachgebieten um die Untersuchung von UFO-Sichtungsfällen bemühten. Verschiedene Untergruppen beschäftigten sich mit Spurensicherung und -analysen, Radarortungen, Statistik, der Auswertung von Fragebögen und dem Studium von Fallmaterial. GEPANs „wissenschaftlicher Rat“ bestand aus 8 unabhängigen Wissenschaftlern verschiedenster Disziplinen, darunter ein Astronom, ein Plasma-Physiker, ein Hochenergie-Techniker, ein Experte für atmosphärische Physik, ein Meteorologe, ein Satellitenexperte, ein Psychologe und ein Soziologe. Dieses Komitee sollte es GEPAN ermöglichen, Orientierung auf dem gesamten Spektrum der UFO-Erscheinungen zu bekommen. Ihre hauptsächliche Aufgabe sah die Gruppe darin, Sichtungsberichte aus dem ganzen Land durch UFO-Gruppen und die Gendarmerie zu sammeln und einer kritischen Auswertung zu unterziehen. Bis 1983 befanden sich etwa 15.000 Meldungen in ihren Archiven, fast täglich trafen neue ein. Dabei erhielten die etwa 4000 Gendarmerie-Brigaden in Frankreich die offizielle Anweisung, bei UFO-Beobachtungen besonderer Art sofort die Polizeidirektion in Paris anzurufen, die dann entschied, ob GEPAN alarmiert werden sollte.War dies der Fall, so wurde dort sofort eine Einsatzgruppe aus Experten verschiedenster Disziplinen gebildet, die sich so schnell wie möglich an Ort und Stelle begab. Bis zu 20 Meldungen im Monat erhielt GEPAN von der Gendarmerie, wovon aber durchschnittlich nur einer „UFO-Alarm“ auslöste.

Schon zwei Jahre nach ihrer Gründung, 1979, folgerte GEPAN aus einer Analyse von elf Fällen, daß tatsächlich in neun davon *„ein physisches Phänomen existiert,*

dessen Ursprung, Antriebskraft und Vorgehensweise über menschliches Wissen hinausgeht".
Und bald konnten ihre Wissenschaftler einen Fall untersuchen, der noch beeindruckender war als die UFO-Landung von Valensole.

Am 8. Januar 1981 gegen 17.00 Uhr arbeitete ein alter Bauer, Renato Nicolai, in Trans-en-Provence bei Nizza/Südfrankreich in seinem großen, verwilderten Garten. Als er ein Pfeifen hörte, schaute er auf und sah ein scheibenförmiges Objekt, das tief über den Tannen schwebte, die Nicolais Grundstück begrenzen. Als es zur Landung ansetzte, floh Nicolai zu einem Schuppen auf dem Hügel oberhalb seines Hauses. Aus der sicheren Entfernung von 70 Metern beobachtete er neugierig die nur 1,5 Meter hohe, bleifarbene Scheibe, die *„die Form zweier mit den Rändern aufeinanderliegender Untertassen hatte, umgeben von einer Art Leiste"* und mitten in seinem Garten gelandet war. Nicht einmal eine Minute später begann sie wieder zu pfeifen, stieg auf, bis sie sich in Baumwipfelhöhe befand, dann schoß sie in nordöstlicher Richtung davon. Bei ihrem Start bemerkte Nicolai zwei ca. 20 cm hohe Halbkugeln an der Unterseite der Scheibe, die er für eine Art Landevorrichtung hielt, und zwei Einbuchtungen, *„wie Falltüren".* Als das UFO verschwunden war, ging er ins Haus, erzählte seiner Frau, was er gerade erlebt hatte. Weil sie glaubte, er nehme sie auf den Arm, ging er mit ihr in den Garten und zeigte ihr die Stelle, an der das Objekt gelandet war. Dort fanden die beiden zwei konzentrische Kreise aus feinen, schwarzen Streifen, der eine 2,2 Meter, der andere 2,4 Meter im Durchmesser, die wie eine Korona ein Gebiet leicht verdorrter Luzerne-Pflanzen umgaben. Nicolai dachte, ein Testgerät der französischen Luftwaffe sei in seinem Garten notgelandet und verständigte die Gendarmerie, die am nächsten Tag die Landestelle besichtigte - und GEPAN benachrichtigte. Am 12. Januar trafen GEPAN-Experten in Trans-en-Provence ein. Nach intensiven Interviews und Psychotests kamen sie zu dem Schluß, daß der Zeuge die Wahrheit sagte. Dann entnahmen sie Boden- und Pflanzenproben und übersandten sie dem führenden Experten für Pflanzentraumatologie, Prof. Michel Bounias vom Nationalen Institut für Agrarforschung. Im Verlauf der nächsten zwei Jahre unterzog Prof. Bounias diese einer Reihe streng wissenschaftlicher Experimente. Dann, 1983, veröffentlichte GEPAN in ihrem *„Technischen Bericht Nr.16: Analyse einer Spur"* die Ergebnisse der Untersuchung:
(1) Die Blätter der Luzernepflanzen erlitten einen Chlorophyllverlust von 30-50 %.
(2) Die jungen Blätter *„entwickelten sich auf eine Weise, die charakteristischer für alte Blätter sind".* Das heißt: Sie alterten auf eine Weise, die weder natürliche Prozesse noch ein Laborversuch dublizieren konnte.
(3) Es gab Anzeichen, daß *„offensichtlich ein ungewöhnliches und großflächiges Ereignis stattgefunden hat, das eine Bodenerhitzung auf 300-600°C bewirkte und wahrscheinlich Spuren von Materialien wie Phosphaten und Zink hinterließ".* Das *„bestätigte zumindest, daß an dieser Stelle ein signifikantes mechanisches Ereignis stattgefunden hat".*
1987 erklärte GEPAN-Direktor Jean-Jacques Velasco dazu:
„Die Auswirkungen auf die Pflanzen an der Stelle ähnelt dem, was man an den Blättern von Pflanzen beobachtet, deren Samen einer Gammastrahlung ausgesetzt wurden. Unsere Daten zeigen, daß eine beachtliche Dosis Gammastrahlung die Anomalien verursacht haben muß, die wir beobachten konnten. Müssen wir von einer ionisierenden, vielleicht nuklearen Strahlung ausgehen? Wahrscheinlich nicht, da keine radioaktive Anomalie festgestellt wurde. Wurde sie durch ein elektromagnetisches Feld verursacht? Wahrscheinlich."
„Warum gibt es so wenig Beweise für die physische Realität des UFO-Phänomens?", fragte der amerikanische UFO-Forscher Mark Rodeghier nach Veröffentlichung der GEPAN-Resultate. *„Nach dieser Fallstudie*

kann die Antwort nur lauten: Weil niemand die Mittel hatte und den Aufwand betrieb, die GEPAN zur Verfügung standen. Wir können nur ahnen, wie weit die UFO-Forschung heute wäre, wenn sie die Mittel hätte, 100 Fälle mit physischen Spuren so gründlich zu untersuchen, wie GEPAN es hier getan hat." Doch für einige war GEPAN damit zu weit gegangen. So erfuhr die GEPAN-Leitung, daß die Gendarmerie die Weisung hatte, *„Fälle mit der Beurteilung ‚höchst fremdartig/ sehr wahrscheinlich'"* gar nicht erst an GEPAN weiterzuleiten, und irgendwann äußerte der damalige CRNS-Direktor Dr. Gille den Eindruck, daß *„GEPAN nichts anderes sei als eine von der Regierung überwachte Agentur für Öffentlichkeitsarbeit. Die tatsächliche UFO-Forschung fand wohlmöglich ganz woanders statt."* Mit dem Wahlsieg von Frankreichs Sozialisten 1981 ging es dann auch mit GEPAN Schritt für Schritt bergab. Nach diversen Etatkürzungen bestand die Gruppe 1984 nur noch aus zwei Personen, Herrn Velasco und seiner Sekretärin. 1988 schließlich wurde GEPAN aufgelöst oder, besser, umbenannt in SEPRA - *„Auswertungsdienst für Atmosphärische Wiedereintrittsphänomene".*

Daß Frankreichs zumindest anfänglich große Offenheit und Aktivität auf diesem Gebiet, obwohl sie von der internationalen Presse fast ignoriert wurde, zu Reaktionen in den Nachbarstaaten führen würde, war beinahe abzusehen.

GROSSBRITANNIEN

Am 18. Januar 1979 stand das UFO-Thema auf der Tagesordnung des britischen Oberhauses, des „House of Lords". Die dreieinhalbstündige Debatte war die Folge der Bemühungen eines Oberhausmitgliedes, des Earl of Clancarty, mehr darüber zu erfahren, was Englands Verteidigungsministerium wirklich über die UFOs weiß. Denn einiges deutete darauf hin, daß man dort schon gründliche Untersuchungen durchgeführt hatte, von denen jedoch nur vereinzelt etwas an die Öffentlichkeit dringen konnte. Bereits am 11. Juli 1954 hatte Lord Dowding, Großbritanniens prominenter Luftmarschall aus dem 2. Weltkrieg, in einem Artikel für die „LONDON SUNDAY DISPATCH" erklärt: *„Ich bin überzeugt, daß diese Objekte existieren und daß sie nicht von irgendeiner irdischen Nation hergestellt werden. Ich sehe als Erklärung keine andere Lösung als die Theorie, daß sie aus dem Weltraum kommen."* Daß man zum Zeitpunkt dieser Stellungnahme durch den obersten Kommandeur der königlich-britischen Luftwaffe bereits gründliche Untersuchungen durchgeführt hatte, erfuhr die Öffentlichkeit erst drei Jahre später. Am 16. Juni 1957 berichteten die Londoner „REYNOLDS NEWS" von einem UFO-Forschungsbüro der Royal Air Force. *„Im Raum 801 des früheren Hotels Metropole untersucht Großbritanniens Luftwaffenministerium die Fliegenden Untertassen - und das offiziell. Alle Luftwaffenstützpunkte in England halten Kampfflieger bereit, um Unidentifizierte Flugobjekte im Luftraum abzufangen und, wenn nötig, anzugreifen. ... die Existenz des Raumes wurde letzte Nacht durch einen Sprecher des Luftwaffenministeriums bekanntgegeben. Er fügte hinzu, daß man die ‚Fliegenden Untertassen'-Berichte seit 1947 untersuchte. ‚Wir haben etwa 10.000 in unseren Archiven', erklärte er."*

Im August 1976 fragte der Earl of Clancarty beim Verteidigungsministerium an, was man dort bezüglich des UFO-Phänomens unternehmen würde und ob nicht vielmehr eine offene Handhabung wie in Frankreich ratsam sei. Die Antwort war eher kurz. Von dem Rundfunkinterview des französischen Verteidigungsministers hätte man noch nicht gehört, man sei nur an UFOs interessiert, *„wenn sie eine Gefahr für das Vereinigte Königreich"* darstellten. Aber damit gab sich der Lord nicht zufrieden. Als nächstes wollte er wissen, ob auch in England - wie in Frankreich - die Polizei eine Rolle in der Untersuchung der UFOs spielen würde. Das Verteidigungsministerium verneinte diese Frage.

Der Earl of Clancarty, Leiter der „House of Lords UFO Study Group", mit dem UFO-Forscher Major Colman VonKeviczky.

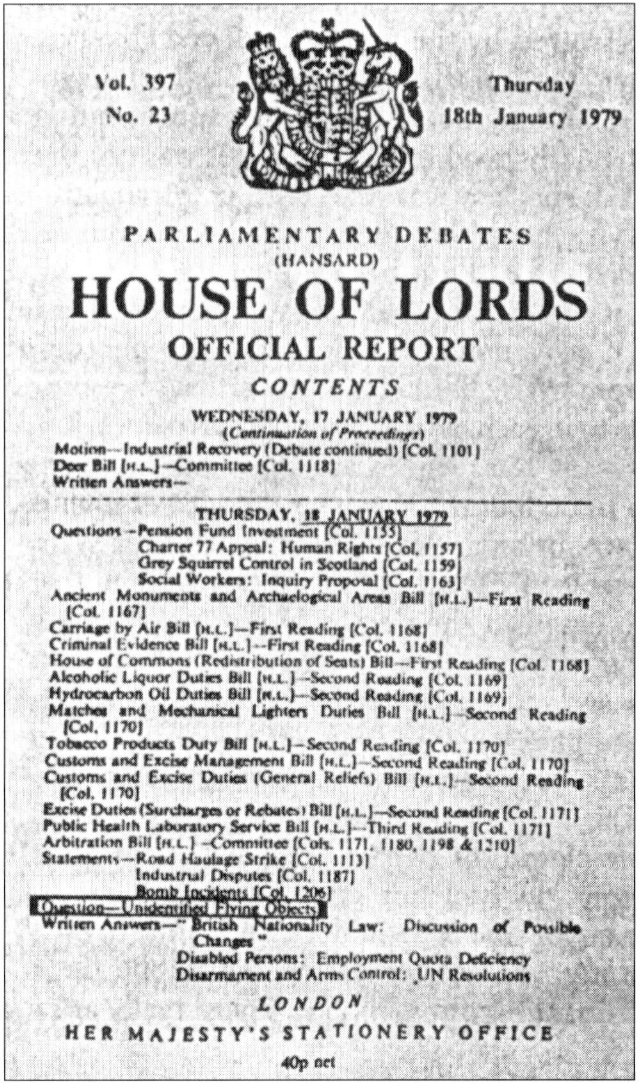

Vol. 397
No. 23

Thursday
18th January 1979

PARLIAMENTARY DEBATES
(HANSARD)

HOUSE OF LORDS

OFFICIAL REPORT

CONTENTS

WEDNESDAY, 17 JANUARY 1979
(*Continuation of Proceedings*)

Motion—Industrial Recovery (Debate continued) [Col. 1101]
Deer Bill [H.L.]—Committee [Col. 1118]
Written Answers—

THURSDAY, 18 JANUARY 1979

Questions—Pension Fund Investment [Col. 1155]
Charter 77 Appeal: Human Rights [Col. 1157]
Grey Squirrel Control in Scotland [Col. 1159]
Social Workers: Inquiry Proposal [Col. 1163]
Ancient Monuments and Archaeological Areas Bill [H.L.]—First Reading [Col. 1167]
Carriage by Air Bill [H.L.]—First Reading [Col. 1168]
Criminal Evidence Bill [H.L.]—First Reading [Col. 1168]
House of Commons (Redistribution of Seats) Bill—First Reading [Col. 1168]
Alcoholic Liquor Duties Bill [H.L.]—Second Reading [Col. 1169]
Hydrocarbon Oil Duties Bill [H.L.]—Second Reading [Col. 1169]
Matches and Mechanical Lighters Duties Bill [H.L.]—Second Reading [Col. 1170]
Tobacco Products Duty Bill [H.L.]—Second Reading [Col. 1170]
Customs and Excise Management Bill [H.L.]—Second Reading [Col. 1170]
Customs and Excise Duties (General Reliefs) Bill [H.L.]—Second Reading [Col. 1170]
Excise Duties (Surcharges or Rebates) Bill [H.L.]—Second Reading [Col. 1171]
Public Health Laboratory Service Bill [H.L.]—Third Reading [Col. 1171]
Arbitration Bill [H.L.]—Committee [Cols. 1171, 1180, 1198 & 1210]
Statements—Road Haulage Strike [Col. 1113]
Industrial Disputes [Col. 1187]
Bomb Incidents [Col. 1206]
Question—Unidentified Flying Objects
Written Answers—"British Nationality Law: Discussion of Possible Changes"
Disabled Persons: Employment Quota Deficiency
Disarmament and Arms Control: UN Resolutions

LONDON
HER MAJESTY'S STATIONERY OFFICE
40p net

Als der Earl of Clancarty kurze Zeit später eine Rede vor Scotland-Yard-Beamten hielt, erfuhr er, daß die Polizei bis 1977 Tausende von UFO-Fällen untersucht hatte. Der Lord begann, das Thema mit anderen Oberhausmitgliedern zu diskutieren, und schließlich war so breites Interesse vorhanden, daß man es auf die Tagesordnung setzte.

„Ist es nicht an der Zeit, daß die Regierung ihrer Majestät die Öffentlichkeit darüber informiert, was sie über UFOs weiß?", fragte Lord Clancarty als einer von 11 Rednern während der UFO-Debatte im Oberhaus am 18. Januar 1979, *„wie wir wissen, nehmen Sichtungen und Landungen kontinuierlich zu. Stellen Sie sich vor, die UFOnauten entscheiden sich morgen und in diesem Land zu einer Massenlandung - es könnte sehr wohl hier zu einer Panik kommen, da unser Volk nicht darauf vorbereitet wurde."* Unterstützt wurde Clancarty mit dieser Forderung durch den Earl of Kimberley, den Luftfahrtexperten der Liberalen, der ergänzte, daß *„es Berichte darüber gibt, daß die Vereinigten Staaten und die UdSSR 1971 einen Vertrag unterschrieben hätten, UFO-Informationen auszutauschen, aber der Vertrag besagte*

weiter, daß man den Rest der Welt im Dunkeln lassen wollte. Ich glaube, der Pakt wurde unterschrieben, damit keine der Supermächte den Fehler macht, UFOs für Atomraketen zu halten. Ebenso erfuhr ich, daß kürzlich die drei amerkanischen Ballonfahrer, die den Atlantik überquerten, 12 Stunden lang von einem UFO verfolgt wurden, daß ihnen die Regierung der Vereinigten Staaten aber anordnete, nicht darüber zu sprechen. Wir wissen, daß Krieg im Weltraum, einst eine Erfindung der Phantasie und Thema von Science-Fiction-Autoren, jetzt bald eine Tatsache sein kann. Beide Supermächte haben - oder werden haben - Killersatelliten und Laserstrahlen, die im Weltraum operieren. ... könnte dies einer der Gründe sein, weswegen die USA sich weigern, weitere UFO-Informationen freizugeben?" Zwei weitere Oberhaus-Mitglieder, Lord Kings-Norton und Lord Gainford, schilderten eigene UFO-Sichtungen.

Das Ergebnis der Debatte war die Einrichtung der *„House of Lords UFO-Study Group"*, eines Sonderausschusses unter Vorsitz von Lord Shinwell, vor dem 20 UFO-Experten aus 6 Ländern auf Einladung zu diesem Thema sprachen. Und die UFO-interessierten Lords wußten, daß sie nicht allein waren. Auch Prinz Phillip, der Prinzgemahl von Queen Elizabeth, ist UFO-Forscher. In einem seiner Zimmer im zweiten Stock des Buckingham-Palastes hängt eine große Landkarte, auf der mit roter Tinte etwa 300 UFO-Sichtungen eingetragen sind. Einige davon, die offensichtlich aufeinander folgten, hat der Prinz mit feinen Bleistiftlinien miteinander verbunden. *„Ich finde das Thema absolut faszinierend"*, hatte Prinz Phillip 1975 erklärt, *„ich bin überzeugt, daß UFOs existieren. Ich habe viele Bücher über die Objekte gelesen. Und ich fand heraus, daß UFO-Sichtungen periodisch auftreten."* Sein persönlicher Diener James Chesworth bestätigte: *„Er verbringt jede Woche viele Stunden in seinem Studio."* Von Lord Clancarty wurde er regelmäßig über die neuesten Entwicklungen informiert.

Eine Anfrage durch Lord Hill-Norton von der „House of Lords UFO-Study Group" beim britischen Verteidigungsministerium ergab, daß bis 1967 sämtliche UFO-Akten nach fünf Jahren vernichtet worden waren, da sie *„von keinem Interesse für die Landesverteidigung"* seien. Der Lord hingegen ist überzeugt, daß man damit lediglich ein Gesetz umgehen wollte, demzufolge Regierungsdokumente nach 30 Jahren der Öffentlichkeit zugänglich gemacht werden müssen. Denn fest steht, daß das Verteidigungsministerium gründliche Untersuchungen durchgeführt und zu diesem Zweck *„eine erfahrene Gruppe"* ins Leben gerufen hatte, was ein Schreiben aus dem Jahre 1970 bestätigt:

„Unidentifizierte Flugobjekte werden vom Verteidigungsministerium durch eine erfahrene Gruppe untersucht. Sie macht dies ohne Vorurteile. Sie hat Zugang zu allen dem Verteidigungsministerium zugänglichen Informationen. Ihr steht alle wissenschaftliche und professionelle Hilfe durch das Verteidigungsministerium wie durch andere Regierungen und nichtstaatliche Körperschaften zu."

Wie weit diese internationale Zusammenarbeit in Sachen UFOs wirklich geht, zeigt ein 1978 freigegebenes britisches UFO-Dokument des eigens mit den Untersuchungen betrauten *„Ministry of Defense Department of Aerial Studies"*. In diesem Dokument werden nicht nur 18 Sichtungsfälle in bestimmten Codenummern eingestuft, sondern auch die in die Untersuchungen einbezogenen Dienststellen genannt, darunter auch ein „Mikrowellen-Kommunikationsnetz". Adressiert ist das Dokument unter anderem auch an die amerikanische Luftraumüberwachung NORAD und den Geheimdienst CIA. Dies bestätigt die Angaben, die mir vor Jahren ein ehemaliger Beamter des britischen Marine-Geheimdienstes machte: Es besteht ein Vertrag zwischen den USA und den NATO-Verbündeten, daß diese UFO-Fälle in ihrem Land untersuchen und die Berichte

COPY 17/ 75

UFO/45/MEMO/666/78

MINISTRY OF DEFENCE DEPARTMENT OF AERIAL STUDIES
*** CLASSIFIED TO ALL PERSONNEL BELOW AGDO 2

CONTACTS FOR THE YEAR ENDED 22/ 2/78 (23) AS FOLLOWS:

K5634	J.MITCHELL	LEICESTER	559/7C	CLASS 5	23/ 5/77 0935
K5635	O.KRAMER	BRADFORD	11A/?	CLASS 5	24/ 5/77 1116
K5636	D.M.SMITH	LONDON (SW)	559/7C	CLASS 3	15/ 6/77 0600
K5637	F.W.SHOEMAKER				
K5638	R.L.DOORS	LONDON (SW)	559/7C	CLASS 5	23/ 7/77 1755
K5539	T.BETTS	FALMOUTH	558/0'X	CLASS 20	23/ 7/77 1721
K5540	W.M.GRANGER	LLANELLI	555/C4S	CLASS 5	1/ 8/77 0931
K5541	T.D.PATEL	SOUTHALL	6400KW/2	CLASS 15	11/ 8/77 1159
K5542	S.L.D.O'BRIEN	LEEDS	559/7C	CLASS 5	18/10/77 0445
K5543	T.MCNAMARA	BELFAST	086/23	CLASS 15	22/11/77 2350
K5544	E.F.WEST	ABERDEEN	088/23	CLASS 6	23/11/77 0020
K5545	T.BRANDENBURGER	SLOUGH	559/7C	CLASS 5	14/12/77 1807
K5546	F.K.SKINNER	BELPER	H6/44/4C	CLASS 16	23/12/77 2300
K5547	W.W.WRIGHT	DERBY	559/KW	CLASS 5	31/12/77 1305
K5548	T.M.SLAEY	TRURO	559/?	CLASS 8	2/ 1/78 0430
K5549	[illegible]	[illegible]	[illegible]/40	CLASS 16	23/ 1/78 [illegible]
K5650	A.ANDREWS	GLASGOW	559SERIES	CLASS 5	1/ 2/78 0945
K5651	D.T.SMEDLEY	LONDON (E)	7?/7C	CLASS 23	22/ 2/78 1201

/*ENDLIST

CLASSIFICATION NOTIFIED TO THE FOLLOWING DEPARTMENTS:
METROPOLITAN POLICE
DEFENCE (AIR FORCE)
DEFENCE (CIVIL)
SPECIAL PATROL GROUPS
B.B.C. (INTELLIGENCE BRANCH)
SUB-REGIONAL CONTROLS
COMPUTER DATA SECTION
MICROWAVE COMMUNICATIONS NETWORK
/*ENDLIST

FURTHER CONTROLS AND DATELINE NETWORK CMDAF VIA NDHQ CHELTENHAM
OPERATION 23 NOTIFICATION TO SECTIONS E H W Z VIA NDHQ CHELTENHAM
NORAD CYBERTECH LINK F 6

DATA COMPILATION NETWORK SECTIONS H K W
FURTHER NOTIFICATION FOR ACTION TO BE TAKEN VIA COMM. 46 (78)
RLD CIA NORAD UFO 23
***LISTED AND CLASSIFIED

/*END COPY 17/ .75 CLASSIFIED 2298/44/C/AGDO 2/23M

Meldung der „Abteilung für Luftraumstudien" des britischen Verteidigungsministeriums: Eine Kopie geht an den CIA.

direkt an den CIA, NORAD oder den Luftwaffengeheimdienst ATIC schicken. Gleichzeitig wurde in dieser Angelegenheit strengste Geheimhaltung angeordnet.
Das mysteriöse „Department of Aerial Studies" erregte natürlich sofort die Aufmerksamkeit des Earls of Clancarty - denn alles deutete darauf hin, daß es sich dabei um eine streng geheimgehaltene und mit UFO-Forschung beauftragte Dienststelle des Verteidigungsministeriums handelte, von der freilich im Oberhaus niemand etwas gewußt hatte. Durch einen Sprecher des Ministeriums wurde diese Vermutung bestätigt und weiter ergänzt, daß diese Abteilung auf geheimer Ebene in ständigem Kontakt mit ähnlichen Einrichtungen in den USA stünde. *„Man teilte mir mit, daß dort zwischen 1978 und 1981 ganze 2250 Sichtungen offiziell untersucht worden sind"*, erklärte der Earl of Clancarty. Ihm wurde ein umfangreicher Bericht über die UFO-Untersuchungen der Regierung ausgehändigt, der - wie der Lord meinte - *„den Verdacht von Millionen Menschen bestätigt, daß UFOs existieren und die Regierung sie untersucht. Jahrelang wurde dies verschwiegen. Der Bericht zeigt tatsächlich, daß die Regierung in eine massive Vertuschungspolitik verwikkelt war."* Das Verteidigungsministerium bestätigte, man hätte die Dienststelle *„in Hinblick auf die Frage eingerichtet, ob die Verteidigung betroffen sei."* Informationen seien mit den USA ausgetauscht worden, *„wenn wir glaubten, es könnte für sie von Interesse sein."*

Doch dann wurde ein Fall bekannt, der wie kein anderer von höchster politischer Brisanz war, da er Angehörige der Streitkräfte Englands und Amerikas involvierte.
Die Geschichte begann ganz alltäglich in einem britischen Pub, in einer Nacht des Jahres 1975. In dieser Nacht lernte die Engländerin Brenda Butler einen jungen amerikanischen Soldaten kennen, Steve Roberts (Pseudonym), Sicherheitsoffizier der US-Luftwaffe. Die beiden wurden Freunde. Irgendwann einmal erzählte Brenda Steve von ihrem fast leidenschaftlichen Interesse für das UFO-Phänomen. Steve hatte in den USA viel von den geheimnisvollen fremden Raumschiffen gehört, kannte Kameraden, die bereits UFO-Erlebnisse hatten - die meisten im Dienst. Als es zwischen 1975 und 1980 zweimal zu kleineren UFO-Vorfällen auf Steves Basis, dem USAF-NATO-Stützpunkt „Woodbridge" in der englischen Grafschaft Suffolk, kam, erzählte Steve Brenda davon. Die UFO-Enthusiastin nahm von den Vorfällen interessiert Kenntnis - und Steve bat sie, diese Informationen vertraulich zu behandeln, nicht weiterzugeben, weil er sonst Schwierigkeiten mit seinen Vorgesetzten bekommen könnte.
Eines Tages im Januar 1981 wirkte Steve verstört, schien etwas zu wissen, das er innerlich noch nicht

richtig verarbeitet hatte - aber worüber er auch nicht so richtig reden wollte. Erst auf Brendas Drängen hin eröffnete Steve ihr eine *„eigentlich streng geheime Sache“:* Zwischen Weihnachten und Neujahr 1980 sei ein UFO im Rendlesham-Wald nahe Woodbridge notgelandet. Es hätte technische Probleme gehabt und sei in einer Lichtung heruntergekommen. Er selbst hätte zu einer Sicherheitspatrouille gehört, die den Vorgang beobachten sollte. Und dabei sei er sogar Zeuge einer Begegnung zwischen dem Basiskommandeur General Williams und drei kleinen, humanoiden Wesen geworden, die in einem Lichtstrahl aus dem UFO herausglitten.

Brenda war skeptisch. Erst als einer von Steves Kameraden ihr bestätigte, daß auch er am fraglichen Tag - dem 27. Dezember 1980 - einen ganzen Konvoi beobachtet hatte, der sich in Richtung Rendlesham-Wald bewegte, glaubte Brenda die Geschichte. Denn, so erklärte der US-Soldat, auch er hatte damals erfahren, daß *„ein UFO nur einen Kilometer vom Rollfeld der Basis entfernt bruchlandete“.* Noch ein paar Tage lang befragte Brenda Einheimische dieser Gegend in den lokalen Pubs und bekam immer wieder bestätigt, daß zur fraglichen Zeit „seltsame Lichter“ am Himmel standen - dann beschloß sie, der Sache gründlicher nachzugehen. Sie tat sich zusammen mit der lokalen UFO-Forscherin Dot Street, die wiederum zog die britische UFO-Spezialistin und Autorin Jenny Randles zu Rate. Dabei stellte sich heraus, daß auch Jenny gerade dieser Geschichte auf der Spur war. Denn sie war durch Umwege mit einem Radaroperateur der RAF (Royal Air Force = Britische Luftwaffe) - Basis Watton/Norfolk in Kontakt gekommen, der in der Nacht des 27.12. „unidentifizierte Objekte“ im Bereich des Rendlesham-Waldes auf Radar geortet hatte. Das Ganze wäre nicht allzu ungewöhnlich gewesen, wenn nicht einige Tage später Geheimdienstoffiziere der US-Luftwaffe auf der Watton-AFB aufgetaucht wären. Die Radaroperateure händigten ihnen die fraglichen Aufnahmen aus, machten aber zur Bedingung, daß sie erfuhren, was geschehen war. Ein UFO sei in einem Wald nahe Ipswich (also in Suffolk) niedergegangen, antworteten sie, ein metallisch strukturiertes Flugobjekt unbekannter Herkunft. Sicherheitspatrouillen, die ihm nahegekommen waren, hatten gemeldet, daß die Motoren ihrer Wagen plötzlich aussetzen. Sie hätten ihren Weg zu Fuß fortsetzen müssen. Das Objekt schwebte einige Meter über dem Boden, und es hätte mehrere Stunden gedauert, bis es wieder startklar gemacht worden sei. In dieser Zeit soll die Besatzung - drei kleine Wesen - mit dem Basiskommanden General Gordon Williams kommuniziert haben.

Eine unglaubliche Geschichte, wenn das Forscherteam Brenda Butler, Dot Street und Jenny Randles nicht im Laufe ihrer Recherchen auf weitere Zeugen gestoßen wäre: Der USAF-Sicherheitsoffizier James Archer (Pseudonym) sah am 27.12.1980 gegen 2.00 Uhr früh geheimnisvolle Lichter im Wald. Er meldete die Beobachtung und inspizierte sie auf Anweisung des Flugchefs zusammen mit einem Kameraden. Als die beiden MP's den bunten Lichtern näherkamen, fielen ihre Funkgeräte aus. Schließlich sahen sie ein *„dreieckiges Ding, das auf Beinen stand“,* dann abhob und über dem Waldboden schwebte. Die Landebeine hinterließen Abdrücke. Archer sah etwas im Schiff, das er für einen Roboter hielt, da es *„nicht menschlich“* war. Nach Archers Meldung, so berichtete der Kommandant der Sicherheitspolizei von Woodbrigde, Sergeant Adrian Bustinza, fuhr eine zweite Patrouille aus zwei Wagen mit vier bzw. zwei Mann Besatzung zur Landestelle. Mit dabei waren Bustinza selbst und der stellvertretende Kommandant von Woodbrigde, Oberstleutnant (Lt. Col.) Charles I. Halt. Als die beiden Wagen der Landestelle näherkamen, fielen ihre Motoren aus und die sechs Amerikaner mußten den Weg zu Fuß fortsetzen. Dann fanden sie ein Objekt, das auf drei Beinen stand. Es hob ab, flog einige Meter an den Bäumen vorbei und landete wieder. Es beweg-

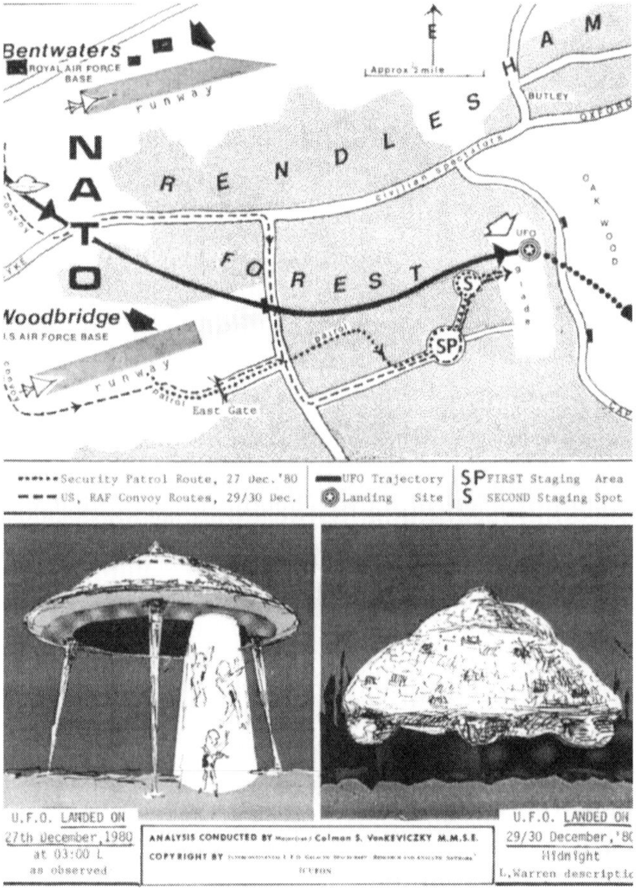

Karte des Rendlesham-Forest, der Weg von den Basen zur Landestelle; Darstellung der gelandeten UFOs vom 27. und 30. Dezember nach Angaben der Augenzeugen (ICUFON)

te sich auf und ab, trug viele verschiedenfarbige Lichter. Fotografen und Filmer wurden angefordert, Basiskommandant Gordon Williams benachrichtigt. Auch Steve Roberts bestätigte, daß zahlreiche Sicherheitsbeamte präsent waren und Fotos und Filme aufnahmen, die sofort konfisziert und zur Auswertung in das Hauptquartier der US-Streitkräfte in Europa, die Rhein/Main-Luftwaffenbasis in Deutschland, geflogen wurden.

Was die Militärs nicht wußten: Zur selben Zeit beobachteten Dutzende Einheimische die *„seltsamen, tan-*

Die Lichtung im Rendlesham-Forest, in der das UFO landete, im Sommer 1993

zenden Lichter“ im Rendlesham-Wald und die Luftwaffenhelikopter, die über dem Waldstück kreisten. Auf benachbarten Grundstücken spielten die Tiere verrückt.

Während die drei UFO-Damen noch mit ihren Recherchen beschäftigt waren, erschien in Amerikas größtem populärwissenschaftlichen Magazin „Omni“ ein aufsehenerregender Artikel. Omni-Redakteur Eric Mischera zitierte aus einem Interview, das er mit Colonel Ted Conrad - einem der beiden stellvertretenden Basiskommandanten - geführt hatte. Darin bestätigte auch Conrad die UFO-Landung im Wald von Rendlesham, deren Zeuge er wurde. *„Es war ein ziemlich massives Objekt, das auf einem Dreifuß stand. Es hatte keine Fenster, trug aber blaue und rote Lichter. Es demonstrierte eine intelligente Kontrolle. Es flog nach Stunden mit hoher Geschwindigkeit davon. Es hinterließ drei kreisförmige Abdrücke, die sich bei späterer Un-*

tersuchungen als radioaktiv erwiesen." Das aus dem Munde eines ranghohen US-Offiziers - Conrad wurde wenig später sogar zum General befördert - zu hören, war an sich schon eine Sensation. Auch wenn Conrad nichts von den drei Außerirdischen erzählte - eine bessere Bestätigung des „Woodbridge-Zwischenfalls" konnten Butler/Street/Randles sich kaum erhoffen.

Doch das war nicht alles. Ein junger Sicherheitsoffizier, Airman Larry Warren, hatte dem US-UFO-Forscher Lawrence Fawcett von einer UFO-Landung im Wald von Rendlesham berichtet. Laut Warren soll sich der Vorfall am 30. Dezember 1980 zugetragen haben, ein Datum, das auch Col. Conrads nennt - alles deutet darauf hin, daß es in diesem kurzen Zeitraum Ende Dezember 1980 zu zwei Landungen an der selben Stelle gekommen ist. Warren war zu dieser Zeit in der benachbarten Luftwaffenbasis Bentwaters stationiert, im Rahmen des NATO-Austausches. In der Nacht des 30. Dezember wurde er im Jeep zusammen mit anderen Sicherheitsbeamten in das Gelände gefahren.

Airman Larry Warren

Außerhalb der Basis bemerkte Warren, daß das Wild, in erster Linie Hasen und Rehe, wie in Panik aus dem Wald gelaufen kam. Sie fuhren auf einem Waldweg in das Innere des Rendlesham-Forstes, bis plötzlich sein Motor ausfiel. Die Gruppe setzte den Weg zu Fuß fort, während Warren einen Konvoi beobachten konnte, der gerade die Basis ebenfalls in Richtung des Waldes verließ. Schon aus der Entfernung hörte er die Stimmen und die Geräusche von Funkgeräten, bald übertönt durch das Knattern eines nahenden Hubschraubers. Dann stieß seine Gruppe auf andere Militärs, darunter auch einige britische Offiziere. Ein Mann in der Gruppe fing plötzlich wie hysterisch zu schreien an und lief davon. Warren schluckte. Er dachte, der dritte Weltkrieg sei ausgebrochen. Dann sah auch er das Objekt: Es war etwa 15 Meter im Durchmesser, schwebte über dem Boden und hatte das Aussehen einer *„durchsichtigen Aspirintablette"*. Es pulsierte leicht. Warren bemerkte, daß ganze Gruppen von Film- und Fotokameras auf die Scheibe gerichtet waren und daß - in respektvollem Abstand - Sicherheitsbeamte um sie herumstanden. Er hörte, wie eine Stimme - wahrscheinlich die des Hubschrauberpiloten - über Funk ankündigte: *„Hier kommt es!"* Alle schauten auf, sahen ein rötliches Objekt direkt auf sie zufliegen. Das helle rote Licht schwebte eine kurze Zeit über der „Aspirintablette", dann explodierte es in einem Regen von Farben. Für einen Moment waren alle geblendet. Als sie wieder zu sich kamen, sahen sie vor sich ein großes, kuppelförmiges Raumschiff. Warren und einige seiner Kameraden beschlossen, näher an das Objekt heranzugehen. Doch als sie es fast hätten berühren können, schoß ein grüner Lichtstrahl aus dem UFO - und Warren verlor das Bewußtsein. Er fand sich wieder in seiner Baracke. An seinen Stiefeln und Hosen klebte noch der Schlamm von der nächtlichen Waldexpedition. Am nächsten Nachmittag wurden Warren und seine Kameraden zum Basiskommandanten gerufen. Ihnen wurde mitgeteilt, daß sie das, was sie letzte Nacht gesehen hatten, um keinen Preis der Außenwelt mitteilen dürften, da es sich hier um eine streng geheime Sicherheitsangelegenheit handle.

Trotzdem oder gerade deswegen kochte in den nächsten Tagen die Gerüchteküche der Bentwaters AFB fast über. Warren erfuhr von Kameraden, die auf der anderen Seite des Raumschiffes gestanden hatten, von kleinen Außerirdischen, die das Raumschiff verlassen hätten.

Ein Jahr später wurde Warren ehrenhaft aus der Luftwaffe entlassen und kehrte in die USA zurück. Bentwaters konnte er nie vergessen. Er träumte nachts von seiner Begegnung mit dem UFO. Er wachte ängstlich, schreiend auf. Er begann, sich mit dem UFO-Thema zu beschäftigen. Dann erfuhr er, daß es Menschen gab, die von Außerirdischen in ein UFO entführt, dort untersucht und entlassen worden waren. Sie hätten sich nicht mehr an dieses Erlebnis erinnern können, nur an eine UFO-Sichtung - es blieb eine lange Zeitlücke bis zu ihrer nächsten Erinnerung. Auch sie litten an Alpträumen. Erst unter Hypnose wurde ihnen bewußt, was sie in dieser „Zeitlücke" erlebt hatten.

Warren beschloß, sich hypnotisieren zu lassen. Der Psychoanalytiker Fred Max führte die Sitzungen durch und fertigte Tonbänder an. In Hypnose beschrieb Larry akkurat, was sich in dieser Nacht zugetragen hatte - er nannte sogar die Namen von Kameraden, die mit ihm im selben Jeep gesessen hatten - und einer von ihnen war „James Archer", auf den schon Monate zuvor Butler/Street/Randles gestoßen waren, dessen echter Name aber nie veröffentlicht wurde. In Hypnose sah Larry die Außerirdischen. Er beschrieb sie als ca. 1 Meter groß, mit großen Köpfen und in silbrige Overalls gekleidet. Sie schienen in einem Strahl zu „schweben", der aus dem UFO kommend auf die Erde gerichtet war. Larry beschrieb, wie General Gordon Williams mit den Wesen telepathisch und durch Zeichensprache zu kommunizieren schien. Dann schwebte einer der „Fremden" in Richtung von Larrys Gruppe. *„Mein Gott, er kommt zu uns rüber"*, schrie Warren noch - dann erlebte er selbst in Hypnose einen Blackout, kam erst wieder in der Baracke zu sich.

Auf Anfrage an das Pentagon durch Lawrence Fawcett gab die US-Luftwaffe im Rahmen des „Freedom of Information Act" einen Bericht des stellvertretenden Kommandanten von Woodbridge, Lt. Col. Charles I. Halt, über die Vorfälle frei. Allein dieser Bericht reicht schon aus, um den Rendlesham-Zwischenfall zu einem der stärksten UFO-Beweise werden zu lassen. Denn darin heißt es wörtlich:

„Am frühen Morgen des 27. Dez. 80, etwa gegen 3.00 Uhr, sahen zwei auf Patrouille befindliche Sicherheitsbeamte der US-Luftwaffe seltsame Lichter außerhalb

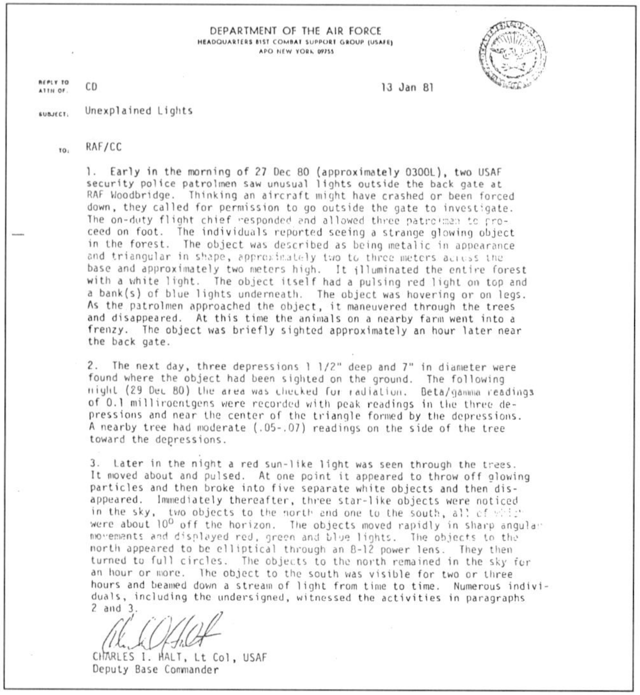

DEPARTMENT OF THE AIR FORCE
HEADQUARTERS 81ST COMBAT SUPPORT GROUP (USAFE)
APO NEW YORK 09755

REPLY TO ATTN OF: CD — 13 Jan 81

SUBJECT: Unexplained Lights

TO: RAF/CC

1. Early in the morning of 27 Dec 80 (approximately 0300L), two USAF security police patrolmen saw unusual lights outside the back gate at RAF Woodbridge. Thinking an aircraft might have crashed or been forced down, they called for permission to go outside the gate to investigate. The on-duty flight chief responded and allowed three patrolmen to proceed on foot. The individuals reported seeing a strange glowing object in the forest. The object was described as being metalic in appearance and triangular in shape, approximately two to three meters across the base and approximately two meters high. It illuminated the entire forest with a white light. The object itself had a pulsing red light on top and a bank(s) of blue lights underneath. The object was hovering or on legs. As the patrolmen approached the object, it maneuvered through the trees and disappeared. At this time the animals on a nearby farm went into a frenzy. The object was briefly sighted approximately an hour later near the back gate.

2. The next day, three depressions 1 1/2" deep and 7" in diameter were found where the object had been sighted on the ground. The following night (29 Dec 80) the area was checked for radiation. Beta/gamma readings of 0.1 milliroentgens were recorded with peak readings in the three depressions and near the center of the triangle formed by the depressions. A nearby tree had moderate (.05-.07) readings on the side of the tree toward the depressions.

3. Later in the night a red sun-like light was seen through the trees. It moved about and pulsed. At one point it appeared to throw off glowing particles and then broke into five separate white objects and then disappeared. Immediately thereafter, three star-like objects were noticed in the sky, two objects to the north and one to the south, all of which were about 10° off the horizon. The objects moved rapidly in sharp angular movements and displayed red, green and blue lights. The objects to the north appeared to be elliptical through an 8-12 power lens. They then turned to full circles. The objects to the north remained in the sky for an hour or more. The object to the south was visible for two or three hours and beamed down a stream of light from time to time. Numerous individuals, including the undersigned, witnessed the activities in paragraphs 2 and 3.

CHARLES I. HALT, Lt Col, USAF
Deputy Base Commander

Offiziell: Dieses US-Luftwaffendokument bestätigt die UFO-Landungen im Rendlesham-Wald *des Hintertores des RAF Woodbridge. Da sie dachten, ein Flugzeug könnte abgestürzt oder notgelandet sein, baten sie um Erlaubnis, außerhalb des Tores zu suchen. Der diensthabende Flugchef gestattete den Wachmännern die Suche. Die Personen beschrieben ein seltsames, glühendes Objekt, das im Wald schwebte. Das Objekt wurde als metallisch beschrieben, dreieckig in der Form, an der Basis etwa zwei bis drei Meter breit und ungefähr zwei Meter hoch. Es erhellte den ganzen Wald mit weißem Licht. Das Objekt selbst hatte ein rotes, blinkendes Licht auf der Spitze und ein Band blauer Lichter an der Unterseite. Das Objekt schwebte oder stand auf Beinen. Als die Wachen sich dem Objekt näherten, schwebte es zwischen den Bäumen davon und verschwand. Zu diesem Zeitpunkt gerieten die Tiere eines nahegelegenen Hofes in Raserei. Das Objekt wurde eine Stunde später noch einmal kurz vor dem Hintertor gesichtet."*

Halt beschreibt weiter, wie am nächsten Tag *„drei Abdrücke von 4 Zentimeter Durchmesser dort gefunden wurden, wo das Objekt am Boden gesehen worden war"* und daß im Gebiet der Landestelle erhöhte Radioaktivität gemessen wurde. In der Nacht zum 30. Dezember, so Halt, soll es zu einem weiteren Himmelsschauspiel gekommen sein, was Conrad/Warrens Aussage von einer 2. Landung bestätigt. Von Woodbridge aus sah man

„ein rotes, sonnenähnliches Objekt durch die Bäume. Es bewegte sich und pulsierte. Einmal schien es glühende Teilchen auszustoßen, dann brach es in fünf einzelne weiße Objekte auseinander und verschwand. Sofort danach bemerkte man drei sternartige Objekte am Himmel ... sie blieben noch zwei oder drei Stunden lang zu sehen und sandten von Zeit zu Zeit Lichtstrahlen zur Erde. Zahlreiche Personen einschließlich des Unterzeichnenden wurden Zeuge dieser Aktivitäten."

Um mir ein eigenes Bild von dem Vorfall zu machen, interviewte ich in den USA drei der Bentwaters-Augenzeugen, Larry Warren, John Burroughs und Col. Halt sowie Sergeant Clifford S. vom DIA, der zu diesem Zeitpunkt in Hanau, Deutschland, stationiert war und von den eingehenden Berichten über den Bentwaters-Zwischenfall erfuhr. Nicht nur, daß auch Col. Halt heute bereit ist, zumindest den Inhalt seines Berichtes ohne Einschränkungen zu bestätigen, es wurde auch ein Tonband freigegeben, in dem er seine Beobachtungen an der Landestelle bis zu dem Punkt beschreibt, als ein *„großes Licht wie ein Auge"* gesichtet wurde, das *„nur 1,20 m über dem Boden schwebt"*. Das Band endet mit den Worten: *„Es kommt auf uns zu! Shit! Jetzt sehen wir, wie ein Strahl auf den Boden scheint. Das kann nicht wahr sein!"*

Dabei hatten Amerikaner und Briten alles versucht, den Vorfall zu vertuschen. Das mußte auch Ralph Noyes erfahren, ein Unterstaatssekretär des Verteidigungsministeriums im Ruhestand, der selber vier Jahre lang die UFO-Abteilung des MoD geleitet hatte. Während ihm damals nur die „konventionellen" UFO-Sichtungen bis hin zu Beobachtungen durch RAF-Luftwaffenpiloten über den Schreibtisch gingen, war er von dem Bentwaters-Fall derart fasziniert, daß er alle seine Beziehungen einsetzte, um über ihn die Wahrheit zu erfahren. Doch wo er auch nachfragte, überall stieß er auf eine Mauer des Schweigens. Zwar bestätigte man ihm, daß in der fraglichen Nacht „UFOs beobachtet wurden", doch nähere Informationen wurden ihm verweigert. Schließlich stellte er resigniert fest: *„Das Verteidigungsministerium mag gute Gründe haben, uns Informationen über die Rendlesham-Ereignisse vorzuenthalten. Als ehemaliger Beamter im Verteidigungsministerium möchte ich nicht auf Fragen zu einer Angelegenheit bestehen, die die nationale Sicherheit betrifft... Der Woodbridge-Fall vom Dezember 1980 ist für mich einer der interessantesten und wichtigsten der letzten Jahre, zumindest in England."*

Jedenfalls ist das UFO-Büro des britischen Verteidigungsministeriums noch heute aktiv. Als ich im Juli

1993 in Bristol eine Gruppe von Nachbarn interviewte, die schwarze, zigarrenförmige Objekte mit einem Licht an jedem Ende und einem stärkeren Licht in der Mitte beobachtet und gefilmt hatten, zeigte mir eine Zeugin ein offizielles Schreiben des MoD. Darin erklärt N.G.Pope vom „Secretariat (Air Staff) 2a, Room 8245“, daß *„dieses Büro Berichte von UFO-Sichtungen koordiniert“* und bittet um eine Kopie des Videos, *„um es einer Betrachtung zu unterziehen und Sie wissen zu lassen, was wir darüber denken.“* Als ich Nick Pope im Verteidigungsministerium in London anrief, bestätigte er mir seine Funktion als *„Koordinator für UFO-Angelegenheiten“.* Dabei sei das MoD in erster Linie daran interessiert, zu klären, *„ob eine Bedrohung der Nationalen Sicherheit vorliegt“.* Zudem kündigte er für 1994 die Freigabe weiterer Akten - gewöhnlicher Zeugenberichte, die beim MoD eingingen und von diesem untersucht wurden - an. Welchen Umfang diese Akten haben dürften, können wir den offiziellen Daten über die *„Anzahl von UFO-Sichtungen, die dem Verteidigungsministerium gemeldet wurden“* entnehmen, die Nick Pope mir im März 1994 mitteilte:

1978: 750	1982: 250	1986: 120	1990: 209
1979: 550	1983: 390	1987: 150	1991: 117
1980: 350	1984: 214	1988: 397	1992: 147
1981: 600	1985: 177	1989: 258	1993: 258

insgesamt, 1978-1993: 4937 Sichtungsfälle.

Doch auch ein anderer NATO-Staat - nämlich Spanien - hatte zu diesem Zeitpunkt längst seine UFO-Archive geöffnet. Der erste Schritt dazu wurde am 20. Oktober 1976 gemacht, als ein Generalleutnant des spanischen Verteidigungsministeriums in Madrid den Journalisten Juan Jose Benitez in sein Büro bat, um ihm dort einen Stapel von Dokumenten auszuhändigen. Die Akte war mit *„Berichte über UFOs“* betitelt und enthielt 78 Fotokopien offizieller Dokumente zu zwölf signifikanten Fällen, in die meist Angehörige der Streitkräfte involviert waren, außerdem Fotos, Radarbilder und Filmschnipsel. Der erste dieser Vorfälle ereignete sich am 20. März 1964 in der Provinz Sevilla, der jüngste war eine UFO-Landung auf der Insel Gran Canaria am 22. Juni 1976. Schon das war erstaunlich, denn damit hatte zum ersten Mal eine europäische Regierung eine UFO-Landung und „Begegnung der Dritten Art“ offiziell bestätigt. Wie spektakulär der Fall tatsächlich ist, ergaben meine Nachforschungen vor Ort. Zweimal war ich seitdem auf Gran Canaria, im Juli 1982 und im November 1991, habe die Landestelle aufgesucht und sprach mit einem guten Dutzend Augenzeugen - und konnte aufgrund ihrer Aussage und der Presseberichte, die mir freundlicherweise von den Redakteuren der beiden Lokalzeitungen Gran Canarias überlassen wurden, den Fall fast lückenlos rekonstruieren. Zur Ergänzung dienten die Dokumente der spanischen Luftwaffe...

22. SPANIENS LUFTWAFFE BESTÄTIGT UFO-LANDUNG

Es war exakt 21.27 Uhr, als die Besatzung der ATREVIDA, einer Korvette der spanischen Marine, auf der Höhe von Punta Lantailla vor der Südostküste der Insel Fuerteventura ein ungewöhnliches Phänomen am Nachthimmel beobachtete. Die *„INFORME 01/76 SOBRE O.V.N.I.s"* (Information über UFOs Nr. 01/76) enthält die Zeugenaussagen der beiden von der Luftwaffe vernommenen Hauptzeugen, des Korvettenkapitäns und des Oberleutnants zur See:

„Um 21.27 Uhr am 22. Juni 1976 sahen wir zuerst ein leuchtendes Licht von intensiver gelblich-bläulicher Farbe, das vom Horizont her sich erhebend auf uns zukam. Zuerst dachten wir, es sei ein Flugzeug mit Landelichtern. Doch dann, als es einen bestimmten Winkel (15-18 Grad) erreicht hatte, blieb es stehen. Das ursprüngliche Licht ging aus und ein Lichtstrahl erschien und begann zu rotieren. So verblieb es etwa zwei Minuten lang. Dann bildete sich ein großer Strahlenkranz aus gelblichem und bläulichem Licht und blieb etwa 40 Minuten lang in dieser Position, während das ursprüngliche Phänomen längst nicht mehr sichtbar war. Nach zwei Minuten teilte sich der Lichtstrahl in zwei Felder mit dem kleineren Teil unten, als dazwischen und in der Mitte des Strahlenkranzes eine blaue Wolke erschien und das Umfeld plötzlich verschwand. Schließlich begann der obere Teil in Spiralform aufzusteigen, schnell und unregelmäßig, bis er verschwand. Der ursprüngliche, halbrunde Strahlenkranz wurde von diesen Vorgängen nicht berührt und blieb die ganze Zeit über gleich, während Teile der Insel und das Meer von seinem Licht erleuchtet wurden, was uns davon überzeugte, daß sich das ganze Phänomen in unserer Nähe abspielen mußte."

Zur selben Zeit befand sich im vom Tourismus unberührten ländlichen Nordwesten der Ferieninsel Gran Canaria der Arzt Dr. Francisco Padrón León aus Guia auf dem Weg zu einer Kranken. Einer seiner Patienten, Santiago del Pino aus Galdar, hatte ihn mit dem Taxi abgeholt und gebeten, seine kranke Mutter in der kleinen Ortschaft Las Rosas aufzusuchen. Am Steuer des Taxis saß Francisco Estevez Garcia alias „Paco", ebenfalls ein alter Bekannter von Dr. Padrón. Dr. Padrón holte schnell seinen Arztkoffer, setzte sich auf den Beifahrersitz, und gemeinsam fuhren die drei Männer los, vorbei an der Stadt Galdar in Richtung Las Rosas, das an einem Feldweg liegt, der von der Straße nach Agaete abzweigt. Die Männer unterhielten sich wie immer angeregt, das Autoradio lief, als Paco in die Seitenstraße einbog. *„Was ist das?"*, rief Dr. Padrón plötzlich, dann sahen sie es alle: *„Madre de Dios!"* Im selben Moment verstummte das Autoradio, die drei Männer überfiel ein schreckliches Kältegefühl. Paco fing an zu zittern.

Nur 60 Meter von ihnen entfernt schwebte in zwei Meter Höhe über einem Feld ein exakt kreisrundes Gebilde, dessen Rand in grauer oder eisblauer Farbe leuchtete. Das „Ding" war durchsichtig, und als die drei es genauer betrachteten, konnten sie die Sterne dahinter

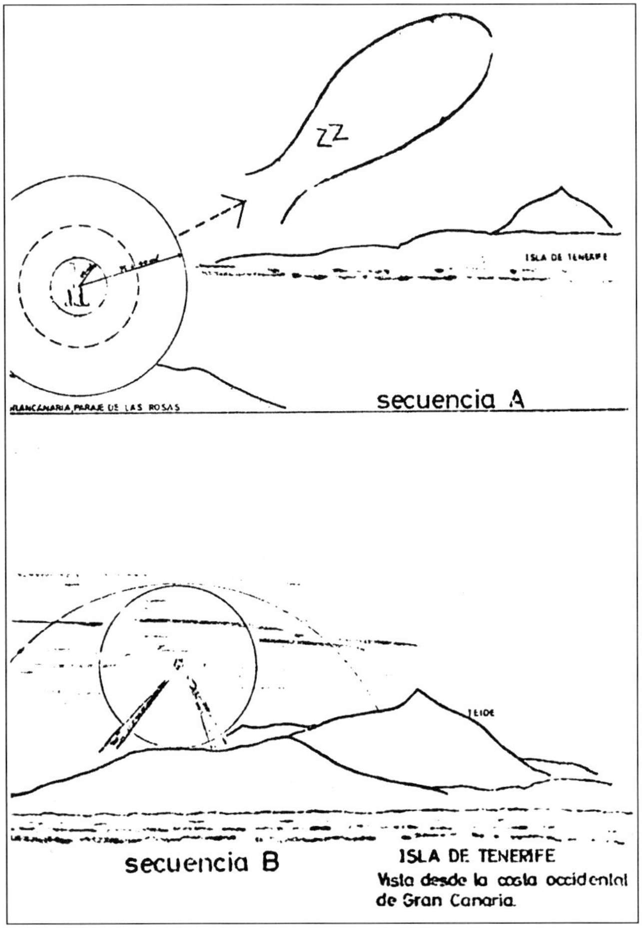

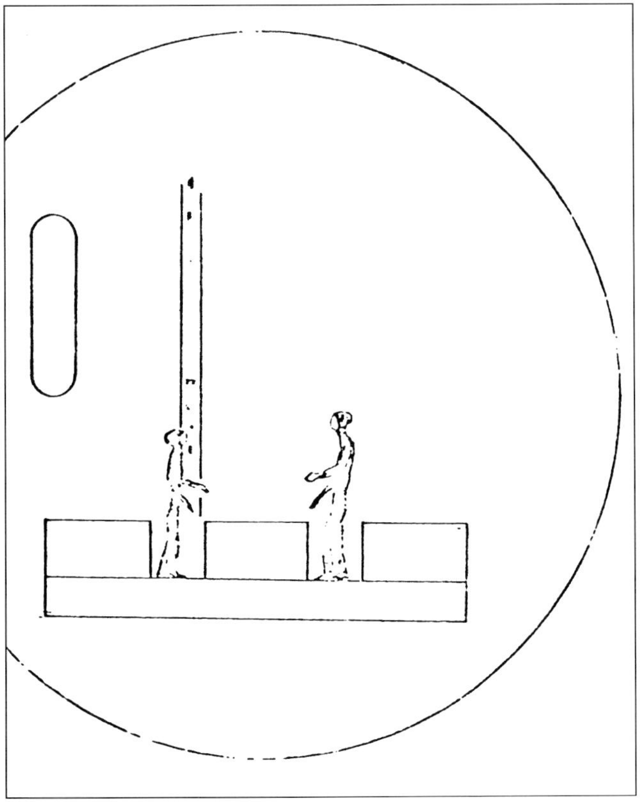

Aus den freigegebenen Geheimdokumenten der spanischen Luftwaffe: Zeichnungen der UFO-Erscheinung vom 22.6.76 aus verschiedenen Perspektiven nach Angaben der Augenzeugen

erkennen. Dabei war es so hoch wie ein dreistöckiges Haus. *„Es sah aus wie eine gigantische Seifenblase“*, erklärte Dr. Padrón später Reportern der Inselzeitung „LA PROVINCIA“ in seinem einzigen und nach einigem Zögern gegebenen Zeitungsinterview, *„die Kugel war einfach da. Sie schwebte dort an einer Stelle, ganz ruhig, einige Meter über dem Boden. Ich traute meinen Augen nicht und sagte dies meinen Begleitern. Aber es war da. Das ‚Ding‘ war ganz real dort, inmitten der Dunkelheit jener Nacht. ... Plötzlich verspürten wir eine unheimliche Kälte. Unser Fahrer begann sogar zu zittern. Besonders, als das Radio des Taxis, das die ganze Zeit über gespielt hatte, plötzlich ausging.“* Was die drei Männer erstaunte: *„Im Innern der Kugel sah man eine Art Plattform, silberfarben, und auf der Plattform, einige Platten... ohne Ecken oder rechte Winkel... und zwei große Wesen. Ich kann sie bis ins letzte Detail beschreiben, denn wir sahen sie 20 Minuten lang.“* Die

Wesen waren zwischen 2,70 und 3,00 Meter groß und trugen rote Overalls mit schwarzen Kapuzen. Ihre Arme endeten in kegelförmigen Gebilden, von denen man nicht genau wußte, ob es sich um ihre Hände oder lediglich um Handschuhe handelte. Beide standen einander gegenüber, bewegten ihre Hände und schienen Apparaturen zu bedienen. *„Ehrlich gesagt faszinierten mich ihre majestätische Ausstrahlung und die perfekte Form ihrer Körper“*, erklärte Dr. Padrón, *„so etwas habe ich noch nie zuvor gesehen.“* Besonders auffällig war der ausgeprägte Hinterkopf der beiden Gestalten, die er nur im Profil sah.

Als Francisco Estevez Garcia die Scheinwerfer seines Taxis einschaltete, begann das Objekt aufzusteigen, bis es schließlich die Höhe des Daches eines der nahegelegenen Häuser erreicht hatte. Dann erschien im Innern der Kugel eine Art durchsichtiges Rohr, dem ein bläuliches Gas entströmte, das die Kugel umfloß. Damit begann sie immer größer zu werden, bis sie schließlich die Höhe eines zwanzigstöckigen Hauses erreicht hatte. Aber die Plattformen, die Platten und die Wesen behielten ihre Größe. Jetzt war den drei Männern die Sache zu unheimlich geworden, und außerdem mußten sie weiter. Paco gab Gas, bald hatten sie das Haus der Kranken erreicht, klopften dort an. Man erwartete Dr. Padrón León schon und ließ die Männer sofort hinein. Die Bewohner erzählten ihnen, der Fernseher sei ausgefallen, als sie das Leuchtobjekt das erste Mal bemerkten. Gemeinsam mit der Familie verfolgten sie den weiteren Vorgang durch das Fenster des Hauses.

Das Objekt hatte mittlerweile eine gewaltige Größe angenommen, als plötzlich der Gasfluß stoppte. Während der gesamte Vorgang bisher völlig lautlos verlaufen war, ertönte jetzt ein schriller Pfiff, und wie in einem Lichtblitz schoß die Kugel in den Himmel, in Richtung der Nachbarinsel Teneriffa. Noch einmal nahm das Objekt die Form einer Spindel an, umgeben von einem hellen Lichtschein, dann verschwand es.

Erst als sie sich alle wieder beruhigt hatten, diskutierte Dr. Padón die Angelegenheit mit den übrigen Zeugen. *„Ich merkte, daß wir alle genau dasselbe gesehen hatten, daß niemand Opfer einer optischen Täuschung geworden war“*, versicherte der Arzt, *„dann erwähnte ich, die Wesen seien doch blau gewesen. Ich sagte dies, um zu prüfen, ob ich einer optischen Illusion zum Opfer gefallen war. Aber die anderen antworteten, ich würde mich irren: Die Kleidung war rot. Da spürte ich, daß es Realität war, was ich gesehen hatte.“*

Am Freitag, dem 23. Juli 1982, interviewte ich Dr. Padrón León in seinem Haus in Guia zu diesem Vorfall

Dr.med.Francisco Padrón León mit Familie vor seinem Haus in Guia, Gran Canaria

und erfuhr einige weitere Details. Seine Kinder erzählten mir, wie sehr ihr Vater mit den Nerven fertig war, als er in dieser Nacht heimkam. Noch Monate später hatte er Alpträume, in denen immer wieder dieses UFO und seine Insassen vorkamen. Danach verspürte er meist den Drang, noch einmal den Ort des Geschehens aufzusuchen. Der Taxifahrer „Paco“ mußte nach dem Erlebnis in eine Nervenheilanstalt eingewiesen werden. Er hatte damals einen Schock erlitten und ist seitdem so ängstlich und abergläubisch, daß er seinen Beruf

aufgeben mußte. Dr. Padrón erzählte, wie Untersucher der Spanischen Luftwaffe zu ihm gekommen waren und ihm danach erklärten, sie wüßten jetzt, alles wäre wahr gewesen, dies aber amerikanischen Journalisten gegenüber bestritten. Tatsächlich jedoch befand sich unter den Akten ein zweiseitiges Luftwaffenprotokoll der Aussagen des Zeugen Dr. Padrón.
Doch ich konnte noch weitere Zeugen ausfindig machen. Auch der Taxifahrer José Luis Diaz Mendoza, der gerade mit einem Fahrgast unterwegs war, hat die Kugel gesehen: *„Sie war groß und rund, etwa 20 Meter hoch, schwebte dort völlig bewegungslos“*, erklärte er mir. *„Im Innern erkannte ich zwei Gestalten von roter Farbe. Das Äußere des Objektes war grau.“* Auf die Frage, wie lange er es beobachten konnte, antwortete Mendoza: *„Etwa eine Viertelstunde lang. Dann ging es langsam in die Höhe“.* Eine Gruppe von Dorfbewohnern aus Las Rosas meinte: *„Die zwei roten Figuren bewegten ihre Hände, als ob sie grüßen wollten; dann stieg das Ding mit großer Geschwindigkeit auf“.*
Weitere Zeugen des Vorfalls waren zwei befreundete Ehepaare, der Architekt Domingo Alamo und seine Frau und ihre Freunde, die er auf der Dachterrasse seines Hauses in Galdar bewirtete, als sie in einiger Entfernung das große, runde, durchsichtige Flugobjekt beobachteten. *„Es war so groß wie die Dorfkirche“*, meinte Alamo.
Der Zeuge Claudio Ramos erklärte den Reportern der Lokalzeitung LA PROVINCIA: *„Ich habe kurz nach zehn Uhr etwas bemerkt. Ich saß gerade beim Fernsehen, als das Bild ganz schlecht wurde; man sah alles doppelt, und ich brachte kein vernünftiges Bild mehr zustande. Meine Frau war gerade dabei, für meinen Schwager ein Eßpaket herzurichten. Plötzlich hörte ich sie schreien. Dann erklärte sie mir, sie hätte in der Nähe des Hauses etwas Seltsames gesehen. Wir gingen hinaus, gerade in dem Moment, wo dieses Etwas seinen Standort wechselte.“* Auch er bemerkte sofort die beiden Figuren, die *„von einem leuchtenden Rot waren und aussahen, als wären es Personen“.* Insgesamt haben wohl rund 30 Zeugen die Landung beobachten können.

Doch Tausende bemerkten an jenem Abend Bild- und Tonstörungen beim Fernsehempfang. *„Mehrere Bekannte bestätigten mir, daß das Bild durch schwarze Querstreifen total unerkennbar wurde, während der Ton zwar gequetscht und gestört, aber doch hörbar war“*, schrieb Carl-Wilhelm von Siemens dem Münchner UFO-Forscher Adolf Schneider. Von Siemens, der sich zu diesem Zeitpunkt auf der Insel aufhielt, hatte selber *„keinen Zweifel an der Erscheinung“*, nachdem er mit Augenzeugen gesprochen hatte, *„zumal alle, an verschiedenen Orten, aber zur gleichen Zeit, genau die gleiche Erscheinungsform beschrieben haben.“*
Hunderte haben das UFO gesichtet, als es die Insel überflog. Der Taxifahrer Manollo - er fuhr in der Inselhauptstadt Las Palmas das Taxi Nr. 10 - erzählte mir, wie er an jenem Abend auf seiner Terrasse gesessen hätte, als er am Himmel einen hellen Punkt bemerkte. Das Licht kam aus nordöstlicher Richtung und wurde immer größer, als es in Richtung Galdar verschwand. Auch deutsche Urlauber sahen es. Eine davon ist Frau G. aus Frechen, die gegen 22.00 Uhr auf der Terrasse ihres Ferienbungalows lag. Während Frau G. auf den sternklaren Nachthimmel starrte, fiel ihr ein orangeleuchtender Flugkörper auf, der bald in Richtung des Inselinnern verschwand. Zur Zeit der Sichtung bemerkte sie Störungen in Radio und Fernsehen, ähnlich *„wie wenn sich jemand im Nebenzimmer mit einem nicht entstörten Rasierapparat rasiert“.* Ungefähr zur selben Zeit machte ein deutscher Tourist 36 Farbaufnahmen einer riesigen Leuchtkugel im Gebiet der Ferienorte Maspalomas und Playa del Inglés im Südosten der Insel. Nach einigen Tagen hatte die Guardia Civil durch das Fotolabor davon erfahren - sämtliche Fotos und ihre Negative wurden beschlagnahmt, während man den Fotografen um Stillschweigen bat.

Schließlich gab die Luftwaffe eines der Fotos Benitez frei, mit dem Hinweis, daß gründlichste Untersuchungen durch Fachlaboratorien die Echtheit der Aufnahme bestätigt hätten.

Ebenfalls um 22.00 befand sich Horst Barthel, deutschstämmiger Besitzer des Clubs 25 in der Citá von Playa del Inglés im Flugzeug - Landeanflug auf Las Palmas. Barthel schaute zum Fenster hinaus, als er im Nordwesten, etwa in Richtung der Insel Teneriffa, ein strahlendes Licht bemerkte. Während er zuerst dachte, der Vulkan Pico de Teide sei ausgebrochen, erkannte er bald, daß es sich um einen spindelförmigen Flugkörper handelte. Das gelb-bläuliche Leuchtobjekt - es war relativ groß und *„so hell wie ein Elektro-Schweißer“* - sah aus wie ein schlanker Kegel, in der Mitte von einem runden Strahlenkranz umgeben.

Sicherlich das eindrucksvollste Indiz für den UFO-Besuch auf der Ferieninsel aber ist das Zwiebelfeld am Rande von Las Rosas, das dem Bauern Don José Gil Gonzáles gehört. Hier soll das UFO gelandet sein. In einem Kreis von etwa 30 Metern waren die Zwiebeln in Spiralform niedergedrückt und teilweise verbrannt, wie die Reporter der LA PROVINCIA zwei Tage später meldeten. Besonders am Rand des Kreises fand man ein seltsames grauweißes Pulver. Das Feld wurde damals für kurze Zeit abgesperrt, während Experten der Luftwaffe wie - angeblich - amerikanische NASA-Wissenschaftler Bodenproben entnahmen und Strahlenmessungen durchführten. Was die Spuren betrifft, so konnten die Angaben in LA PROVINCIA vier Wochen später durch den Frankfurter Bankkaufmann Rolf Tobisch bestätigt werden, der mir Fotos der Landestelle zur Verfügung stellte. Als ich mir im Juli 1982 das Feld von Gonzáles und einem Landarbeiter zeigen ließ, war es noch immer unfruchtbar.

Übrigens wurde entgegen den ersten Vermutungen nicht der geringste Versuch gemacht, die Landestelle oder die UFO-Landung zu vermarkten, obgleich sich damals viele Urlauber nach großformatigen Schlagzeilen in der Boulevardpresse dafür interessierten. Kein Hotel wurde seitdem in Las Rosas gebaut, nicht die kleinste Hinweistafel zeigt dem Neugierigen die Stelle, sogar Trinkgelder werden konsequent abgelehnt, was in Spanien selten vorkommt. Niemand, so scheint es, ist hier auf Publicity aus. Ich hatte das Glück und fand in Guia einen hilfsbereiten alten Taxifahrer, der mich nach den Angaben von Celia Padrón auf direktem Wege zum Ziel brachte. Wir fuhren etwa 20 Minuten von Guia, das fast in Galdar übergeht, nach Las Rosas, vorbei an armseligen Bauernhäusern und steinigen Feldern - während als Kulisse im ewigen Rötlich-braun der Landschaft in Gran Canarias Landesinnern das felsige Vulkangebirge emporragte, das ein Dichter einst *„ein Stein gewordenes Gewitter“* nannte. Die Luft stand an diesem Tag, es war nicht jene salzig-frische Luft des Meeres, vielmehr schwer, sandig-gelb, ein heißer Scirocco-Tag. Als wir uns Las Rosas näherten, saßen auf einer Bank am Feldweg zwei alte Männer. Wir fragten sie nach dem Weg, erwähnten das OVNI (UFO). Ja, sie hätten es damals auch gesehen. Wir nahmen sie mit, fuhren ein Stück zu ihren Häusern, sie zeigten uns, von wo aus sie es damals beobachtet hatten. Vorher noch hatte ich Gonzáles‘ Knecht nach der Landestelle gefragt, er zeigte auf das Feld, nur wenige Meter von der Straße entfernt. Auf dem Rückweg hielten wir noch einmal an, mittlerweile war Gonzáles benachrichtigt worden, der es sich natürlich nicht nehmen ließ, mich mit Handschlag zu begrüßen und persönlich zum Landeplatz zu führen. Ich sei Journalist, aus Deutschland, erklärte ich ihm, ob ich ein paar Fotos von ihm machen dürfte. Ich durfte. Er scherzte, er würde ja heute nicht mehr so gut aussehen, wie damals auf dem Foto in LA PROVINCIA, war unrasiert. Nach all der Mühe wollte ich seinem Knecht ein Trinkgeld geben - O no, Señor. Es dämmerte schon, da machten wir uns auf den Rückweg - der Vor-Ort-Besuch hatte fast zwei Stunden gedauert, die Taxirechnung betrug exakt DM 23,00. Ich war erstaunt über die

Die Landestelle kurz nach dem Vorfall: Viele Pflanzen wiesen Brandspuren auf (Fotos: Rolf Tobisch)

Die Landestelle heute; der Autor im Gespräch mit dem Bauern Don Jose Gil Gonzáles große Herzlichkeit und Hilfsbereitschaft dieser einfachen Menschen - sie waren alle gleich begeistert dabei, wenn es um „OVNIs“ ging. Tatsächlich sind UFOs in diesem Teil der Erde etwas so Selbstverständliches, daß Forscher schon spekulierten, ob es eine UFO-Basis im Gebiet der Kanarischen Inseln gäbe.

In jener Nacht des 22. Juni 1976 flog das UFO weiter, wie die Dokumente der spanischen Luftwaffe enthüllen. Dutzende Zeugen sahen es, als sie auf der Fähre „Stadt Agaete“ von Agaete nach Teneriffa fuhren. Astronomen der Sternwarte Izana auf Teneriffa versuchten, es durch ihre Fernrohre genauer zu betrachten. Tausende gerieten in Teneriffas Hauptstadt Puerto de la Cruz in Panik, als die Leuchtspindel die Stadt überflog. Zeugen beschrieben sie als *„eine große Helligkeit, die aufzusteigen schien und wie ein Scheinwerfer nach oben ging. Darumherum war ein strahlend blauer Kreis“.* Eine Rathausangestellte: *„Ich befand mich um 22.14 Uhr zu Hause am Fenster, da sah ich, daß viele Menschen in den Himmel schauten. Als ich auch in diese Richtung sah, konnte ich nur einen leuchtenden Punkt sehen, der aber bald verschwand, um nach ein paar Minuten wiederzukommen und dann sichtbar größer zu werden. Das Objekt wurde ziemlich groß, war von einem strahlenden Blau und sandte zwei- oder dreimal Lichtblitze aus. Zeitweise sah man auch einen Schweif. Ich konnte es einige Minuten lang beobachten, bis es dann langsam verschwand.“* Manche verglichen es mit einem riesigen, leuchtenden Pilz, der über dem Meer erschien, und einige Zeugen glaubten, auch zwei rötliche, verschwommene Figuren erkennen zu können. Das Objekt sei zuerst im Zickzack geflogen, um dann in spiralförmigen Bahnen aufzusteigen. Zur selben Zeit soll es auch hier zu Bild- und Tonstörungen gekommen sein. Danach sahen Hunderte Bewohner der Insel Gomera, La Palma und Hierro das Phänomen, Dutzende riefen in dieser Nacht die Zeitungen, Radiosender und Behörden der Kanareninseln an. Die ganze Zeit über orteten die Beamten der Luftüberwachung das UFO auf Radar, wie erst durch den offiziellen Bericht bekannt wurde. Der Presse gegenüber hatte man zuvor diesen Tatbestand abgeleugnet.
Trotzdem erklärte General Carlos Castro Cavero, damals Divisionskommandant der Luftzone Kanarische Inseln, daß er *„seit einiger Zeit überzeugt“* sei, *„daß UFOs außerirdische Raumschiffe sind.“* Zudem enthüllte er, daß UFOs auf höchster Ebene sehr ernst genommen würden und daß das Verteidigungsministerium Akten über *„etwa zwanzig“* Fälle habe, die selbst von führenden Experten nicht erklärt werden konnten. Einer davon sei die Landung auf Gran Canaria. Das ging auch aus den Dokumenten hervor, die Benitez ausgehändigt wurden. In denen nämlich kam der berichterstattende Offizier der Luftwaffe zu der Schlußfolgerung, daß man nach Durchsicht der Zeugenberichte *„ernstlich der Notwendigkeit gegenübersteht, möglicherweise die Hypothese zu akzeptieren, daß ein Raumschiff unbekannten Ursprungs, angetrieben durch eine unbekannte Energie, über den Kanarischen Inseln manövrierte.“*

Während meiner Recherchen auf den Kanarischen Inseln stieß ich noch auf einen anderen bemerkenswerten Fall, der sich drei Jahre später ereignete. Der Berufsfotograf Antonio Gonzáles Llopis wollte eigentlich nur einen malerischen Sonnenuntergang fotografieren, als er auf der Landstraße zum Hotel Riviera in der Nähe von Puerto Rico auf Gran Canaria Kamera und Stativ aufbaute. Sein Autoradio lief, Sportberichte wurden gebracht, und Llopis wartete schon auf die neuesten Fußballergebnisse. Es war der 5.März 1979, gegen 20.10 Uhr. Die untergehende Sonne war von einer glutroten Wolke verdeckt, um sie herum konzentrische Wolkenringe in allen Regenbogenfarben. Der Fotograf machte fünf Aufnahmen, nahm noch einige Bilder von den beleuchteten Fischerbooten auf, die in einiger Entfernung die Küste entlang schipperten, und wollte die Kamera gerade wieder abbauen. Doch dann sah er ein leuchtendes Etwas vom Meeresgrund aufsteigen. *„Das Licht war überhaupt nicht weiß, eher wie altes Elfenbein und sehr glänzend. Dieses Objekt kam aus dem Meer - ganz sicher. Dafür würde ich meine Hand ins Feuer legen“*, beschrieb Llopis seine Beobachtung, *„mit großer Geschwindigkeit stieg es auf. Die große Leuchtkugel war wie freigesetzte Energie, und an der Spitze hatte das Ufo die Form einer Pyramide.“* Sofort machte Llopis einige Aufnahmen, stützte sich dabei auf sein Stativ. Das Objekt wurde immer größer, bis es sich schließlich am Himmel auflöste und verschwand. Gerade endete auch die Sportsendung im Radio. Es war 20.15 Uhr. Der Aufstieg des UFOs hatte drei Minuten gedauert. Zwischenzeitlich hatten sich einige Menschen an der Uferstraße versammelt, die eigentlich auch den wunderbaren Sonnenuntergang bewundern wollten und jetzt das UFO sahen. Zur selben Zeit beobachteten Tausende Menschen auf den Inseln La Palma, Gomera, Teneriffa, Hierro und Gran Canaria diese unheimliche Erscheinung, was fast zu einer Panik führte. Die Bewohner der kleinen Insel „Guia de Isora“ im äußersten Westen des Archipels waren dem Phänomen vielleicht am nächsten. Einige Frauen fielen vor Schreck in Ohnmacht, andere dachten, das Ende der Welt sei gekommen, und begannen zu beten, manche erlitten Nervenzusammenbrüche und mußten in die Krankenhäuser eingeliefert werden, wieder andere wurden hysterisch. Die Insassen eines Autobusses auf La Palma beobachteten Auftauchen und Verschwinden des Objektes, als plötzlich die Scheinwerfer des Busses verloschen. Auch bei zahlreichen Personenwagen fiel der Motor aus.

Zur selben Zeit befanden sich zwei Piloten der Charterfluggesellschaft NAYSA auf dem Weg von Las Palmas/Gran Canaria nach Mauretanien, als auch sie auf das UFO aufmerksam wurden: *„Es stieg mit einer Geschwindigkeit von 21.000 km/h auf“*, erklärte Flugkapitän Eufronio Garcia Monforte. *„Zuerst war es nur ein grelles Licht, das seine Farbe von Orange zum Rötlichen veränderte. Dann erkannten wir mehr. Es war eine Art Kegel, der um sich selbst kreiste.“* Kurz darauf nahm er die Form einer großen Kugel von 400 Meter Durchmesser an, seine Farbe war bläulich und grün. Nach etwa 20 Minuten, während die Piloten es auch auf Bordradar orteten, verschwand das UFO schließlich am Abendhimmel. Meteorologen bestätigten, daß es sich hier um kein meteorologisches Phänomen gehandelt haben konnte, während Forscher Parallelen zur UFO-Erscheinung am 22. Juni 1976 feststellten, wie sie von Teneriffa und den westlichen Inseln aus beobachtet wurde.

Neben Llopis gibt es noch zwei weitere Fotografen, die das Phänomen aufgenommen haben: Gilberto Naranjo, Angestellter der Fernsehempfangsstation von Izaña, Teneriffa, und der Holländer William N. Lijtmaer, der gerade seinen Urlaub auf Teneriffa verbrachte.

In den folgenden Wochen führte die Spanische Luftwaffe wieder umfangreiche Untersuchungen durch, was vom Kommandanten der 2. Sektion des Luftwaffenstabes auf den Kanaren bestätigt wurde. Auch Llopis wurde befragt und erklärte, er sei fest davon überzeugt, daß es *„ein UFO gewesen ist, das seine Basis unter dem Meer bei den Kanarischen Insel hat“*. Doch diesmal schwieg die Luftwaffe über die Ergebnisse.

Am 11. November 1979 war eine Super-Caravelle der spanischen Fluggesellschaft TAE mit ihrer dreiköpfigen Pilotencrew und 109 Passagieren an Bord planmäßig in Palma de Mallorca gestartet. Die Maschine befand sich auf einem Flug von Salzburg nach Teneriffa mit Zwischenlandung auf Mallorca, und bisher war der Flug reibungslos verlaufen. Doch dann, über Evisa, entdeckte die Crew auf dem Radarschirm mehrere Signale, die sich merkwürdig schnell näherten. Flugkapitän Tejada rief den Kontrollturm des Flughafens Valencia an: *„Sind Flugzeuge auf unserer Route?“* Antwort: *„Nein, keine Meldungen"*. Doch dann sahen Tejada und sein Copilot *„rote, schillernde Lichter, die sich irgendwie verrückt bewegten"* - unbekannte Flugobjekte auf Kollisionskurs! *„Sie flogen mit einer Geschwindigkeit wie sie kein konventionelles Flugzeug erreicht. Plötzlich hielten sie ganz dicht vor der Caravelle an. Etwa zehn Minuten lang ‚spielten' die Objekte mit uns ... dann gingen sie neuerlich auf Kollisionskurs, und zwar viel präziser als das erste Mal."* Jetzt wurde Tejada die Sache unheimlich. Im Sturzflug verringerte er seine Flughöhe von 9700 auf 5500 Meter. Dann bat er den Kontrollturm von Los Manises bei Valencia um Landeerlaubnis wegen Verfolgung durch unbekannte Flugobjekte und Gefahr eines Zusammenstoßes. Währenddessen herrschte Panik an Bord. Die Passagiere schrien und weinten, andere begannen zu beten. Sie dachten an einen Maschinenschaden, glaubten sie stürzen ab, waren sicher: Jetzt ist es aus.

Nach der Landung bestätigten Flugleiter des Kontrollturms sowie Angestellte und Arbeiter auf der Piste, was die Piloten gesehen haben wollen. In dreitausend Meter Höhe schwebte ein rotes Licht über dem Kontrollturm, ein zweites über der Piste, ein drittes über dem nahegelegenen Militärflughafen, ein viertes kreiste in noch größerer Höhe über der Stadt. Dem Salzburger Ingenieur Norbert Zauner-Stürmer zeigte Kapitän Tejada nach der Landung die Lichter, um Spekulationen unter den Passagieren über technische Schäden ein Ende zu setzen. Der Ingenieur: *„Ich habe das UFO-Gerede immer für blanken Unsinn gehalten, jetzt muß ich sagen, irgend etwas war da. Ich habe es mit eigenen Augen gesehen."* Untersuchungen ergaben, daß die Super-Caravelle keinerlei technische Mängel aufzuweisen hatte.

Sofort gab der Flughafen Valencia Alarm und benachrichtigte die benachbarte Luftwaffenbasis. Minuten später donnerten 20 Jagdflugzeuge in den Himmel, um die UFOs zu stellen. Doch ohne Erfolg: *„Sie blieben immer im gleichen Abstand von uns, obwohl unsere Abfangjäger eine Geschwindigkeit von 2300 km/h erreichen"*, meldete ein Jagdflieger resigniert seinen Vorgesetzten. Tatsächlich aber sind, wie aus Valencia bekannt wurde, die UFOs auch auf den Radarschirmen des Flughafens und der Luftwaffenbasis geortet worden. Währenddessen konnten einige Dutzend Zivilisten die Objekte am Himmel beobachten, die spanische Presse veröffentlichte sogar Fotos.

Der spanische Transportminister Salvador Sanchez Teran nahm die Angelegenheit so ernst, daß er sofort nach Valencia flog und dort eine aus Militärs und Zivilisten bestehende Untersuchungskommission einberief. Obwohl in der spanischen Presse Gerüchte kursierten, daß die Düsenjägerpiloten einige Fotos von den Objekten mit zurück zur Erde brachten, hält man die Ergebnisse der offiziellen Untersuchung bisher noch immer geheim. Auch eine parlamentarische Anfrage durch den stellvertretenden Vorsitzenden des Verteidigungsausschusses an die Madrider Regierung führte dabei zu keinem Ergebnis.

Wie war es zu diesem Kurswechsel im Verteidigungsministerium gekommen?

Bereits ein Jahr zuvor, im Dezember 1978, hatte der spanische UFO-Forscher Pedro Redon in einem Schreiben an König Juan Carlos I. um die Freigabe weiterer UFO-Akten gebeten. Der spanische König leitete das Schreiben persönlich an den Stabschef weiter, der im Januar 1979 eine *„Durchsicht der UFO-Daten"* anordnete. Schließlich entschied der Generalstab am 3. März 79, *„weiterhin alles geheimzuhalten, was die nationale Sicherheit betrifft"* und daher *„die UFO-Akten weiterhin als Geheimsache zu handhaben"*. Mehr noch, sie wurden der Zuständigkeit der Luftwaffe entzogen und direkt dem Generalstab unterstellt, womit sie unter das Gesetz für Staatsgeheimnisse fielen und ihre Freigabe maßgeblich erschwert wurde; sie war jetzt nur noch auf Entscheidung des höchsten militärischen Gremiums möglich. Insider vermuteten, daß

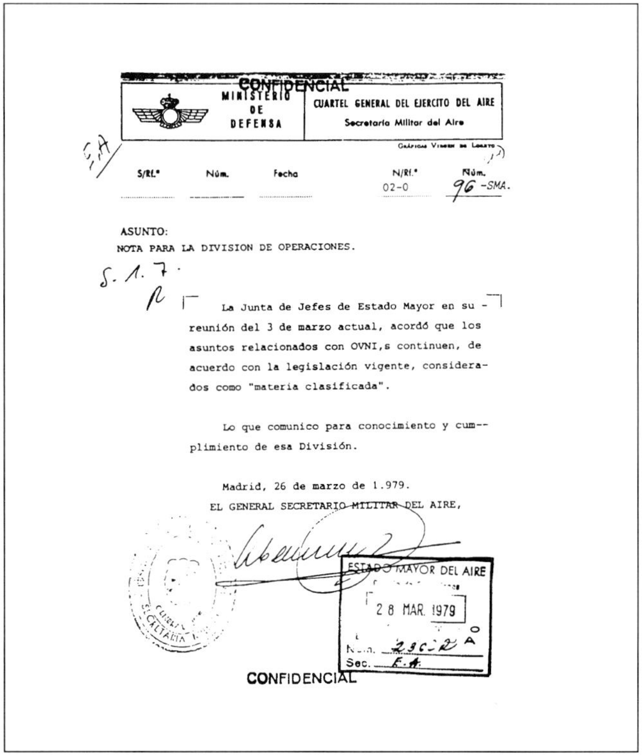

CONFIDENCIAL

MINISTERIO DE DEFENSA

CUARTEL GENERAL DEL EJERCITO DEL AIRE
Secretaría Militar del Aire

S/Rf.ª Núm. Fecha N/Rf.ª 02-0 Núm. 96 -SMA.

ASUNTO:
NOTA PARA LA DIVISION DE OPERACIONES.

La Junta de Jefes de Estado Mayor en su reunión del 3 de marzo actual, acordó que los asuntos relacionados con OVNI,s continuen, de acuerdo con la legislación vigente, considerados como "materia clasificada".

Lo que comunico para conocimiento y cumplimiento de esa División.

Madrid, 26 de marzo de 1.979.
EL GENERAL SECRETARIO MILITAR DEL AIRE,

ESTADO MAYOR DEL AIRE
28 MAR. 1979
Sec. E.A.

CONFIDENCIAL

Dieser Befehl vom 3.3.79 erklärte die UFOs zur Geheimsache

die zu diesem Zeitpunkt geführten Verhandlungen über Spaniens Beitritt zur NATO - der schließlich im Mai 1982 erfolgte - den Kurswechsel bewirkt haben könnten. Einen Tag vor der Entscheidung hatten die ersten freien Wahlen in Spanien seit der Franco-Ära stattgefunden, und die neuen demokratischen Institutionen schränkten die Entscheidungsfreiheit der Militärs beträchtlich ein. Eigenmächtiges Handeln der Generäle ohne Absprache mit der Regierung - die äußerst behutsam darauf bedacht war, dem „neuen Spanien" auch außenpolitisch Ansehen und Vertrauenswürdigkeit zu verschaffen - war jetzt nicht mehr möglich. So antwortete das Verteidigungsministerium auf Anfragen nach UFO-Akten fortan lakonisch mit der Phrase: *„UFOs sind Geheimsache, daher sind keine Informationen erhältlich."*

Und das blieb erst einmal so. *„Ihr Anliegen wurde vom Stab der Luftwaffe und dem Generalstab geprüft und es wurde entschieden, die derzeitige Klassifikation als Geheimsache für Dokumente zum UFO-Thema aufrechtzuerhalten"*, antwortete ein Staatssekretär vom Verteidigungsministerium nach fast einem Jahr auf das Gesuch des UFO-Forschers Vincente-Juan Ballester Olmos um die Freigabe von UFO-Akten vom Juni 1984. Am 26. März 1985 richtete Senator Juan Francisco Serrano von der „Grupo Popular" eine parlamentarische Anfrage an die Regierung: *„1. Werden UFOs in Spanien offiziell untersucht? 2. Wird das UFO-Thema als Staatsgeheimnis behandelt? 3. Welches Ministerium ist dafür zuständig?"* Die Antwort der Regierung wurde im offiziellen Senatsbulletin veröffentlicht:

„1. Es existieren Standardprozeduren für die Untersuchung und Verfolgung von UFOs im Spanischen Luftraum.

2. Der Generalstab der Luftwaffe gab im Dezember 1968 Normen für die Maßnahmen heraus, die von den Luftraumbehörden ergriffen werden sollen, wenn bei ihnen Berichte von UFO-Beobachtungen eingehen.

3. Nach Artikel 31 des Gesetzblattes 6/1980, in dem die Grundkriterien der Nationalverteidigung festgelegt werden, ist die Luftwaffe für die Überwachung des nationalen Luftraums verantwortlich; deshalb ist das Verteidigungsministerium für die Untersuchung der UFOs zuständig."

Die Normen von 1968, auf die sich die spanische Regierung bezog, waren die direkte Reaktion auf einen der spektakulärsten UFO-Vorfälle in der Geschichte des Landes. Am Abend des 5. September 1968 staute sich der Verkehr auf den Straßen, als Tausende Madrider ein helles, tetraederförmiges Objekt beobachteten, das in großer Höhe die Hauptstadt überquerte. Sofort wurde ein F-104-Jet der Luftwaffe gestartet, um die

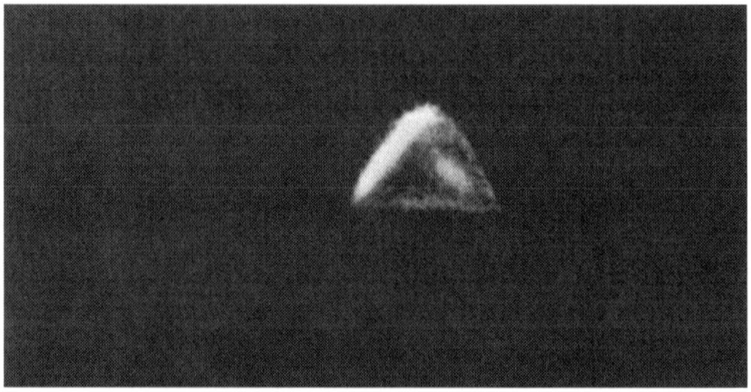

Tausende Madrider beobachteten am 5. September 1968 dieses tetraederförmige UFO, das in 10.000 Metern Höhe über der Hauptstadt manövrierte.

Verfolgung aufzunehmen. Doch als der Pilot aufstieg, beschleunigte das UFO und gewann an Höhe. In 15.000 Meter Höhe gab der Luftwaffenpilot auf: Das UFO war außer Reichweite, war den Radarschirmen der Luftwaffe zufolge von 10.000 auf 25.000 Meter Höhe aufgestiegen. Am nächsten Tag rauschte der Blätterwald, die Zeitungen waren voll von UFO-Berichten und Spekulationen über die Rolle des Militärs in dem Vorfall. Am 5. Dezember 1968 reagierte das Pressebüro des Luftwaffenministeriums und forderte die Bürger auf, zukünftig ihre UFO-Sichtungen der nächstgelegenen Luftwaffendienststelle zu melden. Gleichzeitig wies General Mariano Cuadra, Zweiter Chef des Luftwaffenstabes, die Luftregionen an, fortan UFO-Sichtungsfälle zu untersuchen und Daten zu Zeitpunkt, Höhe, Richtung, Flugverhalten und Geschwindigkeit zu ermitteln. In diesem Sinne wurde am 26. Dezember 1968 die Anweisung 9266-CT (C steht für „Confidencial“-Vertraulich!) erlassen, die genauere Untersuchungsprozeduren - so die Überprüfung der Beobachtungsumstände, Wetterbedingungen, Luftverkehr, evtl. Radarortung - festlegte und einen Fragebogen entwarf.

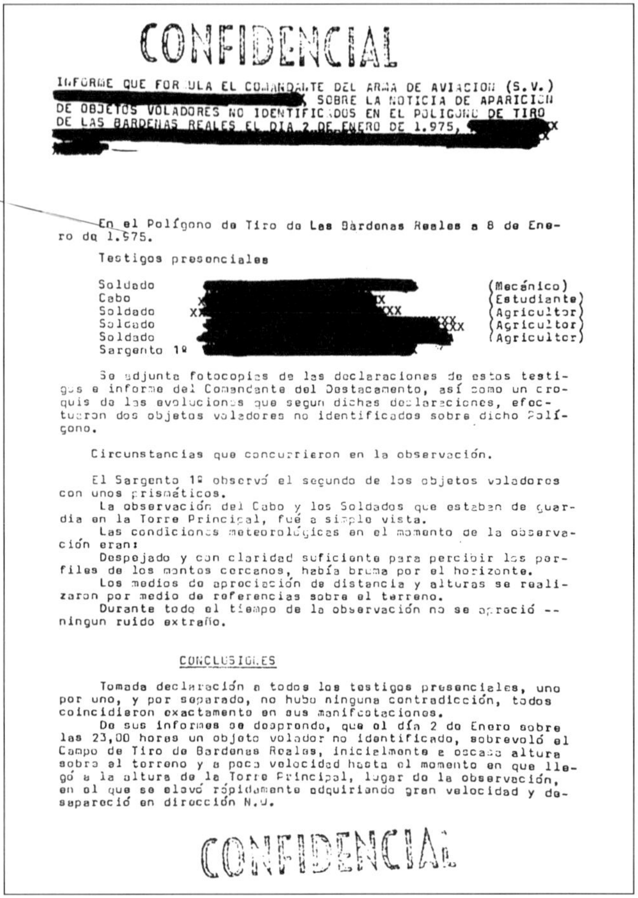

CONFIDENCIAL

INFORME QUE FORMULA EL COMANDANTE DEL ARMA DE AVIACION (S.V.) [redacted] SOBRE LA NOTICIA DE APARICION DE OBJETOS VOLADORES NO IDENTIFICADOS EN EL POLIGONO DE TIRO DE LAS BARDENAS REALES EL DIA 2 DE ENERO DE 1.975, [redacted]

En el Polígono de Tiro de Las Bárdenas Reales a 8 de Enero de 1.975.

Testigos presenciales

Soldado [redacted] (Mecánico)
Cabo [redacted] (Estudiante)
Soldado [redacted] (Agricultor)
Soldado [redacted] (Agricultor)
Soldado [redacted] (Agricultor)
Sargento 1º [redacted]

Se adjunta fotocopias de las declaraciones de estos testigos e informe del Comandante del Destacamento, así como un croquis de las evoluciones que segun dichas declaraciones, efectuaron dos objetos voladores no identificados sobre dicho Polígono.

Circunstancias que concurrieron en la observación.

El Sargento 1º observó el segundo de los objetos voladores con unos prismáticos.

La observación del Cabo y los Soldados que estaban de guardia en la Torre Principal, fué a simple vista.

Las condiciones meteorológicas en el momento de la observación eran:

Despejado y con claridad suficiente para percibir los perfiles de los montes cercanos, había bruma por el horizonte.

Los medios de apreciación de distancia y alturas se realizaron por medio de referencias sobre el terreno.

Durante todo el tiempo de la observación no se apreció -- ningun ruido extraño.

CONCLUSIONES

Tomada declaración a todos los testigos presenciales, uno por uno, y por separado, no hubo ninguna contradicción, todos coincidieron exactamente en sus manifestaciones.

De sus informes se desprende, que el día 2 de Enero sobre las 23,00 horas un objeto volador no identificado, sobrevoló el Campo de Tiro de Bardenas Reales, inicialmente a escasa altura sobre el terreno y a poca velocidad hasta el momento en que llegó a la altura de la Torre Principal, lugar de la observación, en el que se elevó rápidamente adquiriendo gran velocidad y desapareció en dirección N.W.

CONFIDENCIAL

Offizieller Bericht und Illustration aus dem Luftwaffen-Dokument zu den UFO-Manövern über dem Truppenübungsplatz Bardenas Reales bei Navarra.

Sie behielt ihre Gültigkeit, bis im Januar 1975 ein UFO auf dem Truppen-Übungsgelände von Poligono de Tiro de las Bardenas Reales bei Navarra landete. In der Nacht des 2. Januar gegen 23.00 Uhr bemerkte eine vierköpfige Patrouille zwei helle Lichter am Nordostende des Geländes, von denen eines neben einem Wachturm zu landen schien, während das zweite kurz vor dem Turm hochzog und in nordwestlicher Richtung verschwand. Über Funk riefen sie den diensthabenden Feldwebel, der jetzt, mit einem Fernrohr ausgerüstet, ebenfalls das zweite Leuchtobjekt sah. Er beschrieb es als *„eine umgekehrte Schüssel, aus der ein Lichtkegel kam, der den Boden beleuchtete und ungefähr die Größe eines Lastwagens hatte.“* Als die Presse von dem Vorfall erfuhr, erklärte die Luftwaffe kurzerhand, die Soldaten wären Opfer einer optischen Täuschung geworden, das „UFO“ sei bloß der Mond gewesen. Doch die UFO-Akten, die 1976 Benitez ausgehändigt wurden, kamen zu einer ganz anderen Schlußfolgerung:

„Alle Zeugen wurden nacheinander und getrennt befragt; Widersprüche konnten nicht entdeckt werden; alle Beschreibungen stimmen überein. Aus ihren Berichten konnte die Tatsache entnommen werden, daß ... unbekannte Flugobjekte... in geringer Höhe und mit geringer Geschwindigkeit über dem Boden flogen... schnell hochstiegen und mit hoher Geschwindigkeit in nordwestlicher Richtung verschwanden.“

Was ebenfalls erst die Akten enthüllten: Drei Tage später wiederholte sich der Vorfall, beobachtete wieder eine vierköpfige Wachmannschaft an derselben Stelle ein UFO. Als es davongeflogen war, untersuchte eine motorisierte, bewaffnete Patrouille die Landestelle - und fand einen Kreis verbrannten Grases.

Die Luftwaffe reagierte schnell. Schon am 10. Januar ergingen neue *„Instruktionen zur Information über angebliche UFO-Sichtungen“,* verfaßt von General Mariano Cudra, jetzt Staatssekretär der Luftwaffe, an die Stabschefs, diesmal noch ausführlicher als die Anweisungen von 1968. Ein Jahr später wurden die 16 UFO-Akten an Benitez freigegeben. Doch zu dem großen Durchbruch kam es erst in den Neunziger Jahren...

Die neue Offenheit belgischer und sowjetischer Militärs im Frühjahr 1990 (Siehe Kapitel 2) ermutigten den spanischen UFO-Experten Vincente-Juan Ballester-Olmos zu einer neuen Strategie: Er entschied sich zu direkter Kommunikation, machte Termine mit Offizieren des Büros für Öffentlichkeitsarbeit, der Luftsicherheitssektion und schließlich Mitgliedern des Stabes, denen er sein Anliegen persönlich vortrug. Dann, im Februar

1991, verfaßte er ein *„Memorandum an den Stabschef"*, indem er die Mitarbeit seiner Organisation bei der Lösung des UFO-Rätsels anbot, ganz nach dem Vorbild der Zusammenarbeit zwischen der Luftwaffe und SOBEPS in Belgien. Weiter bat er um die Freigabe klassifizierter UFO-Akten, um es Forschern zu ermöglichen, auch historischen Fällen nachzugehen. Damit kam der Stein ins Rollen. Am 22. Mai 1991 bestätigte das Verteidigungsministerium die Existenz von 55 Akten über UFO-Vorfälle im Zeitraum zwischen 1962 und 1988 und räumte ein:

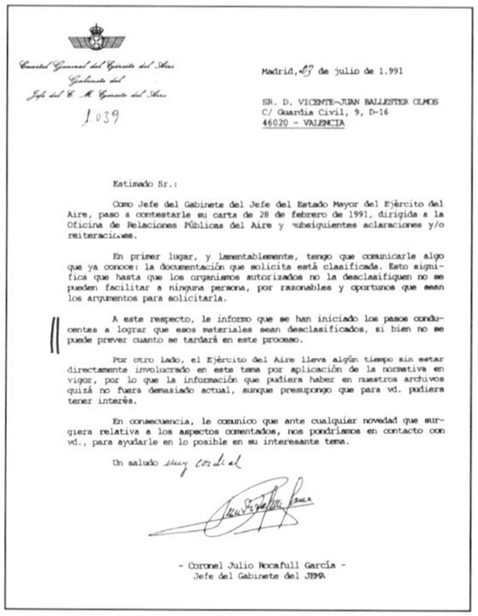

Cuartel General del Ejército del Aire
Gabinete del
Jefe del E. M. Ejército del Aire
1.039

Madrid, 27 de julio de 1.991

SR. D. VICENTE-JUAN BALLESTER OLMOS
C/ Guardia Civil, 9, D-16
46020 - VALENCIA

Estimado Sr.:

Como Jefe del Gabinete del Jefe del Estado Mayor del Ejército del Aire, paso a contestarle su carta de 28 de febrero de 1991, dirigida a la Oficina de Relaciones Públicas del Aire y subsiguientes aclaraciones y/o reiteraciones.

En primer lugar, y lamentablemente, tengo que comunicarle algo que ya conoce: la documentación que solicita está clasificada. Esto significa que hasta que los organismos autorizados no la desclasifiquen no se pueden facilitar a ninguna persona, por razonables y oportunos que sean los argumentos para solicitarla.

A este respecto, le informo que se han iniciado los pasos conducentes a lograr que esos materiales sean desclasificados, si bien no se puede prever cuanto se tardará en este proceso.

Por otro lado, el Ejército del Aire lleva algún tiempo sin estar directamente involucrado en este tema por aplicación de la normativa en vigor, por lo que la información que pudiera haber en nuestros archivos quizá no fuera demasiado actual, aunque presupongo que para vd. pudiera tener interés.

En consecuencia, le comunico que ante cualquier novedad que surgiera relativa a los aspectos comentados, nos pondríamos en contacto con vd., para ayudarle en lo posible en su interesante tema.

Un saludo muy cordial

- Coronel Julio Rocafull García -
Jefe del Gabinete del JEMA

Mit diesem Schreiben informierte das Büro des Stabschef V.J. Ballester Olmos über die bevorstehende Freigabe der UFO-Akten.

„Es könnte sich als angemessen erweisen, daß der Generalstab die Archive der Luftsicherheit für Personen mit berechtigtem Interesse öffnet." Zwei Monate später erhielt Ballester-Olmos ein Schreiben des Kabinettschefs des Stabes der Luftwaffe: *„Angemessene Schritte zur Freigabe des UFO-Materials sind eingeleitet worden."* Dazu gehörte ein Rundbrief an die Luftkommandos der verschiedenen Regionen Spaniens, ihre UFO-Akten dem Verteidigungsministerium in Madrid *„aus Zentralisierungsgründen"* zu übersenden. Im Dezember 1991 legte der Luftwaffenstab dem Verteidigungsminister seine Absicht, *„60 UFO-Berichte freizugeben"*, zur Prüfung vor.Am 15. Januar 1992 gingen die UFO-Akten auf Anweisung des Verteidigungsministers zur Prüfung dem Luftoperations-Kommando MOA zu, dem spanischen ATIC, also dem Nachrichtendienst der Luftwaffe. Am 14. April 1992 tagte der Generalstab und entschied auf Empfehlung des MOA, die Klassifikation der UFO-Akten von *„Geheimsache"* auf *„Vertraulich"* herabzusetzen, womit sie wieder in den Hoheitsbereich der Luftwaffe fielen; damit war die Entscheidung vom 3.3.79 aufgehoben! Und er legte die zukünftige Vorgehensweise in der Handhabe von UFO-Vorfällen fest: Danach sollte fortan jeder einzelne Fall von Nachrichtendienst-Offizieren auf die Frage hin überprüft werden, ob seine Veröffentlichung Bereiche der Nationalen Sicherheit tangieren würde. Wenn nein, könne der Stab der Luftwaffe über seine Freigabe entscheiden. Diese Richtlinie wurde im Juni 1992 mit der Direktive IG-40-5 des Luftwaffen-Nachrichtendienstes konkretisiert:

„Wird ein UFO-Fall von Zivilisten gemeldet, wird er an die regionale Luftbehörde und an das MOA-Headquarter (auf der Torrejon de Ardoz-Luftwaffenbasis bei Madrid) weitergeleitet. Wenn die Luftregion entscheidet, daß eine Untersuchung eröffnet werden soll, muß ein schriftführender Offizier (von der Berichtsstelle) mit der Durchführung der Nachforschungen beauftragt werden. In wichtigen Fällen benennt das MOA einen weiteren, spezialisierten Untersuchungsoffizier (von der nachrichtendienstlichen Sektion), um der Untersuchung beizuwohnen. Sämtliche Informationen werden als ‚Vertraulich!' klassifiziert. Die nachrichtendienstliche Sektion des MOA-Stabes führt die Akten und entscheidet über ihre mögliche Freigabe."

Dem folgte eine Revision der bisherigen Anleitungen zum Umgang mit UFO-Sichtungsfällen von 1968 bis 1975. Die neuen Anweisungen waren sehr viel gründlicher und umfangreicher, was das verstärkte Interesse an den UFOs dokumentiert. Jetzt hat jeder Offizier, der eine Untersuchung leitet, genaue Daten über Wetterverhältnisse, Flugaktivität, Radarortungen, Beobachtungen durch Piloten, Funkverkehr mit Fluglotsen etc.

einzuholen. Hält er es für angemessen, kann er auch über die Medien die Öffentlichkeit auffordern, weitere Beobachtungen direkt der Luftwaffe zu melden. Nach Abschluß der Untersuchung soll er die Glaubwürdigkeit des Berichtes in einer Skala von A-D, seine inhaltliche Qualität von 1-4 einstufen. Zudem beinhalten die Anweisungen Richtlinien für den Umgang mit UFO-Fotos und Fragmenten. Ein Beispiel für den Aufbau von Meldeberichten ist ebenso angefügt wie ein 16-seitiger Fragebogen, der alle Möglichkeiten - von Lichtern am Himmel bis zu Landungen und Begegnungen mit Insassen - in Betracht zieht.
Und auch mit der Freigabe der UFO-Akten ließ die spanische Luftwaffe nicht lange auf sich warten. Seit Herbst 1992 sind die ersten UFO-Berichte in der Bibliothek des Luftwaffen-Hauptquartiers in Madrid für jedermann einsehbar. Bis Ende 1993 waren die UFO-Akten aus der Zeit von 1967-69 deklassifiziert, weitere werden folgen...

GRIECHENLAND

Professor Santorini ist einer der wenigen großen griechischen Physiker von internationalem Ruf. Er ist Schüler und Freund Albert Einsteins gewesen, hatte Pionierarbeit bei der Entwicklung der Radarsysteme, der Atombombe und der Napalmbombe geleistet, ist Inhaber von zwei Grundpatenten des von Amerika für seine Fernlenkraketen übernommenen Leitsystems und Verfasser von 190 wissenschaftlichen Arbeiten. Er vertrat Griechenland auf 23 internationalen wissenschaftlichen Kongressen und ist Mitglied der Akademie der Wissenschaften in New York. Sein Heimatland zeichnete ihn mit seinen beiden höchsten Orden aus, dem „Georg I." und dem „Phoenix". Professor Santorini ist also alles andere als ein Phantast. Und er ist sich sicher, was die UFOs betrifft: *„Meine eigenen Beobachtungen von ‚fliegenden Untertassen' über Athen und meine späteren Untersuchungen haben mich zu der Überzeugung geführt, daß ‚fliegende Untertassen' laufend die Erde überwachen und Pflanzen- und Tierproben mitnehmen".* Seine persönlichen Erfahrungen mit ihnen begannen 1947, als man der griechischen Armee ein Team von Wissenschaftlern und Ingenieuren zuteilte, um das zu erforschen, was man für russische Raketen hielt, die über Griechenland flogen. *„Wir stellten fest, daß es keine Raketen waren, aber bevor wir mehr unternehmen konnten, befahl die Heeresleitung, nachdem mit Beamten des Pentagon konferiert worden war, alle Beobachtungen abzubrechen."*

Zwei Jahrzehnte später gab man sich da offener. Nachdem der NATO-Kampffliegerstützpunkt Larissa von 1974 bis zum 18. Januar 1978 siebenmal Ziel der unbekannten Flugobjekte geworden war, erklärte General Constantinos Margaritis, früherer Oberkommandeur der griechischen Luftwaffe, die UFOs *„konnten eine ernsthafte Gefahr für die Sicherheit unseres Landes darstellen".* Aus dem selben Zeitraum konnte die griechische THETA-UFO-Studiengruppe mit Sitz in Athen 117 Sichtungsfälle untersuchen. Robert D. Shorter, ein in Athen lebender amerikanischer Ingenieur und Mitglied der THETA, erfuhr aus Luftwaffenkreisen von einem 16 mm-UFO-Film, der von Bord eines Abfangjägers aus aufgenommen und von Experten der Luftwaffe ausgewertet wurde. *„Ein zuverlässiger Informant unterrichtete mich, daß in höchsten militärischen Kreisen eine gründliche UFO-Studie läuft, und daß einige der Spitzen zu der Überzeugung gekommen sind, daß UFOs fremde Raumschiffe sind".* Staff Sergeant William S. Baker, der zu den amerikanischen NATO-Einheiten in Griechenland gehört, geht noch weiter: *„Ich könnte Ihnen hohe griechische Offiziere nennen, die UFO-Sichtungen hatten und sie als höchst bedrohlich bezeichneten. Aber die offizielle Politik in dieser Angelegenheit zwingt sie zum Schweigen."* Außerdem ist Baker aufgrund seiner Informationen davon überzeugt, daß Griechen und Amerikaner auf geheimer Ebene in der Aufklärung der UFO-Operationen zusammenarbeiten. Bereits am 11. August 1977, als der englischsprachige ATHENS COURIER über eine UFO-Sichtung über der Akropolis berichtete, wurde ein „hoher Sicherheitsbeamter" zitiert, der von einer griechisch-amerikanischen Zusammenarbeit auf dem UFO-Gebiet sprach. Ingenieur Shorter schließlich weiß sogar, *„daß die beiden Länder das Thema auf streng geheimen Treffen diskutierten und den RF-4C-Abfangjägern Kameras eingebaut wurden. Sie stehen in ständiger Alarmbereitschaft, um die UFOs zu verfolgen und zu filmen, sobald sie über dem Land erscheinen."*

Es war Mitte 1977 über der Ägäis, vor der Küste der Stadt Velos. Den genauen Zeitpunkt wie den Namen des Zeugen haben die Behörden unter Geheimhaltung gestellt. Wir wissen nur, daß es ein 26-jähriger Fliegerleutnant war, der sich kurz nach der Abenddämmerung auf einem Routineflug befand. Sein Flugzeug, die Vought A-7H Corsair II, war einst von der US-Luftwaffe in Vietnam als behendes Angriffsflugzeug zum Einsatz gekommen, bis es im Rahmen des NATO-Programms „zur gegenseitigen Hilfe" an Griechenland verkauft wurde. Der Leutnant war bereits drei Jahre im aktiven Dienst und hatte es auf über 700 Flugstunden gebracht. Als er routinemäßig den Abendhimmel absuchte, bemerkte er in Richtung seiner rechten Flügelspitze ein aufblitzendes Licht. Zuerst dachte er, es wäre ein fremdes Kampfflugzeug, doch nach wenigen Sekunden entpuppte es sich als ein scheibenförmiges Flugobjekt. Das UFO wendete und schoß jetzt auf ihn zu. Sein Bericht: *„Als es sich näherte, sah ich ein kreisrundes Flugobjekt von 10 Meter Durchmesser mit einer glatten, silbrigen Oberfläche und einem erhöhten Zentrum."* Dem Fliegerleutnant wurde die Situation unheimlich, und so wich er nach links aus, beschleunigte und setzte zum Sturzflug an. Das UFO folgte ihm. *„Ich war beeindruckt und verängstigt zugleich, was seine Manövrierfähigkeit betraf. Es war klar, daß das Objekt intelligent kontrolliert wurde. Ich ging von 5500 auf 3000 Meter herunter, und das Objekt tat dasselbe, immer in jenem ‚toten Winkel' verbleibend, wo ich es nicht mit meinen Bordkanonen treffen konnte."* Die nächsten sieben Minuten lang versuchte der junge Leutnant vergeblich, seinen Verfolger auszumanövrieren. Erst als er es schon fast aufgegeben hatte, weiter um sein Leben zu kämpfen, als ein Entkommen unmöglich erschien, nahm die Jagd ein Ende. Das UFO schoß davon, drehte nach Süden ab und verschwand am Horizont.
1978 erklärte der griechische Verteidigungsminister E. Averoff Tositas vor dem NATO-Generalstab in Brüssel, daß die UFO-Operationen eine potentielle Gefahr für den europäischen Kontinent darstellten: *„Ich empfehle eine sofortige Untersuchung über Ursprung und Identität dieser unbekannten Phänomene im Luftraum".* Auf einer anschließenden Pressekonferenz im Athener Select-Hotel meinte er zu den Reportern: *„Ich hatte einst meine Zweifel, ob es UFOs geben könnte. Jetzt zweifle ich nicht länger daran."*

UFOs - auch heute noch ein Problem für die NATO? Bereits 1961 hatte General L.M. Chassin, der damalige NATO-Koordinator der Luftverteidigung, erklärt: *„Fliegende Untertassen sind für uns von größter Wichtigkeit. Ich habe gefordert, daß die Regierungen die Initiative ergreifen, und anstatt diejenigen lächerlich zu machen, die an Untertassen glauben, Untersuchungskommissionen einsetzen, und zwar in so vielen zivilisierten Ländern wie möglich. Wir müssen uns eifrigst darum bemühen, daß die Verschweigungsverschwörung Nachrichten über Phänomene von höchster Wichtigkeit nicht unterdrücken kann. Denn das hätte Konsequenzen, die unberechenbar für die gesamte menschliche Rasse sein könnten."*

23. BOTSCHAFT VON DEN PLEJADEN

Dienstag, der 28. Januar 1975 war ein trüber Wintertag im Schweizer Vorgebirge des Kantons Zürich. Der Himmel war grau und wolkenverhangen, die Luft feucht und auf dem noch gefrorenen Boden lagen vereinzelte Häufchen Schnee, der nur allmählich taute, immer dann, wenn das Thermometer mal wieder für kurze Zeit über die 5°C kletterte. Doch so wenig einladend dieser Tag auch war, irgendetwas trieb den Mann aus Hinwil dazu, sich seine Kamera zu greifen, sein Bauernhaus zu verlassen, auf das Moped zu steigen und hinauszufahren, ohne überhaupt genau zu wissen, wohin. Schließlich, es war mittlerweile kurz nach 14.00 Uhr, kam er in eine entlegene Gegend nahe einem Naturschutzgebiet, als er einen Lastwagen mit deutschem Kennzeichen bemerkte. Er war selber mal LKW-Fahrer gewesen, hatte in einem ähnlichen Truck den ganzen Nahen Osten durchfahren, bis er bei einem Verkehrsunfall in der Türkei seinen linken Arm verlor. Seitdem war sein sonst eher abenteuerliches Leben etwas ruhiger verlaufen. Auf dem Heimweg hatte er in Griechenland seine Frau Kalliope kennengelernt und gleich geheiratet, bevor er in die Schweiz zurückkehrte, um dort als Nachtwächter seinen Lebensunterhalt zu verdienen. Doch er war nicht bloß ein Abenteurer, ein Rumtreiber. Tief in seinem Herzen hatte ihn immer die Suche nach Wahrheit und Wissen in die Ferne getrieben, in die Gemeinschaft islamischer Sufis oder in den buddhistischen Ashoka-Ashram in Indien.

Drei Fotos, die der Schweizer am 28.1.1975 aufnahm. Durch sein starkes Kraftfeld wirkt das Objekt auf manchen Bildern verzerrt, sein Umfeld (einschließlich des LKWs) verschwimmen wie in einer Luftspiegelung.

Sein Schwelgen in Erinnerungen wurde jäh unterbrochen, als ein lautes Sirren in der Luft ertönte. Es war nicht das erste Mal, daß er dieses Geräusch hörte. Sofort schaute er hinauf zum wolkenverhangenen Himmel - und sah ein seltsames Flugobjekt. Es war ein gleißender Teller, eine metallische Scheibe, die aus den Wolken hervorgeschossen war, plötzlich ihre Geschwindigkeit verringerte und langsam über dem nahegelegenen Wald auf ihn zuflog. Ihr Oberbau unterschied sich von ihrem Unterbau nur durch eine Reihe roter, hochgestellter Rechtecke, die ihn umgaben. Jetzt wußte der Schweizer, was er zu tun hatte. Er riß seine Kamera hoch, schoß ein Foto, ein zweites, ein drittes. Die Scheibe flitzte in wahnsinniger Geschwindigkeit hin und her, stand mal über dem Wald, dann wieder über dem Laster, verharrte sekundenlang an einer Stelle, um dann wieder davonzuschießen. Dabei schien ihre Unterseite zu vibrieren, zu flimmern, wurde verzerrt wie eine Fata Morgana. Dieses Wabern erfaßte auch den LKW, als der Teller über ihm stand, dann wieder die Tannen des Waldes. Die ganze Szenerie war gespenstisch und nach vielleicht sechs Minuten ebenso plötzlich zu Ende, wie sie begonnen hatte. Kurze Zeit später beobachtete unser Mann, wie der Lastwagenfahrer aus dem Wald zu seinem Truck zurückkehrte, ihn bestieg und davonfuhr. Er war jetzt völlig alleine in dieser Waldgegend, und er spürte, er müsse warten, die Scheibe würde zurückkehren. Nach einigen Minuten hörte er im Hintergrund, wie der Kettenhund eines entfernten Bauernhofes anschlug. Laut kreischend stiegen Rabenvögel aus den Baumwipfeln auf, Unruhe breitete sich aus, dann ertönte wieder das Sirren. Die Scheibe war zurück. Im Osten schoß sie aus den Wolken, bremste ab, kurvte schließlich ganz langsam über den Wald zur Lichtung hin, wo der Schweizer stand und fotografierte. Kurz schaute er auf die Uhr: Es war genau 14.32 Uhr, als das UFO in nur 180 Meter Entfernung vor ihm sanft auf dem Wiesengrund der Waldlichtung aufsetzte - völlig lautlos, nachdem das Sirren kurz vorher verstummt war. Fasziniert ging er langsamen Schrittes auf die Scheibe zu. Nur noch hundert Meter von ihr entfernt, spürte er etwas wie eine starke Kraft, die ihn zu bremsen schien, als würde er gegen die Winde eines völlig lautlosen Sturms, gegen einen unsichtbaren Widerstand anlaufen. Ein paar Meter schaffte er noch, dann setzte er sich erschöpft auf den Boden, um aus der größtmöglichen Nähe zu beobachten, was jetzt geschehen würde.

Es dauerte nur eine Minute, als sich etwas rührte. Hinter dem Objekt kam eine Gestalt in einem enganliegenden grauen Overall hervor, um den Hals einen Ring, der offenbar zum Aufsetzen eines Helmes diente, den sie jedoch nicht trug. Statt dessen wehten lange, hellblonde Haare im Wind, die ein weibliches Gesicht umgaben. Es war eine Raumschiffpilotin, vielleicht 1,70 m groß, schlank und von natürlicher Anmut und Schönheit. Sie kam auf ihn zu, reichte ihm ihre Hand, half ihm mit festem Griff auf und sprach ihn in perfektem Deutsch an - Worte, die unser Mann fasziniert und verzaubert tief in sich aufnahm...

Eduard Meiers Kontakt mit dem Sternenmädchen Semjase, wie der US-Künstler Jim Nicholson ihn sieht.

„Du bist ein furchtloser Mensch“, begrüßte sie ihn, *„wir haben dich über Jahre hinweg studiert“.*
Sie nannte sich „Semjase“, erklärte, sie stamme vom „Siebengestirn“, den Plejaden. Der Grund für diese Landung, so Semjase, sei, daß sie ihn, diesen so neugierigen und furchtlosen Schweizer, auserwählt habe, der Welt eine Botschaft zu überbringen. Zu diesem Zweck würde ihr Volk ihn fortan regelmäßig

kontaktieren, wenn er bereit wäre, diese Aufgabe anzunehmen. Er war. Und das war ihre Botschaft:
„Über allem steht nur eines, das über Leben und Tod jedes Wesens Macht besitzt. Es ist die Schöpfung allein, die über alles ihre Gesetze ausgelegt hat. Gesetze, die unumstößlich sind und ewige Gültigkeit haben. Der Mensch vermag sie zu erkennen in der Natur, wenn er sich darum bemüht. Sie legen ihm den Lebensweg dar und den Weg zur geistigen Größe, die des Lebens Ziel darstellt. So der Mensch aber seinen Religionen frönt, und damit einer bösen Irrlehre, verkümmert sein Geist mehr und mehr und führt schlußendlich in einen bodenlosen Abgrund."

Statt die spirituellen Gesetze zu studieren, so Semjase, würde der Mensch Kultreligionen folgen und Götter anbeten, die nichts anderes seien als außerirdische Besucher der Vergangenheit, die sich selbst zu Göttern erhoben hätten, um Macht über die primitiven Menschen zu bekommen und sie versklaven zu können. Deshalb verehren die Menschen tote Idole, statt die Gesetze der Schöpfung zu studieren und sich zu bemühen, in Harmonie mit der Natur zu leben. Ihre falschen Religionen entfremden sie von der Schöpfung - und in ihrer Ignoranz, legitimiert durch das Prinzip, sich die Erde untertan zu machen, zerstören sie ihren Planeten. Denn die Außerirdischen seien keine Götter, erklärte Semjase später,
„wir sind von der Stufe der Vollkommenheit noch weit entfernt und müssen uns ständig weiterentwickeln. Wir sind nicht die sogenannten Übermenschen oder Supermenschen, wie die Erdenmenschen uns in ihrem Unwissen und ihren Vorstellungen zu benennen belieben. Wir sind auch keine Lehrer, Missionare und Wegbereiter. Wir haben nur die Aufgabe in der Pflicht, das sich im Weltenraum entwickelnde und auch schon bestehende humane Leben zu bewahren. Das heißt, daß wir uns bemühen, Ordnung zu halten und gewisses Leben zu überwachen. Hie und da treten wir an die Bewohner von verschiedenen Welten heran, suchen einzelne heraus und geben ihnen Erklärungen ab. Dies aber nur dann, wenn eine Rasse sich höher entwickelt und langsam denkend wird. Langsam bereiten wir sie dann darauf vor, daß sie sich mit dem Gedanken vertraut machen, nicht die einzigen denkenden Wesen im Universum zu sein.
Hie und da helfen wir auch auf telepathischer Basis mit, gewisse Kenntnisse keimen zu lassen und zeitnotwendige technische Erfindungen zu machen."

Diese Begegnung sollte der Anfang einer Reihe von Kontakten sein, die vielleicht bis auf den heutigen Tag andauern. Denn um dieses Wissen zu verbreiten, die Menschen wissen zu lassen, was die Wurzeln unseres falschen Umgangs mit der Schöpfung sind und eine Idee echter Spiritualität = Lehre vom Leben nach den Naturgesetzen zu vermitteln, schickten die Plejadier den Schweizer hinaus in die Welt. Damit er auch angehört wird, erlaubten sie ihm in den kommenden Jahren dutzende Male, ihre Schiffe zu fotografieren und zu filmen, mehr noch, sie gaben ihm sogar Gesteinsproben von anderen Planeten und Metall von ihren Schiffen mit. Und schließlich gestatten sie ihm, Zeugen zu seinen Kontakten mitzunehmen. Auch wenn diese stets in sicherer Entfernung von einigen huntert Metern warten mußten, so sahen sie doch, wie die leuchtenden Scheiben aus der Schwärze der Nacht heranschossen und in Waldlichtungen niedergingen, zu denen er gerade gefahren war.
Doch trotz dieser zumindest auf den ersten Blick überwältigenden Beweise war die Reaktion der Außenwelt eher skeptisch. Vieles von dem, was die schöne Semjase und ihre Gefolgsleute von den Plejaden dem Züricher erzählten, klang allzu phantastisch, wie eine Mischung aus Science Fiction und der Heilsbotschaft einer Sekte. Mehr noch, es tauchten Fotos auf, die nur allzu verdächtig nach Trick aussahen. All das war Wasser auf die Mühlen der Skeptiker, die bald von

dem *„niederträchtigsten Schwindel der Ufologie"* sprachen. Daß sich daraufhin - und nach einer ganzen Reihe von Versuchen, ihn ins Jenseits zu befördern - der wackere Schweizer aus der Öffentlichkeit zurückzog und nur noch mit jenen zusammenkam, die ihn ohne wenn und aber akzeptierten, ist zwar menschlich verständlich, trug ihm aber zu allem Überfluß noch den

Eduard „Billy" Meier im Gespräch mit der Schauspielerin Shirley MacLaine am 7.10.1981.

Vorwurf ein, der Guru einer Sekte zu sein. Jedenfalls bestimmte der Kontaktfall des umstrittenen Schweizers Eduard „Billy" Meier die UFO-Kontroverse der späten siebziger und frühen achtziger Jahre. Und er zwingt uns, das Problem der Kontaktler noch einmal aufzurollen.

Über 1200 exzellente Farbfotos fünf verschiedener Modelle plejadischer „Strahlschiffe" - so nannte Semjase ihre Scheiben - nahm Meier in den Jahren 1975-76 auf, außerdem acht 8 mm-Filme, die natürlich bald auf die Aufmerksamkeit engagierter UFO-Forscher stießen. Die erste, die Meiers erstaunliches Beweismaterial sichtete, war die Münchner Ufologin Ilse von Jacobi, es folgte Lou Zinsstag aus Basel, die Großnichte des berühmten Psychoanalytikers Carl Gustav Jung. Lou Zinsstag hatte mehrfach mit ihrem berühmten Verwandten über die UFOs korrespondiert, versucht, ihn von seiner in seinem 1958 erschienenen Buch „Ein moderner Mythos - Von Dingen, die am Himmel gesehen werden" geäußerten These, die „fliegenden Teller" seien in erster Linie psychische Projektionen, abzubringen. Tatsächlich räumte Jung schon damals ein, daß es noch eine andere Möglichkeit gäbe: *„Die UFOs sind reale stoffliche Erscheinungen, Wesenheiten unbekannter Natur, die, vermutlich aus dem Weltraum kommend, vielleicht schon seit langen Zeiten den Erdbewohnern sichtbar waren, aber sonst keinerlei erkennbaren Bezug zur Erde oder deren Bewohnern haben."* Obwohl Lou Zinsstag ihn nicht von George Adamskis Kontakten überzeugen konnte - sie war mit Adamski persönlich befreundet und hatte ihn in die Schweiz eingeladen -, so erstaunte ihn doch die Fotoserie einer UFO-Landung auf einem Gletscher des Bernina-Massivs, aufgenommen von dem italienischen Ingenieur Gianpero Monguzzi, die er minutenlang durch seine Lupe betrachtete. *„Ich finde keinen Hinweis auf eine Fälschung"*, meinte Jung. Als der Psychoanalytiker 1961 verstarb, hatte Lou Zinsstag bereits eine der größten Sammlungen von UFO-Fotos in Europa (die nach ihrem Tod 1986 an die Universität ihrer Heimatstadt Basel ging). Obwohl sie nur eine knappe Autostunde von Meiers Heimatort Hinwil entfernt wohnte, erfuhr Frau Zinsstag ausgerechnet durch einen Freund aus London das erste Mal von Meier. Dieser Freund war Timothy Good, ein junger Violinist des London Symphony Orchestra und ebenfalls begeisterter UFO-Forscher. Good hatte von einer Konzerttournee durch Indien im Herbst 1964 einen Artikel des „Statesman" aus New Delhi mitgebracht, dessen Überschrift bezeichnend war: *„Fliegende Untertassen-Mann verläßt Delhi"*. Er handelte von einem Schweizer namens Edward Albert, der fünf Monate lang wie ein Hindu-Mönch in einer der Höhlen von Mehrauli gelebt

Dieses Foto schoß Eduard Meier am 3.7.1964 kurz nach 16.00 Uhr im Ashoka Ashram bei New Delhi, Indien.

hatte und nun ausgewiesen wurde, angeblich, weil ihm das Geld ausgegangen war. *„Ich habe nicht nur Objekte aus dem Weltraum gesehen, ich habe sie fotografiert und bin in ihnen mitgeflogen“,* erklärte er dem Reporter des „Statesman“, S. Venkatesh, *„Ich habe eine Aufgabe zu erfüllen“.* Nach einigen Recherchen erfuhr Good den Nachnamen des Schweizers (Meiers voller Name ist tatsächlich Eduard Albert Meier) und nähere Angaben über seinen Wohnort. Menschen, die dem Schweizer begegnet waren, erzählten Good von dessen angeblichen Kontakten mit *„einem Mädchen aus dem Weltraum“.* Alle, mit denen er sprach, schilderten „Edward Albert“ als *„aufrichtig und voller Begeisterung“,* und so beschloß Good, dem Fall bei seinem nächsten Besuch in der Schweiz auf den Grund zu gehen. Als sein Orchester 1965 in Zürich gastierte, versuchte er dann auch, den Schweizer zu kontakten und traf sich sogar mit dessen Schwester. Doch Meier hielt sich zu dieser Zeit noch in Griechenland auf, kehrte erst Ende 1966 in die Schweiz zurück, und so konnte Good nur telefonisch mit ihm sprechen. Auch Lou Zinsstag gab schnell auf, nahm die Spur erst wieder auf, als 1975 die ersten Zeitungsberichte über Meier erschienen, woraufhin sie ihn mehrmals besuchte. Ihre Eindrücke schilderte sie Good: *„Eduard ist ein junger Invalide, 38, (...) intelligent und von großer Geschicklichkeit mit seiner rechten Hand. Seine Frau ist Griechin und spirituell eher unbedarft, wie ich herausfand, aber sie haben drei kleine Kinder. Sie leben in einem sehr heruntergekommenen Haushalt in einem sehr alten Bauernhaus mit wenigen, einfachen Möbeln (...) Er ist seit seinem fünften Lebensjahr mit ETs in Kontakt. Zusammen mit seinem Vater sah er ein UFO und traf 1942 einen Außerirdischen. Seitdem geschieht es mit einiger Regelmäßigkeit, daß er alle 11 Jahre neue Besucher trifft.“* Nach einem weiteren Treffen im August 1976 ergänzte sie: *„Ich habe Eduard Meier wieder besucht, der erstaunlichste Mann, den ich je gesehen habe. Er zeigte mir weitere Fotos, von einer Beschaffenheit, die schwer zu beschreiben ist. Wenn er anfängt zu reden, könnte man fast glauben, man höre einem Spinner zu, denn alles, was er sagt, ist so phantastisch. Doch dann waren da seine Fotos, sogar Bilder, die er im Weltraum aufgenommen hat, und die niemand je zuvor gesehen hat, nicht einmal die NASA, da bin ich sicher.(...) Seine Lebensgeschichte ist so phantastisch, daß es mir schwerfällt, sie zu glauben. Aber ein Blick auf seine Fotos bestätigt sie mir jedes Mal aufs Neue. Mehr als je zuvor glaube ich, er ist ein guter Mann, obwohl Esther* (eine Journalistin und Freundin Lous) *Angst vor ihm hat und glaubt, er könnte unter einem Fluch stehen oder selbst ein Hexer sein. Ich glaube das nicht, aber etwas ist ungewöhnlich an dem Mann“.*

Einige Wochen später war sie sicher: *„Wenn Meier sich als Schwindler herausstellen sollte, sollte ich meine ganze Fotosammlung auf das Fährschiff bringen und in den guten alten Vater Rhein von Basel werfen."* Und da weder Lou Zinsstag noch Timothy Good selber die Möglichkeit hatten, die Echtheit der Fotos auch wissenschaftlich beweisen zu lassen, schalteten sie amerikanische Experten ein.

Im Oktober 1977, Meier hatte gerade seinen 89. Kontakt mit den Plejadenbewohnern, traf Lt.Col. Wendelle C. Stevens in Zürich ein. Stevens war seit 1948, als er ein UFO-Aufspürprojekt der US-Luftwaffe in Alaska leitete, von der Realität der UFOs überzeugt.

Semjases „Strahlschiff' und Mirage-Abfangjäger der Schweizerischen Luftwaffe am 14.3.1976 gegen 16.15 Uhr. Foto: E. Meier (Ausschnittsvergrößerung)

„Mich faszinierten die Berichte meiner Piloten, und ich wollte mehr über dieses Phänomen erfahren", erklärte Stevens mir einmal, *„Doch dann machte ich die Erfahrung, daß meine Vorgesetzten, an die ich das ganze Material schickte, offiziell seine Existenz abstritten. Sie verwarnten mich sogar, als ich anderen von den Begegnungen meiner Piloten erzählte. Das erweckte meine Neugier. Warum gab man sich soviel Mühe, das alles zu vertuschen? Was steckte dahinter? Weshalb schien man so besorgt?"* Als er dann 1954 auf eine Luftwaffenbasis in Kalifornien versetzt wurde, kam er mit den ersten Kontaktlern in Berührung. Bald davon überzeugt, daß ihre Geschichten vielleicht den Schlüssel zur Lösung des UFO-Rätsels in sich trugen, ging er jeder einzelnen mit geradezu militärischer Sorgfalt auf den Grund. Als US-Luftwaffenattaché an den amerikanischen Botschaften in Ecuador und Bolivien setzte er seine Studien fort, und als er 1963 in den Ruhestand trat, begann er, alles zu sammeln, was er an UFO-Berichten, Fotos und Dokumenten von Korrespondenzpartnern aus aller Welt zugesandt bekam. Als ihn Lou Zinsstag im September 1976 in seinem Haus in Tucson, Arizona besuchte, umfaßte sein Archiv über 700 Fachbücher und über 3000 UFO-Fotos aus allen fünf Kontinenten: Das größte UFO-Foto-Archiv der Welt. Doch als die Schweizerin einen Briefumschlag mit Meier-Fotos aus ihrem Koffer holte und sie, eines nach dem anderen, auf Stevens Wohnzimmertisch legte, verschlug es ihm fast den Atem: *„Ich habe nichts in meinem Archiv, das qualitativ auch nur annähernd an diese Bilder herankommt"*. Dann betrachtete er die Fotos gründlicher. *„Wenn ein Objekt scharf, der Hintergrund aber unscharf ist, dann weiß man gleich, es ist ein kleines Objekt, nah vor der Linse"*, erklärte Stevens. *„Bei echten UFO-Fotos erkennt man dagegen eine feine Körnung, einen leichten Dunst vor dem Objekt, die Luftpartikelchen und die Feuchtigkeit zwischen ihm und der Linse. Außerdem besteht eine Beziehung zwischen der Färbung des Objektes und der Entfernung, aus der Licht ein Objekt in der Kameralinse spiegelt. Je näher ein Objekt ist, um so rötlicher erscheint es, je ferner es ist, je mehr tendiert es zum bläulichen. Dann*

achte ich auf die Verteilung von Lichtreflektionen. Kleine Modelle mit einer stärkeren Kurvung der Außenseite reflektieren Licht anders als große Objekte." Die Meier-Fotos waren leicht zu analysieren. Sie entstanden alle bei hellem Tageslicht, zeigten deutlich die silbernen Scheiben am Himmel und hatten genügend Landschaft, Bäume und Berge im Hintergrund, zudem Zweige, Wiesen oder - in einem Fall - Meiers Filmkamera im Vordergrund, um als Referenzpunkte die Position des Objektes zu verraten. Auf einem Foto spiegelte sich ein entfernter Feldweg auf der spiegelglatten Unterseite des Objektes, ein exzellenter Schlüssel, um die Entfernung des UFOs zu bestimmen. Eine Fotoserie zeigte sogar ein „Strahlschiff" in verschiedenen Phasen, während es eine massive Schweizer Wettertanne umkreiste. *„Verdammt, die Bilder sind nicht nur phantastisch, ich finde nicht einen Hinweis auf einen Schwindel", staunte Stevens, „Das sind die besten UFO-Fotos, die ich je gesehen habe."* Wären sie Fälschungen, wäre dazu ein Millionenaufwand notwendig gewesen. *„Aber Meier ist arm wie eine Kirchenmaus. Er lebt von 700 Franken Rente im Monat. Und er hat kein Interesse daran, seine Erlebnisse zu vermarkten. Mir verkaufte er die Fotos für zwei Franken pro Stück, fast zum Selbstkostenpreis",* versicherte Lou Zinsstag. Stevens Begeisterung steigerte sich noch mehr, als er erfuhr, daß Meier über tausend Bilder dieser exzellenten Qualität gemacht hatte, wobei *„sein letztes Geld für Filme und Entwicklung draufging".* Er hatte es sich immer zum Prinzip gemacht, interessante Fälle vor Ort zu recherchieren, Zeugen in die Augen zu sehen und ihren Hintergrund zu studieren. So stand für Stevens fest: Er mußte in die Schweiz. Es dauerte noch ein Jahr, dann begegnete Lt.Col.Stevens dem Mann, der die erstaunlichsten UFO-Fotos der Welt aufgenommen hatte. Er verbrachte Stunden damit, auf ausgedehnten Spaziergängen durch die Wälder Meiers ganze Geschichte zu erfahren: Seine Kontakte in der Kindheit mit dem Plejadier Sfath, seine Begegnungen in Indien mit der schönen Asket aus dem Dal-Universum, die bis 1964 andauerten, das Versprechen der Außerirdischen, 11 Jahre später zurückzukehren, seine Erlebnisse mit Semjase, seine Raumflüge im UFO und seine Philosophie, die er „Geisteslehre" nannte. Und Stevens hörte aufmerksam zu, versuchte vergeblich, Widersprüche in seinen Aussagen zu entdecken und begann, sich ein Bild von dem geheimnisvollen Schweizer zu machen. *„Er ist ein Mann mit vielen Gesichtern",* schlußfolgerte Stevens schließlich.

Als nächstes führte Meier den Amerikaner zu den Plätzen, an denen seine Fotoserien entstanden sind. Eine davon zeigte das UFO zuerst als einen undeutlichen Punkt am Himmel, auf der nächsten ist zumindest seine Form zu erkennen, auf den folgenden enthüllt es, je näher es kommt, immer neue Details, bis es schließlich vor der schon tief am Himmel stehenden Sonne hinter einem massiven Baum schwebt. Diese Bilder, am 29.3.1976 in Hasenbol-Langenberg aufgenommen, faszinierten Stevens besonders. Da sich das Licht der untergehenden Sonne, das die ganze Landschaft in ein Gold-Orange taucht, an der Kuppel des UFOs bricht, ist eine Doppelbelichtung ausgeschlossen. Auch ein kleines Modell kann es nicht gewesen sein, da ein solches in ähnlicher Position stärkere Lichtkontraste aufweisen, tief schwarz erscheinen würde, statt sanft von dem Sonnenlicht umhüllt zu werden. Zudem ergab eine gründliche Analyse, daß die Zweige des noch winterkahlen Baumes - der, da näher, sehr viel schattenhafter wirkt als das UFO - vor dem Strahlschiff stehen. Als Stevens und Meier zu der Stelle fuhren, stießen sie auf eine Hürde. Das Gelände befand sich mitten auf dem Land eines Bauern und war versperrt durch einen Stacheldrahtzaun und ein Holzgatter. Die beiden fuhren also zum Hof des Besitzers, baten um Erlaubnis, das Gelände betreten zu dürfen. *„Haben Sie Herrn Meier schon einmal gesehen?",* fragte ihn Stevens. *„Ja, er kam vor über einem Jahr mit*

Strahlschiff umkreist Wettertanne oberhalb des Pfäffikersees im Kanton Zürich, 9.7.1975, kurz nach 15.00 Uhr. Meier fotografierte die Umkreisung in allen Phasen.

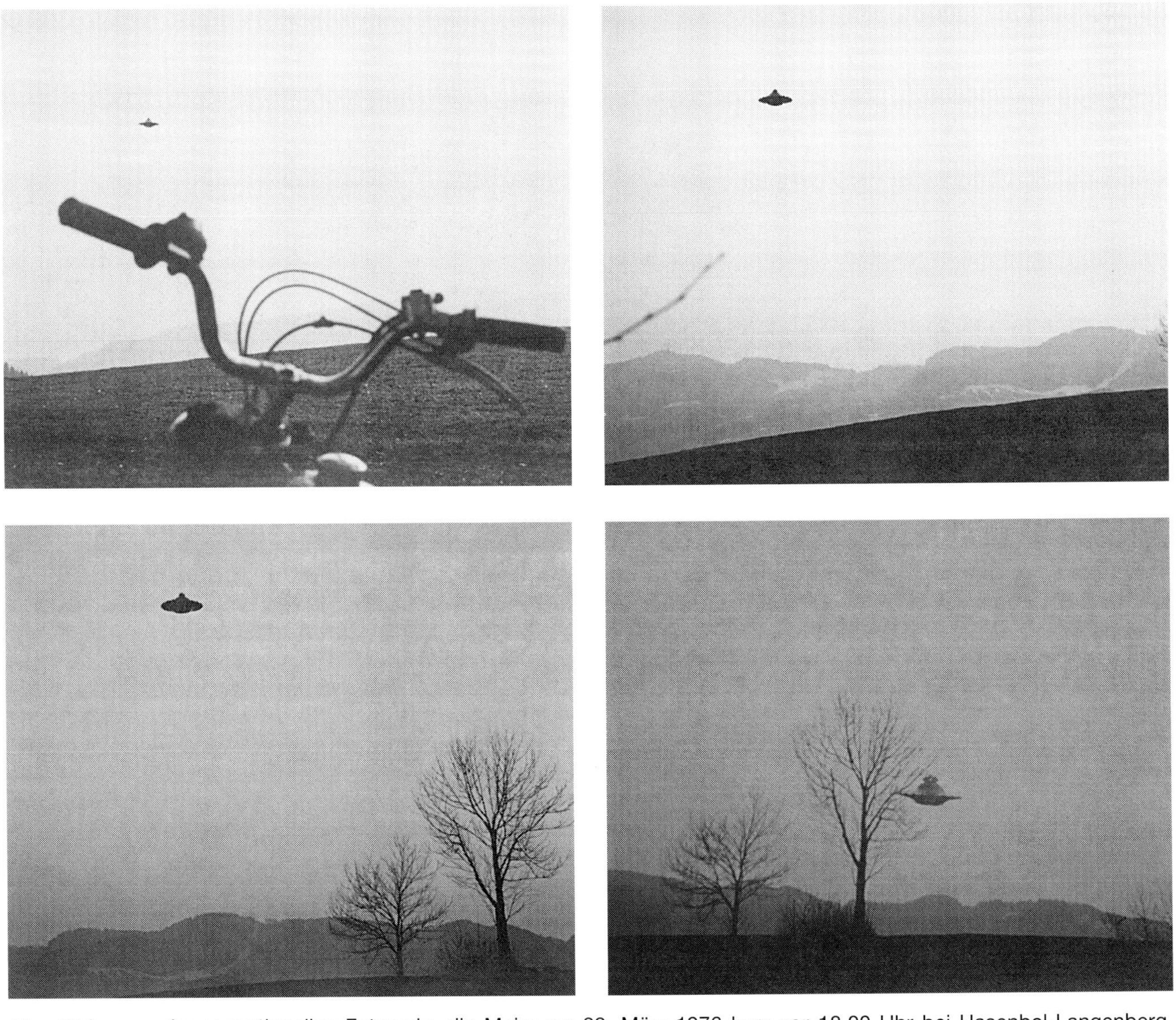

Vier Bilder aus der sensationellen Fotoserie, die Meier am 29. März 1976 kurz vor 18.00 Uhr bei Hasenbol-Langenberg, Kanton Zürich aufnahm. Semjases Strahlschiff im Anflug schwebt schließlich hinter einem 30 m hohen Baum. Gründliche Analysen durch amerikanische Experten bestätigten die Echtheit der Aufnahmen. Der Durchmesser des UFOs liegt bei 7 Metern.

seinem Moped." „Erinnern Sie sich noch, was er auf dem Moped geladen hatte?" „Er hatte Kameras, eine Fototasche und ein Stativ dabei." „Sahen Sie noch etwas Scheibenförmiges, wie eine Radkappe?" „Nein, ganz bestimmt nicht. Das wäre mir aufgefallen", erwiderte der Bauer. An der Lokation entdeckte Stevens gleich den Baum. Er war 30 Meter groß und stand auf dem Rücken einer Erhebung, hinter der es bergab in eine Talmulde ging. Ein cleverer Schwindel? Immer mehr verdichtete sich für Colonel Stevens die Gewißheit, daß dem nicht so war.

Dann traf er Meiers Zeugen. Sie alle waren knochentrockene Skeptiker, die vom Saulus zum Paulus bekehrt wurden, die skeptisch nach Hinwil gekommen waren und, von allen Zweifeln geheilt, den Schweizer verließen. Einer davon war der österreichische Schuldirektor Guido Moosbrugger. *„Ich hatte in der Zeitung von Meier gelesen, hatte ihn angeschrieben und war auf seine schriftliche Einladung hin am 15. Mai 1976 nach Hinwil gereist",* erzählte Moosbrugger, *„Am Abend des 16. Mai wollte ich - nach wie vor ungläubig - wieder abreisen, doch Billy (Meier) machte mir den Vorschlag, noch eine Nacht zu bleiben, da er das Gefühl hatte, daß sich in dieser Nacht etwas Besonderes ereignen würde."* Gegen 22.00 Uhr stand fest, wann dies der Fall sein würde. *„Zwischen halb eins und eins",* rief er Moosbrugger kurz zu. *„Ja, was denn?",* fragte der Österreicher. Statt zu antworten, machte Meier eine wellenförmig wedelnde Handbewegung, als wollte er den Flug eines Raumschiffes andeuten. Eine Stunde zuvor, gegen 23.30 Uhr, verließen die Männer, außerdem Herr Schutzbach, ein Freund Meiers, und seine Frau Kalliope das Haus. Während Billy mit seinem Moped voranfuhr, folgten die drei ihm in Moosbruggers Wagen, bis er sie - nach einer fast einstündigen Irrfahrt - anwies, am Rande eines Feldweges zu halten. Nach einiger Zeit setzte Meier seine Fahrt in Richtung eines nahegelegenen Waldstückes fort. Nur

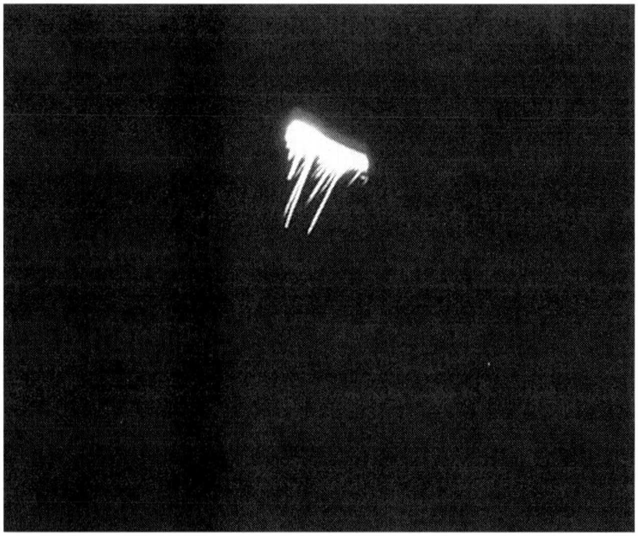

Guido Moosbrugger, ein Zeuge der Meier-Kontakte, nahm dieses Bild in der Nacht des 13.6.1976 auf.

wenige Minuten später verschlug es Moosbrugger den Atem. *„Wie aus dem Nichts erschien eine feuerrote, scheinwerfergroße Scheibe über einer Waldschneise",* erinnerte sich Moosbrugger, *„sie schwebte zunächst ruhig in der Luft, schaukelte wie ein Pendel hin und her und verschwand dann wieder... bald darauf tauchte an derselben Stelle ein schneeweißes, kugelförmiges Gebilde auf, das sich kreisförmig in horizontaler Richtung bewegte."* Dann erschienen zwei weitere Kugeln unterhalb der ersten, schließlich eine vierte, die wie ein Tropfen zur Erde fiel. *„Nach einer weiteren Pause erstrahlte eine grelle, silberne Scheibe, die scheinbar auf uns zuflog und dabei immer größer und größer wurde",* bevor sie sich wieder entfernte. Kurz darauf hörten sie ein leises Brummen und sahen am Ende des Feldweges den Scheinwerfer von Billys Moped, der gerade seinen Kontakt beendet hatte. Moosbrugger war so begeistert, daß er fortan fast jedes Wochenende nach Hinwil fuhr. Tatsächlich wiederholte sich der Vorfall am

12. Juni 1976, als es Moosbrugger sogar gelang, erst eine *„feuerrote Scheibe“,* dann einen Silberdiskus zu fotografieren, der *„so etwas wie einen glitzernden Sprühregen nach unten fallen ließ“.* Am 20. Februar 1977 fuhren Meier und drei andere Besucher, Engelbert Wächter, Jacobus Bertschinger und Bernadette Brand, in zwei Wagen bei strömendem Regen vielleicht 80 Kilometer weit auf aufgeweichten Landstraßen durch das Zürcher Oberland. Dann wies Billy sie an, an einem Waldrand zu halten, stieg aus und tappte ohne Taschenlampe in den stockdunklen Forst. Nachdem es ihnen mit viel Mühe gelungen war, die Wagen im Schlamm zu wenden, stellten sich die drei unter schützende Tannen und warteten, um von Minute zu Minute immer durchnäßter zu werden. Plötzlich hörten sie, wie ein Kauz rief, die Tiere des Waldes immer unruhiger wurden. Dann ertönte ein Sirren. *„Vielleicht ist es das Strahlschiff, vielleicht fliegen sie gerade über uns hinweg“,* meinte Herr Bertschinger aufgeregt und schaute zum Nachthimmel empor. Kaum hatte er seinen Blick wieder gesenkt, stand breit grinsend Billy Meier vor ihm. Dann sahen ihn auch die anderen, waren erstaunt. Sein Ledermantel und seine Haare waren absolut trocken und wurden jetzt langsam durch den Regen feucht. Auch seine Schuhe waren nicht schmutzig wie die eines Mannes, der gerade hunderte Meter weit durch den Schlammboden eines Waldes gelaufen war. *„Mit Hilfe eines Tele-Transmitters haben sie mich direkt zu Euch ‚gebeamt‘“,* meinte Meier in Anspielung auf die Fernsehserie „Raumschiff Enterprise“. Bei anderen Kontakten entdeckten Meiers Begleiter Landespuren der UFOs, entweder breite, kreisrunde, verbrannte Flächen oder in Dreiecksform angeordnete Zirkel spiralförmig flachgelegten Grases, das, statt zu vertrocknen, in dieser neuen Position weiterwuchs. Und immer wieder erlebten sie Manöver der „Strahlschiffe“, hörten Sirrgeräusche und nahmen sie auf Tonband auf, oder berichteten über Meiers urplötzliches Verschwinden oder Auftauchen.

Landespur eines Strahlschiffes vom 26.6.1976. Das flachgelegte Gras wuchs in dieser Position weiter.

Als Stevens im März 1978 erneut in die Schweiz reiste, kam er nicht allein. Er brachte drei professionelle Privatdetektive mit, Freunde von ihm und knallharte Skeptiker, die überzeugt waren, *„es am Ende der Woche zu wissen, wenn etwas an der Sache faul ist“.* Doch Meiers entwaffnende Offenheit beeindruckte sie, und seine Zeugen waren alles andere als unkritische Gläubige. Ein Schuldirektor (Moosbrugger) und zwei Lehrer, eine Graphikerin und ein Computer-Programmierer waren darunter, und jede Menge bodenständiger Schweizer Handwerker und Arbeiter. Den letzten Zweifel nahm den Detektiven Brit und Lee Elders und Tom Welch ein Lügendetektortest mit Meier und jedem einzelnen seiner Augenzeugen. Jeder bestand den Test, schien also die Wahrheit zu sagen. Beeindruckt und mit 300 Fotos im Koffer reisten Stevens und sein Untersucherteam einige Wochen später nach Amerika zurück. Jetzt galt es, das vorliegende Beweismaterial wissenschaftlich untersuchen zu lassen. Dabei wandten sie sich zuerst an die Firma „Design

Technology", ein photo-optisches Labor in San Diego, das unter Vertrag der US-Marine und namhafter privater Firmen stand. Der Leiter des Labors, der Physiker Neil Davis, untersuchte das ihm von Stevens überlassene Foto unter dem Mikroskop, scannte es mit einem Mikrodensitometer und überprüfte die Möglichkeit einer Doppelbelichtung - erkennbar durch eine heterogene Filmkörnung und unterschiedliche Lichtverhältnisse auf dem Objekt und in der Landschaft - oder der Benutzung eines Modells. Seine Schlußfolgerung: *„Bei der Untersuchung des Papierbildes konnte nichts gefunden werden, das mich veranlaßt hätte, anzunehmen, daß das Objekt etwas anderes wäre als ein großes Objekt, das in einiger Entfernung von der Kamera fotografiert wurde."* Doch auch das genügte dem Team noch nicht. In Phoenix, Arizona, kamen sie mit Jim Dilettoso in Kontakt, einem jungen Experten für Computeranimation, dessen Untersuchung des Turiner Grabtuchs - das den Abdruck des gekreuzigten Christus tragen soll - bereits Schlagzeilen gemacht hatte, und der jetzt Aufträge der US-Raumfahrtbehörde NASA bearbeitete. Dilettoso legte im Beisein von Stevens dem NASA-Mitarbeiter Dr. Robert Nathan vom Jet Propulsion Laboratory (JPL) der US-Raumfahrtbehörde in Pasadena vier Meier-Bilder vor. Nathan hatte das Computerprogramm entwickelt, mit dem NASA die Aufnahmen der US-Raumsonden auswertete. Doch statt sich selber der Bilder anzunehmen, führte Nathan die beiden Forscher zu Bob Post, Leiter des JPL-Fotolabors, in dem jede Aufnahme eines Planeten, die NASA je freigegeben hat, entwickelt wurde. Zwei Stunden lang ließ Post sie durch jedes Auswertungsprogramm laufen, das er im Computer hatte, dann kam er zurück und erklärte Stevens und Dilettoso: *„Was immer diese Bilder sind, sie sind verdammt gut... Von einem fotografischen Standpunkt her: Nichts deutet auf eine Fälschung hin. Das verblüffte mich. Sie sehen wie echte Fotos aus. Ich denke, Gott, wenn die echt sind, dann ist das schon allerhand!"* Auch der Astronomieprofessor Dr. Michael Malin, der sich auf Bildauswertungsverfahren spezialisiert hat und für JPL die Kamera der - leider verschollenen - Marssonde „Mars Observer" entwickelte, war überrascht, keinen Hinweis auf einen Schwindel zu finden, als er sie in Dilettosos Labor durch dessen $ 50.000 teures Computerequipment laufen ließ. *„Ich zoomte Randzonen des Objektes und der Landschaft an und verglich sie"*, erklärte er später dem Schriftsteller Gary Kinder. *„Die Ränder wiesen alle Merkmale auf, die man von einem weitentfernten, großen Objekt erwarten konnte. Soweit ich es sehen konnte, kann ich sagen, das Ding war kein fotografischer Schwindel"*, meinte Malin, *„natürlich kann es nach wie vor ein 7-Meter-Modell sein, das von einem Helikopter an vier dünnen Nylonfäden hochgehalten wird. Was aber hätte jemanden zu diesem Aufwand motivieren können? (...) Ich halte die Aufnahmen für glaubwürdig.. die Geschichte von einem Farmer in der Schweiz, der mit einem Dutzend Außerirdischer per Du ist, die ihn regelmäßig besuchen... das kann ich nicht glauben. Aber die Fotos sind glaubwürdiger. Sie sind ein*

Jim Dilettoso, amerikanischer Computerfachmann, analysierte die Meier-Fotos und legte sie namhaften Experten vor.

vernünftiger Beweis für Etwas. Was dieses Etwas ist, weiß ich nicht.“ Kurz darauf veröffentlichte eine UFO-Gruppe aus Phoenix die Ergebnisse ihrer „Computeranalyse“ der Meier-Fotos und behauptete, Beweise für Doppelbelichtungen und die Aufhängefäden von Modellen gefunden zu haben. Sofort besorgten sich Stevens und Dilettoso Details über die verwendeten Computerprogramme und Vorgangsweisen und wiederholten die Prozedur, ohne auf diese „entlarvenden“ Resultate zu stoßen. Dann fanden sie heraus, daß die UFO-Skeptiker keine Originalabzüge zur Verfügung gehabt hatten, sondern Kopien der fünften Generation. Vergleicht man die Position der Aufhängefäden zu den Objekten auf den Computerbildern mit der auf den Originalfotos, so fällt sofort eine nicht unbedeutende Diskrepanz auf: Wären die „Enthüllungen“ zutreffend, so würden die UFO-Modelle an nahezu diagonalen Bindfäden hängen. Und auch dieser alle Gesetze der Schwerkraft ad absurdum führende Umstand hätte noch nicht erklärt, weshalb diese „Fäden“ nicht auch auf Fotos der ersten Generation erschienen. Doch Stevens und Dilettoso waren gewarnt worden: Jemand versuchte mit allen Mitteln, ihren Paradefall zu diskreditieren. Um dem etwas entgegenzusetzen, galt es, alle verfügbaren Beweisstücke so gründlich wie möglich von namhaften Experten untersuchen zu lassen. Eine solide wissenschaftliche Studie war immer noch das beste Argument.

Als nächstes nahmen sie sich die Tonbandaufnahmen der Sirrgeräusche des Strahlschiffes vor, die Meier und einer seiner Zeugen, Herr Schutzbach, aufgenommen hatten. Auch dazu zogen sie einen namhaften Experten zu Rate, den Toningenieur Robin Shellman, der die Tonanalyse an einem Spektrumanalysator der Firma Spectro Dynamics durchführte, einem Gerät, das Tonfrequenzen zwischen 10 Hertz und 20 Kilohertz erfaßt. Durch Demodulation entdeckte er, daß die Sirrgeräusche von drei verschiedenen Rotationen herrührten, von 242-249 Umdrehungen pro Minute (rpm) über 9098 rpm bis zu einer Hochgeschwindigkeitsrotation, die von 29.500 rpm bis zu unglaublichen 59.400 rpm reichte und deren Frequenz im Spektrum zwischen 520 und 990 Hertz lag. Erstaunt über diese Ergebnisse, nahm er die Bänder mit in das Untersee-Tonzentrum der US-Marine nach Groton, wo er zusammen mit den beiden Toningenieuren Steven Williams und Howard Ilson die Aufnahmen durch eine Geräusch-Datenbank schickte, in der so ungefähr jedes bekannte Geräusch auf der Erde gespeichert war. Auf diese Weise gelang es dem Trio, das Brummen einer ganzen Reihe konventioneller Flugzeuge im Hintergrund zu identifizieren, darunter eine Kleinmaschine und ein Mirage-Jet der Schweizer Luftwaffe, außerdem das Bellen eines kleinen Hundes, eine europäische Polizeisirene und Krähenschreie. Diese Geräusche waren nur insofern signifikant, als sie bestätigten, daß die Aufnahmen - wie Meier behauptete - im Freien entstanden. Für das Rotationsgeräusch gab es kein Gegenstück. Seine Charakteristiken deuteten darauf hin, daß *„die Hauptquelle des Sirrens eine Maschine elektromagnetischer Natur ist, die innerhalb multipler Magnetfelder mit 242 rpm rotiert. Das Sirren im hörbaren Spektrum besteht aus einer Gruppe starker Harmonien, die in direkter Beziehung zur Rotation der Maschine stehen. Die Bandbreite der Frequenzen reicht von 300 Hertz bis zu 980 Hz. Dabei blieb die Rotationsgeschwindigkeit stabil... zudem löst die Rotation der Maschine eine Vibration aus, die zur Verstärkung ihrer höheren Harmonien führt.“* Eine Analyse durch Jim Dilettoso ergab, daß das Sirren aus einem Gemisch aus 32 simultan vorhandenen Frequnzen bestand, von denen sich 24 im hörbaren Bereich und acht außerhalb dieses befanden. Um dies zu imitieren, wären acht erstklassige Synthesizer und ein exzellentes Mischpult notwendig, ein Equipment, das, alles in allem, damals weit über $ 100.000 gekostet hätte - und auch damit wäre es so gut wie unmöglich gewesen, die Frequenzen so perfekt zusammenzufügen. Auch der von Dilettoso zu Rate gezogene Steve Ambrose, der Toningenieur von Popstar Stevie Wonder und Erfinder des Mikromonitors, war beeindruckt: *„Das ist schwer zu dublizieren... Das ‚Klangbild des Raumschiffes' ist eine einzigartige Tonaufnahme, die ein ganz erstaunliches Frequenzbild hatte. Wenn das ein Schwindel sein soll, dann hätte ich gerne den Kerl getroffen, der dafür verantwortlich ist, denn er könnte eine Menge Geld mit Spezialeffekten verdienen."*

Doch das erstaunlichste Beweisstück für die Echtheit seiner Kontakte waren vier kleine Metallstücke, die Meier Stevens kurz vor seinem Abschied am 5. April 1978 übergeben hatte. *„Sie repräsentieren drei der sieben Metallzustände, aus denen die Strahlschiffe bestehen"*, erklärte der Kontaktler, *„nicht das Metall ist ungewöhnlich, denn im ganzen Universum findet man dieselben Grundelemente. Wenn Sie es analysieren lassen, sagen Sie den Wissenschaftlern, sie sollten auf die Art der Verarbeitung, auf die technischen Eigenschaften achten."* Eine der Proben befand sich im Stadium der Selbstauflösung und bestand nur noch aus kleinen, grauschwarzen Kügelchen, ein Umstand, den Meier auf die atmosphärischen Bedingungen der Erde zurückführte. Nach seiner Rückkehr in die USA übergab Stevens diese Proben dem Metallurgen Dr. Walter Walker von der University of Arizona. Was die kleinen Kügelchen betraf, so entdeckte er ähnliche Kugeln in einer zweiten Probe, in der sie in eine feste Metallmasse eingebunden waren. Schon ihre bloße Existenz verwunderte Walker: Wie konnten sich diese Kügelchen so uniform in alle Teile des Metalls verbreiten, wie war das Metallstück entstanden? Als er ein kleines Metallstück abtrennte, um es unter dem Mikroskop zu untersuchen, entströmte ein Gas der Probe, und das kleine Plexiglasplättchen, das er auf sie gelegt hatte, zerbrach. Diese Reaktion deutete auf eine Dynamik hin, die für Metall absolut ungewöhnlich ist.

Dann kam Dilettoso mit Dr. Marcel Vogel in Kontakt, einem namhaften Experten, Leiter der Laboratorien des Computergiganten IBM, Inhaber von 32 Patenten, Erfinder der Floppy Disc und der Flüssigkristalle für Computer-Displays und Experte für kristalline Strukturen. Vogel verfügte über ein $ 250.000 teures System von Elektronenmikroskopen, eine der komplettesten Mikroskopanlagen der Welt. Als Dilettoso Vogel am Telefon von seinem Anliegen erzählte, war der Chemiker zwar skeptisch, aber neugierig. An UFOs glaubte er nicht. *„Solange ich nicht etwas in der Hand habe, das ich unter mein Mikroskop legen kann, habe ich keinen Grund dazu"*, hatte Vogel immer gesagt, *„Sichtungsberichte und Fotos sind kein Beweis."* Doch dann traf ein Päckchen mit den Metallproben bei ihm ein. Sofort nahm Vogel die Fragmente mit in sein Büro. Eines der Metallstücke war stark oxidiert, und so versuchte der Chemiker, die Oxidationsschicht mit einem Stahlschaber abzukratzen, als etwas Seltsames geschah. *„Ich berührte es nur mit dem Stahlschaber, als rote Streifen erschienen und die Oxidationsschicht verschwand. Ich berührte es nur, da deoxidierte es schon und wurde zu reinem Metall. Ich habe so etwas noch nie gesehen."* Dabei stellten sich die Proben als nicht allzu ungewöhnliche Silberlegierung heraus. Ein anderes, dreieckiges Stückchen dagegen erwies sich als eine äußerst komplizierte Legierung aus sehr reinem Silber und sehr reinem Aluminium, außerdem Kalium, Kalzium, Chrom, Kupfer, Argon, Brom, Chlor, Eisen, Schwefel und Silikon. Ein mikroskopisch kleines Areal zeigte eine bemerkenswerte Mischung von nahezu sämtlichen Elementen des Periodensystems, jedes davon von höchster Reinheit. *„Jedes rein vorliegende Element war mit jedem anderen verbunden"*, stellte der erstaunte Chemiker fest, *„trotzdem behielt es auf irgendeine Art seine individuelle Struktur."* In einer kleinen Rille in der Mitte des Musters entdeckte er bei 500-facher Vergrößerung zwei parallele Mikrorillen, die durch Kanäle miteinander verbunden waren; präzise

Marcel Vogels elektronenmikroskopische Aufnahmen einer der Metallproben, die Meier Stevens übergab. Alles deutete darauf hin, daß sie durch eine „kalte Fusion" hergestellt wurden, eine Methode, die auf der Erde unbekannt ist.

Haarlinien, die auf irgendeine Weise machinell in das Metall eingebracht worden waren. Doch noch überraschender war es für ihn, daß sich das hauptsächliche Element in dieser schmalen Zone als das extrem seltene Metall Thulium erwies. *„Thulium existiert nur in winzigen Mengen"*, wußte Vogel, *„Es ist irrsinnig teuer, bei weitem teurer als Platin, und schwierig zu bekommen. Man muß eine hochgradige metallurgische Kenntnis besitzen, um auch nur eine Verbindung mit diesem Material herzustellen."* Dann stellte er sein Elektronenmikroskop auf 1600fache Vergrößerung um und staunte. *„Eine eigene Welt erschien in der Probe. Es gab hier Strukturen innerhalb von Strukturen - sehr, sehr ungewöhnlich."* Vogel arbeitete sich tiefer und tiefer in das Metall vor, stellte schließlich auf 2500-fache Vergrößerung und fand *„doppelfädige Strukturen... sehr ungewöhnlich für Metall, solche zweifädigen Bereiche zu besitzen. Wenn man einen Bereich dieser Probe nimmt und ihn unter polarisiertes Licht legt, so findet man, daß es wohl Metall ist, doch zur gleichen Zeit... Kristall!"* Es waren sechsseitige kristalline Strukturen, die spiralförmig angeordnet waren. Eine photomikrographische Aufnahme, die Vogel machte, war ungewöhnlich klar, was auf eine exzellente Leitfähigkeit der Strukturen hindeutete. Die Klarheit dieser Strukturen und die Reinheit der Elemente waren für Vogel ein klarer Beweis dafür, daß dieses Material nicht durch einen bekannten Metallverarbeitungsprozeß entstanden war. Hier mußte eine non-elektrische kalte Fusion der Metalle stattgefunden haben - ein Verfahren, daß auf der Erde noch unbekannt ist. *„Mit keiner uns bekannten Technologie könnten wir das auf unserem Planeten erreichen"*, erklärte Vogel dem Schriftsteller Gary Kinder, *„Darum denke ich, es ist wichtig, daß wir in der wissenschaftlichen Welt uns zusammensetzen und diese Dinge seriös studieren, statt daß wir sie der Vorstellungskraft der Menschen zuschreiben."*

Doch trotz dieser überwältigenden Beweise war der Fall Meier alles andere als unumstritten, und Meier und die Plejadier taten offenbar das ihrige dazu , daß es so auch blieb. So entnehmen wir der offiziellen Eduard Meier-Biographie „Und sie fliegen doch..." - verfaßt von Guido Moosbrugger, den seine UFO-Erlebnisse im Umfeld des Schweizers zum Meier-Gläubigen werden ließen -, daß Semjase selbst im September 1975 ein 70 cm-Modell mitbrachte und ihren Kontaktler bat, es ausgiebig zu fotografieren. Zwar unterschieden sich die Fotos deutlich von den echten, doch als ein Streifen Negative, die das Modell in Billys Garage zeigten, im Hausmüll der Meiers gefunden wurde, glaubten UFO-Gegner, den Schweizer endlich als Betrüger entlarvt zu haben. Ein anderes Mal flog die Plejadierin mit Meier durch Raum und Zeit, und auf dem Sicht-Bildschirm des Strahlschiffes erschien ein tunnelartiges Gebilde, ein „Dimensionstunnel", wie sie Meier erklärte. Als er das Foto veröffentlichte, schrieen seine Gegner wieder einmal auf. Es sah aus wie die unscharfe Reproduktion einer Planzeichnung des Inneren einer Weltraumkolonie, die der NASA-Physiker Dr. Gerard O´Neill sieben Monate später im „Smithonian Magazine" veröffentlichte. Später erklärte Semjase diesen „Fauxpas" dadurch, daß die Plejadier Wissenschaftler telepathisch inspirieren würden und Dr. O´Neill wohl im Traum eine Vision des Dimensionstores empfangen und mißverstanden hätte. Noch ärger traf es Meier, als man ihm auf einer „Zeitreise" den Untergang von San Francisco zeigte; das Foto, das er vom Raumschiff-Bildschirm machte, ähnelte verblüffend einer visionären Zeichnung, die einige Monate zuvor in der Zeitschrift „Geo" erschienen war. War Meier doch ein Betrüger? Warum aber wäre dann der Mann, der die besten und raffiniertesten Fotofälschungen der UFO-Geschichte zustandegebracht haben müßte, so naiv, derart spektakuläre Szenen einfach aus Zeitschriften abzufotografieren, die jedermann am Kiosk kaufen kann? Oder war Meier selbst zum Opfer einer Manipulation geworden? Wollten die Außerirdischen, die ihm einerseits das beste Beweismaterial aushändigten, das es bis dahin in der UFO-Geschichte gab, ihn andererseits relativieren und damit „entschärfen", indem sie ihn mit absurden Informationen fütterten und auf dem Monitor ihrer Strahlschiffe angebliche Außenaufnahmen produzierten, die ihn früher oder später in Verlegenheit bringen mußten?

Diese Frage ging Prof. James Deardorff von der Oregon State University nicht aus dem Kopf, als er Meiers Kontaktberichte im deutschen Original Seite für Seite studierte. Deardorff ist ein Absolvent der renommierten Stanford-Universität, promovierte in Physik und Meteorologie, diente bei der Marine, lehrte erst an der University of Washington und dann im Nationalen Zentrum für Atmosphärenforschung und leitete schließlich die Abteilung für Atmosphärenphysik an der Staatsuniversität von Oregon. Außerdem gehört Prof. Deardorff zweien der angesehensten wissenschaftlichen Verbänden der Fachwelt an, der Gesellschaft zur Förderung der Wissenschaften und der britischen Königlich Astronomischen Gesellschaft. Er studierte Untersuchungen namhafter Anthropologen über die Dynamiken der Konfrontation grundverschiedener Kulturen und diskutierte mit Astrophysikern die Möglichkeiten der Vorgehensweise außerirdischer Intelligenzen. Deardorff war überzeugt, daß bereits Kontakte stattgefunden hatten und suchte nach dem Grund, weshalb die Kontaktler so oft widersprüchliche Informationen und selten überzeugende Beweise erhielten. Langsam formulierte er eine These, die er schließlich 1986 unter dem Titel *„Mögliche extraterrestrische Strategie für die Erde"* im vierteljährlich erscheinenden Journal der Royal Astronomical Society veröffentlichte.

Wenn das Universum tatsächlich voller Leben ist und so häufige Besuche Außerirdischer stattfinden, wie es die zahlreichen UFO-Sichtungen nahelegen, dann stellt sich natürlich die Frage, weshalb noch kein offener Kontakt stattgefunden hat. Eine der frühesten Hypothesen in dieser Richtung ging davon aus, daß die Erde eine Art Zoo ist, der von den Außerirdischen gewissermaßen als Wildgehege für anthropologische Studien angesehen wird. Schon die Methodik der Anthropologie lehrt uns, so wenig wie möglich in eine Kultur einzugreifen, deren Dynamiken es zu untersuchen gilt, da jede Störung den Forschungsgegenstand kontaminieren würde. Sollte es sich bei den Außerirdischen um friedliche Besucher handeln - und bis heute gibt es noch keinen Beweis für das Gegenteil -, besteht außerdem die Möglichkeit, daß ihre Handlungsweise einer Art *„Codex Galactica"* unterworfen ist, einem universalen Pakt gegen kosmischen Imperialismus, der eine unerwünschte Einmischung in die inneren Angelegenheiten einer anderen Welt untersagt. Alte Zivilisationen, so der Astrophysiker Carl Sagan von der Cornell University und der Princeton-Astrophysiker Walter Newman, müßten in ihrer langen Geschichte begriffen haben, daß Entwicklung nicht aufgezwungen werden kann, sondern am besten schrittweise und als organisches Wachstum vonstatten geht. Ihr Kollege Edward Harrison von der Cambridge-Universität ergänzte, daß es wohl ein *„biogalaktisches Gesetz“*, eine Art Naturgesetz, gäbe, das besagt, daß destruktiv aggressive Lebensformen sich schon selbst zerstören würden, bevor sie ihr Heimatsystem verlassen. Interstellare Raumfahrt erfordere eine zivilisatorische Kraftanstrengung und kulturelle Kontinuität, die nur planetaren Gesellschaften möglich wäre, die eine dauerhafte Friedensordnung zustandegebracht hätten. Wie richtig diese These ist, ersehen wir aus der Tatsache, daß auch eine im kosmischen Maßstab so unbedeutende Unternehmung wie der geplante bemannte Raumflug zu unserem Nachbarplaneten Mars wohl nur als Gemeinschaftsunternehmung der beiden Großmächte USA und GUS möglich sein wird. Um zu verhindern, daß der Virus des Krieges ins All hinausgetragen wird, könnte über noch planetengebundene Zivilisationen eine Art Embargo verhängt worden sein. Dessen Sinn wäre, zu verhindern, daß *„Zivilisationen ermutigt werden, ihren Planeten verfrüht zu verlassen. Sie müssen erst ihre Reife im Umgang mit fremdartigen Wesen unter Beweis stellen, und es gibt keinen besseren Weg, ihre Unreife unter Beweis zu stellen, als die Selbstzerstörung“.* Auf die gegenwärtige Weltlage gemünzt, hieße dies: Solange auf der Erde noch Stammeskriege stattfinden, solange Menschen, unsere Brüder und Schwestern - die, wie wir, Kinder der Erde -, aufgrund äußerer Merkmale oder ihrer inneren Überzeugung diskriminiert werden, sind wir noch nicht reif für den Kontakt mit Wesen, die vielleicht so grundverschieden von uns sind, daß wir sie vorschnell als „Monster“ bezeichnen würden. Der griechische Astrophysiker Michael Papagiannis kam zu ähnlichen Schlußfolgerungen: *„Die Grenzen des Wachstums ... werden die natürliche Auslese dieser Zivilisationen bestimmen. Jene, denen es gelingt, ihre angeborenen Tendenzen hin zu einem ständigen materiellen Wachstum zu überwinden und sie durch höhere Ziele zu ersetzen, werden die einzigen sein, die die Krise überwinden. Als Ergebnis wird die gesamte Galaxie in kosmisch kurzer Zeit von stabilen, hochethischen und spirituellen Zivilisationen bewohnt sein.“*

Allerdings, so Deardorff, kann es verschiedene Interessengruppen unter den Außerirdischen geben, die vielleicht den Codex Galactica auf ihre Weise interpretieren. In Anklang auf die von Meier erhaltenen Informationen entwickelte er ein Szenario, daß *„eine kleine Fraktion der Völker in der Galaxie von uns sehr wohl als feindselig empfunden werden könnte, aber von verschiedenen wohlwollenden Zivilisationen in Schach gehalten wird, die aus welchem Grund auch immer ein Interesse an der Erde oder ihren Bewohnern haben. Einer dieser Gründe mag der sein, daß der Homo Sapiens ihrer eigenen Lebensform heute oder in einer Phase ihrer Evolution ähnelt oder gleicht. Ein anderer könnte der sein, daß sie oder ihre Vorfahren einst die Erde und andere Planeten unseres Sonnensystems wie auch immer nutzten, bevor die Menschheit weit genug war, unter die Regeln ihres hypothetischen Embargos zu fallen. Oder ihnen wurde in einer frühen Phase ihrer Geschichte, als sie das erste Mal Raumfahrttechnologie entwickelten, geholfen, und jetzt fühlen sie sich verpflichtet, einer anderen Zivilisation zu helfen. Natürlich gibt es noch viele andere Möglichkeiten, und wir können nur spekulieren über die Motivation einer Zivilisation, die uns technologisch so weit überlegen ist wie wir den Menschen vor 500 Jahren oder mehr, die Erde zu überwachen.“* Vielleicht wollen sie sogar korrigierend auf uns einwirken, vielleicht, weil sie sich für Irrwege in unserer Entwicklung verantwortlich fühlen, die möglicherweise auf außerirdische Interventionen in der Vergangenheit zurückgehen.

Um einen Kulturschock, eine Panik oder eine plötzliche Wertekrise der Menschheit zu vermeiden, so Prof. Deardorff, wählten die Außerirdischen eine Kommunikationsweise, die dem Umstand Rechnung trägt, daß eine offene Begegnung vielleicht erst in zwei oder drei Generationen möglich sein wird. *„Sie dient dem Zweck, jene Menschen zu erreichen, deren Wertesystem schon heute die Botschaft akzeptieren kann, die sie überbringen wollen.“* Diese Kommunikation müßte auf eine Weise stattfinden, die von den Regierungen und der Wissenschaft ignoriert wird. Dabei gelte es, überprüfbare wissenschaftliche Informationen ebenso zu vermeiden wie handfeste wissenschaftliche Beweise. Nur Indizien sind erlaubt, um Menschen zum Nachdenken zu bringen und ihre Aufmerksamkeit auf die außerirdischen Botschaften zu lenken, die, zumindest zwischen den Zeilen, wichtige Hintergründe und Schlüsselinformationen liefern, schön eingepackt in ein Umfeld spiritueller Lehren, die zumindest zu ethischem und verantwortungsbewußtem Handeln aufrufen. Dadurch wäre das Embargo gewahrt, da weder politische noch wissenschaftliche Entwicklungen beeinflußt würden. Deardorff: *„Die extraterrestrischen Kommunikationen könnten auf eine Weise eingerahmt werden... die für Wissenschaftler nicht akzeptabel oder glaubwürdig ist... Bewußtsein über das, was hier geschieht, könnte graduell entwickelt werden - nicht schneller als die Menschheit im allgemeinen braucht, um bereit zu werden, die außerirdischen Botschaften zu akzeptieren... Das wäre eben keine machtvolle extraterrestrische Intervention, den Regierungen stünde es nach wie vor frei, den nuklearen Holocaust zu entfachen und damit die Frage zu beantworten, ob die Menschheit reif ist oder nicht, in das ‚kosmische‘ Zeitalter einzutreten.*

Ein solches Szenario einer außerirdischen Strategie könnte die Kommunikation mit einer oder mehreren Kontaktpersonen in allen Teilen der Erde beinhalten. Der Rezipient würde über einen bestimmten Zeitraum hinweg eine umfassende Botschaft übermittelt bekommen, bis er sie vollständig verstanden hat, es würde ihm auch erlaubt sein, umfassendes Beweismaterial für die Realität dieser Begegnungen zu sammeln, um bis zu einem gewissen Maß den Botschaften öffentliche Beachtung und Akzeptanz zu vermitteln. Doch um die allgemeine Wissenschaft nicht zu alarmieren, wäre es nur ihm erlaubt, die Außerirdischen zu treffen und mit ihnen zu kommunizieren.

Die Botschaften könnten vage Beschreibungen extraterrestrischer Technologie beinhalten, die für uns eher wie Magie oder Science Fiction klingen mögen. Sie könnten ebenso ein paar Absurditäten beinhalten, die absichtlich hinzugefügt wurden (siehe im Fall Meier, aber auch bei den frühen Kontaklern wie Adamski oder Menger, Anm. d.Verf.); *dies, um zusammen mit dem Fehlen jeder Anleitung zur Anwendung dieser Technik technologische Auswertungen und daraus resultierende Durchbrüche zu verhindern und der Wissenschaft den Eindruck zu vermitteln, daß es sich bei den Kontaktberichten bloß um Schwindel oder wertlose Science Fiction handelt. Auch die überlassenen physischen Beweise würden sie ablehnen, weil sie die daraus resultierende Schlußfolgerung, daß diese phantastischen Kontakte stattgefunden hätten, nicht akzeptieren könnten. Zur gleichen Zeit würden die Botschaften veröffentlicht, übersetzt und in aller Welt als okkulte Literatur verbreitet werden. Folgen wir den Erwägungen von Papagiannis, könnte man erwarten, daß die Botschaften einige spirituelle, zumindest aber ethische Aspekte beinhalten, was Wissenschaftler noch stärker abschrecken wird. Als ob dies nicht genug wäre, um eine verfrühte wissenschaftliche Akzeptanz zu verhindern, dient die Existenz von ähnlichen Kommunikationen, die sich als Schwindel erwiesen, der weiteren Verwirrung der Lage.“* Und, wie vielleicht im Fall Meier, könnten sie auch echten Kontakten bestimmte Elemente hinzufügen, die es schwer machen, ihnen „blind“ zu glauben. Und auch damit könnten sie ein Ziel verfolgen...

Deardorff: *„Die Frage, wie die Öffentlichkeit, die mit der einschlägigen Literatur in Kontakt kommt, eine wahrscheinlich außerirdische Botschaft von all den Schwindlern und Sektierern unterscheidet, mag eher Teil der extraterrestrischen Lösung als des Problems zu sein. Eine Überwindung dieser Schwierigkeit könnte langfristig zur Akzeptanz außerirdischer Botschaften führen und dabei das Risiko einer öffentlichen Panik oder religiöser Unruhen vermindern, da es den Einsatz der Logik und des gesunden Menschenverstandes bedarf, herauszufinden, welche Botschaft essentiell wahr sein könnte. Das erfordert unabhängiges, kritisches Denken von so vielen Menschen wie möglich. Eine Ablenkung von der Tatsache, daß unsere Technologie der der Außerirdischen weit unterlegen ist, könnte ihre Vorbedingung zur Lüftung des Embargos sein. Eine weitere Vorbedingung wird wohl die sein, daß wir bis dahin so viel Verständnis entwickelt haben, um zu begreifen, daß wir sie nicht als Götter verehren dürfen, sondern respektvoll als Mitbewohner des Universums, die ihren Lauf durch die Evolution einige Jahrtausende früher begannen. Damit wäre das Embargo schon heute ziemlich löchrig...“*

Doch seit Anfang der sechziger Jahre gibt es Hinweise darauf, daß die Annäherung der Außerirdischen noch auf eine ganz andere, nicht minder klandestine Art und Weise geschieht. Immer häufiger werden Menschen heimlich in UFOs „entführt“, erfahren medizinische Untersuchungen und ethische Belehrungen, doch können sich nach dem Erlebnis an kaum mehr etwas erinnern. Erst danach kommt es ihnen langsam wieder zu Bewußtsein, so langsam, daß die meisten von ihnen keine Schwierigkeiten haben, ihren neuen, kosmischen Erfahrungshorizont in ihr Leben zu integrieren. Und während sich Kontakte nur auf einzelne Auserwählte beschränken, sind diese „Abductions“ - wie man die „Entführungen“ im Englischen nennt - ein Massenphänomen, zumindest seit Mitte der achtziger Jahre...

24. ABDUCTIONS - DER SCHLÜSSEL ZUM VERSTÄNDNIS?

Es war ein kalter Januarabend im Jahre 1962, als der 18-jährige Norbert Haase mit ein paar Freunden Schlittschuh lief. Norbert, sein Bruder und sechs Freunde trafen sich fast jeden Nachmittag am zugefrorenen Stadtsee von Stendal/DDR. Schließlich wurde es 18.30 Uhr, und bald wollten die Jungen nach Hause - bis auf Norbert. Er liebte das Eislaufen unter dem sternenklaren Winterhimmel zu sehr und wollte noch bleiben. Sein Bruder forderte ihn noch einmal auf, doch endlich mitzukommen, und fast wehmütig blickte der Junge zum Sternenhimmel auf. Doch dann bemerkte er etwas Seltsames, ,,*Schau, dort oben fliegt ein Stern!*" rief er seinem Bruder noch nach, doch der lachte und meinte, es sei nur ein Flugzeug. „*Träum' nicht so viel!*" Bald waren die Jungen in der Ferne verschwunden, und fast tat es Norbert schon leid, nicht mitgegangen zu sein. Aber irgend etwas hielt ihn zurück. Er wollte quer über den See gleiten, zu einer kleinen Insel am anderen Ende, die sonst Enten und Schwäne beherbergt. Sie war etwas kreisrund und hatte einen Durchmesser von 12 Metern. Norbert war nur noch 40 bis 50 Meter von der Insel entfernt, da flammte plötzlich hinter ihr ein großes, grelles Licht auf. „*Es war, als hätte man es plötzlich angeknipst*", erklärte er später. „*Es flammte einmal auf. Ich habe es als unheimlich empfunden. Es war wohl schön, aber ich, ich war einfach überwältigt. Es war so hell, strahlend und bläulich-weiß. Es schwebte etwa 5 Meter über den Bäumen auf der Insel, war doppelt so breit wie sie. Es war lang und flach, aber fast kreuzförmig von der Strahlung umgeben, mit jenem grellen Kern.*" Norbert blieb stehen, sah das Licht, war geblendet, verspürte ein Kribbeln am ganzen Körper - und wurde bewußtlos.

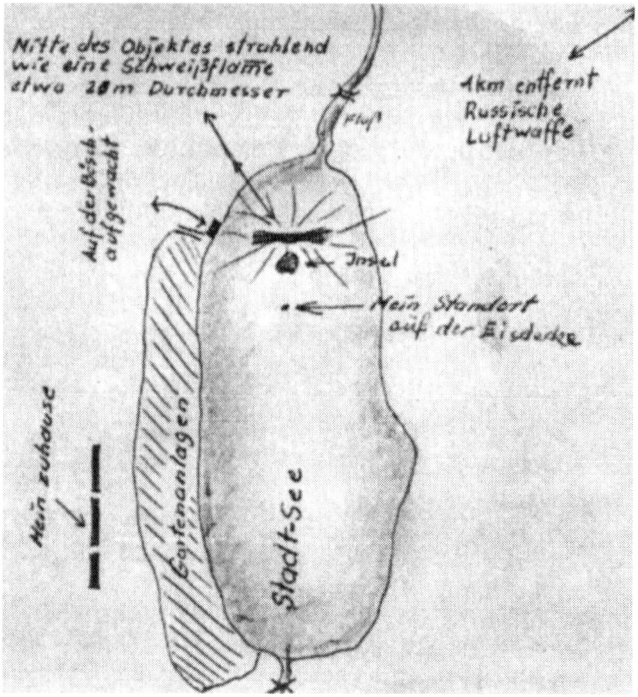

Norbert Haases Zeichnung des Stendaler Stadtsees und der Landestelle des UFOs

Als er wieder zusichkam, lag er am Rande einer Böschung am Ufer des Sees, etwa 150 Meter von der Insel entfernt. Er war verwirrt. Er wußte nicht, wie er hierher gekommen war. Er hatte starke Kopfschmerzen, seine Augen taten ihm weh. Seine Schlittschuhe lagen neben ihm. Er schaute auf die Uhr, sie war um 18.40 Uhr stehengeblieben. Er ging nach Hause. Seine Eltern wohnten in einer kleinen Eisenbahnersiedlung, nicht weit vom See entfernt. Als er zu Hause ankam, war es 24.00 Uhr. Seine Mutter hatte sich bereits große Sorgen gemacht, denn er war nie so spät heimgekommen. Als sie ihn sah, bekam sie einen Schreck: Seine Gesichtshaut war hellrosa, wie nach einem Sonnenbrand. An der rechten Seite der Nase hatte er eine kleine Wunde, die oberste Hautschicht war entfernt. Noch heute hat Haase hier eine kleine Narbe.

Am nächsten Morgen ging Norberts Vater mit ihm zum Hausarzt, einem Eisenbahnerarzt, der den Jungen von Kindheit an kannte. Der Arzt, Dr. Boos, war verwirrt und überwies Norbert in die Poliklinik, das Johanniterhospital in Stendal. Norbert konnte auch dort nur erzählen, woran er sich erinnerte. Die ersten beiden Nächte hatte er starke Alpträume, sprach im Schlaf unartikulierte Sätze oder wachte schweißgebadet auf. *„Ich faselte irgend etwas von Astronomie, von Raum und Zeit und von Gott, wie man mir später sagte. Natürlich meldete man das dem Arzt, der mich darauf ansprach. Ich sagte, das sei unmöglich. Ich befaßte mich doch nie mit Gott."*

Am vierten Tag in der Poliklinik bekam Norbert Besuch von zwei STASI-Beamten. Sie forderten den Jungen auf, einen Fragebogen zu beantworten, der in etwa die Überschrift *„Unidentifizierte Phänomene und solche anderer Art"* trug. Sie stellten ihm viele Fragen, doch wieder konnte er sich nur an das Licht erinnern.Auch als sie ihn fragten, ob er wüßte, was ein UFO sei, verneinte er. In der DDR war das Wort unbekannt.

Einige Tage später stellten ihm die Ärzte zwei Psychologen aus Leipzig vor, die erklärten, sie wollten ihn in Hypnose versetzen. Norbert wußte nicht, was das war, doch die Erklärung, es täte nicht weh und würde ihm helfen, sich wieder zu erinnern, genügte ihm. Insgesamt wurde der Junge an drei Tagen jeweils für 2 bis 3 Stunden hypnotisiert, wobei man 7-8 Tonbänder aufnahm. Am letzten Tag der Therapie spielten sie ihm einen fünfminütigen Ausschnitt aus dem ersten Band vor.

„Auf die Frage, wo ich sei, habe ich erzählt, daß ich auf einer Art Tisch liege, und dann kamen wieder einige Fragen wie: ‚Waren Menschen da?', und ich antwortete: ‚Ja, schöne, schlanke Menschen mit langen Haaren und weißen Overalls'. Und dann habe ich auch ein Symbol gesehen, den Baum des Lebens aus der Mythologie, aber ohne Schlange. Der war irgendwo am Kragen, auf einem Stehbündchen oder Rollkragen."

Dasselbe Symbol des Lebensbaumes hat noch eine andere UFO-Kontaktperson beschrieben, der Amerikaner Dr. Daniel Fry. Damals, 1950, erklärte einer der Außerirdischen Fry, daß dies *„auch in unserer Geschichte wohlbekannt ist. Unsere Erklärung dafür ist, daß wir wenigstens teilweise die gleichen Ahnen haben."* Norbert Haase kannte das Wort „UFO" nicht einmal, als er von der STASI befragt wurde. Zudem ist ausgeschlossen, daß ein Exemplar der 1956 in sehr kleiner Auflage im VENTLA-Verlag erschienenen deutschen Ausgabe von Dr. Frys Buch in die DDR gelangt ist. Norbert war sehr erstaunt, als ich ihn 1981 auf diese Übereinstimmung hinwies.

Der Kontakt mit dem Raumschiff jedenfalls hat Norberts Leben verändert. Er war nicht mehr derselbe danach, fand sich in der Welt, bei seinen Freunden nicht mehr zurecht. Er begann, sich Gedanken über Gott und das Weltall zu machen. Als er 1968 mit der Nationalen Volksarmee zu Manövern in die damalige CSSR mußte und dann während der Volksaufstände nach Prag beordert wurde, verweigerte er zusammen mit 132 Kameraden den Schießbefehl. Haase mußte für 4 Jahre in Militärhaft. Von da an stellte er einen Ausreiseantrag nach dem anderen, bis er schließlich 1974 in die BRD abgeschoben wurde.

Der Fall Norbert Haase war kein Einzelfall, und die STASI war nicht der einzige Geheimdienst, der ebenso beunruhigt wie hilflos diese neue Phase in der Annäherungsstrategie der Außerirdischen verfolgen mußte. Denn plötzlich entführten sie Menschen! Was die Beachtung der offiziellen UFO-Untersucher spätestens seit der seltsamen Begegnung des Polizisten Herbert Schirmer 1967 fand - den Fall untersuchte die Colorado-Studie der US-Luftwaffe -, nahm in den folgenden Jahrzehnten alarmierende internationale Dimensionen an. Für die Befürworter der UFO-Vertuschung war das ein gutes Argument für die Fortsetzung der Schweigepolitik: Denn die Vorstellung, daß Außerirdische Menschen aus ihrem Alltag reißen und an Bord ihrer Raumschiffe untersuchen, könnte Angst, Unruhe, ja Panik bewirken.
Und offensichtlich taten die Besucher alles, um den politisch Verantwortlichen ihre Möglichkeiten und Fähigkeiten zu demonstrieren. Nicht nur, daß eine ganze Reihe von Militärs entführt wurden - ein Entführungsfall ereignete sich sogar vor den Augen einer Politikerpersönlichkeit von Weltrang...

Eigentlich war es ein Routinejob für die beiden Sicherheitsagenten Dan und Richard. Sie sollten U.N. Generalsekretär Javier Perez de Cuellar von seiner Wohnung zum nahegelegenen UNO-Heliport (Helikopter-Flughafen) eskortieren. Um 3.00 Uhr früh fuhr die Limousine los, um 3.30 Uhr sollte der Hubschrauber für Perez bereitstehen. Die Nacht war ruhig und klar, die Straßen am East River nur schwach befahren. Die wenigen Geschäfte an der East Side trugen schon die farbig schillernde Weihnachtsdekoration. Manhattan, New York, 30. November 1989.
Die Limousine durchfuhr gerade eine Unterführung, da versagte der Motor, erlöschten die Scheinwerfer. Richard, der den Wagen fuhr, und Dan, der auf dem Beifahrersitz saß, schauten einander an. Was immer geschehen war, es bedeutete Alarmbereitschaft. Dan griff zum Funkgerät. Es funktionierte nicht. Auch das Autotelefon war tot. Sie waren also ganz auf sich selbst angewiesen. Jetzt hieß es, das anzuwenden, was sie in jahrelangem Training für den Ernstfall immer wieder exerziert hatten: Richard schob den Wagen zurück unter die Unterführung, in eine möglichst geschützte Position, während Dan, den Revolver im Anschlag, nach der möglichen Gefahr Ausschau hielt.

Das Haus in Manhattan, über dem das UFO am 30.11.1989 schwebte, fotografiert aus der Position, in der Perez de Cuellars Limousine stand.

Doch was Dan sah, raubte selbst dem routinierten Sicherheitsmann den Atem. Da schwebte ein ovales, rotorange glühendes Objekt über einem mehrstöckigen Mietshaus, zwei oder drei Blocks von ihrer Position entfernt. *„Hol das Fernglas!“*, rief er Richard zu. *„Da fliegt etwas ganz Seltsames“.*
Es mußte riesengroß sein, erkannten Dan und Richard jetzt, seine Größe entsprach zwei Drittel der Breite des

Hochhauses. Aus seiner Unterseite glitt ein weißblauer Strahl herab, zu einem Fenster im 12. Stock. Die Hintertür der Limousine öffnete sich: *„Was ist los?“*, fragte Perez de Cuellar. *„Kommen Sie, Herr Generalsekretär“*, rief Dan ihm zu, *„das müssen Sie sehen!“*

UFO über einem Haus in Manhattan, fotografiert am 9.11.1965, während des großen New Yorker Stromausfalls.

Eine gespenstische Szenerie entwickelte sich vor den Augen der drei Männer, die sie abwechselnd durch das Fernglas beobachteten. Zuerst glitt ein kleines Wesen mit großem Kopf und gräulich-weißer Haut aus dem Wohnungsfenster. Ihm folgte eine Frau mit langem, schwarzem Haar, bekleidet mit einem weißen Nachthemd, zusammengerollt in Fötusstellung. Hinter ihr zwei weitere dieser kleinen, grauen Wesen mit großen Köpfen.

„Die arme Frau“, meinte Perez de Cuellar mit starkem, südamerikanischem Akzent. *„Sie scheinen sie zu entführen. Und wir können ihr nicht helfen.“*

Jetzt zog sich der Strahl zurück. Die ovale Scheibe leuchtete auf in ihrem ursprünglichen Orange-Rot, dann glitt sie mit großer Geschwindigkeit über die Köpfe der drei Männer hinweg, über die Überführung, die Auffahrt zur Brooklyn-Bridge. Schließlich tauchte sie in hohem Bogen in den East River ein, unweit von Pier 17, hinter der Brücke. Richard ging zum Wagen, startete ihn. Alles funktionierte wieder einwandfrei. *„Wir können fahren, Herr Generalsekretär“*, erklärte er. Doch Perez schaute nur nachdenklich in die Ferne, dorthin, wo gerade das UFO verschwunden war. *„Fahren Sie an den Straßenrand. Wir bleiben hier. Ich will sehen, wann das Ding da wieder auftaucht.“*

Sie warteten 45 Minuten, nichts geschah. Der East River floß still dahin, kein Anzeichen zeugte von dem so Ungewöhnlichen, das sich hier gerade zugetragen hatte. *„Wo bleiben Sie, der Hubschrauber für den Generalsekretär steht bereit“*, tönte es immer wieder durch das Funkgerät. Sie mußten fahren. Wichtige Termine warteten auf Perez de Cuellar.

Budd Hopkins befaßt sich seit 20 Jahren mit den Berichten von Menschen, die dem Unglaublichen begegneten. Dabei ist er eigentlich Kunstmaler und Bildhauer, ein gefeierter zeitgenössischer Künstler, dessen Werke in den wichtigste Museen seiner Heimatstadt New York ausgestellt sind, so im Guggenheim-Museum, dem Hirshhorn-Museum, der Carnegie-Mello und dem Museum of Modern Art. Über Hopkins erschienen Beiträge in den führenden Kunstzeitschriften der Vereinigten Staaten, und er wurde mit der Aufnahme in die Guggenheim-Stiftung und die Nationale Kunststiftung ausgezeichnet. Doch bald nahm sein Leben eine Wendung. Im Sommer 1964 beobachtete er gemeinsam mit seiner Frau und einem Freund

Budd Hopkins

der Familie eine metallische Scheibe, die erst in der Luft schwebte, um dann mit immenser Geschwindigkeit davonzuschießen und unglaubliche Flugmanöver zu vollführen. Dann, 1975, berichtete ihm ein Freund, daß er Zeuge einer UFO-Landung in New Jersey geworden sei. Hopkins war ungläubig, beschloß aber , der Sache auf den Grund zu gehen. Er fand Spuren der Landung, machte weitere Zeugen ausfindig, darunter einen, der den Vorfall noch in derselben Nacht der Polizei gemeldet hatte. Hopkins schrieb einen Bericht über diese „unheimliche“ Begegnung für die New Yorker Szene-Zeitung „Village Voice“. Aufgrund von Hopkins Bekanntheitsgrad druckte „Cosmopolitan“ den Beitrag nach, andere Blätter veröffentlichten Auszüge. Das Echo war phänomenal. Nicht nur, daß sich weitere Zeugen der New Jersey-Landung meldeten, Hopkins wurde buchstäblich überschüttet von Zuschriften von Menschen, die ähnliche UFO-Erlebnisse hatten. Dabei stieß der Maler immer wieder auf ein gemeinsames Muster. Vielen Zeugen fehlte nach ihrer UFO-Sichtung Zeit - es gab da ein, zwei oder drei Stunden, an die sie sich beim besten Willen nicht entsinnen konnten. Das erinnerte Hopkins an einen Fall, der sich 1961 zugetragen hatte - und der seitdem zu einem Klassiker unter den UFO-Begegnungen geworden war.

Damals, in der Nacht vom 19. auf den 20. September 1961, befand sich das Ehepaar Betty und Barney Hill auf der Heimfahrt von einem Urlaub an den Niagara-Fällen nach Portsmouth, New Hampshire. Es war kurz vor Mitternacht, als die Hills am südwestlichen Himmel ein helles, sternenähnliches Objekt bemerkten, das den Himmel überquerte. Sie fuhren weiter, als der Flugkörper abermals auftauchte - diesmal war er sehr viel näher. Zuerst flog er nach Westen, wendete dann plötzlich und bewegte sich direkt auf das Ehepaar zu. Während Mr. Hill seine Geschwindigkeit verringerte, versuchte seine Frau, durch das Fernglas Einzelheiten zu erkennen. Bald machte sie einen helleuchtenden

Betty und Barney Hill

Ring aus, der ein scheibenförmiges Objekt umgab. Dann konnte Barney es auch mit bloßen Augen erkennen - und schließlich stoppte das UFO etwa 100 Meter vor dem Wagen, in 30 Meter Höhe schwebend. Der leuchtende Ring entpuppte sich als eine Reihe von Fenstern, hinter denen es bläulich-weiß schimmerte. Mr. Hill hielt an und stieg aus, um das unheimliche Objekt besser sehen zu können; er nahm das Fernglas mit. Hinter den Fenstern erkannte er die schemenhaften Umrisse menschlicher Wesen, Gestalten in schwarzen Uniformen mit schwarzen Kappen auf dem Kopf, die sich schließlich umdrehten und entfernten.

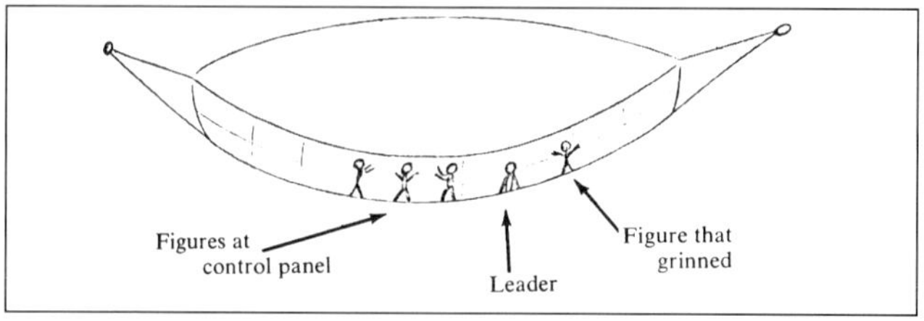

So sahen die Hills das UFO

Währenddessen verfolgte Betty Hill das Geschehen vom Wagen aus, hört ihren Mann immer wieder rufen: *„Ich kann es nicht glauben. Ich glaube es nicht!“* Als das UFO sich abermals in ihre Richtung in Bewegung setzte, geriet er in Panik. *„Sie wollen uns fangen“,* rief er, indem er zum Wagen rannte. Dann hörten die beiden ein seltsames Summen.
Das nächste, woran sie sich erinnern konnten, war, daß sie 60 Kilometer weiter, in der Höhe von Ashland,

auf der Landstraße fuhren. *„Glaubst du an Fliegende Untertassen?"*, fragte Betty ihren Mann. *„Mach dich nicht lächerlich"*, erwiderte Barney, *„das war doch keine fliegende Untertasse".* Wieder ertönte das seltsame Summen. *„Wie spät ist es?"*, fragte Betty. Barney schaute auf seine Armbanduhr. *„Das gibt es nicht!".* Er sah zu Betty hinüber, ratlos. *„Die Uhr ist stehengeblieben."* Als sie zu Hause ankamen, stellten sie fest, daß sie offenbar zwei Stunden länger unterwegs waren, als sie geplant hatten.

Am nächsten Tag verspürte Betty eine seltsame Empfindlichkeit am Nacken. Ihr kam die Idee, daß dies mit der UFO-Sichtung in Verbindung stehen könnte, sie befürchtete, daß sie radioaktiver Strahlung ausgesetzt wurde. Ihre Schwester riet ihr, das Auto mit dem Kompaß abzutasten, zu prüfen, ob magnetische Anomalien auftreten. Dabei entdeckte sie einige Flecken, auf die die Kompaßnadel reagierte. Die nächsten Wochen wurde Betty von fürchterlichen Alpträumen geplagt, die zum Inhalt hatten, wie sie und Barney in das UFO entführt und dort untersucht wurden. Bei Barney entwickelte sich ein Magengeschwür, sein Blutdruck erhöhte sich, sein psychischer Zustand verschlechterte sich. In der Leistengegend bildete sich ein gleichmäßiger Kreis aus dunklen Flecken. Schließlich riet der Hausarzt den beiden, einen Psychiater aufzusuchen. Gleichzeitig nahmen sie Kontakt zu einem lokalen UFO-Forscher auf, Walter Webb, Dozent am Hayden-Planetarium in Boston, in der Hoffnung, endlich Klarheit zu bekommen. Beide, Webb und der Psychiater, rieten den Hills zu einer Hypnosebehandlung. Am 14. Dezember 1963 begann die Hypnosetherapie in der Praxis von Dr. Benjamin Simon, einem auf Hypnose spezialisierten Psychiater und Neurologen. Was dabei ans Licht kam, war verblüffend. In Hypnose beschrieben beide unabhängig voneinander in erstaunlicher Übereinstimmung, wie sie in das Raumschiff gebracht und dort untersucht wurden. Betty erzählte, wie ihr ein 1,65 Meter großer „Ufonaut", offensichtlich der Anführer der UFO-Besatzung, nach Abschluß der Untersuchungen ein dreidimensionales Modell zeigte, das, wie er erklärte, eine Sternenkarte sei. Während einer posthypnotischen Sitzung zeichnete Betty die Karte.

Zwischen 1968 und 1973 versuchte die Amateurastronomin Majorie Fish die Betty-Hill-Karte zu entschlüsseln. In Zusammenarbeit mit den Astronomen Prof.

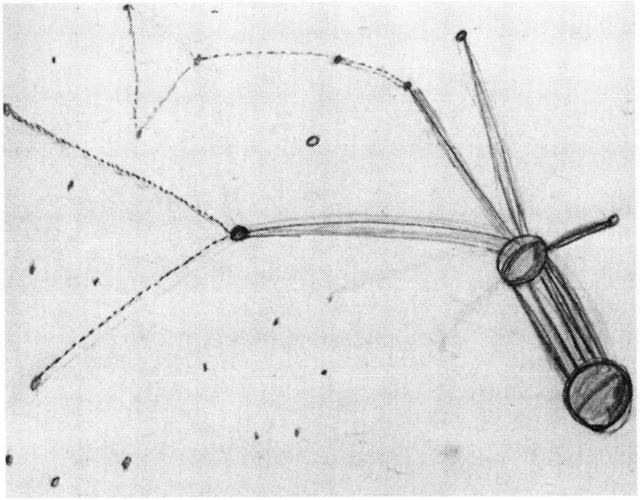

Die Sternenkarte der Betty Hill

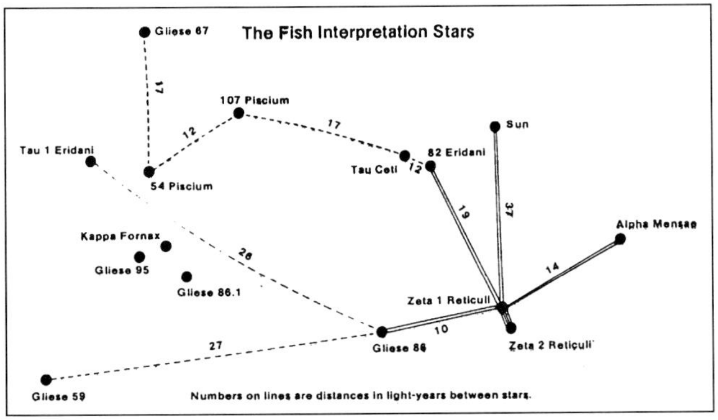

Majorie Fishs Interpretation der Hill-Karte

Walter Mitchell von der Ohio State University und Mark Steggart von der Universität von Pittsburgh gab sie die Hill-Karte in einen Computer ein und ließ sie mit den bekannten Sternpositionen vergleichen. Das Ergebnis war verblüffend: Die Karte zeigte unsere Sonne und ihre Nachbarsterne, wie sie von der Konstellation Zeta Reticuli aus erscheinen, aus einer Entfernung von 37 Lichtjahren. Und: Auf ihr sind Sterne und Konstellationen zu sehen, die den Astronomen erst seit 1968 bekannt sind.
Eine weitere Bestätigung für Betty und Barney Hills unheimliche Begegnung kam von der amerikanischen Luftraumüberwachung NORAD. Gegen 23.50 Uhr ortete diese in der fraglichen Nacht auf ihren Radarschirmen ein unbekanntes Flugobjekt im Landeanflug - und zwei Stunden später seinen Aufstieg.

Ähnlich wie die Hills wurden auch die UFO-Zeugen, die sich an Budd Hopkins wandten, von Alpträumen geplagt. Deshalb tat er sich mit zwei New Yorker Psychotherapeuten zusammen, Dr. Aphrodite Clamar und Dr. Girard Franklin, und ließ jene, die sich seiner Untersuchung anvertrauten, zum Zeitpunkt ihres Erlebnisses zurückführen. Dabei kam heraus, daß diese bewußt erlebte UFO-Erfahrung oft nicht einmal die erste im Leben der „Entführten“ war; eine Vertiefung der Hypnosesitzungen ergab, daß viele von ihnen bereits in ihrer Kindheit und Jugend den „Fremden“ begegneten. Nach fünf Jahren war Hopkins überzeugt, daß die Menschheit Forschungsobjekt von Außerirdischen ist; daß „sie“ Menschen in ihre Raumschiffe entführten, sie medizinisch untersuchen und ihnen Gewebeproben und genetisches Material entnehmen; und daß einige von ihnen offenbar ihr Leben lang von den Fremden überwacht werden. Das Ergebnis seiner Studien wurde sein erstes Buch, „Missing Time“ - *„Verlorene Zeit - Eine dokumentarische Untersuchung von UFO-Entführungen“*, das wochenlang auf den US-Bestsellerlisten stand. In diesem Buch führt Hopkins drei Fälle auf, in denen die Zeugen einmal im Alter von sieben Jahren und ein zweites Mal mit 16 oder 17 Jahren entführt wurden. Am meisten überzeugte Hopkins der Umstand von der Realität dieser Erlebnisse , daß sie alle einem klaren Muster folgten. Dabei entstammten die 37 Personen, deren Erlebnisse er in seinem Buch schilderte, allen Berufen, Altersgruppen und Gesellschaftsschichten. Da gab es zwei staatlich geprüfte Krankenschwestern, einen Golfprofi, mehrere Studenten, einen Anwalt aus der Wall Street, einen Malerkollegen, einen Journalisten, einen pensionierten Internatsleiter, einen Versicherungsvertreter und einen Gymnasiallehrer. *„Es scheint fast so, als hätten wir es hier mit einer Art unsichtbare Epidemie zu tun“*, schlußfolgerte Hopkins und schätzte die Anzahl der noch unentdeckten Fälle auf *„mindestens 500“*; eine Zahl, über die er heute nur noch schmunzeln kann ...

Denn allein auf die Veröffentlichung von „Missing Time“ folgten rund 2.000 Zuschriften von Menschen, die zumindest glaubten, daß sie ähnliche Erfahrungen gemacht hatten. Rund 180 dieser Fälle konnte Hopkins einer näheren Untersuchung unterziehen. Einer davon war die Geschichte von Debbie Thomas alias Kathie Davis aus Copley Woods nahe Indianapolis/ Indiana im Mittelwesten der USA. Für Hopkins war dieser Fall so wichtig, daß er ihm sein zweites Buch widmete, „Intruders“ - „Eindringlinge“, das 1987 wieder zum Bestseller wurde. Zudem bot es den Grundstoff zu einem TV-Zweiteiler, der im Mai 1992 landesweit im größten US-Fernsehsender CBS und in Deutschland im Dezember 1992 unter dem Titel „In der Gewalt von Außerirdischen“ auf RTL ausgestrahlt wurde.
Kathie Davis Fall begann am 30. Juni 1983, als sie gegen 21.00 Uhr durch das Küchenfenster ein Licht im Garten bemerkte. Wenig später beobachtete ihre Mutter eine seltsame, helle Kugel, nur vier Meter vom Haus entfernt. Schließlich wollte Kathie dem Spuk auf den Grund gehen; sie holte das Kleinkalibergewehr

Die Landestelle auf der Farm von Debbie Thomas im August 1983, im Januar 1984 (der Schnee schmilzt hier zuerst, da die dehydrierte Erde keine Feuchtigkeit hält) und im Juni 1984

ihres Vaters aus dem Waffenschrank und ging in den Garten. Sie fand nichts, glaubte, daß sie nur zehn Minuten draußen war. Dann fuhr sie zu ihrer Freundin Dee Anne, die nur fünf Minuten vom Haus der Davis entfernt wohnte, um sie und ihre Tochter Tammy zu einem nächtlichen Bad in ihrem Swimmingpool einzuladen. Im Hause von Dee Anne zogen sich die drei Frauen schnell um, fuhren zurück zum Davis-Haus, wo inzwischen Kathies Vater eingetroffen war. Kathie war irritiert: Robert Davis hatte Spätschicht, kam nie vor 23.30 Uhr nach Hause. Sie dagegen hätte schwören können, daß es nicht später als 22.30 Uhr sein konnte. Was war in dieser einen, fehlenden Stunde geschehen? Dann trat Tammy zufällig auf *„eine Stelle, wo kein Gras war und es sich angefühlt hat wie eine warme Zementplatte“.* Ihr Fuß fühlte sich taub an, ihr wurde schwindelig. Den Frauen wurde immer deutlicher bewußt: Irgend etwas stimmte hier nicht. Ihnen wurde übel, Kathies Augen brannten und entzündeten sich.

Am nächsten Morgen sahen sie die graslose Stelle deutlicher: Es war ein Kreis von 2,5 Meter Durchmesser, in dem das Gras braun geworden war und verdorrte. Von diesem Kreis ging ein 15 Meter langer, völlig gerader Streifen abgestorbenen Grases aus. Und auch die nächsten Nachbarn der Davis hatten in der fraglichen Nacht Ungewöhnliches bemerkt: Gegen 22.30 Uhr beobachteten sie einen flammenden Lichtblitz auf dem Davis-Grundstück und hörten ein leises, vibrierendes Geräusch. Das Bild ihres Fernsehers verfärbte sich rötlich, sämtliche Glühbirnen des Hauses flackerten - sie glaubten an ein kleines Erdbeben oder einen Blitzeinschlag. Um 22.45 Uhr war der Spuk vorbei. Wie Hopkins bei seinen Vor-Ort-Recherchen in Erfahrung brachte, erlebte eine andere Nachbarsfamlie in dieser Nacht einen Stromausfall, nachdem sie ein lautes *„Dröhnen und Vibrieren“* vernommen hatten. Er beschloß, Kathie Davis in Hypnose versetzen zu lassen.

„Ich glaube, ich bin immer noch in der Garage, stehe im Türrahmen und blicke nach draußen. Ich sehe eine Kugel aus weißem Licht, direkt vor mir ... Ich sehe das Licht an, und es sieht mich an“, beschrieb Kathie unter Hypnose ihr Erlebnis in dieser fehlenden Stunde des 30. Juni. *„Es gibt viele dunkle Dinger im Garten ... die Dinger bewegen sich. Sie stellen sich in einer Reihe auf ... Sie bewegen sich in meine Richtung, kommen aber nicht direkt auf mich zu ... Jetzt sind sie weg. Bis auf einen.“*

„Wie nah waren Sie an ihnen dran?“ „Zu nahe! Ich höre meinen Namen ... Er hat ‚Kathie‘ gesagt. Etwas hat mich berührt. Aber es war eigentlich nicht nahe genug bei mir. Am Hals. Ich bin zusammengezuckt ... Jetzt ist nur noch Licht da. Ich kann nichts mehr sehen! Es fühlt sich an, als ginge es mir durch den ganzen Körper ...“

„Haben Sie noch Ihr Gewehr?“

„Nein, ich halte es nicht mehr. Ich stehe nur da ... und etwas hält mich am Arm fest, und es fühlt sich an, als ob jemand mir einen Bleistift oder so etwas ins Ohr steckt. Es ist, als hätte ich eine Ohrenentzündung. Mein Ohr tut sehr weh. Ich möchte es berühren, aber jemand hält mir den Arm fest, und ich kann nicht gehen, und ich kann nichts mehr sehen, weil alles weiß ist, und meine Augen sind geschlossen. Ich glaube, ich will gar nichts mehr sehen.“

In anderen Fällen berichteten „Entführte“, wie ihnen kleine Implantate, Sonden, durch das Ohr eingesetzt wurden. Ist etwas Ähnliches mit Kathie geschehen? Tatsache ist: In den folgenden Wochen litt die junge Frau unter einer schweren Bindehautentzündung, häufiger Übelkeit mit Brechreiz und Haarausfall. War sie einer Strahlung ausgesetzt gewesen?

Auch die Spur im Gras gab Rätsel auf. Offenbar war hier der ursprüngliche Lehmboden durch eine starke Hitzeeinwirkung in eine harte, kiesartige Masse verwandelt worden. Einen ähnlichen Effekt konnte ein von Hopkins beauftragter Chemiker erzielen, als er eine Kontrollprobe sechs Stunden lang bei 430 Grad brannte. Reste der Stelle sind noch heute zu sehen. Im Winter schmolz der Schnee zuerst über dem betroffenen Rasenstück. Die Erde in ihrem „gebrannten“, dehydrierten Zustand konnte keine Feuchtigkeit halten.

Aus zweierlei Gründen war der Fall Kathie Davies für Hopkins der beeindruckendste „Entführungs“-Fall: Zum ersten Mal gab es physische Beweise, die Landespur. Auch die Narben - die es freilich bei fast allen „Entführten“ gab - zeugten davon, daß sich die *„Unheimlichen Begegnungen in den Copley Woods“* durchaus nicht nur im Kopf der Zeugin abspielten. Eine ganze Familie war verwickelt. Und es gab Augenzeugen: Kathies Mutter, die beiden Nachbarehepaare. Das Szenario, das in groben Zügen bereits in „Missing Time“ entstand, verdichtete sich.

Und wieder meldeten sich Hunderte neuer Zeugen, erhielt Hopkins rund 3.000 Briefe. Einer davon stammte von einer Frau aus Manhattan, „Linda Cortile“. Eine Reihe von Hypnosesitzungen ergab, daß auch Linda, eine attraktive, schwarzhaarige Mitdreißigerin, mehrfach in ihrer Kindheit, Jugend und als Twen „Entführungs“-Erfahrungen gemacht hatte. Einer von Hunderten, vielleicht Tausenden Fällen, so schien es. Doch dann kam dieser Anruf eines Morgens Ende November 1989. Linda Cortile war gerade „entführt“ worden - vor nur sechs oder sieben Stunden.

Linda Cortile

Linda war in dieser Nacht erst spät zu Bett gegangen, kurz nach 3.00 Uhr früh. Sie war ein ausgesprochener Nachtmensch und nutzte die Zeit, nachdem ihr Mann sich schlafen gelegt hatte, um die Wäsche zu machen. Nur wenige Minuten, nachdem auch sie sich hingelegt hatte, fühlte sie ein Kribbeln, eine Taubheit am ganzen Körper. Sie wußte: Jemand war gerade in ihr Schlafzimmer eingedrungen. Vergeblich versuchte sie, ihren Mann zu wecken. Dann sah sie eine kleine Gestalt mit großem Kopf und großen schwarzen Augen auf sich zukommen. Ihre Arme und ihr Oberkörper waren nicht völlig gelähmt, und in der Verzweiflung schleuderte sie ein Kissen auf den Eindringling. Augenblicklich war sie völlig bewegungsunfähig. Sie hatte nur noch Erinnerungen daran, wie sie auf einem

Tisch lag und kleine Hände oder Geräte sanft ihre Wirbelsäule auf- und abstrichen. Budd Hopkins versuchte, Linda Cortile zu beruhigen und verabredete einen Hypnosetermin.
Während der Sitzung schilderte Linda, wie drei oder vier kleine Wesen sie vom Bett hochhoben, ins Wohnzimmer trugen und von dort aus durch das geschlossene Fenster in einem blauweißen Lichtstrahl schweben ließen. Sie glitt langsam und in Hockstellung hoch, vom zwölften Stock aus in die Höhe, unter sich die Lichter der Straßen von Manhattan. Dann passierte sie eine kreisrunde Öffnung an der Unterseite eines großen Objektes, das schräg über dem Gebäude schwebte. Es folgte eine medizinische Untersuchung an Bord des Schiffes, während der kleine Hände sanft ihre Wirbelsäule abklopften. Die Rückkehr war weniger behutsam. Sie fühlte, wie sie aus 30-50 Zentimeter Höhe auf ihr Bett fiel. Sofort und wie in Panik schaute sie nach ihren Kindern, ihrem Mann. Erst als sie begriff, daß ihnen offensichtlich nichts zugestoßen war, konnte Linda sich schlafen legen.

Es war schon ungewöhnlich genug, daß eine Frau mitten in Manhattan in ein UFO entführt wurde. Doch die Chance, dafür Zeugen zu finden, erschien Hopkins verschwindend gering. Offensichtlich hatten es die UFO-Besatzungen in ähnlichen Fällen immer vorgezogen, sich effektiv genug zu tarnen. Doch dann, 15 Monate später, erreichte ihn ein Brief von zwei vorgeblichen Polizeioffizieren namens Dan und Richard, die sich später als Sicherheitsagenten zu erkennen gaben, die in der fraglichen Nacht keinen geringeren als den damaligen U.N.-Generalsekretär Perez de Cuellar zu einem New Yorker Heliport eskortierten. Und nicht nur, daß Hopkins mit den beiden eine ausgedehnte Korrespondenz führte, daß sie sich mit Linda Cortile trafen und sie als die „Frau im weißen Nachthemd" identifizierten; Hopkins stieß auf noch eine weitere, unabhängige Zeugin, deren Wagen auf der Brückenauffahrt, unter der Perez de Cuellars Limousine parkte, stehen blieb, und die ebenfalls Lindas „Entführung" beobachtete. *„Mittlerweile konnte ich insgesamt sieben Zeugen für die verschiedensten Aspekte des Falles interviewen"*, erklärte Hopkins auf der Jahrestagung der amerikanischen UFO-Forschungsgruppe MUFON in Albuquerque/New Mexico im Juli 1992, *„mir liegen Videobänder vor, relevante Autokennzeichen wurden überpüft, alle Aspekte abgecheckt. Vieles davon geschah mit Hilfe eines FBI-Offiziers mit Fachkenntnissen in vielen hier wichtigen Punkten. Mir liegen die Expertisen zweier Psychiater und zweier Psychologen vor, die verschiedene Aspekte des Falles untersuchten: Für Dans psychische Krise nach dem Vorfalll, Lindas emotionelle Stabilität und Wahrhaftigkeit, Richards Reaktion, die des dritten Mannes (Perez) und von Lindas Familie ... sie alle lassen nur einen Schluß zu: Die Zeugen sagen die Wahrheit über das, was sie erlebt haben. Die Ereignisse haben sich tatsächlich zugetragen."* Ein weiterer Beweis war die Röntgenaufnahme des Nasenimplantates, das Linda offensichtlich in der fraglichen Nacht eingesetzt und später wieder entnommen wurde. Dabei ist es nur noch eine Frage der Zeit, bis Ex-Generalsekretär Perez de Cuellar öffentlich zu seiner Beobachtung Stellung nimmt. Und dann ist der Fall „Linda Cortile" tatsächlich das, wozu ihn die Anwesenden der Albuquerque-Konferenz längst erklärten: Der „Entführungs"-Fall des Jahrhunderts - der Beweis dafür, daß Außerirdische hier sind und ein Programm der systematischen „Entführung" von Menschen durchführen.

Damit hatte 1992 tatsächlich alle Chancen, als das „Jahr der Entführungen" in die Geschichte des UFO-Phänomens einzugehen. Nicht nur Hopkins' sensationelle Enthüllung auf der Albuquerque-Konferenz und die CBS-Miniserie brachten den Durchbruch. Erstmals wurde die Thematik auch in einer so seriösen Zeitung wie dem „Wall Street Journal" vom 14. Mai 1992 ernsthaft behandelt: *„Ein Harvard-Doktor bietet UFO-Entführungsopfern Trauma-Bearbeitung an“,* hieß es auf der Seite 1-Schlagzeile. In dem Artikel ging es um Dr. John E. Mack, Psychiater der Medizinischen Fakultät der Harvard-Universität, der begann, sich für das Phänomen zu interessieren, nachdem ein Kollege aus New York ihn mit Budd Hopkins bekannt gemacht hatte. *„Ich sagte mir, wenn er glaubt, daß das reale Erlebnisse seien, kann mit ihm etwas nicht stimmen“.* Erst als Hopkins ihn mit einigen Dutzend Entführern zusammenbrachte, änderte der Doktor seine Meinung. *„Mich bewegte, daß die Geschichten von Menschen, die einander nicht kannten, bis ins Detail übereinstimmten“,* erklärte Dr. Mack, *„es ist keine Massenhysterie. Diese Menschen haben keinen Grund zu lügen, und sie zögerten lange, sich mit der Sache zu beschäftigen.“* Und wie denken seine Kollegen über das Interessengebiet des Harvard-Doktors? *„Viele große Ideen erschienen am Anfang unwahrscheinlich“,* meinte Malkah Notmann, Leiter der Psychiatrischen Abteilung von Harvard, zum „Wall Street Journal“.

Tatsächlich ist Dr. Mack nicht der einzige renommierte US-Wissenschaftler, der sich dieser heiklen Thematik annahm. Dr. Leo Sprinkle, Professor für Psychologie an der Universität von Wyoming und Mitglied der renommierten „American Association for the Advancement of Science“ (AAAS) untersuchte 2.000 Entführte, fertigte von ihnen Persönlichkeitsprofile an. Das Ergebnis war, daß sie der allgemeinen Persönlichkeitsnorm für erwachsene Amerikaner entsprachen; sie wurden nicht als zur Phantasie neigende Persönlichkeiten eingestuft, und nichts deutete darauf hin, daß sie zu *„neurotischen oder psychotischen Reaktionen“* neigen. *„Vielmehr weist alles auf ein Programm der Konditionierung unseres kosmischen Bewußtseins hin“,* erklärte Prof. Sprinkle, *„der Zweck dieser Begegnungen scheint die Initiation des Individuums und ein Stimulus für die Gesamtgesellschaft zu sein“.* Der Physikprofessor Dr. James Harder von der University of California in Berkeley interviewte über 150 „Entführte“ in Hypnose, während der Kulturanthropologe Dr. Thomas E. Bullard von der Indiana-University die Berichte von über 3.000 „Entführten“ auswertete und verglich. Dabei stieß Bullard bei 163 von 193 Fällen mit zwei oder mehr Episoden auf einen identischen Verlauf des Erlebnisses:

* Abholung
* Untersuchung
* Gespräch
* Führung
* Reise in eine andere Welt
* Theophanie (Übermittlung einer spirituellen Botschaft)
* Rückkehr
* Nachspiel

Weiter wurden in zwei Dritteln die Entführer als ca. 1,20 m kleine Humanoide mit großen, haarlosen Köpfen, riesigen, schräggestellten schwarzen Augen, kleinen Mündern und Nasen, schmalen Körpern und langen Armen beschrieben. Die Kommunikation fand telepathisch statt, d.h., die „Entführten“ hörten die Stimme der „Fremden“ in ihrem Kopf. Meistens schwebten sie in einem Lichtstrahl in das UFO - oder wurden von der Besatzung in das gelandete Raumschiff getragen. Das UFO war in 80 % der Fälle scheibenförmig mit aufgesetzter Kuppel. Das Innere erschien gewöhnlich kalt und feucht, mit einer diffusen Lichtquelle. Die „Entführten“ wurden auf einen Tisch, einem OP-Tisch ähnlich, gelegt, instrumentell untersucht. Besondere Aufmerksamkeit galt dabei den Zeugungsorganen. Oft wurden Proben der Haut, Haare oder Körperflüssigkeit entnommen oder den Zeugen dünne Nadeln eingeführt, manchmal zur Einsetzung von Implantaten. Es folgte meist noch eine telepathische Unterhaltung, manchmal eine Führung durch das Raumschiff, vielleicht Bilder eines anderen Planeten, in einigen Fällen ein Wüstenplanet: Der Himmel war

dunkel, manchmal lebten Menschen nur in unterirdischen Räumen. Dann warnte man sie vor der drohenden Zerstörung der Erde. Als eines der Hauptprobleme wurde die Überbevölkerung genannt. Nach Ansicht der Außerirdischen ist unser Planet für höchstens drei Milliarden Menschen geschaffen.
Doch wie verbreitet sind „Entführungen"? *„Einer unter Vierzig"*, schätzte der 1986 verstorbene amerikanische „UFO-Papst" und Ex-CIA-Berater J. Allen Hynek. Das klang damals noch phantastisch. Doch dann erbrachte eine Umfrage unter 6.000 US-Bürgern ganz ähnliche Zahlen. Die Umfrage führte die Roper Organization 1992 durch, ein renommiertes demoskopisches Institut in den Vereinigten Staaten. Elf Fragen wurden gestellt, fünf davon mit dem Ziel, potentielle „Entführte" zu identifizieren: Wer vier oder mehr dieser Fragen mit „Ja" beantworten konnte, mußte davon ausgehen, selbst einmal „entführt" worden zu sein. Und das waren die Fragen:

1. Sind Sie schon einmal wie gelähmt aufgewacht und haben dabei eine seltsame Person oder Gegenwart oder etwas anderes Ungewöhnliches in Ihrem Zimmer wahrgenommen?
2. Haben Sie erlebt, daß Ihnen an eine Zeitspanne von einer Stunde oder mehr jegliche Erinnerung fehlt, und Sie sich nicht erinnern können, warum oder wo Sie gewesen sind?
3. Haben sie schon einmal das Gefühl gehabt, wirklich durch die Luft zu fliegen, ohne zu wissen wie oder warum?
4. Haben Sie jemals ungewöhnliche Lichter oder Lichtkugeln in einem Zimmer gesehen, ohne zu wissen, was sie verursachte oder woher sie kamen?
5. Haben sie je seltsame Narben an Ihrem Körper entdeckt, ohne daß Sie oder jemand anderer wüßte, wie oder woher sie gekommen sind?

Das Ergebnis war verblüffend. 18 % der Amerikaner bejahten die erste Frage. 13 % die zweite, 10 % die dritte und je 8 % Frage vier und fünf. Zwei Prozent der befragten 6.000 Amerikaner beantwortete vier oder mehr Fragen positiv. Das aber würde bedeuten: 3,7 Millionen erwachsene Amerikaner sind „Entführte". Dabei stellte Roper fest, daß die „Bejaher" überdurchschnittlich gebildet und überdurchschnittlich politisch und/oder sozial aktiv sind. Der Begriff von der „unsichtbaren Epidemie", den Budd Hopkins einmal benutzte, scheint Wahrheit geworden zu sein.

Dabei ist das „Entführungs-Syndrom" kein ausschließlich amerikanisches Phänomen. So konnte die britische Autorin Jenny Randles immerhin zwölf britische Fälle dokumentieren. Einer davon ist die unheimliche Begegnung des Polizeioffiziers Philip Spencer aus North Yorkshire, der am frühen Morgen des 1. Dezember 1987 durch das Ilkley-Moor ging. Als er zwei Stunden später als geplant zurückkehrte, erinnerte er sich nur noch daran, ein kleines, 1,20 m großes Wesen mit langen Armen und einem großen Kopf erblickt und fotografiert zu haben. Er folgte dem Männchen auf einen Hügel, schaute herab - und sah sekundenlang eine silberne, zwölf Meter breite Scheibe, die rasch aufstieg und am Himmel verschwand. *„Ich werde auf einen Tisch gelegt, über mir ein Strahl wie ein Pfeiler; er bewegt sich auf mich herunter ... ich höre wieder diese Stimme, die sagt: Wir werden dir nichts tun, fürchte dich nicht,"* erklärte er später in Hypnose.
Rund 200 Berichte von „Entführungen" untersuchten der Physiker Prof. Thales Shonya und sein Bruder, der Mediziner und Klinik-Chefarzt Prof. Gela Shonya von der Akademie der Wissenschaften der Georgischen Republik in Georgiens Hauptstadt Tblissi. Insgesamt schätzen die Shonya-Brüder die Zahl der Fälle auf 2.000.
Und schon in Prof. Zigels Berichten fand sich ein russischer „Entführungs"-Fall. Der Zeuge war ein Leutnant V.G. Palzew, der sich nach zwei Jahren endlich entschlossen hatte, sein Erlebnis weiterzugeben, das

sich in der Nacht vom 15. auf den 16. Juni 1975 ereignet hatte. Palzew war in dieser Nacht per Anhalter in Richtung des Dorfes Borisoglewsk unterwegs, wo er seinen erkrankten Sohn besuchen wollte. In der Nähe des Dorfes Gribanowka verließ er den Lkw, der ihn bis dahin mitgenommen hatte, aber jetzt einen anderen Weg fuhr. Die Nacht war mondhell, als der Leutnant gegen 1.50 Uhr auf der einsamen Landstraße auf eine weitere Mitfahrgelegenheit wartete. Die Straße war von Bäumen flankiert, und bald bemerkte er dazwischen ein schwaches Licht. Er dachte, es könnte von einem dort parkenden Wagen stammen, und auf diese Gelegenheit hatte er die ganze Zeit gewartet. So lief er in Richtung des vermeintlichen Wagens, der, wie er bald merkte, auf einem frisch umgepflügten Acker mit frischer Saat zu stehen schien. Doch als er sich schließlich dem Fahrzeug bis auf 80 oder 100 Meter genähert hatte, mußte er überrascht feststellen, daß er gar kein Auto war - vielmehr ein Objekt, wie er es noch nie zuvor gesehen hatte. Denn es entpuppte sich als eine über dem Boden schwebende Scheibe mit durchsichtiger, teilweise erleuchteter Kuppel. Nur noch 50 Meter entfernt, konnte Plazew die Silhouette dreier kleiner menschlicher Gestalten ausmachen, die *„Köpfe wie Straußeneier“* hatten und sich in dem Objekt befanden. Als er nur noch 30 Meter von der Scheibe entfernt war und weiter auf sie zugehen wollte, verspürte er eine Kraft - wie ein *„unsichtbares Netz“* -, die ihn zurückdrückte. Er spürte den Druck am ganzen Körper, versuchte, diese Kraft zu überwinden, und verlor das Bewußtsein. Als er aus seiner Ohnmacht erwachte, fand Palzew sich fast 100 Meter von seiner Ausgangsposition entfernt wieder. Seine Schirmmütze lag neben ihm, seine neue lederne Aktentasche sah plötzlich alt und verdreckt aus. Das Objekt war noch da. Zuerst erhob es sich in eine Höhe von etwa drei Metern, und Palzew wurde von einem starken Windstoß erfaßt, dann stieg es weiter auf und glitt in 20 Meter Höhe im schrägem Winkel über die Straße. Die Scheibe flog völlig geräuschlos, und es dauerte nur wenige Sekunden, bis sie schließlich mit hoher Geschwindigkeit in den Himmel schoß. Als Minuten später ein Motorradfahrer auftauchte, war sie längst verschwunden. Palzew schaute auf seine Uhr: Es war 2.45 Uhr. Er hatte gedacht, es seien nur 15 Minuten vergangen.

Die nächsten Jahre war Palzew von Alpträumen geplagt und verspürte immer wieder das Bedürfnis, sein Erlebnis anderen mitzuteilen. Im Mai 1977 besuchten Palzew und Zigel die Landestelle. Der Boden war zwar längst umgepflügt worden, doch wuchs an der fraglichen Stelle, einer Senke, alles sehr viel schlechter als in ihrem Umfeld. Zigel schloß seinen Bericht mit der Empfehlung, eine Hypnosesitzung sei der beste Weg, um Aufschluß über die verlorenen 45 Minuten zu bekommen. Diese wurde bedauerlicherweise nie durchgeführt.

In Deutschland gibt es mittlerweile 36 dokumentierte Fälle, die derzeit von mir und der Gruppe MUFON-CES untersucht werden.

Ähnliche Fälle sind auch aus Italien, Spanien, Frankreich, Belgien, Schweden, Finnland, Venezuela, Argentinien, Chile, Brasilien und Puerto Rico, Australien, Neuseeland, Südafrika, Zimbabwe, Japan, ja sogar Rotchina, Java und Malaysia bekannt. Fest steht also, auch wenn das Schema und die „Entführer“ manchmal variieren: wir haben es hier mit einem globalen Phänomen zu tun. Und: Entführungen sind physische Ereignisse, für die es nicht erst seit dem Fall Linda Cortile Augenzeugen gibt.

Tatsächlich war es der Fall des Forstarbeiters Travis Walton, der einen Wendepunkt in der „Entführungs“-Forschung markierte. Konnte bisher noch spekuliert werden, daß es sich bei den „Entführungen“ um ein psychologisches Phänomen handelte, bewies dieser Fall ihre physische Realität. Denn Travis Walton wurde vor sechs Augenzeugen entführt, die sahen, wie ihn ein Strahl aus blauem Licht in das UFO hob. Obwohl

Travis Walton

er zu den bestdokumentierten UFO-Fällen überhaupt gehört, fand der „Walton-Fall“ lange nicht die Beachtung, die er verdient. Doch auch das änderte sich 1992, als „Intruders“-Produzent Tracy Torme nach dem großen Erfolg seiner CBS-Miniserie für 1993 seine Verfilmung ankündigte. „Feuer am Himmel - Die wahre Geschichte des Travis Walton“ ist der Titel des Paramount-Kinostreifens, der sich jedoch bedauerlicherweise als völlige Verfremdung des Walton-Falles erwies .

Damals, am 5.11.75, war Travis Walton 22 Jahre alt und gehörte einer siebenköpfigen Kolonne von Holzfällern an, die gegen 18.00 Uhr ihre Arbeit im Apache-Sitgrea Nationalpark beendeten. Die Männer hatten einen schweren Tag hinter sich, waren erschöpft, fuhren fast schweigend die einsame Gebirgsstraße entlang. Plötzlich sahen die Waldarbeiter eine große, leuchtende Scheibe, die über einer Lichtung unweit der Straße schwebte. Sie hielten an und wollten sie sich genauer anschauen. Das UFO vibrierte und leuchtete orange-gelb. Travis sprang aus dem Wagen, lief auf die Scheibe zu. Seine Kollegen riefen ihm nach: *„Komm zurück, du Narr“,* aber er war unbeirrt, stellte sich fast unter das UFO. Ein blauer Strahl kam aus dem Objekt, Travis fiel zurück, lag wie tot am Boden. Wie erstarrt verfolgten seine Kollegen das Geschehen, dann jagte ihr Fahrer davon, hielt erst wieder, als er merkte, daß die Untertasse ihnen nicht folgte. Die Männer blickten sich um und erkannten noch ein Blitzen zwischen den Bäumen. Sie fuhren zurück zur Sichtungsstelle - von Travis keine Spur. Da alarmierten sie die Polizei, die sofort eine umfangreiche Suchaktion startete - ohne Erfolg. Sie verhaftete die sechs Waldarbeiter wegen Mordverdachts und unterzog sie einem Lügendetektortest, den sie alle bestanden - mit Ausnahme des 17jährigen Steve Pierce, der zu aufgeregt war.

Erst fünf Tage später fand Walton sich wieder, am Rande einer Straße nahe Heber/Arizona, 50 Kilometer von der Stelle seines Verschwindens enfernt. Noch leicht benommen torkelte er zur nächsten Tankstelle, rief seine Mutter an und ließ sich abholen. Er war verwirrt, fühlte sich wie ausgedörrt, hatte sonderbare Einstichnarben am rechten Arm. Auch er mußte sich einem Lügendetektortest unterziehen, willigte schließlich einer hypnotischen Rückführung zu. In Hypnose schilderte er, wie er unter dem Strahl bewußtlos wurde, auf einem Tisch in einem Raum mit grauen Metallwänden aufwachte, umgeben von kleinen, schlanken, kreideweißen Männchen, 1,40 groß mit braunen Overalls. Sie sahen aus wie gut entwickelte Föten mit einem überproportional großen Kopf und großen, dunklen Augen. Später war er in einem anderen Raum, der Kuppelform hatte. Er ging verwirrt umher und begegnete einem Mann mit blond-braunen Haaren und goldbrauner Hautfarbe, bekleidet mit einem leuchtendblauen Raumanzug, schwarzen Stiefeln und einem Helm. Travis versuchte, mit ihm Kontakt aufzunehmen, aber ohne Erfolg: Der Fremde reagierte einfach nicht. Allem Anschein nach befand Walton sich im Innern eines Mutterschiffes, denn der Mann führte ihn schweigend in einen schwach beleuchteten, feuchten Raum, in dem mehrere Fahrzeuge standen, die dem glichen, mit dem

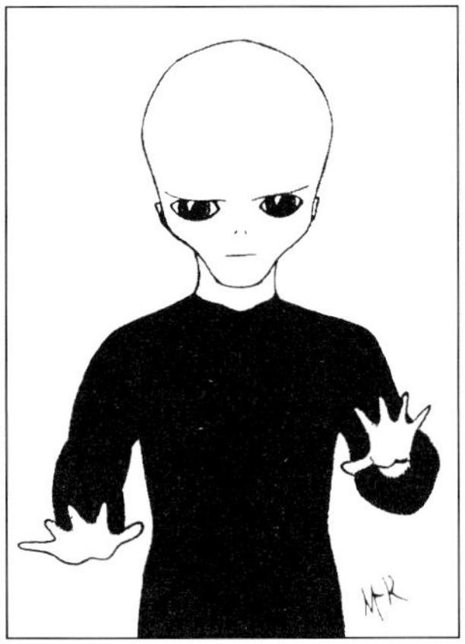
So zeichnete Travis Walton die Außerirdischen

er entführt worden war. In einem anderen Raum stand er zwei weiteren Männern und einer gutaussehenden Frau gegenüber. Sie deuteten ihm an, er solle sich auf einen Tisch legen, stülpten ihm eine Art Maske über das Gesicht, und er wurde bewußtlos. Das nächste, woran er sich erinnern konnte, war, daß er am Rand der Straße nach Heber lag und das UFO noch gerade am Himmel verschwinden sah.

Doch so spektakulär dieser Fall auch war, den Durchbruch im Massenbewußtsein bewirkte ein „Entführungs"-Fall, den Budd Hopkins am liebsten als „unbedeutend" zu den Akten gelegt hätte - aber dafür war das „Opfer" zu bekannt. Denn der „Entführte" war Whitley Strieber, einer der bekanntesten Roman-Autoren der USA, spezialisiert auf Thriller. Und Strieber schrieb nicht nur über seine Erfahrungen mit den Fremden selbst. Was seinen US-Megaseller „Communion" wirklich lesenswert macht, sind seine Reflektionen über das Erlebte. Sein zweiter Bestseller, „Transformation", schließlich handelt nur noch davon, wie die „Entführungs"-Erfahrung Striebers Leben verändert und sein Bewußtsein erweitert hat.
Sechs Monate lang stand „Communion" 1987 auf Platz Eins der „New York Times"-Bestsellerliste. Das Buch wurde verfilmt, der - für unseren Geschmack zu effekthascherische - Streifen machte in den US-Kinos Furore, in Deutschland erschienen beide Titel bei Heyne als Taschenbuch.

Striebers Erlebnisse begannen am 26. Dezember 1985, kurz nach Weihnachten, das er mit seiner Familie in seiner Blockhütte in einem abgelegenen Winkel des Staates New York verbrachte. Kurz nachdem er in dieser Nacht schlafen gegangen war, nahm er seltsame Geräusche wahr. Er setzte sich auf und schaute sich um. Dann sah er, wie sich langsam die Schlafzimmertür öffnete, sich eine gedrungene Gestalt durch den Türspalt hereindrängte. Strieber war nicht mehr in der Lage, sich zu bewegen. Das Wesen war vielleicht 1,10 m groß und trug eine Art Helm und Brustpanzer. Strieber wurde bewußtlos, erinnerte sich erst später unter Hypnose daran, wie er herausgetragen wurde. Er wollte sich wehren, konnte aber nicht. Er nahm wahr, daß er in einer Mulde im Wald saß, war erstaunt, daß er nicht fror, obwohl er nackt war. Links von sich erkannte er ein kleines Wesen im Overall, dessen Gesicht wie eine Maske aussah. Plötzlich schwebte er und hatte die Bäume unter sich. Dann verdeckte ein dunkler Boden, der unter seine Füße glitt, das Bild. Er saß in einem runden Raum mit kuppelförmiger Decke. Der Raum war stickig, die Luft trocken, die vorherrschenden Farben grau und braun, das Licht diffus ohne erkennbare Lichtquelle. Ein Wesen stand rechts von ihm, ein anderes links. Es holte aus einem Kästchen eine glänzende, haarfeine Nadel und erklärte Strieber telepathisch, daß es vorhabe, die Nadel in sein Gehirn einzuführen. Strieber geriet in Panik. Doch er überstand die Prozedur unbeschadet. Dann wurde er in einen anderen Raum gebracht, der wie ein kleiner Operationssaal aussah, mit einem Tisch in der Mitte und drei Bankreihen voller kauernder Gestalten mit runden und schlitzförmigen Augen. Die auffallendste war größer als alle anderen, vielleicht 1,50, zierlich, mit hypnotischen, schräggestellten Augen. Sie hatte etwas Insektenhaftes an sich.
Am nächsten Tag fühlte Strieber sich schrecklich, nahm nur am Rande wahr, wie Nachbarn seiner Frau von der Sichtung seltsamer Lichter in der letzten Nacht erzählten. An den Folgetagen litt er unter Schwächeanfällen und Fieber, Kopf- und Ohrenschmerzen. Anfang Januar berichtete die Lokalzeitung von UFO-Sichtungen in der fraglichen Zeit. Dann bemerkte Strieber, daß eines der Bücher, die ihm Freunde zu Weihnachten geschenkt hatten, von UFOs handelte. Er begann, zu lesen - und bekam es plötzlich mit der Angst zu tun. Er las von ähnlichen „Schlafzimmerbesuchen", wie er sie hatte, und erfuhr, daß der ihm

als Maler bekannte Budd Hopkins einer der führenden Experten auf dem Gebiet war. Wieder in New York, rief er Hopkins an. Er wollte ihn kennenlernen - und herausfinden, was mit ihm geschehen war.

In der Hypnose erfuhr er, daß das Erlebnis vom 26.12. nicht sein erster UFO-Kontakt war. Bereits am 4. Oktober 1985 wurde er, wieder in der Blockhütte, schon einmal entführt, aufgeweckt durch ein blaues Licht auf dem Wohnzimmerdach. Danach drang eine Gestalt mit einer Art Kapuze auf dem Kopf in sein Schlafzimmer ein. Schemenhaft erkannte Strieber seinen kahlen Kopf, seine großen, insektenartigen Augen. Das Wesen berührte seinen Kopf mit einem Stab, zeigte ihm Bilder vom Ende der Welt, warnte ihn vor der Umweltzerstörung.
Freunde, die das fragliche Wochenende mit den Striebers im Blockhaus verbracht hatten, erinnerten sich an ein helles Licht, das durch ihr Fenster schien, an einen lauten Knall und *„das Getrippel kleiner Füße, die oben durch euer Schlafzimmer liefen“* - aber sie dachten, das seien bloß die Katzen.
Auch Striebers Sohn wurde in dieser Nacht entführt, träumte später, *„daß lauter kleine Doktoren mich auf die Veranda trugen und auf eine Bahre legten. Ich bekam Angst, und da sagten sie: „Wir werden dir nicht weh tun!“*
Am 21. März 1986, wieder in der Blockhütte, wachte Strieber abermals mitten in der Nacht auf. Er war gelähmt, nicht in der Lage, seine Augen zu öffnen. Aber er spürte, wie etwas in sein Nasenloch gesteckt und langsam nach oben geschoben wurde. An den folgenden Tagen litt er unter Nasenbluten, nach dem 25. März auch seine Frau und sein Sohn. Ein Arzt diagnostizierte eine leichte Knotenbildung. Bei einer weiteren Begegnung wurden ihm zwei Dreiecke in den Arm geritzt. Die Wesen warnten ihn vor der Gefahr, die das Ozonloch für uns darstellt. Und sie halfen Strieber, seine Ängste zu erkennen und zu meistern. *„Die Besucher sagten: ‚Wir recyclen Seelen‘ und ‚die Erde ist eine Schule‘“,* schrieb Strieber, *„Und das ist sie wohl - ein Ort, an dem Seelen wachsen und sich auf ein Ziel hinentwikkeln, das wir uns noch kaum vorstellen können.“* Doch Strieber fragt sich: Warum ist gerade er „auserwählt“? Gemeinsam mit Hopkins und wechselnden Hypnoseärzten beschloß er, *„in der Vergangenheit zu fischen“,* und entdeckte Hinweise auf „Entführungen“ in frühester Kindheit, im Alter von zwölf Jahren und als Jugendlicher. Die „Communion“ mit den Besuchern schien sich über sein ganzes Leben hinzuziehen.
Heute ist Strieber überzeugt:
„Wenn die Besucher tatsächlich unter uns sind, dann inszenieren sie unsere Wahrnehmung ihrer Anwesenheit sehr sorgfältig. Entweder sind sie wirklich erst seit den späten vierziger Jahren da, oder sie haben beschlossen, zu diesem Zeitpunkt in unser Bewußtsein zu treten. Anscheinend wurden schon damals Menschen von ihnen entführt, aber vor Mitte der sechziger Jahre erinnerten sich nur wenige daran. Trotzdem könnte ihre Beziehung zu uns von Anfang an sehr eng gewesen sein. Viele der Entführten berichten über sehr frühe

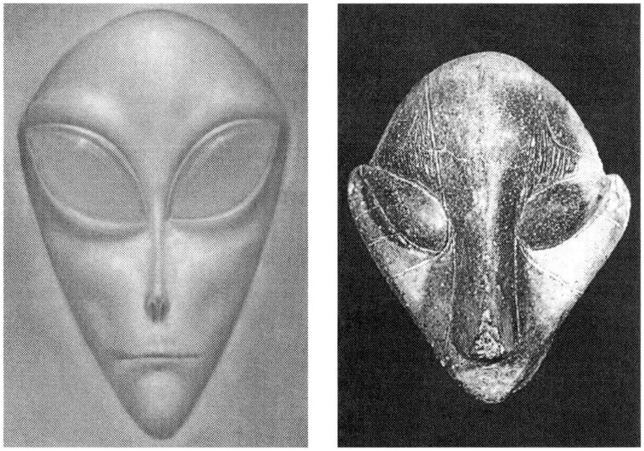

Der Außerirdische, der nach Whitley Striebers Angaben gezeichnet wurde, hat ein uraltes Gegenstück: Eine Tonmaske aus Vinca in Bosnien, ca. 5000 v.Chr.

Kindheitserlebnisse, einige datierten aus einer Zeit lange vor dem Zweiten Weltkrieg.
Der Eindruck der sorgfältigen Inszenierung ist hauptsächlich auf die Art der öffentlichen Wahrnehmung zurückzuführen. In den vierziger oder fünziger Jahren wurden die UFOs erstmals von weitem gesehen. Dann wurden sie aus immer geringerer Entfernung beobachtet. In den sechziger Jahren gab es eine Menge Berichte über fremde Wesen und einige Entführungsfälle. Und nun, Mitte der achtziger Jahre, begannen andere und ich - zum größten Teil unabhängig voneinander -, sie in unserem Leben wahrzunehmen.
Obwohl es keinen objektiven Beweis für die Existenz der Besucher gibt, deutet meiner Meinung nach die Form, in der sie in unserem Bewußtsein auftaucht, eindeutig auf einen Plan hin."

Vielleicht wurde Strieber „auserwählt", weil niemand anderer als er in der Lage war, ein Millionenpublikum in das UFO-Phänomen zu initiieren. Und vielleicht wurde darum auch die Entführung der Linda Cortile inszeniert, um den einzigen übernationalen Spitzenpolitiker unseres Planeten einzuweihen - und zu bewirken, daß er möglicherweise in allernächster Zukunft das Schweigen bricht und die Weltöffentlichkeit offiziell über die Präsenz der „Fremden" aufklärt.
„Ich kann in den Geschehnissen eine deutliche Ordnung sehen", schreibt Whitley Strieber. *„In den letzten 40 Jahren hat sich ihr Kontakt mit uns nicht nur vertieft, sondern weiter ausgebreitet. So zumindest scheint die Sachlage. Natürlich kann auch unsere Wahrnehmungsfähigkeit zugenommen haben. Das alles vollzog sich in deutlichen Schritten. Anfangs sahen wir Objekte aus großer Entfernung, dann immer näher, dann sahen wir Besucher, und schließlich erinnerten wir uns an ein Zusammensein mit ihnen. Einigen der Entführten wurde gesagt, daß sie sich ‚fünf Jahre lang' an nichts erinnern werden oder nicht vor ‚1984' oder sich erst ‚in ein paar Jahren' erinnern werden. Wollen die Besucher in einer großen Erinnerungswelle in unserer Welt auftauchen?*
Wenn dies zutrifft, warum? Warum landen sie nicht einfach, öffnen die Kapsel und steigen heraus? Vielleicht möchten sie nicht handeln, wie Cortez es getan hat. Es ist leicht, eine ganze Kultur mit einem Schlag zu vernichten. Einer meiner Freunde saß im Kreis von indianischen Medizinmännern, an einem Ort, wo man den Lärm der Autobahn hören konnte - er vernahm die Lehre der alten Gesänge, die Trauer, die an die Stelle des alten Glaubens getreten war. Auch in Papua-Neuguinea werden keine neuen Geschichten mehr erfunden. Die Straßen dort sind eine schäbige Vision von irgendeiner Straße in Michigan. Alles geht unter - aus dem Zepter der Könige wird Brennholz, und die alten kulturellen Werte wirken auf die Erben wie Peinlichkeiten. Wären wir nicht alle zur Bedeutungslosigkeit verurteilt, wenn sich uns ein scheinbar überlegener Besucher offen zeigt? Wissenschaft, Religion, sogar die Künste könnten durch das Auftauchen einer Kultur erschüttert werden, die bereits über all das Wissen verfügt, das wir erst zu erwerben trachten - außer es führt statt zu blinder Anbetung zum Verständnis ihrer Wahrheit, ihrer Stärken und ihrer Schwächen. Vielleicht wurden deshalb zwei Dreiecke in meinen Arm geritzt: um zu zeigen, daß jeder von uns ein kleines, vollkommenes Universum ist, eine kleine, aber gültige Ausgabe des Ganzen; daß das Kleine nicht weniger perfekt ist als das Größere, wenn auch weniger ausgereift."
Budd Hopkins glaubt sogar, daß es etwas gibt, das die Fremden von uns lernen können - die Schönheit und Tiefe der Emotionen, die das menschliche Leben bestimmen, *„unser unglaublich reiches Gefühlsleben, unser inneres Leben, unsere Gefühle für unsere Kinder, all diese vielen menschlichen Emotionen, die ihnen offensichtlich fehlen - das ist etwas, das sie an uns zu interessieren scheint. Es ist fast so, als wären wir zumindest darin ihre Lehrer, daß sie hier etwas von uns lernen wollen, da wir ihre Raumbrüder sind.*

Das ist eines der wichtigsten Dinge, die wir aus all diesen Erfahrungen von Menschen mit UFO-Besatzungen lernen können: daß es absolut wunderbar ist, ein Mensch zu sein."

Einer der ersten bekannt gewordenen Fälle liefert uns vielleicht den Schlüssel zum Verständnis der Strategie der Außerirdischen. Er ereignete sich am 13. August 1975, und bezeichnenderweise war der Entführte ein Sergeant der US-Luftwaffe, Charles L. Moody.

Moody, ein Veteran aus dem Vietnam-Krieg, der 14 Jahre in der Luftwaffe gedient hatte, kam von der Nachtschicht auf der Holloman Luftwaffenbasis in New Mexico. Es war 23.30 Uhr. Nachmittags hatte er in der Zeitung gelesen, daß es in dieser Nacht einen Meteorschauer gäbe, der am besten gegen 1.00 Uhr zu beobachten wäre. Nach der Schicht fuhr er heim, zog sich um, schaltete den Fernseher ein und sah „The Tonight Show". Als die Show um 0.30 Uhr endete, setzte er sich in seinen Wagen und fuhr hinaus in die Wüste, um dort, unbeeinträchtigt von den Lichtern der Stadt Alamogordo, den klaren Nachthimmel zu beobachten. Da die Zeitungen von einem Meteor-„Schauer" gesprochen hatten, war er ziemlich enttäuscht, daß es bei einer Sternschnuppe blieb. Er saß auf dem linken Vordersitz seines Wagens und rauchte eine Zigarette, als er den Schock seines Lebens bekam. In nur 100 Meter Entfernung kam ein großes, metallisches, teilweise erleuchtetes, scheibenförmiges Objekt vom Himmel heruntergeschossen. Sergeant Moody, der alle in- und ausländischen Flugzeugtypen zu kennen glaubte, war verwirrt. So etwas hatte er noch nie gesehen. Es war etwa 18 Meter breit und 6-7 Meter hoch. Zuerst, 5-7 Meter über dem Boden, wackelte und flatterte es, bis es seine Lage stabilisierte und langsam auf Moody zuglitt. Dem Sergeant wurde die Sache unheimlich, er kurbelte die Fenster seines Wagens hoch, wollte starten - doch der Motor war wie tot, die Lichter auf seinem Armaturenbrett gingen nicht an. An der Batterie konnte es nicht liegen, die hatte er vor einem Monat gewechselt. Moody versuchte immer und immer wieder, den Wagen zu starten, während er mit einem Auge danach schielte, was das Objekt gerade machte. In 10 Meter Entfernung war es in der Luft stehengeblieben, ein schriller Summton war zu hören, und er konnte ein längliches Fenster von einem Meter Breite erkennen, dahinter schattenhaft menschliche Wesen. Moody wurde bewußtlos, und das nächste, woran er sich erinnern konnte, war, daß er wieder in seinem Wagen saß und beobachtete, wie das Objekt am Himmel verschwand. Er drehte den Zündschlüssel um, der Motor sprang an, er drückte auf das Gaspedal und raste halb benommen davon. Erst, als er die Randbezirke von Alamogordo erreichte, wurde er ein wenig ruhiger und begann, sich wieder sicher zu fühlen. Wieder daheim ging er erst einmal in die Küche, sah auf die Uhr. Es war 3.00 Uhr. Moody konnte das nicht glauben - das letzte Mal, als er auf die Uhr geschaut hatte, war es etwa 1.15 Uhr gewesen, und das war nur einige Minuten, bevor das seltsame Objekt erschien. Jetzt wachte auch seine Frau Karon auf, er erzählte ihr aufgeregt von dem Objekt - sie beließen es dabei.

In den nächsten Tagen bekam Sergeant Moody Hautausschlag und Schmerzen im Bereich des Unterkörpers. Einem früheren Fliegerkameraden, der zu dieser Zeit psychologischer und neurologischer Berater war, vertraute er sein Erlebnis an. Dieser Dr. Abraham Goldman zeigte ihm eine Methode der selbsthypnotischen Meditation, mit der er sich selbst Aufschluß über die verlorene Stunde verschaffen könnte. Weiter kam Sergeant Moody mit Coral und Jim Lorenzen in Kontakt, den Leitern der APRO (Aerial Phenomen Research Organisation), Amerikas ältester UFO-Forschungsorganisation, deren Spezialgebiet UFO-Nahbegegnungen der dritten Art waren. In den kommenden Wochen schilderte er den Lorenzens, wie ihm seine Erlebnisse jenes 13. August immer mehr zu Bewußtsein kamen. Zuerst erinnerte er sich wieder an die „Wesen“ - 1,50 groß, humanoid, mit übergroßen, haarlosen Köpfen, kleinen Nasen und Ohren und dünnen Lippen, bekleidet mit schwarzen Overalls bis auf jenen, der offensichtlich ihr Anführer war und ein silberweißes Overall trug -, dann an den Verlauf der „Entführung“ mit immer mehr Details. Fast war es ihm, als würden „sie“ diese allmähliche Rückerinnerung steuern.

Zuerst sah er zwei Wesen auf sich zukommen, während er wie gelähmt im Wagen saß. Das nächste, woran er sich erinnerte, war, wie er auf einem stumpf-metallischen Tisch lag. Er war benommen, konnte sich nicht bewegen, nahm wahr, daß der „Anführer“ im weiß-silbrigen Overall auf ihn zukam. Das Wesen sprach zu ihm - oder besser: Er hörte seine Stimme im Kopf, ohne daß es die Lippen bewegte. Während er vorher noch stark verängstigt war, beruhigte Moody die freundliche, fast väterliche Art des Anführers. Er fragte, wie es ihm ginge, versprach: *„Wir werden Dich nicht verletzen, Charles.“* Der Sergeant wunderte sich, daß der Fremde zwar seinen Vornamen kannte, ihn aber nicht mit seinem Spitznamen „Chuck“ anredete. Er stand auf und konnte jetzt Einzelheiten des Raumes erkennen, wunderte sich über die *„indirekte Beleuchtung“*. Der Anführer erklärte ihm, er brauche keine Angst zu haben, und bald merkte Moody, daß auch seine Gedanken „gelesen“ wurden - seine Fragen wurden beantwortet, bevor er sie gestellt hatte. Beide gingen in einen anderen Raum, der Fremde berührte Moodys Rücken mit einem stabförmigen Gerät, *„um seine Verletzungen zu heilen“*. Der Sergeant sah sich um. Der Raum war *„sauber wie ein Operationssaal“*, die Wände und das Inventar bestanden aus einem stumpfen Material, das entweder Metall oder Plastik zu sein schien, die Beleuchtung war wieder indirekt, ohne erkennbare Lichtquelle. Moody dachte bei sich, *„wenn ich nur den Maschinenraum des Raumschiffes sehen könnte, das wäre wundervoll“*, als ihm der Anführer seine Hand auf die Schulter legte und ihn aufforderte, ihm zu folgen. Sie gingen in einen kleinen, leeren und nur schwach beleuchteten Raum, der eine Art Aufzug zu sein schien. Als sich seine Schiebetür wieder öffnete, sah Moody vor sich einen Raum mit acht Meter Durchmesser, mit einer dünnen Säule in der Mitte, die durch sein Dach zu gehen schien. Um die Säule herum waren drei von kleinen Glaskuppeln bedeckte Einhöhlungen angeordnet, in denen sich große Kristalle mit zwei Stäben befanden. In der Ecke stand ein großer, schwarzer Kasten - aber nirgendwo auch nur die Spur von Kabeln. Der Anführer erklärte Moody, daß dies nicht ihr Haupt-Schiff sei, sondern nur ein kleines Beobachtungsschiff, und daß sein Mutterschiff in 600 bis 10000 Kilometer Höhe um die Erde kreise. Nach einiger Zeit stiegen sie wieder in den Aufzug und fuhren hoch. Der Anführer meinte jetzt, es sei für Moody an der Zeit, sie wieder zu verlassen, legte seine beiden Hände auf Moodys Kopf und erklärte, er müsse jetzt für zwei Wochen alles vergessen, was er hier an Bord gesehen und gehört hätte, dann würde er verstehen. Einen Augenblick später fand sich Moody in seinem Wagen wieder.

Noch bevor die Lorenzens eine gründliche Untersuchung des Falles in die Wege leiten konnten, wurde Sergeant Moody von seinen Vorgesetzten nach Europa versetzt. Zuerst hieß es, er solle die Vereinigten Staaten am 29. November 1975 verlassen, dann wurde der Termin auf den 29. Oktober vorverlegt. Vorher noch hatte Moody den Lorenzens erklärt, er wäre gerne zu einer hypnotischen Rückführung bereit, was nun aus zeitlichen Gründen nicht mehr möglich war. Trotzdem besuchten die Lorenzens Moody in Europa in Begleitung des Lügendetektorexperten Charles McQuiston, dessen Analyse der Aussagen des Sergeants ergab, daß er die Wahrheit sagte.

Noch stärker beeindruckt aber waren die Lorenzens, als sich zeitgleich mit ihrer Untersuchung der Begegnung von Sergeant Moody der Travis Walton-Fall zutrug. Die Außerirdischen, die Walton beschrieb, glichen denen in Moodys Schilderung wie Zwillinge. Doch Walton konnte nichts von Moody wissen - erst in der Dezember-Ausgabe des APRO-Bulletins veröffentlichten die Lorenzens seine Geschichte.

Der Außerirdische hatte Sergeant Moody an Bord des Raumschiffes erklärt, daß wir Menschen die UFOs und ihre Intention mißverstünden. Es sei nicht nur eine außerirdische Rasse, die uns besuchte, um unseren Planeten zu studieren, es sind viele verschiedene Völker, die freundschaftlich zusammenarbeiten, obwohl ihre Heimatplaneten Lichtjahre voneinander entfernt liegen. *„Es ist nicht unser Problem, SIE zu akzeptieren, sondern ihres, UNS zu akzeptieren."* Ihre Arbeit hier ist für sie nicht ohne Gefahr. Ihre Raumschiffe könnten durch Atomwaffen zerstört werden, auch konventionelle Waffen stellten für sie eine Gefahr dar. Weitere Probleme hätten sie mit unserem Radar, da es ihr Antriebssystem stört und es völlig blockieren kann durch die Aussendung ultrahochfrequenter elektromagnetischer Wellen. Diese Aussage wird bestätigt durch ein 1980 freigegebenes FBI-Memorandum vom 22.3.1950, in dem es über abgestürzte UFOs heißt, daß sie havarierten: *„... aufgrund der Tatsache, daß die Regierung über ein starkes Radarsystem in dieser Gegend verfügt, und man glaubt, daß Radar die Kontrollmechanismen der Untertassen stört."*
Auch sie fürchten um ihr Leben und setzen alles daran, sich um jeden Preis zu schützen. Aber sie kommen in friedlicher Absicht. Ihre Pläne für die Zukunft, wie sie Sgt. Moody den Lorenzens am 6.10.75 schilderte:
„In drei Jahren werden sie sich allen Menschen auf der Erde bekanntmachen. Es wird kein freundliches Treffen, sondern eine Warnung an die ganze Menschheit. Ihr Plan ist der beschränkter Kontakte, und erst nach 20 Jahren weiterer und tiefergehender Untersuchungen könnte es zu einem näheren Kontakt kommen. ... erst dann werden wir vollständig verstehen können, wer oder was sie sind."
Drei Jahre später - im Jahre 1978 - kam es zu einer bisher einmaligen weltweiten UFO-Demonstration.

Es war kein „offener Kontakt" und keine Massenlandung, sondern bloß - wie Moody angekündigt - eine globale Demonstration ihrer Präsenz. *„20 Jahre später"* wäre 1998... warten wir ab, ob die Menschheit dann reif genug für den offenen Kontakt ist.

25. DIE STILLE INVASION

Gebannt starrten die drei Fluglotsen auf ihre Radarschirme. Sie waren wieder da! Zwanzig riesige Flugkörper, *„jeder zwanzigmal größer als ein Jumbo-Jet“*, zogen über den Iran hinweg. Die Fluglotsen im Kontrollturm des Teheraner Flughafens Mehrabad hatten sie ganz plötzlich in jener Märznacht des Jahres 1978 auf ihren Radarschirmen auftauchen gesehen. Eine Täuschung war ausgeschlossen. Es war 1.00 Uhr nachts, und noch waren die riesigen Raumschiffe etwa 320 Kilometer von der Hauptstadt entfernt, etwa zwischen den Städten Isfahan und Schiras, die im Süden liegen. Doch sie bewegten sich mit der ungeheuren Geschwindigkeit von 5000 Stundenkilometern in 14.000 Meter Höhe auf Teheran zu. In wenigen Minuten mußten sie über der Stadt sein.

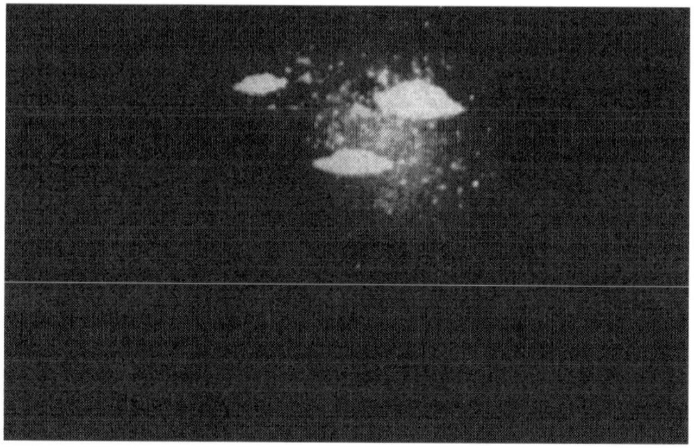

Ein Passagier der IRAN AIR schoß dieses Foto durch die Luke der Passagiermaschine über Teheran

Der Kontrollturm forderte die Flugzeuge, die im Anflug auf Teheran waren, auf, nach den gewaltigen Flugobjekten Ausschau zu halten. Minuten später bestätigten Piloten der IRAN AIR und der AIR FRANCE die Beobachtung. Der AIR FRANCE-Pilot sprach von *„Turbulenzen beim Passieren der riesigen, leuchtenden Flugkörper“.* Als er seine Scheinwerfer auf sie gerichtet habe, seien von ihnen ebenfalls Lichtstrahlen ausgegangen.
Sofort wurde Hadj Moniri benachrichtigt, der Chef der iranischen Zivilluftfahrtbehörde. Moniri beauftragte eine Expertenkommission mit der näheren Untersuchung des Vorfalls - die Ergebnisse sind nie bekannt geworden.

Dieser Vorfall war nur einer der ersten von vielen, die im Jahre 1978 die größte Sichtungswelle „Unbekannter Flugobjekte“ (UFOs) einleiteten, seit 1947 Kenneth Arnold die Welt mit seiner Begegnung mit „fliegenden Untertassen“ erregte.
Die UFOs sollten vier Monate später nach Teheran zurückkehren. Es war Sonntag, der 17. Juli 1978, ein heißer Tag in der Wüstenstadt. Aufgrund der unerträglichen Hitze schliefen viele Menschen auf den Dachterrassen ihrer Häuser, in der erquickenden Kühle der Nacht. Und plötzlich sahen sie es am Nachthimmel: Ein glühendes, scheibenförmiges Objekt überquerte in westlicher Richtung die Stadt. Die 26-jährige Shaheen

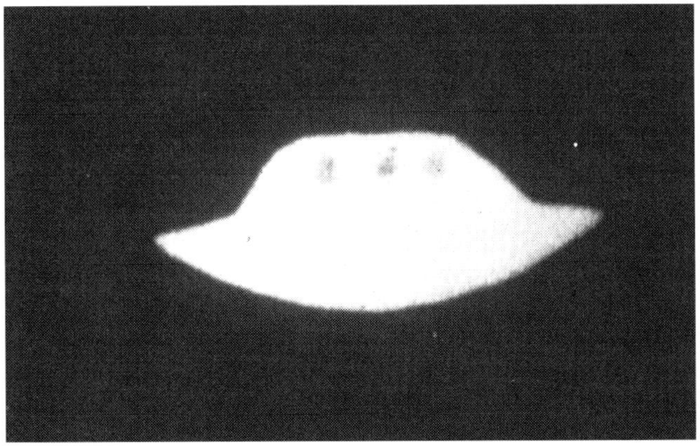

Aufnahme aus Shiras, Iran, 1978 (Fotos: A. Huneeus/ CUFOS)

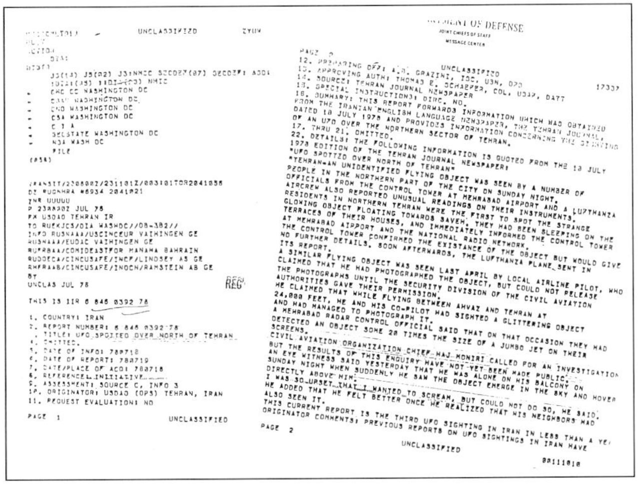

UNCLASSIFIED

J5(14) J5(R2) J3:NMCC SECDEF(07) SECDEF: ASD:
CMC CC WASHINGTON DC
CNO WASHINGTON DC
CSA WASHINGTON DC
C I A
SECSTATE WASHINGTON DC
NSA WASH DC
FILE
(034)

TRANSIT/2308002/231101Z/003101TOR2041036
DE RUQMHRA #6934 2041021
ZNR UUUUU
P 230802Z JUL 78
FM USDAO TEHRAN IR
TO RUEKJCS/DIA WASHDC//DB-3B2//
INFO RUSNAAA/USCINCEUR VAIHINGEN GE
RUSNAAA/EUDAC VAIHINGEN GE
RUFRBAA/COMIDEASTFOR MANAMA BAHRAIN
RUDOECA/CINCUSAFE/INCF/LINDSEY AS GE
RHFRAAB/CINCUSAFE/INOCH/RAMSTEIN AB GE
BT
UNCLAS JUL 78

THIS IS IIR 6 846 0392 78

1. COUNTRY: IRAN
2. REPORT NUMBER: 6 846 0392 78
. TITLE: UFO SPOTTED OVER NORTH OF TEHRAN
4. OMITTED.
5. DATE OF INFO: 780718
6. DATE OF REPORT: 780719
7. DATE/PLACE OF ACQ: 780718
8. REFERENCE: INITIATIVE
9. ASSESSMENT: SOURCE C, INFO 3
10. ORIGINATOR: USDAO (OPS) TEHRAN, IRAN
11. REQUEST EVALUATION: NO

PAGE 1 UNCLASSIFIED

DEPARTMENT OF DEFENSE
JOINT CHIEFS OF STAFF
MESSAGE CENTER

PAGE 2
12. PREPARING OFF: A.D. GRAZINI, ISC, USN, OPS
UNCLASSIFIED
13. APPROVING AUTH: THOMAS E. SCHAEFER, COL, USAF, DATT
14. SOURCE: TEHRAN JOURNAL NEWSPAPER
15. SPECIAL INSTRUCTIONS: DIRC. NO.
16. SUMMARY: THIS REPORT FORWARDS INFORMATION WHICH WAS OBTAINED FROM THE IRANIAN ENGLISH LANGUAGE NEWSPAPER, THE TEHRAN JOURNAL, DATED 18 JULY 1978 AND PROVIDES INFORMATION CONCERNING THE SIGHTING OF AN UFO OVER THE NORTHERN SECTOR OF TEHRAN.
17. THRU 21. OMITTED.
22. DETAILS: THE FOLLOWING INFORMATION IS QUOTED FROM THE 18 JULY 1978 EDITION OF THE TEHRAN JOURNAL NEWSPAPER:
"UFO SPOTTED OVER NORTH OF TEHRAN"
"TEHRAN-AN UNIDENTIFIED FLYING OBJECT WAS SEEN BY A NUMBER OF PEOPLE IN THE NORTHERN PART OF THE CITY ON SUNDAY NIGHT.
OFFICIALS FROM THE CONTROL TOWER AT MEHRABAD AIRPORT AND A LUFTHANZA AIRCREW ALSO REPORTED UNUSUAL READINGS ON THEIR INSTRUMENTS.
RESIDENTS IN NORTHERN TEHRAN WERE THE FIRST TO SPOT THE STRANGE GLOWING OBJECT FLOATING TOWARDS SAVEH. THEY HAD BEEN SLEEPING ON THE TERRACES OF THEIR HOUSES, AND IMMEDIATELY INFORMED THE CONTROL TOWER AT MEHRABAD AIRPORT AND THE NATIONAL RADIO NETWORK.
THE CONTROL TOWER CONFIRMED THE EXISTANCE OF THE OBJECT BUT WOULD GIVE NO FURTHER DETAILS. SOON AFTERWARDS, THE LUFTHANZA PLANE SENT IN ITS REPORT.
A SIMILAR FLYING OBJECT WAS SEEN LAST APRIL BY LOCAL AIRLINE PILOT, WHO CLAIMED THAT HE HAD PHOTOGRAPHED THE OBJECT, BUT COULD NOT RELEASE THE PHOTOGRAPHS UNTIL THE SECURITY DIVISION OF THE CIVIL AVIATION AUTHORITIES GAVE THEIR PERMISSION.
HE CLAIMED THAT WHILE FLYING BETWEEN AHVAZ AND TEHRAN AT 24,000 FEET, HE AND HIS CO-PILOT HAD SIGHTED A GLITTERING OBJECT AND HAD MANAGED TO PHOTOGRAPH IT.
A MEHRABAD RADAR CONTROL OFFICIAL SAID THAT ON THAT OCCASION THEY HAD DETECTED AN OBJECT SOME 20 TIMES THE SIZE OF A JUMBO JET ON THEIR SCREENS.
CIVIL AVIATION ORGANIZATION CHIEF HAJ MONIRI CALLED FOR AN INVESTIGATION BUT THE RESULTS OF THIS ENQUIRY HAVE NOT YET BEEN MADE PUBLIC.
AN EYE WITNESS SAID YESTERDAY THAT HE WAS ALONE ON HIS BALCONY ON SUNDAY NIGHT WHEN SUDDENLY HE SAW THE OBJECT EMERGE IN THE SKY AND HOVER DIRECTLY ABOVE HIM.
I WAS SO UPSET THAT I WANTED TO SCREAM, BUT COULD NOT DO SO, HE SAID.
HE ADDED THAT HE FELT BETTER ONCE HE REALIZED THAT HIS NEIGHBORS HAD ALSO SEEN IT.
THIS CURRENT REPORT IS THE THIRD UFO SIGHTING IN IRAN IN LESS THAN A YE
ORIGINATOR COMMENTS: PREVIOUS REPORTS ON UFO SIGHTINGS IN IRAN HAVE
PAGE 2
UNCLASSIFIED

Bericht über den Vorfall durch das Meldezentrum der Stabschefs im Pentagon.

Karyabi war die erste von Hunderten Radiohörern, die sofort das UFO dem Teheraner Rundfunk meldeten. Ein Augenzeuge berichtete: *„Viele kleine Flugkörper lösten sich aus dem UFO und verteilten sich über der Stadt. Dann kehrten sie blitzschnell in das sechseckige, purpurrot strahlende UFO zurück“.* Erst wollte der Radiosprecher den Anrufern nicht glauben, dann stieg er selbst auf das Dach des Rundfunkgebäudes. Und tatsächlich: Mit ungläubigen Augen sah er im Norden das glühende Flugobjekt, das rote, purpurne und blaue Lichter ausstrahlte. Außer Atem vor Erstaunen schilderte er noch auf Sendung den Zuhörern seine Sichtung, was dazu führte, daß Tausende von Teheranern ebenfalls auf die Flachdächer ihrer Häuser kletterten und fasziniert das UFO beobachteten.

Zur selben Zeit hatten Anrufer den Teheraner Mehrabad-Flughafen benachrichtigt. Fluglotsen im Kontrollturm machten das UFO auf ihren Radarschirmen aus. Gleichzeitig empfingen Techniker des Flughafens die Funksprüche einer im Anflug auf Teheran befindlichen DC-10 der LUFTHANSA, deren Crew und Passagiere das UFO beobachten konnten. Dann plötzlich meldete der LUFTHANSA-Pilot: *„Wir haben Schwierigkeiten mit dem Kommunikationssystem“* - ein langer Pfeifton folgte - der Funkverkehr zwischen Maschine und Tower war ausgefallen.

Sofort wurde die iranische Luftwaffe alarmiert. Zwei Nachtjäger starteten, schossen in die Höhe, dem UFO hinterher. Aber sie konnten es nicht einholen. Blitzschnell verschwand das geheimnisvolle Flugobjekt am sternklaren Nachthimmel. Der damalige Regent des Iran, Schah Reza Pahlewi, nahm beunruhigt am nächsten Morgen den Bericht über die Erscheinung entgegen und setzte eine Untersuchungskommission ein.

Das war die zweite Etappe einer Invasion, die sich 1978 überall auf der Erde ereignete. Ganze Verbände unbekannter Flugobjekte erschienen über den einzelnen Staaten, ihren wirtschaftlichen, kulturellen und strategischen Zentren, bis sie schließlich im Dezember zum großen Finale ansetzten - und verschwanden. Es war alles wie ein großes Experiment, um unsere Reaktion zu testen, zu sehen, ob wir schon reif für den offenen Kontakt waren - und eine Generalprobe für den „Tag X“.

Die erste Etappe fand in Brasilien statt. Campo dos Afonsos ist ein Militärflughafen in einer der westlichen Vorstädte von Rio de Janeiro. Um den Flugplatz herum liegen gepflegte kleine Häuser, in denen die Offiziere der brasilianischen Luftwaffe wohnen.
Auf der Terrasse eines dieser Häuser, das dem Oberst Rui Gardiola gehört, waren in der Nacht von Samstag, dem 12. März, auf Sonntag, dem 13. März, die Gardiolas und zwei weitere Offiziersehepaare in ein langes, freundschaftliches Gespräch vertieft. Es war eine angenehm warme Herbstnacht (da Südhalbkugel), und so vergingen die Stunden.
Gegen 1.30 Uhr machte der Oberst, der mit dem Gesicht nach Norden saß, seine Gäste auf ein plötzlich erschienenes Licht aufmerksam, das über den Bergen von Petropolis silberweiß aufleuchtete. Das Objekt schien sich der Gruppe in schnellem Flug zu nähern. Bald hatte es sich auf der Höhe des Vorgebirges von Rio, der Serra de Madueira, in zwei Teile geteilt, die exakt nebeneinander mit großer Geschwindigkeit auf Campo dos Alfonsos zuflogen. Ein weiteres Licht blitzte zwischen den beiden Leuchtkörpern auf, verglühte aber sogleich wieder. In diesem Moment sprang Oberst Gardiola mit einem Satz von seinem Stuhl auf und lief auf den offenen Rasen, wo er eine bessere Sicht hatte. Die anderen folgten ihm. Die beiden Lichter waren zwischenzeitlich nur noch 2000 Meter von Campo entfernt, und man konnte erkennen, daß sie nur die Frontscheinwerfer zweier großer Flugkörper waren, die eine ganze Formation von Objekten anführten. In Kollisionskurs flog das Geschwader direkt auf die Gruppe zu. Die Farbe der Lichter veränderte sich, man erkannte, daß sie zu birnenförmigen Flugobjekten gehörten, die Anreihungen zylindrischer Körper hinter sich herzogen und von zwölf leuchtenden Rundobjekten begleitet waren. Die Flughöhe der Objekte wurde von 300 bis 600 Meter geschätzt, ihre Länge auf 60 Meter. Bald entfernte sich das unheimliche Geschwader wieder, und schließlich war es ganz am Horizont verschwunden. Das nächste, was Oberst Gardiola machte, war, daß er zum Telefon lief und die Presse benachrichtigte. Was er nicht wissen konnte: am nächsten Morgen war in jeder größeren Zeitung davon zu lesen.
In dieser Nacht wurden die 14 UFOs auf einer Strecke von 2750 Kilometern von Tausenden Brasilianern beobachtet - von Manaus im Amazonastal bis Santos, südlich von Rio de Janeiro. Die ersten Anrufe erreichten um 1.30 Uhr die Redaktionen. Kurz darauf wurde gemeldet, daß eine UFO-Formation in niedriger Höhe die Hauptstadt Brasilia überflog, wobei sie taghell erleuchtet wurde. Viele Menschen strömten von den Bars und Restaurants auf die Straße, einige gerieten in Panik. Zur gleichen Zeit wurden die Objekte von der Luftüberwachung auf Radar geortet. Minuten später sprangen am Rande Rio de Janeiros Bauern auf den Feldern aus ihren Karren, weil sie dachten, es sei eine Polizeirazzia im Gange und die Lichter kämen von Hubschraubern. Am Flughafen von Santos Dumont wurde der Kontrollturm außerplanmäßig besetzt, und auch hier nahm der Radarschirm das unheimliche Geschwader wahr.

Am 12. September 1978 wurde die schleswig-holsteinische Hauptstadt Kiel, ein bedeutender Marine-Ostseehafen, Ziel ganzer UFO-Verbände. Mit diesem Vorfall, den ich persönlich untersuchen konnte, begann die zweite Etappe des Vorspiels zur großen Invasion. Zeugen waren vier junge Kieler.
Die damals 16-jährige Berufsschülerin Filiz Tunaman schaute gerade aus dem Wohnzimmerfenster der Wohnung ihrer Eltern in Kiel-Emschenhagen, um einen Blick auf den sternklaren Nachthimmel zu werfen. Es war gegen 21.00 Uhr, als Filiz etwas Sonderbares bemerkte: Am Horizont schwebten hintereinander ganze Gruppen rotglühender Kugeln. *„Mir kam sofort der Gedanke, daß das UFOs sein könnten, von denen man so oft hört“,* erzählte mir Filiz während eines dreistündi-

So zeichnete die Berufsschülerin Filiz Tunamann die Himmelserscheinung, die sie am 12.9.1978 über Kiel-Emschenhagen beobachtete.

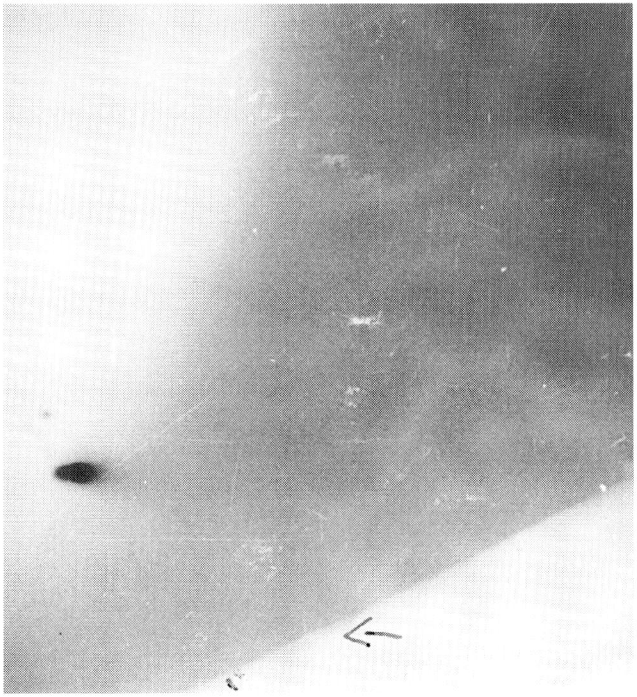

Das einzige ihrer verunglückten Fotos, auf dem ein Objekt zu erkennen ist.

gen Gespräches, als ich sie zwei Jahre später in Kiel besuchte. *„Sofort rief ich meinen Bruder, und der meinte auch, daß es UFOs sein könnten. Und es wurden immer mehr. Schnell holte ich meine Kamera. Als ich den Blitz aufgeschraubt hatte, tauchte auf einmal über den Bäumen ein großes, ellipsenförmiges Objekt auf. Es sah aus wie ein Raumschiff. Um das UFO kreisten ungefähr zehn Lichter. Offenbar war das Objekt in mehrere Stockwerke aufgeteilt und hatte mehrere Luken, die gelblich leuchteten. Ich hatte auch noch das Fernglas für die Sterne da liegen und schaute durch, ob sich hinter den Luken etwas regte. Aus ihnen drang ein ganz komisches, grelles, gelbes Licht. Das UFO hatte eine Größe von etwa 20 Metern. Wir fotografierten es. Seine scheinbare Größe war etwa die des Vollmondes. Es flog langsam, so daß man alle Einzelheiten gut erkennen konnte, dann kippte es auf einmal seitwärts, man konnte richtig das Unterteil sehen. Es waren wolkenartige Gebilde da, und zwischen ihnen leuchteten bunte Lichter auf. Hinter dem UFO flogen zwei weitere, fast in der selben Größe, gefolgt von mehreren rotglühenden Feuerkugeln."*

Immer mehr UFOs tauchten auf, glitten langsam am Himmel entlang und verschwanden wieder - und das über drei Stunden lang, bis kurz vor 24.00 Uhr. Ermüdet ging Filiz schließlich zu Bett. Für sie und ihren Bruder war das Erlebnis eine Realität gewesen - auch wenn die Fotos mißlangen, was wohl nicht zuletzt daran lag, daß sie als blutige Fotoamateure ihren Blitz benutzten, der natürlich von der Fensterscheibe reflektiert wurde und die UFOs überstrahlte.

Am nächsten Morgen erzählte Filiz in der Schule von ihrem Erlebnis und mußte erfahren, daß zwei ihrer

Klassenkameradinnen, Hilda P. und Uta N., in dieser Nacht dasselbe Phänomen beobachten konnten. Uta: *„An diesem Abend konnte ich nicht einschlafen und mich auch nicht auf mein Buch konzentrieren. Ungefähr um 23.00 Uhr ging ich ans Fenster, zog die Vorhänge zurück und schaute hinaus. Am Himmel sah ich einen roten Punkt zwischen den Sternen. Er bewegte sich, und bei ihm waren helle Lichter, die anders aussahen als Sterne."* Hilda konnte ungefähr eine halbe Stunde lang *„ganz helle Lichter"*, beobachten, die *„da vorbeiflogen."* Keines der Mädchen konnte sich die unheimliche Erscheinung erklären. Filiz: *„Ehrlich gesagt, ich hatte ein wenig Angst ... und mein Bruder meinte auch: ‚Mensch, das gibt's doch nicht - ausgerechnet hier in Emschenhagen."*

Ich war mir nach meinem persönlichen Eindruck von den Zeugen sicher, daß sie die Wahrheit sagten. Der Diplom-Meteorologe Klockow vom Deutschen Wetterdienst-Wetteramt Schleswig bestätigte mir, daß es *„bei der seinerzeit herrschenden guten Sicht ... denkbar (ist), daß Objekte längere Zeit zu sehen waren."* Eine Luftspiegelung schloß Klockow aus. *„Die Inversion lag um Mitternacht 12./ 13.9.1978 in einer Höhe von ca. 4000 m, also recht hoch, und betrug etwas mehr als 4 Grad Celsius"*, wie mir der Meteorologe am 4.8.1980 schrieb, *„Luftspiegelungen halte ich für unwahrscheinlich, zumal zu dem angegebenen Zeitpunkt die Sonne schon weit unter dem Horizont stand."* Leider ist *„seitens der Kieler Flughafengesellschaft keine Radarüberwachung vorhanden"*, wie mich Geschäftsführer Kruse am 5.8.80 informierte, so daß eine Bestätigung von dieser Seite her nicht möglich war.

Der nächste Vorfall spielte sich auf einer Landstraße in Argentinien ab. Es war Mittwoch, der 13. September 1978, Uhrzeit: Gegen 3.00 Uhr nachts.

27.000 Kilometer hatte sich das Häufchen motorisierter Abenteurer schon auf der diesjährigen „Südamerika Rallye" durch die drückende Schwüle des Amazonasdschungels gequält, der bitteren Kälte Feuerlands und der Atemnot an den Andenpässen getrotzt. 27.000 Kilometer mit knirschendem Staub zwischen den Zähnen, verdreckt, verschwitzt, am Rande der Erschöpfung, gebeutelt von Überschlägen, abgerissenen Hinterachsen, Reifenpannen und anderen Unfällen. Einen Tag vor dem Ziel erregten dann die beiden argentinischen Rennfahrer Carlos Acevedo (37), von Beruf Industrieller, und sein Mechaniker Miquel Angel Moya (20) Aufsehen auf der ohnehin an Ereignissen nicht gerade armen Rallye. Die beiden Fahrer, die mit ihrem schwachbrüstigen Citroen Ami 8 bisher nur durch konstantes Tragen der roten Lampe, des Schlußlichts, aufgefallen waren, hatten plötzlich einen gewaltigen Vorsprung. Die Rennfahrer aller Nationen wollten ihren Augen kaum trauen. Doch noch unglaublicher war die Erklärung, die Acevedo und Moya für ihren Vorsprung abgaben: *„Kurz vor Pahia Planca kam in der Nacht ein gasförmiges Gebilde und trug uns rasend schnell in Richtung Ziel. Die etwa 70 Kilometer bis zur Zeitkontrolle legten wir in einer Minute zurück. Danach verschwand das eiförmige UFO."*

Die Fahrer hatten das Städtchen Viedma verlassen und nach etwa 30 Kilometer Fahrt im Rückspiegel ein intensives Licht bemerkt. Acevedo glaubte, es würde sich dabei um einen schnellen Wagen mit sechs brennenden Halogen-Scheinwerfern handeln und fuhr seinen Citroen an den Straßenrand. In diesem Augenblick hüllte das Licht den Wagen ein - und er begann zu schweben. Immer mehr hob er sich vom Boden ab, bis er schließlich nach Acevedos Schätzungen in etwa vier bis fünf Metern über der Landstraße dahinglitt. Hilflos bemerkte er, daß der Motor stehengeblieben war - und doch bewegten sie sich mit rasender Geschwindigkeit fort. Nach einem Flug von etwa einer Minute, so schätzte Acevedo, setzte das Auto wieder sachte auf der Landstraße auf. Das Licht verließ den Wagen *„wie der Kegel einer Taschenlampe, der sich fortbewegt"*, und war bald am Himmel verschwunden.

Acevedo drehte den Zündschlüssel wieder, der Motor sprang an. Bald erreichte er den Ort Pedro Luro, wo er dem Tankwart und der Polizei von seinem Erlebnis erzählte. Aber niemand schien davon sonderlich beeindruckt, und der Kommissar meinte nur, in dieser Gegend sei derartiges nicht außergewöhnlich. Der Kilometerzähler des Wagens zeigte 50 Kilometer an, obwohl die Strecke Viedmo-Pedro Luro 120 Kilometer maß. Die fehlenden 70 Kilometer mußten die Rallye-Fahrer in einer Minute zurückgelegt haben - im Flug, mit einer Geschwindigkeit von 4250 Stundenkilometern.
Nach Aussagen der Polizei wirkten beide Fahrer ganz verstört, als sie das Erlebnis zu Protokoll gaben, und baten einen Polizisten, sie den Rest der Tour zu begleiten.
Die deutschen Fahrer Jochen Kleint und Günther Klapprot, die auf den 5. Platz kamen, meinten, *„wir können nicht leugnen, daß die Argentinier immer am Ende herumkrebsten und vor Bahia Blanca plötzlich vor uns lagen."* Ein Journalist: *„Falls dieses UFO-Abenteuer wirklich stimmt, muß es sich um sehr menschenfreundliche Wesen gehandelt haben, denn bisher rangierten die Argentinier auf dem letzten Platz und machten kaum von sich reden."*

Gleich am nächsten Tag ging eine weitere Sensation durch die Weltpresse. In den frühen Morgenstunden des 14.9. beobachteten Tausende Italiener, wie ein gigantisches Leuchtobjekt das Land von Gela/Sizilien, am äußersten Südrand der Insel, über Taranto, Neapel, Rom bis Alassio an der Riviera überquerte. Den Berichten zufolge, beleuchtete das UFO, das die Größe eines Ozeandampfers hatte, den Himmel im Umkreis von mehreren Kilometern. Die ersten, die das seltsame Objekt meldeten, waren Arbeiter, die um 5.50 Uhr zur Frühschicht in der staatlichen Ölraffinerie in Gela im südlichen Sizilien eintrafen. Der Chef des Sicherheitsdienstes der Raffinerie, Antonio Ferrara, beschrieb es als eiförmig mit großen, hellen „Flügeln" oder flügelartigen Lichtstrahlen, größer als ein Flugzeug und völlig lautlos. Das UFO war von einer schwarzen Rauchwolke umringt, die sich langsam vergrößerte und das Objekt immer mehr einhüllte, während es weiter nach Norden flog. Nach 20 Sekunden war der geheimnisvolle Flugkörper verschwunden. Minuten später klingelten bei der Polizei und den Zeitungen der Städte Taranto und Neapel die Telefone. Zeugen beschrieben ein riesiges ovales Objekt mit „fischflossenähnlichen" Flügeln aus Licht. In Rom wurde es von der Polizei in fünf verschiedenen Stadtteilen gemeldet. Zuerst war Giovanni Grimaldi, der diensttuende Beamte im Polizeipräsidium, skeptisch, als er die Funksprüche der aufgeregten Kollegen empfing. Aber dann setzte er sich mit dem Militär in Verbindung. Polizist Antonio Giangrande, der in der Nähe des Flughafens Campino Streife fuhr, berichtete von einem V-förmigen Objekt, das größer als ein Flugzeug war und aus undurchsichtigem Kristall zu bestehen schien. Es sandte kilometerlange Lichtstrahlen aus, die den Boden berührten oder in den Himmel schossen. *„Tausende Menschen sahen das Objekt von Sizilien bis zur Nordwestgrenze"*, erklärte ein Regierungssprecher, *„Dutzende Telefonanrufe erreichten das Innenministerium, als Menschen das UFO vor Tagesanbruch beobachten konnten."* In einigen Berichten hieß es, daß Tiere verschreckt ins Gebüsch flüchteten, als das UFO am Himmel erschien. Zwei Angestellte der Luftfahrtgesellschaft ALITALIA wollen gegen 6.00 Uhr das dreieckige Flugobjekt gesichtet haben. Aus Torre del Lago kam die Meldung, daß mehrere Zeugen das UFO aus dem Süden kommen sahen, bevor es für einige Minuten im Schwebezustand über dem See bei der Stadt verharrte. In 500 Meter Höhe hinterließ es einen bläulichen Kondensstreifen, als es am Himmel verschwand.

Der nächste Fall ereignete sich am Samstag, dem 21. Oktober 1978, in der Bass-Street zwischen Melbourne, Australien und der King-Insel. Ein klarer Tag mit idealem Flugwetter war es, an dem der 20-jährige Polizeibeamte und Hobbypilot Frederick Valentich gegen Abend in Melbourne startete. Er hatte vor, mit seiner gemieteten blauweißen Cessna 182 auf die Königsinsel zu fliegen, um dort am Wochenende zu campen. Doch er sollte das Eiland nicht mehr erreichen. Als er in einer Höhe von 1400 Meter Cape Otway überflog, meldete er die Begegnung mit einem gewaltigen, länglichen Luftfahrzeug mit vier breit strahlenden Lichtern. Sechs Minuten später war er spurlos verschwunden. Das ICUFON/New York besorgte mir eine Kopie des offiziellen Untersuchungsberichtes des australischen Verkehrsministeriums. Ich bin damit in der Lage, den entscheidenden Abschnitt des Funkdialoges zwischen dem Melbourner Kontrollturm (FSU) und Valentich (DSJ) in vollem Wortlaut wiederzugeben.:

19.06:14 DSJ: *Melbourne, hier ist DSJ, wissen Sie etwas über Flugverkehr unter 1500 Meter?*

…:23 FSU: *DSJ, kein Flugverkehr bekannt.*

…:26 DSJ: DSJ: *Es scheint ein großes Flugzeug unter 1500 Meter zu fliegen.*

…:46 FSU: *DSJ, welcher Flugzeugtyp?*

…:50 DSJ: *DSJ: Kann ich nicht sagen, es ist zu hell. Es hat vier - sieht aus wie Landelichter…*

19.07:04 FSU: DSJ

…:32 DSJ: *Melbourne, hier DSJ, das Flugzeug hat mich gerade in 300 Meter Höhe über… überflogen.*

…:43 FSU: *DSJ, verstanden, bestätigen Sie, daß es ein großes Flugzeug ist.*

…:47 DSJ: *Ähm… unbekannt wegen der Geschwindigkeit, mit der es fliegt. Sind hier irgendwo Luftwaffenflieger in der Nähe?*

…:57 FSU: *DSJ, es ist kein bekanntes Flugzeug in der Gegend.*

19.08:18 *DSJ: Melbourne, es kommt von Osten auf mich zu…*

…:28 FSU: *DSJ…*

…:49 DSJ: *DSJ: Es scheint mir so, als spiele es eine Art Spiel mit mir. Es überfliegt mich 2-3 Mal hintereinander mit einer Geschwindigkeit, die ich nicht schätzen konnte.*

19.09:02 FSU: *DSJ, verstanden, bitte Ihre Flughöhe:*

…:06 DSJ: *Meine Flughöhe ist 1350 Meter.*

ENCLOSURE # 13

V116/783/1047

COMMONWEALTH OF AUSTRALIA DEPARTMENT OF TRANSPORT

AIRCRAFT ACCIDENT INVESTIGATION SUMMARY REPORT

Publication of this report is authorised by the Secretary under the provisions of Air Navigation Regulations 283 (1)

1. LOCATION OF OCCURRENCE

	Height a.m.s.l.	Date	Time (Local)	Zone
Not known	-	21.10.78	Not known	EST

2. THE AIRCRAFT

Make and Model	Registration	Certificate of Airworthiness
Cessna 182L	VH-DSJ	Valid from 14 February 1968

Certificate of Registration issued to	Operator	Degree of damage to aircraft / Other property damaged
Cephus Day, 33 Reserve Road, Beaumauris, Victoria	SAS Southern Air Services, Northern Avenue, Moorabbin Airport, Victoria	Not known / -

Defects discovered

3. THE FLIGHT

Last or intended departure point	Time of departure	Next point of intended landing	Purpose of flight	Class of operation
Moorabbin	1819 hours	King Island	Travel	Private

4. THE CREW

Name	Status	Age	Class of licence	Hours on type	Total hours	Degree of injury
Frederick VALENTICH	Pilot	20	Private	Not known	150 (Approx.)	Presumed Fatal

5. OTHER PERSONS (All passengers and persons injured on ground)

Name	Status	Degree of injury	Name	Status	Degree of injury

6. RELEVANT EVENTS

The pilot obtained a Class Four instrument rating on 11 May 1978 and he was therefore authorised to operate at night in visual meteorological conditions (VMC). On the afternoon of 21 October 1978 he attended the Moorabbin Briefing Office, obtained a meteorological briefing and, at 1723 hours, submitted a flight plan for a night VMC flight from Moorabbin to King Island and return. The cruising altitude nominated in the flight plan was below 5000 feet, with estimated time intervals of 41 minutes to Cape Otway and 28 minutes from Cape Otway to King Island. The total fuel endurance was shown as 300 minutes. The pilot made no arrangements for aerodrome lighting to be illuminated for his arrival at King Island. He advised the briefing officer and the operator's representative that he was uplifting friends at King Island and took four life jackets in the aircraft with him.

The aircraft was refuelled to capacity at 1810 hours and departed Moorabbin at 1819 hours. After departure the pilot established two-way radio communications with Melbourne Flight Service Unit (FSU).

The pilot reported Cape Otway at 1900 hours and the next transmission received from the aircraft was at 1906:14 hours. The following communications between the aircraft and Melbourne FSU were recorded from this time: (Note: The word/words in brackets are open to other interpretations.)

TIME	FROM	TEXT
1906:14	VH-DSJ	MELBOURNE this is DELTA SIERRA JULIET is there any known traffic below five thousand
:23	FSU	DELTA SIERRA JULIET no known traffic
:26	VH-DSJ	DELTA SIERRA JULIET I am seems (to) be a large aircraft below five thousand

Der amtliche Untersuchungsbericht des australischen Verkehrsministeriums über das Verschwinden von Frederick Valentich.

...:11 FSU: *DSJ, bestätigen Sie, daß Sie das Flugzeug nicht identifizieren können.*
...:14 DSJ: *Bestätige.*
...:18 FSU: *DSJ, verstanden.*
...:28 DSJ: *Melbourne, DSJ: Es ist kein Flugzeug, es ist...*
...:46 FSU: *DSJ, Melbourne, können Sie das Flugzeug beschreiben?*
...:52 DSJ: *DSJ: Es fliegt vorbei, es hat eine längliche Form ... mehr als das kann ich nicht erkennen ... es kommt nun von rechts auf mich zu, Melbourne...*
19.10:07 FSU: *DSJ, verstanden, und wie groß ist das ... Objekt?*
...:20 DSJ: *DSJ: Melbourne, es scheint in der Luft zu stehen, ich fliege jetzt im Kreis, und das Ding fliegt ebenfalls im Kreis über mir und es hat ein grünes Licht und es ist wie metallisch, es glänzt alles, die Außenseite.*
...:43 FSU: *DSJ...*
...:48 DSJ: *DSJ: Es verschwindet gerade.*
...:57 FSU: *DSJ...*
19.11:03 DSJ: *Melbourne, wissen Sie, was für eine Art Flugzeug das war, ob es eine Art Militärflugzeug war?*
...:08 FSU: *DSJ, bestätigen Sie, daß das Flugzeug gerade verschwand.*
...:14 DSJ: *Wiederholen Sie bitte.*
...:17 FSU: *DSJ, ist das Flugzeug noch bei Ihnen?*
...:23 DSJ: *DSJ: Es kommt vom Südwesten her auf mich zu.*
...:37 FSU: *DSJ...*
...:52 DSJ: *DSJ: Mein Flugzeug ist ziemlich langsam, und ich will um 23, 24 landen, und das Ding ist wieder da.*
19.12:04 FSU: *Verstanden, was haben Sie vor?*
...:09 DSJ: Ich habe vor, nach King Island zu fliegen... ah, Melbourne, das seltsame Flugzeug schwebt wieder über mir ... es schwebt, und es ist kein Flugzeug...
...:22 FSU: *DSJ...*
...:28 FSU: *DSJ, Melbourne...*
:49 FSU: *DSJ, Melbourne...*

Die Männer im Tower hörten nur noch ein langes, metallisches Geräusch - dann war der Funkkontakt abgebrochen.
Sofort wurde eine ausgedehnte Suchaktion ins Leben gerufen, die eine Woche lang dauerte. Doch obwohl ein gutes Dutzend Flugzeuge, darunter ein Marineaufklärer vom Typ Orion, Tag für Tag jeden Quadratkilometer um die Bass-Street absuchte, blieb die Aktion erfolglos. Es gab kein Wrack, keine Ölspuren, nicht ein Zeichen, das auf das Schicksal des jungen Piloten und seiner Cessna hindeuten konnte. Nachdem schließlich 2000 Quadratkilometer durchkämmt waren, gab man auf. Das Ergebnis laut Untersuchungsbericht: *„Der Grund für das Verschwinden des Flugzeuges bleibt unbekannt."* Der Fall blieb ein Rätsel, und das bis auf den heutigen Tag. Oder, wie es der Sprecher des Verkehrsministeriums, Ken Williams, ausdrückte, *„die Akte wird solange nicht geschlossen werden, bis etwas Positives bezüglich des Schicksals dieses Piloten und seines Flugzeuges herausgefunden wird."*

Kurz bevor Frederick Valentich seine „unheimliche Begegnung" hatte, konnten zahlreiche Melbourner das UFO beobachten. Ein Zeuge, der Bankkaufmann Colin Morgan (59), beschrieb es als *„glänzend und hell. Es hatte ein grünes Licht. Ich konnte es gemeinsam mit meiner Frau beobachten. Ich war erstaunt und konnte es zuerst kaum glauben, als ich später las, daß der Pilot es fast zur selben Zeit beobachtet hatte."* Ein Sprecher der Königlichen Australischen Luftwaffe bestätigte die Sichtungen und erwähnte 11 Meldungen aus dem Zeitraum vom 18. bis 22. Oktober.

Interessant in diesem Zusammenhang ist eine Sichtung, die sich am 23. Oktober 1978 in der Volksrepublik China zutrug und über das chinesische „Journal für UFO-Forschung" (Auflage: 1 Million) verbreitet wurde. An diesem Tag wurde einer Gruppe chinesischer Luftwaffenpiloten in der Provinz Gansu im Nordwesten

Illustration des Vorfalls von Gansu am 23.10.1978 aus dem chinesischen „Journal für UFO-Forschung".

des Landes im Freien ein Film vorgeführt. Es war gegen 21.00 Uhr, als die Soldaten am Himmel ein großes, leuchtendes Objekt bemerkten, das in 7000 Meter Höhe zwei bis drei Minuten lang über dem Lager schwebte. Wie Cha Leping, der Vorsitzende der „Chinesischen UFO-Forschungsorganisation", hervorhob, beschrieben die Soldaten das Objekt als *„länglich und sehr hell"*. Cha Leping: *„Es scheint eine Verbindung zwischen dem UFO zu geben, das der australische Pilot sah, und dem, das zwei Tage später über der Gansu-Provinz erschien. Die Beschreibungen gleichen sich."* Übrigens ist Cha Lepings Organisation eine Untergruppe der „Chinesischen Gesellschaft für Zukunftsforschung", einer vom Staat geförderten Wissenschaftlervereinigung.

Wahrscheinlich nicht zufällig kam es zur selben Zeit auch zu einem Massenauftreten der UFOs im Raum von Charleston im US-Staat West Virginia. In jener Nacht, in der Valentich spurlos verschwand, beobachteten hier nach Angaben der Behörden Hunderte Bürger, darunter Polizisten und Soldaten, eine Formation von sieben UFOs. Die Behörden konnten freilich keine Erklärung über die Natur der Objekte abgeben, die auch von der Luftwaffe auf Radar geortet wurden. Und ähnlich hilflos-verwirrt reagierten auch die Zeugen. *„Ich kann nicht sagen, was das war. Ich habe so etwas noch nie gesehen. Diese Bewegungen...",* meinte der Polizist Don Sharoe, der die UFOs eine halbe Stunde lang beobachtet hatte. Im Landkreis Kanawha gingen bei den Behörden Meldungen von 34 Personen ein, die *„schwebende"* oder *„sich langsam bewegende"* Objekte sichten konnten, die grünes, blaues, rotes und manchmal auch gelbes Licht ausstrahlten. Meistens, so erklärten die Augenzeugen, seien mindestens drei der rätselhaften Objekte zusammen geflogen. Polizist Sharpe berichtete, die UFOs seien zuerst mit der Geschwindigkeit eines Meteors über den Himmel gerast, um dann plötzlich zu stoppen. *„Wenn sich ein Flugzeug näherte, verdunkelten sich die Lichter, bis man die Dinger nicht mehr sehen konnte."* Fluglotse Bill Givebs vom Flughafen Kanawha erklärte, man hätte das ganze Wochenende über seltsame Erscheinungen auf dem Radarschirm orten können.

Drei Tage später beobachteten zehn Polizisten in England, wie ein helles, pulsierendes UFO eine halbe Stunde lang am Himmel schwebte - ein Phänomen, für das britische Behörden keine Erklärung fanden. Die Polizisten Gavon Hamilton und Richard Green waren die ersten, die gegen 2.00 Uhr nachts am 24. Oktober das UFO über Surrey, Südengland, bemerkten. *„Wir saßen gerade im Wagen, als ein rötliches Licht von rechts auf uns zuflog",* erinnert sich der Polizist Richard Green, *„es war ein blitzendes Licht, und es bewegte sich sehr schnell. Es stoppte in einiger Entfernung und schien zu schweben. Wir sahen, wie dieses Ding in verschiedenen Farben erstrahlte."* Die Polizisten riefen über Funk ihre Kollegen herbei. Polizist Richard Adamson war gerade in der Gegend und machte sich auf den Weg, als auch er das geheimnisvolle Objekt bemerkte: *„Es*

war ein Ball, der in weißes Licht eingehüllt war", erinnert er sich, *„er hatte auf der Spitze ein rotes Licht und unten ein grünes."* Auf der Polizeiwache empfing Christopher Loveridge den Funkspruch, ging ins Freie und sah das UFO mit eigenen Augen. *„Das ganze Ding pulsierte"*, beschrieb er seine Sichtung, *„es strahlte ein helles Licht aus. Es glich nichts, was ich je zuvor gesehen habe."* Auch die beiden Polizeibeamten James Brautigan und Julian Smith hörten die Mitteilung über Polizeifunk, während sie auf Streife waren. Sie stoppten sofort ihren Wagen, stiegen aus, schauten sich um und sahen etwas, das *„rot und grün und in allen Farben des Regenbogens pulsierte"*. In der Nachbarschaft wurde die Polizistin Fay Briggs von dem grellen UFO erschreckt, das sie blendete, als es *„nur wenige Meter hoch über die Straße schoß. Es war eine Kugel intensiven Lichtes, die einen blauen Kern hatte. Ich war schockiert und habe mich so gefürchtet, daß ich sofort zur nächsten Polizeiwache fuhr."*
„Wir bekamen Berichte von 10 Polizeibeamten, die unabhängig voneinander dieses UFO sichten konnten", erklärte später Polizeisprecher Bernie Nuck den Reportern. Auch eine offizielle Untersuchung erbrachte kein Ergebnis. *„Wir alle sahen etwas, das die Behörden nicht erklären konnten"*, meinte Polizist Hamilton, *„da war etwas dort draußen, und ich würde sagen, daß es sicher nicht von diesem Planeten war."*

Ein *„leuchtendes, quallenförmiges UFO"* war es, was den Berichten zufolge am 27. Oktober im mittelamerikanischen Staat Honduras Stromausfälle verursachte. Der in Honduras sehr populäre Sender „RADIO AMERICA" erhielt in dieser Nacht über 200 Anrufe verblüffter Augenzeugen. *„Sie alle beschreiben das Objekt als quallen- oder tintenfischähnlichen Flugkörper, der grell leuchtete"*, kommentierte „RADIO AMERIKKAs" Nachrichtendirektor Rodrigo Wong die Vorfälle. Tatsächlich stimmen die Beschreibungen erstaunlich genau überein. *„Es sah wie ein Tintenfisch mit riesigen Fangarmen aus"*, erinnert sich der Taxifahrer Roberto Aguilar, *„als es vom Himmel herunterschoß - boom! - gingen hier im Tal die Lichter aus."* Hermann Badgette, Pressesekretär der honduranischen Militärjunta, stand gerade auf der Terrasse des Maya-Hotels in der Vorstadt Tegucigalpa und diskutierte mit dem ASSOCIATED PRESS-Korrespondenten Tom Fenton, *„als ich einen großen und hellen Ball aus Licht sah"*, wie Badgette später erklärte. *„Vom weißen Mittelpunkt des Objektes aus schossen Strahlen in allen Farben nach unten. Einige waren blau, andere rot. Sie sahen wie Blitze aus. Dann verschwand das Objekt mit großer Geschwindigkeit."* Die UFO-Sichtungen waren von einem 70-minütigen Stromausfall begleitet. *„Danach ging das Licht wieder an, ohne daß wir etwas reparieren mußten"*, betonte Salvador Pardo von der Ingenieurschule der Universität von Honduras, *„und das deutet darauf hin, daß kontrollierte Kräfte diesen Blackout hervorriefen. Es ist völlig logisch zu folgern, daß außerirdische Kräfte die Ausfälle verursacht haben."*
Bestätigt wird Pardos Vermutung durch Jorge Alberto Aguilera, Techniker am Elektrizitätswerk, der erschüttert im Fernsehen über den Vorfall sprach, den er mit eigenen Augen verfolgt hatte. Fast betäubt von einer gewaltigen Explosion und einem *„blendend weißen Licht, das selbst durch die kleinsten Ritzen des Gebäudes drang"*, war er geistesgegenwärtig ins Freie gelaufen. Kaum war er vor die Tür getreten, mußte er seine Hände vor das Gesicht halten, um die Augen zu schützen. Es war, als würde er in tausend Sonnen blicken. Nur durch die Finger blinzelnd, konnte er das weitere beobachten. Das war *„eine riesige Kugel aus Licht, viel heller als die Sonne"*, die zwei Minuten lang über den Generatoren schwebte, bevor sie schließlich *„mit gewaltiger Geschwindigkeit steil in den Himmel schoß"*. Zur selben Zeit sah die Polizistin Julia Martinez Lopez mit zuerst ungläubigen Augen, wie *„ein glühender Ball über dem Elektrizitätswerk schwebte - Körper wie Fangarme wirbelten umher."* Am Hang des Berges, an

dessen Fuß das E-Werk liegt, wohnt Frau Donatila Hernandez Majan. Als der Strom ausfiel, ging sie auf den Balkon ihres Hauses, von wo aus sie erschreckt in nur wenigen Metern Entfernung auf selber Höhe einen *„gigantischen Tintenfisch"* schweben sah. *„Er hatte fangarmähnliche Gebilde, die in unglaublicher Geschwindigkeit umherwirbelten und rotes, grünes und blaues Licht ausstrahlten! Frau Majan liefen vor Schreck Schauer über den Rücken - und ihre Tochter fiel in Ohnmacht".*

Am selben Tag erschien ein UFO über Frankfurt. *„Die Szene war gespenstisch: Ein riesiges, deltaförmiges UFO schwebte lautlos über Kelkheim, grelles weißes Licht strahlte aus den Bullaugen und unter dem dreieckigem Rumpf war ein leuchtend grüner Schweif"*, beschrieb der 13-jährige Schüler Andreas Jost aus Kelkheim Reportern der BILD-Zeitung gegenüber sein Erlebnis. Er kam gerade von einem Treffen seines Schützenvereins, als er das Objekt sah. Andreas ist sich sicher: *„Ein tieffliegender Jumbo war's nicht, das UFO raste nämlich im Zick-Zack-Kurs Richtung Frankfurt."* Nachforschungen beim Frankfurter Flughafen ergaben, daß auch andere das UFO gesehen und dort gemeldet haben.

Ein riesiges, grell leuchtendes UFO brachte Kuwaits Ölpumpen zum Stehen. Dieser Vorfall ereignete sich am 9. November auf einem Bohrplatz der staatlichen kuwaitischen Ölgesellschaft, nördlich von Kuwait City. Da er der Höhepunkt der ersten UFO-Sichtungswelle überhaupt in diesem arabischen Staat war, maß die Regierung von Kuwait ihm so große Bedeutung bei, daß sie sofort ein Untersuchungskomitee aus Experten des *„Kuwaitischen Institutes für wissenschaftliche Forschung"* (KISR) berief, das den Sichtungsfällen nachgehen sollte. Über die Ergebnisse liegt mir ein Fernschreiben der amerikanischen Botschaft in Kuwait vor, das u.a. an den amerikanischen Geheimdienst CIA,

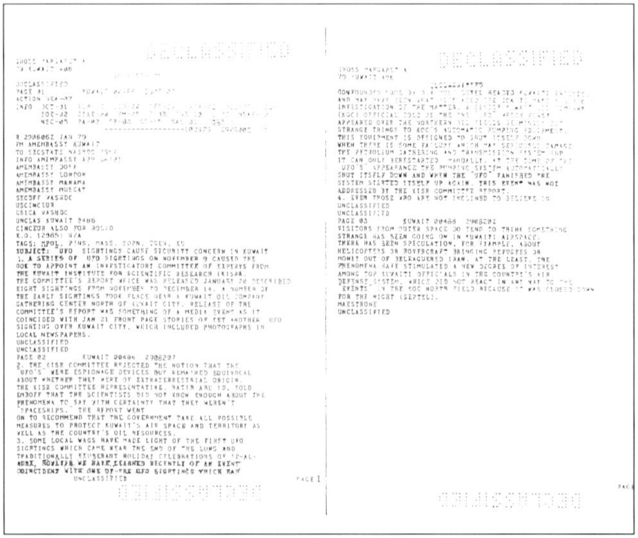

UNCLASSIFIED
PAGE 01
ACTION
R 290606Z JAN 79
FM AMEMBASSY KUWAIT
TO SECSTATE WASHDC
INFO AMEMBASSY
AMEMBASSY DOHA
AMEMBASSY LONDON
AMEMBASSY MANAMA
AMEMBASSY MUSCAT
SECDEF WASHDC
USCINCEUR
USICA WASHDC
UNCLAS KUWAIT 0486
CINCEUR ALSO FOR POLAD
E.O. 12065: N/A
TAGS: MPOL, PINS, MASS, SOPN, TGEN, KU
SUBJECT: UFO SIGHTINGS CAUSE SECURITY CONCERN IN KUWAIT
1. A SERIES OF UFO SIGHTINGS ON NOVEMBER 9 CAUSED THE GOK TO APPOINT AN INVESTIGATORY COMMITTEE OF EXPERTS FROM THE KUWAIT INSTITUTE FOR SCIENTIFIC RESEARCH (KISR). THE COMMITTEE'S REPORT WHICE WAS RELEASED JANUARY 20 DESCRIBED EIGHT SIGHTINGS FROM NOVEMBER TO DECEMBER 14. A NUMBER OF THE EARLY SIGHTINGS TOOK PLACE NEAR A KUWAIT OIL COMPANY GATHERING CENTER NORTH OF KUWAIT CITY. RELEASE OF THE COMMITTEE'S REPORT WAS SOMETHING OF A MEDIA EVENT AS IT COINCIDED WITH JAN 21 FRONT PAGE STORIES OF YET ANOTHER UFO SIGHTING OVER KUWAIT CITY, WHICH INCLUDED PHOTOGRAPHS IN LOCAL NEWSPAPERS.
UNCLASSIFIED
UNCLASSIFIED
PAGE 02 KUWAIT 00486 290820Z
2. THE KISR COMMITTEE REJECTED THE NOTION THAT THE "UFO'S" WERE ESPIONAGE DEVICES BUT REMAINED EQUIVOCAL ABOUT WHETHER THEY WERE OF EXTRATERRESTRIAL ORIGIN. THE KISR COMMITTEE REPRESENTATIVE, TOLD EMBOFF THAT THE SCIENTISTS DID NOT KNOW ENOUGH ABOUT THE PHENOMENA TO SAY WITH CERTAINTY THAT THEY WEREN'T "SPACESHIPS." THE REPORT WENT ON TO RECOMMEND THAT THE GOVERNMENT TAKE ALL POSSIBLE MEASURES TO PROTECT KUWAIT'S AIR SPACE AND TERRITORY AS WELL AS THE COUNTRY'S OIL RESOURCES.
3. SOME LOCAL WAGS HAVE MADE LIGHT OF THE FIRST UFO SIGHTINGS WHICH CAME NEAR THE END OF THE LONG AND TRADITIONALLY EXUBERANT HOLIDAY CELEBRATIONS OF ID-AL-ADHA, HOWEVER WE HAVE LEARNED RECENTLY OF AN EVENT COINCIDENT WITH ONE OF THE UFO SIGHTINGS WHICH HAS
UNCLASSIFIED
PAGE 1

UNCLASSIFIED
CONFOUNDED ... AND MAY HAVE ... INVESTIGATION OF THE MATTER. A ... (KOC) OFFICIAL TOLD US THE "UFO" WHICH FIRST APPEARED OVER THE NORTHERN OIL FIELDS ... STRANGE THINGS TO KOC'S AUTOMATIC PUMPING EQUIPMENT. THIS EQUIPMENT IS DESIGNED TO SHUT ITSELF DOWN WHEN THERE IS SOME FAILURE WHICH MAY SERIOUSLY DAMAGE THE PETROLEUM GATHERING AND TRANSMISSION SYSTEM AND IT CAN ONLY BE RESTARTED MANUALLY. AT THE TIME OF THE "UFO'S" APPEARANCE THE PUMPING SYSTEM AUTOMATICALLY SHUT ITSELF DOWN AND WHEN THE "UFO" VANISHED THE SYSTEM STARTED ITSELF UP AGAIN. THIS EVENT WAS NOT ADDRESSED BY THE KISR COMMITTEE REPORT.
4. EVEN THOSE WHO ARE NOT INCLINED TO BELIEVE IN
UNCLASSIFIED
UNCLASSIFIED
PAGE 03 KUWAIT 00486 290820Z
VISITORS FROM OUTER SPACE DO TEND TO THINK SOMETHING STRANGE HAS BEEN GOING ON IN KUWAITI AIRSPACE. THERE HAS BEEN SPECULATION, FOR EXAMPLE, ABOUT HELICOPTERS OR HOVERCRAFT BRINGING REFUGEES OR MONEY OUT OF BELEAGUERED IRAN. AT THE LEAST, THE PHENOMENA HAVE STIMULATED A NEW DEGREE OF INTEREST AMONG TOP KUWAITI OFFICIALS IN THE COUNTRY'S AIR DEFENSE SYSTEM, WHICH DID NOT REACT IN ANY WAY TO THE "EVENTS" IN THE KOC NORTH FIELD BECAUSE IT WAS CLOSED DOWN FOR THE NIGHT (SEPTEL).
MAESTRONE
UNCLASSIFIED

Fernschreiben der US-Botschaft in Kuwait City an NSA, CIA, Pentagon und NASA über eine UFO-Sichtung, bei der Kuwaits Ölpumpen ausfielen.

den NATIONALEN SICHERHEITSDIENST, die Raumfahrtbehörde NASA, die US-LUFTWAFFE und das PENTAGON geschickt wurde. Darin wird der Fall vom 9. November als *„eine UFO-Sichtung"* bezeichnet, *„die selbst einige unserer kritischsten Freunde verblüffte."* Die kuwaitische Ölgesellschaft hatte die Amerikaner offiziell über den Vorfall informiert. Die Ölpumpen waren so konstruiert, daß sie im Falle einer Panne sofort zu arbeiten aufhören, und nur manuell wieder in Gang gebracht werden konnten. *„Zur Zeit, als das UFO erschien, fiel das Pumpsystem automatisch aus - und setzte sich von selbst wieder in Gang, als es verschwand"*, wie die Amerikaner telegraphierten. Die offizielle Untersuchung schloß damit, daß *„das KISR-Komitee die Theorie zurückwies, daß ,UFOs' Spionageflugzeuge einer Nation seien, ließ aber offen, ob sie außerirdischen Ursprungs sind ... der Bericht fuhr mit der Empfehlung fort, daß die Regierung alles unternehmen sollte,* *um Kuwaits Luftraum und die Ölreserven des Landes zu schützen."*

Ein UFO schwebte tief über dem Flughafen der italienischen Landeshauptstadt Rom und behinderte Flugzeuge bei der Landung. Damit begann für Italien am 21. November eine fünfwöchige UFO-Invasion, die in Landungen und der Entführung eines Nachtwächters in Genua gipfelte, und die der Höhepunkt der Invasion von 1978 war. Aus diesen 40 Tagen habe ich 45 Sichtungsmeldungen vorliegen, und es ist anzunehmen, daß die tatsächliche Zahl allein der publizierten Sichtungen noch weit darüber liegt. Die Zeugen: Astronomen, Polizisten, Fluglotsen, Zivil- und Militärpiloten, Küstenwache, Armee ... und Tausende Zivilisten.
Es begann alles damit, daß an jenem 21. November der Kontrollturm des römischen Flughafens Fiumicino den lautstarken Protest des Piloten einer DC-8 Verkehrsmaschine der ALITALIA empfing. Da ich sein saftiges Vokabular besser unübersetzt lasse, sei nur in den Grundzügen gesagt, daß er sich über ein grelles Licht beschwerte, das über der Landebahn 1 in 50 Meter Höhe schwebte und ihn blendete. Weitaus dezenter war wenig später die Klage des Piloten einer arabischen Verkehrsmaschine in feinstem, aber nachdrücklichem Englisch über dieselbe Behinderung. Den Technikern des Kontrollturms blieb nichts anderes übrig, als die fluchenden Flieger zu vertrösten und in die Warteschleife zurückzuschicken. Das Personal selber geriet dann in heillose Verwirrung, als die Luftüberwachung meldete, man könne das Ding auch auf Radar orten. Zum Glück suchte es bald das Weite.

Am 26.11. liefen die Drähte in den Zeitungsredaktionen heiß, als Hunderte von Italienern ganze Formationen von „Zigarren" und „fliegenden Untertassen" am Himmel über Florenz, Campobasso, Modena und Sulmona meldeten. *„Es war strahlend hell. Wir waren wie geblendet",* beschrieben zwei Angehörige der italienischen Carabinieri, der Unteroffizier Michele Calo und der Verkehrspolizist Carmine Morena, ein stark leuchtendes Flugobjekt, das auf sie zukam, dann am Himmel stehenblieb und zu rotieren begann. Sofort benachrichtigten die Polizisten ihren Vorgesetzten Giovanni Savio, der sie aufforderte, das UFO zu fotografieren. Gleichzeitig konnte es an diesem Morgen - es war der 10. Dezember - auch von einigen anderen Patrouillen in der Gegend von Avellino wie auch in Pomezia bei Rom beobachtet werden. Später erzählten drei Carabinieri freimütig neugierigen Reportern von einem „UFFICIO X" (Büro X), das vom Verteidigungsministerium zur Sammlung und Katalogisierung von UFO-Sichtungen eingerichtet worden sei. Das Projekt wäre jedoch streng geheim und würde mit ähnlichen Einrichtungen militärischer Dienststellen in den USA zusammenarbeiten. So sickerte in diesem Zusammenhang auch noch durch, daß zu dieser Zeit sämtliche Militärstationen entlang der Adriaküste in Alarmbereitschaft gehalten wurden. Die Geheimdienste ermittelten währenddessen im ganzen Land in Sachen UFO, wobei sie amtliche *„Formulare zur Meldung unidentifizierter fliegender Objekte"* ausfüllten und an die Luftwaffe weiterleiteten. Wie die NATO jedoch durch einen Sprecher in Florenz erklärte, sei sie *„nicht an UFO-Forschung interessiert".* Zwar erhalte sie *„durch die Geheimdienste der ihr angehörigen Staaten laufend Mitteilungen über ungewöhnliche Beobachtungen",* stelle aber selber *„keine Nachforschungen an",* dies bliebe *„den zuständigen Behörden der einzelnen Länder"* überlassen. Wie die angesehene Zeitung „Il MESSAGERO" in Erfahrung brachte, stammt dabei der größte Teil der „heißen" Informationen von Piloten der italienischen Luftwaffe und Technikern militärischer Radarstationen.

Wie üblich versuchten Wissenschaftler, das Phänomen wegzuerklären, stempelten prompt alle Erscheinungen zur *„normalen elektrostatischen Tätigkeit der Atmosphäre"* ab.

Ehrlicher freilich war da der römische Astronomieprofessor Dr. Luigi Broglio, der einräumte, daß mindestens 5 Prozent der gemeldeten Fälle unerklärlich seien. *„Vielleicht handelt es sich dabei um uns unbekannte physikalische Phänomene“*, gab er zu bedenken, *„aber unter den möglichen Hypothesen ist die eines Wirkens von Außerirdischen nicht völlig auszuschließen.“*

„IL MESSAGERO“ meldete am 11. Dezember schließlich, daß *„Sichtungen unidentifizierter Flugobjekte entlang unserer Küsten sich nunmehr täglich wiederholen. Ein ganz verrücktes UFO aber hat den Nerven der Techniker an den elektronischen Radargeräten verschiedener militärischer Beobachtungsstationen ganz besonders zugesetzt. Es war ein zigarrenförmiger Flugkörper, der mit unglaublicher Geschwindigkeit von einem Ende unserer Halbinsel zum anderen flog, und alle Hypothesen von ‚atmosphärischen Störungen‘ Lügen strafte. Die Sichtung sollte zunächst als ‚Streng Geheim‘ behandelt werden, doch sickerte schon nach wenigen Tagen einiges durch ... Das Flugobjekt bewegte sich von Nord nach Süd und jagte - wie die Militärs mit ihren Computern errechnet haben - mit einer Geschwindigkeit von über neuntausend Stundenkilometern durch die Lüfte! Fest steht auf jeden Fall, daß es kein Flugzeug war. Mehr als 50 Kilometer weit konnten die Militärstationen an der Adriaküste das unheimliche Flugobjekt auf ihren Radarschirmen verfolgen.“*
Der selbe MESSAGERO-Artikel berichtet von einem weiteren unerklärlichen Vorkommnis, das ebenfalls nur durch Indiskretionen bekannt werden konnte: *„Zwei Düsenjäger-Piloten der Luftwaffenbasis Brindisi (Adria) bemerkten während eines Übungsfluges plötzlich zwei merkwürdige Flugobjekte. Höhe: etwa 6000 Meter, Himmel klar, Sicht perfekt. Über Sprechfunk verständigten sie sich mit der Bodenstation, die sie mit der Verfolgung der Flugobjekte beauftragte. Sie setzten den UFOs vom Süden Italiens bis nahe der Alpenkette nach, wobei sie in ständigem Kontakt mit der Bodenkontrolle blieben. ‚Jedesmal, wenn wir uns den Objekten bis auf 4-5 Kilometer Distanz näherten‘, berichteten die Piloten, ‚schossen sie mit unglaublicher Geschwindigkeit davon.‘ Schließlich mußten die Flugzeuge wegen Treibstoffmangels umkehren.“*
Am selben Tag, an dem IL MESSAGERO die Italiener mit diesen Enthüllungen erstaunte, gelang zwei Verkehrspolizisten auf der Autobahn Neapel-Avellino das erste Foto. Sofort forderte das italienische Innenministerium Abzüge des Bildes an, das ein gleißend helles Objekt zeigte.

Doch die Invasion sollte ihren Höhepunkt erst noch erreichen - am nächsten Tag kam es zu 10 registrierten UFO-Beobachtungen. In Camerino, in der Provinz von Macareta, ortete das elektronische Radar der Luftwaffenbasis von Porta Potenza Picena ein *„nicht identifiziertes Objekt“*, das 25 Minuten lang auf dem Radarschirm zusehen war.

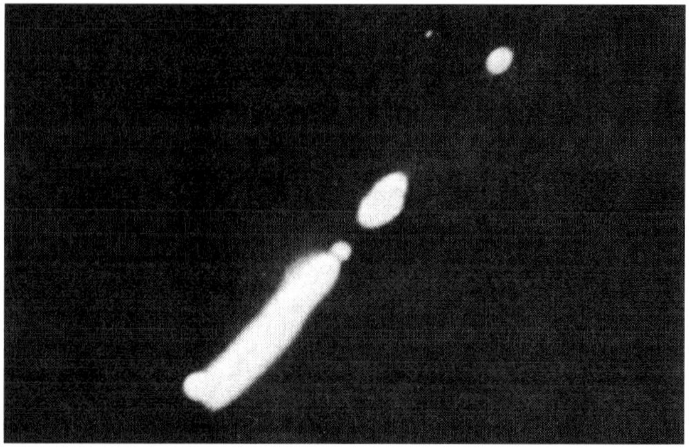

UFO fliegt am 13.12.93 über Palermo, wird von Tausenden gesehen und verursacht fast eine Massenhysterie.

Das UFO flog mit einer Geschwindigkeit von 9000 Stundenkilometern und war nach Meinung der

Soldaten *„ganz sicher kein Flugzeug".* Wenig später sichtete eine Funkkommandogruppe in Puglia eine leuchtende Kugel, die ebenfalls auf Radar geortet werden konnte. Als zu Tode erschreckte Polizisten in Catanzaro von einer „fliegenden Untertasse" überflogen wurden, setzte auf unerklärliche Weise ihr Motor aus. Die letzte Meldung vom italienischen Festland besagte, daß ein rundes Objekt jetzt über der Meerenge von Messina stünde. Und während der Funkverkehr aussetzte, konnten die drei Carabinieri, von denen diese Meldung stammt, noch verblüfft beobachten, wie sich drei kleinere Lichter aus dem UFO lösten und in Richtung Catania/Sizilien flogen. Dies war der Auftakt zu einer Nacht in Palermo, *„die so schnell keiner mehr vergessen sollte. In dieser Nacht schlief in Palermo niemand",* wie später die Illustrierte GENTE schrieb, *„Zehntausende von Menschen waren auf die Straßen und Plätze der Stadt geeilt oder standen an den Fenstern und auf den Balkonen, um das rätselhafte Gebilde zu beobachten, das hell strahlend am nächtlichen Himmel der Stadt aufgetaucht war. Zunächst sah es wie eine gewaltige Zigarre aus, um dann langsam die Gestalt eines riesigen, deformierten Eies anzunehmen."* Der Polizeipräsident von Palermo, Giovanni Epifanio, versicherte, daß *„Beamte der wissenschaftlichen Sektion von mir Anweisungen erhielten, eine Anzahl Fotos des seltsamen Himmelsphänomens zu machen."* Die Beamten fotografierten die Nacht hindurch bis zum Morgengrauen, und ihre Fotos gingen durch alle italienischen Zeitungen. Ein Augenzeuge dazu: *„Auf den Fotos wird man kaum richtig erkennen können, wie wunderbar die Erscheinung gewesen ist. Sie flog keineswegs in großer Höhe. Ab und zu schossen intermittierende Lichtstrahlen aus ihr heraus. Mitunter waren die Bewegungen des rätselhaften Flugobjektes brüsk und sehr schnell, dann wieder langsam, als wolle es anhalten oder sich der Erde nähern. Das herrliche Schauspiel, das ich sah, und mit mir Zehntausende von Personen aus Palermo und Umgebung, ist sicherlich nicht das Produkt einer Massensuggestion gewesen."* Es war die Nacht vom 13. auf den 14. Dezember.

In diesen Tagen gingen noch weitere UFO-Meldungen aus allen Teilen der Welt über die Fernschreiber der Presseagenturen. Etwa zehn Minuten lang wollte ein 45-jähriger Nachtwächter am Sonntag, dem 10.12., in der Nähe von Lyon in Frankreich *„von einem unheimlichen Ding von der Größe eines Autos"* verfolgt worden sein. Aufgeregt hatte er die Polizei benachrichtigt, und bald sahen auch die Gendarmen das leuchtende Objekt am Himmel. Wenige Tage zuvor schon hatte ein Bauer in Frankreich seltsame Lichterscheinungen mit seiner Videokamera gefilmt. Sogar der Wetterdienst des Flughafens Basel glaubte, *„eine weiß leuchtende Kugel mit einem Durchmesser von etwa hundert Metern"* geortet zu haben, die nur kurze Zeit vorher von der französischen Luftgendarmerie bemerkt wurde. Polizei und Grenzschutz dreier Länder - der Bundesrepublik, der Schweiz und Frankreichs - wurden alarmiert.

UFO-Alarm gab es jedoch nicht nur in Europa, sondern auch im fernen Japan. Dort hatte eine 66-jährige Japanerin behauptet, sie hätte Kontakt zu außerirdischen Wesen: *„Sie werden in den nächsten Wochen die Erde mit UFOs beobachten, aber sie nicht erobern."* Tatsächlich sahen am Abend des 11.12 Hunderte Menschen zwei Objekte über Hiroshima, von denen sich eines von Rot in Blau verfärbte, während das andere im Zick-Zack-Kurs flog. *„Für ein Flugzeug viel zu akrobatisch",* wie ein Luftfahrtexperte meinte.

Und auch die Experten waren verblüfft: *„Diese weltweiten UFO-Wellen sind unglaublich",* wie Thomas Gates, ehemaliger Direktor des „SPACE SCIENCE CENTERS" in Los Gatos, Kalifornien die Vorfälle kommentierte, *„es ist die größte UFO-Demonstration der Ge-*

schichte - und ich glaube, das könnte bedeuten, daß die fremden Wesen sich auf einen ersten Kontakt vorbereiten.“ Übereinstimmend damit meinte John Schuessler, ein Direktor der Forschungsgruppe MUFON (MUTUAL UFO NETWORK): *„Wir haben auf Kontakt gewartet, und diese weltweite Zunahme von UFO-Sichtungen könnte bedeuten, daß sie mit uns Verbindung aufnehmen wollen. Sie werden sich vielleicht bald melden.“ „Dies ist das Jahr der UFOs“,* behauptete der bekannte Raumfahrtexperte Dr. Krafft-Ehricke, der als Mitarbeiter Wernher von Brauns zu einer der Schlüsselfiguren des amerikanischen Weltraumprogramms wurde, *„ich glaube, sie wollen Kontakt aufnehmen, weil sie verhüten wollen, daß wir uns oder anderen intelligenten Wesen Schaden zufügen.“*

Auch Bayern war zu dieser Zeit Ziel der UFOs geworden. *„Wir stehen zur Zeit, wie die Berichte zeigen, auf dem ‚UFO-Forschungsprogramm'“,* wie ein Sprecher des Bayrischen Rundfunks meinte. In der Tat wurden - bevorzugt aus den Gebieten um München, Rosenheim und Burghausen - zahlreiche Sichtungen gemeldet. Selbst zwei Beamte der Freilassinger Polizei waren sich ganz sicher: *„Wir haben auf einer Streifenfahrt ein UFO gesehen. Es leuchtete hell auf und war plötzlich hinter den Bergen verschwunden“.* Ein Sprecher der Traunsteiner Polizei: *„Die Angaben der Zeugen sind sehr konkret. Wir müssen uns mit dieser Sache ernsthaft auseinandersetzen.“* Am 11. Dezember sahen vier Frauen gegen 14.00 Uhr in Töging bei Burghausen eine silbergraue Scheibe, die über einem Baum schwebte. In der Nacht konnten in Burghausen eine Frau und ein junger Mann zwei hell strahlende Lichter *„wie Scheinwerfer“* beobachten. Einige Tage später war der Schüler Axel H. - den ich kennenlernen konnte - gerade dabei, in Neuötting Werbeprospekte zu verteilen, als er über den Dächern der Häuser eine kuppelförmige Scheibe mit einer Reihe grün leuchtender Luken bemerkte. Das UFO flog in *„Schlangenlinien“,* bis es am Horizont verschwand. Am 14.12. schließlich, gegen 14.00 Uhr, erregte eine *„schwarze Scheibe“* das Aufsehen einiger Münchner, als sie am Himmel über der bayrischen Landeshauptstadt flog.
Und am 12. Dezember hatte die Anwaltssekretärin Adele Holzer auf dem Weg zur Arbeit gegen 8.00 Uhr morgens vom Wagen aus eine *„weißglitzernde Scheibe“* beobachtet, die in kraulartigen Bewegungen über den Himmel zog. Um diese besser beobachten zu können, fuhr die Zeugin auf den nächsten Parkplatz am Straßenrand, als das UFO plötzlich auf sie zuflog.

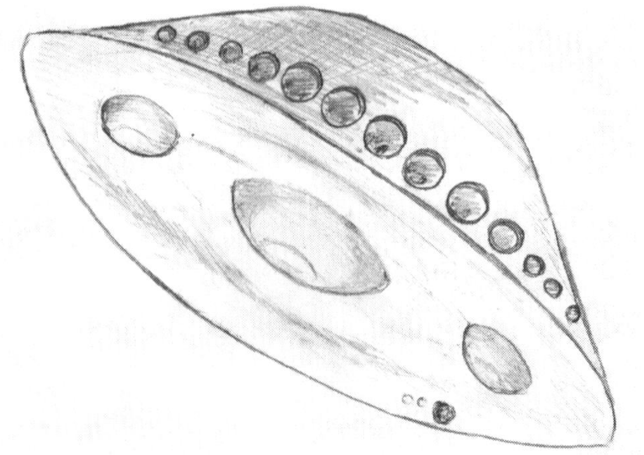

Detailzeichnung des UFOs, dem Frau A. Holzer am 12.12.78 zwischen Burghausen und Neuötting begegnete.

Jetzt erkannte sie Details. Es war eine Halbkugel, am Rande umgeben von einer Reihe von Luken, aus denen es grünlich schimmerte. Auf der Unterseite hatte es drei Kugeln, von denen die mittlere etwas größer erschien, und einen leuchtenden, organgefarbenen Punkt. Die Scheibe blieb über einer Baumgruppe stehen, sechs grüne Lichtstrahlen schossen aus ihrem Rumpf, einer davon erfaßte Frau Holzer, die eine leichte Lähmung verspürte. *„Ich hatte das Gefühl, jemand will mit mir telepathischen Kontakt aufnehmen“,* erklärte sie mir später, *„ich empfing, dem Sinn nach, daß sie in friedlicher Absicht hier seien und verhindern wollten, daß wir unsere Erde zerstören. Ich hatte währenddessen keinerlei Zeitgefühl. Nur das Flugobjekt sah ich fest und greifbar über mir."* Dann erlosch die Strahlung, schoß das UFO lautlos in die Höhe. Mit zitternden Knien stieg Frau Holzer in den Wagen, als sie bemerkte, daß der Zündschlüssel, den sie die ganze Zeit über in den Händen gehalten hatte, verbogen war. Ihre Uhr war um Punkt 8.01 Uhr stehengeblieben.

Der Vorfall veränderte Frau Holzers Leben. Fortan begann sie, von fremden Welten zu träumen, malte Phantasiegemälde anderer Planeten. Die lebenslustige Frau, die zuvor „mit beiden Beinen auf der Erde" stand, ging ganz in ihrer neuen, subjektiven Wirklichkeit auf.

Doch zurück nach Italien. Am 14. Dezember konnten zwei Soldaten am Vormittag fünf Stunden lang den

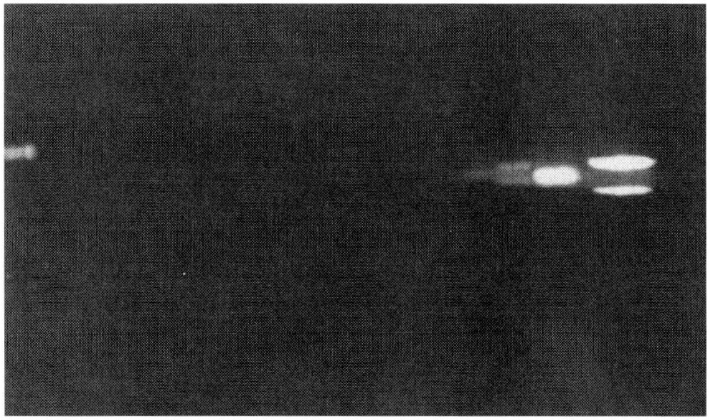

Leuchtzigarren über der Adria am 14.12.78.

beinahe ununterbrochenen Einflug ganzer UFO-Verbände mit Hunderten Flugobjekten beobachten, die aus Richtung der Adria kamen. Nach den Angaben der Zeugen verlief die Aktion ziemlich dramatisch. Blitze hätten wie Leuchtsignale zwischen den UFOs hin- und hergezuckt, geheimnisvolle Strahlen aus ihren Körpern gefunkelt. Wie später bekannt wurde, forderte das Verteidigungsministerium sofort einen ausführlichen Rapport von den beiden Zeugen an. Ganz offensichtlich waren es die selben Objekte, die einige Stunden später an diesem Vormittag von Tausenden in Perugia und ganz Umbrien beobachtet wurden. *„Die UFOs sahen unterschiedlich aus"*, meinte einer der Augenzeugen, *„manche schienen einen Lichtschweif zu haben, andere verbreiteten gleißendes Licht, das die Augen blendete, wieder andere strahlten einen rötlich oder grünlich leuchtenden Schimmer aus, mitunter wechselte die Farbe von einem Moment zum anderen."* Nachdem die UFOs verschwunden waren, fiel in Perugia und den umliegenden Gebieten der Strom aus. Als nach einigen Stunden langsam die Lichter wieder angingen, war den Technikern die Ursache der Black-outs noch immer unbekannt.

Am gleichen Vormittag auch UFO-Alarm auf dem römischen Polizeipräsidium. Dutzende besorgter Bürger hatten angerufen und die Sichtung seltsamer Flugobjekte über der italienischen Hauptstadt gemeldet. Der diensthabende Marschall begab sich zusammen mit zwei Carabinieri auf das Dach des Gebäudes, um die UFOs ausfindig zu machen. Später erklärte er Pressevertretern gegenüber, *„eine sehr lange, helleuchtende Spur von smaragdgrüner Farbe"* gesehen zu haben, die sich nördlich der Stadt *„langsam im Zick-Zack bewegte."* In den frühen Morgenstunden dieses Tages hatten bereits Arbeiter einer Papierfabrik in der Nähe von Agrigento/Sizilien die Sichtung eines diskusförmigen Leuchtobjektes gemeldet, das gelb-violettes Licht ausstrahlte und in 600 bis 700 Meter Höhe zu schweben schien. Der diensttuende Wachmann alarmierte die Polizei, die zwei Stunden lang vom Streifenwagen aus das Objekt beobachtete.

In diesem Zusammenhang sind die Ereignisse an der Adria interessant, die von vielen UFO-Forschern mit den Sichtungen in Verbindung gebracht wurden. In dem Gebiet zwischen Ascoli Piceno, Pescara und der Adria donnerten in diesen Tagen plötzlich anomale Wellen an die Küste, erhoben sich geräuschlos bis zu 30 Meter hohe Wassersäulen in den heiteren Himmel, brodelte urplötzlich die See unter den Fischerbooten, so daß deren Sonar verrückt spielte, während gleißende Scheiben über dem Meer schwebten. Eines Tages kehrten zwei Fischer, die Brüder Fianfranco und Vittorio de Fulgentis aus Benedetto del Tronto nicht mehr von ihrem Fischfang heim. Taucher schließlich entdeckten nach einiger Suche das Boot - es lag völlig intakt in zwölf Meter Tiefe auf dem Meeresgrund. Daneben die Leichen der Brüder, auch sie ohne Verletzungen, ohne Brüche. Sie sind auch nicht ertrunken, denn in ihren Lungen fanden Gerichtsmediziner kein Wasser. Die Todesursache blieb ungeklärt, ebenso die Herkunft seltsamer roter Flecke auf ihrer Haut.

Vor einem Rätsel stand auch Frederico Ricci, Kommandant eines kleinen Motorschiffes: *„Wir befanden uns etwa sechs Kilometer von der Küste entfernt auf der Höhe der Bucht von Pedano. Das Meer war vollkommen ruhig. Etwa 150 Meter vor dem Schiffsbug schoß urplötzlich eine Wassersäule zum Himmel empor. Sie mag ungefähr sieben oder acht Meter breit gewesen sein und stieg mit rasender Geschwindigkeit immer höher: mindestens 30 bis 40, vielleicht sogar 50 Meter hoch. Oben teilte sich das Wasser pilzartig und stürzte ins Meer zurück. Wir waren zu Tode erschrokken und fuhren schnellstens zurück."* Frederico Ricci und seine Besatzung waren nicht die einzigen Zeugen des Phänomens. Auch die Besatzungen kleinerer Fischerboote, die sich in der Nähe aufhielten, wurden vom Entsetzen gepackt, als sie die gewaltige Wasserfontäne vor sich aus dem Meer emporsteigen sahen. Andere Fischer beobachteten geheimnisvolle Lichtphänomene. Albert Mattiuicci aus Giulianova: *„Plötzlich spielte unser Sonar verrückt. Wenige Augenblicke später wurden wir von einem Lichtstrahl geblendet, der über den Wellen zu tanzen schien. Das Merkwürdigste daran war, daß der Lichtstrahl keinerlei Reflexe auf der Wasseroberfläche hervorrief."*

Aus Furcht blieben die Fischer zu Hause, bis sie die Küstenwache dazu bewegen konnten, ihre Flotte zu eskortieren. Oberleutnant Bellomo, Kommandant eines Patrouillenbootes der Marine, erklärte: *„Auch wir haben in der Nacht fünf Meilen vor der Küste eine Art Rakete von blaßroter intensiver Ausstrahlung gesehen, die sich bis zu einer Höhe von 400 Metern aus dem Wasser erhob und nach drei, vier Sekunden wieder verschwand. Von meinem Vorgesetzten bekam ich per Funk den Befehl, die Meereszone zu untersuchen, in der wir die ‚Rakete' erspäht hatten. Weit und breit kein Schiff. Der Meeresgrund ist dort nur 23 Meter tief, zu flach für ein U-Boot. Aber wir kamen dann fast nicht mehr heim, weil das Radar ausfiel"*. Einige Fischer berichteten, wie plötzlich ihr Kompaß verrückt spielte. Ebenso spukhaft war das Abenteuer, das einer von ihnen schilderte. Auf See wurde sein Boot auf einmal von einem geheimnisvollen Licht taghell erleuchtet. *„Das Licht schien von einer rötlich leuchtenden Scheibe zu kommen, die nicht weit hinter mir schwebte"*, behauptete der Fischer, *„und obwohl ich mit voll aufgedrehten Motoren plötzlich heimwärts fuhr, nahm das Leuchten an Intensität zu. Auf einmal wurde mir bewußt, daß ich von dem Licht verfolgt wurde. Ich hatte entsetzliche Angst und gelangte schließlich mit Herzklopfen und am ganzen Körper zitternd am Hafen an."*

Am 20. Dezember verfolgte praktisch die ganze Bevölkerung der Küstenstädtchen Bellaria und Cesenatico stundenlang - von 21.00 bis 1.30 Uhr - die Manöver eines länglichen Leuchtphänomens am Himmel, eines zigarrenförmigen Objektes, das in Flammen zu stehen schien und blendend helles, grünoranges Licht ausstrahlte. Zwei Polizisten klingelten den Berufsfotografen Elia Faccin (45) aus dem Bett, er solle die Erscheinung fotografieren. Erst beim zweiten Anlauf mit manueller Kamerabedienung gelangen ihm 6 sensationelle Fotos - zuvor war die Automatik der Kamera ausgefallen.

Am Tag, als das UFO kam, standen in Neapel alle Räder still. Es war der Vormittag des 18. Dezember. Das Leben erstarrte, und eine nie dagewesene Stille legte sich über die 1,3-Millionen-Stadt. Autofahrer verließen ihre Wagen, die Geschäftsleute ihre Läden, die Buchhalter ihre Bilanzen. Alle Nasen waren gen Himmel gerichtet, wo eine grell leuchtende Kugel stand. Kalte Schauer liefen den Neapolitanern über den Rücken. Bald wirkte sie eher wie eine metallisch schimmernde Scheibe, als sie sich in Bewegung setzte und zwischen Capri und dem Vesuv ihre Kreise zog. Einige Neapolitaner behaupteten sogar, mit dem Fernglas Insassen hinter der durchschimmernden Kuppel des Objektes ausgemacht zu haben.

Und auch ein „Entführungsfall“ sollte in diesen Tagen durch die Weltpresse gehen. Es war die Nacht vom 6. auf den 7. Dezember, als der Nachtwächter Fortunato Zanfretta (26) seinen Dienst in Torriglia, einem Villenvorort von Genua, versah. Kurz nach Mitternacht versagte plötzlich der Motor seines Wagens. Vor einer unbewohnten Villa sah er mehrere schwache Lichter, die sich bewegten. Er glaubte, Einbrecher überrascht zu haben und wollte über Sprechfunk Verstärkung herbeirufen. Doch die Anlage funktionierte nicht. So entschloß er sich, allein nach dem Rechten zu sehen. In der linken Hand seine Taschenlampe, in der rechten den Dienstrevolver, näherte er sich langsam der Villa. Als er in Richtung der Lichter leuchtete, verschwanden sie. Sein Verdacht, Einbrecher ertappt zu haben, verstärkte sich. Vorsichtig ging er auf die Villa zu, als er von hinten einen Stoß bekam. *„Ich drehte mich schnell um, strahlte den Unbekannten mit meiner Taschenlampe an - und sah ein riesiges Wesen. Es war mindestens drei Meter groß. Es war ein beängstigender Anblick“,* erinnerte sich Zanfretta, *„ich war vor Schreck wie erstarrt. Die geheimnisvolle Gestalt gab mir einen kräftigen Stoß und entfernte sich. Augenblicke später blitzte ein gewaltiger Lichtschein auf, der größer war als die ganze Villa. Der Schein erhob sich in die Lüfte und flog mit unglaublicher Geschwindigkeit davon. Wenige Sekunden später war er bereits am Nachthimmel verschwunden.“* Vor Schreck fiel der hartgesottene Nachtwächter in Ohnmacht. Drei seiner Kollegen fanden ihn kurz darauf bewußtlos am Boden liegen - seinen Revolver und seine Taschenlampe neben ihm. Sie hatten das Auto am Wegrand stehen gesehen und sich auf die Suche nach ihm gemacht. Als die Polizei am nächsten Morgen die Stelle untersuchte, an der sich die unheimliche Begegnung zutrug, entdeckten sie vier je 3 Meter breite, hufeisenförmige Brandflecken, die sich niemand erklären konnte - es sei denn, man betrachtet sie als die Landespuren einer „Untertasse“. Noch verblüffter waren die Polizisten, als sie im schlammigen Boden Fußabdrücke von 50 Zentimeter Länge fanden. *„Sie können nur von einem riesigen Fuß stammen“,* meinte ein Polizeisprecher.

Ins UFO entführt: Fortunato Zanfretta.

Zanfretta litt noch tagelang an den Folgen des Schocks, und schließlich riet ihm sein Vorgesetzter, sich in psychiatrische Behandlung zu begeben. In einer psychiatrischen Klinik in Genua hypnotisierte ihn der Psychiater Dr. med. Mauro Moretti im Beisein des Psychotherapeuten Angelo Massa. In Hypnose kamen unglaubliche Einzelheiten zu Tage. *„Zanfretta beschrieb das Wesen als eine drei Meter große Kreatur mit behaarter, grünlicher Haut, gelben, dreieckigen Augen und roten Adern auf der Stirn“,* faßt Dr. Moretti die Aussagen unter Hypnose zusammen. Die Wesen begleiteten Zanfretta zu einem großen, dreieckigen UFO mit verschiedenen Luken und einer runden oder halbrunden Basis. *„Er sagte, es sei ein extrem helles Licht und eine große Hitze im Innern des UFOs. Er sah dort Reihen von Instrumenten und Schalttafeln. Da drinnen waren noch zehn andere Wesen, die dem glichen, das ihn begleitet hatte. Die Wesen ähnelten sich sehr und hatten Finger wie wir.“* Obwohl sie weder italienisch noch eine andere ihm bekannte Sprache beherrschten, so erklärte Zanfretta, verständigten sie sich durch *„Lichtsignale und Geräusche“* mit ihm, die ihm durch einen Helm übermittelt wurden, den sie ihm auf den Kopf gesetzt hatten. Der Helm war so schwer, daß er noch lange Kopfschmerzen hatte. *„Das nächste, woran ich mich erinnere“*, ergänzte der Nachtwächter, *„war, daß ich taumelnd in der Dunkelheit stand. Die Wesen waren weg. Ich hob meine Taschenlampe auf und ging zum Wagen. Als ich lief, sah ich dieses große, blendende Licht aufsteigen. Es war ein UFO. Ich sah nur, daß es flach, dreieckig und weiß war. Es war riesig und gab so viel Licht und Hitze von sich, daß ich es nicht mehr klar erkennen konnte.“* Als das Raumschiff verschwunden war, schaute Zanfretta noch einmal auf seine Uhr. Es war 1.15 Uhr. Dann verlor er das Bewußtsein.

„Als wir ihn fanden, war sein Gesicht kalt“, erzählte Giovanni Cassibba, einer der Kollegen, die den bewußtlosen Zanfretta entdeckt hatten, *„aber sein Kopf fühlte sich heiß an. Er hatte einen Schock.“* Diese Vermutung wurde von Dr. Giorgio Gianniotti bestätigt, einem angesehenen Neurologen, der Zanfretta am San Martino Hospital von Genua untersuchte. Dr. Gianniotti: *„Der Mann hatte einen Schock erlitten - aber er ist ansonsten völlig gesund.“* Sein Arbeitgeber bestätigte, daß es sich bei Zanfretta um einen vorbildlichen Nachtwächter handelt, einen zuverlässigen Mitarbeiter, um einen guten Ehemann und Familienvater. *„Ich glaube nicht an die Wesen von anderen Planeten“*, erklärte Gianfranco Tutti, sein Vorgesetzter, *„aber ich glaube Zanfretta.“ „Ich glaube, daß 80 % von dem, was er sagte, wahr ist“*, meinte Dr. Mauro Moretti, der ihn hypnotisiert hatte, *„man kann in Hypnose keine Dinge erfinden“*.

In der Nacht zum 21. Dezember sollten sich Zanfrettas Erlebnisse wiederholen. Kurz vor Mitternacht erhielt seine Zentrale über Sprechfunk einen Notruf. Sein Auto sei von selbst stehengeblieben und Zanfretta, sonst als mutig bekannt, rief verzweifelt: *„Ich weiß nicht, wo ich bin. Vor mir ist ein großes Licht. Ich habe Angst...!“* Später erzählte er: *„Ich traute meinen Augen nicht. Der Wagen fuhr sich selbst. Wir bewegten uns so schnell, daß ich nicht wußte, ob ich fuhr oder flog. Plötzlich hielt der Wagen, die Tür öffente sich, und ich sah die selben Lichter, wie ich sie das Mal davor vor der Villa gesehen hatte. Ich fühlte, daß mich jemand rief. An das, was sich dann ereignete, kann ich mich nicht mehr erinnern.“* Zwei Kollegen fanden den Mann eine Stunde später völlig verstört auf einer Bergstraße in 800 Meter Höhe neben seinem Auto liegen. Im Innern des Wagens war es heiß wie in einem Backofen, meldeten die Kollegen Travenzoli und Moligrana der Polizei, das Dach habe man vor Hitze kaum anfassen können. Wieder entdeckten die Polizisten seltsame Landespuren und riesige Fußabdrücke. Zanfretta suchte noch einmal Dr. Moretti auf und ließ sich hypnotisieren. *„Die selben Wesen haben ihn wieder in ihr Schiff gebracht und ihm einen Helm auf den Kopf gesetzt“*, wie der Arzt erklärte, *„diesmal untersuchten sie auch die Pistole und feuerten einen Schuß ab, aber er konnte ihn nicht hören. Sie zogen ihn aus, untersuchten ihn mit Strahlen und zogen in wieder an. Immer und immer wieder fragte er, ‚Habt ihr denn noch nie einen Menschen gesehen?‘“*

Opfer einer ähnlichen Entführung wurde ein italienischer Schüler. Als ihn seine Klassenkameraden schließlich am Monte Musine wiederfanden, waren Haare und Augenbrauen angesengt. Eine merkwürdig feine Wunde bemerkte später der Turiner Neurologe Prof. Franco Garone. Der Mediziner: *„Ich bin sicher,* *irgend jemand hat dem Kleinen eine Gewebeprobe entnommen. Aber wer das war, ist mir schleierhaft."*

Die letzte Demonstration ihrer Fähigkeiten gaben „sie" am 29. Dezember 1978. Das Elektrizitätswerk von Pietracamela, das am Abhang des Grand Sasso in den Abruzzen liegt, sollte diesmals zum Schauplatz einer Reihe unerklärlicher Vorgänge werden. Die Kraftwerktechniker Benito Frachni und Guido Di Varano waren die ersten, die bemerkten, wie in der Zentrale die Zeiger der Meßinstrumente plötzlich wild auszuschlagen begannen. Kurz darauf brach die gesamte Stromversorgung für kurze Zeit zusammen, bis ein anderes Werk, das seit langem außer Betrieb war, plötzlich wieder arbeitete und die Versorgung zu übernehmen begann. Franchi verspürte *„ein merkwürdiges Gefühl, das meinen Körper lähmte"*. Er schleppte sich zum Fenster - und sah ein schimmerndes UFO, eine glühende Scheibe, die langsam über den Werken flog. *„Alle Meß- und Anzeigeinstrumente sind völlig deformiert, sie müssen repariert und neu geeicht werden"*, erklärte der Sachverständige des Hauptwerkes, Ing. Piero Angelini, am nächsten Morgen der Presse. *„Kein Naturphänomen, nicht einmal ein Blitzschlag, könnte solche Wirkungen hervorrufen. Genauso unerklärlich ist das plötzliche Funktionieren des stillgelegten Generators. Wir stehen hier vor einem Rätsel."*

Die Invasion endete pünktlich am 31.12. mit einem großen Finale über vier Kontinenten. In der venezuelanischen Hauptstadt Caracas fiel während einer UFO-Demonstration eine Stunde lang der Strom aus. Ein Fernsehteam filmte ein Geschwader von 25 UFOs über Neuseeland - und Europa wurde, von England bis Jerusalem, von einer Flotte von drei UFOs überflogen.

Es begann damit, daß zwei Polizisten in Northhampton/England drei ovale und helleuchtende Flugkörper bemerkten, die mit großer Geschwindigkeit ostwärts den Himmel überquerten - ein Vorfall, über den am nächsten Tag auch das ZDF berichtete. Am selben Abend machten sich der Berliner Studiendirektor Curt Schulz (60) und seine Kollegin Gertrud Zoda (55) zu einem nächtlichen Spaziergang in der Winterlandschaft des schleswig-holsteinischen Mölln auf. Um dem Neujahrstrubel in Berlin zu entkommen, hatten sich das Ehepaar Schulz und Frau Zoda entschlossen, ihren Winterurlaub dort in einer kleinen Pension zu verbringen. Herr Schulz ist Fachbereichsleiter für Elektrotechnik und, wie schon sein Vater es war, begeisterter Amateurastronom - also ein kompetenter, geschulter und präziser Beobachter. Vermittelt wurde mir der Fall durch den Schriftsteller Walter-Jörg Langbein, den eine langjährige Freundschaft mit der Schwester von Herrn Schulz verbindet.

Die Sichtung des Ehepaars Schulz aus Berlin in Mölln/ Schleswig-Holstein am 31.12.78.

Es war gegen 21.30 Uhr, ein sternklarer Nachthimmel über der vereisten Winterlandschaft, als die beiden in unmittelbarer Waldnähe entlangspazierten und fasziniert den Sternenhimmel betrachteten. Plötzlich sah Herr Schulz im rechten Augenwinkel einen stark leuchtenden Körper am Himmel, der aus westlicher Richtung kam. Sofort machte er Frau Zoda darauf aufmerksam, und so konnten beide beobachten, wie sich das Licht bald als ein Geschwader von drei hintereinander fliegenden Objekten entpuppte. Die drei ovalen Körper flogen in kurzer Entfernung voneinander in geschätzter Flughöhe von 800 bis 1000 Metern, woraus Schulz eine Geschwindigkeit von 300-400 km/h errechnete. Ihre Flugrichtung war Südost. *„Jede einzelne dieser ovalen Erscheinungen hatte etwa die scheinbare Größe von zwei Vollmond-Durchmessern“,* beschrieb sie mir Dr. Schulz, *„der Kern jedes leuchtenden Ovals war kupfer-gold-farben - nach außen, zur Peripherie hin, ein blendend strahlendes Hellgold. Die Umrisse jeder ‚Scheibe' waren unscharf. Sie flogen alle drei in kurzen Abständen in Kiellinie, etwa 1 1/2“ Längendurchmesser des jeweiligen Objektes voneinander entfernt. Auffallend war, daß hinter dem letzten Objekt in kurzem Abstand eine Leuchtspur war, die mit einem leicht wellenförmigen goldfarbenen Lamettastreifen große Ähnlichkeit hatte.“*

In den nächsten Minuten wechselten die drei Objekte ihre Stellung, bis sie schließlich nebeneinander den Flug fortsetzten. Erst beschleunigte das letzte Objekt und plazierte sich neben der mittleren Scheibe, dann „verschmolzen“ die beiden scheinbar mit dem ersten. Der „Lamettastreifen“ blieb erhalten, und als scheinbare Einheit setzten sie ihren Flug fort, bis sie schließlich hinter einer bewaldeten Anhöhe verschwanden. Die Gesamtzeit der Beobachtung lag bei etwa 30 Sekunden, Herr Schulz betonte, daß der Flug völlig geräuschlos verlief und zu dieser Zeit auch kein Feuerwerk zu sehen war.

Wenig später wurden über Jerusalem *„drei runde und große, sehr stark blendende Körper niedrig über der Stadtmitte fliegend gesehen“,* wie die israelische Zeitung HAARETZ meldete.

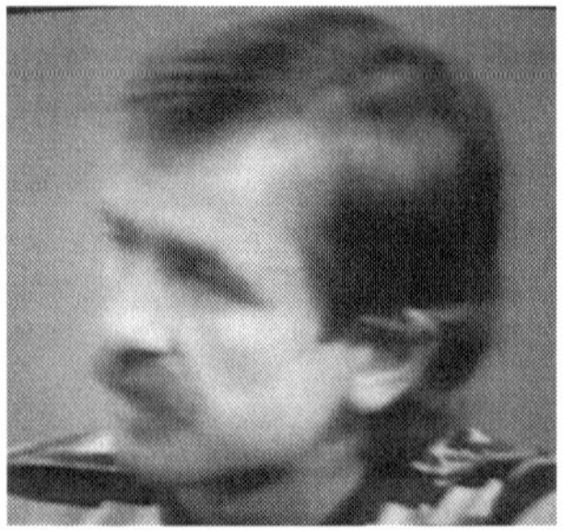

Quentin Fogarty.

Quentin Fogarty war Reporter bei der australischen Fernsehstation CHANNEL O in Melbourne. Er verbrachte gerade seinen Weihnachtsurlaub auf Neuseeland, als er am späten Nachmittag des 26. Dezember einen unerwarteten Anruf von seinem Sender erhielt. Am 21. Dezember, so hatten die Nachrichtenredakteure des CHANNEL O in Erfahrung gebracht, war ein Frachtflugzeug des Typs ARGOSY über der Cook- Straße zwischen Neuseelands Nord- und Südinsel einem UFO begegnet. Zur selben Zeit wurde das Objekt von den Fluglotsen des Wellington Airport auf Radar geortet. Für Fogarty waren damit die Ferien beendet. Er sollte sich ein erfahrenes Filmteam suchen und eine Reportage über den Fall vorbereiten. Bald hatte er ein gutes Kamerateam gefunden, das Ehepaar David und Ngaire Crockett, das bereits einige Fernseherfahrung hatte. Nach seinen Interviews mit einigen Zeugen in Wellington hatte Fogarty die Idee, zur Einleitung die Ereignisse quasi vor Ort zu schildern, auf einem regulären Frachtflug über die Cook-Straße. Am 30.12. um 23.46 Uhr startete auf dem Flughafen von Wellington eine viermotorige ARGOSY mit Fogarty, den Crocketts, den beiden Piloten Bill Startup und Bob Guard sowie einer Ladung von Zeitungen an Bord. Ihr Ziel war Christchurch auf der Südinsel. Doch was als Simulation gedacht war, sollte bald Realität werden. Als die Filmcrew gegen 0.12 Uhr gerade ihre Szene vorbereitete, bemerkten die Piloten zwei ungewöhnliche Lichter, die sich der Halbinsel Kaikoura zu nähern schienen. Nach einigen Minuten fragten sie bei der Luftüberwachung Wellington an, ob sie irgendetwas Ungewöhnliches auf Radar hätte. Fluglotse Geoffrey

Causer bestätigte, man hätte in der Nähe der Kaikoura-Halbinsel, etwa 18 Kilometer von der ARGOSY entfernt, zwei unidentifizierte Objekte geortet. Jetzt erst machten die Piloten das Filmteam darauf aufmerksam. Fogarty reagierte schnell und gestaltete die Reportage um, während die Crocketts diese wie fünf weitere Objekte mit ihrer elektrischen Bolex EBM-Kamera filmten. *„Wir sehen sechs oder sieben oder noch mehr helle Objekte über Kaikoura“,* sprach Fogarty auf Band, *„und man bestätigte uns, daß viele davon von Wellington auf Radar geortet wurden“.* Wenige Minuten später meldete der Fluglotse, ein Objekt sei nur 5 Kilometer vom Flugzeug entfernt. *„Danke, wir haben es schon bemerkt“,* lautete die Antwort des Piloten, *„es ist ein blitzendes Licht“. „Wir können nur hoffen, daß sie uns freundlich gesinnt sind“,* ergänzte Fogarty. Um 1.01 Uhr landete die ARGOSY in Christchurch. Jeder an Bord wußte, daß da draußen etwas war und man noch einmal starten mußte. Ursprünglich hatte Fogarty vorgehabt, in Christchurch bei einem Freund, Dennis Grant, zu übernachten, aber statt dessen rief er ihn an und lud ihn zum Mitflug ein.

Nach einer halben Stunde war Grant am Flughafen, und nachdem man aufgetankt und entladen hatte, startete die ARGOSY um 2.15 Uhr Richtung Norden. Kurz vor dem Start hatte die Wellingtoner Luftüberwachung bestätigt, daß sie noch immer unidentifizierte Objekte in der Kaikoura-Gegend orten würde. Die Filmcrew war zuversichtlich, noch einmal die UFOs auf Film bannen zu können. Und da waren sie auch schon: Kaum hatte das Flugzeug die dichte Wolkendecke durchbrochen, sahen die Piloten in Flugrichtung ein extrem helles Licht, das auch auf Bordradar erschien. Entfernung: Etwa 30 Kilometer. Das Licht schien auf die ARGOSY zuzufliegen, und innerhalb weniger Sekunden verringerte sich die Entfernung auf 16 Kilometer, als es nach rechts schoß, um das Flugzeug in sicherer Entfernung einige Kilometer zu begleiten. Als es

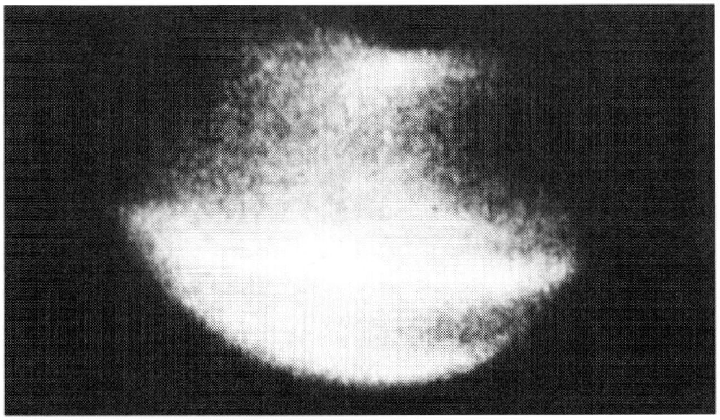

Das Kaikoura-UFO (Einzelbild).

schließlich näher kam, entpuppte sich das Licht als ein leuchtendes, fast birnenförmiges Objekt, das von einem hell leuchtenden Ring umgeben war. Crockett filmte es 330 Sekunden lang und beschrieb es als *„glockenförmig mit einem sehr hellen Boden und einem weniger hellen Oberteil. Es scheint oben eine durchsichtige Kuppel zu haben. Aber es ist sehr hell“.* Wenige Minuten später war es wieder verschwunden. Fogarty um 2.48 Uhr: *„Ich für meinen Teil hoffe, daß wir erst einmal genug gesehen haben und unsere Reise ohne weitere Ereignisse verläuft. Das waren erst einmal genug UFOs für eine Nacht“.* Etwa 30 Sekunden später: *„Wir haben noch eins vor uns ... sehr hell ...“* Exakt zur selben Zeit ortete Wellington ein UFO etwa 30 Kilometer vor dem Flugzeug. Der Reporter beschrieb es als zwei blitzende Lichter, die bald verblaßten, dafür aber zu elliptischen Kreisbewegungen ansetzten. Kurz vor der Landung schließlich konnten noch zwei weitere Lichter in einiger Entfernung gefilmt werden.

Noch am Nachmittag des selben Tages flog Quentin Fogarty zurück nach Melbourne, wo seine Reportage am 1. Januar 1979 in den Nachrichten gezeigt wurde. Von da aus gingen die Bilder in den nächsten Tagen um die Welt. Fast alle größeren Zeitungen berichteten

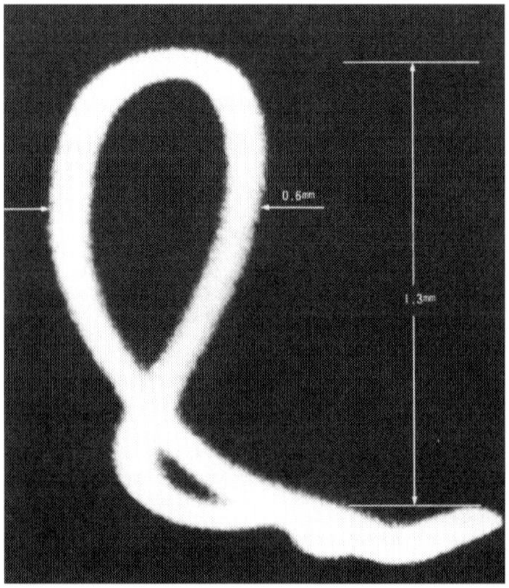

In einem Einzelbild des Channel 10-Filmes vollführt das UFO diese elegante Flugbewegung - Beweis für seine unglaubliche Manövrierfähigkeit.

über den Vorfall, und auch ARD und ZDF zeigten am 4. Januar Ausschnitte aus dem Film. Der vollständige Streifen dauert etwa 20 Minuten und zeigt insgesamt 25 verschiedene Flugobjekte. Einen Tag zuvor hatte die neuseeländische Luftwaffe erklärt, daß sie Abfangjäger bereitgestellt hätte, um jeder weiteren UFO-Sichtung sofort auf den Grund zu gehen. *„Wir glauben nicht, daß eine Bedrohung unserer Verteidigung vorliegt“,* erklärte ein Sprecher des Neuseeländischen Verteidigungsministeriums, *„aber das ist alles sehr interessant.“*

Trotzdem wurde Melbournes CHANNEL O in den nächsten Tagen von UFO-Gegnern stark angegriffen, *„einen UFO-Bericht als realen Vorfall und nicht als einfachen Scherz“* präsentiert zu haben. Da man es sich nicht leisten konnte, diese Angriffe auf den Sender und einen seiner besten Reporter auf sich ruhen zu lassen, entschied sich der Vorstand zu einer gründlichen Analyse des Films. Ein Melbourner UFO-Forscher empfahl dazu die amerikanische Forschungsgruppe NICAP, zudem wurde ein US-Navy-Experte für optische Physik und Elektronik, Dr. Bruce Maccabee, in die Untersuchungen mit einbezogen. Nach zweieinhalbjähriger Forschung, darunter auch vor Ort in Neuseeland und unter Einbeziehung 20 führender amerikanischer Wissenschaftler, kam Maccabee 1984 zu dem Ergebnis, daß der Film eindeutig unidentifizierbare Flugobjekte zeigt. Jede andere Interpretation - darunter „Lichter von Fischerbooten“, „Venus“ etc. - war nicht mit den Tatsachen zu vereinbaren. Einer seiner Mitarbeiter war der Astronomieprofessor J. Allen Hynek, jahrelang Berater der US-Luftwaffe in Sachen UFOs, der überzeugt war, daß es sich bei den Kaikoura-UFOs um *„ein Phänomen handelt, das nicht auf konventionelle Weise erklärt werden kann.“* Die Größe der Objekte schätzte Dr. Maccabee auf 14 bis 30 Meter, *„wenn wir die Radarortungen als Grundlage nehmen.“*

Tatsächlich war 1978 das *„Jahr der UFOs“.* Die neue Offenheit der US-Regierung unter Jimmy Carter, die Häufung neuer Beweise aus den US-Militärarchiven durch das *„Freedom of Information Act“,* die spektakulären neuen Sichtungsfälle in aller Welt und in den Kinos der große Spielberg-Welterfolg *„Unheimliche Begegnungen der Dritten Art“,* der das Bewußtsein der Öffentlichkeit auf die nächste Phase der Annäherung der Außerirdischen programmierte. Damals kam ein Stein ins Rollen, wurde eine Saat gesäht, die 12 Jahre später, 1990, dann endlich aufging. Und beinahe wäre 1978 ja auch von den Vereinten Nationen ganz offiziell zum „Jahr der UFOs“ erklärt worden...

26. EINE HERAUSFORDERUNG FÜR DIE UNO

Am 18. Dezember 1978 standen die UFOs endlich auf der Tagesordnung der Vollversammlung der Vereinten Nationen. Es ging um die Annahme des Entscheidungsentwurfes 33/426, der zwar als *„Einrichtung einer Behörde oder Abteilung der Vereinten Nationen zur Durchführung, Koordination und Auswertung der Ergebnisse der Erforschung Unidentifizierter Flugobjekte und verwandter Phänomene“* betitelt war, aber im weiteren Text eben keine spezifischen Pläne für eine solche Dienststelle an der UNO enthielt. Statt dessen wurden erst einmal die UNO-Mitgliedstaaten aufgerufen, UFO-Phänomene *„auf nationaler Ebene“* zu untersuchen und ihre Ergebnisse dem Generalsekretär zuzuleiten, der entscheiden konnte, ob er sie zu den Akten legt oder einer UNO-Körperschaft zuleitet. Weiter empfahl 33/426, daß das UNO-Komitee zur friedlichen Nutzung des Weltraums 1979 spezifische Schritte in der UFO-Frage einleiten sollte. Der Entwurf 33/426 wurde von der Vollversammlung akzeptiert, doch trotzdem handelte die UNO nicht danach, und auch die geplanten Aktivitäten des Outer Space-Komitees blieben aus. Beobachter der Situation, allen voran der Ex-UNO-Mitarbeiter Major Colman S. VonKeviczky, sprachen von einer konspirativen Aktion der Vereinigten Staaten, die hinter den Kulissen alles taten, um eine UNO-UFO-Behörde zu verhindern, wie VonKeviczky bereits am eigenen Leib erfahren hatte. Denn ihn hatte ein ähnlicher Vorschlag bereits 1967 seinen Job an der UNO gekostet.

Das UNO Headquarter in New York: Sind die Vereinigten Nationen auf einen Kontakt mit Außerirdischen vorbereitet?

Der gebürtige Ungar hatte 1932 sein Studium an der königlich-ungarischen Maria Ludovika-Militärakademie in Budapest mit einem Magistergrad in Militärwissenschaften und Ingenieurswesen abgeschlossen, wonach er zwei weitere Jahre an der UFA-Filmakademie in Berlin studierte. Nach seinem Eintritt in die königlich-ungarische Armee wurde Major VonKeviczky von 1938 bis 1945 Leiter der Audiovisuellen Abteilung des Generalstabes und Verteidigungsministeriums. Vor der sowjetischen Besetzung Ungarns floh er nach Bayern und wurde bald von der 3. US-Armee als Kameramann eingestellt, bis er schließlich als Regisseur an der Herstellung von Dokumentarfilmen beteiligt wurde. Als er 1952 in die USA emigrierte, erregten die unbekannten Flugobjekte erstmals seine Aufmerksamkeit. Es war das Jahr der großen UFO-Sichtungswelle, und VonKeviczky, der aufgrund seiner Erfahrungen in der Lage war, sie fachmännisch zu beurteilen, beschaffte sich die ersten UFO-Filme und -Fotos. Es verwunderte ihn, daß offensichtlich authentische Fotodokumente vom Pentagon und der Luftwaffe lächerlich gemacht wurden. Der Ungaro-Amerikaner begann, sich näher für die UFOs zu interessieren, studierte Typen und Operationsformen, die aus aller Welt gemeldet wurden, und war verblüfft über die *„offensichtliche Uniformität ihres Verhaltens“.* Ein paar Jahre später, er war mittlerweile eingebürgert, fand er eine Anstellung im Informationsamt der Vereinten Nationen in New York.

Major Colman S. VonKeviczky, MMSE

NEW YORK POST, TUESDAY, JUNE 27, 1967

46 (MAGAZINE PAGE TWO)

U Thant and UFO's

DREW PEARSON

(Today's column is by Drew Pearson and his associate, Jack Anderson.)

Washington.

In the very middle of the Near East crisis, UN Secretary General Thant took time to do a very significant thing. He arranged to have one of the top advocates of the theory that flying saucers—UFOs—are from another planet, speak before the Outer Space Affairs Committee of the UN.

The Middle East war broke on June 5. On June 7 Dr. James E. McDonald of the University of Arizona, a firm believer in UFOs, spoke before the UN outer space committee. Dr. McDonald believes that UFOs are extraterrestrial spaceships on reconnaissance missions to explore the earth. He has also addressed the American Society of Newspaper Editors and the Washington Meteorology Society on this subject.

Interesting fact is that U Thant has confided to friends that he considers UFOs the most important problem facing the UN next to the war in Vietnam. U Thant made this statement before war in the Near East, so it's not known how he rates this last international incident compared with UFOs.

* * *

Als Angestellter der UNO sah VonKeviczky schließlich 1965 - die USA wurden wieder von einer Sichtungswelle heimgesucht - seine Stunde in Sachen UFO gekommen. Für den damaligen Generalsekretär U Thant arbeitete er ein aus 124 Dokumenten bestehendes Memorandum aus. Am 9. Februar 1966 lud ihn der UNO-Generalsekretär zu einer persönlichen Lagebe-

UNO-Generalsekretär U Thant, Meldung der „New York Post“: UFOs „das wichtigste Problem für die UNO neben dem Vietnamkrieg“?

sprechung ein. VonKeviczky wies darauf hin, daß Russen und Amerikaner auf die UFOs geschossen haben und diese Politik eine massive Gefährdung der internationalen Sicherheit sei. *„Das Wichtigste aber ist“,* so hatte er erklärt, *„die Öffentlichkeit aufzuklären. Die Vereinten Nationen sollten eine UFO-Behörde ins Leben rufen. Ihre Aufgabe wäre es, zu versuchen, mit den UFOs Kontakt und Verbindung aufzunehmen.“* U Thant war von der Dokumentation so beeindruckt, daß er den Ungarn beauftragte, einen gründlichen Plan für ein solches Projekt zu entwickeln und einen weiteren Verfechter der Theorie außerirdischer Besucher, Professor James McDonald von der Universität von Arizona, vor dem UNO-Ausschuß für Weltraumangelegenheiten sprechen ließ. Wie „The New York Post“ am 27. Juni 1967 meldete, hatte er seinen Vertrauten in diesen Tagen erklärt, daß für ihn *„die UFOs neben dem Vietnam-Krieg das wichtigste Problem sind, dem sich die UNO stellen muß“.* Sofort ergriffen beide Großmächte in ungewohnter Einigkeit Schritte dagegen. Während der sowjetische UNO-Botschafter Nikolai Trofimirovich Fedorenko erkläre, die UFOs seien lediglich *„die Alpträume der imperialistischen und kapitalistischen Staaten“,* vertrösteten die USA den Generalsekretär damit, sie hätten vor, das Thema einer großen Universität zu übergeben - es sollte die Universität von Colorado werden- womit sich eine UNO-Behörde erübrige. Auf Betreibung der USA wurde Colman VonKeviczky sofort aus seinem Amt entlassen. Doch der Ungaro-Amerikaner gab nicht auf. Und wenig später war er Hauptredner auf einem internationalen UFO-Kongress.

Am 5. November 1967 verabschiedeten die 800 Besucher und Delegierten aus 24 Nationen auf dem von der „Deutschen UFO-Studiengesellschaft“ und deren Leitern Karl und Anny Veit veranstalteten „7. Internationalen Kongreß der UFO-Forscher“ in Mainz unter Vorsitz des „Vaters der Weltraumfahrt“ und Lehrer Wernher von Brauns, des DUIST-Ehrenpräsidenten Professor Dr. h.c. Hermann Oberth, die „Mainzer UFO-Resolution“. In dieser an die Regierungen von 124 Nationen der Erde gerichteten Proklamation hieß es: *„Alle Nationen der Erde müssen sich zur Forschung und wissenschaftlichen Zusammenarbeit vereinigen, um dieses Problem für die gemeinsame Sache und die vereinigte Entwicklung unserer friedlichen Beziehungen zum Weltraum zu erforschen und zu lösen ... Die Vereinten Nationen sollten verfassungsgemäß dazu autorisiert werden, eine Sachverständigenkommission einzurichten, um Kommunikation mit den außerirdischen Weltmächten zu suchen.“*

Eine Antwort auf die Versendung der „Mainzer UFO-Resolution“ kam von dem späteren UNO-Generalsekretär Dr. Kurt Waldheim, damals noch österreichischer UNO-Botschafter. Waldheim: *„Ich versichere Ihnen, daß Ihre Sendung meine größte Aufmerksamkeit erhielt. Ich werde es ebenfalls nicht versäumen, sie und ganz besonders die Resolution des 7. internationalen UFO-Kongresses dem Ausschuß für Weltraumangelegenheiten vorzulegen.“* Was dabei herauskam, wurde nie bekannt. Lediglich die Tatsache, daß einige Punkte fast wörtlich in den *„Vertrag zur friedlichen Nutzung des Weltraums“* aufgenommen wurden, beweist, daß man der Resolution Beachtung schenkte.

Als die Münchner Journalistin Ilse von Jacobi anläßlich des Internationalen Kongresses der Weltförderalisten vom 23. bis 27. August 1970 im kanadischen Ottawa

U Thant zum UFO-Problem befragte, antwortete der Generalsekretär nur: *„Es gibt Dinge, über die ich nicht sprechen kann und darf."* Auf die Frage, ob die UNO sich mit den UFOs befassen könne, erwiderte er: *„Ja, das ist durchaus möglich. Sobald eine der in der UNO vertretenen Regierungen offiziell den Antrag stellt, diese Erscheinungen zu untersuchen, werden wir eine Abteilung einsetzen, die sich mit ihrem Studium befaßt."*
In diesem Sinne antwortete auch A.H. Abdel-Ghani, Leiter des UNO-Ausschusses für Weltraumangelegenheiten, auf einen Brief von Colman VonKeviczky: *„Es muß von einem Mitgliedstaat entschieden werden, daß dies ein Thema ist, das vor den Ausschuß gebracht werden sollte, damit es offiziell aufgenommen werden kann."*
Ein Jahr später mußten sich die Vereinten Nationen erneut mit den UFOs auseinandersetzen. Als die UNO-Vollversammlung über den „Vertrag zur friedlichen Nutzung des Weltraums" debattierte, erklärte Grace S.K. Ibingira, Botschafter des afrikanischen Staates Uganda, daß *„es reichlich Beweise für ihre Existenz gibt und in den USA, der Sowjetunion, Großbritannien und vielen anderen Staaten geachtete Wissenschaftler gibt, die glauben, daß eine große Anzahl dieser ‚unbekannten Flugobjekte' interplanetarische Raumschiffe sind ... ich schlage vor, daß der Ausschuß die Möglichkeit der Aufnahme einer Klausel oder einer Präambel in die Haftungs-Konvention in Erwägung zieht, in der alle in der Weltraum-Erkundung tätigen Staaten gehalten sind, dafür Sorge zu tragen, daß ihre Raumschiffe oder sonstigen Raumobjekte sich bei Begegnungen mit anderen, anscheinend intelligent kontrollierten Raumobjekten nicht provozierend oder feindlich verhalten. Ich habe bereits erklärt, daß dies keine Anerkennung außerirdischen Lebens ist. Es ist nur - so denke ich - eine Frage der Vorsicht."*
Am 23. Februar 1972 äußerte der Botschafter in einem Schreiben an VonKeviczky sein Bedauern über die Reaktion der UNO auf seine Anregungen. Es scheine ihm, so schrieb er, *„daß innerhalb der UNO ein starker Druck ausgeübt wird, der verhindert, daß diese Angelegenheit die Aufmerksamkeit erhält, die sie verdient."*
Bereits am 13. April 1971 hatte das kanadische Außenministerium dazu auf eine Anfrage hin erklärt: *„Die kanadische Regierung unterschätzt die Ernsthaftigkeit der UFO-Frage nicht, und diese Angelegenheit steht unter Beachtung und Untersuchung durch eine ganze Anzahl von Ministerien und Dienststellen.*

Ugandas UNO-Botschafter Grace S.K. Ibingira, Delegation

Kanadas Repräsentanten an der UNO haben eine enge Verbindung zum Sekretariat und zu anderen Botschaften in New York unterhalten, aber glauben nicht, daß die Aussichten auf die Annahme einer solchen Resolution durch die Vollversammlung zu dieser Zeit sehr ermutigend sind." WER übte Druck auf die Vereinten Nationen aus?
Auch Botschafter Ibingira erwähnte in einem Brief vom 14. Juni 1972 an VonKeviczky die *„Große Apathie"* der Vereinten Nationen in der UFO-Frage und schlug für

die Zukunft die Einrichtung einer *„starken Lobby"* an der UNO vor: *„Die Zeit wird kommen, wo die Welt die Leistungen von Organisationen wie der Ihrigen nicht länger ignorieren kann."*

Der erste Schritt in diese Richtung ging von der kleinen Karibiknation Grenada und ihrem Premierminister Sir Eric Gairy aus. Bereits am 7. Oktober 1975 forderte er vor der UNO-Vollversammlung die Einrichtung einer Abteilung *„zur Erforschung der zahlreichen unbekannten Phänomene, die in unserer Zeit noch immer auf ihre Lösung warten."* Bei einer zweiten Ansprache am 7. Oktober 1976 bezog Gairy die UFOs in seinen Antrag mit ein. Sofort erhielt er begeisterte Zuschriften von UFO-Organisationen aus aller Welt, man lud ihn zum 1. Internationalen UFO-Kongreß ein, der vom 22. bis 24. April 1977 in Acapulco/Mexiko stattfand. Premierminister Gairy auf dem UFO-Kongreß:
„Unser Planet ist das akzeptierte Erbe der gesamten Menschheit, und unter diesem Aspekt wundert man sich, warum die Existenz der UFOs oder ‚fliegenden Untertassen', wie sie manchmal genannt werden, weiter ein Geheimnis bleibt für diejenigen, in deren Archiven brauchbare Informationen und Einzelheiten ruhen. Während wir zugeben, daß einige Länder dies im Interesse militärischer Zweckmäßigkeit so handhaben, drängen wir jetzt darauf, daß etwas geändert wird: Denn es ist meine feste Überzeugung, daß die Welt bereit, willens und reif genug ist, diese Phänomene zu akzeptieren." Begeisterter Applaus. Die 400 Delegierten aus 16 Ländern, darunter zahlreiche Wissenschaftler, bekundeten Gairy einmütig ihre Unterstützung.
In einem Schreiben an Generalsekretär Kurt Waldheim vom 14. Juli 1977 bat Gairy, die Frage der *„Einrichtung einer Dienststelle der Vereinten Nationen zur Durchführung, Koordination und Auswertung der Ergebnisse der Untersuchung Unidentifizierter Flugobjekte und verwandter Phänomene"* in die Tagesordnung der 32. UNO-Vollversammlung aufzunehmen. Eine Woche später folgte Gairys Resolutionsentwurf A/32/142, in dem er beantragte:
1. *„Die Einrichtung einer solchen Dienststelle als vorrangige Angelegenheit zu betrachten"*;
2. *„Die Anfrage beim Generalsekretär, in dieser Angelegenheit hinsichtlich einer Empfehlung an die Generalversammlung in ihrer gegenwärtigen Sitzung eine bestehende organisatorische Struktur innerhalb der Vereinten Nationen zu empfehlen, durch die diese Ziele am effektivsten erreicht werden können";*
3. *„1978 zum ‚Internationalen Jahr der Unidentifizierten Flugobjekte' zu erklären, in dem die folgenden Aktionen durchgeführt werden:*
a. Abhaltung eines 'Zweiten Internationalen Kongresses über UFO-Phänomene' in Grenada, der schon auf dem ‚Ersten internationalen Kongress' in Acapulco beschlossen wurde;
b. Die Herausgabe einer Gedenkbriefmarken-Serie durch Grenada und die Vereinten Nationen, die die Meilensteine der internationalen UFO-Forschung würdigt..."
In seiner dritten Rede vor der UNO-Vollversammlung am 7. Oktober 1977 erklärte Gairy, er habe selbst bereits ein UFO gesehen *„und war von seinem Anblick überwältigt"*. Seine Forderung, die *„Einrichtung eines Ausschusses oder einer Behörde der Vereinten Nationen, um die UFO-Phänomene zu studieren"*, wurde zunächst auf Entscheidung der Vollversammlung der Mitgliedstaaten zur Diskussion vorgelegt. Ein sonderpolitisches Komitee unter Vorsitz des DDR-UNO-Botschafters Bernhard Neugebauer hatte die Aufgabe, das Problem vorerst intern zu erörtern. *„Es bestehen gute Möglichkeiten eines Kontaktes zwischen irdischen Raumschiffen und Weltraumschiffen extraterrestrischen Ursprungs"*, erklärte hier Gairys Sonderbotschafter, Universitätspräsident Prof. Dr. Wellington Friday, *„wir sollten als Menschen die Vorbereitung auf einen psychologischen oder philosophischen Kontakt oder die Kommunikation mit fremden intelligenten Le-*

Grenadas Premierminister Sir Eric Gairy (rechts) mit Colman VonKeviczky

1978, zum „Jahr der UFOs", gab Grenada eine UFO-Briefmarkenserie heraus, um die „Suche, mehr über UFOs und verwandte Phänomene zu erfahren" zu würdigen.

ben ernsthaft in Erwägung ziehen." Und, an die Adresse der Supermächte: *„Alle Länder einschließlich Grenadas besitzen ein legitimes Anrecht darauf, alle Daten der UFO-Forschung zu erfahren. Und eben weil Grenada eine kleine Nation ist, können wir in Richtung dieser interplanetarischen Angelegenheit einige Initiativen entwickeln, während die Supermächte die wahren UFO-Beweise verheimlichen."*

Doch dann geschah etwas Seltsames. Als das zweite von drei *„Politischen Sonderkomitees"* über Gairys Antrag tagte, änderte Grenada ganz plötzlich seinen Kurs, weg von konkreten Vorschlägen hin zu allgemeinen Erwägungen. So wurde der Resolutionsentwurf A/32/142 ersetzt durch einen neuen Resolutionsentwurf, A/SPC/32/L.20. Angeblich *„aufgrund der verblüffenden Natur des Problems und der Tatsache, daß einige Delegationen mehr Zeit brauchen, um es zu studieren"* sei es *„vorzuziehen, momentan mit weniger Nachdruck die Einrichtung einer UNO-Behörde zu fordern und stattdessen dem Generalsekretär die Möglichkeit zu geben, das Spektrum der verschiedenen Aspekte der Angelegenheit zu studieren, und der 33. Generalversammlung einen entsprechenden Bericht vorzulegen".* Von den Vorschlägen der Resolution A/32/142, 1978 zum *„Jahr der UFOs"* zu erklären, einen Welt-UFO-Kongreß einzuberufen und eine Briefmarkenserie herauszugeben, war plötzlich keine Rede mehr. Auf der dritten Sitzung des Politischen Sonderkomitees wurde dann entschieden, diese Empfehlung durch

allgemeine Zustimmung der Generalversammlung, aber ohne Abstimmung in Kraft zu setzen, ein Verfahren, das es der alleinigen Entscheidung des Generalsekretärs überließ, wie weiter fortgefahren wurde. Wer hinter diesem Wandel stand, ging aus einer Bemerkung von Dr. Friday hervor, der *„jenen Delegationen danken möchte, insbesondere der Delegation der Vereinigten Staaten, die ihre Position soweit modifiziert hat, daß die Entwurfsempfehlung angenommen werden konnte".* Gerade Washington aber, so die Nachrichtenagentur Associated Press, hatte noch am 30.11.78 erklärt, *„daß die US-Regierung ausdrücklich gegen die Gründung einer UN-Dienststelle zur Erforschung der UFOs sei"* und jetzt alles tat, um diese zu verhindern. Am 13. Dezember 1977 bestätigte die Generalversammlung dann auch nur noch die *„Entscheidung 32/424",* die *„den Generalsekretär bittet, den Text des Resolutionsentwurfes den Mitgliederstaaten ... zugänglich zu machen, so daß sie ihre Position dem Generalsekretär übermitteln können ... und ihre Antworten allen Mitgliederstaaten und interessierten Dienststellen zugänglich zu machen."* Was nicht einmal mehr eine verwässerte Version des ursprünglichen Resolutionsentwurfs A/32/142 war - und ganz dem inoffiziellen UNO-Motto „Do something for nothing" entsprach - blieb solange eine reine „Good will"-Erklärung, bis auch Gairy einsah, daß seine Initiative im Sande zu verlaufen drohte. Erst als Grenadas stellvertretender UNO-Botschafter, Francis M. Redhead, am 7. Juli 1978 ein Sendschreiben an Generalsekretär Waldheim schickte und ihn aufforderte, sich zumindest über das Thema zu informieren, bewegte sich etwas. Schon für den 14. Juli 1978 setzte Waldheim eine vertrauliche Unterredung an, auf der Gairy eine Reihe führender internationaler UFO-Experten und zwei namhafte Zeugen präsentieren sollte, darunter VonKeviczky, den „Blue Book"-Berater Prof. J.Allen Hynek, den französischen Astrophysiker Jacques Vallee, Claude Poher aus Frankreich, Leonard Stringfield, David Saunders, den Wissenschaftsjournalisten Lee Spiegel aus den USA und Morton Gleisner vom Politischen Sonderkomitee. Doch dann führte eine Intrige von Hynek und Vallee dazu, daß einer von der Liste gestrichen wurde: Colman VonKeviczky. Als „persona non grata" der US-Regierung seit seiner Initiative von 1966 war er unerwünscht, und das Duo, dessen Regierungskontakte allzu offensichtlich waren, drohte mit der Absage seiner Teilnahme und der „Unterstützung" der USA, falls VonKeviczky an der Sitzung teilnehmen würde. Ein Standpunkt, der nicht verwundert, wenn man sich erinnert, daß Hynek schon 1953 Berater des „Büros für wissenschaftliche Nachrichtendiensttätigkeit" (OSI) des CIA in UFO-Fragen war und Vallee das Satelliten-Aufspürprogramm des französischen Verteidigungsministeriums koordinierte. So wurde VonKeviczkys Einladung am 13. Juli 1978, einen Tag vor dem Treffen mit Waldheim, zurückgezogen. *„Meine Regierung ist sich bewußt, daß ICUFON das stärkste Beweismaterial für die Existenz der UFOs und ihre Operationen besitzt",* schrieb ihm Gairy persönlich, *„ABER - mein Kabinett, ich selbst und die uns zur Seite stehenden Wissenschaftler (Hynek und Vallee, d. Verf.) würden nie zustimmen, daß vor der Generalversammlung Tatsachen und Indizien präsentiert werden, die beweisen, daß die UFOs eine Frage der internationalen Sicherheit sind."*

Dazu VonKeviczky: *„Die Vereinten Nationen wurden von den Staaten ins Leben gerufen, um weltweit Sicherheit und Frieden zu sichern, und nicht, um die wissenschaftliche Untersuchung von UFOs zu unterstützen."*

Stattdessen erklärte Vallee die UFOs dann auch auf einer Rede vor dem politischen Sonderkomitee am 27. 11.1978 zu einem „psycho-physischen Phänomen": *„Obwohl das UFO-Phänomen real ist und von einem unbekannten physischen Stimulus kreiert worden zu sein scheint, habe ich bisher noch keinen einzigen Beweis für die Ankunft von Besuchern aus dem Weltraum gefunden",* meinte Vallee. Dann streifte er kurz einige

Die historische UNO-UFO-Konferenz unter Vorsitz von Generalsekretär Kurt Waldheim (Mitte). V.l.n.r.: Astronaut Gordon Cooper, Jacques Vallee, Claude Poher, J. Allen Hynek, Grenada-Premier Sir Eric Gairy; rechts: Morton Gleisner, Lee Spiegel, Len Stringfield, David Saunders. (United Nations Photo)

„Indizien für ihre physische Manifestation, die gewiß weiterer Untersuchungen bedürfen", bevor er sich den *„psycho-physiologischen Einwirkungen auf die Zeugen"* und den *„sozialen Glaubenssystemen, die durch das Phänomen geschaffen werden, ebenso der emotionellen Faktoren"* widmete. Dabei erklärte er, er glaube nicht, daß diese *„in das Aufgabenfeld und das Budget der Vereinten Nationen fallen könnten"*. Bei einer solchen „Expertenempfehlung" war das Thema natürlich schnell vom Tisch. Dabei gaben die beiden Zeugen, die an der Waldheim-Sitzung vom 14. Juli 1978 teilnahmen, ein ganz anderes Bild des Phänomens. Da war erst einmal der US-Army-Oberst Lawrence E. Coyne, der am 18. Oktober 1973 als Pilot eines Armeehelikopters im Beisein zweier Zeugen eine Nahbegegnung mit einem zigarrenförmigen UFO hatte. Doch so spektakulär der Coyne-Fall war - wir schilderten ihn bereits im 17. Kapitel -, die eigentliche Sensation dieser Geheimkonferenz waren die Enthüllungen eines der ersten Menschen im All, des US-Astronauten und Luftwaffen-Oberstleutnants Gordon Cooper. Denn Cooper war nach eigenen UFO-Erlebnissen nicht nur zu dem Schluß gekommen, daß UFOs existieren und außerirdischen Ursprungs sind, er hatte sich auch einige bemerkenswerte Gedanken zur Lösung dieses Problems gemacht, die er auf dem Weg über die UNO zu realisieren versuchte.

Bereits 1976 hatte Cooper in einem Interview mit dem „LOS ANGELES HERALD EXAMINER", das am 15.8. 1976 erschien, erklärt: *„Intelligente Wesen von ande-*

ren Planeten besuchen unsere Welt in dem Bemühen, mit uns Kontakt aufzunehmen. Ich bin während meiner Flüge verschiedenen Raumschiffen begegnet. Sowohl NASA als auch die amerikanische Regierung wissen das und besitzen eine Menge von Beweisen. Trotzdem bewahren sie das Schweigen, um die Bevölkerung nicht zu alarmieren."

Oberstleutnant Gordon Cooper, geboren am 6. März 1927 in Shawnee, Oklahoma, wurde 1959 als einer der sieben ersten Astronauten Amerikas ausgewählt, um die kleine „Mercury"-Kapsel zu fliegen. 1945 war er der damaligen „Army Air Force" beigetreten, die ihn 1949 auf die Luftwaffenbasis Neubiberg in Bayern versetzte, bis er 1956 auf die Edwards-Luftwaffenbasis in Kalifornien kam. Das erste Mal startete Cooper am 15. Mai 1963 mit der „Faith 7" ins All und bewies mit 22 Erdumkreisungen in 34 Stunden und 20 Minuten, daß der Mensch sich auch über einen längeren Zeitraum im Weltraum aufhalten kann. Seinen zweiten Raumflug unternahm er vom 21.-29. August 1965 gemeinsam mit Charles Conrad, mit dem er in der Zweimann-Raumkapsel „Gemini V" in 190 Stunden und 56 Minuten 120 mal die Erde umkreiste. 1970 schied der Astronaut als Oberstleutnant der Luftwaffe im Ruhestand aus dem NASA-Raumfahrtprogramm aus. Danach war er technischer Leiter der Walt Disney-Productions in Kalifornien und bemühte sich um die Finanzierung eines privaten „Zentrums für neuartige Technologien". Heute leitet er eine Flugzeugbaufirma in Van Nuys, Kalifornien.

Seine ganze Geschichte enthüllte Cooper zum ersten Mal 1978 dem Wissenschaftsjournalisten Lee Spiegel von der populärwissenschaftlichen Zeitschrift „Omni". Seine erste UFO-Begegnung hatte der Astronaut 1951 in Neubiberg in Bayern. Zwei Tage lang wurde seine Luftwaffenbasis von ganzen UFO-Geschwadern überflogen. *„Am ersten Tag bemerkte ein Luftüberwacher einige der seltsamen Objekte, die in großer Höhe flogen, und nach kurzer Zeit schaute die ganze Gruppe von Jagdfliegern nach den Formationen von Objekten aus. Anders als unsere Düsenjäger konnten sie mitten im Flug stehenbleiben und 90-Grad-Haken schlagen."* Die Flieger starteten ihre Düsenjäger und versuchten, die Verfolgung aufzunehmen. Cooper: *„Wir kamen nie so dicht an sie heran, daß wir sie fassen konnten, aber sie waren rund in der Form und sahen metallisch aus."* Wie mir Cooper persönlich erklärte, als ich ihn am 14. Dezember 1993 in Van Nuys interviewte, *„hatten diese Objekte Linsenform und flogen in Formationen von Ost nach West"*.

Sechs Jahre später, im Mai 1957, war ein Filmteam, das Cooper leitete, in ein Gebiet des großen Muroc-Trockensees geschickt worden, der auf dem Gelände der Edwards-Luftwaffenbasis lag. Wie Cooper in dem Interview mit Spiegel erklärte, bemerkte das Team, *„während es dort draußen war, ein seltsames Flugobjekt, und sie begannen, es zu filmen"*. Zuerst sahen sie deutlich, wie das UFO *„über dem Boden schwebte. Dann aber kam es schnell herunter und setzte auf dem Flußbett auf. Dort blieb es einige Minuten lang"*, und das alles, während die Kamera lief. *„Die Größenschätzungen der Kameraleute schwankten etwas"*, meinte Cooper, *„aber sie stimmten alle darin überein, daß es zumindest die Größe eines Fahrzeugs hatte, das Menschen von normaler Größe mit sich tragen könnte."*

„Als es landete, fuhr es ein dreibeiniges Landegestell aus. Es kam in nur 50 Meter Entfernung von dem Team entfernt herunter. Doch als sie sich ihm nähern wollten, zog es sofort wieder die Landebeine ein, schoß nach oben und verschwand", ergänzte Cooper in unserem Interview.

Leider hatte Colonel Cooper nicht das Glück, persönlich bei der Sichtung dabei zu sein, aber er sah die Filme, sofort nachdem sie entwickelt waren. *„Es war ein typisches rundes UFO"*, erinnerte sich der Astronaut, *„aber nur wenige Menschen sahen es, da es in einem sehr scharfen Winkel steil nach oben schoß, als es wieder startete"*. Er fragte auch nicht weiter nach, wer das

UFO gesehen hätte, *„da am Himmel über Edwards immer irgendwelche seltsamen Dinger herumfliegen. Die Leute, die dort arbeiten und leben, stellen nicht viele Fragen über die Dinge,die sie sehen, aber nicht verstehen können. Sie zucken mit den Schultern und meinen, das sei wohl ein weiteres Versuchsflugzeug, das sie in einem anderen Teil der Basis ausprobieren. Aber das war es nicht. Ich denke, es war ganz sicher ein UFO. Natürlich ist es schwer zu sagen, wo es herkam, da es nicht lange genug wartete, bis man die Angelegenheit hätte klären können - wir hatten ja nicht einmal Zeit, ein Begrüßungskomitee auszuschicken."*

Nachdem er sich den Film mindestens ein Dutzend Mal angeschaut hatte, mußte er ihn nach Washington schicken. So lauteten jedenfalls die Anweisungen, und Cooper war sicher, in wenigen Wochen würde er eine Antwort darauf bekommen, was seine Leute gesehen hatten. Aber der Film verschwand offiziell - in irgendwelchen dunklen Kanälen. *„Ich bin sicher, daß eine ganze Menge wichtiger Informationen irgendwo in Washington lagert - wenn nur jemand sie finden könnte. Ich persönlich glaube nicht, daß der Großteil aller UFO-Dokumente jemals unter eine Geheimhaltungsstufe gestellt wurde. Es ist die Regel, wenn jemand etwas wirklich geheimhalten will, stellt er es nicht unter eine Geheimhaltungsstufe. Ich bin sicher, daß eine ganze Menge Material wahrscheinlich einfach in irgendwelchen Archiven irgendwo in Washington lagert und vergessen wird. Ich bin sicher, daß ganze Räume mit solchen Filmen existieren, die Dinge zeigen, von denen noch niemand etwas weiß. Sobald man etwas unter eine Geheimhaltungsstufe stellt, versucht jeder Kongreßabgeordnete, einen Blick hineinzuwerfen und erzählt davon im ganzen Land. Unsere Geheimhaltungseinstufung ist nicht immer der beste Weg, etwas wirklich geheim zu halten."*

Daß Cooper tatsächlich noch viel mehr weiß, bewies er in der beliebten landesweiten Merv Griffin-Talkshow, die am 10. April 1978 im US-Fernsehen ausgestrahlt wurde.

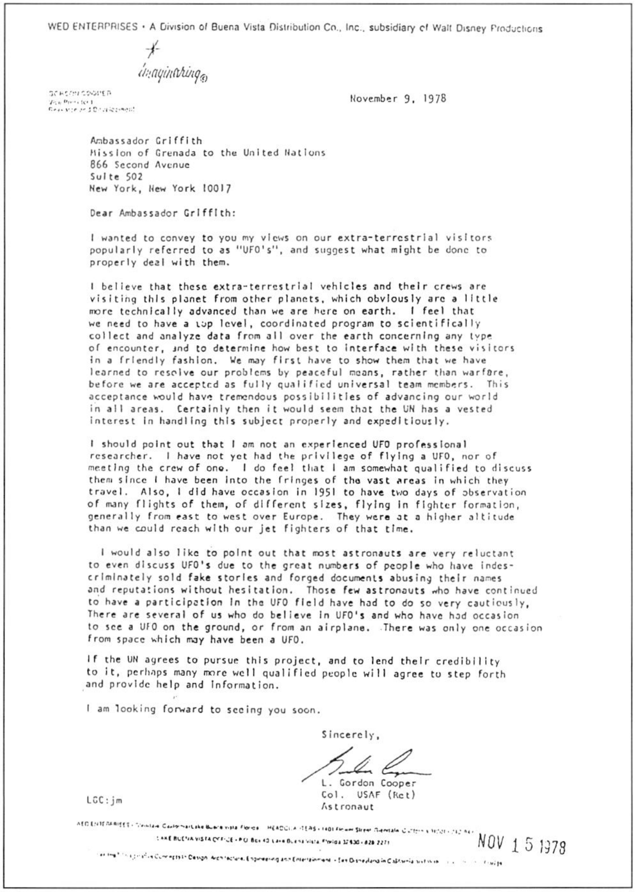

WED ENTERPRISES • A Division of Buena Vista Distribution Co., Inc., subsidiary of Walt Disney Productions

imagineering

November 9, 1978

Ambassador Griffith
Mission of Grenada to the United Nations
866 Second Avenue
Suite 502
New York, New York 10017

Dear Ambassador Griffith:

I wanted to convey to you my views on our extra-terrestrial visitors popularly referred to as "UFO's", and suggest what might be done to properly deal with them.

I believe that these extra-terrestrial vehicles and their crews are visiting this planet from other planets, which obviously are a little more technically advanced than we are here on earth. I feel that we need to have a top level, coordinated program to scientifically collect and analyze data from all over the earth concerning any type of encounter, and to determine how best to interface with these visitors in a friendly fashion. We may first have to show them that we have learned to resolve our problems by peaceful means, rather than warfare, before we are accepted as fully qualified universal team members. This acceptance would have tremendous possibilities of advancing our world in all areas. Certainly then it would seem that the UN has a vested interest in handling this subject properly and expeditiously.

I should point out that I am not an experienced UFO professional researcher. I have not yet had the privilege of flying a UFO, nor of meeting the crew of one. I do feel that I am somewhat qualified to discuss them since I have been into the fringes of the vast areas in which they travel. Also, I did have occasion in 1951 to have two days of observation of many flights of them, of different sizes, flying in fighter formation, generally from east to west over Europe. They were at a higher altitude than we could reach with our jet fighters of that time.

I would also like to point out that most astronauts are very reluctant to even discuss UFO's due to the great numbers of people who have indescriminately sold fake stories and forged documents abusing their names and reputations without hesitation. Those few astronauts who have continued to have a participation in the UFO field have had to do so very cautiously, There are several of us who do believe in UFO's and who have had occasion to see a UFO on the ground, or from an airplane. There was only one occasion from space which may have been a UFO.

If the UN agrees to pursue this project, and to lend their credibility to it, perhaps many more well qualified people will agree to step forth and provide help and information.

I am looking forward to seeing you soon.

Sincerely,

L. Gordon Cooper
Col. USAF (Ret)
Astronaut

LGC:jm

NOV 15 1978

Astronaut Gordon Coopers Schreiben an Grenadas UNO-Botschaftler Griffith.

Merv Griffin: *„Es ist da eine Geschichte im Umlauf, Gordon, daß ein Raumschiff mitten in Amerika landete, und es da Insassen gab, und Angehörige unserer Regierung in der Lage waren, einen der Insassen für einige Zeit am Leben zu halten. Sie hätten das Metall des Flugobjektes gesehen und sie wüßten, wie diese Wesen aussahen ... ist das eine glaubwürdige Geschichte?"*

Astronaut Gordon Cooper 1993

Cooper: *„Ich halte sie für ziemlich glaubwürdig. Ich würde es gerne sehen, wenn eines Tages alle qualifizierten Leute nicht versuchten, Dollars mit der Verbreitung seltsamer Geschichten zu machen, sondern wirklich zusammenarbeiten würden, um diese Geschichten ernsthaft zu untersuchen und entweder zurückzuweisen oder zu beweisen."*
Griffin: *„Könnten Sie als Mann der Wissenschaft und als Astronaut nicht geeignete Leute finden und es erforschen?"*
Cooper: *„Ich bin ziemlich interessiert, in der nahen Zukunft Leute der Wissenschaft und Technik zusammenzubringen, um derartige Sachen ernsthaft zu untersuchen."*
Griffin: *„Die Frage, die immer wieder gestellt wird: Wie haben die UFO-Insassen ausgesehen? Die Antwort darauf ist immer wieder, sie haben nicht sehr viel anders ausgesehen als wir selbst."*
Cooper: *„Richtig ... augenscheinlich stimmen alle, die mit UFOs Kontakt hatten, darin überein, daß die Insassen in der Tat nicht allzu verschieden von uns sind."*

Vier Monate nach dem vertraulichen Gespräch mit Generalsekretär Waldheim formulierte Cooper seinen Standpunkt zum UFO-Thema noch einmal schriftlich in einem Brief am Grenadas UNO-Botschafter Griffith:
„Ich möchte Ihnen meine Ansichten über unsere außerirdischen Besucher übermitteln, die volkstümlich als ‚UFO' bezeichnet werden, und darüber, wie eigentlich weiter mit ihnen verfahren werden sollte.
Ich glaube, daß diese außerirdischen Fahrzeuge und ihre Besatzungen, die unseren Planeten besuchen, von anderen Planeten stammen, die offensichtlich technisch ein wenig weiter entwickelt sind als wir auf der Erde. Ich finde, daß wir ein koordiniertes Programm auf höchster Ebene hier auf der Erde benötigen, um wissenschaftliche Daten aus allen Teilen der Erde und über alle Typen von Begegnungen zu sammeln und auszuwerten, um ausfindig zu machen, wie man am besten auf freundlichem Wege mit diesen Besuchern Kontakt aufnehmen könnte.

Wir müssen ihnen zuerst jedoch zeigen, daß wir es gelernt haben, unsere eigenen Probleme auf friedvolle Weise zu lösen, statt durch Kriege, bevor wir als voll qualifizierte Mitglieder der universellen Gemeinschaft akzeptiert werden. Ihre Anerkennung würde für unsere Welt unerhörte Möglichkeiten bedeuten, sich in allen Gebieten weiterzuentwickeln. Sicherlich scheint es aus diesem Grunde angebracht, daß die UNO ein logisches Interesse haben sollte, sich rasch und ernsthaft mit diesem Thema zu befassen.

Ich sollte erwähnen, daß ich kein erfahrener, professioneller UFO-Forscher bin. Ich habe bisher weder das Privileg gehabt, ein UFO zu fliegen, noch die Besatzung von einem zu treffen. Aber ich glaube, daß ich ein wenig qualifiziert bin, über sie zu diskutieren, da ich selbst an der Grenze der weiten Räume gewesen bin, in denen sie reisen. Auch hatte ich 1951 die Gelegenheit, zwei Tage lang zahlreiche Flüge von ihnen zu beobachten, unterschiedliche Größenordnungen in Jagdformation, die im allgemeinen von Ost nach West über Europa flogen. Sie befanden sich in weit größerer Höhe, als wir sie mit unseren damaligen Düsenjägern erreichen konnten.
Ich möchte weiter erwähnen, daß die meisten Astronauten sehr zurückhaltend sind, wenn es darum geht, das UFO-Thema zu diskutieren, da es eine große Anzahl von Leuten gibt, die ohne zu zögern gefälschte Geschichten und gefälschte Dokumente mit ihren Na-

men verkauft haben und dabei ihren Ruf gefährdeten. Die wenigen Astronauten, die ihre Teilnahme am UFO-Thema fortgesetzt haben, mußten dies sehr vorsichtig tun. Es gibt einige von uns, die an UFOs glauben und die Gelegenheit hatten, ein UFO vom Boden oder vom Flugzeug aus zu beobachten. Es gab nur eine Gelegenheit, wo vom Weltraum aus etwas beobachtet wurde, was ein UFO gewesen sein konnte.
Falls sich die UNO entschließen sollte, dieses Projekt zu übernehmen und der Sache dadurch Glaubwürdigkeit zu verleihen, werden sich vielleicht mehr qualifizierte Fachleute entschließen, an die Öffentlichkeit zu treten und ihre Hilfe und Informationen anzubieten."

Zwischenzeitlich hatten sich auf Einladung Waldheims einige UNO-Mitgliedsstaaten zu Wort gemeldet. So schlug Indien vor, das UFO-Thema unter dem Oberbegriff „Suche nach außerirdischem Leben/Intelligenzen" dem Komitee für die friedliche Nutzung des Weltraums zu unterstellen, das Wissenschaftler mit Untersuchungen über die Natur der UFOs beauftragen könnte. Die Seychellen schließlich unterstützten vorbehaltlos Grenadas Antrag.

Nachdem damit der Generalsekretär der Empfehlung A7SPC/32/L.20 nachgekommen war, folgte am 27. November 1978 auf der 35. Sitzung des Politischen Sonderkomitees ein neuer Vorstoß Gairys. Mit dem Resolutionsentwurf A/SPC/33/L.20 forderte er jetzt, daß

1. Die Vereinten Nationen in Absprache mit kompetenten Dienststellen eine Studie über die Natur und den Ursprung der UFOs und verwandter Phänomene durchführt und koordiniert.

2. Der Generalsekretär die Mitgliedsstaaten, spezialisierte Dienststellen und private Organisationen auffordern sollte, ihm bis zum 31. Mai 1979 Informationen und Vorschläge als Grundlage für diese Studie zu übersenden.

3. Der Generalsekretär zum frühestmöglichen Termin eine dreiköpfige Expertengruppe unter dem Mantel des Komitees für die friedliche Nutzung des Weltraums beruft, um die Richtlinien für diese Studie festzulegen.

4. Er entscheidet, daß diese Expertengruppe sich während der Sitzungen des Komitees treffen und die Informationen und Vorschläge studieren und diskutieren soll.

5. Er entscheidet, daß diese Expertengruppe durch das Komitee der 34. Generalversammlung über ihre Arbeit berichten soll.

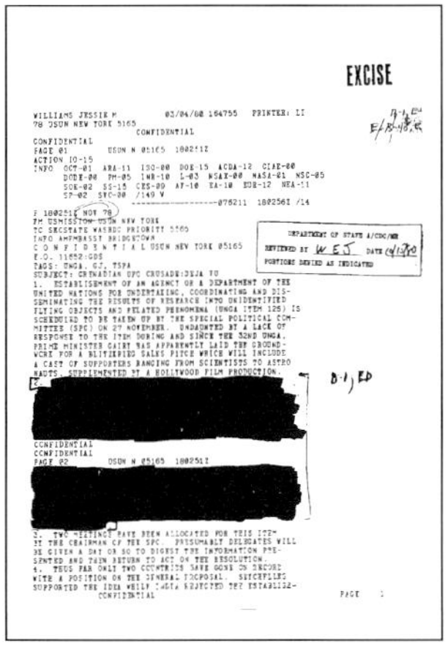
EXCISE
WILLIAMS JESSIE M 03/04/80 164755 PRINTER: LI
78 USUN NEW YORK 5165
CONFIDENTIAL
CONFIDENTIAL
PAGE 01 USUN N 05165 180251Z
ACTION IO-15
INFO OCT-01 ARA-11 ISO-00 DOE-15 ACDA-12 CIAE-00
DODE-00 PM-05 INR-10 L-03 NSAE-00 NASA-01 NSC-05
SOE-02 SS-15 CES-00 AF-10 EA-10 EUR-12 NEA-11
SP-02 SVC-00 /149 W
------------------076211 180256Z /14
P 180251Z NOV 78
FM USMISSION USUN NEW YORK
TO SECSTATE WASHDC PRIORITY 5165
INFO AMEMBASSY BRIDGETOWN
C O N F I D E N T I A L USUN NEW YORK 05165
E.O. 11652:GDS
TAGS: UNGA, GJ, TSPA
SUBJECT: GRENADIAN UFO CRUSADE:DEJA VU

DEPARTMENT OF STATE A/CDC/MR
REVIEWED BY W E J DATE 6/12/80
PORTIONS DENIED AS INDICATED

1. ESTABLISHMENT OF AN AGENCY OR A DEPARTMENT OF THE UNITED NATIONS FOR UNDERTAKING, COORDINATING AND DISSEMINATING THE RESULTS OF RESEARCH INTO UNIDENTIFIED FLYING OBJECTS AND RELATED PHENOMENA (UNGA ITEM 126) IS SCHEDULED TO BE TAKEN UP BY THE SPECIAL POLITICAL COMMITTEE (SPC) ON 27 NOVEMBER. UNDAUNTED BY A LACK OF RESPONSE TO THE ITEM DURING AND SINCE THE 32ND UNGA, PRIME MINISTER GAIRY HAS APPARENTLY LAID THE GROUNDWORK FOR A BLITZKRIEG SALES PITCH WHICH WILL INCLUDE A CAST OF SUPPORTERS RANGING FROM SCIENTISTS TO ASTRONAUTS, SUPPLEMENTED BY A HOLLYWOOD FILM PRODUCTION.
2. [redacted] B-1, ED
CONFIDENTIAL
CONFIDENTIAL
PAGE 02 USUN N 05165 180251Z
[redacted]
3. TWO MEETINGS HAVE BEEN ALLOCATED FOR THIS ITEM BY THE CHAIRMAN OF THE SPC. PRESUMABLY DELEGATES WILL BE GIVEN A DAY OR SO TO DIGEST THE INFORMATION PRESENTED AND THEN RETURN TO ACT ON THE RESOLUTION.
4. THUS FAR ONLY TWO COUNTRIES HAVE GONE ON RECORD WITH A POSITION ON THE GENERAL PROPOSAL. SEYCHELLES SUPPORTED THE IDEA WHILE INDIA REJECTED THE ESTABLISH-
CONFIDENTIAL PAGE 1

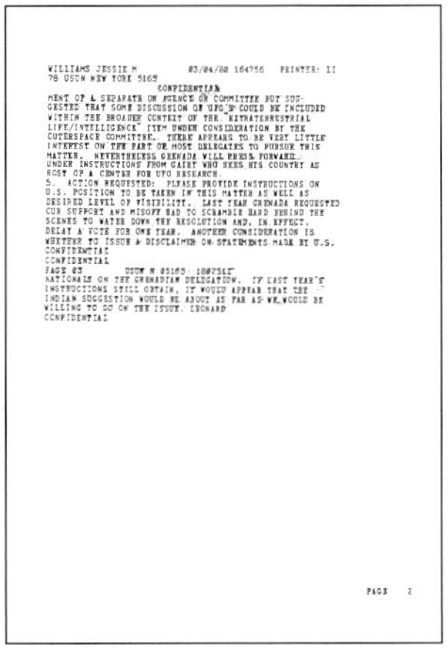
WILLIAMS JESSIE M 03/04/80 164756 PRINTER: LI
78 USUN NEW YORK 5165
CONFIDENTIAL
MENT OF A SEPARATE UN AGENCY OR COMMITTEE BUT SUGGESTED THAT SOME DISCUSSION OF UFO'S COULD BE INCLUDED WITHIN THE BROADER CONTEXT OF THE "EXTRATERRESTRIAL LIFE/INTELLIGENCE" ITEM UNDER CONSIDERATION BY THE OUTERSPACE COMMITTEE. THERE APPEARS TO BE VERY LITTLE INTEREST ON THE PART OF MOST DELEGATES TO PURSUE THIS MATTER. NEVERTHELESS GRENADA WILL PRESS FORWARD UNDER INSTRUCTIONS FROM GAIRY WHO SEES HIS COUNTRY AS HOST OF A CENTER FOR UFO RESEARCH.
5. ACTION REQUESTED: PLEASE PROVIDE INSTRUCTIONS ON U.S. POSITION TO BE TAKEN IN THIS MATTER AS WELL AS DESIRED LEVEL OF VISIBILITY. LAST YEAR GRENADA REQUESTED OUR SUPPORT AND MISOFF HAD TO SCRAMBLE HARD BEHIND THE SCENES TO WATER DOWN THE RESOLUTION AND, IN EFFECT, DELAY A VOTE FOR ONE YEAR. ANOTHER CONSIDERATION IS WHETHER TO ISSUE A DISCLAIMER ON STATEMENTS MADE BY U.S.
CONFIDENTIAL
CONFIDENTIAL
PAGE 03 USUN N 05165 180251Z
NATIONALS ON THE GRENADIAN DELEGATION. IF LAST YEAR'S INSTRUCTIONS STILL OBTAIN, IT WOULD APPEAR THAT THE INDIAN SUGGESTION WOULD BE ABOUT AS FAR AS WE WOULD BE WILLING TO GO ON THE ISSUE. LEONARD
CONFIDENTIAL
PAGE 2

Dieses vertrauliche Dokument des US-Außenministeriums - Kopien gingen an den CIA, die NSA, das Pentagon, die Luftwaffe und die NASA - beweist die US-Politik gegen den Vorstoß von Grenada. Mit Datum vom 12.11.1978 heißt es unter #5: „Erbetene Handlungsweise: ... Letztes Jahr bat Grenada um CUR-Unterstützung und Misoff hatte schwer hinter den Kulissen zu kämpfen, um die Resolution zu verwässern und eine Abstimmung um ein Jahr zu verzögern. Eine andere Möglichkeit wäre, eine Erklärung von amerikanischen Bürgern in der Grenada-Delegation zu dementieren (gemeint sind vorwiegend Cooper & Coyne, MH). Wenn die Anweisungen vom letzten Jahr noch gelten, sieht es so aus, als wäre der indische Vorschlag das Äußerste, was wir in dieser Sache akzeptieren könnten."

6. Er entscheidet, daß das Thema „Bericht der Expertengruppe des Komitees für die friedliche Nutzung des Weltraums zur Festlegung der Richtlinien zur Erforschung unidentifizierter Flugobjekte und verwandter Phänome“ auf die vorläufige Agenda der 34. Generalversammlung aufgenommen wird.

Doch wieder wurde aus dem konkreten Vorstoß nur eine nebulöse *„Empfehlung“* des Komitees für die Generalversammlung, *„interessierte Mitgliedsstaaten einzuladen, angemessene Schritte zu unternehmen, um auf nationaler Ebene wissenschaftliche Untersuchungen über außerirdisches Leben einschließlich unbekannter Flugobjekte ins Leben zu rufen und den Generalsekretär über deren Ergebnisse zu informieren. Das Komitee zur friedlichen Nutzung des Weltraums erlaubt Grenada, ihm seine Ansichten auf einer seiner Sitzungen 1979 zu präsentieren. Die Überlegungen des Komitees werden in seinem Bericht an die 34. Generalversammlung aufgenommen.“*

Am 18. Dezember 1978 nahm die Generalversammlung (ohne Abstimmung) diese Empfehlung des Politischen Sonderkomitees als Entscheidung 33/426 an. Doch selbst diese verwässerte Version wurde vom Komitee zur Friedlichen Nutzung des Weltraums ignoriert: Statt Grenada die Möglichkeit zu geben, seinen Standpunkt vor dem Komitee zu vertreten, forderte man bloß beim Generalsekretär die Protokolle der bisherigen Präsentationen des Karibikstaates zum UFO-Phänomen an. Und bald war auch das Problem Gairy gelöst. Im März 1979 wurde der demokratisch gewählte Premierminister des Commonwealth-Landes durch eine von den USA unterstützte kommunistische Guerillabewegung unter Führung des Terroristen Maurice Bishop gestürzt. Damit war das UFO-Thema, der Entscheidung 32/426 zum Trotz, von der Tagesordnung.

Nur Colman VonKeviczky gab nicht auf. In seinem „Blue Memorandum“ vom 29. Januar 1980 legte der unermüdliche Ungar den Mitgliedsstaaten der UNO-Vollversammlung seinen Entwurf eines Projektes „WASA“ („World Authority for Spatial Affairs“) vor, einer *„unabhängigen Weltraumbehörde aus interessierten Nationen, um Kontakt und Kommunikation mit den uns untersuchenden außerirdischen (UFO)-Verbänden aufzunehmen, um den globalen Frieden zu sichern und zu erhalten und den Entwicklungsprozeß aller Nationen in Richtung eines interplanetarischen Zeitalters zu sichern“.* Seitdem fordert er regelmäßig die UNO-Repräsentanten auf, endlich etwas in der UFO-Frage zu unternehmen. Sein Plan, wie er ihn auf der Frankfurter UFO-Weltkonferenz „Dialog mit dem Universum“ im Oktober 1989 darstellte:

„Einen internationalen Sicherheitskongreß einzuberufen, an der jede Nation mit ihren Repräsentanten aus den Bereichen
Streitkräfte - für Fragen der nationalen Sicherheit;
Raumfahrt und Forschung;
UFO-Forschungspioniere als Repräsentanten der Bevölkerung teilnimmt.
Seine Ziele:
a. Eine internationale Sicherheitsbehörde ins Leben zu rufen, um einen offiziellen Kontakt mit den UFO-Kräften herzustellen.
b. Den Feuerbefehl auf UFOs sofort einzustellen - und alle feindlichen Begegnungen zu stoppen, bevor noch ein Raumkrieg provoziert wird.
c. Das Welt-UFO-Problem zu lösen - bevor es zu spät ist.“

Tatsächlich wäre die UNO der ideale Ausgangspunkt für eine Kontaktaufnahme mit den Außerirdischen - ist sie doch der einzige Repräsentant der Gesamtmenschheit des Planeten Erde. Und tatsächlich tut sich seit kurzem wieder etwas bei der UNO. So fand am 2. Oktober 1992 im Auditorium der UNO-Bibliothek im Hauptquartier der Vereinten Nationen in New York ein *„Symposium über außerirdische/menschliche Interaktionen und die Zukunft der Menschheit“* unter Vorsitz des UNO-Mitarbeiters Mohammad Ramadan und des UNO-Diplomaten Michael Geoghegan statt, in dem drei prominente UFO-Forscher und zwei „Abductees" UNO-Repräsentanten und -Mitarbeiter informierten. Zum Abschluß des Podiums verfaßten die Referenten einen offenen Brief an UNO-Generalsekretär Butros Butros-Ghali und das Komitee zur friedlichen Nutzung des Weltraums, in dem sie sich auf die UNO-Entscheidung 32/426 beriefen. Das UFO-Problem, so das Schreiben, sei *„das wichtigste Thema dieses Jahrhunderts"* und *„von großer wissenschaftlicher und technologischer Bedeutung, da es in sich die zahlreichen Implikationen der Existenz einer fremden Intelligenz beinhaltet. Deshalb fordern wir die Vereinten Nationen auf, eine UNO-Behörde zur Durchführung, Koordination und Verbreitung der Ergebnisse der wissenschaftlichen Untersuchung der Unidentifizierten Flugobjekte und verwandter Phänomene ins Leben zu rufen. Wenn der erste offene Kontakt mit einer außerirdischen Intelligenz stattfindet, wird eine der ersten Fragen sein, die sie stellt: „Wer spricht für die Bewohner des Planeten Erde?' Dann muß die Antwort lauten: ‚Wir, die Vereinten Nationen'."*

Tatsächlich waren zu diesem Zeitpunkt schon umfangreiche Vorbereitungen für dieses Ereignis getroffen worden, das sich als das größte Abenteuer in der Geschichte der Menschheit erweisen könnte.

27. EINE CHANCE FÜR DIE MENSCHHEIT

Das größte Radiotelestkop der Welt in Arecibo auf Puerto Rico: Hier fiel am 12. Oktober 1992 der Startschuß für das Projekt SETI, die Suche nach extraterrestrischen Intelligenzen. (NASA-Foto)

Es war eine eher schlichte Zeremonie, nicht so spektakulär wie ein Raketenstart und ohne Countdown, und trotzdem symbolisierte sie einen der engagiertesten Schritte des Menschen in den Weltraum. Am 12. Oktober 1992 um 15.00 Uhr beugte sich die Astronomin Jill Tarter vor den Kameras von Fernsehstationen aus aller Welt und im Blitzlichtgewitter der Fotografen in Arecibo auf Puerto Rico über eine Konsole und setzte per Knopfdruck das stärkste Radioteleskop der Welt mit seiner 305-Meter-Antennenschüssel in Betrieb. Zum gleichen Zeitpunkt aktivierte einer ihrer Kollegen ein zweites Radioteleskop der Goldstone Tracking

Station bei Barstow in der kalifornischen Mohave-Wüste. Und vielleicht zeigt die Zukunft, daß dieser 12. Oktober 1992 ein noch wichtigerer Tag für die Menschheit war als der Tag der Entdeckung Amerikas durch Christoph Kolumbus, zu dessen 500-Jahrfeier diese Zeremonie stattfand. Denn mit ihr begann das Projekt NASA - SETI, die bisher größte Suche des Menschen nach intelligentem Leben im All. Ausgestattet mit einem 100-Millionen Dollar-Etat machten sich fortan über 100 Physiker, Astronomen, Computerprogrammierer und Techniker auf die „Suche nach extraterrestrischen Intelligenzen" - eben das bedeutet das Kürzel SETI. Diese sollten, wie es damals hieß, ein Jahrzehnt lang im Auftrag der amerikanischen Raumfahrtbehörde NASA auf allen Frequenzen das All nach intelligenten Signalen außerirdischer Zivilisationen absuchen. Denn die Radioteleskope waren mit neuentwickelten Vielkanal-Spektralanalysatoren (MCSA) ausgestattet, die in der Lage waren, gleichzeitig Millionen verschiedener Funkfrequenzen zu erfassen und auszuwerten. Sie waren von so hoher Empfindlichkeit, daß sie selbst Signale vom anderen Ende der Milchstraße empfangen konnten. Und ihnen war möglich, aus dem kosmischen „Wellensalat" aus Hintergrundstrahlung, Gaswolken und Pulsarsignalen jene Signale herauszufiltern, die wohlmöglich künstlichen Ursprungs sind.

Der Vater des SETI-Projektes, der amerikanische Astronom Prof. Frank Drake, sucht nach Funksignalen der Außerirdischen, seit er 1960 das „Projekt Ozma" mit dem 28-Meter-Radioteleskop des Green-Bank-Observatoriums in den Wäldern des Appalachen-Gebirges in West Virginia startete. Seinen Namen hatte der SETI-Vorläufer von der schönen Königin des Wunderlandes aus dem amerikanischen Märchen „Der Zauberer von Oz", zu deren Untertanen Wesen mit ellenlangen Ohren gehörten, die über Tausende von Meilen jeden Laut wahrnehmen konnten. Die Lauscher des Green Bank-Observatoriums wurden nach zwei Sternen im Umkreis von 15 Lichtjahren, Tau Ceti und Epsilon Eridani, ausgerichtet, in deren Orbit man Planeten mit erdähnlichen Bedingungen zumindest für möglich hielt. Doch schon bald erwiesen sich die Kapazitäten des Green Bank-Radioteleskopes als unzureichend, und so endete das Projekt schon nach 150 Horchstunden im Juli 1960. Stattdessen versuchte Prof. Drake, die mathematische Wahrscheinlichkeit von außerirdischem Leben anhand einer Formel plausibel zu machen. Die „Drake-Formel" N = R x Fp x Ne x Fl x Fi x Fc x L. (N = die Anzahl intelligenter Zivilisationen in der Galaxis ist gleich R = mittlere Sternentstehungsrate; Fp = Anteil der Sterne mit Planeten in der Milchstraße; Ne= Anzahl der Planeten pro Sonnensystem, die Leben tragen können; Fl= Anteil der bewohnbaren Planeten mit Leben; Fi= Anteil der Planeten mit intelligenten Zivilisationen; Fc= Anteil der Planeten mit intelligenten Zivilisationen, die Wege und Möglichkeiten interstellarer Kommunikation entwickelt haben; L= die Lebensdauer dieser Zivilisationen) ging davon aus, daß es - den Werten entsprechend - zwischen 40 und 50.000.000 intelligente außerirdische Zivilisationen allein in der Milchstraße geben könnte. Das klang so vielversprechend, daß OZMA von 1972 bis 1976 fortgesetzt wurde, gefolgt von rund 50 weiteren Projekten, von denen einige tatsächlich ungewöhnliche Radiosignale empfingen.

Prof. Dr Frank Drake, der Vater des Seti - Projektes

Als NASA das Projekt SETI 1978 in ihren Budgetplan aufnahm, erhielt die Raumfahrtbehörde von US-Senator William Proxmire die berüchtigte Auszeichnung „Das goldene Vlies" für die üppigste Verschwendung von Steuergeldern: *„Wenn sie nach intelligentem Leben suchen, sollen sie erst einmal hier in Washington anfangen"*, spöttelte Proxmire, *„das ist schwer genug, vielleicht sogar schwerer als irgendwo dort draußen im All"*. Daraufhin traf sich der bekannte Astrophysiker Carl Sagan mit Proxmire, zeigte ihm Aufnahmen der Milchstraße und zählte ihm vor, daß es Milliarden von Sternen allein in unserer Galaxie gäbe, die nur eine von Abermilliarden anderen Galaxien im Universum ist.

Karikatur der Londoner „Financial Times" zum SETI - Projekt: *„Wie sollen wir hier Signale aus den Tiefen des Alls hören bei diesem Lärm dort draußen."*

„Wir Wissenschaftler haben gute Gründe anzunehmen, daß es auch Milliarden Planeten dort draußen gibt. Es wäre vermessen zu glauben, daß wir die einzige intelligente Lebensform in den Weiten des Kosmos sind". Während Proxmire einen Rückzug machte, verfaßte Sagan 1982 eine Petition, in der er namhafte Wissenschaftler zur Unterstützung des Projektes SETI aufrief. 50 bekannte Namen unterzeichneten, darunter Linus Pauling und Stephen Hawking. *„Intelligente Organismen sind ebenso Bestandteil des Universums wie Sterne und Galaxien"*, stellte im selben Jahr eine Arbeitsgruppe namhafter Astronomen und Astrophysiker fest, *„Man kann sich wohl keine Entdeckung vorstellen, die eine größere Auswirkung auf das Selbstverständnis der Menschheit hat, als die Entdeckung extraterrestrischer Intelligenzen."* Und so kostenaufwendig SETI auch war, so dürftig die Resultate, SETI schaffte es immer wieder, einen Platz im NASA-Budget zu finden. Denn SETI trug in sich die Vision eines kosmischen Versprechens für die Menschheit. *„Wir glauben, daß es andere Planeten gibt, die bereits miteinander kommunizieren"*, erklärte der NASA-Wissenschaftler Dr. Ichtiaque Rasool, *„unser Traum ist es, die Erde zu einem Teil dieses interstellaren Kommunikationsnetzwerkes zu machen... Wenn wir in Kontakt kommen... wäre das der größte Durchbruch in der Geschichte der Menschheit. Diese fortgeschrittenen Zivilisationen können uns helfen, Probleme wie Krankheiten, Umweltverschmutzung, Nahrungsmittel- und Energieknappheiten und Naturkatastrophen zu lösen"*. Und es gab noch einen anderen Grund, weshalb SETI am Leben gehalten und immer wieder mit einem Millionenetat ausgestattet wurde. Denn SETI eignete sich perfekt zum Tarnprojekt der Nachrichtendienste, zum Aushängeschild, um von den geheimen UFO-Projekten abzulenken und führende Wissenschaftler über die Wege und Konsequenzen der Kommunikation mit Außerirdischen diskutieren zu lassen, ohne auch nur den Verdacht aufkommen zu lassen, daß eine solche längst stattgefunden hat.

Über die Hintergründe des SETI-Projektes recherchierte der amerikanische Journalist Howard Blum, Mitarbeiter der „New York Times" und für seine Reportagen mit einem Journalistenpreis ausgezeichnet. Seine Arbeit an dem spektakulären Spionagefall des Doppelagenten John Walker führte ihn in die Geheimdienst-

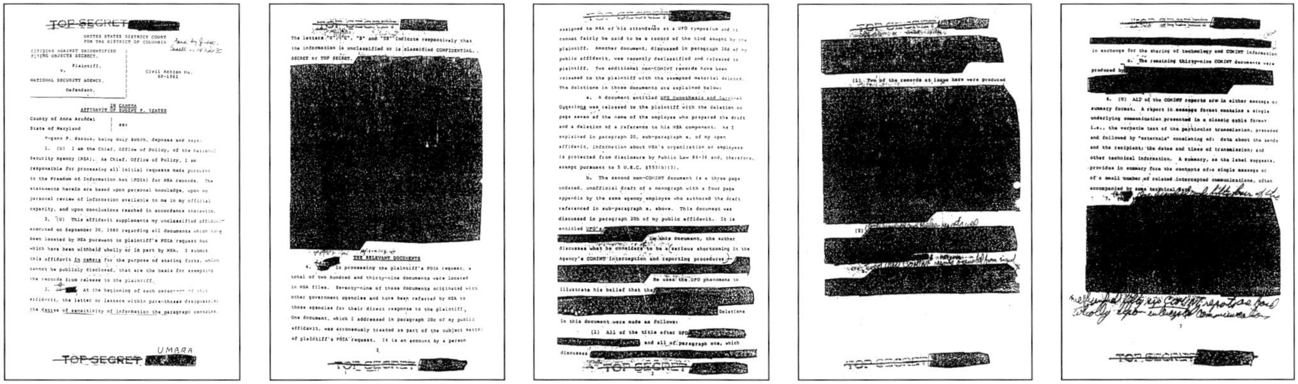

„Never Say Anything“: Seiten aus dem stark zensierten Protokoll der Eidesstattlichen Erklärung des NSA-Vertreters Yeates zum UFO-Thema

kreise von Washington, und so war es kein Zufall, daß gerade ihn im Frühjahr 1989 einer seiner Informanten erneut kontaktierte. *„Ich habe eine Story für sie“,* meinte der Geheimdienstler, *„es geht um Unbekannte Flugobjekte“.* Zuerst skeptisch, bestätigten Blums Recherchen die Angaben seiner Quelle, dann wurden ihm Dokumente zugespielt, sagten Beteiligte aus. So enthüllte Blum in seinem Bestseller „Out There“ (Dort draußen) nicht nur die Existenz einer „UFO-Arbeitsgruppe“ des Nachrichtendienstes der Landesverteidigung (DIA), sondern auch die Verwicklung des supergeheimen Nationalen Sicherheitsdienstes NSA in das SETI-Projekt.

Tatsächlich hatten amerikanische UFO-Forscher schon lange vermutet, daß nicht etwa der CIA die geheimen UFO-Projekte der US-Regierung koordinierte, dessen Hauptaufgabe im außenpolitischen Bereich lag, sondern - seit seiner Gründung am 4. November 1952 - der NSA. Von dem war der Öffentlichkeit 30 Jahre lang nur der Name bekannt - dessen Kürzel aufgrund der strikten Geheimhaltung und der zahlreichen Dementis abwechselnd als „No Such Agency“ (Keine solche Dienststelle) oder „Never Say Anything“ (Sage nichts, niemals!) persifliert wurde. Selbst Insider wußten nur, daß der NSA mit einem Startkapital von 2,5 Milliarden Dollar gegründet wurde, daß sein von Insidern der „Palast der Rätsel“ getauftes Headquarter in Fort Meade, Md. bei Washington doppelt so groß wie die Zentrale des CIA ist und daß sein offizielles Jahresbudget regelmäßig bei über 2 Millarden Dollar liegt, zuzüglich eines „schwarzen Budgets“ von noch einmal 5-10 Milliarden Dollar im Jahr. *„Für den CIA mag Spionage noch ein ‚Mantel und Degen‘-Spiel sein, für den NSA ist es der ‚Krieg der Sterne“*, schrieb Robert Parry von der Associated Press 1982 über den NSA. Wie im selben Jahr der Journalist James Bramford in seinem Bestseller *„Der Palast der Rätsel“* enthüllte, arbeiten über 60.000 Mitarbeiter für den NSA, mehr als für alle anderen US-Nachrichtendienste zusammen. Zudem verfügt der Nationale Sicherheitsdienst über die größte und modernste Computeranlage der USA, ein eigenes College mit 18.000 Studenten, ein eigenes Kraftwerk und ein eigenes Fernsehstudio. In aller Welt hören NSA-Lauschposten nicht nur militärische, sondern auch zivile Kommunikationen ab, außerdem gehen sämtliche mit den USA geführten Auslandstelefonate durch den NSA-Computer und werden, sollten bestimmte Schlüsselbegriffe fallen, automatisch aufgezeichnet. „Big Brother is watching you“, George Or-

TOP SECRET [redacted]

[redacted]

TOP SECRET [redacted]

TOP SECRET [redacted]

[redacted]

TOP SECRET [redacted]

TOP SECRET [redacted]

9. (TS) NSA-originated reports - Thirty-eight documents are the direct product of NSA SIGINT operations and one document describes classified SIGINT activities. These documents can be further described as follows:

a. The document describing SIGINT operations reports [redacted]

10

TOP SECRET [redacted]

TOP SECRET [redacted]

[redacted]

11

TOP SECRET [redacted]

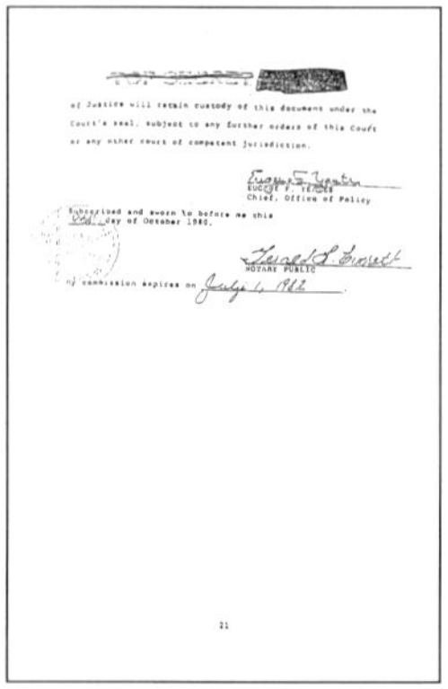
TOP SECRET [redacted]

of Justice will retain custody of this document under the Court's seal, subject to any further orders of this Court or any other court of competent jurisdiction.

Chief, Office of Policy

Subscribed and sworn to before me this ___ day of October 1980.

NOTARY PUBLIC

My commission expires on July 1, 1982

wells Zukunftsvision von der Allmacht des Großen Bruders in seinem visionären Roman „1984", ist beim NSA längst Wirklichkeit geworden.

Als Adressat ungefähr aller relevanten UFO-Berichte genannt, die unter dem Freedom-of-Information-Act unter Jimmy Carter freigegeben wurden, bestand bald kein Zweifel für UFO-Forscher, daß der NSA ganz offensichtlich auch UFO-Sichtungen nachgeht. Tatsächlich erwähnen schon die Protokolle des vom CIA einberufenen Robertson-Panels von 1953 eine „NSA Gruppensitzung" zum UFO-Thema und seinen Sicherheitsaspekten, zu der H.P.Robertson eingeladen wurde. Auch Blue Book-Leiter Edward J. Ruppelt von der US-Luftwaffe erwähnte Anweisungen aus dem „Palast der Rätsel". Doch als UFO-Forscher im Rahmen des Gesetzes zur Informationsfreiheit um die Freigabe von UFO-Akten baten, zeigte ihnen der NSA die kalte Schulter: *„Lassen Sie sich sagen, daß der NSA nicht das geringste Interesse an den UFOs hat",* antwortete ein Mitarbeiter 1976 auf eine Anfrage von Robert Todd. Erst eine Klage führte im Januar 1979 zu der Freigabe zweier Dokumente. Eines davon war die bereits zitierte Studie *„UFO-Hypothesen und die Überlebensfrage"*, die kein geringerer als Lambros D. Callimahos verfaßt hat, die „graue Eminenz" des NSA und Gründer der Dundee-Society, einer Bruderschaft von Elitewissenschaftlern und Karriereoffizieren des Geheimdienstes. Auf Empfehlung Callimahos, so Howard Blum, *„überwachte der NSA seit 1972 heimlich alle UFO-Aktivitäten in der ganzen Welt. Seit diesem Zeitpunkt befanden sich sämtliche NSA-Lauschposten in allen Teilen der Erde in Alarmbereitschaft. Sollte Fort Meade unter all den abgefangenen ausländischen Regierungskommunikationen Informationen über UFO-Vorfälle abfangen, erhielten sie sofortigen Befehl, nach Signalen oder elektronischen Durchgaben zu suchen, die außerirdischen Ursprungs sein könnten."* Laut Viktor Marchetti, einem früheren Assistenten des stellvertretenden Direktors des CIA und späteren Renegaten der Geheimdienstwelt, kursierten tatsächlich in Geheimdienstkreisen Gerüchte über seltsame, wahrscheinlich extraterrestrische Signale, die der NSA eingefangen hat. Marchetti, der selbst einmal beim NSA angestellt war, diente zu diesem Zeitpunkt als Verbindungsoffizier zum NSA, doch als er für den CIA-Vizedirektor die Gerüchte überprüfen sollte, stieß er auf eine Mauer des Schweigens: *„Selbst für SIGINT-(Signal Intelligence) Verhältnisse wurde die Geschichte mit extremer Vorsicht behandelt".*

Ermutigt durch Marchettis Enthüllung klagte die US-Bürgerinitiative „Citizens against UFO Secrecy" (Bürger gegen UFO-Geheimhaltung) am 23. Januar 1980 erneut gegen den NSA auf Freigabe von UFO-Dokumenten. Am 24. März wurde die Klage abgewiesen. Der NSA gab zwar zu, 79 UFO-Akten unter Verschluß zu halten - später erhöhte sich die Zahl offiziell auf 135, dann auf 239 Berichte -, sah sich aber „aus Gründen der nationalen Sicherheit" außerstande, diese freizugeben. Daraufhin beantragte CAUS-Anwalt Peter Gersten eine „In Camera"-Untersuchung der Dokumente auf ihre Sicherheitsrelevanz hindurch einen Richter des Landesgerichtshofes. Auch das lehnte der NSA ab. Schließlich ordnete das Gericht eine Eidesstattliche Erklärung des NSA-Vertreters Eugene F. Yeates „in Camera" und unter Ausschluß der Anwälte an. Dazu mußte Richter Gerhard Gesell zuerst einer Sicherheitsüberprüfung unterzogen und ihm eine „Top Secret"-Befugnis zugeteilt werden. Schließlich, am 10. Oktober 1980, gab Yeates unter Eid seine Erklärung vor Gesell ab, auf deren Grundlage der Richter am 18. November seine Entscheidung verkündete: Da das Material *„ernsthaft die Arbeit des Nationalen Sicherheitsdienstes und die Sicherheit der Vereinigten Staaten gefährden könnte"*, müßten die UFO-Akten auch weiterhin unter Verschluß bleiben. CAUS ging in Berufung vor den Obersten Gerichtshof der USA und erlitt die nächste Niederlage. Am 8. März 1982 wurde die Entscheidung des höchsten Gerichtes der USA verkündet, den Fall nicht wieder aufzurollen. Der NSA durfte UFO-Informationen auch weiterhin *„aus Gründen der nationalen Sicherheit"* geheimhalten. Als CAUS dann am 27.April 1982 die Freigabe der Prozeßdokumente einklagte, erhielten die UFO-Forscher zumindest eine Kopie der 21-seitigen eidesstattlichen Erklärung des NSA-Beamten Yeates. Mit „Top Secret Umbra", der höchsten Geheimhaltungsstufe für SIGINT-Dokumente jenseits von „Streng Geheim", klassifiziert, war das freigegebene Protokoll eher seiner Form als seines Inhalts wegen von Bedeutung: Von den 21 Seiten waren 14 gänzlich von schwarzen Flächen verdeckt.

Im Frühjahr 1987, so Howard Blum, erhielt die „UFO-Arbeitsgruppe" ein geheimes Briefing-Papier vom *„Büro des Präsidenten für Wissenschaft und Technologie"* zugeleitet, in dem die Pläne für das für 1992 angesetzte Projekt NASA-SETI dargestellt wurden. *„Für die Arbeitsgruppe war damit die Zeit für ihre erste Feldoperation gekommen"*, schrieb Blum in „Out There", *„da die Studie ein Wissen um Signal-Empfangsprozeduren und Elektronik voraussetzt, empfahl sie, die Operateure vom Nationalen Sicherheitsdienst ‚auszuborgen'."* Damit konnten gleich zwei Ziele verfolgt werden: Zuerst einmal waren NSA-Beamte an vorderster Front dabei, wenn Signale aufgefangen würden. Und dann könnten sie verhindern, daß die Information darüber an die Öffentlichkeit kommt.

Ein erster Schritt zumindest in Richtung Verzögerung einer Bekanntgabe eines stattgefundenen Radiokontaktes war das „SETI Post Protection Protocol", das 1987 auf dem 38. Kongreß der International Astronautical Federation im englischen Seebad Brighton verabschiedet wurde. Verfaßt hatte es Michael Michaud, Vizedirektor des Büros für Internationale Sicherheitspolitik des US-Außenministerium, der Mann, der bereits 1978 erklärt hatte, daß *„Außerirdische von anderen Sonnensystemen eine potentielle Bedrohung für uns sind und wir eine potentielle Bedrohung für sie"*. In diesem Dokument, dessen vollständiger Titel *„Erklärung zu den Prinzipien betreffs der Aktivitäten, die der Entdeckung Extraterrestrischer Intelligenzen folgen"* lautet, kommen *„die Institutionen und Individuen, die an der Suche nach extraterrestrischen Intelligenzen teilnehmen"*, überein, mit empfangenen Signalen sehr zurückhaltend umzugehen. Danach ist *„jedes Individuum, jede private oder staatliche Forschungsstelle oder Regierungsstelle"*, die *„ein Signal oder einen anderen Beweis für eine außerirdische Intelligenz entdeckt"*, verpflichtet, sie vor einer *„öffentlichen Bekanntmachung"* erst *„den anderen Forschungsorgani-*

sationen, die Parteien dieser Deklaration sind" und *„seiner/ihrer zuständigen staatlichen Dienststelle"* zu melden. Diese berufen dann zuerst einmal eine *„internationale Wissenschaftlerkommission"* ein, die über *„die Freigabe dieser Information an die Öffentlichkeit berät".* Auch eine Erwiderung der Signale ist ohne Absprache nicht gestattet, *„bevor angemessene internationale Absprachen getätigt wurden".*

Doch auch dieses „SETI-Protokoll", das zumindest einer Veröffentlichung eine Reihe von Hürden in den Weg stellt, ging den Beamten des NSA nicht weit genug. Sie empfanden den Idealismus von SETI-Mitarbeitern wie der Astronomin Jill Tarter, die öffentlich versprach, *„sobald wir sicher sind, daß es nichts anderes ist, informieren wir die Öffentlichkeit",* als *„naiv und geradezu gefährlich".* Denn für sie war der Empfang eines außerirdischen Signals ganz eindeutig eine Frage der nationalen Sicherheit.

Eine ganze Reihe alptraumhafter Szenarien wurde von NSA-Wissenschaftlern diskutiert, von der Möglichkeit, daß eine Antwort auf ein ET-Signal extraterrestrischen Invasoren den Weg zur Erde aufzeigen könnte, bis hin zu der Gefahr eines Kulturschocks auf der Erde, falls die Existenz überlegener außerirdischer Intelligenzen enthüllt würde. Sollten die Außerirdischen dann aber tatsächlich die Erde offen kontakten, so dürften keineswegs eine internationale Wissenschaftlergruppe oder der Generalsekretär der Vereinten Nationen die Menschheit repräsentieren, wie es das „SETI-Protokoll" vorschlägt. Im Fall einer Landung der Außerirdischen auf der Erde, so ein von Blum zitiertes NSA-Dokument, müßte die US-Regierung *„alleinig und exklusiv alle Kommunikationen mit anderen Planeten überwachen und kontrollieren".* Das war nicht bloß eine Frage des Nationalstolzes, da spielten auch militärische Überlegungen eine Rolle. Vielleicht ließen sich die Außerirdischen dazu überreden, ein Verteidigungsbündnis oder ein Handelsabkommen nur mit den Vereinigten Staaten zu unterzeichen - die Führungsrolle der USA wäre auch für das dritte Jahrtausend gesichert. *„Darum empfehlen wir dringlichst, daß verantwortliche Regierungsstellen sofort eine effektive Kontrolle des SETI-Projektes sichern",* empfahl das NSA-Dokument.

Offensichtlich stieß dieser Versuch einer *„effektiven Übernahme der Kontrolle"* des Projektes durch den NSA auf den Widerstand der idealistischen SETI-Wissenschaftler, und so mußte NASA-SETI sterben, bevor es größeren Schaden anrichten konnte. Nur ein Jahr nach seinem Start, im Oktober 1993, fiel das SETI-Budget einer Kürzung des NASA-Etats durch den US-Kongreß zum Opfer. Nur mit den Spenden privater Sponsoren, darunter die Computertechnologie-Giganten Hewlett-Packard, Microsoft und Intel, setzt SETI-Vater Prof. Frank Drake die Suche nach extraterrestrischen Intelligenzen unter dem Namen „Projekt Phoenix" seit Januar 1994 fort.

Das wiederum gab Wasser auf die Mühlen jener, die SETI von Anfang an für eine bloße Tarnoperation hielten, die den Idealismus von Wissenschaftlern wie Drake und Tarter ausnutzten, um ganz andere Ziele zu verfolgen. Denn SETI bot einen ausgezeichneten Vorwand, weltbekannte Wissenschaftler zu verpflichten, Thesenpapiere über die möglichen Intentionen der Außerirdischen und die Auswirkungen der Bekanntgabe eines Kontaktes zu erarbeiten, Themen, die in anderem Zusammenhang in wissenschaftlichen Kreisen tabu gewesen wären. Diese Arbeiten namhafter Astrophysiker, Politologen und Soziologen aber geben uns die Möglichkeit, Einblick in gutbegründete wissenschaftliche Überlegungen zum Umgang mit außerirdischen Besuchern zu nehmen, die nur allzu verständlich machen, weshalb nach wie vor eine Geheimhaltung in der UFO-Frage besteht. So fand vom 4.-11. Oktober 1986 in Innsbruck ein Kongreß der International Astronautical Federation zum Thema *„Legale,*

Politische und Soziale Implikationen der Entdeckung intelligenter extraterrestrischer Signale" statt. *„Die Entdeckung eines außerirdischen Signals wird ein wichtiges Ereignis in der Geschichte der Menschheit sein"*, stellten die Washingtoner Politologen J.M.Logsdon und C.M.Anderson auf dieser Konferenz in ihrem Referat über *„Politische Aspekte der Bekanntgabe des ersten Signals"* fest, *„dabei sollte bei der Bekanntgabe unter voller Berücksichtigung ihrer globalen Auswirkungen vorgegangen werden. Die Folge wird mit Gewißheit eine äußerst intensive Reaktion vieler Sektoren der Gesellschaft in vielen Ländern sein. Fragen der Sicherheit und ihrer Bedrohung könnten aufkommen. Schlüsselinstitutionen der Gesellschaft sind durch politische, soziale und philosophische Konsequenzen betroffen: Die Kirche, die Politik, die Medien, kulturelle, wissenschaftliche und intellektuelle Organisationen. Die Öffentlichkeit wird nach Erklärungen verlangen, und verschiedene Eliten sind mit der Herausforderung konfrontiert, diese zu liefern."* Wie der Pädagogikprofessor Allen Tough von der University of Toronto feststellte, würden *„verschiedene Faktoren für eine Geheimhaltung dieser Entdeckung sprechen"*. Dazu zählten *„der Glaube, daß Menschen in Panik geraten könnten, die Angst vor einer negativen Auswirkung auf Religion, Wissenschaft und andere Aspekte der Kultur ... die Versuchung, nationale militärische und wirtschaftliche Vorteile aus dem Kontakt zu gewinnen und die Angst vor einem ‚Trojanischen Pferd'"*, der unliebsamen Überraschung, daß *„eine fremde Menschheit unter dem Vorwand, uns belehren und helfen zu wollen, der kosmischen Gemeinschaft beizutreten, uns dazu verleiten könnte, Geräte zu bauen, die es ‚ihnen' ermöglichen, ‚uns' zu erobern"*. Tough läßt keinen Zweifel daran, daß Regierungen *„besorgt über die längerfristigen Auswirkungen sein könnten, die dieses Signal auf die Kultur und Wirtschaft dieser Nation und der ganzen Welt hätte... Sie könnten befürchten, daß Religion, Philosophie und Wissenschaft zerstört, überholt oder zumindest demoralisiert werden könnten. Zeitgenössische Technologien wie Verkehrsmittel oder Raumfahrt könnten verdrängt werden; viele Arbeitsplätze und die Wirtschaft könnten dadurch zerstört werden. Allgemein gesprochen kann eine Kultur beachtlich unter dem Kontakt mit einer stärkeren und fortgeschritteneren Kultur Schaden nehmen."* Zudem, so Tough, könnte, den *„Militärs und Nachrichtendiensten der Nation, die das Signal empfängt, bewußt werden, daß detaillierte außerirdische Informationen es ihnen ermöglichen könnten, hochentwickelte Waffen, Flugzeuge oder Raumfahrzeuge zu bauen."* Tough zitierte den Astrophysiker Ronald Bracewell von der Stanford University - einer der Kaderschmieden der US-Elite -, der meinte, es wäre naiv, zu glauben, daß die Regierungen die Öffentlichkeit über einen außerirdischen Kontakt informieren würden. *„Jede Behörde, die dazu in der Lage ist, diesen Kontakt geheimzuhalten, würde dies um jeden Preis versuchen, unabhängig davon, wovon die Botschaft handelt... ein Kontakt mit einer anderen Zivilisation wäre automatisch ‚das am strengsten geheimgehaltene und am besten ausgewertete militärische Staatsgeheimnis in der Geschichte der Erde'"*.

Wie der italienische Soziologe Dr. Roberto Pinotti vom Instituto Futuro in Florenz auf der Innsbrucker Konferenz erklärte, ist *„das Verhalten der Massen nach einer zukünftigen Kontaktaufnahme mit anderen Intelligenzen im Universum nicht nur eine Herausforderung für Soziologen und Politiker der ganzen Welt, sondern auch eine kulturelle Zeitbombe. Da die Nachricht von einem solchen CETI (Contact with Extraterrestrial Intelligence) zu einem ernsthaften sozio-anthropologischen Schock führen kann, ist eine gemeinsame und vorbestimmte weltweite Strategie notwendig, um Angst, Panik und Hysterie nach der Bekanntgabe eines Kontaktes zu verhindern. (...)*
Die moderne Welt ist stolz auf ihre Errungenschaften.

Der italienische Soziologe Dr. Roberto Pinotti vom Instituto Futoro in Florenz

Obwohl uns Kopernikus gezeigt hat, daß die Erde nicht der Mittelpunkt des Universums ist, glaubt der Mensch weiterhin, daß er, wenn auch nicht geographisch, so doch von seiner Bedeutung her im Zentrum des Alls steht. Dieses allgemeine Empfinden würde durch die Existenz einer ETI (Extraterrestrischen Intelligenz) erschüttert werden, und auch ohne einen Hinweis auf eine feindselige Intention der außerirdischen Kultur würden die Massen voller Angst reagieren.“ Zu einem ähnlichen Schluß - aus psychologischer Perspektive - kam schon 1954 der große Schweizer Psychoanalytiker und Freud-Schüler Carl-Gustav Jung, als er in seinem Beitrag *„Über ‚Flying Saucers'“* in der Zürcher „Weltwoche“ zu folgenden Überlegungen kam: *„Sollte sich ... ein extraterrestrischer Ursprung des Phänomens herausstellen, so würde dies einen intelligenten, interplanetarischen Zusammenhang beweisen. Was eine derartige Tatsache für die Menschheit bedeuten könnte, ist nicht abzusehen. Wir wären aber dadurch unzweifelhaft in die höchst bedenkliche Lage der heutigen primitiven Gesellschaften, welche mit der überlegenen Kultur der Weißen zusammenstoßen, versetzt: das Heft wäre uns aus den Händen genommen, und wir hätten, wie mir einmal ein alter Medizinmann tränenden Auges sagte, ‚keine Träume mehr', das heißt, unser geistiger Hochflug wäre hoffnungslos antizipiert und damit gelähmt.*

In erster Linie würden natürlich unsere Wissenschaft und Technik in die Rumpelkammer wandern. Was eine solche Katastrophe moralisch bedeuten würde, können wir einigermaßen an dem jammervollen Untergang primitiver Kulturen, der unter unseren Augen stattfindet, ablesen.“

Pinotti ergänzt: *„Dafür gibt es zahlreiche Beispiele in der Geschichte. Von einem kulturellen Standpunkt aus entmannte ihr Kontakt mit den Europäern die afrikanischen und präkolumbianischen Gesellschaften und zerstörte ihre ursprünglichen, uralten Charakteristiken: Von ihrem täglichen Leben hin zu ihrer Weltanschauung. Sie erlitten einen Kulturschock, eine unvorbereitete Konfrontation mit einer anderen Welt und Existenz. Und ihre Technologie, ihre Wissenschaft, ihr Handel, ihre Religion, ihre Philosophie und Ethik wurden plötzlich bedeutungslos angesichts der Strukturen der zumindest technologisch überlegenen europäischen Zivilisation.“* Ähnlich hatte die bekannte amerikanische Anthropologin Margaret Mead auf einer von der NASA gesponserten SETI-Konferenz 1966 erklärt:

„Die Arbeiten der Anthropologie sind voller Beispiele von Gesellschaften, stark und sich ihrer Stellung im Universum bewußt, die sich auflösten, als sie mit einer ihnen bis dahin unbekannten Gesellschaft mit anderen Ideen und einer anderen Lebensweise in Berührung kamen. Andere haben eine solche Erfahrung überstanden und dafür einen hohen Preis gezahlt, zumindest aber ihre Werte und Verhaltensweisen grundlegend geändert.“

Das Phänomen des „Kulturschocks“, ein Begriff, den die Anthropologie für die Folgen der unvorbereiteten Konfrontation zweier grundverschiedener Kulturen prägte, führt, so der Soziologe Alvin Toffler, *„zu Verwirrung, Frustration und Desorientierung“* und verursacht *„einen Zusammenbruch der Kommunikation, eine Fehldeutung der Wirklichkeit, die Unfähigkeit, der Lage Herr zu bleiben. Doch ein Kulturschock ist noch relativ harmlos verglichen mit dem sehr viel drastischeren Zukunftsschock, der verwirrenden Desorientierung, die durch eine verfrühte Begegnung mit der Zukunft* *zustandekommt*", zum Beispiel durch extreme Veränderungen in der Gesellschaft. So erklären Soziologen die weltweite Welle von Bürgerkriegen und rassistischer Gewalt in unserer sich so schnell wandelnden Welt als Folge eines „Zukunftsschocks", der sich oft im haltsuchenden Rückgriff auf alte „Werte" wie religiösen Fundamentalismus, Volkstum oder Nationalismus auswirkt. Hinter ihm stehen desorientierte Menschen, die von ihrer eigenen Zeit überholt werden - für Pinotti eine „*kulturelle Zeitbombe*", die jederzeit explodieren kann: „*In unserer ohnehin schon desorientierten und richtungslosen Gesellschaft könnte sich... die Nachricht von der Existenz der ETI als verheerend erweisen. Gerade in diesem Moment braucht die Menschheit ein psychosoziales Gleichgewicht und Regeln, die sie befolgen kann. Das unerwartete Auftreten einer neuen und fremden Komponente - ETI - auf der heutigen kritischen Weltbühne würde etwas hervorrufen, was gewöhnlich eintritt, wenn die gewohnte psychologische Richtschnur, die einem Individuum hilft, in der Gesellschaft zu funktionieren, plötzlich weggenommen und durch eine andere, fremdartige und unverständliche ersetzt wird. Auf soziologischer Skala bedeutet dies eine Krise in den Regeln, vielleicht das plötzliche Fehlen von Regeln, oder Anomie. Und Anomie ist gewöhnlich mit dem Zerfall einer Gesellschaftsstruktur verbunden.*

Die erste Wirkung einer Existenzbestätigung wäre eine ‚Autoritätskrise' auf der ganzen Welt, die nicht nur die Wissenschaften, Religion und Philosophie, sondern auch die soziopolitischen Strukturen beträfe, denn angesichts dessen, was jeder als das erregendste Ereignis der Geschichte betrachten würde, käme es zu einem umfassenden Versuch, ‚mit der Vergangenheit zu brechen'. Mit Sicherheit würde ein ‚Spannungsprozeß' alle Gebiete menschlichen Tuns und Denkens im Lichte dessen, was man die ‚zweite kopernikanische Revolution' nennen könnte, beeinflussen: die Naturwissenschaften würden kritisiert und die am stärksten konservativen Wissenschaftler würden verspottet; neue Philosophenschulen und Kulte entstünden und traumatische theologische Debatten in allen Kirchen, Religionen und Sekten; die Künste würden Anregungen bekommen, und die Massenmedien würden jede Facette dieser allgemeinen Krise des Establishments in Worte fassen, während die sozioökonomischen, politischen und militärischen Strukturen, wie wir sie heute kennen, zum Untergang verdammt wären... Als eine Folge der unbestimmten Furcht vor etwas, das zu andersartig und zu schwierig ist, um es zu verstehen, fielen die Menschen - und die Völker - in einem unbewußten aber logischen Versuch, die Werte ihrer eigenen Vergangenheit zu retten und zu bewahren, damit sie nicht nach ihrer Konfrontation mit einer fremdartigen Lebensweise für immer verlorengingen, zurück in den Ethnozentrismus. Dies ist das typische Verhalten aller Minderheiten, wenn sie versuchen, ihre kulturelle Identität zu bewahren. Es würde den Zerfall aller multikulturellen soziopolitischen Strukturen bedeuten, von der Europäischen Gemeinschaft bis zur UdSSR und den USA würden auseinanderstrebende politische Tendenzen entstehen... allgemeine Zerfallsprozesse, die überall aufträten, weil unsere herkömmlichen Autoritäten plötzlich an Bedeutung und Autorität verlören."

Pinotti hielt dieses Referat 1986; mittlerweile haben die Wertekrise und der aufkeimende Nationalismus in Osteuropa nach dem Zusammenbruch des Kommunismus die von ihm prophezeite Dynamik bedauerlicherweise bestätigt.

Möglicherweise hatte der Vater der sowjetischen Kosmonautik, Konstantin Tsiolkovsky, recht, als er schon 1928 schrieb: „*Vielleicht ist das Leben auf der Erde noch nicht bereit für den Kontakt mit außerirdischen Wesen... vielleicht würde ein solches Ereignis der Menschheit unserer Zeit nur schaden... bis jetzt haben wir die Möglichkeit des Eingriffes anderer Wesen in unser Leben abgelehnt. Wir können uns schwer vorstellen, daß es etwas gibt, das uns Erdenmenschen über-*

legen ist.“ Mit anderen Worten: Unwissenheit erzeugt Angst, und Angst verursacht Panik, Massenhysterie und Anarchie.

Schon für Carl-Gustav Jung gab es nur eine Möglichkeit, dieses „Damoklesschwert“ der Weltkrise zu entschärfen: *„Wenn man eine derartige Katastrophe vermeiden will, sollten diejenigen Behörden, welche im Besitze maßgeblicher Informationen sind, nicht zögern, das Publikum so rasch und so gründlich wie möglich aufzuklären, und vor allem mit dem geradezu läppischen Spiel von Geheimtuerei und suggestiven Anspielungen aufhören. Statt dessen hat man eine ebenso phantastische wie lügnerische Publizistik ins Kraut schießen lassen – die beste Vorbereitung für Panik und psychische Epidemien!“* Auch Pinotti sieht die Lösung in der Initiative einer langfristigen Strategie, eines Erziehungsprogrammes, um langsam die Menschheit mit dem Gedanken der Existenz Außerirdischer vertraut zu machen, ihn in die Weltanschauung zumindest der jüngeren Generation zu integrieren.
„Im Jahre 1974 unternahm (der amerikanische Filmproduzent) Robert Emenegger einen Versuch, die wahrscheinliche Reaktion der Öffentlichkeit auf Außerirdische abzuschätzen, indem er die Ansichten von fünf führenden amerikanischen Sozialpsychologen einholte. Obwohl sich die angenommenen Umstände (ETI besuchen unseren Planeten in UFOs) von denen, die im SETI-Programm anvisiert werden, ziemlich unterscheiden, bekundeten die befragten Psychologen die allgemeine Ansicht, daß Panik nicht die einzige mögliche Reaktion ist. Die Reaktion würde weitgehend vom vorhandenen Glaubenssystem abhängen. Die Psychologen meinten auch, daß negative Reaktionen stark durch das Wissen gemildert werden könnten, daß wir Herr der Lage sind...“ Einen guten Dienst hätten dieser *„Erziehung zum Kontakt“* Spielfilme wie „E.T.“ und „Unheimliche Begegnungen der Dritten Art“ von Steven Spielberg, „Starman“ von John Carpenter und „Cocoon“ von Ron Howard erwiesen, wobei Pinotti offenläßt, ob dies zufällig oder von oben gesteuert geschah. Diese Filme, so der Soziologe, *„veränderten die Gefühle der Öffentlichkeit im positiven Sinne. Uneingestandene Ängste wurden durch Hoffnungen ersetzt... (das) reduzierte die Möglichkeit negativer Folgen.“*
Pinotti in seinem Resümee: *„Mit anderen Worten, es ist eine langfristige Strategie notwendig, die SETI in ein globales Erziehungprogramm, mit dem Ziel, ein allgemeines Verständnis für den Platz des Menschen im Universum zu entwickeln, einbezieht. Dieses ‚universale Bewußtsein‘ bei zukünftigen Generationen ist der einzige Weg, auf dem wir - bei allen unseren Grenzen und Möglichkeiten - hoffen können, die Auswirkungen des Kontakts zu überleben. Von diesem Standpunkt aus, und in einem rein psychologischen Sinne, steckt in dem unbewußten und unkritischen Glauben eines Kindes an Science Fiction-‚Fremdlinge‘ mehr ‚universales Bewußtsein‘ als in dem umfassenden und verantwortungsbewußten Wissen eines anerkannten Wissenschaftlers über die Möglichkeiten extraterrestrischen Lebens...*
Es wird jedoch zusätzlich notwendig sein, die öffentliche Meinung der Welt auf den Kontakt vorzubereiten, bevor die Nachricht verbreitet wird. Wir müssen jetzt eine langfristige Strategie entwickeln, in der wir die Anstrengungen der Wissenschaftler, politischen Führer, Nachrichtendienste und Massenmedien vereinen, um die natürlichen Bedingungen zu schaffen, unter denen eine Konfrontation mit ETI die Menschheit nicht in traumatischer Weise trifft... Das ist eine historische Pflicht für uns alle.“

Denn der Kontakt mit einer überlegenen Zivilisation kann für die Menschheit die größte Chance an der Schwelle zum Dritten Jahrtausend sein - wenn wir darauf vorbereitet sind. Schließlich eröffnet er uns eine neue Perspektive, ein neues Weltbild, das ein neues, kosmisches Zeitalter einläutet, ähnlich wie die kopernikanische Revolution, die Erkenntnis, daß die Erde nicht das Zentrum des Weltalls ist, vor 500 Jahren die Welt verändert hat. Damals führte sie zu einer Redefinition unserer Stellung im Universum: Das Zeitalter der Entdeckungen begann, die Ergründung der physischen Begebenheiten durch die Naturwissenschaften, die Abkehr vom mythischen Weltbild des von der Religion dominierten Mittelalters. Mittlerweile hat der Mensch seinen Planeten, die Erde, bis auf den letzten „weißen Fleck" auf der Landkarte erforscht und dringt zu neuen Gestaden vor, zu den Küsten des kosmischen Ozeans. Menschen setzten bereits ihren Fuß auf einen anderen Himmelskörper - den Mond -, unbemannte Raumsonden erreichten den äußeren Rand des Sonnensystems. Der Mensch der Zukunft ist der Homo Cosmicus, der kosmische Mensch, dessen Bestimmung es ist, eines Tages die planetare Isolation aufzugeben, den Mutterleib der Erde zu verlassen und aufgenommen zu werden in die Familie der raumfahrtbetreibenden Völker der Milchstraße. Wie verschwindend gering würden unsere Differenzen auf der Erde, wenn wir in kosmischen Dimensionen denken? Sind wir nicht alle eine Menschheit, Kinder der Erde, die nur gemeinsam die globalen Probleme lösen können? Fest steht: Die Meisterung der Krisenfaktoren Überbevölkerung, Welthunger, Ozonloch, Treibhauseffekt, Wiederherstellung einer gesunden Umwelt, Grundvoraussetzung für das Überleben der Menschheit im 3. Jahrtausend, verlangt gemeinsames Handeln einer vereinten Menschheit.

Nein, die Außerirdischen werden uns das nicht abnehmen, werden uns nicht der wunderbaren Gelegenheit berauben, uns selbst zu helfen, zu lernen, als Gesamtmenschheit erwachsen zu werden und die Verantwortung für unsere Heimat, die Erde, und ihre Zukunft zu übernehmen. Aber die bloße Anerkennung ihrer Existenz, die Begegnung und Kommunikation mit ihnen, könnte uns allen eine neue Perspektive vermitteln, eine ganzheitliche Sicht der Dinge und ein besseres Verständnis unserer Stellung im Universum. Das wäre der erste Schritt in die nächste Phase unserer Evolution, die Geburt des Homo Cosmicus, der im Dialog mit dem Universum steht, weil er weiß, daß er ein Teil von ihm ist. Schon deshalb ist das UFO-Phänomen vielleicht das Schlüsselgeheimnis zu unserem Eintritt in das 21. Jahrhundert...

KLEINE GESCHICHTE DES UFO-PHÄNOMENS

30.000 v.Chr.: Erste UFO-Darstellungen auf südfranzösischen Höhlenmalereien (S.213)
1462 v.Chr.: UFO-Sichtung von Pharao Thutmosis III. (S.224 f.)
586 v.Chr.: UFO-Begegnung des Propheten Ezechiel (S.223 f.)
332 v.Chr.: „Fliegende Schilde" zerstören die Mauern von Tyros (S.225)
776: „Fliegende Schilde" über der Eresburg, Sachsen (S.226)
1561: UFOs über Nürnberg (S.228)
12.8.1883: Prof. Bonilla vom Zacatecas-Observatorium, Mexico, fotografiert UFOs vor der Sonnenscheibe (S.211)
5.8.1926: Nicholas Roerichs UFO-Sichtung im Kukunor-Distrikt, Himalaya (S.199)
30.10.1938: Orson Welles-Hörspiel „Krieg der Welten" sorgt für Massenpanik (S.46)

1944/45: „Geisterflieger" über Europa (S.87)
April 1945: General MacArthur gründet „Interplanetary Phenomenon Unit" nach UFO-Sichtung (S. 52)
24.6.1947: Kenneth Arnolds UFO-Begegnung am Mount Rainier, Washington: Beginn der Ära der „Fliegenden Untertassen" (S.35 ff.)
2.7.1947: UFO-Absturz bei Roswell, New Mexico (S.322 ff.)
7.7.1947: Erstes UFO-Foto von W. Rhodes, Phoenix, Arizona (S.38 f.)
8.7.1947: Offizielle Bekanntgabe der Bergung einer „fliegenden Scheibe" bei Roswell, New Mexico (S.323 f.)
23.9.1947: AMC-Kommandant General Nathan Twining verfaßt „Lagebericht betr. Fliegende Scheiben" (S.39)
24.9.1947: Präsident Truman ruft „Operation Majestic 12" ins Leben (S.331 ff.)
September 1947: Erstes UFO-Aufspürprojekt in Alaska gestartet (S. 41 ff.)
7.1.1948: Absturz von Captain Mantell nach UFO-Verfolgung, Godman Field, Kentucky (S.43)
22.1.1948: Start von Projekt SIGN (S.43 ff.)
25.3.1948: UFO-Absturz bei Aztek, New Mexico (S.132)
24.7.1948: Pilotensichtung über Montgomery, Alabama (Chiles/Whitted) (S.44)
5.9.1948: Projekt SIGN-Lagebericht geht an Stabschef General Vandenberg. Schlußfolgerung: UFOs sind interplanetaren Ursprungs (S.45ff.)
23.11.1948: Piloten verfolgen UFO über Fürstenfeldbruck, Bayern, (S.47)
8.2.1949: Projekt SIGN eingestellt (S.49 f.)
11.2.1949: Start von Project GRUDGE (S.52 ff.)
16.2.1949: Geheimkonferenz in Los Alamos (S.51 f.)
November 1949: UFO-Absturz in Mexiko (S.335 f.)
30.12.1949: Project GRUDGE eingestellt. Project TWINKLE setzt seine Arbeit fort. (S.53f.)

11.5.1950: McMinnville, Oregon: Die Trent-Fotos (S.53)
4.7.1950: Erster Kontakt in White Sands, New Mexico (Dr. Daniel Fry), (S. 115 f.)
15.8.1950: Nick Montana filmt zwei UFOs über Great Falls, Montana (S.55)
2.12.1950: Start von Project MAGNET in Kanada (S.133 ff.)
6.12.1950: UFO-Absturz bei Laredo, Texas (S.341)
9.2.1951: UFO-Begegnung über dem Nordatlantik (Com. Graham Bethune) (S.60 ff.)
25.8.1951: Lubbock, Texas: 4 Professoren beobachten UFO-Formationen (S.55 ff.)
27.10.1951: Project GRUDGE nimmt seine Arbeit wieder auf (S.58)
16.3.1952: Project GRUDGE in Project BLUE BOOK umbenannt (S.58)
April 1952: UFO-Sichtung von Marineminister Kimball (S.64 f.)
Juni 1952: UFO-Absturz auf Spitzbergen, Norwegen, (S.87 ff.)
2.7.1952: UFO-Flotte über Tremonton, Utah gefilmt (S.65 f.)

14.7.1952: Pilotenbegegnung über Norfolk, Virginia (Nash/Fortenberry), (S.66 f.)
19./20.7.1952: UFOs manövrieren über Washington D.C. (S.67 ff.)
24.7.1952: Präsident Truman erteilt Feuerbefehl auf UFOs (S.69)
26.7.1952: Zweite UFO-Welle über Washington D.C. (S.69 f.)
29.7.1952: Pressekonferenz von General Samford, Leiter des ATIC, zu der landesweiten UFO-Sichtungswelle (S.70)
20.9.1952: NATO-Manöver (Operation Mainbrace) auf der Nordsee nach UFO-Begegnungen abgebrochen (S. 85 f.)
20.11.1952: George Adamskis erster Kontakt mit einem Außerirdischen in der kalifornischen Wüste (S. 93 ff.)
6.12.1952: Pilotensichtung über Florida (Harter/Coleman) (S.106)
13.12.1952: Adamski-Fotos über Palomar Gardens, Kalifornien (S. 104)
14.-18.1.1953: Robertson-Panel des CIA verabschiedet „Erziehungsprogramm" (S.73 ff.)
20.5.1953: UFO-Absturz bei Kingman, Arizona (S.337 ff.)
26.8.1953: AFR 200-2 tritt in Kraft (S.74 f.)
23.11.1953: Lt. Monclas Flugzeug verschwindet nach Verfolgungsjagd auf ein UFO über Kinross Field, Michigan (S.76)
15.2.1954: Stephen Darbishire fotografiert UFO nahe Coniston, England (S.109 ff.)
10.2.1954: Kontakt mit Präsident Eisenhower auf der Edwards-Air Force Base, Kalifornien (S.119 ff.)
Juli 1954: Projekt SKYSWEEP entdeckt zwei „Mutterschiffe" im Erdorbit (S. 107 f.)
12.8.1954: Start von „Project MOON DUST" (S.165 ff.)
16.1.1958: Marinefotograf Barauna nimmt erstes offizielle Fotoserie eines UFOs über Trindade, Südatlantik auf (S.181 ff.)

Februar 1961: UFO-Absturz bei Timmendorfer Strand, Deutschland (S.90)
14.2.1961: NATO-Alarm nach Ortung von UFO-Flotten über Westeuropa. Geburtsstunde der NATO-Studie „ASSESSMENT" (S.82 ff.).
19./20.9.1961: „Abduction" von Betty und Barney Hill (S.433)
Januar 1962: „Abduction" von Norbert Haase von STASI untersucht (S.429 ff.)
24.2.1964: UFO-Landung bei Socorro, New Mexico (S.152ff.)
26.2.1965: Madeleine Rodeffer filmt UFO bei Silver Springs, Maryland (S. 129 f., 144)
1.7.1965: UFO-Landung bei Valensole, Frankreich (S.378 ff.)
2./3.8.1965: UFO-Manöver über dem Mittelwesten der USA (S.147)
9.11.1965: UFOs verursachen Stromausfall in New York, N.Y. (S.148)
9.12.1965: UFO-Absturz bei Kecksburg, Pennsylvania (S.168 ff.)
7.9.1966: Fred Steckling filmt UFO-Flotte bei Mannheim, Deutschland (S. 144 f.)
6.10.1966: Start der „Condon-Studie" an der Universität von Colorado (S.150 ff.)
17.5.1967: Erste wissenschaftliche UFO-Studie in der UdSSR (S.262 f.)
23.8.1967: UFO-Begegnung von Testpilot Lt.Col. Lev Vyatkin (S.276 ff.)
10.11.1967: Erste Fernsehsendung zum UFO-Thema in der UdSSR (S.262)
3.12.1967: „Abduction" von Polizist Schirmer bei Ashland, Nebraska (S.157 ff.)
5.9.1968: Tausende sehen UFO über Madrid, Spanien (S.402 f.)
Dezember 1968: Colorado-Studie legt Abschlußbericht vor (S.151 ff.)
20.10.1969: Einstellung von Project BLUE BOOK (S.165)
20.11.1969: UFO-Sichtung bei der ersten Mondlandung (S.235 ff.)

11.10.1973: „Abduction" von Charles Hickson und Calvin Parker bei Pascagoula, Miss. (S.297 ff.)
17.10.1973: Polizeichef Greenhaw fotografiert Außerirdischen (S.300 ff.)
18.10.1973: Armee-Helikopter begegnet zigarrenförmigem UFO (S.302 ff.)
21.2.1974: Frankreichs Verteidigungsminister Galley spricht in FRANCE INTER offen über die UFOs (S.377 f.)
2.1.1975: UFO-Landung auf Militärgelände bei Navarra/Spanien (S.403 f.)
28.1.1975: Die Kontakte des Schweizers Eduard „Billy" Meier beginnen (S.409 ff.)
13.8.1975: „Abduction" von Sergeant Moody (S.446)
27.10.-11.11.1975: UFOs über amerikanischen Atomwaf-

fenarsenalen (S.303 ff.)
5.11.1975: „Abduction“ von Travis Walton bei Snowflake/Arizona vor sechs Zeugen (S.442 f.)
22.6.1976: UFO-Landung auf Gran Canaria (S.391 ff.)
19.7.1976: Abfangjäger verfolgen UFO über Teheran (S.307 ff.)
20.1.1977: Jimmy Carter als Präsident der USA vereidigt: Eine Ära der Offenheit in Sachen UFOs beginnt (S.310 ff.)
1.5.1977: Gründung von GEPAN in Frankreich (S.380 ff.)
20.9.1977: UFO über Petrosavodsk, UdSSR, sendet Strahlen aus, die Fensterscheiben durchbohren. Der Vorfall führt zu einer ersten offenen Diskussion des UFO-Phänomens (S.264 ff.)
18.1.1978: Außerirdischer auf der McGuire/Fort Dix-Luftwaffenbasis erschossen (S.312 ff.)
12./13.3.1978: Brasilien von UFO-Flotte überflogen (S.451)
6.5.1978: UFO-Absturz bei El Taire, Bolivien (S.173 ff.)
17.7.1978: Airline-Piloten sichten UFO über Teheran (S. 449f.)
14.9.1978: Italien von UFO überflogen (S.454)
21.10.1978: Pilot Frederick Valentich verschwindet nach UFO-Begegnung (S.454 ff.)
9.11.1978: UFO bringt Kuwaits Ölpumpen zum Stehen (S.459 f.)
Dezember 1978: UFO-Welle über Italien (S. 460 ff.)
7.12.1978: „Abduction“ von Fortunato Zanfretta in Genua (S.466 f.)
12.12.1978: Polizisten begegnen UFO bei Cononley-Moor, Yorkshire (S. 111 f.)
18.12.1978: UFOs auf der Tagesordnung der UNO (S.473)
31.12.1978: Fernsehcrew filmt UFOs über Neuseeland (S.469 ff.)
18.1.1979: UFO-Debatte vor dem britischen Oberhaus (S.382ff.)
3.3.1979: Der spanische Generalstab stellt sämtliche UFO-Akten unter erhöhte Geheimhaltung (S.339 ff.)
5.3.1979: Tausende Zeugen beobachten UFO über den Kanarischen Inseln (399 f.)
11.11.1979: Passagiermaschine bei Valencia von UFOs zur Landung gezwungen (S. 400 ff.)

14.1.1980: UFO über Garlstedt/BRD löst NATO-Alarm aus (S.364 ff.)
8.-22.8.1980: UFOs landen bei amerikanischen Atomwaffenarsenalen in New Mexico (S. 313 ff.)
27.-29.12.1980: UFO-Landungen im Rendlesham-Forest, Suffolk, England - später offiziell bestätigt (S.386 ff.)
29.12.1980: Zwei Frauen, Betty Cash und Vickie Landrum, bei Houston/Texas von der Strahlung eines „UFOs“ erfaßt und an Strahlenschäden erkrankt (S.349 ff.)
8.1.1981: UFO-Landung bei Trans-en-Provence, Frankreich (S.33, S.381)
14.1.1981: Saljut 6 sichtet UFOs im Erdorbit (S.203)
23.8.1981: UFOs über Moskau (S.270)
12.3.1982: UFO-Landung bei Messel, BRD (S.369 ff.)
27.3.1983: Zigarrenförmiges UFO über Gorki, UdSSR (S. 271)
4.10.1983: UFOs über sowjetischen Atomwaffenarsenalen (S.281 f.)
Februar 1984: Gründung der „Kommission zur Erforschung Paranormaler Phänomene“ in Moskau (S.271)
7.9.1984: UFO begleitet Flug 8352 von Minsk bis Tallin (S.271 ff.)
11.3.1985: Michail Gorbatschow zum neuen Generalsekretär der KPdSU gewählt. Das Zeitalter von „Glasnost“ beginnt, auch für die UFOs (S.274)
26.3.1985: UFOs vor dem spanischen Parlament (S.402)
29.1.1986: UFO-Absturz bei Dalnegorsk, UdSSR (S.287)
17.11.1986: JAL 1628 sichtet zwei UFOs und ein „riesiges Mutterschiff“ (S.194 ff.)
15.9.1987: Präsident Reagan warnt die Vereinten Nationen vor einer „außerirdischen Bedrohung“ (S.317)
28.11.1987: UFO-Manöver über Dalnegorsk, UdSSR (S.292)
14.10.1988: „UFO Cover-Up: Live“ sorgt im US-Fernsehen für Aufsehen (S.349 ff.)
28.12.1988: Dreiecks-UFO „schluckt“ zwei Abfangjäger über Puerto Rico (S.317 f.)
14.3.1989: „Alien Spacecraft“ im Erdorbit von Discovery STS-29 gemeldet (S.201)
25.3.1989: Marssonde PHOBOS II verschwindet nach UFO-Begegnung (S.250 f.)
7.5.1989: UFO über Südafrika abgeschossen (S.320)
28.6.1989: UFO über den Raketenarsenalen von Kapustin Yar (S.283)
27.9.1989: UFO-Landung von Woronesch, UdSSR lenkt weltweit die Aufmerksamkeit auf russische UFO-Sich-

tungswelle (S.253 ff.)
28.9.1989: UFO über Long Island abgeschossen (S. 319 f.)
6.11.1989: Robert Lazar enthüllt geheime UFO-Projekte der US-Regierung in KLAS-TV (S. 352 ff.)
29.11.1989: Polizisten verfolgen Dreiecks-UFO bei Eupen, Belgien, (S.17 ff.)
30.11.1989: U.N.-Generalsekretär Perez de Cuellar wird Zeuge einer UFO-"Abduction" (S.431 f.)

21.3.1990: MiG 29-Abfangjäger verfolgen UFO über Sagorsk, UdSSR. Der Vorfall führt zur offiziellen Anerkennung der UFOs durch die sowjetische Luftwaffe. (S.27 ff.)
30.3.1990: F-16 verfolgen UFO bei Wavre, Belgien. Der Vorfall führt zur offiziellen Anerkennung der UFOs durch die belgische Luftwaffe. (S.23 ff.)
24.8.1990: UFO-Formationen bei Greifswald, Mecklenburg-Vorpommern, gefilmt (S.13 ff.)
28.9.1990: Raumstation MIR meldet UFO im Erdorbit (S.204)
5.11.1990: UFO-Sichtungen in ganz Westeuropa (S.31)
13.9.1990: UFO zerstört Radareinheit bei Samara, UdSSR (S.283ff.)
21.9.1990: Polizisten verfolgen UFO bei Frunse, UdSSR (S.285 f.)
26.11.1990: Abgeordneter di Rupo beantragt UFO-Studienzentrum vor dem Europaparlament (S.32 ff.)
15.9.1991: Discovery STS-48 filmt im Erdorbit Ausweichmanöver eines UFOs auf das gefeuert wird (S.201 f.)
27.1.1992: Bush und Jelzin beschließen auf dem Gipfel von Camp David den Aufbau eines globalen „Weltraumschildes". (S.319)
14.4.1992: Spanien hebt strikte Geheimhaltung von UFO-Akten auf. (S.405)
12.10.1992: Start von Projekt SETI (S.487)
24.11.1992: UFO über Long Island abgeschossen (S. 320)
Oktober 1993: US-Kongressabgeordneter Schiff beantragt GAO-Untersuchung des Roswell-Zwischenfalls (S.358)
20.10.1993: Prof. Tullio Regge legt dem Europaparlament seinen Berichtsentwurf vor. (S.33 f.)
14.1.1994: Auf Druck der Sozialistischen Fraktion des Europaparlamentes zieht Regge seine Empfehlung zurück. (S.34)

LITERATURNACHWEIS

Einleitung

UFO-Magazine, Sunland, Nr. 1/1994
Persönliche Gespräche mit Don Ecker, Dr. Steven Greer, Bob Oechsler, Clifford Stone

1. Das Jahr, das den Durchbruch brachte
2. "Keine irdischen Maschinen"

Ludwiger, Illobrand von: The Most Significant UFO Sightings in Germany, in: MUFON 1993 International UFO Symposium Proceedings, Seguin 1993
ders.: Interdisciplinary UFO Research, Feldkirchen-Westerham 1993
Hesemann, Michael: 1990: Das Jahr, das die Wahrheit enthüllte, in: MAGAZIN 2000 Nr. 86/87, 1991
ders. und Huneeus, Antonio: UFOs vor dem Europaparlament, in: MAGAZIN 2000 Nr. 96, November 1993
Huneeus, Antonio: Global UFOlogy, in: MUFON 1992 International UFO Symposium Proceedings, Seguin 1992
Petit, Jean-Pierre: Has Science Something to do With UFOs?, in: MUFON 1991 International UFO Symposium Proceedings, Seguin 1991
Regge, Tullio: Entwurf eines Berichtes über den Vorschlag zur Schaffung eines Europäischen Beobachtungszentrums für "UFOS" (B-3-1990/90),DOC-DE/PR/233233 vom 17.8.1993
Schillings, Willi: UFOs im Dreiländereck, Eupen 1993
SOBEPS (Hrsg.): UFO-Welle über Belgien, Frankfurt 1993

Persönliche Gespräche mit Patrick Ferryn (SOBEPS), Irmgard und Ingo Kaiser, Rolf-Dieter Klein, Jürgen und Marc Luchterhand, Illobrand von Ludwiger, Detlev Menningmann, Col. Dr. Marina Popovich.

3. Wie alles begann
4. Und sie fliegen doch...
5. Der CIA schaltet sich ein
10. Weil nicht sein kann, was nicht sein darf

Arnold, Kenneth: How it all Begun, Tonband, 1977
ders. und Palmer, Ray: The Coming of the Saucers, Amherst 1952
Baker, Ronert M.L.: Observational Evidence of Anomalistic Phenomena, in: The Journal of the Astronautical Sciences, 1/1968
Buttlar, Johannes von: Das UFO-Phänomen, München 1978
ders.: Sie kommen von fremden Sternen, München 1986
Callimahos, Lambros: UFO Hypothesis and Survival Questions, NSA-Report (Draft), 1968
Chadwell, Marshall: Memorandum for Director of Central Intelligence vom 11.9.1952 und 2.12.1952
Clark, Jerome: The UFO Encyclopedia, Vol. 2, Detroit 1992
Condon, Edward: Scientific Study on Unidentified Flying Objects, New York 1968
Durant, F.C.: Report of Meetings of Scientific Advisory Panel on Unidentified Flying Objects, Convened by Office of Scientific Intelligence, CIA, January 14.-18., 1953, declassified: 21.1.1975
Edwards, Frank: Fliegende Untertassen - eine Realität, Wiesbaden 1967
ders: Flying Saucers Here and Now, New York 1967
Good, Timothy: Jenseits von Top Secret, Frankfurt 1991
Hall, Richard (Hrsg.): The UFO-Evidence, Washington D.C. 1964
Hesemann, Michael: UFOs: Die Beweise, München 1989
Hewes, Hayden C.: The Rhoades-UFO, in: UFO-Report, New York, Okt.1976
Huyghe, Patrick A.: The 1952 UFO-"Raid" That Panicked Washington D.C., in: UFO-Report, New York, August 1977

Hynek, J. Allen: UFO-Begegnungen der ersten, zweiten und dritten Art, München 1978
ders.: UFO-Report, München 1978
Jacobs, David M.: The UFO-Controversy in America, New York 1976
Keyhoe, Donald E.: Der Weltraum rückt uns näher, Berlin 1954
ders.: The Flying Saucer Conspiracy, New York 1955
ders.: Flying Saucers - Top Secret, New York 1960
ders.: Aliens from Space, New York 1973
ders.: Behind the UFO-Secrecy, in: 1978 MUFON Symposium Proceedings, Seguin 1978
Long, Gregory: Interview with UFO-Pioneer Kenneth Arnold, in: MUFON UFO-Journal, Seguin, Nov. 1981
Norman, Eric: Bibel, Götter, Astronauten, München 1970
Rehn, Gösta: Die fliegenden Untertassen sind hier!, Zug 1973
Ruppelt, Edward E.: The Report on Unidentified Flying Objects, New York 1958
Sachs, Margaret: The UFO-Encyclopedia, London 1980
Saunders/Harkins: UFOs? Yes!, New York 1968
Sigma, Rho: Forschung in Fesseln, Wiesbaden 1973
Stanford, Ray: Socorro "Saucer" in a Pentagon Pantry, Austin 1976
Steiger, Brad: Project Blue Book, New York 1973
Steinman/Stevens: UFO Crash at Aztek, Tucson 1986
Stevens, Wendelle C.: UFO... Contact from Reticulum, Tucson 1989
Story, Ronald: The Encyclopedia on UFOs, New York 1980
Stringfield, Len: Situation Red: The UFO-Siege, New York 1977
Twining, Nathan F.: AMC Opinion Concerning "Flying Discs", Memorandum vom 23.9.1947
VonKeviczky, Colman: Green Memorandum, New York 1978
ders.: Blue WASA-Memorandum, New York 1979
Walter, Werner: Projekt UFO, Mannheim 1982

Persönliche Gespräche mit Lt. Col. Wendelle C. Stevens, Commander Graham Bethune, Col. Friend (Project Blue Book) u.a.

6. Cosmic Top Secret

Dean, Robert O.: UFOs und die NATO, in: MAGAZIN 2000 Nr. 86/87, 1991
Stevens, Wendelle C.: UFO Crash at Aztec, Tucson 1986

Persönliche Gespräche mit Com. Sgt. Major Robert O. Dean, Master Sgt. Richard Doty, Timothy Good, Major Hans C. Petersen, Sgt. Clifford Stone

7. Der erste Kontakt

Adamski/Leslie: Fliegende Untertassen sind gelandet, Zürich 1958
Cramp, Leonard: Space, Gravity and the Flying Saucers, London 1954
Good/Zinsstag: George Adamski - The Untold Story, Beckenham 1983
Hesemann, Michael: UFOs: Die Kontakte, München 1990
Williamson, George Hunt: Other Tongues, Other Flesh, Amherst 1953

Persönliche Gespräche mit Sir Desmond Leslie, Police Sergeant Anthony Dodd, Fred Steckling

8. Das Geheimnis der "Untertassen"

Adamski, George; Inside the Spaceships, Vista 1955
Bethurum, Truman: Aboard a Flying Saucer, Los Angeles 1954
Clark, Jerome: The UFO Encyclopedia, Vol.2, Detroit 1992
Fry, Daniel: Erlebnis von White Sands, Wiesbaden 1970
Good/Zinsstag: George Adamski - The Untold Story, Beckenham 1983
Menger, Howard & Connie: From Outer Space to You, Clarksburg 1959 (dt.: Aus dem Weltraum zu Euch, Wiesbaden 1965)
dies.: The High Bridge Incident, Vero Beach 1991
Schwartz, Berthold: UFO Dynamics, Moore Haven 1988

Persönliche Gespräche mit Howard und Connie Menger,

August C. Roberts, Dr. Berthold Schwartz

9. Project Magnet

Bondarchuk, Yurko: UFO Canada, Ontario 1981
Childress, David Hatcher: The Anti-Gravity Handbook, Stelle 1989
Clark, Jerome: The UFO Encyclopedia, Detroit 1992
Cramp, Leonard: Space, Gravity and the Flying Saucers, London 1954
Deyo, Stan: The Cosmic Conspiracy, Melbourne 1979
Good/Tinsstag: George Adamski - The Untold Story, Beckenham 1982
Sigma, Rho: Forschung in Fesseln, Wiesbaden 1972
ders.: Ether Technology: A Rational Approach tp Gravity Control, Lakemont 1977
Smith, Wilbert: Memorandum to the Controller of Telecommunication vom 21.11.1959
ders.: The Boys From Topside, Clarksburg 1969
Steckling, Fred: Why Are They Here?, Vista 1969

"Conquest of Gravity Aim of Top Scientists in U.S.", New York Herald Tribune, 20.11.1955
"Space Ship Marvel Seen in Gravity is Outwitted", 21.11.1955
"New Air Dream - Planes Flying Outside Gravity", 22.11.1955
"Towards Flight Without Stress or Strain... or Weight", in: Aviation Week Nr.5/1956
"The Gravitics Situation", Gravity Rand Ltd., London 1956

Persönliche Gespräche mit Timothy Good, Bob Oechsler, Madeleine Rodeffer, William Sherwood, Fred und Glenn Steckling, Wendelle C. Stevens

11. Mondstaub

Barker, Gray: They Knew too Much About Flying Saucers, Clarksburg 1956
Gordon, Stan: The Military UFO Retrieval at Kecksburg, Pennsylvania, in: Pursuit, Winter 1987
Huneeus, Antonio:
Moore, William L.: Those Mysterious Men in Black, in: Far Out, 4/1993
Stone, Clifford: Operation Blue Fly, in: MUFON 1992 International Symposium Proceedings, Seguin 1992
ders.: UFOs - Let the Evidence Speak for Itself, Roswell 1991
ders.: Operation Blue Fly Research Project - Report to Congress, Roswell 1993
ders.: Projekt Moondust, in: MAGAZIN 2000 Nr. 99, Mai 1994
Stringfield: UFO Crash/Retrievals: Status Report VI, Cincinatti 1991
ders.: UFO Crash/Retrievals, Status Report VII, Cincinatti 1994
Persönliche Gespräche mit Stan Gordon und Clifford Stone

12. Wer UFOs sah

Beckley, Timothy Green: UFOs Among the Stars, New York 1992
Hall, Richard: The UFO-Evidence, Washington 1964
Heyerdahl, Thor: Expedition Ra, Hamburg 1974
Holbe, Rainer: Phantastische Phänomene, München 1993
Lorenzen, Coral: Flying Saucers, New York 1970
Maccabee: The Fantastic Flight of JAL 1628, Washington (FUFOR) 1987
Mohren, Herbert: Das Menschheitsrätsel, Bamberg 1981
Roerich, Nicholas: Altai-Himalaya, New York 1967
Schneider, Adolf: Besucher aus dem All, Freiburg 1973
ders: Automatische Registrierung Unbekannter Flugobjekte, MUFON-CES-Tagungsbericht Nr.7, München 1981
ders. und Malthaner: Das Geheimnis der Unbekannten Flugobjekte, Freiburg 1976
Veit, Karl: Dokumentarbericht 11. Weltkongreß der UFO-Forscher, Wiesbaden 1968
UFO-NACHRICHTEN, Wiesbaden-Schierstein
"Hier spricht der Kapitän", WAZ Essen, 16.11.1978
"Zweimal Unheimliche Begegnungen mit Fliegenden Untertassen", WAZ 3.1.1981
"Hobby-Astronom sah UFO-Flotte am Moosacher Himmel", AZ München, 23.4.1980
"Climber Sees Himalayan UFO", The News World, 10.10.1981

Persönliche Gespräche Dr. Walter Frank, Col. Dr. Marina Popovich, Dr. Mark Milkhiker, Werner Utter,

13. Seit Jahrtausenden gesichtet

Blumrich, Josef: Da tat sich der Himmel auf, Düsseldorf 1973
ders.: Kasskara und die sieben Welten, Düsseldorf 1973
Blunck, Jürgen: UFOs in Kriegszeiten, in: UFO-Nachrichten Nr. 92/1964
Brand, Illo (Hrsg.): Unerklärliche Himmelserscheinungen aus älterer und neuerer Zeit, MUFON-Tagungsbericht, München 1977
Buschenreiter, Alexander: Unsere Erde ist Euer Untergang, Düsseldorf 1983
Childress, David H.: Vimana Aircraft of Ancient India, Stelle 1991
Däniken, Erich von: Erinnerungen an die Zukunft, Düsseldorf 1968
ders.: Zurück zu den Sternen, Düsseldorf 1969
ders.: Meine Welt in Bildern, Düsseldorf 1973
ders.: Raumfahrt im Altertum, München 1993
ders.: Auf den Spuren der Allmächtigen, München 1993
d´Aquila, Rey: UFO-Archäologie und Fliegende Sicheln im Altertum, in: Bulletin, Den Haag, 2/1967
Domgraf, Walter von: UFOs vor 45.000 Jahren, in: Das Vegetarische Universum, September 1961
Drake, W. Raymond: Gods or Spacemen?, Amherst 1964
ders.: Gods and Spacemen in the Ancient East, London 1968
ders.: Gods and Spacemen in the Ancient West, London 1974
ders.: Gods and Spacemen in the Ancient Past, London 1974
ders.: Gods and Spacemen Throughout History, London 1975
ders.: Gods and Spacemen in Ancient Greece and Rome, London 1976
Homet, Marcel: Hatte die Erde in garuer Vorzeit schon Kontakt mit anderen Planeten?. Vortrag in Hamburg 1960, Protokoll: Anny Baguhn
Kanjilal, Dileep Kumar: Vimana in Ancient India, Calcutta 1985
Kohlenberg, K.F.: Enträtselte Vorzeit, München 1970
Kolosimo, Peter: Sie kamen von einem anderen Stern, Wiesbaden 1969
ders.: Unbekanntes Universum, Wiesbaden 1976
Leslie/Adamski: Fliegende Untertassen sind gelandet, Zürich 1958
Michel, Aime: Paläolithic UFO-Figures, in: Flying Saucer Review, London 6/Nov. 1969
Pinotti, Roberto: Besucher aus dem All im alten Ägypten?, in: Clypeus, Turin, 3/1968
Rücker, Christiane: UFOs im alten Indien, in: MAGAZIN 2000 Nr. 86/87, 1991
Sachmann, Hans-Werner: Himmelskräfte?, in: Die kosmischen Eingeweihten, Halver 1992
Saizew, Wjateschеslaw: Wissenschaft oder Phantasie?, in: Sputnik, Stuttgart, 1/1968
Thompson, Richard L.: Alien Identities, San Diego 1993

14. Basen im Sonnensystem

Appel, Michael: Sie waren nie fort, Mainz 1982
Brian, William L.: Moongate, Portland 1982
Buttlar, Johannes von: Leben auf dem Mars, München 1988
ders.: Die Wächter von Eden, München 1993
Carlotto, Mark J.: The Martian Enigmas, Berkeley 1991
Chatelain, Maurice: Our Ancestors Came From Outer Space, New York 1977
Crabb, Riley: Aliens on Moon, Panorama, Melbourne, 1/1970
Ertelt, Axel: Eine Mondbasis im Mare Moscoviense?, in: Mysteria, Halver, 2/1979
Good, Timothy: Jenseits von Top Secret, Frankfurt 1991
Goodavage, Joseph: What did Astronauts Discover on the Moon, Saga, New York, April 1974
Herberts, Gottfried: Begegnungen mit Außerirdischen, Frankfurt 1977
Hoagland, Richard: The Monuments on Mars, Berkeley 1987/92
Keyhoe, Donald E.: The Flying Saucer Conspiracy, New York 1955
Leonard, George H.: Somebody Else is on the Moon, New York 1978
Schneider, Adolf: Besucher aus dem All, Freiburg 1973

Sitchin, Zecharia: Am Anfang war der Fortschritt, München 1991
ders.: Sind wir allein? in: MAGAZIN 2000 Nr. 96, November 1993
Steckling, Fred: We Discovered Alien Bases on the Moon, Vista 1982

UFO-Nachrichten, Wiesbaden-Schierstein
SAGAs UFO-Report, New York 1974

Persönliche Gespräche mit Richard Hoagland, Bob Oechsler, NASA, Col. Dr. Marina Popovich, Zecharia Sitchin, Fred Steckling, Major Colman VonKeviczky

15. Russen lösen UFO-Rätsel
16. UFO-Glasnost

Brand, Illo (Hrsg.): Offizielle Untersuchungsberichte der Russen und Amerikaner über Unidentifizierte Himmelserscheinungen, MUFON-CES-Tagungsbericht Nr.8/1981
Buttlar, Johannes von: Das UFO-Phänomen, München 1978
ders.: Drachenwege, München 1990
Chulkov, Lev: UFO and Politics, in: Aura-Z, Moskau, Nr.1/1993
Dvuzhilnyi, Valerii: Dalnegorsky Fenomen, in: Birobydschanskaja Jevejeda, 13.4.1989
ders.: Events of November 28, 1987: 33 UFOs in Search for the One lost on January 29?, Manuskript
Gerassimov, Juri: UFOs in der UdSSR, in: MAGAZIN 2000 Nr. 86/87, 1991
Good, Timothy: Jenseits von Top Secret, Frankfurt 1990
ders.: The UFO-Report 1990, London 1989
ders.: The UFO-Report 1991, London 1990
ders.: The UFO-Report 1992, London 1991
ders.: Alien Update, London 1993
Gresh, Bryan: Soviet UFO Secrets, in: MUFON UFO Journal, Oktober 1993
Gris/Dick: PSI als Staatsgeheimnis, Gütersloh 1981
Hobana/Weversbergh: UFOs from Behind the Iron Curtain, New York 1978
Huneeus, Antonio: Red Skies, in: MUFON 1990 International UFO Symposium Proceedings, Seguin 1990
Lagorsky, Vladimir: UFOs - Within the Military Forces Reach, in: Rabochaya Tribuna, Moskau, 19.4.1990
Lebedev, Nikolai: Important Developments in the Former Soviet Union, in: Good, Timothy (Hrsg.): Alien Update, London 1983
Ludwiger, Illobrand von: Der Stand der UFO-Forschung, Frankfurt 1992
Maccabee, Bruce: Out of this World in Russia, in: Far Out, Los Angeles, Summer 1993
Popovich, Marina: UFO-Glasnost, München 1990
Stringfield, Leonard: UFO-Crash/Retrievals, Status Report VI, Cincinatti 1991
Vallee, Jacques: UFO Chronicles of the Soviet Union, New York 1992
Vyatkin, Lev: My Encounter With a UFO, in: Aura-Z, Moskau, Nr.1/1993

UFO-Nachrichten, Wiesbaden-Schierstein
Anomalia, St. Petersburg
AURA-Z, Moskau

Persönliche Gespräche mit Prof. Vladimir Azhazha, Dr. Vladimir Avinsky, Dr. Sergej Bulantsev, Dr. Valeri Dvuzhilnyi, Timothy Good, Antonio Huneeus, Prof. Manfred Kage, George Knapp, Dr. Nikolai Lebedev, Col. Arvid Mordvin-Chodro, Dr. Mark Milkhiker, Dr. Nikolai Nowgorodow, Col. Dr. Marina Popovich, General Pavel Popovich, Dr. Juri Rylkin, Dr. Vladimir I. Sanarov, Prof. G. Siloanov, Valerii Uvarov, Col. Colman VonKeviczky.

17. Der Krieg der Sterne

Brand, Illo (Hrsg.): Unerwünschte Entdeckungen im Luftraum, MUFON-CES-Tagungsbericht 1989
Bryant, Larry: UFO-Secrecy Update, in: MUFON UFO-Journal, Seguin, November 1979
ders.: Citizens Fight Gov't Cover-Up, in: The News World, New York, 10.10.1981
ders.: A Cosmic Watergate, in: Gazette, Alexandria/VA, 7.1.1982
Blum, Ralph & Judy: Beyond Earth, London 1978

Clark. Jerome: The UFO Encyclopedia, Detroit 1992
Fawcett/Greenwood: Clear Intent, Englewood Cliffs, 1984
Gersten, Peter A.: What the Government Would Know About UFOs If They Read Their Own Documents, in: MUFON UFO Symposium Proceedings, Seguin 1981
Good, Timothy: Jenseits von Top Secret, Frankfurt 1991
ders.: Alien Liaison, London 1991
Hall, Richard: Uninvited Guests, Santa Fe 1988
Hesemann, Michael: UFOs: Die Beweise, München 1989
ders.: "Der CIA weiß alles über die UFOs", in: MAGAZIN 2000, Luxembourg, 2/1984
ders.: "Ein kosmisches Watergate", in: MAGAZIN 2000, Nr.5-6, Juni 1983
Hickson/Mendez: UFO Contact at Pascagoula, Tucson 1983
Maccabee, Bruce: UFO Landings near Kirtland AFB, Burbank 1985
Stringfield, Len: The Fatal Encounter at Ft. Dix-McGuire, Cincinatti 1985
Press Release "Citizens Against UFO-Secrecy", New York, 25.10.1979 und 25.6.1980
United States District Court for the District of Columbia, Civil Action No. 78-859, GSW vs. CIA
"Washington Seek to Lift Secrecy Veil from Agencys UFO Documents", The Washington Post, 3.11.1981
"UFO-Files Still Secret", Wisconsin State Journal, Madison, 27.3.1982

Persönliche Interviews mit Larry Bryant, John Ford, Charles Hickson, Richard Doty, Sgt. Clifford Stone, Major Ed Dames, Master Sgt. Richard M. Doty, James Harder, Linda Moulton Howe, Jorge Martin, Bruce Maccabee, Len Stringfield, Major Colman VonKeviczky

18. Majestic 12

Berlitz/ Moore: Der Roswell-Zwischenfall, Bremen 1980
Cameron, Grant und Crain, T. Scott: UFOs, MJ12 and the Government, Seguin 1991
Clark, Jerome: The UFO Encyclopedia Vol. 1 & 2, Detroit 1992
Eberhart, George M. (Hrsg.): The Roswell-Report, Chicago 1991
Friedman, Stanton: Crash at Corona, New York 1992
Good, Timothy: Jenseits von Top Secret, Frankfurt 1990
Hillenkoetter, Admiral Roscoe: Briefing Document - Operation Majestic 12, 18.11.1952
Moore/Shandera: The MJ-12 Documents, Burbank 1990
Steinman/Stevens: UFO Crash at Aztek, Tucson 1986
Schmitt/Randles: UFO Crash at Roswell, New York 1991
Schulgen, General F.: Collection Memorandum vom 30.10.1947

Persönliche Gespräche mit Glenn Dennis, Sgt. Richard C. Doty, Stanton Friedman, Lt. Walter Haut, Frank Joyce, William Moore, Col. Dr. Marina Popovich, Jaime Shandera, Capt. Bob Shortle, Lt.Col. Wendelle C. Stevens, Sgt. Clifford Stone

19. Das Geheimnis von Hangar 18

Barker, Gray: Americas Captured Flying Saucers, in: UFO-Report, New York, Mai 1977
Beckley, Timothy Green: The Riddle of Hangar 18, New Brunswick 1981
Bryant, Larry W.: He Probes Ultimate UFO Secret, in: The News World, 13.2.1982
Campbell, Glenn: Area 51 Viewers Guide, Rachel 1993
Clark, Jerome: Americas Crashed Flying Saucers, in: UFO-Report, New York, Juli 1978
ders.: The UFO-Encyclopedia, Vol. 1 & 2, Detroit 1992
Fowler, Raymond E.: What About Crashed UFOs?, in: Official UFO, April 1981
Good, Timothy: Alien Liaison, London 1991
Hamilton, William F.: Cosmic Top Secret, New Brunswick 1991
Hesemann, Michael: Top Secret: Project Aquarius, in: MAGAZIN 2000 Nr. 86/87, 1991
Moseley, James: The Wright Field Story, Clarksburg 1971
Story, Ronald: The Encyclopedia on UFOs, New York 1980
Stringfield, Leonard: Situation Red, New York 1977
ders.: Retrievals of the Third Kind, in: 1978 ;UFON Symposium Proceeding, Seguin 1978
ders.: The UFO Crash/Retrieval Syndrome, Seguin 1980
ders.: UFO Crash/Retrievals: Amassing the Evidence, Cincinatti 1982
ders.: UFO Crash/Retrievals, Status Report V, Cincinatti

1989
ders.: UFO Crash/Retrievals, Status Report VI, Cincinatti 1991
ders.: UFO Crash/Retrievals, Status Report VII, Cincinatti 1994

"Schiff Reopens 1947 UFO Case", in: Journal, Albuquerque, 13.1.1994
"Letters Lead to UFO Inquiry", in: Journal, Albuquerque, 14.1.1994

Persönliche Gespräche mit Master Sgt. Richard C. Doty, James Goodall, William F. Hamilton, George Knapp, Robert Lazar, John Lear, William Moore, Gary Schultz, Lt.Col. Wendelle C. Stevens, Leonard Stringfield, Major Colman S. VonKeviczky

20. Ein Problem für die Bundeswehr

Appel, Michael: Sie waren nie fort, Mainz 1982
Fiebag, Peter: Außerirdische beobachten deutsche Miltärbasen, in: Neue Weltschau, 10.4.1980
ders.: UFO-Landung bei Hann.-Münden, in: Mysteria, Halver, 1976
Hesemann, Michael: UFOs gibt es!, Neuss 1983
ders.: UFOs: Die Beweise, München 1989
Knapp, Karl: Sonderbericht über die UFO-Vorfälle nordöstlich von Darmstadt, in: UFO-Nachrichten, Wiesbaden, Nr.274/Juni 1982
Ludwiger, Illobrand von: Der Stand der UFO-Forschung, Frankfurt 1992
ders.:
Mohren, Herbert: Das Menschheitsrätsel, Bamberg 1981
Peiniger, Hans-Werner: CE-III-Fall in Ronneburg, in: Journal für UFO-Forschung, Lüdenscheid, Nr.6/1992

UFO-Nachrichten, Wiesbaden-Schierstein
CENAP-Report, Mannheim
"Bekannte Unbekannte", Berliner Morgenpost, 13.9.1967
"UFOs über Moers", Rheinische Post, 13.5.1974
"Blinkendes UFO über Osterholz", Saarbrücker Zeitung, 14.1.1980
"US-Abfangjäger auf UFO-Suche", Weser-Kurier 15.1.1980
"Luftspiegelung wurde für UFO gehalten", Bremer Nachrichten, 15.1.1980
Nährboden für allerlei Spekulationen", Weser-Kurier, 26.1.1980
"Zwischen Phantasie und Wirklichkeit", Weser-Kurier, 14.2.1980
"Hatte Messel nachts Besuch von Außerirdischen?", Darmstädter Tagblatt, 16.3.1982
"Darmstadt im UFO-Fieber", Abendpost, 17.3.1982

Persönliche Gespräche mit Michael Appel, Axel Ertelt, Martin D., Claus W. Hardt, Karl Maier, Douglas Mikkola-Spalthoff, Herbert Mohren, Stefan Proschka

21. Auf höchster Ebene

Persönliche Gespräche mit Vincente-Juan Ballester-Olmos, Horst Barthel, Graham Birdsall, Brenda Butler, Sgt. Anthony Dodd, Don Jose Gil Gonzales, Col. Charles Halt, Jose Luis Diaz Mendoza, Manollo N., Ralph Noyes, Dr. Francisco Padron-Leon, Celia Padron, Nick Pope, Jenny Randles, Sgt. Clifford Stone, Rolf Tobisch, Airman Larry Warren, Redaktion "La Provincia", den Bewohnern des Dorfes Las Rosas auf Gran Canaria

22. Spaniens Luftwaffe bestätigt UFO-Landung

Ballester Olmos, Vincente-Juan: Spanish Air Force UFO-Files: The Secret´s End; in: MUFON 1993 International UFO Symposium Proceedings, Seguin 1993
Benitez, Juan Jose: OVNIs: Documentos Oficiales del Gobierno Espanol, Barcelona 1977
ders.: Le Gran Oleada, Barcelona 1982
Beckley, Timothy G.: UFOs in the House of Lords, in: UFO-Review, New York. Nr.13/1982
Bourret, Jean-Claude: UFO - Spekulationen und Tatsachen, Zug 1977
Brand, Illo (Hrsg.): Die Erforschung un bekannter Flugobjekte, MUFON-CES-Tagungsbericht, München 1975
Fawcett/Greenwood: Clear Intent, Englewood Cliffs 1984
Halt, Col. Charles: Unexplained Lights - Memorandum an

das Department of the Air Force vom 13.1.1981
Hovni, A.: UFO Besieged Canary Islands, in: The News World, New York, 28.11.1981
ders.: Top Spanish General Sees UFO, in: The News World, New York 5.12.1981
ders.: UFOs Play Tag With Fighters, in: The News World, New York, 1.1.1983
ders.: The Great UFO Chase, in: UFO-Report, New York, Winter 1981
Randles, Jenny: From Out of the Blue, New Brunswick 1991
dies., Butler, Street: Sky Crash, London 1984
Michell, John (Hrsg.): The House of Lords UFO-Debate, London 1979
Noyes, Ralph: A Secret Property, London 1985
ders.: UFO lands in Suffolk - and that´s Official! in: Good, Timothy (Hrsg.): UFO-Report 1990, London 1989
Veit, Karl L.: Dokumentarbericht 11. Weltkongreß der UFO-Forscher in Mainz, Wiesbaden 1968

DUIST/UFO-Nachrichten, Wiesbaden-Schierstein
CENAP-Report, Mannheim

"El OVNI se poso entre Galdar y Agaete, in: La Provincia, Las Palmas de Gran Canaria, 25.6.1976
"Espectacular Acontecomiento en el cielo de Canaria", in: La Provincia, 26.6.1976
"UFO-Schock im Urlaubsparadies", in: Esotera, Freiburg, Nr.9/1976
"Vendras Mas Ovnis", in: La Provincia, 7.3.1979
"Son Naves Extraterrestres", El Eco de Canarias, Las Palmas, 7.3.1979
"Die UFOs waren doch keine faule Ausrede", in: Salzburger Nachrichten, 14.11.1979
"The UFO-Invasion of Greece", Ideal UFO Magazine, Nr.3/1978

Persönliche Gespräche mit Ballester-Olmos, Sgt. John Burroughs, Brenda Butler, Sgt. Anthony Dodd, Col. Charles Halt, Ralph Noyes, Dr. Francisco Padron, Celia Padron, Nick Pope, Jenny Randles, Sgt. Clifford Stone, Airman Larry Warren,

23. Botschaft von den Plejaden

Deardorff, James: Possible Extraterrestrial Strategy for Earth, in: Quarterly Journal of the Royal Astronomical Society, London, Nr. 27/1986 (auch in: Good, Timothy (Hrsg.): Alien Update, London 1993)
ders.: Celestial Teachings, Tigard 1990
Jung, Carl Gustav: Ein moderner Mythos, Zürich 1958
Kinder, Gary: Light Years, New York 1987
Meier, Eduard: Semjase-Kontaktberichte, Band 1, Hinwil 1975
Moosbrugger, Guido: Und sie fliegen doch..., München 1991
Stevens, Wendelle C.: UFO... Contact From the Pleiades, Vol.I, Tucson 1982
ders.: UFO... Contact From the Pleiades, Vol. II, Tucson 1989

Persönliche Gespräche mit Jim Dilettoso, Timothy Good, Kalliope und Methusalem Meier, Ilse von Jacobi, Guido Moosbrugger, Wendelle C. Stevens, Lou Zinsstag

24. Abductions - Der Schlüssel zum Verständnis?

Barry, Bill: Ultimate Encounter, New York 1978
Dickinson, Terence: The Zeta Reticuli Incident, Milwaukee 1976
ders.: The Alien Star Map, in: Whig Standard, Kingston, 20.2.1982
Fiore, Edith: Encounters, New York 1990
Fowler, Raymond: The Watchers, New York 1990
Fuller, John: The Interrupted Journey, New York 1966
Gansberg & Gansberg: Die UFO-Beweise, München 1979
Hopkins, Budd: Missing Time, New York 1981
ders.: Intruders, New York 1988
ders.: The Invisible Epidemic, in: MUFON Symposium Proceedings, Seguin 1981
Jacobs, David M.: Secret Life, New York 1993
Lorenzen, Coral und Jim: Abducted!, New York 1977
dies.: An Extraterrestrial Encounter, in: UFO-Report, New York, Nov. 1978
Stevens, Wendelle C.: UFO... Contact From Reticulum, Tucson 1989

Strieber, Whitley: Communion, New York 1987
ders.: Transformation, New York 1988
Walton, Travis: The Walton Experience, New York 1978

"Book Documents Cases of Alien Abductions", in: The News World, New York, 19.9.1981
"Hypnotist Vares Eerie Encounters", in: The New World, N.Y., 19.9.1981

Persönliche Gespräche mit Linda Cortile, Norbert Haase, Prof. James Harder, Budd Hopkins, Dr. David Jacobs, Prof. John Mack, Debbie Thomas ("Kathie Davies"), Travis Walton,

25. Die stille Invasion

"Persien meldet eine ganze UFO-Flotte", in: Darmstädter Echo, 4.4.1978
"UFO Spotted Over North of Tehran", in: The Tehran Journal, 18.7.1978
"Wirbel um UFO über Teheran", in: Rheinische Post, 19.7.1978
Fernschreiben der US-Botschaft Teheran an das Verteidigungsministerium vom 23.7.1978
"14 UFOs auf einer Strecke von 2750 km von tausenden Brasilianern gesichtet", in: UFO-Nachrichten Nr.252, August 1978
Bühler, Dr. Walter K.: Außerirdisches Geschwader überfliegt Stützpunkte der brasilianischen Luftwaffe, in: UFO-Nachrichten Nr. 253, Oktober 1978
"Rallye-Fahrer: Ein UFO trug uns zur Kontrollstation", in: Chiemgauzeitung, 24.9.1978
"Hilfe von UFOs", in: Wiesbadener Kurier, 24.9.1978
"Fliegende Scheibe transportierte argentinischen Rennfahrer ans Ziel", in: UFO-Nachrichten Nr. 254, Dezember 1978
"Gigantisches Leuchtobjekt überquert Italien", in: UFO-Nachrichten Nr. 255, Februar 1979
"Pilot sah UFO und verschwand", in: Rheinische Post, 24.10.1978
"Wie starb der Pilot?", Rhein. Post, 25.10.1978
"Dramatische Begegnung der 3. Art", in: Darmstädter Echo, 25.10.1978
"Objects Sighted in Plane Search", The Advertiser, Melbourne, 25.10.1978
"Disappearence of Pilot is still a Mystery", Sunraysia Daily, Mildura/Austr., 11.8.1981
Commonwealth of Australia, Dept. of Transport: Aircraft Accident Investigation Summary Report No. V116/783/1047 vom 27.4.1982
Dong, Paul (Moon Wai): UFOs over Modern China, Tucson 1983
"China Reports Increasing Number of UFO-Events", in: Asahi Evening News, Tokio, Japan, 19.6.1981
Wayne Laporte: "Eine unvergeßliche Nacht", in: UFO-Nachrichten Nr. 258, August 1979
"Im Zick-Zack Kurs über Frankfurt: Junge sah ein UFO", Bild Frankfurt, 30.10.1978
Fernschreiben der US-Botschaft in Abu Dhabi an das Verteidigungsministerium vom 29.1.1979
"Experts Convinced: Dazzling UFO Caused Mysterious Power Blackout", National Enquirer, Lantana, 23.1.1979
Jacques Huse: UFO-Invasion in Italien, in: Esotera, Freiburh, Nr.3/1979
Helmuth Hoffmann: Bermuda-Dreieck in der Adria, in: Esotera Nr.3/1979
ders.: Zehntausende Sizilianer sahen riesiges Zigarren-Objekt, in: UFO-Nachrichten Nr. 255, Februar 1979
Fragner, Wolfram: UFO-Sichtungswelle über Bayern, in: UFO-Nachrichten Nr. 255, Februar 1979
Hesemann, Michael: UFOs: Die Kontakte, München 1990
ders.: Strahlen schossen aus dem UFO, in: UFO-Nachrichten Nr.266, Dezember 1980
"UFO-Fieber in Oberbayern", in: Abendzeitung, 16.-18.12.1978
"Eine UFO-Psychose befiel Italien", in: Salzburger Nachrichten, 31.12.1978
"Trotz UFOs zum Fischfang", in: Rheinische Post, 15.11.1978
"UFOs am Dreiländereck", in: Blick, 5.12.1978
"Von UFOs verfolgt", in: Rheinische Post, 12.12.1978
"UFO-Alarm in Europa", in: Morgenpost, 28.12.1978
"Eine neue UFO-Welle auf der ganzen Welt", Sonntagspost Graz, 31.12.1978
"UFOs auch über Österreich", in: Neues Volksblatt, 5.1.1979
"UFO-Fleets Blitz Earth", in: National Enquirer, Lantana, 30.1.1979

de Muro, Maria Antonietta: Der Fall Siragusa, in: Kontaktberichte, Nr.2/1980
dies.: Im Hinterland von Genua: Von Außerirdoschen entführt, in: Mysteria, Mr.2/1981
Langbein, Walter J.: Bericht über die UFO-Sichtung bei Mölln, in: Mysteria, Halver
Pinotti, Roberto: The Strange Case of Fortunato Zanfretta, Vortrag auf der UFO-Weltkonferenz in Tucson, Arizona, Mai 1991
"Air Force Waits on UFOs", in: Advertiser, Melbourne, 2.1.1979
"This May Be the First Real Close Encounter", in: The Star, Melbourbe, 21.1.1979
Maccabee, Dr. Bruce: The New Zealand Photographic Sightings,, in: UFO-Report, New York, Februar 1981
ders.: Beitrag in: Story, Ronald: The Encyclopedia on UFOs, New York 1980
Persönliche Gespräche mit: Filiz Tunamann, Axel H., Adele Holzer, Bruce Maccabee, Roberto Pinotti, Fortunato Zanfretta, Major Colman S. VonKeviczky

26. Eine Herausforderung für die UNO

Beckley, Timothy Green: The Riddle of Hangar 18, New Brunswick 1981
Cooper, Gordon: Brief an Ambassador Griffith vom 9.11.1978
Hesemann, Michael: UFOs gibt es, Neuss 1983
ders.: UFOs: Die Beweise, München 1989
Sitrin, Greg: UFOs and UN, Manuskript vom März 1993
VonKeviczky, Colman: Green Memorandum, New York 1978
ders.: Blue WASA-Memorandum, New York 1980

Persönliche Gespräche mit Gordon Cooper, Michael Geoghegan, Dr. Robert Muller, Mohammed Ramadan, Len Stringfield, Colman VonKeviczky

27. Eine Chance für die Menschheit

Blum, Howard: Out There, New York
Buttlar, Johannes von: Gottes Würfel, München 1992
ders.: Die Wächter von Eden, München 1993
Däniken, Erich von: Der Götterschock, München 1992
Drake, Frank: Signale von anderen Welten, Essen 1993
Jung, Carl Gustav: Geheimnisvolles am Horizont, Olten 1992
Pinotti, Roberto: ETI, SETI und die Öffentlichkeit heute, in: Die Sterne, Leipzig, Nr.5/1991
ders.: Contact: Releasing the News, Vortrag auf dem 38. Congress of the International Astronautical Federation, Brighton, UK, 10.-17. Oktober 1987
Tarter/Michaud (Hrsg.): SETI Post Detection Protocol, Washington D.C. 1990
"For the CIA it´s Cloak and Dagger, But for NSA Spying is 'Star Wars'", The Morning Call, New York, 13.8.1982

Persönliche Gespräche mit Larry Bryant, Prof. Frank Drake, Dr. Roberto Pinotti

REGISTER

„Abductions“ 428, 429 ff.
Adamski, George 103ff., 113f., 129f., 135f., 139f., 144, 158, 247, 413, 427
Aerospace Defense Command 169
AFR (Air Force Regulation) 200-2 74f., 165 ff., 340,
Akademie der Wissenschaften der UdSSR 258 ff., 261ff., 266f., 269 ff., 278, 349
Alexander der Große 225
Alfarano, Marcel 25
„Alien Technology Center“ 357
„Allunions UFO-Zentrum“ (Soyusufotsentr) 275 f., 281
Almirante Saldanha 181 ff., 194
Alvarez, Prof. Luis 73, 336
AMC (Air Materiel Command) 39 ff., 324 ff., 330
American Association for the Advancement of Science (AAAS) 138
Ames Research Center 192
Antigravitationseffekt 136ff.
Antonov, Oleg 200
Anunnaki 222
APOLLO-Programm 201, 233ff.
Arecibo (Radioteleskop) 318, 487
Armstrong, Neil 235 ff.
Arnold, Kenneth 35ff. , 258, 322, 449,
Ashland 157 ff.
Assessment (NATO-Studie) 83 ff.
ATIC (Air Technical Intelligence Center) 39 ff., 55ff., 59ff., 73, 90, 103f., 142,. 165 ff., 330, 340, 355, 385, 405,
Atomenergiekommission (AEC) 51, 329 ff., 337, 339
Atomfusion 140,
Atomwaffen 49, 99, 101, 113, 281 f., 303 ff., 311, 313 ff., 330, 355, 406,
Aurora (A 12) 356
Außenministerium
-U.S. 20, 167, 175 f., 310, 315, 483, 491
„Aviation Week“ 108, 356,
Azhazha, Prof. Vladimir Georgievich 266, 269f., 275 ff.

Ballester-Olmos, Vincente Juan 402 ff.
Barauna, Almiro 181 ff.
Bardenas Reales 404
Barker, Gray 177
Barnes, Harry G. 68ff.
Bep Kororoti 217
Beckley, Timothy Green 198
Bender, Albert K. 176 f.
Benitez, Juan Jose 391, 397, 404
Berkner, Prof. Lloyd 73, 331, 336
Bethune, Com. Graham 60ff.
Bethurum, Truman 114
Biefeld, Prof. Paul Alfred 136f.
„Biefeld-Brown-Effekt“ 136 f.
Bingaman, Senator 167
Blanchard, Col. William H. 323 ff.
„Blue Berets“ 169, 343, 345
Blum, Howard 489 ff.
Bolender, General Carroll H. 165
Bonilla, Jose A y 211 f.
Bozhich, Dr. Sergei 280
Bradley, General Omar N. 69
Braun, Werner von 15, 188, 200, 258, 334, 463
Brazel, Bill 323 ff., 326 ff., 332,
Bremner, Lt. Col. 133
Brenig, Prof. Leon 21, 31
British Airways 31
Bronk, Dr. Detlev 331
Brookhaven-Laboratorium 320
Brouwer, Oberst (später Generalmajor) Charles de 21, 26 ff.,
Brown, Harold 163
Brown, Thomas Townsend 136 ff.
„Büro für Wissenschaftliche Forschung und Entwicklung“ (OSRD) 138
Bulantsev, Sergei 157, 349
Bullard, Dr. Thomas E. 439
Bundesregierung, Deutsche 363, 374 f.,
Bundeswehr 31, 363 ff., 367
Bush, George H.W. (US-Präsident) 201, 296, 317 ff.
Bush, Prof. Dr. Vannevar 138, 330, 334,
Butler, Brenda 385 ff.
Buttlar, Johannes von 363

California Institute for Technology (CALTECH) 136, 142, 352
Callimahos, Lambros 490
Carlotto, Prof. Mark J. 202
Carter, James („Jimmy“) C. 39, 161, 198, 295ff., 310 f., 348, 471, 490
Cash, Betty 349 f.
Cavero, General Carlos Castro 399
CERT (Ausschuß für Energie, Forschung und Technologie des E.P.) 32ff.
Chadwell, Marshall 72, 297
Chassin, General L.M. 407
Chavez, Sgt. M.S. 154 ff.
Chidlaw, General Benjamin 78
Chiles, Clarence S. 44 f.
Chop, Albert M. 59, 74, 105, 149,
CIA (Central Intelligence Agency) 20, 71 ff., 144, 149, 239, 296 ff., 305, 308, 322 ff., 336, 357, 384f., 440, 459, 479, 483, 490 f.
CIRVIS 58
Clancarty, Brinsley Le Poer Trench, Earl of 121, 223, 382 ff.,
CNES (Französische Raumfahrtbehörde) 31, 33
CNRS (Nationales Forschungszentrum) 30
„Codex Galactica“ 425 ff.
Coleman, Lt. Sid 106f.
Colorado-Studie 151ff., 157 f., 160, 162 f., 165, 431
Come, Guy 19
Condon, Prof. Edward 150ff., 187,
„Condon-Report“ 151ff., 178, 200
Coniston 109 f.
Cooper, Gordon 479 ff,
Cortile, Linda 437 f, 441, 445
Coyne, Col. Lawrence E. 302 f., 479, 483
Craigie, Generalmajor L.C. 43
Cramp, Leonard 109 f., 130,
Cudra, General Mariano 404
Cuellar, Perez de 431 f., 438,

Dalnegorsk 271, 286 ff.
Darbishire, Stephen 109 f., 130,
Darnhyl, Oberst Gernod 88f.
Davies, Kathie 435 ff.
Dean, Com. Sgt. Major Robert O. 82 ff.
Deardorff, Prof. James 425 ff.
Dennis, Glenn 329
Desert Center 93 ff.
DIA (Defense Intelligence Agency) 20, 167, 318, 490
„Dialog mit dem Universum" 16, 251, 257, 484
Dilettoso, Jim 421 ff.
DISCOVERY 201 f.
Dodd, Sgt. Anthony 111f., 320
Doty, Richard C. 313 ff.
Dowding, Luftmarshall Lord 382
Drake, Prof. Frank 488 ff., 493
Drake-Formel 488
„Dreamland" 352 ff.
„Drittes Reich" 87
Ducker, Prof. W.L. 56
Dutton, Roy 109
Dvuzhilny, Dr. Valerii 287 ff.

„Eastern Airlines" 44
EBE (Extraterrestrische Biologische Entität) 328, 331, 348 ff., 355,
Einstein, Albert 136, 138, 142, 188, 406
Eisenhower, General Dwight D. (US-Präsident) 52, 72, 119ff., 321 ff., 335,
Elektrogravitation 136 ff., 144
Elektromagnetismus 117, 122ff., 135ff., 422
„Elektroschiff X-1" 122ff., 128
Element 115 353 f.
El Taire 173
Emenegger, Robert 497
„Entführungen" 428, 429 ff.
„Erziehungsprogramm" 74, 149, 311,
ESA (European Space Agency) 34
Eupen 17 ff.
Europäisches Parlament 30ff.
Ezechiel 223 f.

FAA (Federal Aviation Authority) 197
Fahrney, Konteradmiral Delmar 149
„Falcon" 348 ff., 355
FBI (Federal Bureau of Investigation) 39, 51, 125, 155 f., 330, 333, 348, 438, 448
Fish, Majorie 434 f.
„Fliegende Untertassen" 38, 44, 353, 449,
Fogarty, Quentin 469 ff.
„Foo Fighters" 87
Ford, Gerald R. (Präsident) 149, 307
Ford, John 320
Foreign Technology Division (FTD) 41, 175
Fortenberry, William 66f.
Fournet, Major Dewey 72f.
Fowler, Raymond 336, 339 f-
Frank, Walter A. 188
Frankel, Dr. Henry 156 f.
Freedom-of-Information-Act (FOIA, Gesetz für Informationsfreiheit) 167, 295 ff., 304, 333, 389, 471, 490 f.
Friedman, Stanton R. 152, 325 ff., 334
Fry, Dr. Daniel W. 114ff., 430

Gagarin, Juri 199, 203, 258,
Gairy, Sir Eric 476 ff., 483 ff.
Galley, Robert 377
„Geisterflieger" 87
„Geisterraketen" 87
„Geisteslehre" 416
Gendarmerie, französische 378 ff.
Geoghegan, Michael 485
Geomagnetismus 132 ff.
GEP 374
GEPAN 33, 378 ff.
Ghali, Butros Butros 485
Glasnost 21, 30, 204, 253, 261, 278, 349,
Glenn, John 114
Glons (NATO-Radaranlage) 21, 23 ff.
Goddard Space Flight Center 144, 156,f, 240, 248,
Goldwater, Barry 347
Good, Timothy 111, 130, 238 f., 413 ff.,
Gorbatschow, Michail Sergejevitsch 204, 253, 257, 292 f., 315, 317,
Gordon, Stan 169 ff.
Gravitation 122, 136ff., 142, 352 ff.
-sfelder (G-Felder) 141f., 352 ff.
Great Falls, Montana 55, 152
Greenhaw, Jeffrey 300 ff.
Greifswald 13 ff.
Groom Lake 352 ff.
Ground Saucer Watch (GSW) 39, 147, 296, 361,
GRU (Glavnoje Razvedycatelnoje Upravlenije) 259
„Grüne Feuerbälle" 51

Haase, Norbert 429 f.
Haines, Dr. Richard F. 192
Halsey, Admiral „Bull" 121
Halsey, Commander Frank 121
Halsey, Tarna 121f.
Halt, Lt.Col. Charles I. 386 ff.
Hangar 18 342 ff.
Harder, Prof. James 299f., 439
Hart, Carl 57
Harter, Capt. John 106 f.
Haut, Lt. Walter 323
Heer,
-Amerikanisches (U.S. Army) 51, 125, 302 f.
Heldmeier, I. 191 f.
Henoch 223
Heyerdahl, Thor 198 f.
Hickson, Charles 298 ff.
High Bridge 117 ff., 123ff.
Hill, Betty und Barney 433 ff.
Hillenkoetter, Admiral Roscoe 144, 149, 321 ff., 331 ff.,
Hinwil 409 ff., 413 f., 419 f.,
Hix, Colonel 43
Hoagland, Richard 248 ff.
Holbe, Rainer 14, 191
Holzer, Adele 463 f.
Homo Cosmicus 498
Hoover, J. Edgar 51, 332 f.,
Hopi 218
Hopkins, Budd 432 f., 438 ff., 443,
House of Lords (Britisches Oberhaus) 382 ff.
HUMINT 176
Hynek, Prof. J. Allen 73, 75, 149, 155 ff., 258, 299f., 440, 471, 476, 479

Indianer 96, 217 ff.
Interplanetary Phenomenon Unit (IPU) 52
Iwanow, Nikolai 13
Iwanowa, Dr. Ludmilla 13

Jacobi, Ilse von 413, 475
JAL 194 ff.
JANAP (Joint Army, Navy, Airforce Publication) 146 57, 165,
Jelzin, Boris 319
Johannes XXIII., Papst 129
Jung, Carl Gustav 413, 495 f.

Kaikoura 469 ff.
Kaiser, Irmgard und Ingo 14
Kaminsky, Prof. Heinz 204
Kanjilal, Prof. Dileep Kumar 220
Kapustin Yar 259, 282,
Karl der Große 226 f.
Kasher, Prof. Jack 202
Kayapo 217
Kecksburg 167 ff.
Kennedy Space Center (KSC) 162 f.
Keyhoe, Major Donald E. 59f., 64, 71ff., 141, 143, 235
KGB 257 f., 282
Kilgallen, Dorothy 89

Kimball, U.S. Marineminister 64ff., 72
Kingman 337 ff.
Kissinger, Henry 310
Klein, Rolf-Dieter 15
Knapp, George 279, 281
Kohl, Dr. Helmut 374f.
„Kommission zur Erforschung paranormaler Phänomene“ 271, 273 ff.
„Kontaktler“ 112, 114 ff., 127, 144, 223, 413, 415, 425,
Koroljew, Prof. Sergei 258 f., 261,
Krafft-Ehricke, Dr. 463
„Krieg der Welten, Der“ 46
Kubitschek, Juscelino (Präsident von Brasilien) 182

Lambrecht, Major 20, 24 ff.
Landrum, Vickie 349 f.
LaPaz, Prof. Lincoln 51, 108, 205
Laredo 76, 341
Larsen, Hauptmann Olaf 88
Lascaux 213
Las Rosas 393 ff.
„L´Astronomie“ 211
Layne, Meade 120
Lazar, Robert 352 ff.
Lear, William P. 140ff.
Lemnitzer, General Lyman L. 82ff.
Lenin, Vladimir Iljitsch 203, 293
Leroi-Gourhan, Prof. Andre 213 f.
Leslie, Sir Desmond 101, 111f., 223
Light, Gerald 120
„Literaturnaja Gazeta“ 29
Lorenzen, Coral und Jim 446 f.
Los Alamos 51, 329, 352, 354 f.
LTU 191
Lubbock, Texas 56ff.
Luchterhand, Jürgen 15
Ludwiger, Illobrand von 14, 208,
Lufthansa 191 f., 450
Luftwaffe,
-Amerikanische (U.S. Airforce) 20, 37, 39ff. 40ff., 90, 94, 100, 105ff., 132, 142, 155, 163, 165ff., 308 f.. 321 ff., 386 ff., 415, 431, 446, 459, 471, 480 ff.
-Brasilianische 451
-Chinesische 456 f.
-Deutsche 86
-Griechische 406 f.
-Italienische 460
-Königlich Australische 456
-Königlich Belgische 19, 24ff.
-Königlich Britische (Royal Air Force) 31, 86, 368f., 386 ff., 390
-Königlich Dänische 79ff.
-Königlich Iranische 307 ff., 450
-Königlich Kanadische 307 f
-Neuseeländische 471
-Norwegische 87ff.
-Schweizer 422
-Sowjetische 27ff., 276 ff., 261 ff., 279 ff.
-Spanische 391, 393, 396, 400ff.,
Luftwaffenbasis (AFB)
-Bentwaters 388 ff.
-Brindisi 461
-Cannon 307
-Clark Field 52
-Edwards (Muroc) 119ff., 357, 480
-Fort Belvoir 165 ff.
-Fort Richardson 41, 307
-Fort Worth 323 ff.
-Fürstenfeldbruck 47
-Godman Field 43
-Great Falls 3o6
-Griffin 78
-Holloman 446
-Keesler 299
-Kinross Field 76
-Kirtland 313 ff.
-Langley 70
-Lockborne 171
-Loring 304 ff.
-Maine 346
-Malmstrom 305 ff.
-McGuire 312f.
-Minot 307
-Neubiberg 480
-Porta Potenza Picena 461
-Tinker 147
-Wright Patterson (Wright Field) 41ff., 80, 90, 142, 149, 155, 169, 172f., 175, 313, 320, 324 ff., 334 ff., 340 ff.
-Wurtsmith 305 ff.

MacArthur, General Douglas 52
Maccabee, Bruce 471
Mack, Dr. John E. 439
„Majestic 12“ (MJ12) 321 ff., 326 ff., 336, 348f.,
Malin, Dr. Michael 249,421
Maltsev, Generalmajor Igor 27ff.
„Manhattan-Projekt“ 140, 330, 336, 355,
Mantell, Captain Thomas 43, 45
Marcel, Major Jesse 323, 327 f.
Marchetti, Viktor 490 f.
Mariana, Nick 55
Marine, Amerikanische (U.S. Navy) 20, 60ff., 138, 308,
Mars 127,
„Marsgesicht“ 247 ff.
Marshall, General Marshall 52
Martin, Jorge 318
Massachusetts Institute of Technology (MIT) 142, 331, 352
McClelland, Clark 171
McDivitt, James 200
McDonald, Prof. James 151, 157, 475
McLaughin, Commander Dr. R.B. 50
McMinnville, Oregon 53ff., 152
Mead, Margaret 495
Meesen, Prof. August 21
Meier, Eduard „Billy“ 411 ff., 427
Menger, Howard 116ff., 122 ff., 139, 143 f., 159, 247, 427
Menger, Connie 128f.
„Men in Black“ 176 f.
Menningmann, Detlev 14
MENSA 187
Menzel, Prof. Donald H. 261, 331,
MERINT 58
Messel 369 ff.
Messner, Reinhold 199
Michaud, Michael 315 f., 491
Michel, Aime 213 f.
Milkhiker, Dr. Mark 203
Miller, Dick 116
„Minuteman“ 305 f.
MIR 204
Moncla, Lt. Felix 76ff.
Moniri, Hadj 449
Montigny, Hubert von 17 f.
Moody, Sgt. Charles L. 446 ff-
Moore, William L. 119, 325 ff.,348 ff.
Moosbrugger, Guido 419 f., 424
Mordvin-Chodro, Arvid 271
Mount Rainier 35 ff.
MUFON (Mutual UFO Network) 14, 239, 336, 340, 346, 438, 463
MUFON-CES (Central European Section) 15, 441

NASA (North American Space Administration) 144 f., 149, 156 f., 162 f., 171, 174f., 192, 200 ff., 234 ff., 278, 296, 311, 319, 349, 362, 380, 397, 414, 421 f., 435, 459, 483, 487 ff.
NASA-SETI 487 ff.
Nash, William B. 66f.
„Nationaler Sicherheitsrat“ (NSC) 316
„Nationales Untersuchungskomitee für Luftphänomene“ (NICAP) 143, 149, 156, 339, 471
„Nationales Verteidigungs-Forschungskomitee“ (NDRC) 138
Nationale Volksarmee (NVA)

14, 430
NATO (North Atlantic Treaty Organisation) 20 f., 80ff., 367ff., 375, 384, 402, 407, 460
-Headquarter 20, 80ff., 407
-Stützpunkt Brockszeldo 365
-Stützpunkt Garlstedt 364 ff.
-Stützpunkt Larissa 406
-Stützpunkt Mönchengladbach 367
-Stützpunkt Woodbridge 385 ff.
Nebel, „Long" John 124
Nelson, Buck 116
Newhouse, Delbert C. 65
Newton, Dr. Silas 105, 132,
Nicoll, Heinrich 17 f.
NORAD (US-Luftraumüberwachung) 171, 305 ff., 384,435
Norstrad, General Lauris 81
Noyes, Ralph 390
NSA (National Security Agency) 160 ff., 178, 239, 315, 331, 459, 483, 490 ff.

Oberg, Prof. A.G. 56
Oberth, Prof. Dr. Hermann 141, 475
Operation
-Blue Fly 166 ff., 320, 343
-Mainbrace 85 f.
Oppenheimer, Dr. J. Robert 140, 334,
OSI (Office of Scientific Intelligence (des CIA)) 72
Ozonloch 114,

Padron Leon, Francisco 393 ff.
Palomar Gardens 93ff., 104 ff., 111
Papagiannis, Michael 426 f.
Parker, Calvin 298 ff.
Peenemünde 15
Petersen, Major Hans C. 79 ff.
Petit, Prof. Jean-Pierre 30
Petrosavodsk 264 ff., 270, 274 f., 278
PHOBOS 250 f.
Pike, Air Marshall Sir Thomas 82
Pinotti, Dr. Roberto 494 ff.
Plejaden 411 ff.
Pope, Nick 391
Popovich, Colonel Dr. Marina 203, 251, 273, 278, 328
Popovich, General Pavel 203, 271, 282
„Prawda" 263, 270
Prince Philip 111, 384
Project
-Aquarius 348
-Bluebook 58, 60, 66, 71, 73ff., 94, 103f., 149, 155 ff., 163, 165, 169, 178, 321, 358
-Grudge 52f., 57f., 60, 63, 321,
-Identification 189f.
-Magnet 131 ff.
-Moon Dust 163, 165 ff.,
-Ozma 488
-Pando 348
-Phoenix 493
-Pounce 349
-Red Light 355
-Second Storey 134
-Sigma 348
-Sign 43ff., 49, 52, 321,
-Skysweep 107f., 261,
-Snowbird 349
-Twinkle 63
-Winterhaven 138
„Project Sign-Lagebericht" 46f.

Quintanilla, Major Hector 155 ff., 169

„Rabochaya Tribuna" 29, 204, 278,
Radford, Admiral Arthur W. 138
Ramadan, Mohammed 485
Ramey, General Roger 258, 323 ff.,
Randle, Kevin 325 ff.
Randles, Jenny 386,
Ratsch, Donald 201 f.
Reagan, Ronald 198, 296, 315 ff., 319
Rebensburg, Martin 200, 239, 246, 363 f.
Regge, Tullio 32 ff.
Rendlesham-Forst 386 ff.
Reza Pahlevi, Schah 308, 450
Rhodes, William A. 38f., 258,
Rivers, L. Mendel 163
Robertson, Dr. H.P. 73, 490
Robertson-Panel 73 f., 296, 336, 348, 490
Robinson, Prof. W.I. 5
Rodeffer, Madeleine 129 f., 144,
Roerich, Nicholas 199
Ronneburg 372 ff.
Roswell 258, 323 ff., 357f.
„Royal Order of Tibet" 94
Rupo, Elio di 30 ff.
Ruppelt, Captain Edward 40, 45ff., 51 ff., 58, 68, 70ff., 94, 149, 490
„Russlan" 200
Rutledge, Prof. Harley 188 ff.

SAC (Strategic Air Command) 303 ff.
SACEUR (Supreme Allied Commander in Europe) 81
Sagan, Prof. Carl 204, 247, 425, 488 f.
Saizew, Dr. Wjatscheslaw 215
SALJUT 203
Samara 283 f.
Samford, General 70 f.
Sanderson, Ivan T. 123, 170
Santorini, Prof. 406
Sarbacher, Prof. Dr. Robert I. 133, 333 ff.
Saunders, Dr. David R. 150, 374, 476, 479,
Schiff, Steven 358
Schirmer, Herbert 157 ff.
Schmitt, Don 325 ff.
Schnee, Dr. Nikita 270
Schneider, Adolf 204, 396
Schulgen, General George F. 39, 330, 332
Schwarz, Berthold 123 f.
Scotland Yard 383
Scully, Frank 121, 132f., 336,
Seiki, Prof. Shinichi 141 f.
Semenchenko, Oberstleutnant A.A. 28
Semjase 411 ff., 416 ff., 424
SEPRA (Auswertungsdienst für Atmosphärische Wiedereintrittsphänomene) 33 f., 382
Shandera, Jaime 321 ff., 326 ff., 348 ff.
SHAPE (Supreme Headquarter Allied Powers in Europe) 20, 80ff., 118
Sherwood, William 130
SHOC (Supreme Headquarters Operation Centre) 80ff.
Silanov, Genrikh 253
Sitchin, Zecharia 222 f.
Skylab 201
Smith, Alan 147
Smith, Wilbert M. 132 ff., 143f., 332 ff.
SOBEPS (Belgische Gesellschaft zur Erforschung von Weltraumphänomenen) 21, 26f. 30, 405,
Socorro 153 ff., 158, 255, 320,
Sokolov, Oberst Boris 279 ff.
„Soviet Military Review" 281
Space Shuttle 201
Spielberg, Steven 311, 471, 497
Spitzbergen 87ff.
Sprinkle, Prof. Leo 158 f., 439
Srimad Bhagavatam 221 f.
Stalin, Josef 258 f.
Stanford, Ray 156 f.
STASI 14, 430 f.
Stealth-Bomber 19 f., 30, 280, 355 ff.
Steckling, Fred 144 f., 247
Steinman, William 333 ff.
Stendal 429 f.
Stevens, Lt. Col. Wendelle C. 41 ff., 89, 355, 415 ff.
Stoljarow, General Portfiri 262
Stone, Sgt. Clifford 20, 167 ff., 358,
Strategic Defense Initiative (SDI)

316 f., 319,
Street, Dot 386 ff.
Strieber, Whitley 443 ff
Stringfield, Leonard 239, 336, 339ff., 476, 479
Stroynetsky, Major 28
Sumerer 222
SWISSAIR 192 ff.

Tarosev, General Yevgeniy 30
Tarter, Jill 487, 492
Tassili-Gebirge 215
Telepathie 96
Teller, Prof. Dr. Edward 51, 140, 143, 319 f.,
Terauchi, Jenju 194 ff.
Thant, U 474 ff.
Thutmosis III. 224 f-
Tibet 94 ff.,
Tombaugh, Prof. Clyde 108, 205
Tositas, E. Averoff 407
Trans-en-Provence 33, 381
Tremonton, Utah 65, 72
Trent, Paul 53ff.
Tretyak, General Ivan 29 f.
Trindade 181 f.
„Trud“ 30, 274,
Truman, Harry S. (US-Präsident) 69f., 321 ff., 331 ff., 351
Tschi Pen-Lao, Prof. 215
Tsiolkovsky, Konstantin 496
Twining, General Nathan F. 39 ff., 330 ff.,

UFO-Absturz
-Aztek 132, 333
-El Taire 173 ff.
-Fürstenfeldbruck 90
-Kecksburg 167 ff.
-Kingman 337 ff.
-Laredo 341
-Nepal 173
-Phoenix 333
-Roswell 258, 323 ff.,
-Sahara 90
-Sierra Madre 335
-Spitzbergen 87 ff.
-Sudan 173
-Timmendorfer Strand 90
„UFO Cover-Up: Live“ 192, 349 ff.,
UFO-Kongress
-San Marino 33f.
„UFOs: Die Beweise“ 85, 112, 201,
UFO-Weltkonferenz
-“Internationaler Kongreß der UFO-Forscher“ 1967 475
-“1. Internationaler UFO-Kongreß“ 1977 477
-“Dialog mit dem Universum“ 1989 16, 257, 484
-“Dialog mit dem Universum II“, 1990 251
-Budapest 1993 15
Ulinski, Ing. Franz A. 188
Universität,
-Bonn 188
-Brüssel 31
-Katholische - Löwen 21
University
-of Arizona 157, 423, 475
-of California 73, 335, 439
-of Cambridge 426
-of Colorado 150 ff., 165, 336, 475
-of Indiana 439
-of New Mexico 52
-Ohio State 435
-Omaha, Nebraska 202
-Princeton 124, 142,
-of Toronto 134,
-Vladivostok 290
-of Washington
-of Wyoming 158, 439
von Honduras 458
Cornell- 426
Denison- 136
Harvard- 133, 331, 439
Oregon State 425
Pennsylvania State 335
Princeton425 f.
Southeast Missouri State 188ff.
U.S. Airforce Academy 178 f.
U.S. Army Intelligence (G-2) 51
USS Franklin D. Roosevelt 85
Utter, Werner 190 f.

V-2 15, 50
Valensole 378 ff.
Valentich, Frederick 455 ff.
Vallee, Jacques 256, 476, 479
Vance, Cyrus (US-Außenminister) 175 f.
Vandenberg, General Hoyt S. 46f. 331 ff.
Van Tassel, George 116
Vega, General Rafael 148
Veit, Karl und Anny 475
Velasco, Jean-Jacques 33, 381
Vereinte Nationen (UNO) 317, 431 f., 438, 471, 473 ff.
Verteidigungsministerium
-Amerikanisches (Pentagon) 39ff.,42 f., 45 ff., 51ff., 57, 59 ff., 71 ff., 128f., 133, 139, 145, 161, 175, 239, 248, 306 ff., 318 ff., 324 ff., 332ff, 358, 390, 450, 459, 474, 483
-Belgisches 19, 26 ff.
-Britisches 382 ff.
Bundes- 363, 374 f.
-Französisches 31, 377 ff.
-Italienisches 460, 464
-Neuseeländisches 471
-Sowjetisches 29ff., 259, 279ff.
-Spanisches 391, 399, 402 ff.,
„Viking“-Sonde 127, 239, 247 ff.,
Vimanas 220 ff.
Vogel, Dr. Marcel 423 f.
VonKeviczky, Major Colman 187, 238, 297, 302, 316, 473 ff., 479, 484
Vyatkin, Oberstleutnant Lev 276 ff.
Vysotki, Dr. Vladimir 290

Waldheim, Kurt 475 f., 479 ff.
Walker, Dr. Eric A. 335
Walton, Travis 441 ff., 448
Wang, Prof. Eric 337
Warren, Airman Larry 388 ff.
Wasserstoffbombe 51, 131, 133, 143
Watergate 296 f.
Wavre 23
Weißes Haus 20, 308, 331,
Welles, Orson 46
Wells, H.G. 46, 293
Werner, Fritz 337 ff.
White Sands 49, 107
Whitted, John B. 44
Wilkins, Prof. H. Percy 205, 233, 235
Williams, General Gordon 386 ff.
Williamson, Dr. George Hunt 93ff., 116, 135, 219.
Winogradow, Valerii 13
Woronesch 253 ff.

Zamora, Lonnie 153 ff., 320
Zanfretta, Fortunato 466 f.
Zeta Reticuli 351, 354, 358, 434 f.
Zigel, Prof. Felix 261 ff., 271, 275, 281, 328, 440 f.
Zinsstag, Lou 413 ff.